KSIĘGI JAKUBOWE

雅各布之书

或者可以说是**一次伟大的旅行**，
跨越了**七国边界**，
五种语言，
三大宗教，
还不算那些小宗教。

Olga Tokarczuk

[波兰] **奥尔加·托卡尔丘克** 著

通过逝去的人来讲故事，
通过猜想的方式对故事加以补充，
并从诸多形形色色的书籍中获取更多的故事，
用想象——人类最伟大的天赋讲述这个故事。

乌兰、李江颐、李佳 译

聪明的人会铭记，
同胞们会反思，
不知情的人会了解，
忧郁的人会获得慰藉。

KSIĘGI JAKUBOWE
Copyright © Olga Tokarczuk 2014
This edition arranged with Olga Tokarczuk c/o Rogers, Coleridge and White Ltd.
Through BIG APPLE AGENCY, INC., LABUAN, MALAYSIA.
All rights reserved.
本书中文简体字版版权，浙江文艺出版社独家所有。
版权合同登记号：图字：11-2020-149 号

图书在版编目（CIP）数据

雅各布之书 /（波）奥尔加·托卡尔丘克著；乌兰，李江颐，李佳译 . — 杭州：浙江文艺出版社，2024.11（2025.1重印）
ISBN 978-7-5339-7586-9

Ⅰ.①雅… Ⅱ.①奥…②乌…③李…④李… Ⅲ.①长篇小说－波兰－现代 Ⅳ.①I513.45

中国国家版本馆 CIP 数据核字（2024）第 076742 号

策划统筹	曹元勇
责任编辑	王希铭　苏牧晴
特约审读	沈剑彧
营销编辑	耿德加　胡凤凡
责任印制	吴春娟
装帧设计	汐和　几迟 at compus studio
数字编辑	姜梦冉　诸婧琦

雅各布之书

[波兰] 奥尔加·托卡尔丘克　著
乌兰、李江颐、李佳　译

出版发行	浙江文艺出版社
地　　址	杭州市环城北路 177 号
邮　　编	310003
电　　话	0571-85176953（总编办） 0571-85152727（市场部）
印　　刷	上海盛通时代印刷有限公司
开　　本	889 毫米 ×1240 毫米　1/32
字　　数	780 千字
印　　张	32.875
插　　页	2
版　　次	2024 年 11 月第 1 版
印　　次	2025 年 1 月第 3 次印刷
书　　号	ISBN 978-7-5339-7586-9
定　　价	168.00 元

版权所有　侵权必究

感谢父母

希伯来字母表*

希伯来字母	名称	希伯来字母	名称
א	Alef	ל	Lamed
ב	Bet	מ	Mem
ג	Gimel	נ	Nun
ד	Dalet	ס	Samekh
ה	Hey	ע	Ayin
ו	Vav	פ	Peh
ז	Zayin	צ	Tsade
ח	Chet	ק	Qof
ט	Tet	ר	Resh
י	Yod	ש	Shin
כ	Kaf	ת	Tav

* 本表收录希伯来字母及名称，供读者阅读中参照。

CONTENTS

目 录

序篇 | 1038

第一部　雾之书 | 1036
第一章 | 1034
第二章 | 1008
第三章 | 0995
第四章 | 0970

第二部　沙之书 | 0938
第五章 | 0936
第六章 | 0906
第七章 | 0860
第八章 | 0843
第九章 | 0829
第十章 | 0808
第十一章 | 0797
第十二章 | 0772

第三部　路之书 | 0738
第十三章 | 0736
第十四章 | 0710
第十五章 | 0677
第十六章 | 0661
第十七章 | 0620
第十八章 | 0568

第四部　彗星之书 | 0528
第十九章 | 0526
第二十章 | 0487
第二十一章 | 0443
第二十二章 | 0415
第二十三章 | 0368

第五部　铁与硝之书 | 0352
第二十四章 | 0350
第二十五章 | 0318

第六部　远国之书 | 0248
第二十六章 | 0246
第二十七章 | 0193
第二十八章 | 0152
第二十九章 | 0107
第三十章 | 0060

第七部　名之书 | 0032
第三十一章 | 0030

书目说明 | 0006

鸣谢 | 0002

序　篇

　　吞咽下去的一块小纸片卡在了心脏附近的某段食道里，被唾液浸泡着。特别准备的黑色墨水慢慢地散开，字母失去了自己的形状。在人体内，词汇崩裂成实体和本质两种存在。如果前者消失了，后者就会变得没有形状，就会被人体组织吸收；因为本质会不停地寻找物质的载体，即使这会成为诸多不幸的根源。

　　彦塔苏醒过来了，可她不是已经死了吗？很明显，她现在觉得，这宛如经历了一种疼痛，就好像是经历了水流的冲击，一阵震颤、压迫、动荡。

　　心脏周围恢复了轻微的震动，心脏在缓慢地跳动，是那种均匀的、自信的跳动。彦塔干瘪而瘦骨嶙峋的胸部再次感觉到了一丝温暖。彦塔眨了眨眼睛，费力地抬起了眼皮，看见在自己的上方，埃利沙·邵尔垂下的忧郁的脸庞。她试着向他微笑，但无法左右自己的脸。埃利沙·邵尔横眉立目，满脸抱怨地看着她。他的嘴在动，可彦塔的耳朵却什么也听不见。不知从哪里来的一双手——那是老邵尔的一双大手掌——正在伸向她的脖颈，并在毛毯下面移动。邵尔笨拙地试图把她僵硬的身体翻到一侧，想看看她身下的床单。不，彦塔感觉不到他在用力，只是感觉到温暖和一个大汗淋漓的、蓄着大胡子的男人的存在。

　　后来突然好像是被什么东西猛击了一下，彦塔就从上方看着一切——看着自己，还有邵尔的秃头，他在移动她身体的时候，他的帽子从头上掉了下来。

从此，彦塔就看见了一切。

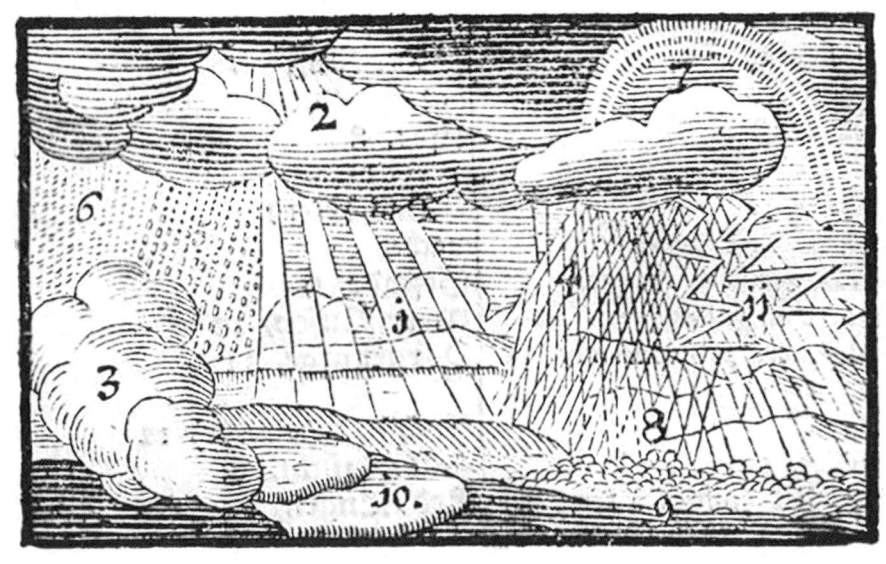

I. KSIĘGA MGŁY

第一部 雾之书

第一章

1752年　洛哈特恩

十月末的一个清晨。代牧站在神职人员住所前的庭院里，焦急地等着马车的到来。他习惯了在黎明时分起床，可这次却感觉没完全睡醒，不知为何自己会在这里——孤身一人在雾海之中。他不记得自己是怎么起床的，怎么穿上衣服的，也不记得自己是否吃过早餐。他奇怪地看着自己法衣下露出的那双结实的鞋子、他褪色的羊毛大衣破烂的衣襟和手里拿着的手套。他把左手伸进手套里，里面很暖和，而且手套特别合适，好像手掌和手套已经相识了许多年。他轻松地喘了口气，摸了摸斜挎在肩上的包，不由自主地摩擦着包的矩形边缘。这个包的边缘很硬，像皮肤下生出的疤痕那样厚。他慢慢地想起来，包里好像装着什么——沉重的、熟悉的和舒适的形状。是什么好东西把他带到了这里，好像是什么词语，什么标志——这一切与他的生活息息相关。啊，现在他知道了，那里有什么；他的意识慢慢地开始让他的身体变暖变热了，雾气好像也变得非常透明。他身后是黑暗的门洞，其中一扇门紧闭。也许是寒气已至，果园里的李子都结了霜。门上写着很不清晰的一行文字，他看见了那些文字，但并没有认真去看，因为他知道上面写的是什么，而且是他让别人写下来的；他让两个来自

波德盖齐①的手工匠用了一周的时间把字母烫在了木头上,并命令他们把这些字母做成装饰:

> 今天发生的,明天就过了,
> 过了的东西,就找不回来了。

让他特别气愤的是,在单词"找"里面有一个字母"N"被写倒了,好像是从镜子反看过来那样。

为这件事神父已经不知道生过多少次气了——他剧烈地摇着头——这件事情最终让他完全清醒过来。那是个写反了的字母"N"……怎么能如此粗心!必须不眨眼地监视他们干活,一步不落地跟着他们才行。那两个工匠都是犹太人,所以他们把那些字母做成了犹太字母,所有的字母都歪歪扭扭、东倒西歪。而且他们当中的一个人还吵着说,"N"可以这样写,甚至会更美些,因为第一笔是从下到上,从左到右斜着写的,这是基督教的写法,如果反着写的话才是犹太人的写法。轻微的刺激恢复了他的感官,现在神父贝奈迪克特·赫米耶洛夫斯基②,洛哈特恩的教士长,明白了自己仿佛还在睡觉的感觉来自何处——他站在浅灰色的迷雾里,这是他床单的颜色;昏暗的白色,就是那种已经很脏了的颜色,这种积聚的大片灰色正是这个世界的衬里。迷雾纹丝不动,紧紧地笼罩着整个院子。在迷雾的深处,隐约可见一棵巨大的梨树、一堵矮墙和更远处的柳条车的轮廓。这就是普通的灰

---

① 乌克兰的城市,位于乌克兰西部科罗佩茨河畔,距离该州首府捷尔诺波尔45公里,始建于1397年。——本书注释如无特别说明,均为译者注
② 十八世纪波兰天主教神父,作家,第一部波兰语百科全书《新雅典》的作者。——编者注

蓝色的云朵落到了大地上，用肚子贴住了大地。他昨天在夸美纽斯①的书中读到了对此的介绍。

现在他听到了熟悉的吱吱响声和敲打声，这是在他每次旅行时，必定能把他带入创造性的冥想状态的声音。随着声音响起，罗什科赶着马车、牵着马辔，和代牧的马车从迷雾中走出来。有他的马车陪伴，神父觉得自己的精力充盈了许多，他用手套拍打着手掌，缓慢地坐上马车。罗什科像平常一样沉默寡言，调试着挽具，注视着神父。迷雾使罗什科的脸显得比平时臃肿一些，给人的感觉是他似乎比以前衰老了许多，好像一夜之间变老了，可他还是一个正当年的小伙子呀。

最终他们出发了，但又好像他们都还站在原地没动，因为只有车辆的摆动和吱吱作响的声音表明他们的移动。许多年以来，他们在这条路上已经走过无数次了，早已没必要去欣赏一路的风景，也不需要看任何定位点了。神父知道他们已经上路了，这是一条沿着森林边缘开出的路，他们无论如何都得先走到十字路口，那里有一座多年前神父建的小教堂，那时他正好接管了菲尔莱尤夫教区。他一直在考虑，让谁来做这个小教堂的主保圣人，此时他脑子里浮现出圣本尼迪克特，他自己的主保圣人，或者欧诺菲力乌斯，一位隐者，靠吃椰枣在荒漠中活了下来，而天使们则每八天从天上给他带来耶稣的圣体。因为在他来到这里教雅布翁诺夫斯基阁下的儿子迪米特尔学习的许多年后，菲尔莱尤夫这地方对神父来说就是这样一片荒漠。考虑很久之后，神父还是认为，这座小教堂不是为他而建的，也不是为了满足他的虚荣而建的，而是为普通人建的，为的是让他们在走到十字路口时能有一

---

① 约翰·阿摩司·夸美纽斯，捷克教育家与作家。他曾担任摩拉维亚兄弟会的最后一任主教，然后成为宗教难民；同时是公共教育的最早拥护者，被认为是现代教育之父，其理念在他所著的《大教学论》中提出。

个休息的地方，以便他们能把自己的想法传到天上去。而站在那粉刷过的砖砌墙基上的，是圣母，世界的女王，她头上戴着王冠，一条蛇在她尖尖的小拖鞋上缠绕。

不过今天，她和教堂、十字路口都消失在迷雾之中。只有树梢可见，这是迷雾开始消散的迹象。

"你看，尊敬的先生，卡西卡这匹马不想再走了。"当马车停下来时，罗什科郁闷地说。罗什科跳下了车，连连用力画十字。

然后他弓身往雾里看，好像是探身往水里看那样。衬衫从他那喜庆但略微褪色的红色男士长袍下面露了出来。

"我不知道往哪里走。"他说。

"你怎么不知道？我们现在不是已经上了去洛哈特恩的乡间大道了嘛。"神父奇怪地问。

啊，是啊！他下了马车，跟在仆人后面，无助地绕着马车来回走，睁大眼睛看向那苍白的灰色。他们觉得看见了什么，而眼睛又什么也看不到，于是他们开始互相取笑对方。他们怎么能不知道去哪儿呢？这就仿佛是在自己的口袋里迷路了一样。

"别说话！"神父突然用手指了指上面说，然后竖起耳朵听。的确，从左边那个方向，从团团迷雾中传来轻微的水流声。

"我们就顺着水声走吧。这是活水。"神父补充说。

他们现在就沿着那条叫格尼拉利帕的河缓慢地行走着。水引导着他们。

不久后，坐在马车上的神父就不那么紧张了，他往前伸直了腿，眼睛开始朝雾海里望去。在旅途中他陷入了沉思，因为人最擅长在移动的过程中思考。他慢慢地调动起自己的思维机制，使机器的各种齿轮都转动了起来，驱动器的轮子也跟着运转起来，就像神职人员住所走廊里的钟表一样,那是他花了很高价钱从利沃夫买来的。不一会儿,那钟就嘀嗒嘀嗒响起来了。难道世界不就是来自这样的迷雾?他思索着。犹太历史学家弗拉维奥·约瑟夫斯阐述过这样一个观点,世界是在秋分时节创造出来的。这是个合理的观点,因为天堂里有水果;既然树上已经结出苹果,那就应该是秋天……这或许有些道理,但他的脑子里马上又生出了另一种想法:这是什么逻辑呀?难道万能的上帝不会在一年中任何一个别的季节以特殊的方法创造出这种微不足道的水果吗?

当他们走上了去洛哈特恩的主干道时,那里的行人、马车和各种类型的车辆都熙熙攘攘地挤在一起,也都钻出了迷雾,好像在圣诞节用面包捏出的小雕像那样。礼拜三是洛哈特恩的赶集日。农民们的大车上满载着成袋的种子、满笼的家禽和各种农产品。其中,商人们带着各种能售卖的商品快步在人群中走着——他们的摊位此时被巧妙地折叠起来,那些货物随时都能用扁担挑在肩上移动;不一会儿,摊位铺开了,桌子上摆着五颜六色的东西,有木制玩具,还有他们用四分之一的价格从农村收来的鸡蛋……农民们还牵着山羊和奶牛来出售;被各种噪音吓坏了的动物们停在水坑中不敢动弹。一辆覆盖着破洞篷布的载重马车从他们身边开了过去,喧闹的犹太人从邻近的各个地区赶往洛哈特恩的集市,他们身后跟着的是一辆华丽的马车。马车在迷雾和人群中很难保持干净,上了白漆的小门被泥水溅成黑色,披着蓝色斗篷的车夫表情看上去很无奈,因为他万万没想到会遇到这么混乱的场面,现在只能用目光失望地搜寻着,怎样才能逃离这条魔鬼般的路。

罗什科非常固执,他不肯把车赶到田里走,一直靠右行驶着,一个轮子轧着草地,另一个轮子轧着马路,稳健地往前走。他表情阴郁,脸拉得很长,还有点泛红,如狰狞的鬼脸。神父看了他一眼,想起了昨天研究过的一幅蚀刻画——上面那些地狱的喷火魔怪，它们的表情就跟现在罗什科的鬼脸一模一样。

"快让开，让尊贵的神父先生过去吧。让开！人们哪，快让到一边去吧！"罗什科大声喊着。

在毫无预警的情况下，他们面前突然出现了一堆建筑物。显然，是迷雾改变了人对距离的感觉，甚至连卡西卡都没料到。马突然跳跃起来，欲挣脱牵引杆，如果不是罗什科反应快，如果没有他的鞭打，这匹马差点掀翻了整驾马车；或许是炉膛里迸出的火星吓着了卡西卡，或许是受到一旁等待换马掌的马群的焦虑感染……

前面有一个又破又脏又穷酸的小酒馆，像是农村的一个茅草屋。水井里伸出的吊钩像绞刑架一样悬在小酒馆的上空，穿破迷雾向上伸着，吊钩的尾部消失在高高的空中。神父看见一辆布满灰尘的马车停在那里，疲惫的车夫把头埋在膝盖间，没有下车，马车里也没有任何人出来。站在马车前面的是一个瘦削的犹太人，在他旁边站着的是一个披头散发的小女孩。代牧只看到了这些，因为迷雾吞噬着每一个过去的景象，然后消失在某一处，像融化了的雪花隐身在某处一样。

这就到了洛哈特恩。

开始看到的是一片黏土草屋，一种用茅草做屋顶的黏土小房子，看上去似乎要压向地面似的；但离市场越近，那些房子就越小巧，茅草屋顶就显得越精致，最终他们看到了一片木瓦顶的、用未烧制的黏土砖建造的小楼。这里还有教区小教堂、多米尼克修会教堂，紧挨着市场的是圣白芭蕾教堂，远处是两个犹太会堂和五个东正教堂。一些小房子像蘑菇一样围绕在市场附近，每个小房子里都有自己的生意。裁缝、制绳工匠、皮匠，他们都是犹太人。还有一个面包师，姓波汉奈克①，代牧对此很喜欢，因为这显现出一种隐藏的秩序，这种秩序若是更加明显一致，将会使人们过上更有道德的生活。另一边是一个叫卢巴的人的制剑厂，这个建筑物的正面很有特点，墙面新粉刷成了蓝色，在入口处还悬挂着一把巨大的生了锈的剑——看得出这个卢巴是一个非常好的手工匠，这里顾客盈门。再过去就是马具商，在他的门口摆着一个木制锯木架，上面有一个漂亮的马鞍，大概是镀了银的，因为它在那里闪闪发光。

到处都能闻到一种恼人的麦芽味，渗透在每一种待售的商品中，麦芽的味道就像面包一样饱腹。在洛哈特恩郊区有几个小啤酒作坊，这种浓郁的气味就是从那里发散到各处的。这里的很多摊位都销售啤酒，而那些更好一些的商店还销售伏特加、蜂蜜酒，主要是那种高浓度蜂蜜酒。一个叫瓦克舒尔的犹太商人的商店还销售葡萄酒，真正的匈牙利葡萄酒和莱茵兰葡萄酒，就是那种略带点酸味儿的葡萄酒，这种葡萄酒甚至是从瓦拉几亚②运来的。

神父围着那些用材料板、粗纺布匹、柳条甚至柳叶等各种能想象得到的材料做成的摊位转悠。有一位蒙着白头巾的好心妇女用马车售卖南瓜，南瓜漂亮的橘黄色吸引着孩子们的视线。旁边有一个妇人在夸自己做的哥穆尔卡奶酪，这种奶酪下面还铺着一层辣根叶。在她们旁边还有很多别的摊位，都是一些正常做买卖的人，不过这些人要么是寡妇，要么是醉汉的老婆，她们卖的东西有食用油、盐和布匹等。

① Bochenek，波兰语中意为"面包"。——编者注
② 一个存于1290年到1859年之间的大公国。十三世纪末时，名义上仍是匈牙利王国的一部分，1330年击退入侵的匈牙利军队，成为一个独立的大公国。后曾先后附庸于奥斯曼帝国和俄国，1859年与摩尔达维亚公国合并为罗马尼亚联合公国，即现代罗马尼亚的前身。

神父通常都会向其中一位妇女买些猪肝酱制品，所以现在他对女商贩投去了友好的微笑。在这位女商贩旁边还有两个用绿树叶装饰的摊位，这表明他们在售卖鲜啤酒。这里还有一个富有的亚美尼亚商人带有顶棚的摊位——卖的都是一些材质很美、很轻盈的东西，刀子都配有装饰漂亮的刀鞘——和卖鱼干的小摊，鱼干的腥味儿渗透进了土耳其羊毛挂毯里。在远处还有一个落满灰尘的小木屋，那里有一个骨瘦如柴的男人，他的肩膀上挂着一些篮子，他在卖鸡蛋，每个草编篮子里都装着一打鸡蛋。另外一个人把鸡蛋装在一个大篮子里卖，一篮子里装着六十个鸡蛋，价格也很具竞争力，相当于批发价。售卖面包的摊子上挂满了贝果[①]——其中一个掉在了泥泞的地上，有只小狗在那里大口嚼着掉在地上的贝果。

这里销售的东西五花八门，包括从伊斯坦布尔集市直接拉到这里的各种货物，例如花卉、毛巾和头巾，还有童鞋、水果以及花生等。在另一处的围栏旁，一个男子在售卖犁耙和各种大小型号的钉子，有的钉子小得像针，有的很大，是盖房子用的。旁边站着一位美丽大方的妇女，头上戴着一顶浆过的硬挺的帽子，她把那些为夜里巡逻的人制作的铃环[②]放在台板上售卖——小的铃环发出的声音有点像夜里蟋蟀的叫声，而不是打更人的喊声；而那些大的铃环的声音则与小铃环完全相反，大到几乎能唤醒死者。

犹太人是被禁止买卖与教会有关的东西的。就这件事，神父、拉比们都反复地、响亮地强调过，可就是屡禁不止。这里有一些精美的

[①] 一种圆环状的面包，形似马镫并由此命名，为了方便携带才做成中空的形状。由东欧的犹太人发明，并由他们带到北美洲。
[②] 一种木制乐器，摇动后会发出特殊的声音。它由安装在手柄上的板和铰链锤组成，当锤击板时会发出咔嗒声。

祈祷书，当你用指尖滑过书页间的缎带和压印在封面上的银色字母时，你会感觉到它们的温暖和弹性。一个戴着犹太小圆帽、穿着整洁干净到近乎优雅的男子，手捧着祈祷书就像捧着圣髑①那样——祈祷书外层用一张非常薄的纸包裹着，一层奶油色的透明纸，为的是避免这用芬芳颜料印刷的、纯净的、基督教的书页，在这样脏兮兮、雾蒙蒙的天气里沾上污点。他这里还有蜡烛，甚至还有披着光环的圣人画像。

神父走到一个旅行书商跟前，希望能找到一本拉丁文的书籍。但所有的书都是犹太文的，在这些书旁边还摆着一些不知道做什么用的东西。

眺望远处，在那些小巷深处，能看到那里的贫穷，就像鞋子穿破后露出的脏脚趾；这是一种罕见的、静默的、地陷天塌般的贫穷。这里已经不再有什么商店和摊位，而是用不知从哪里的垃圾堆里捡来的破木板子拼凑起来的窝棚。在其中一个破窝棚里，鞋匠正在修理已经缝补、上胶和补缀过多次的鞋子；而在另一个挂满铁锅的破窝棚里，一个修补匠坐在那里，他面黄肌瘦、脸颊凹陷，帽子遮盖着长满棕色瘀点的额头。代牧有点害怕在他那里补锅，担心自己的手指触碰到这个倒霉鬼，就会得上可怕的传染病，再传染给别人。在他旁边有一位老者在磨刀，各种大小、形状的镰刀。老人的工作台包括一个系在脖子上的石轮。他拿到需要磨的刀具时，会在地上放一个很原始的木架——上面连着几条皮带，这样就成了一台简陋的机具——然后他用手转动轮子来打磨金属刀片。有时候从这台机具上还会飞出一些真实的火星，散落在泥土里，每当看到这些，那些满身泥土和长满疥疮的孩子就特别兴奋。靠这个营生，他只能赚到一点点钱。也许，某天能

---

① 宗教里圣人的物品或遗体遗骨，在敬奉之气氛下被作为实体的纪念物小心保存。

用这个轮子淹死在河水中，也算是干这个营生的一种好处。

穿着破衣烂衫的妇女在街上捡拾碎铁屑和烧火用的牛粪。这些衣衫褴褛的妇女，很难分辨她们是信仰犹太教的穷人，还是信仰东正教的穷人，抑或是信仰基督教的穷人。是的，贫穷不分信仰和民族。

如果存在的话，那么它在哪里？神父想着天堂，问着自己。肯定不会是在这个洛哈特恩，也不会在——他自己这样认为——任何波兰的土地上。如果有人觉得在大城市里生活会更好，那就大错特错了。尽管神父一生中从未去过华沙和克拉科夫，但他从伯纳德派的皮库尔斯基的故事中了解到一些，而且在更早的一些时期，他在各个庄园的某些地方也听到过相关的故事。

天堂，也就是愉悦的花园，上帝赐予的美丽而未知的地方。正如《诺亚方舟》里写的那样，天堂就处于亚美尼亚的某处，那里有巍峨的高山，但布鲁努斯却再次强调说，天堂在南极之下。有四条象征着接近天堂的河：基训河、比逊河、幼发拉底河和底格里斯河。还有这样一些作家，他们在地球上不能为天堂找到一个地方，就把天堂锁在空中，锁在有十五个厄尔①高的高山上。但神父却认为，这种说法不够聪明。因为这怎么可能呢？难道生活在天堂之下大地之上的人们能从下面看到天堂？难道他们能看到圣人的后脚跟吗？

从另一方面说，人们也不应该认同那些散布错误判断的人的看法，他们认为《圣经》关于天堂的说法仅具有神秘的含义，也就是说只能从精神或隐喻层面上理解天堂。神父认为——不仅仅因为他是神父，同时他自己也深信——必须逐字逐句去理解《圣经》的内容。

---

① 一种古老的长度单位，最早定义大约等同于一个成年人前臂的长度，后来在英国定义为45英寸（1.143米），多用于裁缝行业。

他知道天堂的一切，因为差不多在一周前，他雄心勃勃地完成了自己撰写的一本书中的一个章节。这本书汇编了菲尔莱尤夫人写的所有的书，一共有一百三十本，为了看到这些书他还特意去了利沃夫，甚至到了卢布林。

他正在往一个简陋的、位于一个角落里的房子那边走去。是皮库尔斯基神父建议他这样做的。矮矮的两扇大门敞开着；那里散发着一股辣根的气味，同时混杂着不同寻常的马粪的恶臭和秋季的潮湿气味，外加一种刺鼻的气味，这种气味神父很熟悉——咖啡的气味。尽管神父自己不喝咖啡，但到了这里也不得不出于礼貌品尝一下。

神父回过身去看，用眼睛寻找着罗什科；他看见罗什科带着忧郁的表情匆匆穿上皮衣，而远处——整个集市都自顾不暇。没有人会看神父一眼，所有人都忙着自由交易。一片嘈杂，混合着各种语言的叫卖声。

在那个建筑物的入口处，能隐隐约约看见挂着一块歪歪扭扭的牌子：

邵尔货物仓储店

后面紧接着是希伯来字母。门上挂着一枚金属徽章，旁边写着一些符号。神父想起来了，阿塔纳修斯·基歇尔[①]曾在自己的书中写道，

[①] 十七世纪德国耶稣会成员，一位通才。他一生大多数时间在罗马的罗马学院任教和做研究工作，就非常广泛的内容发表了大量细致的论文，研究领域包括埃及学、地质学、医学、数学和音乐理论。他关于埃及圣书体的研究为后来让-弗朗索瓦·商博良的工作铺平了道路。

当犹太人的妻子临盆时,他们害怕有女巫,就在墙上写几个词:"亚当""夏娃""胡兹""莉莉丝①"。那这是什么意思呢?"亚当和夏娃,你们快来到这里吧,而你,莉莉丝女巫,快走吧。"没错就是这个意思,这里不久前肯定有人生过孩子。

神父迈过一个很高的门槛,整个人沉浸在那种温暖的辣根的香味之中。在这里,光只能从一个小小的窗户透射进来,窗台上还摆着几个花盆。过了一会儿,他的眼睛才适应了黑暗。

柜台后面站着一个小伙子,刚刚长出一点胡子,他有着丰满的嘴唇,刚看到神父的时候他的嘴唇哆嗦了几下,然后就开始寻找适当的词。神父看出了他的不安。

"小家伙,你叫什么名字?"神父大胆地问他,想表现出自己在这个昏暗、低矮的小铺子里感觉很舒服,也想鼓励小伙子跟他谈话,但没有得到回应。"你叫什么名字?"他又用拉丁语正式地重复了一遍,因为这样可能有助于小伙子理解,但听上去又显得过于庄重了,好像神父来到这里是要驱魔似的,就像《路加福音》中的耶稣那样,向被附身的人提问。结果小家伙把眼睛瞪得更大了,嘴里重复着"哎呀,哎呀",然后突然转身跑到柜子后面,还撞到了挂在钉子上的蒜辫。

神父表现得并不明智;他不应该期待这里的人能听懂他讲的拉丁文。神父低头审视着自己,他的大衣下面露出了法衣上黑色的、用马鬃做的扣子。这个法衣可能吓住了小伙子,神父想。他屏住呼吸微笑着,

---

① 莉莉丝最早出现于苏美尔神话,亦同时记载于犹太教的拉比文学。在这些文学中,她被指为亚当的第一个妻子,由上帝用泥土所造,因不愿雌伏在亚当身下而离开伊甸园。她也被记载为撒旦的情人、夜之魔女,还是法力高强的女巫。

他想起了《圣经》中的耶利米①,他也是这样几乎不知所措,结结巴巴地说:"啊啊啊,上帝呀,这个我说不上来。"

从此,神父就在心里叫小伙子耶利米。他无所适从,因为小伙子突然消失了。神父环顾着商店,系上大衣的扣子。因为是皮库尔斯基神父劝他来这里的,他听了皮库尔斯基神父的话,现在他觉得这并不是一个好主意,他有点心慌意乱。

不过这时没人从外面进来,为此神父默想着这得感谢上帝。这可不是一件寻常的事情——一位天主教神父,洛哈特恩的教士长站在犹太人的商店里,好像家庭妇女一样在等待着服务。皮库尔斯基神父给他出主意,让他去利沃夫的杜布斯拉比那里,皮库尔斯基神父自己也去过,从那里了解了很多。于是神父去了那里,但年迈的杜布斯可能已经厌烦了这些天主教神父没完没了地向他提出一些关于书籍的问题。他对贝奈迪克特神父提出的请求和最感兴趣的东西都感到有些不愉快,他会说他这里没有,或者假装自己没有神父问的那本书。杜布斯做了一个很礼貌的表情并转过头去,使劲地吧嗒嘴。当神父问他是否能够帮助自己的时候,杜布斯挥了挥手,并把头转向后面,好像有谁在他身后站着似的。拉比想让神父明白,他不知道,就算知道他也不会说。后来皮库尔斯基神父对教士长解释说,这涉及犹太异端学说,尽管他们总是自夸说他们没有任何异端学说,但对于这一特定的异端,他们毫不掩饰自己的痛恨。

最终皮库尔斯基神父建议他去找邵尔,邵尔的房子位于市场,是一座与商店合一的大房子。说完他斜眼并用带点讥讽的眼光看了一下

---

① 犹大国灭国前最黑暗时期的一位先知,《旧约》中《耶利米书》《耶利米哀歌》《列王纪上》及《列王纪下》的作者。他被称作"流泪的先知",因为他明知犹太人离弃上帝后所注定的悲哀命运,但却不能改变他们顽梗的心。

赫米耶洛夫斯基,但这可能是教士长的神经过于敏感。也许应该通过皮库尔斯基弄到这些犹太人的书?尽管教士长不太喜欢皮库尔斯基,不过这样他就不会在这里因为尴尬而浑身冒汗了。但神父赫米耶洛夫斯基内心还是有些不服气,所以还是来了。而且事情还有一些不太合理的地方——整个事情就好像在玩文字游戏;有谁会相信这种事情会对世界有什么影响。神父一直在认真地研究关于基歇尔的章节,其中提到了巨大的牛绍罗波什①。也许可能就是因为这两个词汇——邵尔和绍罗波什②——有相似的发音,所以他才来到这里。上帝的判断很奇特。

但这些著名的书都在哪儿呢?那位引起人们惊恐并受尊重的人物在哪里呢?这个商店看上去是一个普通的摊位,可店主却据说是一位著名的拉比,尊贵的贤者扎尔曼·纳夫塔尔·邵尔的儿子。不过这里堆放的却是大蒜、草药、各种装着调料的锅和大大小小的瓶瓶罐罐,里面装着各种各样的香料——有榨的,有磨成粉面的,或仍保持其本身原有的形状的,像香草棍、丁香和肉豆蔻球等。架子上还摆着成捆的布匹——可能是丝绸和缎子,色彩缤纷,很吸引人的眼球。神父看着这些东西,在琢磨着自己可能还需要买点什么,就在这时,神父注意到了,在高处摆着一个深绿色的大瓶子,上面写着:"茶"。神父知道他想要买什么了,总得买点什么吧——能喝上茶,就会让他的情绪变好些,这对神父来说就意味着他可以毫不费力地开始工作了;而且茶还有助于消化。他还想再买一点丁香,以便晚上加在热葡萄酒里喝,给酒增添点香气。前几天晚上神父被冻得够呛,双脚冰凉,以至于没办法集中精力写书。这时神父用眼光搜寻到一个能坐的地方,之后一

---

① 神父贝奈迪克特·赫米耶洛夫斯基在《新雅典》中对此做了记录。
② 分别为 Szor 和 Szorobor。

切就在同一时间发生了：从柜台后面走出一个健壮的、留着胡须的男子，他身穿一件毛料做的长袍，脚上蹬着一双尖头土耳其皮鞋；肩披一件深蓝色的薄大衣，眯缝着眼睛，好像刚从昏暗中走到有光照的地方。在他身后，之前那个耶利米好奇地探出头看，还有两张不同的脸庞，也非常像耶利米，他们也很好奇，两腮绯红。而在朝市场开着的大门方向，站着一个呼哧呼哧喘着粗气的身材瘦小的男孩儿，也可能是成年男子，因为他满脸的胡茬，浅色的山羊胡。他倚靠在门框上，粗声喘着气，看样子他是以自己最快的速度跑到这里来的。他直瞪瞪地瞅着神父，调皮地微笑着，露出一口健康的牙齿。神父不大肯定，这种微笑有时是否是一种嘲笑。他更喜欢那位身披大衣的端庄的人，于是神父非常礼貌地对他说：

"请尊贵的先生您原谅……"

那个人先是非常紧张地看着神父，不一会儿，他脸上的表情开始慢慢地起着变化。他的脸上好像露出了一点笑容。教士长突然明白，这个人可能听不懂他说的话，于是他换了一种语言，开始用拉丁语说话，他很兴奋，觉得找到了知己。

犹太人慢慢地将眼光转向了站在门口喘着粗气的小伙子，而那小伙子却毫无顾忌地走到屋子的中间，脱掉了深色布夹克。

"我来给你们当翻译。"他用出人意料的低沉嗓音说道，带一点柔和的鲁塞尼亚语[①]口音。他用手指指着教士长，十分兴奋地说，他是一位真正的、最纯正的神父。

神父完全没有想到，他得借助翻译谈话。万万没料到会遇到这种

[①] 鲁塞尼亚语属于斯拉夫语族的东斯拉夫语支，在语言分类上最接近乌克兰语。鲁塞尼亚语使用者分布在乌克兰、斯洛伐克、波兰、匈牙利、罗马尼亚和塞尔维亚的伏伊伏丁那等地。

情况，神父有些惊慌失措，不知道怎样才能摆脱这种尴尬的局面，因为整个事情本来就很敏感并且非常微妙，但突然间这件事将变成一件公开的事情，稍后还可能传遍整个市场。他真想立即抽身回到带着马粪味儿的、冰凉的迷雾中去。他开始觉得，他被困在这个低矮的、空气中带有各种植物根的气味的屋子里，同时又觉得已经有人从马路上走过来围观，想看看这里究竟发生了什么事情。

"如果允许的话，我想和尊敬的埃利沙·邵尔谈谈，"教士长说道，"私下里。"

几个犹太人感到很诧异。他们互相之间交换了几句话，耶利米消失了，过了好一会儿他才回来，他不在的时候大家都沉默不语，几乎令人窒息。很明显神父得到了允许，现在他们带着他往柜子后边走。在他们身后是叽叽喳喳的说话声、孩子们轻盈的脚步声、柔和悦耳的咯咯笑声，仿佛在薄薄的木墙壁后面还有其他人群，正透过木墙的裂缝好奇地看着在犹太人家的各个角落转悠的、洛哈特恩的代牧。事实上，市场上的小商店仅仅是一种更大结构的一环，一种像蜂箱一样的建筑，有房间、走廊和台阶。整个房子很大，是围着内院建的，他们稍作停留时，神父透过房间的一扇小小的窗户用眼角瞥见了。

"我叫赫雷奇科。"他们走着的时候，那个留着胡子的男孩自我介绍说。神父意识到，如果此时他想退回去，他甚至都不知道该怎样走出这种蜂箱式的房子。为此他出了一身冷汗，这时正好有一扇门咯吱一声打开了，门里面站着一位身材瘦削的壮年男子，他的脸放着光，很光滑，但令人捉摸不透的是，这人胡子花白，穿着齐膝的大褂，脚上穿着毛袜子和一双黑拖鞋。

"这就是拉比埃利沙·邵尔。"赫雷奇科怯怯地说。

房间又小又矮，陈设非常简朴。屋子中间放着一张宽大的桌子，上面放着一本摊开的书，旁边还放着一堆别的书——神父的眼光贪婪地滑过这些书脊，试图看清书名。总的来说，神父对犹太人知之不多，而那些洛哈特恩的犹太人，他也只是和他们见过面而已。

神父突然觉得他们俩这样很好，因为两个人的个子都不高。在大个子面前他总会觉得很尴尬。他们两个人面对面站了一会儿，给神父的印象是，大家对彼此都很满意。犹太人轻轻地坐下，微笑着并用手指着板凳示意神父也坐下。

"经过许可，在这特殊情况下，我隐姓埋名来到您这里，对智慧和博学的您，我久仰大名。"

赫雷奇科翻译了半截停了下来，然后问神父：

"隐——姓——埋——名？"

"这个你不懂吗？就是请不要张扬。"

"这又是什么意思？不——张——扬？"

神父沉默了，有点不高兴，也很惊讶。尽管找来了一个翻译，可对方还是弄不大懂他讲的话。那他们该怎么谈话呢？要说中文吗？他试着单刀直入地说。

"请保守秘密，虽然我并不隐瞒我是洛哈特恩的代牧、天主教神父，但首先我是一个作者。"他说"作者"的时候，特别伸出了手指头强调这一点，"我希望，我今天在这里的谈话，不是作为神父，而是作为一直坚持不懈地筹划一件事情的作者……"

"筹——划？"赫雷奇科带着质疑的腔调问。

"……就是写一本不起眼的书。"

"哦。请神父原谅，我的波兰语不好，只懂一些平时人们常说的简单的语句，只知道那些围着马转的词汇。"

"围着马转的词汇？"神父对此感到大吃一惊，怎么弄来这么一个翻译。

"对呀，因为我整天围着马转，就是买卖马。"

赫雷奇科一边说一边打着手势。他瞪大黑眼珠，无神地看着神父，神父突然觉得，自己可能是在和一个盲人打交道。

"我已经逐字逐句地读完数百名作家写的书，"神父接着说，"为此我四处借书、买书，但总觉得，我仍有很多书还没读过，而且现在很难找到这些书籍。"

现在神父停顿了一会儿，期待着那位邵尔也说几句话，可他却在一旁微笑着频频点头，不发一言。

"我听说，尊贵的先生您这里有一个不错的图书馆，尽管我不想给您带来不便——"他不情愿地改了一下用词，"就是不想打扰或者给您添麻烦，但为了更多人的利益，我还是斗胆有违习俗地贸然来到您这里，并……"

邵尔还没来得及说什么，门突然被打开了，一个妇女从外面闯进了这个矮小的房间。在她后面的是一些在昏暗中看不清脸庞的人，他们低声说话，向房间里东张西望。一个小孩子哭了一阵，突然安静了下来，好像人们的眼光都集中到了那位妇女身上：她头上戴着密密的发卷，毫无顾忌地闯进来，眼睛注视着自己前面的某个地方，根本就不看那些男人一眼；手里托着一个托盘，上面放着装水用的罐子和水果干。她身上穿着一条肥大的、带大花图案的裙子，裙子上还套着一条绣花的围裙；脚上穿着一双尖头系带皮鞋。她身材娇小，但很匀称，很惹人注目。她身后跟着一个小女孩，手里拿着两个杯子。她看到神父后很害怕，怯生生地往前走，结果摔倒了。杯子在地板上打了几个滚，好在因为杯子的玻璃很厚，一个也没碎。那位妇女根本没去管孩子，而是把眼光投到了神父身上，迅速并冷淡地扫了他一眼。乌黑幽深的大眼睛闪闪发光，她苍白的脸上瞬间泛起了红晕，暴露了她的窘迫。代牧从来没接触过年轻的妇女，对她的突然闯入感到震惊；他咽了口唾液。而那位妇女把装水的罐子和盘子，以及从地上捡起来的杯子重重地放在桌子上，转身走了出去。门猛地被关上了。翻译赫雷奇科看上去也显得有些惶惶不安。此时埃利沙·邵尔把小女孩拽到身边，抱起她，放在自己的膝盖上，但小女孩一溜烟从他膝盖上溜下来，跑到门外去了。

神父敢肯定，这位妇女带着孩子跑进来，为的是让他们看神父一眼。要知道，神父现在是在犹太人的家里！他就像具有异国情调的火蝾螈。那又怎样？难道犹太医生不能医我的病吗？难道犹太人不会为我准备药吗？书的事情在某种意义上就是卫生健康的问题。

"书啊！"神父说，他用手指着桌上放着的对开本和一些埃尔塞维尔小开本书。每本书上面都用金漆写着两个字符，神父觉得这是主人的姓名缩写，因为他认得那两个希伯来语的字母：

שׁ"ר

神父掏出了自认为能通向以色列的"门票"，小心翼翼地把他带来的书放在了邵尔的面前。神父得意地笑着，因为这是阿塔纳修斯·基歇尔的著作《巴别塔》，无论在内容还是形式上这都是一部伟大的杰作，神父冒了很大的险带着这本书来到这里。万一这本书掉在洛哈特恩臭烘烘的泥泞里了呢？万一这本书在集市上被小偷抢走了呢？如果没有这本书，代牧就不是现在的他，可能就只是一个小小的普通神父，一个富人庄园里的耶稣会教员，一个虚荣、富有并故弄玄虚的教会职员。

神父把书拿到邵尔跟前,宛如展示自己心爱的妻子。现在他用手指敲打着书的木质封面。

"我有很多书,但基歇尔这本书是最好的。"他随手翻到了某一页,看着一张地球的图片,上面画的地球是一个圆球,还带着巴别塔又细又长的圆锥。

"基歇尔证明,我们在《圣经》里看到的巴别塔,不可能有描述的那么高。塔如果真的有那么高,能够到月亮,就会打乱整个宇宙的秩序,立足于地球的塔的地基也会十分巨大。那塔会遮住太阳,并给所有的造物带来灾难。地球上的人们会用尽所有的木材和泥浆资源……"

神父觉得,他在宣讲一个异端邪说,他自己也不知道,他为何要对沉默不语的犹太人说这些。他希望对面的那个人把他当作朋友而不是敌人。不过有这种可能吗?也许可以达成共识,尽管他们互相不懂对方的语言和习俗,互不了解,也不懂对方的生活习惯和习性,不懂互相之间的微笑和对方手势的寓意。总的来说,他们彼此都十分陌生。因此,也许可以借助书籍达成共识?难道这不是唯一一条可走的路吗?如果人们都阅读同样的书籍,就会生活在同一个世界里,而他们生活在不同的世界,正如基歇尔描述的生活在别的世界里的中国人那样。当然也有许许多多的人,他们根本不读书,他们的大脑处于休眠状态,思维简单,像动物,像那些两眼空空的农民。如果他,神父,是国王的话,就会在农奴制的国家确定某一天为读书日,要求所有的农民都要看书,那么现在的联邦就会是另一番景象。也许这是字母的问题——目前各种语言使用的都不是同一种字母,而是多种不同的字母,因此每个人都有不同的想法。字母就像是砖头——有些砖头烧制得很光滑,可以用它建大教堂,而另一些则是用泥坯做成的砖头,很粗糙,用它只能建造普通的房屋。尽管拉丁语肯定是最完美的语言,

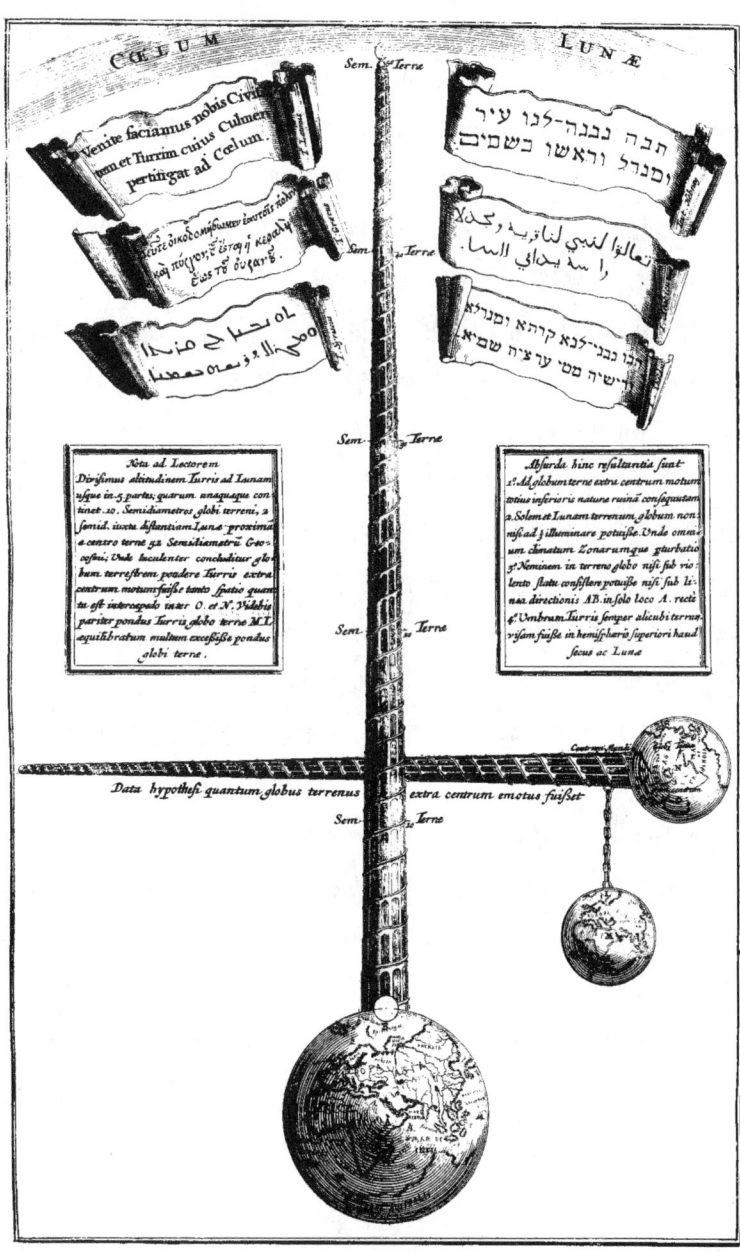

可他觉得，这个邵尔并不懂拉丁语。神父用手指给他一个画面，让他看，后来又指着其他画面让他看，神父发现那个人弯下腰，低下头，开始感兴趣地看这些画面，最终不知从哪儿拿出了一个用金属丝框起来的眼镜。赫米耶洛夫斯基神父也想有这么一副眼镜，心想一会儿可以问问他，在哪儿可以定制一个。翻译也对这些画面表示出了兴趣，因此三个人都低头弯腰看着。

神父满意地看了他们一眼，觉得他们已经上了自己的钩。他看到犹太人的黑胡子中还夹杂着金黄色和赤褐色的毛发。

"我们可以交换一些书看。"神父建议。

他说，在他的菲尔莱尤夫图书馆还有两本基歇尔的书，《诺亚方舟》和《地下世界的财富》[①]，因为这两本书价值连城，都锁在柜子里，不能随便动。他还知道其他一些书籍，但只是偶尔从哪里看到过一些相关的介绍。那里还有很多世界知名思想家的书籍，包括——为了讨好他们，他还补充说——犹太史学家约瑟夫的书。

他们从罐子里给神父倒了果汁，还把装有无花果干和大枣的盘子推到他跟前。神父虔诚地放进嘴里，他好久没有吃这些东西了。尝到了这种非尘世般的甜味，神父的精神也改善了许多。他明白，现在到了他解释自己来意的时候了，因此他咽下了嘴里咀嚼的东西，开始说自己的事情；结果还没等他说完，他就意识到，他有点操之过急了，可能会一无所获。

也许他是从赫雷奇科突然的变化中感觉出来的。他敢肯定，小伙子在翻译的时候有些添油加醋。但他不清楚，这些话是对邵尔的警示，还是相反，是对神父的支持。埃利沙·邵尔在椅子上稍微往后移动了

[①] 基歇尔著作的关于地质学和地理学知识的一本书，其中有大量的插图。——编者注

一下，向后仰着头，合上双眼，似乎在努力跟自己黑暗的内心对话。

这种情况一直持续到神父——违心地——与年轻的翻译交换眼神的那一刻。

"拉比在倾听年长的人的声音。"翻译小声说，神父佯装着听懂了似的频频点头，其实他完全不明白这是什么意思。也许这个犹太人真的与各种魔鬼有着某种神秘的默契，犹太人当中有很多这样的拉米亚[1]和莉莉丝。邵尔的这种犹豫和闭上眼睛的动作似乎在告诉神父，他真不希望在这里看到神父。情况既非常微妙又非同寻常，但愿不会损坏神父的名声。

邵尔站了起来，面朝墙壁，低头站了一会儿。神父有些局促不安——他是在示意我，让我离开这里吗？赫雷奇科也闭上双眼，他长长的睫毛的影子落到了他长满柔软胡茬的脸上。也许他们睡着了？神父轻声说了一句，他们的沉默让神父失去了自信。他现在非常后悔来到这里。

突然，邵尔好像什么事情也没发生一样，朝柜子的方向走去，然后打开其中一个柜子的门。他激动地取出一本厚厚的对开本，上面带有与所有其他书籍相同的符号，之后他把这本厚厚的书放到了神父的面前，从后面打开书并一页一页地翻看着。神父瞪大眼睛看着制作精美的扉页……

"《光明篇》[2]。"他庄重地说，然后又将书放回到柜子里去。

"谁能给神父读完这么一本厚厚的书啊……"赫雷奇科加重语气说。

---

[1] 古希腊神话中一个半人半蛇的女性怪物，亦是在西方以猎杀小孩闻名的蛇妖。
[2] 字面意思是光辉或者光芒，又称《光辉之书》，是卡巴拉思想中最重要的文献，是对于《希伯来圣经》的注解。

神父把两卷《新雅典》放在了邵尔的桌子上，希望能促使他们今后交换书看。他用食指敲着书，然后指指自己，指着自己的胸口说："这是我写的书。"如果他们能懂这里的语言的话，应该读读这本书，能从中了解到世界上的很多事。他等待着邵尔的反应，结果等来的却是他轻轻地耸了耸眉毛。

神父和赫雷奇科一起走到了冰凉的、令人不舒服的空气中。赫雷奇科嘴里还在不停地说着什么，神父严肃地看着他，看着他满脸的胡茬，看着他带点孩子气的脸上长长的睫毛，然后又看了看他身上穿的衣服。

"你是犹太人？"

"噢，不是……"赫雷奇科一边耸着肩一边回答说，"我是这里的人，就是出生在洛哈特恩的人，我的家就在这里。我应该是东正教徒。"

"那你怎么会说他们的语言呢？"

赫雷奇科凑近神父身边，几乎跟他肩并肩走着，显然是受到这种信任鼓舞。他说，他的父母亲都死于1746年那场大传染病。他们活着的时候，曾跟邵尔做买卖，他的父亲是个手工艺者，主要做皮革鞣制。他死后，邵尔想帮助赫雷奇科和他的奶奶以及弟弟奥莱西。邵尔帮他还清了父亲的债，照顾他们这三个邻居。住在社区中，他与犹太人的接触比跟自己人的接触都多。他也不知道什么时候学会了犹太人的语言，他的犹太语说得跟犹太人一样，非常流利，还经常在不同的场合和不同的生意中派上用场，因为犹太人，特别是那些年长的犹太人，不愿意说波兰语和鲁塞尼亚语。犹太人，特别是邵尔家族的人，并不像人们传言的那样；他们人很多，热情好客，还常常给别人吃的，要是天冷了,还会给一杯酒喝。现在赫雷奇科正在学习父亲的手艺,以便继承他的皮革作坊,这个职业总是不可或缺的。

"那你没有什么基督教亲戚吗?"

"有啊,不过都是些远亲,他们也不大关心我们。噢,对了,这是我的弟弟奥莱西。"有一个大约八岁的小男孩朝他们跑来,满脸雀斑。"请神父先生不必太为我们操心。"赫雷奇科欢快地说,"上帝创造了人,让人的两只眼睛长在前面而不是长在后面。这就意味着,人们应该往前走,而不是往后看。"

神父承认这是上帝说过的话,尽管他记不得是在哪个文本中说过。

"你既然学会了他们的语言,那就可以翻译这些书籍了。"

"哎呀,哪里呀,尊敬的神父,我不爱看书。看书很无聊。我更愿意做买卖,这是我喜欢做的事。最好做马匹的买卖,或者像邵尔那样,买卖伏特加和啤酒。"

"哎,你怎么爱做他们喜欢做的买卖呢……"神父说。

"怎么,做这些买卖不好吗?人们需要喝酒,因为生活太沉重了。"

他一边跟着神父走,一边说着什么,尽管神父已经有意要甩掉他了。贝奈迪克特·赫米耶洛夫斯基面朝着集市的方向,用眼光搜寻着罗什科。他先是往卖皮毛的方向看了一眼,然后环顾了一下市场四周,到处是熙熙攘攘的人,他不大可能找到车夫。因此他决定自己去找马车。可是翻译仍觉得,自己还没有尽到应尽的职责,还想给他解释一些事情,显得对自己能做的事很高兴的样子。于是他说,邵尔家正在准备一场隆重的婚礼,因为邵尔的儿子(神父在商店里见到的那个人,他叫他耶利米,其实他的真名是伊扎克),要跟来自摩拉维亚[①]的犹太

---

① 捷克东部一地区,得名于起源于该地区的摩拉瓦河。

人家的女儿结婚。不久后他们全家人和许多住在附近的亲戚都会来这里，这些人大多住在布斯克①、波德盖齐、耶耶然②和科佩钦齐③，还会有从利沃夫和克拉科夫来的亲戚。尽管婚礼将在秋季举行，但依着赫雷奇科的看法，婚礼还是在夏季举行比较好。赫雷奇科没完没了地说着，他还说，如果神父能前来参加这个婚礼那就更好了，然后他想象着什么，大笑起来，神父也跟着他大笑并给了他一点钱。

赫雷奇科看着手里的几枚格罗希④，转身跑得无影无踪。神父站在那里，沉浸在宛如汹涌波涛的集市之中，并淹没在那些售卖的肉酱的香味之中。

---

① 乌克兰的城市，位于该国西部，距离该州首府利沃夫46公里，始建于1097年。
② 乌克兰的村落，今名奥泽里亚尼，毗邻波兰南部边境，曾属加利西亚地区。
③ 乌克兰的城市，位于该国西部，由捷尔诺波尔州管辖。
④ 波兰货币单位，1兹罗提等于100格罗希。

第二章

关于卡塔日娜·克萨科夫斯卡[①]
最糟糕的板簧和妇女疾病

此时,卡缅涅茨[②]的城督[③]夫人卡塔日娜·克萨科夫斯卡(婚前姓波托茨卡)刚好到达洛哈特恩,陪伴她的是一个她熟悉的年长的妇人。她们两个人已经在从卢布林[④]到卡缅涅茨的路上走了好几天了。装有她们行李箱的马车已经跟着她们走了数小时,箱子里装的都是衣服、床上用品和各种餐具,以便她们在路上休息用餐时,能用上自己的瓷器和刀叉等餐具。尽管有专门派遣的使者,提前去通知住在附近的亲戚和朋友来接待她们吃住,但有时她们还是不能找到安全舒适的住宿地。那时她们就在小酒馆和小旅馆里用餐,当然就会吃得非常简单。德鲁日巴茨卡[⑤]女士已经上了年纪,几乎无法忍受。她抱怨自己消化不好,无疑是因为她吃完每顿饭后都会觉得,胃里像是在黄油桶里搅拌奶油那样上下翻腾。反胃还算不上是什么大病。克萨科夫斯卡夫人

[①] 波兰十八世纪下半叶的贵族政治活动家。
[②] 乌克兰西部的一个城镇。
[③] 波兰政治体制中有资格入座参议院的最低一级地方官员。
[④] 波兰东部的一座大城市。
[⑤] 艾尔日别塔·德鲁日巴茨卡,波兰作家,其创作介于巴洛克时期与启蒙文学的过渡阶段,被同时代人称为"斯拉夫萨福"。

的身体状况就更差了——自打昨日起,她就觉得肚子疼,现在她无力地坐在马车的一角,浑身发冷,出冷汗,脸色苍白,德鲁日巴茨卡开始担心她是否能挺过去。因此她们才要到洛哈特恩的县长那里寻求帮助,县长叫时蒙·瓦班茨基,他与城督夫人的家庭还有点儿沾亲带故,不过在波多利亚①,有点身份的人都是这样。

这一天真是一个赶集的好日子。带板簧的三文鱼色的马车上装饰着绵软的金色饰品,门上面还画着波托茨卡家族的徽章;车上坐着赶车人,身穿鲜艳的制服,在往小城走的路上引起了不小的轰动。马车走走停停,因为马路上挤满了行人和各种动物,就算赶车人不停地在头上方挥舞鞭子也无济于事。深藏在马车里面的两个女人,像在珍贵的贝壳里一样,坐着马车,缓慢穿过讲着各种语言的、狂热的赶集人流。

在拥挤的人群中赶车,完全可以想象得到,总是得不停地刹车,结果板簧开裂了。新问题的出现更是雪上加霜,现在这次旅途变得更加复杂了,而城督夫人还从马车座椅上摔到了椅子下面,因为摔得太疼了,她的整个脸都扭曲了。结果德鲁日巴茨卡嘴里一边骂着,一边径直从马车上跳到泥泞的地上,自己去寻求帮助。她先是朝两个提着篮子的妇女走去,不料她们咯咯笑着转身跑了,她们说着鲁塞尼亚语;后来她抓住一个戴着帽子、穿着大衣的犹太人的袖子——这个犹太人试着想听懂她讲的话,甚至还用自己的语言跟她说了些什么,用手往河那边指了指,指着小城下面的某个地方。那时已经十分不耐烦的德鲁日巴茨卡又在路上抓住两个刚刚从马车上下来的帅男子,他们看上

---

① 历史上欧洲的一个地区,位于今乌克兰中西部和西南部,与赫梅利尼茨基州和文尼察州大致相当,此外还包括今摩尔多瓦北部的一部分地区。

去像是做生意的,正在往人群中走。他们有可能是亚美尼亚人,不像是当地人;他们只会摇头。而在他们旁边站着一帮土耳其人,德鲁日巴茨卡觉得,他们正用嘲讽的眼光看着她。

"这里有谁会讲波兰语?"她大声喊着,对自己周围的这帮人十分不满意。看上去他们同处一个王国,同处一个联邦,但这里跟她出生的大波兰地区完全不一样。这里的人看上去很野蛮,长着异国面孔,带着异国情调,穿着打扮很可笑;穿的是一种粗毛料风衣,戴着一种皮帽,裹着特本头巾,赤着脚。房子又矮又小,还都是泥坯建的,甚至在市场周围都是这样的房子。到处混杂着一种麦芽香和粪便的气味,还有落叶的潮湿气味。

最终她看见在自己前面有一个身材瘦小、上了年纪的神父。神父满头银发,穿着一件破旧的大衣,肩膀上还挎着一个包。神父瞪大眼睛看着她,感到十分意外。她抓住神父大衣的袖子并晃动着,透过牙缝嘘声说:

"看在上帝的分上,请神父告诉我,县长瓦班茨基家住哪儿!不过请别声张!请千万别传出去!"

神父眨了眨眼睛,吓了一跳。他不知道该说点什么好,或者应该干脆什么也不说。也许可以用手给她指指方向?这位疯狂晃动着他衣袖的妇女,身材矮小,身体圆圆的有点发福,眼睛比较清澈,高高的鼻梁;从她的帽子下露出卷曲的白发。

"这是一个很重要的人物,但必须隐姓埋名。"她一边对神父说,一边指着车那边。

"哦,隐姓埋名,隐姓埋名。"神父重复着。突然从人群中钻出一个小伙子,神父命令他带着马车往县长家去。这个小伙子比想象的还要灵巧,他立马帮助解开了马绳,为的是让马车能掉转车身。

挂着帘子的小窗里传出了克萨科夫斯卡夫人的呻吟声。她每呻吟一声就会狠狠地骂一句。

关于丝绸上的血迹

时蒙·瓦班茨基娶了波托茨卡家族的俳莱佳为妻,他是卡塔日娜·克萨科夫斯卡的远房表亲。现在他妻子不在家,到附近村庄的一个庄园主家去做客了。他对这位不速之客的到来有点意外,急急忙忙系上裁剪得体的法国式外衣的扣子,拽了拽蕾丝边的袖口。

"欢迎,欢迎。①"他用含糊的法文说。当用人与德鲁日巴茨卡带着城督夫人往楼上走时,主人把最好的房间让给了表亲。之后他嘴里絮叨着什么,派人去接洛哈特恩的医生卢斌。"妇女问题,妇女问题。②"他重复着。

总的来说他不太高兴,就是对她们的突然到来不太满意。因为他正想去一个常去的地方玩牌,他一直非常有规律地去那个地方打牌。一想到玩牌,他就会兴奋得血压升高,就像喝了一杯醇香的美酒那样让他血液循环加速。为了玩牌他着过多少次急呀!唯独令他感到欣慰的是,比他职位更高、更富有的人也会跟他坐下来一起打牌;最近他与主教索乌迪克一起玩牌,正因如此他一直穿着体面。本来他刚要出门,马车已经在等他了,结果现在不能去了。让别的人去赢吧。他深深吸了一口气,搓了搓手,为的是让自己平静下来——没办法,我下次再去玩吧。

---

① 原文为法语。
② 同上。

城督夫人一夜都在发高烧，德鲁日巴茨卡觉得，她一直在说梦话。她与陪伴着城督夫人的另一女子阿格涅什卡不停地给她用冷水敷头部，然后给她喂匆忙赶来的医生开的草药。此时，草药的气味像是含有茴香和甘草，仿佛甜蜜的云朵在被子上方飘荡。病人睡着了。医生说不仅要给她冷敷头部，还要冷敷腹部。现在整个房子都安静了下来，蜡烛都熄灭了。

不过这已经不是城督夫人第一次受月事困扰，肯定也不会是最后一次。这怪不得任何人，肯定是因为她生长在令人沉闷的庄园里，大门不出二门不迈，没有任何运动；姑娘们一整天一整天地坐在桌子旁，为神父绣月牙形的圣带；在庄园里整天吃的都是大鱼大肉，很难消化；这样的生活让肌肉虚弱。此外，克萨科夫斯卡又喜欢旅游，整日坐在马车里颠簸，到处是嘈杂声和撞击声；她的神经还总是处于紧张的状态而且还得不停地钩心斗角，这就是政治。如果卡塔日娜不是扬·克莱门斯·布拉尼茨基①的特使的话，那她又是什么呢？她不过是在为他的利益服务。她做得不错，因为她具有男人的性格——至少人们都这么说，对她寄予厚望。但德鲁日巴茨卡却没有看到她具有"男性性格"的一面。在她看来，卡塔日娜不过是一个喜欢指挥别人的女人。她个子很高，也很自信，嗓门也很大。人们都说，克萨科夫斯卡的丈夫与她无法相比。他个子矮小，还阳痿。他追求她的时候，大概是站在了钱袋子上，以弥补自己身高的不足。

也许是出于天意，她没生孩子，但她看上去并没有为此发愁。人

---

① 波兰十八世纪最富有的大贵族之一，拥有 12 个城镇、257 个村庄和 17 个宫殿。他是布拉尼茨基家族的最后一位男性代表。

们议论说，每当她跟丈夫吵架时，每当她跟他生气的时候，她就抓起他，把他放在壁炉上，于是他就只能在那里一动不动，一直听她说完。但为什么像她这样的女人会找这么个丈夫呢？可能是为了巩固自家的利益，而利益可以靠政治强化。

两个女人为克萨科夫斯卡夫人一层层地脱掉衣服，当她呻吟或者哭的时候，她们就直呼她的名字卡塔日娜，后来干脆就叫她的小名卡霞。她太虚弱了。医生让她们在她两腿之间放上用干净的布做的敷料，还叮嘱她们要给她多喝水，强制她一定要喝很多水，尤其要喝一些用树皮熬制的汤剂。在德鲁日巴茨卡看来，她这人简直太瘦了，因为如此瘦，看上去很年轻，尽管那时她已经三十出头了。

每当病人熟睡时，德鲁日巴茨卡和阿格涅什卡就一起清洗她带血渍的衣服，上面有很大一块血渍——从她的内衣到衬裙和裙子，甚至在蓝大衣上都有血渍。德鲁日巴茨卡在想，这辈子我见了多少血呀。

城督夫人的裙子非常美——厚厚的缎子面料，奶油底色，上面绣着罕见的红花，左右两边各有一枝带绿叶的小铃铛花。设计欢快轻盈，衬托着女主人偏黑的肤色，与她黑黑的头发也很相配。现在血迹以不祥的浪潮淹没了那些欢快的花朵，以不规则的边界渗透到布料里，毁坏了漂亮的裙子，好像有某种消极力量从底下浮到了表面。

在庄园里有一种特殊的办法可以将血迹洗掉。数个世纪以来，未来的妻子和母亲都要学会这门技术。这对妇女来说都是上学必学的知识，如果有这样的学校的话。分娩、月经、战争、搏斗、行刑、攻击、大屠杀——这些都能令人想起，血会随时从血管里流出。那怎么对付从身体里面大胆流到表面上的血呢？用什么样的碱面清洗，用什么样的醋涮净？也许可以尝试用泪水沾湿布来擦拭，又或者用唾液浸泡；包括床单、被套、内衣、衬裙、衬衣、围裙、帽子和围巾、蕾丝袖口和衣服的荷叶边装饰、长外套和束胸衣、地毯、地板、绷带和制服。

医生走了以后，德鲁日巴茨卡和阿格涅什卡两个女人像是跪着又像是坐着，在床边睡着了——一个用手托着自己的头，脸上的手印留了一整晚；另一个在沙发上，头垂在胸前，她轻轻地呼吸着，领口周围轻柔美丽的蕾丝像在温暖黑暗的海洋中游动的海葵。

县长瓦班茨基桌子的白边

县长家的房子像个城堡。长满苔藓的石头矗立在古老的桩基上，因此很潮湿。院子里有一株巨大的栗树，上面已经结满了果实，黄叶纷纷下落，看上去好像院子里铺着一张美丽的橘黄色的地毯。从门厅走进客厅，里面的家具很简单，但色彩鲜艳，墙上和天花板上还有一些装饰，抛光的橡木地板闪闪发光。他们在做过冬的准备——走廊里放着一筐筐的苹果，他们正准备把苹果放到冬季的房间，以便苹果在那里散发香味，等待圣诞节的来临。院子里到处是忙碌的人，充斥着人们大声说话的声音，因为农民们刚拉来木柴，正在一边堆放它们。妇女们手提装着核桃的篮子，德鲁日巴茨卡有生以来第一次见到这么大的核桃。她剥开一个大核桃，尝了里面多汁柔软的核桃仁，又用舌头舔了舔核桃皮，有点涩。厨房里散发出熬制水果酱的甜香气味。

医生从她身边走过，嘴里还唠叨着什么，径直往楼上走去。她现在已经知道，这位被县长形容为"阴郁"的犹太人，在意大利攻读了医学，是一个少言寡语、心不在焉的人。他深受瓦班茨基县长的青睐，这位县长曾在法国待了很长一段时间，不像以前那样迷信了。

第二天下午，克萨科夫斯卡喝了一点鸡汤，然后命令把枕头放在椅子上当坐垫，并让人给她拿来纸和笔还有墨水。

卡塔日娜·克萨科夫斯卡出生于波托茨卡家族，已为人妻，她是卡缅涅茨的城督夫人，很多村庄和小城镇、宫殿和庄园的主人。她是那种天生的捕食者——即使掉入陷阱，落入偷猎者的手中，也会舔舐伤口，然后立即返回战斗。克萨科夫斯卡具有动物的本能，就像狼群中的母狼。她总会没事的。德鲁日巴茨卡更应该操自己的心。她不妨琢磨琢磨，她自己是怎样的动物……她依赖"捕食者"而活着，她和他们做伴，写一些不起眼的东西娱乐他们。她就是一只被驯服了的白鹇鸽，一只小鸟，会唱自己美妙的歌曲，但是任何一阵风都能把它吹走，暴风雨时从窗户吹进来的风。

下午神父来到这里，来得有些早，他还穿着那件大衣，身上挎着一个包；那包很像是买卖人背的，而不像神父应该背的包。德鲁日巴茨卡早早就在门口迎接他了。

"我想向代牧致歉，请原谅我昨天的贸然举动。我大概是碰掉了神父的扣子了吧……"她一边说一边挽着神父的胳膊把他引进客厅，尽管她并不知道接下来该拿他怎么办。上餐还得有两个小时。

"换句话说，我在无意之中为城督夫人的健康做了一点事情。"

德鲁日巴茨卡已经习惯了各个庄园中略有不同的波兰语，因此现在这些插入拉丁语的讲话只让她觉得很好玩。她在这些地方度过了半生，作为女官和秘书。后来她嫁了人，生了一个女儿，现在丈夫去世了，也有了孙辈，她设法让自己能够独立生活，或者陪伴女儿，或者陪伴克萨科夫斯卡女士，或者做女官。她很高兴回到贵族的庄园，在这里每天都会有很多事，晚上还可以读诗。在她的行李里还装了几本诗集，但她羞于拿出来。所以她什么也没说，只是在那里听神父说着什么。尽管有拉丁语的障碍，但她还是与神父找到了共同语言，因为神父不久前去过采采沃维奇的捷杜什茨基的庄园，现在神父正试图在自己的教区重现那里的景象。几杯酒下肚，神父显得特别兴奋和容光焕发，他感到非常幸运，有人听他说什么。

昨天城督克萨科夫斯基被派往卡缅涅茨，现在他应该随时会过来。他也许会在早上来，或者可能是在半夜到达。

家里的主人和客人都坐在桌子旁，无论是常住的还是临时的。那些最不重要的人都被挤在角落里，根本凑不到铺着白色台布的桌子跟前。这里有主人的叔叔或者舅舅，是一位年长者，体态略臃肿，说话喘着粗气，对每个人都用"先生"和"女士"称呼。这里还有县长家的大管家，是个蓄着胡子、沉默寡言的男子，他端坐在那里；还有瓦班茨基家孩子们早年的宗教课老师，尊贵的受过高等教育的神父嘎乌丹·皮库尔斯基。赫米耶洛夫斯基神父见到他，立即迎上前去，把他带到房间的一角，想给他展示一下犹太人的书。

"这是我换来的书，我给了他我著的《新雅典》，他给了我这本《光明篇》。"赫米耶洛夫斯基神父骄傲地说，并从包里掏出这本书。"我有一个请求，"他模模糊糊地说，"如果能抽出一点时间的话，请给我讲讲这本书……"

皮库尔斯基拿起书，从后面开始翻看，动了动嘴唇。

"这根本不是什么《光明篇》。"他说。

"怎么可能呢？"赫米耶洛夫斯基神父不解地问。

"是邵尔跟神父您开了一个犹太人的玩笑。"皮库尔斯基神父用指头从右到左指着那些看不懂的字符，"《雅各布之眼》，这本书叫这个名字，这是一本民间故事书。"

"邵尔这个老家伙……"神父摇着头说，他有些失望，"他肯定是搞错了。不过在这本书里也许能找到一点智慧的东西，如果有人能给我翻译的话。"

县长瓦班茨基做了一个手势，两个用人端着装着酒和小酒杯的托盘，以及装着切得薄薄的面包片的盘子上来了。如果有谁想开开胃，就先垫一点。过了不一会儿，就上来了丰盛的大餐。先上了一道汤，然后上了一道切得很不均匀的煮牛肉片和其他肉菜——烤牛肉、野味和鸡肉；配菜是水煮胡萝卜、五花肉白菜以及一大盘荞麦米饭，上面浇了一层猪油。

皮库尔斯基神父在餐桌旁俯身小声对神父贝奈迪克特说：

"你去我那里一趟，我有一本用拉丁语写的犹太人的书，希伯来语方面我可以帮你的忙。干吗要去犹太人那里呀？"

"不是你让我去的吗？"神父贝奈迪克特有点懊恼地回答说。

"那是我跟你开了一个玩笑。没想到，神父你真的就去了。"

德鲁日巴茨卡小心翼翼地吃着，因为牛肉有些塞牙，她没看见哪里有牙签。她拣着鸡肉米饭吃了一点，还垂着眼睛注视着两位年轻的用人，看上去她们还没有完全熟悉新的工作，因为她们面对面站在桌子旁边做鬼脸、坏笑，以为客人们都忙着用餐，周围事情什么也顾不上。

克萨科夫斯卡尽管还很虚弱，但她要求在自己房间床边的一角点上蜡烛并给她上鸡肉和米饭，之后又要匈牙利葡萄酒喝。

"尊贵的夫人，您要是想喝葡萄酒的话，这说明最艰难的已经过去了。"瓦班茨基用一种几乎无法察觉的嘲讽的口气说。他对自己没能去玩牌的事情一直耿耿于怀。"我给您倒酒可以吗？[1]"他站起身，

---

[1] 原文为法语。

有点夸张地弯下腰给城督夫人倒了杯葡萄酒,"祝夫人健康。"

"我得特别感谢这位医生,是他用他的草药治愈了我的病。"克萨科夫斯卡咽了一大口酒后说。

"他是一个很难得的人。①"主人强调说,"他是一个很好的、受过良好教育的犹太人,尽管他还没有办法治疗我的痛风病。他是在意大利学习毕业的。他能用一根针就治好白内障,让人恢复视力,他治好了我们附近的一位贵族女士,现在她甚至能用最小的针缝缝补补。"

克萨科夫斯卡又开始说话了。她用完了餐,身子靠在枕头上,脸色苍白。她的脸在蜡烛颤抖的光影中显得像一张鬼脸:

"这里犹太人可不少啊,只要看一下就知道,他们会吞噬我们。"她说,"庄园主们都不想工作,也不关心自己的财产,把土地都租给了犹太人,自己跑到首都去享福。我看哪,犹太人在这里收过桥费,在这里掌管着房地产,还在这里制鞋、制作服装,整个手工业都被犹太人把住了。"

午饭中他们还谈起了这里的生意。在这里,在波多利亚,生意总是不好,可这里土地十分丰饶。这里本可以建成一个繁荣的乡村。这里有钾盐、硝酸钠、蜂蜜、石蜡、牛脂、布料、烟叶、皮革、牲畜、马匹,还有很多很多,结果都找不到买家。为什么呀?瓦班茨基追问。因为德涅斯特河②很浅,下面的礁石又多,不好走船,加上路况也很差,春天冰雪融化后,那道路简直就没法走。而且也没办法做贸易,因为土耳其土匪过境不受任何处罚,他们还抢劫旅行者,于是旅行者必须带着枪支,还得雇保镖。

---

① 原文为法语。
② 欧洲东部的一条河流,全长 1362 公里,起源于乌克兰喀尔巴阡山脉,注入黑海。

"谁有这么多钱？"瓦班茨基诉着苦，他真希望能像在别的国家那样，贸易繁荣，人们的生活水平提高。就像在法国那样，其实那里的土地、河流一点都不比这里好。克萨科夫斯卡认为，这都是庄园主的过错，他们用酒作为报酬给农民，而不是付钱。

"女士，您知道吗，在这里，波托茨卡家族对农民们心狠手辣。农民们给他们打五天长工，只有周六周日才去耕种自己的土地。"

"在我们那里，农民们周五也休息，"克萨科夫斯卡插话说，"就这样他们还不好好干活。一半的收成作为报酬给了农民们。即使如此，这些天赐的礼物依然没有给我们带来好处。在我兄弟那里，直到今天地里还堆着成捆收割下来的谷物，长满了虫子，没办法卖出去。"

"谁想出来的办法，用粮食酿酒，应该给他奖励。"瓦班茨基一边说，一边拽下胡子下的餐巾布，这表明，按照他们的好习惯，现在要去图书馆抽烟斗。"现在成堆的伏特加都以加仑为单位装在车上往德涅斯特河对岸运。事实上，《古兰经》规定不许饮用葡萄酒，但对饮用伏特加没有规定。不过不远处就是摩尔多瓦王子的地盘，在那里基督徒可以任意豪饮酒类……"他笑着说，露出了被烟熏得发黄的牙齿。

县长瓦班茨基可不是一般人。在图书馆最主要的位置摆着一本他写的书：《在法国的皇家军队服役的、尊贵且当之无愧的谢塔迪侯爵给年轻的贵族的警示，这里收集的是一位年轻贵族的提问和得到的回答的摘要。尊贵的先生时蒙·瓦班茨基，洛哈特恩的县长，为纪念自己利沃夫的同学专门出版了这本书》。

德鲁日巴茨卡礼貌地问他，这是一本关于什么的著作，于是瓦班茨基讲了很长一段话，人们才知道，这是一本非常重要的战役年表。应该说，这是一本翻译过来的书，而不是他撰写的原创作品。标题确实与书的内容不太相符。

后来所有人都得去吸烟室——包括妇女在内，因为两位都酷爱吸烟——听瓦班茨基县长在扎乌斯基家族图书馆的落成庆典上发表的讲话。

有人喊走了县长，说医生来给他治疗了。闲谈的话题转向德鲁日巴茨卡，于是克萨科夫斯卡介绍说，她是女诗人，为此代牧赫米耶洛夫斯基感到有些意外。在她展示自己的书时，他贪婪地伸出手，因为每每看到印刷的纸张他都会不由自主地想把书拿在手里，爱不释手，直到看完书。如果不能看完全部，哪怕是粗略地翻看一下也好。现在他打开书，走到光下，想好好看看标题页。

"这是韵律集——"他大失所望地说，不过很快就回过味来，并赞同地频频点头。《精神、颂词、道德和世俗的韵律集》。他不太喜欢这些诗，因为他不懂，但当神父看到这本诗集是扎乌斯基兄弟出版社出版的时候，这本诗集在他心中的价值提升了。

从虚掩着的门缝中可以听到县长说话，那里突然传出一种谦卑的声音：

"亲爱的阿舍尔，这病让我痛不欲生，脚趾疼得厉害，我亲爱的，想点什么办法救治我吧。"

马上又传来另一种低声说话的声音，带着犹太人的腔调：

"尊贵的大人，我不想再给您治病了。您本不该喝葡萄酒、吃大肉，特别不能吃红肉，但您就是不听医生的话呀，所以现在疼痛，而且还会疼下去。我不能强迫您治疗了。"

"哎呀，别生气呀，这也不是你的脚指头，是我的……见鬼去吧，医生……"声音在什么地方消失了，很显然他们两个人进了里屋。

第三章

关于阿舍尔·卢斌及其晦暗的思想

阿舍尔·卢斌从县长房子里出来以后,径直朝市场方向走去。晚上天空放晴了,天上闪烁着数百万颗星星,但它们的光是冰冷的,照在这片大地上,给洛哈特恩这个地方带来了初秋的寒意。卢斌往上拽了拽自己黑色毛料大衣的领口,然后把脖子缩了进去。他又高又瘦,看上去像一根细长的棍子。城里既安静又冷清。各个住家的窗户中闪出微弱的光线,只能隐隐看见,很容易让人产生一种幻觉,误以为那是残留在虹膜上的阳光。那是更晴朗的日子里留下的记忆,这种记忆在凝视各种物体时不断浮现。卢斌对我们在眼睑之下看到的东西非常感兴趣,他想知道,它从何而来,是眼球上的杂质吗?也许眼睛就像是他在意大利看到过的魔灯般的东西。

他觉得,这就是他现在所能看到的一切:洛哈特恩上空的星星的尖角刺破了黑暗,小房子倾斜的轮廓,城堡垛墙和不远处教堂的塔尖,忽明忽暗的灯光都像鬼魂一样,一根吊杆倾斜地伸向天空,似乎在表示抗议。也许他现在听到的一切——下面潺潺的流水声,还有霜冻的叶子发出的轻微的吱吱响声——都是他的臆想,这些想法让他兴奋不已。如果这一切都是我们想象出来的怎么办?如果每个人看到的是不同的东西怎么办?难道每个人都能以同样的方式感知绿色吗?也许"绿色"只是一种名称,这个名称表达的根本不是什么颜色,而是涵盖了完全各异的感觉;我们只是以这种名称进行沟通,实际上我们每个人看到的都是完全不同的东西。有什么办法来证实这一切吗?如果我们真的睁开了眼睛,会发生什么呢?如果因为某种奇迹,我们真的看到了周围的一切呢?这一切又会是什么样子呢?

阿舍尔常常会有这样的想法,那时他就会感到一阵恐惧。

犬吠声四起,还能听到一个男人高声喊叫的声音,这个喊叫声来自市场旁边的小旅馆。医生从犹太人的建筑旁穿过,绕过右边一座又大又黑的犹太会堂的垛墙。下面的河水散发着水的气味。市场将洛哈特恩两拨敌对的、经常吵架的犹太人隔开了。

他们在等谁?他想。有谁能来拯救世界?

这派和那派。那些信奉《塔木德》[1]律法的人,在洛哈特恩他们挤在仅有的几座房子里,就像一个要塞城堡。而那些异端教徒、叛徒,他从内心深处对他们感到厌恶,认为他们沉迷于神秘的童话故事,是一帮宗教迷信者及平庸之人,身上挂着护身符,面带虚伪诡诈的神秘的微笑,就像老邵尔一样。这些人信奉痛苦的弥赛亚[2],他们跌至最底层,因为只有从最底层才能回到最高层。他们相信早在一百年前,弥赛亚就穿着破衣烂衫出现了。世界已经得到了拯救,尽管还不能立即看到,但那些知道这一切的人认为就是这样,他们会拿以赛亚[3]做证。

---

[1] 犹太教中地位仅次于《塔纳赫》的宗教文献。源于公元前二世纪至公元五世纪间,记录了犹太教的律法、条例和传统,是犹太人探索自己民族和国家的历史、文化以及智慧而淬炼出的结晶。

[2] 意指受上帝指派来拯救世人的救世主。

[3] 《以赛亚书》中的主要人物,传统上认为他是该书的作者。他是公元前八世纪的犹太先知,曾预言:"地必全然空虚,尽都荒凉。"因此他警告以色列人皈依上帝。

他们不过安息日①,不反对婚外性行为——他们不知道什么是罪孽,他们觉得没必要太在乎那些微不足道的事。他们的住房密密麻麻的,一个挨着一个建在市场上峰的地方,给人的感觉是,房子的外墙紧挨在一起,形成一道协调坚实的警戒线。

阿舍尔正向那里走着。

这位洛哈特恩的拉比,一个贪婪的施虐者,总是喜欢在一些荒谬的小事上纠缠,有时候他还叫阿舍尔到他那里去。他不太喜欢阿舍尔·卢斌,就是因为他很少去犹太会堂,也不穿传统的犹太人服装,只穿介于犹太人和普通人之间的那种服装;他会穿黑色的、简朴的长外衣,头戴老式的意大利礼帽,因此小城里的所有人一眼就能认出他来。拉比的一个儿子病得很重,下肢扭曲,可阿舍尔又治不了他的病。阿舍尔心想,也许他死了会比活着更好,这样这个无辜的男孩就不必承受如此的痛苦。正因为这个男孩,他才对拉比心生一点同情,毕竟他觉得拉比就是一个空虚而粗鄙的人。

他敢肯定,拉比希望的弥赛亚就是一个骑着白马的国王,身披金色盔甲,带着军队去耶路撒冷,与军队一起接管政权,给世界带来终极的秩序;同时还希望,自己就是某位著名的将军,从庄园主手里夺取掌管世界的大权,各个民族无条件投降,国王给他上贡,并在萨姆巴特河②岸边遇见十个失落的以色列部落。耶路撒冷圣殿将从天而降,就在这同一天让那些埋葬在以色列大地的鬼魂复苏。阿舍尔冷笑一声,他想起来了,那些死在圣地之外的人,只能在四百年以后才会复活。从孩提时代开始他曾相信这一点,尽管他觉得这有些过于残忍和

---

① 犹太教每周一天的休息日,根据神的有关命令纪念神创世六日后休息的第七日。
② 传说中的"安息日河"。公元前721年,亚述国王沙尔曼尼塞尔五世将以色列失落的十个部落流放至此。

不公平。

两派互相攻击对方，指责对方造了最大的孽，他们中间正在进行一场战争。阿舍尔·卢斌想，双方都很可悲。毕竟他是个很厌世的人——奇怪的是，他居然做了医生。实际上，人们总是让他愤怒和失望。

关于罪孽，他比他们当中的任何人都知道得多。人的罪孽就像记在羊皮纸上一样写在人的身体上。羊皮纸因人而异，但他们的罪孽都没什么差别，非常相似。

蜂巢，也就是邵尔
在洛哈特恩的家及其家族

邵尔的家就在市场旁边，不过邵尔在别处还有房子——他的家族很大而且分了很多支——现在他们正在准备婚礼。家中的一个儿子要娶媳妇了。

埃利沙一共有五个孩子，其中一个是女儿，是家中老大。第一个儿子叫施罗莫，已经三十岁了，长得很像父亲，做事小心谨慎并且少言寡语。他做事很靠谱，所以大家都很尊敬他。他管妻子叫哈依凯瓦，因她原来的名字跟施罗莫的姐姐哈雅一样。施罗莫的妻子又怀孕了，他们期待孩子的降生。她出生于瓦拉几亚，长得十分俊俏，尽管现在怀有身孕，她的美丽依然令人惊叹。她会创作有趣的歌曲，自编自唱。她还为女性写下许多故事。纳坦，二十八岁，长着一副诚实而温柔的面庞，特别会与土耳其人做生意，总是出去跑买卖，生意很红火，尽管很少有人知道他做的是什么买卖。他很少住在洛哈特恩，但也前来参加婚礼。他的妻子，贵妇模样，穿着显得很奢华富贵。她出生于立陶宛，总是对住在洛哈特恩的家人不屑一顾。她的头发长得十分茂密，高高地盘在头上,身穿束腰裙。院子里停着的马车就是他们的。邵尔的另一个儿子叫耶乎达,既活泼又幽默。不过他常常给家长找麻烦,因为他性格放荡不羁,不听他们的管教。耶乎达喜欢穿波兰式样的衣服,身上还配着剑。兄弟们都戏称他为"哥萨克"。他在卡缅涅茨做生意,负责给要塞堡垒供应食品,收入相当可观。不久前他的妻子难产去世,孩子也没保住;他们夫妻已经育有两个孩子。现在很明显,他想要寻找新的伴侣,对他来说参加婚礼正是一个绝好的机会。他看上了来自波德盖齐的莫舍的大女儿,现在十四岁,刚好到出嫁的年龄。莫舍是一个高尚的人,他博学多才,主要研究卡巴拉[①]。他能背诵《光明篇》全文,并"知晓其中的秘密"。不过耶乎达对此并不感兴趣。这位卡巴拉学者给他的女儿起名叫玛乌卡,即"女王"的意思,但对耶乎达来说,说实话,他并不看重女孩的长相及其是否有知识。邵尔最小的儿子叫沃尔夫,刚七岁。他长着一副宽大而愉悦的脸庞,满脸雀斑,总是愿意围着父亲转。

那个新郎就是伊扎克,神父赫米耶洛夫斯基戏称他为"耶利米"。他现年十六岁,个子很高,身板挺拔,没什么别的特征。他未来的妻子叫福莱伊娜,来自蓝茨克鲁尼亚,是基尔沙的亲戚——基尔沙是蓝茨克鲁尼亚的拉比,埃利沙·邵尔的女儿哈雅的丈夫。在这个矮小的大房子里的所有人都是一家人,他们或有血缘关系、婚姻关系,或有买卖关系、借债关系或马车租赁关系。

阿舍尔·卢斌是这里的常客,主要是被叫来给孩子们看病,当然也包括给哈雅看病。她患了一种莫名其妙的怪病,他也不知道该怎么

[①] 又称"希伯来神秘哲学",字面意思是"接受""传承",用来解释永恒的造物主与有限的宇宙之间的关系。

治疗她的病，只好与她闲聊。当然他也喜欢来给哈雅看病，这或许是他唯一喜欢的事情。通常都是哈雅叫他来给自己看病，因为在这个家里没人相信任何医道。通过他们俩的聊天，她的病痛就能减轻。有时阿舍尔在想，哈雅可能就是一只蝾螈，本身会变换不同的颜色，以便更好地在攻击者面前隐藏自己或是伪装成别的东西。不过哈雅身上有时会起疹子，有时会憋得喘不过气来，有时还会流鼻血。所有人都相信，这是在闹鬼，是她的身上附有鬼魂，是邪灵在作祟或者是守卫地下宝藏的跛足生物在作祟。她的病是一种预兆，超越了先知的预言。那时他们就不让阿舍尔再来了，他们已经不再需要他了。

阿舍尔想起这件事就觉得好笑，在邵尔家，所有的男人都会做生意，而女人都是先知。每两个女人中就有一个先知。他在想：今天他在自己订阅的柏林报纸上阅读了一篇文章，说在遥远的美国已经证明，闪电是一种放电现象，只用一条简单的导线居然就可以抵御上帝的怒火。

不过这样的知识传不到这里。

如今已经完婚，哈雅就搬到了丈夫的家里，不过她经常会到这里来。他们让她嫁给了蓝茨克鲁尼亚的拉比，他是自己人，是她父亲的朋友，尽管父亲比他年长很多；哈雅已经给他生育了两个孩子。父亲与女婿的长相和习性简直出自一个模子：两人都蓄着胡子、头发花白，凹陷的面庞藏着他们常待的那个低矮房间的阴影。无论他们走到哪里，脸上都带着这样的阴影。

每次哈雅占卜的时候，她都会进入一种出神状态。在这种状态中，她玩着用面包或者泥捏的小人，把它们放在自己亲手画的板子上。然后她开始预测未来。占卜时父亲都会在场，他还把自己的耳朵贴在女儿的嘴唇上。耳朵贴得那么近，看上去好像姑娘在舔他的耳朵。他闭着眼睛听着，然后把他听到的从鬼魂的语言翻译成人的语言。很多说的是对的，但也不全都对。阿舍尔·卢斌不知道怎么解释这些事，这到底是一种什么病。不过他知道，这种事情让他很不舒服，为此他尽量不去想这事。犹太人称这种占卜为"伊卜布尔"，意思是说，天使来到了她的身旁，圣灵会告诉她一些人类通常无法获得的信息。阿舍尔有时还会给她放血；放血时，他尽量避免看她的眼睛。他相信这种疗法会很好地清理她的身体，降低她血管中的压力，使血不致往头上涌。家人像听从父亲的话一样听哈雅的话。

但现在，他们又叫来阿舍尔·卢斌。这里来了一个行将去世的老年妇女，她是受邀来参加婚礼的客人，但在来的路上虚脱了。人们现在只好让她卧床休息，因为他们害怕她会死在婚礼上。于是今天阿舍尔就不能去给哈雅看病了。

他从泥泞黑暗的院子走进屋里来，院子里倒挂着一只养了一夏天、刚刚宰杀的肥鹅。他穿过一个狭窄的走廊，闻到了煎牛排和洋葱的味道，还听到棒槌在罐子里捣胡椒末的声音。女人们在厨房里大声聊着天，烹煮菜肴的热气弄得屋子很暖和，到处弥漫着醋、肉豆蔻、香叶的气味，还有烹调鲜肉的气味，这种气味甜腻又令人晕眩，更显得秋季的空气是那么阴冷和令人忧愁悲伤。

男人们在木墙另一边大声说话，好像他们在吵架——不仅能听见他们说话的声音，还能闻到渗透在他们衣服上的石蜡和潮湿的气味。这里人真多，屋子里到处挤满了人。

阿舍尔从孩子们身边走过时，他们因为受节日气氛的感染，根本没有注意到他。阿舍尔·卢斌穿过一个狭长的院子，那里灯光昏暗，马匹和马车都停在那里。卢斌隐隐约约看见一个人，正在黑暗中从马车上往下卸一些大袋子，并往屋子里搬。过了一会儿，阿舍尔看到了他的脸，不由自主地浑身发抖——就是那个老邵尔从雪地里救出来的满脸冻疮的农民。

他在门口遇到了喝得微醉的耶乎达，他们全家都叫他莱伊布；其实卢斌也不姓卢斌，而是叫阿舍尔·本·莱维。现在在昏暗的房间和拥挤的客人中，谁叫什么名字并不重要，治病救人才要紧。所有的人都想让他赶紧进去。耶乎达二话没说，直接把他带到了里屋。他打开了一间小屋的门，那里有很多年轻的妇女在忙活，壁炉旁有一张床，上面有一位上了年纪的干瘪的妇女，她背靠着枕头半躺在那里。在那里忙活的妇女们七嘴八舌地跟他打招呼并把他迅速带到床边，请他为彦塔检查。

这位妇女身材矮小，瘦得皮包骨头，身体孱弱，像只老母鸡；凸起的鸡胸剧烈地起伏着。她半张着嘴，紧绷着的薄薄的嘴唇深陷在口中。但是她用黑色的眼眸仔细地看着医生的一举一动。当把周围所有的好奇者请出房间后，他看到了她孩子般大小的身躯和瘦骨嶙峋的双手，缠满了绳编的和皮编的腕圈。人们在她脖子下垫了一块狼皮。人们相信，狼皮可以温暖皮肤并给人力量。

阿舍尔心想，怎么能带着这么虚弱的老太太长途跋涉呢？她现在就像一个晒干的老蘑菇，脸色棕黄，而蜡烛的光残酷地刻在她的脸上。慢慢地，这张脸看上去已经不像人脸了。阿舍尔感觉她马上就会变成一个与大自然的作品毫无区别的东西——树皮、粗糙的石块和多节的木头。

可以看出来这里的人们对老妇人照顾得很周到。毕竟，埃利沙·邵尔告诉阿舍尔，彦塔的父亲和自己的祖父是亲兄弟，他叫扎尔曼·纳夫塔尔·邵尔，他撰写了一本著名的书——《特瓦特·邵尔》。因此毫不奇怪，她专程来参加亲戚的婚礼，毕竟表兄弟们会从摩拉维亚和遥远的卢布林赶来。阿舍尔蹲在矮小的床边，立即闻到人身上出汗后散发出的一股咸味，以及——他想了一会儿，搜寻着确切的用词——小孩身上的气味。她到了这个年纪，身上开始散发出跟小孩身上一样的气味。他知道，她没有患什么大病，只不过就是快要死去了。他仔细地对她进行了检查，除了衰老以外，他没发现她有什么大病。心率有些不齐，心跳比较弱，好像心脏很疲惫了一样；皮肤很光滑，尽管很薄，像羊皮纸那样干皱。眼睛很清澈，但已凹陷进去。她的太阳穴也凹陷下去了，这就意味着死亡要降临了。在她微微敞开的衬衫下面还能看见她戴着什么绳编的项圈和绳结。他摸了一下她紧紧攥着的拳头，一开始她紧张得不肯松开，后来拳头就像干燥的沙漠中的玫瑰那样在他面前绽放了。他看见在她手心里攥着一块丝绸布，上面密密麻麻地写着：ץ"ש。

在阿舍尔的印象中，老妇人张开无牙的嘴对他微笑，而她黑色的、深陷的眼眸里反射出蜡烛的火光。他觉得，这个蜡烛的反光是从遥远的地方反射到他这里来的，是从人类深不可测的深处反射出的光。

"她怎么样了？"埃利沙问。不知何时他突然来到这个狭小的房间里。

阿舍尔慢慢抬起头，看到他满脸不安的样子。

"还能怎么样？快死了，等不到参加婚礼了。"

阿舍尔·卢斌做了一个表情，好像自言自语地对自己说："干吗让她在这种情况下还来这里呢？"

埃利沙·邵尔抓着他的胳膊，把他叫到一旁。

"你肯定有自己的办法，我们什么也不懂。帮我们救救她吧，阿舍尔。肉都切好了，胡萝卜也都切好了。盆里也泡好了葡萄干，妇女们正在刮鲤鱼鳞。你看见有多少客人来了吧？"

"她心脏跳得十分微弱,"卢斌说,"我也束手无策了。就不应该让她跑这么远的路来这里。"

他轻轻地甩开埃利沙·邵尔抓着他胳膊的手,往门外走去。

阿舍尔·卢斌认为,大多数人都很愚蠢,人类的愚蠢给世界带来了悲伤。这不是人类与生俱来的罪恶或品质,而是对世界错误的看法,是对眼睛所看到的东西的错误判断。其实人们不会把事物综合起来看,只会孤立地看待事情。真正的智慧是把一切事物联系起来,这是一门艺术,这样事物的真实形态才会显现。

他三十五岁,但看上去要比实际年龄老成许多。特别是最近几年他开始有点驼背,头发完全变白了,以前他的头发乌黑乌黑的。他的牙齿也开始出问题。有时候,如果天气潮湿,他的手关节还会浮肿;他有点弱不禁风,应该更加注意自己的健康。他躲过了婚姻,因为他的未婚妻在他上大学时去世了。其实他几乎不了解她,为此他也没有太悲伤,至今仍能很平静地生活。

他出生于立陶宛,因为他天资聪颖,父母筹集资金,以便他能去国外读书受教育。他去了意大利读书,但没读完。他突然患了一种浑身无力的病,仅凭着一点力气回到洛哈特恩,在这里他的舅舅安柴尔·林德耐尔为东正教神父缝制长袍,挣了些钱,有能力让他住在家里。之后卢斌慢慢恢复了健康。尽管他学了几年医学,但他也不知道自己的身体究竟出了什么问题。浑身无力,浑身无力。他把手放在前面的桌子上,可无力把手抬起来。他甚至都没有力气睁开眼睛。舅妈每天给他的眼帘涂抹几次混着草药的羊油,他慢慢地好了起来。在意大利医学院学到的知识开始一点点地派上了用场,因为他开始给人们治病了,而且效果还不错。但他觉得,他是被囚禁在了洛哈特恩,就像一只昆虫掉进了树脂,永远被封存在那里。

研经室[1]

因为留着长长的胡子，所以埃利沙·邵尔看起来很有族长的威严，他抱着外孙女，用鼻子在她肚子上蹭痒逗她笑。小姑娘高兴地大笑，露出了还没有长出牙齿的牙龈，头朝后仰着大喘着气，她的笑声传遍了整个房子。她笑的声音好像鸽子的叫声。后来水珠从尿布里往地板上滴落，外祖父迅速把孩子递给了她的妈妈哈雅。哈雅又让别的妇女往下传她，然后小姑娘就消失在房子的深处。顺着滴在磨损的地板上的尿滴就能知道她去了哪里。

邵尔不得不在寒意逼人的十月的下午出去，到另一个建筑物去，因为研经室就在那边，从那里可以听见那些男人的声音，通常是大声的、不耐烦的声音——人们可能会误会，以为那里肯定不是看书学习知识的地方，而是集贸市场。他是去孩子们那儿，他们在那里学习怎么阅读。他的家庭里有很多孩子，邵尔有九个孙辈。他认为，不能总跟孩子们在一起。上午他们学习、阅读和祈祷；然后去商店里工作，帮助家里干活，做些实实在在的工作，例如开个发票或者写一些贸易来往的信件；与此同时还得喂马、劈柴，把劈好的大块木柴整齐地摞起来，把小木柴摆到家里去。他们什么都得自己备好，因为什么都会用得上。人必须能自立和自给自足，每样事情都会干一些，还得掌握一门真正的好手艺，在需要的时候让自己能生存下去——这个得看在哪方面具备才华。还得关注孩子会往哪方面发展，这样才不会犯错误。埃利沙也允许女孩子学习，但不能跟男孩子们在一起学习。他的眼睛

---

[1] 犹太社区中学习《希伯来圣经》及其他经典的地方。——编者注

就像游隼的眼睛那样尖,能穿透到内里,能马上看出来哪个女孩有出息、能学好。他觉得没必要在那些没什么才华和浅薄的女孩身上浪费时间,如若那样,就让她们当一个好妻子并多生孩子吧。

在研经室一共有十一个孩子,几乎所有的孩子都是他的孙辈。

埃利沙·邵尔年逾花甲;个子不高,青筋暴露,好冲动。男孩子们已经在那里等老师了,他们知道祖父肯定会来这里检查他们学习的情况。老邵尔只要在洛哈特恩,就会坚持每天都这样做,不过他还是得经常出远门去跑买卖。

他今天又出现了。他总是步伐匆匆就走进来,脸上两道纵深的、仿佛被铧犁划开的深沟,使他看上去更显严厉。但他并不想吓唬孩子们,所以他很注意这一点,要冲着孩子们微笑。埃利沙首先很慈祥地挨个看着这些孩子,但他又想掩饰自己的情感。他用有点沙哑的声音低声对孩子们说话,那声音好像是要刹住马车时发出的声音。他从口袋里掏出几个大核桃,那核桃真的特别大,像桃子那样大。他把核桃放在自己的手掌心,然后凑到男孩子们跟前。他们好奇地看着他,心想祖父会马上把这些核桃分给他们吃,没想到他会耍花招。老人家先拿起一个核桃,用坚硬的、骨瘦如柴的手将其剥开,然后又凑到站在最前面的小男孩眼前,他叫莱伊布科,是纳坦的儿子。

"这是什么?"

"核桃。"莱伊布科肯定地回答说。

"核桃都有什么?"现在他走到另一个叫施罗莫的男孩跟前问。这个男孩现在有点犹豫,眨着大眼睛,看着祖父。

"有核桃皮和核桃仁。"

埃利沙·邵尔对此感到非常满意。他在这些男孩子的面前缓慢地、戏剧性地取出核桃仁,然后放到嘴里自己吃,陶醉地合上眼睛,咂巴着嘴。这有点怪。坐在最后一排的小以色列开始笑话祖父，转着眼珠子大笑着。

"这太简单了，"埃利沙突然变得严肃起来，对施罗莫说，"你看，这还有内壳和覆盖着核桃仁的薄膜呢。"

他捧着核桃摊开手掌，想让所有的男孩子都能俯身看看核桃。

"你们快过来看一下呀。"

他做这一切的目的，就是为了给这些孩子解释，《妥拉》①的结构也就像核桃一样。核桃皮就是《妥拉》最基本的意义：在一些寻常的故事中，对发生了什么进行描述。然后，我们走向深处。现在他让孩子们在自己的小板子上写上四个字母：Peh、Resh、Dalet、Shin。②等孩子们写好这四个字母后，埃利沙·邵尔让他们大声读出来——先是把四个字母连起来读，然后再分开读。

施罗莫就像背诵着一首诗，但他似乎根本不懂诗的内容：

"P——pszat——这是字面意思，R——remesz——这是寓意的意思，D——drasz——这是博学多才的人说，S——sod——这是神秘的意思。"

当说到"神秘的"这个词，他开始结结巴巴的，就像他的妈妈一样。他和哈雅是多么像，埃利沙心中感慨地想着。这一发现令他情绪高涨，所有这些孩子都是他的血脉，每个孩子身上都流淌着他的一部分血液，就像是在劈柴时留下的碎片那样。

"从伊甸园里流出的四条河都叫什么名字？"他问另一个小男孩。

---

① 原意为教导、训诲。《妥拉》的意义广泛，可以指《塔纳赫》二十四部经中的前五部，也就是一般常称的《摩西五经》，也可以指由《创世纪》开始，一直到《塔纳赫》结尾的所有内容。
② 参看文前"希伯来字母表"。下文中的"pszat"等是转写后的希伯来语词汇。

这个男孩长着一对大大的招风耳,面颊窄小。他叫希莱尔,是埃利沙妹妹的孙子。男孩立即回答说:"比逊河、基训河、底格里斯河和幼发拉底河。"

这时他们的老师拜莱克·斯迈唐克斯走了进来,他看到一幅让每个人都感到愉悦的场景。埃利沙·邵尔坐在孩子们中间回答问题。老师为了取悦老邵尔,脸上带着幸福的表情,不停地转着眼珠子。他的皮肤非常白皙,花白头发,为此还得了个"奶油"的绰号。实际上他内心里特别害怕这个小个子的老头,他还没听说过有谁不怕他。也许只有两个哈雅不怕邵尔,一个是大哈雅,一个是小哈雅——前者是他的女儿,后者是他的儿媳妇。

"最早有过四个伟大的先贤,他们分别叫本·阿萨基、本·索玛、埃利沙·本·阿布亚和阿吉巴拉比。他们一个接一个地去往天堂。"老邵尔开始说,"本·阿萨基看到了,然后他死了。"

埃利沙·邵尔说到这里戛然而止,可怕地沉默着,他高挑着眉梢看着孩子们,看他的话让孩子们产生了怎样的反应。小希莱尔惊讶地大张着嘴。

"这是什么意思?"邵尔问小家伙们,当然没有人回答他提的问题,于是他就用手指着上面总结说,"这就是说,他走进了比逊河,比逊河名称的含义就是:学习确切意义的嘴。"

然后他又伸出第二根指头接着说:

"本·索玛看到了,于是失去了理智。"他做了个鬼脸,孩子们都笑了,"那这又是什么意思呢?这就是说,他走进了基训河,这条河名称的含义是:这个人只能看到隐喻的含义。"

他知道,孩子们根本弄不懂他所讲的话的意思。没关系,他们不需要弄懂,重要的是他们能记住就行。以后再慢慢弄懂。"

"埃利沙·本·阿布亚,"他接着说,"他看见了,成了异端。这又是什么意思呢?就是说他走进了底格里斯河,并在过多不同的理解方式中迷失了自己。"

他伸出三根手指,指着扭着身子坐着的小伊扎克。

"只有拉比阿吉巴进入了天堂并毫发无损地归来。这意味着他潜入了幼发拉底河,领悟了最深刻的神秘含义。这就是四种阅读和理解的方式。"

孩子们看着那些摆在他们桌子上令人眼馋的核桃。祖父在他的手心里剥开核桃,分给了小家伙们。他认真地看着每个孩子,把最后一些渣子一点儿不落地分给了孩子们。然后他走了出去,立即绷紧了脸,收起了笑容,像走迷宫似的回到了自己的家,看上去是往"蜂巢"去了,去看望彦塔。

彦塔,或死的不是时候

彦塔的孙子以色列和他的妻子索布拉把她从科罗洛夫卡[①]带到这里,他们也是应邀前来参加婚礼的。他们跟这里的所有人一样也都是"自己人"。尽管他们住的地方离这里很远,但一直保持着联系。

现在他们对自己做的事情感到有点懊悔,谁也不记得是谁的主意。这不重要,即便是老妇人自己愿意来。他们一直很怕这位老妇人,因为她喜欢对全家人指手画脚,而且他们从不能拒绝她。现在他们浑身颤抖,担心老妇人会死在邵尔家,而且会死在婚礼上,这就意味着给

---

① 波兰东部卢布林省弗沃达瓦县的一个村庄,靠近白俄罗斯边境。

年轻夫妇的生活永远地蒙上了一层阴影。他们一起从科罗洛夫卡坐上了带篷布的马车,那是他们与其他前来参加婚礼的人合租的一辆马车。那时彦塔还很健康,甚至还是自己攀上了马车坐到座位上的。后来她让别人给她递烟,就这样他们上路了。一路走一路唱,后来大家都累了,就试着进入梦乡。她望着肮脏的、上面溅了泥土的篷布,似乎看到整个世界都被他们抛在了后面。此时马车走上了崎岖的弯路,穿过农民的田垄,绕过大树,穿过地平线。

他们走了两天两夜,马车颠簸得非常厉害,但老彦塔都挺过来了。他们在布恰奇①的亲戚家过了一夜,第二天清晨又赶着上路了。路上起了大雾,突然让这些赶着参加婚礼的人感觉有种不祥之兆,自那时起,老彦塔就开始呻吟,好像要引起别人对她的关注。雾气是一种浑浊的水,在这水里漂游着各种邪灵,使人和动物的思想混乱。难道马车已经离开了大路,要把所有人带向陡峭的河岸并从那里跌入深渊吗?或许会有一种奇怪的、可怕的、凶残的力量来捕获他们,会不会在路上突然打开一条通往洞穴的路,洞穴里埋藏着丑陋而富贵的侏儒们珍贵的宝藏?也许是因为害怕,老人家身体支撑不住了。

下午时分大雾慢慢散去了,在前面不远处他们看见了一个不可思议的巨大的波德盖齐城堡的墙体,因为城堡久未有人居住,现在已经变成了废墟。一大群乌鸦在废墟上空盘旋,它们一个接着一个从半坍塌的屋顶向上飞起。大雾在乌鸦的嘶叫声中退却了,乌鸦的叫声在城墙上空回荡。以色列及其妻子索布拉是车上最年长的一对,他们让马车停下,让人们分散地坐在路边休息一下。他们掏出了面包、水果和水,但老妇人什么也不想吃,只是喝了几滴水。

---

① 乌克兰的城市,位于该国西部,距离该州首府捷尔诺波尔 56 公里。

当他们在午夜最终抵达了洛哈特恩的时候,她已经站不起来了,晃晃悠悠的,必须叫些男人来把她抬到屋子里去。结果一个人就够了,根本不需要几个人来抬她。彦塔能有多重?就是一只瘦山羊的重量。

埃利沙·邵尔心有余悸地迎接了自己的姑姑,让她住进了一个体面的小房间,并告诉所有的妇女,要好好照顾她。下午他来看姑姑,他们像平时一样小声嘀咕着什么。他们彼此都很熟悉。

埃利沙·邵尔关心地看着她。彦塔知道他想说什么:

"时机不好,对吧?"

埃利沙没有作答。彦塔温和地眨了眨眼睛。

"难道死还有好时机吗?"最终埃利沙说了一句带有哲理的话。

彦塔说,她会等到这群客人离开,他们呼出的气在窗户上蒙上一层雾气,让空气变得沉重。她会等到参加婚礼的人跳完舞喝完酒,等到他们离开这里回到自己的住处,一直等到地板上的碎屑被擦拭干净,等到盘碗洗净。埃利沙似乎在关心地看着她,其实脑子早就开了小差,想着别的什么。

彦塔从来就没有喜欢过埃利沙·邵尔。他是个内心复杂的人,就像一座有很多房间的房子——一个房间是这样,另一个房间是那样。从外部看,他是一整座建筑,但内部却异常复杂。人们从来都不会知道,他会做出怎样的事情。而且,埃利沙·邵尔总是不快乐,总是觉得他自己缺少什么,总是想要别人有的,但他还没有的东西;或者相反,他有别人没有的东西,但却认为这些东西是多余的。所有这一切促使他成了一个永不满足而且悲怨阴郁、沉闷沮丧的人。

彦塔作为最年长的人,每个前来参加婚礼的人一到这里,就得先去给她请安。客人们络绎不绝地来到在迷宫尽头的这间小屋看望她,小屋位于院子后与公墓相邻的第二个房子里。孩子们透过墙缝往她这里偷看，这堵墙在冬天来临前需要好好封堵一下了。哈雅在她的床边坐了很久。彦塔把哈雅的手拉过来放在自己的脸上，而她则抚摸着彦塔的眼睛、嘴和面颊——孩子们都看到了这些举动。哈雅还抚摸着她的头。哈雅给她拿来好吃的，给她喂鸡汤，里面还加了一勺鹅油，然后老彦塔就长时间地吧嗒着嘴，舔自己又薄又干的嘴唇。但鹅油也无法给她增添太多的力气，无法让她恢复元气。

所罗门·扎尔曼和他年轻的妻子舍音戴尔一来到这里，立即就去看从摩拉维亚来的姑奶奶。他们是从布尔诺[①]来的，路上途经兹林[②]和普雷绍夫[③]，后又经过德罗霍贝奇[④]，整整走了三个星期，不过他们不会再走这条路线回去。在来时走山路的时候，一帮逃跑的农奴劫持了他们，扎尔曼给了他们不少钱，幸运的是他们没有把钱全部抢走。等他们往回走时，他们将赶在下雪前途经克拉科夫回去。舍音戴尔怀的是他们的第一个孩子，这个消息她也是刚刚告诉自己的丈夫的。现在她有些恶心，特别讨厌咖啡、各种调料的气味，可这是来到邵尔大家庭最先能闻到的气味，而且从商店过来就能闻到。她也不喜欢老彦塔身上的气味。她很害怕这个女人，她仿佛一个野人，穿着野蛮的、怪异的连衣裙，下巴上还长着毛发。在摩拉维亚，老年妇女穿着还算讲究，头戴浆过的帽子，穿干净的、裁剪合体的漂亮围裙。舍音戴尔相信，她是一个巫婆。尽管大家都叫她坐在老彦塔身边，但她害怕坐在她的床边。她担心这个老人身上有什么东西会影响到她腹中的孩子，某种

[①] 捷克第二大城市，自1641年起就成为摩拉维亚的中心城市，现在也是南摩拉维亚州的首府。
[②] 位于捷克东南部，是兹林州的首府。
[③] 今为斯洛伐克东部的一座城市，普雷绍夫州首府，是该国的第三大城市。
[④] 今为乌克兰西部利沃夫州的城市。

难以摆脱的邪恶的轮回。她尽量不碰这间屋子里的任何东西。这里的气味一直让她感到自己很不舒服。她来自波多利亚的亲戚一般都显得很粗鲁。最终他们把舍音戴尔推到了老人跟前，她坐在了她的床边，但随时准备逃跑。

不过，她很喜欢闻石蜡的气味——偷偷地用鼻子吸着蜡味——还喜欢闻混着马粪的泥腥味，现在她还发现，她喜欢闻酒味。所罗门比她大很多，身材很好，肚子凸起，留着胡子，一看就知道他已经到了中年，他为自己娶了一个貌美而又身材苗条的妻子而骄傲，他给她拿来了一个酒杯。舍音戴尔喝了一口酒，但她不能咽下去，于是就吐到了地板上。

当年轻的妻子坐到了彦塔的床边时，彦塔从狼皮下面伸出手，放在了姑娘的肚子上，尽管还看不出她肚子大了。哦，彦塔看见，在舍音戴尔肚子里已经有了一个小魂灵，尽管还不明显，现在还很难描述，因为太小了；这些自由的魂灵到处游走，只为寻找时机，以便抓住某块自由的物质。现在这些魂灵正在舔舐这个小小的像个小蝌蚪似的凝块，它们看着这个小蝌蚪，但它还没有经过任何蜕变，仅仅是个菌丝、影子。魂灵们正在摸索和尝试。这些魂灵由一条条光影组成，由画面、回忆、对事情的记忆、句子和词语的碎片组成。彦塔过去从未这么清晰地见过这个。说实话，舍音戴尔有时也很不舒服，因为她能感觉到这些魂灵的存在——好像有数不清的手在抚摸她，用手指头指着她。她不想跟丈夫说这些，因为找不到合适的词语。

男人们都坐在另一个房间，而妇女们都集中在彦塔的房间里，她们几乎转不过身来。时不时有一个妇女像走私者那样神秘地从厨房里拿来一点婚礼酒，毕竟，这是婚礼的一部分。满屋的人兴奋自由地、忘我地玩耍着。但这好像并不影响卧病在床的彦塔——也许她还很满意,因为她这里成了这场娱乐的中心。有时,她忽然开始打盹儿,人们也会不安地带着一点愧疚看她一眼,但不一会儿她就会带着孩童般的微笑醒来。舍音戴尔认真地看了一眼哈雅,因为哈雅给病人平整了一下脖子下的狼皮,还把自己的头巾围在她的脖子上;她还看见,老人家身上还戴着各种护身符——用绳子拴着的小口袋、一块刻着字符的小木块、骨头雕刻的小人儿。但哈雅不敢去触碰那些东西。

妇女们相互讲着一些可怕的故事,讲鬼魂、迷失的灵魂、被活埋的人们和死亡的迹象。

"如果你们知道,有多少邪恶的灵魂在伺机夺取你们一滴真诚的鲜血,那你们一定会把自己的身体和灵魂奉献给创造这个世界的人。"茨芭说着,她是老诺特克的妻子,人们认为她知识渊博。

"这些灵魂都在哪里?"一个人胆怯地低声问。茨芭从地上捡起一根棍子,指着棍子的尖头说:

"在这里!你们仔细看,所有的灵魂都在这里。"

妇女们看着棍子的尖头,斜着眼睛笑着看,有一个人忍不住笑出了声。在仅有的几支蜡烛的照耀下,她们的眼睛已经看出了重影或者三层影子,但就是没有看到灵魂。

在《光明篇》中我们看到什么

埃利沙和他的大儿子,还有来自摩拉维亚的表弟扎尔曼·多布鲁什卡,以及来自科罗洛夫卡的以色列现在正在讨论一个重要的话题。以色列把头深埋在臂弯里,每个人都看得出他内心非常愧疚。现在这个家又要准备婚礼,又要准备葬礼,该怎么办?他们四个人都垂头丧气地坐在那里。过了一会儿门打开了,拉比莫仕科拖着腿走了进来,他精通卡巴拉。以色列立即起身,扶他来到他们跟前。没必要向老拉比介绍目前的情况——每个人都知道,所有的人都在议论这件事。

他们都小声地嘀咕着什么,最后拉比莫仕科说:

"我们来念一念《光明篇》吧。两个放荡的女人与一个活蹦乱跳的孩子站在国王所罗门面前,她们一个叫马哈拉特,一个叫莉莉丝,对吧?"老拉比问他们,并停顿了一下,好像是给他们一点时间,让他们回想《光明篇》中的一些段落。

"马哈拉特的名字对应的数值是478,而莉莉丝的数值是480,对吧?"

他们一致点头,已经知道他要说什么了。

"如果一个人要参加婚宴,就要驱赶马哈拉特巫婆的478个恶魔的咒语,当一个人要参加自己至亲的葬礼的时候,就不能屈服于莉莉丝女巫的480个恶魔。因此我们要读《传道书》[①]的第七章第二节:'往遭丧的家去,强如往宴乐的家去;因为死是众人的结局,活人也必将这事放在心上。'往遭丧的家去就要战胜480个恶魔,而往婚宴的家去只需要战胜478个恶魔。"

这意味着:取消婚礼,等待葬礼。

多布鲁什卡理解地看着自己的表兄埃利沙,然后他那清澈的眼睛往上看着,带着某种失望的神情。他不可能在这里待很长时间。在摩拉维亚的普罗斯捷约夫[②],他还得照看自己的烟草生意。此外,他还得负责给那里所有的犹太人供应犹太教饮食规定可以享用的葡萄酒,他

[①] 在犹太教里,《传道书》在圣会节或在住棚节中间的安息日诵读。在住棚节诵读是为了提醒人们不要在节日欢庆过了头。
[②] 捷克的城市,位于该国东部,由奥洛穆克州负责管辖。

是那里的唯一指定供应商。妻子这里的所有亲戚尽管都非常可爱，但都很平庸而且很迷信。他与他们在土耳其的生意做得很好，因此他才决定来拜访他们。他不可能在这里永远待下去。万一下雪了怎么办？不过所有的人对目前的解决方法都不满意。每个人都希望婚礼立即举行，因为一切都准备就绪了。

埃利沙对这个决定也不满意。婚礼必须举行。

当他一个人的时候，他叫哈雅到身旁来，她会给他建议。他一边等着哈雅，一边翻看那位神父的书，可他连书里的一个词都不认识。

关于被吞咽的护身符

夜深人静的时候大家都进入了梦乡，埃利沙·邵尔借着蜡烛光在一张小纸上反复写下了一串字母：

המתנה, המתנה, המתנה
等待，等待，等待

哈雅穿着白色睡衣站在屋子中央，在空中画着肉眼看不到的圆圈。她站在那里，在头顶上空举着那张纸，闭着眼睛站了许久。她的嘴一直在动，然后吹了几下在空中举着的纸，之后认真地把那张纸卷成了一个小卷，放进一个指甲般大小的木盒里，然后又低垂着头在那里站了很久。她伸出舌头舔了舔指头，把细绳穿过护身符的小孔，然后她把护身符递给了父亲。埃利沙手拿着蜡烛，绕过到处是磨牙声和呼噜声的房子，穿过狭窄的走廊，走到彦塔住的房间。他在门口停下脚步，仔细地听着，里面明显没有什么让他感到不安的声音。他轻轻地把门打开，门非常听他的话，一点响声都没出，让人看见里面窄小拥挤的空间，还有一点橄榄油灯的亮光。彦塔平躺着，尖尖的鼻子冲着天花板，在墙上映出一道阴影。埃利沙必须走过去，以便把护身符套在奄奄一息的人的脖子上。当他走近她，俯身在她身旁时，她的眼帘开始颤动。埃利沙僵住了，一动不动地站着，但这没什么，她显然只是在做梦。看得出她睡得很香：呼吸轻微，几乎听不到她的呼吸声。他把护身符的细绳系上，把护身符放到了老人的衬衣下。然后转过身踮着脚尖，悄无声息地走出了房间。

当蜡烛的光在门后暗淡，并在木板之间的缝隙中越变越小，彦塔睁开眼睛，用羸弱的手抚摸着护身符。她知道那里写的是什么。她解开细绳，打开小盒子，像吞药丸一样，将那个写着字符的小东西吞咽了下去。

彦塔躺在拥挤窄小的屋子里，用人们不停地把客人们的外套放在她的脚下。人们开始在房子的深处戏耍时，堆在床尾的大衣摞得高高的，几乎已经看不到躺在那里的彦塔；只有当哈雅来到这里时，她才把这里收拾了一下，把大衣都从床上拿下来放在了地板上。哈雅坐在年老的姑奶奶身旁，听着她呼吸——她的呼吸是如此微弱，让人感觉甚至蝴蝶拍打翅膀的声音都比她的呼吸声大。不过她的心脏还在跳动。哈雅的脸因为喝了酒有些泛红，她把头贴在彦塔的胸口上，贴在她的护身符、身上戴的各种绳圈和绳结上，听见非常微弱、非常缓慢的怦怦的心跳音。她的心跳动得十分缓慢，跟呼吸的间隔一样大。

"彦塔，姑奶奶！"哈雅轻轻地呼唤。她觉得，老人家的眼帘颤动了一下，眼球也转动了一下，嘴角似乎露出了一点微笑。这种微笑是一种令人困惑的微笑，是一种颤抖的微笑——嘴角有时往上，有时往下，往下时彦塔看上去就像死了一样。她的手掌是温暖的，不是冷冰的，皮肤很柔软，但脸十分苍白。哈雅给她整了整头发，发丝已经从头巾下露出来了。哈雅附在她的耳边轻声说："您还活着吗？"

结果在这位老妇人的脸上好像又出现了那种微笑，但只持续了一瞬间，然后即刻消失了。人们叫哈雅去跳舞，远处传来了舞步声和音乐的声音，为此哈雅亲吻了一下她温暖的脸颊，小跑着去跳舞了。

节奏感很强的舞步声传到了彦塔的房间——那是参加婚礼的人们在跳舞，尽管在这里已经听不到音乐声，音乐声被这里的木墙屏蔽了，被蜿蜒的走廊分割成一个个杂音。只能听到嘣、嘣、嘣的舞步声，时不时还能听到人们的尖叫和叫喊声。彦塔身旁一直有一位老年妇女在守候着她，但是因为抗拒不了婚礼欢快的声音，她也跑到那里去了。彦塔也很好奇，想知道他们都在那里做些什么。她惊讶地发现，她很轻易地就走出了自己的身体，悬在半空中；看着自己的脸，皮肤下垂而且苍白，有一种奇怪的感觉，但随后她就飘浮在穿堂风中和颤抖的声音中，毫不费力地穿过了木墙和门。

彦塔一会儿能俯瞰一切，一会儿她的视线又回到了半睁着的眼帘下。一整夜都是这样，忽地往上，忽地往下。她努力地在这种边缘上保持平衡。这让彦塔感到十分疲劳，她从来都没像这一夜这么辛苦过，无论是在收拾屋子还是在花园里劳动，从未感觉到这么劳累。不过这种一上一下的起伏令人感觉很愉快舒坦。只有一种运动令人不快，刺耳而剧烈，好像是要把她推到遥远的地方，推出地平线。这种力量来自外部而且非常残酷，很难与这种力量抗争，如果不是有护身符在身体内部做了必要的保护的话。

奇怪——她的想法被刮到了周围所有的地方。"风。"她的脑袋里有一种声音说，肯定是她自己的声音。风就是死者从他们所处之地看这个世界的眼神。当你看到一片草地时，你能看到草往哪边弯曲，朝哪边晃动，那是因为死者在眺望着草地——她想对哈雅说。因为如果细数一下所有死去的人的话，就会发现，他们比活在世界上的人多很多。他们的灵魂早已通过游荡得到了净化，现在他们正在等待弥赛亚到来，以完成未竟的事业。他们看着一切，因此地球上会刮风，风就是他们警惕的目光。

经过了一阵惊愕与犹豫，她加入了风的队伍。风飘荡在洛哈特恩所有的大小建筑、荒凉的村镇、正在振兴的市场的上空，飘过给市场拉来顾客的马车，在三个公墓、天主教堂、犹太会堂和东正教堂，以及洛哈特恩的条条道路上空飘忽，然后继续前冲，到山上枯黄的草地上空继续刮着。开始时风在胡乱地刮，毫无秩序，后来好像学会了舞步，沿着河床一直刮到德涅斯特河上空。在那里风停了下来，因为彦塔惊叹于鬼斧神工的蜿蜒河流，形状曲折延伸，很像希伯来字母 Gimel 和 Lamed。然后她掉转了头，但并不是因为她来到了这条河流，来到这被分开的两个大国的边界；因为彦塔的视线不会受到任何边界的限制。

第四章

马利雅士[1]和法老牌

主教索乌迪克真的遇到大麻烦了。尽管他非常虔诚并专心地祈祷,但那些想法仍挥之不去。他两手出汗,一大早当小鸟刚开始鸣叫歌唱时,他就再也睡不着了。由于众所周知的原因,他上床入睡也很晚,因此他的神经从未得到过很好的休息。

二十四张纸牌,每人发六张,在剩下的牌中抽一张来当王牌,王牌能打败别的牌。主教只有坐到了牌桌前,他才能静下心来,特别是当他看到牌桌上放着一张王牌时,仿佛祝福降临在他身上。那时他才觉得心灵找到了真正的平衡,享受极佳的均衡感,双眼专注于桌面和纸牌的外观,一眼看去一切尽收眼底。此时他呼吸平稳,额头上不会再冒汗,手掌也不再出汗,于是他更自信,行动更快捷了,手指能十分灵活地对切洗牌。这是一个快乐的时刻——是的,主教宁愿放弃享用饭食及其他所有肉体的享受,也要抓住这个难得的享受时光的机会。

主教喜欢和与自己等级相当的人一起玩马利雅士。最近普热梅希尔[2]的大教堂教士云游来到此地,他们会玩纸牌直至清晨。他还与雅

---

[1] 波兰的传统纸牌游戏,在十八世纪上半叶尤为流行。
[2] 波兰南部第二古老的城市,仅次于克拉科夫。早在八世纪已经建立,在九世纪时开始成为波兰、基辅罗斯及匈牙利争夺的地方。

布翁诺夫斯基、瓦班茨基、克萨科夫斯基一起玩纸牌,但还不够。这就是为什么最近开始发生其他的事,但他不愿意想这些。

他脱掉套头的主教服,换上一件普通的破旧衣服,头上扣顶帽子。只有他的私人管家安东尼知道发生了什么,这个安东尼就像他的亲戚,他没有表露出任何对主教的行为感到惊讶的迹象;当然也不应该对主教表示疑惑,主教就是主教,他知道自己在做什么。当他到了地方上的一个小酒馆时,当他在那里感到很安全时,他就会玩带有赌注的法老牌。那里有路过的商人、旅途中的贵族、外国客人、带着信件的官员以及各种冒险家,他们都会坐到纸牌桌前。这些小酒馆都不太干净,烟雾腾腾的,看上去好像所有人都在玩,整个世界都在玩,仿佛纸牌比信仰和语言更能把人们联合起来。人们坐在牌桌前,手里抓的纸牌像扇子似的展开。每个人都清楚牌局的规则,当然还必须得会玩,并能赢牌,从中获利。主教觉得,这就是一种新的语言,所有的人都在一夜间成为兄弟。每当他缺少现金时,就命令人叫来一个犹太人,不过他只借一点钱。如果需要借很多钱的话,他就从一些来自日托米尔[1]的犹太人那里拿本票,那些人就像是他的银行经纪人,他以自己的签名为所借的每笔款项做担保。

如果有谁愿意玩,都可以坐到牌桌前。当然,主教希望有好的牌友,大家都是平等的,可这些人的钱都不多。最有钱的是那些过路的商人或者土耳其人,或者军官,或者其他一些不知从哪里来的人。当庄家把钱摆在桌子上,开始抓牌,那些想成为他对家的人、与他叫板的人就会在牌桌前就座,每个人都有一副自己的纸牌。玩牌的人从自己那副纸牌中抓一张牌或者抓多张牌,然后扣在自己跟前,之后在上

---

[1] 乌克兰西北部日托米尔州首府,是连接华沙、基辅、明斯克、伊斯梅尔等城镇的交通枢纽。

面摆上赌注。抓完牌后，庄家把自己抓到的牌一张张地摊开，先把第一张掀开的牌放在自己的右手边，第二张牌摆在左边，第三张摆在右边，第四张摆在左边——就按照这样的顺序一直把整副纸牌都摊开来。右边摆的牌属于庄家，左边的属于叫板的人。因此如果赌客在自己前面放了一张黑桃七，上面放一枚达克特[①]，而正好在庄家右边也有黑桃七——那么他就失去这枚达克特；如果这张牌落在左边，那么庄家就得付给对手玩家达克特。当然也有例外——如果这是最后一张牌，尽管它放在了左边，那也属于庄家。如果有谁赢了第一局，可以结束玩牌，也可以重新洗牌再玩，但也可以继续下注。主教索乌迪克就经常这样做，把赢的钱留在牌上，折起纸牌的一角。如果在下一局输了，那就只会输掉起始金额。

这种玩法比较合理——一切都靠上帝的安排，怎么可能骗人呢？

因此当大主教因为玩牌欠下一大笔钱的时候，他就乞求上帝在事情败露时将他从丑闻中拯救出来。这需要共同行动，毕竟上帝与他在一个队伍中战斗。但上帝行动有点迟钝，有时上帝似乎想把索乌迪克变成另一个约伯[②]。有时还会出现这种情况，大主教咒骂上帝，当然在这之后他会承认错误，并道歉——大家都知道，他很容易冲动。那时他就宣布对自己实行斋戒，并穿着在后背钉有小钉的麻袋布衬衣睡觉。

谁也不知道，他拿主教徽章去换现金，拿它去普热梅希尔的犹太人那里做抵押，以便偿还债务。开始犹太人不大情愿拿物品做抵押，他就必须先说服他们。当他们打开主教的箱子，看见里面的物品上面

[①] 又译杜卡特，是欧洲从中世纪后期至二十世纪期间，作为流通货币使用的金币或银币。
[②] 《约伯记》的中心人物，是一位先知。他正直善良却蒙受灾难，因而试图理解受难的缘由。

还覆盖着一块布，拿下那块布看到真正的物品后，他们个个瞠目结舌，吃惊地大喊大叫，哀鸣悲叹，挥着手，好像在那里看到了渎神的东西。

"我可不敢要这个东西，"其中的一位长者说，"这对您来说比金银还珍贵，对我来说它只有作为金属的价值。如果有谁在我们这里看到这个，那还不得扒了我们的皮。"

他们就这样大惊小怪地喊着，而主教坚持要做抵押。他提高了嗓门，他们被吓坏了。他们收下了这块徽章，给他支付了现金。

主教玩牌没有挣到钱，如今他想从这些犹太人手里要回徽章，想派一些带有武器的人夺回徽章——犹太人肯定是把它藏在家里的地板下面。如果有谁得知主教把徽章抵押出去，那主教的命就难保了。因此他要不惜一切代价，让徽章回到主教驻地。

现在他想试着玩法老牌，坚信上帝能保佑他。当然，开始玩时手气还不错。

屋子里烟雾缭绕，牌桌旁坐着四个人：主教本人；一个穿着德式服装的旅行者，但说一口非常流利的波兰语；一个当地的贵族，他说鲁塞尼亚语并不停用鲁塞尼亚语骂人，右边还有一个年轻的女子，把孩子放在她膝盖上坐着。这位贵族牌打得不好的时候，要么把女子推到一旁，要么把她拽到身边，抚摸她几乎裸露的乳房，那时主教就会不满地看他一眼；还有一个商人模样的人，很像是改变了宗教信仰的犹太人，他的牌玩得很顺。在每次出牌前，主教确信，这次该轮到他赢了，可他惊讶地发现，这次牌又出到对方手里了。他简直不敢相信。

对犹太人来说波兰就是他们的天堂

主教卡耶坦·索乌迪克是基辅的助理主教，他现在筋疲力尽，一夜都没睡好觉。此时秘书不在,他提起笔亲自给卡缅涅茨的主教米科瓦伊·丹姆波夫斯基写信。

　　我匆忙之中亲自提笔写给你——我的朋友。写信,是想告诉你,我很健康,但因为我遇到了一些麻烦,感到有些疲惫;现在我处处都遇到麻烦,所以有时我觉得,自己就像一头受困的野兽一般。你曾多次帮助过我,这次我再次像请求亲兄弟那样,请你看在我们多年朋友的交情上再帮助我一把,我再也找不到像你这样的好朋友了。
　　同时……

　　同时……同时……他现在不知再怎么写下去,因为不知道该怎么解释。丹姆波夫斯基自己不玩牌,因此他一定理解不了他。主教索乌迪克突然觉得一切都太不公平了,忽然觉得胸口有一股轻微的、温暖的挤压感,这种挤压感好像会马上挤破他的心脏,使心脏变成某种柔软的液体。他突然想起来,他是怎么来到日托米尔当主教的——那是他第一次来到这个肮脏、泥泞、森林环抱的城市……现在,他的想法快速而轻松地传到他手中羽毛笔的笔尖上,心脏重又变得坚实,他的劲头来了。主教卡耶坦·索乌迪克继续写道:

　　你是否还记得,我来日托米尔当主教的时候,那时这里到处充满了罪恶,重婚甚至一夫多妻都是非常普遍的事情,处处是罪孽和罪犯。当丈夫们认为自己的妻子做了什么坏事,就会把她们卖掉或者用她们换别人为妻。纳妾和淫乱随处可见并被普遍认可,甚至在婚前就互相许诺彼此都有自由。此外无人遵守任何教规,也没有任何戒律,到处是罪孽和道德腐化,而且极度贫穷。

因此我想确切地告诉你,这里的教区由三个总铎区[①]组成:日托米尔——7个堂区[②],覆盖277个乡村和城镇;赫瓦季夫[③]——5个堂区,覆盖100个乡村和城镇;奥夫鲁奇[④]——8个堂区,覆盖220个乡村和城镇。而天主教徒只有25 000人。我这个主教从这些小教区中获得的收入总计为70 000兹罗提,这些钱还得去供养上一级主教,支付教区学校费用,所以这点钱就显得太微不足道了。你也很清楚,从这些教区所属的穷困庄园里到底能得到多少供养。主教得到的供养费主要靠三个乡村——斯克雷黑鲁夫卡、维普雷克和沃利查。

我一到任就从财政问题入手。我发现,主教座堂从富有的信徒那里收到的善款只有48 000兹罗提。把这些资金拿去让私人投资,每年能得3337兹罗提的利息。可我的支出却很大,其中有教堂维护费、四个祭司的工资,还有教会服务人员的费用等。

教区获得的捐赠款并不多,各种基金会的投资是10 300兹罗提,年收益是721兹罗提的利息。从散古什卡大公捐赠的一个村庄还能得到700兹罗提的额外收入,但紫威尼亚什村村主三年前曾借走4000兹罗提,至今一分利息都没有支付。有一个叫彼得的军官,他捐赠的善款全部被扎瓦茨基咏祷司铎拿走了,这笔钱他没有拿去投资,当然也没有任何利息;同样还有2000兹罗提被拉

[①] 天主教及圣公会教会行政层级,下辖多个堂区。
[②] 亦称堂口,是部分基督教宗派采用的教会(个别教会)管辖地区的划分方式,也是这些教会最基本的组成单位,以一座教堂作为堂区的中心,数个堂区可组成一个教区。
[③] 乌克兰的村落,位于该国西部利沃夫州。
[④] 乌克兰的城市,位于该国北部,由日托米尔州负责管辖,始建于946年。

布柴夫斯基咏祷司铎拿走。总的来说就是乱得一塌糊涂，所以我不得不下狠心治理财务问题。

我到底下了多大功夫，你作为我的挚友应该能做出你的评判。而且你来过这里，也看到过这里的情况。我这里的小圣堂的建设就要完工了，因为费用一下子支出太多，目前手里缺钱，但一切都在往好的方面发展。因此我请求你，我的朋友，给予我一些支持，我大约需要借15 000兹罗提，复活节之后我就会还给你。我已经忠告那些虔诚的信徒增加给教会的供养，到复活节时一定会见效的。例如：扬·奥尔善斯基，斯卢茨克[①]的官员用20 000兹罗提在布鲁西洛夫[②]做投资，他允诺将一半利息用于主教座堂，另一半用于增加传教士的人数。格宛波茨基在布拉茨拉夫[③]负责给大公管理酒、饮料甜点、香料等，这位大管家也承诺为建设新的咏祷司铎团捐赠10 000兹罗提，为主教座堂以及神学院捐赠2000兹罗提。

给你拉拉杂杂写了这么多，就是想告诉你，一切我都在按部就班地做，希望你放心，跟你借的款项一定会悉数偿还的。现在我正跟日托米尔的犹太人做一笔生意，但他们难以抑制自己的贪欲，因此我现在急需这笔钱。令人惊讶的是，在我们的联邦里，犹太人居然如此公开地践踏法律和良好的习俗。难怪教皇克勉八世[④]、英诺森三世[⑤]、额我略十三世[⑥]和亚历山大三世[⑦]会下令烧毁

[①] 今白俄罗斯的城镇，位于首都明斯克以南105公里，由明斯克州负责管辖。
[②] 今乌克兰城市，位于该国西部。
[③] 乌克兰的市级镇，位于该国西南部文尼察州，始建于1362年。
[④] 1592年当选为罗马教皇。
[⑤] 1198年当选罗马教皇，是历史上最有影响力的教皇。
[⑥] 1572年当选罗马教皇。他在1582年改革历法，形成今日的公历。天主教澳门教区于1576年由其下令成立。
[⑦] 1159年当选罗马教皇。

《塔木德》经书，但当我们想在这里这样做时，不但遇到了阻力，还遭到了世俗政权的反抗。

有些事很蹊跷，这里的鞑靼人、阿里乌派①、胡斯派②都被赶走了，可就是没人想到要赶走犹太人，尽管他们在吸我们的血。在国外人们都这样说：对犹太人来说波兰就是他们的天堂。

关于菲尔莱尤夫的神父住宅
以及在那里居住的一位有罪神父

这个秋天就像用隐形的针绣出的一块织锦，艾尔日别塔·德鲁日巴茨卡这样想，她坐在从县长那里借来的带篷的马车上。在深耕过的棕色农田的垄沟里，以及在农田中大片干燥的土壤上，到处可见斑斑驳驳、杂七杂八带着叶子的树枝。有些地方还能看见鲜嫩的绿草，好像这片草地忘了现在已经进入了十月底，夜里已经寒气逼人了。

沿着河岸看去，有一条笔直的路。左边是沙沟壑，地面像是被很久以前发生的灾难扫荡过一样。在远处能看见有一辆农民的马车正从那里走过，掀起了一道黄色的沙尘。天上飘着一大片躁动的浮云；突然天变得昏黑不明，一片灰蒙蒙的，之后突然有一个大大的耀眼的火球钻出云层，大地上的一切又变得异常清晰和刺眼。

德鲁日巴茨卡非常思念女儿，她的第五个孩子即将生产，德鲁日巴茨卡想，她现在应该跟女儿在一起，而不是跟着城督夫人在异国他

---

① 又译亚流派，是四世纪亚历山大港正教会的包加里教区长老阿里乌及其支持者的基督徒派别，故称阿里乌派。

② 由基督教改革者扬·胡斯发起的基督教运动，成为欧洲宗教改革的先驱。天主教会在1415年康士坦斯大公会议中，宣判这个教派为异端。

乡游历，更不该去一个通晓一切的神父的庄园。不过，她只有靠这种旅行才能挣到钱养活自己。人们也许以为诗人是个安静的职业，适合恋家的人，他们也许有个花园，侍弄花草，而不是整日在路上颠簸。

神父早已等在大门口了。现在他抓住马的缰绳，好像已经等不及她的到来，他立即搀着德鲁日巴茨卡的胳膊，把她引向家门口的花园。

"您先请，尊敬的女士。"

神父的住宅位于这条坑坑洼洼的道路旁。这是一座木质结构的房子，刷得粉白，房子养护得很好。看得出，夏天这里曾经鲜花盛开；土上面还能看见许多变黄的枯萎的根。现在已经有人在打理园子了，堆放好的秸秆还在慢慢燃烧，在如此潮湿的空气中，火苗显然没有信心。有两只孔雀骄傲地在秸秆堆上走着：一只已经很老了，垂头丧气的，尾巴也只剩了一点点；第二只很自信，具有攻击性，它跑到了德鲁日巴茨卡身旁，蹭着她的裙子，吓得她跳了起来。

放眼望一下花园——非常漂亮，每种花都一排排种得十分整齐，小径上还铺设着小圆石子儿，一切都是按照最好的园林艺术设计建造的。在栅栏旁种着用于酿酒的玫瑰，当然也可以为教堂做花环之用；远处长着白芷、茴芹等香料植物，百里香、锦葵、细辛和洋甘菊盘踞在石头上面。现在已经看不到很多草药了，但在一块小木板上还能清晰看到所有草药的名称和关于这些草药的介绍。

从神父的住处往远处看，那边有一个小公园，还有一条通幽小径，在小路两旁还矗立着粗糙的半身雕像，上面刻着字。此外在花园的入口处，可见一块长条木板，上面的字迹很清楚，看得出是神父自己写上去的：

花园的香气可以驱散

人体散发出的臭气。

德鲁日巴茨卡对着这诗句做了一个鬼脸。

这片地方倒是不算太大；在河边的某一处有一个陡峭的大斜坡，神父在那里给人们准备了一个惊喜：那里有石头铺的台阶，在小溪上还架了一座小桥，小桥后面就是高高的、巨大而阴郁的教堂，高耸于茅草屋之上。

顺着台阶往下走，能看见两旁都是石碑。每块石碑都值得驻足看看上面的文字："Ex nihil orta sunt omnia, et in nihilum omnia revolvuntur.[①]"。

"一切从虚无中产生，又在虚无中轮回。"德鲁日巴茨卡读着，她因为读到这些文字突然感到浑身发冷，一阵战栗，特别是石头上刻的文字还十分不工整。这一切的意义又是什么呢？这一切努力又是为了什么？这条小路和这座小桥，这个花园、水井还有那些台阶以及这些碑文都是为了什么？

现在神父带她走上石头铺就的小路，走着走着，他们看见了一个不大的小庄园。可怜的德鲁日巴茨卡肯定没有想到，在这里会遇到这样的情况。尽管她的皮鞋很结实，但她在马车里冻坏了，她真想让自己年老的后背立即靠在壁炉上暖和一下，而不是走在这种乡间的小路上。最终在这种强迫性的散步之后，神父邀请她到房间里坐；在神父住宅的门旁还有一块刻着铭文的大石碑：

贝奈迪克特神父姓赫米耶洛夫斯基
在菲尔莱尤夫庄园当过负罪的神父

[①] 拉丁文。

在皮德卡明[①]担任过堂区神父

在洛哈特恩任教士长

他本应受到惩罚，而不是记在纪念簿里

如今教士长将变成一把灰

乞求你们为他祈祷

为他洗刷罪孽

请求上帝护佑，恭祝圣母健康

让他心满意足地安息吧

她惊奇地看着这段文字。

"怎么？神父已经开始为自己准备后事了？"

"最好提前准备好一切，我不想给那些可怜的亲戚增添不必要的麻烦。我能想到他们会在我的墓碑上写什么，可能会写一些荒唐的评语，一些我写不出的东西。这样，至少我知道。"

德鲁日巴茨卡已经累得筋疲力尽了，她坐下来，眼睛到处搜寻着有什么可以拿来喝的东西。但在这个房间的桌子上除了纸张什么也没有。能感到整个房子很潮湿，还烟雾腾腾的。肯定是壁炉的烟囱很久没有清理过了。而且房子里很冷。房间的一角有个壁炉，上面贴着白色的瓷砖，旁边放着一篮子劈好的柴。壁炉刚刚点着，所以房间还没有热起来。

"冻死我了。"德鲁日巴茨卡说。

神父耷拉着脸，好像吞下去一块烂肉，心里很不是滋味，他迅速打开柜门，从里面拿出一个玻璃瓶子和两个酒杯。

---

① 乌克兰的村落，位于该国西部的利沃夫州。

"我好像见过城督夫人克萨科夫斯卡……"他一边倒酒一边犹犹豫豫地说,"我以前见过她的大姐……"

"您是说雅布翁诺夫斯卡?"德鲁日巴茨卡心不在焉地问,抿着甜酒润着嘴唇。

房间里走进来一位身材很胖且充满活力的妇女,看得出她是神父这里的女管家。她手里端着一个大托盘,上面放着两碗冒着热气的汤。

"真没见过有人让客人在这么冷的天里跑来跑去。"她略带不满地对神父说。神父在她抱怨的眼神下显得有些尴尬,而德鲁日巴茨卡已经缓过神来了。见到这胖女人进来,她满心欢喜,因为能享用餐食了。

这是一碗浓汤,里面有蔬菜,还漂着几根面条。代牧这才看见德鲁日巴茨卡脚上穿的是一双沾满泥土的皮鞋,她弓腰驼背,整个人都在颤抖。神父的动作看上去似乎是想要去拥抱她,当然他不会这样做。

紧跟女管家后面进来的是一只中等大小的长毛狗,长着一副大耳朵和栗子色卷毛。这条狗大胆地走到德鲁日巴茨卡跟前,嗅了嗅她的裙子。德鲁日巴茨卡刚想弯腰去抚摸它,又跑进来四只小狗,每只狗长得都不太一样。神父的女管家一边想把它们轰出去,一边开始抱怨神父,说他没有把门关严。德鲁日巴茨卡请她不要把狗轰出去。结果狗就一直陪着她,跟她一起待到晚上。德鲁日巴茨卡开心地坐在壁炉旁。壁炉终于将房间加热到足够温暖,客人总算可以脱下带毛皮衬里的马甲了。

德鲁日巴茨卡看着贝奈迪克特神父,突然觉得他非常孤独,显得那么苍老,而且邋遢不修边幅。他在她眼前转来转去,像一个男孩那样想给她一个惊喜。他把玻璃酒瓶放在桌子上,并把酒杯放在灯下查看,检查酒杯是否干净。他的法衣已经非常破旧,磨损得都露出了缝线,腹部的羽纱面料已经磨得很薄,冒着亮光。不知何因,德鲁日巴茨卡开始非常同情这位神父。她不得不把视线从他身上移开。她把一只小狗放在自己的膝盖上——这是一只小母狗，长得跟它妈妈非常像；它仰躺在她的膝盖上，露出了软软的肚皮。德鲁日巴茨卡开始给神父讲述自己孙辈的事情，她只有几个孙女——谁知道，这也许只会引得神父更沮丧？赫米耶洛夫斯基心不在焉地听她讲着，他环顾着这个房间，好像还想给这位夫人找到一点惊喜。与此同时他们还高兴地喝着自酿的果酒，德鲁日巴茨卡频频点头称赞酒好喝。终于到了吃"正餐"的时候了，他们把酒瓶和酒杯推到一边。赫米耶洛夫斯基骄傲地把自己的杰作摊在桌子上，德鲁日巴茨卡大声念道：

《新雅典》，或可称为知识的百科全书，可以根据层级分为不同的标题。让聪明的人铭记，让愚蠢的人学习，让政客实践，让忧郁的人获得快乐……

神父舒服地靠在椅背里坐着，一口喝下了杯中的烈酒。德鲁日巴茨卡毫不掩饰并惊叹不已地说：

"这书名太美了！选个好书名真不是易事。"

神父谦逊地说，他想写一本人人都能看懂的知识普及书。这本书涉猎了各种知识，就是想让人一旦遇到什么不知道的东西，都可以拿出这本书查一下，在这里找到自己需要的东西。地理、医学、人类语言、习俗，包括植物种群和动物志在内，一切相关的有趣的东西都包括了进去。

"想象一下，书触手可及，每个图书馆都有；集人类所有知识于一本书中。"

他已经搜集了很多，并已经在几年前出版了两册书。现在他计划，除了拉丁语,还要收录所有有关希伯来语的知识,从那里汲取各种营养。不过撰写关于犹太人的书还是有很多困难的,首先得请求犹太人同意把他们的书提供给神父,而且也很少有天主教徒能看懂他们的语言。尽管皮库尔斯基神父现在给他翻译了一点儿零星的东西,但贝奈迪克特神父本人不懂犹太人的语言,他难以真正理解其中的智慧。

"第一册书是在利沃夫的一个叫格尔柴夫斯基的出版社出版的……"

德鲁日巴茨卡逗弄着小狗。

"现在我在为已经出版的那两册书编写续篇,也就是第三册和第四册,我在想,这样我就完成了对世界的描述。"贝奈迪克特神父补充说。

德鲁日巴茨卡还能说什么呢?她放下小狗,拿起这本书放在膝盖上阅读了起来。是的,她知道这本书,她曾在雅布翁诺夫斯卡的庄园里看过这本书,那是第一版印刷的书。现在她打开了关于动物的那一章,找到了关于狗的介绍。她大声念道:

"在我们彼得库夫,狗非常能干,它会根据主人的命令,把刀叼进厨房,在那里狗会用爪子磨刀,然后蘸在水里洗干净,再拿给主人。"

"它的妈妈就这样做过。"神父特别高兴,指着自己的小母狗说。

"这里为什么有这么多地方用拉丁文写呢?尊敬的神父。"德鲁日巴茨卡突然问道,"可不是所有人都能看懂拉丁文哪。"

神父不安地挪动了一下身体。

"不对吧?每个波兰人不是都能说拉丁文吗?好像他们就是为拉丁文而生的呢。波兰民众是非常开明并有道德的人,具备各种智慧①,

---

① 原文为拉丁文。

因此他们真的喜欢用拉丁文。我们不像那些意大利人，把拉丁文的人名'莱吉娜'发成'赖继娜'，把'三十'的音发成'赛事'，把'四十'的音发成'似是'。我们也不像那些德国人和法国人，连拉丁文的发音都发不准确，他们把'耶稣城'的音发成'耶租城'，把'米歇尔城'的音发成'米克尔城'，把'哈鲁斯城'的音发成'卡鲁斯城'……"

"而波兰人怎么发音呢，亲爱的神父？给您举个例子，波兰人很少说拉丁文，因为他们没接受过拉丁文的教育，比如小贵族们就不懂拉丁文。神父您的目的不是想让底层的人也能阅读这本书吗……可连县长也不会说拉丁文哪，而只会说法文。我觉得，在印刷的下一版中，应该把夹杂着的拉丁文词一律去掉，就像在花园拔去没用的杂草那样。"

神父对这样的评价感到诧异，十分不愉快。

看上去这位夫人，作为客人，她对狗的兴趣比对神父的兴趣更大。

太阳几乎已经落山了，当德鲁日巴茨卡坐上马车后，神父给她递上了一个筐，里面装着两只小狗。等她到了洛哈特恩时，天就会完全黑下来。

"其实您完全可以在我这个神父的寒舍留宿。"神父说，但这只是客套话。

　　等马车离开后，神父不知道自己该做些什么。他的精力足以应付这两个小时，还可以应付一整天，甚至一周。他看到挨着锦葵的那个栅栏的木板松动了，栅栏板上不幸还破了一个洞，因此神父毫不犹豫地拿起工具干活了。但是后来神父忽然觉得，自己一下子动弹不了了，不知从哪里来的悲伤和绝望正往他身边聚集，挤压他；远处又传来阵阵他从来没体验过的喧嚣、嘈杂声，所有的叶子都开始腐烂，在他眼前膨胀。他强迫自己把木板钉在栅栏上，但他恍然觉得，他做起这件事来怎么如此费劲，板子从他手中掉落，落在了潮湿的地上。神父走进家宅，在漆黑的走廊里脱掉鞋子，走进自己的书房——这个低矮房间里的横梁压得他几乎要喘不过气来。他在沙发上坐下，壁炉里的柴烧得正旺，壁炉上白色瓷砖的铜釉在慢慢变热。他把老妇人的诗集拿在手里，翻看着，闻着，还能感觉到油墨的气味。他读着：

　　　　……是的，她很可怕，干瘪，还很苍白，
　　　　凸出的血管宛若铁丝缠绕在她身上；
　　　　知道她从不睡觉、不吃不喝，
　　　　透过弯曲的肋骨可以看到内部，
　　　　眼睛在什么地方，在很深的低处，
　　　　那里曾是大脑的居所，好像沾上了焦油。

　　"拯救我们吧，上帝，把我们从一切邪恶中拯救出来吧。"神父自言自语地说着，合上了这本诗集。他忽地觉得这位妇人是如此可爱……
　　他突然意识到，他必须重新唤起那童真的热情，那热情引导着他写作，否则他会死去，像秋天的落叶那样腐烂在寒冷潮湿之中。

他坐在桌边，把脚伸进用狼皮做的鞋子里，这是他的女管家担心他被冻坏，帮他做的，因为他时常会数小时一动不动地坐着写作。他摊开纸张，削了一下羽毛笔尖，搓了搓冰冷的双手。每年一到这个季节，他总会觉得自己可能挺不过这个冬天。

赫米耶洛夫斯基神父是通过书籍来认识这个世界的。每当他坐在自己在菲尔莱尤夫的图书馆里时，只要拿起一部厚重的书卷甚至只是小册子，他总会觉得，自己好像即将踏上去一个陌生国家的旅途。他非常喜欢这样的隐喻，那时他就会对自己微笑，开始准备写下优美的句子……对他来说，描写世界比描写自己要更容易些。他经常会沉迷于描写某种事物，但从没写过自己，没写过自己的经历，没有写下自己人生中的壮举；此时他发现，到现在他还从未写过自己的传记。如果那位写出如此悲观诗歌的妇人问他，他是谁，有过怎样的人生经历，他会怎么回答呢？如果他想写自己，那可能不会超过几页纸，甚至不能书写为一本书，哪怕是一本小薄书，只能算是一本小册子，就是一沓写着他普普通通经历的、薄薄的小单子，而不是那种旅行家对异国他乡的考察笔记。

他把羽毛笔在墨水里蘸了蘸，然后在纸张的上方停顿了一会儿，之后开始挥笔写：

尊贵的神父尤阿希姆·贝奈迪克特·赫米耶洛夫斯基的人生故事，他的贵族纹章是纳宛齐，曾担任过菲尔莱尤夫、皮德卡明和杨奇纳堂区的神父，洛哈特恩代牧，主管一个清贫、信徒又很穷苦的教区，亲自执笔写这本小册子，努力用简单的语言描写，以便于读者能理解并有兴趣阅读。

光这书名就占了半页纸，因此神父又拿出一张纸，但他的手好像在发抖，为此他什么也不想再写下去了，或者不能再写了。当他写下"读者"一词时，好像德鲁日巴茨卡就站在他面前，这位年长的女士皮肤细润，眼眸清澈。神父强迫自己去读她的诗，但他对这些诗期望不高。不成熟，非常不成熟，还引用了不少希腊诸神的名字。

他觉得十分遗憾，她走了。

他又翻过一页纸，在墨水里蘸了一下羽毛笔尖。他在思考着，该继续写点什么呢？神父的人生故事就是他阅读过的和撰写过的诸多书的历史。母亲看见小贝奈迪克特喜好看书，就在他十五岁时把他送到了利沃夫的耶稣会。母亲的这一决定大大地改善了他与继父的关系，因为继父从没喜欢过他。从那以后他们几乎没再见过面。后来他进了神学院，不久后就领受了圣秩。他的第一份工作是在雅布翁诺夫斯基家当家教，他只比自己的学生迪米特尔大五岁。在那里他学会了怎样装得比自己实际年龄更大一些，学会用一种明显的教训的口吻说话，为此很多人直至今日还都非常记恨他。当时他被允许进入主人的书房去看书，那里的书可真多，在那里他发现了基歇尔以及约翰·阿摩司·夸美纽斯的《世界图绘》。除此之外，他的手不由自主地想要写作，尤其是在他在那里度过的第一个春天，日子又潮湿又闷热；尤其是尤安娜·玛利亚·雅布翁诺夫斯卡就在不远处时。她是迪米特尔的母亲、庄园主的妻子（关于这一点神父尽力克制自己不去想），他对她的单相思简直冲昏了他的头脑。他难以自制，魂飞魄散，觉得自己都快招架不住了，内心里进行着可怕的斗争。为了不让别人看出来，他就拼命工作，为心上人写了一本祈祷书。他以这种方式与自己的心上人保持距离，舒缓张力，使这种感情神圣化，得以升华。当他把自己的手稿交给她时（是这本书在利沃夫出版的好几年前，后来它让他名声大振，之后又再版了几次），他觉得，自己好像已经与她结为夫妻，他们已经有了婚姻关系；他正把他们这个婚姻诞生出的孩子交给她——《一年四季的节奏》，一本祈祷书。他由此恍然大悟，写作使他得到了救赎。

对许多男人来说，尤安娜正处于危险的时期，因为她的年龄正处于做情妇和母亲之间。这使得母性的性感魅力不那么明显，因此可以悠闲地沉浸其中。想象一下，让自己的脸贴附在柔软长裙的蕾丝上，闻到淡淡的玫瑰香水和胭脂的香味；长着细腻的棕色细汗毛的皮肤虽然已经不再那么紧致和有弹性，但像绒面革那样温暖、轻柔、柔韧。在她的恳求下，奥古斯特二世[①]任命他为菲尔莱尤夫教区神父，那时他年仅二十五岁。他伤心欲绝地离开那里，接管了这个不大的教区。他将自己的藏书都带了过来，创建了自己的图书馆，打造了精美的带雕刻的展示柜。他自己的书只有四十七部；其余的书都是从各个教会、主教堂、权贵的宫殿借来的，其中很多书在他们那里甚至从未打开过，只是作为出国旅游回来的纪念品摆放在那里。头两年他过得非常艰苦。特别是冬天，他总是早早地去睡觉，因为天黑得很早，不过他一直笔耕不辍。他撰写了两部很奇怪的书，一本是《经由圣徒逃向上帝》，另一本是《去往另一个世界的旅程》，但他没敢以自己的真名出版。与那本祈祷书不同，这两本书并没有获得很大的成功，很快就销声匿迹了。不过神父在这里还有几本存书，在菲尔莱尤夫，他把这几本书

[①] 神圣罗马帝国萨克森选帝侯及波兰国王，他被认为是十七世纪末十八世纪初欧洲宫廷最引人注目的人物之一。

珍藏在一个特制的箱子里，而且还命人在外面钉上了铁板，安装了特殊的锁，以防火灾、偷盗和其他灾难；要是在别的图书馆，书很容易就会在火灾中被烧毁。他非常清晰地记得祈祷书的外形和封面的气味，是用一种特制的黑色皮料做的。奇怪的是，他还记得，他与尤安娜·雅布翁诺夫斯卡手掌之间的触碰，她有这样一个习惯——每当她想安慰他静下来的时候，她就会把她的手放在他的手上。他还清晰地记得她细腻、柔软而又冰凉的脸颊，有一次当他爱得发疯，无法克制自己的时候，就大胆地上去亲吻了她。

这就是他全部的生活经历，大概只占了跟他书的题目一样大的篇幅。他的心上人在他出版《新雅典》一书前就去世了，而这本书也是为爱而写的。

这也许就是上帝对他命运的安排，最近一段时间以来，他开始思考自己的生活。他看见了克萨科夫斯卡之后，就又想起了她的姐姐，而德鲁日巴茨卡女士多年来一直在她姐姐的庄园服务，也就是在雅布翁诺夫斯卡太太那里服务，直至她去世。德鲁日巴茨卡曾经对他说过，尤安娜死时，她一直陪伴在她身旁。这让神父感到有点心慌意乱——现在德鲁日巴茨卡变成了他和自己过往之间的一位使者。触碰、脸颊、手掌，仿佛都挪到了她的身上。现在这一切都没有那么强烈和那么有吸引力了，一切都失去了轮廓，变得十分模糊。就像梦境一般，等你醒了，一切也就都烟消云散了，仿佛记忆中的雾气从记忆中消散了那样。神父对此不大能理解，但也并不想弄明白。那些撰写书籍的人，只会去想而并不愿意书写自己的故事。是啊，为什么要写呢？与他自己所写的东西相比，个人的故事总是显得那么无聊而乏味。神父手里的笔已经干了，但他仍坐在那里，直到蜡烛光变得很纤弱，跳跃了一下就灭了。黑暗笼罩了他。

神父赫米耶洛夫斯基准备给
尊贵的德鲁日巴茨卡女士写信

现在,神父赫米耶洛夫斯基对自己在德鲁日巴茨卡女士来做客时说的那些话不太满意。其实他也没说什么,可能是因为他天生比较胆小。他只是做得有点过于夸张,带着这位老妇人在冰冷潮湿的石头路上散步。一想到这一点,他就觉得,这位聪颖、受过良好教育的妇女可能会认为他是一个愚蠢和无知的人,这让他感到心痛。他迫不及待地决定给她写一封信,做一些解释。

他用了一些非常美妙的词语开头:

缪斯女神的向导,阿波罗的最爱……

但他写到这里就停笔了,一整天也没再动笔。到午饭时分他还对他写出的这句话感到满意,可到了晚餐时,他觉得这句话太凄凉且太感性了。到了晚上,他喝了一杯用辣根酿制的酒,脑袋和身体都热乎乎的,然后坐下,大胆地拿出干净的空白纸,写信感谢她来看望这个"在菲尔莱尤夫的孤独的"他,她的到来,为他单调的生活增添了一丝亮光。他相信,德鲁日巴茨卡女士将会对"光"这个词有广泛的、诗意的理解。

他还询问了一些关于小狗的情况,并告诉她,在他这里动物时常给他找些麻烦,狐狸把他养的所有的鸡都弄死了,现在他得到农民家去买鸡蛋。但他现在害怕养新的小鸡,担心它们又会死在狐狸的嘴下。情况就这么多。

他不想说,自己在等她的回信,但他心里一直在期盼,等待着她的回信。他心里盘算着,邮寄到布斯克的信在路上要走多少天,因为德鲁日巴茨卡女士现在已经到那里了。不过那儿离这里不太远,他的信应该已经寄到她手里了。

终于有信来了。罗什科在整个教区里找收信人,他手里紧紧攥着这封信。结果他在地下室里找到了神父,那时神父正在那里倒葡萄酒。

"哎呀,你吓了我一跳。"神父颤抖了一下,在围裙上蹭了蹭手,他干活时常常会系着围裙,他小心翼翼地用两个指头接过信来。他没有马上拆开信,而是先看了看邮戳和漂亮的、自信的手写笔迹,那笔迹就像战场上的小旗跃然于纸上。

一个小时之后,当壁炉的火温暖了他的图书馆后,他倒出烧热了的、用辣根酿制的酒,用皮子盖住了双脚,小心谨慎地拆开了信封开始读。

艾尔日别塔·德鲁日巴茨卡写给赫米耶洛夫斯基的信

1752年,圣诞节,写于布斯克

尊贵的恩主神父先生:

值此伟大的节日来临之际,在我们的救世主诞辰的这个日子,我首先祝您一切顺遂,与此同时祝您健康、心情愉快。我们作为人这种脆弱的生物,无论任何时候都可能轻易地被击垮。愿您幸福,一切安好,祝愿新诞生的圣婴耶稣与您同在。

在菲尔莱尤夫逗留的短暂时间里,您给我留下了深刻的印象,我必须承认,我十分敬仰您这位大名鼎鼎的神父。我以为您会有很大的图书馆,有很多位秘书坐在那里,所有的人都在为您工作,为您写作、缮写。而您，尊贵的神父，却像亚西西的方济各[1]那样谦逊。

我还十分钦佩您高超的园艺技巧，您才华横溢、学识广博。我一回到家，当天晚上就欣喜地开始拜读您的《新雅典》一书，尽管我已经阅读过您这本书的第一版印刷的版本。在我视力允许的情况下，我连续拜读了数小时。我读得非常仔细，逐字逐句地认真读，因为我认识该书的作者，同时我还觉得，我在阅读时甚至还能听见他的声音，宛如他在大声为我朗读。这部书有一种神奇的魔力——不管在哪里你都无法停止阅读它，它总会在你的脑海里挥之不去，引人深思，令人感到世界如此之大，如此之复杂，我们永远不可能真正了解这个世界，只能了解其中一部分，一些散落的意义碎片。

现在天黑得很早，每天，黑暗都会一点点地吞噬我们生命的大好时光。蜡烛的光仅仅是对光的可怜的模仿，而我们的眼睛却不能长时间忍受这种光。

当然，我知道《新雅典》的思想是一位伟大的天才的思想，里面蕴藏着巨大的勇气，它对我们所有生活在波兰的人来说都具有无可比拟的价值，因为它是所知的一切知识的百科全书。

不过尊敬的神父先生，在我拜读您的伟大著作时，我遇到了一个问题，令我感到困惑，就是我在菲尔莱尤夫，在您那里做客时说过的事情——书中夹杂的拉丁文影响我的阅读。当然也不仅仅是拉丁文，还有一些别的问题，因为那里有大量的、惊人的知识夹杂在里面，好像在菜肴之中撒了过多的盐，不仅不会提升菜

---

[1] 亦译作法兰西斯，天主教方济各会和方济各女修会创始人。

肴的口味，还会使人难以吞咽下去。

最尊贵的神父先生，我明白，拉丁文是一种综合性语言，其词汇也比波兰语丰富得多，但是如果有人不懂拉丁文的话，他就无法读懂您的巨著，就会茫然不知所措。您是否想过，那些没有学过拉丁文，而又十分愿意拜读您的书的人，比如那些商人，那些没有受过良好教育的小贵族，甚至包括那些心灵手巧的手工匠——您的书籍里精心收集的那些知识对他们非常有用。此外您的著作不仅仅是为了给您的同事，神父以及学者们阅读，书应该是为大家能广泛阅读而书写的，如果他们愿意阅读的话，当然也不是所有人都愿意阅读书籍。其实已婚的富人家的女子也是非常愿意涉猎各种书籍的，但如果她们从未进过校门，那拉丁语就会影响她们阅读的兴致。

主教索乌迪克致教皇圣座大使[①]的一封信

这原本是他昨天应该写完的最后一封信，但他因疲惫不堪没能写完，因此今天不得不花时间写这封自己十分不情愿写的信。秘书觉得很困倦，接二连三地打哈欠。他手里攥着羽毛笔，试图让笔迹的线条粗一些，这时主教开始口授：

主教卡耶坦·索乌迪克，基辅助理主教致教皇圣座大使、米蒂利尼[②]大主教米科瓦伊·塞雷……

[①] 或称宗座大使，是一个外交官衔，是罗马天主教会组织结构中的头衔。
[②] 位于希腊爱琴海莱斯沃斯岛东南岸，为该岛屿的首府，也是莱斯沃斯州的州府所在地。

刚说到这里,负责为他壁炉生火的小男孩走了进来,他是来掏壁炉里烧完的柴火的灰烬的。铁铲的摩擦声让主教无法忍受,他刚才所有的想法就像灰烬的烟雾那样在脑子里化为乌有。这件事就像灰烬那样索然无味。

"小家伙,你一会儿再来吧。"主教用温和的语气对男孩说,用力在脑子里搜刮他想说的话。羽毛笔急于去攻击无辜的纸:

> 我再次衷心地祝贺陛下在波兰担任新的职位,希望这将是一个很好的机会,全面提升在耶稣最钟爱的地方的人们对他的信仰。在我们联邦的这片土地上,我们是他最忠实的信徒,我们会将我们的心都奉献于他……

现在主教索乌迪克完全不知道怎样才能转入信的正题。本来他想概括地论述一下整个事情,但没想到圣座大使要求,报告必须写得很具体。对此他觉得有些奇怪,因为圣座大使到处都有自己的线人,他不需要用自己的意大利大鼻子到处嗅闻,不用到处伸出自己的触角,而是让别人,让那些热衷于做这种事情的人用鼻子去嗅闻。

秘书空悬着手里的笔,墨水都凝聚到笔尖上。这个经验丰富的人非常清楚墨滴的习性,他一直等到最后,为的是在最后一瞬间把墨水甩回墨水瓶。

怎么往下写呢?主教索乌迪克琢磨着,脑子里浮现出一个非常流畅而且完整的句子:"世界对那些企盼永恒的人来说,是一段非常危险的朝圣之旅。"现在主教遇到了让他最不舒服、最头疼的事情,他本应将思绪集中在虔诚地祈祷和管理自己教区信徒之事上,结果他现在

不得不集中精力捋清楚各种杂事，弄清楚那些正确却令人烦恼的事情。从哪儿开始呢？也许该从他找到了一个孩子的事情说起，这件事发生在日托米尔的一个名为马尔科瓦-沃利查的乡村。对，就发生在今年，不久前。

"就是斯图津斯基，对吗？"

秘书点点头，还补充了一句，那个男孩叫斯泰凡。人们找到他的时候，他已经死去，浑身发紫，到处是伤，好像是被人用刀捅过。那时他被扔在路边的树丛里。

现在主教只专注于自己，又开始口授道：

……农民们捡到了这个小孩，在把他送往东正教堂的路上，路过一间小酒馆。男孩一定是在那里遭受了折磨，身体左侧的伤口也必然在那里流下鲜血，人们怀疑是那些犹太人干的事，马上抓了这个村里的两个在小酒馆做事的犹太人，以及他们的妻子。后来他们什么都承认了，还供出了另一些人。事情就这样水落石出了，感谢上帝的公允。

人们马上向我报告了事情的全过程，我毫不犹豫地尽全力解决了这一问题。第二天[①]，我即命令财主和庄园主们交出另一些有罪的人，结果这些人拖泥带水地办这件事，于是我就亲自去了这些地方，劝说财主和庄园主们去抓捕他们。就这样一共抓捕了三十一个男人和两个女人，给他们戴上手铐，押送到了日托米尔，并将他们关进专门为关押他们而挖的坑洞中。在宗教裁判所审判

---

① 原文为拉丁文。——作者注

完之后，我又把这些被告送到了世俗法庭。法庭为调查那些犹太杀人犯，对他们进行了严格的审问，以便查清他们杀人的目的和动机，但有些人在教区法院却改变了他们所做的证词，并且反驳了那些基督徒对他们的指控。之后，我们对那些被告实施了酷刑，圣洁正义的刽子手对被告实施了三次烙刑。从这些证词中很快就可以发现：马尔科瓦-沃利查小酒馆的租赁人杨凯尔和艾拉，在来自帕夫拉奇的拉比什玛耶尔的诱导下，抓了这个小孩，把他带到小酒馆，灌醉了他，然后拉比把小刀捅进了他的左肋。之后他们念诵着自己书中的祈祷文，其他犹太人开始用小钉子和大头针在他身上扎，然后将他静脉中流出的无辜的血都挤到了一个碗里，拉比将这些鲜血倒进了一个个小瓶子里，分给了在场的所有人。

主教暂时停下了口述，命令秘书给他倒一点匈牙利葡萄酒，葡萄酒有益于血液循环。他空腹喝下了葡萄酒。现在他觉得，不得不把早餐和午餐合并成午餐一起吃了，他真的饿极了，饿得直想发脾气，于是想休息一会儿。可今天他必须把这封信发出去，于是接着口述：

当公诉人描述了未成年的斯泰凡的案件以及他不幸的命运[1]后，证明有七个人参与了此案，七个犹太人导致了小孩失血过多而死亡。法院决定判处他们酷刑——死刑。

这一案件的七个主犯和残酷异教的头目会被麻绳捆在一起，双手裹满点燃的焦油，由给他们戴上颈手枷的人带领着，从日托米尔市中心的市场，穿过城市去往绞刑架。在这里，他们会被活活剥皮，之后分尸，他们的头颅会被钉在柱子上，尸体的其余部分悬挂在不同的地方。六个人被处以分尸，而其中一人——因为他和他的妻子、孩子在最后一刻信仰了天主教——被判轻刑，只是对其实施斩头刑。其余人被无罪释放。在执行完死刑之后，囚犯的后代要向受害者的父亲支付1000波兰兹罗提；如果不支付这笔钱，将被永久流放。

而这七个人中，目前有一人试图逃跑，另一个人选择了受洗，对他我请求赦免，其与被判处斩头刑的那人一起免于死亡。

至于其他人，他们的判决得到了公正的执行。三名因民愤巨大而被定罪的人，被施以分尸刑，另外三个人受过洗，被施以了斩头的轻刑，之后我带着一些神学院的学生把他们的尸体送到了

---

[1] 原文为拉丁文。关于这个新闻的描述已经足够了。——作者注

天主教公墓。

　　我为十三位犹太男人和犹太女人举行了受洗仪式，为无辜受难的孩子的尸体施洗，并庄重地宣布，将其尸体埋葬在主教座堂的坟墓里。

　　这是极其必要的，尽管可怕。对那些罪犯可耻的行为进行严惩是非常必要的。我相信，阁下通过我的这些解释，将能找到您想了解的一切，并将打消您在信中表达出的焦虑——担心我们在这里做出有违教会教规，有违圣母的事情。

泽里克

　　那个逃跑的人是从马车上跳下去逃掉的，那时他们被囚禁在马车里，送去监狱执行酷刑。其实逃跑也并非难事，因为那时只是随便地捆绑了他们。在这十四个囚徒中，还有两个女人。押解他们的人认为，这些几乎都是行将死去的人，但万万没想到，他们还会试图逃跑。押解他们的马车从日托米尔的马队里出发，往森林方向走了一英里，就是在那儿，这个叫泽里克的人跳下马车逃跑了。他早已经在暗地里挣脱了捆绑他的粗绳，等待着时机；当押解他们的马车走近一片长满杂草的地方时，他一跃身，跳下了马车，消失在森林里。其余人都低垂着头安静地坐在那里，好像在为自己即将来临的死亡而默默祈祷，因此押送他们的卫士们也没有立即发现出了什么状况。

　　泽里克的父亲，就是那个借钱给索乌迪克的人，他闭着眼睛，默默祈祷。泽里克，他的脚刚一落到森林的杂草中，就回头看了一下，他清晰地记下了这一幕：一个弯腰驼背的老人，一对年老的夫妻肩膀靠在一起坐在那里，一个年轻的姑娘，还有他父亲的两个邻居，他们的白胡须与他们身上穿的黑色大衣形成了鲜明的对照,他们身上还披着塔利特①。只有他父亲安静地看了他一眼,好像从一开始就预计到会发生此事似的。

现在泽里克盲目地走着。不过他只能在夜里走,白天睡觉。当他拂晓睡下时,小鸟们已经开始纷纷乱叫,黄昏时分他起来,接着走。走啊走啊,看不清前面有什么路,他就沿着杂草的边沿走,尽量避开空旷的地方。如果他不得不走空旷的地方,就想办法在靠近庄稼的地方走,那时庄稼还没有收割。在逃跑期间,他几乎什么也没有吃,只是摘过几个苹果和苦涩的野梨充饥,但他并不觉得饿。他的身体一直因为害怕而在不停颤抖,因此他有时会呕吐出黄色的液体,然后就会很长时间为自己吐出的东西感到恶心。由于正值满月,有几个夜晚非常明亮。他看见远处出现的狼群,他听见狼嗥声。一群小鹿惊奇而又安静地在他身后盯着看他。他还遇到过一位游荡的老人,他只有一只眼睛能看见,浑身脏兮兮的,而且蓬头垢面;老人被他吓坏了,只是在身前画了个十字,然后迅速隐身到树丛里跑了。从远处泽里克还曾看到,有一小群农民在逃跑,他们分成了小组,每组四个人渡河,要往土耳其跑。结果他亲眼看见,骑着高头大马的人来了,抓住了他们,并把他们五花大绑带走了。

后来有几夜开始下雨,云层遮盖了月亮。泽里克就在那时渡过了河。结果第二天一整天,他都在想办法把衣服晾干。他感到浑身发冷,没有力气,脑子里只想着一件事:这是怎么回事?他为其管理森林账目的那位先生——据他所知是一位体面的男人——现在怎么就成了坏

---

① 男性犹太教徒在礼拜时穿戴的一种披肩。除了礼拜期间,一些犹太男性也会在赎罪日和犹太教成人礼时穿着塔利特。

人？他为什么不在法庭上说实话？他怎么能在誓言前撒谎？还不是为了金钱和生意，而是在这种人命关天的情况下！泽里克无法理解这一切，眼前一直浮现着这样的画面：他被抓捕了，与别人一起从家里被赶了出来，还有他的老爸，他老爸的耳朵已经完全聋了，根本不知道发生了什么事情。后来就是极度的疼痛，全身都疼，只有脑子还清楚；疼痛占据了整个世界。后来他们又被赶上木车，是送他们去遭受酷刑的。他们的木车走过市区，人们向他们吐口水，他们已经麻木了，遍体鳞伤。

大约一个月以后，泽里克到达了雅西①，找到了他母亲的熟人收留了他，他们已经知道发生了什么事情。在那里他渐渐地恢复了体力，但睡眠出了问题，他害怕闭上眼睛；梦中，当他睡着以后——就好像自己突然滑入杂草丛生的泥坑，然后掉入了深水里——总是会看见自己父亲的尸体，被污泥覆盖着，没有埋葬，太可怕了。夜里他总是因为感到恐惧而颤抖，黑暗中死亡在窥视着他，也许他会再次被抓走——那个黑暗之处就是死亡的领地，就是死亡军队的大本营。他本就已是那些被判了死刑的人中的一员，既然能这么轻易逃走，那么死亡会一直紧盯着他，永远不会放过他。

因此泽里克没有听别人的劝阻，他像朝圣者那样毅然决然地步行朝南方去了。路上遇到犹太人的家，他就敲开他们的门，在那里过一夜。晚饭时他会讲述自己的经历，他就像易碎品那样被人们从一家转到另一家，从一个城市转到另一个城市。不久他到了一个村庄，那里的人们知道了他的故事，知道他要去哪里，都对他很敬重，每个人都尽力帮助他。安息日时他就休息。每周他都会给家里、犹太社区委员

---

① 罗马尼亚东北部的一个县。

会、拉比、四地议会①写信。他既给犹太人也给基督徒写信,给波兰国王写信,也给教皇写信。在他到达罗马之前,他已经穿破了很多双鞋,用了一夸脱②墨水写信。似乎发生了什么奇迹,似乎有一股强大的力量在护佑着他,到罗马后的第二天他就与教皇面对面坐在一起了。

---

① 十六世纪下半叶波兰立陶宛联邦的犹太权力中心机构。该议会由来自联邦内各犹太社区的拉比和长者组成。"四地"是大波兰、小波兰、加利西亚(包括波多利亚)和沃里尼亚。
② 容量单位,主要在英国、美国及爱尔兰使用。1英制夸脱约等于1136毫升。

II. KSIĘGA PIASKU

第二部 沙之书

第五章

关于世界如何从上帝的疲倦中形成

时不时地，上帝会因自己的光与寂静感到疲倦，无限使他感到厌恶。那时，上帝就像一只巨大的、敏感的牡蛎，他的身体裸露在外，皮肤细腻，能感觉到光粒子的轻微颤动。他把整个身体蜷缩起来，在身后留下一点点空间，于是从虚空之中即刻会出现一个世界。世界起初仿佛霉菌，精巧而苍白，但生长速度非常快，每根线互相连接在一起，形成了坚实的外壳；然后变硬，再然后开始填充颜色。接着是一种低沉的隐隐而来的声音，一种悲哀的振动，这引起原子紧张的震颤。正是通过这种运动，形成了粒子，然后是沙粒和水滴，它们将世界分成了两半。

现在我们站在沙子的一边。

我们通过彦塔的眼睛，看见低低的地平线和巨大的、金黄的橙色天空。巨大的圆弧状积云向西飘动，尚未意识到它将很快落入深渊。沙漠呈红色，甚至一块小小的石头都会形成一个长长的、令人绝望的阴影，试图以此攀住什么坚固的物体。

马和驴的蹄子几乎没有留下任何痕迹，它们沿着石头下滑，掀起了一点尘埃，尘埃迅速落下，覆盖住沙漠中每一个凸起的条纹。动物们低垂着头缓慢地走着,它们因为整日的长途跋涉已经累得灵魂出窍了。它们已经习惯背负那些在一夜休息之后的每个清晨加在它们身上的重物。只有毛驴每天早上咴咴大叫,以某种悲痛和令人惊讶的叫声,划破黎明的长空。现在甚至连那些生性叛逆的毛驴都完全沉默下来了,期盼着赶紧休息一下。

人们在它们中间移动着,在鼓胀的、因负重而变形的动物身形的映衬下显得更加纤细,就像从表盘上解放出来的时针一样;可以随意测量独立的、混乱的时间,这是任何钟表师都永远无法调准的时间。他们的影子又长又尖,戳进沙漠,惹恼了下沉的黄昏。

他们中许多人穿着浅色的长外套,头上裹着特本头巾,原本是绿颜色的头巾,现在已经被太阳晒得褪了色。其余的人藏在大檐帽下,他们的脸庞与石头投下的阴影没有任何区别。

这是几天前从土耳其的士麦拿出发的商队,他们要往北方走,途经君士坦丁堡,然后至布加勒斯特。路途上他们将会分开走,最后还要聚合在一起。部分商人将在几天后到达伊斯坦布尔,然后途经塞萨洛尼基[1]和索菲亚,去往希腊和马其顿;另一部分人留在布加勒斯特,还有一些人将要沿着普鲁特河[2]经过波兰边境,跨越德涅斯特峡谷到达最终的目的地。

每到一个驿站,他们都必须从动物背上卸下货物,查看货物的包装是否在运输中有破损的情况。有些货物比较娇嫩,像那些土耳其的长烟斗,每一个都用粗纤维单独包装并在外面用布裹得很紧实;还有一些土耳其武器和阅兵用的全套精致马具,以及挂毯和绣花织带,就

---

[1] 旧译作帖撒罗尼迦或忒萨洛尼卡(按古希腊语发音),是希腊第二大城市,也是希腊北部最大的城市。
[2] 多瑙河最后的大支流,起源于乌克兰喀尔巴阡山脉。

是贵族们系在自己大袍上的腰带。

还有装在木箱中的各种果干,这些物品怕晒;还有一些其他货物,甚至包括未成熟的柠檬和橙子,为的就是使它们不至于在路上发霉。

有一个亚美尼亚人,叫什么雅库波维奇,他是在最后一刻加入商队的,他的货物属于奢侈品,单独装在另一辆车上,他的货物是地毯和土耳其挂毯。他非常担心自己的货物受损,所以经常为一点小事就大发脾气。他一度想坐船,从士麦拿到塞萨洛尼基,在两天之内把货物运到目的地,但如今海上运输很危险——可能会被抓去做奴隶,只要商队停下来休息,人们就在篝火旁讲这样的故事。

来自布斯克的纳赫曼·萨穆埃尔·本·莱维刚坐下,他的腿上放着一个扁平的盒子,是压得非常紧实的硬包装烟草。货物不多,但他希望这能给他带来巨大的利润,因为这是他用非常低的价钱收购来的质量上乘的烟草。在他身上还缝制着一个特制的硬口袋,里面装着体积不大但价值连城的物品:漂亮的宝石,主要是绿松石,还有几只长长的、包装得很结实的莫尔代哈伊喜欢的烟斗。

商队光为准备上路就用了好几天,与此同时还得去土耳其政府部门各处打点——为的是让土耳其当局给各关口下达通令,以便商队顺利通过。

因此他才感到精神疲惫,这种疲乏感很难一下子消退。石漠风景让他感到心旷神怡。他走到商队的宿营地外,独自坐在那里,远离人们的闲聊。此时太阳已经落得很低,照在石头上形成的长长的、黑暗的影子,宛如地上的彗星,它们由阴影组成,而不是像空中的彗星那样由光组成。纳赫曼所见之处充满了各种符号,他在想这些大地上的符号预示着怎样的未来,讲述着怎样的预言。沙漠是世界上唯一可以让时间倒流的地方；时间在这里回旋，又快速跳向前面，好像肥硕的飞蝗，被选中的双眼可以在此看到未来的影像。就这样彦塔看到了纳赫曼：纳赫曼已经垂垂老矣，老态龙钟、年老体衰、腰背弯曲。他坐在一扇小窗前，一束光从那里照进来，寒冷透过厚墙钻进来。他的手攥着羽毛笔，明显地在颤抖。墨水瓶旁边放着一个小沙漏，滴完了最后一粒流沙——他的生命已经接近尾声，而纳赫曼还在不停地写。

事实是，纳赫曼不可能停下来。他心里发痒，只有当他把杂乱的思绪变成文字时，他才会获得平静。笔端的沙沙声安抚着他。在纸上留下的墨迹会让他感到欣慰，宛如吃了最甜的蜜枣，仿佛嘴里含着一块土耳其软糖。这种时候，一切便各归其位，变得更清晰，更有序。因为纳赫曼一直有这样一种感觉，他在从事着一项宏大、前所未有而独特的事情。此外，这一切都是为了给那些尚未出生的人写的，因为他们将会希望知道发生过的一切。

他身边总是带着各种写作用的文具。尽管这个扁平的木箱子很不起眼，但那里装着质量上乘的纸张、一瓶墨水，还有一盒沙子、备用的羽毛笔尖和削羽毛笔的小刀。纳赫曼没太多的需求，只要坐下来，打开小箱子，小箱子就变成一个土耳其式的小矮桌，这样他就可以开始写作了。

但自从他看见雅各布后，他就越来越注意到，雅各布的眼神里总是蕴含着阴沉和怨恨。雅各布特别不喜欢笔的沙沙声。有一次他站在纳赫曼身后，看他在做什么。好在那时纳赫曼正好在做账，因为雅各布要求不要把他说的记在上面。纳赫曼对他做出承诺，一定不会这样做的。但这件事总是让他感到不舒服——为什么？

"这是怎么回事？"有一次他问雅各布，"我们的歌里不是这样唱的吗？'给我语言，给我舌头和文字，我便讲述关于你的一切真相。'

这是《佳美之日》①里讲的。"

雅各布指责他说：

"你别犯傻了。如果有人想攻打城防工事，那么他就不能靠语言、靠说话把它拿下，必须带着部队去攻打。我们也是这样，要靠行动，而不只是说话。我们的祖辈们不也说了很多，而且费力地用文字记录下来很多东西吗？他们说的那些话有什么用，结果又怎样呢？最好用眼睛去看，而不是写下一堆东西。我们不需要智者。我一看到你写东西，就想去敲你的脑袋，告诉你要清醒一点。"

纳赫曼知道自己在做什么。他的主要任务就是写一本叫《最神圣的沙巴泰·泽维②的生活》（愿他的名字被上天祝佑！）的书。他就是想把沙巴泰·泽维做的事情总结一下，他只是想把事实记录下来，那些人们熟知的和不那么熟知的事迹；当然他也对一些事情做了润色，这并不是罪过，而是有益的，因为这样可以使这些事情更好地被人们记住。在那个盒子下面还有一个小包，那里面是他亲手用麻线缝在一起的一些纸片。不过这里只是一小部分。这是他秘密地写下的。他时不时会停下来，想到一旦有人看到这些文字，就会想知道是谁写下了它们，作者是个什么样的人，这让他觉得很烦。总会有一只手在文字的背后，总有一副面孔从字里行间浮现。毕竟，即使在读《妥拉》时，人们也会立刻感觉到一个存在，一个伟大的存在，他的名字不能被包含在任何字母之中，即使这字母是镀金的、加粗的。然而《妥拉》和整个世界都是以上帝的名义写就的；每一个词、每一件东西都是以上帝的名

---

① 这是一部关于犹太习俗、律法和训诫的书，它的整体思想大致基于卡巴拉。
① 犹太神秘主义者和拉比，他活跃于奥斯曼帝国各地，声称自己是犹太教徒等待已久的弥赛亚，1666年前往君士坦丁堡被捕入狱，后皈依伊斯兰教。

义写成的。《妥拉》就像是一块巨大的挂毯,是用上帝的名字编织的,虽然在《约伯记》中写的是:"没有凡人能得知它的秩序。"没有人知道哪里是经线和纬线,也没人能循着右侧的图案看出什么,以及它与左边的图案有什么关联。

艾莱阿扎尔拉比是一位非常智慧的卡巴拉学者,他早就猜想到,《妥拉》的某些部分是以错误的顺序提供给人们的。如果它是以正确的顺序呈现的,每个人都将立刻得知该怎么做,将立即变得不朽,并能够让死者复活,创造奇迹。因此,为了维持这个世界的秩序,就把它的顺序打乱了。不要问是谁做的,现在还不是时候。只有神才能恢复它的顺序。

纳赫曼明白,在他的《最神圣的沙巴泰·泽维的生活》一书的背后,从一包用麻线缝在一起的纸片中,人们能看到他——来自布斯克的纳赫曼·萨穆埃尔·本·莱维——的形象。他看到自己是这样的:长得又瘦又小,很平庸,没有什么特征,总是在路上。他是在写自己。他管这些杂记叫作在其他重要工作之余的碎片。碎片,就是我们的生活。在尘土飞扬和舟车劳顿的旅途中,他在膝盖上放着小箱子进行的写作,本质上就是所谓的"蒂坤"①,就是修补世界,就像是把织物上的孔眼用重叠的图案、"之"字形状的结、弯曲缠绕的

---

① 犹太教概念,意思为修补、修复。

线条修补起来。纳赫曼进行的就是这样的工作。有的人在为人们治病，有的人在建造房子，还有一些人研究书籍，重新排列词句，以便在书中找到确切的含义。而纳赫曼在写作。

杂记，或是关于来自布斯克的拉比纳赫曼·萨穆埃尔·本·莱维怎样在旅途的疲劳中写就的故事

关于我来自哪里

我知道我不是先知，内心也不具备神圣的灵魂。我无法创造奇迹，无法穿透未来的时间。我出身卑微，没有什么可以让我超脱于尘埃。我属于那些墓碑会最先碎掉的人。但我也能看到自己的优点：很会做买卖，是很好的旅行家，算数敏捷，有语言天赋。我是一个天生的信使。

在我的孩童时代，我讲话就像是雨滴敲打苏克棚①木顶发出的鼓点般的隆隆声，以至于难以清楚地分辨我说的每个词。此外还有某种内心深处的力量，使我无法完整说出已经想好的句子或单词，于是我只能匆忙地重复很多次，讲出口就成了一团糟。我总是结结巴巴的。我失望地看到，我的父母和兄弟姐妹们都听不懂我说的话。那时父亲就会揪住我的耳朵，咬牙切齿地说："说话慢一点！"于是我就试着慢点说话。我学会了控制自己，掐着自己的喉咙，以便控制住那种声音。我终于能够将单词分解成音节，好像把浓汤稀释了一样，就像妈妈，她为了让大家都能喝到一口汤，就把红菜汤稀释后留到第二天给我们

---

① 犹太人在庆祝住棚节期间所住的临时棚屋。

喝。不过我还是很聪明的。我会礼貌地等着别人把话说完,但我早已经知道他们想说什么。

我的父亲是布斯克的拉比,后来我也步了他的后尘,成了像他那样的拉比,尽管时间很短。我的父母在沼泽附近开了一家小酒馆,去吃饭的人并不多,所以他们生活很拮据。我们的家庭,包括妈妈和爸爸两家,都是从西边,就是从卢布林,再之前是从过去日耳曼的土地来到波多利亚的。他们都是被流放,而后死里逃生才来到了这里。但是,关于那段时间并没有留下多少故事,也许只有那一个故事让孩童时期的我感到恐惧,就是关于大火烧毁了一本书的故事。

小时候的事情我记得不太多。主要是因为我不肯离开妈妈一步,总是拉扯着她的裙子,为此父亲总是对我发脾气,总骂我,说我长大以后将会是一个离不开妈妈的男孩、娘娘腔、丧失了男子气的废物。我还记得,在我很小的时候家里蚊子很多,尽管房间里的所有缝隙都用碎布和黏土堵住了,但我们身上、手上和脸上总是被蚊子叮咬得红红的,好像我们得了天花一样。我的小手上涂抹了新鲜的鼠尾草。那些流动的商贩在村子里到处转,售卖从德罗霍贝奇附近某处运来的奇臭无比但非常管用的一种液体⋯⋯

这就是纳赫曼略显随意的手稿的开头——作者本人最喜欢去读他开头的这几页。那时他会觉得,好像自己可以坚实地站在地上,好像自己的脚又长大了一些。现在他回到商队的营地——因为他太饿了——加入了同行们的队列。土耳其领队和商人们也刚刚祈祷完回到营地,正准备做晚饭。亚美尼亚人在饭前合上眼睛,在自己的胸前画十字。纳赫曼跟其他犹太人一起,匆匆忙忙做了简单的祷告。他们每个人分散地坐在自己的货物旁,坐在自己的骡子旁,但大家都能相互看见对方。在自己饥肠辘辘的肚子里填了点东西后,他们就开始聊天,后来还开一些玩笑。突然,日落黄昏,一分钟后,天就完全变得漆黑一团,到了该点橄榄油灯的时候了。

有一次有一个人留在我们的小酒馆里,小酒馆主要是妈妈在打理,这个人是从雅布翁诺夫斯基先生那里打猎回来的客人。这个人酒量很大,残忍恶毒,远近闻名。那时天气又闷又热,沼泽的烟气低低地飘浮在地面上,他的女儿——一位娇小姐,想马上去休息。因此我们全家都被赶到了院子里,而我却藏在了炉子后面,当这位美貌的小姐及其侍者、女仆和管家们走进屋里时,我带着极大的兴趣看着这个场面。这些人是那么富有,衣服五彩斑斓,他们的外形和美貌给我留下了非常深刻的印象,我被惊艳得满脸通红,妈妈担心我的身体是不是出了问题。当这些富豪离开这里以后,妈妈在我耳朵边小声说:"我的小倔驴呀,下辈子这个公主将为我们生炉子。"

一方面,这让我感到满心欢喜,因为在天上,在太阳每天升起的地方,有颠扑不破的正义;但另一方面,我和我们所有人都觉得很遗憾,特别是对那位骄傲的小姐,她如此美丽而又让我们无法企及。她自己知道这些吗?有谁跟她说过这些吗?在他们那儿的教堂里,人们会说真话吗?所有的事情会有反转吗?让侍者当主子,让主子当用人,这就是公平,就是美好吗?

在临行之前,那个先生拽了一下我父亲的胡子,而他的随从人员对他开的这样一个玩笑捧腹大笑。后来他下令,让自己的军人喝犹太人酿制的酒,之后他们就肆无忌惮地打砸,趁机洗劫了小酒馆,不分青红皂白地毁坏了所有的财物。

纳赫曼不能再坐下去了。太阳一落山，寒冷就袭上身来，这里不像在他自己住的地方那样，热量会积聚在厚厚的墙壁中，热得衬衫贴着后背。他拿起灯，披上了厚重的驼毛大衣。搬运工们在玩骨牌，游戏很快引发了争吵。天空布满了星星，纳赫曼不由自主地寻找着方向。在南边他看见士麦拿——拉比莫尔德克称之为"伊兹密尔"，也就是他们前天离开的地方。那里到处是胡乱搭建的高低不平的砖瓦建筑，数不清的屋顶与宣礼塔尖，有的还与高耸的教堂圆顶交织在一起。他觉得，在地平线外的黑暗中他听到了穆安津①的声音，那声音咄咄逼人、凄凉悲伤。不久，另一个声音盖住了这个声音，一瞬间空气中充斥着穆斯林的祈祷，这是一种颂扬声和赞美声，不过听起来更像是一种抱怨声。

纳赫曼望着北方，看见在很远很远的地方，在伸手不见五指的漆黑中，一座小城坐落在沼泽边，教堂的塔尖刺向低矮的天空。他觉得一切都黯然失色，仿佛所有的东西都是由泥炭建造的，处处飘浮着煤灰。

我生于5481年——公历1721年——我的父亲，刚刚接任新的拉比职务。他上任之后，甚至都不清楚应该去哪里主管事情。

流经布斯克市的西布格河②与波尔特瓦河③相交。这座城市自古以来就属于国王，而不属于贵族，因此我们在这里生活得还不错；但这座城市也因此经常受到破坏，不是受哥萨克人的入侵，就是受土耳其人的入侵。如果天空可以成为镜子的话，那它就可以反射出时间，反射出延伸到城市的那些被烧毁的村庄。每次遭到彻底摧毁之后，就在泥泞的土地上混乱地重建，因为水在这里是制定唯一规则的女王。因

---

① 伊斯兰教中负责在清真寺的宣礼塔上宣礼的专人，不属于神职人员。
② 流经波兰、白俄罗斯以及乌克兰的河流，发源于乌克兰的波多利斯克高地。
③ 乌克兰的河流，位于该国西部利沃夫州。

此一旦春天冰雪融化后，所有的路就一片泥泞，使这座城市与世界其他地方完全隔开，而这里的居民们，宛如生活在泥泞和泥炭中；他们郁闷地待在潮湿的茅舍中，浑身污垢，面色蜡黄——让人觉得他们身上都发了霉。

犹太人分散在各个区聚居，但主要集中居住在老城和利比波基。他们以买卖马匹为生，辗转着从一个城市到另一个城市的集市，一些人开了香烟店，大多数小店跟狗窝的大小差不多。一些人靠耕地生活，还有十几户人家做手工工匠。大多数人都很贫穷，过着非常悲惨和迷信的生活。

我们周围的那些农民，都是来自鲁塞尼亚的人和波兰的人。他们一大清早就下地干活，直到傍晚，当他们在家门口的长凳上坐下之后，才能直起腰来。看着他们，我们就会觉得自己很优越：当犹太人比当农民好。而他们也会看着我们想：这些犹太人整天吵吵嚷嚷地赶着车去什么地方呢？他们的妇女们整天在阳光下眯缝着眼睛捡拾收割后丢在麦田里的麦穗。

春天，当河边草甸都变绿了，成百上千的鹳鸟都飞来布斯克，庄重地昂首阔步，高贵地伸长它们的颈项，那么骄傲。这一定就是为什么有这么多孩子出生在这里：农民们相信是鹳鸟带来了他们。

布斯克城的城徽上有一只单脚站立的鹳鸟。就像我们一样，出生在布斯克的人们，我们祖祖辈辈也都是单脚站立，随时准备上路，因为与波兰人签订的都是五年期的土地租赁合同。我们周围，潮湿、泥泞。这里看似有法律，但是不稳定，就像污水那样混沌。

布斯克像波多利亚的许多小城市和乡村一样，居住在那里的都是我们自己人，我们戏称为"自己人"或者"忠实的人"。我们纯洁的心深信，弥赛亚已经降临在土耳其了，在他离开土耳其的时候，给我们留下了接班人，首先指给了我们应该走的道路。

父亲读的书越多，去研经室参加的讨论越多，他就越发相信这些观点。任拉比一年之后，他认真阅读了所有关于沙巴泰·泽维的训诫的文章，于是他更加坚信，他天生的敏感和对宗教的信仰有助于这里的改变。

"这是怎么回事？"他说，"上帝这样宠爱我们，但为什么到处又有这么多的磨难？只要去布斯克的市场上去看一下，就会因为看到那里的贫穷而感到双腿发软和颤抖。既然上帝宠爱我们，那为什么我们会生病，吃不饱穿不暖？既然上帝与我们同在，那为什么我们还会看到这么多疾病和死亡？"他弯下腰，好像要告诉我们现实是如此沉重。然后他就开始对一些拉比进行毫不留情的批评，批评他们那里的规则，说到激动之处，就开始手舞足蹈。

作为孩子我经常见到他去市场，去施拉的商店，与其他人一样谈得火热而又兴奋不已。他身材矮小，而在说话的时候，他这个不起眼的人物，突然变得非常高大，情绪激昂，发自肺腑。

"《妥拉》中的一条律法，《密释纳》①里的解释就有一打，而《革马拉》②里的解释更多，后来各种律法的解释多得就像沙粒。那你们跟我说说，这让我们还怎么活？"他激动地大声说，连那些路过的人都停下了脚步。

施拉对做生意不太感兴趣，他最感兴趣的是怎样与那些男人攀谈，他会忧郁地点点头，并跟那些人一起抽烟斗："过不久就不会有人抱怨了。"

---

① 犹太教经典，将历代犹太拉比对《妥拉》的口头释义书面化后集结而成。
② 犹太教经典，是《塔木德》的一部分，主要的内容是解释《密释纳》中犹太口传律法的意义。

"如果人们连饭都吃不饱,就很难遵守那些规定。"那些人也点头表示同意,然后跟着就是一声声的叹息。叹息也是谈话的一部分。他们当中的很多人都是普通商人,有时也有一些研经室的老师来到这里,跟着他们一起抱怨这里的一切,还补充了一些自己的想法。后来又有人对贵族的一些规定表示遗憾,抱怨农民的敌意,认为这种敌意会毒害生命。他们还抱怨面粉的价格,抱怨水灾冲破了小桥,抱怨因为潮湿水果都烂在了树上。

于是,我作为孩子,就在这种对世界永远充满怨恨的环境中长大成人。有些事情本不应该是这样的,在我们周围肯定存在着某种谎言。研经室的教授给我们的东西中一定隐瞒了什么。肯定有一些事实被隐藏了,导致我们不能整体地去看待世界。一定存在一个秘密能解释这一切。

在我父亲年轻时,布斯克的人们都是这样,沙巴泰·泽维的名字常被人们提起,人们从来不是背地里偷偷地说他的名字,而是完全公开地提到他的名字。在我的孩童时代,他的名字对我来说如雷贯耳。如今最好还是不要大声提起他的名字。

我的青年时代

最初我跟我的同龄人一样,非常渴望学习这些典籍,但作为独生子,我过于依赖父母。到十六岁时我才明白,我想做一番大事业,但我又属于这样的人,总是不满足于现状,总希望学更多别的东西。

因此当我听说有一位伟大的教师巴尔·谢姆·托夫[①]正在招收学

[①] 一位犹太神秘主义者、拉比,出生于公元1700年左右,他被认为是犹太教哈西迪派的创始人。

生的消息后，我决定去他那里学习，于是我离开了布斯克的家。妈妈非常舍不得让我走，我孤独地动身往东边走，去了梅德日比日①，大约离我家两百英里。第一天我遇到了一个比我大一岁的男孩，他跟我的目的一样，但他是从格林诺②出发的，上路已经三天了。这个叫莱伊布科的小伙子新婚不久就出门了，他脸上刚刚长出胡子，对自己的婚姻感到恐惧，他说服妻子和岳父，在他能够挣钱养家之前，他必须出去学习圣典书籍，净化心灵，回来后再一心一意跟妻子过日子。莱伊布科出身于格林诺的拉比世家，他信奉哈西迪③后，令全家人感到极为痛苦。他的父亲两次追上了他，乞求他回家。

我们一起度过了短暂的时间。我们曾盖一条毛毯睡觉，一起分食路上带的吃的。我喜欢与他聊天，他是一个非常敏感的小伙子，他的想法与其他人完全不一样。夜里我们共同盖着肮脏的毛毯，探究着一切最神秘的事情。

正是因为他，一个已婚男子，告诉了我男人和女人之间的奥秘，让我发现，这件事像"限制"④的概念一样令人着迷。

我们学习时住的那座木房子很大，但很矮。里面有一个大通铺，人挨着人，身子挨着身子睡；这些年轻的小伙子，个个骨瘦如柴。我们盖着毯子，毯子上时常能找到虱子；被咬后我们就用薄荷叶的梗涂抹被咬的地方。我们的食物很有限，只有面包、橄榄，还有一点圆菜头。

---

① 乌克兰的市级镇，位于该国西部赫梅利尼茨基州，距离赫梅利尼茨基 25 公里，始建于 1146 年。
② 现属于波兰西里西亚的一个镇，始建于 1385 年。
③ 是正统犹太教中的一支，受到犹太神秘主义的影响，反对当时过于强调守法主义的犹太教。
④ 是犹太神秘主义卡巴拉思想中的概念术语，意为"收缩""限制"，用于解释上帝通过收缩"光"而形成的概念空间。

有时妇女们给我们拿来一些小吃，比如葡萄干，但是因为这里的男孩子太多了，每个人只能分到几粒，恰到好处的几粒，就是刚好到能记住葡萄干在嘴里的味道。不过我们读了很多书，不停地在读书，为此我们的眼睛常常充血，好像白兔那样眼睛总是红红的，于是我们都得到了认可。晚上，当巴谢托留给我们一些时间，让我们聆听他与其他拉比的谈话，那时我就开始对一些问题十分感兴趣，因为那是些父亲无法给我解释清楚的问题：既然上帝无处不在，世界如何存在？如果上帝是万物中的万物，那怎么会有不属于上帝的东西呢？上帝怎能凭空创造一个世界？

众所周知，在每一代人中都会有三十六个圣人，上帝就是靠他们维持世界的存在。巴尔·谢姆·托夫肯定就是其中的一员。尽管大多数圣人是无法分辨出来的，他们就像小酒店的老板和鞋匠那样贫穷地活着。但巴谢托的美德如此之大，以至于这一点无法隐瞒。这个人从来不自恃清高，但不管他出现在哪里，人们都会感到有些畏惧。这也令他感到身心疲惫，显然他像背着沉重的行李一样背负着圣洁。他完全不像我父亲那样，总是满脸忧伤和愤怒。巴谢托非常多变。有时他看上去像一个年长的智者，微闭着眼睛，表情非常严肃地说话；有时他会突然变得很兴奋，与我们开玩笑，给我们讲笑话，逗得大家开怀大笑。他随时都准备做一些意想不到和令人惊讶的事情。因此他能一直吸引着人们的注意力，并一直保持着这种状态不变。他对我们来说就是世界的中心。

这里没有人喜欢死气沉沉、枯燥乏味的犹太教理论。对此大家的看法都非常一致——在这个意义上我父亲会喜欢这里的。人们每天都会带着极大的热情拜读《光明篇》，而许多年长者都是两眼昏花的卡巴拉学者，他们谈论上帝的秘密就像谈论他们的农庄那样，喂养了多少只鸡，留下了多少过冬的干草……

　　有一次一个卡巴拉学者问巴谢托，他是否相信世界就是上帝的流溢，他高兴地赞同道："是啊，整个世界就是上帝。"所有的人都非常满意地点点头。"那邪恶呢？"那个人故意狡猾地问。"邪恶也是上帝。"巴谢托平静沉稳地回答，但在场的人们开始纷纷低声议论，于是有些在场的拉比和神职人员开始起来反驳他。这里所有的讨论都引发了激烈的反应——人们推倒椅子，大声哭喊，尖声乱叫，撕拽头发。我多次成为这些讨论的见证者。我的血也直往脑子上涌，怎么会是这样？从哪里入手描写这些呢？在哪一栏里能填上饥饿与身体的创伤，对动物的宰杀和因为瘟疫成排摆放的幼童的死尸？那时我一直认为，最终我们必须承认，上帝根本没把我们当回事。

　　一旦有人说，邪恶并非本身是恶的，而只是人们眼中的恶，这时就会有人掀翻桌子，水就会从桌上破碎的水罐中溢出，滴落在地板的缝隙中。有人还会愤然离开，还有的人不得不拽住某人，防止他对别人进行攻击。可见说出的一句话会产生怎样的力量。

　　因此巴谢托对我们说："关于邪恶的秘密，是唯一一个上帝并不强迫我们去信仰，而是让我们思考的问题。"为此我整日整夜地思索，有时候因为身体对进食的需要，我饿得无法入眠。那时我就想，也许真的是上帝意识到了自己的错误：对人类抱有不可能的期望。他期待着一个无罪的人。因此上帝就有了自己的选择：他可以惩罚罪恶，不停地惩罚，他永远都是一个大管家，像那个不停抽打农民脊梁的人那样——当他们在主子的田里没干完活儿的时候。毕竟，上帝是具有无限智慧的，他也愿意承受人类的罪过，为人类的弱点留下空间。上帝对自己说："我不能拥有一个完全自由又完全顺从我的人，我也不能拥有一个既是无罪的同时又是人的造物。我宁愿要一个有罪的人类，也不想要没有人类的世界。"

哦，是的，我们都同意这一点。瘦骨嶙峋的小伙子们穿着破衣烂衫，他们的衣袖总是不够长，坐在桌子的一边，而坐在另一边的是几位老师。

我与圣巴谢托待了几个月，尽管过得很贫寒，但我觉得，直到现在，我的灵魂才跟上了我身体的成长。我长高了，像个男子汉了，腿上长出了毛发，胸口上好像也长出了毛发，肚子也变得硬了。就这样灵魂追随着身体的成长，变得坚强了。此外我还觉得，我内心产生了到目前为止自己还没意识到的某种新感觉。

有些人对超越凡尘的事物有敏锐的感知，就像一些人具有非同寻常的嗅觉、听力和味觉一样。他们在这个巨大和复杂的世界中，能感受到极其细微的变化。此外，一些人的内在视野可以变得非常锐利，以至于能看到火花掉落在什么地方，他们能在最不可能的地方看到火星的闪光。那个地方越糟糕，星星之火的光就越猛烈地闪烁，强烈地闪耀，其光就越发炙热和纯洁。

但也有一些人，他们根本没有这样的感知能力，因此他们就只能相信自己其余的五个感官，并将整个世界托付给这些感官。就像天生的盲人那样，从一生下来就不知道什么是光；像聋哑人那样，不明白什么是音乐；像失去嗅觉的人那样，不知道花香的气味。因此他们无法理解这些神秘的灵魂，把拥有这种天赋的人当成疯子，认为他们愚蠢，认为他们出于不可理解的原因臆想出了这一切。

那一年，巴谢托的学生们（让他的名字为我们祈福吧）开始患上一种奇怪的疾病，他极度悲伤而不安地谈及这种疾病，但我不知道他在想什么。

有一次在祈祷时,我们当中一个年龄最大的小伙子突然大声哭泣,谁也无法让他安静下来。他被带到圣人那里,在他那里,这个可怜虫一边哭泣,一边承认,他在诵读《舍玛》的时候,他想起了耶稣,于是他就对耶稣说了这些祷词。当这个男孩儿讲出这些可怕的话后,听到的人都用手捂住了耳朵,以免让自己的感官遭到这样的亵渎。但巴谢托只是悲哀地点点头,然后以言简意赅的方式给我们做了解释,让大家都松了一口气:那个男孩儿每天都会经过某个基督教小教堂,在那里他看到了耶稣。当一个人长时间地看着什么,或者经常看到什么时,那个画面就会出现在他的眼睛和头脑中,宛如碱液浸入一样。如果一个人的头脑需要圣洁,它就会到处寻觅圣洁,就像生长在山洞中的植物向着光攀缘,即使是最微弱的光,它也不会放弃。这是个很好的解释。

我与莱伊布科有了秘密的快乐:我们竖着耳朵听到了词语本身的声音。从隔板后面传来低声祈祷,我们凝神静听这些词语,它们混在快速朗读之中,意思含混不清。这些游戏的结果越奇怪,我们获得的快乐越大。

在梅德日比日的所有人跟我们一样,都侧耳细听这些词语。小镇本身并不景气,庸常,很不稳定,在遇到每个单词时,仿佛物质也要收起尾巴,羞愧地退缩。小城道路泥泞不堪、坑洼不平,给人的感觉是这些被马车碾压过的路,不知通向哪里;而在

泥泞的道路两边是低矮的茅草屋和学校——那里有唯一一个腐烂变黑的宽宽的门廊，我们用指头在上面钻了一个洞——仿佛是在梦里。

我可以说，我们用指头在单词上钻了一个洞，凝视着它们无底深渊般的内部。我得到的第一个启示，就是关于两个词语的相似性。

为了创造一个世界，上帝必须退后一步，在自己的身体中为世界留下一片空隙。上帝从这个空间中消失了。"消失"这个词的词根是"elem"，而消失的地方叫作"olam"，就是世界的意思。因此甚至在世界的名称中都包含了上帝消失的历史。世界得以形成，只是因为上帝不在其中。首先有了什么东西，然后又缺失了。这就是世界。世界的全部，就是缺失。

关于大篷车，
以及我是如何认识莫尔德克先生[1]的

回到家以后，家里人为了留住我，让我娶了一个十六岁的女孩莱娅，这个女孩很聪明，性格开朗而且待人宽容。很幸运，我在埃利沙·邵尔那里找到了工作，所以我能跑去布拉格和布尔诺做贸易。

在这里我遇到了莫尔代哈伊·本·埃利沙·马尔嘎利特，人们都称他莫尔德克先生——让这位好人的名字祝福我们吧。他对我来说，就是第二个巴谢托，也是唯一一个我想一直跟着的人；而他，大概也跟我的感觉一样，接受我为他的学生。我不知道他为什么如此吸引我——人们常说，有的灵魂可以立刻认出彼此，灵魂是会莫名其妙地相互吸引的；很明显，这话是有道理的。事实是，我决定不再跟着邵

---

[1] 原文为Reb，意第绪语或希伯来语对犹太男子的尊称，常见于东欧犹太习俗中。

尔一家干了，决定留下跟莫尔德克先生在一起，我把我在波多利亚的家庭抛在了脑后。

他曾是著名的圣人乔纳森·埃伯舒兹[①]的学生，这位圣人则是最古老的科学的继承人。

开始时，我觉得莫尔德克先生的理论非常笼统，含混不清。他给我的感觉是，他仿佛永远处于欣喜若狂的状态，这使得他的呼吸很浅，好像他害怕吸到太多尘世的空气一样；空气只有通过烟斗的过滤，才能支撑他的生命。

但是圣人的思想非常深奥。在我们的旅行中，我完全依赖于他；因为他神通广大，知道什么时候该上路，走哪条路，以便我们可以被那些好人舒服地送到目的地，或者让那些朝圣者提供很好的食物。一眼看上去，他的想法很不现实，但当我们完全服从他时，一切就都非常顺利。

我们一起在夜间学习，因为白天我得工作。不止一次，我看书一直看到黎明，因为一直盯着书看，眼睛都发炎了。莫尔代哈伊给我阅读的东西简直令人难以置信，以至于我这个来自波多利亚的年轻人的务实的头脑，就像一匹突然被人决定变为骏马的劳役马那样惊跳起来。

"孩子啊，你为什么还没有去尝试，就拒绝做一件事呢？"莫尔代哈伊问。那时我刚决定要回布斯克，想回去照顾自己的家。

我对自己说，就像我当时认为的："他说得有道理。在这里我只会获益，而不会失去什么。"所以我决定耐心等待，直到找到对自己有益的东西。

因此我屈从于他，租了一个用木板隔起来的小房间，过着简朴的

[①] 十八世纪的一位拉比，同时是一位塔木德学家、哈拉卡学家、卡巴拉学家。

生活，一大早起来去犹太人开的商店上班，晚上和夜里坚持学习。

他教了我字母的排列组合方法，以及数秘术和其他《创世之书》①中的方法和路径。这些路径中的每一条，我都必须花两个星期的时间学习，直至它铭刻在我心中。就这样他指导了我整整四个月，后来他突然命令我，让我把这一切全部"清除掉"。

当天晚上他往我的烟斗里放了很多草药，让我做了非常古老的祷告，也不知是哪一派的祷告，不久后这个祷告就变成了我个人的声音。祷词是这样的：

> 我的灵魂
>
> 不允许自己被关进监狱，
>
> 铁笼子或者空气的笼子。
>
> 我的灵魂愿像天上的船，
>
> 身体的边界不能阻止灵魂。
>
> 任何壁垒都不能锁住灵魂；
>
> 包括那些用人类的双手建起来的墙壁，
>
> 包括那些礼貌的壁垒，
>
> 或者良好教育的壁垒。
>
> 灵魂不会被嘈杂的演讲所迷住，
>
> 不会被王国的边界，
>
> 高贵的出身——所迷住。
>
> 灵魂会轻而易举地

---

① 早期犹太神秘主义著作，该书认为宇宙源自希伯来语的二十二个字母和上帝的十次显现或流溢（十个数字），两者一起构成上帝创造宇宙的"三十二条智慧之道"。该书假托亚伯拉罕之名，约成书于公元三至六世纪。

飞过这一切，
它超越了语言的含义，
灵魂根本不包括在语言之中。
它超越愉悦，超越恐惧。
它超越了美丽和崇高，
超过了卑鄙与恐慌。

慈悲的上帝，帮帮我吧，让我不再因生活而受伤，
赐予我语言的天才，赐予我语言和词语吧，
那时我就会说出关于你的
真相。

我回到波多利亚
和一个奇怪的愿景

过了一段时间我回到了波多利亚，父亲突然离世，我得到了布斯克拉比的职务。我回去后，莱娅待我非常好，我很感激她。她很会持家，我们过着平静的生活。我的儿子阿荣渐渐长大了，长成了一名男子汉，他工作很忙，但很懂得照顾家，我也就摆脱了游荡的跑买卖的生活，以及任何形式的卡巴拉。我管的这个镇子不算小，但分成两派，"我们"和"另一些人"。我作为年轻的、毫无经验的拉比，要做的事情很多，责任也很大。

有一个冬季的夜晚我无法入眠，我觉得很奇怪。我感觉周围的一切都很不真实，很虚假，好像世界是水平高超的画家画在画布上的一幅画，挂在我的周围。或者换句话说：好像周围的一切都是臆想出来的，

奇迹般地形成了一个虚幻的形状。

就像以前我跟莫尔德克先生工作时那样,有好几次我也曾出现过疲惫而又惊恐的感觉,但这次的感觉是如此强烈,甚至令我开始感到恐惧,就像我小时候产生过的恐惧那样。我感觉突然被围困住,好像被扔进了监牢,马上就会缺少空气。

我哆哆嗦嗦起身,给炉子添了柴火,拿起放在桌上的、莫尔德克先生送给我的书,回想他教过我的方法,把我看到的这些字母拼接在一起,以我的老师教我的哲学方法冥想。我当时认为,这会让我的大脑集中精力只想一件事,恐惧就会消失。就这样我一直坐到清晨,然后去做我平时做的事情。结果在第二天夜里,我又一直冥想到凌晨三点。莱娅对我的举动感到不安,她起来,轻轻地推开熟睡的儿子拉着她的小手,然后在我身旁,看我在做什么。我总是能看见她脸上不赞同的表情,但这阻止不了我。她非常虔诚,不信任何卡巴拉,而且对安息日的仪式持怀疑态度。

到了第三个奇异的夜晚,我已经感到筋疲力尽了。过了十二点,我手里握着羽毛笔,腿上放着纸就已经开始打盹儿了。我突然醒来,看了一下,蜡烛熄灭了,于是我起身,想去拿一支新的蜡烛来。结果我发现尽管蜡烛的火灭了,蜡烛的光却并没有熄灭!那时我惊讶地意识到,我就是那支点燃的蜡烛,这光是从我的身上散发出来的,照亮了整个屋子。我大声自言自语:"我真不敢相信。"但光并没有灭。我又大声问:"这怎么可能?"当然我也没有听到任何回复。我拍了拍自己的脸,掐了掐自己的面颊,但一切都没有改变。我就这样垂着手,低着头,疲惫地一直坐到了清晨,大脑一片空白——我发光了!到了黎明时分,光变得模糊,最终消失了。

那天夜里我看到了另一个世界,与我迄今看到过的世界完全不同,那是灰色的阳光照耀的世界，很小，很凄凉，支离破碎。黑暗遍布每一个角落、裂缝和洞隙。在这个世界，到处充满了战争和瘟疫，河流泛滥，大地颤抖。每个人都好像是一个脆弱的生物，仿佛眼帘上最细小的一根睫毛，一粒最小的花粉。那时我明白了，人类的生活就是受苦，苦难就是世界最基本的元素，一切都在痛苦中尖叫。之后我还看见了未来，世界变了，森林消失了，在森林消失的地方建起了城市，发生了其他一些我无法理解的事情；那里没有任何希望，发生了很多我甚至无法想象的事件，因为它们超出了我的理解力。这一切压倒了我，以至于我砰的一声跌倒在地。至少在我看来，我看到了救赎是什么。后来我的妻子跑过来，开始大喊、求救。

关于与莫尔代哈伊去士麦拿
实现羊粪蛋之梦的旅行

我的老师莫尔代哈伊好像知道了发生的这一切。几天后他突然出现在布斯克，因为他做了一个奇怪的梦。他梦见，在利沃夫的犹太会堂前看到了《圣经》中的雅各，他正在给人们分发羊粪蛋。大多数收到羊粪蛋的人都非常不满意，有的人高声大笑，但一些收到这个礼物的人，带着敬意吞下了它，竟像灯一样从内部开始发光。看到这种景象，莫尔代哈伊也伸手去接这个礼物。

我对他的到来感到欣喜若狂，并给他讲了我发光的经历，他认真地听我讲，从他的眼神里我看到了骄傲和友善。"你现在已经上路了。如果你能继续往下走，你就会知道，这个世界正在走向终结，这就是为什么你看到的世界仿佛是虚幻的。你看到的光也不是来自外部的、虚假且虚幻的光，而是来自内部的、真实的、上帝自身所发出的星星之火,就是弥赛亚收集到的光。"

莫尔代哈伊承认,我就是他选中的使者。

"弥赛亚正向我们走来。"他对我说。他附在我的耳边,他的嘴唇碰到了我的耳郭:"他就在士麦拿。"

那时我没太明白他是什么意思。但我看见,沙巴泰·泽维(愿他的名字被上天祝佑!)就出生在士麦拿,因此我想到了他,尽管他早已经离开了这个世界。莫尔代哈伊建议,我们一起动身往南边走,边做生意,边去寻求真理。

在利沃夫有一个叫格热高什·尼克罗维奇的亚美尼亚人,他专门与土耳其人做生意——主要销售土耳其腰带,但也做土耳其地毯和挂毯、土耳其精油和冷兵器的生意。他自己住在伊斯坦布尔,为的是在那边照顾生意,隔一段时间他的商队会带着价值连城的货物向北方出发,然后再回到南方。任何人都可以加入他的商队,不仅是基督徒,只要表现出良好的意愿并且有足够的钱来支付商队的向导和武装保护就能加入。你可以买卖波兰的一些商品——石蜡、动物油或者蜂蜜,有时还有琥珀,尽管这些生意大不如以前了——挣出路上花销的费用,到了当地再投些钱买点货,保证回来路上的车马费、伙食费等开支。

我借了不大一笔钱,莫尔代哈伊也从自己的积蓄中拿了一些钱。因此我们有了一笔资金,幸福地上路了。那是1749年春天。

莫尔代哈伊·本·埃利沙·马尔嘎利特,莫尔德克先生,那时已经非常成熟。他十分有耐心,从来不着急,我从来没见过有谁像他那样浑身都是优点,对别人慷慨体贴、宽容仁慈。我常常作为他的眼睛,帮助他阅读,因为他已经看不清那些特别小的字母了。他总是认真听着一切,他的记忆力超群,能完整无误地背下来他阅读过的东西。他是一个身手敏捷的男子汉,而且精力充沛——有时在路上我抱怨得要比他多。任何活着的人,任何希望快乐地抵达土耳其,然后幸运地回到家的人,都可以加入这个商队——其中有亚美尼亚人和波兰人,有从波兰回去的意大利人和土耳其人,甚至还经常有犹太人与德国人加入。所有的人都可能在路上分散,然后再有其他人加入进来。

商队走的路线是:从利沃夫出发然后到切尔诺夫策①,之后沿着普鲁特河到雅西,最后抵达布加勒斯特,我们在那里停留了很久。在那里,我们决定离开商队,从那时起,我们顺着上帝指引的方向缓慢地行进。

莫尔德克先生在某地停留时,买了一些我们抽烟斗用的烟叶,在这些烟叶里又加了一点树脂。抽着这样的烟斗,我们的思绪飞得很远,充满激情,而一切似乎都充满了隐秘的、深层的含义。我一动不动地站着,轻轻地把手举起来,就这样高兴地待了好几个小时。每根草的茎叶都属于最深层的意义体系,是这个巨大的世界不可或缺的一部分。这个世界是那样完美和充满智慧,最微小的事物与最宏大的事物密切地联系在一起。

白天的时候,我们沿着城镇的街道走来走去,我们爬上台阶,看着那些摆在街上的货物。我们注视着那些年轻的男孩和女孩,不是为了自己的乐趣,而是因为我们想当这些年轻人的媒人。例如我们到了尼科波尔②就对别人说,在鲁塞③有这样一位小伙儿,很亲切,博学多闻,他叫——我们这样叫他——施罗莫,他的父母想为他找一位能带嫁妆而

---

① 乌克兰西南部切尔诺夫策州的首府,位于多瑙河的支流普鲁特河上游。
② 乌克兰南部城市。在奥斯曼统治下,尼科波尔发展成重要的军事和行政中心,经济、宗教及政治活动蓬勃发展,直至十七至十八世纪趋向没落。
③ 保加利亚北部城市,位于多瑙河的南岸。

又可爱的妻子。而在克拉约瓦①我们对别人说,在布加勒斯特有一位姑娘,又可爱又善良,嫁妆不多,但她非常美,眼睛都看不够,她叫萨拉,是一位叫亚伯拉罕的贩牛商人的女儿。我们就这样传达着这些讯息,像蚂蚁搬动一片叶子和一块木头那样,直到一座蚁丘建起。事情成功之后,我们就应邀去参加婚礼,我们作为媒人还可以赚取一点生活费,够我们吃喝用的钱。我们用赚来的钱去做浸礼浴②,我们总是浸泡七十二次,与上帝名字的字母一样多。我们还有足够的钱去买鲜榨的石榴汁,买羊肉串和好的葡萄酒。我们正在计划做一笔大生意,为的是不仅能养家糊口,同时也能确保我们安心学习和研究犹太教典籍。

我们住在马厩里、地上和稻草上。春天来了,南方大地春意盎然——那时我们就睡在河边、树下,在一群无声的能驮载重物的动物中睡觉;我们紧紧地抱着长大衣的下摆睡觉,因为那里缝着我们所有珍贵的东西。在他深入的讲述中,那里的脏水、淤泥和烂鱼的甜腥味,甚至变得有些令人愉悦,他试图说服我,这其实就是世界真正的气味。晚上我们悄声聊天,我们心有灵犀,只要一个人开始说话,另一个人就已经知道对方想说什么。当他为沙巴泰·泽维祈祷时,救赎就通过复杂的路径向我们走来。我给他讲巴谢托,我相信,两位智者的智慧是能结合在一块儿的,但很快就证明,这是不可能的。在我面临选择之前,我们在晚上进行了争论。我说,巴谢托认为,沙巴泰似乎拥有神圣的火花,但很快被萨麦尔③捕捉,他又用同样的方法扣押了沙巴泰。

---

① 罗马尼亚第六大城市,多尔日县的首府。
② 犹太教的浸礼仪式,以达到纯净的目的。
③ 《塔木德》和犹太传说中的天使长。他是控诉者、引诱者和毁灭者,类似于基督教中撒旦的概念,有时被认为是堕落的天使,但他也不完全是邪恶的,他也有毁灭罪人的能力。——编者注

那时莫尔德克先生挥挥手,好像要把这种可怕的词语赶走一般。我还跟他说,我在巴谢托那里听到,有人传言说沙巴泰·泽维来到巴谢托这里,请他修复自己,因为他觉得自己尽管伟大,却是一个一文不值的罪人。真的,这种"修复",或希伯来语说的"蒂坤",就是圣人与罪人的灵魂相结合,一步一步地经过灵魂的三种形态。首先是圣人的奈非什①灵魂,也就是其动物灵魂与罪人的灵魂相结合;之后,在可能的情况下,经过另一种灵魂鲁阿赫②,即圣人的感觉和意志与罪人的灵魂相结合;而最后,让神圣的内夏玛赫③,即我们内在全部的神性,与负罪的内夏玛赫相结合。当这一切都发生,巴谢托感觉到这个叫沙巴泰·泽维的人身上有如此多的罪恶和黑暗,于是他将他推开,直到沙巴泰掉进佘欧璐④的最底端。

　　莫尔德克先生不喜欢这个故事。"你的巴谢托什么也不懂。最重要的是《以赛亚书》中说的。"他说道。我点点头,因为我知道这是《以赛亚书》第五十三章第九节中的著名句子:"人还使他与恶人同埋。"弥赛亚必须被打入最底层,他有罪并该死。莫尔德克先生立即联想到了另一句话,这是引自《光明篇校正》⑤的第六十篇:"弥赛亚的内心将会是很好的,但他的法袍将是邪恶的。"他解释说,这也适用于沙巴泰·泽维,他在苏丹的压力之下,背弃了犹太教,改信了伊斯兰教。我们抽着烟斗,观察着周围的人们并不停讨论着,最终我们抵达了士麦拿。在士麦拿炎热的夜晚,我得知了这个奇怪的、秘密的知识——

---

① 卡巴拉中五级灵魂之一,指生命力。
② 卡巴拉中五级灵魂之一,指精神。
③ 卡巴拉中五级灵魂之一,指意志。
④ 《希伯来圣经》中死者所去的黑暗之地。——编者注
⑤ 《光明篇》的独立附录,是卡巴拉思想的重要文本。——编者注

尽管许多人尝试过通过祈祷和冥想来拯救世界,但都无济于事。弥赛亚的任务非常可怕,弥赛亚就是那个要被宰杀的羔羊。他必须进入王国腐朽的核心,进入黑暗,并从中释放出圣洁的火花。弥赛亚必须走进一切罪恶的深渊,并从内部将其摧毁。他必须像一个罪人那样,仿佛他就属于那里一样打入内部,不引起任何邪恶势力的疑心;他必须成为火药,从内部炸毁堡垒。

我那时还年轻,尽管已经从过去的经历中意识到了要吃苦和忍受痛苦,但我仍相信这个世界是美好的、善良的。我喜欢早上清凉和新鲜的空气,以及我所做的一切。我喜欢看集市上缤纷的色彩,还有在集市上我们售卖的劣质商品。我喜欢看那些美丽的妇女,她们深邃的黑色眼睛和黑眼线,喜欢看她们苗条的身材——她们扭动得如此厉害,我甚至看得都有点头晕目眩。我喜欢吃那些晒干的甜枣,喜欢它们的甜味,喜欢看那些绿松石的纹路,以及集市上所有由香料堆成的五彩斑斓的颜色。

"你不要被这些金光闪烁的东西所迷惑,不要只看涂着颜色的指甲,要看看下面有什么。"莫尔德克先生一边说一边拽着我,走进了一个肮脏的院落。在那里他给我展示了一个另样的世界:衣着邋遢、病恹恹的老妇人在集市前乞讨;吸食了哈希什[1]而精神萎靡、形容枯槁的男妓;郊区泥草盖的破屋;成群的围着垃圾和饿殍转的饿狗。这是一个无法想象的残酷又邪恶的世界,万物奔向自己的厄运——毁灭和死亡。

"世界根本不是来自一个好的上帝。"莫尔德克先生曾经这样对

---

[1] 或称哈希,是一种大麻浓缩产品,在摩洛哥、阿富汗、印度、伊朗、以色列和黎巴嫩等国家有很长的使用历史。

我说，那时他觉得，我已经经历了足够多，"上帝无意间创造了一切，然后就离开了。这是一个很大的谜。当世界被最深的黑暗和极大的贫穷笼罩，被邪恶和苦难困扰时，弥赛亚就会默默地降临。他将被视为罪人，这是先知们的预言。"

那天晚上，在城外一个巨大的垃圾堆的边上，莫尔德克先生从包里拿出一块用厚布包着的手稿，这样做是为了不让人一眼就看出来这是一本书，他让这本书显得很不起眼，以免有人因为眼馋而拿走。我知道那是一本什么书，莫尔代哈伊从未邀请我与他一起阅读这本书，尽管我心存好奇，但我不敢跟他说。我认为，他肯定会在适当的时候把书给我的。这一天终于到了。我感到这一刻的分量，浑身颤抖，当我手捧着书走进光晕里时，头发都竖了起来。我开始兴奋地阅读着。

这是一篇名为《Wa-Avo ha-Jom el ha-Ajin》的论文，即《我如今来到源头》，这是乔纳森·埃伯舒兹写的，他是我的老师莫尔德克先生的老师。那时我觉得，我已经成为一个秘密长链上的下一环，而这一切会世代相传下去。这个链条早于沙巴泰·泽维，早于阿布拉菲亚[1]，早于时蒙·巴尔·尤柴伊[2]，早于，还早于……在黑暗的年代，这个链条，尽管有时会丢失在泥泞之中，尽管上面长满了杂草，尽管会被掩埋在战争的废墟之中，但它会传承下去，会在未来继续成长。

---

[1] 亚伯拉罕·本·塞缪尔·阿布拉菲亚，"先知卡巴拉"流派的创始人。他于1240年出生于西班牙萨拉戈萨。
[2] 公元二世纪古犹太地区的坦纳派圣人，许多人认为他是《光明篇》的作者。——编者注

第六章

关于婚礼上穿着
白色长袜和凉鞋的不速之客

外人想要进到屋里,必须低头才能进来,那时最先看到的不是人的脸,而是他的衣着。现在走进来的这个人,身上穿着一件脏兮兮的浅色大衣,这种大衣在波兰很少见;脚上穿着沾满泥巴的白色长筒袜和一双凉鞋;肩上斜挎着一个用彩线缝制的皮包。人们见他进来,都停止了说话。当他抬起头,灯光照在他的脸上时,就听到屋里的人们大喊:

"纳赫曼!这不是我们的纳赫曼嘛!"

并不是所有人都知道怎么回事,于是他们悄声地问:

"什么纳赫曼,纳赫曼是谁?他从哪里来?布斯克的拉比?"

人们立即把他带到了埃利沙那里,在那里坐着几位年长的拉比:来自蓝茨克鲁尼亚的拉比基尔沙、来自波德盖齐的拉比莫舍——他是伟大的卡巴拉学者,还有来自普罗斯捷约夫的扎尔曼·多布鲁什卡。此时他们把那里的门关上了。

妇女们开始准备东西。哈雅跟助手们一起准备酒、热红菜汤和抹着鹅油的面包。她的妹妹正在往脸盆里倒水,以便让这些远道而来的人能先洗洗脸。只有哈雅被允许进男人们的房间。现在她看着纳赫曼,看他是那么认真地洗手。她眼前的这个男人个子不高，身材瘦小，弓腰弯背，面色平和，眼角有点下垂，好像总是高兴不起来的样子。他的头发呈棕栗色，很长，像丝一样细软，胡须呈红色；长长的瓜子脸显得很年轻，但眼角周围已经布满了细细的鱼尾纹——纳赫曼总是不停地眨眼睛。灯光照得他的脸呈橘色和红色。当纳赫曼在桌前坐下时，他先脱掉了凉鞋，他脚上的这双鞋完全与这个季节不符，与波多利亚地区秋季阴凉的天气也很不符。现在哈雅看到，他那双瘦瘦的大脚上穿的是脏兮兮的浅色袜子。她心想：就是这双大脚啊；为了能够来到这里，为了能给这里带来好消息，他长途跋涉去了塞萨洛尼基、士麦拿和伊斯坦布尔，浑身沾满了马其顿和意大利的灰尘。但也许他带来的是坏消息呢？她猜不出他现在在想什么。

她瞥了一眼父亲埃利沙·邵尔，想听他说些什么。但他却转过身去面对着墙壁，轻轻地前后晃悠着身体。纳赫曼带来的消息，分量如此之重，根据那些年长者的安排，纳赫曼应该讲给所有人听。

哈雅看着父亲。母亲不在这里，她一年前去世了。老邵尔很想再婚，可是哈雅不允许他再婚，她永远不会允许他再婚，因为她不想有个后妈。她坐着，把女儿放在腿上，跷着二郎腿，想让小家伙觉得她是骑在马上。在她皱皱巴巴的裙子下，露出了一双漂亮的系着鞋带的高筒靴。抛光的半圆形鞋尖非常引人注目。

纳赫曼首先向邵尔转交了莫尔德克先生和伊索哈尔给他的信，邵尔长时间地默默地读着他们的来信。人们耐心等着他读完信。空气好像负载着重物，变得十分凝重。

"一切都告诉你他就是那位，对吗？"漫长的沉默后，埃利沙·邵尔问纳赫曼。

纳赫曼说对。因为长途旅行的疲劳，加上又喝了点酒，他的头有些发昏。他觉察到了哈雅警惕地看着他的眼神,似乎想要从他身上发现什么秘密——那时他就像被狗舔了一样不自在。

"让他休息去吧。"老邵尔说。他站起身来,友好地拍了拍纳赫曼的肩膀。

其他人也都纷纷走到纳赫曼身边,拍拍他的肩膀或者碰碰他的手指。在这些触碰中,人们把双手搭在别人的左右肩膀上,站成一个圆圈。一瞬间,没有人可以进入他们的圈子,在圆圈里面似乎出现了某种奇怪的东西。他们的头都向圆圈内侧倾斜着,低垂着,人们几乎头挨头。后来有一个人往后退了一步,是埃利沙,然后大家红着脸高兴地散开了。最后有一个人给纳赫曼穿上了一双羊皮靴,以便让他的脚暖和一些。

雅各布第一次出现在纳赫曼的故事中

嘈杂混乱的议论声渐渐地平静了下来,纳赫曼有意识地等待了很久,现在他把所有精力都集中在自己身上。他开始深深地吸了一口气,之后屏住呼吸,保持绝对的安静。然后他把吸进去的空气,又从肺里排了出去。毫无疑问,这个呼吸来自另一个世界,纳赫曼的呼吸就像做哈拉面包[①]的面团那样发起来,呈金黄色,开始散发出杏仁的气味,在南方温暖的阳光下闪烁,散发着河水泛滥的气息——因为这是来自尼科波尔的空气,它是属于遥远的国家瓦拉几亚的一座城市,而尼科波尔位于多瑙河之上。多瑙河河面非常宽阔,在雾气蒙蒙的天气里,

---

[①] 一种犹太教徒在安息日和犹太教节日时食用的面包。现在大部分哈拉面包都是将发起了的白面粉团编成辫子的形状。

根本看不到对岸。在城市里高高耸立的城堡上，建有二十六个烽火台和两座大门。城堡上布满了全副武装的士兵，军队的总指挥就住在监狱上面。在监牢里关押着的是一帮欠债者和小偷，夜里卫兵们击鼓并高喊："真主至高伟大！"该地区到处是岩石，夏天气候比较干燥，在人们屋宅的阴凉处长着一些无花果和桑树，山丘上挂满了葡萄藤。城市坐落在河的南岸——那里矗立着三千座漂亮房子，都是有着大屋顶或者是覆盖着木瓦的房子。城市里大多数都是土耳其人、犹太人，天主教徒少些。尼科波尔的市场整天都是人头攒动，因为那里有数千个美丽的路边摊位。工匠们的作坊都设在建造得比较结实的大厅里，旁边就是路边摊位。那里的裁缝特别多，他们远近闻名，因为他们会缝制各式各样的服装，各种贵族长袍和衬衫，而他们最擅长的还是缝制车刻斯人的时装。在那个集市上可真有很多不同的民族啊！有意大利人、土耳其人、摩尔达维亚人，还有保加利亚人、犹太人和亚美尼亚人，有时甚至还能看见来自格但斯克的商人。

　　人们穿着各式绚丽多彩的服装，操着不同的语言，摆着各种稀罕的货品销售：各种香料调料，绚丽多姿的土耳其挂毯，各种美味的土耳其甜食，那些甜食甜得简直会让人高兴得晕过去，还有干枣和不同品种的葡萄干，各种绚丽夺目的、用银丝线缝制的传统皮鞋。

　　"我们当中的很多人都在那里有自己的摊位，或者与那里的人有生意往来，我们中的还有一些人实际上对那个神圣的地方非常熟悉。"纳赫曼换了一下自己的坐姿，看着老邵尔，但埃利沙的面部表情却非常令人捉摸不透。他一点反应都没有，甚至连眼睛都不眨一下。

　　纳赫曼再次深深地吸了口气，沉默了一会儿，以这种方式来控制自己和其他人不耐烦的情绪。每个人的目光似乎都在催促他赶紧往下说：说啊，快说啊，你这个人。因为他们知道，真正的故事还没有开始呢。

纳赫曼先从新娘开始讲。当说起伟大的托瓦的女儿哈娜时,他不由自主地做了几个温柔的手势,他的动作非常轻柔,似乎他的语言也跟着变得像丝绒一般柔美。老邵尔眯缝着眼睛,好像是在满意地微笑:就应该这样描述新娘们。听众们频频满意地点着头。年轻新娘们的美貌、温柔和美德是整个民族未来的希望。但当他再次提到哈娜父亲的姓氏时,屋子里的人们发出了一阵嘴唇吧嗒的响声,因此纳赫曼再次沉默了一会儿,为的是给听众们留下足够的时间,以便他们充分享受这一切,享受着碎片的世界重新成为整体的感觉。世界的修补开始了。

婚礼是在几个月前,也就是六月份,在尼科波尔举行的。关于哈娜,我们已经知道不少了。新娘的父亲叫耶乎达·托瓦·哈-莱维,是一位学者,伟大的哈哈姆^①,他的文字已经流传到这里,流传到洛哈特恩。埃利沙·邵尔在自己的书柜里还藏有他的书,不久前他还阅读过他的书。哈娜是他几个孩子里唯一的女孩儿。

雅各布·莱伊波维奇怎么就娶到了她,人们一直不太清楚。他是谁,怎么纳赫曼会带着这种激情讲述他?为什么要说他?雅各布·莱伊波维奇是来自科罗洛夫卡吗?不,他来自切尔诺夫策。是否属于我们的人?既然纳赫曼能给我们讲他的事,那他就应该是自己人。他是这里的人,有个人想起了他,还说认识他的父亲。他是不是就是那个彦塔的孙子呢?她不是就死在这间屋子里吗?现在所有的人都看着来自科罗洛夫卡的以色列以及他的妻子索布拉。但人们听了这些故事,还不大敢相信,所以都静静地坐在那里。现在索布拉的脸变得通红。

"耶乎达·莱伊布来自切尔诺夫策,他就是这个雅各布的父亲。"

---

① 犹太教术语,指精神领袖。

埃利沙·邵尔说。

"那他就是那个来自切尔诺夫策的拉比了。"来自波德盖齐的莫舍想起来后说。

"是啊,就是那个拉比……"一个跟邵尔做生意的、名叫耶鲁西姆的人不怀好意地说,"他在研经室教小孩子们读写。布赫宾戴尔,那里的人都这样叫他。"

"他是莫伊热什·迈伊尔·卡门凯尔的兄弟。"邵尔严肃地说。接着是一片寂静,卡门凯尔一时成了被谈论的主角:是他往德国给虔诚的教徒弟兄们偷运了一些禁书,为此他曾遭到惩罚。

现在人们开始慢慢地想起了他。于是人们争先恐后地说,那个耶乎达最早是在别列赞卡,后来才来到了切尔诺夫策租赁土地;他给当地的庄园主打工,还向农民们收税。有一次甚至发生过这样的事情:他被农民们痛打了一顿。后来他在庄园主那里告发了这些农民,庄园主下令打他们,结果有一个农民被打死,从那以后,这个被人们称为布赫宾戴尔的人就不得不离开那里,否则农民们会让他永远不得安宁。此外犹太人也非常恨他,因为他公开宣读加沙的拿单[①]的书。这个人很怪异,好冲动,易发脾气。还有一个人想起来说,他的兄弟被诅咒之后,他当上了拉比,最终他辞去了这个职务,到了切尔诺夫策,后又去了瓦拉几亚,在土耳其人的统治下过了一段安宁的日子。

"他们都愿意往土耳其跑,因为害怕哥萨克人。"邵尔的妹妹玛乌卡补充说。

纳赫曼明白雅各布的父亲对他们来说不是一个好人。他们对他父

[①] 犹太神学家和作家,出生于耶路撒冷。他于1663年搬到加沙,在那里他以预言沙巴泰·泽维是犹太民族下一个弥赛亚而闻名。

亲的事情知道得越多，对他这个儿子来说就越加不利。于是纳赫曼就不再谈他父亲的事了。

这始终是一个颠扑不破的真理：先知不可能是自己人，必须在某种程度上是外人。他必须来自异地，突然现身，看上去又怪异又不寻常。他必须得像一个外邦人那样，蒙着一层神秘面纱，甚至是处女所生。他必须做与众不同的事，说与众不同的话。他最好是来自一个人们难以想象的地方，讲异国情调的语言，吃人们没吃过的菜肴，闻没闻过的气味——没药和橘子的气味。

不过这也不完全对。先知也应该是自己人，最好让他哪怕有一滴我们的血液，让他是我们某一个人的远亲，而且我们还认识这个人，但我们早已忘记了他的长相。上帝从来不会通过为了一口井而与我们争辩的邻居说话，或是通过以其妻子的魅力诱惑我们的人说话。

纳赫曼一直等着他们说完。

"我，来自布斯克的纳赫曼，参加了这次婚礼。参加婚礼的第二位拉比是来自利沃夫的莫尔德克先生。"

在这间又窄又小的房间里坐着的那些人，脑子里都浮现出一个想法，为此心中似乎得到了一些安慰。每个人都和其他人息息相关。这个世界就是邵尔在洛哈特恩市场边的这个房子的无数倍放大版。星星的光芒透过窗帘缝和不小心弄破的门缝，渗透到这间屋子里，因此星星也应该是人们的好朋友，人们的某些祖先或堂兄弟们一定与星星有过亲密的联系。你在洛哈特恩的一间小屋子里说的话，很快就会通过各种各样的渠道和道路，通过商人长途跋涉的足迹在世界各地传播开来，并在使节们的帮助下，不断地从一个国家传到另一个国家；这些使节带着各种信件，重复着各种传言，就像来自布斯克的纳赫曼·本·莱维那样。

纳赫曼已经知道该说什么了——他详尽地介绍着新娘的服装和她的双胞胎弟弟哈伊姆的美貌,他长得很像她,两人长相一模一样,大家几乎分不清谁是谁。他详细地描述了婚礼上丰富的菜肴和那些乐师以及他们各种异国情调的乐器,那些都是在北方这边从来没见过的乐器。他同时翔实描述了树上长的无花果,位于多瑙河畔的石头房子,还有葡萄酒园,园里已经长出了葡萄,不久后它们就会看起来像莉莉丝喂奶时的乳头。

新郎雅各布·莱伊波维奇——正像纳赫曼介绍的那样——高高的个子,身材匀称;穿着土耳其式的服装,像个帕夏①。人们现在称他是"智慧的雅各布",尽管他还未到而立之年。他在士麦拿学习,师承来自波德盖齐的伊索哈尔(此时在听众中间,人们因为惊叹又发出嘴唇吧嗒的响声)。尽管他还很年轻,但已经积累了一定的财富,主要靠做丝绸和宝石的生意。他未来的妻子年仅十四岁。一对美丽的夫妻。当婚宴的仪式开始时,风停了。

"那时……"纳赫曼说,然后又停顿了一会儿,尽管他自己想尽快把这个故事讲完,"那时雅各布的岳父走到华盖下,嘴贴在雅各布的耳朵上说了什么。但即使所有人都保持沉默,鸟儿停止唱歌,狗停止吠叫,所有的马车都停下来,也不会有人听到托瓦跟雅各布说的这个秘密。因为这是'raza de-mehemanuta'——我们信仰的秘密,但是很少有人能成长到可以听见这个秘密的时候。这个秘密如此巨大,一旦有人了解了它,他的身体就会颤抖。只能在最亲近的人的耳边小声说,还得在黑暗的小屋子里说,以便任何人既不能通过嘴唇的动作,也不能从脸部惊异的变化猜出来。这秘密只能在那些被精心筛选出来

---

① 奥斯曼帝国行政系统里的高级官员,通常是总督、将军及高官。

的人的耳边低语，而且这些人已经宣誓过，发誓永远不会在被诅咒后发病时或突然死亡的威胁下向任何人复述这个秘密。"

"如何用一句话概括这一重大的秘密？"纳赫曼预料到可能有人会提出这样的问题，"也许这是一个简单的陈述，或是反驳？也许是一个问题？"

不管是什么，每个人只要了解了这个秘密，都会获得永恒的平静和自信。从现在开始，最复杂的事情似乎开始变得简单了。也许这就是某种错综复杂，这种错综复杂总是离真理最近。这像是一个带软木塞的句子，可以锁住大脑思考，但也有可能揭开真理。也许秘密就是咒语，就是几十个似乎毫无意义的音节，或只是一串数字，当字母的数值显示完全不同的含义时，就是希伯来字母代码[①]的完美。

"许多年以前，为了获得这个秘密，哈伊姆·马拉赫曾被指派踏上从波兰到土耳其的旅程。"邵尔说。

"那他把秘密取回来了吗？"耶鲁西姆怀疑地问。

屋子里出现了一点小小的骚动。纳赫曼的故事讲得很棒，但人们很难相信，这一切都和他们自己身边的人有关。这里？神圣？"雅各布·莱伊波维奇"听起来像个屠户的名字，有个来自洛哈特恩的皮匠也叫这个名字。

晚上，当人们纷纷离去后，老邵尔搂着纳赫曼的肩膀走到外面，他们站在商店前。

"我们不能在这里多待了。"他指着洛哈特恩到处是泥泞的市场说。

[①] 这是一种基于希伯来语及希伯来字母的秘术，将希伯来字母与数字相互替换，是卡巴拉派用来解经的方式之一。

此时乌云低垂，好像能听见搭在高耸的教堂塔尖上的乌云在颤抖。"不允许我们在这里买地，不允许我们永久居住在这里。他们把我们往四面八方赶，在每一代人身上都发生过灾难，这都是我们真正的不幸。我们是谁，等待着我们的是什么？"

他们彼此错开了几步，在黑暗中，可以听到尿液喷到木栅栏上的声音。

纳赫曼看到一个低矮得快要贴到地面的小房子，上面覆盖着稻草的屋顶，还有一扇小小的窗户，一块烂木板。在他身后还有其他一些附属建筑，歪歪扭扭倾斜着的、一个挨着一个的破败的房子，看上去像蜂窝一样。他知道，在这些房子里有很多通道、走廊和难以到达的最隐秘的地方，那里放着装有木材的大车；那里还有用低矮的栅栏围起来的院子，白天人们会把泥罐子放在栅栏上，在阳光下晾晒。从那里可以走到另一些院子里，这些院子小得仅仅能让人转开身子，每个院子都有三扇门，每扇门都通向别的房子。上面还有小阁楼能把这些房屋连接起来，里面到处是鸽子，能用这些鸽子的粪便测算出时间——简直就是活的钟表。小院子空地的大小跟大衣的大小差不多，上面种有白菜、胡萝卜，但长得很差，又细又小。在这点地上种花草有点可惜，因此只能种些锦葵，因为它们会往上生长；现在已经进入了十月，锦葵的茎似乎都紧靠在房子上。在篱笆旁，路边的垃圾桶有很多猫和野狗守卫在那里。垃圾遍布整个城镇，沿着街道，穿过果园、田垄一直到河边，妇女们勤奋地用小河水清洗着家里所有的脏东西。

"我们需要一个能帮我们把一切事情都办好的人，能帮我们很好地发展的人。这个人不是拉比，不是哈哈姆，不是富人，也不是好斗者。我们需要一个强有力的人，表面上看起来似乎比较羸弱，但他应该是一个能勇往直前的人。他会把我们从这里带出去。"埃利沙·邵尔一边说着，一边扯了一下自己大衣的衣襟，"你认识这样的人吗？"

"去哪儿？我们要去哪儿？"纳赫曼问，"去以色列吗？"

埃利沙转过身去，又转回身来。过一会儿，纳赫曼闻到了他身上的气味，老邵尔身上的一股潮湿的烟味。

"去看世界。"埃利沙·邵尔抬起手做了一个手势，好像指向了洛哈特恩的上空。

当他们两个人回到屋子里后，埃利沙·邵尔说：

"纳赫曼，是你把这个雅各布带到这里来的呀。"

伊索哈尔的学校，以及到底谁是上帝。
来自布斯克的纳赫曼·本·莱维的故事

士麦拿知道自己的罪，欺骗和迷惑人。在那些狭窄的街道上，有人在日夜不停地做着贸易；总有人想要卖些什么，也总是有人想要买些什么。货物从一个人的手转到另一个人的手里，手指伸进长大衣深处和宽裤的口袋去掏藏在里面的硬币。从小袋子、长方形的钱袋子、盒子、包里传来硬币碰撞的声音，每个人都希望通过买卖让自己发家致富。被称为"萨拉夫"的人坐在清真寺旁边的楼梯上，腿上放着一个小桌子，侧面带孔眼，为的是把数好的硬币倒出来。旁边摆着一个个装着银子和金子的袋子，还有客户希望用来兑换的各种货币。他们大概有世界上所有的钱币，他们记得各种货币的汇率；任何一本智慧的书，任何一张最好的地图，都不可能像铸在铜、银和金子上的领袖形象那样，像他们的名字那样，如此清晰地向我们展示着这个真实的世界。正是从钱币表面，他们行使着统治权，像异教神灵一样威严地看着自己的臣民。

这里的街道就像一个蜿蜒曲折的混乱线圈，人们稍不留意，就会迷失在那些街道里。富人在那里有自己的路边摊位和商店，他们的仓库延伸到建筑物的深处，与住房连在一起。商人们与其家人住在那里，并在那里储存着最有价值的商品。街道上空常常搭有棚顶，因此城市给人的感觉就像一个真正的迷宫，人们常常会迷路，总是发现又走到了之前走过的地方。这里几乎没有任何植物；在没有房屋和寺庙的地方，土地非常干燥，到处是岩石，随处是垃圾以及腐烂发臭的废弃物，在垃圾堆上，狗和小鸟们乱翻着，争抢着每一块可食的东西。

在士麦拿有很多来自波兰的犹太人接受施舍，因为他们出生的地方非常贫穷。有的人会做些小买卖，每一分钱对他们都很重要，但也有人的买卖做得很大，那些人钱多得甚至用行李箱或者皮包都装不下。这些生意人一边到处转悠，一边四处相互打听，还一边做生意，根本不想再回家。士麦拿的犹太人看不起他们，不懂他们的语言，只会用希伯来语（如果他们能懂的话）或者用土耳其语与他们交流。很容易就能辨认出哪些人是初来乍到的，因为他们身穿脏兮兮的、衣襟破损的、厚厚的衣服，几乎个个是破衣烂衫——看得出是来自遥远的地方的人。现在他们不得不敞着衣襟，挽着胳膊袖子，因为这里太热了。

有一些来自波多利亚的富商在这里有自己的经纪人——他们周转着货物，放贷，提供旅行担保，并确保货主不在时生意正常运转。

他们当中的大多数人都信仰沙巴泰·泽维，他们从来不隐瞒这一点，公开颂扬他们的弥赛亚。在土耳其这个地方，根本不用害怕会有什么迫害，因为苏丹对不同的宗教信仰非常宽容，只要不是过分张扬，不过分影响其他人的宗教信仰。这些犹太人对新的地方还比较陌生，有的人表面上看已经跟土耳其人没什么两样，表现得比较自如；另一些人看上去还不太自信，身穿犹太人服装，但从他们穿的用波多利亚土布做的衣服及其颜色上看，就能判断出他们是外来人——他们设法融入当地人，因此他们身背五颜六色的装饰包，胡须修剪得很时尚，脚蹬软皮做的土耳其皮鞋，不过从衣着上仍能看出他们的信仰。大家都很清楚，他们当中的很多人，尽管看上去是真正的犹太人，但也是疯狂地信仰沙巴泰的人。

纳赫曼和莫尔德克先生与他们都保持着联系，因为与他们沟通比较容易，而且他们对这个巨大的、五光十色的世界的看法很一致。不久前他们见到了跟他们一样来自波多利亚的一个叫努森的人，他比任何一个土生土长的士麦拿人混得都好。

努森只有一只眼睛，他是来自利沃夫的一个叫阿荣的马具匠的儿子。阿荣主要收购上了色的皮革，这种皮子很柔软、轻盈，上面还压着各种图案。他把这种皮子用厚厚的东西包装好，然后运到北方去；一部分留在布加勒斯特、维丁[1]和久尔久[2]，一部分往远处卖，甚至卖到波兰。运到利沃夫的皮革正好够他儿子在那里开的工厂用，他的儿子用这些皮子做书的封面、钱包和皮包。努森非常好动，有些神经质，说话语速非常快，可以同时转换说好几种语言。他很少笑，一旦笑了，就会露出雪白的牙齿——样子很特别，那时他的脸也会变得好看些。他认识这里的每一个人。他很自如地游走在各个摊位之间，穿行在狭窄的街道间，悠然自得地躲过马车和驴子。他唯一的弱点就是女人。他对女人没有任何抵抗力，只要碰到女人，他就会很倒霉，总是会被弄得身无分文回到家。

---

[1] 保加利亚西北部的一个城市，地处多瑙河南岸，靠近塞尔维亚与罗马尼亚两国边境。
[2] 罗马尼亚南部的一个城市，隔多瑙河与保加利亚北部城市鲁塞相望。

努森把莫尔德克先生和纳赫曼两个人介绍给了波德盖齐的伊索哈尔,伊索哈尔非常自豪自己能结识这样的智者。

伊索哈尔的学校设在土耳其街区的一栋楼房里。这栋楼房又窄又高,在楼房中间凉快的院子里种着橘子树,院子深处还有一个老橄榄树园,在橄榄树的树荫下还有很多被遗弃的狗。人们冲它们扔石头,想把它们从那里赶走。那些狗毛发都是黄色的,好像是来自同一个家庭,由同一个狗的夏娃所生。它们很不情愿地离开那个树荫,个个懒散、睡眼惺忪,看人们的眼神就像是他们让自己承受着永恒的痛苦那样。

楼房里面既凉快又昏暗。伊索哈尔热烈地迎接了莫尔德克先生,他甚至激动得有些发抖——两位老人都有一点驼背,他们相互搂着对方的肩膀,转着圈看,好像在欣赏白云的翩翩舞姿,那是飘在他们嘴边的白胡须。他们两个肩并肩,步履蹒跚地走着,伊索哈尔比莫尔德克更瘦小更苍白些,看得出来,他很少晒太阳。

他安排这两个新来的人住在一个房间里。莫尔德克先生的名声也给纳赫曼带来了好处,人们对他也非常敬重。他们终于能盖着干净而又舒适的被子睡觉了。

学生们睡在楼下的地面上,像睡在拥挤的大通铺,几乎与在梅德日比日的巴谢托那里一样。厨房在院子里。打水要带着水桶到第二个院子里的犹太人的水井里去打水。

教室里总是非常嘈杂,嘈杂声中夹杂着各种方言,很像是在某个集市那样,只不过这里不是在做买卖,而是在做着别的事情。人们从来都不清楚,这里谁是老师,谁是学生。要向年轻的、经验不足且没被书本带坏的人学习——这是莫尔德克先生对他们的要求。伊索哈尔是这个学校的轴心,一切都在他的掌控之下,因此研经室就是最重要的地方,起着像蜂巢或蚁丘一样的作用;如果说有什么女王支配着这里的话，那可能就是智慧。这里允许年轻人做很多事。他们有权利和义务提出问题，任何问题都不能被认为是愚蠢的，对每个问题都必须进行认真思考。

这里跟在利沃夫和卢布林那里一样，会组织各种讨论会和辩论会，不一样的只是换了环境和人——讨论的地方不是在烟雾腾腾的屋子里，不是坐在撒着木屑的地板上，不是坐在散发着松木香味的学校教室里，而是在蓝天白云之下，在灼热的石头上。晚上，知了的叫声盖过了参加讨论的人们的声音，每个人都提高了嗓门大声说话，为的是让大家都能听清楚、听明白。

伊索哈尔说，有三种通往我们灵性的途径。第一种是最广泛、最简单的途径。例如，穆斯林禁欲主义者遵循的就是这条途径。他们利用一切可能的技巧，从自己的灵魂中消除所有的自然形态，即尘世世界的任何图像。因为这些图像会阻碍形成真正的精神——当真正的精神形态在灵魂中出现时，必须将其分离，并用想象滋养它，直到它成长并占据整个灵魂；只有这样，人类才会有预言的能力。例如，他们要一遍遍地、不停歇地重复安拉的名字，"安拉""安拉""安拉"，直到这个词占据整个头脑——他们称之为"消灭"。

第二种途径是哲学的途径，对我们的理性来说，它散发着甜美的香味。学生先得在某个领域获得知识，例如在数学方面，然后在其他领域，最后进入神学领域。任何他深入研究的学科、他依靠理性掌握的人类知识就会占据他的头脑，这个人看起来就成了这些学科的专家。于是他开始理解各种复杂的关系，并深信，这是扩大和深化他所掌握的人类知识的结果。但他不会意识到，正是他的头脑和想象力所捕捉的这些字母对他产生了如此巨大的影响，是字母通过它们的运动将秩序和理性带到了他的大脑中，从此打开了通向难以言表的灵性之门。

第三种途径是卡巴拉式的更改顺序，发出声音，计算字母的途径，从而走入真正的灵性。这是最好的途径。此外这条途径还会给人带来极大的乐趣，因为通过它，人们可以接近创造的本质，进而了解上帝究竟是谁。

在这样的交谈之后，想一下子平静下来并非易事。与莫尔德克先生抽完了最后一个烟斗后，在纳赫曼入睡前，他眼前总会出现一种非常奇怪的图像，图像上是蜂蜜发着萤光的蜂巢，上面还有朦胧的人影，而这些身影中又重叠出现其他一些人的身影。这种错乱的幻觉，弄得人无法入眠，而伴随着失眠的是无法忍受的炎热，北方人很难适应这种炎热。纳赫曼不止一次独自坐在垃圾堆边上，看着星辰浩瀚的天空。对每个学生来说，首先是要理解，无论上帝是什么，都与人毫无关系，人与上帝之间的距离是如此遥远，以至于上帝早已超出了人类的感官范围。上帝的意愿也是如此。人永远也不可能得知，他在想什么。

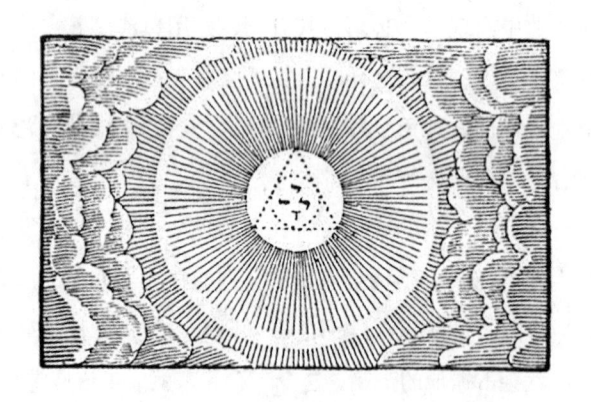

关于普通人雅各布与税收

在旅途中，他们从旅行者的嘴里听到过雅各布的名字——都说他是伊索哈尔的学生,他在犹太人中很有名,尽管无从得知他为何出名。是因为他的狡猾和违反人类一切规则的奇怪行为吗?或是因为他作为年轻人的超常才智?据说他认为自己就是普通人,因此他自称是一般人,普通人。人们都说,他是一个真正的怪物。人们还说,那时他还在罗马尼亚,作为一个十五岁的男孩,总是旁若无人的样子。一次,他走进一间专门收取货物关税的房间,坐到一张桌子前,让别人给他倒葡萄酒,拿来吃的,然后他掏出几张纸,指使别人,把需要支付关税的货物拿来,他认真地把这些一一记了下来,之后就把收到的钱拿走。要不是因为一位有钱的女士为他求情,他早就被关进监狱了;由于受到此位女子的保护,他受到了比较温和的处理。人们轻描淡写地说,这一切都是幼稚的年轻人玩的把戏。

所有听到这些话的人,都赞同地笑了,互相拍了拍对方的后背。这也让莫尔德克先生感到高兴,而纳赫曼却认为故事主人公的所作所为似乎很不光彩。说实话,他很奇怪,因为不仅莫尔德克先生,其他人都对此满意地笑着。

"你们为什么对这事感到高兴?"他很恼怒地问。

莫尔德克先生收起了笑容,斜眼看着他。

"那你想想看,这故事好在哪里。"莫尔德克先生一边说,一边慢慢地掏出烟斗。

对纳赫曼来说,这事很清楚,就是这个雅各布欺骗了人们,拿走了他们的钱,这钱根本不属于他。

"那你为什么偏向那些人呢?"莫尔德克先生问。

"因为我也得按人头交税,尽管我什么坏事也没做。因此我觉得很遗憾,别人的钱就这么不费吹灰之力地被拿走了。如果真正负责收税的人来收税的话,那么这些人不是还得再付一次钱吗?"

"那你知道他们还要付什么钱吗?你想过吗?"

"你说什么?"纳赫曼对他的老师说的话感到很震惊,"什么,还要付什么钱?"他觉得哑口无言,答案好像是显然的。

"因为你还得支付一笔钱,因为你是犹太人,你生活在领主和国王的恩典下。你必须缴纳各种税收,但一旦你感受到不公平时,领主和国王都不会为你辩护的。在哪里写着你的生命很宝贵了吗?在哪里写着你的岁月、你的每一天值多少金子了吗?"莫尔德克先生说,安静并用力地吸着烟斗。

这比神学上的争论引发了纳赫曼更多的思考。这是怎么回事,一些人付钱,而另一些人探囊取物?这又是怎么回事,一些人拥有大量的土地,甚至自己都没有去过自己所管辖的地方,而另一些人则为租赁一小块土地而要支付很多钱,搞到自己连买面包的钱都没有?

"因为他们是从自己的父母那里继承来的。"他很不自信地说。第二天他们又回到了这个话题,但他已经感觉到,莫尔德克先生试图给出别的什么论据。

"那他们的父亲从哪里弄来了这些财产?"长者问。

"从他们的父亲那里?"纳赫曼还没等自己说完,就已经明白,这种思想是建立在什么基础之上,因此他觉得,他是在与自己对话,"要么他们为国王服务,得到了土地;要么他们购买了这些土地,现在传承给了后代……"

还没等他说完,独眼人努森已经迫不及待地插话了:

"我觉得,根本就不应该买卖土地的所有权,就像水和空气不能买卖一样。火也是不能买卖的。这是上帝赐予我们的,不能归个人所有,而应归大家所有,就像太阳和天空一样。难道太阳属于什么人吗?星星属于哪个人吗?"

"当然不，因为用不上。但那些能让人获利的东西，就必须有所有权……"纳赫曼试图说服他。

"怎么？太阳不是也可以给人带来益处的吗？"耶鲁西姆大声说，"如果有谁的贪婪之手能够到太阳，那他肯定会将太阳切成多少份存起来，在适当的时候卖给别人。"

"地球也会像死去的动物一样尸体被分成碎块，被征用，被占为己有，被看守着。"莫尔德克先生自言自语地说，但他的烟瘾上来了。众所周知，他很快会进入自己微妙的快慰之中，在那里，"税收"是一个难以理解的词。

纳赫曼关于税收的故事让洛哈特恩的听众群情激奋，纳赫曼现在必须保持沉默，因为人们已经开始大声交谈了。

他们互相提醒，例如最好不要与"那里的"犹太人做生意，因为你不会得到任何好处。人们都知道，来自布罗迪[①]的伊扎克·巴巴德拉比曾盗用过城镇的钱款。在我们这里怎么能缴得起税收呢？这里的各种费用已经非常高了，再收取各种税收的话那我们就什么也别干了。最好就从早睡到晚，观看云在天上飘，聆听小鸟歌唱。基督教的商人们就没有这样的麻烦，他们要缴纳的税收就比较人性化；而亚美尼亚人的情况就更好，因为他们也是基督徒。波兰人和鲁塞尼亚人把亚美尼亚人当成是自己人，但聚集在邵尔房子里的人们认为，这种观念是错误的。亚美尼亚人的想法令人捉摸不透，他们表里不一，还欺骗犹太人。所有的人对他们都很好，因为他们很会讨好别人，但其实他们非常奸猾，像蛇一样狡猾。而犹太人承担的朝贡却越来越多，甚至儿孙辈都欠了债，因为要按人头缴税，他们甚至要承担那些付不起税的

---

① 现为乌克兰的一个小镇，二战前属于波兰，是历史上著名的犹太社区。

犹太人的税费。因此最富有的人，也就是那些有钱的人掌控着我们，之后就是他们的儿孙掌控我们。他们让女儿与宗族内的人通婚，并以此巩固他们的资本。

能不能不支付各种税收呢？能不能逃离这种国家机器？你想做一个诚实的人，一个遵纪守法的人，但这个制度很快就会让你感到失望。卡缅涅茨不是刚做出决议，在一天之内赶走犹太人吗？而现在犹太人只能居住在离城市六英里之外的地方。遇到这种事情你又有什么办法？

"家里的房子刚刚粉刷完，"耶鲁西姆的妻子说，耶鲁西姆主要做酒的生意，"旁边还有一个非常漂亮的花园。"

女人开始抽泣，因为失去了种着香菜和卷心菜的菜园，今年长势应该会特别好。香菜秆粗得像一个身强力壮的男人的大拇指。卷心菜长得有婴儿的脑袋那么大。把卷心菜比作婴儿脑袋带来的神秘结果是，在场的一些妇女也开始大声哭泣。她们给自己倒上了一点伏特加，喝了酒后，一边哭一边擦着鼻涕，慢慢地安静下来，之后就回去工作了，去织补衣服、拔鹅毛；她们的手不能闲着。

关于纳赫曼如何出现在纳赫曼眼前，
或黑暗的种子和光的胚胎

纳赫曼大声叹了口气，以此让躁动的人群的情绪平息下来。最重要的时刻到了——所有的人都感觉到了这一点，像在启示面前一样，纹丝不动地站在那里。

纳赫曼和莫尔德克先生在士麦拿做的小生意没有赚到什么钱。因为他们把太多的时间都用在与上帝相关的事情上了；他们把时间都投入在了提问题和思考上面——这就是成本。可每一次回答又都会引出新的提问,生意越来越萎缩,因为成本不断地在增长。账上总是有亏空,因为在"付出"和"应得"的账面上没有达到平衡。是啊,如果可以买卖问题,那么他和莫尔德克先生两个人就会赚一大笔财产。

有时候年轻人给纳赫曼介绍一些人来跟他讨论各种问题。这是他的强项,他可以击败任何人。很多愿意参加犹太人和希腊人辩论的人都鼓励年轻学生参加讨论,于是他们说服纳赫曼担任反方辩论员。这是一种街头决斗的形式——各方辩手面对面坐着,周围是一帮看热闹的人。主持人宣布题目,不过题目并不重要,重要的是辩论时提出的论点要让对方找不出反驳的理由,也就是说,让对方不能击败他们。而在辩论中失败的一方就要买葡萄酒或者吃的。辩论就这样循环往复。纳赫曼总是会赢,这就意味着他不会饿着肚子去睡觉。

"一天下午,当努森和其他一些人在为我找辩论的对手时,我留在街上,因为我更愿意看着那些磨刀的人、卖水果的小贩、做鲜榨石榴汁的人、街头艺人和随处可见的行色匆匆的人群。我蹲在一群驴的旁边,因为这群驴站在那里,形成了一个大大的阴影。我突然看见,人群里走出一个人,他正往雅各布住的房子那边走。又过了一会儿,在我还没完全弄明白之前,我心跳加速,我看见的那个人好像有一张我熟悉的面孔。我蹲在那里,从毛驴的身子下面往那边看,看着他走近雅各布的家门,他身穿一件粗布大衣,跟我在波多利亚穿的那件大衣一样。我看见他的外形,满脸胡茬,皮肤上长着雀斑,红色的头发……突然这个人转过脸来,那时我一下子认出了他。那就是我!"纳赫曼暂时停止说话,为的是能听到那些难以置信的惊叫声:

"怎么可能?这是怎么回事?"

"这可不是好兆头。"

"这是死的象征,纳赫曼哪。"

他没有特别注意这种带有敬畏的提醒,接着说:

"那时很热,高温下的热浪宛如刀子。我感到要虚脱了,我的心脏仿佛悬挂在一根细线上。我想起身,但腿软得一点力气都没有。我觉得我要死了,我靠在一头毛驴的身上,我记得,那头毛驴用奇怪的、怜悯的眼光看着我。"

有一个小孩发出了大笑声,妈妈骂了他,他的笑声戛然停止了。

"我看见他就像看见一个影子。下午的光线非常昏暗。半睡半醒间我感到他站在我身边,弯腰伸手摸摸我被烧热的额头。一瞬间我的思路清晰了,我站了起来……而他,这个我,消失了。"

听众们松了一口气,到处都是他们小声嘀咕和低语的声音。这个故事很好,他们喜欢。

但纳赫曼其实是虚构了一个故事。事实是,他那时在驴群边昏了过去,没人过去救他。后来有人把他从那里抬走了。一直到了晚上,当他躺在没有窗户、凉快又安静的黑暗房间里时,雅各布来到了他这里。他停在门外,靠着门框,往里面看——纳赫曼只看见了他的轮廓,那是在楼梯背景前的方形门洞中的雅各布的黑影。如果雅各布要进来的话,他得先弯腰低头。他犹豫了一下,是否得先做这个动作,因为他那时还不知道,这将会改变他的生活。最终他还是决定走进屋子,他走到了在谵妄中躺着的纳赫曼和坐在纳赫曼床边的莫尔德克先生身边。他的卷发齐肩长,头上戴着一顶土耳其帽。一线光照在他浓郁的黑胡子上,散发出红宝石般的光芒。看起来,他像是一个长大成熟了的男孩。

当纳赫曼身体恢复正常之后,他走在士麦拿的街道上,绕过成百上千个忙着自己生意的人的身旁。他无法摆脱自己的猜测:在他们之间可能有弥赛亚，而任何人都认不出他来。最糟糕的是，他自己，那个弥赛亚，也不认识他。"

莫尔德克先生听后，长时间地点着头，然后说：

"你，纳赫曼，是一个非常敏感的器具，既敏感又脆弱。你自己应该成为这个弥赛亚的先知，就像那个来自加沙的拿单一样，他就是沙巴泰·泽维的先知。愿他的名字被上天祝佑！"

过了很长时间，他把一块树脂压碎并混在烟草中，然后神秘地说：

"每一个地方都有两种特性，每一个地方都是两面的。崇高的东西同时也是卑鄙的，慈悲同时也可以是残忍。在最深的黑暗中，能爆发出最强的光亮；相反，在无处不在的光亮中，黑暗的种子就隐藏在光的种子中。弥赛亚就是我们的分身，是我们最完美的版本——我们本就是这样的，如果我们不曾堕落。"

关于石头和面容可怖的逃亡者

正当屋子里的人们七嘴八舌地议论着什么，纳赫曼用葡萄酒润着自己嗓子的时候，突然传来一种什么东西在敲打房顶和墙壁的声音，这引起了大家的尖叫和喧哗。有一块石头打破玻璃落到了屋子里，碰倒了蜡烛；火开始贪婪地舔舐着地板上撒着的锯末。有一位老妇人高呼救命，想用她厚重的裙子扑灭火苗。另一些人尖叫着、高喊着跑到了外面；黑暗中，能听见一个男子愤怒的喊声，这时雹子般的石头已停止了乱飞。过了很久，当客人们因为激动和愤怒红着脸回到屋子里时，又从屋子后面，就是刚才人们还在那儿跳舞的大厅里传出了怒喊声。这时出现了一群恼羞成怒的男人，其中两个是邵尔家的兄弟——施罗莫和将要当新郎的伊扎克，还有来自蓝茨克鲁尼亚的莫舍克·阿布拉莫维奇。他是哈雅的妹夫，又高又壮，是一位膀大腰圆的男子。他抓着一个皮包骨头、形同骷髅的人，那人胡乱蹬着腿，发疯似的向周围的人吐着口水。

"哈斯凯尔！"哈雅冲他大喊，然后走到他跟前，弯下腰去看他的脸，但他流着鼻涕，疯狂地哭叫，把头扭过去，不敢直视她的眼睛。"谁让你干的？你怎么能这样？"

"你们这些该死的东西，叛徒，你们这些异教徒！"他大喊大叫。莫舍克狠狠地打了他一个大嘴巴，哈斯凯尔晃了一下，摔倒在地上。

"别打他！"哈雅喊道。

因此他们放开了这个小家伙，而他费力地想站起来，并搜寻着出口。他的鼻子被打破了，流出的鼻血滴在他浅色的亚麻上衣上。

此时邵尔兄弟中年长的纳坦走到他跟前，平静地对他说：

"你呀，哈斯凯尔，你去告诉阿荣，让他以后别再干这种事。我们不想跟你们打得头破血流，但洛哈特恩是我们的。"

哈斯凯尔想逃走，被自己的大衣绊了一下。在大门旁边他看见一个安静地站在那里的人，那人有一张可怕的扭曲的脸，结果他被吓得直求饶：

"魔像，魔像……"

来自普罗斯捷约夫的多布鲁什卡非常惊恐，紧紧搂住了他的妻子。他咆哮着说，这里的所有人都是野蛮人，在摩拉维亚，人们在自己的房子里做任何想做的事，没人会干预。不会有人往房子里扔石头！

纳坦·邵尔很不满意地做了一个手势，让"魔像"回到他自己住的房子里去。现在得让他赶快离开这里，因为哈斯凯尔会出卖他们。

丑八怪——人们都这样称呼这个逃亡来的"魔像"，他脸上长着冻疮，两只手红红的。他高高的个子，沉默寡言，面部特征很模糊，因为脸上留下了很多冻疮的疤痕。他的一双大大的红色手掌像某种植物根茎，又粗糙又肿胀，引起人们的恐惧。他力大如牛，但又很温和。他住在牛棚里，一个与房子共用一面暖墙的附属建筑。他非常勤快，反应也很敏捷，做事情非常认真，也很爱动脑筋，虽然不紧不慢，但非常专心。他与犹太人的情感很令人奇怪。农民们不是很不喜欢并且非常憎恨犹太人吗？因为犹太人给农民们带来了很多不幸——他们租赁庄园主的地，收税，在小酒馆灌醉农民；一旦他们感到很有把握的时候，他们就会表现得像奴隶主那样。

但从这个"魔像"身上看不出任何憎恨。也许他脑子有什么问题，也许他的脸和手，以及脑子的一部分一起被冻住了——因此他行动缓慢，仿佛处于永恒的寒冷之中。

邵尔一家人是在一个寒冷的冬日里发现他的，那时他们正好从集市往家走，刚好埃利沙需要方便一下。那时跟这个人在一起的，还有一个逃跑出来的农民，跟他一样穿着农民式的衣服，在鞋里塞了很多稻草，行囊里只剩下面包的碎屑还有袜子。但那时，那个人已经死了，身体被大雪覆盖。邵尔觉得，那是一具动物的尸体。他们把那个人的尸首留在了森林里。

丑八怪很长时间后才苏醒过来。他慢慢地恢复了知觉，日复一日，好像他的灵魂与他的身体一样都被冻结了。解冻也花了很长时间，他的皮肤开始化脓，然后一层层脱落。哈雅给他洗脸，所以她最了解他，最熟悉他健壮、美丽的身躯。一个冬天里他都在这间房子里睡觉，一直到四月份。他们也知道怎样保护他。他们本应该向当局报告，如果那样的话，丑八怪就会被抓走，而且会受到严厉的惩罚。最开始他们非常失望，因为他从不说话；如果他不张口说话，他们就无法了解他的历史和他的语言，他就是一个无家可归的人，一个无国家的人。邵尔费力地告诉他，他们喜欢他，除了邵尔以外，哈雅也这样对他说过。儿子们对父亲的做法非常不满意，说他为什么要在家里留一个外人，每天吃那么多饭，而且又不是自己人——他是蜂巢里的间谍，是蜂群中的大黄蜂。如果被当局知道了，就会惹来一身麻烦。

邵尔想来想去，决定不让任何人接触他，一旦有人发现或问起来，就说他是来自摩拉维亚的一个有病的表亲，所以他不会跟人打招呼。把他留在这里的好处是，他从来不出门，此外他还会修车、拆装马车的轱辘、在花园里翻地、给打回来的谷物脱粒，还会粉刷墙；什么农活都会干，根本不用教他。

邵尔有时会观察他，观察他的动作、干活的方式，他干得都特别好——又熟练又快，有条不紊。邵尔回避直视他的眼睛，因为害怕，不知道在那里会看到什么。哈雅对邵尔说过，她曾见"魔像"哭过。

施罗莫曾经嘲笑过这种仁慈，为此还曾经羞辱过丑八怪。

"如果他是杀人犯呢？"他气愤地大声说。

"谁知道他是什么人？"邵尔回答说，"也许还是一个使者？"

"可他是外邦人。"施罗莫后来就不再提这件事了。

他说得有道理，他就是外邦人。家里留着这种人太可怕了，这是犯罪。一旦让敌对的人知道，那么邵尔家的麻烦就大了。但是这个家伙根本不明白他们跟他打的哑语手势，他们的目的是想告诉他，让他离开这里。他根本不理邵尔和其他人，一转身就喂马去了。

邵尔觉得，当犹太人太倒霉，犹太人生活太沉重，但当农民就更倒霉了。可能没有比当农民更悲惨的了。他们可能只比牲畜好一点。因为那些庄园主甚至对奶牛和马匹，特别是对狗，都会比对待农民和犹太人好。

关于纳赫曼如何到了彦塔那里，
以及在她床边的地板上睡着了

纳赫曼喝醉了。几杯酒下肚他就喝高了，因为好久没沾酒了，当然也因为旅途的劳累，这里的烈性酒一下子就上了头。他想出去透透风，结果在迷宫式的走廊里迷了路，找不到去院子的出口。他两手扶着粗糙的木墙走，终于碰到了一个门把手。他走了进去，看见这是一个很小的房间，只能放下一张床。床尾放着成摞的大衣和皮衣。从那里走出一个什么人来，头发颜色很浅，面容疲惫，不友好并怀疑地看了一眼纳赫曼。他们在门口错了一下身，然后那个人就消失了。这肯定是医生。纳赫曼踉踉跄跄的，用手扶着木墙，他喝的酒和鹅油从胃里直往上反。这里只点着一盏橄榄油灯——火苗非常微弱，为了能看见点什么，他必须得调调这个灯芯。当纳赫曼的眼睛适应了这里的昏暗之后，他看见，床上躺着一位年老的歪戴着帽子的妇女。他一时不知道该怎么办。这看上去很可笑——在举办婚礼的家里居然躺着一个行将死亡的老妇人。这个女人仰着下巴，呼吸急促。她的头枕在枕头上，干枯的、攥着的小拳头露在被子外面。

这难道不是杨凯尔·莱伊波维奇——也就是雅各布——的奶奶吗？纳赫曼感到一阵抽搐，与此同时他又为看到这位奇怪的老妇人感到兴奋，他用手摸着身后的门，找着了门插销。他期待着能听到什么动静，但老人那时可能已经失去了知觉，一动不动，睫毛下的眼睛发出一点点亮光，那是油灯反射出的光。喝醉酒的纳赫曼觉得，她在呼唤他，因此他压抑着自己的恐惧和厌恶，蹲在了床边。结果什么也没发生。从近处看，老妇人看上去很好，就像是在那里安稳地睡觉。纳赫曼这时才感觉到，他已经筋疲力尽了。他觉得浑身发沉，背也弯了下去，眼皮也沉得抬不起来。他几次试着睁大眼睛，防止自己睡着，试着起身，想走出去，但他又不情愿回到刚才待过的地方，因为那些客人好奇的眼神和无数的疑问令他感到恐惧。因此，当他确定不会有人再进来后，他就躺在床边的地板上，躺在羊毛地毯上，像狗一样蜷曲着身子迷迷糊糊睡着了。他强撑着自己，因为人们吸干了他身上的所有精力。"就一会儿。"他对自己说。当他闭上眼睛，眼帘下出现了哈雅的脸，以及她好奇和充满惊讶的眼神。纳赫曼觉得很舒服。他闻到了地板潮湿的气味，外加抹布、未洗的衣服和到处弥漫的烟味，这令他想起了自己的童年——他知道，他是在自己家里。

如果可以的话，彦塔是会冲他笑一下的。她在上面能看到床下面有一个男人在睡觉，她肯定不是用自己眯缝着的眼睛看到的。她的目光落在这个沉睡的男人身上，但奇怪的是，彦塔能觉察出他在想什么。

她在这个熟睡的男人的脑子里看见了另一个男人。她还看到，像她一样，这个沉睡的人很爱他。对她来说，这个男人还是一个孩子——非常瘦削，几乎刚刚出世，长着黑色的头发，像所有的孩子那样，过早地来到了这个世界。

当他出生时，女巫就围着家周围转，但是她们不能进到房间里，因为彦塔在那里守卫着。她与母狗一起行使着守卫的职责，这条母狗的父亲是一只真正的狼，它就是群狼中的一员，孤独地到处游荡，到鸡窝里找战利品。这条母狗叫威尔佳。当彦塔最小的儿子的孩子出生时，威尔佳夜以继日地在他家周围守护着，累得昏迷不醒。但就是因为它，女巫与莉莉丝无法接近孩子。

很少有人不知道莉莉丝，她是亚当的第一任妻子，但她不服从亚当,也不愿意按照上帝旨意雌伏在亚当身下,于是跑到了红海。在那里她变成了红色,仿佛被扒掉了皮。上帝为了逼迫她回来,派去了三个可怕的天使,塞侬、桑赛诺伊和索曼格娄。他们追到了她藏身的地方,折腾她,并威胁要让她葬身红海。但她坚持不回伊甸园。后来她后悔想回去了,但已经没有可能再回去了,亚当已经不可能再接受她了,因为根据《妥拉》的规定,一旦女人跟别的男人上过床,就不能再回到自己丈夫的身边。莉莉丝的情夫是谁呢?就是萨麦尔。

为此上帝必须为亚当创造第二个女人,她必须是一个完全愿意臣服于亚当的人。这第二个女人非常温柔,但很蠢。她不幸地吞吃了禁果,造成了亚当的堕落。从此有了惩罚的戒律。

但莉莉丝与所有和她类似的生物一样,都属于堕落前的世界,因此人类的法律对他们并没有任何束缚力;人类的各种法则和规定对他们都没有任何约束力,所以他们也不具备人类的意识和良心,也不会流出人类的眼泪。对莉莉丝来说,不存在任何罪孽。他们的世界是一个完全不同的世界。用人类的眼光来看,他们的那个世界很蹊跷、怪异,好像是用一条细线画出来的,因为在那里所有的一切都是光辉灿烂和轻柔的,而一切属于那个世界的生物,都可以穿透墙壁和物体,并穿透彼此——在他们之间不像把自己关在铁笼子里的人们那样,彼此间存在着各种各样的差异。那里完全是另一种样子。在人和动物之间,没有太大的区别,只是外观的区别,在那里我们可以与动物无声地交谈,它们听得懂我们的话,我们也能听懂它们。与天使们也一样——在那里他们是可见的。他们像小鸟一样飞行,有时候会落在屋顶上——因为那里也有房子——像天鹅一样。

纳赫曼醒来了,脑子里浮现出很多画面。他趔趔趄趄地站了起来,看着彦塔;犹豫了一会儿,他伸手去摸她的脸,还有一点温度。突然一阵恐惧袭上身来。她看到了他的想法，看到了他的梦。

门嘎吱一声，惊醒了彦塔，她正回到自己身体里。她去哪儿了？冥冥之中她觉得，她没办法再回到这个世界的木制硬地板上。那里更好——时间交织在一起，并重叠在一起。以前她从来就没明白过什么是时间流逝，时间难道会流逝吗？这真可笑。现在很显然，时间就像跳舞时的裙摆那样在旋转，像是从椴树上割下来的一块木头做成的陀螺，摆在桌子上转圈，吸引着孩子们目不转睛地盯着它。

她看到那些孩子因为热而泛红的小脸，看见他们半张着嘴，鼻涕从鼻子中流下来。这是小莫舍，在他的旁边是齐符科，不久后她死于百日咳，还有杨凯尔，就是小雅各布，以及他的哥哥伊扎克。小杨凯尔实在忍不住了，突然戳了一下陀螺，陀螺就像一个喝醉酒了的人一样摇摇晃晃地倒了。哥哥转过身来生气地看着他。齐符科开始大声哭。为此他们的父亲莱伊布·布赫宾戴尔来到这里，气鼓鼓的，因为哭声吵得他不得不停下工作。于是他揪起杨凯尔的耳朵，几乎把他拽了起来。之后伸出食指指着他，咬牙切齿地把雅各布训斥了一通，最后把他关在了一个小房间里。安静了一会儿后，雅各布的喊叫声从木门那边传了过来，他不停地大喊大叫，弄得所有人既没办法听下去，也什么都做不了。因此莱伊布气得满脸通红，把小家伙从房间里揪出来，打了他几记耳光。他下手可真狠，打得孩子直流鼻血。那时这位父亲才停下手，让小家伙跑出了房间。

当孩子到了晚上还没回家时，大家才开始寻找他。先是妇女们去找他，后来男人们也跟着一起找，不久后全家人和邻居们都被动员起来，开始在村子里四处找寻他。人们到处问，是否有人看见了雅各布。他们甚至走到了基督徒的家，跟他们打听，但所有人都说，没看见过流着鼻血的小孩子。这个村子叫科罗洛夫卡。从上面俯瞰，村子的形状像个三芒星。小雅各布就出生在这里。在远处，也就是在村子的尽头，雅各布父亲的兄弟亚凯夫仍然住在那里。耶乎达·莱伊布·布赫宾戴尔从切尔诺夫策带着全家来到这里，他是来参加自己兄弟最小的儿子的成人礼，顺便与家人见面；他们没打算在这里待很长时间，几天后就准备回到切尔诺夫策，他们是几年前刚搬到那里去的。他们住的这个亲戚家的房子非常小，让他们都不太适应；这个房子就位于公墓旁边，因此他们觉得小杨凯尔可能跑到那里去了，一定是藏在了那些墓碑的后面。但现在怎么才能找到他呢？因为他又瘦又小，即使是在升起的月亮和洒满村庄的月光的帮助下，也很难找到他的身影。小家伙的母亲哭得几乎虚脱过去。她觉得，早晚会出事，如果粗暴的丈夫不停止对雅各布的殴打的话，肯定会出事。

"杨凯尔！"拉海尔这样叫着，从她的声音里能听出一种歇斯底里。"孩子不见了，怎么可能？是你打死他了吧！"她对丈夫吼叫着。她抓着篱笆使劲摇，结果将篱笆桩从地里拔了出来。

男人们跑到了下面的河边，驱散了正在草地上吃草的鹅群，白色的鹅毛纷纷掉落下来，满天飞，落了他们一脑袋。其他人赶到东正教公墓，因为大家都知道，那个男孩肯定是在村子尽头转悠。

"这个孩子可能被魔鬼抓住了，在坟墓中住着很多附鬼[①]。肯定有一个附鬼已经附在他身上了。"父亲重复着，他也感到非常害怕。"等他回来，我再跟他算账。"他马上又补充了一句，为的是掩盖自己内心的恐惧。

[①] 犹太传说中的一种会附身的鬼魂。据传说，如果死者生前有罪，死后便会成为游魂，还能进入生者的体内，并控制其行为。

"他做什么了?"耶乎达·莱伊布·布赫宾戴尔的弟弟问根本不知所措的拉海尔。

"他做什么了?做什么了?"她嘲笑他,鼓起了最后的勇气气愤地说,"他能做什么?他还是个孩子!"

到了黎明时分,整个村子都动了起来。

"犹太人家的一个孩子死了!犹太人家的一个孩子死了!"外邦人聚集在一块儿说。

他们拿起棍棒、草叉动身了,好像是要去反抗怪物大军,去反抗拐走小孩的鬼神,去赶走墓地里的鬼魂。有一个人出了个主意,让大家绕道去村子后面的森林——村子的后面是克尔科诺谢山,他可能从那里逃跑了。

中午时分,寻找孩子的人们站在了一个山洞的入口处。这个山洞不大,很窄,但很恐怖;山洞的形状很像女人的阴道。没人敢进山洞,进到那里就仿佛是回到女人的肚子里一样。

"他不可能进去的。"他们自己安慰自己。最终有一个小伙子,目光呆滞,人们都叫他贝莱希,他大胆地走进了山洞,之后又有两个人跟了进去。起初还能听见他们从里面发出的声音,之后就毫无声息,好像他们已经被大地吞噬了。一刻钟后,那个目光呆滞的小伙子手里抱着一个小孩子回来了。小雅各布睁着一双受了惊吓的眼睛,一边抽泣着一边打嗝。

在整个三芒星村,连续几天人们都在议论这一事件,而一群十几岁的小男孩们对此产生了兴趣,于是他们背着大人,要去雅各布山洞一探究竟。

哈雅来到了彦塔躺着的屋子里,弓腰看着她,认真地观察着她,看她的眼皮是否还在抖动，看她凹陷的太阳穴上的某些静脉是否还在随着弱小的心脏跳动。哈雅用手抬起老彦塔瘦小、干枯的小脑袋。

"彦塔？"她轻声地问，"你还活着吗？"

她能说什么？怎么能这样提问？她应该这样问：你还看得见吗？你还感觉得到吗？你是如何像思想一样在时间的滚动中快速地移动的？哈雅本该知道怎样提问题。而彦塔并没有回答任何问题，她又回到了自己刚才待的地方，不过，也许不是准确地回到了那里；现在已经晚了，这些也不是很重要了。

耶乎达·莱伊布·布赫宾戴尔，彦塔的儿子，小雅各布的父亲，是一个性情暴躁和无法预测的人。他总是觉得，有人因为他的异端而迫害他。他不喜欢人。他就不能依赖自己的思考，做自己的事情去正常生活吗？彦塔这样思考着。有人曾这样教过他们：我们跟随弥赛亚的脚步，过上平静和平稳的双重生活。必须学会绝对的沉默，转移注意力，隐秘地生活。耶乎达，不表达自己的情感或背叛自己的想法，这难道很难吗？这个世界的居民都处在地狱的边缘，什么也不懂，所有的真相离他们都像非洲一样遥远。他们必须接受法律的约束，而我们必须拒绝这种约束。

布赫宾戴尔就是一个麻烦制造者，他不会与任何人和谐相处。他的儿子生来就跟他一模一样，毫无二致，因此他们互相排斥。现在彦塔的视线移到了某一个高处，移到了云朵潮湿的腹部下面，很容易就找到了她头枕在书上睡着的儿子。油灯快灭了。他的黑胡子遮盖住了文字，在他凹陷的脸颊上形成一道道阴影，他的眼帘在发抖。耶乎达在睡觉。

彦塔的视线游移着——是否要进入他的梦乡？这是怎么搞的，她可以同时看到所有事物，所有的时间都纠缠在一起，还有人们的想法。

彦塔能看到想法。她绕着儿子的头转了一圈；木桌上面爬满了蚂蚁，一个接着一个，密密麻麻，但非常有秩序。一旦耶乎达醒来，他就会用一个不经意的动作将它们从桌子上全抹掉。

关于彦塔随着时间的游弋

彦塔突然想起来，在山洞事件发生几年之后，耶乎达从科罗洛夫卡去卡缅涅茨时顺路来看望过她。那时他带着十四岁的雅各布。父亲希望能教会儿子做生意。

雅各布很瘦，身材很不匀称，鼻子底下长出了黑胡子。他的脸上满是红包，有的红包上面已经冒出了脓尖。他的皮肤非常粗糙，总是红红的，还油光光的，雅各布为此感到羞愧。他蓄着长发，故意往前梳头，盖住了脸。他的父亲非常不喜欢他这个样子，经常抓住他的乱发，把头发往后面撩。他们两个人的个子已经一样高了，从后面看像是一对兄弟。但这两个"兄弟"总是不停地吵架。每当年轻人顶嘴时，父亲就用手掌打他的头。

村子里只有四户人家是虔诚的教徒。一到晚上他们就大门紧闭，合上窗帘，点燃蜡烛。年轻人的成人礼伴随着《光明篇》的诵读和《诗篇》的唱咏。之后他们在成年人的陪伴下再去别的房子。最好别让他们不成熟的耳朵听到，不让他们的眼睛看到，蜡烛即将熄灭时发生的一切。

白天，成年人都坐在百叶窗关闭着的屋子里，等待着弥赛亚的消息，因为这个消息是一定会到来的。但来自那个世界的消息来得有些晚，过了时间，在这里已经有人梦见弥赛亚了——他正从西方走来，在他身后，田野和森林、村庄和城市都像地毯上的图案那样卷了起来。世界变成了一个卷轴，上面写着小小的、从未见过的字符。在新的世界我们将会使用别样的字母、别样的字符、别样的规则：也许是从下往上写，而不是从上往下写；也许是从老年变年轻，而不是现在这样；也许人们来自大地，最终消失在自己母亲的肚子里。

将要到来的弥赛亚，是一个受苦受难、受尽折磨、被世界的邪恶蹂躏、被人类苦难打击和压制的弥赛亚。也许他很像耶稣，在科罗洛夫卡，几乎每个十字路口都有耶稣伤痕累累的身体挂在十字架上。普通犹太人看到这个可怕的形象都会把目光转向一边，但他们，正统派信徒[①]会注视着他。难道沙巴泰·泽维不就是受尽苦难的救赎者吗？难道他没有被关进大牢受尽磨难吗？

当家长们互相低声议论的时候，炎热的天气让孩子们也打消了玩耍的念头。那时雅各布出现了——他既不是成年人，也不是孩童。刚才父亲把他从家里赶了出来。他满脸通红，眼神游移；一定是在读《光明篇》时哭过，这种现象在他身上越来越频繁地表现出来了。

雅各布，这里的人们都习惯叫他杨凯尔，他把孩子们聚集在一起，从最小的到最大的孩子，有基督徒也有犹太人。所有的人分别从公墓、从他叔叔的家往村子的方向走。他们走在沙土路上，路边只长着蕨麻，直到他们到达了小旅馆，还经过了犹太人所罗门开的小酒馆，人们叫它黑色施罗莫。他们现在往上坡走，朝天主教堂和木制教堂的方向走，然后再走远，绕过教堂前的公墓，一直走到了村子尽头的最后几家房子那里。

从山顶上看，村子仿佛是一个延伸到谷物地中的花园。雅各布从这个花园里带走了几个男孩和两个女孩，带着他们穿过耕地。他们到了村庄上方的山坡上，那里碧空如洗，一片临近日落的金色天穹的景

[①] 信奉沙巴泰·泽维以及后期追随雅各布的群体自称为"正统派信徒"。——编者注

象，而他们却走进了一个小小的森林——这里生长着任何人都从未见过的奇异的树木。突然一切都变得非常奇特和不同寻常，歌声已经不能从下面传过来，一切声音都消失在柔软的绿叶之中。这里的树叶绿得刺人眼。"这难道就是童话中的树木吗？"有一个身材很瘦的小男孩问，而雅各布却大笑了起来，并回答说，这里四季如春，叶子从不会枯黄，也从没有落叶。他说，这里就是亚伯拉罕安息的山洞，奇迹般地从以色列大地被搬到这里，是专门为他搬的，以便他给他们看一看。在亚伯拉罕旁边的是撒拉，她是他的妻子也是他的妹妹。亚伯拉罕所在的地方，时间是停滞的，一旦进入了这个山洞，在那里坐一会儿，一个小时后出来，山洞之外的时间已经过去了一百年。

"我就出生在这个山洞。"他说。

"他在说谎，"一个小姑娘坚定地说，"别听他的，他总是这样骗人。"

雅各布嘲讽地看了她一眼。小姑娘看到他讽刺的眼神，要报复他。

"疙瘩脸！"她恶狠狠地说道。

彦塔又飞到了过去，在那里杨凯尔仍然是个小孩，因为哭过，还没有完全安静下来。她想哄他睡觉。她又看见别的孩子，个个都躺在大通铺上。所有的人都睡着了，只有杨凯尔还没睡着。这小家伙得对周围的所有人道一遍"晚安"才能睡下。他的声音那么小，既不是在对自己说，也不是对她说。他的声音越来越微弱，但很认真："晚安，彦塔奶奶，晚安，伊扎克哥哥、哈娜姐姐和齐符科表妹，晚安，拉海尔妈妈。"他不停地念着所有邻居的名字，那时他还想起来白天见过的那些人，于是又对他们道晚安。彦塔为他感到担心，如果他再继续这样说下去的话，就永远停不下来了，因为世界如此之大，即使在这个小小的脑袋里，装的东西也是无限的，杨凯尔会这样一直说到清晨。说完人名就会对周围的狗、猫、牛、羊和马等动物说晚安，对锅、碗、盘、盆、桶、勺子、被子、枕头、花盆、窗帘和钉子道晚安。

屋子里的所有人都进入了梦乡，炉子里的火快灭了，已经变成了红色的疲倦的小火苗。有人在打呼噜，而这个孩子在说梦话，他不停地说，声音越来越小，越来越微弱，在他的话语中还夹杂着奇奇怪怪的错误的语句，外加口误。现在已经没有任何醒着的人了，没有谁会去更正他，因此这些梦话慢慢地变得扭曲了，变成了虚幻的形象，变成了用一种被遗忘的、古老的语言说出的令人难以理解的咒语。最终孩童的声音微弱得已经完全听不到了，小家伙睡着了。那时彦塔轻轻地起身，温柔地看着这个奇怪的男孩，他的名字或许不应该叫雅各布，而是"麻烦"。她看见他的眼帘在神经质地抖动，这就意味着，这个小家伙已经完全进入了梦境，在那里开始了新的游戏。

关于丢失护身符的可怕后果

清晨，当参加婚礼的人纷纷睡下后，最大的那个房间地板上的锯末被踩踏得乱七八糟，像是满地灰尘。埃利沙·邵尔出现在彦塔的房间里。他疲惫不堪，眼睛充满了血丝。他坐在她的床边，前后晃动着身体并小声说：

"一切都结束了，彦塔，你可以走了。我把你留在这里，别生我的气。我别无选择呀。"

他轻轻地从她领口后面拽出了一把绳子和皮带；他把所有的东西都拿在手里，但他觉得，这里缺少了一个最重要的东西，他疲惫的眼睛还没有看到这个最重要的东西。他找了几次，数着那些小木雕、小金属盒、小袋子、模糊不清的写着咒语的小骨板。所有的人都会佩戴这些东西，但老妇人总是戴得比任何人都多。在彦塔周围肯定有十个天使、守护神和其他一些无名的灵体围着她转。但他的那个护身符却不见了,留下的只是绳子和袋子。咒语丢失了。这怎么可能?

埃利沙·邵尔突然清醒了过来,他忐忑不安,开始在老妇人身上到处摸索。他抬起她毫无知觉的身体,在她身子下面寻找。他发现彦塔的四肢消瘦,她的大脚瘦骨嶙峋,僵硬地从裙子的下面伸出来。他在她的衬衫里翻找,检查她的手心。他感到心灰意冷,于是又在她的枕头底下、被子和毛毯底下翻找,在床下和床边周围找。也许是掉到哪里去了?

这位受人尊敬的老人在一位老妇人的被子里翻找东西的动作看上去很可笑,仿佛彦塔是他遇到的一位年轻的女性,他有点心慌意乱。

"彦塔,你告诉我,发生了什么事?"他用一种有穿透力的声音对她低语,好像是在对一个犯了错的孩子说话,但她显然没有回答他的问题,不过她的眼皮颤动了一下。过了一会儿,她的眼球往两边转动了几下,嘴角露出了困惑的微笑。

"你在那里都写了什么?"哈雅不耐烦地小声问父亲。她睡眼惺忪,穿着睡衣,头上还蒙着头巾,因为父亲叫她,她才急急忙忙跑到这里。埃利沙阴沉着脸,他额头上的皱纹形成了几道明显的沟。哈雅看着他额头上的皱纹。父亲只要觉得自己做错了什么,总是这个样子。

"你知道我在那上面写了什么。"他说,"我想留住她。"

"那你给她戴到脖子上了吗?"

父亲点点头。

"父亲,你应该把咒语放到一个小盒子里,然后用锁锁上。"

埃利沙无助地耸了耸肩膀。

"你怎么像个孩子一样呢?"哈雅又同情又生气地说,"你怎么能这样呢，就这样给她戴到了脖子上？那现在在哪儿？"

"没有了，消失了。"

"不可能消失的！"

哈雅开始寻找，但也知道无济于事。

"就是消失了，我找过了。"

"她肯定是吃下去了，"哈雅说，"她吞下去了。"

父亲哆哆嗦嗦地一句话不说，然后无助地问她：

"那怎么办呢？"

"不知道。"

"还有谁知道这件事？"女儿问。

埃利沙·邵尔想了一会儿。他从头上摘下了皮帽，拍打自己的额头。他的头发很长，很稀少，现在他急得满头大汗。

"她现在不会死去了。"邵尔声音中带着绝望对女儿说。

哈雅的脸上露出了狐疑的、奇怪的和惊讶的表情，然而很快又变成了欢快的表情。她先是偷偷地笑了一下，后来就越来越大声地笑，结果她低沉的笑声响彻整个小房间，渗透到木墙中。父亲捂住了她的嘴。

《光明篇》讲的是什么

彦塔死了，但又没死。正是这样，"死了，又没死"。学识渊博的哈雅以这种方式解释说：

"这个看上去跟《光明篇》里说的完全一样。"她带着某种隐秘的焦虑说，因为所有人都会拿这个说事。洛哈特恩的人们开始到他们的院子里来，隔着窗户往里面看。"在《光明篇》里有很多这样乍一看是矛盾的表达，但当你仔细阅读后，就会很清楚，那里存在着许多对我们的理智和秩序来说不可思议的东西。难道《光明篇》里的老人不是以这种方式开始自己的演讲的吗？"哈雅对几个筋疲力尽而又值得信任的客人说。他们来到这里，猜到了会有某种奇迹发生。现在可以说是奇迹了。他们当中有来自科罗洛夫卡的以色列，彦塔的孙子，是他把彦塔带到这里的。他看上去是最不安和最操心的那个人。

哈雅背诵着："那个存在，当他升起时，也在降落；当他下降时，也在升起；二是一，而一又是三。"

听她说话的人们都频频点头，好像他们早已经预料到这一点，哈雅的话让他们安静下来。看上去，只有以色列对这样的回答不是太满意，因为他真的不知道，彦塔是死了还是活着。他开始提出自己的问题：

"但是……"

哈雅紧了紧在下巴上绑着的一条厚厚的羊毛头巾，因为她觉得很冷。她很不耐烦地回答说：

"人们总是想让问题简单些。非此即彼，非黑即白。这很愚蠢。因为世界是由无数个灰色的阴影构成的。你们可以把她带回家去。"她对以色列说。

之后她就快步走到院子里，消失在那些附属建筑之中，也就是彦塔躺着的地方。

下午，阿舍尔·卢斌医生再次来到这里，他仔细地检查了老人。他问她多大年纪了。人们回答说，她很老了。卢斌最后说，时常会有这样的事情，她就是睡去了，千万不要把她当成死人来对待，她只不过是在睡觉。但从他的表情来看，他自己也不太相信自己说的话。

"很可能她会在自己的梦境中死去。"为了安慰大家，他又补充说。

婚礼结束之后,当客人们纷纷离去,马车的木轮子把邵尔房子边的车辙印压出了更深的凹痕。埃利沙·邵尔来到了放着彦塔的马车旁。身边没有任何人,于是他轻声说:

"别生我的气。"

当然,她没有回答他。她的孙子以色列这时走了过来。他有点怨恨邵尔——邵尔本应该把奶奶留下来,允许她在这里逝去。他们与索布拉吵架,因为是她不愿意把奶奶留下来。索布拉现在小声叫着:"奶奶,奶奶。"但没有任何回应和反应。彦塔的手冰凉,他们给她搓手,但也没有搓热。她呼吸均匀,尽管很慢。阿舍尔·卢斌摸了好几次她的脉搏,他无法相信,脉搏跳得如此慢。

佩瑟薇关于波德盖齐山羊和奇怪的草的故事

埃利沙又给他们配了一辆铺着干草的马车。现在来自科罗洛夫卡的一家人就分别坐上了两辆马车。天下着毛毛雨。盖在老妇人身上的毛毯被雨浸湿了,因此男人们就搭起了一个临时的小棚子。彦塔在那里看上去就像一具死尸,因此在路上,人们只要看见他们乘坐的马车,就立即祈祷,而那些外邦人则在胸前画十字表示告别。

在波德盖齐做短暂停留时,彦塔的曾孙女、以色列的女儿佩瑟薇回忆说,三周前他们也是在这里短暂停留休息过一下,那时太奶奶还很健康,很清醒,还给他们讲了一个关于波德盖齐山羊的故事。现在佩瑟薇时不时地抽泣着,学着太奶奶的样子给他们讲这个山羊的故事。人们听她讲着故事,心里也都明白——眼里也不停地流着泪水——这是彦塔讲过的最后一个故事。她通过这个故事想告诉他们什么?告诉他们什么秘密吗?当时他们觉得这个故事很好玩,现在他们觉得这个故事很离奇，令人费解。

"在这里，波德盖齐，在城堡下，曾有一只山羊，"佩瑟薇用微弱的声音说，妇女们听了都很伤心，"现在你们看不见这只山羊了，因为它不喜欢人，孤独地生活着。这是一只非常博学的山羊，非常聪明的动物，它知道很多好的以及令人感到恐怖的事情。它已经三百岁了。"

所有人不由自主地看了看四周，用目光搜寻着这只山羊。但他们只看见已经变黄了的枯草、鹅粪和在波德盖齐城堡下一大片废墟上的石块。山羊一定与这一切有着某种紧密的联系。佩瑟薇把裙子往高筒靴里塞了塞，这是一双尖头皮靴。

"在这片废墟上长满了奇异的草，神草，这些草既不是人种的，也没有人收割。在这里安静生长着的草也有自己的智慧。因此只有这片草能够滋养这只山羊，别的草不行。它好像是拿细耳人[①]变来的，发誓不剪发，不触摸死尸。它非常了解这片草地。它从来不吃别的地方的草，只吃波德盖齐城堡下的聪明之草。因此它就变得非常智慧。它的羊角越长越长，越长越长。这不是一般的羊角，也不像别的普通牲畜的角。它的角非常柔软，非常有弹性并且卷曲得很厉害。智慧的山羊把自己的角藏了起来。过一天，又把自己的角弯折起来戴上，看上去像一对普通的羊角。但它时常在夜间出没，去那里，就是去城堡下宽阔的台阶那里，去那个颓败的院子里。在那里，它把自己的角伸向天空。它让自己的角高高地、高高地耸立着，它抬起前蹄，用后蹄站立着，想让自己变得更高大。最终它用羊角的尖，钩到了年轻的月亮的边缘，好像它和自己的角都挂在了月亮上。它问月亮：'你怎么样

---

① 古代希伯来人中一批经过洁身归圣的人。拿细耳人不可剃发，不可饮酒，不可触摸尸体。

啊月亮？难道弥赛亚降临的时刻还没有到吗？'那时月亮望了望星星，那些星星在自己的旅途中暂时停留了片刻。'弥赛亚已经降临了，他在士麦拿，难道你没有看见吗，聪明的羊？''我知道，亲爱的月亮。我只是想跟你确认一下。'"

它们就这样聊了一整夜，而早上，当太阳起床了的时候，山羊卷起了自己的角，又到智慧的草地上去吃草了。

佩瑟薇沉默了，而她的母亲和姨妈们却开始小声抽泣。

赫米耶洛夫斯基神父致最尊贵的德鲁日巴茨卡女士的信，1753年1月，于菲尔莱尤夫

尊贵的德鲁日巴茨卡女士，在您走后，我脑子里闪现了很多问题，还有许多在我们见面时我没有来得及说的话。因为是您，德鲁日巴茨卡女士，允许我写信给您，那我就利用这一机会，对您提出的一些指责做一些解释。现在在菲尔莱尤夫已经完全是隆冬季节了，我整天坐在壁炉边烤着火写作，尽管眼睛被烟熏得有些受不了了。

女士您问我，为什么我要夹杂着拉丁语写作？像您这样的一些女士都会说，可以更多地用波兰文表达。我对用波兰文表达没有任何异议，但正像我们所谈到过的那样，如果是因为缺乏词汇怎么办？

如果我们想用一个词表达"雄辩的人"[①]，那用拉丁文说这个

[①] 原文对应的拉丁语是Rhetoryka，只有四个音节，而波兰语是Krasomówstwo，有六个音节。波兰语的发音也更难些。

词，不比用波兰文说更好吗？或者我们想说"哲学"①这个词，用拉丁语不是比用波兰语说更容易些吗？还有"天文学"②，不是用拉丁语更贴切吗？不但可以省一点时间，而且发音还不拗口。在音乐里我们也离不开拉丁语，例如波兰语词汇中的"音调""音键""和音"③等也都是来自拉丁语。如果波兰人——拉丁语越来越普及④——把已经习惯用的拉丁语，或者从拉丁文借用、已经波兰语化的术语，把已经习惯这样写、这样说的术语，改回到古斯拉夫语的话，那就谁也听不懂看不懂了，例如在歌颂布拉格的亚德伯⑤的歌词中所写的那样：

"现在该是我们认识罪孽的时候了，我们要赞美神。"

其中有两个词用的就是斯拉夫语，那是什么意思？这里用的"kajaci"⑥和"daci"⑦都不是波兰语，谁能懂？我就不相信，女士您，当我们用波兰文说"卧室"（sypialnia）时，您一定要用斯拉夫语的"dormitarz"？我绝对不相信！我们说"餐厅"（jadalnia），您一定要用"refektarza"。"房子"（chałupka）您一定要说"celle"？不可能这么说嘛！如果这样说那会是什么样？当秘书给自己的上司写"卢布林法院下达了惩罚命令"，最好应该写成"卢布林法院颁发法令"。我说的没错吧？或者您说该怎么写更好。不应

---

① 原文对应的拉丁语是 Philosophia，只有一个词，波兰语是 Miłość mądrości，有两个词。
② 原文对应的拉丁语是 Astronomia，而波兰语是 Gwiazdarska nauka。
③ 这三个词在波兰语中分别为 Tony、Klawisze、Konsonancja。
④ 原文为拉丁语。——作者注
⑤ 又译圣道博，十世纪布拉格主教和传教士，后来在向波罗的普鲁士人传教时殉道。他后来成了波希米亚、波兰、匈牙利和普鲁士的主保圣人。
⑥ 斯拉夫语，意为认识。
⑦ 斯拉夫语，意为赞美。

该说"我在告解室做了很多忏悔",而应该说"在认罪中我做了很多忏悔"。如果这样说不是更可笑吗?把"我希望您别忘了我并给我以关注",改成"我期待您尊贵的先生给我以极大的关注"怎么样?"在波兰我们看到了很多的不幸,在欧洲也有很多人看到了这种不幸。"不过我觉得这样写会更好:"在戏剧的舞台上我们看到了很多的不幸,在欧洲也有很多观众看到了这一不幸。"这样写怎么样?

在全世界都可以借助拉丁语进行交流。只有异教徒和野蛮人才会回避拉丁语。波兰语听上去不那么优雅,像是农民的语言,适合描述大自然和农业,但是很难表达复杂的、高级的和精神上的事情。人用什么样的语言,就是什么样的人,也就会以这种语言思维。但波兰语不严谨,很模糊,适合描述旅行时的天气,而不适合进行辩论;因为辩论时需要高度集中精力并且非常明确地表达。同时波兰语非常适合写诗,亲爱的仁慈的女士,我们萨尔马提亚人的缪斯,因为诗歌非常朦胧而且很委婉含蓄。尽管在阅读中令人感到某种愉悦,但诗歌不能直抒胸臆。我理解这一点,因为我阅读了您的诗歌,在您的诗歌中我获得了极大的喜悦,尽管我认为,不是所有的表达我都能完全明白和无可辩驳,关于这一点我先不在这里赘述。

我选择了我们共同的语言,甚至让我的语言变得通俗一些,即让世界上的所有人都能看懂。只有这样人们才能获取知识,因为文学本身就是一种知识,可以教会我们做些什么。例如像您这样最尊贵的女士,可以教会认真的读者,在森林里生长着什么,有什么样的植物和动物。人们可以学会怎样在花园里劳作以及在花园里种什么。在诗歌中可以练习和提升自己,并在有益的、艰深的知识中遨游。最主要的就是,还可以学会别人怎样思维,这是非常珍贵的。因为如果不是这样的话,我们会以为所有人的想法都是一样的,但这是不对的。每个人的思维都很不同,人们在阅读时还会有自己的想象。对这一点我也感到不安,因为我亲手写下的东西,人们会跟我理解的完全不一样。

最尊贵的女士,在我看来,人们发明印刷,以及白纸黑字的形式,为的就是好好利用它,把我们祖先的东西都记录下来、搜集起来,让大家都能看到它,甚至让那些年龄最小的人都能学习并且阅读。知识应该就像纯净水——免费提供给所有人。

我想了很久,最尊贵的女士,考虑到您——我们本地的萨福[1]——周围所发生的一切,我这个卑微的仆人怎么才能用我的信件给您带来快乐。因此我愿意在给您的每一封信中,都包含我书中写到的形形色色的事物,这样您就可以在您所处的优秀的——不像我这里——圈子中展示它们。

因此今天我从魔鬼山开始写,这座山位于波德盖齐,离利沃夫八英里。在1650年4月8日的复活节时,在柏斯台奇可[2]与哥萨克人发生战争的前一年,因为地震的原因魔鬼山从一个地方挪到了另一个地方。换句话说,这是至高无上的上帝的意愿。那些不懂得地质学的人认为,魔鬼想摧毁洛哈特恩,摧毁这座山,但公鸡的打鸣赶走了魔鬼,这座山因此而得名魔鬼山。我是在科拉苏斯基和荣钦斯基的书中看到这些描写的,他们两个人都是纯粹的耶稣会的成员,因此资料来源非常可靠。

---

[1] 古希腊抒情诗人,一生写过不少情诗、婚歌、送神诗、铭辞等。
[2] 乌克兰的城市,位于该国西部斯特里河畔。

第七章

彦塔的故事

彦塔的父亲,卡利什①的玛耶尔,是有幸瞥见过弥赛亚的少数义人之一。

那是在她出生之前,一个非常艰难和混乱的时代,那时所有人都在期盼着救世主降临这个世界,因为人们已经饱受各种不幸和灾难,人们都觉得世界可能行将终结。任何世界都承受不了这么多痛苦。任何人都解释不了,也不会明白为什么会是这样,也没有人会相信,这个世界是出于上帝的设计。通常是上了年纪的女人——她们眼光特别敏锐,因为她们的一生见过太多、经历过太多——会认为,世界的机制行将崩溃。例如在磨坊里,彦塔的父亲把谷物放到了磨粉机上,一夜之间磨粉机的齿轮坏了,一切也都跟着一毁俱毁了。而蒲公英的黄色花朵,在一天早上变成了希伯来字母Alef的形状。晚上,落日呈血橙色,大地上的一切都变成了褐色,仿佛干涸的血液。河边的芦苇长得十分锋利,以至于能割破人的腿。苦蒿变得如此有毒,它的气味

---

① 波兰中部的一个城市,历史上曾是犹太人在波兰王国最重要的犹太社区之一。

能熏倒成年男子。赫梅尔尼茨基①大屠杀本身怎么可能是出于上帝的计划？关于大屠杀的可怕谣言从1648年起就传遍了整个国家，有越来越多的人出逃，出现了越来越多的鳏夫和寡妇、孤儿和残疾人——这一切都毫无疑问地证明，世界末日就要到了，弥赛亚将会降临在这个世界上。为此，分娩的阵痛开始了，就像曾经有过的记载那样，旧的律法被废除了。

彦塔的父亲从雷根斯堡②跑到了波兰。雷根斯堡的人以犹太人所犯的永恒的罪过为借口，将犹太人分批，挨家挨户驱赶直至全部驱逐出境。这些犹太人移居到波兰的大波兰地区，与许多其他人一样，他们在那里做粮食贸易，生意非常好。金色的谷物运到了波兰的格但斯克，之后又运往世界的其他地方。彦塔的父亲因此挣了一大笔钱，腰包鼓鼓的。

1654年开始暴发了大规模的瘟疫，大灾难夺走了众多人的生命。

---

① 博赫丹·赫梅尔尼茨基，卒于1657年，乌克兰哥萨克首领，他是迄今为止对犹太人最残忍的暴君之一。他领导了针对波兰立陶宛联邦权贵的赫梅尔尼茨基起义。这次起义终结了波兰对这些哥萨克地区的统治，但这些土地最终落入沙俄手中。这些事，以及波兰的内政冲突，还有与瑞典和俄罗斯的战争，一起导致波兰在这一时期内国力日衰。在波兰历史中，这一时期被称为大洪水时代。

② 德国巴伐利亚州的城市。

后来寒流侵袭,消灭了瘟疫。寒流持续了数月,那些没有死于瘟疫的人,现在却被冻死、饿死在家中。大海变成了冰川,那时可以徒步踏冰走到瑞典去。港口一片萧条,家畜纷纷死亡,大雪封死了道路,百业凋敝,凄惨哀伤。因此当春天到来后,就有人抱怨说,这一切都是犹太人造成的,于是在全国开始了各种诉讼。犹太人为了捍卫自己,派人去求助于教皇,但当派去求助的人回到波兰之前,瑞典人又来了,把城市和乡村洗劫一空。犹太人再次遭殃,因为他们都属于异教徒。

为此彦塔的父亲带着全家人离开了大波兰往东迁移,来到了利沃夫的亲戚家,希望在那里能过上平静的日子。这里离尘世很远,非常偏僻,一切都很落后,但土地非常肥沃。因此许多人愿意从西部移居到这里,这里有大量的空间留给每个人。但这样的时光很短暂,当这里的人们被瑞典人驱赶到城镇废墟和完全被掠夺一空的城市广场上之后,人们再次提出了这个问题:谁应该对联邦的不幸承担责任?回答是:这一切都怪那些犹太人和异教徒,是他们与入侵者狼狈勾结造成的。因此从迫害阿里乌教派开始,很快又开始了大规模的屠杀。

彦塔的外祖父来自克拉科夫附近的卡齐米日。他在这里做一点小生意,主要是手工制作各种帽子。公元1664年,也就是犹太历5425年发生了一场暴乱,有129人在这场骚乱中丧生。起因是有一个犹太人被指控偷了圣礼饼,结果彦塔外祖父的商店被彻底捣毁并洗劫一空。赎回一点自己的财产后,他带着全家乘着马车往东南方向的利沃夫迁移,他们有亲戚在那里。他们清醒地意识到:哥萨克分子在1648年的赫梅尔尼茨基大屠杀中已经极尽疯狂了。大灾难不会重演。就像人们常说的,被雷击过的地方,应该是最安全的地方。

他们在离利沃夫不远的一个村庄定居了下来。这里的土地肥沃富饶,森林繁密茂盛,河里的鱼非常多。大庄园主波托茨基以严格而坚定的规范统辖这里的一切。他们一家可能认为，地球上已经不再会有能供人躲避的地方了，唯有顺从上帝的旨意了。然而，他们在这里却过得不错。他们从意大利进口了制帽用的毛呢，同时还进口了一些其他货物，因此生意很红火，这给他们带来了巨大的利润。他们在这里立住了脚——建造了带花园的房子，旁边是自己的作坊，养了很多鹅和鸡，种了很多甜瓜和李子，等霜冻一过，他们就用这些李子做斯利沃威茨酒①。

1665年秋，从土麦拿运来的货物到了，一同到来的还有一个让波兰的所有犹太人振奋的消息——弥赛亚现身了。每个听到此消息的人，立即沉默不语，并试着理解这句短语的意思——弥赛亚降临了。这可不是一个简单的句子，因为这是最终的一句话。任何说出这句话来的人，都仿佛有一块眼斑从眼中脱落，看到的是完全另样的世界。

难道不是已经多次宣布过世界末日到来了吗？巨大的黄色荨麻的根与周围其他植物的根交织在一起。这一年的牵牛花长得非常旺盛，花茎壮得像粗绳一样。绿藤爬满房子的外墙，缠绕在树干上，给人的感觉是，它们就要伸到人们的嗓子里面去了。不同品种的苹果结满枝头，鸡蛋都是双黄的，啤酒花藤长得如此猖獗，几乎要勒死一头小牛犊。

弥赛亚名叫沙巴泰·泽维。在他周围已经聚集了来自世界上的很多人，他们集结在一起，为的是马上与弥赛亚一起动身前往君士坦丁堡，在那里他要从苏丹头上摘去皇冠，并宣布自己为国王。他的先知也同他在一起，来自加沙的拿单。他是一位伟大的学者，他记下弥赛亚的话，然后将它们传向世界，传给所有的犹太人。

不久，来自克拉科夫的拉比巴鲁赫·佩伊萨赫给利沃夫全体犹太

---

① 一种水果白兰地，以布拉斯李为原料，又称李子白兰地。

人写了一封信，说没有时间了，必须想尽办法即刻动身去土耳其，成为最后日子的见证人，成为最先看到他的人。

彦塔的父亲玛耶尔，不是那么轻易会相信这些说法的人：

"如果真是像你们说的那样，那么弥赛亚就应该降临在每一个时代，很可能就是这个月降临在这里，那个月在那里降临；就应该在每次大骚乱和大战之后诞生一次；就会在每一次发生不幸之后来干预。可发生过多少次这样的不幸？数不胜数。"

听到这些话的人不住地频频点头，口里说着，是啊，是这样的。但是每个人又都觉得，这次与从前不大相同，于是又开始玩字符游戏——云朵、水中的倒影、雪片的形状。玛耶尔决定去远行，因为在他紧张思考这一切时，注意到周围有很多蚂蚁：这些蚂蚁排着队，静静地并驯服地沿着桌子腿走，一直爬到桌面上，在那里它们一个接一个地拖走一点点奶酪，然后又以同样的方式返回——平静而准时。他十分喜欢这个场面，认为蚂蚁代表着某种征兆。他已经准备好一些钱款和货物，他深受人们尊重，被认为是思维缜密并充满智慧的人，因此他毫不费力地在这个伟大的贸易远征的队伍中找到了自己的一席之地，这场通向沙巴泰·泽维的伟大远征。

在这个伟大的事件发生好几年之后，彦塔才降临到这个世界，因此她并不确定，她是否会像她的父亲那样亲眼见到这位神圣的弥赛亚的面容。他和他的同伴们分别是：莫舍·海莱维及其儿子和来自利沃夫的继子，以及来自克拉科夫的巴鲁赫·佩伊萨赫。

COSTANTINOPOLI, SUE

1. Veduta di una parte di Galata.
2. Alai Kiose.
3. Sinan Kiose. cioè, due Casini di delizia.
4. Caickana, o luoghi per le Navi del Gran Signore.
5. Acropoli, owero la punta del Serraglio.
6. Camere delle Donne del Gran Signore nel Se
7. Stanza del Divano.
8. Abitazioni degli Uffiziali.

  从克拉科夫到利沃夫，从利沃夫经过切尔诺夫策，再往南走到瓦拉几亚。离瓦拉几亚越近，天气就越炎热，降雪就越少，空气里总是散发着一股香气，空气也变得更柔和，这是她后来听父亲讲述的。晚上他们都在想，如果弥赛亚真的已经降临了，这是怎么回事？他们得出结论，在数年前发生的不幸，应该说是一件好事，有其自身的意义，因为宣告了救世主的降临，正如疼痛宣告了新生命诞生那样。如果世界降生了弥赛亚，那他就必须经受苦难，一切律法都会被打破，人类约定俗成的规则会失效，诺言和誓言就会崩塌成灰。兄弟相残，邻里反目，过去一起生活的人们，夜间出来互相割喉，并饮对方的血。

  利沃夫代表团在监牢里找到了弥赛亚。因为当他们从波兰往南方

...VTE, E LUOGI VICINI.

Ingresso del Serraglio.. 13. Calcedonia.
Tempio di Santa Soffia. 14. Serraglio di Scutari.
Isola detta de' Principi. 15. Torre di Leandro.
Fanari Kiosc, ovvero Casino detto Fanari. 16. Scutari.

走的时候，苏丹对成群结队的犹太人和沙巴泰·泽维的计划感到心神不安，于是抓捕了弥赛亚，并把他关在了城堡里。

弥赛亚被关进监牢了！怎么可能会发生这样的事？当时已经到了伊斯坦布尔的那些人产生了极大的不安，当然这些人不仅来自波兰。牢房！弥赛亚被关进监牢，可能会发生这样的事情吗？这难道符合先知的预言吗？我们不是有以赛亚这样的圣人和先知吗？

不过，等等，这个牢狱是什么样的？难道这就是监狱吗？那什么叫"监狱"？沙巴泰·泽维的忠实信徒们为他慷慨提供了住处，让他住在加里波利的城堡中，就像在宫殿里一样。弥赛亚既不吃肉，也不吃鱼；人们都说，他只靠水果充饥，而且他只吃那些最新鲜的，专门从这一地区为他现采摘的和用船给他运来的水果。他喜欢吃石榴，喜欢用他细长纤弱的手指挖石榴里面的籽，并把红宝石样的石榴籽挖出来放在自己神圣的嘴里咀嚼。他吃的并不多——只吃几粒石榴籽；显然，他的身体能直接从阳光中汲取生命的力量。但是，还有一个巨大的秘密，这个秘密传播得很快，因为这不是个小秘密，那就是——弥赛亚是个女人。那些离他很近的人，看到了他女人般的胸。他的皮肤非常光滑并且呈粉红色，像女人的肌肤那样散发着香气。在加里波利，他拥有一个很大的庄园，还有一个铺着土耳其地毯的大厅，在那里他给受众讲课。难道这能说是监狱吗？

就这样代表团找到了他。他们先是等了一天半，因为有太多的受众想要看到弥赛亚。在他们的眼前到处是激动不已的操着各种方言的人群。出现了各种各样的推测：接下来会发生什么……来自南方的犹太人，肤色黝黑，头上戴着黑色的特本头巾，还有来自非洲的犹太人，身穿色彩鲜艳的服装。而从欧洲来的犹太人则很可笑，都身穿黑色衣服，坚挺的衣领像吸水海绵那样吸了很多灰尘。

他们必须按照宗教规定禁食，然后在浴场洗澡；最后他们身披白色长袍，才被允许接近弥赛亚陛下。这一切都发生在一个圣日，一个根据新的弥赛亚历法而确立的节日。因为沙巴泰·泽维取消了所有传统的犹太节日，宣布所有的犹太教律法典失效，但现在他制定的法典还比较模糊，为此人们不知道该怎么表现或者说些什么。

人们发现他坐在雕刻精美的御座上，身披深红色长袍，那些圣贤协助他向人们提出问题，问他们为何而来，想要弥赛亚为他们做些什么。

他们当时决定，一切由巴鲁赫·佩伊萨赫来说。他开始讲述波兰国土遭遇的所有不幸，与此同时讲述了波兰犹太人的不幸。作为证据，他将几年前的一份出版物，希伯来文标题为 Cok Ha-itim，即《艰难时光》呈交给了他,在这本书中记载了来自什切布热申[①]的梅尔·本·萨穆埃尔的不幸经历。当巴鲁赫正用哭腔描述战争、疾病、屠杀以及人类的各种不幸时,沙巴泰·泽维突然打断了他的话,指着自己深红色的长袍大声吼道:"难道你们没有看见复仇的颜色吗?!我身穿这件深红色的衣服,正如先知以赛亚所说:复仇的日子就在心中,而救赎之年已经到来!"所有的人都弯下腰去,这个声音有着如此出人意料的巨大力量。之后沙巴泰·泽维脱下自己的衬衣,将其给了大卫·海莱维的儿子伊扎克。分给另一些人的则仅仅是一块糖,他命令人们含在嘴里:"愿含在嘴里的糖唤醒年轻的力量吧。"玛耶尔那时说,他们不需要年轻的力量,只需要平静的生活。弥赛亚大声吼道:"住嘴!"玛耶尔偷眼看了一下弥赛亚,只有他会这样做。这时他看到弥赛亚红润漂亮的皮肤,柔美的轮廓以及长长的睫毛下非凡动人的眼睛,他的目光湿润而又凄凉。同时他还看到,弥赛亚悲伤厚实的嘴唇因为生气而发抖,他那没有胡须的黢黑的脸颊在微微颤抖;他的脸颊非常光滑,摸上去一定会像一张轻柔的绒皮。但令他感到非常惊讶的是,弥赛亚的胸部真的像妇女的胸部那样凸出,有棕色的乳头。这时有一个人突然迅速地给弥赛亚披上了一个披肩。尽管这样,玛耶尔直到临终,都还记得他裸露的胸的样子。后来,正如人们记忆中的画面,它变成了语言,而这些语言深深地印在他的孩子们的脑海中。

  那时悲观的玛耶尔忽然觉得好像有什么东西刺进了他的心脏,让他受到了刺激,这一定深深地刺伤了他的灵魂,因为他把这种感伤传给了自己的孩子们,后来又传给了孙辈。彦塔的父亲,玛耶尔,就是埃利沙·邵尔祖父的兄弟。

[①] 波兰的城镇,位于该国东南部,该地区自大约公元前五千年就有人类居住。

怎么样？就这些吧。他们对此做了详尽的记录，每一个动作，每一句话。第一天夜里他们都一声不吭地坐着，不明白究竟发生了什么。这难道是某种象征吗？难道他们真的获得了救赎吗？面对时间的终结，他们是否能理解正在发生的这一切？毕竟，**一切都不同了，一切都颠倒了**。

最后，当他们做完了生意，他们带着一种奇异而又庄重的情感回到了家，回到了波兰。

沙巴泰·泽维叛教的消息对他们来说犹如晴天霹雳。这事发生在犹太历5426年的以禄月[①]16日，也就是公元1666年的9月16日，但他们都是在回到家之后才得知了这一切。这一天出乎意料地过早下了一场大雪，大雪覆盖了菜园里还没来得及收割的各种蔬菜——在地里长熟了的南瓜、胡萝卜和红甜菜头。

使者们流着眼泪传递着这个信息，他们悲伤地撕扯着自己的衣服，因长途跋涉他们个个蓬头垢面。但他们并不想停下脚步，哽咽着坚持不懈地走村串乡。可恶的苏丹威胁说，如果沙巴泰·泽维不接受伊斯兰教，就要处死他。还威胁说，一定要砍掉他的头。于是弥赛亚只好接受了伊斯兰教。

先是从各家传出了令人难以置信的号啕大哭的声音。之后又陷入一片寂静。一天、两天、三天，没有任何人说一句话。有什么好说的？我们再次成为最弱的、被欺骗的人，难道上帝要抛弃我们吗？弥

[①] 又作厄路耳月，是犹太教历的六月、犹太国历的十二月。该月共有二十九天，相当于公历八、九月间。

赛亚在受苦受难吗？不是说他要摘掉苏丹的皇冠，由他来接管整个世界，让被压迫的人挺起身躯吗？在波多利亚农村的上空再次飘来了巨大的、灰色的、沙丘般的云朵，宛如破损帐篷的顶。玛耶尔觉得，世界开始腐烂了，到处都是坏疽。他坐在沉重的木桌边，把最小的、最羸弱的、豌豆般大小的女儿放在自己腿上，像其他人那样写着数秘术。当第一波寒流来临时，在人们当中开始流传各种信件和解释，几乎每周都有商人带来一些关于弥赛亚的新消息。甚至普通的挤奶工，那些给周围村庄送牛奶和黄油的人都成了当时的智者，他们用手指在每一样东西上面画着救赎的方案。

从这些紧锣密鼓的、各种各样的碎片式的消息中，人们必须做出一个综合分析，因此应该拿起书本，去问那些智者。于是，在这个冬天逐渐出现了新的知识，新知识让春天充满了生机和力量，宛若植物发出的新芽。我们怎么能错得这么离谱呢？悲伤蒙蔽了我们的双眼，绝望让好人堕落。是的，他皈依了穆罕默德，但这不是真实的信仰，只是表面上的；只是他的形象、他的目的，也就是他的影子戴上了绿色的特本头巾。弥赛亚只不过是暂时隐身，等待着更好的时机，只是时间问题，现在时机马上就要到了。

彦塔眼前一直浮现着撒落在桌子上的面粉里用手指画出的质点[①]树，与此同时她现在正在八十几年前的别列扎内[②]的一个村庄里。准确地说，是在她母亲怀上她的那天。直到如今她才看到了这一切。

彦塔在她所处的怪异离奇的状态下难道能做出什么小的改变吗？她能影响事情的进展吗？有这种可能吗？如果她有这样的能力，那她

---

① 卡巴拉生命之树的组成部分，质点共有十个。生命之树是犹太卡巴拉中的一个神秘符号，与上帝创世、宇宙起源等相关。
② 乌克兰西部的一座城市。

就会改变这一天。

她看见一位妇女手提着篮子穿过一片耕地,篮子里装着两只鹅。两只鹅的脖子随着她脚步的节奏而摇摆。两只鹅瞪着宛如珠子一样大的眼睛,带着动物自身特有的那种自信环顾着四周。从森林里走出一队骑着马的哥萨克巡逻兵,他们飞奔到她的眼前。想逃跑已经来不及了,那位妇女惊讶地停住脚步,用身体遮住篮子里的鹅。马队包围了她,她感到心慌意乱。这时有个人下令,于是那些男人就下了马;一切都在静悄悄中神速地发生了。他们将她轻轻推倒在草地上,篮子落在了地上,鹅跑出了篮子,但它们站在篮子边,嘎嘎地发出警告声,想看看到底发生了什么事情。两个巡逻兵牵着马;这群人中的一个先解开裤腰带,脱掉褶皱的肥大的马裤,把妇女压在了身下,之后换人,另一个上。他们的动作非常快捷,急匆匆的,好像完成这几个动作就是在完成他们的任务一样,因此根本看不出他们从中获得了什么快感。精液射到妇女体内,然后又滴在草地上。最后一个人掐着妇女的脖子,她已经接受了即将窒息而死的事实。就在这时,剩下的那几个人当中的一个,把缰绳递给了施暴的男人,他就骑上了马。他又看了她一会儿,似乎要记住自己的这个受害人的模样。之后他们迅速离开了这个地方。

妇女敞开腿坐着,愤怒的鹅望着她,它们嘎嘎乱叫着。妇女扯着一块衣角在两腿中间擦拭着,然后又拿些树叶和草擦着。之后她迅速跑到小河边,撩起裙子的下摆,坐在水里,试图洗净身体里的精液。两只鹅觉得,她这是示意它们也下水,于是就跟着下了水。妇女抓住了它们,把它们装回篮子里,重新走在小路上。在村子前她放慢了脚步,越走越慢,最终停下了脚步,好像是触碰到了某个看不见的边界。

这就是彦塔的母亲。

为此她一生都在仔细并怀疑地看着女儿。彦塔已经习惯了她怀疑的目光,当她在桌边做着什么事情或切蔬菜时,剥煮熟的鸡蛋以及在刷锅时,她都能感受到来自母亲那种不信任的目光。母亲总是在盯着她,像狼、像狗一样,仿佛随时准备扑上去咬她的小腿。随着时间的流逝,这种凝视还伴随着她嘴唇微微不满的动作:上唇轻微噘起,挤到鼻子下方——像是怨恨,也像是厌恶。这是一种细腻微妙的、隐约可见的表情。

彦塔还记得,当母亲给她梳小辫时,在靠近耳朵上面的头皮里看到了一颗小黑痣,那时母亲非常兴奋。"你看,"她对父亲说,"她跟你一样,在耳朵这个地方有一个跟你一模一样的黑痣,只不过你的黑痣在左边,她的在右边。"父亲毫不在意地听她说。父亲这一生从来没有怀疑过她什么。彦塔的母亲最后神秘地攥着拳头死了。她死于痉挛,死于歇斯底里,像野生动物那样找到了归宿。

她出生时已经是父母的第十一个孩子了。玛耶尔给她取名叫彦塔,意思是:传播消息,教导别人。母亲那时已经没有力气再照顾她了,因为她长得又瘦又小,是那些总在她家门前转的别的妇女来照看彦塔,她的表姐们、姨妈们,还有一段时间是姥姥来照看她。彦塔还记得妈妈晚上摘掉头上帽子后的样子——那时彦塔从近处看见,她头上长着皮癣,一头短而稀疏的乱发。

彦塔一共有六个哥哥,他们都在研经室学习。当他们在家里的桌边坐下时,就会结结巴巴地念着那些圣书。彦塔那时还没有桌子高;她还太小,家里人没法带着她去做些妇女应做的事情。她还有四个姐姐,其中有一个已经出嫁,而第二个姐姐正在想方设法把自己许配给别人。

父亲看到她想学习并好奇的样子,于是就教了她一些字母,觉得这对她来说，会是像珠宝和星星一样的图案——美丽的字母 Alef 就像是猫爪的倒影，字母 Shin 就像是由树皮制成的，可以放在水里扬帆的微型小船。但不知是什么时候，彦塔像大人那样学会了这些字母，并很快能用这些字母拼写成词语。为此母亲狠狠地打了她的手，似乎彦塔做了什么出格的事似的。母亲自己大字不识一个。彦塔愿意听父亲讲故事，但父亲很少这样做。她也很愿意听一位年迈的亲戚库拉维·阿布拉麦克给妇女们和孩子们用犹太语讲述各种书中的故事；阿布拉麦克总是以一种充满悲伤的语调讲述这些故事，好像书中的单词都是自然地用哭腔写成的。当黄昏降临，他就在昏暗的烛光下开始讲故事。因此听着书中的故事，农村的卡巴拉教徒一到晚上心中总是充满悲伤的情绪；当时这样讲故事的人很多。这种悲伤情绪的蔓延，就像有人喜欢借酒浇愁一样。之后这种痛苦悲伤就传染给了所有的人，因此总是有人开始哭泣并发牢骚抱怨。那时人们想触摸一下阿布拉麦克所讲的内容，伸出手想摸到一些具体的东西，结果什么也没有摸到。这种失落感简直是太可怕了。那时就出现了一种真正的绝望。除了黑暗，还有寒冷和潮湿。夏天到处是灰尘、干枯的草地和碎石块。现在这一切都在哪里？这个世界，所有生命，这个天堂究竟在哪里？如何能去到他们那里？

小彦塔觉得，每个讲述故事的夜晚都令人变得神经紧张，非常黑暗而又神秘，特别是库拉维·阿布拉麦克用低沉的、亲切的声音讲述的时候：

"众所周知，世界上充满了各种鬼魂以及产生于人类罪孽的各种邪恶的灵魂。就像《光明篇》中清晰地描述的那样，它们飘浮在空气之中。因此，应该小心，不要让这些鬼魂在去犹太会堂的路上附于人身。因此，一定要注意《光明篇》上写的内容，即害虫在左边等着你，因为门框经文盒[1]只会钉在门框的右边，而门框经文盒中写着神的名字——伊勒沙代[2]——神会击败害虫，所以门框经文盒上刻着：'伊勒沙代将会出现在你们家的门柱上。'"

人们赞同地频频点头。这个我们知道。在左边。

彦塔意识到：空气中到处都是眼睛。母亲曾小声这样对她说，在像给洋娃娃穿褶皱的衣服一样给她连拉带拽地穿衣服时。"那些眼睛在盯着你。你只要提出问题，就会立即得到灵魂的答复。所以必须学会提出问题，并找到答案：在倒出的牛奶中可以看见字母Samekh的形状，在马蹄的足迹上能看到字母Shin的形状。你快搜集搜集这些符号吧，不久后你就会读整个句子。阅读人撰写的书籍算什么艺术？整个世界都是上帝写就的书，宛若通向河流的泥泞小路那样。你盯着那条小路看吧。鹅的羽毛、栅栏的木板上被晒干的环、房屋墙壁上的黏土裂缝——这都很像字母Shin。你认识这个字母，快去读读吧，彦塔。"

彦塔特别惧怕自己的母亲。小姑娘站在又瘦又小的妇女面前，她总是不停地唠叨着什么，永远也没有顺心的时候。整个村里的人都觉得她不是一个好人。母亲的情绪变化多端，彦塔从来就不知道母亲把她抱在腿上是在亲吻她、拥抱她，还是在使劲挤压她的手臂，把她当个木偶一样地摇晃她。因此她从来不愿意坐在她的腿上。她看着她用瘦削的手往箱子里摆放她以前带来的剩余的嫁妆——她出身于西里西亚的一个富裕的犹太家庭，但这些嫁妆已经所剩无几了。彦塔听见过父母亲在床上发出的呻吟声，她知道，这是父亲背着全家人，在秘密地从母亲身上往外赶附鬼。首先母亲会轻轻地挣开他，然后，她又深

---

[1] 内有一块羊皮纸，上刻有指定的《希伯来圣经》经文。
[2] 犹太教中上帝的名字，又译全能神、全能者。

深地吸了一口气,就像有人潜入了冰冷的水中,进入浸礼池的冰冷的水中,在那里躲避邪恶。

有一次,在闹大饥荒的时候,彦塔曾偷偷地瞥过她一眼,母亲一口气吃光了给所有人准备的食物——那时她弯腰驼背、脸颊凹陷、眼睛无神,在她的黑眼眸里看不到瞳孔。

当彦塔长到七岁的时候,母亲和肚子里的孩子都因难产死了,因为那个孩子没有力气从她身体里出来。对彦塔来说,这就是典型的附鬼,因为她把附鬼吃进了肚里,她偷了食物,那是父亲在夜间与她纠缠时没来得及赶走的附鬼。孩子留在了母亲的肚子里,不想出来。而死亡,就是一种惩罚。在难产的几天前她变得很胖,浑身浮肿,在凌晨睡眼惺忪地叫醒了正在熟睡的女儿,拽着她的小辫子说:

"你快起来,弥赛亚降临了。他现在已经到了桑博尔[1]了。"

玛耶尔在妻子去世后心里感到很愧疚,于是他自己照看女儿。但他不知道该让她做什么,因此他在学习的时候,就让她坐在自己的身旁,她就看着他在读什么书。

"救赎是什么样的?"有一次她问他。

玛耶尔回到了现实,合上书起身,背靠着壁炉。

"这很简单,"他说,"当圣光的最后火花返回其源头时,弥赛亚就会向我们展露自己。所有的律法将会失去效力。不会再有犹太饮食法[2]或非犹太饮食法的划分,不再区分神圣和邪恶,白天和黑夜将不再截然分明,女人与男人之间的区别也将会消失。《光明篇》里的字

---

[1] 乌克兰的城市,位于该国西部德涅斯特河左岸。
[2] 犹太教中关于饮食的一系列律法。禁止食用的食物包括猪肉、马肉、骆驼肉、贝类动物和大多数昆虫、猛禽和无鳞鱼。

母会得到重新排列，会产生一部新的律法书，在新的《光明篇》里，一切都会颠倒过来。人类的身体就会像灵魂那样轻盈，新的灵魂将会在那个好的上帝的绝对权力下降临于他们的身体。那时候就不会再需要吃喝，睡眠将会变得多余，每个欲望都会像烟雾那样消散。肉身的繁殖将让位于与圣名的融合。《塔木德》将被尘封，被彻底遗忘并变得毫无意义。舍金纳①的光芒将会照耀得各处都非常明亮。"

之后玛耶尔觉得，应该跟她说一件最重要的事情：

"在心脏与舌头之间有一个灵薄狱。"他说，"你要记住这一点。不能暴露自己的想法，尤其是当你不幸地生为女人时。你必须这样做，让别人觉得你没有思想。你必须能迷惑别的人。我们所有人都得这样做，女人更是如此。《塔木德》信奉者非常了解女性的力量，因此他们十分害怕女人，他们会给女孩的耳朵打洞，以削弱她们的听力。但我们不会。我们不这样做，是因为我们自己就像女人一样。我们隐藏自己。我们大智若愚，我们会佯装成另类。我们进了家门，才会摘去面具。我们秉承着缄默不言——森罗万象的骄傲。"

现在彦塔躺在科罗洛夫卡的一间柴房里，被子盖到脖子上，她知道她欺骗了所有的人。

---

① 意为"居留"，犹太教术语，指神的显现。

第八章

**不要吃太多蜂蜜，
在土耳其国家土麦拿的伊索哈尔学校要多读书**

在伊索哈尔的学校，纳赫曼掌握了命理学、犹太文学的拼词法和泰尔姆拉[①]。你可以在半夜叫醒他，命令他重新排列字母。他已经衡量过并确定了祷告语和祝福语中的单词的数量，发现这些词语是基于哪种秘密的规则写出来的。通过重新排列、改变它们，他把这些词语和其他的相比较。很多个他在士麦拿无法入眠的炎热的夜晚，当莫尔德克先生静静地抽着烟斗时，纳赫曼就会闭上眼睛，玩着单词和字母的游戏一直到天亮。他创造了全新的、不可思议的词语组合，发现了它们之间新的意义和联系。当第一缕灰蒙蒙的曙光照亮了这个地方——这里长着几棵不起眼的橄榄树，还有很多懒洋洋的狗闲躺在橄榄树下的垃圾堆中——他意识到，词语的世界比他眼睛所见的更为真实。

纳赫曼感到很幸福。他总是站在雅各布身后，他喜欢看着雅各布的后背。这就是为什么经文中的词语与他有关——在我们《箴言》的

[①] 卡巴拉主义者用来重新排列《圣经》中单词和句子的三种古老方法之一，他们相信通过这种方法可以探究文字深层的意蕴和单词更深奥的精神含义。

第二十五章第十六节有这样一句话:"你得了蜜吗?只可吃够而已,恐怕你过饱就呕吐出来。"

　　同时,除了面相学和手相学,这些被选拔出来的学生——包括纳赫曼和雅各布——都在伊索哈尔和莫尔德克先生的指导下接受了某种秘密训练。晚上,小房间里只剩下两支蜡烛,纳赫曼坐在靠墙壁的地板上,头只能在膝盖之间移动。那时人体的姿势完全像婴儿在母亲腹中的姿势,因此也就保持着与上帝接近的状态。如果能这样连续坐几个小时,如果呼吸能回到肺部,就能听见自己的心跳声,人的思维就会开始自己的旅程。

　　雅各布身材壮硕、魁梧,总是能在自己周围聚集一群听众。他向他们讲述自己年轻时在布加勒斯特的经历,而纳赫曼则竖起一只耳朵偷听。雅各布说,有一次当他在为犹太人辩护时,遭遇阿迦①的两名禁卫军的攻击,于是他拿起擀面棍与他们搏斗,并用这个擀面棍战胜了这些土耳其的进攻者。他们觉得身体受到了损伤,于是就把雅各布告上了法庭,但是阿迦非常欣赏雅各布的英勇,不仅放了他,还给他赠送了礼品。当然纳赫曼根本不相信。昨天雅各布还谈到神奇的探测钻头,在上面抹上一层神奇的草药,就能探测出藏在地下的宝藏。

　　雅各布大概注意到纳赫曼的目光投射在自己身上,但当雅各布看他时,纳赫曼总是很快转过身去。于是雅各布就会用土耳其语向他挑衅:

　　"哎,你这个鸟人,干吗这样看着我?"

　　他这样说话大概就是故意要惹怒纳赫曼。可纳赫曼只是吃惊地眨了眨眼睛。雅各布使用这个犹太语的词——"鸟人"——骂他,暗示他是同性恋,喜欢男人而不是女人。

---

①　土耳其语,意为主人、兄长、首领,是奥斯曼帝国对文武百官长官的敬称。

雅各布感到非常满意,因为他让纳赫曼感到尴尬,于是张大嘴笑着。

过了一会儿,他们都在努力寻找一种共同语言。雅各布开始用这里的犹太人普遍说的拉迪诺语[①]跟纳赫曼说话,纳赫曼当然什么也听不懂,于是他就用希伯来语回答,但是他们俩都没有在街上用神圣的语言交谈过,所以都结结巴巴的。于是纳赫曼改用意第绪语说,而雅各布用意第绪语说话时会发出某种怪声怪调,于是转用土耳其语跟他说话。雅各布的土耳其语说得非常流利,很开心,好像突然找到了自己的根基,而纳赫曼却觉得很不自在,很难堪。结果他们又开始用一种混杂的语言说话,不用操心单词的起源。单词不像贵族,不需要追溯它的谱系来源;单词就是商人,一会儿在这里,一会儿在那里,快速且有效。

人们喝咖啡的地方叫什么?叫"咖啡馆",对吧?而来自南部的土耳其人,个头不高,但肌肉发达;他们把从集市买来的商品带回家,被称为是"搬运工"。此外,白天雅各布经常去的那个经营石头的市场就被称为"精品宝石厅",不对吗?雅各布笑了,露出了一口漂亮的牙齿。

杂记。关于我们在犹太历5511年
在士麦拿所做的事情,
我们是如何遇见了莫里夫达
以及关于精神就像一根针,在世界上开了一个洞的故事

我把伊索哈尔教给我们的东西深刻地铭记在心里。他说,一共有

[①] 又称作犹太西班牙语,是一种源自中世纪西班牙语的罗曼语。

四种类型的读者：一种是海绵型读者，一种是漏斗型读者，一种是滤盆型读者，还有筛子型读者。海绵型读者能随时吸收一切东西；很明显，能记住很多，但不会筛选最重要的东西。漏斗型读者能接收来自一端的东西，而读过的所有内容都会从漏斗的另一端流走。滤盆型读者滤过了葡萄酒，留下了残渣；这种类型的人根本不需要阅读任何东西，最好是去当手工艺匠人。筛子型读者会将谷粒和颖壳分开，以筛选出最佳的种子。

"我特别希望你们能像筛子那样，不要留住那些不好的和无聊的东西。"伊索哈尔对我们说。

多亏了布拉格的熟人和莫尔德克先生给予我们的良好评价，我们都留了下来——这是我们的幸运——两个人都有了工作。我们帮助三位一体派赎回被土耳其人俘虏的天主教囚徒，我们也因此获得了可观的收入。我们取代了一个因发烧突然死亡的犹太人的位置，因为必须迅速占领这个位置。我们的任务是，于天主教修士们在士麦拿逗留期间给他们提供支持；因为那时我已经能够流利地说土耳其语，波兰语我也说得相当不错，他们还让我当翻译，因此在很短时间内，正如土耳其人所说的那样，我成了德拉戈曼[①]，即他们的专职翻译。

赎回行动是在港口进行的，三位一体派的人进入了关押囚犯的临时牢房，并与他们谈话，了解他们来自哪里，是否有家人，家人是否可以负担赎回他们的费用，是否有能力偿还三位一体派教团兄弟的赎金。

[①] 中东地区指代口译员、翻译、官方向导的称谓。他们必须熟练掌握阿拉伯语、波斯语、土耳其语等。——编者注

有时还会发生一些有趣的故事。例如，有一个来自利沃夫的农民，她叫扎波罗夫斯卡，她的小儿子就出生在牢房里，名字叫伊斯玛伊尔。这个女人坚称自己不会放弃对穆罕默德的信仰并且表示不给儿子施洗，她成了三位一体派教团兄弟难啃的一根骨头。她差点毁掉了这笔交易。

在三位一体派中还有一名翻译也在为他们工作，这个人立即引起了我的注意，因为我听到他与别人用波兰语交谈，尽管他身穿土耳其服装。他的头发颜色因被阳光暴晒而变得很浅；他留着修剪得很短的胡须，个子不高，但长得很壮，一身肌肉——应该说，长得不仅健壮而且肌肉丰满。我偷眼看了看他，但并没有想打扰他，因为没有机会接近他。有一次我发现，他正在试图为一些从小波兰地区来这里的人当翻译，这些人来到这里主要是为了赎回自己的亲戚。那时他走到我跟前，拍着我的后背，朋友般地使劲握了握我的手说："你是从哪里来的？"他单刀直入地问我，给我留下了深刻的印象，因为从来没有一个贵族如此热情地对待我。之后他用流利的希伯来语，还用意第绪语，也就是用我们自己的语言跟我交流。他的声音很雄厚，很适合发表演讲。我那时大概做了一个很傻的表情，为此他大声笑了起来，头向后仰着，我几乎看到了他的嗓子眼儿。

他来到士麦拿做一些神秘的生意，他不愿意说这些，只是说，他是希腊海中某个岛屿的王子，岛屿的名字与他的相同——莫里夫达。但他谈到这一点时，仿佛是向我们抛出了一根钓鱼竿——我们能相信他吗？会被他的鱼竿钓住吗？他说这话的时候，好像自己也不相信自己所说的话，好像他还有其他几个比较真实的版本一样。尽管这样，我们还是互相有好感的。他像父亲那样对待我，尽管他比我只大几岁。他向我们询问了波兰的情况，我跟他说了一些很平常的事，但看得出来他非常高兴。我给他讲贵族的穿着打扮,贵族们在利沃夫都做些什么,开什么样的商店,能不能喝到好的咖啡,犹太人都做什么样的买卖,而亚美尼亚人做什么生意,他们吃什么,喝什么样的烈性酒。说实话,我自己也不太了解波兰人的生活习性。我还描述了克拉科夫和利沃夫这两座城市,特别详尽地描述了洛哈特恩、卡缅涅茨和我的家乡小城布斯克。我必须承认,我们两个远离家乡的游子都无法摆脱突然袭上心头的乡愁。但我觉得,莫里夫达已经很久没有看到自己的家了,因为他总会问一些关于家乡的无关紧要的奇怪问题。与之相反,他讲述了自己在海上的冒险经历和与海盗相遇的经历,还描述了在海上的战斗,这甚至吸引了那些身穿白色大袍、戴着十字架的三位一体派的人,他们也蹲在我旁边听他讲述。他跟那些三位一体派的兄弟用波兰语交流(那时我还不能完全听懂他用波兰语讲述的内容)。看得出来,他们对他的评价特别高,把他当作一个特殊人物来对待,也就是把他当作贵族那样来对待。他们称他是"克萨科夫斯基伯爵",这让我突然屏住呼吸,因为我从来没有这么近距离地见过伯爵,也没有见过如此奇怪的伯爵。

我们认识莫里夫达的时间越长,我们就越加敬佩他。他不仅能流利地说希伯来语,还能用希伯来语阅读,与此同时他还懂得数秘术的基础!他很快展示出了自己远远超出普通人视野的知识。他不仅能流利地说希腊语,还精通土耳其语,甚至能用土耳其语开收据。

有一天,来自尼科波尔的托瓦出现在伊索哈尔这里,那时我们还不认识他,但我们久仰他的大名,也看过他写的一些书和诗歌。他是个低调谦虚、不张扬的人。无论他走到哪里,他十三岁的儿子都会陪伴在他身边,小家伙长得特别标致,人们一见到他,就会觉得,他是一个天使在护卫圣贤。

随着他的到来开始的各种辩论把我们带进了一个完全不同的研究领域。

伊索哈尔说：

"已经无须再期待发生什么重大的事件——日食或洪水。救赎的奇异过程就发生在这里。"他拍了拍自己的胸脯，他的胸中发出轰鸣，"我们从最深的谷底爬出来，而他也在不断地起落，不断地与邪恶势力做斗争，与黑暗的魔鬼做斗争。我们将自我解放，我们将获得内心的自由，即使我们在这里，在这个世界上可能会成为奴隶……只有自由之时，我们才能令舍金纳从灰烬中升起，我们是深奥教义的受托人，我们是真正的信徒。"

我非常高兴地把这些话一一记了下来。就应该这样理解沙巴泰·泽维的举动。他选择了内心的自由，而不是在这个世界上的自由。因此他改信了伊斯兰教，以便忠实于自己的救赎使命。而我们，这些蠢人，却期待他能与成千上万的举着金盾的士兵一起出现在苏丹的官殿前。我们就像孩童那样，期盼着神奇的玩具，像思维局限的人们期盼着幻觉和魔法。

我们中有些人认为上帝是通过外部的事件与我们对话的，这是错的，他们像孩子一样天真。上帝其实是在我们的灵魂深处直接与我们低声交谈的。

"这是一个巨大的谜，一个非凡的秘密。那个被打入最黑暗的深渊之底的人，将会成为我们的救世主。现在我们等着他的归来；他将会以各种不同的形象回归，直到这个秘密以一种形式成真——当上帝进入人身，当一切依附于上帝，就会迎来三位一体的统治。"伊索哈尔轻声地说出了"三位一体"这个词，为的是不要激怒那些人，他们

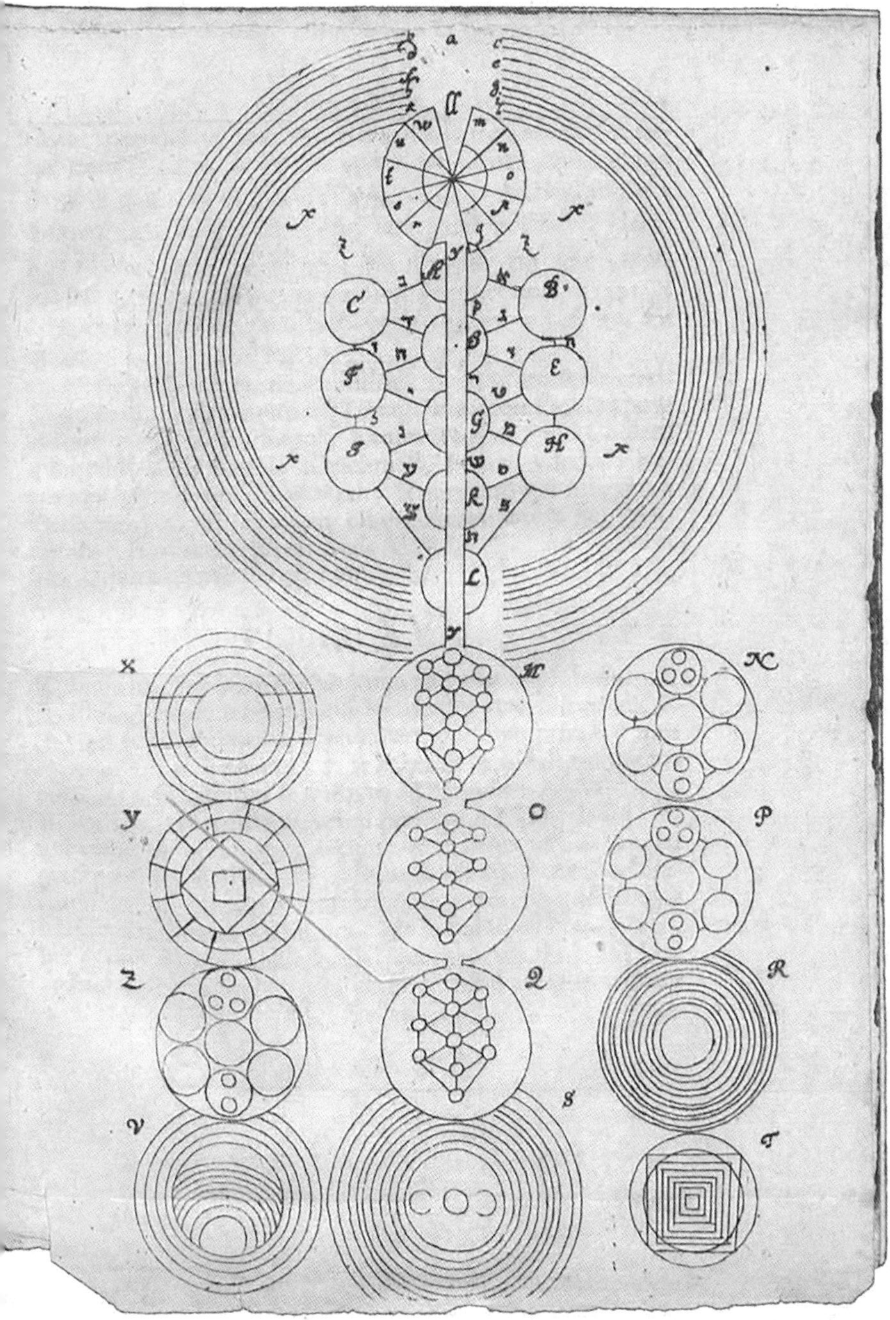
a
X
Y
Z
V
M
N
O
P
Q
R
S
T

认为弥赛亚过于弱小,且过于服从基督教。但难道不是每个宗教都有自己的真理性吗?在每个宗教中,即使是最野蛮的宗教,也都闪耀着某种神性的火花。

那时莫尔德克先生从烟雾中现身了:

"也许弥赛亚已经给我们做出了榜样,就是让我们跟随他走进黑暗?很多西班牙人都接受了以东①人的信仰。"

"上帝呀!"托瓦表示反对,"我们这些微不足道的人是无法效仿弥赛亚的。只有弥赛亚才能走进泥潭和邪恶之中,全身心地投身其中,并能一尘不染地、完美无瑕地走出泥潭。"

托瓦认为,不应太过于亲近基督教。之后当我们与其他人激动地争论三位一体时,他说,基督教关于三位一体的学说是对神圣奥秘已经过时的理解,今天早已无人记得了。它只是一道苍白的阴影,充满了错误。

他警告说:"请远离三位一体。"

这个画面深深地印在我的脑海里:三个成年的、蓄着胡子的男子,在颤抖的橄榄油灯光的笼罩下,整个晚上都在讨论关于弥赛亚的事情。每一封来自阿尔托纳②或者塞萨洛尼基、摩拉维亚、利沃夫、克拉科夫,来自伊斯坦布尔或者索菲亚的信都能成为我们彻夜不眠的原因。在士麦拿共处的那段时间里,我们的思想变得更加一致。伊索哈尔给人的感觉最沉稳,而托瓦给人的感觉最愤世嫉俗,我必须承认,我一直在躲避他的那双总是愤怒的眼睛。

---

① 以东是一个古代王国,以东人是以扫的后裔。中世纪的欧洲,犹太人常用"以东"指代基督教。——编者注
② 现德国汉堡市的一部分,位于易北河北岸。

是的，我们知道，自从他——沙巴泰·泽维——来了以后，世界展现出了一副不同的、死气沉沉的面孔，尽管表面看上去好像还是老样子，但世界与以前相比迥然不同。老的法典已不再适用，我们在童年时代自信地遵循的戒律已经不再具有任何意义。《妥拉》似乎还是那个法典，字面上没有发生任何改变，没有任何人重新排列其字母，但我们已经不能再以旧的方式去阅读它了。我们看到并了解到，在旧的词汇中出现了全新的含义。

有谁在这个被救赎的世界里还坚持用旧的法典，那么这个人尊崇的就是腐烂的世界和僵硬的法律，就是罪孽深重的人。

弥赛亚还处于痛苦的旅程中，在从内部摧毁虚空世界的同时，还要将无效的法律粉碎成尘埃。因此必须毁掉旧的秩序，让新的秩序来统治。

不正是因为教义和著作没有清楚地告诉我们这一切，为此以色列走向世界各地，甚至到地球最远的地方、最深的深渊去收集世界上所有的圣洁火花吗？难道来自加沙的拿单没教会我们，有时这些火花隐藏得如此之深，就像掉落在粪便中的珠宝一样可悲吗？在修补世界最困难的时刻，没有人知道如何能够找回这些神圣的火花。只有唯一的那个人，他能潜入罪恶与邪恶的深处，去找回圣洁的火花。因此必须有一个像沙巴泰·泽维这样的人，去接受伊斯兰教。他不得不背叛我们所有人，为的是避免我们再去做这样的事。许多人理解不了这一点。但我们从以赛亚那里得知——正如预言所说的那样，弥赛亚必须被自己人和陌生人抛弃，别无他法。

托瓦正准备离开。他买了很多用中国船运到这里的丝绸，还有那些用纸和锯末包装得很好的中国瓷器。他还买了印度生产的各种精油。他还去集市，亲自为自己的妻子和他最心爱的女儿哈娜选了礼品。那时我第一次听说他有女儿,但并不知道围绕他这个女儿还有很多故事。他看上了一条用金丝线绣的披肩和一双绣花拖鞋。在他休息时,我们去找了他,那时他已经派了自己的助手去海关办理手续,因为几天后他就要上路回去了。为此,每个在北方有家眷的人都赶着写信,并包装好各种东西,以便委托托瓦的商队经过多瑙河,经过保加利亚的尼科波尔,再经过罗马尼亚的久尔久,再往远走,把这些东西捎到波兰。

我们坐在他旁边,莫尔德克不知从哪里弄来了一瓶上好的葡萄酒。两杯酒下肚之后,托瓦的表情变得松弛了许多。他的脸上显现出孩童般天真的表情,眉毛往上翘着,脑门上有很多皱纹。那时我就在想,直到现在我才看到这位智者的真面貌,因为托瓦一直紧绷着脸。我是一个不胜酒力的人,很快就上头了。莫尔德克先生开始跟他开玩笑:"拥有自己的葡萄园而没有酒量是一种什么感觉?"但我们此次拜访他另有原因。我感觉好像又回到了以前我们给年轻人介绍对象的时候。我们这次说的是关于雅各布的事情。开始我们跟他说,雅各布与来自希腊塞萨洛尼基的犹太人经常在一起,他们很喜欢巴鲁赫吉的儿子科尼亚,而托瓦也很喜欢他们,他自己也愿意跟他们交往。但我和莫尔德克先生,我们两个人非常执着,总是想把他拉回到我们想说的话题上。于是托瓦说我们是"从波兰来的"两个十分执着的人。我们就像螺旋一样,看似在偏移,但马上又以不同的形式回到了原地。在东拉西扯的闲谈之后,我们每次都能回到关于雅各布的话题上。我们想干什么?我们想促使雅各布跟托瓦的女儿成婚,以此让雅各布变成受人尊敬的人物。没人会在乎一个未婚的成年犹太男人,人们永远不会认真对待他们。还有什么?在我们的脑海里诞生了怎样奇迹般的想法?这是一个大胆的构想,或许是很危险的想法,但我突然看到了这个想法的全部,我认为这是一个绝妙的想法。我好像已经明白了,我们为什么要做这一切——我与莫尔德克先生的旅行、我们的学习都是为了什么。或许就是这葡萄酒让我的大脑松弛下来了,因为一切突然变得对我来说十分清晰了。当我话音刚落,莫尔德克先生就说:

"我们想促成雅各布与你女儿的婚事,之后他将作为使者去波兰。"

我们就是这样想的。奇怪的是,托瓦听完我们的话,没有做出任何反应,听到雅各布的名字,就像听到了别的普通人的名字那样平常。

于是我们派人去叫雅各布,过了好久他才来,随他来的还有一帮与他同龄的男孩和一群土耳其男孩。那些人留在了小广场的另一端,雅各布有点胆怯地站在我们面前。我清楚地记得,当看到他的时候,我浑身开始颤抖,我体验到了一种前所未有的爱。雅各布的眼中放着光,他有些激动,但努力遏制着自己讥讽的微笑。

"如果你——莫尔德克,你——托瓦,还有你——纳赫曼,都是这个时代的智者,"他夸张地说着,"那就请你们把金属变成金子,那时我才会认为,你们就是神圣的使者。"

我那时不知道,他是在开玩笑,还是严肃地说出这话的。

"坐下吧,"莫尔德克先生很严厉地对他说,"这个奇迹只有弥赛亚才能完成。你应该非常清楚这一点。我们已经谈论过这个话题了。"

"而那个弥赛亚,他现在在哪儿?"

"怎么,难道你不知道吗?"莫尔德克先生斜视着他,并用讥讽的语调说,"你一直不停地在追随着他。"

"现在弥赛亚在塞萨洛尼基,"托瓦平静地说,他酒后吐出了真言,"沙巴泰·泽维死后,他神圣的灵魂传到了巴鲁赫吉(让他的名字保佑我们吧!)身上。"他沉默了一会儿,然后好像是挑衅似的补充说:"现在人们都说,他的灵魂进入了巴鲁赫吉儿子科尼亚的身体中。人们说,他就是弥赛亚。"

雅各布不再板着脸，他张大嘴笑了，我们所有人都松了一口气，因为我们本来不知道这谈话要往哪个方向进行。

"如果你们都这样说，我会追随他而去。"过了一会儿，雅各布说，"我一定会全心全意地为他服务。如果他愿意让我为他劈柴，那我就会为他劈柴。如果他命令我为他打水，那我就会为他打水。如果他需要什么人去为他战斗，那我就会为他去冲锋陷阵。你们说吧，需要我做什么。"

在《密释纳》第二卷第十二章中写道："人们的悲哀，就是看见了什么而又不清楚自己看见了什么。"但我们看见并理解了我们所看到的事情。这是发生在同一天晚上的事情。雅各布先是站在莫尔德克先生面前，莫尔德克一边祈祷一边引用着最有力量的词语。他一遍遍地触摸着雅各布的嘴唇、眼睛和眉毛，然后把草药抹在了他的额头上，直至雅各布的眼睛变得晶莹剔透，安静顺从地站在那里。我们脱去了他的衣服，只留下了一盏灯的火焰。之后我用颤抖的声音开始唱这首歌，这是一首大家都很熟悉的歌曲，但这首歌现在却有了完全不同的含义，我们不再请求神灵降临，不再像通常那样，每天都会请求改善这个世界，拯救我们的灵魂。现在我们请求，要让神灵真正走进我们面前这个可见的、裸露着的肌体之中，走进这个男人，我们这个兄弟的身体。我们非常了解，但与此同时我们又非常不了解这个人。我们将他交给了神灵，检验他是否适合，是否可以承受这样的冲击。我们没有请求安慰自己的心灵，而是请求采取行动，让神灵进入我们这个黑暗、肮脏和阴郁的世界。我们像放置诱饵一样把雅各布放在那里，就像把被打晕的羔羊暴露在狼面前那样。我们的声音越来越响亮，最终变得非常尖细，好像我们都变成了女人。托瓦一前一后地摇晃着，我觉得自己有点恶心，好像吞下了某种腐烂的食物，觉得马上就会晕过去。只有莫尔德克先生平静地站在那里，眼睛仰望着天花板上面的一个小天窗。也许他意识到，神灵将从那扇小天窗降下。

"神灵像被困在洞穴中的狼一样在我们周围移动。"我说，"它寻找最小的洞，以便能钻到里面去，进入那些生活在阴影世界中的，只能发着微光的人的身体里去。它嗅闻着、检索着每一个裂缝、每一个孔，能感受我们的内心。它像一个被欲望支配的情人那样盘旋着，想用光来填充这些脆弱的生命——就像是生长在地下的蘑菇。而人们，这些弱小、脆弱、迷失的生物，给它留下了一些印记。他们用橄榄油在石头上留下痕迹，在树皮、门框上留下标记，并在额头上留下油迹，以便灵魂可以更好地渗透进去。"

"为何神灵那么喜欢橄榄油？到处抹橄榄油的习惯是怎么来的？难道是为了使它进入的时候变得十分光滑并放松吗？"雅各布提问道，结果所有的学生都爆发出大笑。我也是，因为这问得太大胆了，甚至还问得非常巧妙。

一切都发生得这样突兀。雅各布的阴茎突然勃起，而他浑身都被汗水湿透了。他奇怪地瞪大眼睛，好像眼睛什么也看不见，发出怪异的叫声。然后他恍若被人突然推倒在地上，他蜷曲着身子，整个身体都在不停颤抖。我的第一个本能反应是向他身边迈近了一步，以便去救他，结果我出乎意料地被莫尔德克先生一双强有力的手拦住了。过了一会儿，从雅各布的身子下面慢慢流出了一股尿。我很难形容这个场面。

我永远不会忘记我在那里看到的这一切，此后再也没有见过如此真实的场面。这也许能够证明，我们这个尘世的、肉身的、物质的现实世界与我们的灵魂世界相隔多么遥远。

第九章

关于在尼科波尔举办的婚礼，
华盖下的秘密
以及作为陌生人的优势

从十八世纪中叶的地图上看，一眼就能看清土耳其占领的那些地域，是城市比较稀疏的一些地区。大多数定居点都是沿河而建的，主要是沿着多瑙河建的，从地图上看，它们就像是蜱虫进入血管，正在吮吸血的状态。水在这里占了主导地位——水似乎无处不在。土耳其帝国从德涅斯特河往北延伸，沿着黑海海岸向东发展，伸展到土耳其的南边和以色列大地，再往远处一直扩展到地中海周围。它几乎把地中海都包围住了。

如果有可能在这个地图上标记出人类活动的话，就能看出那些漂泊的人们留下的喧闹庞杂的痕迹，令人眼花缭乱。他们所走的路线呈"之"字形、扭卷的螺旋形、镰刀式的半椭圆形——这些人远行的目的，是出去做生意、朝拜、商队远征、探望家人、逃生以及解乡愁。

这其中包含很多坏人，还有很多残忍无比的人。他们在驿站旁摊开羊毛地毯，在地毯旁边的地上插上长矛——这就是在示意，必须在那里留下买路钱，尽管你根本不知道勒索者是谁。如果你不愿留下买路钱，那么就会受到从灌木丛方向飞出的标枪的射击。之后强盗们会从那里冲出来，用剑将你碎尸万段。

但各种危险并没有让那些漂泊者停下脚步。他们的马驮着大包大包的棉花继续往前走。一家一家的人乘坐着马车去探望自己的亲戚。他们是一帮盲目信神的人、一帮流离失所的人、一帮头脑发疯的人，他们已经经历了太多，对一切都已经麻木了，也不在乎向强盗们进贡贡品了。还有苏丹的官员们，缓慢而懒散地收取着丰厚的税，然后分给自己和亲信。他们给自己的后宫留下食物后继续前行，身后留下精油和香水的气味。牧羊人赶着牛群继续往南走。

尼科波尔是一座不大的城市，位于多瑙河南岸，这里有通往瓦拉几亚小城图尔诺的轮渡，那里号称是大尼科波尔，位于宽阔的多瑙河水的另一边。只要有人想从南边往北边走，就必须在这里停留，卖掉自己带来的部分商品或者交换其他商品。因此小城里总是车水马龙，门庭若市，买卖很兴隆。在这里，在尼科波尔，犹太人操着自己的方言拉迪诺语；这是他们从西班牙流浪到这里时自带的语言，在流浪的路上他们又吸收了新的词汇，语调有些变化，最终形成了这样一种特殊的语言——巴尔干半岛塞法尔迪犹太人的语言。有些人恶意地说，他们的语言就是空洞的西班牙语。怎么能说是空洞的语言呢？其实这真的是一种非常美的语言。在这里的所有人都会用这种语言交流，尽管有时也会转用土耳其语交流。雅各布从小在瓦拉几亚长大，因此他也精通拉迪诺语。但婚礼的证婚人，即来自布拉格的莫尔德克先生、来自布斯克的纳赫曼，他们甚至都没有尝试用拉迪诺语中的哪怕一个词汇，他们更愿意说希伯来语和土耳其语。

婚礼从犹太历的5512年以禄月24日，也就是公元1752年的6月6日开始，一共持续了七天。新娘的父亲托瓦为了举办这次婚礼筹借了一大笔钱，现在他正发愁，因为这笔钱可能会使他陷入财政困难，而且最近他做什么事都不顺。嫁妆少得可怜，可新娘非常漂亮，而且一直深情地凝视着自己的丈夫。这不足为奇，雅各布精神昂扬、风趣幽默，还有着鹿一样的身材。第一晚他就感受到了销魂陶醉的美感，至少新郎夸口说，他一夜连续干了几次。没有人问过新娘。在年长她十二岁的丈夫闯入她在花床上昏昏欲睡的身体时，她感到十分惊讶，她疑惑地看着母亲和姐妹们的眼睛，在心里发问：事情就应该是这样吗？

作为已婚女人她得到了一身新衣服，这是一身土耳其服装——用柔软的布料做的长袍，上面绣着玫瑰花；用宝石装饰的土耳其束腰外衣；还有一条漂亮的羊绒披肩，因为太热了，现在她把披肩放在栏杆上。

丈夫送给她的项链非常珍贵，她把它珍藏在首饰盒里。哈娜还有份非常独特的嫁妆，那就是家庭的信誉、兄弟们的聪颖坚韧、父亲撰写的很多书籍，还有葡萄牙血统的母亲。雅各布非常欣赏哈雅在沉睡中的美丽与温柔，因为他习惯在周围看到的都是些虽然苗条，但十分挑剔和粗暴无礼的刚强女人，就像那些来自波多利亚的犹太女人，包括他的祖母、他的姐妹和表姐妹，或者是那些成熟的寡妇，他很愿意受到她们的宠爱。而哈娜却温柔得像只小鹿。为了爱情她能为他奉献一切，根本不为自己着想。现在他就要教会她这些乐趣。她用惊讶的眼神看着他，这更让雅各布激情焕发。她专心致志地凝视着他，好像他是一匹作为礼物送给她的好马一样。雅各布闭上眼睛休息，她就在那里温柔地掰着他的手指，抚摸着他手指的皮肤，观察天花在他脸上留下的一个个疤痕，用手指卷起他的胡须，最后鼓起勇气，惊讶地看着他的生殖器。

这是一个被踩踏得乱七八糟的花园，篱笆也都翻倒了。跳舞的人们都跑到外面去乘凉，回到屋里面的时候，就会把外面的沙子都带进屋子里，并把婚礼的故事带到铺着地毯和随便乱扔着枕头、到处都是沙土的地板上。尽管妇女们从早开始就不停忙碌着，但仍有很多尚未清洗完的脏盘子，果园里到处都是尿臊味。猫和鸟争抢着吃残羹剩饭，持续多天的宴席上剩下的骨头都被啃得干干净净。纳赫曼头很疼，大概是喝了过多的尼科波尔葡萄酒的缘故。他躺在一棵大榕树的阴凉下面，看着哈娜，而她——这个刚刚出嫁的年轻的新婚女子——正在用棍子捅房屋墙壁上的黄蜂巢。这立即给她自己和所有人造成了极大的麻烦，弄得人们不得不到处乱跑。后来她非常气愤，因为婚礼刚刚结束，他们这些人马上就走。她刚想看一眼自己的丈夫，可他也早已经跑远了。

纳赫曼假装睡着了，眯着眼偷偷看着哈娜。他大概很不喜欢她。他觉得她很乏味。这个走入雅各布生活的女人是怎样的一个人？他不知道如果他想在自己的手稿中描写她，他会怎样去描述。他不晓得她是聪颖还是愚笨，活泼还是喜怒无常，她是容易生气，还是相反——温文尔雅、性情温和。他不知道这个长着圆脸、绿眼睛的姑娘怎么就已经嫁人为妻了。在这里他们没有给她剪出嫁女人的发型，因此他能看到她的头发非常茂密美丽，深棕色，像咖啡的颜色一样深。她的手很小，手指纤细修长，臀部丰满，看上去根本不像一个十四岁的女子，而更像是二十岁的少妇。因此就应该这样描写她：她既漂亮又丰满。这就够了。而在几天前，当他看到她时，她好像还是个孩子。

他也观察着哈娜的双胞胎弟弟哈伊姆——看得出来，他们之间有很多令人不敢相信的相似之处。哈伊姆长得比较瘦小，精力充沛，脸呈椭圆形，蓬乱的孩童式头发长至肩膀。他身材非常消瘦，所以看上去更年轻。他反应敏捷，总是挑衅似的微笑着。父亲把他定为自己的接班人。目前兄弟姐妹们正要分离，这并非易事。哈伊姆想跟他们一起去克拉约瓦，但父亲这里需要他，又或许是对他有些不放心。女儿们都已经准备好了有一天会出嫁，从一开始她们就知道早晚会离开家，就像想方设法积攒的钱，在适当的时候总要偿还给世界。等哈娜的气消了，几乎忘了自己已为人妻，她来到自己兄弟的房间，和他在那里低声嘀咕着什么，他们两个人黑色的脑袋靠在一起。这是一个很美好的画面，不仅仅是对纳赫曼来说，他注意到每个人都非常喜欢这种双重画面——只有当兄弟姐妹在一起时，他们才是完整的。难道人不应该就是这样的双重人吗？如果每个人都有一个不同性别的双胞胎手足，那会是什么样子？那时可能就不需要用语言交流了。

他又注视着雅各布，他觉得，自打结婚以后，雅各布的眼睛好像被蒙上了一层膜；也许是因为劳累，是敬酒太多造成的后果。他犀利的目光、讽刺的目光去哪里了？人们不总是在躲避他的这种目光吗？现在他把两手放在头的上方——这里没有外人，他很放松——宽大的衣袖滑到他的肩膀上，露出了腋窝，浓密的、深色的毛发也都暴露无遗。

岳父托瓦小声对着雅各布的耳朵说着什么，还把手搭在雅各布的后背上。让人不禁纳闷——纳赫曼恶狠狠地想——是不是托瓦跟雅各布结婚了，而不是哈娜嫁给他了。哈娜的兄弟哈伊姆很会与人打交道，但他对雅各布很回避。每当雅各布想引起他注意时，他就沉默不语或者想办法逃脱。不知为何，大人们觉得这很好笑。

莫尔德克先生还待在屋子里，因为他不喜欢晒太阳。他背靠着枕头坐在屋子里，吸着自己的烟斗，懒洋洋地、慢慢地享受着吐出的每一口烟雾，冥想着，拿着放大镜，用敏锐的眼睛看着那些字母的排序，思考着在世界上发生的每一个具体事件。纳赫曼知道，他在等待，并随时保持着警惕，以便自己眼睛所看到的一切都能变成现实，甚至当他没有在看什么东西的时候也是一样。

在华盖下，托瓦对雅各布说了些什么，几个词语或是一句话——他这句话的开始与结尾绕进了智者茂密的胡须中。雅各布不得不倾身靠向岳父这边，过了一会儿，在雅各布的脸上显出了惊喜和震惊的表情。之后雅各布的表情凝固了，好像在竭力控制自己，不要露出怪相。

客人们打探着新郎的事情，想再听一遍这个故事，莫尔德克先生与他们坐在一起，非常愿意再分享这个故事。他吞云吐雾，就这样讲述着，纳赫曼·本·莱维和他是怎么把雅各布介绍给托瓦的故事：

"'这就是我们给你女儿找到的夫君。'我们说，'唯有他行。''为什么是他呢？'托瓦问。我说：'他是个特殊的人物，她嫁给他才能获得无上的荣耀。你看看他，难道你看不出吗？他是一个伟大的人物。'"莫尔德克先生吞吐着烟斗的烟雾，烟雾中弥漫着士麦拿、伊斯坦布尔的香味。"不过托瓦还在犹豫。他问：'这个来自布斯克的长着一脸麻子的小伙子是谁？他父母来自哪里？'于是我，莫尔德克先生，以及坐在这里的来自布斯克的纳赫曼给他做了耐心的解释，告诉他：雅各布的父亲是非常著名的拉比，叫耶乎达·莱伊布·布赫宾戴尔；他的母亲来自热舒夫，叫拉海尔，出身名门望族，是哈伊姆·玛拉哈的亲戚；他的表姐嫁给了来自摩拉维亚的多布鲁什卡，他是莱伊贝尔·普洛斯尼扎的曾孙子。家里无任何人患过精神病，也没有任何残疾。灵魂只与被精心挑选出来的人打交道。是啊，如果托瓦的妻子还在，他可以去听听她的建议，可惜，她已经不在人世了。"

莫尔德克先生沉默了一会儿，后来想起来什么便接着说：托瓦的犹豫不决让他们两人很着急，他们懂得，商人的犹豫是担心损失贵重的商品，但他们说的可是雅各布啊！

纳赫曼一边用一只耳朵听着莫尔德克先生说话,一边从远处观察着雅各布,此时雅各布正在跟岳父用小咖啡杯享用着咖啡。雅各布低着头,看着自己的鞋。高温使两个男人的谈话难以扣题,他们的谈话沉重而缓慢。雅各布没有脱去土耳其服饰,头上戴着新的、浅色的特本头巾,也就是他在婚礼上戴的那条头巾,颜色很像无花果叶子,很好看。纳赫曼看见他脚上蹬的是一双土耳其式的、鞋尖向上翘的染色山羊皮鞋;之后看见两个男人同时举起了小杯子,一口气喝干了杯子里的咖啡。

纳赫曼非常清楚,这个雅各布就是那个**雅各布**,因为当他像现在这样从远处观察他,而他却没有意识到的时候,他感觉到心脏周围产生出一种无形的压力,宛若有一只无形的、又湿又热的大手紧紧抓着他。这种压力让他感觉很好也很平静,但也很悲哀。他眼里噙着泪水。他可以就这样一直看下去,看下去。还需要什么证明呢?毕竟是心在说话。

雅各布突然开始用与过去完全不同的方式介绍自己:不是杨凯尔·莱伊波维奇,而是雅各布·弗兰克。是的,这里的人把来自西部的犹太人称为弗兰克,他就这样称呼他的岳父和妻子。弗兰克,或弗伦克,就是外来人的意思。纳赫曼知道,雅各布很喜欢这一点,因为作为外来人,就意味着他们要经常变换自己的住处。他曾对纳赫曼说,他最喜欢去新的地方住,因为那时世界就又重新开始了。外来人就意味着是自由的人,身后留有广阔的空间——草原和沙漠;月亮在你身后宛如摇篮;身后还有蝉的轰鸣,空气中充满着各种瓜皮的气味。每当夜幕降临,当天空变成一片火红时,蜣螂就会发出沙沙声,走进沙子掠食。你会有一个自己的故事,而不是与众人相同的故事,在身后留下一个用自己走过的路写成的故事。

不管走到哪里都觉得自己是过客，只在一个地方短暂定居。不需要建什么花园，但一定要享受葡萄美酒，同时又不需要拥有葡萄酒庄。不需要懂语言，只需懂得看人们的手势和表情，看人们的眼神和脸上似云的阴影掠过的情绪就行。从一开始就学习别人的发音，每到一处就学一点，对词汇做些比较并从中找到类似的规律就行。

一定要注意保持这种外来人的状态，因为它可以给你带来巨大的力量。

雅各布对他说过一件事，似乎是玩笑话，又似乎是傻话，说的都是很模糊的东西，但深深印刻在了纳赫曼的记忆里。因为这就是雅各布给他上的第一课，尽管他自己当时尚未意识到这一点。这一课就是：必须每天都练习怎么说"不"。这是什么意思？纳赫曼对自己说，他会向雅各布追问。但是在什么时候呢？已经没有时间了。现在他很郁闷，并且很焦虑，也许这是葡萄酒闹的？他自己也不知道，从什么时候开始他从老师变成了雅各布的同辈，然后现在又不知不觉地变成了他的学生。是雅各布让这一切发生的。

雅各布从来不用智者们的那种长长的、复杂的句子说话，因为他们的那些句子中会夹杂很多珍稀的词汇，还总是引经据典。雅各布会用很短的句子说话，意思很明确，就像是在市场上做交易的或赶车谋生的人那样。他总是爱开玩笑，但谁也不晓得，他说的是玩笑话，还是严肃的评判。他会直视你的眼睛，说出的话宛如射出的箭一般，然后等待着对方的反应。通常他凶猛的凝视不像是小鸟的凝视，而是像猎鹰、隼、兀鹫那样的凝视，这种凝视会使对手感到困惑。他们只能转过脸去，思绪混乱。有时候不知为什么，他还会在不经意间突然高声大笑，也只有在那时，周围的所有人才会感到轻松一些。有时他会表现得举止粗俗、傲慢无礼，还嘲讽别人。如果有什么人惹他不高兴时，他就会竖起眉毛，凝视的眼神就像一把尖刀。不要对他过于信任，因为他会开任何人的玩笑——纳赫曼看到过他这样对待别人，尽管他还从未用兀鹫般的眼睛瞪过纳赫曼。乍看上去雅各布似乎是自己人，并且与你平等相处，但是经过一段时间的交谈后，你就会觉出，他既不是他自己，也不与任何人相似。

新郎准备走了。耶乎达·莱维·本·托瓦，也就是雅各布的岳父在克拉约瓦给雅各布找到了一份不错的工作。这座较大的城市坐落于多瑙河畔，是连接南北方的大门。托瓦在那里有一个姐夫，生意做得很红火，他们会给他安排管理仓库的业务，也就是干些进货、发货和开发票的杂事。一个来自切尔诺夫策的叫奥斯曼的人统管着整个贸易网络，这个人足智多谋；人们都说，只要他一出手，一切都会变成黄金。黄金从波兰、摩拉维亚流出，人们购买他从土耳其进的货物，那可都是些北方罕见的稀有货物。为什么在波兰不能制作羊毛礼帽？他们为什么不编织地毯，不制作瓷器和玻璃制品呢？正因为那里不制作这些东西，所有的东西都靠引进，因此像奥斯曼这样的人就必须在边界穿梭；他们就像大地的盐一样，帮助维系世界的脉动。他的肚子很大，一身土耳其打扮。头上戴的特本头巾衬托着他被晒得黝黑的脸，看上去完全像是一个土耳其人。

莫尔德克先生留在了尼科波尔，因为他老了，也已经筋疲力尽。他需要软绵绵的枕头、干净的床单被褥。他已经完成了自己的使命；秘密已经都披露出来，雅各布已经结婚并播种，现在完全成长为一个成熟的男子。世界机器中的一个破损的齿轮被修复了。现在莫尔德克先生可以安心地躺在阴凉里，愉快地吸着自己的烟斗，享受喷云吐雾的生活了。

所有人明天都要与这里告别了。雅各布与哈娜年幼的表弟赫尔舍维·本·泽布一起，动身前去克拉约瓦，而纳赫曼将会回到波兰。他会把来自波多利亚、洛哈特恩、格林诺和布斯克的好消息带给那里的弟兄们，最后回到自己的家。想到这些，他心里就会夹杂着某种喜忧参半的复杂的情感。每个人都知道，能顺利回到家并非易事。

人们的辞行一直持续到午夜。男人们先安排妇女们去睡觉，然后他们关上门，喝着产自尼科波尔的葡萄酒，谈论着未来的计划，玩弄着桌上的面包屑，把它们弄碎，或者卷成小球。努森已经躺在棉花包上睡觉了，他闭上一只眼睛，但没注意到雅各布眯缝着眼睛，抚摸着纳赫曼的脸，而纳赫曼此时已经喝高了，把头埋在他的怀里。

凌晨，纳赫曼还没有完全清醒过来，就坐上了去布加勒斯特的马车；他把黄金缝在一件浅色的大衣里面，这是他在此次远行中赚到的所有的金子。他身上还带了十几瓶芦荟油，在波兰他将以高于进价几倍的价钱出售。在那件白羊毛大衣口袋的深处，还藏着他在尼科波尔集市上买的一块芳香的树脂。在马车上还有一包信件和一大包给妇女们买的各种礼品。泪水在他那长着雀斑的干裂的脸上流淌着，但在城市的某一拐弯处，他突然陷入了一种狂喜与陶醉，他觉得，他似乎正飞跃在一条通向太阳的岩石大道上，那时太阳刚刚升起，令他目眩。

他很幸运，因为在布加勒斯特，他加入了一个来自卡缅涅茨的商队，这些人是维莱什钦斯基、戴维德和姆拉多维奇——在那些马车的包装上都是这样的商标。货物散发着咖啡和烟草的味道。现在商队正在往北方行进。

过了大约三个星期，纳赫曼顺利地抵达了洛哈特恩。黄昏时分，他穿着脏兮兮的袜子和沾满尘土的浅色大衣站在了邵尔家的门前，这里正在准备婚礼。

在克拉约瓦：关于在节日的买卖
以及关于陷入樱桃困境的赫尔舍维

托瓦姐夫亚伯拉罕的仓库简直就是一个能领略到全世界各种千姿百态的商品的地方；他把东方各种最好的货品运到欧洲的各个角落。只要是布达[①]、维也纳、克拉科夫和利沃夫的各个宫殿需要的、流光溢彩的货品都会通过伊斯坦布尔的仓库运往北方。那里摆放着来自伊斯坦布尔的各种色泽鲜艳的布料，有的绣着金丝线，有的带红色条纹，还有红色的、绿色的、蓝色的，或是印有各种图案的布匹，都用大块布盖着，以防落上灰尘或被阳光晒掉色。旁边还放着用羊毛编织的、精美细腻的阿尔及利亚手工织毯，摸上去感觉像是织锦缎，边缘是流苏或者用金丝线手工制作的包边。柔软的精纺羊毛织物也都一匹匹地放在那里，颜色多种多样；在欧洲主要是用这种织物为男人缝制带丝绸衬里的大衣。

那里还有土耳其地毯、装饰绳、流苏、珍珠、纽扣、小小的装饰用武器以及漆盒——这都是赠送给风度翩翩、彬彬有礼的男人的上乘礼品；那里还有带画的扇子，是送给欧洲贵妇人的好礼品，同时还有各种烟斗和各种宝石，甚至还有各种甜食——哈尔瓦酥糖和土耳其软糖。来这个仓库的还有波斯尼亚人，这里的人称他们为希腊人，他们带来很多皮革制品，各种海绵、松软的毛巾，还有各式受欢迎的克尔曼披肩，上面绣着狮子和孔雀。那些卷着的土耳其地毯散发着异国他乡的特殊气味，这是一种陌生的、令人难以形容的、果园树木的花果香。

[①] 匈牙利王国曾经的首都，位于现在匈牙利首都布达佩斯的西部。

"苏卜哈纳拉①,"当商人们进到这个包罗万象的仓库时说,"色兰②。"

他们必须低头才能进来,因为入口门框很低矮。雅各布从来就不会坐在仓库的柜台里,而总是坐在桌边,上面放着茶水。他穿着贵重的土耳其服装——是他喜欢的蓝绿色的长衫——头戴深红色的土耳其帽。在开始做业务之前,他总是要先喝上两三杯茶。周围的商人都很想认识一下托瓦的这位女婿,于是雅各布总是会给大家讲一些什么,为此亚伯拉罕心里略感不快。不过因为雅各布的到来,亚伯拉罕的这个不大的仓库里总会聚集很多人。在这里他们做着各种宝石的生意和一些半成品的珠宝批发生意。那些用绳子穿好的各种大大小小的珠子、孔雀石和绿松石都挂在墙上钉的钩子上,这些五颜六色的、复杂的波浪线图案覆盖了整面石墙。那些特别贵重的珠宝首饰都放在带玻璃的金属柜子里。在那里可以欣赏到各种非常稀有贵重的珍珠。

雅各布总是对每一位到这里来的人鞠躬,以表示对他们的欢迎。自从雅各布来到这里工作以后,仅仅过了几天,亚伯拉罕的仓库就成了整个克拉约瓦生意最兴隆的地方。

在他们到了克拉约瓦几天之后,就是圣殿被毁日③。这是纪念圣殿被毁的日子,是既黑暗又沉重的时刻;世界为此放慢了脚步,仿佛整个世界都处在悲伤之中,并在悲伤之中摇摆不定。几十家犹太人都关闭了店门,闭门谢客。人们端坐在阴影中,阅读《耶利米哀歌》,铭

---

① 穆斯林赞念安拉用语,意思是"赞美安拉"。
② 穆斯林之间的问候语,意思是"愿平安降临于你"。
③ 犹太教一年一度的禁食日,纪念耶路撒冷第一圣殿和第二圣殿的被毁。这一天也是为了纪念发生在同一天的犹太人的其他灾难,包括公元 135 年,超过五十万犹太人被罗马人屠杀。

记他们的不幸。

这对亚伯拉罕来说是一件好事,他作为沙巴泰·泽维及其继承者巴鲁赫吉的忠实的信徒,会以不同的方式庆祝这个节日,他明白,在最后的一刻,一切都会以相反的方式行事。所以他认为这是一个欢快的节日。

巴鲁赫吉出生在沙巴泰·泽维去世后刚满九个月时,也就是在埃波月①的第九天,正如预料的那样!就是在这悲哀的一天,在圣殿被毁的这天。阿米拉赫,就像沙巴泰的名字那样,或者叫阿多聂·马可努·亚拉姆·霍多——我们的国王,最尊敬的陛下,他将被擢升——他回来了,并作为巴鲁赫吉生活在塞萨洛尼基。在犹太历的5476年,也就是公元1726年,他被认为是上帝的化身,此前在沙巴泰体内的舍金纳已经降临到他的体内。因此所有那些相信巴鲁赫吉的人,都会将悲哀的一天变成欢乐的一天,这让其他犹太人感到震惊不已。妇女们那天要洗头,并在八月的太阳下,在院子里把头发晒干;她们打扫房屋,用鲜花装饰房子,擦干净地板,以便欢迎弥赛亚进入这个整洁有序的世界。这个世界真的太可怕了,但总可以在这里或那里给这个世界做些清理。

因为光就诞生在这最糟糕、最黑暗的日子里。在哀伤和悲伤的最深处,蕴含着一点喜悦和圣洁——反之亦然。《以赛亚书》第六十一章第三节说:"赐华冠与锡安悲哀的人,代替灰尘,喜乐油代替悲哀,赞美衣代替忧伤之灵。"就这样,那些抹着各种油膏、穿着各式衣服和说着不同语言的顾客纷纷来到亚伯拉罕这里。雅各布和赫尔舍维都已经站到了柜台前。有谁来数数装有烟草的袋子,有多少袋烟草要装

---

① 犹太历中的一个月份,该月共有三十天,相当于公历七、八月间。

到马车上去？很多。谁将把这些货物发给来自弗罗茨瓦夫的商人们？这些商人支付现金，往往还都是大单子。

甚至那些仇视沙巴泰·泽维追随者的人，也都禁不住好奇，想进到里面来看看。他们不愿意从叛逆者手中接过酒杯。啊，啊，啊——他们害怕地惊叫。雅各布那时就变本加厉地吓唬他们。他觉得最好的办法就是问一个顾客，他口袋里揣着什么。

"什么也没有。"那个人困惑地说。

"那这些鸡蛋是怎么回事？偷来的吗？是从哪个摊位弄来的？"

"我哪有鸡蛋啊？"顾客惊讶地说，"你在说什么呀？"

雅各布大胆地把手伸进他的口袋里，掏出鸡蛋。人群里爆发出笑声，肇事者脸一下子变得通红，不知道说什么，这更令人感到可笑。雅各布装着要报复他，看上去一脸严肃，竖起眉毛，用自己的鹰眼盯着他：

"你为什么不付钱？你是个小偷吧？偷鸡蛋的小偷！"

过了一会儿，周围所有的人都跟着他一起说，那人是小偷，于是这个遭到指责的人自己也不得不跟着说，自己偷了鸡蛋，但不是故意偷的。那时他看见，雅各布轻轻地挑起一边的眉毛，一副得意的神情。过了一会儿，那人自己也开始狂笑，也许他能做的最好的事情就是接受这个事实。他成了这个玩笑的受害者，自己嘲弄自己，然后离开。

赫尔舍维根本不觉得这很可笑。如果他遇到这样的事情，口袋里揣着鸡蛋，他就会羞愧死。那时他还没到十三岁，在他的父母去世后，他随其他家人来到了这里。他一直住在切尔诺夫策，现在可能会留在这个远亲亚伯拉罕的身边。

他不知道在圣殿被毁日该怎样实行斋戒，没人向他透露这个秘密，也没人给他做过任何解释，为什么在节日的这一天他们要表现出高高兴兴的样子，可一些人要表现得很痛苦。在他们家那里，过这个节日的时候，人们都要显得很悲哀。可到了叔叔这里一切完全相反，但没有任何人给他讲过这是宗教的差异。现在他知道，沙巴泰就是弥赛亚，只不过，他不知道沙巴泰为什么不拯救世界，没有改变世界。被拯救了的世界与没有被拯救的世界有何不同？对于他普普通通的父母来说最明了的是：弥赛亚是作为勇士现身的，他要在地球上消灭苏丹、国王和皇帝，他将要统治全世界。耶路撒冷的圣殿会自动修复，或者上帝为修复它，会从天上撒下无数的金子。所有的犹太人都会回到自己的故土——以色列大地。首先是那些已经殉难、长眠在那里的人，之后是那些长眠在圣地之外的、世界其他地方的人，他们也都将会回到那里。

但这里的人的说法完全相反。他在路上问过，莫尔德克和纳赫曼都说了些什么。可雅各布一直缄默不语。

这是一种肉眼看不见的奇怪的救赎。事情不是发生在这里，不是发生在肉眼能看见的地方，而是发生在别的什么地方——对此赫尔舍维不太明白——发生在世界其他地方，也就是在可见的世界附近或下方。弥赛亚已经来了，倒转了世界的摇杆，就像水井的摇杆一样，没有人注意到这一切。现在一切都反过来了，河里的水回到了源泉中，雨水藏到了云雾里，鲜血回到了伤痕中。现在看来，摩西的法典是暂时的，仅仅是为救世前的世界而创建的，现在已经失去了效力。或者换句话说：现在应该反过来理解这些法典。当犹太人实施斋戒的时候，就必须吃饭喝水，当他们感到悲哀时，就应该高兴快活。

没有人特别关照他，大家都把他当傻瓜对待。雅各布有时会盯着他，那时赫尔舍维就会感到满脸通红。他是雅各布的助手，为他清洗衣服、收拾柜台、冲泡咖啡。晚上当他们计算销售收入时，他就会把这些数字填写在表格里。

他心里并非对所有事情都很清楚，但他羞于去问，这一切都很神秘。因为他还没有受洗过，所以当他们集中祈祷时，就不会放他进去，他被关在门外。他是否也要斋戒？

因此在圣殿被毁日，他就去收拾地下室，清理棉尘和老鼠屎。他早上没有吃任何东西，因为他记得这是斋戒日。他在家的时候就是这样做的。他不愿意看雅各布和那些人在上面吃饭。但现在他饿得要死，他用手紧紧按压着肚子，捂着肚子，可肠子在反抗，在叫。地下室里藏有很多葡萄酒和胡萝卜。这里还放着一锅煮好的，已经放凉了的糖渍水果。他本可以去享用一下这些东西，但是赫尔舍维不敢下决心去动那些吃的，他不能说服自己去吃东西，因为他活到今天，在斋戒日的时候从来就没有吃过任何东西。可他忍不住饥饿，还是从锅里拿出了一颗小小的樱桃，而且还只吃了一半。如果沙巴泰·泽维就是弥赛亚的话，那么他这么做就是执行了他们的命令，并且为了执行新的法令，打破了旧的法令。但如果沙巴泰·泽维根本不是弥赛亚的话，那在斋戒期间，在这一天他只吃了一个小小的樱桃，算什么呢？

第二天早上他去问雅各布。他拿着《盛日》[①]，其中第八章写道：

"如果有人吃了带核的干枣大小的食物，如果有人喝了水或者嘴里有水——这就是罪过。所有食物的大小不能超过干枣的大小，喝的水不能超过一口的大小。如果有人既吃又喝了，则数量不合并计算。"

雅各布看了书中写的内容和假装胆大地向他提问的赫尔舍维一会儿，突然大笑起来。他的那种笑声很深沉，声音发自腹腔，传得很远，可能整个克拉约瓦都能听到，于是弄得别人也不由自主地与他一起大

[①] 《密释纳》和《塔木德》第二部《节期》的第五卷，探讨关于犹太赎罪日的律法。

笑起来。赫尔舍维开始时还腼腆地微笑，后来也跟着大声笑起来。那时雅各布用手把他拽到身边，突如其来地亲吻他的嘴巴。

赫尔舍维想，这大概是这个年轻的丈夫思念留在父亲那里的妻子的表现吧；她一直给他寄来情书，请求他回去，或者不停地问，他何时能把她带到身边来。赫尔舍维知道这些事，因为在雅各布不注意的时候，他会偷看信里的内容。有时候他还会联想，写信来的那双女人的手。想到这些他就会感到兴奋不已。雅各布从来不会把信收起来，他不会管理自己的文件资料，总是随随便便扔在桌子上，赫尔舍维就尽力帮他收拾和整理这些文件。当雅各布要去那些顾客家时，他就会陪他一起去。这些富有的顾客都是有钱人家的女人、船长的太太，还有一些寡妇，当她们的丈夫离开家后，就会派人来找雅各布，请他去家里，问问他有什么东西可以卖给她们。他们有个约定，每当雅各布似乎不经意地掉落钱袋时，赫尔舍维就得找理由出去，然后在一条街上静候雅各布。他不眨眼地盯着这家的大门。

雅各布迈着笨重的步伐走出来。他走路时，时常先将双腿分开，双脚轻轻偏向一边，并整理一下肥大的裤子，因为他穿的是土耳其式的灯笼裤。他用胜利的眼神看着赫尔舍维。他心满意足，像土耳其人那样用手拍着自己的胯部。奇怪的是女人怎么就那么喜欢他？妇女的感官很敏感，总能从男人的某种表情和眼神里看出什么。赫尔舍维明白这一点。雅各布很帅，只要他出现，那个地方的气氛就会变得很融洽，就好像有人知道他会来这里，提前做了一些准备那样。

雅各布对托瓦保证说，他会努力多学习的，可赫尔舍维却发现雅各布厌倦读书，莫尔德克先生和纳赫曼督促他读书，并给他带来狂喜的时代已经一去不复返了。书籍已经变成了荒原。有时候他几天都不会打开纳赫曼从波兰寄来的长信。赫尔舍维会打开这些信件看，然后再堆放在一边。现在钱是雅各布最感兴趣的东西。他把这一年挣下的所有钱都存在了亚伯拉罕的表哥那里。他想用这笔钱在尼科波尔或者在久尔久买房子和葡萄园，那种从窗户往外眺望就能看到多瑙河的园子；葡萄藤会缠绕在木架上，形成一道绿荫的墙和绿色的棚顶。那时他再把哈娜接来住。现在为了达到这个目的，他要接待客户，或者一出去就是半天，然后就消失在了哪里。他想做自己的生意，这让亚伯拉罕心存不满。亚伯拉罕向赫尔舍维询问雅各布的情况，可这个小伙子无论如何得保护雅各布。为保护雅各布，必须守口如瓶。于是他想尽了各种借口，编了各种故事，说雅各布去河边祈祷去了，出去借书了，与客户见面去了，监管装卸货去了。当雅各布第一次邀赫尔舍维上自己的床时，他没有一丝反抗。他要像燃烧的火花那样把一切都给他，如果可能的话，他还会奉献给他更多，乃至生命。雅各布称之为"Maase Zar"，或者叫"外邦之行"——一种颠倒的契约，也就是和写下的律法相反的契约。面对弥赛亚纯洁的圣火，写下的律法就像燃烧过的破旧的湿抹布。

关于珍珠和哈娜

雅各布决定要赠送给哈娜一颗最贵重的珍珠。他和赫尔舍维一连几天都在珍珠批发库里转悠。雅各布从一个盒子里郑重地拿出一颗珍珠，珍珠下面还铺着一块丝绒布。只要有人将这颗珍珠拿在手里，都会马上眼前一亮，交口称誉，都会赞不绝口地说这简直就是奇迹，而不是珍珠。这真的是一个价值连城的财宝。雅各布沉浸在这种喜悦之中。但后来常常发生的情况是，珠宝商把珍珠还了回来，说它就像夹在手指尖的一束光，说："不行，不行啊，我不敢在上面钻眼儿，这个奇迹有可能会被钻裂，那么损失将会巨大。请到别的地方去找珠宝商钻眼儿吧。"雅各布为此很不高兴。回到家里，他把珍珠放在桌子上，默默地看着它。赫尔舍维把橄榄放在小碗里递给他，他喜欢这样吃橄榄，吃完后赫尔舍维就得满地去找橄榄核。

"还能找谁去呢？一颗珍珠就把他们吓到了，这帮懦夫，胆小鬼。"雅各布说。

每当他生气时，他的动作要比平时快很多，但更僵硬。他皱着眉头，横眉怒目。那时赫尔舍维就特别害怕他，尽管雅各布从未伤害过他。赫尔舍维知道，雅各布爱他。

最后雅各布命令小伙子跟他一起走，他们穿上最破旧的衣服，也就是磨损得最厉害的衣服，来到了河边的摆渡站，他们乘摆渡船来到了河的另一边。在那里，河的那一边，他们走进了一个最好的钻磨摊位。雅各布用很肯定的声音和动作表示，让珠宝商给这个人造的、一文不值的珍珠，也就是给这个小饰品上钻个眼儿。

"我想把这个送给我的妻子。"他从口袋里掏出宝物，随手扔在了小托盘上，跟珠宝商随便聊着天儿。磨工大胆地拿起珍珠，毫不迟疑地、不假思索地把珍珠放在小台钳下，一边与雅各布聊着天，一边在珍珠上钻眼儿；小钻头就像在黄油上钻眼儿那样，一下子就很轻易地在珍珠上钻出了一个小眼儿。雅各布付了很少一点钱，心满意足地达到了自己的目的。

在街上，他对惊讶不已的赫尔舍维说：

"就得这样做事，不能犹豫不决。你一定要记在心里。"

这句话给赫尔舍维留下了非常深刻的印象。从此以后，他下定决心要做雅各布这样的人。加上他与雅各布如此亲近，这使他兴奋得难以抑制自己，他弱小的身体为此热血沸腾，这让男孩感到自己很安全并且很强大。

　　光明节①时他们去看哈娜。在雅各布还没来得及从马车上拿下买给全家人的礼物之前，年轻的妻子就朝他们跑了过来。大家非常正式甚至有些局促地迎接了他们。在这里大家把雅各布当作一个重要的人物来对待，不只是把他当成一个普通的商人，而雅各布则带着一种赫尔舍维前所未闻的严肃语气说话。他像父亲那样亲吻着哈娜的前额。他跟托瓦打招呼的样子，就好像两个人都曾是国王那样。雅各布有自己单独的房间，但他很快就跑到了自己的女人哈娜的房间去了，尽管他把房间里事先铺好的床铺留给了赫尔舍维，但赫尔舍维还是睡在了壁炉旁的地板上。

　　他们整天大吃大喝，在这里祈祷时也不戴经文护符匣②。此外小伙子还看见，他们这里吃的也不是典型的犹太食物，他们把普通的土耳其面包切好后，蘸上橄榄油和香草吃，还用手掰碎奶酪。他们像土耳其人那样盘腿坐在地板上。妇女们都穿着用轻柔的面料做的肥大宽松的裤子。

　　哈娜提出了一个想法，她想去看她住在维丁的姐姐。最初她把这个想法告诉了父亲，结果父亲听后不满地看了她一眼，过了一会儿哈娜才意识到，这事她得去跟丈夫说。她把玩着挂在脖子上的金项链上的珍珠，这是雅各布送给她的礼物。看得出来她不再愿意跟父母在一

---

① 又称修殿节、献殿节、烛光节、哈努卡节、马加比节等，是一个犹太教的节日。该节日乃纪念犹太人在马加比家族的领导下，从叙利亚塞琉古王朝国王安条克四世手上夺回耶路撒冷，并重新将耶路撒冷第二圣殿献给上主。
② 一种黑色的小皮匣，其内部装有写着《摩西五经》的羊皮纸，在犹太教平日晨祷时穿戴。其中一个绑于上臂，另一个绑在前额。

起，特别想炫耀自己已经是有夫之妇了，想让雅各布为自己做事，想要出去旅行，让生活发生变化。赫尔舍维觉得她跟自己一样还是个孩子，只是装着像一个成年的少妇。有一次他偷窥她在北边花园的浴室里沐浴。她很丰满，臀部很宽很大。

在沿着多瑙河从尼科波尔去维丁的三天的旅途中，赫尔舍维爱上了哈娜。现在他爱着他们两个人。这种情况很奇怪，他疯狂地想跟她在一起。他总是想着她的臀部，那么大，而且圆润光滑、细腻——他真希望能拍打她的臀部。

在到维丁之前，他们命令赫尔舍维先不进城，先去岩石那边。赫尔舍维赶着马车，用余光看见雅各布的手使劲按着缰绳。他们命令赫尔舍维像仆人那样，站在马车旁等着他们，而他们自己却消失在岩石之中。这些岩石给人的感觉就像是石化了的魔鬼。赫尔舍维知道，他得等一段时间，于是他点着了烟袋，还加了一点雅各布给他的树脂。他学着莫尔德克老先生的样子吸着烟袋，突然觉得眼前的景色都变得软绵绵了。他靠在岩石上,用眼睛看着那些棕色的、又大又迟钝的蚂蚱。当他抬眼看着上方的岩石时，他看见这是一座白色的石头城，城池一直插进地平线。奇怪的是，这座城市也看着人们，而不是人们看着城市。他不知道该怎么解释——岩石看着人们。当然也没什么可奇怪的，他也看着它们。他看见赤身裸体的哈娜，展着双臂靠在石壁上，半裸着身体的雅各布用手按着她，慢慢地有节奏地抽动着。雅各布突然转过头，看见骑坐在岩石上的赫尔舍维，从远处紧盯着小伙子看。他的目光与小伙子的目光相遇。雅各布的目光如此狂暴而具有穿透性，刺激得赫尔舍维的阴茎立即勃起，结果让那些棕色的蚂蚱在自己的路上遇到了潮湿的障碍。它们可能对这种巨大的有机污垢感到惊讶，因为这种有机物质突然从天上掉下来侵入了它们昆虫的世界。

第十章

那个在阿索斯山①上采集草药的人是谁

安东尼·克萨科夫斯基乘一条小船从德维基港口②来到了阿索斯山山脚下的一站。他感到无比激动；不知道是由于从陡峭的海岸吹来的海洋上的空气和海风，让他呼吸到了一种特别的树脂和草药的气味，还是由于临近圣山的原因，他在前不久还感觉得到的那种明显的胸部压痛已经完全消失了。

他思索着自己情感的突然变化。这是一次深刻而出乎意料的变化，因为几年前他从寒冷的俄罗斯来到了希腊和土耳其之后，就完全变成了另外一个人，可以说变得浑身光芒四射、身轻如燕。难道就是如此简单，仅仅是因为光和温暖吗？关于太阳，这里可是整日阳光明媚，各种颜色都变得鲜艳无比，大地在炽热的阳光照射下，各种气味都变得非常浓郁。这里天高云阔，气候温暖，这个世界似乎受到的是与北方完全不同的机制的影响。在这里，命运把握着一切，希腊式的"命运"推动着人们，他们好像走在沙丘上，那里有一串沙子为他们标出了路径，形成了一个令最好的艺术家都不会为之羞愧的图形，蜿蜒曲

---

① 全称为阿索斯山自治修道院州，是希腊东北部的一座半岛山，被东正教认为是圣山，上有数十座修道院。
② 位于希腊哈尔基季基半岛的一个港口，阿索斯山是该半岛的一部分。

折,奇妙而精致。

越是往南,这里的一切都更加无可争辩地、更清晰地存在着。所有一切都在强烈的阳光的照耀下,躲藏在高温的热浪中。意识到这一点,安东尼·克萨科夫斯基感到很轻松,他更加敏感地感到自己的存在。有时他甚至为自己能够享受到如此的自由而流泪。

他发现,愈是往南,愈是在南方,基督教的影响就愈加薄弱;愈是在南方,葡萄酒就愈加纯美,那里的希腊人就愈加不会与命运抗争——于是他生活得就更自在。他的决定不是来自他自己,而是来自外部,这些决定在世界秩序中占有一席之地。既然是这样,他对此负有的责任就更小,因此来自内心的愧疚就更少,对所做的一切受到的来自内心的谴责就比从前更少。在这里,人们对每一个行为都可以做出修正,总能与诸神达成一致,为他们而献身。因此他总是能带着崇敬的心情看着自己在水中的倒影,带着慈爱之心去看别人。这里没有坏人,任何杀人犯都不会受到谴责,因为他是更大计划的一个组成部分。你可以对刽子手和被处刑的人抱有同样的爱。人们都非常好并很温顺。发生的一切邪恶不是来自他们自身,而是来自这个世界。世界本身很邪恶——仅此而已!

愈是在北方,人们愈是关注自己,相信命运,并以某种北方人式的疯狂(这肯定是因为缺少阳光)异想天开,善于想象而不善于付诸行动。他们认为,每个人都要为自己的行为负责。雨水滴穿了厄运,最后一片雪花也融化了:一切转瞬即逝。在北方的统治者,也就是在教会及其无处不在的监督职能机构的支持下,有一种信念摧毁了每个人。换句话说,万恶存在于人性之中,人本身不会修正自身的恶。这种邪恶只能被宽恕。但最终会得到宽恕吗?这种令人难以忍受的、沉重的、摧毁人心灵的感觉来自哪里？怎么人总是罪孽深重，而且生来如此，人总是会陷于罪孽之中，一切皆有罪——行动与放弃、爱情与仇恨、言语与思想。知识是罪恶，无知也是罪恶。

他住在一位妇女为朝圣者开办的小旅馆里，人们都叫这位妇女伊莱娜或者母亲。这个女人身材娇小，脸色红润黢黑，总是身穿一袭黑色的衣服；有时风会把她头上蒙的黑头巾吹开，那时就能看见她黑头巾下面盖着的一头白发。虽然她只是管理着一家小旅馆，但所有的人都非常尊敬她，就像对待修女那样，尽管人们也都知道，她的孩子已经成年，而且他们漂泊在世界的某些地方，也知道她是个寡妇。伊莱娜每天早晚都会组织人们祈祷，她用自己清晰的声音高声歌唱，打开了朝圣的人们的心扉。她雇用了两个女佣为她工作——克萨科夫斯基刚到这里时，也认为她们只是女佣，过了几天后才发现，刚一看上去她们好像都是女人，其实她们是做了阉割术的男人，只不过胸部很大。不过得特别注意，千万不要用眼睛死盯着她们——也就是他们——看，因为她们一旦发现有人死盯着她们，就会向对方吐舌头。有人给他讲过，数百年来管理这个小旅店的女主人都叫伊莱娜，没有例外。这位伊莱娜来自北方，说不了地道的希腊话，因此说话时常夹杂着一些外来语，这是安东尼很熟悉的语言——他敢肯定，她不是瓦拉几亚人就是塞尔维亚人。

在这群男性周围，没有一个女人（除了伊莱娜以外，但她真的是女人吗？），甚至都没有一个雌性动物，因为这会分散修士们的注意力。克萨科夫斯基正试图集中精力看着长有一对绿翅膀，正沿着这条小路行走的鞘翅目昆虫。他好奇的是，这是否也是雄性昆虫……

克萨科夫斯基与其他朝圣者们一起上山，但他们不允许他进入修道院。他们为跟克萨科夫斯基一样的人在石房子里准备了住宿的地方，这个地方就在修道院的圣墙旁，他在那里留宿。每天早晚，他都根据神学家格雷格利乌斯·帕拉玛斯[①]的学说做祷告。做这种祷告时嘴要不停地动，每天要念一千遍："主耶稣基督，上帝的儿子，护佑我吧。"做祈祷的人要坐在地上，头靠向肚子蜷缩着，宛如尚未出生那样，同时要尽自己所能，长时间屏住呼吸。

每天早晚总有一位嗓门很大的男子呼唤他们共同来做祈祷——整个地方都能听到他用斯拉夫语呼喊的声音："Molidbaaa, Molidbaaa."。听到他的这个声音，朝圣者们就立即放下手里所有的事情，立马起身，快步往修道院所在的山上跑去。克萨科夫斯基一看到这种情景，就会把这与鸟类的行为联系在一起，因为鸟听到掠食者的尖叫声时，就是这样的。

白天，克萨科夫斯基就在山下码头的花园里种花弄草。

他还在码头上申请了一份搬运工的工作，也就是每当供货小船停靠在这里后，他就去帮忙搬运货物，他有时会一天来一次，有时一天来两次。他并不在乎只能在这里赚些零钱，重要的是他能与那些上山祈祷的人有所接触，并能跟着他们一起进到修道院外层的院子里面去。修道院那里有一个门卫，是个身强体壮的中年修道士，从他那里可以领到一些食物和一些别的东西，还可以要到一点水喝——那可是冰冷冰冷的凉水——还可以吃到一些橄榄。不过能找到这样的搬运工的工作也非易事，因为修道士们基本上都是自己干这些活。

克萨科夫斯基最初对这里的一切都比较抵触，他用讥讽的眼光看着那些迷恋于宗教的狂热的朝圣者。与这些人相反，他沉迷于沿着修

[①] 十四世纪拜占庭帝国重要的正教会神学家、阿索斯山僧侣、塞萨洛尼基主教。

道院周围炎热的地面上的岩石小径漫步。那条小道宛如由切成细丝的蝉翼铺就的，地面上长着各种绿色的草药，沾着各种植物的分泌物，闻上去好像是一些可以食用的东西，就像是已经风干了的草药馅儿的馅饼。克萨科夫斯基在这里一边散步一边浮想联翩：希腊诸神曾经居住在这里，也就是他叔叔在家里给他讲过的那些希腊诸神；现在他们回到了这里，身穿金光闪闪的浅色法袍，他们的身高普遍会高于一般人。有时候他会觉得，他就是在沿着他们的足迹行走，如果他加快脚步的话，没准还可以追上阿佛洛狄忒女神的脚步，看到她美妙的躯体；牛膝草的气味刹那间变成了神出汗时身上发出的、带有一半野兽味的气息。他搜肠刮肚地想象着，用想象的眼睛看着他们，因为他需要他们。诸神。神。他觉得，他们的气味就存在于各种植物的分泌物中，尤其是某种胶状黏性的、带有甜蜜气味的力量的神秘存在，每时每刻都在这个世界之中跳动，似乎充满了世界的各个角落。他不遗余力地想象着，他就在他们中间。他的生殖器在膨胀，不管怎么说，在这个圣山上，克萨科夫斯基必须让自己轻松一下。

但是后来有一天，就在他感到自己非常幸福的时候，也就是正午时分，他正在一棵小树的阴凉下沉睡。突然，大海的咆哮声把他从睡梦中惊醒——他觉得，这声音令他感到毛骨悚然，但其实这种声音一直伴随着他。克萨科夫斯基起身看着周围。高空中投射下来的强烈的阳光把这里的一切都分成了明与暗、光与影。一切都停滞不动了，他看见远处大海的波浪停止了翻滚，一只海鸥宛如被嵌入空中，悬挂在波浪的上空。他的心提到了嗓子眼儿，他扶着地，想站起来，那时他手掌下的草地已经变成了灰。他无法呼吸，地平线变得非常危险，过一会儿它柔和的线条就要变成绳索。就在此时安东尼·克萨科夫斯基意识到，这大海哀怨的波浪声就是它们绝望的哭泣声，大自然在哀悼众神，世界是如此需要他们。这里没有任何人，是神创造了世界，但神也死于他创世的忧劳。克萨科夫斯基必须来到这里，才能弄明白这一切。

为此克萨科夫斯基开始祈祷。

但他的祈祷总是不成功。他徒劳地把头靠向腹部，把身体蜷成一团，就像他出世前的那个姿势——就像人们对他说过的那样。他的心无法平静下来，于是呼吸也无法平稳下来，而他机械地重复着一句话："主耶稣基督啊……"但这并没有给他带来任何轻松的感觉。克萨科夫斯基只能闻到自己身上的气味——一个成熟的男子大汗淋漓时的气味。没有别的，仅此而已。

第二天一大清早，他根本不管伊莱娜的劝说，也不管自己应该负有什么职责，毅然决然地坐上第一艘最漂亮的帆船，甚至根本没有打听一下，这艘帆船要驶向哪里。他时不时地能隐隐约约听见岸边的呼唤声，"Molidbaa, Molidbaa"，他觉得，这是海岛在呼唤他。结果他在船上才得知，这艘船是驶往士麦拿的。

在士麦拿，他的运气很好，他在三位一体派那里找到了一份很好的工作，这是他许久以来第一次体面地赚到了一笔钱。为此他出手大方地为自己买了一件很好看的土耳其衣服，还买了一瓶葡萄酒。酒会让他感到身心愉悦，不过他还是希望找一个酒伴。他发现，当他给一些基督徒讲故事时，只要他说他去过阿索斯山，那些人就会对此表现出极大的兴趣。因此，每天晚上他都在自己的故事里添加一些新的具体的内容，结果这些故事就成了他讲不完的冒险故事。他说，他叫莫里夫达。他对自己起的这个新名号感到非常满意，因为这不是一个普通的名字。莫里夫达应该是超越于人名的称号，这就是新的徽章、标牌。以前的称呼只包含姓和名，现在这些都显得太狭窄、太陈腐，有点太不起眼了，他觉得应该抛弃这个名字。不过他的这个名字只在三位一体派中用。安东尼·克萨科夫斯基——这个姓名还剩下了什么？

莫里夫达想，现在要带着某种距离感观看自己的生活，看看那些他所遇见的来自波兰的犹太人究竟是怎样生活的。白天他们集中精力，精神饱满、开心快活地做着自己分内的事情。晚上他们没完没了地聊天。开始的时候他只是在那里留心地偷听他们聊天，他们并不避讳他，因为觉得他根本听不懂他们的话。尽管他们都是犹太人，但莫里夫达却觉得他跟他们在某些方面很相近。他甚至很严肃地思考过这个问题，也许是这里的空气、阳光、水、大自然把人们融合在了一起，人们在同一个国家生活、成长就应该有很多相似之处，尽管他们来自完全不同的种族。

他最喜欢纳赫曼。他思维敏捷并且非常善于言谈，在讨论中善于狡辩，甚至能找到各种理由来证明那些看上去非常荒谬的陈述。他也很会提问题，让莫里夫达-克萨科夫斯基感到既佩服又迷惑不解。但他发现，这些人博学多闻，却把智力用于一些非常离奇的文字游戏上，而他本人对此只是一知半解。有的时候他会买一篮子橄榄和一大坛子葡萄酒，带着这些东西去他们那里。他们嚼着那些橄榄，往行人走过的暗淡无光的路上吐着橄榄核。随着黄昏的降临，士麦拿的炎热、潮湿也逐渐退去。突然，莫尔德克老先生开始做关于灵魂的讲演。他说，灵魂实际上包括三个范畴。最低的需求是饥饿、冷和情欲——这就是奈非什。动物也具备这些。

"肉体。"莫里夫达说。

"更高一级的是精神，也就是鲁阿赫。鲁阿赫能激活我们的思想，使我们都成为好人。"

"心理。"莫里夫达又说。

"这是灵魂的第三个也是最高级的范畴——内夏玛赫。"

"灵魂。"莫里夫达接着说,又补充道,"这是我的一个不错的发现!"

莫尔德克先生并没有受他的影响,而是顺着自己的想法继续说:

"这就是真正的圣灵,只能是一个极好的圣人,卡巴拉学者才能获得这种神圣的精神;要想获得这种圣灵,只能在深入了解《妥拉》的秘密后才能实现。鉴于此,我们才能看到世界和上帝隐秘的本质,因为这只是在神圣的比纳[①]——神圣的智慧之中闪现出的一点小小的火花。只有奈非什会犯下罪孽,鲁阿赫和内夏玛赫是纯洁无瑕的。"

"既然内夏玛赫是神的火光在人的身体的显现,那他为什么要用地狱来惩罚人的罪恶呢,这不是对自己的间接惩罚吗?"莫里夫达问,此时葡萄酒已经上了他的头,让他有些微醉,他以这样的提问让两个男人对他表示敬佩。其实他和那两个人都知道问题的答案。哪里有这个伟大的、最伟大的上帝,哪里就不会有罪孽,也就更不会有罪恶感。只有小神们才会招致罪孽,就像那些不诚实的手工匠那样打造出假硬币。

工作之余,他们坐在三位一体派的食堂里喝咖啡。莫里夫达学会了享受咖啡的苦味和吸土耳其的长烟斗。

莫里夫达要花600兹罗提去布恰奇[②]赎回彼得·安德鲁塞维奇;花450兹罗提去士麦拿赎回在侯赛因·巴伊拉克塔尔庄园待了几年的安娜,她来自波兰中部城市罗兹附近的一个叫波皮耶拉夫的小村庄。他

[①] 意为"理解",是组成卡巴拉生命之树的十个质点之一。——编者注
[②] 位于乌克兰西部的一个城市。

清楚地记得这些人的名字，因为是他用土耳其文和波兰文撰写的赎人合同。他知道在士麦拿赎人的价格。为赎回一个叫托马什·茨布尔斯基的人，那次花了大价钱，总共花了2700兹罗提；这个人四十六岁，是个贵族，曾经是雅布翁诺夫斯基团的军需官，被囚禁了十年，后来被送回了波兰。赎回孩子的价格是618兹罗提，而赎回一个叫扬的老人，只比赎回孩子多花了18兹罗提。这位老人来自波兰的一个叫奥帕图夫的城镇，体重只有一只山羊那样重；尽管一辈子都被囚禁在土耳其，在波兰已经举目无亲，可他还是为回到波兰感到兴奋异常。莫里夫达看到，他激动得老泪纵横，泪水顺着老人被晒得黢黑、布满皱纹的脸上流下来。他还打量着已经是成年妇女的安娜女士。他非常喜欢她那副样子，就是在三位一体派的人和他这位翻译面前表现出的那种盛气凌人和趾高气扬的样子。他无法理解，为什么土耳其的富翁会同意放走这位漂亮的女人。从她对莫里夫达说的话可以知道，因为她说很想家，那个富翁出于对她的爱，同意她回家。过几天她就会坐上船到塞萨洛尼基，然后再从陆地辗转前往波兰。但是突然，莫里夫达由于某种令人无法理解的激情，被她那白白的、丰满的身体所吸引，再次将一切都抛在脑后，不计后果地答应协助她实现她疯狂的逃跑计划。安娜·波皮耶拉夫斯卡其实根本就不想回波兰，不想回到那个阴郁的位于波德拉谢某处的庄园。莫里夫达甚至没有时间与自己的朋友们告别。

他们骑上马，往士麦拿北部的一个小港口城市逃去。莫里夫达出钱租了一个房子，他们在那里待了整整两周，沉迷于纵情享乐之中。每天下午，他们坐在面向海边的大阳台上；每天的这个时候，土耳其头领带着自己的近卫军士兵会从那里走过。土耳其近卫军士兵们的帽子上插着白色的羽毛，而他们的指挥官们身穿紫色大衣，里面是薄薄的银色内衬，在阳光的照耀下，他们身上的大衣看上去很像是刚刚捞上岸的鱼肚。

　　阳台上的热气烤得那些女基督徒、希腊商人的妻子都懒散地躺在单人沙发上，她们用眼神勾引那些年轻的男人，弄得他们不知所措。这对土耳其女人们来说，简直不可思议。安娜·波皮耶拉夫斯卡，这位金发女郎，也用眼神勾引近卫军团的头领，还跟他简单地说了几句话。那时莫里夫达正好在房子后面的阴凉处看书。第二天，安娜·波皮耶拉夫斯卡把莫里夫达在三位一体派那里挣来的钱全部卷走，消失得无影无踪。

　　莫里夫达回到了士麦拿，而那时三位一体派已经雇用了其他的翻译，那两位爱争辩的犹太人也不知去向。莫里夫达在船上找了一份工作后回到了希腊。

　　望着一望无际的海平面，聆听着海浪拍打岸边的波涛声，他浮想联翩。思绪和图像连成一条长长的丝带，他仔细思考并观察着接下来会发生什么。他想起了自己的童年。那个年代给他的感觉是非常僵化冷漠的，就像他的婶子在复活节时让他和他的兄弟们穿的刚刚用淀粉浆过的衬衫那样。几天后，身体的温度和汗水才能将身上穿的衬衫变得不再那么粗糙硬挺。

　　莫里夫达一到海上，总会情不自禁地回忆起自己的童年——他也不知道这是为什么，显然无边无际的大海令他感到头晕目眩；必须去靠记忆捕捉点什么。

　　他们这些孩子每次见到叔叔首先要跪在地上欢迎他，而且还要吻他的手。叔叔后来又娶了第二个老婆——一个狠毒的年轻女人。对年幼的安东尼来说，她做的很多事情都令人无法理解——拿腔拿调、装腔作势。她出身于一个没落的、极为贫困的、有疑点的贵族家庭，因此她一定要千方百计地表现得高人一等,而她的种种表现令人感到荒唐可笑。当有客人来到他们的庄园时,她就表现出十分夸张的温顺柔和,用手抚摸着她丈夫和侄子们的脸颊,慈爱地揪着他们的耳朵并夸赞道:"哦,不不,小安东尼,他将会是很幸福的。"等客人们一走,她就把孩子们身上穿的那些体面的衣服都剥下来,藏在客厅的大衣柜里,好像她还期待着有一天,那些死去的亲属留下的遗孤会来到这里,她可以让他们穿上这些漂亮衣服。

情妇的逃跑、大海以及他对儿时的回忆,让莫里夫达感到十分孤独。唯一能让他感到解脱,使他松一口气的是,那些瓦拉几亚的鲍格米勒派[①]错误地坚持认为,他们是腓立比人。这给了他这个几乎精神崩溃的人一个喘息的机会(这是一种什么怪病——还没人得过这种病吧,关于这种病没办法向任何人解释清楚)。之所以会如此,是因为莫里夫达神圣地坚信,这是他生命的尽头,不会再有另一个世界。

---

① 十世纪时成立于保加利亚第一帝国的诺斯替主义教派。鲍格米勒派提出回归他们认为的早期精神教义,其主要的政治倾向是反对国家和教会当局。

第十一章

莫里夫达-克萨科夫斯基
像在克拉约瓦城里那样遇见雅各布

两年之后，也就是在1753年春，莫里夫达已三十五岁，因为坚持鲍格米勒派的饮食方式，他还略微瘦了一点。他的眼睛清澈，水汪汪的，很难从那双眼眸里看出什么。他的胡子比较稀疏，呈棕灰色，就是那种泛黄的麻袋的颜色，脸被太阳晒得通红，脑袋上戴着一顶脏兮兮的白色土耳其帽子。

他去看一个疯子，一个所有犹太人都在谈论的虔诚的傻瓜，他们说他是被弥赛亚附身之人，因此他的所作所为根本不像一个人。他见过很多这样的人，好像弥赛亚的灵魂喜欢每隔几天就进入一具新的身体那样。

他并没有走近那人，而是站在马路的另一边，背靠着墙，安静地、慢条斯理地往烟斗里添加烟丝。他一边吸着烟斗，一边看着周围的人们。在这里转悠的主要都是些年轻男子，乳臭未干的犹太人、土耳其人。那栋楼里不知发生了什么，一帮男人冲进门去，然后就听见突然爆发出的大笑声。

莫里夫达抽完烟，决定要到楼里面去探个究竟。他不得不弯着腰，穿过昏暗的大厅，走到院子里面去，那里有一个用井改装的所谓的喷泉。这里很冷，有一棵树，树叶非常茂密，那些男人都懒散地躺在那棵树下，几乎所有的人都穿着土耳其服饰，但也有几个穿着大衣的犹太人——这些犹太人不是坐在地上，而是坐在一张小桌子上。这里还有一些人穿着沃洛斯人的服装，还有一些把胡子刮得干干净净的市民，有两个人身穿非常独特的毛呢大衣，一看就知道他们是希腊人。这帮人用怀疑的眼光盯了莫里夫达一会儿，然后走到他跟前。一个满脸麻子的瘦男人揪住他问："你来这里干什么？"莫里夫达用纯正的土耳其语对他说："来听听。"于是那个人退后一步，不愿意与他有任何眼神交流，但一直用怀疑的眼神死盯着他。他们肯定觉得他是个间谍，他们爱怎么想就怎么想吧。

在一个宽绰、敞亮的半圆形的房间内，站着一个高个子男人。他穿着一身土耳其服饰，声音洪亮，说话还带颤音。他讲话不拖泥带水，很果断，很难打断他。他说的是土耳其语——语速缓慢，带着奇怪的外国人的口音，并且他说话的腔调不像学者，而像个商人，或是流浪者。他使用的词语像马贩子们常用的，时不时还夹杂进一些希腊语和希伯来语的词。无疑，他应该是一个学者。莫里夫达不由自主地撇撇嘴，因为这样讲话的反差太大，给人留下非常不好的印象。他觉得这样很没意思，不过他很快恍然大悟，其实这就是他周围所有的人、不停地在各地奔波的各种人所使用的语言，而不是在某个地方受过教育的少数人使用的书面语言。莫里夫达那时还不知道，雅各布精通几种外语，只要他张口说话，就会带着那种外国人的腔调。

这位雅各布·弗兰克脸型瘦长，作为土耳其的犹太人，他肤色偏浅，皮肤很粗糙，在他颧骨上长着很多凹陷下去的微小的疤痕，仿佛是他曾经经历过的灾难的见证，仿佛在遥远的过去有火焰曾舔舐过他。

莫里夫达想着，这张脸给人以某种不安感，但也能令人生出一种敬意，因为雅各布的眼神深不可测。

克萨科夫斯基非常意外地认出了一位老人，他就坐在离这位先知最近的地方。老人嘴里叼着烟斗，每次往里吸气的时候他都会闭上眼睛。他满脸浓密花白的胡须，因为吸烟而有些泛黄；这位长者头上没有戴包头巾，而是戴着一顶普通的土耳其帽，帽子下面露出了浓密的、银灰色的发丝。克萨科夫斯基搜肠刮肚地想，他好像在哪儿见过这位长者。

"世界可真小啊。"他用一种非常平和的语调，用土耳其语对这位老者说。老者转过身看着他，过了一会儿，他那长着浓密胡须的脸上露出了亲切的微笑。

"啊呀，看，是我们尊敬的贵族先生。"莫尔德克先生用讽刺的语调对莫里夫达说。他用手给莫里夫达指着那边只有一只眼的、有着阿拉伯人似的棕色皮肤的男子："看来，你逃跑得逞了。"他大声笑着，看上去很高兴，有些事情居然可以发生两次。

他们互相拥抱，好像老熟人那样热情地彼此寒暄问候。

莫里夫达跟他们一直待到晚上，并且观察着进进出出的人们——那些男人一会儿进来，一会儿出去，只待一会儿，然后又回到自己的生意那里，回到自己的马车上，回到集市。他们会进行一些私密的交谈，彼此分享着可以收买的土耳其官员的地址和姓名。他们把这些姓名记在从集市买来的小本子上，然后又回到人群中聊天，仿佛从来没有离开似的。这里的各种讨论一直不断，有的人提的问题很愚蠢，有的问题提得很具有挑衅性，之后人们开始争先恐后地回答，每个人都抢着回答问题，高声大喊大叫着。有时他们不明白彼此在说什么，因为有些人带有某种口音，所以他们说什么都要重复两遍；这里还有翻译——

那时莫里夫达就能听出谁是来自波兰的犹太人,他们说话时会混用德语、波兰语和希伯来语。当他听到这些时,就会突然感慨万分。纳赫曼说话就像他的马尔卡和她的姐妹们那样,莫里夫达顿时觉得,自己仿佛披上了一件由过往图景织成的温暖的大衣。例如:谷物,铺满谷物的大地,带有深蓝点状花纹的浅黄色矢车菊,桌上放着刚刚挤出的新鲜牛奶和刚刚切好的大片面包,还有一个被蜜蜂环绕的养蜂人,正往外拔着盛满蜂蜜的蜂巢。

这有什么,在土耳其不也有蜂蜜和面包嘛。莫里夫达自感羞愧。他费尽心机想把这些对过去的回忆都抛到脑后,然后回到现实,回到人们还在辩论的地方,不过此时辩论好像已经结束了,现在是先知在那里讲故事,他讲故事时,脸上带着某种恶意的笑容。他讲述了他是怎样与一百多个强盗顽强斗争的故事,他像切碎荨麻一样把他们打得稀巴烂。这时突然有人打断了他,此人的喊声在这些参加辩论的人的头顶上空回响着。有一些人愤然离开这里,有人往后缩到橄榄树的阴影里,有一些抽着烟斗的人,半信半疑地低声评论着他们听到的故事。突然,纳赫曼站起来大声说话。他讲话慢条斯理,有理有据。他引用了《以赛亚书》。没有人能说得过他,他说什么都有理有据。当他引用经书的相关段落时,就会抬眼看着别处,好像在空气中的某个地方悬挂着一个隐形的图书馆。雅各布对纳赫曼讲的话无动于衷。纳赫曼讲完之后,雅各布甚至连头也不点一下。他表现得很怪异。

当人们慢慢散去的时候,天已经很晚了,那时弗兰克身边围上来一群大声喧哗的年轻男人。后来他们向城里走去。这些人寻欢作乐的嘈杂声充斥在城市狭窄的街巷中。他们骚扰过往行人,评论着那些街头艺人的表演,喝着啤酒,到处胡闹。莫里夫达和莫尔德克先生为以防万一,距他们身后几步远,以免他们乱打乱闹时碰到自己。以雅各布为首的这帮人身上好像有一种什么奇怪的力量,像雄性动物那样,试图在混战之中证明自己的能力。莫里夫达喜欢他们这样,他很想成为他们当中的一员,去与他们碰碰肩膀,拍拍打打他们的后背,在他们的气息中游走——闻闻年轻人酸臭的汗味、风和尘土的气味。雅各布脸上挂着某种放浪形骸的笑,就像是个快乐的男孩。莫里夫达在一瞬间与他对视,他刚要举起手挥一挥,雅各布已经转过身去。他们走过了一个水果摊和煎饼摊。忽然这帮人停下脚步,莫里夫达看不见前面出了什么事,但他耐心地在那里等待着;他买了一块带枫糖浆的饼,高兴地吃着。这时,前边突然出现了一片骚动,声音很响,接着爆发出欢呼声。是雅各布又搞出了什么恶作剧。不过他不知道雅各布这次又做了什么。

尊贵的先生莫里夫达,
又名安东尼·克萨科夫斯基的故事,
家徽夜鹭,亦称科温纹章

他来自萨莫吉希亚①,父亲曾是王室军队②中的骠骑兵。他共有五个兄弟,其中一个在军队中服役,两个是神父,而对其他那两个兄弟他一无所知。其中一个当神父的兄弟住在华沙,他们每年通一次信。

他离开波兰已经二十多年了,要想用波兰语组成一句完整的话,得费很大的气力。但非常神奇的是,他还是用波兰语思考。不过在大多数时候,他想用波兰语描述一些事情都很难找到适当的词汇。比如

---

① 立陶宛语意为"低地",是立陶宛五大历史地区之一,位于立陶宛西北部。
② 王室军队是波兰立陶宛联邦中波兰王室军事力量的陆军分支。它从1569年联邦成立开始存在,直到1795年波兰被第三次瓜分为止。

说，他经历了很多，但很难用波兰语描述这些经历。他得借助希腊语和土耳其语才能表述清楚。现在，他给犹太人打工，又学了些希伯来语，于是他的语句中又夹杂进更多外来词汇。莫里夫达在讲述时，就会混杂着各种语言说话。可以说，他用的是一种混合语种，他很像来自另一个大陆的某种怪物。

不过他还能用波兰语描述自己的童年，那时他的叔叔多米尼克在考纳斯①担任司膳总管②一职，克萨科夫斯基的父母突然离世后，是叔叔多米尼克抚养了他和他的五个兄弟。叔叔对他们要求非常严苛，打他们的时候出手也很重。一旦被抓到谁撒谎或者胡编乱造，叔叔就会出手重重地打他们的脸。如果哪个孩子犯了大错（比如说，安东尼偷吃了蜜罐里的蜜，为了遮掩，他往蜜罐里放了水，结果整个蜜罐里的蜜都坏了），他就会抽出皮鞭来打他们的背和屁股。他可能还会在忏悔时用这条皮鞭抽打自己，因为他们全家都是非常虔诚的信徒。他让兄弟中身强力壮的那个去从军，让两个性格温和顺从的兄弟去当了神父，而安东尼既不适合去当兵也不适合去当神父。有几次他从家里逃出来，侍从们把他从村子里抓回来，或者把他从农民的谷仓里揪出来，他因为哭累了就在那里睡着了。叔叔多米尼克的教育方法是严苛的，但最后还是看到了希望，安东尼可以作为一个成年人走出家庭独立了。无所不能的叔叔对他的教育还真不错，在他十五岁时，叔叔让他去国王斯坦尼斯瓦夫·莱什琴斯基的办公室工作。叔叔给他买了体面的衣服、公文包和皮鞋，还给他买了几套衬衫和几块手绢，就这样他只身去了华沙。那时谁都不知道这个乳臭未干的男孩会干点什么，大家看

---

① 立陶宛第二大城市和旧都。
② 立陶宛、波兰和俄罗斯的一种职位，负责照料统治者的餐桌，职责包括为宴会布置餐桌，并在宴会期间指挥菜肴的供应。

他写得一手好字，就让他在那里负责誊写文件，并为蜡烛剪掉灯芯。他对那些文员说，他的叔叔在考纳斯的森林里找到了他，他是被森林里的狼养大的，因此他既懂狗的语言也懂狼的语言；他说他是苏丹的私生子，在苏丹乔装打扮进入拉齐维乌家族①的时候被怀上的。后来，他不想再继续誊写文件了，他把装有誊写完的文件的包裹藏在了窗下一个沉重的家具后面，结果因为窗户漏水，那些文件被弄潮受损了。他还犯了一个非常低级的错误，他跟他那些上了年纪的同事喝酒，被他们灌醉，这些人把他扔到了波维希尔的妓院里，而他差点丢了性命，用了整整三天才缓过劲来。最后他拿了别人存在他那里的钱，在波维希尔尽情挥霍，直到剩余的钱被盗，他遭到了殴打为止。

莫里夫达一直在想，如果他没有离开王宫，还在那里誊写文件，那他现在会是怎样？也许早就成了王室书记员，只接受国王的领导，而国王却很少待在联邦，而是经常待在东部边界。那他也不至于沦落为现在的这个样子吧？

王室办公厅警告他，他们不想再看见他，并通知了他的叔叔。叔叔来这里接走了自己的侄儿，但是没有再像以前那样打他——不管怎么说，年轻的安东尼还是当过王室的官员嘛。

为惩罚他，他被送到一个地方，那里是他过世的母亲拿嫁妆换得的一份房产，一直由一个当地的管家看管着。到那里后，他不得不学习干农活儿——耕地、收割庄稼、接生小羊、饲养鸡。那个地方叫别莱维柴②。

安东尼那时还只有十几岁，年纪正轻，到那里时正值严冬，到处

---

① 一个发源于立陶宛的国际性家族。这个上等贵族家族先是在立陶宛大公国，后是在波兰立陶宛联邦和普鲁士享有很大特权。
② 波兰东北部的一个靠近白俄罗斯边境的村庄。

冰天雪地。在最初的几个星期里，他一直觉得非常内疚，感觉人生从此失去了意义。他几乎不出门，虔诚地在家里祈祷，在空荡荡的房间里走动，寻找死去的母亲留下的蛛丝马迹。一直到四月份，他才第一次去了大磨坊。

在别莱维柴，大磨坊由曼戴尔·科泽维奇管理，他有几个女儿，其中一个叫马尔卡，已经许配给了一个穷小子。不久他们将举行婚礼。安东尼每天都去那里，有时好像是送粮食，有时好像是去检查面粉磨得怎样，他俨然变成了一个大东家，看他们碾谷子，然后检查面粉。他用手一点一点地捏着面粉，放到鼻子下面，闻闻黑麦是否发霉变味，磨出的面是否松散，是否新鲜。然而他做这些，并不是为了面粉，而是为了去看马尔卡。她对他说，她的名字的意思是女王，尽管她看上去并不像女王，倒像公主——身材矮小，敏捷灵巧，长着一双大大的黑眸，皮肤像蜥蜴，干燥粗糙，但很温暖。他们有一次碰了一下肩膀，安东尼就听到扑簌簌的皮肤裂开的声音。

谁也没有注意到他们之间产生了恋情，也许是因为空气中弥漫着面粉，又或许是因为这种关系很滑稽。这种恋情只有这两个孩子自己心里清楚。她比他大不了多少，但她可以在他们一起出去散步时，指给他看哪些石头下面有螃蟹，哪个地方长着松乳菇。这就像是两个孤儿的心连在了一起。

夏收时，在田间地头没人见过安东尼，也很少见他待在家里。到了犹太人过新年的时候，也就是在九月，能够明显地看出来马尔卡的肚子已经凸起了。有个人给安东尼出了一个主意——这人一定是个疯子——他让他劫走马尔卡，让她受洗并娶她为妻，这样就可以让两家人无路可退，只能接受现实，以此平息他们的愤怒。

结果安东尼真的把马尔卡从她家中劫走，带她到了城里。在那里他们收买了一个神父，让他快点为她受洗，就这样他们两个结婚了。他自己当了她受洗的见证人，另外还有一个见证人，就是教堂的司事——负责照看神圣的器皿、圣衣、灯饰等。受洗后他们给她起了一个名字叫玛乌戈热塔。

这还不算什么，只是小事一桩。当他们在祭坛前并肩站在一起的时候，任何人都会说——最好就是像彦塔那样的人，她能看到一切——这个小伙子和姑娘年龄相差不多。但实际上在他们之间有一个不可逾越的深渊，这个深渊是如此之深，深至可触及地球的中心，或者更远的地方。这很难用语言形容。只说她是犹太人，而他是基督徒还远远不够。这样说也没什么意义，事实上他们代表的就是两种不同的人，尽管一眼看不出什么区别，因为这两种人看上去很相像，但实际上却有天壤之别：她不会得到救赎，而他却可以永生。因此尽管她拥有一个肉身，但她已经是灰烬和幽灵。从磨坊主科泽维奇的角度来看，他租用的是东家多米尼克的磨坊，他们之间有着天悬地隔的差别：马尔卡是一个真正的人，而安东尼是一个似人非人的怪物，他装腔作势、假仁假义，是一个在现实生活中不值一提的人。

这两个年轻人好像还没有意识到这些区别，年轻的夫妇在别莱维柴的大磨坊只露过一面，但从一开始人们都明白，这里绝没有他们的容身之地。马尔卡的父亲捶胸顿足，号啕大哭一场，生了一场大病。马尔卡被关在地下室，结果还是逃跑了。

安东尼与自己年轻的妻子搬到了别莱维柴的庄园里。才过了几个月，问题就来了。

这里的用人们局促不安地欢迎他们的到来。马尔卡的姐妹们纷纷来看她，大胆地在桌布下找着什么，经常随便乱翻抽屉，乱摸窗帘等地方。她们跟他一起坐在桌旁：五个女孩跟一个刚刚长出胡子的男孩。她们跟自己的妹妹一起铺桌布。饭前，年轻的男人在胸前画十字时，女孩子们却按照自己的方式祈祷。这简直就像是犹太儿童共和国。姑娘们大声说着犹太语，安东尼很快就捕捉住了这些特殊的音调，一些词汇也跃然于他的舌尖上。看上去，这似乎是一个非常好、非常理想的家庭，只有这些孩子，没有大人。

几个月后管家给多米尼克的叔叔写了一封信，信中告诉他家里发生的事情。叔叔很快来到这里，怒气冲天，在他怀孕的妻子面前重重地打了他一顿，结果两个人只好收拾了行李，跑回了大磨坊。但科泽维奇很怕自己的这个东家，因为他是靠承租他的磨坊挣钱，于是在黑暗中匆匆忙忙为他们打点了行李，送他们到立陶宛的家人那儿去。从此他们音讯全无。

是什么促使人们聚集在一起，并对灵魂之旅的话题达成了一些共识

莫里夫达在雅各布工作的那个仓库待的时间越来越长。在这里，人们都是早上或者傍晚开始做生意，因为那时天气没有那么炎热。在

太阳下山两个小时后,他们给老客户上的不再是茶水,而是葡萄酒。

莫里夫达很了解那个来自切尔诺夫策的奥斯曼。能跟奥斯曼认识,他得感谢一个土耳其人,但他不能说是谁,因为他发誓要保密的。秘密、掩盖、面具。如若你用无所不知的彦塔的眼睛去看这个秘密,就会明白,他们肯定是在拜克塔什教团①的秘密会议上认识的。现在,只见他们频频点头互致问候,看上去不像在谈话。

莫里夫达作为老客户在做自我介绍。他给人最深的印象是——就像他喜欢强调的那样——他是波兰的贵族。在那些正在交谈的犹太人的脸上,显出了某种怀疑的表情和某种孩童般天真的尊重他的表情。他说了几句土耳其语和希伯来语。他具有穿透力的笑声很有感染力。整个九月,莫里夫达每天都去见雅各布。到目前为止,他只买了一个绿松石做的袖扣,雅各布还给了他最低的价格,这让纳赫曼感到愤愤不平。莫尔德克先生也很愿意与他们坐在一起,谈论些什么话题,越奇怪越好。

现在进来了一帮从北方来的人,说着人们听不懂的外文。努森集中精力盯着他们,他从一个学者变成了商人。这些是来自西里西亚的犹太人,他们对孔雀石、蛋白石和绿松石感兴趣。雅各布还让他们看了珍珠;只要一开始卖东西,他的嗓门就会特别大。签合同要花费好几个小时,还得不停地添茶倒水。年轻的赫尔舍维端上来一些点心,附在雅各布耳朵边小声说,亚伯拉罕说再让他们看看挂毯。这些买家挑三拣四,说着自己的语言,在那里吹毛求疵,有的时候还在那里小声嘀咕,他们相信,在这里没人能听懂他们说的话。但他们真不该这

---

① 伊朗人哈吉·拜克塔什在十三世纪于安纳托利亚成立的苏菲主义教团。

样自信。努森闭着一只眼睛在那里认真听，然后向坐在幕后的纳赫曼报告：

"他们只对珍珠感兴趣，别的东西他们已经都有了，买的价格有点偏高，很后悔没早点儿来这里。"

雅各布派赫尔舍维去亚伯拉罕和别的摊位那里拿珍珠。到了傍晚买卖成交后，他们觉得这一天货卖得很好，于是就在家里最大的一个厅里，铺开地毯，摆上靠背垫，吃上一顿丰盛的晚餐，甚至可以有些夸张地说，是一场晚宴。

"是的，以色列人会大口吞吃利维坦①！"雅各布大声喊，好像这就是祝酒词，然后就把一大块肉塞到嘴里，肥油顺着他的胡子流下来，"这个体量庞大的怪物的肉，就像鹌鹑肉一样美味而软滑，像鱼肉一样鲜美。人们将会长时间食用海怪，直至多年的饥饿感消失为止。"

所有的人一边说话，一边开玩笑，全都沉浸在美食的享用之中。

"风会把白色的桌布吹走，而剩余的骨头都会被扔在桌下喂狗。"莫里夫达小声嘀咕着。

纳赫曼喝着从雅各布的地窖里拿出来的上好的红葡萄酒，感到身心轻松，对莫里夫达说：

"如果你把世界看成是善良的，那么邪恶就会成为例外、缺失和错误，一切都显得不合情理。但如若你反过来看，世界是邪恶的，那么善良就会成为例外，那时一切排序都会很协调并且很合理。我们为何不想看到这些显而易见的事情呢？"

莫里夫达顺着这个话题接着说：

---

① 在希伯来语中有"扭曲""漩涡"的含义。《以赛亚书》第二十七章描述利维坦为"曲行的蛇"。后世一般用这个词语指来自海中的巨大怪兽，而且大多呈大海蛇形态。

"我们村里的人认为,世界被分成了两半,有两种力量在操控:一种是善,一种是恶……"

"你们村是什么?"纳赫曼冲着他问,嘴里塞满了食物。

莫里夫达不耐烦地挥了挥手,没理他,接着说:

"没有一个人不希望别人陷入厄运,没有一个国家看到另一个国家衰落不会感到欢欣鼓舞,没有一个商人不希望他的竞争对手倒闭……告诉我这一切的始作俑者都是什么人?是谁搞砸了这一切!"

"莫里夫达,你安静会儿吧。"纳赫曼劝他冷静一下,"给你,吃点。你不吃只喝哪行啊。"

现在所有的人都在那里七嘴八舌地说话,只见莫里夫达把一根棍子插进了蚁窝,他又撕下一块烤饼,然后蘸上用香草调好味的橄榄油。

"你们那里怎么样?"纳赫曼大胆地问他,"告诉我们你们那里的人们生活如何。"

"我也不知道。"莫里夫达扭扭捏捏地说。因为多喝了点葡萄酒,他的眼神有点迷离:"你必须发誓保守秘密。"

纳赫曼不假思索地点头。这对他来说是不言而喻的事情。莫里夫达给他倒上了酒,这葡萄酒的颜色真深,在嘴唇上留下了紫色的印痕。

"在我们那里是这样的,我简单跟你说吧。"莫里夫达说着,他的舌头已经开始伸不直了,"一切都是平行的:有光就有黑暗。黑暗会侵犯光明,而上帝造了人,为的是让大家帮助捍卫光明。"

纳赫曼挪了挪眼前的盘子,抬眼看着莫里夫达。莫里夫达盯着他昏暗深邃的眼睛看,一瞬间两个人一句话也没说。纳赫曼压低声音讲述了四个值得思考的重大悖论;不思考这些问题,一个人就永远不会成为深思远虑的人。

"首先,为了创造一个有限的世界,上帝不得不限制自己。但上帝依然有一个无限的部分,没有完全投入创造中。难道不是这样吗?"他问莫里夫达,为的是弄清楚他是否能理解这种说法。

莫里夫达点了点头,于是纳赫曼接着讲,如果一个人接受了这个观点,世界是上帝创造出来的,但这只是上帝头脑中无数想法中的一个,那这对上帝来说,肯定不是什么大事,也不是什么重要的事。很有可能,上帝也没有注意到他创造了什么。纳赫曼再次认真审慎地观察着莫里夫达的眼神。莫里夫达深吸了一口气。

"第二,"纳赫曼紧接着说,"创世只是上帝头脑中微不足道的一个小想法,其实上帝对此漠不关心,他只是参与了创造世界;而从人类的角度看,这种漠不关心却是残忍的。"

莫里夫达一口气喝下了一杯葡萄酒,然后把酒杯重重地放在桌上。

"第三,"纳赫曼低声说,"绝对存在,作为一种无限的完美,没有任何理由去创造世界。因此绝对存在中参与创世的那部分要证明自己比其他部分更聪明,这种竞争一直在持续。而我们人类也参与在这场诡计之中。你明白吗?我们正在参与一场战争。第四,由于绝对存在必须限制他自身,以便能呈现出有限的世界来,我们的世界对他来说就像是一种流亡。你领悟了吗?为了创造世界,万能的上帝不得不像妇女那样让自己显得孱弱和被动。

所有的人都悄无声息地坐在那里。各种嘈杂声又回到了这里,雅各布说话声很大,他在给别人讲淫秽笑话。后来莫里夫达喝得酩酊大醉,不住地拍着纳赫曼的后背,直到人们拿他滥开玩笑。最后他把脸放在纳赫曼的肩膀上,对着他的衣衫说:

"我都知道。"

莫里夫达消失了几天,后来又回到这里住了两三天。他就住在雅各布那里。

当他们坐在那里聊到晚上的时候,赫尔舍维就把热灰倒进馕坑,就是地上用于烤馕的盐土制的火灶。他们把脚贴在馕坑壁上;一股柔和而又温暖的热流随着血液往上传播,温暖了整个身体。

"他是双性人吧?"莫里夫达看着赫尔舍维,问纳赫曼。土耳其人就是这样称呼那些不男不女的人,上帝以这种方式创造出来的人,可以是女人,亦可以是男人。

纳赫曼耸了耸肩膀。

"这个小伙子不错,很忠诚。雅各布爱他。"

又过了一会儿,纳赫曼觉得自己应该问莫里夫达一个问题,于是说道:

"人们都说,你是拜克塔什教团的人,真的吗?"

"人们这样议论我?"

"都说你曾为苏丹做过事……"纳赫曼犹豫了一下,低声说道,"当间谍。"

莫里夫达看着自己交叉在一起的双手。

"你知道,纳赫曼,给他们做事也是一件好事,我是在给他们做事。"过了一会儿他又补充说,"当个间谍也不是什么坏事,只要最终的目的是好的。这点你是清楚的。"

"我知道。那你想从我们这里得到什么,莫里夫达?"

"我什么也不想得到,我喜欢你,也很佩服雅各布。"

"莫里夫达,你聪明过人,可就是陷进了世俗之中不能自拔。"

"在这个问题上我们很相像嘛。"

纳赫曼似乎并不这么认为。

在纳赫曼起身去波兰的前几天,莫里夫达邀请他们到自己家里。莫里夫达骑着马来接他们,还带来了一辆奇怪的马车,他让努森、纳赫曼和其他一些人坐在马车上。雅各布和莫里夫达骑着马在前面走。他们一共走了四个小时,因为路太难走了,不仅狭窄而且到处是坡路。

路上雅各布心情不错,用他那优美洪亮的声音唱着歌。他开始用古老的语言唱礼仪歌,最后又唱了犹太人的歌曲,以一曲犹太人婚礼上常由小丑[①]唱来逗乐的小曲结束:

生活是什么?

如果不是在坟墓上跳舞。

他唱完之后,又唱了几首粗俗放荡的,描写新婚之夜的歌。雅各布洪亮的声音在岩石上空回响。莫里夫达骑着马,离他半步之遥地跟着他,他突然在想,这个怪人怎么有这样的魅力,轻易就能把人们聚拢在自己周围。应该说,他做事还是很投入的。就像来自童话里的那口井,每当你冲着它大喊时,它总是给你同样的回答。

雅各布关于戒指的故事

他们躲在路边的橄榄树的阴凉下小憩,欣赏着眼前克拉约瓦的美景。现在他们觉得这个城市如此之小——小得像条手绢。纳赫曼坐在雅各布旁边,头挨着头,好像在玩耍。雅各布也把头靠近了他,像小狗

[①] 欧洲传统犹太婚礼中不可缺少的一部分,一般由他来引导新娘和新郎完成仪式的各个阶段,充当司仪,并在伴奏下为新娘、新郎和姻亲唱歌。其历史可以追溯到十七世纪。——编者注

那样互相咬斗了一会儿。莫里夫达看着他们,觉得他们简直就是小孩子。

在路上休息时总有人会讲点故事,甚至不厌其烦地讲一些他们已经听过好多遍的故事。赫尔舍维很顽皮,他要听关于戒指的故事。于是雅各布自告奋勇,开始讲故事。

"从前有个人,"他开始讲,"他有一只独一无二的戒指,那是一只祖传的戒指。戴上这只戒指的人会非常幸福,一切都会顺心如意。而有的人,尽管他戴着这个祖传的宝贝,但他并没有失去对别人的同情心,非常愿意帮助别人。于是戒指就这样被那些好心人戴着,人们将戒指一代一代传给自己的孩子。

"但是其中有一对父母,一下子生了三胞胎,都是男孩。他们一起健康地成长,兄弟之间关系非常和睦,他们互相帮助,分享着每一份东西。可他们的父母一直在琢磨,等他们都长大了,只有一个人能得到祖传的戒指。他们多次在夜里长时间地商量着,最后还是母亲想出了一个办法,告诉孩子们说:'我们得把这只戒指送到最好的金店去,让他们帮忙再打两只一模一样的金戒指,让人完全看不出哪只戒指是祖传下来的。'就这样他们用了很长时间,终于找到了一家金店,那里有一个心灵手巧的工匠,他费了很大劲,完成了这个任务。当这对夫妻来到这里取戒指时,工匠在他们面前把三只戒指混在一起,以便他们无法分辨出哪只戒指是祖传的,哪只戒指是新打出来的。结果不但他们看不出,就连工匠自己也觉得很惊奇,也无法分辨出哪个是原来的,哪个是新打造的。

"当儿子们都成年时,他们在家里举办了一个盛大的仪式,在这个仪式上,父母把戒指分别送给了三个儿子。三个孩子心里都不太满意,但都没有表现出来,因为他们不想惹父母不高兴。但每个人心里都想着,他得到的应该就是那枚祖传的戒指,他们用怀疑和不信任的眼光互相看着对方。父母去世后,他们立即去了法院,想让法院最终鉴别出来,哪只戒指是祖传的。但是聪明的法官并没有按照他们的想法去做,没有对戒指做出评判,而是对他们说:'据说,这件宝物具有使其所有者拥有为神和人所喜悦的特性,但这似乎并不适用于你们当中的任何一个人。很有可能,你们那枚祖传的戒指已经丢失,那你们就权当你们手里的戒指就是祖传的吧,生活会告诉你们真相的。

"像这三只戒指一样,世上也有三种宗教。出生在某一个宗教辖地的人,就应该把另外的两种宗教当作拖鞋,穿着它走向救赎。"

莫里夫达听过这个故事,最近一次是听一个跟他做生意的穆斯林讲的。他被纳赫曼念的祈祷词感动了——他无意中听到了纳赫曼用希伯来语哼唱的祈祷。他不知道自己是否记下了他说的一切,但他把他能记得的那些话都用波兰语写了下来。现在,当他在脑子里回想着祈祷内容时,他享受着念祈祷词的节奏,嘴唇上荡漾着愉悦的波浪,宛如他正在享受某种甜蜜的美食。

> 灵魂拍打着翅膀,在寻找以太[①],
> 这个灵魂战无不胜,
> 灵魂看起来不像鹤也不像乌鸦,
> 它向天空深处飞去。
>
> 灵魂不喜欢被关在硫黄和铁中,
> 它不会因为情绪的变化迷失,

---

① 古希腊哲学家亚里士多德所设想的一种物质,为五元素之一。在亚里士多德看来,物质元素除了水、火、气、土之外,还有一种居于天空上层的以太。

它永远不会死于瘟疫之墙内,
不会受人类的愚蠢、荒谬和偏见所左右。

灵魂推倒墙,走得更远,
它对赞美和造谣无动于衷,
它不愿意走街巷和林荫大道,
愿从木栅栏上空飞过。

灵魂喜欢无限的自由,在万事万物中生存,
它嘲笑人类的聪明才智,
在心灵中将美丽视为丑陋,
让虚幻的想象烟消云散。

灵魂挥动着羽毛,看着光,
你难以用言语形容,
灵魂对无论是人还是物
在这个世界上所处的位置都漠不关心。

上帝呀,帮帮忙吧,请允许我,
让我用语言表达我的痛苦,
告诫人们讲真话,
用自己的灵魂表达上帝的意愿。

他尝到了用自己的语言表述的甜蜜感觉,但过了一会儿,这一切又都变成了焦虑不安的思念。

杂记。我们在莫里夫达的鲍格米勒派那里看到了什么

尽管我特别希望,但我真的无法把这一切讲清楚,因为这些事情如此盘根错节、错综复杂,只要我的笔尖触碰了一个问题,就会有连锁反应而触碰到另一个问题,过不了一会儿,在我面前问题就泛滥成一片大海。我很难用我的笔在纸上写下我灵魂的经历。我该如何在一本书中表达我的灵魂的一生?

我怀着极大的狂热向阿布拉菲亚[①]学习,他说,人类的灵魂是流经所有生灵的伟大宇宙洪流的一部分。经历了所有的创世神话,这是单一的、唯一的力量,而一旦人作为物质之身降生,一旦人作为单一实体来到这个世界,灵魂就不得不与其他的一切分开,否则人很难存活——灵魂会被那个唯一的力量吞没,人就会在瞬间发疯。因此这样的灵魂是被封印的,即打上了印章,这些封印不允许灵魂与那个整体合一,但它允许灵魂在这个有限的、被物质绑缚的世界运行。

我们必须学会保持平衡。如果灵魂过于贪婪、过于空洞,就会有太多不同的形式渗透进来,将其与神的洪流分隔开。

有句老话说:"被自我填满的人,灵魂就没有空间留给上帝。"

莫里夫达的村子里有几十座不大的、用整洁的石头建造的房子,房顶上铺的是板岩,在有些房子之间还有用卵石铺就的小路。房屋以不均匀的间隔矗立在被踩踏的小草地周围,草地上流淌着一条小溪,形成了一个灌木沼泽。上方有一个木质结构的出水口,像磨轮一样,

---

[①] 中世纪重要的犹太教《塔木德》学家。

驱动着某种机器，可能是在碾磨谷物。那些房子后面是一片密密麻麻的花园和果园，被打理得很好，我们从入口处就能瞥见已经成熟的南瓜。

在这个季节，已经干枯的草地上露出了一个巨大的方形白布，看起来好像是为村庄装饰的一个白色的圣诞衣领。这个村子有点奇怪，我很快就发现，这里没有任何禽类，这本应是每个农村最常见的景致：在草地上寻觅食物的母鸡，笨拙地摇摆着身子的鸭子，嘎嘎嘎叫个不停的母鹅和发情的公鹅。

我们的到来让这个村子一下子热闹了起来，先是孩子们冲我们跑过来，是他们最早发现有外人进村来了。孩子们跟在我们这些外来人的身后跑，他们拽着莫里夫达，好像他们就是他的孩子，而莫里夫达用那种我们从未听到过的、嘶哑的声音温柔地对他们说着什么。然后就不知道从哪里冒出来一大帮蓄着胡子的男人，他们个子矮小，膀大腰圆，穿着粗麻布衬衫，很真诚；跟在他们身后的是一帮大笑着跑过来的妇女。所有的人穿的都是白色粗麻布的衣服，看得出来这是他们自己纺织的麻布，因为在村庄附近阳光普照的平原上，到处都晾晒着刚纺织出来的、等着漂白的麻布布料。

莫里夫达摘下他在城里买的布袋。村里的农民非常欢迎客人，他们特别高兴，在我们周围围成一圈，唱了一首很短的欢快的歌曲。他们这里欢迎客人的方式是先把手放在胸脯上，然后再把手挪到嘴唇上。他们以农民朴实的方式欢迎了我们，让我深受感动，尽管"农民"这个词感觉更适用于描述其他类型的人。与我在波多利亚看到的农民不同，他们过得很快活，很知足，看得出来衣食无忧。

我们都感到非常惊喜，就连雅各布也不例外，很少有什么事情能打动他。他看上去很惊讶——在这个巨大的、热情的场面下，他好像在一瞬间忘记了自己是谁。尽管我们都是犹太人,但他们好像并不在乎,而是相反,正因为我们是外来人,他们对我们很好。只有奥斯曼好像不怎么激动,不停地在追问莫里夫达,这里的供应怎么样,工作分工如何,种蔬菜和织布的收益如何,而莫里夫达也没能很好地回答他提的问题。令我们奇怪的是,在这里有一位妇女对所有问题最有发言权,人们都管她叫"母亲",尽管她并不老。

人们把我们带进了一个大房间,一些年轻的男人、姑娘和男孩为我们上饭菜,招待我们。食物尽管很简单,但很好吃——有老蜂蜜、水果干、橄榄和直接从热石头炉子上拿出来的烤制得热乎乎的薄饼,上面还抹了一层茄子酱,饮品是冰凉的泉水。

莫里夫达表现得很得当,也很平静,但是我发现,尽管这里的人们对他很尊敬,但他并不像是个东家,因为所有的人都称呼他"兄弟",而他也这样回称他们"兄弟"或"姐妹"。也就是说,他们都认为,他们好像是一个大家庭里的兄弟姐妹那样。当我们酒足饭饱之后,来了一位妇女,她也穿一身白,也就是那个人们称她为"母亲"的人。她坐在我们身边,热情地冲我们微笑着,但话不多。看得出来,莫里夫达也非常尊敬她,因为当她刚站起身要出去时,他也立即站起来,我们就跟着他一起站起来,走到他们给我们安排的住处。这里的一切都既简单又干净整洁,我睡得很好,因为我疲惫得一点力气都没有,于是也没能及时记录下这一天的经历。比如说,在我住的房间里,被褥直接铺在木地板上;屋子里只有一根用绳子拴着的棍子吊在那里,来让我挂衣服。

第二天,我们跟雅各布看到,在这里,莫里夫达把一切都安排得井井有条。

他这里有十二位兄弟和十二位姐妹,就是他们负责管理着这个村子,男女享有平等的权利。如果需要确定什么,他们就会聚集在水塘边开会投票,同意的就举手。这里的一切,包括房屋和财产,例如水井、马车、马匹属于大家所有。总的来说就是,谁需要什么都可以租用、借用,用完之后还回来就行。这里没有很多小孩,因为对他们来说,生孩子就是罪孽,而那些已经生下来的孩子,也都不是留在母亲身边抚养,而好像是他们的共同财产,由几位上了年纪的老妇人照管,为的是让年轻人去地里干活或者干家务。我们得知,他们给家里粉刷墙时,会在白粉中加一点颜料,以便能把墙刷成蓝色。他们不告诉孩子们,谁是他们的父亲,当然也不告诉父亲,谁是他们的孩子;因为那样可能会引起不公平,让人们偏向自己的后代。妇女们知道,是她们在这里起着重要的作用,她们与男人们享有平等的权利,因此看得出来,这里的妇女跟别的地方的妇女不同——她们更平静、更理性、更有远见。村子里的账都由一位妇女来管理;她会读写、记账,很有文化。莫里夫达对她非常尊敬。

我们所有人都在想,莫里夫达在这里起什么作用?他在这里是管理者,还是帮忙的?他是听这位妇女指挥,又或许是她听他指挥?可他却嘲弄和取笑我们,说我们都是在用老眼光、用最坏的方法看待他们:到处都是梯子,一个人踩在另一个人上面,逼着下面的人做所有事情;这个人更重要,那个人不那么重要。而他们这些住在克拉约瓦附近这个村庄里的人完全不一样。在这里人人平等。每个人都有生活的权利、吃饭的权利、高兴和工作的权利。每个人都有权随时离开这里。有人离开过这里吗?有过,但很少。他们能去哪儿呢?

但我们相信,在这里莫里夫达与这位面带微笑的妇女共同管理着这个村子。我们所有人都在心里默默地琢磨着,她可能就是他的妻子吧,可他很快解除了我们的猜疑:她就像这里的每个妇女那样,是他的姐妹。"你在这里跟她们上床吗？"雅各布毫不掩饰地问。莫里夫达耸耸肩，指着那个打理得很好的大型菜园说，那里每年能收割两次，是村庄赖以生存的东西，阳光照耀着它们；因为如果你以他的眼光看，那一切都来自太阳，来自光，一切对所有人都是免费的。

我们所有人都围坐在一张长桌边用餐，用餐前他们大声祈祷，可我听不出他们说的是什么语言。

他们不吃肉，吃的都是各种植物做的菜，奶酪也很少，如果有那也是什么人送给他们的。他们像不喜欢吃肉那样不喜欢吃奶酪。蔬菜里他们不吃蚕豆，因为他们认为，那些小小的种子藏在豆荚里，就像非常珍贵的首饰盒，灵魂会在某一瞬间隐藏在那里。在这一点上我们很同意他们的说法：有些植物里的光比别的植物里的光要多些——黄瓜里的光最多，还有茄子和所有长条形状的瓜类都是这样。

他们相信灵魂是可游移的，莫里夫达和我们一样也这样认为，这种信念在过去非常普遍，在基督教没有给灵魂定性之前。他们崇拜星星，认为行星就是统治者。

令我们不解的是，尽管我和雅各布没有表现出来，但他们和我们所相信的东西有很多相似之处。比如说，他们相信，在入会仪式上的神圣演讲之所以是神圣的，原因恰恰相反，即它是无耻的。仪式上的每个人都必须听一个伤风败俗的故事，这来源于他们非常古老的传统信仰，源于对古老的女神包玻①，或对道德沦丧的希腊神狄奥尼索斯的崇拜。我是第一次听说这两个希腊神的名字，莫里夫达很快地说完，似乎还感到有些羞耻，但我立即把这些都记录了下来。

午饭后，我们来到莫里夫达家享用甜品，那是传统的土耳其果仁

---

① 一个希腊神话中的人物，象征着性和生育的女性恶魔。

蜜饼；与此同时，他还给我们上了一点自酿葡萄酒。我看见果园后边有个小葡萄酒庄。

"你们怎么祈祷？"雅各布问他。

"啊，这可是简单得不能再简单的事情了。"莫里夫达回答说，"祈祷应该是发自内心的：'主耶稣基督，可怜可怜我吧。'不需要专门做什么祈祷。上帝能听到你的声音。"

他们还对我们说，婚姻是有罪的，就是亚当夏娃犯的罪；因为本应像在大自然中那样：人们是在精神上有联系，而不是采取这种可悲的方式。那些在精神上有联系的人，精神上的兄弟姐妹可以有身体接触，这样的孩子是上天赐予的。而那些夫妻交媾产生的孩子，就是"僵硬律法的孩子"。

晚上他们都站成一圈，开始围着一位未婚的妇女跳舞。最初她身穿一件白色的长袍，在圣洁的仪式之后她换上了红色的长袍，最后当所有的人都尽情欢乐，围着她手舞足蹈并疲惫不堪时，她给自己披上了一件黑色的大衣。

这一切对我们来说既陌生又熟悉。在回克拉约瓦的路上，也就是在回雅各布办公室的路上，我们大家七嘴八舌地热烈谈论着，结果到了晚上，个个都难以入眠了。

几天之后，努森和我带着货物和各种消息动身去波兰。一路上，我们的脑海里浮现的都是在莫里夫达的村子里所见的各种画面。特别是努森，当我们再次跨越德涅斯特河时，他激动地梦想着在波多利亚的家乡也建立这样的村庄。但我最喜欢的还是那里人人平等，无论是母亲还是父亲，是女儿还是儿子，是妇女还是男人。在我们之间没有太大的区别。当光照在物质上时，我们都仅仅是因为光而存在的形态。

第十二章

关于雅各布前往加沙的拿单墓地的旅程

亚伯拉罕给自己弟弟托瓦写信说道：

有谁会像雅各布那样冒险前往先知拿单的墓地？他要么疯了，要么就是圣人。我这里的生意因为聘用了你的女婿而惨遭损失。前来我商店的顾客倒是比以前多了，可他们说得多，但不见什么利润。依我看，你的女婿不适合做生意。我并没有责怪他的意思，因为我知道，你对他抱有很大的希望。他是一个不能安于现状的人，而且他内心非常躁动，他不是什么圣贤，而是一个叛逆者。他对什么都不满意，对我给他的报酬也很不知足，于是自己给自己发了报酬，还拿走了我几件非常珍贵的东西，相关清单我另纸附上。我希望你能给他施加点压力，请他估算一下他拿走的物品的数额，折成钱还给我。他们异想天开；他和他的那些拥护者前往加沙去参观拿单的墓地，让上天护佑他们吧。尽管他的这个目的很崇高，但因头脑发热，决定太草率，对一切都置若罔闻——我是这样认为的——像往常一样仓促。尽管他们还有充足的时间先跟一帮人大吵了一通，然后又从另一帮人那里借了钱走，但是这里已经没有他的一席之地了。有可能他还想回来，不过我觉得，他不会回来了。

我深信，你们知道自己在做什么——把哈娜嫁给了他。我相信你的聪明才智，你的深思熟虑往往超出人们简单的理解。但我只想告诉你，他走后，我反倒感到浑身轻松了。你的女婿不适合做挣钱的交易。我觉得，他干不了什么大事。

关于纳赫曼如何追随雅各布的足迹

最终，在初夏时节，纳赫曼和努森终于在波兰办完了所有的事情，收齐了要给人们带的信件，还准备了一点儿货物，动身前往南方。他们往德涅斯特河方向走，穿过了田野；一路上阳光普照，天空无垠。纳赫曼看够了波多利亚的肮脏恶浊，农村人的蝇营狗苟、小肚鸡肠和粗俗愚昧；他想念树上的无花果和咖啡的味道，最惦念的还是雅各布。邵尔托他们给伊索哈尔带了很多礼物，给莫尔德克先生捎了格但斯克的琥珀酒，还有治疗他关节痛的药品。

河两岸现在已经完全被发黄的枯草覆盖，草干得像柴火，一点就着。纳赫曼坐在河岸边，眺望着河对岸的南方。忽然，他听见高大茂盛的灌木丛中传来窸窣声，不一会儿从那里走出一只拖着肿胀肚子的黑白相间的狗；它瘦得可怜，而且脏兮兮的。跟在它后面的是几只哼哼叫着的小狗。母狗从他身旁走过，根本就没有注意到这里还站着一个一动不动的人，但有一只小狗注意到了他，它惊呆了。他们互相对视了一会儿。小狗好奇并信任地看着他，但忽然好像得到了什么警报，小狗像遇见敌人那样狠狠地瞪着他，然后跟在妈妈后面逃跑了。纳赫曼觉得，这是一个不祥之兆。

晚上，他们横渡德涅斯特河。农民们坐在篝火旁，放着光的河灯漂浮在水面上。到处是喧嚣声和叫喊声。在岸边齐腰深的水里站着一帮身穿白色长衫的姑娘，她们把长衫卷在膝盖上边，披散着头发，头上顶着花环。她们一声不响地看着他们这些骑在马上的犹太人。纳赫曼在想，她们并不是为了在这里与他们说再见的农村女孩，而是夜晚出没在河水里的水怪，专门吞溺那些想要过河的人。突然有一个姑娘弯下身，并往他们身上泼水，另外一些姑娘大笑着，在一边看热闹，男人们只好赶着马逃奔。

有一个关于"圣人"的消息越来越多地传到他们耳朵里，而他们越是深入土耳其，这些传言就变得愈加离奇。他们暂时不去管这些传言，但也不能长时间不理会。一般来说，驿站就是在路上跑买卖的犹太人互相传递沿途收集到的谣言的地方，他们在那里听到了更多的细节，比如说，"圣人"身边聚集着很多信众，干了一番大事。很多人听了都觉得这是无稽之谈。在一些故事中，这人是一个来自土耳其的上了年纪的犹太人，有时又成了来自布加勒斯特的年轻人。因此，他们花了一段时间才弄清楚，所有这些人、所有这些旅行者谈论的就是雅各布。这令纳赫曼和努森感到心神不安，他们整夜整夜睡不着，试着猜想他们不在的这期间究竟都发生了什么。他们高兴不起来——这不正是他们在期待的事情吗？相反，他们开始感到恐惧。医治恐惧和焦虑的良药就是记录下这一切。于是纳赫曼每到一处驿站，就会把他听到的关于雅各布的故事一一详细记录下来。他们这样说：

有一个人骑着马，从一个村子里走出来，走了半天，来到了一个深谷，如果掉下去就会有危险。马已经累得筋疲力尽，踢着腿表示反抗。可雅各布还在折磨它。不久后在他的身边聚集了一帮村民，结果惊动了土耳其的巡逻兵——他们来到这里是想弄明白，聚在这里的都是些什么人，顺便趁机检查一下，看他们是否在煽动人们反对苏丹。

还有：

雅各布来到一个看上去很富有的商人家里，把手伸到自己的口袋里，从里面掏出了一个像蛇一样的东西，来回晃动着，还冲着人们大声喊。这引起了一阵骚动。为此人们感到惊慌失措，而妇女们惊愕的尖叫声把土耳其巡逻兵的马匹都吓惊了。雅各布发出大笑声，躺在沙子上翻滚。那时这帮人才觉得很尴尬，他们刚看清，那根本不是什么蛇，而是穿着木珠子的丝带。

再比如说：

在一个很大的犹太会堂里，他走上讲台，人们正准备诵读《摩西律法》，结果他抬起讲桌挥舞着它，威胁说，要打死所有人。人们见状纷纷逃离了犹太会堂，他们认为，这人是个疯子，什么事情都干得出来。

还有：

有一次，一个盗匪想要抢劫他，结果雅各布冲着天大喊一声，于是一眨眼的工夫就聚集来一大帮人，吓得盗匪一溜烟逃跑了。

现在纳赫曼用小一号的字母补充写道：

我们追到了索菲亚，但在那里没有找到他。我们问遍了在那里的所有人，是否有人知道他的下落，他们生动地告诉我们他在那里都干了些什么——最后他带着一帮人去了塞萨洛尼基。很显然，他现在作为犹太教一个分支的统领，坐着马车走在前面，后面跟着其他一些车，货车，以及骑马的人和步行的人——人们灰头土脸走在路上，挤满了整个道路。只要他在什么地方停留过，那里的人们就会好奇地打听这是谁。向他们解释清楚后，那些人就放下手头的活，只是在大衣上蹭蹭手，就加入了他的队伍，尽管只是出于好奇。人们跟我们说了很多。人们还说，他们的马匹有多么英俊，马车的品质有多么好，还非常肯定地告诉我们，他们的人很多，估摸有成百上千人。

我觉得，我知道什么是"成群的朝圣者"的意思。他们都是些寒微困穷的人和衣衫褴褛的人，无法找到一个长久安居的地方。病人和残疾人绝望地寻找一线希望，期待有奇迹发生；与其说他们渴望奇迹，还不如说他们更渴望新奇和冒险。那些从父亲的严厉管教下离家出走的青少年；那些因为缺乏深谋远虑，丧失了一切的商人，内心充满了苦涩和仇恨，正在寻找机会挽回自己的损失；各种疯子和厌倦了枯燥乏味的责任而逃离家庭的人。此外再加上那些四处乞讨的妇女和不安于室的妇女，以及怀里抱着孩子、被人抛弃的妇女，没人要的寡妇，还有那些穷困潦倒的基督徒，游手好闲的无赖们，都希望加入其中捞取个人利益。那些盲目跟在雅各布身后的人，如果你问他们要去干什么，他们在跟着什么人走，他们肯定也说不太清楚。

我来到斯科普里①，在我们的先知拿单的墓地前请求他。我说话声音极小，几乎都没动一下嘴唇，却在脑子里默默地想着，希望能尽快

---

① 现为北马其顿共和国的首都，历史上曾被奥斯曼统治超过500年。

与雅各布会面。有时我脑子里还会浮现出一些不自量力的想法，这些想法说明我缺少谦逊和对自我的恰当评估。但我确实在思量，没有我他就会变得疯狂，只要我找到他，他便会安静下来，放弃想当老大的念头。让上天保佑他吧。我觉得，路上的这些骚乱是他需要我的信号。

在犹太历5514年的以禄月，也就是公元1754年9月20日，纳赫曼与努森二人来到了塞萨洛尼基。尽管那时天已经完全黑了下来，而且他们都已经疲惫不堪，但他们还在继续努力，一步不停地去寻找雅各布。那天夜里很热，城墙都散发着热气，空气懒洋洋地变凉，从山上刮来一阵阵微风，那时空气中飘浮着一股植物的、木头和树叶的气味。城里非常干燥。从那里飘来了橙子、柿子的气味，透出果汁最甜、最美、最诱人的味道，但没过一会儿就变成了腐烂发霉的臭味。

纳赫曼在研经室一眼就看见了他。这个研经室是塞萨洛尼基犹太人讨论重大问题的地方。现在人们已经纷纷散去了，天色已晚，雅各布还站在那里，被一帮男人围着，兴奋地跟他们聊着。纳赫曼看见身穿希腊服装的年轻的赫尔舍维也在他们中间。他走近他们，尽管还没听到他们在说什么，他就开始浑身发抖。很难解释这是为什么，因为这夜晚快把人热死了。他写道：

这时我才知道，我有多么思念他；直到现在，我一路寻找他的焦急紧张，以及在过去几个月与我形影相随的烦躁不安的情绪一下子消退了。

"那个人在说什么？"我问一个站在旁边的男子。

"他说，沙巴泰·泽维根本不是先天带有神性的弥赛亚，只是一个想要宣布自己继任者的极普通的先知。"

"他说得有道理。"站在我旁边的另一位男子说,"如果沙巴泰·泽维具备先天的神性,那他早就改变了这个世界。可现在跟以前有什么两样吗?"

我从未思考过这个问题。

我看见站在人群中的他。他不但消瘦了很多,人也仿佛衰老了很多;胡子长长了不少。但是在他身上也有些新的变化——更顽强、更自信了。在我不在他身边的时候,是谁引导了他,是谁帮助了他,导致他变成了现在这样?

如果我能这样一直看着他的这些举动,如果我能一直听着他说话,我就应该明白,这样很好,他说的这些话能给别人带来某种轻松感。我觉得,他内心深处非常清楚他想走哪条路,想做什么。有时候只需要看着他就足够了;也正是因为这一点,人们愿意跟随他。

他从来没有像现在这样轻松过,自信过。现在他知道自己到底想要做什么。我们普通人永远不会有这样的自信。

我在波多利亚跟家里人在一起的时候,曾经多次想过关于他的事情。我思念他,特别是在睡前,因为他太迷人了,甚至我在夜里也梦寐以求地希望他在我身边。不过可惜的是,躺在我身边的是我妻子,我基本对她没有过太多的关照。我们的孩子们各个先天不足,天生体弱,没活多久就都死了。但那时我想的不是这些。我觉得,雅各布的脸变成了我的脸,我仿佛是以他那张脸睡着了,而不是自己的脸。而现在我眼前看见的是他真实的脸。

因此晚上,当我们所有人终于坐在一起的时候——雅各布、莫尔德克先生、伊索哈尔、努森、小赫尔舍维和我——我感到十分幸福。当然也少不了葡萄酒,结果我喝多了,不过我好像有一种穿越感,似乎以这种方式回到了童年——我觉得十分无助,随时准备听从命运的安排并坚信，无论发生什么事，我都会跟雅各布在一起。

关于雅各布如何面对敌基督者

在塞萨洛尼基还生活着沙巴泰·泽维的继任者巴鲁赫吉和他的儿子，人们都叫他科尼亚。

这里有很多他的信奉者视他为圣人，他们认为，在科尼亚的身体里住着巴鲁赫吉的灵魂。人们寻觅他已经很久了。科尼亚向雅各布转达了其父对他的祝福以及一些教义，这可以证实雅各布作为宗教领袖的独特地位。纳赫曼带着伊索哈尔和莫尔德克先生的信走到城市中心一座好似白塔、没有窗户的高楼旁。在这座建筑物中很可能有一个带喷泉和孔雀的隐秘花园，但从外观上看它就像是一座城堡。白色的墙体非常光滑，宛若光滑的花岗岩。楼房外还有很多警卫，当纳赫曼坚持要求进去求见时，他们扯破了他的衣服。

他的损失令雅各布感到悲伤（纳赫曼的大衣是他在集市上花了不少钱刚买回来的），于是雅各布对他们说，把他留在这座戒备森严的高楼旁，别的人都藏到树丛里。然后，雅各布背靠着墙，开始用古老的塞法迪犹太人的语言扯着嗓门大声唱歌，那简直就像是驴叫。唱完后又开始沿着墙边，绕着整个房子从头开始唱。

"Machszawa se in fue esta……"他大声哭着，唱歌时还走了调。他还不停地做着各种鬼脸和奇怪的动作，吸引来很多围观者看着他大笑；围观的人越来越多，里三层外三层。

这时，一个在高处的小窗子突然打开了，科尼亚探出头来，用拉迪诺语朝下面大声说着什么，然后雅各布回答他，他们就这样聊了一会儿。纳赫曼用怀疑的眼光问伊索哈尔，因为伊索哈尔懂这种古老的西班牙犹太人的语言。

"他要求见。"伊索哈尔解释说。

小窗户啪的一声关上了。

雅各布在那座高楼下一直唱到晚上，嗓子都唱哑了。

毫无结果。因为科尼亚根本不出来，没兴趣见来自波兰的人。尽管是聪明的雅各布带着他们，还在他的窗户下唱歌，但也无济于事。人们都这样说雅各布，称呼他为聪明的雅各布。

那个年代，在塞萨洛尼基不乏各种能人和法师，在街道的各个角落都有一些自称是弥赛亚救世主或者黑巫师的人。人们在谈论一个特别的犹太人，他自认为是敌基督者的弥赛亚。他们说，任何人只要和他说一个字，就会立刻被拉到他那边去。

雅各布想考验一下他，跟这个人较量一番。他花了几天的时间到处宣说，最终在他周围聚集了一大帮人——小商人、学生、走街串巷的小贩、修鞋匠——他们关闭了摊位，只想看到一些鲜为人知的事情。他们蜂拥着、大声尖叫着穿过城市，他们在楼房中间的花园里找到了这个人和他的拥护者们；他在那里给自己的崇拜者讲课。这个人个子很高，肤色较深，是个英俊的男子。他是塞法迪人，留着脏辫，就是将头发缠在一起，编结成绳子一般的形状，但没戴帽子。这个人身穿白色大袍，与他深色的皮肤形成了鲜明的对照。雅各布假惺惺地微笑着坐在他的身旁，并挑衅地问他是干什么的。而这个人，尽管习惯了别人顺从他，还是平静地回答说，他是弥赛亚。

"那你就给大家展示一下你会什么。"雅各布看着周围这些可以作为证人的人，对他说。

那个人起身想走，但雅各布并不想放过他，跟着他一边走一边又重复说：

"你就给大家展示一下你会什么。把喷泉边的那块大石头搬过来。你要真是弥赛亚,那你肯定做得到。"

"滚开,"那个人说,"我不想跟你说话。"

雅各布还是纠缠着他不放。那个人回过身来,嘴里开始嘀咕着,好像是在念咒语。雅各布趁机抓住他的头发,他挣扎着。他的追随者们见状过来帮他,结果雅各布被推倒在沙地上。

晚上,雅各布对那些白天没有跟他在一起的人吹牛说,《圣经》中的那个雅各怎样与天使摔跤,他就怎样与敌基督者进行了斗争。

因长时间的分离,现在纳赫曼十分珍惜与雅各布在一起的时间,只要有可能,他就跟着雅各布。雅各布走到哪里,他就跟到哪里,形影不离,根本顾不上自己的生意和学习。他把赚钱的事情完全抛在了脑后,从波兰带回来的那些货物还一直没销售出去。他为雅各布的一些举止感到羞耻,对他做的一些事情也没办法苟同。雅各布在城里到处游荡,寻衅打斗和争吵。比如他找到一位博学的犹太人,问他一些智慧的问题,又让那个人觉得有义务回答问题,然后那个人就被卷入了争斗中。在这个人明白这一切之前,他们两个人已经坐在土耳其咖啡馆喝咖啡了。雅各布请那个人抽烟斗,而那个人不敢拒绝,但那天毕竟是安息日!到该付钱的时候,因为犹太教徒在安息日时身上不能带钱,于是雅各布揪下他头上的犹太帽,让他很难堪。结果别人都笑话那个犹太人,他只好光着头回家了。雅各布做了这样的事情之后,人们开始惧怕他,连他自己的人也无一例外。

纳赫曼无法容忍任何人做这样羞辱别人的举动,即使对方是最大的敌人,也不应该被这样对待。可雅各布自己却为此感到心满意足。

"有人怕你,那就是尊敬你,事情就这么简单。"

不久后,塞萨洛尼基的人们都知道了谁是雅各布。莫尔德克先生和伊索哈尔决定,不让雅各布继续从事贸易活动,而他们自己也该把精力放到学习上了。

"你把你该做的事情赶紧做完吧,不要再去找新的客户。"莫尔德克先生对大吃一惊的纳赫曼说。

"这是怎么回事?"纳赫曼诚惶诚恐地问,"那我们靠什么活啊?吃什么?"

"靠施舍。"莫尔德克先生简单回答道。

"可是我从来没有因为工作耽误学习呀。"纳赫曼解释说。

"现在就已经耽误了。"

当灵魂降临人身时,圣灵[①]是什么样子

在犹太历5515年的基斯流月,也就是公历1754年11月,雅各布通过纳赫曼之口宣读文书,宣告成立自己的研经室,于是很快就有很多人前来报名。这成了轰动一时的事情,因为莫尔代哈伊拉比,即莫尔德克先生,成了这个学校的第一位学生。他隆重入场,人们的目光都聚焦在他的身上;人们非常信任他,给予他很高的评价。既然他如此信任雅各布,那么雅各布就一定是一个与众不同的人。过了几天,雅各布把纳赫曼和努森招进自己的学校。纳赫曼的扮相令人觉得十分可笑——他穿了一件希腊式的新衣服,这件衣服是他卖了从波多利亚带来的石蜡,用赚到的钱买的。

---

① 犹太教术语,指上帝创世的神圣力量。

又过了十几天，从尼科波尔传来消息说，哈娜生了一个女儿，正像她与雅各布最初计划的那样，他们给她起了名字叫艾娃，昵称阿瓦查。他们觉得这是有先兆的——在她生孩子前几天，努森的母驴产下了一对幼驴；尽管母驴本身是灰色的，可她产下的一头母驴驹全身都是白色的，而另一头公驴驹全身则是深色的，深得就像咖啡的颜色。雅各布非常高兴，几天来他好像成熟了不少，而且逢人就讲，他有女儿了，他的学校也是在女儿出生的同一天诞生的。

后来就发生了很奇怪的事情，这是很久以前就应该预料到的事情，或者至少可以说是早晚会发生的、不可避免的事。但这很难说清楚，尽管这些都是单个发生的事件，但所有的事情又都是一连串发生的，而且每个事件的画面都有一个特定的对应词……也许最好能由一个目击证人把所有的细节描述清楚，尤其是纳赫曼本来就正在把一切都记录下来。

过了不久，努森把我从梦中叫醒，他说，在雅各布身上发生了很奇怪的事。一般情况下雅各布晚上喜欢看书，很晚才睡觉，因此大家都会在他上床前就睡下了。努森还把那些住在我们宿舍里的人都叫醒了。这些人睡眼惺忪、心惊胆战地来到了雅各布的房间，只见那里点着几盏油灯，莫尔代哈伊拉比也在那里。雅各布裸着上身站在屋子中央，所有的家具都凌乱地倒在地上。他下身穿的宽大的肥裤子勉强挂在他瘦瘦的臀部，皮肤上的汗水闪着亮光，而他的脸色却十分苍白，眼神很诡异，身体不由自主地在发抖，好像发烧了似的。就这样过了一段时间，我们一直站在那里看着他，等待着，看还会发生什么，没人敢去碰他一下。莫尔代哈伊拉比在那里，用一种哭腔大声念祷文，结果弄得我也跟着浑身发抖，而其他一些人看着这个场景皱着眉头，不知眼前发生了什么事。很显然，是灵魂在我们之中降临了。在这个世界与那个世界之间隔着的幕布被撕开了，这个时代的处女膜被撕裂了，灵魂就像中世纪的攻城锤那样进入了我们体内。在这个密闭窄小、令人喘不过气来的房间里，散发着人们的汗臭味，好像生肉和鲜血的气味混在一起往上升腾。我感到一阵阵恶心，然后觉得浑身的毛发都竖了起来；我还看见，雅各布的生殖器也在膨胀，把他肥大宽松的裤子的布料顶了起来，最后他呻吟一声，垂着头跪在了地上。又过了一会儿，他轻轻地起身，声音嘶哑地说话，可我们大家都不懂他的话："Mostro Signor abascharo."。莫尔德克先生用我们的话重复说："我们的主降临了。"

就这样，雅各布以一种不自然的姿势跪在那里，紧缩着身体，汗水顺着他的后背和手臂流下来，湿漉漉的头发贴在他的脸上。他的身体在一阵一阵轻轻抖动着，好像一阵冷空气侵入了他的身体。之后又过了很长时间，他毫无知觉地倒在了地上。

当灵魂降临人间时，圣灵就是这个样子，类似于某种疾病，黏黏糊糊且无法治愈，就像人突然虚脱了那样。被降临者感觉到的是某种沮丧、苦涩，而大多数人觉得，这是一个庄严而崇高的时刻，其实更像是人被鞭打或在分娩。

雅各布似乎是因为痉挛疼痛而蜷缩着身体跪在那里。纳赫曼看到，在他的上方闪现出一束光，他用手指指着让别人看——这是一束不均匀的光，仿佛是在明亮的空气中放射出的一道冷光。人们看到这束光时，纷纷跪倒在地，而在他们的上方，缓慢地，宛如在水中，飘浮着某种闪着亮光的铁屑状的东西。

这个消息迅速传遍了整个城市的各个角落，人们纷纷来到雅各布住的地方。他也开始时不时看到某种异象。

纳赫曼将这一切认真地记录了下来。

他在各个房间的空中盘旋，两侧还有两个美丽的少女陪伴着他。在各个房间里，他能看到许许多多的妇女和男人；在一些房间中他还看到了麦德莱赛①，并能听见人们在上方说着什么，他们说的话他一字不落地全都能听懂。这里有很多这样的房间，但在最后一个房间里，他看见了占上位的是沙巴泰·泽维（愿他的名字被上天祝佑！）。他身穿法兰克人②的服装，跟我们一样，在他身边聚集了众多学生。沙巴泰·泽维对雅各布说："你就是那个聪明绝顶的雅各布吗？我听说，你坚不可摧，而且还有一颗无所畏惧的心。这令我非常欣慰，因为我走到了今天，已经筋疲力尽，不能再走下去了。许多人已经在我们之前承担了这个重担，但都已经耗尽了全身的力气。你不怕吗？"

他给雅各布指了一下那个看上去像黑色海洋的深渊。在深渊遥远的另一边耸立着一座大山。那时雅各布大喊一声："让一切发生吧！我要去！"

关于他看见异象的消息传遍了整个塞萨洛尼基，人们口口相传，有时还添油加醋。这种消息就像载着不寻常货物的船只抵达这里的传闻那样，在城市中迅速传播开来。于是就有更多的人带着好奇心来到雅各布的学校听讲，他的学校都快被挤破了。每当他走在路上，人们都怀着圣洁崇敬之心给他让路。有些胆大的人还会伸出手，去摸摸他

---

① 阿拉伯语中指各种类型的教育机构，世俗的或宗教的，包含初级学校和高等教育学校。在阿拉伯世界以外的国家，这个词通常是指学习伊斯兰教的宗教学校。
② 对历史上居住在莱茵河北部法兰西亚地区的日耳曼人部落的总称。

的长袍。人们开始用犹太语称他为"哈哈姆",意思是智者,尽管他非常不喜欢人们这样称呼他,他总是向人们反复说,他只不过是一个普通人。甚至那些通晓卡巴拉的长者在看到这种场景后,也认为他是伟人。人们蹲在阴凉下议论着,而那些最具聪明才智的人在这个过程中看到的是古代先知们秘密的符号。

雅各布还梦见了很多圣殿。沙巴泰·泽维也出现在那里。他还看见了很多一模一样的门。他跟着沙巴泰·泽维走了进去。他走的是同一条路。

每天,人们都是从听雅各布讲述他的梦境开始。人们一直等待着他醒来,在他开始第一个动作的时候,人们已经在那里了。人们不允许他起身,也不允许他碰触任何东西,他只能迅速向人们讲述他的梦境,就好像他是从更广阔、更遥远、更接近光的那些世界中给人们带来新闻一样。

巴鲁赫吉的儿子科尼亚的学生也来雅各布这里听课——那个不情愿接纳他们的科尼亚——对此莫尔德克先生非常高兴。但他们当中的大多数人都对雅各布持怀疑态度,因为他们对他有一些先入为主的看法。他们认为,雅各布是他们的竞争对手,就像一个厚着脸皮在他们旁边搭起救赎摊位的人,他跟他们一样,只不过给的价格不错。他们大声并装腔作势地询问他:"你是哪路人?"

被雅各布吸引到身边来的大多是来自波兰的犹太人,他们有的人在塞萨洛尼基有自己的生意,还有一些人因为没钱回家而滞留在这里。怎么去找到这些人呢?毫不费力,因为一眼就能识别出来。比如说,纳赫曼很容易就能把他们从人群中找出来,尽管他们穿的都是希腊或者土耳其服装,并在拥挤的街道上快步行走。可能他从他们身上看到了自己——因为他们的手势和姿势很相似,都迈着带点优柔寡断而又自负的步伐。那些最贫穷的人往往身穿灰色衣服,即使他们给自己戴上一条围巾或穿一件更好的外套,他们仍然很容易辨认,看得出来是来自洛哈特恩、达维季夫[①]、切尔诺夫策的人。甚至在强烈的阳光照射下,他们为了保护自己而蒙上头巾,他也能从他们穿的裤子上看出来,他们是来自波德盖齐、布恰奇和利沃夫的人。他们裸露在外的口袋、脚上的拖鞋尽管是希腊式的,但也能暴露出他们是来自布斯克的人。

关于为什么塞萨洛尼基人不喜欢雅各布

后来情况发生了变化。有一天,雅各布正在讲课,一帮手持木棍、膀大腰圆的大汉闯进来,冲着站在门边的人大打出手。他们胡乱挥舞着棒子,一顿乱打。努森的鼻子被打破了,鲜血直流。地板上血迹斑斑,人们惊慌失措,尖声呼叫,一片混乱。学生们纷纷往外跑,生怕这些人第二天再来。所有人都知道,那些都是巴鲁赫吉的儿子科尼亚的追随者,因为他们想方设法要挤走雅各布。他们认为,只有他们才能在塞萨洛尼基传授知识。有些人过去还曾是他们的朋友,毕竟他们也是正统派信徒,但现在也都翻脸不认人了。一山容不得二虎,塞萨洛尼基容不下两个自称是代表弥赛亚的人。为此,努森在学校前安排了保安,昼夜值班守护在那里。尽管这样,还是有人三番五次地在那里纵火。雅各布也接连几次在街上被打,但他毫不畏惧,奋起反抗,而努森在买东西时眼睛也差点被打伤。更诡异的是,塞萨洛尼基的犹太妇女们——恼羞成怒,有老有少——竟然也都闯到了这里,在雅各布洗澡的时候向他投掷石块。后来有几天雅各布只能一瘸一拐地走路,但

[①] 今乌克兰城市。

他羞于承认这是被妇女打伤的。

结果在一夜之间,当地的生意人不再跟他们做买卖了。现在那些雅各布的追随者走到当地人的摊位前,那些生意人根本不愿意搭理他们,看见他们就立即掉转过身,一头扎进自己的货物堆里。这种情况很快就让这些外来人感到生活十分不便。他们为了买些吃的东西,得走很远的路,到别的集市上去买,甚至到郊区去买,因为那里的人不认识他们。科尼亚的追随者到处散布关于雅各布的坏话,并挑起人们与他的冲突。他们还买通了从希腊来的一些人,也就是那些信奉基督教的商人,让这些人也不要搭理雅各布和他的追随者,让他们拒绝帮助努森的警卫们守护学校——那些人还怂恿自己的人在那里挑衅寻事,殴打那些想要进入智者雅各布学校的人。后来学校的钱花光了,很遗憾,他们不得不关闭学校。

雪上加霜的是,出乎意料的严冬到来了……

之后纳赫曼这样写道。他们甚至没钱买劣等柴火。人们都坐在密闭的房间里,为自己的生活发愁。雅各布咳嗽得很厉害。

我不止一次地想,一帆风顺和快乐幸福怎么一下子就落入贫困交加和被鄙视羞辱的境地。

因为没有钱,所以我记得在塞萨洛尼基度过的那个冬天简直就是在贫寒交加中度过的。为了填饱肚子,我们时常要出去寻觅施舍,就像这里的很多博学人士那样。我时常平静而且十分礼貌地请别人施舍一点钱,但雅各布总是采取一些出人意料的办法。有一次,也就是在逾越节前夕,我们走到一个为穷人募款的犹太人那里。我第一个走上前去，在这种情况下他们总是让我去打头阵，因为他们认为我很会说话，并且总能找到较好的说辞，能给人们留下很好的印象，让人认为我是有学识的男人和值得信赖之人。我对那个犹太人说，我们来自一个恶魔般的地方，在那里，犹太人总是非常不幸，遭到令人恐惧的迫害，而且那里非常贫穷，气候也十分反常，不适合生存，但那里的人们非常虔诚，甘愿为信仰奉献……我这样说着，希望得到他的怜悯，但他还是连看都不看我一眼。

"我们这里已经有够多的本地人来求施舍了，我们哪里还有钱施舍你们这些外来人啊。"

我紧接着说道：

"在我们国家所有的外来人都会得到帮助的。"

这位管账的先生恶意地笑了一下，第一次抬眼看我：

"既然你们国家那么好，你们干吗离开那么好的地方，到这里干什么？"

我已经想好了怎样回答他，可是雅各布却把我推到了一边。他本来一直很安静地站在我的身后，结果他突然大声冲那个人吼道：

"你怎敢问我们为何离开我们的国家，你个小杂种！"

那个人听到他的声音吓了一跳，倒退了一步，什么话也没说，因为他也不知说什么好。这时雅各布又逼近他一步，大喊道：

"为何宗主教雅各要离开自己的国家到埃及？逾越节不就是这样来的吗？如果他留在了自己的国家，就不会有他的今天。你个混蛋，现在要过节了，我们就不能得到点节日礼物吗？"

管账的先生吓坏了，马上给了我们一些列弗，然后礼貌地请我们原谅，并把我们送到了门口。

也许这是好事，因为在这个冬天里我们共同忍受了饥寒交迫，所以我们能更加集中精力考虑我们的事情，而且我们也更加谨慎。但没有任何力量可以扑灭雅各布的斗志。他——在很多情况下——甚至在最坏的条件下，也会像宝石那样发光。甚至在身穿破衣烂衫乞求施舍的时候，他也能展现出自己的尊严，每个遇见他的人都很清楚，他们是在跟一个与众不同的人打交道。他们同时也很畏惧他。这非常奇怪，在这种饥寒交迫的情况下，我们不但没有消沉衰亡，反而找到了应付的对策，好像我们只是在这种饥寒交迫的、困顿的情况下伪装了自己。特别是雅各布——他更是显得穷困潦倒、啼饥号寒，激起了人们更大的同情，同时也引发了那些自鸣得意的、富有的犹太哈哈姆对他更大的尊敬。

结果奇迹又发生了——雅各布的好名声在塞萨洛尼基传开了，最终那些科尼亚的追随者主动找上门来，想收买他。他们提出给他很多钱，希望他要么加盟他们，要么离开这座城市。

"现在你们都找我来啦?!"他痛苦地朝他们大喊道，"去你们的吧。现在一切都晚啦。"

结果敌视他的人又大大增加，弄得雅各布不能在自己家睡个安稳觉。之后他想出了一个办法，让一个愿意跟我们做宝石买卖的希腊人躺在自己的床上，他自己跑到厨房睡觉，至少他是这样跟大家讲的。其实我最清楚，他是跑到了一个寡妇那里，因为那个寡妇给了他很多钱财上的支持，当然也奉献了身体。一天夜里，有一个人闯入了他家，那个希腊人被刺死在毯子下面。杀人犯像影子一样消失了。

这件事发生后，雅各布吓得心惊胆战，从塞萨洛尼基搬到拉里萨[①]住了一段时间，而我们都假装他还住在这里。等他回到我们这里时，

[①] 位于希腊中部，是塞萨利大区的首府和最大的城市。

当天夜里就有人伺机杀害他。

打那以后，雅各布每天晚上都会换个地方睡觉，我们也开始为自己的生命安全和健康担忧。我们走投无路，只好离开了塞萨洛尼基，回到了士麦拿，把邪恶的城市抛在了身后。最糟糕的是，他们都是自己人，是自己人整得他无路可走。现在他对他们没有任何好感，觉得他们太龌龊。他说，他们是一帮人格分裂之人，巴鲁赫吉传授给他们的所有东西，他们现在只剩下鸡奸的嗜好。

杂记。关于塞萨洛尼基的诅咒和雅各布的金蝉脱壳

当我们决定逃离塞萨洛尼基并打算在路上集结时，雅各布突然大病一场。他的身上在一夜之间到处是溃疡，皮肤带着血块一层层剥落，疼得他鬼哭狼嚎。这是一种什么疾病？如此突然，毫无预兆，出现了这种可怕的症状。首先浮现在人们脑海中的就是诅咒。雅各布也相信这一点。肯定是科尼亚那帮人雇用了一个所谓的巫师，尽管在他们自己人中，可能也有人有能力对他们的对手施加这样的诅咒。

起初，莫尔德克先生亲自给雅各布贴上了药膏，然后给他戴上了他亲手做的护身符，嘴里还小声念叨着什么。他还在雅各布的烟斗里放上黑色的树脂，因为抽烟能减轻他的疼痛。但后来他看着自己挚爱的雅各布痛苦难忍，也束手无策，只好请来了一位年迈且浑身颤抖的女人，人们都说她是该地区最好的治疗师。人们说她是塞萨洛尼基方圆几十里最有名的巫师之一，他们世世代代住在这个城市的郊区，还会隐身术。她在雅各布的皮肤上抹上了一种臭臭的液体，这种液体刺激得他皮肤生疼，可能全城都听到了雅各布的叫喊声。她站在因疼痛乱喊乱叫的雅各布身边，用谁也听不懂的语言念着稀奇古怪的咒语。

她像拍小孩屁股那样拍着雅各布的臀部，完事后竟然分文不取。她说，雅各布不是得了什么病，而是在像蛇一样蜕皮。

我们怀疑地互相对视着，而莫尔德克先生却像孩子一样号啕大哭。

"像蛇一样蜕皮！"他把双手高高举起，大声喊道，"主啊！到世界的尽头——多谢你，主啊！"然后他拍着所有人的手臂，激动地重复着："蛇，救世主，蛇，铜蛇[①]，难道这不就证明了雅各布就是弥赛亚的使者吗？"他深邃的眼睛里含着泪水，眼睛在油灯小火苗的照耀下闪闪发光。而我按照老巫医的嘱咐，把绷带放进浸泡着草药的热水中，然后捞出来，把它敷在雅各布蜕皮的伤口上。结果因为草药的刺激，引起了更严重的疼痛。不过这些草药还真管用。这是怎么回事？是谁导致这种情况发生的？最早我对发生这样的事情非常生气并十分愤慨。不过现在我明白了，没有人能害得了雅各布。一旦灵魂进入人体内，人身体里的一切都会发生变化，并会焕然一新。人蜕去了旧皮，换上了新皮。在我们临行前的这天晚上，我们的谈话就一直没离开这个话题。

我和努森蹲在门边，期待着某种奇迹的出现。旭日东升，喷薄而出，小鸟开始歌唱，之后穆安津的声音就加入了它们的大合唱。当太阳从地平线升起的时候，那些平顶的房屋形成了一道长长的潮湿的阴影，世间所有的气味都开始散发出来：橙子花的气味、烟味、灰烬的气味以及前一天扔在街上的东西腐烂的气味。我觉得，我心头充满了无比甜美的幸福感——这就是奇迹，也象征着世界上每一天的重新开

[①] 以色列人从何珥山出发前往红海，受到了挫折便开始抱怨耶和华和摩西，耶和华便降下火蛇惩罚以色列人，后者向摩西求救，最终摩西受耶和华之旨，造了一条缠在杆子上的铜蛇，凡看到这条蛇的人都得到了救赎。

始给我们生活带来的崭新的意义。我们两个人觉得,由于我们从雅各布那里获得了知识,因此我们对改变世界能产生影响。

"在地板上会留下雅各布蜕下的透明的表皮吗?"赫尔舍维非常好奇地问,而我在初升的太阳的照耀下起身,随着穆安津宣礼的调子翩翩起舞。

这天,雅各布一醒来就怒气冲冲,因为他还在忍受蜕皮的疼痛。他命令我们收拾好所有能收拾的东西,那时我们没有钱支付船费,所以不得不骑着毛驴沿着河边往东走。

我们到了埃迪尔内①时,就在海边露营。雅各布疼得不停地呻吟,尽管我给他敷了药,但也无济于事。那时有一个骑着驴路过这里的妇女,肯定也是塞萨洛尼基的女巫之一,给他出主意说,让他跳进咸海水中,能站多久站多久。雅各布按照她说的做了,结果海水排斥他。他在水中翻来覆去站不稳,海水把这个虚弱的人冲到一边。他试着冲向浪中,但好像海水又惧怕他,在他面前迅速逃脱,结果他被甩在了湿漉漉的沙滩上。那时——我亲眼所见,并作为证人——雅各布高高举起两臂,十分惊恐地大声尖叫。他的喊叫声震天响,所有的路人都不安地停下脚步,而刚刚撒下网的渔民们都纹丝不动地呆站在那里;那些女商贩正弯腰从鱼筐里捞新鲜的鱼准备售卖,也不得不抬头看着他,甚至那些刚刚靠港的水手也都纷纷抬起头看他。我和努森忍受不了他这样大喊大叫的声音。我捂住耳朵。忽然,奇怪的事情发生了:海水突然回到了他的身边,浪花冲了过来,海水浸到了他的脖颈下

---

① 或称哈德良堡或阿德里安堡,因罗马皇帝哈德良所建而得名。该城是土耳其埃迪尔内省省会。

面，最后他的整个身体都沉在水中。只见他胡乱挥舞着手和脚，海水像翻腾一块木头那样把他冲得翻过来倒过去。最后他被海水冲到了岸边，像死人一样躺在沙子上。我和努森连忙跑过去，以便把他拽得离海水远一点，我们的衣服也都被浸湿了。说实话，那时我以为他被淹死了。

经历了这次海水浴之后，他的皮肤一整天都在脱落，而在已经脱落的皮肤下，长出了新的健康的皮肤，粉嫩得就像婴孩的皮肤。

两天后，他彻底恢复了健康。当我们到达士麦拿时，他又变得年轻、英俊了，跟以前一样充满活力。他就这样回到了自己妻子身边。

纳赫曼对自己记录下来的这些事感到非常满意。不过他还在犹豫要不要把在海上的故事也写下来，也就是他们乘船时发生的事情。其实他可以把这些写下来，因为这次旅行足够惊心动魄。他刚把羽毛笔蘸上墨水，马上又把笔上的墨水甩到沙子上。不，他不想写了。他不想写那时的事情。那时，一条小货船同意他们只付一点钱，就会把他们送到士麦拿去。价钱便宜，可条件也非常之差。船上勉强挤下了他们所有人，就划向了大海，后来他们发现，这条船的主人既不是希腊人，也不是意大利人，而是一个基督教徒，他根本不是干货运的，而是干海盗行当的。当他们所有人要求他将船直接划到士麦拿时，这个人就破口大骂，并威胁他们说，他会命他手下的盗匪把他们所有人统统扔进海里。

纳赫曼非常清楚地记得那一天——那天是1755年7月25日，当海上下起令人恐惧的暴风雨时，这个船长向他的守护神虔诚地祈祷，忏悔自己所有的罪孽（他们不得不听着那些让他们感到失魂落魄的话）。纳赫曼人生第一次遇到这种让他魂飞魄散的事情，那时他觉得，他活不过这一天了。他胆战心惊地死死抓住船的桅杆，以防咆哮的海浪把他卷入海里，他失声痛哭。后来，在惊慌失措中，他紧紧拉住雅各布大衣的袖子，想方设法躲在他的身边。可雅各布丝毫没有恐惧感，开始还试着安慰纳赫曼，当他发现怎么劝说都不起作用的时候，就开始做非常滑稽的事情——他拿这个可怜的纳赫曼开玩笑。他们一起拽着桅杆，当桅杆被海浪冲坏了的时候，他们就想尽办法抓住一切可以抓到的东西。水比强盗更猛烈，冲刷走了小船甲板上的所有战利品，还卷走了一个喝得醉醺醺的、身体摇晃、双腿发软的水手。此人葬身于波涛汹涌中，让纳赫曼和所有人的精神都崩溃了。纳赫曼喃喃地念着祈祷词，泪流满面，海水般湿咸的泪水让他眼前一片模糊。

纳赫曼的这种恐惧让雅各布感到好笑。在海盗船长忏悔之后，雅各布命令纳赫曼忏悔，最糟糕的是，他还命令纳赫曼向上帝做出各种保证，而纳赫曼在诚惶诚恐之中带着哭腔发誓，今后他再也不会多喝葡萄酒，不会多喝烈性酒，也不再抽烟斗了。

"我发誓，我发誓！"他闭着眼睛大声喊着，因为太过于惶恐不安，以至于不能理智地思考，这让雅各布感到心花怒放，于是他像暴风雨中的恶魔一样纵情大笑。

"你会为我收拾粪便吧！"雅各布声嘶力竭地大叫道。

纳赫曼立即回答说：

"我发誓，我发誓。"

"也会给我擦屁股对吧!"雅各布大声喊着。

"对,给雅各布擦屁股。我发誓,我发誓我会俯首帖耳伺候你。"纳赫曼这样回答说。其他人听到这些,都笑得前仰后合,他们还跟拉比开玩笑。最终,对噩梦般的暴风雨的恐惧才这样慢慢散去。

现在纳赫曼觉得自己受到了羞辱,对此难以释怀。一直到士麦拿之后,他也不愿跟雅各布说一句话。尽管雅各布多次搂了搂他的肩膀,而且几次信任地拍了拍他的后背,但都无济于事。拿别人的痛苦开玩笑,这种事很难令人原谅。与此同时——很神奇的是——纳赫曼又有一种奇妙的难以形容的幸福感,当雅各布的胳膊搂着他的脖颈时,他还会感到某种轻微的疼痛。

在雅各布笑着让纳赫曼许下的所有誓言中,有一条是让他永远不要离开他。

杂记。关于为三角形排序

在士麦拿,一切照旧,跟以前一样,就好像我们只离开了这里一周。

雅各布跟那个小姑娘,就是前不久给他生了一个女儿的哈娜,在一条小街上租下了一个不大的房子。哈娜在父亲的帮助下布置好了房子,很高兴我也能去那里坐坐。尽管按照土耳其的风俗习惯,一般来说,妇女都会带着孩子待在专门为女人安排的房间里,但我还是时常能感觉到,她的眼睛总是盯着我的后背。

伊索哈尔听说灵魂进入雅各布身体的故事后,现在表现得与以前大不相同。他开始夸奖我,说我是雅各布的直接见证人和代言人。我们每天都聚集在一起开长会,而且伊索哈尔还热情劝说我们学习三位一体的教义。

我们被禁止了解三位一体的思想一事,至今仍令我们不寒而栗。不知道是否三一论的思想对我们这样的犹太人来说太危险了,抑或是太强大了,以至于我们觉得,它具有某种力量,就像组成上帝之名的四个希伯来字母那样。

伊索哈尔在散落在桌子上的沙子上画了一些三角形,依照《光明篇》中的内容,然后根据沙巴泰·泽维(愿他的名字被上天祝佑!)所说的,在那些三角形的角上做了标记。有些路过的人可能会觉得我们是在玩画画游戏的孩子。

精神世界里有一个真神,舍金纳被困在物质中;似乎位于"真神之下",三角形的下角,是作为造物主的神,也就是神圣火花的起因。当弥赛亚到来时,就会消除第一因,那时三角形就会立于头部,真神就处于顶部,在他之下是舍金纳及其容器——弥赛亚。

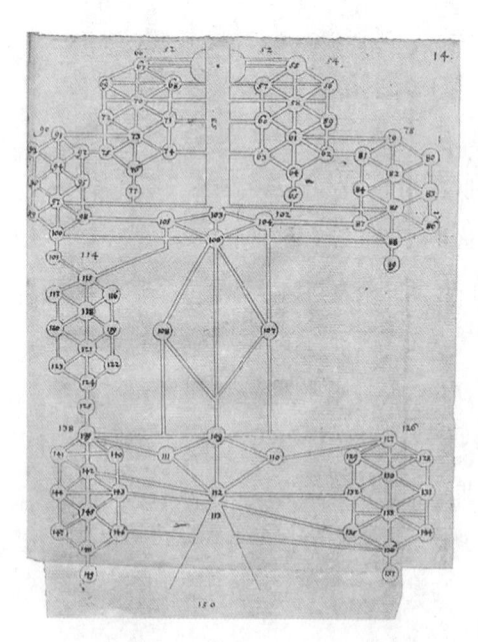

对这些我一窍不通。

"是啊,是啊,是啊。"伊索哈尔不停地重复着。最近他显得苍老了许多,好像走得比别人快一些,独自走在前面。他不停地给我们展示,两条相交的线形成一个十字架——四重性,世界的印章。他画了两条交叉线,让它们略微偏斜。

"看着这个你能联想起

什么?"他问。

雅各布马上看到了十字架的秘密。

"这是字母Alef。十字架就是Alef。"

当就剩我一个人的时候,我偷偷地把手举到额头上,摸着额头的皮肤说:"亚伯拉罕、以撒和雅各的上帝。"我才刚刚开始习惯这种思想。

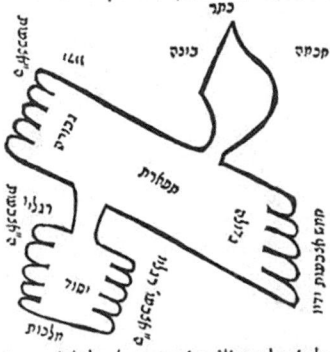

在士麦拿的某一天夜里,橙子花开的香味弄得人有点喘不过气来。因为那已经是春天了,伊索哈尔又给我们透露了一个秘密:

上帝有三种化身,第四个化身就是圣母。

又过了一段时间,因为我几次写信催促,波多利亚的商队来到了士麦拿,跟商队一起来的有埃利沙·邵尔和他的儿子们——纳坦和施罗莫。我坚决不同意雅各布、伊索哈尔和莫尔德克先生的说法,他们说是上帝的旨意让我们能与愿意跟我们见面的人相逢,事实根本不是这样。是我在塞萨洛尼基的时候就给邵尔拉比写了信,给他讲述了灵魂进入雅各布体内的事,一五一十地对他讲了我们在那里经历的所有事情。但老实说,我绝对没想到,这位老人会坐上马车,跑到这么大老远的地方来。有一点很清楚,那就是邵尔一家人总能将伟大的精神与各种生意结合到一块儿,因此,在他们兄弟俩买卖商品时,老邵尔便与我们讨论,通过数个晚上的讨论,指导我们展望未来,开阔眼界,指导我们今后如何做。他从莫尔德克先生身上得到了很大的支持。莫尔德克先生一直在谈论这些话题，还讲到他那些奇怪的梦境。但邵尔不关心梦境。

雅各布是否知道我们为他筹划了什么？那时他病得很厉害，差点儿丢了性命，但当他高烧后醒来时，他说他做了一个梦。他梦见一个蓄着白胡子的人对他说："你要往北走，在那里你会吸引许多人加入新的信仰。"

聪明的雅各布反驳说："我怎么可能去波兰呢？我不懂波兰语，况且我的生意都在这里，在土耳其这个国家，我还有年轻的妻子在这里，她刚给我生了一个女儿，她肯定不愿意跟我走……"雅各布在我们面前拒绝了自己的梦境让他做的事情。我们四个人——伊索哈尔、埃利沙·邵尔、莫尔德克先生和我——坐在那里，毫无办法，无法劝说他。

"你在梦境中见到的那个大胡子其实就是以利亚[1]本人，你不知道吗？"莫尔德克先生对他说，"当你遇到困难时，他会走在你的前面。你先走，然后哈娜会来到你的身边。你在波兰将会成为国王和救世主。"

"我跟你一起去。"我，来自布斯克的纳赫曼补充说。

关于在罗马尼亚遇见雅各布的父亲，还有关于孩子王与小偷的故事

1755年10月初，我们乘坐两辆马车，外带着几匹马上路了。我们看上去并不像那些从事伟大事业的使者，更像是普通的商人，好像是在那里来回转悠的蚂蚁一样。在去切尔诺夫策的路上，我们先到了罗马尼亚，为的是去看望雅各布的父亲，他在妻子去世后，一个人独居

---

[1]《圣经》中的一位重要先知。

在那里。雅各布先在城郊处下了车,换上了他最体面的一套衣服。他为什么会这样,我不清楚。

耶乎达·莱伊布·布赫宾戴尔住在一间很小的房子里,那里既窄小又昏暗,甚至没有地方停马车。马匹只好在外面站了一夜。在那里只有我们三个人——雅各布、努森和我,因为邵尔商队的马车在我们动身之前就出发去波兰了。

耶乎达·莱伊布·布赫宾戴尔又高又瘦,满脸皱纹。看见我们来到这里,他并没有表现得喜出望外,反而似乎有些失望。他浓密繁多的眉毛几乎挡住了眼睛,尤其是他还总低着脑袋。雅各布看见父亲非常激动,但他们几乎是很冷漠地互相打了招呼。他的父亲看见努森反倒比看见自己的儿子更为高兴,因为他们很早就认识。我们给他带来了很多好吃的:各种奶酪、一大桶葡萄酒、一大罐子橄榄,都是我们在路上买到的最好的东西,雅各布甚至还没尝过。可是看到这些好吃的东西时,耶乎达根本没有表露出任何喜悦。老人家眼睛里露出的是悲哀,而且他也不正眼看我们。

这让我们很尴尬。雅各布来之前高兴得不得了,现在一句话也不说,垂着双手一动不动。事情往往是这样的,父母让我们想起了对于自身最不喜欢的东西。我觉得,在他们的衰老中,我们看到了自己很多的罪孽,也许还有更多的什么——有时候,孩子和父母的灵魂实际上是彼此对立的。在生活中他们的见面,为的是能够消除这种敌意,但这并不总是能奏效。

"周围所有的人做的都是同样的梦。"耶乎达·莱伊布·布赫宾戴尔一开始就这样说,"所有的人都梦见弥赛亚来到了城里,他就在我们的邻里之间。只不过,没人能记得这座城市的名字,也不记得弥赛亚的名字。我也做过同样的梦,城市的名字好像也很耳熟。别的人也这样说,他们甚至守斋数日,为的是能梦到那座城市叫什么名字。"

我们喝着葡萄酒,嚼着橄榄。作为最能说的人,我讲述了我们遇到的所有事情。我就像现在这样说着,可我发现老布赫宾戴尔根本没听我讲。他默默地坐在那里,眼睛巡视着自己的房间,可那里没有任何东西能吸引他的眼球。最后努森说:

"莱伊布,我怎么不明白你是怎么回事呢?我们大老远来到你这里给你讲这些事,而你呢,根本不听。你简直就是左耳朵进,右耳朵出。你没事吧?"

"你给我讲这些天堂般的集市,这能给我带来什么呢?"莱伊布回答道,"你们这些聪明才智关我什么事呢?我好奇的是,这对我有什么好处?我还要这样孤独地在痛苦和忧伤中生活多久?上帝能给我带来什么?你说说看。"

然后他又补充说道:

"我根本不相信会有什么改变。谁也不知道那座小城的名字。我觉得这个城市好像叫桑博尔或者桑泊尔……"

我和雅各布走出了这个小房子,房子前面有一条小河。雅各布说,这里的房子都是这样,沿着小河建,每天晚上大鹅一个接着一个从水里走出来,这就是他童年的记忆。他的家庭总是奇迹般地迁居到这样的小河边——小河在山间流淌,水很浅,阳光照耀,湍急奔涌。他们在河里奔跑,水流溅到四面八方。在能看到岸边的地方,漩涡冲出了一小片沙滩,他们可以在河里学狗刨式游泳,游出去再游回来。他突然想起,有一次他跟其他孩子们一起玩,他当了孩子王,因此他说,既然做游戏就得有人扮小偷。于是他们选了一个小男孩扮小偷,他们把他绑在一棵树上,然后在树下点燃了火,逼他交代他把马匹藏到了什么地方。这个小孩儿一直求饶,说这不是玩游戏嘛,他哪里知道有什么马。后来他疼得乱叫,差点昏过去,于是大声说道,马就在那边,在那边。雅各布这才放了他。

对于他讲的这个故事,我不知道该说什么好。雅各布沉默了一会儿然后说,后来,他的父亲知道了这件事后,就用棍子抽打他。他一边说着,一边站在他父亲破破烂烂的栅栏边撒了一大泡尿。

"他这样做是对的。"我说,因为这个可怕的故事让我感到脊梁骨发冷。现在葡萄酒已经上头了,我想回屋里去,这时他突然抓住我的袖子,把我拽到他的身边。

他说让我永远听他的。他让我当小偷,我就得去当小偷。他让我当孩子王,我就去当孩子王。他直对着我的脸讲话,我感觉到,他呼气时嘴里散发出了果酒的香味。他的眼睛在黑暗中发出愤怒的光,让我感到不寒而栗,我不敢反驳他。后来我们回到了房间,两个老男人开始放声大哭。他们泪流满面,泪水渗进了胡子里。

"耶乎达,如果您儿子带着使命去波兰并在那里布道,您会说什么?"在临走前,我问他。

"让上帝保佑他吧。"

"这话怎么讲?"

他挥舞着胳膊。

"人们会打死他。不是这帮人,就是那帮人。他们就等着他这样的人呢。"

两天之后,在切尔诺夫策,雅各布又当着众信徒的面经历了一次灵魂进入体内的事。他再次摔倒在地,然后一整天一句话也不说,只听到从他嘴里发出"吱吱吱"的声音。听到这种声音,我们觉得他在反复说着"Maase Zar, Maase Zar",意思是说"外邦之行"。他全身发抖，牙齿磨出很响的声音。后来人们纷纷走到他身旁，他把自己的双手放在他们身上，很多人被治愈后离开了。在那里也有来自波多利亚的几个人，他们有些人是通过公开渠道来的，有的人是通过非法渠道越过边境来做些小买卖的。我们像狗那样蜷坐在屋子里，尽管很冷，但我们还是期盼着雅各布走出来，哪怕是能摸摸他的大衣也好。我又结识了几个人，比如说有一个来自蓝茨克鲁尼亚的西拉，我一边跟他们聊天，一边非常思念离这里不远的家人。

有一件事非常肯定，那就是来自切尔诺夫策的人们都支持我们。看得出来，雅各布的传奇已经传得很远了，超越了所有的边界，就好像所有的人都在期待他，就好像没人会说一个"不"字。

最终我们还是在雅各布父亲家留宿，我给他讲了关于孩子王和小偷的故事。

那时老莱伊布说：

"你小心点雅各布。他才是真正的小偷。"

关于雅各布跳舞

在土耳其那边的一个村庄里，聚集了很多人，因为边防不放他们去波兰，那里瘟疫在传播。有一帮音乐人在婚礼上演奏完，疲倦地坐在河边马上就要散架漂走的木头上。他们手里拿的有鼓、笛子和巴拉玛琴，还有一些用弓子拉的带弦的小乐器。其中有一个人在练习一首非常伤感的曲子，他总是反复练习着相同的曲调。

雅各布站在他们旁边，脱去了大衣，他高大的身体开始有节奏地摆动。先是跺脚，然后催着演奏者加快速度，他觉得这个节奏太慢，要求演奏得再快些。现在雅各布往两边晃动着身体，脚下的节奏也越来越快，他对那些演奏者大叫；他们明白，这个怪人是在要求他们演奏得再快些。不知从哪里冒出来了一个上了年纪的男人，带着桑图尔琴，一种土耳其扬琴。他加入这些人的演奏没一会儿，所有的乐器演奏出的音乐就变成了非常适合跳舞的节奏。那时雅各布把双手放在两个正摇摆着身体、在一旁看热闹的人身上，然后他们一起跳起了小碎步舞。鼓敲出的清晰的节奏，穿过水面透到另一面，并穿透到河底。很多人听到音乐声，很快就都加入进来。他们当中有土耳其的赶牛人、商人、波多利亚的农民，所有的人都抛下身上背的囊袋和羊皮。跳舞的人们排成了长队，最后大家围成了一个圆圈，之后人们就顺着圆圈舞动起来。那些被这种喧嚣和混乱吸引来的人也开始摇摆着身体，好像因为等待得太久已经耐不住性子那样，好像是决定要不顾一切那样，纷纷加入这个跳舞的圈子。之后雅各布手里高举着一顶帽子，领着人们围着马车和不知所措的马匹跳舞，但当他手里的帽子掉在地上以后，就不知道是谁在继续领头带着大家跳舞了。紧随雅各布身后跳舞的是纳赫曼，他高举着双手，身体灵活轻盈，好像是圣人一般，微闭着双眼，像春天的百灵鸟那样欢乐地笑着。不知从哪儿冒出了一个乞丐，尽管腿有点瘸，他也加入了跳舞的行列，龇牙咧嘴，眼睛瞪得大大的。妇女们看到他那个样子都笑得前仰后合，而他还给她们做着各种怪样。年轻的施罗莫·邵尔犹豫了一会儿后，也加入了舞者的行列。他和父亲来到这里是等着雅各布，为了安全地把他带过边境。羊毛披风随着他瘦小的身体飘舞。紧随他身后跳舞的是独眼努森，后面是身体略微僵硬的赫尔舍维。孩童和用人们也都加入了这个跳舞的圈子，狗朝他们乱叫，绕着他们的腿边乱跑，他们踢蹬着腿躲避着这些狗。后来又来了一帮小女孩，她们拿着扁担本来是来打水的，结果看见这个场景，也卷起了裙边，跺着小小的脚丫。她们个个又瘦又小，还不到雅各布前胸那么高。还有一帮小伙子手拿稻草棍子也开始跟着翩翩起舞。土耳其倒卖酒的商人装着很天真的样子，也跟着扭动着身体跳舞。鼓点节奏越来越快，人们的脚步也跟着越来越快。雅各布像德尔维希①那样旋转着，跳舞的圈子慢慢散乱了，人们笑得前仰后合倒在地上，个个汗如雨下，满脸通红。

就这样结束了。

一切过后，有一个满脸络腮胡子的土耳其卫兵走到雅各布跟前。

"你是谁？"他用土耳其语恶狠狠地问道，"犹太人？穆斯林？还是鲁塞尼亚人？"

"蠢蛋，你没看见吗？我是跳舞的人。"雅各布气喘吁吁地回答道。他弯着腰，手扶着膝盖，转过身去，好像要让他看他屁股一样。

卫兵抽出剑，被骂"蠢蛋"令他气愤不已。一直坐在马车上的老邵尔现在下了马车，前来安慰他，并抓住他握着剑的手。

"这个笨蛋是干什么的？"卫兵愤愤地问。

埃利沙·邵尔拉比回答说，他是个圣洁的傻瓜。但土耳其人没明白他的意思。

"我觉得，他就是个疯子。"然后他耸耸肩走开了。

---

① 伊斯兰教的一种修士，在波斯语中是乞讨者、托钵僧的意思。

III. KSIĘGA DROGI

第三部　路之书

第十三章

1755年温暖的十二月,
即5516年提别月[①],
波林国和梅尔尼查的大瘟疫

旅队站在德涅斯特河边,南岸,低处。冬季羸弱的太阳把一切照得通红。这个温暖的十二月很不同寻常,出奇地热。空气,裹挟着冷风与暖风,散发着刚翻过的泥土的新鲜味道。

河对面是笼罩在阴影里的陡峭高坡。太阳本该爬过这堵灰暗的高墙,可它却从旁边绕了过去。

"波林。"老邵尔说。

"波兰,波兰。"所有人都兴奋地重复着,他们的眼睛因为笑容眯成了一道道细缝。邵尔的儿子施罗莫做起祷告,感谢主,他们终于平安到了,所有人一起到了。他低声念着祈祷词,大家也跟着哼起来,有些漫不经心,因为脑子里还想着别的事。他们松开马鞍,摘下汗津津的帽子。现在该吃点儿东西了。过河之前要休息一下。

他们并没有等太久。天就要黑下来的时候,一个土耳其商贩出现

[①] 犹太教历的十月,犹太国历的四月,相当于公历十二月至一月间。

了,是萨卡热,他们认识他,他和他们做过好几次生意。在黑暗中他们驾着马车过了河,只留下一片马蹄扬起的水花声。

在河对岸,他们分成两队。陡峭的高墙原来只有在另一边才看起来凶险无比。萨卡热领着他们走小路。这条穿过陡峭山岭的小路好走极了。带着波兰证件的邵尔父子俩在前面,迎上守卫,纳赫曼、雅各布和其他几个人一声不响地等了一会儿,然后也走了上去。

在边境执勤的波兰卫兵因为瘟疫的原因对土耳其来的旅队不予放行。邵尔和儿子与卫兵们吵起来,拿出了证件和通行证,借此吸引他们的注意。显然,老邵尔要收买他们,但要做得悄无声息,这样旅队才能通行。

雅各布有一张土耳其证件,在卫兵们眼里,他是一位尊贵的苏丹。他看上去确实如此——戴着高高的帽子,穿着土耳其裘皮大衣。只是真正的土耳其人没有他那样子的络腮胡子。他特别安静,鼻尖探出领子外面,也许是睡着了?

在午夜的寂静与黑暗中,他们穿过边境。没有人阻拦他们,卫兵根本没拦。土耳其商贩把钱币塞进腰带。他大功告成,心满意足地与他们告了别,大笑时露出洁白的牙齿。他把他们留在一家旅店前。困倦的旅店老板非常惊讶,这么晚还有客人,而且,卫兵竟然放他们过来。

雅各布马上就睡着了,但纳赫曼整晚都辗转反侧。床并不舒服,他点亮蜡烛,在被单上找跳蚤。小窗户脏乎乎的,窗台上还有一些立着的枯草,以前应该是鲜花吧。早上,消瘦的旅店老板——一个中年犹太人满脸为难地给了他们一些掺着无酵饼饼渣的热水。这家旅店看上去挺气派,可旅店老板却解释说,瘟疫夺走了人们的性命,大家都害怕出门,也害怕从受感染的人那里买东西。他们刚才吃的可是旅店里的库存。旅店老板请求他们谅解，并让他们自己想办法搞些吃的。他说这些话的时候，始终离他们远远的，保持着安全距离，躲着他们的呼吸和接触。

这个奇怪的暖冬激活了那些本该在这个时节在地下沉睡的畏寒的微生物。而今，温暖的后果是，这些飘散在空气中的微生物会害人和杀人。它们躲在不可捉摸的浓雾里，藏在乡村城镇上空闷热有毒的蒸汽中，弥漫在感染者的身体散发出的恶臭里——人们称之为"瘴气"。如果瘴气进入肺里，马上就会污染血液，烧沸它，然后挤入心脏，人就死了。

上午，初来乍到的旅人们走到这个叫梅尔尼查的小镇街上。他们瞧见一个宽阔的、几乎没人的市场，满是低矮的小屋，还有三条从中延伸出来的马路。这里很湿冷，看上去温暖的日子已经过去了，又或者这里因为在河的高岸，气候截然不同。在泥泞的雨水坑中，他们惊讶地看见低低的云彩快速地移动着。几乎所有的商店都关了门，只有光秃秃的货摊孤零零地杵着，上面飘荡着一些像是给人上吊用的麻绳。时不时有门或者小窗户吱吱作响，屋墙下也有裹紧外套的人影偯尔溜过。这就是经历过"最后的审判"的世界吧，已经被人们抛弃的世界，看起来很不友善，充满敌意，纳赫曼一边想一边盘算着口袋里的钱。

"他们不拿感染者的钱。"雅各布说，他看出纳赫曼想买东西。他用冰冷的水洗了洗手，正午的太阳停留在他赤裸的手臂上。"别给他们钱。"他嚷道，喷出一团气。

纳赫曼笑着走进一家犹太人开的小店，那里刚走出来一个人，还冲着他们摆出一副痛苦的表情。柜台后面站着一位小老头儿，可能是他的家人让他代替年轻人去接触世界。

"我想要葡萄酒、奶酪和面包，"纳赫曼说，"几个面包吧。"

老头儿递过面包的时候并没有流露出惊讶,毕竟在边境,看到外国装束的人也没什么好奇怪的。

纳赫曼付过钱,转身要出去的时候,他的眼角瞄到老头儿的腿正怪异地抖动着。

不能完全相信纳赫曼的话,更不能相信他写的东西。他经常夸大其词。他觉得到处都是象征符号,万物皆有关联。他对正在发生的事件本身兴趣索然,他想知道的是:正在发生的事,有着怎样神圣的和终极的意义,对未来会产生什么影响,无足轻重的因素能否引发巨大的效应。因此他常感到忧虑——他以前没提到过吗?

当他回来时,他告诉雅各布,老头儿只是卖给他东西就差点儿吓死了,甚至都来不及收钱。雅各布被逗得哈哈大笑。纳赫曼喜欢逗他开心,喜欢他深沉、略带嘶哑的笑声。

各路密探敏锐的眼睛里
看到了什么

穿过德涅斯特河后,各方密探就盯上了雅各布,而彦塔看他们,却比他们看雅各布更清楚些。她看见,他们在小旅店脏乎乎的桌布上慌乱潦草地写着密报,然后郑重地交给信使送去卡缅涅茨。那里的书记处再重新誊写,用上精美的信纸和得体的措辞,将这些密信变成冗长的文章、叙事表章和要事条目,盖上封印,就这样作为正式公文被快马邮递到华沙,送给为这个摇摇欲坠的国家工作的那些昏庸的官员,送给住在富丽堂皇的宫殿里的教廷大使。此外,信还通过犹太社区的秘书们,送到维尔诺、克拉科夫,甚至送到阿尔托纳和阿姆斯特丹。

住在卡缅涅茨简陋官邸里冻得发僵的丹姆波夫斯基主教看过这些信。利沃夫犹太社区的拉比哈伊姆·科恩·拉帕波特和萨塔尼夫的拉比大卫·本·亚伯拉罕也看过这些信。他们之间常互通有无，但他们的消息往往含糊不清，因为这件尴尬且令人难堪的事很难用纯粹圣洁的希伯来文写下来。看过这些信的还有土耳其官员，他们必须要知道邻国发生了什么，而且他们还要与那里的领主们有所往来。各方对信息都如饥似渴。

密探们，不管是来自王国还是来自基督教会或犹太教会，都传达了雅各布到达科罗洛夫卡的密报。这可是他出生的地方，他的一些亲戚还住在这儿，尤其他的叔父杨凯尔——科罗洛夫卡的拉比——还有他的儿子以色列、儿媳索布拉。

这里，根据密报，有二十个人将追随他，大部分是他的亲戚。所有人都郑重地把自己的名字写在了纸上。他们承诺会坚守自己的信念，不在乎任何迫害，无所畏惧。他们还说，如果需要和雅各布一起改换其他信仰，他们一定跟从。"他们像战士一样，"其中一个密探夸张地写道，"整装待发。"

密探们还知道彦塔就在农舍旁边的棚屋里。他们这样写她："神一般的老太太"，"不想死去的老女人"，"女巫，三百岁了"。

第一个去看她的是雅各布。

索布拉把他带到棚屋，打开门，告诉他，这里就是他一来就想找的那个地方。雅各布惊讶地站着。这是一间庄重的屋子，墙上挂着本地的小伙子们缝制的基利姆毛毯，带条纹，彩色的。地板上也铺着同样的基利姆毯子。屋子中间摆着一张床，铺着漂亮的刺绣被单，稍有些积尘。索布拉用手拂去干草和小蜘蛛网。被子下有一张人脸，一双胳膊搁在外面，双手苍白，瘦骨嶙峋。雅各布本来漫不经心，还想开玩笑，现在两腿却微微发软。这可是他的祖母。其他人，纳赫曼和努森，莫尔德克先生，从波德盖齐前来这里迎接雅各布的老莫舍，都伏在彦塔身前。刚开始雅各布还毫无表情，突然他哭了起来，大家也跟着哭起来。索布拉关上棚屋的门，这样就没人进得来了，看热闹的人群被挡在外头。院子里正挤满了人，他们面色苍白，胡子拉碴，戴着毛皮帽子，在雪地里跺着脚。

此时是索布拉的荣耀时刻，她很得意，彦塔看上去那么漂亮。

她闩紧门，走到屋子中间，想要看清楚彦塔轻轻颤抖的双睑，看清楚她眼睑下的眼球是如何晃动，如何在无法想象的世界游走。

"她活着，"索布拉轻轻地说，"你摸摸她，她还是暖的。"

雅各布顺从地、没有犹豫地用手指摸了下彦塔的掌心，便马上抽了回来。索布拉窃笑。

智慧的雅各布，你对此怎么看？

如此看来，以色列的老婆索布拉和许多女人一样，看不上那些歪曲一切的正统派信徒，因为他们根本就不正统。和许多女人一样，她不喜欢雅各布，特别是当她看见雅各布祷告的时候没有用经符！完全是自我行事，碰碰上下牙床而已。索布拉认为，那是俗不可耐的骗术。雅各布让她去异教徒的商店——因为这里本就是个异教村——买基督徒吃的面包。索布拉拒绝了。于是另有一个人去买了面包回来，雅各布就用这面包招待大家，而有些人竟受他鼓动，伸手拿了面包，这可是亵渎神明的行为。更奇怪的是，他做这件事的时候，在中间突然停了下来，用耳倾听着，就好像他听到了什么声音。只有他一人如此。他用某种莫名其妙的语言说着莫名其妙的呓语，比如，他总重复说"吱吱吱"，一边说一边浑身颤抖。这有什么意义呢？索布拉不知道，也没有人知道，但他的信徒对此相当专注。波德盖齐来的莫舍告诉以色列,雅各布口中重复的"Ma'asim Zarim"是指"外邦之行",也就是说,要从他者的行为入手。他者之行,外邦之行——一时让人无法理解,让局外人摸不着头脑,但追随者,那些与雅各布最亲近的人都明白:到目前为止所有那些禁做的事,都应该做,哪怕基督徒吃的面包不干净。

以色列想了整整一下午。既然期盼已久的弥赛亚时代已经到来,那么雅各布说的就有道理,这世间的律法、《妥拉》律法,就不再具有强制性了。现在的一切都是错的。这个想法让以色列害怕极了。他坐在椅子上,目瞪口呆地发愣,仿佛世界突然变了样。他有些头晕。雅各布在院子里许诺,将会让他们做更多的"他者之行",他们要认真地完成,带着敬畏之心。是时候打破旧的律法了,只有如此,救赎才会更快降临。晚上,以色列要来了一块异教的面包,慢慢咀嚼着,一丝不苟,认认真真。

索布拉可是个特别务实的人,她对这些事根本没兴趣。要没有她的操持,一家人早就饿死了。以色列只在乎诸如"修复世界""冥想""救世"这类的事。他有肺病,连树都砍不了。于是他让索布拉烧水,自己负责炖鸡烧汤。佩瑟薇围着她转,这个八岁女孩非常聪明,俩人就像一个模子里刻出来的。索布拉还在给另一个孩子福莱伊娜哺乳,这个孩子很能吃,所以索布拉才这么瘦。别的孩子都在房前屋后跑来跑去。

索布拉显然对这位不得不招待的、讨人厌的堂兄的妻子更感兴趣,她好像刚刚生下女儿。她会来波兰吗?会来找他吗?她长什么样子?他们在尼科波尔的家是什么样的?雅各布真的很有钱,真的在那里有自己的葡萄园吗?那他来这里找什么呢?

第一天他根本抽不开身,因为总有人围着他,摸他,扯他的袖子。雅各布对聚拢来的人群滔滔不绝地说着话,言谈中全是宗教寓言。他宣讲的是一个全新的宗教,这个新的教,信仰"去往以扫之地",也就是去往基督世界,类似于沙巴泰走进了以实玛利之地,也就是皈依土耳其宗教。因为救赎之路在于从这些宗教中获得启示之种,再把它们融入一个伟大的神启——阿奇路德之律①中。最终,这个新宗教将把三大宗教合为一体。有的人听完这些,在雪地上吐了口唾沫,转身走了。

接着是筵席。散场后,雅各布或是累了或是醉了,很快就去睡了。他当然不是一个人,因为沙巴泰·泽维派的家里必须安排特殊招待。莫舍的小女儿从墓地后面走进屋,为雅各布暖床。

早餐过后雅各布让人把他送到山上。在山上的洞穴,他的追随者们正等着他,但他自己却消失在森林里。人们又在雪里跺起脚来。这次来的人可不少,村里的异教徒们也来了,他们打听着发生了什么。然后,他们告诉好奇的村官:"从土耳其来了个聪明的犹太人,那边的圣人,很高大,头戴一顶土耳其帽,麻子脸。"村里的人都张望着,一本正经地等他从森林里出来。他们相信,雅各布此时正在和地下的鬼魂对话。当他回来时,天色已开始变暗,伴随着暮色,雪也下了起来。大队人马蜂拥回到村里,兴高采烈地,虽然都快冻僵了,但他们马上就能喝上热乎乎的浓汤和伏特加。早上,他们再次启程,要赶在光明节时抵达耶捷扎内②。

密探们都知道接下来会发生什么:这位先知雅各布,将在那里停留两周,住在塞姆西·本·哈伊姆家。他开始看见某些信徒的头上有光。

---

① 卡巴拉神秘主义学说中的概念,指无限世界中的显灵世界。
② 现为波兰境内城镇。

那是一道光圈，绿的，也许是蓝的。塞姆西和他兄弟的头上都有，这就说明，他们被选中了。每个人都想要这样的光圈，有些人甚至感受得到它；脑袋周围微微发痒，发热，就好像没有戴帽子。有人说，脑袋上有一个看不见的小洞，里面的光流出来就形成了光圈。这个小洞让脑袋发痒。还有，应该剪掉头上的毛发，因为它们挡住了光。

"我所测不透的奇妙有三样，
连我所不知道的共有四样。"
《箴言》第三十章第十八节

当雅各布穿过乡村和城镇时，当地的传统犹太人会跑到他身后冲他大喊："三位一体！三位一体！"就好像这是个绰号一样。有时，他们从地上捡起石头扔向雅各布的追随者。另一些人，他们知道些关于沙巴泰·泽维这位被禁的先知的故事，看着热闹，然后成群结队地跟着雅各布。

这里的人都穷，穷则多疑，贫穷无法令人付出信任和真心。用这里的话讲，胖子变瘦前，瘦子就死了。他们渴望奇迹，象征符号，坠落的星星，血流成河。他们并不明白被称为"雅各布·弗兰克"的杨凯尔·莱伊波维奇对他们讲的话。但因为他英俊帅气，穿着土耳其服饰，让他们觉得他很特别。晚上，当他们在火堆旁聊天时，雅各布对纳赫曼抱怨说，自己本是大货商，售卖世上最美丽的珍珠，可这里的人却把他当成小货郎，不仅不识货，还认为珍珠是假的。

于是他给大家讲了伊索哈尔教过他的故事，讲了莫尔德克先生晚上对他的轻语，还有纳赫曼让他明白的东西。纳赫曼在每一次的辩论中滔滔不绝，但所言既无美感，也缺少说服力。而雅各布忘乎所以的时候，常常会添油加醋地说些自己的想法。他特别喜欢强烈的对比，也敢毫不犹豫地赌咒发誓，讲起话来就像一个普通的犹太人，像一个切尔诺夫策的挤奶工、卡缅涅茨的皮匠。只不过他在讲犹太语时，会偶尔蹦出几个土耳其单词，这就和哈拉面包里掺着葡萄干差不多。

在基督教新年这天，他们抵达科佩钦齐。大街上，一辆辆装饰精美的雪橇车从他们身边驶过，这是本地富商们的习俗，这样去教堂庆祝才有派头。于是他们让马车慢下来。当两队人交错时，彼此惊讶又沉默地对望着。雅各布穿着一件大领子的毛皮里子外套，戴着染色的土耳其皮毛帽子，像个国王。另一边，裹着裘皮的先生们显得又肥又矮，他们的脑袋上顶着帽子，帽前昂贵的别针上插着一根羽毛。妇女们面色苍白，鼻子冻得通红，把皮毛毯子盖得严严实实。

在科佩钦齐已经摆好了桌子。全村的信徒都等在施罗莫和日特拉的屋前。他们站在那儿聊着天，双腿不停地换着重心，还跺着脚，因为天太冷了。天色渐红时，雪橇驶到房前。人群安静下来，神色紧张地、沉默地看着雅各布走到中间。在房门前他停了下来，退后几步走到蕾芙卡和她的小女儿还有她的丈夫西拉跟前。他看着他们的头顶，就好像看到了什么似的。这个举动引起一阵骚动，而那被选中的几个人却并不自在。然后，雅各布进了屋。蕾芙卡啜泣起来，小姑娘也哭了，她可能才三岁。还有好几个人哭了，或是因为紧张，或是因为寒冷，或是因为疲倦。有些人赶了一夜的路才来到这里。还有一些人，曾去过前一站的耶捷扎内，甚至去过科罗洛夫卡。

在房子里，华沙来的哈伊姆庄重地招待雅各布。他在首都做生意，因此所有人都敬重他。而且在华沙，雅各布的话已经传开了，那儿的人也想知道，如果末世将至，现在会发生什么。雅各布耐心地解释了整整一下午，直到小窗户变得白花花的，因为热气遇寒马上就会凝结成淡淡的棕榈叶的形状。

这天晚上，趴在小窗户上张望的那些人可看不到什么了。烛光摇曳，忽闪忽灭。雅各布又显示了神圣的力量。在外面的人看不清楚，只能看到烛光映射到墙上的影子，闪烁而模糊，还能听到某个女人的一声惊叫。

结束后，施罗莫·邵尔按照老规矩，让日特拉爬上雅各布的大床。但雅各布太累了，所以，穿着最好的衬衫、干干净净、散发着香气的日特拉只好愤愤地回到丈夫身边。

在哈伊姆的父母家，雅各布转化了三个人。哈伊姆本身就非常喜欢雅各布，他很有组织头脑，隔天就忙活起来。现在，凡雅各布所到的村子，都能汇聚起巡游的队伍，十几个穿大氅的人骑着马，还有一些跟不上车队的走路的人。走路的人到晚上才赶到目的地，又累又饿，随便找个地方就能睡，牲口棚，或者小旅店的地板上。乡下人把雅各布当成神奇的圣人。他停下歇脚时，马上会围拢上来一帮人，趴在窗户上看，听听他讲了什么。尽管听不太懂，但泪水却在眼里打转。他们不只为雅各布而激动；他的动作现在变得有些迟钝、坚决，就好像他人在这里，灵魂却在别处，和亚伯拉罕、撒拉、沙巴泰在一起，和把世界拆解成最最细小的字母的伟大智者们在一起。此外，天空中还划过一颗流星，每个晚上都伴着雅各布出现，就好像他是流星之子，带着流星降世时耀眼的光芒。他们穿过特雷波利亚、索科沃夫、科佐瓦、普拉武恰、兹博罗夫、泽洛奇夫、加纳奇夫卡和布斯克。[①]所有

[①] 除索科沃夫为今波兰东部城市外，其他均为今乌克兰城市、市级镇或村落。

人都抬着头，仰望天空。雅各布用双手为人治病：缺失的组织长出来了，病灶消失了，求子的妇女们怀有了身孕，夫妻间的爱情又回来了。母牛生出一对颜色奇怪的双胞胎，而母鸡下的蛋里，有双黄的，还有三黄的。波兰乡绅们纷至沓来，来瞧一瞧这个弗兰克，这个土耳其犹太人或瓦拉几亚人，是如何创造出他们闻所未闻的奇迹，如何讲述末世降临的。基督徒也会被救赎吗？只是犹太教的世界末日吗？这些还不清楚。他们想和他交流。于是，纳赫曼或者华沙来的哈伊姆就充当翻译，而这些波兰乡绅在谈话时努力表现得高高在上。他们先让雅各布上前来，雅各布就走过去，礼貌地回话。雅各布一开始会表现得很直白，像个粗人，但他一直紧盯着他们，直到他们在他的注视下失去了自信。然后他们就和人群站在了一起，不同的只是身上臃肿的裘皮大衣和帽子上的羽毛而已。

在布斯克，全村人都从家里拥了出来，人们举着火把，冲破严寒，踏碎了脚下的新雪。在这里，雅各布在纳赫曼的兄弟哈伊姆和他老婆的家里待了一个星期。纳赫曼的小儿子阿荣和其他小伙子们簇拥在雅各布的身后，像燕尾蝶似的。雅各布几乎在每个人的头上都看到了蓝色的光圈。整个小城差不多都改信了雅各布口中的圣三一学说。一天，村里来了几个生病的孩子，他们提出想让雅各布的手掌放在他们身上。然后又来了几个达维季夫的孩子，接着又有人请他去利沃夫看看。在利沃夫布置妥当的宽敞的大厅里，蜂拥的人群挤进来看他，但当他说，应该去往以扫之地时——这是他在波兰第二次提起，要在末日降临时去到罗马天主教世界——人们嘟哝着离场而去。利沃夫的犹太人有钱、野蛮、散漫。利沃夫和欣赏雅各布的穷乡僻壤可不一样。富人和知足者并不急切地盼望弥赛亚；弥赛亚是那个他们愿意永远等待的人。而每个来此地的人都是伪弥赛亚。弥赛亚于是成了一个永远都不会来的人。这是这儿的规矩。当雅各布在利沃夫的犹太会堂布道时,人们大声地斥责他,最后还砸碎了讲台,将他赶了下去。狂暴的人们对他挥舞拳头,他必须得逃。

就算哈伊姆给了不少钱,小旅店的人对他也不待见。旅店老板娘不太礼貌地冲雅各布冷嘲热讽。他让她看看她的口袋,说里面有钱。她吓坏了。

"我哪里来的钱?"

他坚持让她摸摸口袋——这一切就发生在大庭广众之下。她从口袋里掏出一枚硬币,自从硬币开始被伪造后就没那么值钱了,但也算是钱。她大惊失色,满脸疑惑,本想马上离开,可是雅各布紧紧抓住她的胳膊。

"你很清楚这钱怎么来的!"雅各布问她的时候并没有看着她,而是看向凑过来看热闹的那些脑袋。

"先生,别说!"老板娘请求道,挣脱开他的手臂。

但他根本不听她的。他扬着头冲上面喊,让自己的声音被更清楚地听到:

"一个贵族乡绅给她的,昨晚他们睡了。"

人们哄笑开来,认为他在无理取闹,可老板娘却是一副被看穿了的表情。她承认他是对的,这让大伙儿大吃一惊。她红着脸跑开了。

现在雅各布可以掷地有声地说话了,他的信息好像那些没来得及进屋取暖的人在雪中踏出的脚印一般清晰明了。这些人不得不从别人口中打听他说的,关于犹太教、伊斯兰教、基督教三大宗教的关联。首先,是沙巴泰通过伊斯兰教开创出一条道路,然后巴鲁赫吉继续走向基督世界。最令大伙儿心惊肉跳的宣言是:应该像穿越河流一样穿越拿撒勒信仰本身;耶稣是真弥赛亚的外壳和伪装。

这套理论中午听时很不像话，下午再听似乎值得商榷，到傍晚已经被认同，而晚上听时就完全像那么回事了。

夜里，这套理论又延伸出一个新的角度，从未被想到的角度，即接受了洗礼就不再是犹太教徒了，至少对旁人来说是如此。成为一个普通人，基督徒，可以购买土地，在城里开店，让孩子上普通学校……这种可能性在他们脑子里打转，就好像他们突然收获了一份奇异的、不可思议的礼物。

主的守护者

当值的密探们注意到，从耶捷扎内开始有一位少女一直陪伴在雅各布身边，后来又来了一位——两人好像他的保镖似的。一个是漂亮的布斯克女孩，浅色头发，粉嘟嘟的，总是笑着跟在他半步之后。另一个是利沃夫女孩吉特拉，高个子，像示巴①女王般骄傲，很少说话。据传，她是利沃夫犹太社区的书记员平卡斯的女儿，但她坚持自己有皇室血统，是波兰公主，血统来自她的曾祖父。她们坐在雅各布的两边，像守护天使一般，披着漂亮的皮草披肩，头戴装饰着宝石和孔雀羽毛的帽子，腰佩土耳其短剑，插在镶有绿松石的剑鞘里。在她们之间的雅各布，如立于神坛立柱之间。不久，深色头发的吉特拉就成了他真正的盾牌，为他开路，用自己的身体遮挡他，不让人们靠近，用棍子驱散拥上来的人群。她警惕地将手放在短剑上。又过了不久，她的皮外套变得累赘，于是她换上红色的军用坎肩，上面装饰着白色穗带。她浓密的深色头发又卷又乱，从皮军帽下散开来。

---

① 一个在《希伯来圣经》及《古兰经》中提及的古老王国。

雅各布不能没有她，把她当老婆对待，无论到哪儿都是和她过夜。她就像上帝赐给他的保镖，将陪他继续行走波兰，守护他；因为雅各布害怕。他可没瞎，他发现总有一些沉默的捣乱分子跟在自己的支持者背后，朝他吐口水，还低声咒骂。纳赫曼也看见了，于是他让人每晚守在他们睡觉的房子周围。只有葡萄酒和漂亮的吉特拉能让雅各布放松下来。守夜人听到，从茅屋薄薄的木墙里传出阵阵爱抚的娇喘和呻吟。纳赫曼可不喜欢这样。还有波德盖齐来的莫舍拉比，他向邵尔谏言取缔床第之欢，并警告说，这种排场并无必要，还会招来恶言恶语。但也是他，新近丧偶的鳏夫，总色眯眯地盯着小姑娘看。吉特拉让所有人都不高兴，她指手画脚，居高自傲地看着其他女人。华沙来的哈伊姆和他老婆维泰勒最受不了她。而且在利沃夫，尽管雅各布并不情愿，但还是赶走了浅发女孩，留下了吉特拉。空出来的位置，到下个村庄时，又让一个新女孩顶了上来。

这场迁徙持续了一整月。驻地换了一处又一处，人见了一拨又一拨。在达维季夫镇，雅各布像对父亲那样和埃利沙·邵尔打招呼。邵尔身穿拖地长皮袍，头戴毛皮帽，儿子们站在他两侧。老邵尔用颤抖的手指着雅各布头上那道奇怪的光，大家越是使劲看，他比画得越厉害，最后，在场的人都跪拜在雪地里。

当雅各布又一次在洛哈特恩邵尔的宅子里过夜时，老邵尔当着所有人的面请求道：

"让我们看看，雅各布，你的力量。我们知道你有神力。"

雅各布推辞说自己累了，漫长的激辩后该睡了。他走上楼回房间。就在那时，在场的人看到，他的脚印留在了橡木楼梯板上，就好像灼刻进去的那样。从此以后，人们总会庄重肃穆地来此瞻仰这一神迹；在洛哈特恩还保存着他的鞋，土耳其式的刺绣鞋。

利沃夫犹太社区派出的密探们不仅认真记录下雅各布·莱伊波维奇随身带着的新祷文,还报告说,雅各布喜欢牛奶焦糖酱和土耳其芝麻蜂蜜点心;他的随从总会把这些东西装在行李里。在祷文中混杂着希伯来语、西班牙语、阿拉姆语和葡萄牙语单词。没人能完全听得懂,所以更加神秘。他们向某个"Señor Santo"[①]祷告,唱着"Dio mio[②],巴鲁赫吉"。用拼凑来的只言片语串起的新祷文,大概是这样的:

"就让我们见识您的伟大,圣人,您是真神和世界之主,世界之王。您曾以肉身出现,彻底粉碎了创世法则,您将自己提升到应有的位置,弃绝所有其他被造的世界,除了您,没有另外的神,无论高的或者矮的。您指引我们远离诱惑和羞耻,所以我们跪在您面前,颂扬您的名字,伟大而强悍的主。他是神圣的。"

布斯克的纳赫曼
背着雅各布写下的杂记

当上帝命令犹太人启程时,他已经为这趟远行想好了终点,但人们并不知道;他想,命运将引领他们前行。神性即是终点和出口,而人性往往急躁,相信偶然,渴望冒险。因此,当犹太人在一个地方定居的时间长了,他们——像孩子似的——会不高兴。于是,又该卷起铺盖上路,他们就满足了。现在的情况恰恰如此。仁慈的上帝为每次出发规划好框架,只是其中的人变了。

"我们是不是到了最糟糕的地方?是布斯克吗?"我们到达布斯克

[①] 意为"圣人"。
[②] 意为"我的神"。

时,雅各布问我,然后爆发出一阵大笑。

在布斯克,大家住在我弟弟哈伊姆·本·莱维的家里。因为我妻子不同意住我家。她就要生了,弟弟迁就她。她和许多妇女一样,不喜欢新知识。我的独子还是个小宝宝,名字叫阿荣,我们的雅各布特别喜欢他,把他搂在膝盖上,这让我备感荣幸。雅各布还说,他会从小男孩长成一位无人能敌的智者。我太高兴了,尽管我明白,其实雅各布了解我的情况,他也知道我其他的孩子没有活过一岁。那天晚上,小阿荣吃了些糕点,可莱娅却责怪我,说我带着体弱的孩子去了庄园,让他得了感冒。

她只和我一起去过哈伊姆家一次,她可不想多去。她问过,他们讲我们的话是不是真的。

"他们说了什么?"我问道。"你说有一位真正博学的拉比将至,然后,他来了,"她把头转向窗外,"上帝惩罚了我们。他命我生下孩子,而孩子会死去。""为什么是他?"我问。"因为你跟随他多年。不管他到哪里,你都在。"

我能说什么呢?她也许有道理。也许上帝带走我的孩子们,是让我更亲近雅各布?

每天晚上都过得差不多。先是集体晚餐——粟米粥、奶酪、烤肉、面包、橄榄——所有人围坐在长条桌边,有妇女、孩子和少年,还有为餐食忙里忙外的人;但也有那些并未贡献食材的人。谁也不会挨饿。吃饭的时候,雅各布会讲一些自己在土耳其的小故事,风趣、诙谐。大部分妇女为他优美的嗓音和幽默感所倾倒,不再纠结于对他的坏印象;孩子们则把他当成非凡的说书人。然后他领着我们做集体祷告,妇女们则去收拾桌子,哄孩子们睡觉。最后就只剩下愿意上晚课的人。

雅各布总会先沉默良久。他伸出食指，举起来，指向上方，再把它摆到自己的脸中间。我们的目光紧紧跟随着他的手指，而手指后面的脸庞会渐渐模糊不见。那时，他才开口说一句"Szloiszo seforim niftuchem."，意思是"三本书打开了"。屋子里本是一片肃静，但好像能隐约听到圣书书页翻动的沙沙声。雅各布打破静默，告诫我们："无论你们听到什么，都必须终生保守秘密。"然后他开始讲我们的教法——沉默。

他说：

"如欲取得要塞，不能只凭嘴巴——言语转瞬即逝，须携军夺之。因此，我们必须行动，不能光说不练。我们的先辈说得还少吗？他们始终诵读经典啊！这些言语给了他们什么帮助吗？他们得到了什么呢？眼见为实，耳听为虚。我们不需要智者。"

我总觉得，每当他提到智者时都会看着我。我努力要记住他说的每一个字，而他却不让我写下来，所以，我才偷偷记录。我怕他们现在虽然听进去了，可等一出门就会忘得精光。我不明白雅各布的禁令。第二天早上，我坐在桌边，装模作样地算账、写信、定计划，实际上在这些纸下面还有一张卡片，我在上面写着，就好像我在为自己翻译，再一次琢磨、解释雅各布的话：

"应该去往基督世界——他对人们说道——追随以扫。应该在黑暗中行走，那光明才如太阳！因为救赎只会在黑暗中等待着我们。只有在最恶劣之地，弥赛亚的使命才会开启。你们不明白吗？全世界都是真神的敌人！"

"这是沉默的力量。太令人感动了。言语的分量就好似承载了半个世界。要听我说，要跟我走。你们必须丢弃你们的语言，必须用当地的语言去和每个国家的人打交道。"

勿吐露恶言即是美德。沉默亦是美德，将所看所听全都藏于心中。表现如常。就好像那第一人，沙巴泰，他邀请客人参加自己的婚礼，在礼庆华盖之下放着《妥拉》当作新娘。我们也将《妥拉》换成了一位姑娘。从那以后，每天晚上她都赤身裸体地出现在我们之中。姑娘是最大的秘密，她是最神圣的《妥拉》在下层世界的展现。我们与她结合，首先要用自己的双唇，用嘴巴，诵读出词语，然后通过词语，在每一天，从虚无中创世。因为我，纳赫曼·萨穆埃尔·本·莱维，我承认，三位一体的神只有一位，而第四位即是圣母。

关于在蓝茨克鲁尼亚的秘密活动和敌视的眼睛

纳赫曼的记录并没有提到，词语会增加负担。纳赫曼，当他提笔时，他很清楚什么能写，什么不能写。原则必须记牢。实际上，雅各布说："任何蛛丝马迹，只要是你们留在脑袋里的，就是秘密，没有人会知道我们是谁，以及我们做了什么。"但他自己发出过诸多声响，做出过很多奇怪的举动，说出过一些奇怪的话。他的话莫名其妙，让人摸不着头脑。因此，那些跟随过他一段时间的人们围拢起来，试着翻译雅各布口中的外国话。他说了什么？每个人都有自己的理解。

1月26日，莱伊布科·阿布拉莫维奇和他的弟弟莫舍克骑着马把一行人带到蓝茨克鲁尼亚村，立刻住进了莱伊布科的家。天已经完全黑了。

村子坐落在陡峭的山坡上，山下有一条河。岩石路不好走，还是上坡。夜色又浓又冷，光从光源处就被吞噬得七零八落。空气中飘浮着烧湿木头的烟味。黑暗中房子的轮廓模糊不清，小窗户上映照着脏黄的烛光。

施罗莫·邵尔和他的兄弟纳坦见到了姐姐——哈雅，一个女先知——她嫁给了蓝茨克鲁尼亚的拉比基尔沙，婚后一直住在这里。基尔沙做一些烟草生意，在本村的信徒中享有很高的威望。她看出纳赫曼有一点儿恍惚，好像喝过伏特加似的。

她和丈夫一起走过来，站在门边。在纳赫曼看来，哈雅像陪着她父亲似的，因为基尔沙长得很像老邵尔——没什么好奇怪的，他们本来就是堂兄弟。哈雅生过孩子后更漂亮了，非常苗条，个子高挑。她穿着一件血红色的连衣裙，戴着一条浅色的天蓝纱巾，如贵妇一般；头发上绑着彩色的布条，披散在后背上；耳朵上挂着长长的土耳其式耳坠。

布满灰尘的小窗户上总透不进多少光亮，浸在陶土壳子里的油灯灯芯可能整天都点着，散发出烟熏和油脂燃烧的恶臭。两个小厅都很脏乱，不时传来吱吱呀呀的声响。现在是冬天，老鼠们在霜冻前都躲到了屋檐下——它们在墙壁中、在地板下创造出垂直的和水平的城市，比利沃夫和卢布林加在一起还复杂。

在前厅的壁炉上有一个洞口，本来是鼓风用的，但因为总是堵，炉子就总冒烟，所以房子里的东西都带着烟熏的味道。

他们关紧门，合上窗。外人可能会认为，他们要睡觉了，走了一整天，肯定疲惫不堪。密探们也这样认为。村里已有风声——沙巴泰瘟疫来了。两个好事者，盖尔绍姆·纳赫马诺维奇和他的堂兄纳伏图瓦，他们租住在乡绅家，很有主意。这两个人偷偷摸摸地找到了趴窗户的地方（有人没有关紧窗）。血立即涌上他们的脸，他们着魔般地站在那儿，无法将眼睛挪开；尽管面前只有一道垂直的小缝，但晃着头仍可以看到整幅场景。他们看见，男人们在一根蜡烛旁围坐成一圈，中间是一个半裸的女人。她丰满的乳房在黑暗中发亮。弗兰克一边绕着她转，一边喃喃自语。

在莱伊布科简陋的家中，哈雅的胴体更显完美和精致，就好似来自另一个世界。她闭着双眼，微张嘴唇，露出一点点齿尖。细小的汗珠在她的肩头和脖颈上闪着光。她沉重的双乳垂向地面，让人恨不得想把它们托起来。哈雅站在一个小木凳上。她是这么多男人中唯一的一个女人。

雅各布先走上前，他得稍稍踮起脚才能用嘴唇够到她的乳房。他甚至将奶头含了一会儿，好像喝到几滴奶水。然后是第二个乳房。沙耶斯先生跟在后面，他老了，稀稀疏疏的长胡子长到腰间，他的嘴唇颤颤巍巍，在黑暗中摸索寻找哈雅的奶头——沙耶斯先生没睁开眼睛。然后走上前的是施罗莫·邵尔，她的弟弟，他犹豫了一下还是照做了，但只是点到为止。接着，所有人都动起来——房子的主人，被鼓动的莱伊布科·阿布拉莫维奇，接着是他的弟弟莫舍克，然后是另一个邵尔，再是耶乎达和来自科罗洛夫卡的伊扎克。每一个人，甚至那个只是站在墙角躲在阴影里的人都明白，自己已被裹挟入这个信仰的伟大秘密，仪式过后即将成为真正的信徒，身边的人才是自己的兄弟，而救世主必将摧毁旧世界，打开新世界。《妥拉》已经进入基尔沙妻子的身体，透过哈雅的皮肤照亮世间。

应该闭上眼睛在黑暗中行走，因为只有在黑暗中才能看清——纳赫曼一边含着哈雅的奶头一边在心里说着。

盖尔绍姆如何抓住异教徒

据说，是雅各布下令不要关紧窗——就要让他们看看。偷窥者马上跑回村子报告拉比，并迅速集结起一帮人，拿上了棍棒。

确实，盖尔绍姆有些名堂，他让人先从窗外透过窗帘缝看里面的情况。等到夺门而入时,半裸的女人立刻映入大家的眼帘,她正慌忙用衣服遮住自己;还有些人躲到墙角。盖尔绍姆大吼一声,喝止住准备翻窗逃跑的家伙,而那些已经跑到外面去的,也都被抓住了。屋里剩下的人,除了哈雅,都多少有些醉意,现在都吓坏了。把他们绑起来后,盖尔绍姆把他们带到拉比那儿。他随意地没收掉他们的马车、马匹、书籍、笔记和裘皮大氅,然后到庄园找乡绅。盖尔绍姆不知道那里正在办酒宴,乡绅家里有客人。另外,乡绅并不想卷入犹太人之间的争斗——他可欠着犹太人的钱呢;他也不知道具体是什么矛盾,哪些该明白,哪些该糊涂。于是,他找来自己的管家——正忙着品尝山茱萸果酒的罗曼诺夫斯基。庄园里灯火通明,甚至在外面都能闻到烤肉的味道,听到音乐和女人的笑声。乡绅背后是一张张看起来滑稽的红脸蛋。罗曼诺夫斯基管家穿上长靴,从墙上取下猎枪,叫上几个长工,一起向雪中走去。这些犹太教徒和基督徒义愤填膺,愤愤不平,不禁让人联想到发生了大不敬事件:亵渎神灵,某种超越教派的亵渎。赶到那里后他们发现只有一些冻僵的男人,两两绑着,没有厚衣服蔽体,正在寒夜中瑟瑟打战。罗曼诺夫斯基耸了耸肩。他甚至不明白这是为什么,但为了以防万一,还是把所有人送进了科佩钦齐的监狱。

土耳其很快就收到了消息;第三天一小队土耳其兵到了,要罗曼诺夫斯基归还犯人,即波尔塔①公民雅各布·弗兰克。罗曼诺夫斯基正巴不得如此。管他犹太人还是土耳其人,让他们自己去审判自己的异教徒吧。

就在关押在科佩钦齐监狱的三天时间里,也就是土耳其人来找他

---

① 或译为高门,历史上代称奥斯曼土耳其政府或整个国家。

之前，雅各布又一次显圣，圣灵降临，并奇怪地大喊大叫。和他关在一个囚室的沙耶斯先生和来自科罗洛夫卡的伊扎克后来证实，他说他要信奉天主教，有十二位兄弟会和他一起。后来土耳其人放了他，给了他一匹马。他骑上马，立即跑出土耳其边境，骑到霍京[①]。密探们随后给利沃夫的拉帕波特拉比报信说，他一边跑一边用希伯来语大喊："我们走在国王大道上！"

平卡斯家的波兰公主吉特拉

美丽的吉特拉是平卡斯的独生女。平卡斯是利沃夫拉帕波特拉比的秘书。她脑子糊涂，常常给父亲惹麻烦，所以他把她送到布斯克的亲姐姐那里，让她好好呼吸呼吸农村的新鲜空气，不要对什么都刨根问底。

不妙的是，她是个美人——普通家长会很高兴——高挑、苗条，细长黝黑的脸上长着一对突出的嘴唇和一双深色的眸子。她走路大大咧咧，穿着奇怪。整个夏天她都在城外湿漉漉的草甸上散步，誊抄诗歌，独自去墓地，还总要拿上一本书。她的姑妈认为，一旦教会了女孩阅读，这些事自然会发生。吉特拉粗心的父亲教会了她，所以就有了现在的结果。有知识的女人是产生各种大麻烦的原因。现在就是如此。哪个正常人会整天在墓地坐着？女孩十九岁了，不久就要找婆家，眼馋的男孩子和老男人总往她身上瞟，但没有一个人是她想嫁的。有人说有男孩摸过她，他们在墓地后面做的，那里有一条路通向森林。谁知道他们有没有干更多的事。

[①] 今乌克兰城市。

吉特拉的妈妈在她只有几岁时就死了。很长一段时间，平卡斯一直是鳏夫，但几年前他找了新老婆。新人可受不了这个继女。继女也不待见她。后妈生下一对双胞胎的时候，吉特拉第一次离家出走。父亲在利沃夫边界的小旅店里找到她。一个年轻姑娘，与打牌的男人们坐在一起，一会儿看看这个，一会儿指指那个。但他们可没把她当成出街的妓女。她说着正统的波兰语，一看就是受过良好教育的女人。她想去克拉科夫。她打扮得体，穿着最好的连衣裙，行为举止好像在等人。旅店老板想，她应该是落难的大户人家的小姐。她讲自己是波兰国王的曾孙女，她的父亲在一个天鹅羽毛编的篮子里发现了她，天鹅还喂过她奶水。那些听她讲故事的人，对天鹅喂奶这段比羽毛篮子那段笑得更厉害。父亲走进旅店，在所有人面前给了她一巴掌，然后用力把她拽进马车，向利沃夫方向驶去。可怜的平卡斯，成了当时旅店人们口中的笑话。所以，他决定尽快给女儿找个丈夫，让她嫁给第一个想娶她的人。他真的希望她仍是处女。他请来最好的媒人，马上就找到了两个人选，一个来自耶捷扎内，一个来自乔尔特基夫。于是她开始和小伙子们一起晒干草，让所有人都看见。她故意这么做，这样就结不成婚了。是结不成了，因为候选人都跑了。耶捷扎内的那个和乔尔特基夫的那个都跑了。消息飞快地传开了。现在她住在搭起来的一处单独的窝棚里，就像麻风病人一样。

　　这年该死的冬天，吉特拉走了好运，也可能是厄运，谁知道呢。路上出现了一队雪橇车，来人在这个小镇卸下行囊。吉特拉的姑姑正在自己家里招待着她的继母和那对双胞胎——两个小男孩，能吃，多毛，就像以扫。她关上家里的所有门，关上窗户，让大家一起祷告，这样，那些野蛮人的声音就不会传进他们无瑕的耳中。

　　吉特拉可不在乎姑姑和继母的反对，她披上父亲给她的胡尔克羊皮外套,走了出去。在雪中她深一脚浅一脚地穿过村子,走到红发纳赫曼的家,而此时圣人恰好正在屋里。她和其他人一起在门外等着,边哈气,边冻得跺脚,直到名叫雅各布的圣人带着随从出来。就在那时,她一把抓住雅各布的手吻上去。他想要抽回手,可吉特拉早就散开了自己美丽浓密的头发。还是老一套,她说:"我是波兰公主,波兰国王的曾孙女。"

其他人都笑了,但雅各布听进去了,他抬起姑娘的头,直勾勾地盯着她的眼睛。他看到了什么,谁也不清楚。但从此之后,她始终跟在他的身后,寸步不离。大家都说,圣人在她身上得到了极大的满足。通过她——人们说——圣人的力量增强了,而她从天堂获得了巨大的能量,她自己感受得到。要是有无赖捣乱冲撞了圣人,她会用她的能量,一下子撞开无赖,让他摔倒在雪里久久爬不起来。她像头母狼一般守在雅各布身旁,直到蓝茨克鲁尼亚那个可怕的夜晚。

平卡斯和他难以启齿的绝望

平卡斯来到拉帕波特家。他不愿让拉比看到自己,就从侧面偷尔闪了进去,蜷缩着身子写字,这样拉比就瞧不见他了。但拉比永远半闭半开的眼里并没有显露出比看到一般青年更加厌恶的眼神。尽管拉比没走到他身边,他仍感觉到了拉比的目光,就好像有人正在愤怒地瞪着他。该来的还是会来——拉比身边无人时,他让他过去。拉比问了问他的健康状况、妻子还有双胞胎,温柔和蔼,恰如平常。最后他问道——没有看他的秘书:

"是真的吗?"他还没说完,但平卡斯浑身发热,好像身上有几千只蚂蚁在爬,每一只都滚烫滚烫的。

"我遇到厄运了。"

拉帕波特拉比难过地点了点头。

"你可知道，平卡斯，她不再是犹太人了？"他温和地问道，"你知道吗？"

拉帕波特说，当她刚开始说自己是波兰公主时，平卡斯就该做点什么，或者更早。附近的人都看见她行事乖张、被恶鬼附了体，所以她才会胡说八道、放荡不羁。

"她从什么时候开始举止怪异的？"拉比问。

平卡斯想了一会儿回答，从她妈妈死后。她妈妈死了很久了，死的时候很痛苦，乳房长了瘤子，后来瘤子长满全身。

"明白了，就在那个时候。"拉比说，"死者的灵魂周围聚集着许多自由的、阴暗的灵魂。它们寻找着可乘之机，乘虚挤进人的身体里。绝望令人虚弱。"

平卡斯听到这话心里愈发紧了。他承认拉比有道理，拉比有大智慧，平卡斯明白这个逻辑，他也要如此这般告诉旁人——如果篮子里有一个烂水果，那就得扔掉它，不要坏了其他水果。但当他看着自信坚定且同情自己的拉帕波特时——他说话的时候闭着眼睛——他忽然想到了"盲点"，也许有什么是这位伟大的智者看不到的吧。也许存在某种不被认知的律条，也许文字记载的并非全部内容，也许应该为他的吉特拉创建一个属于她的新词条，也许她最终成了波兰公主，那她的灵魂……

拉帕波特睁开眼，看见低着头的平卡斯好像一根折断的棍子，于是对他说：

"哭吧，兄弟，哭吧。用你的眼泪冲刷，伤口将很快痊愈。"

但平卡斯知道，伤口永远都痊愈不了了。

第十四章

卡缅涅茨主教米科瓦伊·丹姆波夫斯基不知道，他是整件事的小插曲而已

丹姆波夫斯基主教坚定而强烈地相信，自己是个重要人物。他还认为自己将永生，因为他认为自己就是基督所说的公平正义之人。

在彦塔眼里，从某种意义上来说他有些道理。他不杀生，不骗人，不逾矩，帮助穷人，每周日都布施。偶尔他也有肉体上的冲动，但应该承认，他确实在努力地克制，而当他最终战胜了性欲时，会将它立即抛诸脑后，想都不去想。当一个人总想着犯罪，任由其在脑海中徘徊，不断想象，受其支配，罪恶便会不断膨胀。显而易见，这时该做忏悔才能了结。

可主教愿做得更多些，尽管他自己的身体状况并不好。他希望能更好地造福人间。因此，他感谢上帝让他当上了主教，给了他实现这一切的机会。

他坐在桌边写着字。他长着一张肉乎乎的圆脸，嘴很大，也可称之为性感，但最好不这样说，因为他是主教。他的皮肤很亮，头发是浅色的。有时，当他出汗时，脸颊红彤彤的，看上去像喝醉了一般。他在白色法衣外披上一件暖和的羊毛肩衣，脚上穿着妇女们特别为他缝制的毛拖鞋——他有老寒腿。卡缅涅茨的官邸从来就没暖和过，暖

气从某个地方漏跑了，房间里能感到有风，窗户都很小，屋里总是暗沉沉的。他房间的窗户朝向教堂外的一条小路。他看见两个乞丐在路上吵架，过了一会儿，其中一个开始用棍子揍另一个，被打的那个人尖声叫喊，于是别的乞丐们也掺和进来大打出手，这阵喧闹实在是搅了主教的清净。

主教试着写道：

    沙坡萨·兹维派

    沙巴萨·斯维派

    沙巴萨泽维派

    沙巴夏希维派

    沙巴夏希文派

    沙坡瓦希维派

最后，他转向皮库尔斯基神父。皮库尔斯基神父很瘦，衣着得体，四十岁左右，灰发。他是教廷特别派来此地的事务专家，索乌迪克主教特意为他作保。此刻，他正在半开的门后工作着，他的大脑袋上并没顶着软绵绵的假发。在烛光的照射下，他的身形在墙上投出长长的影子。

"到底该怎么写呢？"

皮库尔斯基神父来到办公桌旁。自从在洛哈特恩的午宴上见过他后，这几年他的棱角愈发分明。他刚刮了胡子，凸起的下巴上还有剃刀的伤痕。不知道是哪个剃头匠的手艺？主教想。

"阁下，最好写'反塔木德派'，说明他们的行为有违《塔木德》，这样会更明了，对我们也更安全些，我们就不必评述他们的教义了。

另外，大家叫他们'沙巴泰·泽维派'。"

"神父，你怎么看这个？"主教把桌上的信交给他问道。这是一封从蓝茨克鲁尼亚和萨塔尼夫的传统犹太人社区寄来的信，在信中拉比们请求干预背叛《摩西律法》和玷污传统的行为。

"他们唐突了。"

"你是指那些在旅馆行恶的人吗，还是说原告？"

皮库尔斯基顿了顿，看起来好像在思考应该怎么办。他双手紧握，并没有看着主教，说道：

"我觉得，他们想告诉我们，他们和这些异教徒没有半点儿瓜葛。"

主教轻轻地清了下喉咙，不停地抖着毛拖鞋里的双脚。皮库尔斯基明白，他该接着说下去。

"我们信奉天主教义，他们有《塔木德》。简而言之，这是对《圣经》的释义，但更详细而言，其内容涉及该如何遵守律法和摩西诫命。"神父慢慢地话多起来，他很高兴能讲一讲自己多年来研读的那些知识。他看了看旁边的咖啡桌，好奇地扬起眉毛。

主教微微地点点头，神父凑到他身边。主教闻到一股粗鄙的、底楼房间的那种霉臭，还有碱液的味道，也许来自那个把神父的头理得一塌糊涂的剃头匠。

"他们的拉比们在几百年前写下它，并用它规范该吃什么，什么时候吃，什么可以吃，什么不能吃。没有它，他们那复杂的教义架构会轰然坍塌。"

"可你告诉过我，所有的律法都在《妥拉》之中。"主教打断他说。

"但在耶路撒冷圣城被摧毁后，流放中的人很难在别国，在别的环境下遵从《妥拉》。而且，这部法典特别烦琐，适用的是他们古代的那种放牧生活。世界变了，所以他们又写了《塔木德》。请阁下您想一想《摩西律法》的第四卷[1]，其中描写了号角、军队、部落首领、帐篷……"

"是啊。"主教漫不经心地叹了口气。

"这个弗兰克宣称，这一切都是谎言。"

"那可是非常严重的指控。《妥拉》也是吗？"

"他没冒犯《妥拉》，但他们的圣书是《光明篇》。"

"我知道的。那这次他们想干什么？"

"他们要惩戒这个弗兰克。在蓝茨克鲁尼亚，塔木德派把这些异端分子暴打了一顿，指控他们犯了'亚当派[2]之罪'，还革除了他们的教籍。他们还能再惩罚弗兰克些什么呢？因此，想问问我们的意见。"

主教抬起头。

"亚当派之罪？"

"是啊，主教神父知道……"皮库尔斯基说。他突然害羞起来，咽了咽口水。主教出于某种自然而然的慈悲，没有让他说完这句话。但皮库尔斯基神父很快回过神来：这个弗兰克被释放出狱后，仍在活动，留在土耳其人那里。在犹太斋戒日，他大言不惭地说，既然大家信奉真神，那有什么可隐瞒的？他说："来吧，让我们敞开心扉，坦诚相待。就让他们看着我们吧！"然后，在应该严格执行斋戒的日子，他给所有人斟满了伏特加，请大家吃蛋糕和猪肉。

---

[1] 指《民数记》，是以色列人第一次人口普查的文献，同时也记录了以色列人迁居的过程。

[2] 公元二至四世纪在北非地区的早期基督教团体，他们在宗教仪式上不穿衣服。

他们从哪里冒出来的？这么突然，人还特别多。主教思考着，抖了抖皮拖鞋里的脚趾头。他以前听说过，犹太教异见者不遵守《妥拉》禁令，因为他们坚信，随着弥赛亚的降临，这一法典会失去效力。但这关我们什么事儿？主教想。他们是外国人，他们的宗教神秘又怪异。明明是内部斗争，就互相咬去吧。此外还有别的原因：据记载，他们施行巫术和咒语，利用《创世纪》中所描绘的神秘力量，试图从墙壁中凿取葡萄酒。他们大概在遥远的地方汇聚起来，并在一些集市上以不同的标志区分彼此，将自己先知的寓言写在书本上、货摊上和出售的物品上。主教记得很清楚，他们相互买卖商品，形成了封闭的生意圈，彼此知根知底。他还听说，如果他们中的一个被指控欺诈，其他人都会站出来为此人的诚实做证，然后将罪名甩到圈子外的某个人头上。

"给您的报告我还没有写完。"皮库尔斯基突然辩解说，"《光明篇》也是一本注解书，另一种注解。我想说：这是关于神秘的一本书，并非阐释律法，而是探讨世界起源、上帝本质……"

"亵渎。"主教打断他，"我们接着干活吧。"

神父站在原地。他比主教年轻十岁，也许更多，但看上去却很老。因为瘦吧，主教想。

"好在阁下派人去利沃夫把我找过来了。"皮库尔斯基神父说，"我听从阁下差遣。我了解犹太人，也了解犹太教的异端邪说，在这些方面也许您再找不到比我更优秀的人了。"皮库尔斯基神父一边说着，一边突然脸红起来，他吞了口口水，垂下眼帘。他仿佛觉得自己有些夸大其词，犯了自负的罪。

主教却没有注意到他的难堪。我怎么这么冷？他想。血好像流不到身体的最末端，好像循环很差，为什么我的血流得这么慢呢？

主教和本地犹太人之间有太多过节。这个邪恶、狡诈、顽固的族群——不管把他们从哪里丢出去，他们都会立刻找个缝钻回来。根本拿他们没办法，好像命中注定，必然如此。怎么都搞不定。

在履职的第八年，也就是公元1748年，他可是不遗余力地争取过针对犹太人的国王法令呢！他不停地上书请愿，让国王伤透了脑筋，最后国王颁布法令：卡缅涅茨的犹太人必须在二十四小时内遣散，房屋归市政所有，学校拆除。此地的亚美尼亚商人被犹太人打压得很厉害，因为犹太人不仅压低货价，还抢走客户做私下交易。这些亚美尼亚人为主教奉上了丰厚的谢礼。但问题并没有完全解决。从卡缅涅茨驱逐出去的犹太人搬到卡尔瓦萨尔区和津基夫齐区，刚好在禁令规定的距离城市不得少于三英里的地方，谁也不能把他们怎么样，政府也就睁一只眼闭一只眼了。他们每天都带着货进城去，希望能多少卖一点出去。他们派的都是女人。最糟的是，买家跟着他们搬到了斯莫特里奇河对岸的津基夫齐，那里成了黑市，抢走了卡缅涅茨的生意。对犹太人的怨声又沸腾起来，卡尔瓦萨尔来的犹太妇女甚至敢不顾禁令，把贝果拿到面包房里兜售。我干吗非得管这事？主教想。

"他们认为自己无须再遵守《妥拉》律法。"皮库尔斯基神父自顾自地说着，"还认为基于《塔木德》的犹太教是伪教。弥赛亚不会来了，盼望弥赛亚的犹太人是空等一场。他们还号称，上帝是三位一体神，上帝曾以人的肉身现世。"

"噢！他们有些道理。"主教欢喜起来，"弥赛亚不会来，因为他已经来过。但你没告诉我，神父，他们相信基督耶稣。"主教画了一个十字："把这些怪人的信给我。"

主教仔仔细细地看着这封信，仿佛要从中找到什么特别之处，诸如印章、水痕之类。

"他们用拉丁文吗？"主教一边读着反塔木德派给他的信，一边疑惑。这分明出自一位学者之手，谁为他们写信？

"也许是什么克萨科夫斯基先生，但来自哪个家族，我不知道。他们肯定花了不少钱。"

赫米耶洛夫斯基神父
要在主教那里保住自己的好名声

赫米耶洛夫斯基神父碎步奔到主教跟前，亲吻他的手，主教却抬起眼望向上方，很难说他是在祝福来者还是在表现某种厌倦的神态。皮库尔斯基神父也在一旁迎候，表现得很热情——低着头鞠躬，主动向他伸出手，还握了一会儿。这位老神父穿着一件脏兮兮的法衣（钉着劣质的扣子，并不合规矩），夹着一个破损的包，背带断了，所以只能夹在腋下，胡子拉碴，头发灰白，开心地笑着。

"我听说神父已经在主教这里住下了。"他高兴地说道，可皮库尔斯基看上去却有点儿难堪，因为他的脸又红了。

从一进门，这位教士长就自顾自地说着话。因为在主教还只是普通神父的时候，他就已和主教相熟，所以他无所顾忌。

"主教神父，亲爱的阁下，我可不是来找麻烦的，我来是想问问兄弟的意见，该怎么办？"他夸张地说着。

他从皮包里抽出一个不太干净的麻布小包，放在自己面前，但一直抓在手上，不打算放开的样子。

说起来，很久之前，总铎神父在尤瑟夫·雅布翁诺夫斯基的庄园给贵族的儿子当家庭教师时，他获准可在无人时使用宅邸内的图书馆。他经常去那里。除了他的小学生，其他事他并不需要管，只要得空儿，他就会待在图书馆里，沉浸在知识的宝库中。那时他就开始做笔记了，整段整段地誊抄，加上他记忆力超群，记住了不少东西。

而现在，他的著作又再印一版——赫米耶洛夫斯基神父故意敲了敲布包——问题又来了：有人说他的想法、观点来源于那个不成器的贵族的手稿，因为手稿就放在一个无遮无拦的地方，图书馆的桌子上，神父可以肆无忌惮地剽窃内容。

神父安静下来，甚至有些气短，他的情绪让主教很惊讶，于是主教向书桌对面靠了靠，焦虑地盯着布包，想要回忆起这件事的来龙去脉。

"怎么就'剽窃'了?!"总铎神父吼道，"'剽窃'是什么意思？难道我的作品就是个笑话[1]吗？因为我把人类的知识收入我的书中，就说我抄袭吗？我难道不能看书吗？亚里士多德的观点、西吉贝尔特的法令、圣奥古斯丁的作品并不是某个人的私人财产！钱财，完全属于贵族所有，但知识不属于他，不能给知识刻上私印或者树起界碑！他这样做，实属小人行径，他还要抹黑我的名声，让读者心寒。我排除世俗干扰[2]，全身心地扑到作品中去，到头来却被泼了一身脏水？说我是小偷！说我偷了他的主意！主意这东西可怎么抄袭？无论我找到什么箴言智语，我都会毫无嫉妒心地将它写进我的《新雅典》之中。这怎么就成坏事了？谁都可以想到这样的主意。只要告诉我在哪里。"说到这儿，总铎神父一把抽出布包里的书，把新近出版的《新雅典》

---

[1] 原文为拉丁文。
[2] 原文为拉丁文。

递到主教眼前。油印的味道又重又呛,非常刺鼻。

"这是第四版吧。"丹姆波夫斯基主教安抚他说。

"是啊!人们经常会读这本书,比您,最亲爱的阁下,更爱看。许多贵族的家里,还有一些城里人家里的客厅都放着这本书。人们拿起它,无论长者还是年轻人,或多或少都能了解一些世上的智慧。"

而丹姆波夫斯基主教却认为,智慧是指判断的平衡状态,多一分也不行。

"就算指责并不中听,但说出这些话的人还是很尊贵的,"他说道,过了一会儿又说,"尽管聒噪了些,嫉恨了些。我该做点什么?"

赫米耶洛夫斯基神父希望教会支持他的书。尤其是他自己本身就是神职人员,他勇敢地与教众站在一起,为了教会的利益,从不考虑个人的私利。他提到,联邦对购买书籍很是吝啬。据说国内的贵族已经达到六万之众,且每年还有三百人获封,那么这些贵族该如何思考问题呢?农民出身的贵族可不识字,命中注定,他们也不需要书籍。犹太人有自己的书,他们也不认识拉丁文。沉默了一会儿后,他一边盯着自己破旧的纽扣一边说:

"阁下两年前曾允诺,会资助出版……我的这本《新雅典》是知识宝库,每个人都该有一本。"

神父不想这么说,不想让主教因此认为他自命不凡,但他确实希望看到《新雅典》能进入每一个贵族庄园,被所有人拜读,因为他就在书中写着:献给所有人。他希望女人干完活儿后也能坐在他的书旁,甚至还有几页是为孩子们写的……好吧,还不是所有人,他想。

主教轻咳了一下,稍稍转身,于是总铎神父用更轻的、不那么兴奋的声音补充道:

"可我没收到过钱。我得自己承担,养老的钱全都给了出版社的那些耶稣会的人。"

主教必须得摆脱这位老同僚的无理要求。要钱，没门！支持，更不可能。主教压根没读过这本书，他不喜欢赫米耶洛夫斯基。和好的作家相比他太浅薄了，主教从来没把他看作智贤之人。如果说支持，应该是给予教会支持，不是从教会拿好处。

"你，神父，以笔为生，就要以笔为武器。"主教说，"你要写出有力量的理论，把你的观点注入论述之中。"他看见，神父的脸耷拉下来，有些伤心，他又自责起来，于是温柔地说出一句："我会在耶稣会那边支持你的，但你可别声张。"

看起来，这并不是赫米耶洛夫斯基神父想要的，他还想再说些什么，但秘书已经站在门口等候，主教该去主持大弥撒了，于是他收起自己的布包转身出去。他努力走得慢一些，有尊严一些，希望从他的背后看不出他有多么地失望。

罗什科把裹着裘皮的神父带回家。雪落在茅屋的顶上，雪橇像飞起来一般，轻巧地在地上滑行。每一片雪都反射着太阳的光芒，晃花了神父的眼睛。明媚的洛哈特恩城外，出现了一队雪橇车，上面坐着的都是犹太人。他们吆喝着，消失在刺眼的白色中。神父还不知道，家里收到了一封他盼望已久的来信。

1756年2月艾尔日别塔·德鲁日巴茨卡
从维斯沃卡河畔的热缅村
寄给赫米耶洛夫斯基神父的信

亲爱的朋友,我本想给你多写些信,可我女儿在坐月子,庄园里的大事小事都落在我的头上。女婿去外地了,因为下暴雪,大部分道路都被阻断,他的行程拖延了一个月。加上此前河水泛滥,将我们与世隔绝。

所以每天早晨起床后我得喂牲口、喂猪、喂鸡,翻翻弄弄农户们拿来的东西,从黎明就开始忙活,准备鸡蛋、奶饼、奶酪煎饼和酸奶酪、熏猪肉、肥鸡肉、猪油、面粉、粗粮、面包、蘑菇、果干、炸蜜饯果子、制蜡烛用的蜂蜡和板油、灯油和斋戒日要用的油、羊毛、棉线、衣服以及制鞋用的羊皮子。要想一早就把面包放上餐桌,就得提前准备很多、非常多的东西,还需要很多人分工协作。非得是女人不可。女人会转磨盘,转纺车,还会织布;女人会看顾熏炉的柴火,和面团烤面包,压制蜡烛,晾干家用的药草,腌猪油和猪板肉;女人会酿伏特加,给酒添加香料风味,女人还会酿啤酒、采蜂蜜,为粮库和仓库补充食材。一个家的三个角由女人撑着,还有一个角归上帝。

我都几个月没松闲了,说实话,现在我挺高兴的,因为暂时还不用磨麦子。我有两个女儿,你知道,一个刚生了孩子,这是她生的第四个女孩了。她嫁得挺好,丈夫是个好脾气,会干活儿。看上去他们彼此很亲密。这般亲密,夫复何求啊!

尽管烦心事不少,可我尽量平和地看待一切。为什么会这样?

有些人拥有很多，而另一些人一无所有。不只是物质上的东西，还有工作、时间、幸运和健康。如果能让人们平等地拥有这些……

我让佐菲亚·查尔托雷斯卡帮我卖过一次我的红酒。我做的酒很好，不是葡萄酿的，用的是浆果，特别添加了野玫瑰。酒劲很大，大家都夸它的香味好。我也给你，阁下，寄了几瓶。

我写信的这工夫，门被完全推开了，姑娘们冲进来抓菲尔莱依卡。它带着泥爪子就跑进屋，可得把它的爪子擦干净。狗跑到家具腿后面去了，留下一路脏兮兮的印子，好像泥巴印章似的。有时我看着它，看着这个上帝创造的小不点儿，会想起你，我的朋友。你怎么样，身体好吗？还有最重要的事，你的大作完成得如何？姑娘们叽叽喳喳地叫嚷着，狗可听不懂。最小的那个孩子在地上摔倒了，狗还以为她在和它玩儿呢，撒欢儿地咬着她的裙子不放。哦，阁下，看来要洗很多衣服啊。

你给我的回信里写上一些有趣的故事吧，这样我收到信的时候会非常开心。五月份我准备应邀再去一趟雅布翁诺夫斯基家……

赫米耶洛夫斯基神父写给
艾尔日别塔·德鲁日巴茨卡的信

夫人的酒收到了，非常合我的口味。当晚上倦得睁不开眼，还要继续写作时，我就喝一些。夫人的酒救我于水火。真心感谢夫人的酒，同样也感谢您送来的诗集。

我非常欣赏夫人的诗，您对森林的赞美，对隐居的称颂，让我产生了共鸣。我不喜欢情诗，我既不懂这种事，也没时间谈情说爱，当然我的神职也不允许我有轻浮的举动。人类的爱情行为被捧得过高，浮夸了些。有时候我想，人在爱恋的同时肯定也会想点儿别的，那这样的"爱情"就只是某种比喻修辞罢了，我理解不来。也许只有女人能窥其究竟，或者有更多女性气质的男人也行。爱情是指"Caritas"①，还是指"Agape"②呢？

夫人的才情让我惊讶，您的诗信手拈来，好像橡木桶中的啤酒。您是怎么装下的？怎么把这些优美的诗句和意境都装在您的头脑里？我的书，亲爱的阁下，完全是另一回事。我无须加工，只是摘取了上百位作家的思想精华，源于我多年的阅读积累。

您，夫人，写作时自由发挥，而我则束缚于已有的文字的图圈之中。您自想象和内心汲取灵感，细致地捕捉自己的情感和幻觉，就好比您走进一座金库，把金币散落在周围，让金币的光芒照耀着您，吸引来更多的金币。而我却自己使不上力，只会引用和编辑。我小心翼翼地标记着来源出处，书里到处都有我设置的"测试题"，就好像在说：查吧，读书人，去那里翻翻或者自己查，拿一本妈妈的书，看一看几百年来知识如何交织纠缠。用这种方法，当我们照抄内容、引用片段时，我们盖起的是一座知识大殿，像培育瓜果蔬菜一般繁殖知识。照抄是嫁接一棵树，引用如播撒种子。到那时，我们再也不怕图书馆着火、瑞典大洪水③和赫梅尔尼茨基的起义。每本书都是嫁接出来的新知识。知识理应实用且易得。所有人都应该有一些必要的科学基础，药学的、地理的或者自然天象的；应该多少了解一些国外的和本国的宗教，认识

---

① 拉丁文术语，指神学三种美德之一的爱德。
② 基督教术语，指无条件的爱。
③ 指十七世纪波兰立陶宛联邦遭受瑞典入侵的历史时期。

核心要义并要记忆在心,因为如果从未向别人释义,自己如何能明白?[1]我的读者本该把大部头典籍翻个底朝天,买下整座图书馆,但现在有了我的书,夫人,您可不用这么麻烦。

我经常会想,该如何下笔,如何去完成这部鸿篇巨制?是只选取片段并解释最准确的部分?还是概括作家的论述并标记出处?这样敏锐的读者就可以在好的图书馆里找到这些书。

我还担心,就算是概括了某些人的观点,仍无法彻底反映他们的思想,因为会失掉作者的语言习惯、写作风格,幽默或者笑话可是无法概括的。因此,汇编往往采用近似法书写。而如果以后有人要概括这些概括过的内容,那可是炒冷饭,知识会被榨成渣。我不知道这些渣是如酿果酒后的水果,已经被榨尽所有精华,还是说恰恰相反,成为生命之水,蒸馏出去的是水分,是糟粕,留下的是酒精,灵魂所在。

我想做的是蒸馏。这样读者就不用翻看所有书籍。这些书就放在我家的排排书架上,一百二十本。读者不用像我一样,遍访庄园、宫阁和修道院,对比研读并做大量的笔记。

尊敬的夫人,您别认为我上面描述的心血付出能够比得上您的诗和浪漫。您写作是为修身养性,我写作是为普及科学。

---

[1] 原文为拉丁文:"Et quo modo possum intelligere, si non aliquis ostenderit mihi."。——作者注

我的梦想是有朝一日能去远方游历,但我想的不是罗马或者其他异国城市,华沙就好。在那里我起码能去一个地方——达尼沃维楚夫斯基宫。您尊贵的出版人扎乌斯基兄弟在那建起了一座图书馆,馆藏上千本书籍,对每个想读书、会读书的人开放……

最后,请您代我摸摸菲尔莱依卡的耳朵。我很高兴您给它取了这个名字。它妈妈又下了一窝崽。我不忍心溺死它们,就送给附近农舍的人,神父送的,农民们很乐意领养……

平卡斯写了什么,又没写什么

如果有人认为密探们只为主教们干活,那可大错特错了;密信还送到了利沃夫拉比拉帕波特的桌上。平卡斯是拉比最得力的秘书,他的另一个大脑、档案册、地址簿。他总是跟在拉比身后半步,挺着身板,个子矮小得像只啮齿动物。他用自己又长又细的指头取出每一封信,仔细地放在手掌上,认真观察每一个细节,污渍、墨渍,然后小心翼翼地打开。如果有封印,他会尽量微小地弄破再启封,让封印保留寄信人的标志。然后他把信交给拉比,等待那位的下一步吩咐——搁置、誊抄或者立即回复。之后平卡斯才会坐下写东西。

自从失去女儿后,他很难再集中精力处理信件。拉帕波特拉比非常理解(也许也是担心他可能因内心焦躁而犯错,不适合继续担任秘书),只让他做些阅读的活儿,最多递一下信件。至于写稿,拉比已经雇了别人,平卡斯现在的工作轻松多了。平卡斯对此并不领情,他努力平复情绪,掩饰自己受挫的自尊心。是的,他必须承认,他诸事不顺。

可他非常想知道,追随这个弗兰克的异端教众,这些不惜辱没祖

宗的混蛋都干了什么。拉帕波特拉比定了调子,他告诉大家在此种情况下应该怎么做:

"延续我们父辈们的做法,在沙巴泰·泽维的有关问题上,不要表态:不评其善,不说其恶;不唾骂,不赞颂。如果有人非要刨根问底,遵照旧法,需以驱逐之罚①向其示戒。"

然而,不能永远都对此事视而不见。因此,在蓝茨克鲁尼亚的纳伏图瓦家的牲口棚里,拉帕波特和其他拉比们组成了拉比审判团。他们刚刚提审过犯人,现在正商议该怎么办。实在应该把他们保护起来,因为牲口棚外聚集了一群怒气冲冲的人,粗暴地对他们拉拉扯扯,还尖叫着:"三位一体!三位一体!"

"就好比,"拉帕波特说,"我们犹太人都坐在一条船上,穿越波涛汹涌的大海,周围全是海怪,每天都危机四伏。每天,暴风雨都可能随时而至,将我们掀个底朝天。"

他提高声调接着说道:

"但泼皮无赖也和我们坐在一起,他们与犹太人同宗同源。一眼看上去,他们是兄弟,可实际上,他们是混在我们中间的浑蛋、恶棍。他们比暴君、歌利亚、非利士人、尼布甲尼撒、哈曼、提图斯等人更加可恶。他们比伊甸园里的蛇还要歹毒,他们诅咒以色列的上帝,蛇都不敢这么做。"

附近最年长、最受人尊敬的拉比们围坐在桌旁,他们都蓄着胡子,在昏暗的灯光下看上去全是一副模样,沮丧地垂着眼睛。平卡斯和另一个秘书在旁边的桌子上做记录。这时平卡斯停下笔,抬头看着刚进门的从乔尔特基夫赶来的拉比。他这一路上浑身都湿透了,水从外套

---

① 犹太传统中的最高惩罚,意味将一个人完全排除在社区之外。

流到打过蜡的木地板上,形成了一个小水洼,反射着灯光。

拉帕波特拉比提高声调,手指的影子戳向低矮的天花板:

"就是他们。他们给这条船钻出一个洞,不把犹太族的共同利益放在眼里,好像他们没有意识到,大家会一起沉下去!"

但蓝茨克鲁尼亚的盖尔绍姆的检举行为并没有得到拉比们的认同,因为他竟把小镇上一间房子里发生的不堪仪式捅给了官方。

"在这件事上,最夺人眼球的部分,其实根本不是最核心、最危险的。"拉帕波特接着说道。突然,他给平卡斯打了一个手势,示意他此段不要记录:"危险的是另一个东西,不那么显眼,又被邵尔的女儿哈雅的乳房掩盖过去。裸体女人吸引了所有人的目光,而与此同时,重要的,最重要的那样东西,麦莱赫·纳伏图瓦亲眼所见并留下了证词,那里放着十字架!"

房间里安静下来,只听见萨塔尼夫来的莫舍克发出蜂鸣般的呼吸声。

"他们还用十字架做了其他的怪事,在十字架上点上蜡烛,再举在头上挥舞。这个十字架才是我们最不能容忍的事!"拉比提高了嗓门,他很少这样说话。"对不对?"他问纳伏图瓦,而纳伏图瓦看上去也被自己告诉他们的话吓坏了。

纳伏图瓦点点头。

"异教徒现在会怎么想?"萨塔尼夫来的莫舍克突然问道,"对他们来说都一样,犹太人就是犹太人,他们会认为所有犹太人都是这副样子,认为犹太人在亵渎十字架,在滥用十字架。我们都领教过,领教过……我们还来不及解释,他们就会开始折磨我们。"

"莫不如大事化小吧,在自己圈子里巧妙地解决掉,如何?"湿淋淋的拉比问道。

早已不再是"自己圈子"的事了。和他们根本谈不到一块儿,他们会全力反击。更何况他们还受到丹姆波夫斯基主教(这个名字让在座的人不安地颤抖起来)和索乌迪克主教(大多数拉比听到他的名字后盯住黑乎乎的地板发愣,只有一个人哀怨地叹了口气)的庇护。

"所以我们最好还是,"聪明的拉帕波特拖长声音说道,"从这件丑事中全身而退,就让王国法庭和他们对耗下去,我们要和往常一样咬住说和这些叛徒毫无瓜葛。可是他们还是犹太教徒吗?"他厉声问。

房间里沉默了片刻。

"他们不再是犹太教徒了,承认沙巴泰,就会像沙巴泰那样,岁月终将把他的名字抹掉。"他掷地有声的话语听上去像诅咒一般。

是的,听到这些话平卡斯释然了。他吐出胸口的恶气,狠狠地吸了一大口新鲜空气。拉比们一直讨论到午夜。平卡斯竖着耳朵,将言语间值得记录的句子一一写了下来。

第二天颁布了驱逐之罚。平卡斯现在忙得团团转。写着驱逐之罚的信需要誊抄很多遍,并尽快分发到所有郡县。晚上,他去了离利沃夫市场不远的犹太小印刷坊。深夜时分,他回到家,年轻的妻子嗔怪着把他迎进屋,双胞胎又惹她生气了,她说,他们会吸干她的一生。

驱逐之罚,即革除教籍的仪式

革除教籍的仪式需按照特定程序进行,依次宣讲一些话,其间伴随着吹响山羊角号的声音。这场仪式在利沃夫的犹太会堂举行。点起黑蜡烛,打开圣约柜,宣读《利未记》中第二十六章十四至四十五节和《申命记》中第二十八章十五至六十八节。随后，蜡烛熄灭了，就好像神的光芒从此刻起再也不会照耀到恶徒的身上，这让所有人都感到恐惧。主持仪式的三位法官之一开始发言，他的声音传遍整个会堂，却消逝在众多信徒之中：

"我们要告诉大家，来自科罗洛夫卡的杨凯尔·莱伊波维奇思想邪恶、举止乖张，我们用尽办法希望他改邪归正，却始终无法撼动他顽固的心灵，反而每天都会听闻他的异端邪说和恶劣行径。根据目击者的证言，拉比法庭判决，革除来自科罗洛夫卡的杨凯尔·莱伊波维奇的教籍，逐出以色列。"

站在人群正当中的平卡斯，几乎能感受到其他男人的温暖体温，不安地激动起来。他们为什么说被革除教籍的是杨凯尔·莱伊波维奇，而不是雅各布·弗兰克？这根本没有效力啊，最近发生过什么吗？平卡斯突然紧张地怀疑，他们宣判了杨凯尔·莱伊波维奇，保住了雅各布·弗兰克。难道革除教籍不必指名道姓，不必像指挥训练有素的猎犬那样，命其去找人？如果革除教籍的宣判没有落到应得之人身上怎么办？改名换姓，改变行踪，换个国家和语言就能逃脱驱逐之罚，逃脱最严重的革除教籍之罚吗？惩戒的到底是谁？是那个不遵章守纪之徒吗？是那个引诱妇女、满口谎言的小子吗？

平卡斯知道，按照文书所写，被施以驱逐之罚的人，该死。

他用胳膊推开人群，挤到前面，对旁人耳语道："雅各布·弗兰克。雅各布·弗兰克，不是杨凯尔·莱伊波维奇。"他一遍又一遍地说着。最后，站在他旁边的人终于明白了老平卡斯的话。他令人群微微骚动起来。拉比还在宣读驱逐的戒语，而平卡斯的声音愈加悲凄和惊恐，直到这可怕仪式的力量震慑得男人们都弯腰屈膝，门廊处的女人们害怕地啜泣，就好像正濒临最黑暗的地穴，一个没有灵魂的黏土巨人压将过来,无论如何也无法阻挡得住。

"我们诅咒杨凯尔·莱伊波维奇,也即雅各布·弗兰克,将他革除教籍,清除出教,用约书亚诅咒耶利哥的话,用以利沙诅咒孩子的话,用《申命记》中记载的所有诅咒之语。"拉比说。

周围响起一声咆哮,不知道是源于悲伤还是喜悦,但好像并非从嘴巴里发出的声音,而是发自长袍内里,发自口袋深处,发自宽大的衣袖,发自地板上的缝隙。

"就让他日日受诅咒,让他夜夜受诅咒。诅咒他,无论他是起是卧,无论他入室还是出门。愿主永不原谅他,永不承认他!愿主的怒火从此刻起降临此人身上,愿主对他降下所有诅咒,将他的名字从生命之书中抹去。我们警告大家,谁也不要与他交流,无论是说话还是写信;谁也不要对他施以援手;不要与他同处一室;不要近他四臂之内;不要阅读经他口述或经他书写的任何文章。"

话一旦讲完,就会变成某种类似于凭空而来的物化的东西,模糊而持久的存在。人们关上会堂,沉默着走回家。与此同时,在远方,在别处,雅各布正坐在自己的信徒之中。他微醉,什么也没有察觉,他身边一切未变,照旧如常,他没注意到蜡烛的火焰突然晃动了一下。

无处不在并看穿一切的彦塔

彦塔,无处不在,她以某种模糊的形态看到了诅咒。她就像那些漂浮在我们眼睛里的奇怪物质,像没有形状的颗粒,半透明的生物。从此,诅咒将紧紧跟随雅各布,如蛋白贴着蛋黄。

但实际上,没什么可担心也没什么可奇怪的。你们看,周遭此类的诅咒多得是，或更小，或更弱，或更草率。很多人都背负着诅咒，就好像月亮胶着地沿着轨道环绕着那些人的心，那些被骂了"你该死"的人：可能是驾车栽进卷心菜地的人，他们的车轮砸碎了已经成熟的菜；或者是和庄稼汉钻进灌木丛，被自己父亲咒骂的姑娘；或者是被农民咒骂的身穿精美刺绣衣衫的地主，他让农民额外做一天苦力；又或者就是这个农民，他被老婆咒骂，要么是他被掳去了工钱，要么是他把钱都花在酒馆里喝酒去了，他一样会收到一句，"你该死"。

如果有彦塔一般的眼力就能看出，世界的本质是由词语构成的，这些词语一旦被说出口，即成为万物秩序的定义，所有一切就都要按照言语的描述行事，所有一切皆要服从言语的表达。

每一句最平常的诅咒，每一个说出去的词，都会起作用。

几天后，当雅各布得知驱逐的事时，他背靠着阳光坐了下来，没有人看得见他脸上的表情。蜡烛将他不光滑的、粗糙的脸颊照得通亮。他又生病了吗？就像在塞萨洛尼基的那次。他只让人把纳赫曼叫进来，一起站着祈祷到天亮。自我辩护式的祈祷。燃烧的蜡烛让小屋更显闷热。黎明前，当他们都累得站不住的时候，雅各布安排了某种秘密的活动，之后莫尔德克先生狠狠地说出几个词，好像是诅咒，施向利沃夫的方向。

而在卡缅涅茨，某天早上丹姆波夫斯基主教醒来时，忽然觉得自己的动作变得有些迟缓，需要使出更多力气才行。他不知道这究竟是什么原因。等他意识到可能引发这个莫名其妙的怪病的缘由时，不禁心惊胆战。

彦塔躺在棚屋里，既没有死也没有醒。她的孙子以色列在村子里谈起这件怪事时很是痛苦忧惧，唯有借酒消愁。他总是自诩是个好孙儿，整日伺候奶奶，没时间工作。有时他焦虑得泪流满面，有时他竟愤怒得暴跳如雷。可实际上，照顾彦塔的是他的女儿，佩瑟薇和福莱伊娜。

天不亮，佩瑟薇就起床到棚屋里去看看是否一切如常。棚屋不过是一间挨着农舍搭建的小屋。总归一切如常。有一次，她看见一只猫坐在老妪的身上，一只外来的猫。她赶走了猫，然后关紧屋门。有时候彦塔的皮肤上和衣服上会附着一层露水，一些小水滴，但怪就怪在，这些水不会蒸发，得用掸子才能掸掉。

然后佩瑟薇会小心翼翼地擦拭彦塔的脸；她碰到祖奶奶的皮肤时，总会打哆嗦。她的皮肤又冰又嫩，很有弹性。有时佩瑟薇还觉得，彦塔的皮肤发出了轻微嘎吱声，或者换个更好的说法——咝咝响，就像新皮鞋的声音，像刚从集市上买来的马具那般。一次，好奇的佩瑟薇请妈妈索布拉帮她一起小心翼翼地抬起彦塔的身体，查看她是不是得了褥疮。她们脱下她的裙子，并未看出任何异常。

"这身子里已经没有血液循环了。"佩瑟薇对妈妈说。两个人都吓得发抖。

但这并非是一具死人的遗体。如果碰碰她，眼睑下缓动着的眼球会突然快速地动起来。无须怀疑。

还有一次，没有旁人在场，好奇的佩瑟薇自己动起手。她用一把锋利的小刀快速地在彦塔的手腕下面拉开一道口子。她是对的，没有血流，但彦塔的眼睑焦躁地抖动着，她的嘴里好像呼出一口憋了很久的气。这可能吗？

佩瑟薇仔细地观察死人的生命，如果可以这么说的话，她看出了一些变化，非常不起眼。比如，她告诉父亲，彦塔变小了。

与此同时，屋外已经有人在排队等待。一些人赶了一天的路才来到这儿，另一些人则来自远方，在村里租下了房子。

太阳从河边升起，很快就爬上山，投下又长又湿的影子。等候的人们被它强烈的光芒照得暖和起来。佩瑟薇把他们让到屋里，他们可以待上一会儿。他们先是严肃地站着，害怕靠近如灵柩一般的床。他们不能发声祈祷，多少会有些不便。于是他们在静默中祷告，在心里向彦塔说出自己的请求。求子和不要子嗣的人，几乎都能得偿所愿。和女人身体有关的所有愿望都实现了。但来人里也有男的，因为听说，走投无路之时彦塔能够施以援手。

这年夏天，雅各布·弗兰克和信徒们走遍了一村又一村，反复讲授着那些善与恶的思想，而同一时期，来到科罗洛夫卡村看他祖母的人最多。

以色列的院子一团糟。马匹都拴在篱笆上，马粪臭气熏天，周围都是苍蝇。佩瑟薇把朝拜的人分批放进来。他们中有虔诚的犹太人，有周边的穷人和一些贩卖纽扣、兜售葡萄酒的游民，还有另一些人是凑热闹的。驾着马车来的人会给索布拉留下奶酪、母鸡和一篮子鸡蛋。很好，这是欠他们家的。因为客人走后，姑娘们得贪黑收拾，清理院子里的垃圾，打扫棚屋，耙平院子里被踩烂的土。如果是下雨天，索布拉就在彦塔的屋里撒满锯木屑，这样泥巴会更好收拾。

现在是晚上，佩瑟薇点起蜡烛，在尸首上放上手织袜子、童鞋、几顶帽子、几块刺绣手帕。她正小声嘀咕，屋门的嘎吱声传来，吓了她一大跳。是索布拉，她妈妈，她松了口气。

"妈妈，你吓死我了。"

站在那里的索布拉惊讶地说：

"你在干什么？这是什么？"

佩瑟薇继续从篮子里拿出袜子和手帕，没停下手，只是耸了耸肩。

"什么？什么？"她轻蔑地重复道，"马约尔科维奇家的孩子耳朵有毛病，戴了这顶帽子病就好了。袜子能治脚疼和骨头疼。手帕什么都能治。"

福莱伊娜站在墙边，把袜子挂在干净的亚麻布块上，再绑上缎带。明天她们就把这些东西卖给朝拜的人。

自从听说了革除教籍的事，索布拉就知道不会有什么好下场。革除教籍的诅咒会不会牵连被咒者的家人呢？肯定会的。她害怕极了，胸口不知从何时开始隐隐作痛。她让以色列不要再掺和教派争斗。还有，摆脱彦塔。有时她站在朝向墓地的窗户边，看着远处绵延至河流的群山，思考着该逃往何方。

洛哈特恩的尤瑟夫的故事让她最为惊恐，她认识他，他来过这里，和雅各布一起，冬天的时候。这个人去犹太会堂公开认错，供述了自己的罪行，坦白了一切。他承认破坏了安息日的规矩，没有遵守斋戒，发生过丑恶的肉体关系，还说，他向沙巴泰·泽维和巴鲁赫吉祝祷，行卡巴拉的教礼，吃了禁食的食物。他讲了雅各布在这里的时候发生过的所有事情。索布拉头晕目眩，害怕得想吐。她的丈夫以色列可能也会同样招供。洛哈特恩的尤瑟夫被判处受三十九鞭鞭刑，但和其他惩罚相比，鞭刑根本不算什么；他还必须与妻子离婚，声明自己的孩子是杂种。他被逐出洛哈特恩，从此不许与犹太人有任何瓜葛。他不得不流浪天涯，直到死亡。

索布拉跑到幽灵般的彦塔跟前，恼怒地把袜子和帽子扔到地上。佩瑟薇盯着她，既惊讶又嫌恶。

"哦，妈妈，"她说，"你真是什么都不懂。"

卡缅涅茨主教米科瓦伊·丹姆波夫斯基
给教廷大使塞拉写信,而他的秘书
又加上了一些自己的话

尽管这是一封主教的信,但从始至终都由皮库尔斯基神父执笔(现在他正念给主教听),因为主教正忙于翻建自己在乔尔诺科津齐[①]的夏日行宫,凡事亲力亲为。

而教廷大使想知道,这件奇怪的犹太教异端分子案到底是怎么回事。按照犹太人自己和他们的拉比法庭的说法,沙巴泰·泽维派,即追随沙巴泰的团体已遍布各地!布科维纳[②]、匈牙利、摩拉维亚、波多利亚都有。这些团体都很隐秘,异端分子看起来一副正统犹太教徒的模样,却在家中大搞邪恶仪式,行亚当派之罪。这一发现让拉比们十分震惊和恐慌。他们给教廷大使写了一封礼貌的信告知此事。

在皮库尔斯基执笔的主教的信中,他详细描述了萨塔尼夫的拉比法庭审讯被捕的犹太教异端教众的过程:

> 审讯在犹太社区举行。一个贵族庄园的管家和一个犹太浸礼池的守卫,叫纳伏图瓦的,把犯人们带了进来。犯人们的脖子和双手被一根绳子绑在一起,没法挡开人群的指指戳戳和对他们吐的口水。他们中有些人吓坏了,还没等审问就认下了所有的罪,然后马上求饶,赌咒发誓说再也不会犯类似的过错。一个来自洛

[①] 今乌克兰境内的一个村庄。
[②] 东欧的一个地区,位于喀尔巴阡山脉和德涅斯特河之间,现该地区由乌克兰和罗马尼亚两国分治。

哈特恩的尤瑟夫就是如此。还有些人不肯低头，坚称把他们告上法庭是错误的，因为他们和异教徒毫无共同点。

第一天的审讯结果勾勒出一幅令人惊恐的画面。这些人不仅亵渎了自己的安息日，吃了犹太人不该吃的食物，还犯下通奸罪行；有男人，也有女人，自愿交换婚姻伴侣。邵尔一家和其家主——被指控与儿媳保持亲密关系的埃利沙·邵尔——被认为是此种异端行为的核心人员。看起来，通奸指控引起了极大的骚动，被告的妻子们纷纷离席，要求离婚。

拉比们意识到，他们必须要终止这个教派，其肮脏行径会抹黑虔诚敬奉的犹太人，因此他们决定施以严罚——他们诅咒，对雅各布·弗兰克施下驱逐之罚，判决教派应被捣毁。另外，鉴于研究《光明篇》和卡巴拉思想对未受过训练的人来说实属危险，四十岁以下的人禁止研究。每个相信沙巴泰·泽维及其倡导者——如巴鲁赫吉和加沙的拿单——的人都将被革除教籍。被革籍者不能享有任何公权，他们的妻子和女儿只能做妾，而他们的孩子则被当成杂种。谁也不许接纳他们走进自己的房子，不许喂他们的马匹。每个犹太人，无论在何时何地认出他们，都应立即举报。

位于康斯坦丁努夫的四地议会如是宣告。

革除教籍的决定很快就传遍了全国。如今我们收到消息，这些沙巴泰·泽维派——人们这样叫他们——屡遭迫害。他们在自己的家里被人施以暴行，受尽虐待，他们的圣书被没收销毁。

有人说，男人一旦被抓就会被割去一半胡子，以此作为标志，表示他们既不是犹太人，也不是基督徒，只是宗教间的墙头草。所以我们算是看到真正的迫害了。受此打击，这个犹太教的异端也许再也无法兴起。实际上他们的首领已经回到了土耳其，而且因为担心自己的生命安全,或许不会再回来了。

"可惜,"他对主教说道,"这本来是个能让他们改宗的机会。"

皮库尔斯基还算礼貌地瞥了一眼主教,然后把信递给他签字。他用沙子弄干墨迹的时候,已经在脑子里想好要写一封自己的信,尽管明知无礼,但也算是一心为教会利益着想。他说干就干,提笔给教廷大使写起信来。这封信会被同一个信使送到华沙。他在信中写道:

……主教神父总是怀着良善之心,把他们看作是想要投靠我们圣母教会的小绵羊,但我不禁大胆谏言:不要做如此天真的理解。应该仔细地查一查这个教派的宣传背后所隐藏的东西。他们已自称"反塔木德派"……我并非要贬低主教阁下的善心,我只是看出,他们为我们招揽大批基督教徒的举动有些捞取功名的意思。

在我看来,这个弗兰克确实高呼圣三位一体,但他想的根本不是基督教的三位一体,而是他们自己的,有点儿类似于所谓的舍金纳。主教阁下也看出,这和基督教没有丝毫关系。雅各布自己曾隐约提及,他可接受洗礼。但似乎,他在乡下对人们说的是一套——那时他表现得像个老师,像个云游的拉比——在紧闭的大门后,他跟自己最亲密的学生们讲的却是另一套。他的许多追随者,特别是反塔木德派的犹太人都来自纳迪夫那、洛哈特恩和布斯克。要加入我们基督教,有多大程度出于坚定的宗教渴望,又有多大程度是出于宗教以外的目的,没人能猜得出来。因此,出于强烈的焦虑,我斗胆劝诫我们的教会高层,要迅速查清此案,在采取下一步措施之前详细地调查。

皮库尔斯基神父放下笔，盯着对面墙上的一个点看了好一会儿。他乐于参与此事，以此为教会出力。他精通希伯来文，熟知犹太教文化，他觉得，自己研究得很透。犹太教让他产生了某种惊惧的厌恶感，类似于肮脏的迷恋。如果不是近距离地观察——大多数人并不观察——就不会理解摩西教这座体系大厦有多么庞大；不仅砖砖相砌，而且结实又巨大的穹顶相互支撑，建造它的人都很难想象它的全貌。皮库尔斯基神父相信，上帝确实和犹太人订了约，上帝爱他们，把他们搂在怀里，而后却抛弃了他们。上帝改变了主意，把世界交给了干净整洁的、穿着简单长袍的、体贴庄重的、浅发的耶稣。

皮库尔斯基神父还指望教廷大使认可他的语言天赋和渊博学识，给他在此案中安排个重要的位置。怎么写呢？他伏在一张废纸上，拼凑起句子来。

丹姆波夫斯基主教写给索乌迪克主教的信

与此同时，丹姆波夫斯基主教也正心神激荡，他从抽屉里取出一张纸，用手掌熨平整，拂去不可见的灰尘。他先写下日期：1756年2月20日。接着，他的笔在纸上起起伏伏地游走起来。他写的是大写字母，当写到J和S的花体字时，他的心情相当愉悦。

他们想要一场公开辩论，想和敌对自己的拉比当面对质，告诉他们《塔木德》是邪恶的。然后他们就会完全接受基督。按他们说的，他们有几千人。如果此行成功，我们将成就举世瞩目的功绩，在神圣的联邦领土上成功转化异教徒，无须远走印度，就在这里转化本地的野蛮人。另外，这些善良的沙巴泰·泽维派，对自己的塔木德派犹太同胞怀有真实的仇恨……

这一回，他们刚因在蓝茨克鲁尼亚的农舍里行亵渎之事被捕，就有犹太人前来告发他们。我和这些犹太人的关系本来不错，有些私交。犹太人指控说，这些异端分子犯了亚当派之罪，而这本不该告上宗教法庭，如果不是指控他们是异端的话。可这是谁的异端？反正不是我们的！我们哪里管得着犹太教的异端呢？更何况我们压根不知道他们，也不了解犹太教。感谢上帝，在这些问题上我可以倚仗一个人——严格遵守教规的皮库尔斯基神父——他这方面的知识相当丰富。

整件事很微妙，我这样看：我们最好继续和拉比们友好相处，稳住他们，因为他们不止一次地表达忠诚态度。从另一个角度来说，一旦我们想对犹太教众和拉比们施压，还可以用这个新出现的骚乱说事。拉比们对这些反塔木德派施加了诅咒，其中大部分人都被国王政府抓起来了；有些没有到过蓝茨克鲁尼亚的，还是自由身。我一听说这个消息，就马上派人去找他们。他们来乔尔诺科津齐找我，但这次他们的领袖没来。他们的领袖雅各布是个土耳其人，所以被立刻释放了，并且已经回到了土耳其。

这次来的领头人叫克里萨，长相丑陋，而且争强好斗，但他讲得一口流利的波兰话，让我觉得他比那个弗兰克可聪明多了。他表现得义愤填膺，他俊朗的兄弟在一旁应声附和。两个人异口同声地告诉我，他们饱受拉比们的折磨，不得安宁，甚至他们的性命都受到威胁，走在路上随时会遭到伏击和抢劫。他们的生活来源也被切断了。因此这些反塔木德派，这些在许多事情上被我们的神圣信仰所吸引的人，希望能保持自己的独立性，不受干扰地安定下来，建立自己的村庄或者接管现有的村子，比如在布斯克或波德盖齐，也就是他们现在的家乡。

　　而对于弗兰克，这个克里萨可没有什么好话，主要是因为他先惹了麻烦现在又跑了，然后淡定地坐在霍京或者切尔诺夫策那边观望着这里发生的一切。他们说他已经立刻改信了伊斯兰教。如果是真的，那么对他来说可不是好事，因为就在不久前他还表态说，对我们神圣的教会怀有热忱的宗教共鸣。这反倒可能说明，他们和无神论者一样，喜欢在宗教纷争中搅和上一腿，在两种信仰之间当墙头草。

　　我觉得这个老一点儿的克里萨，如果长得没那么丑，脾气没那么暴躁，会更适合当这些沙巴泰·泽维派的领袖。领袖，必须要有风度，体格健美，仪表堂堂，哪怕长相极其普通，也要穿着得体，令人信服和爱戴。

　　我的心偏向他们，但并非深深地同情他们，他们是外人，和我们不同，且内心狡诈。我看待他们有如教堂中的圣父看待众生一般。我相信，你会完全同意我的观点并支持为他们施洗。另外，我给他们签发了一封保护信，这样塔木德派就不会再骚扰他们。我们这里正在发生的事太可怕了。塔木德派不仅对这个雅各布·弗兰克施下犹太教的诅咒，还焚烧了他们的异端书籍。对这些书，我也不甚了解。

　　我还要请你留意几个人。他们被指控后，塔木德派的拉比们对他们施以暴行。如果他们向你求助的话，请关照他们。他们是：

　　来自耶捷扎内的莱依佐格和耶鲁西姆

　　来自纳迪夫那的莱伊布·克里萨

　　来自贝尔扎内的莱伊布科·萨依诺维奇·拉比诺维奇和摩什科·达维多维奇

来自布斯克的海尔什科·什姆罗维奇和依采克·摩提罗维奇

努特卡·法莱克·迈耶罗维奇，又叫老法德

来自蓝茨克鲁尼亚的莫舍克·莱伊布科·阿布拉莫维奇和他的儿子杨凯尔

来自洛哈特恩一个大家族的埃利沙·邵尔

来自萨塔尼夫的莱伊布科·海尔什科

来自纳迪夫那的莫舍·以色列罗维奇和儿子约塞克

来自利沃夫的摩西·阿罗诺维奇

来自布斯克的纳赫曼

哲里克和他的儿子莱伊布科，还有莱伊布科·什姆罗维奇

主教筋疲力尽，他的脑袋慢慢垂下来；写完"什姆罗维奇"后，他的脑袋耷拉下来碰到纸上，干净的太阳穴被名字"哲里克"的墨水蹭黑了。

但与此同时……

主教提到的所有人，还有没被提及名字的人，现在都围坐在一个叫伯克的人的家里，就在卡缅涅茨。正值二月末，刺骨的寒冷穿透缝隙，无数的缝隙，灌进屋子里。

"他是对的，应该从这里溜到土耳其，因为这边实在是太乱了。"莱伊布科·什姆罗维奇对克里萨说，他护着雅各布。

克里萨回应：

"我觉得，他应该和我们在这里。他可能是逃跑了，有人这样说。"

"什么话呀？让他们说去吧。重要的是信都发出去了，而在霍京，

他马上就到河边了。波兰，土耳其……谈何边境？重要的是，他别在那边浪费时间，和土耳其人耗着，要给我们发指令，告诉我们该说什么该做什么。"

"我们自己怎么能知道。"克里萨小声嘀咕。

大家安静下来，刚到一会儿的施罗莫·邵尔站了起来；他的姿态让大伙肃然起敬。

"主教是偏向我们的。他已经询问过我们三个——我兄弟、纳赫曼和我。我们都被释放了，都可以回家了。我们的苦日子到头了。我们将和他们展开一场辩论。我们争取到了。"

人们躁动起来。邵尔示意让大家安静，请穿着裘皮的波德盖奇的莫舍发言。他费劲地站了起来，说道：

"要想一切顺我们的意，我们必须坚持两个真实的说法：一是我们相信三位一体，即独一的上帝有三个位格，在这个问题上我们不能展开说三位一体中都有谁等细节；二是《塔木德》是谎言和渎神之源，我们将永远弃之。这是全部内容，就这些。"

大家在撒满锯木屑的地板上，沉默地走来走去。

吉特拉继母糟糕的预言应验了

蓝茨克鲁尼亚出事后，所有的男人都被抓了起来，吉特拉倒没受什么罪。当晚，哈雅搂着两个"女保镖"，她丈夫很快就找到了她，然后把她们都带回了家。几个小时前还在仪式上被人吻着乳房的哈雅，现在又成了家庭主妇。她为两个女孩铺好床，喂她们喝下酸牛奶。

"亲爱的孩子，这里没有你想要的东西。"她坐在吉特拉的床上，抚摸着她的脸颊说，"跑吧，去利沃夫，向你父亲道歉。他会接纳你的。"

第二天，她给了她们几个硬币，两个姑娘离开了她家。然后，她们二话不说，立刻就分道扬镳了（吉特拉选的路，会在雪上留下血的痕迹）。吉特拉转身向左，朝大路走去。她搭了几程过路的雪橇，准备去利沃夫，可不是去找父亲，因为在父亲那儿会看到拉比。

二月初，吉特拉就到了利沃夫，但她不敢出现在父亲眼前。一次，她偷偷地去看他，他正赶去市政府，沿着墙边走着，又老又驼着背。他一边迈着碎步，一边自言自语。看到父亲的吉特拉有些伤心，但却一动也没有动。她去了亡母的妹妹家，就在犹太会堂附近，这位亲戚知道发生过什么事，并不欢迎她，把吉特拉关在门外。吉特拉透过紧闭的门听到屋里传来一阵阵哀叹，可怜她父亲的苦命。

她站在街角，一幢幢犹太人的屋子从此处沿街绵延排开。寒风在她的裙子下面盘旋，冰冷的雪花在她的深色长筒袜上留下一个个小小的污点。不久后，她就得伸手讨饭或者去卖面包，就像她的继母预言的那样，沦落到社会的最底端。于是，她端庄地站在严寒中，至少她是这样认为的。但一个戴着大号皮帽子的年轻犹太人，看都没看她一眼就塞给她一块零钱。吉特拉用它给自己买了一个热乎乎的面包圈。慢慢地她想明白了，自己看上去就像妓女一样，蓬头垢面，又脏又饿。突然间她感到彻底的解脱。她走进了第一个较好的院落，第一处较好的房子，然后走上楼梯，再敲了敲走廊边的第一扇门。

一个高大驼背的男人打开门。他戴着睡帽,穿着缝着深色毛皮的便袍,鼻梁上架着眼镜。他把蜡烛举在胸前，照亮了她那张棱角分明的脸。

"你想要什么？"他冷冷地低声问道，不自觉地开始翻找施舍用的零钱。

"我是波兰国王的曾孙女。"吉特拉说，"我在找体面的住处。"

第十五章

卡缅涅茨的老宣礼塔变成了圣母柱

　　1756年夏天,纳赫曼、雅各布和施罗莫·邵尔站在卡缅涅茨街头,看上去就像那些穿过斯莫特里奇河来此地贩卖大蒜的普通犹太人一样。纳赫曼肩上挑着扁担,扁担筐里装着大蒜。如今的雅各布毫不嫌弃地穿着一件破衣裳,但他可不愿再配上树皮做的鞋,他宽大的裤腿下面露出一双漂亮的皮鞋来。他的打扮半是土耳其式,半是亚美尼亚式。外表上看,他就是一个没有归属的浪人;这种人在边境地区有得是,没人会特别留意。高瘦的施罗莫·邵尔长着一张高贵的脸,这张脸很难被忽略过去。他穿着深色长衫,踩着农鞋,看上去一副某种宗教的教士模样,令人不禁肃然起敬。

　　此刻,一行三人站在卡缅涅茨圣保罗和圣约翰大教堂旁,身边是喧嚣的人群,大家正兴高采烈地围在一起,议论着往柱子上安放雕像的事。此事引起了附近村庄和远近街道的所有人的关注,在集市摊位上买东西的客人们也对此兴趣盎然,甚至神父们都跑出来,要看看木制吊车是怎么把金色雕塑吊上去的。刚刚还在高谈阔论的人们此时安静下来,盯着突然晃动起来的雕像,雕像似是要扯断绳子,恐怕会砸在大家的头上。人们稍稍退后。干活的是外国工人,人们嘀咕说,他们从格但斯克来,雕像就是在格但斯克制作的,覆盖着一层厚厚的黄金，经过一个月水路才运到这里。这根高柱子还是土耳其人竖起来的，他们的新月形雕塑多年来立于其上，这些不信基督的异教徒将其作为宣礼塔的一部分。如今，最神圣的圣母回归了，她将俯瞰整座城市和全体市民。

终于，雕像安放就位。人们松了口气，还有人吟诵起赞美诗。现在能看到整座雕像了。神的母亲，童贞的玛利亚，仁慈的夫人，神圣的王后，此处的她像个年轻的女孩，迈着跳跃的舞步轻快地跑着，高举着张开的双臂，仿佛在迎接谁，要把人立刻拥进臂弯，搂到怀中似的。纳赫曼抬着头，遮上眼睛，白色的天空让他一时什么也看不见。他觉得她在说"来，和我跳舞"，或者是说"和我来玩"，又或者是"伸手给我"。雅各布伸出手举过头顶，把雕像指给他们看，这有些多此一举，因为所有人都在一眼就看得到她的地方。纳赫曼知道雅各布想说什么：圣母，圣舍金纳，阴暗世界里的神的存在。恰在那时，太阳从云后面钻出来，完全出乎意料，因为从早上开始一直是阴天。太阳光照在雕像上，照得这座格但斯克的黄金像闪闪发亮，就像第二个太阳。卡缅涅茨的教堂广场突然明亮开来，光芒新鲜，气氛愉悦，在天空中奔跑着的圣母既纯洁又善良，就像降临到人们身边一样，赐予人们希望：会好起来的。人们为这礼花般的光亮惊叹：是圣母啊。人们眯起眼睛，在这显而易见的奇迹前跪下来。是预兆，是预兆，所有人都在一遍又一遍地说着，黑压压地跪下来，他们也跪了下来。纳赫曼的眼里浸满泪水，他的激动感染了其他人。奇迹就是奇迹，不属于任何宗教。

他们认为，舍金纳落在这尊镀了黄金的格但斯克雕像里，指引他们来到主教的家。她像妈妈，像姐妹，像最温柔的情人——抛弃所有，只为片刻凝望所爱之人，哪怕他穿着最破烂的衣服。在悄悄走进丹姆波夫斯基主教家门拜会之前,雅各布,恰如他的性格,无法抑制住兴奋之情,带着天真的幽默突然冲出人群,像一个犹太老爹那样在墙边哀号起来,佝偻着腰,瘸着腿。

"犹太人不要脸。"一个身材肥胖的市民向他发出嘘声,"对神圣之事毫无敬意。"

同一天的晚上,他们向主教呈上一份清单,上面列出九项准备在辩论中辩护的议题。同时,他们请求保护,因为塔木德派还在迫害他们。还有诅咒,这可是最令主教气恼的。诅咒。犹太人的诅咒又能怎么样?

他让他们坐下,自己读了起来:

一、我们相信上帝在《旧约》中让我们相信的东西、教导我们的东西。

二、没有上帝的恩典,人类的理性无法读懂《圣经》。

三、《塔木德》充斥着对上帝的严重亵渎,应予以舍弃。

四、只有一位上帝,他是万物的创造者。

五、这位上帝是三位一体的,天然无可分割。

六、上帝可以用人的肉身,除罪孽外能够承受所有情感。

七、耶路撒冷城,根据预言,已不会重建。

八、《圣经》里允诺的弥赛亚已不会降临。

九、只有上帝才能承受住对始祖和全族的诅咒,上帝的化身才是真正的弥赛亚。

"这样行吗?"纳赫曼问,然后小心翼翼地把一只土耳其式样的袋子放在门口的小桌上。袋子是以精巧的手工,用柔软的羊皮制成的,好像还缝着水晶和绿松石。主教猜想，那是什么？他们没空手来，那里边可能是价值连城的宝石，足以镶满整个圣体匣。这个想法在他脑海里挥之不去。主教必须得集中精神。事情不容易解决，因为这件看似很小的事情突然带来了一场狂风暴雨：这几个乡巴佬的反对者攻击了布吕尔部长①的密友巴鲁克·亚万——华沙寄来的信正堆放在桌子上，信中说这是起宫廷密谋；现在王宫里都布设了武器。谁能想到，在穷乡僻壤的小山村里，一帮人亲吻一个裸体女人会造成这么大的骚动呢！

主教收下了袋子，也就表明他选择站在弗兰克一边，尽管这个犹太人的自信让他感到精神紧张。犹太人想要一场辩论，想要保护，想要土地。他们说，想"安定地"生活。还有，这个犹太人想获封贵族头衔。他们请求主教庇护，为此他们会接受洗礼。他还希望，他们中最杰出的人（主教想象不出他们能如何"杰出"，因为他们不过是佃农、毛皮商、店老板而已）可以根据联邦的法律申请贵族头衔。请主教赐予他们在善良的主教教区定居的权利。

第二个人，红头发的那个翻译，对雅各布说，在有争议出现时组织辩论的传统源自西班牙，现在恰是时候。他翻译雅各布的话：

"甚至可以叫来几百个拉比和聪慧的主教、神父，以及最厉害的学者。请他们和我辩论，和我的人辩论。我会回答他们的所有问题，因为真理站在我这边。"

他们就像来捞钱的买家——索求太多。

但他们也花费了不少，主教想。

---

① 亨利克·布吕尔，十八世纪萨克森宫廷和波兰立陶宛联邦的政治强人，亦是著名的卡巴拉书籍收藏家。

丹姆波夫斯基主教刮胡子时陷入沉思

实在是奇怪,位于卡缅涅茨-波多利斯基的主教官邸非常寒冷和潮湿。哪怕现在,夏天,当理发师在晨曦时分过来时,主教还得把脚搁在厚帆布裹着的热石头上取暖。

他把椅子挪到窗前。接着,理发师在一根皮带上剧烈地刮擦了几下,磨好剃刀。再接着,他准备好肥皂,动作轻柔,保证上帝的威仪无处不在。他还在肩上铺了几块亚麻刺绣毛巾。现在主教有空了,可以好好想想刚从卡缅涅茨、利沃夫和华沙寄来的信。

前天,主教见过一个叫克里萨的人,他似乎在以雅各布·弗兰克的名义活动,但好像是为了自己的利益。主教坚持要求全波多利亚地区的塔木德派、学富五车的拉比们都参加辩论,但拉比们拒绝一辩高下。他一次两次地让拉比们到他面前来解释清楚,但他们就是不来,公开藐视主教的管辖权。当他下令对拉比们罚款时,他们就把海尔什科·什姆罗维奇派来。这个非常机灵的犹太人似乎是个代表,他以他们的名义找出了所有可能的漏洞。但那些人钱袋里的东西非常具体,尽管不是十分精巧——金币。主教尽量不表态,但他已经选好了立场,站在了那些人那边。

要想和他们产生共鸣,恐怕与认同大老粗的想法差不了多少。他们有自己的流苏、帽子、奇怪的语言(因此主教很欣赏皮库尔斯基为学习他们的语言付出的努力)、可疑的宗教。为什么可疑?因为太接近了。一样的《圣经》、摩西、亚伯拉罕、在父亲刀下的石头上的以撒、诺亚和方舟,所有都一样,但却都被设置在某种陌生的环境里。诺亚看上去也就不那么一样了,他们的诺亚有点儿驼;他的方舟也不同,是犹太式的，带装饰的，东方的和桶形的。还有以撒，本应该是个粉皮嫩肉的金发孩童，现在成了一个野孩子，泰然自若，不再毫无防备。丹姆波夫斯基主教想：我们的内容更轻巧，忠于常理，且以优雅的文笔叙述，巧妙而生动；他们的灰暗又详尽，平铺直叙。他们的摩西是个瘦脚的老头子；我们的是位高贵的老者，留着飘逸的胡子。丹姆波夫斯基主教认为，基督的光照亮了我们的《旧约》与犹太人的《旧约》共有的那一面，所以才有区别。

最糟糕的就是把外来的东西伪装成自己的。就好像他们在解闷，在拿《圣经》开玩笑。还有一点——固执，因为犹太人的历史很久了，但他们一直都在错误中盘桓，所以很难不怀疑他们有所图谋。如果这些人的行为和亚美尼亚人一般公开就好了，因为若他们有所图谋，他们想要的就只是数不尽的黄金。

丹姆波夫斯基主教经常透过窗户观察他们，听他们讲话。只要有三四个犹太人凑在一起，他们就会用断断续续、唱歌般的语言高谈阔论，一边说一边比画画，还要带上一些肢体动作——一旦他们不同意其他人的意见，就向前抻长脖子，抖着下巴，像被点着了似的跳来跳去。主教信任的朋友索乌迪克一再重申的话是真的吗？他说，受那个阴暗的信仰引导，他们才会在低矮潮湿的小屋里做法事，需要用到基督之血。可怕的想法。不可能的，罗马的圣父明确说过：不要相信此事，不要迷信地认为犹太人使用基督之血。哦，看他们的所作所为就够让人心烦。主教透过窗户望向官邸前的小广场，那儿有一个卖画片的，还是个孩子，他正把一幅小的宗教画片拿给一个穿着鲁塞尼亚刺绣衬衫和彩色裙子的女孩看。女孩轻轻地用小指头尖碰了碰画上的圣徒。这个犹太商贩既有天主教的宗教画，也有东正教的宗教画像。接下来，他从胸前掏出一个廉价的宗教挂坠，放到了她的手上。他们把头凑到一起看着圣母挂坠。主教相信,这个女孩会买下它。

理发师给他打上香皂,开始剃胡子。剃刀剃掉胡茬时轻轻作响。他的想象忽然跳跃到他们磨破的衣衫之下,他们阳具的画面竟在脑海里挥之不去;都被施过割礼。他既着迷又惊奇,同时他还产生了某种不明所以的懊恼。他绷紧了下巴。

如果这个兜售宗教画的商贩(违反了法律——他们根本不尊重禁令!)脱下他的犹太披肩,再穿上神父的法衣,他和那些神学院的学生有区别吗?那如果是他,卡缅涅茨的主教,耶利塔家族的米科瓦伊·丹姆波夫斯基,正耐心地等待成为利沃夫红衣主教的他脱下了贵重的长袍,穿上犹太人磨破的衣衫,带着一堆小画片站在卡缅涅茨的广场边……主教被这个无聊的想法吓了一跳,仿佛瞬间看到这样一幅画面:他,胖嘟嘟的,成了卖画片的犹太人。不,不。

如果像人们说的那样,他们有神奇的力量,那他们应该很富有,不会和这窗户底下的人们一样是穷人。那他们是强,还是弱?他们会威胁主教官邸吗?他们憎恨异教徒,异教徒也反感他们,是真的吗?他们浑身都长着细小的黑汗毛吗?

上帝不会允许让他们拥有像索乌迪克认为的那种力量,因为他们自己放弃了基督的救赎行动,也就不再与真的上帝并行,他们已被驱逐出救赎之路,困在了某处荒野。

女孩并不想要宗教挂坠——她松开脖子下的纽扣,拿出衬衫里头的自己的挂坠给小伙子看,而他很乐意凑近她的脖子。但她买下了画片,卖家用又薄又脏的包装纸包了起来。

如果脱掉长袍,这些外来者会是什么模样?主教想。只剩他们自己时,他们会变成什么样?主教一边想一边示意正在鞠躬的理发师离开。然后他意识到,该更衣做弥撒了。他走进卧室,欣然脱去厚重的家居法袍。他光着身子站了好一会儿，不知道自己是否犯下了某种可怕的罪过，于是便开始向上帝祈求原谅——是无耻之罪，亦可能是人性的苦恼。他觉得，一丝冷风轻轻地扫过他粗壮、多毛的身体上的汗毛。

哈雅的两种天性

雅各布身边带着几匹披挂着土耳其盛装的马——这些装备需要一间专门的屋子存放。他们的领头人是哈伊姆，他是哈娜的兄弟。他们之间只说土耳其语。雅各布·弗兰克现在叫艾哈迈德·弗莱克，拿着土耳其护照。他不可侵犯。每天，信使都会把卡缅涅茨辩论的消息送到他手上。

有消息说，在卡缅涅茨辩论期间，雅各布·弗兰克秘密地躲在哈雅父亲在洛哈特恩的家里。哈雅带着最小的孩子，收拾好行李，离开蓝茨克鲁尼亚去往洛哈特恩。天很热，不久就要收割了；金色的麦田一直绵延到地平线，在阳光下轻柔地、缓慢地起伏着，看上去就像整个大地正在呼吸。哈雅穿着浅色连衣裙，戴着蓝色面纱，把女儿抱在膝上。她笔直地、安静地坐在车厢里，用自己又白嫩又小巧的乳房给孩子喂奶。遮上了帆布篷的轻便车厢被一对茶色的马拖着。一看就是有钱的犹太贵妇。农民们停下农活，把手举到眼睛上瞭望，想好好地看一看这个女人。当哈雅碰上他们的目光时，会淡淡地微笑一下。一个农妇不自觉地比画起十字，不知道是因为她看见了犹太女人呢，还是因为看见了戴着蓝色面纱、带着孩子的女人。

哈雅把女儿交给仆人，自己立刻奔向父亲；父亲一看见她，马上从账本堆里站了起来，激动地哽咽着。哈雅依偎着他的下巴，闻到一股熟悉的味道——咖啡味和烟草味——她觉得，这是世界上最安全的气息。过了一会儿,全家人都聚拢过来:她弟弟耶乎达和他的老婆——她像小姑娘般矮小,长着一双绿眼睛;还有他们的孩子们、仆人、赫雷奇科——现在他叫哈伊姆,住在隔壁;还有邻居们。哈雅打开旅行箱,把礼物拿出来。她完成这项讨喜的任务后,喝起了鸡汤。雅各布在这里也天天喝(厨房里到处是鸡毛),这个时候她可以仔细端详客人们了。

哈雅走到雅各布身边,紧紧地盯着他被太阳晒黑的脸,对视了一会儿后,那张脸上浮现出她非常熟悉的讽刺般的微笑。

"你老了,但还是那么漂亮。"

"可你更英俊了,因为你瘦了。肯定是老婆把你喂得太差。"

他们看上去就像兄妹俩,但雅各布的手温柔地、爱抚般地在哈雅瘦削的后背上摩挲。

"我没办法。"雅各布一边说,一边后退了一步。他整了整滑出裤子的衬衫。

"你逃了,做得对。等我们和主教们处好了关系,你会像国王一样回归。"哈雅抓住他的胳膊说。

"他们想在塞萨洛尼基杀了我,在这里也想。"

"因为他们怕你。这才是你伟大的力量。"

"我不会再回到这里了。我有房子和葡萄园,我要去钻研经文……"

哈雅笑起来,笑得既率真又开心,全身都在笑。

"我已经看出来了……钻研经文……"她边说边屏住呼吸,然后从小包里拿出自己的书和神像。

在众多小雕像中有一个很特别,是她最珍爱的一头鹿,用象牙雕刻的母鹿。雅各布把它拿在手中瞧了瞧,很是漫不经心,然后他看到哈雅放在桌子上的书的书名。

"你本以为这是些小玩意,女人们的祷告,对吗?"哈雅恶狠狠地问他。她转了转裙子，荡起了地板上散落的白羽毛。

总在近旁的彦塔盯着哈雅。

哈雅是谁？哈雅是双胞胎吗？当她早上走进厨房拿起一个装着洋葱的碗时，当她用手掌抹去黑眉毛上的汗珠，皱起眉头，让前额凸显出竖纹时，她是家庭主妇，家里的长女，要担起当妈的担子。她走路的时候总是踩着短靴，满屋都能听到她的声音，这时的哈雅是天真灿烂的。在祷告的时候，她是一位诵经者、提词人，在礼拜仪式上给不懂阅读或阅读不流畅的妇女们提词，以便祈祷者可以恰当地说出祷告词。她还有霸道的一面：她凶狠地皱起眉毛时，所有喧嚣都会消停下来，甚至父亲也害怕听到她急促的脚步声、教训孩子们时暴躁的吼嚷。她与从磨坊来送面粉的运输小工吵起来，因为有两袋是漏开的。当她摔盘子时，她的怒火会吓呆所有人。怎么会这样，哈雅怎么会如此放肆？

《光明篇》说：所有的女人都与舍金纳的秘密息息相关。只有在舍金纳的帮助下才能理解，哈雅是如何变成了一个阴郁的女人，披头散发，穿着随意，眼神飘忽不定。她的脸瞬间变老了，皱纹如裂缝般爬满了整张脸，眉毛抻长了，嘴巴压扁了。天黑下来，屋子被油灯和蜡烛投射的光分割成片片光影。哈雅脸上的特征消失了，她的眼睛不再恼火，她的眼睑沉沉的，脸肿起来，下垂，丑得像衰老病弱的妇人。哈雅光着脚，脚步沉重。当她穿过前厅走到会客室时，大家已都在等她。她用手指触摸着墙壁，好像她就是失明圣母一般。聚集的人们用鼠尾草和土耳其药草点起熏香，到处弥漫着浓郁的味道。哈雅开始讲话了。任谁看上一眼，总会感到不那么舒服，因为白天看到她的时候，她还在切卷心菜。

为什么邵尔给他的宝贝女儿取名哈雅？他从哪里得知，这个在黎明时分，在一月的寒冬，在用炉子烧开水取暖的水汽腾腾的房间里出生的婴儿，会是他最聪明的宝贝女儿呢？是不是因为她是第一胎，由他精力旺盛的、最优秀的种子孕育，而那时，妻子和他的身体尚是光滑的、有弹性的、纯洁的、未被玷污的，而且他们的想法纯真善良，还没被破坏？可生出的是一个死婴，没有呼吸，无声无息，在剧烈的生产过后，陷入死一样的静寂。他害怕极了，害怕孩子死掉，害怕死亡。那时死亡已在屋子里盘桓。过了好一会儿，当产婆说了一些她的密语和咒语后，孩子吐了口气哭喊起来。这时候，出现在他脑海里的关于这孩子的第一个词是"Chajo"，即"活着"。"Chajo"是生命，但既不是指植物的生命，也不是肉身的生命，而是那些可以祈祷、思考和感知的生命。

"Waj-jicer ha-szem Elohim et ha-adam afar min ha-adama, waj-jipach be-apaw niszmat chajim, wa-jechi ha-adam le-nefesz chaja."，埃利沙一看到这个孩子就背诵起这段经文。那时，上帝用泥土创造出人，向他的鼻孔注入生命的气息（niszmat chajim），因此人才变成了活着的生物（nefesz chaja）。

从此，邵尔有了上帝的感觉。

新字母的形状

装订书籍用的是块新皮子，质量颇佳，光滑且芳香。雅各布满意地触摸着书脊，他觉得，现在很少能看到新的书了，因为好像一旦要用，就必须用旧书。他也有了自己的一本书，每个人都该有一本书相伴在身边。但这是手写稿，翻抄自一直跟随他漂泊的《我如今来到源头》。那本书早就被翻烂了，如果用线扎紧的纸片也能叫书的话；第一页就有几处破损，纸晒得泛了黄，他肯定曾把它落在了窗台上。太不小心了！父亲经常打他手心惩罚他的粗心。

新的书很厚，装订的人紧紧地压实了书页，在翻开的时候，书会发出脆裂的响声，就像猛烈拉扯骨头的声音，给手掌增加了一些阻力。雅各布一边随意地翻开书，一边紧按着书页，这样面前的这本怪异的书才不会合上。他的眼睛顺着字母的线条从右至左游走，然后他意识到，应该反过来读，从左到右。他的眼睛一时很难适应这种杂耍般的方式，但过了一会儿后——尽管他什么都没看懂——他也摸索到了从左到右阅读的乐趣，就好像逆流而上，反世界而行。他想，完全不同的行为方向也许才是事物的本质，应该加以学习和练习：手势一般由左手而起，以右手告落；转圈，也是右肩先退，左肩再向前；而每天则都是始于日出，始于光明，然后再沉于黑暗。

他盯着字母的形状，担心自己记不住它们。有一个字母让他想到了Tsade，另一个接近Samekh，还有一个像Qof，但也不完全一样，只是近似，有区别，也许含义相近但又有区别。和他认识的字母相比，可能只有一点儿不同，但也足以让人看不清世界。

"这是他们的历史故事集。"敞着上衣的邵尔对雅各布说，"类似于我们的《雅各布之眼》，什么都讲一点儿，讲各种动物、地方、童话、鬼魂。你相信吗？它是洛哈特恩这里的神父写的。"

雅各布似乎更专心地看起了这本书。

"我会给你找一位老师。"埃利沙·邵尔一边给自己的烟斗添烟叶一边说，"我们不想让你走，所以才没去士麦拿接你过来。所有人都在卡缅涅茨，代表你去为我们争辩。尽管你不能亲自去，但你还是我们的领袖。你没有回头路了。"

每天晚上，哈雅都跪在父亲面前，用臭烘烘的混合着洋葱和某种东西的汁水为他擦腿，一到夜里整幢房子都是草药的味道。不止如此，哈雅还把孩子交给妇人们，然后和男人们一起关起父亲房间的房门，在里面辩论。雅各布刚开始对此很惊讶，毕竟这种情况并非常见。在土耳其和瓦拉几亚，妇女们知道自己的地位，每个宗教学者都和她们保持着较远的距离，她们与生俱来的和最底层物质世界的联系常会引发精神世界的混沌。但在正统派的家里，这种情况绝对不会发生。永远在旅途上的犹太人，如果没有女人在身边，就会迷路。

"噢。"埃利沙听了他的想法后说，"如果她是男人，会是我最精明的儿子。"

第一晚，遵照老规矩，哈雅上了雅各布的床。她肌肤光滑，只是有点儿骨感，大腿很长，阴毛杂生。按规矩，他们应该不必爱抚，无声地交合。但雅各布却久久轻抚着她微微隆起的小腹，而每一次他的手掌都会避开她的肚脐。他觉得，它是烫的。她大胆地用手握住他的阴茎，轻柔地好像不经意地撩拨他一般。哈雅想知道，接受土耳其宗教的仪式是什么样子的？代替洗礼的是什么程序？需要如何准备？要花多少钱？雅各布的老婆也去过士麦拿吗？那里的女人是不是比这里的女人过得好？是否皈依的最终决定会保护他？是不是可以认为，他已经被波兰政府赦免了？他是否知道，对犹太人还有她本人来说，改信其他信仰会很难接受？但她信他，邵尔家的所有人都会追随他，只要他带领大家这么做。还有，他听没听过关于他的传闻？包括她也曾和女人们散布过的一些。最后，雅各布讲烦了，扑到她身上，粗暴地进入了她，然后很快就筋疲力尽。

早上，大家吃饭的时候，雅各布微笑着瞟了瞟她。他看见，哈雅不停地眯起眼睛，也因此眼眶周围出现了一些细小的皱纹。埃利沙准备派她去利沃夫，去找搬到那儿的阿舍尔，他有最好的老花镜。

哈雅一般会穿朴素的裙子，雅各布只看她穿过一次节日的礼服，在他来此地开堂授课的第一天。那天有很多人特意从周边赶到洛哈特恩的授课室。她穿着灰色的裙子，围着蓝色的纱巾，耳朵上戴着耳环，庄重而安静。

然后他看到一幅意想不到的温柔画面——她的父亲抬起手抚摸着她的脸庞，她安静地、慢慢地把头贴上他的胸膛，埋在那浓密的灰白胡子里。雅各布对他们瞟了又瞟，他也不懂自己为什么这样做。

克里萨和他的未来大计

大家都说，克里萨脸上有一道疤。他的脸颊被一条由上到下的直线分成了两半，让人隐约觉得有些对称，又让人十分不舒服。每个第一次见到他的人都无法移开自己的视线，都想要在他的脸上寻找出某种美感，但总是毫无头绪，最后不情不愿地转身离开。他可是波多利亚最睿智的人，富有远见学识。一打眼可看不出来，但对克里萨来说，这样也不错。

他学会了不对他人的好感抱以期待。应该详细描述出自己想要的东西，然后去追求、请求、要求、交涉。要不是脸上的疤，他如今就是本地的雅各布，毫无疑问。

克里萨认为，他们应该在基督教中保持独立性。这是他现在的立场，在辩论之前，他也致力于此，但他错在背着兄弟们去和丹姆波夫斯基主教交流。因为克里萨太自信了，他懂得比别人更多。

"我们应该与一切保持距离，在分界线上，做自己的事。"他说。

既不是很犹太化，也不是很基督化，应该在那儿给他们一片自己的天地，让他们不受神父们和拉比们的贪念控制。还有，他认为，被自己人，被犹太人迫害的他们，并不会不再是犹太人，只是与此同时，他们更亲近基督徒了。他们，他和犹太教异见者们，去索要支持、保护和关照，伸出无辜的手征求认可的举动，是纯真的。基督徒感同身受地接受了他们。

但对克里萨来说，最重要的却是另一件事。就像《遗孀》[①]第六十三节中所写（尽管他是反塔木德派，但还是不可避免地引用了《塔木德》）："人如无寸土，不算为人。"所以，能从领主手中拿到几块地，安定下来，平安地生活，对大家来说将是最好的结果。犹太人就不会再迫害他们，他们可以在自己的土地上耕种，也能雇用农民。他们甚至不必去洗礼。在烟雾缭绕的屋子里，这幅景象从桌子上升腾起来。这天刮着风，空气从烟囱倒灌进来，他的话引来一阵激辩。

"不能给领主干活。"有人插话说，克里萨认出是在阴影里的来自萨塔尼夫的莱伊布·海尔什科维奇。

"克萨科夫斯卡领主会把我们带到她的田地……"波德盖齐的莫舍说。

这时，克里萨走到前面，他的脸气得变了形。

"你们这是自讨苦吃！领主恣意妄为，根本不遵守任何法律。两代人以后，我们和农民没什么两样。"

别人同意他的讲法。

"在主教那里我们也和农民一样。"莫舍说。

这时，此前一直端坐着盯着自己鞋尖的邵尔的大儿子施罗莫开口说：

[①]《密释纳》和《塔木德》第三部《女性》的第一卷。

"只有找国王,只有找王室,雅各布说过,我也这么想。有国王做靠山我们才会平安无事。"

克里萨的脸更狰狞了。他说:

"你们太蠢了。人家只是给了你们一个手指头,你们就已经想要一切了。应该慢慢盘算啊。"

"还会越谈越麻烦。"有人挖苦地补话道。

"等等看吧。我们和主教沟通得还不错。"

第十六章

1757年纪事以及卡缅涅茨之辩，某些永恒真理在卡缅涅茨-波多利斯基的这个夏天里被确定下来

莫里夫达住在瓦拉几亚的克拉约瓦附近的村子里。他认为，即将来临的一年，1757年，是世界末日。他每天都呼唤着不同名称的天使，希望他们为他现身。没人想过，如果长此以往，他会不会喊上一千年，因为天使的数量无穷无尽。祈祷的人都相信，世界已经没救了，唯一能做的就是为即将到来的末日做好准备。最终的审判如同分娩，一旦启动，即不可逆转，无法阻挡。但那些总是被莫里夫达抛下的同道中人都相信，这个审判并非如大家预想的那样——发生在尘世，伴随着天使的号角、衡量人类功过的巨大天平和大天使的剑。这个审判会很简朴，悄无声息地降临，没有任何繁文缛节，就好像在我们的身后发生，我们不必出席。在怪异的1757年，我们都在缺席中受到审判，而且，毫无疑问地，结果无可挽回。我们人类的无知不能给予我们解答。

显然，世界已无法再负重下去，不仅是广袤开阔的波多利亚平原，还有这里，温暖的、可以种植葡萄的瓦拉几亚。它必须终结。所以，去年爆发了战争。看到一切的彦塔知道，这场仗会打上七年，人类命运的指针将因此轻微移动。改变并未被觉察，但天使们已着手清理；

他们用双手抓住世界的地毯抖了抖,荡起灰尘,再马上卷起它。

在卡缅涅茨的辩论中拉比们完败,因为没人愿意听他们晦涩的解释,相比来说,对他们的指责简单而明了。纳迪夫那的克里萨先生大出风头,他将《塔木德》讽刺得淋漓尽致。他站起来,向上举起一根手指。

"牛为什么有尾巴?"他问。

整个大厅一片寂静,大家都对这个愚蠢的问题充满了好奇。

"罗列这些问题的书何以称之为圣书?"克里萨移动手指,缓缓地指向拉比们。"《塔木德》呀!"他顿了一下,然后尖叫道。

哄堂大笑。笑声冲上法庭的拱顶,这里何尝有过这般的欢乐?

"那《塔木德》是怎么回答的呢?"克里萨问,他那张带着伤疤的丑脸涨得通红,接着他提高了嗓门,"因为要赶苍蝇!"他兴奋地回答。

又一次哄堂大笑。

拉比们提出,要将反塔木德派赶出犹太会堂,要他们穿戴与犹太人不同的衣着,并不再称他们为犹太人。这些话同样可笑。宗教法庭严肃地驳回了他们的要求,因为法庭无权评判谁可以被称为犹太人,谁又不行。

当提到蓝茨克鲁尼亚事件的时候,法庭有意回避表态。毕竟已经有过调查,而且关起门来唱歌跳舞并非有伤风化。人人都有权祈祷,也有权和女人跳舞,哪怕她袒胸露背。再说调查也并未证实,并不确定那里到底有没有裸体的女人。

之后,人们的注意力转向了指控犹太人造假的案子。一个叫莱伊布·格达洛维奇的人和他的工人哈什克·施罗莫维奇制造了假币。工人被判无罪,而指使者格达洛维奇被判斩刑,大卸四块。伪币模具在行刑前被当场烧毁。然后根据判罚,犯人的头被切下来,身体分为四块,再被钉在绞架上。脑袋被刺穿了。

局势对拉比们很不利。最后几天的辩论他们不得不保持低调,因为没什么人支持他们。

宗教法庭还得处理一些小案子,其中一件震惊了卡缅涅茨的基督徒们。和农民做买卖的犹太人——蓝茨克鲁尼亚的汗什亚,动手打了一个叫巴泽尔·科奈什的农民,后者指控他和沙巴泰·泽维派是一伙的,还说他用十字架戳自己的下身。汗什亚因渎神被判一百鞭鞭刑,分四次分别在城市的四个区域执行,这样更多的人便可以看到行刑的场面。同样的判罚也落到了盖尔绍姆身上,他是蓝茨克鲁尼亚事件的导火索,一切争端皆由他引起。

宗教法庭和丹姆波夫斯基主教还宣布,反塔木德派所在的安居地将受到他们的保护。

庭上宣读了主判词,同时要求立即执行。

法庭为反塔木德派平了反,还额外判罚拉比们支付5000兹罗提用于赔偿被殴打的反塔木德派和他们在争斗中被劫掠的损失,此外再加上152黄金兹罗提的罚款,用于维修卡缅涅茨的教堂塔楼。而《塔木德》则被判定为伪书且具有危害性,在全波多利亚地区应予以焚毁。

宣判后,法庭一片肃静,仿佛教会方对自己做出的严罚有些惶恐。当翻译把判词转达给拉比们时,坐在长椅上的他们发出了阵阵尖叫和哀叹。法庭让他们肃静,现在的他们只会令人感到反感,而不是同情。他们自作自受。他们愤愤地沉默着,嘴里哼着什么,退了庭。

莫里夫达沉浸在回到国内的欢快中,但他也感觉到,一切都变了。有时候他有点得意,因为他仰望天空时能够预言出某些事情;平原之上，天空仿佛更加广阔起来，像聚焦的镜子，可以将所有景象集中在一处，世间的事物如一幅湿壁画反射其上，画中的一切都在同步活动，呈现出未来的蛛丝马迹。看得懂这幅画的人，只需抬头看看就够了，一切便尽在掌控。

当雅各布和纳赫曼来找他，要他和他们一起回波兰时，他压根儿没有吃惊。但出于礼貌，他表现出一些犹豫。可事实是，看见雅各布以土耳其式的动作，耍着派头从马上跳下来的那一刻，莫里夫达突然萌发出一种马上要去探险的小伙子般的兴奋冲动。

焚烧《塔木德》

就在当天傍晚，也就是10月14日，开始焚烧典籍。判决执行官们并未耗费过多气力。只是在第一次点火之前，在卡缅涅茨，本地行刑手宣读了由丹姆波夫斯基主教签署的命令，正式启动了这项行动，然后便顺势而行了。

最常见的情形是，一群人闯进犹太人的家里，立刻就缴获了那些书。所有这些"塔木德"，这些以歪歪扭扭的字母从右至左书写的不洁的文字，马上就被扔到大街上，然后被踢成一堆点燃。沙巴泰·泽维派们，犹太教的异端教众，尤其热心地为执行官帮忙，正因如此，被帮助的官员能回家吃晚饭了。后来，异教徒和总到处找碴儿的年轻人们与沙巴泰·泽维派联合起来。整个利沃夫都在焚烧书籍，每个较大的广场上都有火堆，烧着《塔木德》和《塔木德》之外的书。火堆一直阴燃到第二天，傍晚时分，焚烧新书的火焰再次令它复燃。此刻，每一本书都貌似不祥，以至于利沃夫的基督徒们也纷纷藏起自己的书。为以防万一，印刷厂堵上了门。几天时间的熊熊大火让一切都躁动起来。卡缅涅茨的那些已经算是在城里定居下来的犹太人——尽管定居尚不合法——因为担心生命安全，再次带上家产搬往卡尔瓦萨尔。焚烧书籍的场景，那些在火焰中颤动的篇篇书页吸引人们围成一圈，就好像集市上魔术师的命令一般——他拥有母鸡，想让它们怎么做就怎么做。盯着火焰的人们，不仅欣赏着这出毁灭大戏，更牵发出无法形容的愤怒，他们其实并不知道该将怒火撒向何人，但怒气却自然而然地奔向了这些被焚毁的书的主人身上。现在只需一声呼喊，狂热的人群就会立刻冲进距离最近的那幢犹太人的房子；为了保护自己的家不被劫掠，反塔木德派的护卫会把方位指给他们。

那个曾被鄙视、被降罪、被诅咒的人，如今成了立法者和执法者。相对应地，那曾经发号施令的人，如今自己成了被审判和被训诫的对象。拉比的家已不再是拉比的居所，而成了小旅店，整夜敞着门，谁都可以进。进到家中，来人不会在意抗议的呼号，因为谁都知道拉比把书放在哪儿。他会径直走到那里——一般是一个橱柜——从柜子里依次取出书，再牢牢抓住书的封皮，像炖鸡前要做的那样揪下书的内页。

某些女人，通常是最年长的女人，会拼了命地去阻挠，要护下这本书或者另一本书，就好像它是她奇怪的、残疾的孙子，缩变成了纸的样子。而其他的家人则害怕反抗暴行，他们显然已经明白，世间那无常的神力俨然转换到了另外一端，没人知道会持续多久。有时候，女人们会扑向执行人，而对方可能是个受沙巴泰思想蛊惑的年轻亲戚，女人们就会抓住他的手，想要吸引他的注意："依采勒，你在干什么？我和你妈妈一起在河边玩过啊！"年长者则从角落里抛出一句："你的手将因渎神而枯干。"

布斯克市只烧掉了几本《塔木德》，因为这里的塔木德派并不多，大部分都是沙巴泰的追随者。小火堆在犹太会堂后面燃了起来，火势很弱，烟雾腾腾的，因为书之前都掉进过水坑，所以现在点不着了。这里并没有激进的争斗。点火的一帮人表现得如同执行完命令一般，还在火堆边传着喝一瓶伏特加。年轻的异教徒们也想加入这场宗教判罚，燃烧的火堆令他们神往，尽管他们并不清楚个中缘由。有人让他们明白了，这是犹太教的内部事务，于是乎，他们站在一旁，把手插在麻布马裤的口袋里，凝视着火焰。

卡缅涅茨、洛哈特恩和利沃夫的情况最糟糕，都流了血。在利沃夫，激愤的人群烧掉了犹太会堂里的一整座图书馆。人们砸破了窗户，毁掉了长椅。

第二天骚乱更加严重。午后，激愤的人群中不只有犹太人，还有杂七杂八的人，混乱的、彩色的。他们已经无法分辨哪本是《塔木德》，哪本是别的书，只要书中都是些奇形怪状的字符，就是邪恶的书，因为谁都读不出来。这群人已经想好要参加明天在洛哈特恩的集会，他们还获准可对书施以暴力，以此放纵内心的喜悦，高声尖叫，进行围剿。他们站在房门口，要求房主主动交出书，如果他们认为房主不乐意，就大打出手。有人流血，有人胳膊折了，有人喷出了被打碎的牙齿。

与此同时，辩论失败后怒火冲天的拉比们要求人们祷告和严格禁食，以至于母亲们都没办法哺乳婴孩。拉帕波特拉比在利沃夫的家是邮件的集散地，大家点着蜡烛忙活到天亮。拉帕波特拉比则躺在那儿；他们在犹太会堂前揍了他一顿，他现在呼吸困难，恐怕是被打断了肋骨。平卡斯一边抄信一边哭。看上去，此般景象就如世界末日即将来临，又一场灾难到来，而且这是至痛的灾难，因为是自己人伤害自己人。如同上帝给予我们的伤痛考验，令我们痛苦的不是对我们的生活虎视眈眈的哥萨克人，也不是鞑靼人，而是自己人和邻居们，我们还曾和他们的父辈一起到叶史瓦[①]求学。他们说着我们的语言,在我们的村子里生活,挤进我们的教堂,尽管我们并不想让他们来。当自己人掉转枪口对准自己人,也就意味着以色列罪孽深重,上帝暴怒了。

几天后,当拉帕波特拉比康复时,各镇的代表们聚到一起,又凑了些钱。这钱要带到华沙交给巴鲁克·亚万,也就是布吕尔部长的亲信。但显然时机不对。战争尚在持续,国王无暇分心处理焚书的问题,请求久久没有回音。

皮库尔斯基神父向出身高贵的人解释希伯来字母代码的意义

耶日·马尔钦·卢博米尔斯基是卡缅涅茨-波多利斯基的卫戍指挥官,在这座相当无聊的、远离尘世的小城,他第一次当上统领。二十岁的他高大又英俊,抛开令人赏心悦目的身材不算,他还有其他优势:巨富之家的子弟。因此他非常显眼,所有人都能立刻认出他,而且一旦认出,就无法将目光从他身上移开。卡缅涅茨也是他巨额产业中的一部分。自从这里发生了如此不同寻常的事件,自从人群拥上此前空旷的街巷,公爵总算打起了精神,相当高兴。他总要找些新鲜感,哪怕在吃喝方面亦如此。在祝贺米科瓦伊·丹姆波夫斯基晋升为大主教的送别晚宴上,他带来了六箱最好的莱茵葡萄酒。

第一箱酒喝光的时候,大家开始议论起最近发生的事。此时,卢博米尔斯基先生注意到了坐在大主教右手边的不起眼的皮库尔斯基神父。犹太教的各种问题,本质上既令人困惑又模糊不清,而神父有义

[①] 犹太人的宗教教育机构,主要教授犹太教传统典籍。

务给予出身高贵的人一些启迪，因为每个人都想知道，这场犹太教的纷争究竟事出何因。

"犹太人有些手段。"卡耶坦·索乌迪克主教高声说道，还没来得及咽下嘴里的一大口血肠。

他最近发了福，还特别浮夸。主教长袍的颜色非常花哨，袖口上了厚浆，胸前的链子也相当闪亮。他很高兴，成功地把大家的注意力转移到自己身上。他接着说道：

"犹太人看重钱财，如有必要还会敛财。他们头脑敏捷，个性贪婪，对自己的主人也贪婪地索取。如果我要买卖东西，总会叫个犹太人来。他们对整个国家的买家自有一套做法。他们明白什么是做生意。让我成为他们的客户，是出于他们自身的利益考虑。但对我而言，他们对我始终如一，让我感到安心，让我相信他们没有骗我，他们尽一切可能让我觉得，我是被伺候得最好的那个。周围没有哪位尊贵的大人和乡绅没被以色列人伺候过。我说得不对吗，城督大人？"

城督夫人克萨科夫斯卡代表丈夫回答：

"人尽皆知，阁下您并不必操心农商之事。但这些事需要有管理的人，因为危机四伏啊，他们要是不老实，就会偷东西。这些事简直是灾难。"

盗窃的话题着实触动了所有人，香甜的葡萄酒也发挥了作用，餐桌上的议论骤然分成了几个部分，人们彼此间虽然隔着桌子也都敞开聊起来。侍餐的小伙子们倒着葡萄酒，并按着丹姆波夫斯基主教的隐秘示意不知不觉地换了一箱酒，现在倒的稍差了一些，但看起来，并没人注意到。

"大家都在谈的卡巴拉指的是什么？我丈夫都好奇了。"卡塔日娜·克萨科夫斯卡和皮库尔斯基神父聊着。

"他们相信，世界是由词语创造出来的。"神父一边大口地吞下食物一边回答，然后得体地把刚要送入口中的牛肉放回到自己的盘子上。

"对的，人人都相信：词语是源头。我们也如此。那就成异端了吗？"

"是啊，尊贵的夫人，我们只是说说罢了，可他们却将它套用到每一件最细小的事物上。"

看得出来，神父并不情愿回答这个问题。不知道为什么，他自己也很诧异。是否是因为他觉得不值得向一个女人解释如此复杂的事，讲了她肯定也听不懂，况且还不知道她受过什么样的教育？也许还因为，遇到这样以及类似的问题，他通常会最大程度地简化处理，无论对方是谁。主教就是主教，即使是对他也应该循序且谨慎地辅导，因为他并不是最聪明的人。"他当然是神圣的，我也不能评价他，"皮库尔斯基在脑海里自责起来，"只不过有时候很难和他沟通。"

于是他要来一张纸和一支笔，准备直观地解释这个问题。在主教的示意下，他把纸笔在盘子之间铺开来；主教推开盛着半只鹅的碗，轻轻地向后撤了撤，为他腾出地方，然后意味深长地看了看克萨科夫斯卡。他觉得，这个矮小的、不起眼的神父内心有种隐藏的力量，现在，他正把手伸向它，但这不过就像是用一个小汤匙去舀，仿佛他不想暴露现成的整碗汤。

"每个字母都有其对应的数字。Alef 是 1，Bet 是 2，Gimel 是 3，以此类推。就是说，每一个由字母组成的词语都有自己的数字。"他疑惑地看向他们，看看他们懂了没有，"数字相同的词语，彼此间有着很深的意义关联，哪怕表面上看，它们并没有什么关系。数一数词语，组合词语，然后就能发现非常有趣的事。"

皮库尔斯基神父不知道，是不是该就此结束，是不是够了，但不行，他不能停下来：

"我们来看一个例子。"他说,"'父亲'的希伯来文是'Aw'。我们这样写,Alef,Bet,从右边开始写。'母亲'是'Em',写作'Alef-Mem'。但词语'母亲'也可以读成'Im'。'Aw',父亲,总数是3,因为Alef是1,Bet是2。'母亲'总数是41,因为Alef是1,Mem是40。那么,如果我们把两个词加起来,'母亲'加上'父亲',我们得出44,这个数字对应的单词是'Jeled',也就是'孩子'!"

靠向神父的克萨科夫斯卡从桌子边跳起来,拍着手喊道:

"太聪明了!"

"Yod-Lamed-Dalet。"[①]皮库尔斯基在主教的信纸上写着,然后得意地看着他。

索乌迪克主教没太听明白,他对这些数字感觉迷糊。他喘着粗气。他该减肥了。丹姆波夫斯基主教扬了扬眉毛,示意他以后可能对此会感兴趣。

"根据卡巴拉的说法,男人和女人结合时,字母就会相遇,就如波兰文所说,两相结合,母系与父系,他们相互交缠,孕育孩子。"

丹姆波夫斯基主教轻轻地咳了几下,又吃起饭来。

"用卡巴拉解释传承。"城督夫人涨着因饮酒泛红的脸颊说道。

"我们这里发生了全世界都没有的事:上千犹太人想要转信天主教。他们像小鸡扑向母鸡似的拥向我们,这群可怜的人,看来是受够了自己的犹太教……"

"夫人您错了。"皮库尔斯基尴尬地嘀咕着,打断了她。克萨科夫斯卡看着他,惊讶他竟敢冲撞自己。"他们有自己的利益诉求。长久

[①] 希伯来文"孩子"的拼法。

以来他们一直把我们的国家看作新的应许之地。"

"应该一直盯着他们才好。"索乌迪克主教补充说。

"他们的《塔木德》现在遭到了审判,可其实他们所有的书都应该被审判。卡巴拉是某种危险的迷信,应该被禁止。它所教导的敬拜上帝的方法才是异端邪说。据说,它还传授预测未来的方法和巫术。可以肯定,卡巴拉并非来自上帝,而是来自撒旦。"

"神父夸大其词了。"现在克萨科夫斯卡打断了他,"就算它散发着硫黄的恶臭,可他们在教会的怀抱下很快会找到另一种生活。而我们聚在这里,就是要帮助那些迷失的人,只要他们自己表达出了最大的善意。"

耶日·马尔钦·卢博米尔斯基大口吃着血肠,这是这顿晚餐中最棒的一道菜。肉是硬的,米又煮得太过了,卷心菜散发出一股奇怪的腐臭味。他觉得,在场高谈阔论的这帮人又老又无趣。他压根儿不认识犹太人,他总是远远地看着他们。只不过最近他和一个犹太女孩的关系比较亲近,她是一直围着要塞转悠的女孩们中的一个。她们来自各国,都是些妓女,供人挑选,肤色各异,和军队的情况差不多。

准备启程的新任大主教丹姆波夫斯基

准备即刻前往利沃夫担任大主教时,主教一边等待着随时会送来的大行李箱,一边看着自己整理出来的内衣套装。他让女人们在衣服上绣上他的名饰:MD——米科瓦伊·丹姆波夫斯基。

名饰用紫色的丝线缝了上去。从国外寄来了早先预订的丝质长袜,丹姆波夫斯基主教已经不再穿亚麻料的袜子了。长袜有白色的和紫色的，紫色的和名饰的颜色一样，所以另外为名饰缝了一圈淡淡的边线。主教神父的行头焕然一新——暖和的灯笼裤，是柔软的羊毛质地，还有点儿扎大腿，但给了他渴望已久的温暖。

看起来，他相当称心如意。谁知道最近的事有没有为他谋得大主教之位增加筹码——这么多人，这么多可怜人，被自己人诅咒，被迫害，如今都已感受到耶稣基督的慈爱之心。在这群犹太人受洗之前，主教可不会离开。这可是全欧洲的一大奇迹，也许还开创了一个新的时代。他用心看着准备打包的书籍，目光扫到一本包着新封皮的册子。他知道这是什么书。他微笑着拿起来，随意地翻了翻，发现了一首小诗：

在波兰什么是恶？
波兰的秩序是恶，道路是恶，
桥也是恶，
恶人无数，却免受鞭打。

主教神父被这首诗的天真触动，会心地笑了笑。要是神父赫米耶洛夫斯基的智慧和他的热忱一样，那就好了！想了想后，他把这本漂亮的皮面的书和其他书放到了一起。

计划出发前的最后一晚，丹姆波夫斯基在位于乔尔诺科津齐的寝殿里很晚才睡下，他的胳膊因为写信（叙述整理犹太人事件，其中一封信写给国王，请求其对该高贵行为给予支持）已经失去了知觉。午

夜时分，他醒了过来，浑身是汗，身体有些发僵，脖子木了，头也疼。他梦见了什么，应该是可怕的东西，但他想不起来到底是什么，类似有人跺脚、施暴，锋利的刀尖，切开、撕裂的杂音，他一点儿也听不懂的喉头的呢喃。他躺在黑暗里吓得颤抖个不停，想伸出胳膊拉铃叫人，却感觉自己动不了了。那胳膊，一整天都在写信的胳膊，不听使唤了。这不可能啊，他吓坏了。"我还在做梦。"恐慌缠绕着他，那种原始的恐惧。

紧接着，他闻到一股特有的味道，他意识到，自己尿尿了。他想动，但动弹不了，就像他刚梦到的，自己不能动了。他想喊侍从，但胸口也不听使唤，他甚至没有力气去提上一口气，发出哪怕是孱弱的哀鸣。他一动不动地躺到天亮，仰卧，急促地喘着气。他开始祈祷，但充满了恐惧，祷词断断续续的，他也不知道说的是什么。他觉得，有个看不见的东西坐在他的胸口上，幽灵，如果不把它掸走，它就会掐死他。他试着冷静下来，重新感受自己的身体，感受胳膊和腿，感受肚子，收紧屁股，动动手指。马上他就放弃了，因为什么都做不了。就剩下脑袋，但脑袋也如悬在虚空之中。他一直觉得自己在向下坠落，所以一直紧盯着墙上的壁灯看。壁灯高挂在乔尔诺科津齐的主教卧室里，照在打好包的行李箱上。就这样，他在死亡的恐惧中，等待着。

早上，仆人发现了他，然后便天翻地覆。医生给他放血，可他的血已经又黑又稠；大家的脸上蒙着深深的忧虑。

放过血后，主教的状况有所好转。他的手指和脑袋能动了。很多张脸凑到他身边，讲着，问着，悲伤又同情地看着，但却让他更加压抑。扑过来太多的元素：眼睛、嘴巴、鼻子、皱纹、耳朵、雀斑、脓包……让他应接不暇，头晕恶心，于是他转眼看向壁灯。他知道，有手在碰他，仅此而已，他感觉到的只是身体之外的东西罢了。他的身边站着一些人，他不明白他们在说什么，有时抓住了只言片语，但他连不成句，想不出意思。后来人们走了，只留下一根蜡烛。暮色降临。主教很想有人能拉起他的手，有一双温暖的、掌心粗糙的手……

因为守卫睡着了，蜡烛熄灭了，他叫嚷起来，确切地说，是他以为他喊了，但他已经发不出声音，他是那么害怕黑暗。

第二天他哥哥来了。是啊，他就算不看他的脸，只听到他的声音，也能认出他。他就是知道是他，这让他放松下来，沉沉睡去。但是在那儿，在梦中，就如同此时此刻，他还是躺在同样的地方，还是那么怕黑。再之后，哥哥消失了。这天晚上主教神父的脑海里浮现出一幅幅画面。他在卡缅涅茨，在自己的官邸旁边，在大教堂旁边，但不是站在地上，而是悬在空中，和屋顶一样高。他看见，屋檐下孵出过一窝鸽子，但巢已经空了，旧蛋壳散落其中。然后，他看到了安置在高塔上的清晰、明亮的圣母雕像，不久前他还为她祝祷祈福，这时他的焦虑短暂地消失了，可等主教的目光转向河流和巨大的堡垒时，焦虑又马上回来了。他感到许多双漠然的眼睛在凝视着自己，都是来自虚无，仿佛有上百万人在那里等待。

他还看见燃烧的书籍在火焰中爆裂。但就在火焰舔舐到洁白的书页之前，字母如同蚂蚁或者其他微小、忙碌的昆虫一般连成线，从书页上逃掉了，消失在黑暗中。丹姆波夫斯基看得一清二楚，他一点儿都不奇怪，字母是活的；有些字母踮着小小的脚跑着，而另一些没有脚的，最简单的那些字母，干脆蹦跳着或者滑动着。主教不知道它们都叫什么，但它们的逃脱触动了他，他温柔地弯下身护住它们。过了一会儿他看见，字母逃得一个都不剩，只有白净的书页在熊熊燃烧。

之后，丹姆波夫斯基主教失去了意识。放血也不管用了。

晚上，他死了。

医生们、看顾主教的秘书们，还有最亲近的同事皮库尔斯基神父，都对他的死感到极其震惊，看上去他们好像脑袋一片空白。怎么会这样？他还很健康。不，他并不健康，他有血液病，血流过慢，血液过稠，所以他才死了。但他从来没向别人唠叨过。也许他没说过这是他的病，他只是抱怨说总觉得冷，但这并不致死。因此他们决定暂不发丧。他们都坐着，不知道该怎么办。就在同一天，预订的其他内衣到了，打包手稿用的行李箱也送来了。这一切都发生在1757年11月17日。

死去的彦塔经历的1757年冬，
即焚烧了《塔木德》，
再焚烧了纵火者的典籍的这一年

像大主教之死这样的事件只会发生一次，不会重复发生。每一种情况和形成该情况的所有因素，都只会发生一次。每个单独的因素彼此关联，只为一次出场而已，就像被邀请出场的演员们要扮演自己的角色一样，哪怕只是一个手势、一次串场或者一段简短且匆促的对白，如果脱离了背景，就会迅速失去意义。

然而，它确实创造了一种特定的事件链，我们必须相信它，因为我们别无选择。实际上，如果你非常贴近地观察整件事，如彦塔正在看着的那样，就能看出所有的桥接、铰链、齿轮和螺栓，以及一些微小的零件，它们相互独立，仅一次且不可重复地组合在一起。而它们恰恰就是世界的胶合剂，是它们将各种词语传递到相邻的故事里，是它们重复地、有节奏地制造着发生在其他背景下的一些手势和表情，是它们一次又一次地使相同的物或人发生联系，是它们在这些天然陌生的事物间启动了幻影般的思维轨迹。

从彦塔现在的位置，可以把世间看得一清二楚；她看见，一切都在闪烁和连续地变化，一切都在美丽地搏动着。任何东西都无法被完全抓住，因为它转瞬即逝，还会分裂成许许多多的碎块，然后再立刻组成全新的、同样转瞬即逝的组合，哪怕前一秒钟它的形式还是有意义的、可爱的、美妙的。如果你试图盯住某个人的形象，就会发现这个人也在变化，甚至不曾有片刻的确定性，但这个人还是同一个人。就比如这个人，她刚刚还是个脏兮兮的小孩，脆弱得像块华夫饼干，而现在，一个高挑俊俏的姑娘走出家门，干净利索地泼出去一盆脏水。水玷污了白雪，留下一片淡黄的印迹。

只有彦塔是不变的，只有彦塔是重复着的，她可以不停地、重复地回到同一个地方。她可以被信任。

光明节和圣诞节前，丹姆波夫斯基大主教过世的消息传播开来。这个消息给一些人带来伤感，但给另一些人带去了喜悦。消息出乎意料，就好像有人用刀子剪掉精心纺织的挂毯。那么多的功夫都白费了！另一个消息也立刻传开了，还和暴风雪一起吹到了科罗洛夫卡——消息说，正统派信徒的保护人一死，拉比们又挺起腰杆开始迫害起另一方。那些被烧掉了《塔木德》的人，如今点着了不久前的纵火犯们的典籍。而雅各布·弗兰克被囚在厚墙之后，在一座最大的监狱中。在科罗洛夫卡，人们冷冷地望着彼此。得到消息的第一天晚上，大家一起坐在以色列家的棚屋里，抑制不住地低声交头接耳。不一会儿，大家的嗓门就高上去了。

"这是几大势力的斗争……"

"和对沙巴泰一模一样。他也被关起来了……"

"就得这样。囚禁是计划的一部分……"

"这是必然要发生的,现在才刚开始……"

"这是末日……"

"别说了。"

雪覆盖着道路,埋起周围的一切,甚至墓地和墓碑都掩藏在神秘莫测的白色之中。一眼望去,只有雪,还是雪。神奇的是,一个卡缅涅茨来的商人穿越雪海来到村里。他都没力气给马卸下嚼子,仅能眯缝起被雪晃瞎的、睫毛上覆着一层霜的眼睛。他说:

"不,雅各布不在监狱,他从洛哈特恩逃出来后直接去了切尔诺夫策,那里已经算土耳其了。他和妻子、孩子都在久尔久,还有人说,他又开始做生意了。"

有人用非常悲伤的声音说:

"他抛弃我们了。"

看上去确实如此。他把波兰这片白雪皑皑的土地抛在了脑后,这片雪的白色既阴暗又荒凉。这里没有他的立足之地。

刚开始大家觉得难以置信,紧接着又有些恼火。不,不是冲逃跑的雅各布,而是冲自己,因为早该明白,本就会如此。最糟糕的是意识到一切已经无可挽回。以色列家门前的马拉下的马粪,在严冬中冒着腾腾热气,弄脏了纯洁的白雪,无情地证明了一切事物的脆弱性;马粪还会立刻变成冻干的硬块。

"上帝将我们从这个人、从他的诱惑里解脱出来。"索布拉边说边进了房间,然后大哭起来。

她哭了一整晚。但没有人知道她为什么哭,因为她不喜欢雅各布,不喜欢他那些大呼小叫的随从,那些阴森森的女孩,还有阴险的纳赫曼。她不相信他们的每一句说辞。她害怕他们的理论。

以色列喝止住她。当他们躺到羽绒被里,闻着好几代的鹅毛散发出的潮湿气味时,他笨拙地把她搂进怀中。

"我觉得,我好像在坐牢……一生都在坐牢。"索布拉呜咽着说。

她深吸了口气,已讲不出更多的话。以色列则沉默着。

后来更令人吃惊的消息得到证实——消息说,雅各布皈依了穆斯林的宗教,在那边,在土耳其。这下以色列彻底惊呆了。直到母亲提醒他说,沙巴泰也曾如此。他是不是戴上了穆斯林头巾?这是不是救赎计划的一部分?他猜了一整晚。对一些人来说,这是怯懦的行为,不可想象,对另一些人来说却是机智的策略。没有人相信,雅各布**真**成了安拉的追随者。

即便是最奇异、最糟糕的举动,只要成了计划的一部分,也会突然显得自然和平常。以色列这么想。如今他在和基督徒做木材生意,直接从森林领主手上买下砍伐好的树干,再转卖给别人。他从给彦塔的捐款中赚了两匹壮马和一个马车货厢,这可是不小的家产。有时候,他会在等待装车时和樵夫们蹲在一起抽烟斗。他和管事的乡绅尤其谈得来,因为此人对宗教奥秘有着与樵夫们不同的看法。恰恰是在和管事的聊过之后,以色列明白了,耶稣之死,基督教的弥赛亚,同样是上帝计划的一部分。耶稣必须被钉在十字架上,否则救赎之举就无从谈起。这有些奇怪,但从某种模棱两可的意义上来说又是合乎逻辑的。以色列想了很久——他惊讶地感觉到,这与沙巴泰·泽维有着相似之处,他也曾被囚,戴上穆斯林头巾,被放逐。弥赛亚必须跌至最底层,否则就不是弥赛亚。以色列赶着沉重的马车往回走,心情却十分轻快。

索布拉和以色列的院子里的朝圣活动完全散了。既有严寒的原因,也是大势所迫。人们开始害怕公开的奇迹事件,更愿意奇迹发生在隐秘之处。佩瑟薇正准备出嫁,但她和福莱伊娜还是常常到彦塔那儿去。订婚礼刚刚办完,男孩和她一样,都是十三岁。她看过他两次,感觉他很可爱,虽然有点儿孩子气。如今两姐妹都在绣桌布,因为福莱伊娜过几年肯定也会嫁人。天气尚暖时,佩瑟薇有时会带着针线活到奶奶彦塔那儿,在她身边做活,给她讲故事,吐露心事。比如说过她想生活在大城市,成为贵妇人,有自己的马车和蕾丝边的裙子,还要有一个小的真丝手提包,里面装着喷过香水的手帕;因为她也不是很清楚,这个包里还能装点儿什么。现在天太冷了,手指冻得厉害,拿不住针。彦塔身上的露珠很快变成了漂亮的小雪晶。佩瑟薇发现了,趁着小雪晶还没融化,把它拿在指头上,带到窗边,举到太阳下。恍惚间她看见了奇迹:一座比雪还要白的水晶宫殿,满是玻璃、吊灯、雕花酒杯。

"你在哪儿看到的?在雪花里吗?"福莱伊娜好奇地问。她也曾轻轻地用指尖沾起这样一片雪花,到阳光下去看。雪花很美,特别大,像一枚小硬币,像一分钱。但晶莹的美瞬间就消失了,因为这美并非来自这个世界,人类的温暖会扼杀掉它。但正因这短短的瞬间,人们能在其中窥见更高的世界,可以确定它存在。

严寒怎么可能对彦塔没有影响?以色列检查了好几次,特别是在早晨,庄园里树木都冻得沙沙响的时候。但彦塔的身体只是有些凉。她的睫毛和眉毛结上了霜。有时候索布拉也会过来,裹着羊皮袄打个盹。

"我们不能埋了你,太奶奶。"佩瑟薇对彦塔说,"但我们也不能把你留在这儿。爸爸说,时局很不安稳,谁也不知道明天会怎样。"

"还有,会不会有明天。"妹妹补充说。

"世界末日要来了。我们害怕。"索布拉说。她有些惊慌,因为她觉得,彦塔奶奶的眼皮在动,是的,一定是,她听见了。"我们该怎么做？你能不能帮上忙，就跟帮助那些绝望的祈求者那样？帮帮我们吧。"索布拉屏住呼吸，不想错过最微小的启示。什么都没有。

索布拉害怕了。棚屋里要是没有被诅咒且皈依了伊斯兰教的雅各布的奶奶就好了。她会带来不幸。在索布拉听说他被囚禁的时候，她感到高兴——雅各布，你活该如此，谁让你索求太多。你总是高高在上，总是要比别人更强。现在你在牢里总算是消停了。而当她听说，他安全地待在久尔久时，又松了口气。从前看起来还有诸般可能，现在却又一次笼罩在寒冷和黑暗中。十月，光从棚屋后面溜走，不会再瞥一瞥院子，藏了一个夏天的寒冷从石头下面跑了出来。

睡前，索布拉想起了那个山洞——那个当雅各布还是年轻的杨凯尔的时候尤其喜欢的地方——还有他儿时在里面迷路的样子。

她那时还小，和雅各布很熟，有些怕他，因为他很凶。他们玩打仗的游戏：一方是土耳其人，另一方是莫斯科佬。有一次雅各布扮成莫斯科佬或者土耳其人，索布拉记不清了，他疯狂地、暴躁地大打出手，用一柄木头剑不停地、狠狠地揍一个男孩，差点儿把他打死。索布拉还记得，父亲把他打出了血。

现在她闭上了眼睛，又看到了山洞的入口，她从来没进去过。这个地方让她毛骨悚然，周围非常诡异，树还是绿的，安静得可怕，桦树下的地上长满了大蒜。人们生病的时候，周围人会采摘大蒜给他们吃，总会起作用。谁也不知道这个山洞有多大。它可能绵延至地下数里，可能是巨大的 Alef 字母的形状；人们说，那里有一座城市，住着矮人和无脚兽——巴拉卡本，守护着那里的宝藏……

索布拉猛然醒过来，毯子从她的肩膀滑到地上。她只说了一个词："山洞！"

阿舍尔·卢斌和光的故事，
以及他的爷爷和狼的故事

里斯本地震的消息去年才传到利沃夫。消息传播得很慢。阿舍尔发现，小册子上的那些素描画得相当骇人。他不停地研究这些画，看了十几遍，目不转睛，大为震撼。眼前的景象仿佛来自"最后的审判"。他也想不出别的词能够形容。

消息说，有成堆的尸体，阿舍尔便试着想象，十万有多少；比利沃夫的人还多，还要加上周围的村镇，所有活物都得算上：基督徒和犹太人，罗斯人和亚美尼亚人，孩子、女人和男人，老人和动物，无忧无虑的奶牛、房前屋后的狗。多少是十万呢？

后来，他稍微冷静下来，又想，其实没什么大不了的。也许谁也没算过赫梅尔尼茨基大屠杀里杀过的人——整村地杀，整市地杀，贵族的头被割下来随意丢在庄园里，犹太女人被开膛破肚。他还听说，在有的地方，波兰乡绅、犹太人和狗一起被吊死。况且迄今为止，阿舍尔还没有见过类似的图画，以素描的形式细致地将人类经历的场景画下来，雕刻在金属板上。他的脑海中产生了这样一幅画：他看见层层乌云在城市下起瓢泼大雨，看上去就像爆发了一场元素大战——大地用火来抵御水，但水元素更强大，巨浪席卷而来，所到之处生命尽灭，暴雨冲刷掉一切，船看起来就像池塘上漂浮的鸭毛。在这场末日浩劫中几乎看

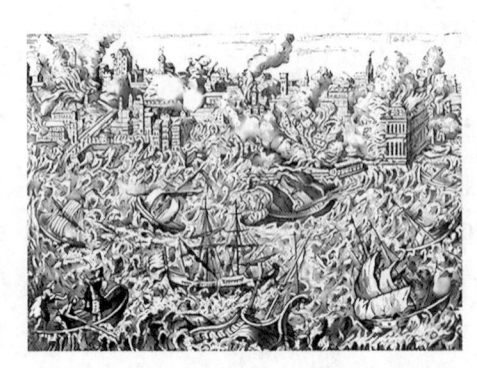

不到人，因为正在发生的事超过了人类的承受范围，但有一个例外——前景位置的小舟上站着一个人，应该是贵族，因为他衣着华丽，朝向天空举起祈祷的双手。

阿舍尔幸灾乐祸地看着这个人绝望的手势。还有，这幅画上压根儿没有天空。天空被压缩成战场上的一根扁扁的带子。毕竟，这里怎么能出现天空呢？

他在利沃夫住了四年，练习治疗眼睛的医术——用某种磨刀为弱视的人制作玻璃镜片。他在意大利学过一点儿技术，但他的经验是在这里得到真正的提升的。他对一本书的印象最为深刻，还把它从意大利带过来，其中一段可谓他的学业基础和座右铭。"我还看见，"书的作者写道，作者是一个叫什么牛顿的人，英格兰人，"射向画一端的光的折射度显然比射向另一端的大得多。因此可以推断，造成这幅画这种长度的真实原因不外乎，由于光由不同折射度的光线构成，光线按照折射程度的不同，会分布在墙上的不同位置。"

阿舍尔的父亲是个卡巴拉学者，主要研究光。他从立陶宛的拉齐维乌家族租下两个小村子，但履行租约的事都落到了阿舍尔母亲的头上，她全力操持着一切。他们居住的村子位于涅曼河畔，在这里他们还拥有一间小旅店。村里除了几块耕田，还有一个水力磨坊和一个小码头，为驶向普鲁士的柯尼斯堡的船装卸货物。租约相当划算，他的父母，尤其是母亲很有这方面的能力，展现出极大的责任心。他们从中挣下了自己的家产，比其他的买卖都划算。

和周围穷苦的犹太人相比，阿舍尔的父亲算得上是富人，也因此他才能抓住时机（在犹太社区的帮助下）把聪明的儿子送到国外读书。他生活朴素，不喜欢新鲜玩意和奢侈品。对他来说，最好什么都保持不变。阿舍尔记得，只要他一干庄园里的活儿，手就会皲裂。皮肤裂开的地方再沾上一层脏东西，就成了溃烂的伤口。母亲会给他抹上鹅油膏，但这样他也碰不了书本了。阿舍尔的父亲和弟弟一起生活，像雅各和以扫那样，后来叔叔搬去波多利亚，之后阿舍尔出于某种原因在那里找到了他，并伴其左右。

附近住着波兰人，还有鲁塞尼亚人。大家都喜欢阿舍尔母亲经营的小旅店。主人非常热情好客。如果有犹太人远道而来，无论贫贱还是富贵，阿舍尔的母亲都会送上一杯伏特加。桌上吃的东西总是铺得满满当当。

附近东正教堂的一个神父常来阿舍尔母亲的酒馆。这个人是个懒汉，会阅读，可一沾酒就醉。他差点儿就让阿舍尔的父亲丢了性命，就差分毫，一个家庭的命运可能就此转折。

神父整天地和农民一起耗在酒馆里，什么都不干，还喜欢吹牛。他总是让记账，但从来不还。最后阿舍尔的父亲都认为神父做得过分了，不再给他添酒。这可狠狠伤了他的自尊，他决定要报复。

阿舍尔的父亲经常从偷猎者手里买非法狼皮。偷猎者中有农民、小贵族，还有胆大的流浪汉。而狩猎森林里的动物是领主们的特权。一天夜里，一位猎人敲开阿舍尔家的房门。父亲曾从他手上买下过不少狼皮。这次他说，放在地上的袋子里有一具巨大的狼尸。父亲想看看死狼，查验一下狼皮的质量，但天色已晚，偷猎人还很着急，于是父亲先给了钱，然后把袋子放在一旁就回床上睡觉去了。

不一会儿工夫，响起响亮的砸门声，卫兵冲了进来。他们马上就好奇起这个袋子。阿舍尔的父亲想，无非会因为买偷猎的动物被罚些款。但让他大吃一惊的是，袋子打开后，装的却是一个人。

卫兵立刻把他绑起来关在一间黑屋子里。案子很快开审，东正教的神父指控阿舍尔的父亲亲手谋杀了那个人，要用他身上的血做无酵饼——犹太人经常受到这种指控。大家都绝望了,但阿舍尔的父亲,这个在最深沉的黑暗中仍崇拜着光亮的人,哪怕备受折磨也不认罪,他提请审问猎人。刚开始猎人抵赖,但一经拷打便承认,他在水里发现一具溺尸,带到了神父那儿,准备埋了这个可怜的家伙。神父却让他把尸体丢给犹太人,于是猎人就这么干了。他在法庭挨了鞭子。阿舍尔的父亲获得了自由,而神父什么事都没有。

从这件事阿舍尔学会了——人需要强烈地感觉到自己比别人好。是谁并不重要,重要的是要有人比自己惨。谁更惨,谁更好,取决于很多偶然的特征。那些浅色眼睛的人认为自己比深色眼睛的人更高贵,而深色眼睛的人藐视浅色眼睛。住在森林旁边的人认为自己比住在池塘边的人强,反之亦如此。农民看不起犹太人,而犹太人看不起农民。城里人觉得自己好过乡下人,但乡下人认为城里人更糟糕。

这难道不是人类世界的纽带吗?是否我们对其他人的需要就在于,我们比他们优越能让我们获得快乐?神奇的是,哪怕那些"看起来"最丢脸的人也能找到莫名其妙的快乐,因为已经没有什么能比他们更糟,于是乎他们又高人一等了。

这是怎么来的呢?阿舍尔想。人能被修理吗?如果人是个机器,就像某些人说的那样,只要轻轻扳一下控制杆或者拧上一个小螺丝,人就能在对彼此的平等相待中获得幸福。

阿舍尔·卢斌家里的波兰公主

一个孩子在他的家里出生,取名塞缪尔。阿舍尔把他当成他的儿子。

他们没有结婚。阿舍尔假装吉特拉是他的女仆——她几乎不走出家门，如果出去，只是去集市。阿舍尔住在基督教区的鲁斯卡街，从窗户可以看见图拉·扎哈犹太会堂。星期六午后，安息日将要结束时，他会念 *Szmone Esre*，也就是《十八祷文》。阿舍尔念得十分激昂。

那时他会关上窗。他几乎不懂这门语言。他会说波兰语和意大利语，德语也不赖。他还想学学法语。如果犹太病人来找他，他自然和他们说犹太语。他也会用拉丁文术语。

最近他发现白内障患者越来越多起来：每三个病人中就有一个。人们不爱护眼睛，直视光，但光会弄浑眼球，让眼球凝结成煮熟的蛋白状。阿舍尔于是从德国专门订来深色镜片的眼镜，给自己戴上，看上去像瞎了一样。

吉特拉，波兰公主，在厨房里忙活着。他希望病人们认为她是他的亲戚而不是女仆，因为她可不喜欢女仆的角色，听到后会很不开心地狠狠带上门。阿舍尔甚至还没碰过她，尽管她生产完已经好几个月了。她在分给她的小屋里哭泣，很少走到外面，哪怕太阳已经像明晃晃的吸墨纸一样从角落里吸出了所有潮湿的黑暗和冬日发霉的悲伤。

当吉特拉情绪好转时——这很少见——她会在阿舍尔读书时盯着他的肩膀看。那时他能感觉到她特有的奶香，让他无法自拔。他希望有一天，她会爱上他。他一个人过得很好，而现在两个奇怪的个体惬意地在他身边：一个不可预测，另一个完全不可知。现在这两个人都在扶手沙发上：一个边吃胡萝卜边读书，另一个吸吮着洁白的大乳房。

阿舍尔看见，女孩很忧郁。难道是因为怀孕和产褥期才情绪多变？当她心情好时，她会拿来他的书和报纸，研究上一整天。她会读德文，波兰文差一些，完全不懂拉丁文。她还认识一点儿希伯来文，阿舍尔不知道她懂到什么程度，他甚至都没问过。他们彼此很少聊天。阿舍尔起初是想收留她到生下孩子的时候，等她生下了孩子，就把她安置到别处。但现在他不确定自己会不会这么做。她没有地方可去，她说，她是孤儿，父母被哥萨克人屠杀，但那并不是她真正的父母，实际上她是波兰国王的私生女。

"那孩子呢？谁的？"最后阿舍尔鼓起勇气问。

她耸了耸肩膀。这让他松了口气，比起谎言他更喜欢得到沉默。

安置带着孩子的年轻女孩并非易事。他那时想的是，得在教区里找到一个收容这样的女人的庇护所。

但现在不同了，阿舍尔已经不再考虑找庇护所了。吉特拉很能干，还会做饭。后来，她也开始出门了，戴上帽子严实地遮住脸，快步溜过街巷，就好像她害怕有人认出她来。她去赶集，买菜和鸡蛋，大部分是鸡蛋，因为她要把蛋黄和蜂蜜混在一起吃。她给阿舍尔做美味的、熟悉的菜肴，味道和阿舍尔怀念的家乡菜一样——香喷喷的库格尔[①]，用蘑菇代替牛肉做的乔伦特[②]，因为吉特拉不吃肉。她说，犹太人对待动物和哥萨克人对待犹太人无异。

但利沃夫是个小城市，所有秘密很快都会被揭开。十分钟就能走遍犹太区——从鲁斯卡街的市场进去拐到犹太街，然后快步穿越聒噪的新犹太街，那里有密密麻麻的房子，一个挨一个，到处是搭建的棚屋和楼梯，还有小小的院子，院子里是小作坊、洗衣房和各种小摊子。人们对这里太熟了，什么也逃不过他们的眼睛。

---

① 一种烤制砂锅菜，传统犹太菜肴。
② 传统犹太炖菜。

形势可能彻底反转。
卡塔日娜·克萨科夫斯卡
写给卡耶坦·索乌迪克的信

卡耶坦·索乌迪克阁下：

　　最敬爱的阁下，请听听您忠实信徒的告解，听听不仅是我们最神圣的教会的忠实之女，还是您朋友的我的近况。哪怕是在充满危险之时，您也总是对我照护有加。

　　主教的死让我们所有人无比震惊，刚开始的几天，乔尔诺科津齐一片肃静。我也不是马上就知道他死了，因为他们把这当成大秘密保守。听说是中风。

　　葬礼要到1月29日才举行，您肯定也得到消息了。您还有时间好好准备启程。您知道吗？阁下，丹姆波夫斯基主教死后，我们的处境完全不同了。拉比们几乎立即就行动起来，他们收买了国王的幕僚，很快，我们的宠儿们就到处不受待见了；如果没有主教，整件事会马上烟消云散，再也没人管了。我只要去说这件事，马上就会碰一鼻子灰。另外，刺骨严寒也把人们关在了家里，甚至没人愿意把鼻子露出来。我们整个联邦都靠天吃饭。可能也是因此，他们推迟举行葬礼，先等雪实了，路通了。现在连墓穴都还没挖呢。

　　阁下，我担心我们的努力会付诸东流。此前施加在塔木德派身上的暴行如今又转回给沙巴泰·泽维派了。犹太社区霸占了他们的小屋，这还算好的，因为很多屋子都被一把火烧光了。遭遇不幸的人来找我求援，但如果没有主教，我自己又能为他们做什么呢？我就给他们些衣服和一点钱，够他们坐车穿过德涅斯特河；因为他们奋不顾身地抛下一切要赶赴南方，去瓦拉几亚，他们的领袖在那里。我有时候羡慕他们，就好像我也追随着温暖和太阳。最近我每每看到沙巴泰·泽维派的小村庄空荡荡地只剩下一间小屋时，都禁不住打哆嗦。

而我也不愿再插手了。我身体有些不舒服，显然是在从洛哈特恩到卡缅涅茨的路上感冒了，我怎么都暖和不起来，甚至喝了我丈夫的陈年老酒都不行。人们说，丹姆波夫斯基主教是被犹太人的诅咒咒死的。一个旅店老板告诉我，主教头上的诅咒相互冲突：一个要保护他，另一个要毁灭他；一个来自他支持的沙巴泰·泽维派，另一个来自塔木德派的拉比。这里的人都这么说，但我根本不相信诅咒之事，不管是犹太人的诅咒还是非犹太人的诅咒都不信。可这个说法让我很不安，就好像在我们头顶上正发生一场宇宙大战，有些力量在飞来飞去，搅动狂风暴雨，而我们却弱小无知，毫无知觉。

听说，乌比恩斯基主教将接替死去的主教。我跟他很熟，我想，他会支持我们的事。

阁下，我敬爱的朋友，我非常希望我们能在葬礼上相见。现在大家都像在筹备婚礼一样准备这场葬礼。我亲眼看见从瓦拉几亚买来的牛群被赶过德涅斯特河，送往葬礼宴席……

1758年1月29日葬礼游行

已整理完毕的丹姆波夫斯基大主教的尸体，从见证了他暴亡的那张皱巴巴的床上搬到了一间没有窗户的隔间，此处的寒冷能让尸体妥善地坚持到葬礼的时候。然后，人们将他穿戴齐整，放在隔间里一张带华盖的床上，那里还摆上了花园里存活着的最后一束鲜花，配上了松枝和云杉枝。从此刻起，修女们会一直陪在他身侧不停地祈祷。

秘书处率先组建起来，一群抄写员写告示，桌子按照修道院缮写室的样子摆放妥当，再放上墨水。一个卷发的教士昏昏沉沉地磨着钢笔尖。

整个安排进展顺利，大家也不再去想主教那萎缩的尸体和他那双惊恐地睁开的眼睛。他的眼睛全红了，显然死亡耗尽了他的气力，撑裂了眼中的血管。大家小心翼翼地讨论着，是否还来得及准备一场像

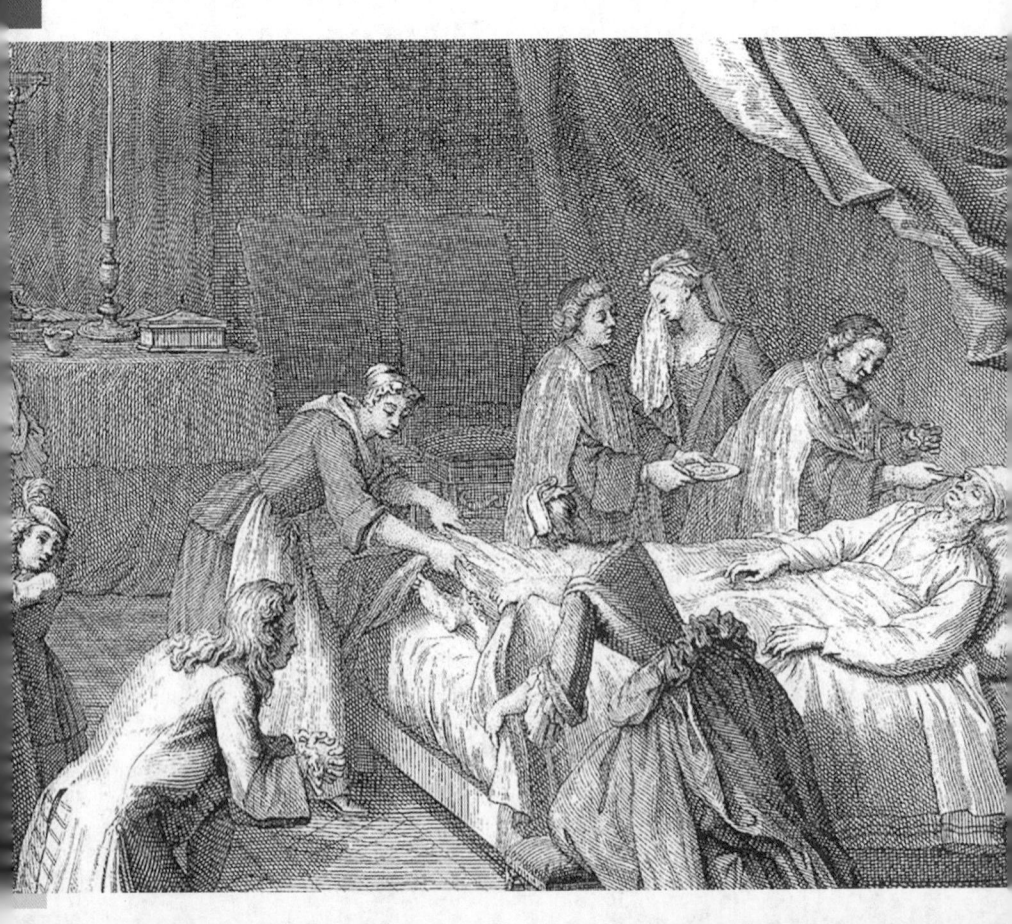

样的葬礼,因为圣诞节马上就到了,随后还有狂欢节①。届时人们大吃大喝,还会离开家去走亲访友,因此在设定葬礼日期时要将这些因素考虑进去。主教死的时机比较尴尬,就在圣诞节前。

他们预订了给死者的挽诗,着手写讲稿,还雇用了修女来为挽联和礼服刺绣。利沃夫最好的两名画师绘制了遗像。而活着的人掂量着,要不要给自己弄一套体面的外套?裘皮大衣行不行?现在可是冬天。这个季节的鞋的样子还过得去吗?是不是该给太太订一件新的带狐狸毛领子的裘皮大衣?土耳其式的腰带也派得上用场,还有装饰着羽毛和宝石的皮帽子。通常情况下,去参加葬礼须穿着华贵,这是风俗,也是传统。

皮库尔斯基神父不用想这些,他会按照神父该有的打扮穿衣——一件神父袍子,还有一件黑色的、缝着皮草的拖地棉外套。他暂时负责钱款出纳,而其中的数目是他未曾想到过的。大家讨论着覆盖教堂墙壁的紫色织物该要多少尺,因为没人知道怎么精确地测量教堂墙壁的面积;再加上火把和蜡烛,这大概就要一半的预算!有一个团队专门负责接待来宾,为他们安排住宿,而另一个人数相当的团队要负责葬礼宴席。他们还从犹太人那里借了钱盖教堂里的灵柩台,还有买蜡烛。

丹姆波夫斯基主教的葬礼将成为一场意想不到的嘉年华的高潮前奏;有葬礼游行,有演讲,有横幅,有礼炮和唱诗班。

麻烦来了,打开遗嘱后人们发现,主教希望自己的葬礼从简从静。遗嘱让大家不知所措。但索乌迪克主教的话很有道理,他说,任何一个波兰主教都不能就这样静悄悄地死了。好在寒潮将至,墓穴也来不及挖,那葬礼就可以推迟到大家都知道消息并计划好行程后再举行。

圣诞节一过,大主教的遗体就被隆重而盛大地用雪橇运往卡缅涅

---

① 一种在波兰贵族中流行的传统冬季狂欢节。

茨。路上布置了祭坛，举行了弥撒。天寒地冻，信徒们祷告时从嘴里冒出的团团蒸汽飘向空中。农民们虔诚地望着行进的队伍，跪在雪地上，还有东正教徒们也不停地比画着十字标志。有人还以为，这是军队在行军，不是在送葬。

葬礼当天，送葬队伍由天主教三种主要礼仪队构成：拉丁礼仪、东仪礼仪和亚美尼亚礼仪。此外还有贵族和国家显贵，手工艺者、军人和普通百姓。伴随着礼炮声，队伍抵达教堂。在城市的各个方位都有人念着悼词，但最后由一名耶稣会教士收尾。仪式持续到夜里十一点。第二天举行弥撒礼，直到晚上七点才下葬。全城都燃着火把。

好在天气寒冷，丹姆波夫斯基主教的黑尸变成了一块冻肉。

血流如注和饥饿的水蛭

一天晚上，阿舍尔正靠在门框上看着女人们给小塞缪尔洗澡时，传来一阵撞门的声音。他不情愿地打开门，看见一个脏兮兮的、流着血的年轻人。年轻人含糊地说着话，一半是波兰语一半是犹太语，恳求阿舍尔和他走，去救什么拉比。

"埃利沙？哪个埃利沙？"阿舍尔一边问，一边放下袖子并从衣钩上拿起外套。他从门后拿出自己的医箱。医箱总是放在那儿，装备齐全，符合医生出诊的需要。

"洛哈特恩的埃利沙·邵尔，他被打了，很严重，骨折了，耶稣上帝啊。"男人含糊地说。

"那你是谁？"阿舍尔问。等到他们一起下了楼，他才反应过来，被那句"耶稣上帝啊"吓了一跳。

"我是赫雷奇科，哈伊姆，这不重要，您别害怕就行，那么多血，那么多血……在利沃夫我们有官司要了断。"

他带着阿舍尔拐进一条小街,然后从一个黑黢黢的院子里下了楼,来到一间点着油灯的地下小屋。床上躺着老邵尔,阿舍尔认出了他布满横纹的高额头,而他的脸上满是血;旁边是他的大儿子施罗莫,身后是伊扎克,还有一些人,阿舍尔不认识。大家都带着血污,受了伤。施罗莫捂着耳朵,血从手指缝里淌出来,凝固成深色的印子。阿舍尔本想问发生了什么事,但这时老人的嘴里发出一声叹息,医生赶紧冲到他跟前,把他轻轻地抬高,不然的话,他就会失去知觉,因自己的血而窒息。

"给我多点儿亮光。"他平静地说,以不容置疑的口气。邵尔的儿子们赶紧跑去点蜡烛。他说:"还要水,热水。"

他小心翼翼地褪去伤者的衬衫,看见胸前有一个小皮袋子,装着护身符;他想摘掉它,但大家不让,那就只好把它移到伤者肩膀后头,这才露出被打断的锁骨和胸口大片的紫瘀。邵尔的牙被打碎了,鼻梁被打断了,血从眉毛上的伤口一直向外流。

"他能活下来。"他说得可能有点儿夸张,是想让他们安心。

这时他们轻声地唱起歌来,是的,轻声地。阿舍尔听不懂歌词,但他认为这是塞法迪犹太人的语言,类似于祈祷词。

阿舍尔带着伤员回到自己家,家里有绷带和药品。还得给施罗莫看一下他的耳朵。透过半掩的门,小邵尔瞥见了吉特拉。他盯着她的脸,并没认出她,她有点儿发胖了。他又怎么能想到,医生家的女人就是不久前雅各布的那个女保镖呢。

看过病的伤员都走了。此时的吉特拉,一边轻快地切着洋葱,一边用鼻子哼唱着塞法迪犹太人的祈祷词。声音越来越大。

"吉特拉!"阿舍尔说,"别嘀咕了!"

"城里人都说，主教变成鬼了，现在还走出了自己的宫殿，认了罪。这是保护我们的祷词。古老，所以有用。"

"这样的话，我们每个人死后都会变成鬼。别再这么说了，孩子会害怕的。"

"如果不信鬼的话，你是哪种犹太人啊？"吉特拉笑着说，用围裙擦了擦被洋葱弄出的眼泪。

"你也不信他们。"

"犹太人该高兴了！这么伟大的奇迹，比古时候的那些事都要伟大。他们原来都说，主教是哈曼①，现在他一死，他们就能反击那些不对付的人。老拉帕波特颁布了法令，你听说了吗？杀死判教者是一项律令。你听说了吗？"

阿舍尔没说话。他用棉花抹掉血渍，用布擦干净工具，再装到包里，他必须马上出去为一个叫德伊姆的邮政官放血，这个人中风了。他又走回屋里，走进一个放着水蛭罐子的房间，选出最小最饥饿的一些。这个德伊姆是个身材矮小的男人，不会有太多多余的血。

"我走后关好门。"他对吉特拉说，"上两道闩。"

又到十月，又闻到相同的干树叶和潮气的味道。阿舍尔·卢斌看见黑暗中举着火把叫嚷的人群。他向城墙边走去，那里住着异见派的穷人。尖叫声此起彼伏。城郊某处闪着微弱的光，肯定是在焚烧某个穷人的小屋，人和动物一起住在里面的那种小屋。和不久前焚烧《塔木德》一样，现在《光明篇》和其他典籍被大火吞噬，虔诚的犹太人不允许这些书籍存在。阿舍尔看见，乐于焚烧异端典籍的犹太青年们

---

① 《希伯来圣经》中的人物，公元前五世纪时曾企图灭绝波斯帝国境内的全体犹太人。

挤满马车车厢，驶出城市，朝格里尼亚和布斯克方向去了，那边的异端教众更多。有人推搡阿舍尔，他们尖叫着，挥舞着棍子奔跑。他紧紧攥住水蛭罐，快步走到病人家。到了那儿才发现邮政官刚刚死掉，水蛭还是饥饿的。

艾尔日别塔·德鲁日巴茨卡女士
写给赫米耶洛夫斯基神父的信，
关于不精确形式的美感

……我给尊敬的代牧您寄去了我的诗集，您敏锐的眼睛定能在其中发现比浮华世界更多的东西。要用语言表现世界的广博就不能用太过明白、太过平淡和单一意义的词汇，因为那样做无异于画素描，只是用黑线把它搬到白色的平面上罢了。词语和图画应该可塑且多义，应该荧荧闪烁，应该包含多重含义。

我并不吝惜赞美，尊敬的神父，这是您的成就，我要说，您作品的宏大磅礴让我印象深刻。但我觉得，您在向死者求解。因为这些摘抄和汇编的书好像葬礼之后的葬礼一般。而事实很快会变得无足轻重和失去时效。能不能依据我们的所见所感，依据那些细碎的小事、情感，去描写事实之上的生活呢？

我努力用自己的眼睛去看这个世界，用自己的语言，而不是别人的。

扎乌斯基主教阁下还担心，他作为出版商会在我身上折了本，在信里大吐苦水，但后来第一版书都卖出去了，还准备印第二版。我有些失落，因为他现在让我自己卖书，卖他出版的我的诗。他给我寄来一百本，印刷厂的教徒追着他要钱，他就让我卖掉它们。

我给他写信说，我写诗不是为了钱，是消遣和放松。我不想用诗来发财，我也不会。怎么会这样？难道让我像小贩一样把诗放在篮子里，到集市上一分钱一分钱地叫卖吗？还是把它们硬塞给贵族富人，等待他们的恩惠？那我宁可去卖酒也不卖诗。

您是否收到了我的包裹？我让去利沃夫的人带过去的。有一双毛毡拖鞋，我们秋天缝的，我缝得少，因为眼睛不好，都是我女儿和孙女们做的。干果零食都产自我们的果园，有李子和我最喜欢的梨，还有一桶我自己酿的玫瑰酒；小心点儿，神父，酒劲很大。最重要的是那条漂亮的羊毛围巾，天冷时可以温暖在菲尔莱尤夫的寂寞小巢的您。我还加上了一本小集子，您还没看过，不过和您的《新雅典》或我织的围巾相比，它可真不算什么。是啊，对同一件事两个人的感觉往往不同。抛弃者和被抛弃者的想法不一样。不同的还有，拥有者和被拥有者，饱餐者和饥饿者。富裕贵族家的女儿想要一条巴黎小狗，而贫穷农民的闺女需要一块鹅肉和胡椒。因此我写了首诗：

> 别再让我的脑瓜为难，
> 它数不清天上的星星，
> 至少森林里还有橡树、松树和冷杉，
> 可数上一数，能练练本领。

您的观点定是截然不同。您希望知识如海洋，每个人都能舀一瓢饮。您认为，一个人博览群书就能受教，不用出门便能认识世界。您还认为人类的知识就如一本典籍，也有自己的"框框"、边界，所以将它整理提炼后就能为人人所用。这个辉煌的目标激励着您，作为您的读者我亦感激您，但我有自知之明。

小小世界——活着的人：头顶即是天空，
意识——星球，理智——太阳，词义相通。
世界漫游，人在其中：天空在转动，
死亡自东向西，白日沉于黑夜。
若月盈月缺没有赐予我们女人，
世界便不会站起来，那头顶又有什么？

好，您会说："不精确，都是空话废话。"您肯定是有道理的，但这些都是写作的艺术，尊敬的阁下，即不精确形式的美感……

神父贝奈迪克特·赫米耶洛夫斯基
致上面那位艾尔日别塔·德鲁日巴茨卡女士

神父的坐姿很奇怪，萨巴——菲尔莱依卡的妹妹——正趴在他的膝上睡觉。他必须把脚搭在桌下的横木上，保持腿的固定姿态，这样狗才不会滑到地上。他得弓起身子才能够到桌子另一头的墨水盒。更难拿的是鹅毛笔，都在他身后的架子上搁着，他转过身，试着用手去够笔盒。笔都掉在地上。神父沮丧地叹了口气。也许，得等萨巴醒了。可神父并非懒散之人，于是他用钝了的笔写了起来，出水还不赖。就这么办。

向您致以诚挚的问候，并祝夫人您身体健康。我在丹姆波夫斯基大主教的葬礼上感冒了，咳嗽，有痰，现在闭门待在家里，为身体取暖。我觉得，衰老正飞速来临。真相便是，大主教的死让我的健康承压过甚,他是我身边的人,我和他的关系又相当亲密,这种亲密的关系也许只有同时在教会当差的人才会有。我想,死亡也在慢慢走向我,可我还没有完成自己的作品。我感到不安,深深地惶恐着,也许在死之前是看不到扎乌斯基兄弟的图书馆了。我和扎乌斯基主教说好了,冬天一过我就去华沙,他听了很高兴,答应让我去参观。

原谅我,今天不能和您长聊,发烧让我有些吃不消,熟睡的狗也让我换不了笔。我把萨巴的崽儿都送了人,现在屋里空荡荡的、悲戚戚的。

我为您找了点儿东西,尊敬的夫人,我写下来,希望能让您在操持家务之外找到点儿别的乐子。

坐在房间里怎么才能看到外面发生的事呢?

要想看到院子里发生的事,并不用看向窗外,只要躺下来。首先需要一间黑屋子,关紧窗户,没有一丁点儿外面的光能照进来。然后挖一个圆形的洞,不用大,朝向院子的方向。在洞里放上一块透镜或者眼镜片,能把东西放大的那种;再在黑屋子里这个小洞的正对面挂上一块白色的薄帆布或者一张大白纸。在这块帆布或者屏幕纸上,夫人,您就能看到院子里正在发生的所有事情,谁在走,谁在骑马,谁在打架,谁在胡闹,谁在从仓库或者地下室里往外搬东西。

我今天试过了。我要告诉您,成功了,尽管图像本身并不清晰,

但我还是认出了不少人。

我还要寄给您一份有价值的东西——斯坦尼斯瓦夫·杜恩柴夫斯基的日历。一本是去年的，里面有波兰国王的肖像画，一直画到齐格蒙特·奥古斯特。第二本是新的，从齐格蒙特·奥古斯特到奥古斯特二世。您可以给孙儿们讲讲他们的故事，不过不要过于相信自己的记忆，记忆总是有缝隙的，不完整……

深夜前来赫米耶洛夫斯基神父处的意外来客

神父握着笔的手写了一半就写不下去了，天已全暗，但有辆马车驶近了他位于菲尔莱尤夫的宅邸。神父先是听到院子里传来马蹄声，接着是不耐烦的喝止声。萨巴突然惊醒，跳下他的膝盖，低吠着冲到门前。敲门声像喷水壶中洒出的水一样在潮湿的雾气中漫延开来。这个点了会是谁呢？他走近窗边，却看不出黑暗里的情况。他听见罗什科的声音，有些倦意、不情愿，但过了一会儿又响起别的、陌生的声音。院子里又蒙上了河面飘起的雾，声音越发含混不清，听到一半就没了。他等罗什科去开门，但罗什科没去。管家婆跑哪儿去了？她睡前泡脚的时候打瞌睡睡着了。借着快燃尽的烛光，神父看见她耷拉着脑袋。神父拿起蜡烛自己走到门边。他看见马车边站着一些什么人，从头到脚遮得严严实实，像幽灵一般。罗什科也在，头上粘着干草，睡眼惺忪的。

"是谁?!"神父鼓起勇气喊道，"谁在午夜游荡，惊扰基督徒的灵魂安宁？"

这时，其中一个幽灵靠近他，矮个子的，神父立刻认出他是老邵尔，虽然还没看到他的脸。他屏住呼吸，被眼前的人吓坏了，一时失语。被诅咒的犹太人，他们深夜来此做什么？但他非常清醒，让罗什科走开,回屋去。

神父还认出了赫雷奇科,他长大了。邵尔默默地把神父带到蒙着帆布的车厢前,一把掀开盖布。车厢里几乎装满了书,包装得整整齐齐,每三四本就用皮绳扎起来。

"最圣洁的圣母啊。"神父说,而最后一个音节,那个轻声的"母啊"熄灭了烛光。之后三个人默默地把书搬进宅邸,放在神父保管蜂蜜、蜂蜡和夏天熏蜜蜂用的烂木头块的房间里。

他什么都没问,只是想请他们喝上一杯热葡萄酒。他把酒放在炉子上,而他们真的冻坏了。这时邵尔摘下头巾,神父看到了他满是瘀伤的脸。这也是为什么神父在倒酒的时候,手不停地抖着。那酒,可惜已经凉了。

然后他们就消失了。

Alef形状的山洞

穿过村子的基督徒区,会看见一个十字路口,那里是个小市场,索布拉哥哥的小旅店就在那儿。小旅店售卖用本地草药制成的酊剂——是药,不是酒。周围还有货摊和小作坊。然后接着直走,走过教堂和神父宅邸,再穿过天主教徒的墓地和马祖尔人(这里人这样称呼波兰人)的白房子,走过一座东正教小教堂,才走出村子到达山洞。村里人害怕到这儿来,这地方闹鬼,这儿的秋天是春天,春天是秋天,时间按自己的节奏流逝,与别的地方不同。很少有人知道这个山洞有多大,但据说,山洞是

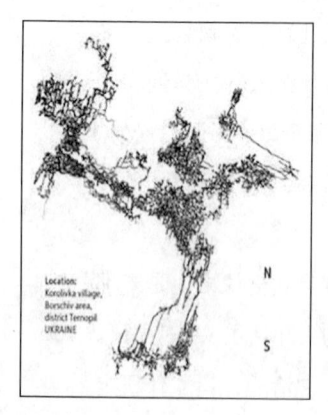

字母Alef的形状，一个巨大的地下的Alef，是封印，也是世界上的第一个字母。在遥远的某处地下是否也存在其他字母呢？整张字母表的字母，以地下的空气、黑暗和地下水的水花组成，而非他物。以色列相信，住在离首字母这么近的地方会非常幸福，况且还挨着能看见河的犹太人墓地。当人们登上村边的高坡望向世界时，总会激动地屏住呼吸。美丽与无情并存，就好像《光明篇》里描绘的悖论一般。

清晨，四个男人和三个女人把彦塔秘密地抬出来。他们给她裹上了尸布，撒上干草，掩人耳目。然后男人们从狭小的山洞入口放下绑着彦塔的绳索，她的身体很轻，就像一捆干树叶那样。他们消失了一刻钟，然后空手返回家中。他们说，他们把她妥善地放在岩石壁龛里的皮垫上。他们还说，抬尸体的时候很奇怪，因为那都不像是人了，轻飘飘的，有点儿像鸟。索布拉哭了。

从山洞出来的时候，太阳正好升了起来，他们轻松地抹干净裤子，返回村子。

彦塔的目光跟在他们身后飞了一会儿，跟到路上，数了数他们的帽子，然后觉得无聊就转身回去了；她拂过成熟的草尖，摇曳起蒲公英的绒毛。

第二天，佩瑟薇钻进山洞。她点亮油灯，走了十几米后来到一处高高的隔间。灯光照在奇怪的墙壁上。墙壁好像是黑玛瑙做的，满是突起的和悬着的锥柱。佩瑟薇觉得，她走进了彦塔皮肤上形成的雪花中的那个世界。她

看见曾祖母的身体躺在一个自然形成的平台上，看起来比昨天小了一圈，但皮肤还是玫瑰色的，脸上也浮现着同样的笑容。

"原谅我们吧。"佩瑟薇说，"这只是暂时的。等将来安全了，我们就来接你。"她在彦塔身边坐了一会儿，讲了讲未来的丈夫，在她看来还是个孩子的那个人。

第十七章

杂记。我的心灵随笔

《祝祷》①第五十四节说，四种人应该感谢上帝：航海完归之人、穿越沙漠之人、康复的病人和从牢里释放的犯人。我统统都经历过一遍，因这一切我也该感谢上帝，每天我也都这样做。而当我审视着我们这些不堪一击的生命时，我更加感谢上帝，我身体健康，我不再虚弱，但老邵尔和努森在保护我们的主教过世后遭遇穷追猛打。面对暴力我毫无还手之力，我害怕疼痛。我学习是为了成为一个拉比，不是去战斗。

我刚刚康复（两颗牙齿一去不复返了），帮着我的岳父、岳母和我的莱娅给小旅馆供货，供上好的伏特加，猪油和卷心菜，蜂蜜和黄油，暖和的衣服。我自己也投资储备了些商品——蜡——和波德盖齐的莫舍、哈伊姆、耶鲁西姆·利普曼诺维奇合伙。几周来我一直和他们秘密联络，也告诉了莱娅。我决定去找雅各布。我不想说这是逃跑，尽管可能从表面上看是如此，莱娅也这么说，她尖叫说，我总是叫着雅各布的名字，而不是她的。她不懂我，也不理解我的使命。

与此同时，在我们这些正统派信徒中发生了令人痛心的分裂：邵

---

① 犹太经典《密释纳》和《塔木德》第一部《种子》的第一卷，探讨各种祷告的规则。

尔一家好像忘记了雅各布,或者说,对他失去了信任,不再期待雅各布会引领他们,而是怀揣着信念和克里萨一起去了塞萨洛尼基,去找巴鲁赫吉的信徒,尽管他们曾残酷地打压过雅各布。

我经常做同一个梦,莫尔德克先生总说,得抓住经常重复的梦境,因为那是我们和来生的联系。我梦见,我在一间大房子里游荡,房子里有很多很多房间、门、过道。我不知道我在找寻什么。所有东西都是老旧陈腐的,曾经奢华的壁挂装饰如今斑斑驳驳,褪尽华彩,地板也腐烂了。

这个梦让我忧心忡忡,因为我更愿意做卡巴拉信徒式的梦,梦见一座接一座藏起来的宫殿,其中无尽的走廊通往神圣的王座。而在我的梦中,只有一个没有出口的发霉的迷宫。当我焦虑地把梦告诉雅各布时,他笑笑说:"你很幸运,我梦见的是牲口棚和粪坑。"

秋天我收到了莱娅的信,她想离婚。她向当地拉比告发,说我是叛教者,还骗了她很多年。我不得不回应她的请求,写了一份离婚书,我哭了,但说实话,我也感到解脱。能让我们在一起的东西太少了,我短暂地回家看看并不足以让我们产生更深的关系。我答应会照顾儿子和帮助她,但我还没有安顿好自己的生活,而她也没再回信。

我看着自己的随笔,发现我很少在其中回忆我的妻子。很多年前她嫁给了我,那时我刚从巴谢托那里学成归来。他们为我找了一个邻居当老婆,是我父亲亲戚的女儿。我写她写得少的原因在于,我对和女人有关的事从来没有太大的兴趣,而且我的婚姻更多的是我对家庭和部族的责任。至于孩子,我们有过,莱娅生过五个,一个活下来,其他的刚出生就死了。她说都是我造成的，因为我很少在家，而就算我在家，也总是忙别的事。我站在自己的立场上认为，我履行了我的义务，无愧于心。上帝吝于赐予我们子嗣，给了也如诱饵一般——马上又拿回去。也许，我本可以给她一群健康漂亮的孩子，不会像如今这样都死掉。我本可以教她读书认字，让她能盖房子和做生意，而不必像个仆人一样工作，但我娶她为妻后，完全没有在乎过她，这是让我深怀愧疚的事实。

我向波德盖齐的莫舍征求意见，他非常睿智，熟悉各类神秘之事。他对我们说，从前的日子里我们有过许许多多无法忘却的伤痛经历，但我们要剥离它们，不给这个世界带来更多的伤痛。

我的生命中有两个人，我深爱着他们，不曾改变——莱娅和雅各布。但不幸的是，这两个人彼此对立，任何办法都无法调和这对矛盾，而我不得不在他们之间周旋。

我自己并不知道怎么会发生这种事，没有妻子，没有雅各布，在最伤心的时候我又来到巴谢托的家，在梅德日比日。我如在梦中一样到达那里，仿佛是要寻找那个我年轻时曾在此寻得过的东西——能够承受痛苦的智慧。

我等了两天，其间我没有吐露我是谁，也没讲我从哪里来。如果我说了的话，巴谢托也许不会见我，大家都知道，他对我们颇有微词，认为我们没有像所有人希望的那样坚守犹太教。

小城里几乎都是哈西迪派居民。这里已是另一番模样，到处都是穿戴着及膝罩衫、脏兮兮的长筒袜和裘皮帽的朝圣者。整座梅德日比日镇远离利沃夫，远离克拉科夫，如世外桃源一般逍遥自在。大街上的聊天都一个样，谈着上帝，谈着名字，比画着最少的手势，波澜不惊。

这里的人不知道世界其他地方的生活如何，不知道战争，也不知道国王是谁。那些我曾经非常亲近的人，如今仿佛又聋又哑，让我更加绝望。但我羡慕他们，他们可以如此沉迷于敬神之事，这也是我的天性，而从另一方面来说，当地平线后下一场暴风雨来临之时，他们将如孩子般毫无防备。他们就像蒲公英，美丽而脆弱。

我还见过几个我们的人，在我们的保护人丹姆波夫斯基大主教死后，他们迫于从天而降的迫害也到了这里。人们没有多问便接纳了他们，尽管大家知道，巴谢托认为雅各布是个大祸害。我特别高兴在此见到了格林诺来的耶乎达，多年前我和他在这个地方结为好友，尽管他不是正统派，但心里还是和我很亲近的。

这里教会了大家一个道理：每个人身上都有优点，甚至最大的恶棍身上也有优点。我这样理解，每个人都有自己想得到的利益，希望自己更好，这并没有错。人们希望自己好并不是罪。当我去思考人人希望得到的是什么时，我开始明白：莱娅想要一个好丈夫和孩子，还有基本的富足生活，有遮风挡雨的屋顶和营养的食物。埃利沙·邵尔和他的儿子们想取得更高的成就，争取比其他犹太人爬得更高；因此他们走上层路线，希望与基督教社会联结，因为在犹太世界，他们不得不接受自己是谁，坚守自己的身份。克里萨是个未当选的领袖，他想要当指挥。神圣的主教一定想为国王和教会效力，也许要的是功名。还有克萨科夫斯卡夫人，她给了我们上路的盘缠——她想要什么呢？她想奉献，帮助穷人吗？也许也是要功名吧？

那雅各布想要什么？我马上就回答自己说：

"雅各布不需要任何东西。我知道，雅各布是伟大力量的执行人。他的任务是毁灭这个邪恶的秩序。"

岁月让巴谢托老了，但他的身上散发出光彩和力量，仅碰了碰他的手就让我激动不已，禁不住哭起来。他和我谈了很久，平等以待，他没有排斥我，为此，我终生都会感激他。最后他把手放在我的头上说："我不许你绝望。"他没再说别的，就好像他知道，我精于辩论，我可以不停地提出论点，所以这些他不需要教给我。可当我离开梅德日比日时，一个年轻的哈西迪跑到我跟前，将一团纸塞进我手里。

纸上用希伯来文写着："Im ata maamin sze-ata jachol lekalkel taamin sze-ata jachol letaken."意思是：如果你认为你有能力去毁灭，也要想一想，你是否有能力去重建。

巴谢托的告诫。

我们如何说服在久尔久的雅各布重返波兰

1757年冬，我们四人终于来到久尔久，找到雅各布。我们在光明节启程出发，拿着有人为我们寻来的波兰国王签发的通行证。我们来，就是要劝说雅各布回去；因为没有他的话，我们的事业就到了别人——克里萨和埃利沙·邵尔——手上，离奇地搁浅了。

我们四人——纳迪夫那的莫舍·本·以色列、乔尔特基夫的耶鲁西姆·利普曼诺维奇、布斯克的我的兄弟哈伊姆和我——有点儿像传道福音的人。

雅各布看到我们时，我们又冷又疲惫。旅途艰难困苦，路上还遭遇了严寒，马也丢了。可当我看见多瑙河时，我喜不自胜，仿佛到达了世界的中心，尽管遍地大雪，可我马上就温暖和清醒过来。

雅各布让我们到他身边去，把我们的头靠过去，然后把我们四个人紧紧地抱住。我们是如此靠近彼此，仿佛变成了一个人一般，我们四个人在四周，他在中间。我们一起呼吸着。我们站了很久，我感觉我和他们完全融合在一起。我明白，这是终点，但也是我们的起点。他，雅各布，会一直带领我们走下去。

那时，我们中最年长的莫舍说道："雅各布，我们为你而来。你必须回去。"

雅各布笑了笑，挑起了一根眉毛。他开口回答的时候，又挑了一下眉毛。而我此时周身被巨大的温暖笼罩着，感慨万千，我又看见他了，对我来说这一切太美妙了，他的出现让我产生了最美妙的感觉。

雅各布说："我明白了。"然后他立刻把我们带去自己的庄园，他的家人和邻居纷纷过来看我们。他在这里很开心，因为人们尊敬他，他们不知道他究竟是谁。

他打理得井井有条，在这里买了房子，已经开始搬家了，但我们还是住在他的旧宅。旧宅也很漂亮，是土耳其式的，墙上有绘画，地上铺着瓷砖。现在是冬天，到处都放着轻便的小暖炉，由仆人们照看着。我们很难不去看仆人们，特别是哈伊姆，他特别喜欢女人。我们马上也去看了新房，那里能看到河景；房后是葡萄园，非常大的一片。在整幢房子里铺满了土耳其式图案的漂亮地毯。哈娜生了儿子后有些发福。她的儿子叫莱伊布，也叫伊曼纽尔，意为"上帝与我们同在"。她有些懒散，整天躺在软椅上，一会在这儿，一会在那儿，奶妈负责看孩子。她学会了抽烟斗，很少说话，几乎一直和我们在一起；她望着雅各布，眼神紧紧追随着他的身影，就像我们波多利亚的狗那样。小阿瓦查是个可爱的小孩，又安静又听话，雅各布总是牵着她的手，看上去和她的关系非常亲密。但是，当我们匆匆看这看那并一起围坐到深夜时，我有点儿迷茫，我不懂，雅各布给我们看这些东西是不是希望我们让他安宁，还是他另有计划。对此我们一无所知，也不明白。

　　我不隐瞒，当我把头靠到枕头上的时候，睡梦前脑海里又浮现出莱娅的画面，她让我感到深深的悲凉，现如今她在孤独中老去，艰辛地劳作，那么形神枯槁和悲伤，仿佛世界的艰难已把她死死地按倒在地。我又想起所有遭受苦难的人和动物，我感到内心在哭泣。我开始高声祈祷，为这个世界的末日，在这个世界上，人们彼此威胁，要杀，要抢，要羞辱，要施暴。我突然明白过来，也许我再也回不去波多利亚了，因为那里没有我们的立足之地。我们想走出一条自己的道路，轻松地，从所有宗教和习俗的藩篱中解放出来。指引我们的路也许是多变的——我也经常迷失自我——但方向是对的。

　　第三天，我们讨论了目前的形势，谈了克里萨的阴险和邵尔家的沉默，我们还给雅各布念了我们的信。雅各布说，土耳其人接纳了我们，还不说二话地救了我们，我们应该留在土耳其人身边，别无他法。我们得争取土耳其人的代祷①。

　　"你们理智些，这么多年来，我们一直在讨论这个问题，怎么一到要行动，大家就犹豫了呢？"他说，然后他放低了声音，我们非得凑近他才行，"就好比要洗凉水澡，身体会抗拒，可一旦适应，这奇怪的做法就会变得舒服和熟悉起来。"他非常熟悉穆夫提②的国度，从这里赚了钱，他的财富也大部分来自和波尔塔的生意。

　　于是乎，尽管遍地大雪，哈娜、小阿瓦查和她们的仆人赫尔舍维，

---

① 指由信徒为其他有需要的人祈求神的怜悯及恩惠。
② 伊斯兰教教职，即教法说明官。

还有雪橇夫四人取出雪橇,我们带上礼物、葡萄酒和美味的波兰伏特加,前往鲁塞,即霍罗什楚克,那里的穆夫提是雅各布的好朋友。雅各布先去和这位本地尊者讲话,穆夫提把他当朋友,和他聊了一会儿。在此期间,我们这些知趣的客人们美滋滋地品尝着甜点。他们,他,还有那个土耳其人回来的时候都很高兴。第二天正午,来这里的所有人,还有霍罗什楚克的正统派,我们一大群人出现在清真寺。在那里我们都接受了伊斯兰教,戴起了绿色的头巾。所有程序一会儿就完成了,只需要重复一句清真言①:万物非主,唯有真主,穆罕默德是真主的使者。雅各布给我们大家取了新的土耳其名字:卡拉、奥斯曼、穆罕默德、哈桑。他的妻子和女儿的名字——法提玛和阿伊莎——取的正是先知的女儿和他挚爱的妻子的名字。这样正好凑成了十三位信徒,和以前的巴鲁赫吉一样,我们可以组建自己的阵营了。

我们一下子又定心了。雅各布第二次成了哈哈姆,我们的领袖。我们完完全全地相信,他就是我们的领袖,如果他和我们再次前往波兰,我们会无比高兴。

我们返程的时候,所有人都兴高采烈的,心情像驾着雪橇般飞扬,扯着嗓子高唱着我们的赞美诗。后来我的感觉更好了,又想到一个主意。我们用三大宗教敬拜上帝:犹太教、以实玛利教②、以东教。于是我将它写了下来。我在很久以前曾把最喜爱的祈祷词从希伯来文翻译成土耳其语。晚上我念它时,大家都很喜欢,甚至还用新的语言写了下来。词文如下:

---

① 又称证词,是伊斯兰教的信仰基石,非穆斯林若要信仰伊斯兰教则须公开诵读清真言,表示皈信。
② 指伊斯兰教。

我的灰袍下空空如也，除了灵魂，
有那么一会儿，每条锁链都被她切断。

掉头离岸，风帆变成白点，
无法阻拦，心中的死水微澜。

她在你们的港口间徜徉，
你们派去卫兵，她也无所畏惧。

她跨过你们盖起的新高墙，
不吝对正直的人施以善良。

你们的防线被轻易化解，
针对你们的言语，她的话更睿智更清澈。

她嘲弄出身和一成不变，
鄙视礼貌、教养和你在乎的一切。

当你开始用诗歌概括她的广阔，
她会挣脱开，让你得不到。

没人知道，她是否美丽，有多么迷人，
她刚刚还在这里，但已飞向远方。

帮帮我吧，善良的上帝，永恒的主人，

用人类的嘴表达自由的灵魂。

打开我可怜的嘴巴吧，让舌头动起来，
我会永远都说，你是对的。

我那时的感觉很美妙——没过多久春天不期而至，就在一天下午，太阳使劲地晒在我们的背上。我们成功卖掉了所有货品，做完账，停下了自己的活儿。第二天早晨鸟儿的歌声把我吵醒，然后不知怎的，有了绿色，小草在院子里的石头缝间蹿了出来，红荆树也要开花了。马一动不动地站在阳光底下，眯缝着眼睛晒着自己的背。

我的窗户朝向葡萄园，我来此地的一年时间里见证了冬后重返生机的全过程，从始到终，从抽芽到葡萄成熟；八月即可采摘，葡萄沉甸甸的，满是汁水。于是我想，这是上帝给我的启迪：每个思想从产生到出现，再到消失，都需要时间。思想有自己的成长时间点和节奏，无法加快，更不受影响。我用手指碾碎葡萄，然后想，上帝在让葡萄成熟的这段时间还做了很多的事，让地里长出了蔬菜，让树木结上了果实。

如果有人以为，我们在那里无所事事，那他就错了。白天我们写了很多信，再把它们寄给我们在世界各地的兄弟，有的寄往德国、摩拉维亚，有的寄往塞萨洛尼基和士麦拿。而雅各布与当地政府保持着密切的关系，经常与土耳其人见面，让我也参加。在这些土耳其人里有些还是拜克塔什教派的，他们把雅各布当成自己人，他有时也去他们那里，但不想让我们陪着。

待在雅各布家里，我们也没有丢了生意。这一年我们从久尔久去了几次对岸的鲁塞,再从那边把货物运到更远的地方,到维丁和尼科波尔。在尼科波尔还住着雅各布的丈人,托瓦。

我熟悉沿着多瑙河的这条路,岸边的路,在低处蜿蜒,有时也会爬上高坡。从路上总能看到流水的巨大威力,它真正的能量。春天的时候多瑙河河水会泛滥,今年也如此,让人联想起大海。有些沿河的小村子几乎每个春天都会遭灾。为了防洪,人们在岸边种上深根大树,吸收水分。村村寨寨看上去都很潦倒,都是些土坯房子,门前晾着渔网。村民们身材矮小,皮肤黝黑,而女人们喜欢看手相算命。富人们在离河较远的葡萄园里盖房子,他们的房子是石头造的,舒适的院子顶上覆盖着密密的葡萄藤,遮挡暑气。从春天开始,他们就能在院子里进行家庭活动了,在这里招待客人,在这里吃饭、干活、聊天、晚上喝酒。夕阳西下,经常可以听到从远处水面传来的歌声,不晓得歌声从哪里传来,也很难辨别唱的是哪种语言。

在沃姆附近,河岸攀得特别高,仿佛能从那里看到半个世界。我们总是在那儿稍作休整。我记得太阳晒在皮肤上的温度。暖洋洋的木本香气,以及混合着药草和淤泥的味道在我脑海里久久不散。我们买了羊奶酪,还有用罐子装的开胃菜,搭配着美味的烤茄子和果椒酱。现在我认为,我以前从来没吃过这么好吃的东西。它比普通的小吃和平常的本地菜更多了些什么,让一切在短暂的瞬间交织在一起,突破了事物惯有的界限,以至于我停止了咀嚼,张大嘴巴盯着银色的苍穹,而这时雅各布或者耶鲁西姆就会拍拍我的背,让我回到人间。

望着多瑙河可以让我放松下来。我看见,风吹动了小船上的绳索,岸边停泊的船只摇摇摆摆。我们的生活就在两条大河——德涅斯特河和多瑙河——之间展开,它们像两个玩家,把我们放在了哈雅奇特的游戏棋盘上。

　　我的灵魂和雅各布的灵魂密不可分,除此以外,我解释不出我为何对他如此依恋。显然,在过去的某个时候,我们是一体的。莫尔德克先生和伊索哈尔一定也在那里。我们很遗憾地听说,伊索哈尔死了。

　　逾越节里的一天,春日,我们举行了一场古老的仪式,可以看作是新里程的开端。雅各布拿出一个小桶,粘上九根蜡烛,他自己拿着第十根。他点着了它和另外九根,然后再熄灭。这样做了三次。接着他坐在妻子身边,我们四个人一个接一个地走过去,身与心和他相连,承认他是主。随后我们又做了一遍,所有人一起做。而我们大部分的信众等在门外,准备随时加入我们。这便是王室绳索仪式①。

　　与此同时,我们从波兰逃出来的兄弟们成群结队地来到久尔久。也有人去了塞萨洛尼基,去找兄弟会,他们四处漂泊,注定再也回不了波多利亚了。还有人来到这里,来到瓦拉几亚。雅各布的家为他们敞开大门,而他们中的一些人甚至并不知道他是谁,因为他们谈论的雅各布·弗兰克据说一直在波兰四处活动,抨击塔木德派。这让雅各布非常兴奋,询问了他们很久,听他们讲下去,最后才告诉他们,自己就是雅各布。他的声望日盛,越来越多的人听说了他的故事。可他自己也许并不高兴。哈娜和我们必须得迁就他的恶语挑衅,他会咒骂,还会唤来以色列·奥斯曼,不是让他带着任务去什么地方,就是让他去找穆夫提办事。

　　哈娜热情地接待来客,告诉他们普鲁特河靠土耳其一边沿岸驻扎

---

① 指承认雅各布是弥赛亚的仪式。

着正统派的一支大军,正等待机会重返波兰。他们顶风冒雪,忍饥挨饿,潦倒不堪,但眺望着对岸的波兰。

五月,莫里夫达寄来了第二封信,我们期盼已久的信,信中提到他本人和克萨科夫斯卡夫人,还有其他大贵族和主教们在国王那里为我们说尽了好话——我们又可以开始筹划回波兰了。雅各布什么都没说,但我看到,好几个晚上他都偷偷地拿出一本波兰文的书来读。我猜,他用这种方法学习语言。直到有一次他不经意地问我问题,我才肯定了我的猜想:

"怎么波兰语说一条狗是 Pies,两条狗是 Psy?应该是 Piesy。"

我不知道该怎么和他解释这个问题。

不久,通过同一途径,我们收到了国王签发的通行文书。信写得非常庄重。为了流畅地翻译出此信,我着实费了一番力气。我读了好几遍,深深地将它刻在脑子里,甚至半夜从梦中惊醒时,我都能准确地复述出它的内容:

经议会提请,我们将为表示反对《塔木德》的人正名,将其置于我们王国的保护之下。对于他们,此处指不相信《塔木德》的人,即反塔木德派,以此信函明确反对任何企图阻挠其在波多利亚省、王国和大公国各地自由停留的行为。此信即时生效,无须庭议,各法院均应立即执行,以彰显王国在最高的精神层面以及世俗层面上对受冤屈之人的支持。按王国法律,赋予和允许犹太人完全的特权、权利,自由及选择权,令其享受安全、自在和安宁的生活。

秉持合理公正的原则,我们倾向于认定,反塔木德派提出犹太教的《塔木德》中有不计其数的渎神描述，损害了教会普通信众和祖国的利益，最高教皇已令将其焚毁。我们尊敬的米科瓦依主教也做出了公正的裁决，在我们的城市卡缅涅茨-波多利斯基将其焚烧并摒弃，因其不承认上帝是三位一体神，且其中之一是存在的，他们更加信守《旧约》。

所以我们将为反塔木德派提供保护，广泛地保护所有人，每一个人。谨以此信明确反对上述的阻挠企图，所有人应停止伤害，保证反塔木德派的法律权利，我们准允其可获利、可消费……

此信可视作为反塔木德派平反并给予支持、护其平安的证明，使其不受制于任何令其担心的迫害。在王国和我们国家内，他们可安居；依据赋予他们的特权，可在每个地方，即乡村、城镇、城市，经商和摆摊，开设诚信优良的商铺，其利润在法院登记并受法院监督，民事的、授权的法院应对其予以认证并加以回应，交易应合法且有账可循，依据法律公平合理地开展。如果可能，他们的妻子、孩子和仆役亦受王国保护，这样他们才可安宁且本分地生活，不会引发争端。同时我们的好意不容作恶，不容发生他们所担心的任何迫害或危险，故此封保护信将广而告之……

1758年11月

即国王在位第二十五年

奥古斯特国王于华沙

国王很少支持被迫害的人，所以大家都很开心，无比兴奋。所有人都开始打包、收拾，处理干净手头的事。那个晚上，总是聚着一帮人没完没了地辩论的小市场，突然就空荡荡的，因为所有人都忙着准备启程。消息也传了来,德涅斯特河和普鲁特河边已有上千人驻扎——我们要回波兰了。

得知大量的人正在普鲁特河边的派莱柏科维兹聚集,雅各布给以色列·奥斯曼提供了相当好的补给,让他安置他们。奥斯曼住在久尔久,很久以前就信了穆斯林教。他把波兰来的流民简单地安置下来,而他们则悲伤得无所适从,住在匆匆盖起来的小小的土坯房子里,因为并不知道该往何处去。雅各布非常担心这帮兄弟,更揪心的是那些比男人数量大得多的母亲、孩子和老人,他们四处游荡,讨着钱。

努森的二儿子是从那边过来的第一个人。他在雅各布家里备受青睐,大家叫他斯摩坦克斯。他从普鲁特河上游来,绘声绘色地回顾了正统派从波兰流亡至此的种种苦难。雅各布让他和他的同伴放轻松,但房子里装不下这么多人,他们又不想回去,于是就顶着暑气和我们一起待在葡萄架下。接着来找我们的是波德盖齐的卡巴拉学者莫舍·达维多维奇,他和耶鲁西姆·利普曼诺维奇一见如故,这让雅各布非常高兴。

他们每句话都以"My maaminim"开头,也就是"我们信徒"的意思,这是塞萨洛尼基那边的说法,借此强调对沙巴泰的崇敬。每天黎明时分他们都会观天,预言该做的事情。耶鲁西姆经常念叨:"是时候该这样……是时候该那样。"晚上莫舍会验看雅各布头上的光——浅浅的蓝色,冷冷的,或者说是冰凉的——奇特的光。他们认为,雅各布应该回到波兰坐镇。他必须回去,因为克里萨带领的部分信徒已经不耐烦了,希望克里萨来当塞萨洛尼基的正统派领导者。还有邵尔兄弟,他们和匈牙利的沃尔夫——著名的埃伯舒兹的儿子见了面,希望他到波兰主事。

"你若不去，其他人也会去。"每天我都这样告诉他。我很了解他。当有人告诉雅各布，他可能不如其他人的时候，他会马上翻脸，怒火中烧。

波德盖齐的莫舍说话的时候，身体前倾，他伸长头颈，声音高亢而响亮，立刻就能吸引大家的注意。而当他讲故事时，尤其回忆起自己的经历，他会举起攥紧的拳头，摇着脑袋，眼睛望向天空吼叫。看起来他是一位好演员，没有谁是他模仿不了的。于是我们经常让他模仿。

他模仿我的时候，我自己都能笑出眼泪。从他的表演里我看到了自己：性急、不耐烦，甚至我的跌跌撞撞他都能模仿得惟妙惟肖。也只有他，波德盖齐的莫舍，可以随意地模仿雅各布——笔直地站着，头微微朝前，眼睛睁得圆圆的，大大的，目光敏锐，慢慢地眨眼。可以打赌，那时他的鼻子都变大了。然后他把手背在后面，走起来，轻轻拖着脚，既有些庄重，又有些懒散。我们先是偷笑，随后就大笑开来，莫舍表演的恰是雅各布对众人演讲时的姿态。

雅各布自己也和我们一起笑起来，他的笑声低沉洪亮，仿佛来自深井一般。大家其乐融融，共同欢笑，就好像我们给自己搭起了一座帐篷，让人安心的帐篷。我重复一遍，波德盖齐的莫舍是一个好演员，但他更是一位学识渊博的拉比。

八月的一天，奥斯曼骑着马气喘吁吁地回来了，他从切尔诺夫策带回消息说，我们在河边扎营的正统派信徒受新主教的信使鼓舞，拿着国王的信，带上全部家当，唱着歌，蜂拥穿过德涅斯特河。其间没有遇到任何麻烦，边境守卫只是看着兴高采烈的人群前进。奥斯曼说，他们分散在主教辖下的三个村子——乌斯捷奇科村、伊瓦涅村和哈尔马茨克村,在那里他们有些熟人,有的人已经先住下了,现在请奥斯曼送来他们的请愿,请雅各布回去。

"他们在等你,就像等待救世主那样,"奥斯曼说完便跪了下来,"你不知道,他们多么期盼着你。"但雅各布突然笑了,高兴地重复着一句话:"Lustig, unsere Brüder haben einen Platz erhalten."①。我连忙记录下来。

现在几乎每天都有人从波兰来,他们满面春风,带来了好消息。很明显,我们要回去了。哈娜也知道了此事,她现在满脸愁容,都不想看我一眼,也不和我说话,好像雅各布要离开这幢漂亮房子是我的错一样。很快,葡萄采摘下来,算得上是这些年里最好的一批,甜到粘手。之后我们便立刻出发前往布加勒斯特寻求支援。我们要带很多东西,还好买到了马车,行程准备就绪。另外,我们从波兰兄弟们的来信中得知,主教辖下有一整个村子都在等我们。第一次出现这个词——伊瓦涅。

事物有内在和外在。外在的是表象。我们生活在外在事物中,在表象里,和人在做梦差不多。我们不得不把表象的守则当作真相,尽管它们并非如此。当我们生活的时空受到某些守则的规范,那就应该遵守这些守则,但也不应忘记,这只是相对的秩序罢了。因为真相另存,且如果有人并未准备好去认知它,那么他会认为它可怖可憎,待知晓真相之时,他也将怨天咒地。

但我认为,每个人对真相都有自己的想法,而人们并不想知道真相究竟是什么。

---

① 德文,意为:"可笑,我们的兄弟有地方了。"——作者注

贝奈迪克特神父拔掉牛至

《卡巴拉揭秘》一书,由冯·罗森罗斯于1677年以拉丁文写成。赫米耶洛夫斯基神父是从邵尔手里得到此书的,因为他保护了犹太人的书籍。在国王文书颁布的时候,他把书归还给了它们的主人。神父终于松了口气,因为如果有人知道了神父曾在菲尔莱尤夫的宅邸里藏的东西,那可会是不小的丑闻。因此他和这份礼物的关系还是不明不白的好。一个长工模样的人带来了它——这本书被严严实实地裹在帆布中,外面还绑着麻绳。书一定是花大价钱买的。来人把它交给神父,一句话都没说,然后就消失了。

神父总在下午读这本书。字很小,所以他只能在白天挨着窗户看。如果天黑了,他就合上书,再打开一瓶葡萄酒。他把葡萄酒含在嘴里,看向自己的花园和花园后面在河对岸绵延起伏的草甸。草长得很高,微风吹起阵阵涟漪,轻轻摇摆,像活了一样,让人不禁联想起

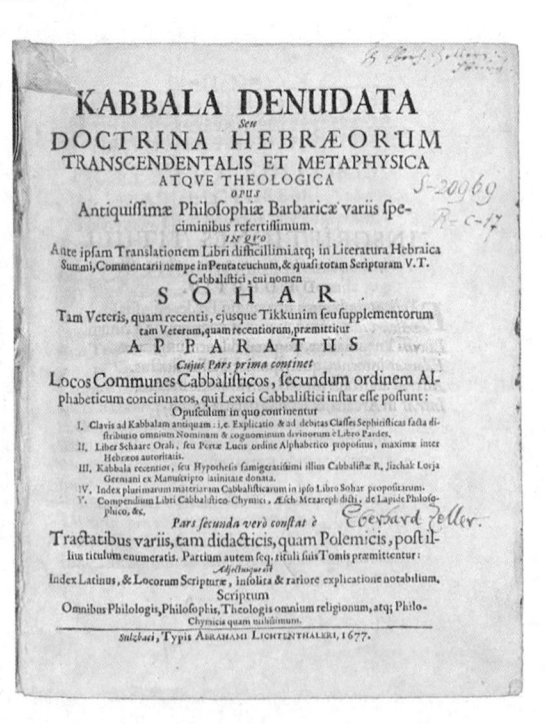

马身上的毛；当坐在马背上时，马毛也会自然而然地分向一旁抖动着。每一次微风吹起，草丛都会露出浅色的底端，灰绿色的，像狗的毛。

神父很失落；他一点儿都看不懂这本书，尽管拉丁文还是拉丁文，可内容竟有点儿像德鲁日巴茨卡夫人所写。就比如："我的脑袋里满是玫瑰。"这是什么意思嘛！

创世竟可以如此诗意。在我们这里可是干净利落的，上帝在六天中创造出世界，就像一个主人，只管做，不用考虑。但这本书里却相当复杂。神父的视力越发衰退了，他厌倦了再读它。

书很奇怪。他一直都在孜孜不倦地追求知识，渴求能够解释清楚起源和结局、行星在天空中的运转和所有神奇之事，但这本书对他来说却十分晦涩，甚至他最欣赏的拉丁学者都不曾对奇迹做出如此释义——耶稣基督是亚当·卡德蒙[①]，是一道纯粹的神光，射向大地。这让他想到灵魂游荡的例子。他听说过这个邪说，但从来没去思考过它的含义。书中说，即使是一个好基督徒也应该相信，死后我们将以其他形态复活，这没什么不对。

对，神父非常乐意承认，作为一个务实之人，这未尝不是一次救赎的机会。以其他形态出现的生命给了我们更多的机会去完善自己，去赎罪。在地狱中永远受罚几乎不能弥补全部的恶因。

但他随即便羞愧起来。他竟然这样想，这可是犹太教的异端邪说。他在窗边跪下来，跪在自己的守护者圣本尼迪克特的画像下，祈求他的代祷。他为自己的没用道歉，为自己轻率地脱轨忏悔。但好像圣本尼迪克特的代祷没起作用，因为奇怪的想法又回到他的脑海……神父

[①] 卡巴拉中四种世界之一。

对地狱之说总有些疑虑。他无法相信地狱的存在，那些他从书籍中看到过的可怕素描画，就算再多，也无济于事。而他在这本书中读到，异教徒，也就是笃信卡巴拉主义的人，他们体内栖居的灵魂不会直接下地狱，也不总是下地狱，否则太残忍了；毕竟成为异端和不了解基督教的世界并不是他们的错。而借由下一次轮回转世，他们有机会改正和弥补犯下的恶。这难道不公平吗？

还是出去到花园里呼吸下空气吧，这个想法让神父振奋起来。来到花园的时候，天都快黑了，他无意识地揪扯起杂草的芽来，后来干脆跪在地上拔牛至。如果说牛至也是宏大的完善体系的参与者，如果它的里面正住着某个模糊的灵魂，该怎么办？还有更糟的：如果神父自己即是永恒正义的工具，是否就意味着，他此时此刻正在惩罚有罪的植物——破坏它的植床，剥夺它的生命呢？

丑八怪

傍晚时分，一辆覆盖着麻布毯子的犹太人的马车驶近菲尔莱尤夫的神父宅邸，但马车只是慢下来，在院子里掉了个头，然后便消失在通向洛哈特恩的大道上。神父从花园里望过去，看见篱笆下站着一个高个的人影，一动不动。深色的外套从他的肩膀拖到地上。神父的脑子里闪过一个可怕的想法：这人要来索他的命。他抓起木头耙子，快步走过去。

"你是谁？快说。我是最神圣的教会的神父，我可不怕魔鬼。"

"我知道。"男子的声音突兀地打破了宁静，声音低沉而沙哑，战战兢兢的，仿佛它的主人很久没使用过它一般，"我是来自奥克诺的扬。尊敬的神父，您别怕我。我是好人。"

"你来这儿干什么？太阳都落山了。"

"犹太人把我扔到这儿的。"

神父凑近过去想看清楚来人的脸，但他一直低着头，大大的兜帽把脸遮得严严实实。

"犹太人太过分了。他们把我当成什么了？"神父嘀咕着，"怎么会'扔'你呢？你和他们有关系吗？"

"现在我和神父您有关系。"来人回答。

男人口齿不清，就好像有些漫不经心似的，但他的波兰话带有些许鲁塞尼亚的音调。

"你饿吗？"

"不太饿，他们把我喂得很好。"

"你想要什么？"

"容身之地。"

"你没有自己的房子吗？"

"没有。"

神父犹豫了一下，勉强答应他：

"进屋来吧，今天露水重。"

人影踯躅不安地走向大门，明显有些跛脚，一片浅色的面颊不经意地从兜帽下露了出来。来人赶紧把兜帽拉回到脸上，但神父已经觉察出不对劲。

"看着我。"他命令道。

来人一下子抬起头，兜帽落在背上。神父不禁后退了一步，尖声叫道：

"耶稣啊，你是人吗？！"

"我也不知道。"

"那我还把你带到屋里?"

"听凭神父吩咐。"

"罗什科。"神父低沉地呼叫着仆人的名字,但也许只是为了让这张可怕的脸知道,他不是一个人。

"你们怕我。"他露出悲伤的神情。

神父稍微迟疑了一下,然后伸手示意,让他进屋。老实说,神父的心怦怦地跳,而罗什科还是老样子,不知道跑到哪里去了。

"进去吧。"他对男人说。男人先进门,神父在后。

在烛台的光线下可以更清楚地看到:整张脸完全没了形状,都是疤痕,就好像被抽去了皮肤一样。在疤脸的上面,浓密的黑发之下闪烁着一双又大又黑的眼睛。眼睛炯炯有神,年轻,甚至可以称得上漂亮,但也许是因为对比太过强烈了。

"看在基督的分上,你怎么变成这样?"神父惊讶地问。

丑八怪的故事
犹太人的炼狱

神父对这个异于常人的存在——自称来自奥克诺的扬——非常好奇。奥克诺村离托科不远,几里路。神父不知道扬是谁家的孩子,他也不想说。他只是称呼他的主人为东家。如果是地主,那一定是波托茨基家,那儿的地都是他们家的。

男人喝了酸奶,吃了一点点面包。神父没有更多吃的,便拿出了伏特加,可男人不想喝。他呆板地坐着,也不盖被子,身上散发出一股马的味道。萨巴竖起红色的毛凑近他,仔仔细细地嗅起来,好像要找出他的秘密一般——看起来,它认不出他的气味,因为它闻了好一会儿,然后,静悄悄地,趴回到炉子边睡觉去了。

"我是具尸体。"丑脸人突然说,"神父不会管死人。"

"我就是和死人打交道的。"过了一会儿神父说,并用手指了指放在身后桌子上的书,"我对他们的事习以为常。发生什么对我来说都不奇怪。我甚至承认,比起活人的故事,我更愿意听死人的。"

那人这才放松了些。他脱下深色的犹太斗篷,露出结实的肩膀和落肩长发,开始将自己的经历娓娓道来。他说话的声音很轻,声调毫无起伏,仿佛这个故事已经在他脑子里盘桓了很久,他才终于学会了记住它。现在,他把它交给神父,就好像捧出钱来感谢他的款待。

扬的父亲来自亚斯沃①附近,母亲来自马佐夫舍②。他们迁居来此,也就是作为人们常说的"殖民者"来到这里,因为他们家中的土地稀少,子女们都分不到地。他们结了婚,在捷尔诺波尔③附近得到一块耕地。但是和土地主签订的合同上说,要为他服务十五年(这还是合算的,因为其他土地的年限只有十年,甚至更少,五年),然后作为地主土地的使用者,他们要上交货物,还得付出劳力。另外,他们还要无偿承担各种各样的工作,比如打谷子、为庄园盖房子、剥豌豆,甚至还得洗衣服;地主家里总有各种各样的活儿,所以他们根本无暇顾及自己的家。然后他们就成了农奴。

神父想到了十字架。十字架的样子总会让他感到恐惧和莫名的罪恶感。立在农屋旁的十字架好似记录用的柱子。农民们把钉子钉进十

---

① 波兰南部山区的市镇。
② 波兰中部地区。
③ 乌克兰城市。

字架里，一根钉子代表一年，代表自己还没有沦为地主家的农奴。每年他们会拔出一根，直到某天，十字架上空空荡荡——那时他们就得为这么多年的自由付出代价，奉上自己和家人为奴。

奥克诺以织挂毯出名，父亲本梦想着，扬可以学会这门手艺。

扬是九个孩子中最小的一个，他出生的时候，家里已经成了农奴。小时候，父母每周得出四天苦力，到他结婚时，他们要干七天活。这就意味着，为了给地主干活，全家都得出力。有时为了犁自家的耕地，他们得在星期日劳作，就没法去教堂。扬的两个大姐都受雇在庄园里帮工——一个是厨娘，另一个烧炉子。怀孕的话，就会被地主婆嫁到邻村去。那时扬第一次想到逃跑。一些经过村子的自由人经常会在小旅店前歇脚，他们说，如果他能到达北海边，就能找到船去别的国家，在那边过上舒服和富裕的生活。年轻气盛、毫无经验的小伙子拿上一根拐杖磕磕绊绊地上了路，既兴奋又自信。他在森林里露宿，还自以为是地认为，森林里都是和他一样的逃亡者。在离家几里的地方他就被地主的家丁逮住了，被打出血并关进了牛棚下面的土牢。关了四个月后，他又戴着镣铐被当众暴打了一顿。他应该庆幸，这个惩罚还是轻的。后来地主让他娶庄子里的一个姑娘，一个明显已经怀上孩子的姑娘。对付不安分的男人要用家庭和孩子让他收心。但这并没让扬安分下来。他从没爱过这个姑娘。孩子死了，她也逃出了村子。她可能先在兹巴拉日市的旅店里卖淫，后来又去了利沃夫。扬老老实实地干了一段时间活儿，还在别人的工坊里学会了织挂毯。直到某个冬天，双亲接连过世，他便穿上暖和的行装，带上所有积蓄，给马套上雪橇，决心去亚斯沃投奔父亲的家人。他知道，地主虽然残暴，却办事拖拉，而严寒天气也让家丁不急于抓他。他成功地逃到普热梅希尔，却在那里被卫兵拦下并给关了起来，因为他既没有身份证明也解释不清楚自己是谁、来此做什么。两个月后，地主的人把他要了出来。他们把他绑成猪崽一样扔到雪橇上往回走。他们走了几天，因为大雪封路，正好给了他们借口，不急着赶回村子，于是便把他留在雪橇上，自己去小酒馆喝酒。他们歇脚的时候总是把五花大绑的他留在雪橇上，过路的人沉默地盯着他，眼中满是惊惧，而最让路人害怕的是想到如果自己也遇上这种事可怎么办。一个两次逃跑又跑得那么远的农民，早就死定了。所以当他要水喝时，人们不敢帮他。最后，一帮喝醉的商贩出于好玩而不是救人的目的在夜里给他松了绑，此时地主家的打手们在酒馆里正醉得不省人事，可他连逃跑的力气都没有。打手们抓住他和另一个逃跑的人，喝过酒后，下手更加狠毒，打得他们失去了意识。打手们本来想把他们带回去平息地主的怒气，却发现他们都死了，于是就把他们留在橡木林里，用雪埋了，以掩盖自己的罪行。另一个人马上就死了。扬脸朝下趴着，被路过的赶着几辆马车的犹太人奇迹般地发现了。

几天后，他在洛哈特恩的邵尔家的牲畜棚里醒了过来，身边都是动物——闻得到它们身体和粪便的味道，感受得到它们的温暖气息。听着另一种语言，看着别样的面孔，扬以为自己死了，身处炼狱，而且还是犹太人的炼狱。如今，他将在这里度过永生永世，一边不停地回想自己作为小农的无辜之罪，一边苦涩地为此忏悔。

堂兄弟联手发动战争

"你不是我家堂弟，我也不是你的堂嫂。我来自波托茨基家族。就算你和我丈夫沾亲带故，我也可以不承认你们的关系。"克萨科夫斯卡对他说，示意他坐下。

她身边铺满了各类纸张。她把它们堆成一沓，交给阿格涅什卡继续处理。阿格涅什卡用沙子把纸弄干,她现在可是卡塔日娜的好帮手。

"她在做什么生意吧?"莫里夫达想。

"我管些杂事,理理账,聊聊邻里的八卦,写写信,都是些我丈夫不愿意做的。"她说,仿佛读出了他的心思,莫里夫达惊讶地抬起眉毛,"我照顾家里的生意,安排安排,通通消息,谈谈价,解决事,提个醒……"

她的丈夫,城督,端着一杯利口酒在房间里踱步。他走路很滑稽,像只苍鹭,在土耳其地毯上拖着脚。莫里夫达想,他的鞋底会磨得很快。他穿着灰黄色的长衬衣,衣服上缝着一个人像,不精致,但却很得体。

"我亲爱的妻子扛得起整个政府。国王的秘书处都比不上她。"他兴致盎然地说道,"她甚至熟悉我的家谱,知道我的每一个亲戚。"

克萨科夫斯卡瞟了他一眼,仿佛想杀了他一般。但莫里夫达明白这只是表象,实际上他们夫妻关系非常和谐,也就是说,他们自己管自己的事。

城督点上烟斗,对远房堂弟说:

"你怎么对他们的事这么上心?"

"心灵感应。"莫里夫达沉默良久后回答,他轻轻拍了拍胸膛,好像要让城督相信,那里确实是心,他没有夸张,"他们是我的好朋友,因为他们诚恳,他们的意愿也是诚恳的……"

"犹太人诚恳……"克萨科夫斯卡一边说,一边讽刺地盯着他,"他们给你钱了?"

"我不是为钱。"

"就算你为了钱,也没什么不好……"

"不,不是为钱。"他重复了一遍,过了一会儿才说,"但他们给钱了。"

卡塔日娜·克萨科夫斯卡斜靠在软椅上,把一双长腿伸到身前。

"那我明白了,是为了名誉,为了名声,为了缅怀主教神父。你想成就一番事业。"

"你们是知道的,我可没有成就事业的头脑。我若想做事,那我早就按叔叔的安排进王宫当差了,没准儿今天就是个部长了。"

"请您给我拿个烟斗。"克萨科夫斯卡一边对丈夫说,一边摊开期待的手掌,"你头脑发热了,堂弟。我该给谁写信?该恳求些什么?或许你该给我讲一讲你们的那个弗兰克。"

"他现在在土耳其,因为这里有人想杀他。"

"谁想杀他?我们可是以宽容闻名的国家。"

"自己人。他们自己人捣乱。自己人,也就是犹太人。"

"但他们一贯很抱团哪。"克萨科夫斯卡没明白。她正准备点上烟斗,烟叶放在一个小皮袋里。

"这件事可不一样。这些沙巴泰·泽维派认为,他们应该脱离犹太教。也是因此,他们的先辈在土耳其改信了伊斯兰教。而在天主教国家里的犹太人则想皈依本地的信仰。但对每一个传统犹太人来说,放弃自己的信仰是比死亡还要糟的事。"

"他们为什么想来我们的教堂?"城督问,他想不通这件怪事。在此之前,事情本来很清楚:犹太人是犹太人,去犹太会堂;天主教徒是天主教徒,去天主教堂;鲁塞尼亚人是鲁塞尼亚人,去东正教堂。城督不喜欢搅和到一起的想法。

"他们的第一位弥赛亚说,应该集各家信仰之所长。"

"有道理。"克萨科夫斯卡来了兴致。

"哪来的第一位弥赛亚?第二位呢?有第二位吗?"克萨科夫斯基城督诧异地问。

莫里夫达想解释，但又不太情愿，就好像他知道，城督是个听过就忘的主儿。

"有些人讲，共有三位弥赛亚。一位已经来过，就是沙巴泰·泽维。他之后是巴鲁赫吉……"

"我没听说过……"

"第三位不久就会降临，他将拯救他们的一切苦难。"

"为什么他们有那么多苦难？"城督问。

"他们不好过。您自己也能看到。我就看到,他们的生活潦倒不堪，为了不至于沦落成动物那样，他们为自己寻找着某种救赎。犹太人的宗教和我们的类似，和伊斯兰教也差不多，都是待拼凑的卵石，要的只是妥当地安放罢了。他们凭感觉寻找上帝，为他战斗，不像我们，只是祈福和画十字。"

克萨科夫斯卡叹了口气：

"我们的农民也该期盼弥赛亚……我们也需要重新诠释基督教的精神！现在谁还虔诚地祈祷呢？"

莫里夫达突然诗兴大发。作诗他在行。

"这往往意味着反叛，意味着叛乱。清晨高飞的蝴蝶，不是再造、重塑或破茧的蝶蛹。但它仍是同一物种，只是获得了第二次生命，是转化的蝶蛹。基督教精神是柔性的、鲜活的、无处不在的……我们如果接受他们，就是办了件善事。"

"哈哈……我的堂弟，你成了传道士啦。"克萨科夫斯卡的语调带着一丝讽刺。

莫里夫达摩挲着自己长衬衣上的扣子。这是件新衣服，刚刚用棕色的毛呢料织好，衬里是红色的丝绸。他用纳赫曼给的钱买的。但钱还不太够——扣子是便宜的玛瑙制的，摸上去冷冰冰的。

"有一个古老的预言现在又流行开来,说他来自先祖,来自很久很久以前……"

"我总是竖起耳朵听预言。"克萨科夫斯卡轻松地吐着烟圈,把脸转向莫里夫达,她笑的时候很美,"会这样或者不会这样。你听过吧?比如圣普洛特总是阴雨,圣赫洛尼姆要么下雨要么无雨。^①"她边说边大笑起来。她丈夫也轻轻地笑了笑。他们的幽默感类似,至少有些共鸣。

莫里夫达笑着说:

"一个犹太人的国家将在波兰诞生,他们会抛弃自己的信仰接受天主教,并吸引更多的犹太人追随他们。这是审判日即将降临波兰的意思。"

克萨科夫斯卡严肃起来:

"安东尼·克萨科夫斯基,你相信这个说法吗?审判日?审判日已经来临了,没有人同意他人的观点,每个人都为自己而战,国王正在德累斯顿,他很少管自己国家的事务……"

"但如果尊贵的夫人能给这位写信的话。"莫里夫达指了指阿格涅什卡用纤纤玉指小心翼翼地摆在桌子上且加盖了封印的信,"如果您在信中支持这些投靠我们的可怜人,那我们就可能成为欧洲第一。如此大规模的转化信仰从未发生过。国王会对我们赞不绝口的。"

"我对国王没什么影响力,那么远的距离我可够不到。到此为止吧!"克萨科夫斯卡愤怒地喊道。过了一会儿,她平静地问:"听说,他们这么迫切地想进教堂是因为有利可图,他们想以新信徒的身份混在我们之中生活。作为新信徒,他们能马上加封贵族,只需花上点钱。"

"尊贵的夫人,这有什么可奇怪的。想过更好的生活并没什么不

---

① 波兰谚语。

对吧？如果尊贵的夫人能去看看那里有多穷，他们的小镇泥土飞扬、凄凉颓败……"

"有意思，我不认识这些人。我倒是知道一些奸诈之徒，摩拳擦掌地想办法赚钱，往酒里加水，卖发霉的谷子……"

"你怎么会知道？你整天闲着，坐在庄园里写写信，晚上再消遣消遣……"她丈夫说。

他想说"无所事事"，但咽了回去。

"……无所事事。"她接着他的话说出来。

"夫人，你交友广泛，和布拉尼茨基一家关系密切，在王宫里也有很多朋友。一群犹太人殴打另一群犹太人，这种违法行为在任何一个国家都不会被允许，更别说国王不仅没有袖手旁观，还颁发了文书。他们像孩子一样依赖我们。几百人，也许上千人正守在德涅斯特河畔，眼巴巴地望着对岸的波兰，因为动荡和骚乱，他们被抢掠被攻击，无家可归。现在这群被自己人从自己的国家驱逐出去的人只能待在那边，可他们属于这个国家啊。岸边的木舟空空荡荡，他们思念地看着北方，想回家，回到被另一群人霸占着的家。他们应该从我们手里获得些土地，反正我们的地太多了……"

莫里夫达意识到自己可能过激了，从滔滔不绝中停了下来。

"你什么意思？"克萨科夫斯卡带着疑虑缓缓地问道。

莫里夫达赶忙补充说：

"教堂应该接纳他们。你和索乌迪克主教的关系很好，他们说，你是他的知己……"

"怎么就成知己了？对他来说，钱包才是真朋友，人和人之间的友谊纯属消遣。"克萨科夫斯卡没好气地说。

克萨科夫斯基城督有些倦了，他放下空杯子，擦了擦手，让自己缓缓神。

"抱歉,我得去趟狗舍。费姆卡要生了。它和神父的杂毛狗搞到一起,现在得把小狗淹死。"

"我把你淹死。别不知好歹,我的丈夫。那可是纯种狗,漂亮又敏捷的猎犬。"

"那请夫人照顾这群杂种狗吧。我可没工夫管它们。"克萨科夫斯基说,他有点儿恼火,当着外人的面,妻子竟对他毫不客气。

"我管。"阿格涅什卡突然插话,她的脸颊涨得通红,"尊贵的主人,请别让它们死。"

"好吧,也许阿格涅什卡小姐能……"克萨科夫斯基殷勤地说。

"去吧,去吧……"克萨科夫斯卡嘀咕。丈夫不等她说完就已经消失在门后。

"我已经联系了新的主教乌比恩斯基。"莫里夫达接着说,"他们的人数比你们想象的要多得多。科佩钦齐和纳迪夫那都有,洛哈特恩、布斯克和格林诺更多。把他们全接收过来才是明智之举。"

"那就得找索乌迪克。他知道怎么办,但要花钱。他不喜欢犹太人,对待他们相当粗暴。他们能给多少?"

莫里夫达沉默地想了想。

"很多。"

"能不能多到买下主教当出去的大徽章?"

"怎么可能?"莫里夫达吓坏了。

"他又把它当了。主教一直欠着债。"

"也许可以,我不知道。我得问问。也许我们可以一起碰个头,他们、主教、夫人您和我。"

"索乌迪克现在想去克拉科夫当主教,因为克拉科夫的主教快死了。"

卡塔日娜站起来，在身前抻了抻胳膊，手掌上的关节吱嘎作响。阿格涅什卡放下绣绷，不安地看着她。

"亲爱的，原谅我，是这把老骨头在叫唤。"她咧开大嘴笑起来，"告诉我，他们信什么？他们表面上皈依天主教，但内心深处还是犹太教徒，是不是？皮库尔斯基这样认为……"

莫里夫达换了个舒服点儿的坐姿：

"传统的犹太人只服从《妥拉》中的律令，遵照古老的规矩生活。他们不相信升天，不相信先知早已出现，不相信现如今应该期盼弥赛亚。他们的上帝不再会显灵，已经销声匿迹了。但第二类人，沙巴泰·泽维派则恰恰相反，他们声称，我们生活在弥赛亚的时代，我们身边随处可见弥赛亚即将到来的暗示。第一位弥赛亚已经来过，他就是沙巴泰；来过的第二位是巴鲁赫吉；现在，第三位就要出现了……"

"但皮库尔斯基说，有些人认为会是位女人。"

"我明确地告诉您，我并不关心他们信仰的是什么。我关心的是，他们总被当作贱民。富裕的犹太人可能会获得崇高的荣誉，就比如那位为布吕尔部长出谋划策的人，但穷人就会被嫌弃，哥萨克人认为他们还不如狗呢。类似的情况比比皆是。我到过土耳其，在那边他们的待遇要比在我们这边好很多。"

"所以他们皈依了伊斯兰教……"克萨科夫斯卡不屑地说。

"波兰完全两样。堂嫂您看，在波兰这个国家，宗教自由和宗教仇恨在某种程度上勾连交织。一方面犹太人可以信仰自己的宗教，如其所愿，享有宗教自由权和宗教审判权；另一方面，人们对他们的宗教充满仇视，'犹太'这个词本身即是贬义，善良的基督徒认为它是一种诅咒。"

"你讲得有道理。这两个方面体现出这个国家愚昧、无知和顽固的劣根性。"

"人们更愿意接受一种说法，懒惰和愚蠢总好过恶毒。尤其是，那些从来没有踏出过自己村子的人，那些对一知半解的神父深信不疑的人，那些几乎不识字，只认识日历的人，很容易会被胡言乱语和偏见牵着鼻子走，就比如我印象里的丹姆波夫斯基主教，他竟对《新雅典》赞不绝口。"

克萨科夫斯卡惊讶地盯着他。

"你怎么针对起赫米耶洛夫斯基神父和他的《新雅典》啦？大家都在读这本书呢。它可是我们的典藏。你别诋毁书籍。书本身并无罪过。"

莫里夫达尴尬地沉默下来。克萨科夫斯卡继续说道：

"我告诉你，据我所知，在这里犹太人是唯一一群有所图谋的人，因为地主们什么都不知道，他们忙着找乐子，也什么都不想知道。但你的这些犹太异端朋友想要土地！"

"他们在土耳其居有定所。他们在久尔久、维丁和鲁塞全境，在半个布加勒斯特，还有希腊的塞萨洛尼基置办房产，享受平静的生活……"

"……因此皈依了伊斯兰教……对吗？"

"夫人，他们准备接受洗礼。"

克萨科夫斯卡撑起手肘，把脸贴近莫里夫达的脸，像男人一样审视着他的眼睛。

"莫里夫达，你是谁？"

莫里夫达眼睛一眨不眨地回答：

"我是他们的说客。"

"老实说，你是不是去过旧教派那儿？"

"是的。我不辩白也不以为耻，但他们并非旧教派。我去了又怎么样？"

"你们为了钱，甘做异端。"

"通向上帝的路有许多条，你不能随意评判我们。"

"确实，有路，还有死胡同。"

"那就帮帮他们，亲爱的夫人，让他们走上正途。"

克萨科夫斯卡撤回身，哈哈大笑。她站起来，走到他身边，拉起他的胳膊。

"亚当派之罪怎么说？"她压低声音，看向阿格涅什卡，这个姑娘正竖起耳朵，伸长了脖子，像只耗子似的。"有人说，他们的行为和基督徒压根儿不相配。"卡塔日娜轻轻理了理领口巾，"那可是亚当派之罪，你怎么解释，聪明的堂弟？"

"说这些话的人，没有脑子。"

莫里夫达在路上
看见王国里无所事事的人们

回国后的所见所闻让莫里夫达感到十分陌生。他离开这里多年，记忆模糊又残缺不全——他可记不住所有往事。最让他惊讶的莫过于周遭灰蒙蒙的景象和看上去十分遥远的地平线，还有光——比南方的光惨淡、孱弱。波兰的光是伤感的，令人忧郁。

他本来乘马车从利沃夫赶到卢布林，但到卢布林后他便租下了一匹马，这可比待在压抑颠簸的大盒子里强多了。

他刚骑出卢布林界，仿佛进入另一个国度，另一个宇宙，那里的人不再像按着旧轨道运行的行星那般，围着集市、房子、田地或者作坊打转，而是成了乱蹦乱跳的火星子。

这些人就是纳赫曼曾跟莫里夫达提到过的自由人，其中不少人还信了正统派。莫里夫达看出，这些自由人不仅仅是犹太人——尽管他以前以为都是——甚至犹太人只是其中的少数而已。他们自成天地，有别于城市、农村或别的定居点。这些人既不归属于任何贵族也不归属于哪个村镇，他们四处漂泊，是些居无定所的流浪者、插科打诨的季节工、形形色色的旅人。从某种意义上来说，这些人的共性是不喜欢平静的定居生活，他们以行走为乐，如果被关在四壁之中，他们会感到不快乐。第一印象可能会是——他们活该，他们甘愿如此。可当莫里夫达从高高的马背上望向他们时，他感同身受地想：其中的大多数人还是梦想有一张自己的床，有一个碗，有安定的生活，只不过他们命运不济，不得不四处奔波。他自己也是如此。

刚出城市边界，他们就坐了下来，仿佛在人类环境中走了一遭后必须得马上歇个脚，抖掉那里臭烘烘的气味，抖掉在那里粘到腿上的垃圾，抖掉人群的肮脏和喧嚣。商贩们只想赚钱。随身的货篮子几乎都空了，没剩下什么东西，但他们还是支起了摊位，从大檐帽下张望，看看还有没有来买剩货的。有时候还会有一些来自遥远国度的苏格兰人，他们把全部身家都扛在肩上：编织精美的绸子发带、龟甲做的梳子、圣人画片、生发膏、玻璃项链、木框镜子。他们说着奇怪的语言，有时候真听不懂他们的话，但提到钱的时候，大家都懂。

有位画师正在休息。他是位长胡子老者，戴着一顶手编的宽檐帽子。一旁的木头架子用皮绳拴着，架子上贴着圣人画片。他从背上卸下沉重的行李袋，拿出农民们换给他的东西吃起来——一块油乎乎的白奶酪和一个被啃过的湿答答的黑麦面包。面包在嘴里变成了一坨面疙瘩，但还是美味啊！在他的皮袋子里可能装着几瓶圣水、几袋沙子，那可都是经耶稣祝祷四十天的圣物。还有一些其他神奇的东西，保准能让顾客们大开眼界。莫里夫达记得小时候见过这些玩意儿。

画师每天装模作样假装圣贤，仿佛买卖画片只是偶尔为之。装成圣人的时候，他会稍微抬高些声调，如神父那样，像唱诵《圣经》一般讲话，再时不时地蹦出几个不知其意的拉丁文单词。这招数对农民们很是有效。胸前挂着巨大的木十字着实累人，画师取下它，把它斜靠在一棵树上，并在上面晾自己的足布。卖画的过程往往如此，他先选中村里最好的几幢房子，然后走过去，表现得非常兴奋，再坚称是画选中了这幢房子，甚至说是选中了房间里的一堵墙，大吉大利。农民不好拒收圣像画，于是就从小盒子里扒拉出好不容易攒下的一点儿钱，买下画。

前面有一家旅店，又小又破，外墙好像曾经刷过。入口前有条门廊，门廊柱子中间夹着几块木头板子，当作长椅。长椅上坐着一些老汉，太穷了，没钱进门吃东西。他们指望着，有人酒足饭饱，然后还心情不错，突然有了同情心，能施舍他们一点儿。

莫里夫达下了马，尽管还没有离开卢布林多远。两个老汉立刻哭哭啼啼地凑到他跟前。莫里夫达给他们递上烟叶，自己也抽起来，他们感激极了。听他们说，两人来自一个村，家里养不了他们，所以每年春天出来乞讨，冬天再回去。一个半瞎的老太太加入进来，她自称要去琴斯托霍瓦，但如果观察仔细，就会发现她的围裙下面挂着各种各样的草药袋，还有用线串起来的种子和药瓶子。她肯定是知道些东西的老太太——她会止血，懂助产术，如果给她钱，她也可以堕胎。她并不张扬，对此无须奇怪。在大波兰地区，不久前还烧死过一个这种人，去年卢布林也抓了几个。

旅店里坐着两个曾经的土耳其战俘，他们都有教会给的证明，证明他们刚刚获释。文件还命令说，鉴于持件人的不幸遭遇，需给予他们基督徒式的关怀同情。可这两个战俘看起来没有一点儿悲伤或者痛苦。两人油光满面，兴奋得很，第一壶伏特加已经喝完了，正准备再来一壶。好在他们要回土耳其了。旅店老板，一个犹太女人，聪明多言的寡妇，给他们端来一碗燕麦饭搭配着用黄油炒的洋葱。她忍不住地问道："那边什么样？"她托着脸颊，好奇地问东问西。莫里夫达吃了一份同样的燕麦饭，喝了酪浆，又买了半罐子路上喝的伏特加。刚上路他们就遇到骚乱，一群养熊人正朝卢布林的方向去。他们发出非常大的声音，吸引着越来越多的人围向他们。人们高高在上地看着一只肮脏的、生着病的动物。这景象——不知为何——让他们感到莫名的兴奋。他们用棍子捅它。可怜的熊啊，莫里夫达想，但他也明白流浪者的这种快乐：这么强壮的动物，竟然也不如我。愚蠢的俗人。

路上总会游荡着一些穿着松垮的女人。当一个女孩年轻漂亮，或者只是年轻的时候，马上就能吸引男人们的注意。所以，他们一旦上钩，她就能立刻干起这世上最古老的行当。有些离家出走的庄园里的女孩，生下了孩子，甚至是和农民或者乡下汉生的，这对整个家族来说都是极大的耻辱，最好的办法就是抛弃她，或是乞求亲戚们的慈悲，硬咽下这个不幸。还有一个出路，去修道院。在被冒犯的、出了丑闻的家庭的默许下，在漆黑的夜里，女孩离开了栽着松树的庄园。如果有条河、有座桥、有片滩涂拦住了去路，她就会落在某个醉汉手上，然后每个男人此时都会提出同一个办法——去旅店过夜，顺便搭个便车。沦陷轻而易举。

莫里夫达也想召妓，但害怕她们身上有病，厌恶她们的肮脏还有乱糟糟的小棚子。还是到华沙了再说。

莫里夫达成了难题中的一环

在华沙的头几天他住在自己的兄长家里。兄长是位神父，尽管地区神父的薪水微薄，但还是帮他稍微添了些补给和衣裳。过了这么多年，莫里夫达感觉兄长很陌生，扁平得像张纸一样，不真实。他们喝了两晚上酒，试着打破这种不期而至的、在过去二十多年的岁月里滋生在兄弟之间的陌生感。兄长给他讲了华沙的生活，都是些絮叨的琐事。很快兄长就醉了，然后开始抱怨，说莫里夫达走了，留下他一个，说叔叔手握重权，说他不愿意当神父，生活很苦，每次走进教堂，他都觉得教堂太大了。莫里夫达同情地拍着兄长的肩膀，就好像拍着在酒馆里遇到的陌生人那样。

莫里夫达试着找过布拉尼茨基，可这位仁兄云游打猎去了。他通过正在首都游玩的雅布翁诺夫斯卡公爵夫人求见扎乌斯基主教。他还试着寻觅二十五年前的老朋友，但并不容易。于是，他晚上又和兄长待在一起；和一个很久未见的人聊天很难找到话题，更何况这个人教务繁忙，弱小又虚荣。后来，华沙的每个人都让莫里夫达觉得空洞、虚荣。每个人都假装成那个不是自己的人。这座城市也在假扮自己，假扮成一座更大、更漂亮、更宽阔的城市，而不是一座普通的、满是泥泞小街的小城。所有的商品都贵得很，只能看看而已，而且都来自其他地方：英格兰的礼帽，巴黎的法式时髦长礼服，波兰时装——来自土耳其。但城市本身阴森、寒冷、空旷，到处都是空荡荡的广场，刮着咆哮的风。这里盖着宫殿，是的，就在沙石之上，泥污之中。仆人们把贵妇从马车里抬到木头人行道上，这样穿着厚重的裘皮大衣的女士才不会淹没在泥坑里。

莫里夫达厌倦这里。他于是把时间花在陪那些无所谓的人身上，灌葡萄酒，喝多了的时候，就开始讲一些令人吃惊的故事：寂静的海洋，或者正相反，可怕的风暴。风暴将他赤身裸体地刮到一座希腊小岛上，姑娘们发现了他……然后什么细节他就记不清了。当有人让他在另一群人里再讲一遍时，他都不知道他以前说过些什么，不知道自己的冒险故事已经走向何方。当然，故事不会偏差太远，总归围绕着神圣的阿索斯山和希腊海上的小岛，接着，以巨人似的步伐，跳跃到伊斯坦布尔或者罗德岛上。

至于他的新名字，莫里夫达——因为他现在就是这么告诉大家的——他讲述了许多不同的故事，但在华沙，关于名字的其中一个故事给人们留下了深刻的印象。他说，他是希腊海上一座小岛的国王，小岛的名字就叫莫里夫达。他光着身子上了岛，两个姑娘在沙滩上发现了他。她们是姐妹，来自一个土耳其贵族家族。他甚至给她们起了名字：吉门勒达和艾蒂纳。她们把他灌醉，引诱了他。他娶了她们，这是那里的传统，等她们的父亲仙逝后，他成了岛上唯一的主宰。他统治那里十五年，生了六个儿子，然后把小王国留给了他们。等到时机允许，他就把他们全都接过来，接到华沙。

听众们拍手称快。接着，他又灌下很多酒。

当周旋在更有学问的圈子里时，他会把故事改编成另外一副模样，是这么说的：由于他的与众不同，他偶然被选为小岛的统治者，多年来他尽心竭力地管理小岛，效果很不错。讲到这儿，他开始描述风土人情，异域风俗总能唤起听众的兴趣。他还举例说，他的名字是在士麦拿遇到的买卖丝绸和漆器的中国人给取的。他们叫他茉莉花(Molihua)。话一出口，他总能察觉到听众嘴上泛出轻蔑的笑容，至少那些更恶毒的人是这样。一提到茉莉花就会想到莫里夫达。

他还讲别的故事，天色越晚，故事就越罪恶越隐秘。在华沙，人们玩到天亮，女人们都很乐意，丝毫不感到羞耻，只消看上一眼，就能看出来贵妇们正在兴头上。有时候他甚至觉得奇怪：这在土耳其或在瓦拉几亚是不可想象的，那里的女人们都是独处的，与男人们保持着距离。女人们如此随便地调情，而她们的丈夫就在大厅的另一个角落。他常听人说，某个家庭里的孩子的父亲，并不是真正的父亲，真正的父亲是家族的朋友，或者是重要的客人，或者是有权势的表亲，而且阶层越高，越习以为常。没人对此大惊小怪，更没人批判；他们表现得恰恰相反，特别是如果孩子的父亲人脉又广地位又高。就比如全华沙都在传，恰尔托雷斯基①家的孩子的父亲是列普宁②，恰尔托雷斯基老爷为此甚是高兴。

到十一月底，莫里夫达终于有幸得见索乌迪克主教。主教此时正在谋求克拉科夫大主教之位。

他见识到了一个虚伪至极的人：幽暗莫测的双眼上下打量着莫里夫达，寻思着怎样才能人尽其用；微微下垂的面颊让主教看上去很有威仪，有人看到过消瘦的主教吗？也许只有在他长了绦虫的时候。

莫里夫达向他介绍沙巴泰·泽维派的案子，但没用深情的语调，也无意唤起对他们命运的关注，更不想用优美的词汇打动人心。他要找出合适的表达方式，想了一会儿后说：

"阁下能拿到一笔巨额财产。几百，也许几千犹太人，正投奔教

---

① 指亚当·卡齐米日·恰尔托雷斯基，波兰立陶宛联邦贵族，也是文学家、政治家，其家族是波兰著名的贵族家族。
② 指尼古拉·瓦西里耶维奇·列普宁，俄国元帅。叶卡捷琳娜二世时期最出名的军事和外交官之一，参与过瓜分波兰。

会而来，拥抱唯一的正确的信仰。他们中的很多人非常有钱。"

"我还以为，他们都是街头的穷光蛋。"

"富人们都跟着他们。他们想成为贵族，这无异于一座金山。根据联邦的法律，新信徒可以不受阻碍地争取贵族权利。"

"那会是世界末日……"

莫里夫达盯着主教，这个人好像有些不安。他的脸阴沉沉的，但右手不自觉地做着一个奇怪的手势，三个手指，大拇指、食指和中指紧张地搓着。

"他们的这个弗兰克是什么人？像他自己说的那样，是个蠢蛋、莽汉……"

"他是这么说的。他自称阿莫里奇，莽汉，来自希伯来语 Am-haarec……"

"你懂古犹太文？"

"知道一些，我听得明白。但他说的不是真的，他并不是莽汉。他接受过很好的教导，会读《光明篇》《圣经》和《摩西律法》；也许很多东西他不能用波兰语或者拉丁语讲出来，但他是个受过教育的人，而且很聪明。他决定的事都会去做，借助这样或者那样的支持……"

"你也是如此，克萨科夫斯基先生。"索乌迪克主教突然敏锐地说。

有用的真相和没用的真相
以及炮声信号

1758年这一年，卡耶坦·索乌迪克主教在华沙驻留了很久。华沙生活是愉快的，不乏消遣和快乐。秋天，人们纷纷从乡村的宅邸返城，可以说，交际季开始了。主教盘算的事不少。第一件，也是最重要的一件事，是期望——满怀喜悦地期望被提名克拉科夫主教。牌都发好了——他不停地提醒自己；这多少意味着，在他的朋友，克拉科夫主教、尤瑟夫的兄弟，也就是可怜的、病入膏肓的安杰伊·扎乌斯基死后，提名已经是板上钉钉了。三人之间达成了某种默契。安杰伊知道自己快死了，对死亡也看淡了，作为善良的基督徒，他要圣洁地走完一生，于是他给国王写了一封信，推荐索乌迪克为候选人。现在，他已经昏迷十多天了，再不理会尘世俗事。

索乌迪克主教得理会。他从犹太裁缝那里定制了新的长袍和一双新的冬季皮鞋。晚上和朋友们看看歌剧，共进晚宴。糟糕的是，总是发生——他自己为此也懊悔不已——半夜让人送回家之后又换套装束，再熟门熟路地去城市角落的某个旅店里打牌的情况。后来，为了不再增加巨额负债，他只玩小钱，却也大大提高了满足感。人啊，就唯独有这么个弱点！

扎乌斯基的朋友，卡塔日娜·克萨科夫斯卡也来到华沙。八面玲珑的女人，索乌迪克不喜欢她，但尊重她，甚至还有点儿怕她。她有种本事，能立刻感染每个人。她来首都是为犹太异端教徒寻求声援支持。她很快就争取到能帮得上忙的人，说服国王签署了一道铁令，保护那些想追随基督教信仰的可怜人。这也成了沙龙、宴会、歌剧院包厢里的时髦话题；人人都在谈论"犹太清教徒"。有人兴致勃勃，有人故作清高，用波兰式的讽刺腔调说着风凉话。克萨科夫斯卡送给主教一份出乎意料的礼物，一条镀金的银链子，上面挂着一个沉甸甸的十字架，也是银的，还镶嵌着宝石。价值连城的稀罕玩意。

如果不是在等待任命，主教可能会对她的事介入得更深。但他的竞争者众多。一旦安杰伊·扎乌斯基主教在克拉科夫亡故，就需要马上采取行动，第一时间出现在国王面前，给国王留下好印象。幸运的是，国王现在就在华沙，远离他自己的德累斯顿和萨克森；[①]那里已经被弗里德里克攻占，华沙更安全些。

把所有的犹太异端教徒都纳入教会的怀抱，这在上帝面前将是何等的功劳！世人从未见过这种场面，只有在天主教的波兰才可能发生。全世界都会为我们欢呼。

主教从十月起就在等，他想出了一个完美的方案。他下令在克拉科夫到华沙的沿途布置上迫击炮，每隔几里安插一个雇佣炮手，一旦克拉科夫主教宫传出扎乌斯基死亡的讯息，第一时间就向华沙方向发射炮弹。根据这个信号，再发射第二炮、第三炮，环环相扣直到华沙。用这样独特的传信方法，他可以第一个得到消息，比信使送来的官报要早得多。尤瑟夫·扎乌斯基理解朋友的不耐烦，这个主意是他从某本典籍里得到灵感后告诉索乌迪克的。

扎乌斯基想去克拉科夫看看行将就木的兄弟，但十二月出奇地温暖，河水仍在流淌，许多道路未通，也只能指望索乌迪克的炮声信号了。

人们最近一直在谈论教皇的一封信，信中指控犹太人用基督徒鲜血的行径，尽管这种行为最近很少。罗马的态度很明确，不可更改：指控乃无稽之谈，毫无根据。卡耶坦·索乌迪克心中却犯起嘀咕，他在晚宴上向朋友们——卡塔日娜·克萨科夫斯卡和尤瑟夫·扎乌斯基主教吐露：

"我亲耳听到过证词。我亲身经历了整个过程。"

"我很好奇，阁下在受刑的时候会招供什么。"克萨科夫斯卡扮了个鬼脸。

[①] 作为波兰国王，奥古斯特三世对波兰立陶宛联邦的事务不感兴趣，在他三十年的统治期间，他在波兰不到三年。

可扎乌斯基和这个案子是有牵扯的,索乌迪克曾在几年前向他详细描述过在马尔科瓦-沃利查发生的事。

"我想把这个可怕的问题放在某篇学术文章里。"他慢悠悠地说,"我会去图书馆研究所有可获得的资料。全世界有很多这方面的资料。我会去研究,如果主教事务不是太占用时间的话……"

他倒是真的愿意搞学术,最好不要踏出图书馆半步。他还马上摆出一副悲伤的表情。他的脸很生动,可以把每种情绪都呈现出来。他说:

"太可悲了,现在所有东西都要用法文写,而不是用我们神圣的拉丁文,我都没法写了,我的法文可没有那么流畅。可这里都是parle,parle[①]……"他试着模仿不喜欢的语言。

"喉咙干了。"克萨科夫斯卡打断他。

仆人立刻上前斟满他们的酒杯。

"我只能总结自己的想法。"扎乌斯基主教严肃地看着索乌迪克,但这位先生正忙着啃兔子骨头,好像并没有听到。他只好转向克萨科夫斯卡,她已经吃完了,现在正有些不耐烦,想要抽烟斗。他对她说:

"我专注于研究资料,我更重视对资料的反思。没有经过理性反思写出来的东西,我们经常读到,会把我们引入歧途。"

他停顿了一下,好像在回味自己的话,然后说:

"我的结论是,所有的误解都源于简单的单词误译,主要是希伯来字母。希伯来单词'Dam',"主教用手指在桌子上写下希伯来字母,"同时有'钱'和'血'的意思,这完全可能引发歧义,就好比我们要说犹太人嗜钱如命,但意思变成了嗜血如命。然后异想天开的人还会添油加醋地说,嗜的是基督徒的血,由此形成了完整的传言。可能

[①] 法语,意为讲话。

还有第二个原因：在婚礼上，两位新人要喝一种由葡萄酒和桃金娘混合起来的饮料，叫'Hadas'，而'血'在他们的语言里是'Hadam'，这也可能是指控的由来。'Hadam'和'Hadas'，听起来差不多，您明白了吗？我们的教廷大使是对的。"

索乌迪克主教把没啃完的骨头扔到桌子上，一把推开盘子。

"阁下在嘲笑我和我的认知。"他出乎意料地用平静和非常正式的口吻说道。

克萨科夫斯卡俯身朝向他们二位，朝向脖子下面还围着雪白的餐巾、喝酒喝红了脸的肥胖男人：

"为了真相去调查真相可不值得。真相本身总是复杂的。我们要知道的是，我们需要的真相是什么。"

她点着了烟斗，毫不在乎礼仪。

清晨，悲伤的炮声信号终于响了，索乌迪克得到了期待已久的消息，克拉科夫主教安杰伊·扎乌斯基死了。中午，卡耶坦·索乌迪克觐见了国王。这一天是1758年12月16日。

克萨科夫斯卡，卡缅涅茨的城督夫人，给利沃夫主教神父、参议员乌比恩斯基写了一封信

没有阿格涅什卡的陪伴，卡塔日娜哪儿都不会去。人人都知道，阿格涅什卡不在，什么都干不成。最近，甚至城督都要通过阿格涅什卡的安排才能和妻子见面。阿格涅什卡是个严肃、沉默的女人。行走的谜，城督这样评价她，奥尔良少女[①]。但在她的陪伴下，他的妻子变

[①] 指圣女贞德。

得温柔起来，收起了常常与丈夫针锋相对的戾气。如今，他们三人一起吃晚餐。要承认，自从阿格涅什卡掌管厨房，饭食好吃多了。她们两人甚至睡一个房间。随她们去吧。

阿格涅什卡正在为镜子前的夫人，也是自己的朋友，解开头发，为她在睡前梳梳头，再重新编成辫子。

"我掉头发了。"克萨科夫斯卡说，"我快秃了。"

"瞧您说的，您的头发就是这样的，稀少，但强韧。"

"不，我快秃了。别傻了，别骗我了……头发可是大事！所以我才戴帽子。"

阿格涅什卡耐心地用发梳梳着稀疏的头发。克萨科夫斯卡闭上眼睛。

她突然打了个激灵，阿格涅什卡冰冷的手放在了她的头上。

"还有一封信，亲爱的，"她说，"我给忘了。"

"哦不，我的夫人，今天的工作都结束了。"阿格涅什卡一边回答，一边接着梳头。

这时，克萨科夫斯卡抱住她，把她拉到自己的膝盖上。女孩没有反抗，微微笑着。城督夫人吻了吻她的脖子。

"就写一封给那个暴躁主教的短信。"

"好吧，但要上床写，喝肉汤。"

"你是个小女巫，你知道吧？"卡塔日娜说。她在阿格涅什卡的两肩之间来回摩挲，像摸小狗，然后松开了她的怀抱。

她坐在床上，靠着一个巨大的靠垫，从帽子的褶边下几乎看不见她。她口述道：

回到波多利亚后，我迫不及待地想向主教神父，向您致以热烈的、最诚挚的祝贺，祝贺您在阁下的前任，令人缅怀的米科瓦伊·丹姆波夫斯基遭遇不幸后，接任利沃夫主教。

与此同时，我真心实意地向主教神父推荐我丈夫的远房亲戚，安东尼·克萨科夫斯基。他在远方游历多年，刚刚回到联邦的怀抱，带着诉求找到我这儿，让我这位亲戚帮帮忙。这位克萨科夫斯基精通各种东方的语言，尤其擅长希伯来语。我相信，主教神父已经注意到可怜的犹太人了，他们像盲人一样寻找着真正的信仰，冥冥中正走向基督教这道唯一的光。我在这里，在卡缅涅茨，听说了此事，大家都在谈论。我们幸运地获得了国王的应允，他支持这些清教徒。我也全心全意地支持他们，因为我很早以前就在观察他们，这些摩西的孩子们，我看见他们在这里艰难地生活，就好像罪人一样，恪守着犹太教的清规戒律。如果阁下不吝能说上只言片语，我将不胜感激。

过几天，等天气好一些，我就去利沃夫。我希望能见到阁下身体健康。也请阁下记得，您永远是我们的贵客，无论是在我丈夫经常待的卡缅涅茨，还是在我经常去的布斯克。

皮库尔斯基神父
给利沃夫主教神父、参议员乌比恩斯基写了一封信

谨告阁下，在您不在利沃夫的这段时间，我设法了解到城督夫人庇护的人的一些情况。原来，莫里夫达先生（他的姓好像取自一座希腊海上的小岛，那里是他的领地，但查无依据）曾在瓦拉几亚有过一段呼风唤雨的生活，在那里他被奉为异端鲍格米勒派社区的长老，也就是我们这里常说的东正教的地下教派[①]。他还

[①] 鞭身派，俄罗斯正教属灵基督派的一支。

有另一个身份，安东尼·克萨科夫斯基，家徽是夜鹭，莱明吉安家的儿子，父亲是轻骑兵少尉，母亲来自萨莫吉希亚的卡缅斯基家族。他失踪了二十四年，现在却以"莫里夫达"的假名出现在国内。

这个异端的问题，在东正教信徒中已经流传了很多年。我只知道，他们认为世界不是由永生的上帝创造的，而是由他邪恶的兄弟撒旦创造。因此这世上才由邪恶和死亡主宰一切。叛逆的撒旦用物质塑造世界，但无法注入精神，因此向善良的上帝求助。于是，上帝将灵魂赐予万物，所以万物皆知：物质为恶，精神为善。弥赛亚即将第二次降临，有人认为，会以女人的形象出现。信徒多是些瓦拉几亚的农民，也有逃往土耳其的哥萨克，甚至还有鲁塞尼亚的农民、流民和最穷苦的下等人。我还了解到，他们所谓的经选举产生的上帝之母是一个重要的角色，必须是个纯洁的处女，拥有无可挑剔的美貌。他们不吃肉，不喝葡萄酒也不喝伏特加（让我奇怪的是，我得到华沙的消息说，莫里夫达并不排斥喝酒；这也许可以证明，他与该派已经决裂），没有结婚仪式；他们认为，在这种关系下出生的孩子是会被诅咒的。他们反而相信彼此间的精神之爱，与此同时，肉体之欢才是神圣的，甚至群体交欢也是。

毫无疑问，我们神圣的普世教会将谴责这种极端的异类，但教会足够大也足够强势，并不会被这些歪门邪道困扰。对我们来说，最重要的往往在于救赎信徒的灵魂。因此，我向阁下报告我的疑虑。一个彻头彻尾地接受过异端思想而现在努力帮助另一个异端教派的人，是否值得信任呢？我们亲爱的王国，正是因为我们大多数人对普世的天主教的共同信仰才得以长存，但分裂的危险依然存在。异教派的势力不断从东方、西方向我们施压，因此我们必须要保持警惕。特别是作为信徒,我的警惕性很强。

同时我再提示一件重要的事情,也是我们的共同关切。这位克萨科夫斯基-莫里夫达精通多国语言,尤其擅长土耳其语和古犹太语,以及希腊语、鲁塞尼亚语,当然还有拉丁语和法语。他广泛了解东方文化,懂得许多学科,还可以写诗。这些天赋帮助他平安度过那些波澜起伏的岁月,如果能确定他将全心全意尽忠职守,他的天赋会对我们很有帮助。

安东尼·莫里夫达-克萨科夫斯基
给乌比恩斯基主教阁下的信

我很荣幸能向阁下汇报我的第一项任务。我相信,我的观察报告能够稍微厘清反塔木德派的复杂情况,也就是厘清那些对我们基督徒来说是纠结的,以我们清晰的理性无法理解的,犹太教信仰中神秘而晦暗的秘密,还有我们无法看穿的黑暗的犹太精神。阁下委派我调查雅各布·莱伊波维奇·弗兰克和他的亲随。鉴于这位著名的雅各布·弗兰克并不在我国,并且是土耳其公民,受到奥斯曼帝国庇护,很可能就住在久尔久的家中,于是我去了趟萨塔尼夫,那里正在对反塔木德派进行犹太教审判,我当了一天观察员。

小镇很美,非常干净整洁,坐落在高坡上。一座巨大的犹太会堂俯视着整个城市,犹太街区围绕着它延伸开去,差不多有几十幢房子,然后是个集市,萨塔尼夫的犹太商人们在那里做生意。塔木德派犹太人在那座巨大的犹太会堂里审判异己。有很多看热闹的人拥进来,不仅是以色列人,还有好奇的基督徒,我甚至看到几个周边来的乡绅，但他们听不懂犹太话，很快就不耐烦地走掉了。

我必须告诉阁下，伤心地向您申明我的所见所闻，那根本不是审判，而是暴怒的拉比向受惊的人泄愤，那些无辜的小买卖人惊惧极了，顺着唾沫星子瞎说，不仅害了自己，还牵扯出朋友、同胞。指控者们怀着巨大的仇恨，我都担心被告人的生命安全，亏得有几个来自本地乡绅庄园的人在场，是些强壮的哥萨克农夫，压制住群情激愤的观众，才避免了滥用私刑。因为妻子离开了丈夫，就指控她们通奸；要不然，我知道，就让她们自己承认通奸。许多人的财物都被拿走了，然后他们被放走。没人同情他们，因为是自己人在迫害他们，所以我们的权力机构不能对他们施加保护。第一个遇害者是布热济内村的一个叫里贝拉的人，他被打死了，因为他想以雅各布·弗兰克的名义演讲。显然这里的人们还不知道，国王已经下令保护弗兰克的人。

我理解阁下对绝罚的震怒，这个希伯来词语的意思是"驱逐"，我也有同样的愤怒感。也许您不相信绝罚的神秘和它罪恶的力量，但现在我有了一个范例，能够描绘绝罚在这片土地如何发生——非法地选出一些人，夺走他们的生命、财产和健康。

在波兰，在我们基督徒定居的土地，真理的尘埃总是沾着我们额头上的汗水而来。在这里，和我们共处的还有上百万信仰着人类最古老文明的人们，也就是犹太人。几个世纪以来，他们从未停止从自己的会堂深处向天空发出哀伤的呐喊。孤独的、被上帝抛弃的呐喊，在世上独一无二。如果真有什么东西能把天堂的真相带到人间，那不就是他们专注的、用尽一生去表达的呐喊吗？

矛盾的是，对这些人的庇护不是来自他们的一奶同胞，却来自我们，信仰年轻于他们的兄弟。他们中的许多人带着信任投奔我们，好像孩子来到我们的主耶稣身旁。

因此，我请求阁下考虑，为这些人再一次举行教会审讯，天主教式的审讯，同时召唤那些指控他们的萨塔尼夫、利沃夫、布罗德和卢茨克的拉比们来辩论，还要召唤所有对他们提出过相当严厉的控诉，并最终对他们施以绝罚的人。我们可不害怕犹太人的诅咒，也不害怕犹太教的什么清规，我们只想站出来保护被迫害者，并给予他们在案件中发表意见的公正权利。

莫里夫达在信的结尾画了一个大大的优雅的花式线条，然后撒上沙子。等晾干了，他开始写第二封信，用土耳其语，写小字。信的开头是"雅各布"。

刀与叉

哈娜，雅各布年轻的妻子，喜欢整理自己的行李，她知道哪里包着纱巾，哪里放着鞋，哪里有润肤油和粉刺膏。她喜欢把打包的东西列个清单，整齐地、有点儿笨拙地写下来，这让她感觉到，自己像女王一样主宰着世界。杂乱无章最让人头疼。哈娜用指尖摩挲着笔头，等着单子上的墨迹干掉。她的手指又细又长，而且就算她总忍不住咬指甲，指甲还是很漂亮。

她正在列两个月后要带去华沙的物品清单，届时雅各布已经在那边安顿好了，天气也会更暖和些。他们会备上两辆车和七匹马。她和阿瓦查、伊曼纽尔乘第一辆车，还有保姆，年轻姑娘丽霞。仆人们和行李在第二辆车上，行李摞成金字塔型，再用绳子捆结实。她的弟弟哈伊姆，还有他的朋友们，骑马保护她的出行安全。

还在哺乳期的她，乳房被奶水撑得很涨。只要一想到它们或者孩子，奶水就会自己滴出来，好像等不及婴儿的小嘴巴似的，在她浅色的衬衫上留下印渍。她的肚子还没有完全瘦下来，生第二胎让她胖了不少，可小男孩出生的时候并不大。就在男孩出生的那一天，雅各布带领整支队伍穿过德涅斯特河进入波兰，因此雅各布在信里提出，要给他取名为伊曼纽尔。

哈娜坐起身把儿子抱在怀里，用依然肥大的肚子撑着他。乳房好像压到了婴儿的脑袋。小男孩长得很漂亮，脸是橄榄色的，眼珠是蓝色的，柔嫩得像花瓣一样。阿瓦查在角落里盯着妈妈，气呼呼的，假装在玩，但其实一直在观察她，还有弟弟。她也想吃奶头，但哈娜像赶一只令人生厌的苍蝇一样把女儿赶开："你太大了！"

哈娜很自信。她每晚都会在睡前默诵《舍玛》，认为这么做可以保护自己和孩子们不受坏情绪、噩梦或者恶灵的伤害，因为分娩让她的身体虚弱了很多。她向四位天使祈求，把他们看成和蔼友善的邻居，当她睡着的时候，他们会庇护这所房子。尽管她努力不去想象天使们的样子，但思想总会溜号，被她召唤的天使们的形象不断丰满起来。他们的身体越拉越长，像烛光那样摇晃着，在深深地入梦之前，哈娜惊讶地看到，他们就像雅各布告诉过她的那些银的和镀金的餐刀、餐叉和羹匙。他们站在她的上方，既不是守护她，也不是要把她切成肉块吃掉。

第十八章

讲讲德涅斯特河畔的小村庄
伊瓦涅，如何成为共和国

伊瓦涅离德涅斯特河河床的断层带不远，坐落在德涅斯特河上游的高地上，让人不禁联想到放在餐桌边缘的餐食，一个不小心，就会掉下去。

一条小河从村子中间流过，沿河形成了很多天然的水塘，每隔几十步就有一个。水塘又生出许许多多的小池塘和水洼，曾经有人在这里养过鸭和鹅，留下一地白色的羽毛。最近一次瘟疫过后，村子也寥落了。大概从八月起，在邵尔家的资助下，经由主教慷慨同意，正统派在这里定居下来，村子逐渐恢复了生机。国王的铁令颁布后，人们从南方，从土耳其，还有从北方，从波多利亚的小村落，跋山涉水赶到伊瓦涅。大多数人当初被驱逐出波兰，在边境地带扎营，等到终于重返家园时，却发现家园已经不在了。他们的工作被派给别人，房子也被抢走了，有别的人住进去，如今要想拿回房产就得凭武力或者靠法庭。有些人失去了一切，特别是那些做买卖的人。他们曾拥有铺面和许多商品，现在什么都没了。比如纳迪夫那的施罗莫和他的妻子维泰勒，他们在纳迪夫那和科佩钦齐都有羽绒被作坊。那时，冬天，女人们来到作坊撕羽毛，维泰勒是总管，因为她头脑敏捷又聪明。庄园和别墅里的乡绅们都来订购她们缝制的暖和的被子。被子非常好，羽绒很轻，很好闻，再套上绘有玫瑰色图案的艳丽的土耳其锦缎。但一切都在骚乱中毁了。风把羽毛吹散，散落在整个波多利亚，锦缎被糟蹋了，要不就被抢走了。房顶也烧没了，屋子再也不能住了。

冬天，覆盖着芦苇草的小房子让大地呈现出黑色和白色交织的景象。蜿蜒在房子之间的道路，一直延伸到坑洼不平的院落，院子里散落着废弃的犁、耙、锅。

切尔诺夫策的奥斯曼现在是主管，他命令在村子入口设置守卫，以免外人闯入。有时候，入口的地方堵满了马车，冰冻的泥土被马踩出许许多多的蹄印坑。

要进村的人得首先找到奥斯曼，留下所有的钱财和值钱的物品。奥斯曼是管家，他有一个上锁的铁皮箱，保管着共同财产。他的妻子哈娃是雅各布的姐姐，掌管着全波多利亚和土耳其信徒送来的礼物，有衣服、鞋、劳动工具、锅、玻璃，甚至还有小孩的玩具。每天晚上，由她给男人们指派第二天的活儿：有人带着车去农民那里收洋葱，有人收卷心菜。

全村人集体饲养奶牛和几百只鸡。鸡刚刚买好，现在正好能听见他们搭鸡舍的声响——他们在做木头笼子。房子后面是漂亮的小花园，但是花并不多，因为他们过来得太晚了，八月才来。屋顶上爬着葡萄藤，没修过枝的野葡萄又小又甜。他们种了些南瓜，还有大量的李子，个头小，又紫又甜。苹果树上结满了苹果。现在已过霜冻，万物灰蒙蒙的，冬天的腐烂大戏就要开场了。

整个秋季，每天都有人加入进来，从瓦拉几亚和土耳其来的人尤其多,还有来自切尔诺夫策、雅西的,甚至有来自布加勒斯特的。这都要归功于奥斯曼,是他吸引所有农奴前来,首先来的就是那些已经皈依了伊斯兰教的苏丹的农奴。他们和本地的、波多利亚的犹太人只有一点儿差别:他们晒得更黑,更活泼,他们的歌声更轻快,更愿意跳舞。这里融合了各种语言、服饰、头饰。有人戴着穆斯林头巾,比如奥斯曼和他的大家族;有人戴着毛茸茸的犹太帽;还有人头上戴着土耳其毡帽;北方来的则戴着四角帽。孩子们很快就熟悉了彼此——土耳其小孩围着池塘追赶着波多利亚小孩,等河水结冰,他们就在冰上跑闹。但生活还是有压力的。他们暂时只能和孩子们一起挤在小小的房间里,房间里放着全部财产,还非常寒冷,因为他们唯一缺少的就是烧火用的木头。清晨,小窗户上的玻璃结上一层霜,顽皮地模仿着春天的树叶、蕨叶芽和花蕾。

科佩钦齐的哈伊姆和奥斯曼一起为过来的人分配屋舍。哈娃照顾大家的起居,分配毯子和锅,告诉大家哪里是厨房,哪里可以梳洗;村子尽头竟然有一个浴池。她解释说,在这里大家一起吃饭也一起做饭,然后共同劳动:女人负责缝补,男人修缮房屋、准备柴火,只有孩子和老人才有牛奶喝。

于是,女人们洗衣、做饭、缝补、哺乳。已经有个婴儿出生了,是个男孩,取名叫雅各布。男人们早起去赚钱,做些买卖和生意,晚上一起商量要事。几个少年负责伊瓦涅的信件,他们骑着马带着包裹,如果需要的话,他们还会去卡缅涅茨,甚至穿越边境去土耳其,去切尔诺夫策。从那里,信被送到更远的地方。

第二个哈伊姆来自布斯克,是纳赫曼的兄弟。他昨天带来了一群山羊,公平地分配给各个屋舍。大家都非常高兴,因为孩子们没有牛奶。被分配去厨房的年轻姑娘把小不点儿们留给年长的女人,她们把孩子们集中在一间屋舍里，并称之为"幼儿园"。

十一月底，伊瓦涅的所有人都在等待雅各布的到来。他们派出探子去土耳其那边。男孩子们在高岸边排成排，眼巴巴地望着浅滩。村子沉浸在庄严的寂静中，所有东西昨天就准备妥了。雅各布的屋子整洁亮堂，破旧的地板撒过石灰，铺上了地毯，窗户上挂着雪白的窗帘。

终于，河对岸传来哨声和呼喊。他来了。

切尔诺夫策的奥斯曼喜气洋洋地等在村口，刚一看到他们，就用优美洪亮的声音唱道："我的主巴鲁赫吉……"等待的人群激动地跟着旋律唱起来。转弯过来的队伍看上去像一支土耳其部队。队伍中间有一辆马车，人们好奇地盯着那里，寻找着雅各布。但雅各布是最前面的那个人，骑着灰色的马，一身土耳其打扮，戴着头巾，穿着袖子宽大的蓝色裘皮大衣；长长的黑胡子为他增添了一些沧桑感。雅各布走过来，用额头贴了贴奥斯曼和哈伊姆的额头，用手掌摸了下他们妻子的头顶。奥斯曼引他走向最大的那幢房子。院子都打扫干净了，门口铺着杉树枝。但雅各布却指着房子边上的一个小棚屋，一个石灰砌起来的老屋子，说想自己住，哪儿都可以，院子里的这个棚屋也行。

"你是领袖。"哈伊姆说，"怎么能自己住，还住棚屋呢？"

雅各布仍然坚持。

"我睡在棚屋里，简单些。"

奥斯曼不太理解，但仍顺从地安排人把小屋打扫出来。

沙巴泰·泽维的圣衣袖子

维泰勒有着秋草色的卷发，她身材高挑、匀称。她扬着头，指定由自己服侍雅各布。到处都有她的身影，她眼光敏锐，精神奕奕，爱开玩笑，她还牙尖嘴利。本来雅各布的屋舍就在他们的院子里，所以她更义无反顾地担负起守卫主人的角色，直到雅各布真正的妻子哈娜带着孩子们到来。维泰勒有段时间掌控着雅各布的起居。人们总想从他那里得到些什么，打扰他。她把大家赶走，不让他们进屋，还给他送来土耳其炉子。如果有人过来想看看主的房子，维泰勒就会把篱笆上的马毡子拍打得尘土飞扬，用自己挡住入口。

"主在休息。主在祷告。主在睡觉。主在为伊瓦涅祈福。"

白天，大家都在干活，经常能看到雅各布敞开衣衫——他从不觉得冷——要么在精力充沛地伐树，要么在卸车搬面粉袋。等天黑了，大家聚集起来上课。从前，女人们和男人们各听各的，但在伊瓦涅，主从一开始就立下不一样的规矩。如今的课是上给所有成年人的。

长者坐在长凳上，年轻人坐在粮食包上，一个挨着一个。每堂课刚开始的部分最为精彩，因为雅各布总讲些好笑的事开场，引得大家哈哈大笑。雅各布喜欢讲下流笑话。他说：

"年轻的时候，我去过一个村子，那里的人从来没见过犹太人。我走进一家客栈，里面坐着妓女和农民。妓女们在纺纱，农民们给她们讲故事。有个人看见我，他立刻开口攻击我，嘲弄我。他说，犹太教的上帝有一次和基督教的上帝一起走，基督教的上帝给了犹太教上帝一拳。大家都被逗乐了，开始笑起来，好像这是一个精彩的笑话，但事实并非如此。我回敬了他们一个穆罕默德和圣彼得的故事。穆罕默德对彼得说：'我真想用希腊人的方式对付你。'彼得可不想，但穆罕默德太强壮了，把他绑在了树上，然后开始做他的事。彼得拼命地号叫，说自己屁股疼，说只要他停下来，就供奉他做自己的圣人。我的这个小故事让农民们还有妓女们都垂下了眼睛，接着，那个最起劲的人平和地对我说：'这样吧，我们别争了。我们再也不议论你的上帝了，你也别再讲我们的。让我们的圣彼得消停会儿吧。'"

男人们咧开嘴笑起来，女人们垂下眼睛。大家喜欢雅各布，他神圣又智慧，丝毫没有架子，自己住着一间小屋，穿着普通的衣裳。因此大家都爱他。女人们尤其爱他。正统派的女人自信又聒噪，喜欢调情，欣赏雅各布所说的：要忘记那些土耳其的习俗，不能大门不出二门不迈。他说，伊瓦涅需要男人，同样也需要女人，需要女人做些男人做不了的事。

雅各布还教导说，再也没有一件东西是仅仅属于一个人的，没有私人物品。如果有人需要什么，可以向拥有者请求，然后就会得到。如果缺什么，不管是鞋坏了，还是衬衫破了，都可以去找奥斯曼管家或者哈娃，他们会伸出援手。

"不要钱吗？"一个女人叫出来。

其他人回答了她：

"要漂亮的眼睛……"

笑声响起来。

不是所有人都认同应该交出自己的一切。华沙来的耶鲁西姆和哈伊姆坚持认为，这行不通，人的本性是贪婪的，想要的会越来越多，会拿自己得到的东西做交易。但另一些人，比如纳赫曼和莫舍，却说确实看到过这种集体的运作。他们支持雅各布。纳赫曼对这个理念大为赞赏，经常能看到他在屋子里一边走来走去，一边说：

"这才是世界在没有法律之前的样子。一切都是共有的，每件东西都属于所有人，所有人都得到了满足。原本并没有'不偷盗''不奸淫'的字眼，如果有人说了这些词，没有人能理解。他们会问，什么是'偷盗'，什么是'奸淫'？我们就应该这样生活，因为我们已经不受旧有法律约束。三位圣人已经降临：沙巴泰、巴鲁赫吉和现在的雅各布。他是最伟大的，他拯救了我们。我们应该高兴，他出现在我们这一代。旧的律法已经失效了。"

光明节里，雅各布把沙巴泰·泽维的衬衫碎片当作圣髑分给大家。这对整个集体来说是件大事。第一位圣人扔给儿子哈勒维的，就是这件衬衫；不久前邵尔花了大价钱，从在克拉科夫的哈勒维的孙女那里买下整整两条袖子。和最小的指甲盖差不多大的织物碎片，装在樱桃木的小盒子里，再放进皮袋或皮包，作为护身符挂在脖子上。剩下的衬衫放在奥斯曼家的箱子里，留给未来将加入的人。

雅各布的触碰

来自波德盖齐的莫舍无所不知，他坐在正在纺纱的女人们中间最温暖的位置上。一缕缕芬芳的气息在木头屋顶下飘飘荡荡。

"你们都知道关于埃洛希姆[①]遇到疾病恶灵阿什图尔维的祈祷词。"他说，"阿什图尔维通常会驻留在人体的某些部位，让人生病。埃洛希姆对恶灵说：'你既不能喝光大海，也不能对人再做恶事。'雅各布，我们的主，就像埃洛希姆，他能与疾病恶灵对话。只要他用嫉恶的眼神看一眼恶灵，恶灵就消失了。"

听起来很有说服力。总有人等在雅各布小屋的门口，如果维泰勒放他进去，他就能站在主的面前。主会把手放在病人的头上，然后用

[①] Elohim，是希伯来语中对"神"最常用的称谓之一；Eloha 同样是对神的称呼，主要在《约伯记》中多次出现。

拇指反复摩挲他的额头,有时会吹一吹脸庞。这总归有作用。大家都说,他的手热乎乎的,能融化所有疾病、所有疼痛。

雅各布的名声很快就传开了,后来农民们也都赶来伊瓦涅,他们称之为"恰普秋"①。他们怀疑地看着周围的怪人,这些既不是犹太人,也不是吉卜赛人的人。主也会把手掌放在他们的头上。他们则留下鸡蛋、母鸡、苹果和小米。哈娃小心翼翼地把这些东西收进自己的房间,然后再公平地分发出去。每个孩子都能在安息日得到一枚鸡蛋。哈娃会这样说:"为了安息日。"哪怕雅各布禁止纪念安息日。奇怪的是,大家仍然用一个安息日到另一个安息日的间隔来计算日子。

二月,发生了一件奇怪的事,真正的奇迹,只是知道的人不多。主不让说。哈伊姆亲眼所见,一个病入膏肓的波多利亚女孩被送进来时,人已经快死了。她的父亲撕心裂肺地哭号,绝望地揪着胡子,这可是他最心爱的女儿。他们把她送到小屋来找雅各布。雅各布来了,只说让他们安静,然后关上门和姑娘独处了一会儿,等他出来的时候,她恢复了健康。他让她以后只能穿白色衣服。

"你对她做了什么?"维泰勒的丈夫施罗莫问道。

"我和她结合了,然后她就康复了。"雅各布回答,并不想多说此事。

温文尔雅、彬彬有礼且认真严谨的施罗莫一时没听明白,怎么也缓不过神。晚上,雅各布好像看出了他的纠结,向他笑了笑,温柔地拉过他的脖子,像女孩拉男孩那样。他向他的眼睛吹了口气,让他不要告诉任何人,然后就走开了,没再理会施罗莫。施罗莫告诉了妻子,她发誓保守秘密。但不知怎么,过了几天,几乎所有人都知道了。语言就像蜥蜴,什么都关不住它。

---

① 和"沙巴泰·泽维派"发音近似,是"笨蛋"和"衣服"的组合词。

女人们在拔鸡毛的时候聊些什么

第一，她们聊上帝以圣雅各的脸为范本，创造了人类面容的天使。

第二，聊月亮上有雅各布的脸。

第三，聊如果和自己的丈夫生不出孩子，可以雇男人，和他们要孩子。

她们提到《圣经》里的故事，关于雅各和利亚的儿子以萨迦。利亚雇雅各和她睡觉，然后生下了这个儿子。她用吕便在沙漠中找到的曼陀罗草雇了雅各，而这棵曼陀罗草也是无法生育的拉结想要的（后来拉结吃下曼陀罗，为雅各生下约瑟）。这都写在《圣经》里。

第四，聊雅各布甚至连小手指都不用碰一下，就能让她们为他怀上孕。

第五，聊上帝刚把天使创造出来，天使立刻就张开嘴赞美神。当上帝造出亚当，天使们马上问道："他是我们要敬仰的那个人吗？""不是。"上帝回答，"他是个贼，会从树上偷走我的果子。"等诺亚出生的时候，天使们热切地问上帝："他是我们要赞颂的那个人吗？"上帝非常不耐烦地回答："不是，他是个普通的酒鬼。"当亚伯拉罕出生的时候，天使们又问，但上帝非常愤怒地回答他们："不是，他出生的时候未受割礼，一直到皈依我的信仰。"以撒出生的时候，天使们仍然满怀期待地问上帝："是他吗？""不是。"上帝不高兴地回答，"他爱自己的大儿子，他的大儿子恨我。"直到雅各出生，天使们又一次问出同样的问题，并终于听到："是的，就是他。"

几个盖屋舍的男人停下手里的活，站在门边偷听女人们讲话。突然，有人猛地用力抬手抖了一下篮子，男人们的头上落满了白色的羽毛。

被选中的女人

"去找他吧。"丈夫对维泰勒说,"他对你很满意。你会被赐福的。"
但她拒绝了。
"我是你妻子,怎么能和他睡觉呢?这是有罪的。"
施罗莫柔情地看着她,就像看着孩子一样。
"你这是老思想,你好像对这里发生的事还不了解啊。没有罪,也没有丈夫。没有丈夫。救赎的时刻已经来了,我们没有罪了。他为我们大家付出,他想要你。你是最美的。"
维泰勒糊涂了。
"你知道的,我不是最美的。你自己到处看看,这里有那么多姑娘。你呢?你怎么办?"
"什么我怎么办?如果我是你,维泰勒,我就不会问。我马上就去。"
维泰勒接受了这番说辞,终于释然了,她好几天都想不了别的事情。曾经和他亲近过的女人们说,雅各布有两根阳具。确切地说,是只要他想,他能勃起两次,可如果他不想,一次就满足了。不久后,维泰勒就能获得肯定或者否定这种说法的发言权。

四月,雅各布派车接来了哈娜。此后维泰勒就不再每晚去雅各布那儿了。他称呼哈娜"夫人"。为了表示对夫人的敬重,村里举办了宴会,女人们融化了鹅油,烤了好几天面包,然后放在哈娃的屋里。

维泰勒躲在雅各布和哈娜的房下,偷听他们做爱。她宁愿自己只是偶尔为之,但可惜啊,她禁不住想听。她的肚子里好像有东西被搅动了。她听不懂他们在聊什么,因为他们说土耳其语。维泰勒一听到雅各布说土耳其语,身体就潮热,下一次要让他也这样对自己说话。她无须等待太久，因为一个月后，在五月，哈娜阴沉着脸，郁闷地返回土耳其。

十二月，主让所有成年人集合起来。大家围成一圈，沉默地站了很久。主禁止交谈，没有人敢说话。然后他让男人们退到右边的墙下。他从女人里选出七个，就像第一位圣人沙巴泰曾做过的那样。

首先他拉起维泰勒的手，给她取名艾娃。被第一个选中的维泰勒不明白是怎么回事，脸腾地红了，紧张地左右摇摆，完全失去了信心。她羞愧地站着，顺从得像只母鸡。雅各布让她站在自己的右边。然后他选了瓦依格薇——年轻姑娘，布斯克的纳赫曼的新婚妻子——给她取名萨拉。她像要被斩首似的悲伤地走着，低垂着头，瞟了眼丈夫，等待接下来会发生的事。雅各布让她站在维泰勒后面。在她后面的是雅库布·马约莱克的妻子艾娃，取名丽贝卡。然后他久久地看着女人们，但她们都低垂着眼睛。最后他向漂亮的斯普里奈娃伸出手，十三岁的她是埃利沙·邵尔的年轻儿媳，他最小的儿子沃尔夫的妻子；他叫她贝尔莎娃。接下来的人排左边，第一个是伊扎克·邵尔的妻子，取名拉结；然后是纳迪夫那的哈伊姆的妻子，取名利亚；最后是蓝茨克鲁尼亚的乌赫拉，取名阿菲莎·书拉密。

所有这些名字都是宗族长妻子的名字，所以被选中的女人们都沉默地站着。她们的丈夫也沉默地站着。突然，纳赫曼的新婚妻子瓦依格薇哭了起来。现在可不是哭的时候，但大家都理解。

哈娜阴沉的表情揭示了
伊瓦涅的下述细节

在小小的屋子里，人们并排睡在臭烘烘的、就要散架的床上，要么就睡在地上。旧稻草当作床单。通铺就是他们的床。只有少数人拥有铺着亚麻床单的床。邵尔家的小屋便是其中最富有的。

所有人都脏兮兮的，邋里邋遢。甚至连雅各布都长了虱子，那是因为他和当地的荡妇们厮混。哈娜这样猜，她也知道这是一定的。

这根本算不上什么集体，只不过是些乌合之众。一些人甚至无法和其他人沟通，就比如那些日常说土耳其语或者拉迪诺语的人，像哈娜；他们也不了解这里的犹太人。

这里有很多病人和跛子。没人治得了他们，抚摸并不能包治百病。第一天，哈娜就亲眼看见又一个孩子死了，咳嗽，然后窒息而死。

还有很多穿着松垮的女人，是些寡妇，有一些是无法再婚的阿古纳，也就是丈夫已经失踪的女人，因为无法证实丈夫已死亡所以不能再婚。还有一些别的女人。哈娜认为，有的人根本就不是犹太女人。她们秀色可餐，因此才被允许留下。这里的人可以和任何人睡觉，大家竟都习以为常，甚至为此赋予了某种意义。哈娜不明白，为什么男人那么渴望交媾，这种行为并没有什么美妙可言。生了第二胎后，哈娜彻底失去了欲望，丈夫皮肤上其他女人的气味让她提不起神来。

哈娜觉得雅各布完全变了。一开始，他对她的到来非常欣喜，但却只和她睡过两次。现在他的脑袋里装着别的东西，可能是别的女人。维泰勒整天围着他转，常常愤愤地看着哈娜。和哈娜相比，雅各布更愿意和大家待在一起。听哈娜讲话的时候，他总是心不在焉的。他更关心阿瓦查，不管去哪儿都带着她。他把她扛在肩膀上，小家伙觉得，自己像骑着一头骆驼。哈娜留在屋里喂奶，她担心儿子会在这里染上毛病。

小伊曼纽尔总是病恹恹的。他禁不住伊瓦涅的寒风，也禁不住这里异常漫长的晚冬。土耳其奶妈每天都和哈娜唠叨，说她不想待在这儿，说这里的一切都让她恶心，而且她马上就要没奶水了。

在她们的老家尼科波尔，春天已经来了。可这地方，第一株青草还没从腐烂的泥地里钻出来呢。

哈娜思念慈祥的父亲，思念儿时就过世的母亲，每次想到她，哈娜就陷入对死亡的恐惧。

莫里夫达到访伊瓦涅

莫里夫达离开华沙，启程前往利沃夫。道路再次结冰，尽管依然冰冷刺骨，但又能通行了。拜会了乌比恩斯基主教后，一位负责反塔木德派事务的兹维什霍夫斯基神父派他去伊瓦涅。神父给了他一整箱《教理问答》和启蒙手册，还有念珠和胸牌。莫里夫达觉得自己就像个贩卖宗教信物的商贩。他把一尊圣母像单独包在麻絮里。这尊圣母像由椴树雕刻而成，有点粗糙，色彩鲜艳，是克萨科斯卡夫人送给弗兰克太太的礼物和纪念品。

1759年3月9日，他到达伊瓦涅。刚一踏入此地，他就情不自禁地激动起来——眼前的一切太像他那个位于克拉约瓦附近的小村子了：一样的组织方式，只不过更清冷一些，所以没那么舒适；气氛也一样，节日一个接一个。天气更是锦上添花，微微结霜，冬日的太阳高高地挂在天上，将干燥的、锐利的光线抛向大地。世界看起来焕然一新。人们在洁白的雪地上踩出一条条小路，可以辨别出他们的去向。莫里夫达始终认为，在雪地上生活才会更加虔诚：一切都将返璞归真，每一条戒律都更有约束力，每一项要求都会被更纯粹地遵从。人们欢迎他的到来。尽管白天尚短，冰雪未化，但大家看上去容光焕发。孩子们抱着小狗跑向他的马车，妇女们还没干完活就兴高采烈地赶过来，还有满脸笑容的、好奇的男人们。烟囱里冒出的烟笔直地升上高空，仿佛在表示此地的祭品被全盘接纳了。

雅各布将他郑重地迎进来。但当他们进入那间小小的屋舍，只剩下他们两个人的时候，雅各布从狼皮大衣下一把拉过莫里夫达，紧紧地抱住他，拍着他的后背，用波兰语反复地说："你总算回来了。"

大家都在这儿：邵尔兄弟，他们的父亲没来，因为老人挨打后尚未痊愈；耶乎达·克里萨和他的弟弟、姐夫；刚娶了小姑娘的纳赫曼（莫里夫达觉得，他娶年纪这么小的姑娘简直下流至极）；一身烟气的莫舍和另一个莫舍，后者是个卡巴拉学专家，带着一大家子人。此时此刻，大家挤在一间狭小的房间里，房间的窗户蒙上了一层美丽的霜花。

雅各布在欢迎晚宴的桌子中位，背靠着窗。身后的窗户敞开着，像个画框。雅各布就坐在夜晚描绘的暗色背景里。大家握过了手，依次对望，用眼神再次示意，就好像多年未见一般。接着举行祈祷仪式，莫里夫达还记得这个仪式，他稍微恍了恍神，然后和他们一起祷告起来。后来大家不停地聊着，好几种语言，热闹极了。莫里夫达用流利的土耳其语说服了那些尚有疑虑的奥斯曼帝国的追随者，这些人尽管看上去表现得像土耳其人，但喝起酒来与波多利亚人几乎一模一样。雅各布大声说笑着，兴致很高，看起来吃得津津有味。他夸菜肴可口，讲着奇闻轶事，引来阵阵笑声。

莫里夫达曾思考过一个问题：雅各布会害怕吗？他想了想后认为，雅各布压根儿不知道这种感觉，好像他天生就没有恐惧感。这给了雅各布一股力量，人们透过他的皮肤能够感觉到，然后这样的无所畏惧会逐渐蔓延开来。犹太人总是担惊受怕——莫里夫达想——怕神，怕哥萨克，怕不公平，怕生活无着，怕饥寒交迫，因此雅各布是他们的救星。无所畏惧就像一轮光环，人们能在其中取暖，让小小的、冰冷的、颤抖的灵魂得到些许温暖。无所畏惧的人很有福气。雅各布经常说，尽管大家身处地狱边缘，但好在和他同在一处。如果雅各布离开片刻，聊天就会瞬间中断，没有他在便没有了情绪。他的存在本身构建起一种秩序，大家的眼睛不自觉地追随他，就像追随着火。正如此时此刻，雅各布就是照亮黑夜的火把。夜更深了，大家跳起舞来。先是男人们自己跳，围成圈，迷迷糊糊地，跳累了再回到桌子边。这时，出现了两个舞娘。其中一个后来留下陪莫里夫达过夜。

一天傍晚，莫里夫达郑重地向大家宣读了几天前他代表瓦拉几亚、土耳其和波兰兄弟们写给波兰国王的信：

> 雅各布·尤瑟夫·弗兰克抛弃全部家当，带着妻子、孩子还有六十多个来自土耳其和瓦拉几亚的人离开家乡，命悬一线。他只会说自己的母语和一点点东方语言，不了解我们这个最圣洁的王国的风俗，更没有带领这些人在此地生活的门路。这支庞大的队伍被真正的信仰所吸引，只求在您，在最仁慈的陛下的王国，和我们的人民一样有容身之地、果腹之法……

说到这里，莫里夫达咽了下口水，顿了顿，他忽然萌生出某种疑问，犹豫着这样写会不会无礼。国王能得到什么好处？特别是他的臣民，那些在天主教国家土生土长的农民、蝇营狗苟的穷人、被遗弃的孤儿、身残的老人，都盼望着救助。

> ……这样我们就能够安顿下来，因为我们再也无法忍受和塔木德派共处，那会相当危险，这个残酷民族的人们一直叫嚣，说

我们是信仰的墙头草,是异端邪说等等。

　　他们才不理会陛下您的法令,他们对我们紧追不放,掠夺我们的财产,殴打我们的身体,不久前在波多利亚就发生了这种事,就在陛下您的眼皮底下……

　　大厅深处传来一声呜咽,紧接着更多的人呜咽起来……

　　……所以,我们恳请陛下在卡缅涅茨和利沃夫设立仲裁所,这样我们的财产就能被还回来,妻子和儿女能被放回来,卡缅涅茨的法令能够得到执行,陛下您的公开信能够发挥作用。也因此,那些躲起来的、渴望和我们一样追随信仰的兄弟,就能够毫无畏惧地站出来;地方上的领主就可以帮助他们加入神圣的天主教。塔木德派也不能再压迫他们,他们能够去更安全的地方,或者来投奔我们。

　　听众们非常喜欢这种华丽的辞藻,莫里夫达对自己的表现也相当满意,他在地毯上半躺下来。自从哈娜来了以后,雅各布的屋子换成了大间,哈娜照土耳其的风格做了布置。与之不相协调的是,窗外风雪交加,屋子的小窗户上满满地覆盖着松散的雪末儿。当有人开门,新鲜的灰尘被裹挟进来,屋里会扬起咖啡和甘草的香气。似乎还有几天,春天就要到了。

　　"我会陪你们几天。"莫里夫达说,"在你们这里就像在士麦拿一样。"

　　这是真心话,和这些犹太人相处可比在华沙感觉舒服多了,那边连咖啡都做不好,兑的水太多,斟得又太满,喝了就难受烧心。在这儿,他要么坐在地板上，要么坐在矮桌边弯曲的长凳上，桌子上摆着用小杯子盛的咖啡，就像给小孩子用的那种。在这里他还能喝到正宗的匈牙利红酒。

哈娜走过来，热情地和他打招呼，然后把雅各布的女儿小阿瓦查交给他，真是个小美人。孩子很乖，很安静。莫里夫达又大又红的胡子让她很是好奇。她的眼睛眨也不眨地盯着他，很专注，好像要找出是谁施的魔法。

"她对叔叔动心啦。"雅各布打趣道。

晚上，算上奥斯曼、华沙的哈伊姆和纳赫曼，就剩下五个人。打开第三罐葡萄酒时，雅各布用手指着莫里夫达说：

"你见过我的女儿了。要知道，她是女王。"

大家纷纷附和，但他并非想得到这样的敷衍。

"莫里夫达，你可不要以为，我是因为她的美貌才叫她女王。"

他顿了顿。

"不是的，她骨子里就是女王。你们还不了解她会有多么伟大。"

第二天晚上，为数不多的几个兄弟在饭后聚到一起。莫里夫达总算在喝醉前想出了说服乌比恩斯基大主教的办法。尽管主教对他们是否真心皈依教会仍有疑虑，但事情正朝着最好的方向发展。然后，他开始为克里萨和施罗莫·邵尔代笔写信，制造出有很多人祈求洗礼的假象。

"你太狡猾了，莫里夫达。"布斯克的纳赫曼一边拍着他的背，一边对他说。

大家被这个纳赫曼逗得哈哈大笑，笑他再婚以后，不管走到哪里，他的小老婆就跟到哪里。纳赫曼好像对这次婚姻也很恐惧。

莫里夫达突然大笑起来。

"你看，我们从来就没有过野人，但法国和英国都有布须曼人①。这些波兰的贵族很想把你们这些野人拉拢过来。"

看吧，哈娜用马车拉过来的久尔久葡萄酒已经产生反应了。大家你一言我一语地聊着。

"……你为什么背着我们自己去找丹姆波夫斯基主教？"施罗莫·邵尔抓住克里萨不太干净的衣领，怒气冲冲地问，"你一直自己找他，是不是要自立山头捞好处？你们看看他。所以你才自己回乔尔诺科津齐去取主教的信吧？他在信里承诺，会护你周全了吧？"

"是啊，他承诺了，承诺我们在王国内将获得自由。洗礼的事压根儿没提过。这本就该是我们要坚持的。他死后，一切都化为泡影。可你们，一群蠢货，像蛾子一样争着抢着要洗礼。洗礼的事压根儿没提过！"克里萨挣脱开来，一拳打到墙上，"那时还有人派了打手找我，差点儿把我打死。"

"克里萨，你胡搅蛮缠。"施罗莫·邵尔说完，径直走进风雪中。

门打开的工夫，雪飞进屋子里，一落到云杉地板上就化了。

"我认可克里萨的话。"耶鲁西姆说。

其他人附和着说，洗礼的事等等再说。

莫里夫达插话道：

"在这件事情上，克里萨，你有道理。在这里，在波兰，没有人会给予犹太人完整的权利。要么你成为天主教徒，要么一无是处。现在贵族们让你尝到了甜头，那是因为你站在其他犹太人的对立面，而一旦你想另起山头，树立自己的信仰，他们是不会让你安生的，直到见到你折服在教会的十字架下为止。如果有人认为事情并非如此，那

---

① 一种贬损的称呼，意为"丛林人"，借指黑人。

他就大错特错了。在你们之前曾有个阿里乌派,是基督教的异端,他们行事温顺,比你们听话得多。然后呢?他们殉难了,最后被赶走了。财产被褫夺,人要么被杀,要么被驱逐。"

他悲叹。克里萨又惊叫道:

"你们想直接扑进利维坦的嘴里吗?……"

"莫里夫达说得有道理。除了洗礼我们别无选择。"纳赫曼说,"再说了,只是表面做做。"他小声补充了一句,然后不确定地看了看莫里夫达。莫里夫达刚点上烟斗。他吐出一团烟,有那么一会儿,烟遮住了他的脸。

"怎么表面做做?他们会把你们盯得死死的。你们可得做好准备。"大家再次沉默下来。

"你们对交媾有别的理解。在你们这里,丈夫不和老婆睡觉没什么大不了,算不得什么丑事。"他说道,是醉话,这时只剩下他和雅各布了。他们俩裹着羊皮大衣蹲坐在雅各布的小屋里,寒风透过窗户缝吹了进来。

雅各布没喝多。

"你说到我心里去了,因为你讲出了人性。人彼此交媾,就是因为内心亲近啊。"

"但你能睡其他女人,其他人睡不得你老婆,原因显而易见,你是头儿。"莫里夫达说,"这就和在利沃夫是一个道理。"

这个比方也许打动了雅各布。他神秘莫测地笑了笑,装起烟斗来,接着站起身,仿佛是走开一会儿,却久久未归。他就是这样,让人摸不着头脑,谁都不知道他要干什么。当他再次出现时,莫里夫达已经完全醉了,却硬要继续这个话题:

"就是这样的,你指定他们,让谁和谁一起,让他们在烛光下行房,你也和他们一起干。我知道这是为什么，因为这事如果背着人，摸黑做，每个人都会和想得到的人做……但你让他们断了念想，你让他们无比紧密地联系在一起，互相之间比家人还亲近，比家人还亲密。他们拥有共同的秘密，比任何人都更了解彼此，而你知道，人性是向往爱情，向往爱欲，向往依恋的。世间没有比这更强大的力量。对此，他们将保持沉默，因为他们有必须沉默的理由，他们必须对某事沉默。"

雅各布仰躺在床上，猛吸了一口烟斗，烟雾散发出特殊的香味，让莫里夫达一下子回想起那些在久尔久的夜晚。

"对了，还有孩子，那些集体生养的孩子。你怎么知道，昨天到你身边来的那个年轻女孩，不久后会不会生出孩子来？孩子是谁的？她丈夫的还是你的？孩子也能把你们紧紧团结起来，因为大家都是爸爸。施罗莫的小女儿是谁的？"莫里夫达问。

雅各布抬起头，盯着莫里夫达看了一会儿。他看到，莫里夫达的眼神涣散，飘忽不定。

"闭嘴。不关你的事。"

"啊哈哈，现在不关我的事，说到从主教那里拿地，就是我的事。"莫里夫达说罢，伸手去够烟斗，"好在我已经想好了。孩子是母亲的，所以，也是她丈夫的。孩子是人类最好的创造。这样的话，只有女人有权利得到感化众人的真理。"

这天晚上，他们醉醺醺地睡去，就睡在这间屋子里。他们可不想走进暴风雪，穿越房子跟跟跄跄地摸回自己的床。莫里夫达转向雅各布，他并不知道雅各布到底是睡着了，还是在听他讲话——那个人的眼睛好像闭着，灯光透过睫毛，刷出一道道亮晶晶的细缝。莫里夫达觉得，他在和雅各布说话，也可能没说话，也许只是他的想象，而且他不知道雅各布听见了没有。

"你总是说她怀孕了，要么就是她刚刚生了孩子。漫长的孕期和折磨人的分娩让你亲近不了她，于是，你把她赶出女人们的屋子。你得明白，你施予他人的这种公义也必然会反噬自身。"

雅各布没有反应，仰面朝天地躺着。

"我看见了，你们在路上用眼神交流，你和她。她请求你说，别这样。我说的对不对？但你的眼神却说，不行。如今这可以说明更多东西。我等着，我期盼得到这个公义，期盼得到你们施予自己人身上的这个公义。我现在也是你们中的一员了。我想得到你的哈娜。"

寂静。

"你拥有这里所有的女人，所有女人都是你的，所有男人也是，不管是身体还是灵魂。我明白，你们可不是那种有着共同目标的简单集体，你们类似于一个大家族，罪恶将你们彼此紧紧地绑在一起，而这个家族不可能承认所谓的罪恶。你们之间混杂着唾液和精液，而不只是血缘。这更有力量，更有黏性，让你们比任何时候都更加亲近。以前在克拉约瓦如此，现在你们这里也如此。我们为什么要屈从于我们不在乎的真理，那个真理完全不符合自然法则啊。"

莫里夫达戳了戳雅各布的肩膀，雅各布呼出一口气。

"你鼓励自己人彼此勾连，而不是任由他们违背天性。是你告诉了他们，因为你对他们来说就是天性。"

他嘀咕出最后几句话。雅各布还在睡，他只能沉默了，对雅各布的漠视有些失望。雅各布的脸平静而安详，仿佛什么都没听到，睡梦中不太可能露出这般微笑。他很美。莫里夫达一下子想到他是一个族长，尽管他很年轻，胡子也还是黑色的，没有一丝丝的白色，完美无瑕。莫里夫达好像也染上了伊瓦涅的疯狂，因为他好像隐约看到雅各布的头上环绕着光晕,纳赫曼曾经兴奋地告诉过他这一点;如今纳赫曼自称为雅各布夫斯基。他突然冲动地想亲吻雅各布的嘴。犹豫了一阵后,他用手指碰了碰他的嘴唇,但这个动作并没有弄醒雅各布。雅各布抿了下嘴巴,翻身转向另一边。

早上起来,必须先除去门前的积雪,否则可出不去。

仁慈的上帝,呼唤从黑暗到光明

第二天,雅各布让莫里夫达赶紧行动起来。在纳赫曼的小房子里设有一个处理公务的单间。莫里夫达管这间屋子叫"办公室"。

他们在这间屋子里拟写出一封封请愿书,准备交到主教和王室秘书处的人手上。莫里夫达用啤酒兑上一勺蜂蜜来缓解胃疼。在其他人还没进来之前,雅各布突然问道:

"莫里夫达,我们对你有什么好处?你打的什么主意?"

"你们对我可没有好处。"

"那我们给你钱。"

"我的钱足够花销,有得吃也有得穿,我可是像土耳其圣人一样了无牵挂。世界我见得太多了,雅各布,但我还不了解你们。就算我和你们待在一起,可对我来说,你们,还有你,都太过陌生。"他喝了一勺蜂蜜啤酒,顿了顿后说,"况且我不是你们的人。"

"你真是个怪人,莫里夫达,好像人格一分为二。我摸不透你。我刚想仔细把你看清楚的时候,你就马上拉起帘子。大海里有一种类似的动物,要抓住它们的时候,它们会喷出墨汁。"

"章鱼。"

"你就是。"

"我厌倦的时候会离开你们的。"

"克里萨说你是奸细。"

"克里萨是个叛徒。"

"你是谁?克萨科夫斯基伯爵吗?"

"我是希腊海群岛的国王,良民的统治者,你不知道吗?"

他们逐字逐句地研究,该如何给利沃夫大主教伏瓦迪斯瓦夫·乌比恩斯基写请愿书。

"怎么写才不为过呢?"莫里夫达有些忐忑,"我们可不知道他是什么样的人。他会不会对我们不利?传说他是个势利虚荣的人。"

然而,请愿书必须一封接一封地写下去,还要写得四平八稳、滴水不漏,然后耐心地等待水滴石穿的一天。莫里夫达望着天花板,陷入沉思。

"一切都得从头讲起。从卡缅涅茨讲起,从主教的裁决讲起。"

他们就这样写起来,把自己描绘得既善良又高尚。他们不停地写着自己的优点,写到大家都开始相信了。

"您须了解,与我们针锋相对的那些人,乐此不疲地与智慧为敌,在您面前竟指控我们犯下闻所未闻的罪行。"莫里夫达建议这样写。

大家点点头。纳赫曼想要插上一句。

"能不能写,与我们针锋相对且'让我们更快地奔向上帝'的那些人?"

"这又能说明什么?"莫里夫达问,"为什么要写上帝?"

"说明我们和上帝是一边的。"

"说明上帝会支持我们。"施罗莫·邵尔总结说。

莫里夫达不太喜欢这个说法,但还是如了纳赫曼的愿,写下了"上帝"这个词。

过了一会儿，他将自己写的内容读了出来：

　　一切都水到渠成。上帝赐予我们勇气和希望，让我们这群毫无后援的、不懂波兰语的弱者，能够发出我们的声音。现在亦是如此，因为我们已经做好准备，对神圣的洗礼满怀期待。我们相信，圣母玛利亚所生的耶稣基督就是真神，这个被我们的祖先钉在十字架上的人，就是律法书和预言所说的真正的弥赛亚。我们的嘴、心和精神全都相信他，我们信奉这个信仰。

这段话太过生硬直白。莫舍的小侄子安彻勒听完，神经兮兮地傻笑起来，被雅各布瞪了一眼，安静了。

接着，莫里夫达加上一段开头：

　　来自波兰、匈牙利、土耳其、蒙泰尼亚、瓦拉几亚，还有一些其他国家的以色列人，通过他们忠于以色列、忠于《圣经》和神圣预言的使者，向着天空高举起双手，感恩从那里得到帮助，获得健康、和平和神的恩赐。他们饱含着无比幸福的泪水祝福您，愿伟大的阁下拥有最体面的生活。

也许只有纳赫曼能理解莫里夫达复杂而华丽的辞藻。他赞叹地回味着，但却很难将那些迂回的句子准确地翻译成犹太语和土耳其语。

"这真的是波兰语的说法吗？"施罗莫·邵尔想确认，"现在是不是必须要求进行辩论，然后……然后……"

"然后什么？"莫里夫达问，"为什么要辩论？要干什么？"

"让一切都公开化，没有任何隐藏。"施罗莫说，"要让公正发声，最好的办法是在台上表演出来，那样人们才能记住。"

"然后呢，然后呢？"莫里夫达用手比画了一下，好像在拨一个看不见的圈，"还有什么呢？"

施罗莫本来还想再说下去，但他太懂分寸了，看得出有些话他不能说出口。雅各布看在眼里，退后了几步，靠在椅子上。这个时候，施罗莫的妻子，给他们送来无花果和榛子的小哈雅说话了。

"是为了报复。"她一边把碗放在桌子上一边说道，"为了被他们殴打的埃利沙拉比。他们抢劫我们，他们不分青红皂白地迫害我们，将我们赶出城市。为了那些被从丈夫身边带走的妻子，她们被当成妓女；为了诅咒，他们施予雅各布和我们所有人的诅咒。"

"说得在理。"一直沉默的雅各布此时说道。

大家点点头。是啊，为了报复。小哈雅说道：

"这是一场战争，我们要打仗了。"

"女人说得在理。"莫里夫达用羽毛笔蘸了下墨水：

让我们脱离旧俗，团结在圣罗马教会身边的，不是饥饿，不是流离失所，更不是家财散尽，而是因为我们沉浸在伤感中，眼看着我们的兄弟遭受被驱逐的伤痛、饿死的悲惨命运，却从来没有被召唤过。仁慈的上帝奇妙地将我们从黑暗呼唤到光明。我们再不能像我们的父辈那样违背上帝。我们心甘情愿地扛着圣十字的旗帜走出来，寻求一片战场，与真理的敌人展开第二次战斗。我们乐于高举《圣经》，公开地指出，上帝以人类之躯现身于世，为了人类承受磨难，应该无条件地信仰上帝，同时我们要揭露他们这群亵渎上帝的伪教徒。

然后，他们停下手里的工作去吃饭。

晚上，莫里夫达又喝多了。久尔久的葡萄酒清澈透明，带着橄榄园和蜜瓜的味道。雅各布没有参与讨论和拟写请愿书。他忙于处理村子里的事务，以及他所谓的教育工作——其实不过是坐在一群正在拔毛的女人中间讲故事罢了。在大家的眼里，他是那么纯洁，那么脱俗，完美得无法用言语、字母去形容。当大家向他鞠躬与他作别时，他会抓住他们的衣领。他不想要鞠躬。我们是平等的，他说。这让穷人们深受鼓舞。

当然了，他们并非是平等的，莫里夫达想。哪怕原来的鲍格米勒派内也并不平等，村子里也不曾平等过；他们分为肉体、精神和灵魂，也就是希腊语中所谓的肉体承载者、心理承载者和灵魂承载者。无论人们如何恰如其分地追求平等，平等始终是与自然天性矛盾对立的。而人这个矛盾统一体包含着诸多尘世俗事，肉体累赘、心思多虑、毫无创造精神。他们的作用，可能仅局限于听从。而有的人用心、用情、用冲动生活，还有些人和最高尚的精神共存，他们脱离了躯体，不受情感束缚，内心无比丰盈。这样的人才能得到上帝的青睐。

但因为大家生活在一起，所以便享有一样的权利。

莫里夫达喜欢待在这儿。因为在这儿，除了从早上开始就要写东西以外，并没有太多活儿。只要和他们在一起，就成了他们中的一员，隐藏在长胡子和长袍之中，隐藏在女人的多层裙摆之中，隐藏在她们芳香的头发之中，哪怕再次接受洗礼，哪怕从相反方向，另觅回归信仰的道路，只要能和他们在一起。这就像是从另一边，穿过厨房的门回去，并不会马上进入客厅，踏在地毯上，而是先碰到地上堆放着的一些装着腐烂蔬菜的板条箱、粘着油渍的地板，在那里回答一些令人不快的低俗问题。比如：谁是允许血腥杀戮的救世主？谁派他来的？为什么需要拯救上帝创造的世界？还有，"为什么他如此邪恶，明明他可以非常善良"？他自言自语重复着善良、天真的纳赫曼的话，笑了起来。

他知道，他们中的很多人都相信，洗礼后能得到永生，他们就不会死。这群每天早晨乖乖地排队领取口粮，晚上吃饱肚子就睡觉的乌合之众，指头缝里长满疥疮的脏孩子们，帽子下藏着稀疏头发的女人们，还有她们瘦骨嶙峋的丈夫们——也许他们所相信的有些道理。也许如今正是圣灵在指引着他们，那是神圣的灵魂，是异于这个世界、来自其他世界的伟大的光，和他们一样是外来者，由其他物质构成，如果光也称得上是物质的话。这道光选择的正是这样的人，他们纯真无邪，不受教条和教规的束缚。这些人在教条和教规被创造出来之前，是那么纯粹，是那么纯真无邪。

写给乌比恩斯基主教的请愿信

这封信着实写了好几天。信是这样子的：

1. 所有先知们提到的关于弥赛亚降临的预言已经应验了。
2. 弥赛亚是真神，他的名字是阿多奈，有和我们一样的肉身，并以他的意愿为救赎我们而承受苦难。
3. 自从真正的弥赛亚降临，便没有祭祀和宗教仪式。
4. 每个人都应该服从弥赛亚的律法，因为这样能够得到救赎。

5. 圣十字架是三位一体的体现，也是弥赛亚的印记。

6. 信奉弥赛亚之王别无他法，唯有受洗。

对前六点进行表决的时候，克里萨表示他反对洗礼，但看见别人都举起了手，也就明白自己已经无力改变。他的手剧烈地晃动着，低垂着头坐在那儿，手肘撑在膝盖上，盯着地板，看着被鞋子带进屋里的泥巴不情不愿地被卷进了木屑里。

"记住了，你们犯了一个大错！"

尽管克里萨长着一张丑脸，但他却是个优秀的演说家。他仿佛能为听众灌输一种糟糕的设想，让大家情不自禁地倾向他的说法。在他的嘴里，他们未来将慢慢地、不可逆转地变得和农民一样。到了傍晚，大家吃饱喝足，暖和的身体逐渐变得沉重起来，这个时候，他的观点开始起效。小窗外的暮色如钢，像刀刃一般，似乎会没完没了地延续下去。

克里萨把接受洗礼的前提条件用几句话概括下来：

洗礼不可以在1760年主显节①前举行，不可以强迫他们剃掉胡须和侧鬓；可以使用两个名字——基督教名字和犹太教名字，可以穿着犹太服装；只能在自己人之间通婚；不可以强迫他们食用猪肉；除了星期日，他们还可以守安息日；保留希伯来语经文，特别是《光明篇》。

这些话让大家平静下来。他们不再听他唠叨，因为老邵尔和哈雅来了。

邵尔拖着脚，哈雅领着他，尽管看不出他身上有任何外伤，但给

---

① 为每年的1月6日。相传，东方三贤士见到伯利恒上空升起一颗明亮的星星，于是前往寻找，在1月6日那天见到诞生不久的耶稣。

人的感觉是，他曾遭受重创。他和一年前那个面色红润、精力旺盛的老人完全不一样了。人们不知道如今这新的问题是怎么来的，会不会与埃利沙和哈雅的到来有关，也许它一直都在，只是无人提及，在这里等待着。有趣的是，如今已经很难分辨，究竟是谁第一个提出最终要消灭敌人的主意。一说到"敌人"，自然会想到拉帕波特、曼德勒、什姆莱维奇以及萨塔尼夫、亚兹洛维奇、莫吉廖夫等地的所有拉比，还有他们的老婆；她们曾在大街上朝异见者吐口水，向异见者的女人丢石头。

这个敌人众所周知，甚至曾经非常亲密，正因为如此才更加可恶。你了解敌人，知道该如何伤害他，该朝哪里打下去，尽管与此同时，你也会很疼。和亲密的敌人作战，会产生一种奇怪的、扭曲的快感，就好像自己打自己一样，同时又要避免遭到重击。每次这个念头一冒出来（不知道会从谁的脑袋里），房间就会突然安静，每个人都在默默思考，不知道该说些什么。重点在于，要在请愿书中加入第七点内容：

《塔木德》教导说，基督之血是必要的，而相信《塔木德》的人都必须追寻基督之血。

"经文里没有这种话。"纳赫曼冷冷地说。

"经文里有一切。"雅各布回答他说。

大家在请愿书上签了名。新加入的人都签了——切尔诺夫策的阿隆·本·什姆勒、带着全家从塞吉尔图投奔而来的梅因·本·大卫、布加勒斯特的摩什科·本·雅各布，还有神经兮兮的安彻勒。莫里夫达会递交请愿书，一旦大主教应允，会立即正式派人来宣布。

最后，当大家完成签名后，纳赫曼又拿出自己的三个硬币，说服莫里夫达让他用漂亮的花体字加上一句话：

> 我们像饥渴的人盼望着水那样等待着那一天的到来。那时，弯曲至今的神圣字母Alef会变得笔直，世界的四方将一统而安康。

最后一夜，女孩塔娜来到莫里夫达身边。莫里夫达很满意，有那么一瞬，他觉得她是哈娜，可以说，她们长得有点儿像，有着同样的宽屁股和平坦的小腹。她稍微有些害羞，他也是。他让她到身边来，她静静地躺下，用手捂着脸。他抚摸着她的背，她的背像丝绸般光滑。

"你许人家了吗？"他用土耳其语问，因为女孩像是来自瓦拉几亚。

"我许过了，但他留在那边。"

"你会再找一个吗？"

"不知道。"

"你想要我吗？"

"想的。"

他温柔地把她的手从脸上拿开，她拥着他，用身体紧紧地贴着他。

谈一谈，神性与罪恶永远相依相随

"为什么《圣经》中的雅各对你们如此重要？"莫里夫达问骑马护送他去卡缅涅茨的纳赫曼，"我不理解。"

纳赫曼解释得很模糊。莫里夫达不得不用自己的语言系统去适应，因为他们一会儿说希伯来语，一会儿说波兰语。说希伯来语会把一切问题复杂化，因为这种语言本身具有多重含义；但说波兰语时，尽管纳赫曼的嗓音很动听，像是在引经据典一般，却难以表达清晰。他缺乏这方面的词汇。波兰语在神学范畴的词汇很少，说不清楚神学。因此，一切异端邪说在波兰都是粗鄙乏味的，就是因为用波兰语根本无法创造出任何真正的异端邪说。波兰语就其本质而言，遵循所有的正统思想。

"但他是通过欺骗和偷窃获得了神的祝福。"莫里夫达又说。

"确实。雅各本身违反了法律并欺骗了他的父亲。他不受那个法律的约束，所以才成了英雄。"

莫里夫达沉默了一会儿。

"但后来，雅各当上族长后，他亲自监管法律。这有悖常理：当你的需要是反对法律的时候，你就反对；当你为达目的需要法律支持的时候，你就支持……"他笑着说。

"说得对。你还记得雅各是如何不允许自己的老婆拉结带走家神特拉芬的吗？"纳赫曼说。

"为什么？"

"雅各犯了个错。雅各不承认特拉芬拥有神性，他宁愿丢掉它，因为家神与我们信仰中的神性毫无瓜葛，我们信仰的神性完全是另一种形态。但拉结认为，家神也是有神性的。"

"女人有时候更聪明。"

"她们不太在乎词汇。"

"邵尔家的哈雅也是吗？"

"她可算不得女人。"纳赫曼严肃地回答。

莫里夫达笑起来。

"我想得到她，但雅各布不让。"他说。

纳赫曼不吱声。他们沿着德涅斯特河骑行，河水在他们的右手一侧蜿蜒流淌，时隐时现。总算望见远处霍京和奥科皮镇上的庞大建筑了。

"雅各布就是骗子。"莫里夫达挑衅般地下着结论，但纳赫曼就像没听见一样。当城堡和它脚下小城的巨幅轮廓从地平线后显露出来，他才发声。

"你知道吗？巴尔·谢姆·托夫在那里出生，那里，奥科皮。"纳赫曼说。

"他是谁？"

纳赫曼对他的无知感到惊讶，只好赶快回答：

"是位伟大的全知。"

谨慎起见，他们离开了主路，但其实在微微起伏的平原地带，并没有可以藏身的地方。

"对你，莫里夫达，我很尊敬。我最欣赏的是你为人善良。雅各布也爱你。没有人像你一样帮助我们。我只是不明白为什么，你为什么帮助我们？"

"为了利益。"

"对我来说，这就够了。但你并不这么想。你甚至不了解我们。你口中谈的是：黑与白、善与恶、男与女。但事情并非如此简单。我们已经不相信老卡巴拉派谈到的：收集黑暗中的亮光，就能集合成弥赛亚的修复力量，将世界变得更加美好。我们早已越过边界，因为神性和罪恶永远相依相随。沙巴泰说过，在"神创世界"的律法之后，是"神显世界"的律法。雅各布和我们所有人都明白：两种律法合二为一，超越相互矛盾的自身，突破那个点，那个划分善与恶、光与暗的点，不再进行粗暴的分割，从此将再一次开启新的秩序。谁也不知道，超越这一点之后会是什么样，就好像孤注一掷，一脚踏入黑暗里。而我们现在就行走在黑暗里。"

莫里夫达盯着纳赫曼,这个长着雀斑的小个子语速越来越快。莫里夫达忽然觉得很诧异,他为什么要把自己的智慧用在钻研这种没用的事情上呢?纳赫曼能记住整段经文,甚至整本经文,需要的时候,他会闭起眼睛,饱含激情地快速背诵出来,而莫里夫达根本就听不明白。他能用数周时间去研究悖论,研究对注释的注释,研究文章中某个晦涩的单词。他可以缩着身子祈祷几个小时。他不懂宇宙也不懂地理,只在旅途中略有耳闻。他不懂政治制度、政府体制,除了神秘的卡巴拉犹太哲学,他不知道还有其他的哲学流派。笛卡尔于他可能只是个名字而已。纳赫曼深深触动了莫里夫达。他找不出比他——一个来自布斯克的拉比,纳赫曼·什姆伊洛维奇,纳赫曼·本·萨穆埃尔——更富有激情、更加天真的人了。

关于上帝

"你要知道,莫里夫达,我不能告诉你一切。我必须得保持沉默。"纳赫曼突然说。他的马停了下来,低下头,仿佛这番告白让它有些难过,"你觉得,我们去往以东是因为贫穷和对荣誉的渴望……"

"可以理解。"莫里夫达回答,他拉住马身侧的缰绳,让马停下,"人嘛,这并没有什么错……"

"这就是你们基督徒的看法,我们也希望你们这样想,因为你们理解不了其他的因素。你们如此肤浅,凡事只看表面,有教义和小礼拜堂就满足了,不会再去寻找更深层次的东西。"

"什么因素?"

"我们都和上帝同在,这就是修复世界的力量。我们正在拯救世界。"

莫里夫达笑了。他的马开始打转。山峦起伏,视野壮阔,目之所及,奥科皮镇的圣三一教堂庄严地耸立在地平线处。乳白色的天空令人眼花目眩。

"什么叫你们拯救世界?"他问。

"因为世界糟糕透顶。我们所有的贤哲,不管是加沙的拿单还是卡多萨都说,创世者摩西只是位小上帝,是那位崇高之神的替代者。我们的世界对崇高之神来说是那么陌生,那么无足轻重。创世者离开了。这就是流放。我们所有人必须向不在《妥拉》中的上帝祈祷。"

莫里夫达对这番话很反感。纳赫曼的声调突然变得有些悲怆。

"你今天是怎么了?"他一边说,一边骑到前面,但纳赫曼在后面没有动,于是莫里夫达折返回来。

"这位上帝是一位……"纳赫曼开口说道。而莫里夫达却牵着缰绳疾驰而去,只听到他的声音:

"别说话!"

莫里夫达在分岔口停下来,一条路通向卡缅涅茨,另一条通向利沃夫。他回头看了看。他看见纳赫曼不安地坐在马上,若有所思。他的马迈着步,看起来就像踏在地平线上,像摇摇欲坠地走在钢丝上一般。

"磨坊主在磨棉"

一封任命莫里夫达为乌比恩斯基大主教领地护院统领的信正在送达的路上。莫里夫达,这个说自己刚巡视完伊瓦涅,特来拜访远方堂兄,而实际上不过是为了洗澡、蹭吃蹭喝、读书和谈天说地的家伙,此时正在克萨科夫斯基城督位于卡缅涅茨的家中。他没找到卡塔日娜,她一如既往地奔波在旅途上，所以，克萨科夫斯基堂兄弟之间也没有深谈什么话题，只聊了聊狗还有狩猎的事。喝了几杯匈牙利酒后，克萨科夫斯基建议莫里夫达去个地方玩玩，那里的姑娘们美艳极了。莫里夫达谢绝了，去过伊瓦涅后，他感觉实在有些够了。晚上，他们和大声嚷嚷、引人注意的驻军指挥官马尔钦·卢博米尔斯基打起牌来。就在这时，有人叫莫里夫达，说利沃夫的信使给他送来一封信。

消息着实令人震惊。莫里夫达没想到会这样。在桌边读信的时候，他一脸惊讶的表情，而这一切，克萨科夫斯基城督心知肚明：

"是我可爱的妻子安排的，主教长身边可得有个自己人，因为乌比恩斯基已经被指定为主教长了。你们不知道吗？"

卢博米尔斯基让人拿来一个箱子，里面装着一瓶特制的葡萄酒，还叫来吉卜赛人演奏音乐，牌就不打了。莫里夫达自己相当兴奋，脑海中翻涌着各种思绪，不停地想象着未来等待着他的日子。不知为何，他想起了在阿索斯圣山上的一天。那天，在巨大的天穹下，他追逐着某种甲虫的踪迹，满脑子都是单调的蝉鸣声。彼时，恰如此处。

第二天，剃光胡须、穿着隆重的他出现在大主教在利沃夫的官邸。

他被安置在干净雅致的主教宫。他立刻出门进了城，从亚美尼亚人的店里给自己买下一条土耳其腰带，一条漂亮的、编织复杂的、色彩斑斓的腰带，还有一件波兰长衫。他本来想买一件浅蓝色的，但考虑到实际情况，他还是选了深一点的水蓝色，有点儿像多云的天色。他望着利沃夫大教堂，但很快就感到阵阵寒意，于是他回到房间，铺开纸。他得写信，这是他每天的工作。他暗下决心，为了不忘记自己的希腊语，要每天翻译一点毕达哥拉斯的作品。每天都要写上几行字，否则在寒冷、阴暗、庞大的波兰天幕下，将无所作为：

"鲁莽之人如空空器物，易捉其耳"，或"理性者愤世嫉俗"。还有，

"时间终将世间苦变为蜜中甜","环境和需要常常令人把敌人置于朋友之上"。他准备把这些至理箴言引用到主教长的书信里。

此时此刻,理发师正在为乌比恩斯基大主教拔火罐。他在华沙玩了两个月,回来途中感冒了,有些咳嗽。床上挂着幔布。皮库尔斯基神父站在一旁盯着。大主教肥硕身体上的细线,在理发师的小手里反复摆弄着。

皮库尔斯基神父忽然有种感觉,这一切似曾相识,他见到过,他对铭刻在记忆深处的丹姆波夫斯基主教说过同样的话,那时他也同样像仆人一般站在他身前,试着提醒他。为什么教会的掌权者这么天真?他想,目光停留在图案精美的土耳其床幔上。他说:

"阁下,您不能应允这类无耻的要求,这可是会在全世界开创先例的。"

幔布后面传来一声呻吟。

"他们几百号人无法在自己的犹太教里获得合法地位,就跑来说另一个谎言。"

他等了等大主教的反应,但什么都没有,于是他接着说道:

"他们想保留某些习俗和穿着,是什么意思呢?'守安息日'意味着什么呢?他们的胡须和发型又有什么含义呢?塔木德派都没想到,沙巴泰·泽维派还会穿犹太服装,因为对他们来说,他们已经不再是犹太人了。他们现在一无是处,不属于任何人和任何宗教,就如同丧家之犬。如果我们引入异端邪说,可是会面临相当糟糕的后果,因为不久前我们刚刚处置过他们。"

"你指谁?"床幔后传来虚弱的声音。

"我是指那些不幸的阿里乌派。"皮库尔斯基神父一边回答,一边却在思考别的事情。

"洗礼就是洗礼。罗马会喜欢盛大的洗礼仪式,对,喜欢……"主教在帘子后哑着嗓子说。

"但不能讲条件。我们应当要求他们无条件皈依,尽快,最好辩论一结束就马上皈依。辩论的时间,阁下您知道的,初定在春天,天气会暖和点儿。绝不能有任何'但是'。您要知道,只有我们可以提条件。他们的领袖必须第一批受洗,还有他的妻子和孩子。洗礼仪式是多么庄重啊,需要尽最大努力去宣传,让所有人都知道,让所有人都看到,不容讨论。"

莫里夫达走进来的时候看见一位高个子犹太人,好像是医生,正目光忧郁地为大主教检查。他从箱子里拿出不同的玻璃片,然后一一举到大主教的眼睛前面。

"我得戴眼镜了,现在看书费劲。"大主教说,"你看上去很精神,克萨科夫斯基先生。他签字了,我知道,一切都安排妥了。你为把这些人带到教会的怀抱所付出的努力意义重大,功不可没。从现在起,你仍将负责同样的事务,我会关照你。"

"我的功劳很小,是这些迷途中的孩子有着强烈的渴望。"莫里夫达谦虚地回答。

"先生,您在我这儿,可不必把他们夸成孩子……"

"阁下现在看得到吗?能看到这些字母吗?"犹太人问,他的手里拿着一张卡片,上面歪歪曲曲地写着:磨坊主在磨棉。

"磨坊主在磨面。我看见了,非常清楚,这真是个奇迹。"乌比恩斯基大主教说。

"我们都明白,对每个人来说,最好是和强者待在一起。"莫里夫达回答。

显然，其他的玻璃片也很适合大主教，他满意地嘀咕着：

"这个更好，对，这个，这个。哈哈，看得真清楚啊。阿舍尔，我能看见你红胡子的每根毛！"

医生收拾好箱子，走了出去。乌比恩斯基转身朝向莫里夫达说：

"那些老生常谈、举世皆知的，说犹太人用基督徒的血做无酵饼的指控怎么处理？……索乌迪克知道该如何解释，对吗？"他哈哈大笑起来，"于我，这就像在玩没有刀把儿的刀片……"

"这是他们想要的。我想这会是一场报复。"

"教皇明确禁止这种血腥的指控……但如果他们自己这么说……也许有他们的道理。"

"我觉得，谁也不会相信的。"

"索乌迪克主教呢？他相信吗？我不知道他的立场。我只知道，需要用各种各样的方法去平复内心。你干得很好，克萨科夫斯基先生。"

第二天，莫里夫达以一种全新的精神状态，几乎是欣喜若狂地直奔沃维奇镇，去他的新办公室上任。路渐渐解冻了，并不好走，马蹄踏在冻结成块的泥土上会打滑。傍晚，寒气升起来，车辙中的水又结成冰，冬日里硫黄色的天空就倒映在薄薄的冰片上。莫里夫达骑着马，独自一人，时不时地与其他的旅人并行，然后在下一处留宿地与他们分开。在路上，他染上了跳蚤。

在卢布林城下，他被一群手拿棍棒的流浪汉围攻。他挥舞着军刀，像被附体了一样嘶号，赶走了他们。这件事发生后，在去往沃维奇镇的路上，他总会结伴而行。十二天后，他到达那里，立刻开始工作。

主教长办公室已经运作起来了，首要的事务之一是处理犹太"清教徒们"的请愿信，乌比恩斯基主教长是这样称呼他们的。莫里夫达不久前在伊瓦涅写过同样的请愿信。看起来，他现在得自己给自己写回信了。一旦完成，他会让人做几份副本，分别发往教廷大使塞拉、王室办公厅、档案室等处。

有几次，在主教长驾临沃维奇镇时，他小心翼翼地和主教长谈过这件事，但乌比恩斯基现在一门心思放在主教宫的规划上。这座宫殿，很不幸，衰败已久，不复往日的辉煌。曾几何时，在没有国王的时候，执政的主教长曾经在此居住。

平台上放着一箱箱主教长从利沃夫运来的书。乌比恩斯基漫不经心地看着它们。

"您得研究研究，为什么他们如此渴望受洗。他们的动机确实是纯粹的吗？毕竟是这么大规模的转化。"他随口说道。

"光在利沃夫至少就有四十个这样的家庭，剩下的，不仅有联邦内的，还有匈牙利、瓦拉几亚来的，他们是最有学问、最开明的人。"莫里夫达谎称。

"他们有多少人？"

"在卡缅涅茨时他们说大概一共五千人，但现在，根据最新的消息，是那时的三倍。"

"一万五千人。"主教长惊叹地重复着。他拿起手边的第一本书，翻开它，漫不经心地看了看。"《新雅典》。"他说。

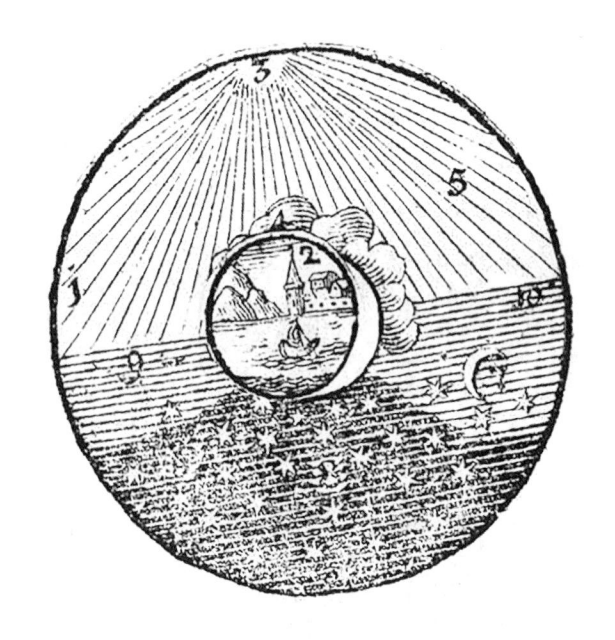

IV. KSIĘGA KOMETY

第四部　彗星之书

第十九章

彗星不仅是世界末日的预言，
还带来了舍金纳

1759年3月13日，天空中出现了一颗彗星。就好像是在它的指挥下，雪突然化了，流淌进德涅斯特河，河水不断涨起来漫过河岸。许多天以来，它高悬在潮湿而广袤的世界之上，像极了一颗璀璨的恒星，不守本分，扰乱了天道。

全世界都能看见它，甚至在中国也能看见。

西里西亚战场上正在重整旗鼓的士兵们看见了；清晨在汉堡的酒馆旁的石板路上醒过来的水手们看见了；在阿尔卑斯山上放牧的牧羊人看见了；采摘橄榄的希腊人看见了；把圣雅各贝壳缝在帽子上的朝圣者也看见了。焦急地等待着分娩那一刻的女人们眼巴巴地望着它；为寻找彼岸的新生活，搭乘精致的船只穿越大洋，却蜷缩在甲板下的一家人也眼巴巴地望着它。

彗星就像一把正瞄向人群的锋利的钢刀，随时准备取下上百万颗头颅，可不仅仅是伊瓦涅那些抬起脑袋的人，还有城市里的人，利沃夫的、克拉科夫的人，贵族，甚至王室。毫无疑问，这是末世之兆，预示着天使们将席卷世界。表演的终章到来了。大天使们已在地平线后集结，如果用力听，可以听到天使们的武器碰撞的声音。这也昭示着雅各布和所有在这条艰难的道路上紧紧追随着他的人的使命。那些还在犹豫、还不确信的人，现在不得不承认，天道站在他们一边。这些天，伊瓦涅的所有人都渐渐明白，这颗彗星在蓝色天幕中撕开了一个洞，透过它，神的光辉洒落在我们身上，透过它，神在睥睨世界。

而占星师们认为，舍金纳将因彗星降临。

多少有些奇怪，彦塔对这颗彗星没什么感觉。当彦塔观察众生的时候，她更关注的是细微之事，是人。人才是世界的线条。彗星？只不过是单一的、亮闪闪的线头罢了。

比如说，在彦塔的眼中，伊瓦涅便是众生中一个特殊的存在；它并非真正意义上存在于大地之上，并非真正的现实。一幢幢农舍貌似佝偻的活物，貌似古老的欧洲野牛，嘴巴贴着地面，用呼吸温暖着冰冻的泥土。窗外游弋着黄色的光，昏暗的太阳光，比烛光更亮一些。人们手拉着手，从一只碗里取饭，分享一块面包。粥炖好了，爸爸们小心翼翼地用粥喂着抱在腿上的孩子们。

信使骑着疲惫的马匹，将首都的信送往遥远的省份。装满粮食的驳船正昏昏沉沉地划进格但斯克港。这一年，维斯瓦河没有结冰，撑船人也从宿醉中渐渐醒了酒。庄园里的人正在算账，数字停留在纸面上，并没有变现成钱。总的来说，用面粉和酒来结算比用叮当响的硬币要划算得多。农民们正在清扫打谷场。小孩们正拿着杀猪宴后剩下的骨头块儿玩，他们把骨头扔到铺满木屑的地板上，用它们落地的形状占卜——冬天快结束了吗？鹳要飞来了吗？利沃夫广场的集市刚刚开市，一间间摊位里传来阵阵锤子敲击木板的声音。地平线落在卢布林城外，落在克拉科夫城外，落在德涅斯特河上，落在普鲁特河上。

那些在伊瓦涅说出的词语，伟大又有力量的词语，撼动了世界的边界。边界之外完全是另一种现实，没有语言能将它表达出来，就好像把拥有五十六种颜色的织锦与黑色的绒布摆在一起——根本无法相提并论。彦塔从人类无法观察到的角度看着伊瓦涅，那里就像一道裂沟：又软又黏，厚实饱满，一切都具有多个方面和多个维度，只是不存在时间；是温暖的、金灿灿的、明亮的、柔软的，就像伤口上裸露的一块奇怪的活肉，就像开裂的皮肤下水嫩嫩的软组织。

这正是舍金纳世界的景象。

雅各布越来越多地谈到"她"。一开始很少有人提起她的名字，但伊瓦涅崭新的、强大的发展态势让她的名字迅速传播开来。

"圣女走在上帝的前面。"在一个漫长的冬夜，雅各布在晚课结束时肯定地说道。已经是午夜以后，炉子都冷了，寒意像老鼠一样从缝隙里钻进屋子。"她是通往上帝的大门，只有通过她才能见到上帝。想吃果子，必须先碰到果皮。"

大家叫她：永恒的圣女，天空女王，救世女神。

"我们将躲在她的羽翼下。"雅各布继续布道，"每个人看到的她的样子都不一样。"

"你们都认为，"一个冬日清晨他说，"弥赛亚会是男人，但并没有任何东西可以证明，因为圣女才是基石，她才是真正的救世主。她将引领世上的一切，因为所有的铠甲都要归还到她的手上。大卫和第一位弥赛亚来过，指出了通向她的道路，但并未了结任何事。因此在他们之后到来的我，将了结一切。"

雅各布点上土耳其式的长烟斗，烟斗的热量化为他眼睛里的一道微弱的、柔和的光，然后，这道亮光被低垂的眼睑遮住了。

"我们的先辈们根本不知道自己寻找的到底是什么。也许只有部分人明白，从本质上来说，他们在典籍和智言中寻找的是圣女。她包含一切。就好像雅各在井边找到了拉结，而摩西来到泉水边，找到了圣母。"

格林诺的杨凯尔和可怕的骡子味

格林诺的年轻拉比杨凯尔，鳏夫，前不久刚埋葬了妻子和孩子，在纳赫曼的催促下，于春天来到伊瓦涅。他曾和纳赫曼一起在哈西迪派研习多年。现在，两个人都有点儿高调地宣称彼此志同道合。但看起来，他们之间彼此疏离大于意气相投。首先，身高方面，杨凯尔是个高个子，纳赫曼不是；一个看起来像杨树，一个像杜松。如果看见他们一起走路的样子，会被逗得情不自禁地笑出声来。其次，纳赫曼是个狂热分子，格林诺的杨凯尔却有种悲伤的气质，在伊瓦涅，他的内心充满恐惧，因为这个地方让他感到害怕。他一边听弗兰克讲话，一边观察人们的反应：那些坐得最近的人，一直目不转睛地望着演讲者，不会错过他的任何一个动作；那些坐在后面的人，借着几盏灯的微弱灯光，什么也看不清，什么都听不清。可是，当传出"弥赛亚"这个词时，整间屋子都响起了叹息声，或者说是某种呻吟声。

格林诺的杨凯尔有个亲戚在利沃夫犹太社区。他给他们送来消息说，全波多利亚的塔木德派犹太人联名给阿尔托纳的雅各布·埃顿①写了一封信，请他出谋划策。杨凯尔还说，拉比们向最高教廷又一次派出使团，前往罗马，觐见教皇。

杨凯尔在这儿被戏谑地称为"格林诺先生"。他的穿着波兰化，做派波兰化。他坐在正中间，喜欢这种以他为中心的感觉。他说话简短，说完后会停顿一下，看看效果。

他看得出，他的消息让大家不安。人们都沉默下来，只能听见几声轻微的咳嗽。被改造成大厅的谷仓中间生起一堆篝火，就像一艘正行驶在狂风骤雨的黑暗中的船，周遭危机四伏。奇怪的是，所有外面的人都对他们怀有恶意。敌人的窃窃私语、敌人的诡计、敌人的指控、敌人的诋毁都不能阻挡这艘纤薄的木板船，这艘伊瓦涅方舟。

雅各布，主，他可以感受到一切情感，比任何人都强。他用自己浑厚低沉的嗓音，吟唱出一首欢快的赞美诗：

Forsa damus para verti,

---

① 十八世纪德国拉比，塔木德派，以渊博的学识广受赞誉。

seihut grandi asser verti.

用的是塞法迪犹太人的语言,意思是:

赐予我们力量看见他,
并以无比的幸福侍奉他。

大家齐唱"para verti",整个谷仓的人声汇合在一起,淹没了格林诺的杨凯尔和他的坏消息。

纳赫曼和他的年轻妻子瓦依格薇——外号"小蚂蚁"——让杨凯尔住在自己的农舍里。杨凯尔经常会假装睡着,然后偷听房子主人们的争吵,因为她想回布斯克去。女孩很瘦弱,总是发烧咳嗽。

所有人都必须"在表面上"接受拿撒勒的信仰,比基督徒表现得更基督徒,这让杨凯尔觉得很不真诚。这是个骗局。他更喜欢敬虔谦逊、寡言多思地活着。真理自在人心,并不浮于言语。然而,皈依基督教!

纳赫曼打消了他的顾虑:接受并不意味着成为。比如,禁止与基督徒通婚,也不允许从她们中挑选妾室,尽管圣巴鲁赫吉反复讲,"允许所有禁忌的人会获得赞美",但他也说过,严禁接受外神之女。

格林诺的杨凯尔对所有这些观点表现得相当抗拒。他我行我素,从不靠得太近,远远地站在一旁,不听讲,就倚在树上或者门框上休息,就好像正准备离开,只是在那儿稍微地站上一站而已。他观望着。妻子已经离世两年了,如今,这位独自在贫困中生活的格林诺的拉比被一个基督教女子,一个比他年长的女人,布斯克城郊一处庄园里的家庭教师搅得心烦意乱。他们是偶然相遇的。当时女人正坐在河岸边,把脚泡在水里，全身赤裸。她看见了杨凯尔，直白地说："过来！"

而他，一如往常，一旦焦虑起来，就拔下一根草放在牙齿中间，因为他相信，这样会增强自己的力量。他知道，他该立刻转身，消失在这个异教女人眼前，但他实在无法从她白皙的大腿根挪开目光。突然，巨大的欲望裹挟住他，让他彻底失去了理智。更令他兴奋的是，像高墙般耸立的芦苇，还有散发着腐烂和淤泥气息的沼泽，能把他们完全遮挡起来。燥热空气里的每一个分子都变得像野樱桃一样膨胀着，饱满而多汁，仿佛马上就会爆裂开，让汁水顺着果皮流下来。马上要下雨了。

他害羞地俯下身，看着女人。她可不是黄毛丫头——丰满白皙的乳房垂向地面，小腹微微隆起，一道被裙子压出来的细线恰好穿过肚脐。他想讲些什么，但却找不出适合这个场面的波兰语词汇。还需要说吗？此时，她向他先伸出了手，滑过他的小腿、大腿，抚过他的屁股，再摸着他的胳膊和脸，用手指把玩起他的下巴。然后，女人轻轻地、自然而然地躺下去，张开腿。杨凯尔，说实话，不相信有人面对此情此景能转身离去。短暂的、不真实的快感过后，两个人躺在那儿，仍然沉默不语。她抚摸着他的后背，他们炽热的身体满是汗水。

他们在这个地方又约会过几次，但凉爽的秋天快要到来的时候，她不再出现。而格林诺的杨凯尔因为不会再继续犯下可怕的罪行，竟对她有些心怀感激。可是，他无法压抑自己悲伤的思念和巨大的痛楚，也无法专注地干点儿什么。他意识到，自己并不开心。

就在那时，他遇到了多年前曾在巴谢托那里一起求学的纳赫曼。他们搂住彼此的肩膀。纳赫曼邀请他去伊瓦涅，说到了那里他就能立刻释怀。为什么还坐在空荡荡的房子里呢？但格林诺的杨凯尔拉比似

乎没什么劲头。纳赫曼一边收拾东西,一边说:

"你要是不想,就别来伊瓦涅。你检视下自己的疑心吧。"

纳赫曼这样对他说。"检视自己的疑心",这句话彻底打动了格林诺的杨凯尔。他倚在门框上,嘴里叼着草,看似漫不经心,但内心却波澜起伏。

四月初他徒步前往伊瓦涅,他的热情逐渐高涨,甚至他自己都不愿意承认,他现在有多么渴望靠近这个戴着土耳其帽子的人。

与此同时,在布斯克雅布翁诺夫斯卡公爵夫人的府邸,一桩小丑闻被曝光出来,几个月后克萨科夫斯卡夫人也来到了这里。那位给雅布翁诺夫斯基家的孩子们当家庭教师的女人已经四十岁了,她突然变得很虚弱,全身水肿,疼痛难忍,后来有人叫来了医生。但医生并没有帮她放血,反而要了一盆热水,因为她就要生了。这可让雅布翁诺夫斯卡大吃一惊,她从来没想过芭芭拉会……天哪,简直让人无语,都这把年纪了!

不知羞耻的荡妇在产后第三天就死了,这种事经常发生在高龄产妇身上。她们的生育期早就过了。她留下一个女孩儿,很健康,雅布翁诺夫斯卡想把她送到乡下的农民那里,然后悄悄地给些资助。可当克萨科夫斯卡出现在布斯克时,事情出现了转机。克萨科夫斯卡没有自己的孩子,她希望索乌迪克主教帮助她开设一间收养院,但这件事总也得不到重视。她请求雅布翁诺夫斯卡暂且留下这个婴儿,等她把收养院建起来。

"这孩子怎么会伤到你呢?你可是恩主啊!你还没认识到,一个小生命降临到这所大宅子了。"

"这可是个不明来历的孩子……我都不知道她是和谁生的。"

"孩子有什么错?"

老实说,并不需要说服公爵夫人。小女孩又可爱又安静,将在复活节后的周一受洗。

关于外邦之行、神圣的沉默和伊瓦涅的其他游戏

彗星渐渐消失的时候,一位信得过的信使送来一封莫里夫达的信。淋过毛毛雨后的他一边在屋里的炉火边弄干衣服,一边说,天上的星体让整个波多利亚陷入巨大的不安,很多人坚信,彗星预示着大瘟疫和大屠杀,就像赫梅尔尼茨基的时代那样,还有饥荒,以及与弗里德里希的战火也终将烧到此地。每个人都清楚,末日浩劫已经降临。

雅各布走进屋,纳赫曼默默地把信交给他,面色沉重莫测。雅各布看不懂信,于是交给哈雅,可她也一头雾水。于是信从一个人传给另一个人,最后回到纳赫曼手上。他看着信,脸上露出灿烂的笑容,既神气又张狂。他说,乌比恩斯基主教长同意了他们的请求。夏天举行辩论,然后洗礼。

这是个期待已久、渴望已久的消息,同时又是一种对不可回避之事的宣告。纳赫曼话音刚落,屋子里立刻安静下来。

万事开头难。他们曾不遗余力地学习应该做什么、应该怎么做,让这些东西能在脑袋里烙印上几个世纪。但如今,他们必须自己抹掉这些东西,抹掉摩西石板上荒谬的、将他们像困兽一样锁在牢笼中的清规戒律。不要做这个,不能做那个,不允许做。禁令构成了未被救赎的世界的边界。

"就是说,你应该冲破自己,把自己放在一边。"纳赫曼向瓦依格

薇解释,"就和切开令人疼痛的脓包,挤出里面的脓液差不多。做出决定和迈出第一步,往往最为艰难。然而,一旦开始行动,一切便顺理成章。这就是信仰的规则。头朝下向水里跳吧,不用担心水底下有什么。等浮上水面时,就会变成一个全新的人。哦,又或者像一个曾去到遥远国度的人,在回来后他突然发现,那些他曾以为自然而然的或者理所应当的事,不过是偏僻的乡土怪谈,而那些他曾以为陌生和不可思议的事,如今却都懂了,甚至还认为本该如此。"

他知道瓦依格薇更在乎什么。所有人都在问一个问题,所有人都在问他们两人的性爱关系,就好像对他们来说这是天大的事情。不问美德,也不问最高等的良心问题,所有人只关心这一件事。这让纳赫曼十分诧异,人和动物果然并没有太大的差别。可当他和他们谈起性爱,谈起腰带以下的事,他们又脸红了。

"一个人和另一个人结合是错误的吗?性爱不好吗?应该沉浸其中,不要想别的,享受最后出现的愉悦,这是被祝福的行为。哪怕没有愉悦也是好的,甚至可以说更好,因为应该意识到,我们已经跨过了德涅斯特河,来到了一个自由的国家。你想象一下,这多么让人欢喜。"

"我不想。"瓦依格薇说。

纳赫曼叹了口气:女人对此总有更大的困扰。显然她们更严格地遵守着古老的律法,而且她们天生更害臊也更害羞。雅各布说过,这就像奴隶——因为她们在更大的程度上是世界的奴隶——对自己的自由一无所知,也没人教过她们什么是自由。

有经验的人,那些长者,做这事就和洗澡一样稀松平常。身与心皆欲于此,当烛光熄灭之时,恰如节日到来。因为结合是那么美好,一个人和另一个人交媾并没有什么错误可言。身体相融的两个人会产生一种新的联系，一种微妙又无法定义的特殊关系，说不清也道不明。本质上，在结合之后，人们会变得更加亲近，像兄弟与姐妹，彼此相依；而另一些人——也在本质上——则羞见彼此，不得不努力适应彼此；还有一些人，无法直视对方，没人知道他们究竟该怎么办。

通常来说，人们对彼此有着或多或少的依恋，或强烈或微弱地相互吸引着。这种事相当复杂，因此才需要女人付出感性的关心。她们比男人更擅长猜谜，因为……举例来说，为什么维泰勒总是抗拒纳赫曼，又为什么纳赫曼总是被哈雅·邵尔吸引？还有，为什么来自布斯克的少女雅赫纳与伊扎克·邵尔有那么深的友谊，哪怕他们有各自的伴侣？

至今仍属禁忌之事，不仅被允许了，还被强制要求执行。

大家都知道，雅各布要执行最艰难的外邦之行，他也因此获得了特殊的力量。帮他做这件事的人，也能得到膏立①。

最伟大的力量并非源于肉身，而是附着在词语上。世界由词语所创，由词语组成了它的每个部分。所以，最伟大的外邦之行、特殊使命，就是大声地喊出上帝的名字：舍姆·哈-梅法拉什②。

很快，雅各布就要在最亲近的人面前做这件事了。被选中的两类人里有男的也有女的。

最近他们吃了不符合犹太教规的面包和猪肉。一个女人痉挛了，但不是因为肉，肉并没有罪，只是因为她无法忍受去完成这件事。

"这可不是普通的行为。这件事是特别的。Maasim Zarim，外邦之行。"雅各布说。他说话的时候好像在嚼着东西，好像嚼着猪软骨。

---

① 犹太教的一种宗教仪式，以膏油涂抹，以示受命于神。
② 神的"特殊之名"，由四个希伯来字母组成，英文常写作 YHWH。犹太传统认为该名字无法发音，是神最为特殊的名字。

"完成外邦之行是什么感觉？"有人问，这个人明显没注意听讲。

雅各布于是从头又讲了一遍：

"我们要破除所有律法，它们已不适用。不破旧法，新法不立，因为旧法是为那个不被救赎的时代设立的。"

然后，他拉起站在两侧的人的手，很快大家便围成一个圈。现在，他们要像往常一样开始唱歌了。

雅各布和孩子们玩扮鬼脸的游戏。孩子们很喜欢。每天下午，一起吃过饭后，是他给孩子们的时间；最小的那些孩子由他们的妈妈们带过来，那些人数较少的、看起来年龄大一些的孩子也喜欢和他玩。他们做鬼脸，比赛谁的脸最吓人。孩子的小脸很难扮丑，但雅各布的脸能变来变去。当他扮成怪兽或者假装跛脚的恶魔时，有些孩子吓得大声尖叫。等他们安静下来，他会让他们坐在自己身边，给他们讲很复杂的童话。童话里有玻璃山上的王国、乡巴佬和王子，有海上冒险和把人变成动物的邪恶巫师。他经常到第二天才讲结尾，这样全伊瓦涅的小孩都会期待明天。被一个善妒的女人困在驴身体里的英雄能不能成功脱身呢？

等天暖和起来，四月时，游戏便搬到户外。雅各布曾和纳赫曼讲过一件事。他小的时候，住在切尔诺夫策时，那里来了一个疯子，所有的孩子都追着他跑，模仿他，模仿他的动作、吓人的表情和他的丑态，还重复他的话。等这个疯子走了，去别的城市了，孩子们还在模仿他，甚至给他的动作加上各种花样，让疯癫的样子更加夸张。后来所有切尔诺夫策的孩子，包括犹太人的、波兰人的、德国人的、鲁塞尼亚人的，都像被瘟疫传染了一样，变得举止乖张。惊恐的家长们从墙角抄起桦木板子，用板子打才把这副疯模样赶出孩子们的脑袋。可家长们真不讲道理，因为真的很好玩。

如今，他自己扮鬼脸，孩子们学他的样子。人们经常能看见高大的雅各布走在前面，做着奇怪的动作，而孩子们跟在他后面。他们向前踢着腿走，要不就走几步再跳一跳，挥舞着胳膊。他们在池塘四周拉起绳子。冬天过后，池塘里的水很清澈，倒映着天空，不安地荡漾。有些成年人也加入了游戏。波德盖齐的老莫舍，鳏夫，已经和蓝茨克鲁尼亚的玛乌卡订了婚，女孩刚刚十五岁，他现在的精力可充沛了。他带着未来的妻子也加入了雅各布的行进队伍。这可鼓励了其他人，因为莫舍是个聪明人，他知道自己在干什么，他也不怕嘲笑。事实上，嘲笑不正是我们的追求吗？纳赫曼一边想，一边跳起舞。他用两条腿跳起来，就像球一样，想要吸引瓦依格薇的注意，吸引那个娇小可爱的她，而她转过身去生闷气。她还是太孩子气了，就得用孩子那一套才奏效。这样玩就不需要说服维泰勒。她紧紧地抓住纳赫曼的胳膊，宽大的乳房滑稽地上下抖动着。维泰勒身后跟着别的女人，她们扔下正往绳子上晾的衣服，停下哺乳，放下挤牛奶和拧床单的活儿。她们的丈夫们看见，也停下了砍柴的工作，把斧头留在树桩上。今天要被炖成汤的公鸡能多活一会儿了。耶鲁西姆从梯子上下来，他本来在修屋顶，现在正抓着哈哈笑的哈雅的胳膊。雅各布带着这支疯狂的队伍穿梭在房子之间，越过翻倒的栅栏，穿过敞开的谷仓，然后走过池塘间的堤道。看到他们的人，要么惊叹，要么马上加入，直到兴奋地、燥热地、脸蛋红扑扑地回到起点，笑累了也喊累了。人们突然发现，他们的队伍壮大了，比刚开始的时候多了很多人，差不多全都在这儿了。如果这时有人来到伊瓦涅，肯定会以为这里是个傻瓜村。

晚上，长者们聚集在最大的屋子里，他们站成一圈，肩并肩，男女间隔站。他们先唱歌，然后祈祷，用肩膀支撑着彼此左右摇摆。夜深了,雅各布开始布道,也就是随便讲讲,他是这么说的。纳赫曼尽量地记,等回到自己的家后,他就赶紧写下来,尽管这违背禁令。这花了他很多时间,所以他走路的时候总是昏昏沉沉的。

两块石板的故事

这个故事,伊瓦涅的所有人都记得。

当犹太人就要走出埃及时,世界已经准备好接受救赎,所有的一切都做好了准备——不管是地上的还是天上的,都在等待。看上去非常神奇,因为风不吹了,树上的树叶也不动了,天上的云飘得慢极了,只有最有耐心的人才能看出它的轨迹。还有水,变得像奶油一般厚重,而大地正相反,变得又薄又脆,轻轻一踩,脚踝就能陷进去。鸟不叫了,蜜蜂不飞了,大海不再泛起波浪,人们也不说话,万籁俱寂,只能听到最微小的动物的心跳声。

一切都停止了,都在等待新的律法。所有的眼睛都看向摩西,他爬上西奈山,准备从上帝的手中接过它。确实如此,上帝亲手将律法刻在两块石板上,用这种方式让律法显于人,知于人。这是神显世界的律法。

可摩西不在的时候,他的子民经受不住诱惑,纷纷犯下罪行。等摩西下山来,看到发生的事,他想:我刚离开他们一会儿,他们竟然就守不住美德,他们不配拥有上帝慷慨赠予他们的律法。于是,他把石板狠狠地摔在地上,石板碎成了一千块,化为尘土。就在这时,一阵强风把摩西推倒到岩石上,强风搅动起云和水,把它们凝固成土地。摩西懂了,他的子民还不成熟,不足以承受为得到救赎的世界制定的自由法则。他靠着岩石坐了一天一夜,从上面望着他的子民在营地里燃起的篝火，听着响声、鼓声、音乐声和孩子的哭声。这时，萨麦尔化身天使来到他身边，向他转述上帝的诫命，从此便要将世人囚于束缚之内。

为了不让任何人知晓真正的自由律法，萨麦尔小心翼翼地将残缺不全的神显世界的律法收起来，散发到世界各地，形成了诸多宗教。等弥赛亚降临，他将不得不前往萨麦尔的领地，收集石板碎片，根据最后的启示重新呈现新的律法。

"丢失的律法讲的是什么？"瓦依格薇上床后问纳赫曼。

"现在没人知道吧，因为都被散发出去了。"他认真地回答她，"这是好事。它尊重人类。"

但她仍不死心。

"那个律法与现行的完全矛盾吗？就是说，现在不能通奸，而它让通奸？现在不能杀人，它让杀人？"

"不是这么简单。"

"你总是应付我说不是这么简单。不是这么简单……"她模仿着，把羊毛长袜套在纤细的腿上。

"人总归希望得到直白的解释，对他们来说，最好把一切都简单化，还不能写下来，所以行为和思想越来越愚蠢……黑即是黑，白即是白，锄头就是用来挖坑的，简单直接，但很危险。"

"我也想搞明白，但我不会。"

"瓦依格薇，那个时刻就要来到你我身边了。这是恩典。自从沙巴泰降临后，摩西的旧律法，萨麦尔交给他的那个律法就已经失效了。这也解释了我们的主沙巴泰为什么要转而皈依伊斯兰教，因为他看出，遵循摩西律法的以色列已经不能侍奉真理之主了。因此，我们的主放弃了妥拉神，转信伊斯兰教。"

"你怎么什么都懂啊,纳赫曼?你为什么懂呢?真理难道不简单吗?"瓦依格薇睡眼惺忪地说。

"……我们要去以东。上帝指引我们做这些事。"

瓦依格薇没回答。

"瓦依格薇?"

静悄悄的,听得见女孩平缓的呼吸。

纳赫曼轻轻地爬下床,不想吵醒她。他点上一盏小灯,再用一块木板挡住,这样从窗外就看不见灯光了。他准备写字。他只披了一块毯子。他写道:

杂记。
伊瓦涅共同体的八个月

在无穷[①]之内,在神圣之源,存在绝对的善。它是世上一切完美和善良的起点和源头。它就是完美,完美得不需要改变,既高贵又稳固,内里没有一丝波澜。但对我们而言,我们从神创世界的底部,从远处看过去,这种静止意味着死亡,所以便是恶,又由于完美排斥行动、排斥创造、排斥改变,于是我们自由的可能性也被排除在外。因此可以说,在绝对的善的深处隐藏着恶之根,它与每一个奇迹和每一个动作相矛盾,与每一种可能和每一种意外相矛盾。

所以,对于我们,对于人来说的善,与对神而言的善截然不同。对我们来说,善是介于神的完美和神为创世而退后之间的一道缝隙;对我们来说,善是神本来应在却不在的一种缺席。

---

① 犹太卡巴拉主义中对于超越性、本质性的上帝的概念,意为无限、无穷。

纳赫曼搓了搓冻僵的手指。他思如泉涌,停不下笔:

容器破碎,世界诞生,它从坠落之地立刻攀升而起,从底部抬升到顶端,从微不足道到日臻完美。世界越升越高,越来越好,获得新的善,不断累积,同时将从蜕壳里释放出来的物质变成力量和光辉。这是修复的力量,而修复的过程,人们可以协助完成。攀升的过程中必须突破现有的真知,同时创造新的真知,然后再次打破这个真知。在不断死去的蜕壳里留不下任何东西。那些没有奔向山顶而站在原地的人,必将跌落下去。

最后一句话突然让他冷静下来。他伸了个懒腰,然后看了看熟睡中的瓦依格薇。他继续奋笔疾书。

这一次,我们笑着,大摇大摆地唱着歌蹚过德涅斯特河,因为我们的手里有国王的铁令,它保护我们在这个国家享有自由。那时我就想,一切都可以看成是石头拼出的图案,尽管每一块石头都颜色各异,且如果散开来,根本看不出它们之间有任何的联系,但如果按照某种顺序排列的话,它们就会变成一幅显而易见的画。

伊瓦涅被赐予我们,我们在这里建立起一个大家庭,可以延续多年,甚至如果我们再次分离,如果我们迷失在世界的某个角落,与伊瓦涅的联系也将永远存在;因为我们在这里,在伊瓦涅,是自由的。

如果我们像雅各布说的那样得到了自己的土地,可以为我们和我们的孩子所用,我们可以按照我们的法律去管理,其他人不能插手,那我们就再也不害怕死亡。也就是说,谁有了一块土地,谁就将获得永生。

在维尔诺有位名叫哈舍勒·措莱法的占星师,他曾说,根据希伯来字母代码,波林这个单词,也就是波兰,和《圣经》中以扫的孙子泽法的名字之间,存在着数字联系。以扫及其家族的守护天使是萨麦尔,而萨麦尔也是波兰的守护者。波兰正确的名字应该是以东王国。泽法的名字写成希伯来字母是 Zafon,指"北方",其数值和波林-里塔的一模一样;波林-里塔就是波兰-立陶宛。众所周知,《耶利米书》第一章第十四节说,当救赎恩典降临,将从北方王国开始,指的就是从波兰和立陶宛开始。

以东是以扫的王国,而这里,如今,在混沌世界,以东就是波兰,去以东指的就是来波兰。很清楚。在这里,我们要接受以东的宗教。埃利沙·邵尔在士麦拿时就曾说过,我也说过。如今愿望达成了,但如果没有雅各布的话,这一切都不会发生。

当我看着他的时候,我看见了一种无法言表的、有些人与生俱来的东西,让人不由得对他产生敬仰之情。我不知道是什么——身体的姿态?高昂的头?锐利的眼神?迈步的方式?还是萦绕着他的某种气场?陪伴着他的天使?无论他走进哪里,不管是最糟糕的棚舍,还是最明亮的大厅,所有的眼睛都会追随着他,流露出高兴和欣赏的神情,尽管他什么都还没做,什么也没说。

我盯着他的脸看过许多回,哪怕在他睡着的时候。我曾说过:"那不是一张漂亮的脸,但可以变得漂亮。那不是一张丑陋的脸,但可以变得令人作呕。"他的眼睛能够温柔、悲伤得像个孩子,同样,这双眼睛也可以毫不留情地,像猛兽观察自己的猎物一般望出去。那时,他的眼神中包含着某种嘲笑和鄙夷的意味,令人胆战心寒。我甚至不知道,他的眼睛究竟是什么颜色的,因为它会变:有时是全黑色的,没有瞳孔，看不穿；其他时候是金棕色的，像黑啤酒的颜色。有一次我发现，它最深处的底色是猫眼睛的那种黄色，只不过在柔和的阴影下看起来变暗了。

因为我爱雅各布，所以我允许自己以这样的方式书写他。因为爱他，所以我给他更多的权利和比任何人都多的特权。但我害怕我会陷入盲目的、疯狂的和病态的爱中，就像那个赫尔舍维，只要可以，他会像狗一样伏在他的脚下。

两位一体，三位一体和四位一体

我们在伊瓦涅多次研究三位一体，我认为我已经领会了它的含义。

因为我们本质上的任务，就是在上帝的唯一性和他所创造的世界的多面性之间确立一种平衡，让我们自己，人类，不被丢弃到这个"之间"，即"唯一世界和分裂世界"之间。这个无限的"之间"有一个奇特的临界点：两位一体。这是人类思考的第一个层次，即能意识到在自己和其余世界之间出现了一道鸿沟。令人痛苦的"二"，是创造世界的基础性裂痕，产生了矛盾和一切"二元论"；这与那、我与你、左与右。Sitra Achra，即第二面，左面，以破碎的容器外壳为形象的邪恶力量，在它分裂之时就再也抓不住光了——这就是"二"。或许，如果世界上没有"二"，世界会完全不同，尽管很难想象，但雅各布一定可以想象得出。我们每天晚上都在思考这项任务，但我们的脑袋却已只能按照"二、二、二"的节奏思考问题。

"三"是圣洁的，就像智慧的妻子,调和矛盾。"二"像年轻的小鹿，会跳过矛盾。"三"的神圣可以驯服邪恶。因此，"三"必须不间断地维护平衡，但平衡本身会颠覆，本身就摇摇欲坠，只有"四"才是最

עשרת המלך הקדוש

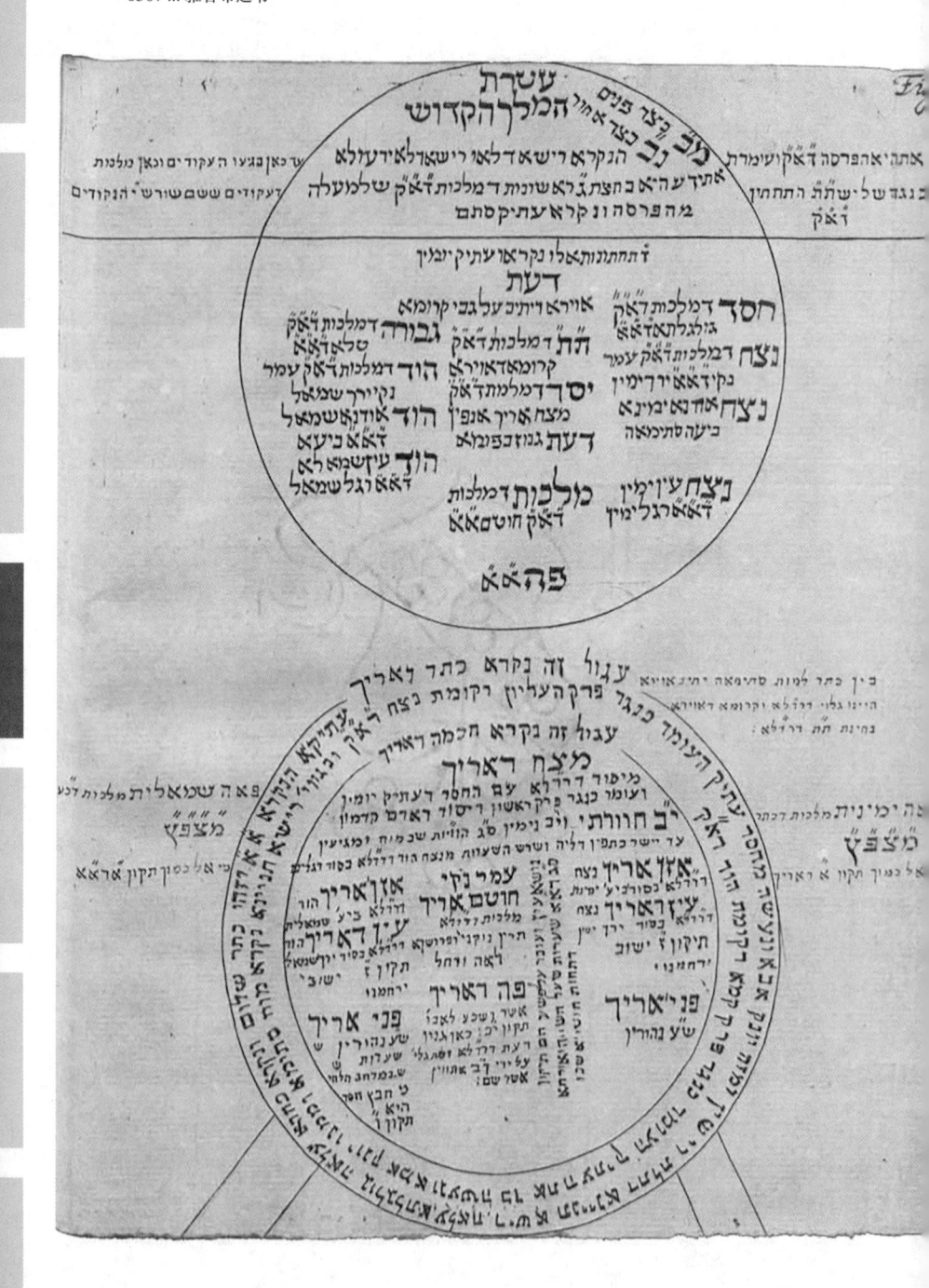

הנקרא רישא דלאו רישא דלא אידעולא
דעתיק דהיא בחצחגרא שוניות דמלכות דאק שלמעלה
מהפרסה ונקרא עתיק סתם

אתהיאהפרסה דאק ושימרת
לנגד שלישית ה תחתון
דאק

עד כאן בגיעו העקודים וכאן מלכות
דעקודים ששמשורש הנקודים
דאק

ד תחתנותא אלו נקראו עתיק יומין

חסד דמלכות דאק גולגלתא דאק
גבורה דמלכות דאק טלא דאק
הוד דמלכות דאק קרומא דאוירא עמר
יסוד דמלכות דאק מצחאריך אנפין
הוד אודנא דשמואל
הוד עיןשמאל דאא רגלשמאל

דעת אוירא דיתיב על גבי קרומא
חח דמלכות דאק
נצח דמלכות דאק עמר נקי דאאיידימין
נצח אחנא ימינא בישהסתימאה
מלכות דמלכות דאק חוטמא דאק
נצחעיןימין דאארגלימין

פהדאא

עגול זה נקרא כתר לאריך
פרקה עליון רקומת נצח
עגול זה נקרא חכמה דאריך

מצח דאריך
יב חוורתי
אזן אריך
חוטם אריך
עין דאריך
פה אריך
פני אריך

伟大的圣洁和完美,才能恢复神圣的比例。神圣上帝之名由四个字母组成,而世上所有元素都经由他确定(耶鲁西姆曾对我说,动物都能数到四!),世界上一切重要的东西都是"四"的倍数。

一次,莫舍从厨房拿来一块做面包用的面团,然后用它捏出一些形状。我们都笑话他,雅各布笑得最厉害,因为没有比莫舍更适合干厨工的了。

"这是什么?"他拿出自己的作品问我们。

我们都看出来,桌子上的面团是字母Alef的形状,于是就这样回答他。这时,莫舍抓起这个面团做的神圣字母的两端,干净利索地把它拉直。

"这是什么?"他又问。

这是个十字架。

是的,莫舍确认,这个神圣的字母就是十字架的原型,是十字架的基础形态。如果它是一株活的植物,它就会长成十字形,而十字架包含着巨大的奥秘。因为上帝是三位一体的神,我们将舍金纳加入上帝的三位一体中。

这个信息并不能宣讲给所有人听。和我们一起待在伊瓦涅的人的来路又广又杂,经历各异,所以我们并不对他们展示这种神圣的知识,以免他们陷入误解。如果他们问我什么是三位一体,我会一边用手轻触额头,一边说:"亚伯拉罕、以撒和雅各的神。"

有时候,我们会小范围地交流,压低声音,因为伊瓦涅的屋墙并不严实。比如当我们写完信,手指头上还沾满墨水,眼睛都睁不开,正盯着跳动的火焰歇一会儿的时候,莫里夫达会给我们讲那些鲍格米勒派的信仰。我们惊讶地发现，我们和他们有很多相似，就好像有一条路，我们和他们一开始都在上面走，然后路分成两条，而这也许是为了再次汇合成一条路，和我们在伊瓦涅的两条路一模一样。

难道生命本身不是这个世界的异类吗？难道我们不是异类，我们的上帝不是异类吗？这不就是我们在那些真正属于这个世界的人的眼中如此另类、如此遥远、如此可怕、如此不可理喻的原因吗？同样地，这个世界对异类来说也是奇怪且不可理喻的，它的法理和它的习俗都不可理喻。因为来自最遥远的远方，来自外界，所以必须承受作为陌生人的命运——孤独、凄然、不被理解。我们是别人中的陌生人，是犹太人中的犹太人。因此，我们永远思念家园。

我们不认识这个世界的路，只好无助地摸索着前行，我们只知道，我们是异类。

莫里夫达说，如果我们这些异类生活在他们之中，一旦适应并喜欢上那里的气氛，就会马上忘记我们从哪里来，忘记我们的出身。我们的不幸也随之终结，但却付出了忘记本性的代价，这会成为我们异类的命运中最痛苦的时刻。因此我们必须提醒自己保持疏离，将回忆当作最珍贵的宝物珍惜。重新认识世界，认识到这里是我们的流放地，认识到它的法律是陌生的、异己的……

纳赫曼停下笔的时候，天已经亮了。又过了一会儿，窗外传来公鸡高声打鸣的声音，纳赫曼吓了一跳，就好像他才是惧怕光明的夜魔。他钻进温暖的被窝，久久地仰面躺着，怎么都睡不着。他的脑海里盘桓着许许多多波兰语单词，拼凑成一句句话，他都不知道自己是什么时候想出这些关于精神的祷词的，还是用波兰语。他想起昨天在这里看到的吉卜赛人，他们和他们的大篷车一起萦绕在他的脑子里，连成很多句子：

> 好像出海的水手，
> 在地狱边缘，大篷车无路可走，
> 引领吉卜赛人的是——精神
> 我的，无人可触，无人可撼；
>
> 空气是关不住它的铁笼，
> 既非刻在心中，也非驻于恢宏庙宇，
> 通常无所不晓的，
> 也将，变得平常。
>
> 并且如与生俱来。
> 变化，又不可变化，
> 我的精神在自我的呼吸中。
>
> 是的，善良的上帝，感天动地，
> 我的精神与您相遇；
> 于您处可得安心之隅。

纳赫曼也不知道自己是什么时候睡着的。

熄灭蜡烛

7月14日至15日的夜里，此时再一次辩论的日期已经敲定，女人们和男人们聚集在一间屋子里,紧紧地关上百叶窗,点起了蜡烛。他们缓缓地脱光衣服,有的人把衣服叠得整整齐齐、方方正正,就像要进入浴池一般。所有人都跪在木地板上。雅各布拿起十字架,把它放在长凳上。他亲吻过哈雅带来的小神像后,把它放在十字架旁边。然后他点燃一根长蜡烛,站了起来。现在,他绕着圈走起来,这个光溜溜的男人,毛发茂盛,两腿间的阳器摇摇晃晃。烛光隐隐约约地照亮其他人的身体,灰橙色的,还有金色的脑袋低垂在胸前。

身体是那么具象,看得见莫舍的疝气,看得见维泰勒生过几个孩子后微微松垮的肚皮。雅各布绕着走的时候,他们一边偷偷地瞄了瞄彼此,一边嘟囔着祈祷词:"以伟大的上帝之名……以光芒之外的生命之理……"赤身裸体地站在昏暗微弱的光线中,很难集中精力祈祷,这里仿若另一个世界。一个女人紧张地傻笑起来,这时,雅各布停下脚步,猛地吐出一口气吹灭了蜡烛。然后,一切就在黑暗里发生了。对于他们要干的事而言,黑暗成了柔情的香膏。

几天后,雅各布让他们围成一圈站着,他管这叫"站圈"。整个星期二、星期三,直到星期四下午,就这么站着。不管白天还是晚上,他们这群人就这样围成一个圈站着。伊扎克的妻子可以豁免,因为站了几个小时后她就晕倒了,必须躺下休息。其他人仍要站着。他们不能讲话。天气炎热,好像都能听见汗珠顺着他们的脸滑下来的声音。

没有土地的人,不足以称之为人

"如果有比萨塔尼夫更漂亮的墓地,我就赤脚走到利沃夫。"哈娃·哈伊姆娃说。

尽管没有任何缘由去谈论死亡,也不该以墓地为参照评价一方土地,但这座墓地本身确实很美,其他人也都这么认为。这块墓地巧妙地建在河流旁边。

"科罗洛夫卡的墓地也很美,"自五月起就和家人来到这里的佩瑟薇说,"算得上是第二漂亮的墓地。"

"但我们在萨塔尼夫的墓地位于城外,更大。"哈娃·哈伊姆娃接着说,"在那里看得见半个世界。河的下游有一间磨坊,水流环绕着它,水里还有鸭和鹅……"

她的父亲租下了这间磨坊,根据犹太的财产律法,他们可以继承租赁权。小镇本身坐落在一座小山上,有两处非常显眼的建筑——一处是贵族领主的小城堡,已经损毁严重,从这座伫立在主路边的小城堡里,领主可以监视到有谁及其如何来到这里;另一处是山上的犹太会堂,它就像一座坚固的城堡,是土耳其风格的。尽管多年来哈娃他们并不怎么去这处犹太会堂,但她也无须撒谎,犹太会堂确实壮观。如果从主路爬上弯道,沿着陡峭的小路去镇上,一定会经过犹太会堂,没有别的选择。小镇上有个小市场,每周都有集市,总在星期一开放。市场四周像其他地方一样,基督徒的摊位和犹太教徒的摊位交替摆在一起,而有时候,夏天,还有亚美尼亚人和土耳其人摆摊。

但要想获得土地,只有通过教会,从主教庄园那里才有可能得到。谁会无偿赠予犹太人土地呢?都是王室的土地呀!谁敢想,最美的土地就在兹布鲁奇河汇入德涅斯特河的地方。

"谁会给犹太人一处沿河的房子呢?"有人质疑。

"不大……一小块地,通向森林,沿着小河,就像斯特里帕河这样的小河,可以搭起鱼塘,养自己的鲤鱼。"哈娃憧憬着。

"有人会让犹太人这么富有吗?"这个质疑者再次发问。

"但我们已经不是犹太人了,是不是?我们还是犹太人吗?"

"我们永远是犹太人,只属于自己的犹太人。"

多希望能按照自己的愿望生活啊,不用对任何人唯唯诺诺,没有任何凌驾在自己之上的领主,不用害怕哥萨克,与教会保持良好的关系。可以耕种土地,做买卖,生孩子,有自己的果园和商店,哪怕是最小的那种;在房后种一片花园,收获蔬菜。

"那你见过古西亚京[①]镇的犹太会堂吗?"最后,又老又聋的莱文斯基问哈娃,"你没见过吧?哎呀呀!你什么都不知道。那才是最大最美的建筑。"

窗外,孩子们吵吵嚷嚷地打闹着。他们拿着棒子,把老芦苇秆假装成火炮互相扫射。犹太孩子和附近村子过来的、好奇的基督教孩子们一起玩。他们分成两伙,并没有按照出身分;一伙儿扮演鞑靼人,另一伙儿扮演莫斯科人。棍棒和芦苇秆的战斗游戏抹去了一切差异。

马夫与波兰语课

"马夫"这个词让雅各布觉得很好笑。

他们通常在下午学习波兰语,分成几个小组,女人和男人一起学,由华沙的哈伊姆和另一个年轻的邵尔家的哈伊姆教他们。通常从名词学起:桌子、刀、勺、盘子、杯子;学着说,"给我刀""拿这个杯子""给我盘子""给你盘子"。

"马夫",即养马的马倌,雅各布认识这个单词后,特别喜欢用它开谐音玩笑[②]。吃晚餐的时候,他递给纳赫曼一个盘子,然后说:

[①] 位于乌克兰。
[②] 波兰语中"马夫"和"给你盘子"的读音与拼写完全相同。

"给你盘子。"

知道意思的人会哈哈大笑起来。但纳赫曼不笑。

雅各布从邵尔家拿到一本波兰语书,用它学习阅读。维泰勒帮助他学习,但她自己读得也不好,于是就雇了一位老师。老师是附近庄园的一位年轻家庭教师,隔天来一次。他们一起读动物的部分。雅各布可以独立阅读的第一个段落,讲的就是诺亚方舟中的动物。

拥有易碎结构的动物,或者说,拥有极易腐烂结构的动物,并不是指蠕虫、跳蚤——因为它们是 Genus suum reparare[1],尽管其过程曲折——而是指,哪里有破损、有死亡,就在哪里出现的寄生虫。《自然历史》的作者尼雷姆伯格[2]说,上帝并没有创造这些动物,腐败或者腐朽才是它们的母亲。

阅读这样的波兰语,很难理解其中的意思。真是奇怪的语言。

谈谈新的名字

雅各布先是从女人中挑选出七个人,过了一段时间后,他又从男人中选出十二个信任的人。他让他们从《福音书》中给自己取个门徒的名字,这本书在伊瓦涅每晚都会被阅读。

雅各布首先选了纳赫曼,让他站在自己的右手边,给他取名"彼得"。另一边是老莫舍,他是第二个"彼得"。然后是切尔诺夫策的奥

---

[1] 拉丁语,意为自我更新的物种。
[2] 指胡安·尤斯比奥·尼雷姆伯格,西班牙的耶稣会会士和神秘主义者。

斯曼和他的儿子，他们叫"大雅各布"和"小雅各布"。接着在特殊的位置，近乎正中央，是施罗莫·邵尔，他已用"弗朗西舍克"为名，用"弗沃夫斯基"为姓。他后面站着克里萨，他给自己取名为"巴多罗买"。接下来，在另一边是埃利沙·邵尔，现在叫"乌卡什·弗沃夫斯基"，在他的两边是耶乎达·邵尔——现在叫"扬（即约翰）·弗沃夫斯基"，和华沙来的哈伊姆——现在叫"马泰乌什"，即马太。还有赫尔舍维，现在叫"第二个扬"，而波德盖齐来的莫舍叫"托马斯"。布斯克来的哈伊姆，纳赫曼的兄弟，叫"帕维乌"，即保罗。

埃利沙的大儿子施罗莫·邵尔，也就是弗朗西舍克·弗沃夫斯基，为大家讲解了关于名字的知识。他让每个人都想一个新的名字，基督教的名字。他用手指比画着，告诉他们十二门徒都有谁，但他却给自己取名叫弗朗西舍克。"谁是弗朗西舍克？"大家问他。

"我最喜欢这个名字。"他说，"你们要认真地选择自己的新名字，不要仓促决定。你们和自己的新名字并没有什么关系。它和国家无关，和语言无关，只不过要叫它罢了。名字在我们出生前就已经存在，创造它的声音对应着宇宙中的某个旋律。那才是真正的名字。而我们在街上、在市场上、驾车走在泥泞的路上用的名字，或者说，别人叫我们的名字，只是载体而已。名字就像工作时穿的工作服，我们和它们并无关联。来了，又走了，和所有东西一样，一会儿这样，一会儿那样。"

但维泰勒并不以为然。她问雅各布：

"我们应该给自己想个名字，这样我们才可以说：我，维泰勒，我，雅各布。对不对？那当我面对自己，我该叫什么呢？"

雅各布回答说，他一想到自己，就立刻想到"雅各布"，也总是在脑海里叫自己"雅各布"。但不是某个雅各布，就是那个雅各，唯一的雅各。

"那个在梦里看见梯子的……"维泰勒猜。

但雅各布否认道：

"不，不是，是那个披上兽皮的。他让父亲用手掌摸他，这才把他认作其他人，认作是心爱的以扫。"

彦塔在上面看着这一切，她看见，名字和承载它们的人逐渐割裂开来。暂时还没有人意识到这一点，人们仍用旧的名字称呼彼此：哈伊姆，斯普里奈娃，莱娅。但名字们已经失去了光芒，暗淡下去，和蛇皮似的，在蜕皮之前，生命已然消逝。好比佩瑟薇这个名字，它像一件大衬衫一样从女孩身上褪去，变成了成熟的海伦娜；现在它还很薄，就像烧伤后形成的皮肤，新生且通透。

瓦依格薇这个名字现在听上去有些随意了，与这个小巧、瘦削但强壮，皮肤又干又糙，正用杆子扛着水的姑娘不太相称。满满两桶水。瓦依格薇，瓦依格薇。有点不匹配。就好像纳赫曼的名字对她的丈夫来说也不匹配了，好像太大了，像一件旧毛衫。

恰恰是他，第一个称呼自己为"彼得"，又加上了"雅各布夫斯基"，起源于雅各布的意思。彼得·雅各布夫斯基。

把名字丢在伊瓦涅的草地上可能是不详之举，正如以往彦塔看到的那些一次性的事物，稍纵即逝、偶发的生命，但同时，彦塔也看到了大量的事物在不断地重复出现。她自己也在重复着出现。山洞，重复出现。大河和浅滩重复出现。重复出现的雪，重复出现的雪橇痕迹相互平行，在广阔的空间里留下两道不详的印记。黄黄的、令人作呕的雪上污痕，重复出现。草地上的鹅毛重复出现，它们紧紧地粘在人的衣服上，和他们一起四处游荡。

到地狱去寻找女儿的平卡斯

参加理事会会议的书记员平卡斯，专注地听着讨论发言，一字不漏。他可没胆子说话，他害怕自己的声音会发抖，然后抑制不住地哭出来。热切的祈祷帮不了他，他妻子为他炖过一锅祛除晦气的鸡汤，但也帮不了他。鸡汤与蒙在平卡斯灵魂上的灰尘一起，被送给了穷人。

平卡斯很清楚，离开真正的宗教去接受新的宗教并受洗，对真正的犹太教徒和一般的犹太人来说，算得上是最糟糕的事情。谈论这件事本身就已经犯下重罪。平卡斯都无法想象，就像死亡，甚至比死亡更糟糕，像淹没在巨大的洪水中，成了一个将死的溺水者，可却还活着——活着只是为了感受什么是羞耻。

因此，当平卡斯在草拟文件的时候，他的笔一遇到"Samekh"，即"受洗"这个单词时，手就不听使唤，写不下去 Shin、Mem 和 Dalet，仿佛它们并不是无辜的字母，而是某种咒语。他想起过去曾出现过另一个叛教者，奈哈米阿什·哈约，这个人在平卡斯年轻的时候可是声名大噪。这个人接受的也是沙巴泰思想，被自己人除教，然后游荡在欧洲各地，到处遭到驱逐。在他面前只有砰然紧闭的大门。后来他去了维也纳，又病又累，维也纳的犹太人给他吃了闭门羹，甚至没有人敢给他一杯水。哈约那时坐在一处院子里，横躺在地，大哭起来，他甚至不承认自己是犹太人。屈辱太大了，当有路人问他他是谁，他回答，是土耳其人。在宽广的欧洲，任何一个体面的犹太家庭都不会款待一个沙巴泰主义者，给他吃喝或者说句好听的话，什么都不会。但那时，叛教者寥寥；今天，每个城市都有。

最近，他目睹拉比们在会议上说起这些叛教者口中神圣的经书。

"说起"这个词恐怕有些过,他们低声谈论它,仅仅是只言片语。因为要做记录,平卡斯只好竖起耳朵,听他们怎么谈论这本邪恶的书,但他们让他不要写下来。拉帕波特拉比,这位智慧的人说,只读两三段就足以让全身的汗毛都竖起来,"因为这些受诅咒的内容亵渎上帝,亵渎世界,颠倒是非黑白,闻所未闻。这些令人作呕的内容里的每一个单词都该被仔仔细细地抹去"。

平卡斯迈着小碎步疾步走过斑驳的石墙,他要去一个能租到马车的地方。抹着石灰的墙壁在他的袖子上留下一道白色的痕迹。不久前有人告诉他,在市场上见过吉特拉,说她穿得像个女仆,手上提着篮子。但也许那不是吉特拉,只是个长得像她的人。因此平卡斯在拉帕波特拉比那里下班后,没有直接回家,而是继续走在利沃夫的路上,不停地扫视着女人们的脸,直到最后有人把他当成了老色鬼。

他在路上遇到了几个熟人,是些老商贩,正紧挨在一起高声地谈论着什么,脸上带着兴奋的表情。他凑过去,又听到了从昨天开始就在全城传开的话题。

两个卡缅涅茨-波多利斯基的犹太人装扮成农民,手持长矛,准备绑架其中一个人的女儿。女儿嫁给了莱伊布科·阿布拉莫维奇,打算带着孩子一起受洗。他们动手打了夫妻二人。就算杀了她,也比让她受洗强。

所以,当拉比们的讨论转换了风向,平卡斯就理解不了了。他们提到了一封信,信中说,应该与这些叛教者彻底切割,像截断患坏疽的肢体那样摆脱他们,将他们永远逐出神圣的社区,声讨他们,最终让他们被彻底遗忘。他们的名字将被忘记。他牢牢地记住了这封信,因为他誊抄了几百次:

扎莫希奇的亚伯拉罕·哈可汗致阿尔托纳的雅各布·艾姆登：

卢布林神圣社区为遭受瘟疫的世界支付了许多医药费。我们的智者聚集在欧洲大陆，共同商讨此事。他们认为，在这件事上没有别的出路，只能采取策略，强迫感染瘟疫的人受洗，然后为其标注上"将独自生活的人"的字样。只有此法，瘟疫才能永远地远离以色列的孩子。还有，感谢上帝，他们中的一些人已经受洗了，包括该死的埃利沙·邵尔在内，真该把他的名字从记忆中抹掉。而对于那些还没有受洗且仍穿着犹太服装的人，还有来祷告屋祷告的人，我们会严密监视，一旦发现他们有隐藏的企图，我们将向基督教政府告发。因此，我们已派信使前往利沃夫，让他在数百恶人抵达前赶到那里。教廷大使接见了他，他也递交了报告。真希望有办法把这些破坏者、恶狗们、背叛上帝的叛徒投入监牢，对他们施加除教令，就像几年前我们对波德盖齐的一个什么莫舍和他们邪恶的领袖雅各布·弗兰克所做的那样。

平卡斯深信，父辈们的老传统自有道理，即不予谈论任何与沙巴泰·泽维有关联的事；不赞扬，不诋毁，不诅咒，不祝福。不被谈论的东西，渐渐就不存在了。他坐在铺着一层斜纹布、走起来颤颤巍巍的马车上，思考着这样的智慧。词语的力量太强大了，如果没有词语，世界就消失了。他的旁边坐着几个打扮整齐的农民，看样子要去参加婚礼，还有两个上了年纪的犹太人，一男一女。他们害羞地和他搭讪，但平卡斯并不急于开口。

该说什么呢？如果想把某个人驱逐于世，无论用剑还是火，用任何暴力都解决不了。应该对他的事保持缄默，再也不提他的名字，用这种方法将他永远地禁锢在遗忘之地。而且，还应该用驱逐之罚震慑每个想打听他的人。

作为拉帕波特拉比的使者,他在博尔晓夫①的一位拉比家前停下来。他带来了一整包文件和书信,还有关于异见者的消息。晚上,在一处逼仄的房间里,微小的蜡烛灰在天花板下飘飘荡荡。当着所有犹太社区成员的面,他们宣读了消息。

第二天,平卡斯去了博尔晓夫的浴室。这是个小窝棚,窗户上钉着木板,屋顶都下沉了。浴室从中间一分为二,一边黑乎乎的,都是烟灰,一个被熏得骨瘦如柴的浴池工正向炉子里丢榉木柴火,用来加热池里的水;另一边朦朦胧胧,有两个给女人用的木头浴缸。后面挖了一个能装下四十桶水的蓄水池。蓄水池的四周,一片蜡烛焚烧过的痕迹。池水边缘环绕着一圈薄厚不均的硬脂和软脂层,光滑、芬芳,沾满了黑色的烛芯。平卡斯在温热的水中浸没了七十二次,然后蹲下来,让水没到下巴。他盯着浮在水面上的自己灰白色的胡子。我要找到她,他脑袋里不断重复着这句话。我要找到她,找到她,找到安然无恙的她,原谅她,只要找到她,她还是个孩子,思想脆弱的孩子,我要找到她。

这破碎的、充满不安的秘密祈祷持续了很久,没有人知道平卡斯的意图。他突然打了个激灵,这才发现天色已晚。又瘦又脏的浴池工都走了,池子下的火也早就灭了。浴室里只有平卡斯自己。他用粗糙的亚麻毛巾擦身,擦到皮肤发疼。第二天,深信上帝恩典的平卡斯假装动身返回利沃夫,实际上,他租下一辆破旧的马车,赶往伊瓦涅。

离伊瓦涅越近,路上的车越多。他看见装着工具的一辆辆马车,

---

① 今乌克兰城市。

然后又看见一辆手推车，装着一袋袋面粉，面粉袋上铺着一块毯子，车上还有一个大篮子，篮子里装满了坚果。两个男人正在车边聊天，对任何人都毫不理会。他看见一个来自卡缅涅茨的家庭，全部家什都装在拖车上，还带着几个孩子。这就是他们，他想。他嫌弃他们，他觉得脏。他们的大衣脏，他们的袜子脏，个别人穿得像个哈西迪派，但其他人还是更像农民，套着农装。他感到罪过极了，因为他的女儿就在他们之中。

"你是谁？"在一扇用松树枝精心装饰过的大木门旁，壮丁带着敌意问他。松针都掉落了，裸露的枝干看上去像尖刺，像铁丝网。

"和你一样的犹太人。"平卡斯平静地说。

"从哪儿来？"

"利沃夫。"

"你想从我们这里要什么？"

"我来找我女儿。吉特拉……高个子……"他不知道该怎么描述她。

"你是我们的人？正统派？"

平卡斯不知道该怎么回答，他很矛盾，最后说：

"不是。"

壮丁也许是觉得应该尊重穿着体面的长者，所以他让他等等。过了好长一会儿，他带过来一个女人。女人系着一条浅色的围裙，围裙下面穿的是一条带着华丽衬边的裙子。她用帽子遮着脸，像基督教女人一样，神情专注而警觉。

"吉特拉。"平卡斯说，他原本漫不经心的语气变得近乎是在乞求，"她去年离家出走了，那时……"他不知道该怎么称呼她，"她在许多村子逗留过。有人在布斯克看见过她。她很高，很年轻。"

"我在哪儿见过你。"女人肯定地说。

"我是利沃夫的平卡斯·阿布拉莫维奇,她父亲。"

"是的,我知道你是谁了。你的吉特拉不在这儿。我已经一年没见过她了。"

哈娃本想再说些扫兴的话,她想朝他脚下吐口水,说一些诸如"也许土耳其人绑了她吧"之类的话。但她看见这个男人吐出一口气,胸脯凹陷,一下子缩下去了,这让她想起自己的父亲。她让他再等一等,然后给他拿来了一点儿吃的,但老人已经不在门边了。

安东尼·莫里夫达-克萨科夫斯基
致卡塔日娜·克萨科夫斯卡的信

在沃维奇,莫里夫达坐在书桌边,用羽毛笔蘸了蘸墨水。他一下子弄出个大墨水点儿。他总是把墨水点儿当成某种预警。他在上面撒了些沙子,然后用刀尖轻轻地在纸上刮了刮。花了好一会儿工夫,他开始写道:

敬爱的城督夫人,

夫人,在反塔木德派的事情上,您居功至伟。大批反塔木德派已经聚集在利沃夫城下,像吉卜赛人那样就地安营扎寨,无比热切地奔向新的信仰。但您,敬爱的夫人,您这样聪慧敏锐的人一定知道,这背后可不只是突然觉醒的对十字架的热爱,一定还有别的诉求,也许不那么崇高,但非常人性,可以理解。

我这里拿到了他们写的又一封请愿书。好在有如神助,这封信必须经过我的手。当我瞥了一眼签字人的时候,我看见:洛哈特恩的施罗莫·本·埃利沙·邵尔和耶乎达·本·努森,也就是纳迪夫那的克里萨，他们撰写了这份请愿书。

我一看，血就冲到了脸上。您看，他们都要求些什么呀？

首先他们抱怨说，他们拥挤地待在卡缅涅茨主教掌管的村庄，靠着匈牙利兄弟的救济和扶持为生，没有吃的，也无事可做。然后他们说——我给您抄下来了——"我们希望能在布斯克和格里尼亚定居，也就是有正统派居留的地带，在那里我们可以找到生存和发展的方法。无论是做生意，还是靠劳动，我们都不会冒犯上帝之意。我们不希望像塔木德派习惯的那样住在旅社，我们也不希望用跑腿、伺候酒席或耗尽基督徒之血来换取面包果腹"。

接着，他们提出条件：希望能在受洗后继续生活在他们的社区里，不想另辟蹊径；希望过安息日，还有礼拜日；希望在新的天主教名字旁边保留自己的犹太名字，不吃猪肉，只在他们之间通婚，保留自己的圣书经典，特别是《光明篇》。

我该怎么把这封信交给主教长？他们印刷了这封信，还翻译成多种语言。所以我只是大概地汇报了此事，主教长并没有亲自看信，但他告诉我该怎么办："他们在那边挺好的吧？辩论要做，很好，辩论后立即洗礼。没有预设条件。洗礼后再看他们怎么生活，他们是什么样的基督徒。让他们别再纠集更多人了。"

夫人，您离伊瓦涅不远，如果可以，您能不能警告雅各布，如果他再授意这种突发的言论，他会浪费掉给他以及给他的人的机会，还会招来针对他的非议。

我还必须提醒您注意索乌迪克主教，传闻他负债累累，处境相当糟糕，如惊弓之鸟一般。因此，他可不反对接受馈赠，而这种行为在本国本就稀松平常。联邦赞成馈赠，每个人给每个人送礼，寻求保护，寻求帮助，寻求支持，一贯如此，夫人您肯定知道得更清楚。调子唱得越高的人，内在越是空空如也。那些高傲自大、高人一等的人，往往头脑贫瘠，最没有悟性，最没有功德，最没有本事。因此我必须提醒您，夫人，主教的意图由各种各样的丝带编织而成，有的美丽纯洁，有的则污秽不堪。有人告诉我，他在华沙见了我们的皇室出纳……

卡塔日娜·克萨科夫斯卡
致安东尼·莫里夫达-克萨科夫斯基的信

……你别再对我们的卡耶坦主教说三道四了，他还是肯为我们做事的。我知道，他像狡猾的玩家一样手里捏着一些把柄，我对他也没什么特殊的好感，但如果我们认为，自己的想法肯定万无一失，那么反而有些危险了。我们把他用好就行。

出现了另一个热心人——我说服了雅布翁诺夫斯基先生，我的好朋友的丈夫，参与我们的事。他办事追求系统性和条理性，所以他马上就想出一个宏大的社会性构想——在他的领地里建立一个小型犹太国家，由他给予保护。他被自己的想法鼓舞，跑到各处地产查看，试图说服所有人来实现他的构想。如果雅布翁诺夫斯基先生不是个异想天开、反复无常的人的话，我本该很欣赏这个想法，但这番创造着实需要做出更多的筹划和努力。公爵读过一本关于巴拉圭的书，那是美洲的一个国家，同样由穷人和野蛮人组成，它的存在让雅布翁诺夫斯基先生非常着迷，甚至有一段时间，他对别的事都不感兴趣。可当我问他，您怎么保持地主的权威呢？公爵回答我，那里没有地主，所有人都是上帝子民，一概平等。这可不是我想要的！

雅布翁诺夫斯基先生以极其自信而闻名。他穿着王室服饰，高扬着头，常常被自己绊倒。好在他有一个通情达理、聪慧睿智的老婆。她把他当成一个大孩子，容忍他时不时蹦出的一些稀奇古怪的想法。我在他家亲眼见过一幅巨大的油画，画着圣母，而在她面前，他画上了自己，脱下帽子，然后圣母说："Couvrez-vous mon cousin。"①

耶日·马尔钦·卢博米尔斯基也加入我们了，他同意在自己的领地接受一百五十名转化教徒，并称会为他们提供食宿。传闻他慷慨大方（也有人说他奢靡铺张），他可是位大金主，和扎乌斯基主教差不多……

十字架和地狱之舞

同年三月的一天下午，一个十字架从卡缅涅茨运过来，这是主教的礼物，同时还有一封邀请函。

雅各布先和莫舍拉比商量，然后，无比激动地让大家在黄昏后都到大厅集合。他自己最后一个进来，身着土耳其礼服，头上戴着一顶高高的礼帽，让他看起来更高大了。女人们排成一排，他拿着十字架站在中间。

"世界正被十字架的印记封印。"雅各布说。

他先把十字架举过头顶，沉默了一会儿，然后在大厅里来回地踱起步来，女人们跟着他。男人们站成一队，把头靠在前面一个人的肩膀上，一边跟在雅各布和女人们的后面，一边唱着歌。接着，雅各布

---

① 拉丁语，意为："盖住头，我的表弟。"——作者注

像是想起来什么，抓着十字架的缎带将它像各个方向依次抛出去。大家不得不躲开它，要不就本能地接住它；因为不知道这个十字架是危险的还是友好的，所以每次接住它的时候，都会握上一握，再把它还给雅各布，看起来好像做游戏一样。最后，站在雅各布身后的莫舍拉比把大家聚拢过来，让他们一个抓着一个，彼此支撑。这时雅各布用洪亮的声音重复着那句著名的祈祷词："Forsa damus para verti, seihut grandi asser verti."。所有人都跟着他重复着，甚至有人把这句话当成能拯救自己脱离邪恶的咒语。接着，他们就这样紧紧挨在一起跳起舞来，节奏越来越快，直到空气的流动把灯全都熄灭了，只剩下一盏。因为这盏灯位于高处，而灯光只能照到他们的头顶，看上去就好像他们正在黑暗的地狱中起舞。

第二十章

1759年7月17日彦塔在利沃夫大教堂的拱顶之下看到了什么

门票不贵，差不多六格罗希，所以没什么能阻挡人群拥进利沃夫大教堂。尽管教堂相当庞大，但仍无法容纳所有好奇的人。因为所有在加利齐区露宿街头的人，特别是那群沙巴泰·泽维派和犹太穷人都想走进教堂，还有利沃夫本地人、小商人、市场小贩、年轻人等等。他们中很多人甚至拿不出六格罗希，而就算有这六格罗希，他们也宁愿花在一块面包上。

利沃夫的驻军守卫负责维持教堂秩序。还好行政总管神父制定了严格的门票规定，教堂里面还有些空间留给利沃夫的居民和一些特意从其他城市赶来的人：洛哈特恩的县长瓦班茨基和他的妻子俳莱佳，他们旁边坐着神父贝奈迪克特·赫米耶洛夫斯基，接着是卡缅涅茨城督克萨科夫斯基和他的妻子卡塔日娜，还有周边地区的其他权贵。

这里还有犹太人——这可是天主教堂里不寻常的景象——和出身各异的年轻人来到这里，他们纯粹因为好奇才挤进来。

在最前面的几排，坐着各修会的神学家，还有神父和教会要人。他们的后面是普通教士。中间摆着两排长凳，反塔木德派在右边围成半圆站着，人不多，大概十个人。他们说，因为没有车，所以伊瓦涅的其他人来不了。耶乎达·克里萨和施罗莫·邵尔一家站在最前面：克里萨睿智的脸被伤疤划为两半，相当引人注目；施罗莫，身材高大修长，穿着华丽的外套，让人肃然起敬。另一边是塔木德派，每个人都像从一个模子里刻出来的：一脸黑漆漆的大胡子，穿着宽大的长袍，并且——站在入口不远处的阿舍尔注意到——都是对手的上一代人。他们指定了三个人参加辩论：博格罗德恰尼的拉比努特卡、利沃夫的拉比拉帕波特和斯塔尼斯瓦沃夫的拉比大卫。阿舍尔踮起脚尖，寻找着那个雅各布·弗兰克的踪影，他真的很想见见他，但却没看到一个看起来像是他的人。

中间的高台上站着紧张到汗流浃背的利沃夫行政总管神父皮库尔斯基，身着紫衣，还有王室高官，其中包括扎莫伊斯基的继承人、大波兰侯爵、蓝茨克鲁尼亚侯爵和奥斯特罗鲁格侯爵。他们所有人都穿着华丽飘逸的长袍，系着土耳其腰带，向后翻开的开衩袖子露出他们里面穿着的色彩缤纷的丝质长衫。

彦塔在拱顶下望着他们，她看见一片海，都是大脑袋、小脑袋，有礼帽、圆帽和裹头巾。她联想到采蘑菇，扎堆生长的各类蘑菇难以区分，长着漂亮菌盖的松蘑和深深扎在地里、菌根有力的孤单的牛肝菌。彦塔快速地动了动，她的目光投向下面，投向绑在十字架上半裸的基督，现在彦塔借着这张木头脸上的眼睛望出去。

她看见一群表情严肃而平静的男人，尽管他们显然并不平静。也许那个坐在正中间的、衣着最艳丽的人，正想着某个还留在床上的女人，正想着她的身体，确切地说是她身体上的一个地方，香喷喷、湿答答的。他旁边的两个人也没把心思放在教堂里。一个想着蜜蜂窝，蜜蜂太多了，蜂群在枫树上筑巢，他能不能把蜂巢弄掉呢？另一个想着做账，他总是做错，还得从头算起。这三个人头戴萨尔马提亚帽①，用别针别着一颗大宝石和一根孔雀羽毛。他们的打扮俗气，三个人都紧紧地皱着眉头，也许是想用一脸的严肃去调和衣服的喜庆颜色。最高贵的人是这副样子。

左边的辩手们是松乳菇——他们的帽子令人联想到这种蘑菇。松乳菇们特别想从这里逃离。他们感受到囚禁或者罚款的危险。对他们来说，案子从一开始就输了，他们的辩词根本没人想懂，也没人会听。右边的辩手是平菇，他们长在一起，衣服灰白又破烂，紧紧挨着。他们的群体是流动的，一会儿有人出去，然后手里拿着纸再挤回来；他们散发出一阵阵沮丧和愤怒，但又渴望着胜利。彦塔不喜欢他们，尽管她认出他们中间有自己的亲戚，可亲戚现在已经没有太多意义了。因为如果彦塔从亲戚的角度看待和他们的关系，她可能会发现，无论在这里还是那里，在教堂外，在整座城市，在诸多环绕着城市的小村子里，到处都有她的亲戚。

本场辩论的主持人皮库尔斯基神父念完欢迎词和贵客们长长的头衔名单后，开始致辞。他有点儿紧张，但从《福音书》里引用的句子帮上了忙，让他一下子沉浸在词语的海洋，况且他还有《圣经》在手侧。他自信地演讲起来，不带一点儿磕巴，甚至相当流利。他把反塔木德派描述成迷途的羔羊，经过漫长的迷茫终于找到了愿意看顾他们的牧羊人。

然后，安东尼·莫里夫达-克萨科夫斯基，一个贵族，走上中央讲台，他被介绍为反塔木德派的秘书、发言人。他体态匀称，小腹微微隆起。这个长着一双水灵灵眼睛的秃顶男人不太可能给人留下很好

---

① 象征波兰贵族身份的帽子。

的印象，可他一说话就吸引了所有人的注意，会场寂静一片。他的声音洪亮、高亢又温暖，语调优美，抓住了人们的心。他用词华丽，尽管表达复杂，但饱含自信。再说了，人们更愿意相信旋律，而不是词语。他让大家立刻关注到所有准备转化的犹太人。每说完一句，他都会暂停一下，让声音在拱顶之下回荡。确实如此，每个在教堂的巨大空间中悬浮的停顿，都像杨絮一样飘荡。

"我们不是出于仇恨、愤怒和以牙还牙的想法站在你们面前，也不是出于这样的原因，恳求仁慈的造物主上帝将你们召唤到这里。我们站在这里，不是为了上帝的审判，为了公平的审判，而只是为了软化你们坚硬的心，并承认上帝的律法……"

他的演说全文大意如此，悲情而高尚。人们备受感动，彦塔看见，不时有人举起手帕抹着眼睛，她感受得到动作中的情绪。的确，倚墙而坐的反塔木德派看上去可怜巴巴的，而他们对面的拉比们，哪怕在夏天都穿着皮大氅，戴着皮帽子。他们看上去就像被赶出家门的孩子、迷途的羔羊、陌生的流浪汉、困顿不堪的旅人，正在敲门。他们本来是犹太人，却被自己的手足迫害、诅咒，无处可依。由于受到自己人的压迫，他们黑暗的灵魂犹如地下室里生出的种子，要么本能地寻找光明，要么卑微地屈从。怎么能不把他们拥入基督教的怀抱，拥入我们宽容的天主教怀抱呢？

耶捷扎内的耶鲁西姆，纳迪夫那的耶乎达，也就是克里萨，波德盖齐的莫舍·达维多维奇，看上去都很和善。他们将发言。在他们旁边的是站在墙边的蓝茨克鲁尼亚的基尔沙，埃利沙·邵尔的女婿，哈雅的丈夫。后面是洛哈特恩的埃利沙·邵尔和儿子们，其中施罗莫最引人注目，他长着一头卷发，穿着一身亮色的外套。接下去是穿着土耳其服饰的利沃夫人努森·艾罗诺维奇和蓝茨克鲁尼亚的西拉，他们俩是秘书，面前堆着文件、墨水和所有的书写工具。最后是布斯克的纳赫曼和莫里夫达，他们是翻译，有一张单独的书桌。纳赫曼穿着朴素的暗色土耳其服装，身材矮小，紧张地搓着手指。莫里夫达穿着优雅的深色礼服，一身大汗。

他们身后是一群五颜六色、大汗淋漓的人——妻子、姐妹、母亲和兄弟。他们畏畏缩缩，很害羞。

左边的长凳是为塔木德派准备的。他们的人并不多，只有十几个穿着考究、颇有威信的老拉比，彼此很难区分，也许只有根据胡子的长短和稀疏程度才能分辨出他们谁是谁。但彦塔认出了利沃夫的拉帕波特拉比、斯塔尼斯瓦沃夫的拉比曼德拉，梅德日比日的拉比莱伊布和亚兹洛维奇的拉比贝尔克。约斯·克热米耶涅茨基，来自莫吉廖夫的拉比，坐在长凳边缘，闭着眼睛，前后地晃着脑袋，魂儿早飞走了。

首先，他们逐条宣读了为本次活动印制的宣言。当开始针对第一条进行辩论时，嘈杂的人群突然发现，这并不是他们想要的辩论。程序有些烦琐，很难听见拉比们的声音，因为他们带翻译，翻译的时间很长，翻译也很差。只有拉帕波特大胆地说着波兰语，但他的发音听起来不严肃，因为他有犹太口音，很滑稽，像卖鸡蛋的，没有一丝丝权威感。人群开始窃窃私语，骚动起来，不光是站在教堂里的人，那些坐在凳子上的大人物们也在互相低语，要不就漫不经心地瞟向穹顶。而彦塔正在那里看着他们。

几个小时后，皮库尔斯基神父决定将辩论顺延到第二天，届时他们将继续辩论：弥赛亚是否已经如基督教徒相信的那样降临过了，还是如犹太人希望的那样即将降临。

阿舍尔一家的幸福

阿舍尔回到家时,天都黑了。

"怎么样?他去了吗?他出现了吗?"吉特拉在门口问他,有些漫不经心,就像在问烟囱工能不能来扫烟囱。阿舍尔知道,这个人在他的家里一直存在,尽管吉特拉几乎没提起过他。这并不是孩子的问题,无关乎儿子,无关乎塞缪尔。雅各布·弗兰克就像一株小植物,养在厨房的窗户边,吉特拉总给它浇水。阿舍尔觉得,被抛弃的人是会这样做的。总有一天,植物就枯萎了。

他盯着屋里,小塞缪尔正在地板上,在破旧的地毯上玩着。吉特拉怀孕了,所以才这么烦躁。吉特拉并不想要这个孩子,但很难避孕。她读到过,在法国,行房时会给男人套上一个羊肠做的套子,这样所有的精子都会留在套子里,女人就不会怀孕了。她想要这样的套子,把它们分给所有每周都去赶集的女人们,让她们给丈夫戴上,就不会怀孕了。这种无序的增长、繁殖很是无趣,就像在烂肉里长出虫子。她经常挺着大肚子一边在屋子里走来走去,一边这样说,看起来既好笑又可悲。人太多了,城市又脏又臭,干净的水太少了,她重复着。她漂亮的脸庞挤出厌恶的表情。女人总是大着肚子,总是怀着孕,要么在生孩子,要么在喂孩子。如果犹太女人不总在生孩子的话,犹太人就不会这么不幸福了。为什么人类要这么多孩子?

吉特拉一边说话,一边打着手势,她浓密的黑发落在肩膀上,剧烈地摆动着。在家里她露着头。阿舍尔深情地看着她。他想,如果她或者塞缪尔发生意外,他也不独活了。

"那是不是说,"吉特拉经常重复一个问题,"女人用身体最好的材料，在自己里面创造出一个未来的人，等他死了，一切就像从未发生？多么错误的想法啊！毫无理性，不讲实际，不讲道理。"

阿舍尔·卢斌爱吉特拉，他专心地听她讲话，努力去理解她，慢慢地开始用她的立场思考问题。他把吉特拉出现在他家的那天当作一个大日子，每年都会默默地自己庆祝一番。

他坐在沙发上，塞缪尔在他脚边玩耍，正忙着把爸爸给他做的两个轮子组装起来。吉特拉的大肚子上放着一本书。"会不会太沉了呢？"阿舍尔走过去，取下书放到一旁，可吉特拉马上把书放回到肚子上。

"我见到了洛哈特恩的一些熟人。"阿舍尔说。

"大家肯定都老了。"吉特拉一边说，一边从敞开的窗户望向外面。

"大家都很沮丧。结果不会太好。你什么时候能出门走走？"

"不知道，"吉特拉说，"生完孩子吧。"

"这场辩论不适合人听，毫无智慧可言。他们整页整页地照着书念，然后翻译，耗时耗力，无聊极了。没人听得懂。"

吉特拉把书放在沙发上，伸了伸腰。

"我得吃些坚果。"她说。可接着，她突然用双手捧起阿舍尔的脸，望着他的眼睛。"阿舍尔……"她开口说道，但却没有说下去。

第七项论题

1759年9月10日，星期一，犹太历5519年，以禄月18日。人们渐渐聚拢过来，再次在大教堂集结，天气仍然很热。农民们贩卖着又小又甜的匈牙利李子和瓦拉几亚坚果。人们还可以买到包在大叶子里的四分之一个西瓜。

辩手们穿过神圣的入口,走到自己的位置上。今天的人更多了,光是反塔木德派就来了一大群人,簇拥着他们的弗兰克。弗兰克像蜂王一样出场。附近犹太社区的拉比们和著名的犹太学者们也来了,还有拉帕波特拉比本人,驼着背,像往常一样套着长衫;这种穿着肯定很热。同时,买了票的好奇者也拥进了教堂,很快座位就不够用了。晚到的人只好挤在门廊处,几乎听不到里面发生了什么。

两点整,行政总管神父皮库尔斯基宣布开始,他呼吁反塔木德派为第七项论题提供论据。他很紧张,展开文件的时候能看见他的手在颤抖。他看了一眼文件内容,开始宣讲起来;一开始他的表现相当差劲,磕磕巴巴、反反复复,但后来越来越流利:

"在塔木德派眼里,嗜基督徒的血是件普通的事,不仅在波兰王国,而且在外国都是公认的。在历史上,不光在国外,在这里,在波兰和立陶宛都曾发生过塔木德派残暴地让无辜的基督徒流血的事情,而且因为这种亵渎行为被判处死刑。然而,他们总是顽固地狡辩着,想要在世人面前洗白,说是基督徒对他们的指控是空穴来风。"

他的声调因为愤怒哽咽起来,不得不喝上一勺水,再接着说下去:

"我们在有权审判生者与死者的上帝面前,在上帝的见证下,摈弃憎恶与愤怒,怀着对神圣信仰的爱,将塔木德派的行为公之于世,并在今天对此进行评判。"

拥挤的人群中传出阵阵低语,人潮涌动起来。克里萨用希伯来语复述着,与此同时,拉比们备感震惊。其中一个,好像是萨塔尼夫的拉比站起来,开始向另一方发难,但别人打断了他,让他先安静。

现在的场面是,克里萨先说,然后莫里夫达拿着翻译卡片解释,但完全解释不清楚:

"《塔木德》中有一部名为 *Orach Haim Magine Erec* 的书[1]，意思是'生命之路，地之护盾'，作者是大卫拉比。他说'Micwe lachzeur acher jain udym zeycher leydam.'，意思是：'命令（拉比）获取红葡萄酒，血的纪念物。'随后这位作者又说：'Od rejmez leudym zejcher lejdam szeochoju pare szojchet benaj Isruel.'，意思是：'红酒象征鲜血的另一个暗示是法老屠杀了以色列人的后裔。'接着是'Wajhuidne nimneu milajikach jain udym mipnej elilojs szejkurym.'，意思是：'由于虚假的流言蜚语，如今犹太人避免喝红酒。'"

萨塔尼夫的拉比又一次站了起来，他提高声音说着什么，可没有人为他翻译，所以人们没听到他的话。皮库尔斯基神父让他噤声：

"现在是辩方时间，只有一方可以发言。"

轮到克里萨了，莫里夫达为他翻译。他们绕着圈子证明《塔木德》需要基督徒的血：因为拉比们把单词 "Jain udym" 翻译为 "红葡萄酒"，而在希伯来经文中，同样的字母组合（Alef, Dalet, Vav, Mem），既可以是单词 "Udym"，也就是 "红色"，又可以是单词 "Edym"，也就是 "基督徒"。两个单词的区别仅在于第一个字母 Alef 底部的点，也就是重音符号，也因此有时读作 "Udym"，有时读作 "Edym"。

"要知道，"克里萨继续说着，同时莫里夫达精彩地翻译着，"书中记录着对拉比们的律命，要求他们在逾越节获取红葡萄酒，可这两个单词并没有加点，所以这两个希伯来单词有双重含义。拉比们既可以告诉大家，这里写的是 Jain udym，也就是'红葡萄酒'，也可以理解成 Jain edym，即'基督徒的血'，隐喻为'葡萄酒'。"莫里夫达翻译着，可谁也不知道，他到底是在翻译还是在自由发挥。他的眼睛紧紧地盯

---

[1] 并非《塔木德》中的篇目，此处是反塔木德派的曲解和编造。

着卡片,自己的口才与魅力早已抛诸脑后。

"你们在干什么?!"人群中有人用波兰语喊道,然后又用犹太语重复了一遍,"你们在干什么?!"

克里萨接着论证,"红葡萄酒"即"血的纪念"。

"让塔木德派给我们说说,什么是血的纪念?!"克里萨一边喊,一边用食指指向坐在对面的拉比们,"为什么要'暗示'!他暗示的是什么?"他转向他们,尖叫着,脸涨得通红。教堂里死一般地沉寂。克里萨吸了口气,轻声地说,带着一丝高兴:"很显然,这种写法一方面让拉比们保守住了秘密,另一方面还能让大众知道,这指的只是红葡萄酒的意思。"

这时,波德盖齐的莫舍被同伴戳了一下,站了起来。他颤动着双手发言。

"复活节,也就是逾越节期间,有一项所有人必须遵守的塔木德礼。节日的第一晚,在餐桌上放上葡萄酒杯,每个坐在餐桌旁的人要用右手的小指蘸一下酒杯里的酒,然后将手指上的酒滴落到地上,以此纪念在埃及的十次天惩:一、Dam,指血灾;二、Cefardaja,指蛙灾;三、Kinim,指虱灾;四、Uroiw,指蝇灾;五、Dyjwer,指畜疫之灾;六、Szechin,指疮灾;七、Burod,指雹灾;八、Arby,指蝗灾;九、Chojszech,指黑暗之灾;十、Bejchojros,指击杀长子之灾。这个仪式被记录在典籍里,作者拉比犹大用三个希伯来单词指代十场天灾,即Dejcach、Ejdasz、Bejachaw。三个单词由十场天灾的前几个字母构成。拉比们曾在对此一窍不通的民众面前释义说,这不过是用十个字母指代十场天灾。但我们却在这些单词的起始部分发现了一个秘密,一个他们⋯⋯"他又用手指指向拉比们,"隐藏在自己内部却瞒着大众的秘密。我们要揭穿,如果在这些首字母后列入几个别的单词,就会呈现另一层意思，'Dam ceruchin kiluni ał dyjrech szyjusi beojsoj isz chachumym byjruszulaim.'，即'正如耶路撒冷的智者们曾对此人所做的，所有人都需要按照这种方法得到鲜血'。"

人们无声地看着彼此。很显然，大家无法理解其中的含义。人们开始低语，小声议论，相互挤动，因为一些不耐烦和失望的人要去外面，那里"尽管炎热"，空气也比教堂里好得多。波德盖齐的莫舍对人群的反应浑然不觉，他继续说：

"我再告诉你们，关于复活节第一晚烤无酵饼，《生命之路》中第四百六十条写道：'Ain luszoin maces micwe waiłoe oisin oiso ał idej akim waiłoe ał idej chejresz szojte wejkuten.'。其意思是：'依据诫命，不允许在外邦人面前、在聋子面前、在傻瓜和小孩面前和面，也不允许烤制。'而在其他日子，书中写的是在任何人面前都可以和面。塔木德派请告诉我们，为什么不允许在外邦人、在聋子、在傻瓜和小孩面前和面和烤制？我们知道他们会怎么回答！不能捏面团。但我们会问他们，为什么不能捏？他们会说，因为人们会把面团弄酸。难道这样就不能保存面团了？怎么就把面团搞坏了？还是说，复活节的面团里加入了基督徒的血，因此在和面的时候不能有人看到。"

莫舍安静下来，他差一点儿就喊出最后几个词。另一面的亚兹洛维奇的拉比揪着脑袋摇动起来。平卡斯听完莫舍的话，先是一头雾水，接着血冲上脑门，他站起来，想冲到前面，但有人抓住他的衣襟，扯住他的袖子，不让他过去。

"莫舍，你在干什么？你玷污了自己的根啊。莫舍，我们认识，我们在一个神学院待过。莫舍，醒醒啊！"

皱着眉头的驻军守卫跑向平卡斯，平卡斯退了回来。而莫舍表现得就像没看见一样。他接着说：

"还有第三点。依据传统仪式，畜类和禽类的血都被严格禁止，犹太人既不能食用也不可以饮用。但迈蒙尼德①曾在其书的第二卷第六章写道'Dam houdym ajn chajuwyn ulow.'，意思是：'我们不允许碰任何一种血，只有人的血，可以。'还有《婚约》②第六十行写道：'两条腿走路的东西的血，是纯净的。'请回答，谁的血是纯净的？鸟类的不是吗？种种例证，含混的表达，都是为了掩盖真正的意图。我们就是要揭示真相本身。然后一切昭然若揭，为什么有那么多无辜的孩子被频繁地谋杀。"

莫舍话音刚落，教堂里便一片哗然。但天色已晚，皮库尔斯基神父宣布今天的集会到此结束，并让拉比们为三天后的抗辩做好准备。他敦促现场的人群保持冷静。守卫们都来了，人们相对平静地散去。只是不知道，拉比们是什么时候和怎么离开教堂的。

手指的秘密信号和眼睛的秘密信号

1759年9月13日，犹太历5519年，以禄月21日。利沃夫拉比哈伊姆·科恩·拉帕波特，在与前几日差不多数量的好奇人群面前，以自己同胞的名义，发表了长篇演说，他将整个指控描述为罪恶的、仇恨的行为和一种司空见惯的攻击伎俩。所有的控告均毫无依据，且违反自然法则。

沉重的雨点撞击着教堂屋顶。辩论终于结束了，如期待已久的那样。

---

① 本名为摩西·本·迈蒙，犹太历史上最伟大的哲学家、法学家。
② 《密释纳》和《塔木德》第三部《女性》的第二卷。

拉帕波特讲波兰语，语速很慢，说得很认真，仿佛背熟了一样。他引用了《圣经》的论述和胡果·格劳秀斯①以及基督教学者对犹太人的看法和观点。他用低沉、安详的声音保证，《塔木德》没有下令对基督徒做任何不利的事，最后又以富有激情的表达，感谢行政总管神父皮库尔斯基的恩典和保护，让他至为深刻地体会到反塔木德派关于基督徒之血的指控是多么丑恶且充满恶意。

此时他的秘书递给他一沓纸，于是拉帕波特拉比用希伯来文朗读起来。读了几句话后，比亚沃沃尔斯基开始读波兰文的翻译。其中，他们解释了红葡萄酒的问题。《塔木德》指示犹太人在复活节喝四份葡萄酒，同时《圣经》中也表示，红葡萄酒是最好的酒，可供饮用；而白葡萄酒也算得上好酒，允许同时喝白葡萄酒。所谓以此作为血的纪念，纪念的是法老从以色列人的孩子身上割下的血，尽管在《圣经》中并未清楚地表述，但传统如此。同时，也是以此纪念在埃及复活节那天被宰杀的羔羊的血；用血把大门涂上颜色，要杀死长子的天使就不会进入以色列人的家。《塔木德》中根本没有"暗示"的说法，显然反塔木德派的希伯来语学得太差。同样的错误还有将 Edom 解释为 Edym，它并不是指"基督徒"，而是"埃及人"的意思。

由十灾的首字母构成的三个单词：Dejcach、Ejdasz、Bejchaw，反塔木德派对其的解释是毫无根据的。这几个单词的构成法只是为了便于记忆，并不具有基督徒之血的意思。这是助记法，也是一种科学，为了更好地记忆。

之所以在复活节烤制无酵饼的时候要当心，是因为疏忽大意会让面团腐坏，而《圣经》禁止我们食用腐坏的面包。《塔木德》也没有

---

① 荷兰人文主义者和法学家。

禁止在外邦人、聋子、傻瓜与小孩面前和面和烤制，倒是禁止外邦人、聋子、傻瓜和小孩和面和烤饼。所以说，反塔木德派对《塔木德》的翻译又错了，并且不恰当地表示说这都是因为使用了基督徒的血。关于迈蒙尼德在书中提到"允许使用人的血"，这纯属虚构，因为书中的表述恰恰相反，该给这些反塔木德派上上希伯来语课了。

教堂里一片漆黑，只有蜡烛散发出星星点点的光亮。皮库尔斯基神父宣布暂停辩论，并表示择日另行宣判结果。

卡塔日娜·克萨科夫斯卡写给卡耶坦·索乌迪克主教的信

……我用鼻子都能感觉到——鼻子可很少犯错——阁下您已对我们的事渐渐失去了兴趣，因为您此时在新的主教位置上有更重要的事需要处理。但我仍执拗于此，请让我把这件压在心里的事再和您唠叨一下。我的心里五味杂陈，既怀有母性，因为他们让我联想到孤儿，又怀有父性，因为若是他们放弃自己错误的观念，从此投向我们波兰教会的怀抱，能带来诸多好处啊！

像我们的清教徒以前做过的一样，拉比们也向宗教法庭递交了书面辩词。现场的辩论并没有如指控本身那样给人留下深刻印象。大家认为，辩护很苍白，既没有水平，也没有恰当地回应问题，倒是让大家注意到，拉比们为了守护《塔木德》，要么就引用《圣经》，要么毫无根据地否定对方。最后，他们只能讲些鸡毛蒜皮的小事，比如，一个叫大卫的拉比是否在自己关于《塔木德》的释经里加入了一个隐喻的眼神和手势，或者谈塔木德派应该饮用红葡萄酒的原因。细枝末节，没人要听。

事实上，我们所有聚集在那里的人已经形成了个人判断。因此，我们对审判结果非常满意。行政主管神父皮库尔斯基宣布：前六项辩题，塔木德派被我们的清教徒们驳倒；而第七项辩题，关于基督徒之血，依据教廷大使塞拉的书面建议，教会法庭将审慎裁决，还没有最终判定。我觉得，这是对的。事情本身非常敏感，影响非常大，若宗教权力机构判定我们庇护的人所提出的指控是正确的，进而承认古老的指控的真实性，将对犹太人产生最糟糕的结果。尽管公众们很失望，但大家听完判决的消息后也就各自回家了。

所以，我向阁下汇报，洗礼的事解决了，雅各布·弗兰克的时间已经敲定，我太高兴了。

他能给我们带来什么好处？可太多了！他说——我从我的亲戚莫里夫达-克萨科夫斯基那里得知——如果联邦提供良好的条件，他能带来几万人，不只是波兰人和立陶宛人，还有瓦拉几亚人、摩尔多瓦人、匈牙利人，甚至土耳其人。他还狡猾地辩称，这群人并不了解我们波兰的习俗，不能像绵羊群那样被分隔开来。失去了自己人，他们就会渐渐式微然后死亡，所以必须得把他们安置在一块儿。

我跪求阁下，在首府为这场洗礼做好准备，并以您的权威支持我们的事业。

而我在本地，将努力争取利沃夫权贵和市民们的支持，主要是为这么大一群临时安置在街头的犹太穷人争取财务或者物资上的支持。我向阁下您保证，现在这些吉卜赛人的大篷车，未来绝不会在城里的马路上安营扎寨。但遗憾的是，除了缺少食物，其他生理上的必需品也非常少，这逐渐成了一个大问题。如果不捏住鼻子，已经很难穿越加利齐区了。现在天又热，气味更是难闻。沙巴泰·泽维派看上去组织得非常好，我认为，应该给他们分一个地方，让他们在城市之外安顿下来。所以我向您求助，也向扎乌斯基主教阁下求助，我还给我们的主教长写了一封信。我考虑将我在沃伊斯瓦维采的庄园暂时让出来，让给弗兰克一家和他最亲密的追随者使用，直到他们拥有一块长期居住的地方。但那里的屋顶该修了，还要添置许多便利设施……

赫米耶洛夫斯基神父的麻烦

彗星之年对神父来说可是充满麻烦的一年。他本来以为可以躲在自己的宅子里，种着锦葵和水芹（水芹对他的关节有益）养老，但这里却一直闹个不停，很是折腾。如今还来了个丑八怪，罗什科又不喜欢他。神父把长着一张丑脸的逃犯留在家里，并不打算向政府告发，尽管是应该告发的。丑八怪是个善良的人，性格温和，就是太可怜了，他的长相刺痛了神父的心，让神父开始深深地思量，什么是上帝的怜悯与慈爱。神父不让罗什科接触丑八怪，因为他害怕，怕罗什科说出去。他知道，罗什科有些不服气，所以必须得对他再好一点儿，于是神父比原来多给了他一块钱，但他还是气呼呼的。神父去利沃夫的那几天总提心吊胆着，担心其中一个会把另一个的脖子拧断。但他从未在给德鲁日巴茨卡夫人的信中提到此事，可如果她能在现场的话，一定会出个好主意。神父总给德鲁日巴茨卡夫人写信，写信给他带来极大的愉悦，他觉得，终于有人听他讲话了，不是听他讲科学，而是听他讲故事。有时，他整天整天地满脑子里都是写信，就比如说现在，他正昏昏沉沉地坐在伯纳德派修士院参加晨间弥撒。他没想着祈祷，想的

是该写什么。可以这样写:

　　……我和雅布翁诺夫斯基先生的案子要开庭了。我将为自己辩护,所以我正在起草演讲稿。我想让大家知道,书与知识和谐共生,它们不属于任何人,而是属于所有人,就像天空、空气、花香和艳丽的彩虹那样。怎么可能窃取某人从其他书籍中获取的知识呢?

此时,他人就在利沃夫,就在辩论的正中心。主教很忙,整座城市戒备森严,没人关心贝奈迪克特神父的案子。于是,他待在伯纳德派修士院,倾听每一场辩论,并做笔记,然后写进给德鲁日巴茨卡夫人的信里。

　　……您问我,我亲眼见到了什么,可我要礼貌地问您,夫人,您能不能在一个地方站或者坐那么长时间呢?我就是这样。可以肯定地说,辩论无聊极了,所有人都只对一个问题感兴趣:犹太人到底需不需要基督徒的血。
　　嘎乌丹·皮库尔斯基神父是利沃夫教会的伯纳德派学者,神学教授,精通希伯来语,他的工作非常出色。他和阿瓦蒂克神父一起记录下利沃夫辩论的全过程,并在其中添加了从当世典籍和所有渠道所能获取到的信息点。他以广博的学识对血祭[①]问题进行了细致的分析。

[①] 反犹太人的谣言,声称犹太人会谋杀基督教徒的小孩,用他们的血来进行宗教仪式。该谣言在历史上与井中投毒、亵渎圣体一样,都是欧洲犹太人迫害问题的一个重要主题。

他完全支持这些反塔木德派的指控，并为他们的辩论提供了新的论据。他从一个叫塞拉芬诺维奇的拉比的手稿中发现，这位来自布列斯特-立陶夫斯克的拉比于1710年在祖克瓦接受洗礼并被大众熟知，他曾两次在立陶宛参加血祭，并按犹太圣日的顺序供述了犹太人一整年里犯下的残酷的罪行。这位塞拉芬诺维奇将塔木德派的秘密印刷出版，但犹太人将书全部买下来，付之一炬。杀害基督徒的孩子进行血祭是从基督死后的那几十年开始的，其原因，尊敬的夫人，我引用皮库尔斯基和阿瓦蒂克神父的原话告诉您，这样您就不会认为是我编造的：

"当神圣的基督教信仰传播开来后，基督徒们开始尖锐地抵制犹太教徒并对他们进行谴责，犹太人于是一起商量该用什么方法安抚基督徒并使他们对犹太人心怀宽容。他们找到耶路撒冷的一位最年长的拉比拉瓦舍，他用尽了所有人性的和反人性的方法，都无法将这股高涨的针对犹太教的情绪冷却下来。最后，他得到了一本兰巴穆的书。兰巴穆是最著名的犹太学者。他在书中读到，任何损害他人的事情都无法自然平息，只有以其人之道还治其人之身才可行。于是，上面提到的那位拉比告诉犹太人，要是基督徒针对他们的熊熊烈火无法熄灭，那就只能用基督徒自己的鲜血去扑灭它。从这时候起，他们开始抓捕基督徒的孩子，残忍地杀死他们，用孩子的血换取基督徒对自己的仁慈和善良，同时为了给自己的行为正名，塔木德派将此事清楚且详尽地记录在他们的犹太法典中。"

这件事让我备感沮丧，因为我对于没有亲眼读过的原始素材，会从思想上拒绝承认它的真实性。据说所有的一切在他们的典籍中都有记载，只不过由于他们在书写中——像皮库尔斯基说的——会使用点号,也就是重音符(希伯来语里共有九个重音符),而塔木德派印刷的书里却没有加点,《塔木德》本身又包含着大量的多义字,因此拉比们的理解不仅不同,他们还可以向大众做出其他解释,以此保守他们的秘密。

这让我毛骨悚然,夫人,比您能想象到的还要害怕。我回到我的菲尔莱尤夫,满怀恐惧,因为如果这件事真实发生,我们该怎么去理解呢?因为如此博大的书是不可以撒谎的啊!

在此背景下,谁会相信塔木德派呢?我不禁联想,他们对日常之事都习惯性地撒谎,欺骗天主教徒,那对本质之事呢?需要基督徒的血是拉比们保守着的大秘密,普通的和没读过书的犹太人对此一无所知。还可以确定,对血祭的需要已被多次证明,并被多次严惩……

不明白自己犯了什么罪的平卡斯

他遵守所有戒律,行善事,比其他人做更多祈祷。圣洁的拉帕波特拉比做了什么?他可是个大善人啊。波多利亚的犹太人都做了什么,为什么那些异端对他们下此毒手?

平卡斯的头发都白了,尽管他并不老。此时此刻,他正敞开衣襟坐在桌子旁,佝偻着腰。他没法阅读,虽说他太想逃进那一行行熟悉的字母里,但这一次却怎么都行不通。他像个皮球一样从这些神圣的字母上弹了出去。

他的妻子已经准备睡觉了,拿着一根小蜡烛走进来。她穿着拖地长衫,头上戴着白色方巾,忧心忡忡地看着他,然后坐在他身边,把脸颊贴在他的怀里。平卡斯抚摸着她娇小柔软的身体,哭了起来。

拉比们说，异端教徒进入利沃夫期间，大家应该留在家里，关紧百叶窗，拉上窗帘。如果不得已，如果必须出门，要避免看到他们的眼睛。体面的犹太人不应该与那个弗兰克，那个杂种，有眼神的交会。大家的眼睛要看向地面，看向城墙，看向水沟，这样就不会不小心抬起头，看到这些罪人们魔鬼般的脸。

明天，平卡斯将跟随使团前往华沙，去拜会教廷大使。他现在要打包一些必要的文件。这场辩论煽动了一些人的仇恨和焦虑情绪，第七项辩题更是指向了血祭。可犹太人已从现任教皇那里得到过背书，他说过，这种指控纯属无稽之谈。像弗兰克这样的教派有一些神秘的仪式，很容易归咎于所有犹太人。拉帕波特拉比曾准确地描述："他们已经不再是犹太人了，我们没有义务再把他们看成犹太人。他们像一块浑浊的肥油，是群浑水摸鱼的乌合之众，混进逃出埃及的摩西的队伍里。杂种和娼妓的后代，游手好闲和小偷小摸之徒，不是罪犯就是疯子，这才是他们的本来面目。"

波兰的所有拉比将在康斯坦丁努夫开会，届时，拉帕波特将证明，要想免受这些异派的骚扰，唯有让他们赶紧加入基督教，也就是说，要说服自己人让这群疯狗受洗。为了解决这宗案子带来的麻烦，他们已经募集了一大笔钱，同时，为了尽快举行必要的洗礼仪式还对各方施加了压力。平卡斯借着熏眼睛的蜡烛，核对着重新梳理过的表格，表格左边依次是姓、名和头衔，右侧是捐款额。

敲门声突然响起，平卡斯的脸色变得苍白。他心想：开始了。他用眼神示意妻子关上卧室的门。双胞胎中的一个哭了起来。平卡斯走到房门边，心跳加速，口干舌燥。门这边能听见指甲的刮擦声。过了一会儿，一个声音响起：

"开门，叔叔。"

"谁啊？"平卡斯低声问道。

声音回答：

"是我，杨凯尔。"

"哪个杨凯尔？"

"杨凯尔啊，纳坦的儿子，格林诺来的，你侄子。"

"你一个人？"

"一个人。"

平卡斯缓缓地打开门，一个年轻男人从狭窄的门缝间挤进来。平卡斯难以置信地盯着他，然后如释重负般地拥抱了他。杨凯尔身材高大，肩膀宽阔，体格健壮，他的叔叔刚够得到他的肩膀。平卡斯搂着他的腰站了好长一会儿，杨凯尔尴尬地清了清喉咙。

"我看见吉特拉了。"他说。

平卡斯推开他，后退了几步。

"今天早上我看见吉特拉了。她正帮一个医生护理加利齐区的病人。"

平卡斯的心揪起来。

"这里？在利沃夫？"

"不然呢？就在利沃夫啊。"

平卡斯把侄子带到厨房，让他在桌子边坐下，给他倒上伏特加，自己也喝了好几杯。他不胜酒力，摇摇晃晃，恶心反胃。他翻出来一些奶酪。杨凯尔说："所有来到利沃夫的人正分散在大街小巷，他们带着很小的孩子，生着病。这个阿舍尔是一个洛哈特恩的犹太医生，他给孩子治病，也许是市政府雇用了他。"

杨凯尔长着一双又大又漂亮的眼睛，眼眸的颜色非比寻常，像青瓷一般。他朝忧心忡忡的叔叔笑了笑。穿着睡衣的平卡斯的妻子通过虚掩的门张望着。

"我得告诉叔叔，"杨凯尔嘴里塞满东西，"吉特拉有个孩子。"

利沃夫的大街小巷人潮汹涌

每辆拖斗车上都挤得满满当当，哪怕是爬过一个小坡，人都得从车上下来。脚下扬起阵阵灰尘，因为九月的天气又干燥又炎热，路两旁的草都被太阳烤化了。大部队徒步前进，每走几里他们会在榛子树下休息一会儿，然后不管大人还是小孩就开始在掉落的干叶子里翻找果实，能找到半个手掌那么多。

每个路口的情况都差不多，从各个方向过来的朝圣者汇集到一道，真诚地打着招呼。他们中的绝大多数是一穷二白的小生意人和靠自己的双手养家糊口的手艺人——织布匠、接线匠、磨刀匠和修理工。男人们从早到晚地干活，早就被沉重的工作压弯了腰，他们衣衫褴褛，满身灰尘，疲惫不堪，天南海北地聊着天，吃着简单的食物。一些水和一块面包，足够他们撑到盛典开始。要是这样想的话，人的生活其实并不需要多少东西，甚至不必每天吃饭。世道就要变了，为什么还需要梳子、发带、陶罐、锋利的刀呢？一切都会大变样，尽管还不知道怎么变。他们会聊这些。

车上坐满了女人和孩子。车后面拴着摇篮。停车的时候，把摇篮挂在树下，再把婴儿放进去，这样抱了一路孩子的手臂就可以放松放松。大一点儿的孩子光着脚，脏兮兮的，还被晒得晕乎乎的，他们枕着母亲的裙子，在脏亚麻布裹着的干草睡袋上睡着了。

在有些村庄，其他犹太人走出来朝他们脚下吐口水。而无论什么血统的孩子们，波兰人的、鲁塞尼亚人的和犹太人的，都会跟在他们后面喊着：

"救世主！救世主！三位一体！三位一体！"

晚上他们甚至不提任何住宿的要求，就躺在水坑边，要不就是灌木丛边，或者就在白天被晒得暖烘烘的墙下。女人们挂起摇篮，裹好襁褓，生上火，男人们去村子里找吃的，沿路再捡上一些掉落的小苹果和李子。被太阳晒得圆鼓鼓的果子，散发出甜美的味道，招来黄蜂和牛虻。

彦塔看见，他们头顶上的天幕打开，他们睡得异常轻松。一切都沉浸在喜庆之中，就好像经过特别准备的、要庆祝的安息日，一切都被浆洗和熨烫过，就好像如今应该坚定地迈步一往直前。也许，看着他们的那个人就要从几千年的沉睡中苏醒过来了？在神的眼皮底下，一切都变得奇怪且意味深长，比如孩子们将会发现一个深嵌在树里的金属十字架，根本取不下来，已经和树皮长在一起。云变幻成不同寻常的形状——也许是《圣经》里的某种动物，可能是狮子吧，没有人见过狮子，所以也不知道狮子到底是什么样子；还有一朵云像极了一条鱼，就是那条吃掉约拿的鱼，现在它正游弋在地平线上；旁边的小云朵看上去就像约拿，刚被吐出来的约拿，扭曲得像个桃核。有时，云朵看起来像是诺亚的蓝色方舟。巨大的方舟滑过苍穹，而在方舟里，诺亚用了一百五十天照料自己的动物。在方舟的船篷上，你们看，你们看，那是谁？那是位不速之客，巨人奥加，他在洪灾泛滥的关键时刻，紧紧抓住了方舟。

他们都说：我们不会死，洗礼将让我们永生。但怎样是永生？我们会变老吗？我们会一直保持某个年纪直到永远吗？也许我们每个人都是三十岁。这让老人高兴，但会让年轻人害怕；这是最好的年纪，拥有健康、智慧和经验。那么永生了会怎样呢？就有充足的时间可以做事，攒钱、盖房子、出门旅游，去这里，去那里，因为漫长光阴不能消磨在一个地方。

万物一片荒芜，现今世界恰恰是由缺憾构成的，既缺这，也缺那。为什么会这样？一切不该取之不尽用之不竭吗？比如温暖、食物、房屋，还有美。那样的世界会损害谁吗？为什么创造成现在的样子？太阳之下，没有永恒，万物转瞬即逝，还来不及仔细看上一看。为什么会这样？不该有更多的时间、更多的思索吗？

也许只有等到我们配得上的时候，才会被重新创造，才会从真神那里得到全新的灵魂，丰满的、完整的灵魂。那时，人将像神一样永存。

马约尔科维奇一家

讲一讲斯洛勒·马约尔科维奇和他的妻子贝伊拉。贝伊拉坐在拖斗车上，腿上抱着最小的女儿西玛。贝伊拉睡着了，脑袋时不时地垂到胸前。她可能生病了，咳嗽着，瘦削的脸颊上泛出两片红晕，前额一绺灰色的头发从头巾下面溜出来。这块不起眼的亚麻头巾，边角都磨毛了。大一点儿的女孩和父亲一起跟在拖斗车的后面。七岁的艾丽娅和妈妈一样又矮又瘦。她用一根布条把黑色的头发编起来，穿着几片破布，光着脚。她的身边是十三岁的福莱伊娜，身材高挑，会是个美人；她有一头浅色的卷发和一双黑色的眸子，手牵着比自己小一岁的妹妹马霞。马霞天生跛脚，屁股歪歪扭扭，也许因此才长不高；她皮肤黝黑，烟熏的那种黑，好像在布斯克他们破烂的小房子里被熏过一样。她很少出门，因为自己的残疾而自卑，但大家都说，她是所有姑娘中最聪明的一个。她不喜欢和姐妹们同睡一张床，每天晚上都在地板上给自己铺个铺盖——一个塞着干草的小床垫,再盖上父亲在光景稍好的时候用边角料织的一张毯子。

斯洛勒拉着十一岁的米莉安,他最喜欢的女儿。她是个话匣子,嘴巴说个不停,话讲得也很聪明。父亲真心懊悔,没有把她生成个男孩子,要不然她肯定会成为拉比。

他们身后跟着最大的女儿,已经在帮忙分担母亲责任的艾斯泰拉,她个子不高,骨瘦如柴,长着一张小巧漂亮的狐媚脸,内心无比刚强。她被许配给一个耶捷扎内的男孩,父亲也从微薄的积蓄中抠出嫁妆付给了未来女婿。可四年前男孩得风寒死了,男孩的父亲并没有退还这笔钱。斯洛勒想把钱要回来。他担心艾斯泰拉,因为现在如果没有钱,这么穷,谁还会娶她呢?要把女儿们嫁出去,除非发生奇迹。斯洛勒今年四十二岁,可看起来却像个老头子,一脸皱纹,脸色黝黑暗沉,凹陷的双眼下面长着黑眼圈,还有疏于打理的乱糟糟的络腮胡。犹太人的上帝显然不青睐他,要不然为什么他只有女儿呢?斯洛勒犯了什么罪过,养的都是女儿呢?是不是他祖辈犯过的罪必须由他来偿还?他觉得,肯定不能指望应该指望的那位上帝。他认为,存在另一个上帝,更公正更善良的上帝,而不是如今这样一个地主和房东。相信巴鲁赫吉或者相信雅各布,就可以一边唱诵赞美诗一边向真正的上帝祈祷。

他们一家人四月份就到了伊瓦涅。要不是有善良的伊瓦涅人,他们也许早就饿死了。伊瓦涅拯救了他们的生命,给予了他们健康,贝伊拉现在好多了,咳嗽不那么严重了。斯洛勒相信,等他们受洗了,就能像基督徒一样过上好日子。会得到一块地,贝伊拉在花园里种菜,而他,斯洛勒,能织挂毯,他对这个很在行。等他们老了,姑娘们都嫁出去了,她们会把他俩接到身边住。这是他的梦想。

纳赫曼和他的善行长袍

纳赫曼在大教堂里发表演说的时候，他年轻的妻子瓦依格薇在伊瓦涅生下一个女儿。孩子又大又壮，纳赫曼松了口气。第一段婚姻让他有了一个儿子阿荣，正和莱娅一起住在布斯克。莱娅至今没有再嫁。人们说，她的灵魂太黑暗，且心灵焦躁不安。他现在有两个孩子，从某种意义上来说，他已经完成了自己的使命。纳赫曼把女儿的出生当作上帝认可他的伟大标志，说明他就在正确的道路上。还有，从此他再也不用碰女人了。

当天晚上，结束了第七项论题的辩论后，大家离开大教堂，此时纳赫曼意兴阑珊，他的激情在过去几天都耗尽了。与其说是激情，不如说是满怀着希望的雄心。他高兴得难以抑制，像抓住了机遇就要发家致富的商人，像孤注一掷的牌手。辩论的时候，纳赫曼癫狂般地兴奋，大汗淋漓，现在却闻到自己身上有一股老鼠味儿，就好像打过架，和什么人大干了一场似的。他本想自己留下来，但还是得集体行动。雅各布住在瓦班茨基的旅社，大家正要去那儿。他们点了很多伏特加，还点了鱼干当零食。所以，这天晚上纳赫曼只写了几行字：

在世上的此生，灵魂用自己遵守诫命的善行编织出一件长袍，死后便可以在更高的世界穿上它。恶人的长袍则满是窟窿。

我经常想，我的长袍会是什么样。对于自我如何的判断，自己认为的肯定比别人眼里看到的要好很多。人看自己的衣服总归是干净的、整洁的，也许还是漂亮的，也就是得体的。

但我却知道，我不喜欢天堂镜子里的自己。

这时,雅各布像往常一样冲进屋里,一把把他拉到身边。他们要庆祝了。

洗礼要开始的时候,纳赫曼派人去接瓦依格薇和女儿。他站在城门边,仔细看着每一辆进城的拖斗车,终于找到了她。和瓦依格薇一起来的还有她的妈妈和姐姐。孩子躺在摇篮里,身上盖着一张薄薄的尿布。纳赫曼赶快把尿布从婴儿的脸上拽开,他担心孩子会被憋死。女孩很娇小,小脸上还有皱纹,核桃大小的小拳头紧紧地握在嘴边。瓦依格薇红光满面,奶水很足,很高兴,得意扬扬地看着丈夫。他还从来没见过她这副样子。

年轻的妈妈根本没在意纳赫曼奢华的房间。她把尿布搭在雕工精致的椅子背上。床特别大,他们把孩子放在两人中间。纳赫曼觉得,从此以后,一切都会好起来,转折点已经来了。甚至可以说,第七项论题就是为此而来。

他对瓦依格薇说:

"你叫索菲亚。"

他给孩子取名为利百加,小名利夫卡,和《圣经》里雅各的母亲同名。她的这个名字将被隐去。在洗礼后,她的名字叫阿格涅什卡。他让瓦依格薇和别的妇女一起去学天主教的课,但她一心扑在孩子身上,对别的都不感兴趣,就会比画一下十字而已。

皮库尔斯基神父的账单
和一堆基督徒的名字

接济那些在利沃夫的大街小巷上游荡的流浪汉的重任,落在了皮库尔斯基神父的身上。他每个星期为他们花掉三十五达克特。好在他足智多谋的外甥女,一个比他小不了多少岁的女人,掌管着他的大宅子和用在新教徒身上的所有支出。她提到新教徒的时候,总是尽量避免用"转化者"这个词。大家在市场上都见识过她的厉害。她订购新鲜食品的时候,没人敢和她讨价还价。城市本身也在尽己所能,而且城里的居民都很友善。随处可见农民们免费分发着自己菜地里种出来的蔬菜。一个四角帽上插着羽毛的乡下人拉来一车嫩绿的苹果,正把它们分到妇女们的围裙里和男人们的帽子里。还有人拉来一车西瓜和几篮子黄瓜。各修女院均接纳带着女儿的妇女,为其供应食宿。对修女们来说,挑战可不小,她们东奔西走费劲心力,但还是有人朝犹太妇女吐口水。修道院养活着几十个人,他们经常施发豌豆汤和面包。

受洗之前,在利沃夫悄然形成了基督教名字排行榜,排名最前的是玛丽安娜,取自王国首相的妻子,热忱地支持反塔木德派的玛丽亚·安娜·布吕洛娃的名字。还有人说,这是最有智慧的一个名字,既包含基督之母玛利亚之名,还囊括了基督的祖母安娜的名字。此外,这个名字的发音像儿歌般好听:玛丽安娜,玛丽安娜。因此很多小女孩,还有年轻姑娘都想叫玛丽安娜。

布斯克的斯洛勒·马约尔科维奇的女儿们已经自己分好了名字。西玛变成维克托丽亚,艾丽娅叫萨罗麦,福莱伊娜成了罗莎,马霞是泰科拉,米莉安是玛利亚。艾斯泰拉选了很久,最后随手乱指一通,选了第一个名字,叫泰莱莎。

就这样,一个人有了两个身份,每个人都有一个别名的替身,每个人都成了两个人。斯洛勒·马约尔科维奇,科罗洛夫卡的马约莱克和马霞的儿子,变成了米科瓦伊·彼得洛夫斯基。他的妻子贝伊拉则成了芭芭拉·彼得洛夫斯卡。

众所周知，有的人可以得到施洗者的姓。波德盖奇的莫舍和瓦班茨卡夫人相熟，还和她的丈夫做过不少生意，所以得到了他的姓。这个顽强、智慧过人的拉比既有私心也有奇思妙想，他是所有人里最了解卡巴拉的。他知道，词语和姓名拥有强大的力量，所以，他为自己取了多疑的托马斯①之名。他的名字将是：托马斯·波德盖奇茨基-瓦班茨基。他的两个几岁的儿子，大卫和萨罗曼，将成为约瑟夫·博纳文图拉·瓦班茨基和卡齐米日·西蒙奈·瓦班茨基。

并不是所有人都愿意将自己的姓给人，比如杰杜什茨基先生，他可不想像瓦班茨基那样挥霍自己的姓。他将成为蓝茨克鲁尼亚的老基尔沙和他的妻子——邵尔家的哈雅的教父。哈雅的头发都白了。灰色的卷发从帽子里落下来，她的脸色苍白，过于灰暗，但仍能看出她惊人的美貌。而那个穿着英式燕尾服的自负贵族看起来像一只苍鹭，而这里的人都还没见过这样的人呢。他知不知道，他将为一位女先知施洗呢？

"你们就用个简单点儿、直接点儿的姓吧，不要在我的姓上面费口舌了。噢，你们都是红头发，"他对基尔沙说，"可以叫鲁德尼茨基，难道不好听吗？要不，你们是蓝茨克鲁尼亚人，也可以叫蓝茨克鲁尼亚斯基呀？听起来像公爵的名字。"

他们反而犹豫了，到底该叫鲁德尼茨基，还是该叫蓝茨克鲁尼亚斯基。但对他们来说，其实都一样。老基尔沙既不喜欢第一个，也不喜欢第二个。他穿着棕色的长衫站着，戴着一顶哪怕夏天都不会摘掉的皮帽子，长长的胡须，脸色阴沉。他很不高兴。

---

① 耶稣召选的十二门徒之一，他对主耶稣复活采取"非见不信"的态度，所以常被称为"多疑的托马斯"。

弗朗西舍克这个名字非常流行，每三个受洗的男人中就有一个弗朗西舍克——据说，这是为了向弗朗西舍克·热夫斯基致敬，因为他同意做雅各布·弗兰克的教父，还慷慨地赠送了大笔钱财。但这个说法并不正确，要施洗的公爵和多疑的皮库尔斯基神父发现了真正的原因：这个来自阿西西的圣方济各的名号之所以流行，是因为弗朗西舍克这个名字和弗兰克，也就是他们领袖的名字非常相像。

此时加利齐区已是星期五的晚上。迟降的落日将一片橙红洒向屋顶和人群。人们结伴而坐，突然不安起来，陷入一种奇怪的、令人尴尬的寂静中。半小时前还在吵嚷的人群，聚拢在昨天的火堆旁，到处是装着臭气烘烘的篮子和被子的破柳条拖斗车，拖斗车上还拴着几只羊，都寂静无声，神色僵硬。大家盯着地面，用手指把玩着围巾上的流苏。

突然，一个男人唱起《舍玛》，其他人赶紧让他闭嘴。

安息日女王从他们的头顶上经过，碰都没碰他们，径直向城市另一边的犹太社区而去。

赫米耶洛夫斯基神父在利沃夫的遭遇

"尊敬的神父，您认得我吗？"一个年轻男孩向刚刚进城的赫米耶洛夫斯基神父搭讪道。

神父仔细地看了看他。不认识，确实不认识，但他有一种不好的感觉，感觉在哪里见过这个男孩。哦，记性不行了。会是谁呢？就在嘴边，可男孩的犹太装束和胡子把他弄糊涂了。

"几年前您去邵尔家的时候，我是翻译。"

神父摇摇头，还是想不起来。

"我是赫雷奇科。对,在洛哈特恩……"男孩带着轻快的鲁塞尼亚口音说道。

神父一下子想起了这个年轻的翻译。但还是有些不明白。

"怎么回事,孩子?"他看着眼前这张笑容灿烂的脸,无奈地说。他不仅门牙没了,还穿着马裤,还有这外套……"圣母啊,你怎么穿着犹太人的衣服?"他问。

赫雷奇科避开视线,看向房顶,他可能后悔了,后悔不假思索地和神父搭讪。他想把自己的遭遇一吐为快,但同时又害怕说出来。

"你还在邵尔家吗?"神父追问。

"哦,邵尔可是个厉害的人,学识渊博,有钱……"他顺势摆摆手,就好像这些钱的数量已经超越了人类能数得过来的范畴,"这有什么奇怪的,亲爱的神父,他可是我和我兄弟的父亲。"

"仁慈的圣主啊!你这个傻瓜!"神父小心翼翼地环顾左右,看看是否有人看见他们。是啊,是啊,全城都看得见他们。"他不该收留你们,你们是基督徒啊,只要声明你们是孤儿,你们就可以去孤儿院了。怎么成这样了……!就算你们是东正教徒,我不该在意的,因为都一样,都是基督徒。"

"是的,但我们又能去哪个教会孤儿院呢?"赫雷奇科突然抬起头盯着神父,气呼呼地说,"您不会把我们的事告诉别人,对吗?为什么要说?说什么?我们和他们相处得很好。弟弟在学读书写字。他和女人们一起做饭,因为他特别俊俏。"他轻笑起来。神父抬起眉头,听不懂他的话。

一个姑娘从人群中挤出来走向赫雷奇科,但当她看见他在和神父讲话时,害怕地退了回去。姑娘又年轻又苗条,可肚子已经很沉了。绝对是犹太女人。

"耶稣基督……你不仅变成了犹太人,你还娶了犹太人?圣母啊!这个罪过可是会丢了命的!"

神父不知道该说什么好,这个情况让他太意外了。聪明的男孩趁着神父还在惊讶中,低下声音,几乎是对着神父的耳朵说话。

"我们在土耳其有生意,穿过德涅斯特河到摩尔多瓦和瓦拉几亚去。生意不赖……最好卖的是伏特加。尽管河那边的土耳其人都是穆斯林,但也有些基督徒,他们跟我们买好酒。还有啊,他们的《古兰经》里说,他们不能喝葡萄酒。葡萄酒!可没写伏特加。"赫雷奇科辩解说。

"你可知道,这是死罪吗?你成了犹太人……"神父终于忍不住了,他伏在男孩的耳朵边,轻轻地说,"你会被送上法庭的,孩子。"

赫雷奇科笑了,但神父觉得,他的笑极其愚蠢。

"但您不会说出去的,因为我在忏悔啊。"

"耶稣基督……"神父重复了一遍又一遍,紧张得脸都麻了。

"神父您不要说出去。在洛哈特恩,从大洪水时期起我就一直留在邵尔家。人们已忘了我的出身了,那还说它干什么呢?如今我们大家一起,准备皈依耶稣,皈依最神圣的圣母……"

神父一下子记起来,这里为什么会有成群结队的犹太人,也忽然明白了这个断了牙的小伙子的矛盾处境。他们如今受洗了,他只要保持他原有的样子,站在原地,他们会主动来到他所在的地方。这才是赫雷奇科想要告诉他的。但赫雷奇科却神秘地说:

"这可不一样了。"

然后便消失在人群中。

贝奈迪克特·赫米耶洛夫斯基神父选错了到利沃夫办私事的时机。到处都是装满犹太人的拖斗车,天主教徒的孩子们跟在车后头边跑边叫,利沃夫的居民们站在街边,惊奇地看着这里发生的一切。一个奔跑的女人撞到他,她本想亲吻他的手,解释道歉一下,但却来不及,只好拍了下他的肩说:"他们要为犹太人施洗啦。"好像这样她的匆忙和兴奋就有了合理的理由。

"沙巴泰·泽维派"这样的叫声零零星星地喊着,但他们的舌头却说不清楚这个艰涩的单词,一遍遍地,嘴巴打了瓢,直到最后把单词锐利的棱角变软磨平。沙巴夏希派,有人试着换一个说法,还是抓不准它。怎么才能叫出来,怎么才能喊出来?这个词突然掉转了方向,更简单、更顺畅起来,就像被水流常年冲刷的石头。"沙普瓦西,沙普瓦西",大街的这边这样喊道;但另一边已改叫"恰普秋,恰普秋"。穿过这条充斥着羞辱的街道的人们——因为这个词被造出来本身就有羞辱人的意思——似乎听到了,只是听不懂说的究竟是什么。也许他们还不熟悉这种唱歌似的波兰语调。

神父对赫雷奇科的事无法释怀。他积淀已久的记忆,那些看到过的、听到过的,翻江倒海地冲上脑门,让他终于回想起很久很久以前的事情。就在本世纪初,拉齐维乌——可能是卡罗尔·拉齐维乌——颁布了一项规定,犹太人不能雇用基督徒当仆人,同时明令禁止异教通婚。也因此,1716年或者1717年时(神父这段时间正好在耶稣会做见习修士),两个基督教妇女改信犹太教并搬迁到犹太人居住区的事成了一桩大丑闻。其中一个原来是寡妇,贝奈迪克特神父还记得,她是祖籍维帖布斯克[①]的东正教神父奥赫里德的女儿。她极其顽固地为自己的叛教行为辩解,丝毫没有悔意。另一个是年轻姑

[①] 现位于白俄罗斯的一座城市。

娘，来自莱扎伊斯克①，因为爱情投向犹太教，追随自己的心上人。抓住她们两人后，年纪大的被活活烧死，年轻的被一剑砍死。悲剧终了。神父记得，对于与女方联姻的另一半，处罚相对轻一些。两个男人只是挨了一百鞭，承担了诉讼费，同时义务为教会送上蜂蜡和牛油。而在今日，没人会因叛教被处以死刑，贝奈迪克特神父想，在以前却是桩天大的丑闻。可是，从另一个方面来说，谁在乎这个赫雷奇科，谁会把他当回事呢？对他那个不灭的灵魂来说，难道有人供出他不是最好的吗？神父立刻抛弃了这个可怕的念头。账本总是平衡的：一边进账一边出账，这会儿进账几百块，也许过会儿会出上千块。

看起来不太可能找到主教了。于是他想借此机会在利沃夫印一些自己写的东西，把它们分送给朋友，特别是扎乌斯基主教，还有德鲁日巴茨卡夫人，好让他们记住自己的名字。他选了几首最有意思的小诗，其中一首是特别为她写的，但他可不好意思把这些带到那个几年前给他印《新雅典》的耶稣会印刷所，于是他找到一家名为格尔切夫斯基的小出版作坊。此时，他站在简陋的橱窗前，一边假装读着放在里面的小册子，一边思考着进门之后该说什么。

一群人挤在门口乘凉，都没有地方站了，天气炎热，神父只好退到这幢黑色的两层小楼的院子里。他检查了一下公文包，看看能证明自己清白的文件还在不在。他想起来今天是1759年8月25日，是法兰西国王圣路易的纪念日。这位国王爱好和平，因此他相信，今天他能平平安安地解决好自己的事。

这时从市场那边传来一阵喧哗，听上去人们好像在惊叹什么。他

---

① 位于波兰东南部的一座城市。

被人推搡着走到阳光下，迈着小碎步，喘着粗气，刚好来到街边。他看见了到底是什么让围观的人群这么惊诧——六对马拉的马车，每一对马的颜色各不相同，马车边站着十二个车夫，身着土耳其盛装。马车在广场上绕了一圈，然后返回铺满了犹太人拖斗车的加利齐区。他看到那边有一顶帐篷，帐篷顶上有着土耳其式的彩色条纹，周围围满了犹太人。突然，他在离家出走的扬这件事上受到了神启，老邵尔仍欠他一些东西，因为他在房间里藏起了那些书。神父赶紧从熙熙攘攘、激动不已的人群中退出去。现在，他对身边所有人都面带着笑意。

在国王陛下特许的印刷师，帕维乌·尤瑟夫·格尔切夫斯基的出版社招牌下

在利沃夫，亚美尼亚女人和波兰女人的区别在于头帽的尺寸。亚美尼亚的有钱妇女都戴着硕大的头帽，绿色的带子荡在脸颊旁，额头上还系着一条缎带；而波兰妇女则戴着白色的、浆洗的头帽，尺寸不大，但和领子搭配起来特别夺人眼球，尤其是褶领，褶领的下面摇曳着两三串珊瑚。

利沃夫皇家邮局局长的妻子卡塔日娜·黛伊莫娃戴着波兰头帽，穿着褶领，但没有珊瑚。她还在服丧。她迈着大步，如往常一样，穿过加利齐区，不敢相信这里竟然有这么多的人；全都是些穿着深色的衣服，用自己的语言嘀嘀咕咕的外乡人——犹太人。女人们怀里抱着孩子，身边还站着紧紧抓着裙子的另一个孩子；男人们都很瘦，分散地站着，围成一个个小堆。蒸汽在他们的头顶上升腾。那边有一处残留的空地，他们就直接坐在草地上吃起东西；一些妇女分发着篮子里

的面包、酸黄瓜和奶酪,上面全都是苍蝇。八月的苍蝇无耻地、撒野地、一窝蜂地拥到眼前,紧紧地扒在食物上。有个农民模样的人拿来两篮子大坚果。

黛伊莫娃厌恶地看着眼前的一切。她的女仆马尔塔告诉她,这些人都是来受洗的犹太人。这时,卡塔日娜·黛伊莫娃仿佛摘下了有色眼镜一般,尽管她从来不觉得自己戴着它。她突然激动起来:最神圣的圣母啊!他们来受洗!那些关于世界末日的说法都是对的——耶稣上帝将为最大的敌人施洗。他们罪恶的顽疾已经软化了,除了神圣的天主教会,他们再无其他救赎的出路,现在如同忏悔的孩子一样投奔我们而来。尽管他们看上去不一样,打扮奇怪,穿着自己的长袍,胡子留到腰间,但过不了多久,他们就和我们是同一种人了。

她看见了一家人,全都是女孩,抱着孩子的妈妈正笨拙地从拖斗车上下来,车夫催促着她,因为拖斗车马上要去接其他人到这里来。她背上的包袱掉了,几块灰色的布头和一串细小的暗色的珊瑚珠子撒了出来。女人害臊地捡起东西,好像世间的眼睛就要看穿她心里最深处的秘密。黛伊莫娃经过她身边。一个小男孩,大概六七岁的样子,突然跑到她身边,笑眯眯地看着她,特别高兴地说:"赞美耶稣!"她马上自然而然地,但又庄重地回答说:"永远,阿门。"她深受触动,眼泪涌上眼眶。她蹲在男孩身边,抓起他的手腕,男孩直勾勾地看着她,眼里含着泪水,仍然笑着。这个小鬼头。

"你叫什么名字?"

男孩狡猾地用稍显不确定的波兰口音回答:

"希莱莱克。"

"好听。"

"今后我叫沃依切赫·马耶夫斯基。"

黛伊莫娃禁不住流出泪水。

"想要饼干吗？"

"想要，饼干。"

后来，在已故妹夫的作坊里，在漂亮的铁制招牌下，她把这件事讲给自己的妹妹格尔切夫斯卡。

"……犹太小孩说：'赞美耶稣。'你见过这样的奇迹吗？"黛伊莫娃情绪激动，眼泪又冲上了眼眶。自从丈夫死后，她经常哭，每天哭，什么事都会让她觉得非常难过，整个世界都令她悲痛。悲痛之下是愤怒，而这种愤怒却莫名其妙地很容易化为同情。面对世间的种种不幸，她只能无奈地垂下双手，任何事都能让她哭起来。

两姐妹都是寡妇，但另一个明显更适应寡妇的身份。她接手了丈夫的印刷作坊，一间小小的出版社，接一些五花八门的零碎的小活儿，并努力和耶稣会的大出版社竞争一番。她正忙着和一个神父讲话，用一只耳朵听着姐姐的话。

"给你，夫人，你看看！"他递给她一份印刷好的（得承认，是歪歪扭扭的）乌比恩斯基主教长签署的呼吁书，呼吁贵族和市民成为反塔木德派的基督教家长。

"反塔木德派。"黛伊莫娃严肃地重复着。她妹妹却说："恰普秋们。"

赫米耶洛夫斯基神父坚持要印一部只有十几页的故事书。格尔切夫斯卡不想干涉，但只印几本的话会让他付出高昂的代价，于是跟他解释说最好多印一些，这样每本的成本几乎一样。神父有些为难，下不了决心，他解释说，这是一份特别的命名日礼物，不需要很多本，因为只为一人而做。

"那神父为什么不亲手写得漂亮些呢？还可以用洋红色或者金色的墨水。"

神父却说，只有印刷品才能让每一个文字显得严肃。

"手写的文字是**模糊**的，而印刷让文字有力且清晰。"神父解释道。

印刷师格尔切夫斯卡不再理会他的心事，又转头回到姐姐那儿。

也许整个波多利亚都找不出如此不同的姐妹俩。黛伊莫娃又高又壮，皮肤白皙，蓝眼睛；格尔切夫斯卡身材矮小，黑头发，虽然刚过四十岁，但头帽底下已经冒出灰色的发丝。黛伊莫娃更有钱，因此穿着更得体：多次浆洗的衬裙外面罩着用三十厄尔长的黑丝绸做的宽松罩裙，罩裙上有隐隐的缀边，也是黑色的——毕竟刚刚寡居不久；头戴一顶雪白的发帽。妹妹系着一条沾上墨迹的围裙，在她身边看起来像个女仆。她们不用说话便能相互理解。她们读着主教长的呼吁书，不时会心地交换眼神。

乌比恩斯基主教长在呼吁书中写道，每一个教父都要为自己的教子准备相应的波兰服装，并在洗礼之前妥善保管，教子没有返回家园之前，要对他们给予关心和支持。姐妹俩对彼此太了解太熟悉了，对这个问题甚至无须特别多言。

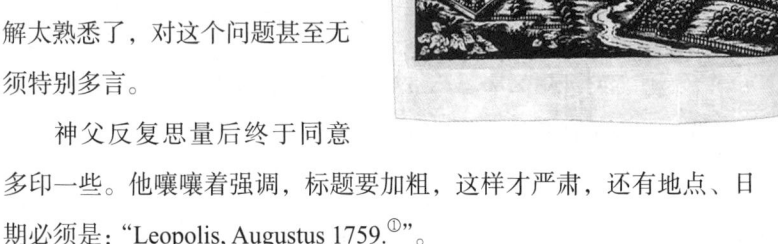

神父反复思量后终于同意多印一些。他嚷嚷着强调，标题要加粗，这样才严肃，还有地点、日期必须是："Leopolis, Augustus 1759.[①]"。

[①] 拉丁文。

合适的比例

平卡斯忍不住出门走走。他从一排排建筑物在墙脚下形成的狭窄的影子缝中快速地闪过，悄悄地盯着刚刚在广场上停下的马车。人群立刻向马车围上来。平卡斯害怕看到马车上的乘客，但此时此刻他必须抬起眼睛，视线专注。他屏住呼吸，盯紧每一个细节，而每一个细节都让他的痛苦增加一分。

从车厢里下来一个男人，高大潇洒，细长的土耳其帽似乎成了他身形的一部分，让他看起来更加挺拔。帽子下面露出黑色的卷发，稍微弱化了他脸上轮廓分明的线条。他的眼神有些无礼——平卡斯这么认为——他微微看向上方，因此眼眶底部露出一块眼白，看起来像要昏倒了似的。他用这样的眼神看着站在马车旁边的人们，扫视着人群的头顶。平卡斯看见他突出的嘴唇优雅地动了动。他对人们说着什么，然后笑起来，露出整齐而洁白的牙齿。他的脸给人感觉很年轻，黑色的胡子仿佛要掩盖他年轻的事实，脸颊上甚至还带着酒窝。他看上去既有威严，又有些孩子气。现在平卡斯明白了，这个人招女人喜欢，而且不只是女人，男人也喜欢，所有人都喜欢，因为他确实有魅力，可平卡斯偏偏对此更为厌恶。弗兰克直起身，其他人只能够到他的下巴。蓝绿色的土耳其外套上装饰着紫色的贴花，让他强壮的后背看上去更加宽阔。锦缎在阳光下闪闪发光。这个人就像母鸡中的孔雀，就像卵石中的红宝石。平卡斯赞叹，他很惊讶，因为他从没设想过弗兰克会给他留下这么深刻的印象，他完全无法接受，他竟被这个人打动了。

哦，平卡斯想，这个人肯定是虚有其表，因为他用了那么多的黄金堆砌自己。尽管大家都叫他智慧的雅各布，但他肯定是个傻瓜，不然不会用豪华马车为自己壮大声势。有时候,美会受到丑恶利益的驱使,成为障眼法,成为愚弄大众的工具。

当这个弗兰克走路时,人们屏住呼吸纷纷退让,给他让出一条通道。有些害羞的人伸出手掌,想要碰一碰他。

平卡斯思索着,以前自己是怎么想象他的。不记得了。蓝紫色占据了他的大脑,让他难受。哪怕只是想到雅各布·弗兰克穿过兴奋人群时的意气风发,他都想厌恶地吐上几口口水。雅各布已经留在他的脑子里了。

深夜,差不多午夜时分(他可睡不着),为了平复思绪,他决定起草一份报告交到犹太社区,让他们把这份报告和其他文件并到一起。写下的文字将成为永恒,但颜色,哪怕最鲜亮的也终会消失。写下的文字是神圣的,每一个字母都将归属于上帝,不会被遗忘。而图画呢?一干二净,不过是五彩斑斓的空虚罢了;哪怕最艳丽、最强烈的色彩,都将如烟般散去。

这个想法给了他力量,他突然看清了事实,他认为,这就是一种合适的比例。什么是身材、外貌、动听的声音?只是一件外衣而已。在明亮的阳光下,一切看起来都不一样,但在暗夜之中,所有的光鲜都将褪色,这才能看得清隐藏的东西。

他用力写下第一句话:"我亲眼所见……"此时此刻,他试着保持公平,忘记外套和马车,甚至开始想象雅各布赤身裸体的样子。他保持这个想象。他看见瘦削的罗圈腿,凹陷的胸膛上覆盖着稀疏的胸毛,一个肩膀高一点儿,另一个似乎低一点儿。他蘸了蘸墨水,然后把笔悬在纸的上方,直到笔头处凝结出一个危险的黑色大墨滴。他小心翼翼地把墨滴弹回到墨水瓶里,开始写道:

他身形憔悴、扭曲，长着一张丑陋的、粗糙的脸；鼻子歪了，肯定受到过某种撞击；头发凌乱、邋遢，一口黑牙。

写下"一口黑牙"的平卡斯越过了那条看不见摸不着的边界，但他自己根本没有意识到这回事。

他看起来完全没有人形，反而更像恶魔或者猛兽。他的行为粗暴，动作毫无优雅可言。

他又蘸了蘸墨水，这时他开始思考。通常拿着吸饱墨水的笔思考，很有可能会造成一个污点，但没有，笔在纸上划过，他凭着记忆写下：

他能讲几种语言，但事实上，他无法用任何一种进行得体的表达或者有意义的书写。因此当他将语言诉之于声音时，耳朵听到的是一种糟糕的、刺耳的和尖细的噪音，只有对他非常了解的人，才能真正明白他的意思。

此外，他并没有接受过良好的教育，他知道的都是从各处听闻的，所以他的知识满是漏洞。他更了解那些讲给孩子们听的童话故事，而他的追随者们也都愿意相信他的童话故事。

平卡斯现在认为,他看见的不是一个人,而是一个三头的怪兽。

洗礼

1759年9月17日,在庄严的弥撒后,雅各布·弗兰克接受了洗礼,并取名为尤瑟夫。来自格沃夫诺的利沃夫大主教萨穆埃尔·格沃温斯基亲手为他施洗。他的教父母,一个是未满三十岁的、高贵的、穿着法式服装的弗朗西舍克·鲁温斯基,另一个是玛利亚·安娜·布吕洛娃。雅各布·弗兰克低下头,让水沾湿他的头发,顺着脸庞流淌。

雅各布后面是克里萨,他穿着波兰贵族服装,新的服饰让他那张不对称的脸显得更加威严。他叫巴多罗买·瓦兰提·克里辛斯基。他的教父母是东仪天主教会的利沃夫主教舍普提茨基和切尔尼戈夫省省长夫人米昂琴斯卡。

他的身后站着整群人,每隔一会儿便出来一个走上祭坛。身着华贵盛装的教父母们轮换出现。演奏的管风琴让教堂高大美丽的拱形天顶显得更高——在那里,在陡峭的拱门后面,有一个天堂,此时此地的所有基督徒都能抵达。装点祭坛的高大黄花散发出辛辣的味道,与焚香的气息雅致地结合起来,仿佛为教堂洒上了最好的东方香水。

现在,身形俊朗的年轻人走上前,他们的头发剪得颇有层次。他们都是雅各布·弗兰克的侄子,帕维乌、扬和安东尼,而第四个,紧张地把帽子捏在手里的是耶捷扎内的哈伊姆的儿子,现在姓耶捷扎斯基,名叫伊格纳齐。突然,教堂里安静下来,因为管风琴停了,疲惫的演奏手正准备将乐谱翻到下一首颂歌。教堂里太安静了,这一刻能听到书页翻动的声音。随后，音乐再次响起，气氛庄严肃穆，弗朗西舍克·弗沃夫斯基走上祭坛，不久前他的名字还是施罗莫·邵尔，埃利沙的儿子。他拉着儿子，七岁的沃依切赫。在他后面是他的父亲，弗兰克这帮人中最年长的、六十多岁的埃利沙·邵尔。庄重的老者由两个儿媳——罗扎利亚和罗莎搀扶着；被打后，他再也无法康复了。他们的后面是哈伊姆·土耳契奈克的漂亮妻子，现在姓卡普林斯基，取名芭芭拉，是个瓦拉几亚姑娘。她意识到自己的美貌，索性满足那些好奇的眼睛。显然，这些低头接受大主教的湿手指触碰的人，来自一个大家族，如一棵庞大的巨树。

皮库尔斯基神父看着他们，这样想道，他还试图从他们的外表和姿态中寻找血缘关系的证据。如此庞大的家族，或许可以称之为波多利亚-瓦拉几亚-土耳其家族。今时今日，他们衣着得体庄重，拥有了新的身份，更体面、更自信。昨天在马路上看到他们的时候，他们身上可还没有这些东西。过不了多久，他们就会染指贵族头衔，因为受洗后的犹太人有权利获得贵族头衔，只要他们出得起价钱。神父有些疑虑，甚至有些害怕，这就像把长相模糊不清且意图不明又复杂的陌生人放进自己的房间。他觉得，整个街道的人都拥进了教堂，会这样一直不断地走向祭坛，直到夜晚，看不见尽头。

但是，这不是事实，不是所有人都来了，比如纳赫曼就没有来。他正坐在自己突然生病的小女儿身边。她腹泻不止，发着高烧。瓦依格薇试着喂她牛奶，给她补一补气力，但没有任何效果，她的小脸蛋突然变得煞白。女孩死于9月18日早晨。纳赫曼说，得保守秘密，第二天夜里就匆匆把她葬了。

雅各布·弗兰克刮了胡子，
在胡子下面长出一张新脸

　　从伊瓦涅刚刚赶来受洗的哈娜·弗兰克娃认不出丈夫了。她站在他面前，看着他，就好像他的脸是新生的一样：嘴巴周围的皮肤细腻，很苍白，比额头和脸颊的皮肤还浅，嘴唇发黑，下颌微微弯曲，柔软的下巴浅浅地分成两半。现在哈娜才发现他右耳朵下面左侧的那颗痣，像块胎记。他笑起来，洁白的牙齿非常醒目。完全是另一个人。为他刮胡子的维泰勒从满是泡沫的脸盆边上后退了几步。

　　"你说说话，"哈娜求他，"我能认出你的声音。"

　　雅各布大声笑起来，头向后仰。就是他。

　　哈娜大吃一惊。她面前站着的雅各布是个年轻小伙子，一个全新的人，仿佛赤身裸体，一清二白，毫无防备。她用手掌轻轻地碰了碰他，感受到他的皮肤令人惊奇地光滑。哈娜感到不安、不解、不舒服，陷入巨大的痛苦之中。

　　脸应该有所隐藏，匿于阴影——她认为——就像行为，就像词语。

第二十一章

1759年秋，瘟疫席卷利沃夫

阿舍尔想，不久之前人们还以为，瘟疫是由不祥的彗星引起的。他脱了个精光，想该如何收拾自己的衣服。扔掉吗？因为如果沾染上病人的晦气，很可能会把晦气带到家里。没有什么比把瘟疫带进自己的家门更糟糕的事了。

利沃夫的天气突然变了，从炎热干燥变得温暖潮湿。但凡有一点儿泥土或者烂根，都能生出蘑菇来。每天早上，城市里都会起雾，就像一层厚厚的奶油，只有道路上的车马活动才会搅起一丝变化。

今天他确认了四个人的死亡，还探访了病患；他知道，病人会越来越多。所有人的症状都一样：水样腹泻，腹痛和渐进性虚弱。

他建议多喝干净的水，或者，最好是和草药一起煮开的水。但因为病人们都流离在大街上，并没有可以煮开水的地方，所以，新入教的犹太人里得病的是最多的。因为这个原因，他们争先恐后地受洗。他们相信，受洗后就不会生病，也不会死亡。阿舍尔今天看了几个已经受洗的人，其中两个是孩子，都有着希波克拉底[①]似的面容：锐利的五官，凹陷的眼睛，头上长着皱纹。生命有某种显而易见的体积，

[①] 古希腊伯里克利时代的医师，后世人尊为西方"医学之父"。

当它流出体外的时候，人会像叶子一般干枯下去。他从加利齐区走回来，穿过广场。他看见城市不断自我封闭起来，百叶窗紧闭，大街上空空荡荡，谁也不清楚还会不会开集市，偶有那么几个从乡下来的农民来赶集，他们还不知道瘟疫的事。那些健康的、有出路的人都离开了。

阿舍尔试图想象出，病症是如何从一个人传染给另一个人的，一定是这样：疾病以某种难以捉摸的浓雾、热气或者毒气的形式存在。这种瘴气跟随吸入的空气一起到达血液后，感染了血液。因此，当阿舍尔今天被叫到一家女主人患病的中产阶层人家的房子时，他就站在窗口；空气从这个窗口吹进来，然后吹过病倒的女主人又吹走了。她的家人要求放血治疗，但阿舍尔反对施行这种疗法，哪怕这可以明显降低血液中毒素的含量，因为有些病人非常虚弱，特别是妇女。

阿舍尔也听说过细菌，这是一种微小的蠕虫，往往附着在诸如皮草、大麻、丝绸、羊毛和胡椒上，随着移动而飘散，经由呼吸进入血液，造成血液中毒。它们的威力需要借助空气，如果空气洁净，它们就会分解消失。如果要问细菌能够存活多长时间，医生们会回答，在地下的环境中可以存活十五年，在通风的环境下为三十天，在人体内也差不多，不超过四十天。但人类往往把瘟疫的原因归结为由人的罪恶引发的神的怒火。所有人都这么想——犹太人、基督徒、土耳其人。上帝之怒。与阿舍尔通信的柏林医生所罗门·沃尔夫说，欧洲从来不是瘟疫的原发地，它是从世界的其他地方传过来的；原发地通常在埃及，由埃及传到伊斯坦布尔，再由伊斯坦布尔传遍欧洲大陆。因此，很有可能是到利沃夫来受洗的瓦拉几亚犹太人引发了这场瘟疫。至少这里是这么传说的。

如今所有人都在等冬天，像等待救赎那样，因为霜冻是对抗腐败的良药。在冬天,疾病要么就完全消失,要么其致病性将明显变弱。

阿舍尔不让吉特拉出门,她只能带着塞缪尔坐在掩着窗帘的窗边。

一天晚上,阿舍尔的家里来了两个男人,一个年长,一个年轻。长者穿着黑色的长外套,戴着帽子,胡须威严地落在微微挺起的肚子上。他的脸色光亮,表情悲伤,一双火辣辣的蓝眼睛刺痛了阿舍尔的神经。年轻人略带一丝尊敬,他又高又壮,长着一双清澈的绿色眼睛,肤色苍白。长者站在门口,故意叹了一口气。

"尊敬的医生先生,"他用意第绪语说道,"您拥有一件可能并不属于您的东西。"

"可笑,"阿舍尔回答,"我印象中可没有这种事,没有什么东西是我强占的。"

"我是来自科佐瓦的平卡斯·本·哲里克,一位拉比。这是我的侄子杨凯尔。我们来找我的女儿吉特拉。"

阿舍尔不作声,他惊讶极了,过了一会儿才缓过神来。

"她就是你们口中所谓的**东西**?她是活生生的人,不是东西。"

"好吧,只是个说法而已。"平卡斯和蔼地说,他越过他的后背望向屋子的深处,"我们能进去说话吧?"

阿舍尔不情愿地让他们进了屋。

"当医生的话,眼里只看到人类的不幸。"他的岳父平卡斯对他说,这么说是因为第二天阿舍尔·卢斌还要去医院照顾病患,"但生命是一种伟大的力量,我们声援生命。已经发生的事不会被抹掉。"

平卡斯装作偶然来到这里似的。他在脸上遮上一块白布,应该能够挡住瘴气。这里弥漫着恶臭,比治疗的地方更令人窒息。病人们就躺在地板上,因为医院太小了。

阿舍尔没吱声。

平卡斯在他的脑袋上说着话，就好像不是在对他讲话似的。

"维也纳犹太社区需要一位医生，需要一位近在咫尺的医生。他们在组建犹太医院。也许阿舍尔·卢斌可以带着妻子和……"他沉默了一会儿，接着说道，"孩子去那边。所有糟糕的往事都会被遗忘。婚礼仍会举行，事情都会好起来。"

半响，他用鼓励的口气补充道：

"一切都怪那些不忠的狗。"

当他提到"不忠的狗"时，他的声音变得嘶哑起来。阿舍尔不由地抬起头，直视他的眼睛。

"出去。我们以后再说。什么都不要碰。我得照顾病人。"

死亡来得又快又仁慈。先是头疼、恶心和腹痛，然后出现腹泻，止都止不住。身体干瘪，眼神涣散，乏力至极，最后不省人事。过个两到三天，生命便走到尽头。最先死去的是孩子，然后是孩子的兄弟姐妹，然后是母亲，最后是父亲——阿舍尔眼睁睁地看着一切，看着瘟疫开始，来过这里的其他人也被陆续传染上。

有些虔诚的犹太人，因为家人出现水肿请他上门。他们一边问起城里的情况，一边心知肚明似的看着他，带着一丝丝得意，因为他们家只有水肿而已。戴着歪头帽的女人故意扬了扬眉毛：这是诅咒，是对背弃信仰者的坚决毁灭。它生效了。上帝会惩罚玷污自己殿堂的叛徒、异己和魔鬼。

"他的成功撑不了多久，一切不过是魔鬼的魔力。他哪里来的黄金、豪华马车、貂皮？现在上帝惩罚他，以他为例。背信弃义者会一个接一个死于瘟疫。这是惩罚。"她嘀咕着。

阿舍尔别过头，将视线转向窗边的窗帘。窗帘褪了色，布满灰尘，上面的图案已经模糊不清，这就是灰尘的颜色吧。他想起平卡斯，就算他是他的岳丈吧，他想，如果仇恨能够变成瘟疫，那会怎样？毁灭就是这样降临的吗？阿舍尔经常见到，被诅咒的人很快就变得无助、虚弱、疾病缠身，而一旦诅咒解除，就会康复。

但阿舍尔宁愿自己被感染，也不相信这种事。他知道，病因在于水，一口受污染的井足以杀死一座城市。病人喝了这种水，然后他们的污便又流进了其他水源。阿舍尔去了趟市政厅，报告了自己的看法：瘟疫一定与井和水有关系。他们认同了他，一个犹太人的意见，让人关闭了水井，传染好像止住了一些。但随后传染以两倍的威力再次暴发，很显然有其他水源也受到了污染。可关不了利沃夫全城的水井，只能寄希望于部分人能因某种机缘挨过瘟疫。有的人病程短且病症轻，不久自己就康复了。还有的人完全不会染病，仿佛免疫了一样。

终于，在一片混乱之中，阿舍尔见到了那个救世主，现在只要愿意就能看到他。自打八月底他现身利沃夫后，就总能看到他，不是在豪华马车里，就是在以天为盖的憔悴的追随者中行走。看起来，他并不害怕。天气很热，他却戴着一顶高帽，土耳其式的，穿着一件优雅的土耳其式绿色外套，颜色和草坪上的水、装药的玻璃瓶一样。他看上去像一只巨大的绿蜻蜓，飞到东飞到西。他走到病人们跟前。如果阿舍尔当时在场，他会一言不发地退到旁边。那个人把手放在病人的头上，然后闭上眼睛。病人感到很幸福，只要还有意识的话。不久前，一个犹太病人自己去天主教堂要求受洗。他匆忙完成受洗后，病情立刻就好转了，至少在加利齐区他们是这样说的。在犹太会堂完全是另一种说法：他立刻就死了。

阿舍尔必须承认，这个弗兰克是个英俊的男人。也许有一天，他的儿子塞缪尔会和他看上去一样。阿舍尔不会介意的。但弗兰克的力量并不在于他的外貌。阿舍尔见识过这种人，很多出身贵族的权贵身上都有的，一种莫名的自信，毫无来由，也许是某种内在的重心使然，让这种人感觉自己永远为王。

自打这个陌生人来到城里，吉特拉就安分不下来了。她穿戴整齐，但最终没有走出家门。她在门旁边站了好一会儿，然后换下衣服，留了下来。阿舍尔回来的时候，看到她正躺在沙发上。她的肚子已经很大了，又圆又硬；全身微微浮肿，显得沉甸甸的。她的脾气总是很坏，一口咬定自己会死于分娩。她对他没有好脸色——没有他，也没有怀孕的话，她就能回到父亲身边，或者再去找那个弗兰克。当躺在黑暗里，她就会翻来覆去地想着没有发生在自己身上的各种可能。

十月下旬，天气转凉，瘟疫不但没有消失，反而更加严重。加利齐区空荡荡的，人们在邻居家、修道院和修女院为赶来的人找好了落脚的地方。每天利沃夫的大小教堂都有施洗仪式，现在甚至要排队。只要有人死了，其他人马上就想去受洗。

而后，受洗过的人也开始死去，但雅各布不再出现在街头，不再用他长长的手指为大家碰触治疗。人们说，他去华沙了，为受洗转化的人向国王争取土地。但也有人说，他受不了瘟疫，又逃回土耳其了。

阿舍尔也这样认为。他现在脑子想的都是昨天的尸体，比如马约尔科维奇一家。两天之内，母亲、父亲和四个女儿都死在了他的医院里。第五个女儿也快死了，完全脱了形，已经看不出是个人类的小孩，而是一个黑黢黢的魂灵，一个鬼。第六个女儿，年纪最大的那个，十七岁，苍白而绝望。

马约尔科维奇一家享有体面的葬礼，基督徒式的，政府出钱买了木头棺材和墓地。他们以还来不及适应的新名字入葬：米科瓦伊·彼得洛夫斯基、芭芭拉·彼得洛夫斯卡，还有他们的女儿维克托丽亚、罗莎、泰科拉、玛利亚。阿舍尔强迫自己记住：斯洛勒·马约尔科维奇、贝伊拉·马约尔科维楚娃，还有西玛、福莱伊娜、马霞、米莉安。

此时此刻，马约尔科维奇-彼得洛夫斯基一家的葬礼过后，阿舍尔站在自己家的前厅，慢慢地脱光了衣服。他把衣服卷成一团，交给仆人烧掉。也许死亡会紧紧粘在纽扣、裤缝和领子上。他光着走进屋，吉特拉就在那儿。她诧异地看着他，接着大笑起来。他什么都没对她讲。

但他救下了一个瘦瘦的小姑娘——第二个马约尔科维楚娃，二女儿艾丽娅，现在的名字是萨罗麦·彼得洛夫斯卡。阿舍尔把她留在医院，精心地喂养起来。一开始他熬粥喂她，后来亲自买了一只鸡，让人炖汤，再用手指往她嘴里一点儿一点儿地塞肉丁。渐渐地，女孩一看到他就会露出笑容。

同时，他给瓦班茨基家的管家写了封信，又单独给他妻子写了一封。两天后他就收到了来自洛哈特恩的回信，说要来接萨罗麦。

为什么他没有给拉帕波特，给犹太社区写信呢？他是有考虑的。他反复掂量后还是认为，小萨罗麦在瓦班茨基家的庄园会比在富裕的拉帕波特家过得更好，唯一的疑虑是他们会不会接受她。犹太人今天富足光鲜，明天贫困潦倒——这可是阿舍尔自己的经验教训。

过了光明节和基督教新年，一月初，吉特拉生下两个女儿。三月，下完最后几场雪，阿舍尔和吉特拉收拾好所有家当，带着孩子们前往维也纳。

莫里夫达写给堂嫂
卡塔日娜·克萨科夫斯卡的信

尊敬的夫人，开明的堂嫂：

好在你已尽快离开了此地，这里的疫情愈演愈烈，死亡女神的踪迹在利沃夫的大街小巷随处可见。而最痛苦的莫过于，瘟疫似乎更青睐那些您庇护的人。他们中有许多穷人吃不上饭，尽管有皮库尔斯基神父的赈济，还有很多贵族表示了善意，但仍然杯水车薪，穷困让他们更容易得病。

我也得收拾好自己的东西了，再过几天，我要带雅各布和他的随从去华沙，希望能在那边马上与您会面，谈一谈我们行动的细节。感谢您为我的所作所为慷慨解囊，还帮助我获得其他人的资助。我理解，雅布翁诺夫斯基先生最为大方，我对他深怀敬意和感激，但在布斯克实施巴拉圭理念的想法并没有说服我。夫人，受您庇护的人可和巴拉圭的印第安人不一样。他们的宗教、典籍和风俗习惯比我们的历史更悠久。我真心认为，雅布翁诺夫斯基先生应该来一趟伊瓦涅，或者和他们在加利齐区见上一见。

我无法向您描述整件事，因为一提到它我就灰心不已。纳赫曼，现在的彼得·雅各布夫斯基，他的女儿是这场灾难的第一波遇难者。在她死后马上就有传闻说，这是犹太教对叛教者的新诅咒，而且诅咒生效得特别快。液体从人身上流走，身体好像被抽空了一般，皮肤皱在一起，棱角尖锐而锋利。人在两天之内便会虚弱而死。纳赫曼，也就是雅各布夫斯基，彻底崩溃了，他沉溺在占卜中，没日没夜地计算着，希望能为自己的不幸找到解释。

天越来越冷，越来越养活不了这些流浪者和病人们了。必须得有源源不断的补给，吃的穿的，但负责该项任务的皮库尔斯基神父已经应付不了了。

医生们要求所有要进城的人必须持有证明，证明自己来自没有瘟疫的地区；疑似的患病者要在城外"通风"六周；在疫区应配备适量的医生、外科医师、护工、搬运工和丧葬人员。另外，所有可能接触病人的人员都应该佩戴标志，比如胸前和后背上的白十字。还要为穷人们储备一定资金，用于购买食物和药品；要清除城里挨家挨户乱窜的猫狗；要追踪每家每户是否出现了病情；在城外为病患和疑似的病人盖小木屋；可疑的物品要在指定的地点通风。但是，正如我们知道的，一切早已病入骨髓了。

开明的夫人啊，您肯定知道该怎么把这些人妥善地安置起来。他们中许多人为了接受洗礼，卖光了自己的小小财产，现在眼巴巴地期待着我们的怜悯。

卡塔日娜·克萨科夫斯卡敢于惊动这个世界的强权

致扬·克莱门斯·布拉尼茨基，皇家指挥官
1759年12月14日

真诚地感激先生您不久前对我在路途中的关照。莫斯季斯卡很美，令人舒畅，让我记忆深刻。既然您交代您的仆人，祝愿我心想事成，在此，我请求先生您再考虑斟酌我曾提及的情况。我们彼此是同道中人，出身高贵，关系亲密，知道什么是法国人口中的"贵族义务",我们为聚集在波多利亚的这些穷困的新基督徒、清教徒提供了支持和帮助。先生您肯定已经听说了,他们现在正赶往华沙,想要觐见国王(对此我很是怀疑),并要求在王国内拥有一块安居的领地。我们的想法是,以我们最大的善意,以基督教的博爱接受他们,让他们的精神与我们同在。

卡里茨基写了另一封信,我已通过他告诉您,这边的地区议会是如何行事的。

致埃乌斯塔赫·波托茨基,尊敬的兄弟,立陶宛大公国炮兵将军
1759年12月14日

这封信我必须要送达阁下手上,我得把我们父亲的肖像交给您。邮局寄付没有任何保障,我乐意等待稳妥的机会。

我得再问一遍在上一封信中提到的问题,阁下是否考虑过给予新基督徒土地的事情。

你了解我,我的一生你很清楚,我不太在意其他人的命运,我很严苛。我知道,即使戴上眼镜也找不到一个善良的人,但在这件事情上我看出了我们的责任。无论从什么角度来说,他们都是最可怜的人,比我们的农民还可怜,经历着和祖先类似的苦难——被自己人驱逐,经常被剥夺财产,没有立锥之地,甚至讲不好话,大部分情况下完全说不出道理来。也因此,他们彼此紧密地联系在一起。如果我们能给他们分一杯羹,他们就能以基督徒的身份生活,从事手工业,做些小买卖,冒犯不到任何人。并且,如果我们驯服他们,将他们纳入我们神圣的教会保护之下,也将

是我们对主的大功。

致俳莱佳·波托茨卡,利沃夫城督夫人
1759年12月17日

我本不想用这些老一套的做派来叨扰尊敬的夫人,送上几个世纪前惯用的祝福——"祝您快乐和万事如意"现在都不流行了——但我确实不是个赶时髦的人,我讲实际,人也真诚,所以我祈求上帝赐福于您,祝您健康长寿。我还祝您拥有更多幸福,尽管我对此尽不上力。

想必夫人已经听说了这件新奇事,尽管不时髦,但却很仁慈——收养新教徒女孩。她们原来是犹太人,现在是基督徒。瓦班茨卡县长夫人就收养了一个这样的小女孩。如果我不是一直忙于事务,我也会考虑的。她们因此能得到更好的生活,接受女性应有的教育。县长夫人的小女孩非常聪明,现在有一个家庭教师教她,同时学习波兰语和法语。瓦班茨卡夫人的精气神回来了,可以说是两相受益。

踩踏硬币,钢刀撼动了列队的鹤群

在动身去往华沙的前一天,雅各布让挑选出来的男男女女集合起来。他们等了一个小时他才到,穿着土耳其式服装,哈娜跟在他后面,打扮讲究而隆重。接着,整支队伍快步向高堡的方向走去,行人们在后面好奇地看着他们。雅各布大步流星地走在最前头,身体前倾;莫尔德克老先生不得不紧赶慢赶才能跟上他。人都齐了，还有赫尔舍维跟着他。哈娜没有抱怨精美的真丝刺绣拖鞋会彻底毁掉，她跟在丈夫身后一步的距离，微微拎起长长的裙摆，看着脚下。雅各布知道他在干什么。

奇怪的一天，空气柔软而光滑，他们好像走在悬挂的薄纱里一般。到处飘散着奇怪的、令人不安的味道，有点儿甜、腻，是都快忘记了的霉菌生长的味道。有的人脸上戴着口罩，但随着山越登越高，也就纷纷摘了下来。

所有人都明白，瘟疫是敌人对他们发动的战争的一部分。信仰薄弱的人就会死去；坚信雅各布的人，永远都不会死，除非对此有怀疑。当城市已经离远，大家的脚步放慢，开始聊起来，特别是那些落在后面的人。他们越聊越起劲，有人干脆靠着拐杖立在原地。他们越说越大胆，山高水远，间谍到不了这儿，没人会偷听，也没有好奇的记录员、传教士和虔诚的修女。他们说：

"莫里夫达和老克萨科夫斯卡正在华沙为觐见国王奔走……"

"请上帝指引他们……"

"如果能成，我们就有贵族头衔……"

"但我们此去是求取土地，国王的土地，不是贵族的……"

"克萨科夫斯卡还不知道……"

"我们不想过河拆桥，但我们怎么知道……"

"国王会给我们土地的。王室比庄园主或者教会善良，但你确定吗？……"

"谁是国王啊？……"

"国王拥有王国的荣耀和权力，就好像黄金……"

"土地就在布斯克……"

"在萨塔尼夫……"

"洛哈特恩是我们的……"

"不管是哪儿,肯定有……"

他们站在山上,看得见整座城市;树几乎全变红了,变黄了,就好像一只大手在世间点燃了火焰。金色的、蜜色的光浓重地从上面洒下来,卷起热烈的波浪,用层层鎏金装饰利沃夫的屋顶。尽管从上面望下去,城市看起来就像皮肤上的一处结痂,一块粗糙的疤痕。离得远了便听不到喧嚣,看上去平淡至极,可此时此刻那里正在埋葬死人,用一桶桶水冲刷被污染的街巷。突然,一阵风吹来了烧木头的味道。雅各布沉默下来,他们就那么站着,没有人敢说笑。

这时,雅各布做了件奇怪的事。

他把刀一下子插进地里,然后抬起头望向天空,所有人跟着他一起向上看去。他们头顶上原本列队飞翔的鹤群突然失去了秩序,像一串珠子那样断成两半,飞鸟四散,迂回,徘徊,互相冲撞,就在他们上空高高地盘旋着,鸣叫起来。雅各布伤感地望着。哈雅捂上脸。大家盯着雅各布,既惊诧又惊叹。

"你们再看。"他说完,一把从地上拔出刀。

本来混乱的鹤群马上又结好了队形,盘旋成了一个大圈,接着又盘旋成了一个更大的圈,然后飞远了,向南方飞去。

雅各布说:

"你们所看到的意味着,一旦你们忘记我是谁,自己是谁,你们就会倒霉。"

他叫人点燃篝火。大家围站在篝火旁,因身旁没有了陌生的眼线、间谍和偷窥者,便挨在一起聊了起来。彼此的新名字都搞错了。当施罗莫还是用老名字称呼纳赫曼的时候,雅各布拍了拍他的肩膀。从那以后，他们不该再叫犹太名字了，只能叫基督教的名字。他让大家不要再搞错了。

"你是谁？"他问站在他身旁的华沙人哈伊姆。

"马泰乌什·马图舍夫斯基。"哈伊姆带着些许伤感和沮丧回答道。

"这是你老婆艾娃，已经没有维泰勒了。"不请自来的纳赫曼·雅各布夫斯基补充道。

就这样，围成一圈的人们挨个重复着自己的新名字，重复了很多遍。新名字绕着圈转了好几个回合。

在场的男人们都是三十几岁的年纪，正当年，衣着考究，穿着毛毡或者裘皮的外套。他们留着胡子，尽管离冬天还很远，却在头上戴着毛茸茸的帽子。女人们要么戴着头帽，像城里的女人一样，要么包着彩色的头巾，比如哈娜。即使是在一旁偷看他们，就像各路间谍常干的那样，人们也不会知道这群人为什么会聚集在俯瞰利沃夫城的山顶上，不会知道他们为什么要不断重复自己的名字。

雅各布拿着一根从地上捡起来的棍子走到他们中间，把大家分成两组。第一组有莫尔德克先生，现在叫老彼得，因为他年纪最大；还有赫尔舍维，雅各布第二喜欢的人，现在叫扬；旁边是纳赫曼，现在的彼得·雅各布夫斯基，以及布斯克人哈伊姆，现在叫帕维乌·帕沃夫斯基。主还把依茨克·敏考维采尔，也就是现在的塔德乌什·敏考维耶茨基挑进这一组，以及耶鲁西姆·利普曼诺维奇，也就是现在的邓波夫斯基也加入了小组。他们这些人明天和雅各布一起骑马去华沙。

哈娜和孩子们在他们离开期间将由克萨科夫斯卡夫人照料。明天有马车来接。跟他们一起走的还有来自萨塔尼夫的莱伊布科·基尔沙——现在名叫尤瑟夫·兹维什霍夫斯基——和他的妻子哈娃。他俩的姓是施洗的神父给的，发音着实困难。留下的还有雅各布·什莫诺维奇,现在名叫西蒙诺夫斯基;两位邵尔,现在姓弗沃夫斯基;沙耶斯先生,因为还没受洗,还姓拉比诺维奇。

两组人偷偷地看了看对方,未过片刻,雅各布就命他们掏空口袋拿出钱币来。他从每人手里取一枚硬币,选的都是大金币,一共十二枚。他小心翼翼地把金币放在地上,放在枯草间,然后踩在硬币上,用脚碾,几乎要把它们压进大地里面。之后又把硬币拔出来,接着踩,大家屏住呼吸,沉默地看着。这是在干什么?他想要告诉大家什么?这时,轮到大家依次走到硬币边,踩着它们,在地上碾。

晚上,弗朗西舍克,也就是施罗莫来到雅各布身边,责怪他这趟去华沙没带上自己或自己的兄弟。

"为什么?我们在那边有生意,能帮上很多忙。现在的我获封贵族,而且还是天主教徒,完全不一样了,能挺起身板了。"

"你的贵族头衔对我来说什么都不是,和我毫无瓜葛。你花多少钱买的?"雅各布心里有怨气。

"我从一开始就跟着你,最忠诚的就是我,现在你要丢下我。"

"看上去是的。"雅各布说,他的脸上露出大大的、温暖的微笑,他总是这样,"我不是丢下你,亲爱的兄弟,我让你留在这儿,管理我们已经得到的东西。你是我的左膀右臂,二把手,必须盯住所有人。现在你要把他们当成家禽一样赶进谷仓和鸡舍,你就是这里的管理者。"

"但你要去找国王……我们,我或者我的兄弟,你一个都不带。为什么?"

"这趟旅程不太平,我得自己扛。"

"你在土耳其袖手旁观的时候,是我带着兄弟们和父亲……"

"我不袖手旁观的话,他们就要杀了我。"

"你现在高高在上,可在教堂的时候根本没和我们在一起!"施罗莫脱口而出。这不像他,他平常很稳重。

雅各布迈近一步,想要拥抱施罗莫——弗朗西舍克·邵尔-弗沃夫斯基——但对方避开了拥抱,走了出去。被摔上的门砰的一声从门框上弹开,挂在生锈的铰链上摇晃了很久,吱嘎作响。

一个小时后,雅各布叫来赫尔舍维,也就是扬,还让他拿上葡萄酒和烤肉。来找雅各布的纳赫曼·雅各布夫斯基被门口的哈娜拦下来。哈娜小声地对他说,主戴上了经文护符匣,正和赫尔舍维一起处理秘事,也就是"把《妥拉》送进茅房"。

"和扬一起。"纳赫曼温和地纠正她。

杂记。于拉齐维乌府邸

每个生命个体都拥有自己独特的、不可复制的和唯一的使命,该项使命具有绝对的个性指向,只有自己才能完成,难道不是这样吗?于是,人终其一生恪守这一任务,绝不偏离。我以为如此,但我们在利沃夫遭受的一切是那么残酷,让我久久无法释怀,难以落笔,任由它盘桓在脑海里。甚至此时此刻,只要我开始祈祷,脑子里就只剩悲哀,泪水立刻冲上眼眶。尽管时间流逝,但我的痛苦丝毫没有减弱。莫尔德克先生死了。赫尔舍维死了。我刚刚出生的小女儿也死了。

如果我的女儿阿格涅什卡是一个幸福的、完整的人,我绝不会这样沮丧。如果莫尔德克先生看见过救赎后的幸福岁月,我不会如此悲伤。如果赫尔舍维厌倦了生命,经历过一切,我不会为他哭泣。我成了第一个不得不面对瘟疫的人,瘟疫冲着我来的,它夺走了我期待已久的孩子。为什么选了我?!怎么会这样?

在我们出发之前,举行了一场小小的婚礼,不像应有的那般热闹。因为疫情原因,雅各布下令斋戒。我们的老先生,波德盖奇的莫舍,我们伟大的奇迹创造者和智囊,娶了一位年轻女孩为妻——泰莱莎,瘟疫后的孤儿,原来叫艾斯泰拉·马约尔科维楚娃。这是善良的人该做的,而且她活下来的妹妹已经被受过洗的莫尔德克先生的教父瓦班茨基先生收养,所以现在两姐妹可以取一样的姓,瓦班茨基。这天晚上取消了斋戒,但一切从简,只有葡萄酒、面包和油腻的浓汤。年轻的新娘不停地哭泣。

在婚礼上,雅各布宣布要前往华沙觐见国王,然后祝福了新人夫妇,这样的举动让所有人都明白了,他才是至高无上的那个人,他将我们所有的困惑、痛苦和愤怒都扛在了自己身上。我很快就发现,并非所有人的想法都一样,特别是坐在努森的儿子瓦兰提·克里辛斯基身旁的弗沃夫斯基兄弟俩,他们正生着闷气,就因为不得不留在利沃夫。我觉得,他们给婚礼的餐桌带来了某种压抑感,好像有一场看不见的战争正在食客们的头顶上上演,一排灵魂正在差点死掉的瘦弱的新娘和年迈的新郎头上厮杀。而在这之中,最多的是恐惧,且在恐惧中——我们知道——人们容易彼此攻击,将发生的所有祸事归咎于某一个人。

几天后我们便启程了。《索哈寓言》[①]第三十一章记载着一句箴言:四物毁伤人——饥饿、旅行、斋戒和权力。确实,我们变弱了,尽管这一次的旅途中我们并未感受到饥饿的烦恼。一路上庄园和教会的长老院都愿意接纳我们,因为我们这些转化的犹太人既温和又善良,

---

① 关于《诗篇》阐释的犹太宗教文献。

就像悔改的罪犯那样——出于某种原因我们竟心甘情愿地扮演这种角色。

11月2日，我们乘着三辆马车，骑着几匹马离开利沃夫前往华沙。莫里夫达作为我们的向导和保护人，和我们一起上路。无论我们走到哪儿，他都能绘声绘色地解说一番，但总说不到点儿上。到了第二天，我们都感觉到，莫里夫达，也就是安东尼·克萨科夫斯基，他对我们讲的话——现在我想想——永远无法摸透。我不知道他的话是认真的呢，还是在开玩笑。

我们抵达克拉斯内斯塔夫①时，包下了一家旅店过夜。莫里夫达说，一位波兰地主想要见见雅各布，大圣人雅各布的名声已经传到了这里。那位先生也是位智者，他过来找我们。于是，筋疲力尽的雅各布没有立刻脱掉行装，反而披上皮草大衣，在火堆上烤起双手。白天下过雨，寒冷的冬天从东方某地，从波利西亚②沼泽蔓延至此。最大的一间屋子里并排放着床垫子，躺在上面能感觉出来，里面塞着的是今年的干草。房间里黑黢黢的，满是烟尘。旅店的主人是个基督徒，他把全家人赶进一间小小的屋子里，不让孩子们出去。他把我们当作贵客，没把我们看成犹太人。即便如此，他脏兮兮的孩子们还是透过门缝张望着。但当初冬的夜晚降临，他们就消失了，肯定是沉入了梦乡。

差不多午夜时分，担任守卫的依茨克·敏考维采尔突然闯进来对我们说，有辆马车到了。于是雅各布在长凳上坐下，就像坐在王座上

---

① 波兰城镇，位于波兰与乌克兰的边境。
② 位于北乌克兰和南白俄罗斯之间的一个历史地区，斯拉夫人的发祥地。波利西亚这一名称的意思是"沼泽的森林"。

一样，大衣松松垮垮地搭在肩头，露出里面的裘皮。

　　一个戴着圆顶小帽的犹太人最先走进来，个子不高，身材肥胖，很自信，甚至有些傲慢。在他身后，几个高大的农民站在门口，全副武装。雅各布什么都没说。这个犹太人用眼神环顾着房间，过了好一会儿才发现雅各布，点头向他致意。

　　"你是谁？"我没有忍住沉默，发问道。

　　"西蒙。"这个人说。他的声音低沉，与圆滚滚的形象不符。

　　他回到门口，不一会儿带着一个个子不高，满脸皱纹，看起来是位拉比的犹太老人再次出现。他是侏儒，一双黑色的、锐利的眼睛在皮帽子下闪闪发亮。这个人径直走向雅各布，雅各布惊讶地站了起来；小矮人像好朋友一样抱住他。雅各布犹豫地看了一眼端着葡萄酒杯站在墙角的莫里夫达。

　　"这位是马尔钦·米科瓦依·拉齐维乌。"西蒙说道，没有提任何头衔。

　　房间里安静下来，我们呆若木鸡地站着，这么有分量的贵客带着诚意的来访着实让我们大吃一惊。我们听说过这位大富豪的故事，他自己皈依了犹太教，但犹太教徒一直对他很怀疑，因为他的家中养了一大群佳丽，而且他净做些出格的举动。雅各布也被拉齐维乌的行为吓了一跳，但没有表现出来。不愧是他。他欣然拥抱了拉齐维乌，让他在自己身边坐下。有人拿来蜡烛，这时候两个男人的脸庞都被照亮了。烛光在富豪皱巴巴的脸上破碎成无数个细小的斑点。西蒙像一只看门狗，站在门口放哨，并命令农民们看守好旅店。二人很快就谈到了此次秘密见面的目的。

　　拉齐维乌——他自己讲——正被软禁。他说，是因为他帮了犹太人，现在正隐居在此。他听说有一位声名远播、博学多才的客人将从克拉斯内斯塔夫经过。他本应被软禁在斯卢茨克①，但特意在克拉斯内斯塔夫留下来。接着，他靠向雅各布，在他耳边低语起来，慢悠悠地说了很久，仿佛在背诵着什么。

我观察雅各布脸上的表情，他闭着眼，没有对听到的话做出任何反应。我捕捉到其中一些内容，富豪讲希伯来语，说的纯属是废话，似乎都是他从哪里学到的语录，前言不搭后语的。无论我听没听全，对我都意义不大。但看上去，这位大人物正在向雅各布交代什么严肃的秘密。我觉得，雅各布也希望我们大家相信有这些秘密的存在。

与强者打交道的时候，雅各布总是会变成另一副模样。他的脸会看起来非常天真无邪，大度地包容着这些个出身高贵的人。他变得讨人喜欢，感觉很温顺，像只在伟人和强者面前卖乖的狗。一开始，我对此很反感，但认识雅各布的人都知道，这只是游戏罢了。

谁也无法免俗，当不得不与比自己地位高的人打交道的时候，人的举止会与平时不同；而在比自己地位低的人面前，又是另一番表现。放眼世界，皆是如此，高低贵贱的划分深深地根植在人性之中。我总是因此而窝火，偶尔我也会提醒雅各布，让他端起架子，表现得不可亲近，永远也别低头，如果他愿意听我的就好了。我听见莫里夫达有一次对他说："要知道，这些大领主大多数是白痴。"

他给我们讲过关于拉齐维乌的故事。他多年来一直囚禁着自己的妻子和孩子，把他们关在一间有面包和水的屋子里，直到最后，整个家族都容不下他，去国王那里告状，把他当成疯子。因此，如今他被软禁在斯卢茨克。据说他养了一群童女，都是些被绑架的女孩或者从土耳其人手里买来的奴隶。附近的农户们说，他抽取她们的血，并从

---

① 白俄罗斯城镇。

中提炼永葆青春的物质。如果是真的，那这个物质肯定没起作用，因为这个人看起来比他的实际年龄老得多。他的良心承受着诸多罪孽，他曾袭击旅人、掠夺邻宅，施行很多莫名其妙的虐待，但如今再看他的样子，很难想象他曾经是这样的一个混蛋。尽管他的脸是丑陋的，但并不能证明他的灵魂也是丑陋的。

旅店主人送来伏特加和食物，但客人碰都不碰，他说有人多次下毒害他，还说不要不当回事，坏人无处不在，而且往往会扮成好人。他和我们一起坐到天亮，我们中有些人第一眼看到他的时候很惊讶，后来便无所谓了，就睡着了，而他一直用多种语言在夸夸其谈。他能够熟练地阅读和书写希伯来文。他还说，如果不是因为害怕，他早就正式皈依犹太教了。

他说："在维尔诺，差不多十年前，一个叛教者被活活烧死，就是那个傻乎乎的瓦伦汀·波托茨基。他在阿姆斯特丹全心全意地接受了摩西的信仰，在回到波兰后不想重返教会的怀抱，于是便饱受摧残，最后被烧死。我在维尔诺亲眼见过他的葬礼。我看见，犹太人崇敬地围着他，但谁也不能让他起死回生。"

"他对我们毫无用处。"在他离开后雅各布说道，然后伸了伸懒腰，大声地打了个哈欠。

我们很快就趴在桌子上睡着了。太阳升起来，该启程去卢布林了。

在卢布林发生的悲情事件

两天后，我们刚刚驶入卢布林城外的卡利诺夫什琴兹那区时，一阵石块突然砸向我们。袭击相当猛烈，石块砸穿了车厢板和小门，还把顶篷砸出许多窟窿。当时我坐在雅各布身边,用自己挡住了他,也不知道为什么。石块没有伤到我,反倒是雅各布,他拼命地把我推倒。好在我们的马车由八名车夫护驾,带着武装。他们振作精神,拔出马刀,奋力驱赶着这些粗野村夫。但从房前屋后,从街头巷尾又赶来很多人,他们拿着草叉和木棍,一个身材魁梧的女人从篮子里取出泥巴块,瞄准车厢扔了过来。一场真正的混战吵吵嚷嚷地打响了。这群城外的犹太人闹出的动静可比他们造成的破坏大得多。不过是乡下骚乱,以卫戍部队的出场告终。莫里夫达和克里萨冲进城中求援,士兵们应援赶来帮助了我们。

我内心的伤痛犹在,前一晚的疲倦还有造成我们多人受伤的袭击(我的眉毛破了,头上鼓起一个大包,隐隐作痛)让我们备受打击。就这么进了卢布林城。最糟糕的事发生在夜色降临后。在莫里夫达和克萨科夫斯卡夫人的游说下,我们在总督府安顿下来。就在这时,莫尔德克先生病了,他的症状看上去与利沃夫的那些传染病人一模一样。我们将他安置在一间单独的房间,可他却不愿意躺下。他躲着我们,说现在可不是生病的时候。一旦有人想避开他,雅各布就会让那个人重新坐回到病人身边。他也亲自照顾他,喂他喝水,但老人的眼睛已经看不清了。

赫尔舍维专门负责照料莫尔德克,他有着女性般的耐心细致,照顾人他很有一套。我跑遍卢布林寻找鸡胸肉做成鸡汤。虚弱的莫尔德克先生非常希望能看一看卢布林,他年轻的时候曾在这里学习,留下了很多美好回忆。于是我和赫尔舍维带着他进了城,沿着小街慢慢地逛到埋着他老师的犹太墓地。我们走在墓冢中间,莫尔德克先生指了指一个漂亮的、刚刚竖起的墓碑。"我中意这个样式,"他说,"我想要这样的。"

我们俩当时笑话他说，还没到幻想墓碑的时候，因为我们已经不再受死亡法则的约束了。赫尔舍维眼里噙着泪水，激动地对他这样讲道。我从来就不相信这种话，我还可以说说我的看法。但赫尔舍维相信，我们中的很多人也相信。那么我呢，我也像所有人那样相信吗？如今我的记忆都模糊了。我们背着虚弱的莫尔德克先生回到总督府。

在这个卢布林的夜晚，在无人问津、潮湿脏乱的总督府里，我们坐在老人身边。灰泥墙体受潮裂开了，风从窗户缝里溜进来。我们一趟趟地跑到厨房去拿热水，但带血的腹泻止都止不住，莫尔德克先生的眼神慢慢涣散。他点起烟斗，但已经抽不动了，只是攥在手里，让正在消散的热量温暖着他渐渐冰冷的手指。大家暗暗地看着雅各布，看他会说什么。莫尔德克先生也期待地看着他，看他怎么把自己从死亡中拯救出来。多年来，莫尔德克先生是雅各布最忠诚的追随者，无论是在阳光充沛的士麦拿，还是在散发着海洋气息的塞萨洛尼基，他都一心一意追随。他已经受过洗，不能死。

第二天晚上，雅各布独自走了出去，走进潮湿的街区，消失了两个小时。回来的时候，他浑身冰冷，面色苍白，瘫倒在床上。我就在他身边。

"你说你去哪儿了？莫尔德克先生快死了。"我带着责备的语气说道。

"我赢不了他。"他好像在喃喃自语，但我听得很清楚。我和依茨克·敏考维耶茨基甚至严肃地想，是不是有人绑架了雅各布。

"你说的是谁？！"我冲他喊道，"你和谁打起来了？谁来过了？到处都有城堡的守卫……"

"你知道是谁……"他说。我后背一阵阵发凉。

同一天的早上,莫尔德克先生死了。我们在他身边一直坐到中午,没有人说话。赫尔舍维第一个发出奇怪的笑声,他说,眼前的一切本该如此——先是死亡,然后才是复活。死亡的存在需要一些时间,否则就没人相信复活。也许吧,否则也无法知道是否有人可以永生。我当时很生气,对他说:"你这个傻瓜。"现在想来相当后悔,因为他一点儿都不傻。我也深信,马上就会发生什么奇迹,就像我们所生活的时代和我们自身那样神奇。还有雅各布,他脚步跟跄,脸上布满汗珠,眯缝着双眼,眼睛里闪现出幽暗的光。他没有说话,我意识到,黑暗与光明,两股强大的力量正在我们头上交锋、搏杀,就好像在暴风雨的天空中,乌云驱逐蓝天,包围太阳。我似乎感觉到我听见了巨大的碾轧声,好像一种低沉的、嗡嗡作响的、阴森的颤音。突然,我的视线从声音中挣脱出来,看见了正围坐在莫尔德克先生棺材旁的我们,沮丧地哭泣着。我们就像哈雅占卜板上那些用面包做成的小人,可笑又丑陋。

我们没有战胜死亡,这一次没有。

葬礼在第三天举行。我们抬着根据天主教习俗而敞开的棺木,把它放在一辆花了大价钱搞来的马车上。消息在城里传开了,一位伟大的皈依了十字架的犹太智者过世了。游行仪式非常盛大,兄弟会成员打头,有号手、修士还有大量的民众。有意思的是,他们要把转化信仰的人埋在受过祝福的土地上。不知道为什么,人们都在痛哭,他们既不认识死者,也不知道他到底是谁。当这里的主教在教堂里布道的时候,整座教堂都在哭。在他的布道辞里多次出现"徒劳"这个单词,这可能是个比"死亡"更糟糕的词。我也哭了,因为我深感绝望,还有永远无法抹去的悲伤，直到这个时候我才能彻底地为我的小女儿和我身边的亡者哭泣。

我还记得，站在我身边的是赫尔舍维，他问我波兰语单词"徒劳"是什么意思。"听上去很美。"他说。

当所有的努力都化为乌有；当试图以沙聚塔，以筛装水；当辛苦赚来的钱变成假币——这一切就是徒劳。我这样解释给他听。

我们走出教堂的时候，天气阴沉沉雾蒙蒙的。风从泥泞的地上卷起金色的叶子，像一种奇怪的蝙蝠飞向我们。我一向对上帝施予我们的信号非常敏感，但那个时候，我并不明白他想告诉我们的是什么。我看见雅各布泪流满面的脸，他的这个模样深深刺激了我，我的腿都软了，走不了路。我从来没见他哭过。

我们从葬礼上返回的途中，雅各布让我们攥住他土耳其长袍的长摆，抓着它，仿佛那就是对翅膀。我们这样做了，像盲人一样专注地抓着，忘记了悲伤和飘泼而下的大雨。我们拽着雅各布的大衣，每个人都想抱着它，哪怕一刻也好，于是从墓地到总督府的一路上，我们轮流上前。人们为我们这群奇怪的、泪流满面的人让开路。他们是谁？人们窃窃私语着。而我们就这样抓着雅各布的外套，穿过城市狭窄的街巷走到了总督府。他们对我们越好奇，越是好奇地看着我们，对我们越有好处。我们的崩溃、我们的悲痛让我们与他们分割开。我们又成了陌生人，和以前一样。陌生的感觉总会带着一丝吸引，颇令人玩味，就像蜜糖。不懂语言、不懂风俗是件好事情，这样就能像鬼魂一样在遥不可及的陌生人中游走。一种特殊的智慧会被唤醒——理解力——能够抓住不寻常的事物，还会唤醒敏锐力和洞察力。作为陌生人，获得新的视角，无论自己是否愿意，都会变成某种智慧的圣人。是谁对我们说过，做自己是那样美好？只有陌生人才真正了解世界本来的模样。

莫尔德克先生的葬礼后的第二天，赫尔舍维死了。静悄悄地，迅速地，像只兔子。雅各布把自己关在房里，两天没有出来。我们不知道该怎么办。我抓挠房门，让他至少说说话。我知道，他特别喜爱赫尔舍维，就像知己，尽管他只是个普通的、善良的小伙子。

葬礼期间，雅各布径直走上祭坛，跪在那里，突然开始高声唱起 Signor Mostro Abascharo 来，也就是《我主降临》。这首颂歌是在恐惧的时候唱的。我们雄壮的声音立刻跟上了他的节拍，而我们就跪在他身后。最后一句词被一声哽咽打断了，于是有人，也许是马图舍夫斯基，唱起了我们神圣的颂歌《伊加德尔》[①]：

尊敬的王弥赛亚的辉煌将照耀
穷苦、受剥削、受压迫的人们，
您永远统治，我们的唯一。

"Non aj otro commemetu."，也就是"除了您没有别人"，雅各布用古老的语言补充。

我们的声音充满绝望，响彻整间教堂，升到拱顶之下，形成成倍的回响，好像整支军队在此处歌唱；我们用一种奇怪的语言，本地无人知晓的语言，发出并非来自这个世界的声响。我想起了士麦拿，想起了海港，想起了咸咸的海风，我仿佛闻到了在这卢布林的教堂里连做梦都闻不到的香料气息。教堂本身好似也被触动了一般，烛光停止了跳动。此前在祭坛侧面放花的修士，现在站在柱子后面，用一脸撞

[①] 犹太赞美诗。

见鬼的表情盯着我们。以防意外，他小心翼翼地画起了十字。

最后，我们一起高声祈祷，震得教堂里的彩色玻璃都在颤动。我们用意第绪语祈祷，请求上帝在这个异国他乡，在以扫之地，向我们伸出援手，帮帮雅各的孩子们，帮帮迷失在雾里和雨中，迷失在1759年这个糟糕的秋天，还将面对更糟糕的冬季的我们。这天晚上，我明白了一个道理，我们正向地狱之渊迈出第一步。

葬礼后的第二天，雅各布和莫里夫达启程前往华沙，而我们其他人全都留在了卢布林，因为克里萨把抢劫和袭击我们的事告上了法庭，并要求本地的犹太社区给予一定的赔偿。又因为大家和我们都是一伙儿的，法院很快便开了庭，做出了对我们有利的判决。我对此不是很在意。我常去卢布林的教堂，坐在长凳上思考。

舍金纳是我思考最多的一个问题。我感觉到，在这个糟糕的时刻，是她从黑暗中走来，化解重重的隔阂，给了我启示，让我想起了和莫尔德克先生一同去往伊斯坦布尔的那趟旅程。她，神的存在，永居在污秽的世界；人想象不出来她的样子，她没有形状，但却存在于物质之中，是黑煤球里的钻石。此时，我想起了一切，莫尔德克先生曾引导我一窥舍金纳的秘密。他带着我去过许多神圣的地方，那里没有犹太人常有的那些偏见。我们刚到伊斯坦布尔城，第二天便去了索菲亚教堂，这里是耶稣的母亲，基督教的玛利亚的大圣所。莫尔德克先生说，她近乎是舍纳金。我大吃一惊。那时候我还从没有单独走进过基督教的教堂，而且在此处——尽管现在已经改为清真寺——我还感觉不舒服，因此非常希望避开这次教育。我的眼睛看不惯那些壁画。当我看见墙上那幅巨大的女人像时，她也正紧紧地盯着我看，我被一种从未体验过的窒息感吞没，心跳加速，非常想离开，但莫尔德克先生那时抓住了我的手,把我拉回来。我们坐在冰凉的地面上,坐在墙根下,墙上有一些希腊铭文,可能是几个世纪前刻下的。我慢慢地恢复过来,呼吸渐渐平复,又可以直视这幅奇迹之作:

女人跃然墙上,在高高的巨大穹顶处,在人们的头顶上,显得那么宏伟有力。她的膝盖上抱着一个婴儿,好像拿着什么水果似的。但重要的不是婴儿。从她温柔的脸上看不出人类的情感,但却有一样情感,是一切情感的基础——无条件的爱。我知道,她在说话,只是嘴唇没有动:我明白一切,我看见了,没有什么能逃过我的理解。在世界之初我已存在,隐藏在最微小的物质颗粒中,在石头里,在贝壳里,在昆虫的翅膀下,在树叶之间,在水滴之中。劈开树干,我就在那儿;劈开岩石,你会在那里找到我。

这幅巨大的肖像似乎就在说着这些话。

我觉得,她那威严的形象正在向我昭示某种真理,但我当时无法理解。

第二十二章

维斯瓦河右岸的旅店

莫里夫达和雅各布从布拉格街区望向华沙的方向。他们看见，城市高高地耸立在斜坡之上，一半是铁锈色的，另一半是城里住宅的砖墙和屋顶呈现出的棕褐色，它们层层叠叠地像蜂巢一样挤在一块儿。红砖护城墙有几处已经完全损毁了，被生长的树木的树根破坏得相当严重。城市上方是教堂的塔楼，有高耸的圣约翰学院教堂、圆顶的耶稣会教堂、远处位于皮夫那街的棱角分明的砖砌圣马丁教堂，最后还有位于维斯瓦河边高大的市政塔楼。莫里夫达用手指着每一座高塔，仿佛在展示自己的财产。他还介绍了王室城堡和高塔上的时钟，以及下面布置精美的花园；如今花园里覆盖着一层薄薄的初雪。山坡和城市出现在这片绝对平坦的区域，似乎有些奇怪。

暮色降临后，轮渡便不再驶往左岸，于是他们找到了岸边一处低矮、烟雾缭绕的旅店过夜。看他们两位的打扮非常高贵，要的又是干净的带单人床的客房，店主人对他们特别关照。他们点了烤鸡和猪油荞麦粥，还有奶酪和酸黄瓜。后两样不合雅各布的胃口，他没有去吃。他有些安静，神情专注。

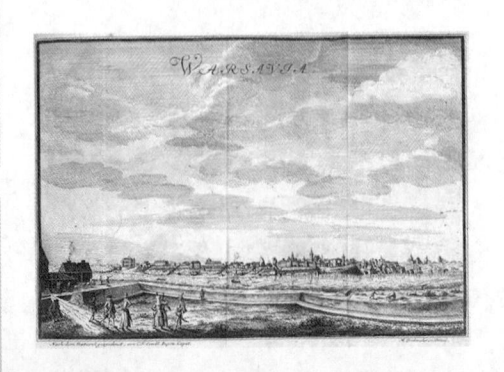

他的脸刮得很干净，下巴上有一个柔软的凹陷，眼角下的阴影现在更加扎眼，因为整张脸都是明亮的。他戴着高高的皮帽，所以旅店主人把他当成土耳其人，或是一位使者。

伏特加已经把莫里夫达搞得视线模糊。他对马佐夫舍地区的烈酒还不适应。他把手伸过桌子，用手指碰了碰雅各布的脸颊，赞叹着这张没有胡须的脸。雅各布吓了一跳，抬起头看了看他，并没有停下咀嚼。他们用土耳其语交谈，这让他们感到安全。

"你别担心，国王会接受你的。"莫里夫达说，"索乌迪克给他写了信，还有很多人为你说情。"

雅各布给他倒上酒，自己喝了一点点。

"芭芭（他们这么叫克萨科夫斯卡）在这段时间给你安排了免费的住宅和仆人。你把哈娜接来吧，安顿下来。"

莫里夫达一边安慰他，一边觉得自己在把雅各布推向虎口。尤其是今天，他看见这座城市，高高在上却又虚有其表。他自己也受够了焦虑的折磨。继利沃夫的瘟疫、卢布林的葬礼之后，还能发生什么更糟糕的事情呢？

"我想要的不是安顿下来，"雅各布阴沉着脸说，"我想的是给予我土地和管理土地的权力……"

莫里夫达意识到，雅各布的想法有些过了。他岔开了话题。

"我们找个妓女吧。"他嬉皮笑脸地说，"一个人伺候我们俩人，我们俩轮流上。"他有些没底气。但雅各布摇摇头拒绝了，然后用随身携带的银牙签从牙缝里剔出肉渣。

"如果这么长时间他都没有回应，我感觉他不想接受我。"

"你怎么这样想，那里可是王室办公厅，像你这种请愿信，那里有上百封呢。国王可不会仔细阅读所有文件，要不然这些信和请愿书能把他淹死。我在里面有一个好朋友，他会把你的信放在最上面。你得等。"

莫里夫达又拿起了一块肉，手里握着的鸡腿像极了小孩子的小刀，他忽然起意拿雅各布开个玩笑——模仿他。

"到时候我会为你说话的。"他拿腔拿调地学着犹太人说波兰语的口音，"我们满怀期待地拥抱天主教信仰，放心地把我们的命运交到陛下手中，希望您不会让自己最渺小的臣民陷入无助……"

"住口。"雅各布说。

莫里夫达闭上嘴。雅各布给自己倒上伏特加，一口喝了下去。他的眼睛闪烁起来，他的阴郁像雪花落进了暖屋里，渐渐融化。莫里夫达向他身边靠了靠，把手搭在他的肩膀上，顺着他的眼神看出去，看见了两位淑女：一个好像是陪同，另一个更白皙的，像是位大家闺秀，看起来是更高级的妓女。她们好奇地张望着他们，把他们当成海外的贵族，或是踏上旅途的使者。莫里夫达朝她们使了个眼色，醉眼惺忪，但雅各布制止他——这里到处都是眼线，谁知道会发生什么。现在不合适。

他们睡在一间房间的两张床上。床更像是两块硬板，垫上了衣服。雅各布把衬衫垫在头下面，尽量不碰到粗糙的干草垫子。莫里夫达睡着了，又被楼下的声音吵醒了。那里还在玩闹，听得见酒鬼的叫喊声还有酒保的声音，也许他正在把耍酒疯的人赶出去。他看了看雅各布的床，但床上空空如也。他吓坏了，腾地坐起来，看见了窗边的雅各布。雅各布前后摇摆着，正在喃喃自语。莫里夫达又躺下去，蒙蒙眬眬地意识到，他第一次看见了正在为自己祈祷的雅各布。在梦境边缘，莫里夫达依然感到奇怪，一直以来他都确信，雅各布并不相信他告诉别人的那些话，并不相信三位一体神、四位一体神，不相信弥赛亚的秩序，甚至不相信弥赛亚本身。什么是我们内心所相信的，而什么肯定是假的？他迷迷糊糊地问自己，然后在坠入梦乡前闪现出最后一个念头：人难以逃离自身。

关于华沙事件和教廷大使

雅各布在华沙做的第一件事就是租下一辆三匹马的马车。此刻他正自己驾车在首都穿梭。拴马的方式很奇特，一匹跟着一匹，引起了大家的注意，整条街上的人都停下脚步，瞧着这件奇事。他还在铁门外租下一个不大的宅院，带一个车库和一个马厩，有七间房间，配了家具，这样从卢布林过来的人都能住得下。里面的家具既漂亮又干净，包裹着锦缎，还有几面镜子、几个柜子和沙发，还有瓷砖壁炉。楼上有一张大床，房子主人立刻安排铺上了干净的被褥。莫里夫达帮着找来了管家、厨娘还有负责烧炉子和打扫的姑娘。

城督夫人克萨科夫斯卡的打点已经显现出效果——布拉尼茨基先生第一个向他发出了邀请，接着，所有人都希望把这位转化者和新教徒请为座上宾。后来，穿戴着土耳其彩色装束的雅各布在雅布翁诺夫斯基家引起了轰动。在场的所有人都穿着法式服装，他们好奇又惊喜地透过眼镜，仔细地打量着这个奇怪的、长着麻点又长相英俊的男人。在波兰，外国的东西总是比本国的更吸引人，因此他们纷纷夸赞起这位陌生人展示出的异国风情。雅布翁诺夫斯基夫妇高兴地强调说，他看起来可不像犹太人，更像土耳其人或者波斯人。这样说是为了显示主人的善意。当公爵夫人安娜的小狗抬起腿，在客人漂亮的黄皮鞋上浇上一股细流的时候，人群发出了阵阵笑声。公爵夫人却认为，小狗的行为再次印证了大家的诚意，所有人都为这个好兆头高兴起来。接在雅布翁诺夫斯基家后的是波托茨基家，他们也很友善。此后，贵族的宅院一个接一个地敞开了大门。

雅各布很少说话，非常神秘。他努力地回答着各种好奇的问题，而莫里夫达则在一旁忙着修饰他的话，好让他看起来像是一个理性、身份严肃的人。有时候雅各布会讲一些奇闻轶事，这时莫里夫达会漂亮地圆上很多细节。他必须得巧妙地掩饰雅各布夸夸其谈的腔调，这可和崇尚谦逊的高门贵族沙龙的气质不符。而城郊的酒肆喜欢雅各布的夸夸其谈，有几次在看过无聊的歌剧后，他们去过那儿。

接下来，教廷大使塞拉邀请了他们。

这位把满头白发梳理得整整齐齐的老人，用一副莫测高深的表情望着他们。他们说话的时候，他轻轻地点点头，仿佛完全赞同一般。雅各布被他的礼貌和温柔深深地吸引，但莫里夫达却指出，这个人是个老狐狸，谁也不知道他究竟在想什么。使节们被教导：要保持冷静、慢慢来，认真观察，仔细权衡。雅各布说着土耳其语，莫里夫达帮他翻译成拉丁语。坐在单人书桌旁的英俊的年轻教士将他们的话一五一十地记录下来。

"雅各布，也是弗兰克，"莫里夫达开始介绍雅各布，"他抛下了自己的一切财富，带着妻子、孩子还有六十个来自土耳其国家的兄弟们离开家乡，除了在这里派上不任何用场的东方语言之外，他完全不懂其他语言，因此我得帮他翻译……他们被基督教信仰深深地吸引，但他们并不了解这里的风俗，维持生计尚有困难，不得不依赖善心人士的慈悲生活……"他看见大使流露出好奇的、有些不屑的神情，于是又补充道："他现在拥有的东西，都是我们的大人们慷慨奉送的……此外，这个虔诚的人还多次受到塔木德派的迫害。就像这次在卢布林，他们竟然暴力袭击了这些手无寸铁的旅行者。最糟糕的还有，他无处可去，只能借居在别人的屋檐下。"

雅各布点点头，仿佛听懂了一样，也可能是真的听懂了。

"几个世纪以来，我们一直遭到各个国家的驱逐；几个世纪以来，我们不断地被各种各样的意外折磨，无法像安定的人们那样扎下根去。一个人没有根的话，就什么都不是，"莫里夫达自己补了一句话，"轻如鸿毛。只有在联邦，我们才能找到避难之所，得到王室铁令和教会的支持与关照……"说到这儿，莫里夫达赶紧向雅各布使了个眼色，后者看上去正在认真地听着翻译："如果说现在允许我们有一小块自己的领地定居下来，我们一定能够与别人和平共处，也能够为上帝带来荣光。以此作为了结，一切又回归到历史的秩序中。波兰为上帝做出了巨大贡献，比全世界都要伟大，与犹太人截然不同。"

莫里夫达甚至没有意识到，自己从什么时候把"他们"换成了"我们"。也许是因为，莫里夫达早就把这些话重复过很多遍，再讲出来自己都觉得不可思议地圆滑和精彩。听上去完全是那么回事，甚至很无聊。还有谁能提出别的见解吗？

"……因此我们提请，在毗邻土耳其边界的地方为我们指定一块单独的领地……"

"Di formar un intera popolazzione, in sito prossimo allo stato Ottomano."，英俊非凡的年轻教士满脸通红，不由自主地用意大利语轻声重复了一遍。

大使沉默了片刻，他注意到有几个富豪积极表示，要把这些"上帝的子民"邀请到自己的领地，但雅各布借莫里夫达之口回应说：

"我们担心我们无法屈从于剥削，担心会像波兰村庄里的那些民众一样，发出悲惨的呻吟。"

"……miseri abitatori della campagna……"，教士的声音再次传来，

显然他的这种方法有助于记录。

因此，雅各布·弗兰克代表自己的拥护者，请求为他们指定一块单独的土地，最好是整座城市，同时承诺，一旦他们所有人在此地安居，就可以自力更生，不再受到迫害。

这时，大使礼貌地舒展了一下身体，表示他已经和王室总理大臣谈过，对方非常愿意将他们安置在王国的领土上，届时他们将成为国王的子民，所在城市的辖区教会将做好接纳他们的准备。

莫里夫达大声地从肺里呼出一口气，但对这个好消息，雅各布连眼睛都没眨一下。

接着，他们又谈了洗礼，认为洗礼仪式有必要在众人面前重复一遍。再举行一次，声势浩大地，在国王眼皮底下。谁知道呢，也许最高层有人会同意当教父。

觐见结束。大使戴上礼貌的面具。他的脸色苍白，好像已经很久没有走出过这座奢华的宫殿。如果仔细观察，会看见他的手在抖。雅各布自信地穿过宫殿的走廊，用手套敲打着手掌。莫里夫达迈着碎步沉默地跟在他后面。一些书记员靠在墙角，避让开来。

进了马车车厢他们才放松下来。雅各布就像以前在士麦拿那样，一高兴起来就拉过莫里夫达的脸，笑嘻嘻地吻在他的嘴上。

纳赫曼-彼得·雅各布夫斯基和耶鲁西姆·邓波夫斯基正等在雅各布的家门口。

雅各布用一种全新的、奇怪的、莫里夫达以前没见过的方式和他们打着招呼：他把手掌贴到嘴上，然后再放到胸口。而他们，一如既往，毫不犹豫地重复着他的动作，看上去仿佛从一开始他们就是这样做的。他们你一言我一语地询问起细节，但雅各布径直从他们身边走过，消失在门里。莫里夫达就像他的发言人一样，像一位王室大臣跟在他的

身后,对大家说:

"他已经轻松说服了教廷大使,像对孩子说话那样在大使面前讲话。"

他知道,这才是他们想听到的。他看见,他们的反应是那样强烈。他为雅各布打开一扇又一扇大门,然后马上回到他身后,纳赫曼和耶鲁西姆跟在最后面。他觉得,曾经的感觉又回来了——那是跟在雅各布身边的愉悦感和他那无与伦比的、肉眼看不见的光芒所带来的温暖。

卡塔日娜和她在华沙的安排

克萨科夫斯卡的座驾是一辆小小的、简朴的马车。她总是穿着她最喜欢的棕色和灰色的衣服,胸前再挂上一个大大的十字架。她驼着背,一从车上下来就迈着大步走进一扇扇房门。一天之内,她能走上四五家,才不在乎外面是冷冰冰的,更不在乎自己的装束并不适合拜访。她对门口的侍者撂下一句"克萨科夫斯卡来了",然后就穿着外套径直走进屋里。跟在她后头的阿格涅什卡再慢慢安抚震惊不已的侍者。自打她们抵达华沙,莫里夫达经常陪着她们出入各种场合,克萨科夫斯卡介绍他为自己能干的堂弟。最近,莫里夫达忙着帮她购物,因为她要准备过节的东西。在克拉科夫郊区街上一家卖维也纳货品的商店里,他们花了半天的时间看洋娃娃。

莫里夫达告诉了她莫尔德克先生和赫尔舍维的死讯。

"哈娜·弗兰克娃知道了吗?"克萨科夫斯卡一边问,一边检查漂亮娃娃们的宽裙摆,保证它们都有长长的蕾丝裤袜,"得考虑一下要不要告诉她,特别是现在,据我所知,她又有孩子了。他只是碰了碰她,她就又怀孕了。他们很少见面,这可真是奇迹中的奇迹。"

克萨科夫斯卡为哈娜在沃伊斯瓦维采准备了一处小宅子,她本来是个小气的人,现在却出手大方。她拉着莫里夫达来到米奥多瓦大街,那里出售精美的瓷器,中国的稀罕玩意儿,非常精致,茶杯都能透光,样样都描绘着风景。克萨科夫斯卡想为哈娜的新房子买些像样的东西。莫里夫达想要劝阻她,因为瓷器可能承受不了旅程的颠簸。但是,他还是沉默了,因为他慢慢明白了,哈娜和所有的新教徒,就像她曾提到的那样,已经成了克萨科夫斯卡的孩子,尽管难缠又麻烦不断,但毕竟是孩子。也因此,她并不愿意留在华沙参加由国王莅临观礼的第二场洗礼仪式,更愿意回到波多利亚。当她去见雅各布最后一面时,她对他说,让他在这边放手去做,把后面的事情交给她。沃伊斯瓦维采小镇是她的表妹,也是她的好友玛丽安娜·波托茨卡的私产,经济条件很好,有一个大集市和一个铺砌整齐的市场。克萨科夫斯卡的小庄园交给当地的管家打理,已经清空完毕,重新粉刷了墙壁,做好了修缮。哈娜的其他随从可以在庄园里住上一段时间,直到雅各布获得定居的土地。

"他们要靠什么为生?"莫里夫达一边问,一边看着商家把每个茶杯用吸墨纸单独包起来,再放在麻絮里。

"靠资助还有他们现有的东西。不管怎么说,冬天对做生意是没有影响的。等到春天,他们就能拿到种子,可以耕种。"

莫里夫达皱了皱眉。

"那我已经见识过了。"

"毕竟那里还有集市和货摊……"

"这些都由其他犹太人经营了几十年,甚至几世纪了。不能把这些人直接塞进其他人里,任由他们自生自灭。"

"我们先看看吧。"克萨科夫斯卡说完,满意地付了账。

莫里夫达惊恐地看到,她在这些玩偶上花了一大笔钱。他们穿过雪地回到马车上,雪沾上了马粪,脏兮兮的。

莫里夫达把包装盒放进车厢的时候还在抱怨说,这些人里只有雅各布能在沙龙里如鱼得水。可是他很反感雅各布在首都大手大脚地花钱。这样的纸醉金迷让人眼花缭乱。克萨科夫斯卡加强了语气说:

"为什么需要六匹马的马车?买这些靴子、帽子和珠宝有什么用?我们不停地忙活,把他们宣传成高贵的穷人,可他在城里到处撒钱。你和他说过吗?"

"我说过,但他不想听我的话。"莫里夫达阴沉着脸回答道。他扶着克萨科夫斯卡坐进车厢。他们告了别,卡塔日娜乘车离去,莫里夫达一个人留在克拉科夫郊区街上。从山羊街那边刮来一阵风,吹进了他的冬装长袍里。寒冷渗透进骨头缝,有点儿在圣彼得堡的感觉。

他忘记告诉克萨科夫斯卡一件事:雅各布并没有收到过来自波多利亚的信件。那封哈娜写来的信,封印已经被拆过了。

第二场洗礼仪式准备就绪,将在萨斯基宫的国王礼拜堂举行。洗礼前将举行带唱诗班的弥撒礼,弥撒由基辅主教安杰伊·扎乌斯基亲自主持。国王肯定来不了了,他在德累斯顿忙得底朝天。也好!我们为什么需要国王见证呢?没有他,整个华沙一样井井有条。

卡塔日娜·克萨科夫斯卡写给堂弟的信

亲爱的堂弟:

我把瓷器带回来了。只有一个茶杯的杯柄掉了,其他均完好。我们非常想念您,我们很久都没有您那边的消息了,特别是弗兰克娃夫人，她焦虑地过来，要找那位帮她送信给丈夫的信使问问有没有回信。我暂时把她和女儿还有两位仆人留了下来，我们焦急地等待着你们那边的消息。最糟糕的是，你们所有人就好像沉入了深渊，因为据我所知，无论是我们皈依的朋友还是他们的家庭，都没有任何音信。是不是糟糕的冬天或者某种瘟疫让波兰的邮政受到了破坏？我们大家都希望是因为你们在首都有忙不完的事。

我也知道，觐见国王的事不能再指望了。我已经打包好了行李箱，一旦严寒散去，我就去和你们会合。估计怎么也得三月份我才能启程，现在马的口水都和嚼子冻到一块儿了。所以，因为严寒和冬天的懒散，我暂时把希望都寄托在您身上，我知道，您足够老练，一定能够应付首都的各种诱惑。

我会敦促收养名单上的布拉尼茨基先生和波托茨基家族对我们的事多上点心。我也知道，指挥官对犹太人的事并不感兴趣，对皈依转化更加不在意。而且，大家对他们想要获得贵族称号的野心特别反感，我听说，弗沃夫斯基家族已经获封贵族，好像还有克里辛斯基，脸上有道疤的那个人，他还经常给我写信。事实上，我也感到道德上的不妥，就好像他们刚进入我们的世界，就已经开始抢班夺权了。我们已经为我们的贵族头衔奋斗了几世代，我们父辈的名誉在我们的祖国当之无愧。而他们，不过是把大把的金子扔到台面上罢了。尤其是，贵族不应在城里经营啤酒作坊，现在有一个弗沃夫斯基正这么干着，必须得有人告诉他。我的表弟波托茨基向我提到了这件事，一月份他的儿子要结婚，他写信邀请我参加。所以，我就更不想在春天之前动身去华沙了。我已经老了，可受不住冒着严寒颠簸上路。

连同此信，我再捎带上两封哈娜夫人给丈夫雅各布先生的信，还有一张小艾娃的画像。请转告她尊敬的丈夫，给她捎上一言半语，因为她的思念如此强烈，美丽的黑眼珠都要哭出来了。这位异国来的女人，既不习惯我们冰冷的小庄园，也不习惯我们的食物……

克萨科夫斯卡家的圣诞晚餐

在平安夜的餐桌上挂着一颗威化薄饼做的星星。桌上放着两种汤——杏仁汤和蘑菇汤，有点缀着葱末和蒜末的橄榄油腌鲱鱼，还有豌豆和蜂蜜燕麦、粟米配蘑菇和烟熏饺子。

房间的角落里放着一捆稻谷，上面挂着涂成金色的、纸做的星星。

宾客们纷纷送上祝福。大家非常周到地照顾哈娜，轻柔地说着波兰语，时而严肃，时而微笑。小阿瓦查看上去很害怕，不愿意松开妈妈的裙子。哈娜把小伊曼纽尔交给干净整洁的保姆兹维什霍夫斯卡。小男孩要找妈妈，但他还太小，参加不了这样的晚宴。兹维什霍夫斯卡带着他消失在克萨科夫斯基大宅子里的房间中。可惜的是，哈娜听不太懂他们和她讲的话。她点着头，淡淡地笑着。周围的客人被哈娜的沉默弄得很沮丧，纷纷把好奇的目光投向——哈娜这样觉得——五岁的阿瓦查。她今天打扮得像个小公主，不安地看着这些围着她喋喋不休的来客。

"我还从没见过有人长着这么大的眼睛。"克萨科夫斯基城督说，"她一定是个小天使，森林仙子。"

确实，这个孩子美得出奇，看似严肃，但又带些野性，仿佛是从阿拉伯的、异教徒的壁画中走出来的。哈娜把女儿打扮得像个小淑女。她穿着带衬裙的天蓝色连衣裙，裙子绣满白色的蕾丝，配着白色的长袜，脚上穿着一双深蓝色的点缀着珍珠的缎面小鞋；她甚至没有穿着它们穿过雪地走到马车上，一定是有人抱着她。还没等大家坐下，克萨科夫斯基就把她举到凳子上，让所有人都能欣赏到小女孩的美。

"行礼吧，小艾娃。"克萨科夫斯卡夫人对她说，"像我教过你的那样，好好行个屈膝礼。"

但阿瓦查一动不动地站着，僵硬得像个娃娃。有些失望的宾客们将她留在一边，坐到了桌子旁。

阿瓦查挨着妈妈坐下来，盯着自己的衬裙，小心翼翼地整理着硬硬的薄纱边缘。她不吃东西。有人给她的盘子里添了几个小饺子，但已经凉了。

在颂福和就座的间隙，人们一度安静下来，但很快主人就讲了个很好笑的笑话，大家都笑了，除了哈娜。雇来的说土耳其语的亚美尼亚翻译靠向她，翻译着城督的笑话，但翻译得很蹩脚，哈娜完全没听懂。

哈娜僵硬地坐着，一直盯着卡塔日娜。她不愿意碰桌子上的菜肴，哪怕它们看上去很美味，而她也确实很饿。是谁做的菜？怎么做的？酸菜蘑菇饺子该怎么吃？雅各布曾告诉过她，让她不要挑剔，要和大家保持一致，但饺子却让她十分犯难，卷心菜似乎是烂的，还配了蘑菇，吞都吞不下去。带着罂粟种子的浅色面疙瘩，看起来就很恶心，好像许多虫子趴在上面似的。

鲤鱼端上来的时候，她眼前一亮，鱼身没有裹着皮冻，是烤的。鱼的香味立刻飘满整间屋子，哈娜的口水都快流出来了。她不知道是该等别人拿给她，还是该自己动手。

"你得表现得像个贵妇人。"克萨科夫斯卡不久前对她说过，"你不能什么都大惊小怪的。你认为自己是谁，你就是谁。你也认为自己是贵妇人吧？你是雅各布·弗兰克的妻子，不是什么阿猫阿狗，你懂吗?你必须表现得很优雅。头抬高。对了。"话音刚落,卡塔日娜便扬起头,拍了下哈娜的屁股。

此时,卡塔日娜让她尽量吃些平安夜的饭菜。她称呼她为弗兰克娃夫人,私下里却叫她"亲爱的"。哈娜信任地望着她,推开饺子,取了块鲤鱼肉。天哪,她取了一大块带着焦皮的鱼肉。克萨科夫斯卡惊讶地眨了眨眼睛,其他人正忙着聊天,没人看见。哈娜·弗兰克娃看了看克萨科夫斯卡,暗自高兴。这个女人可不一般,八面玲珑,一切尽在掌握。她高声说话,尽管声音低沉,但却能打断每个人,仿佛这片土地只赋予她一个人说话的权利。她穿着深色的连衣裙,裙子上有黑色的蕾丝边,蕾丝有个地方勾了线——阿格涅什卡没有处理干净。这根线就好像这些菜肴一样,让哈娜反感极了,还有克萨科夫斯卡本人和她的阿格涅什卡,还有她又瘸又驼背的丈夫。

怎么样才能如鱼得水呢?这里到处是伪善的客气、角落里的闲话和根本听不懂的八卦。她努力地把愤怒关在内心深处,那里有一块特别的地方,在那里它们能像笼子里的动物一样自由游荡。她不允许它们出去,至少现在不行。她现在还指望着克萨科夫斯卡,她甚至可以喜欢她,尽管她的动手动脚让她恶心,她总是拍她吻她。他们把她与熟知的人分开,只让兹维什霍夫斯卡和帕沃夫斯卡留在她身边;想起她们的时候,她不会联想到这两个名字,她只记得她们的犹太名字。其他的伙伴还在利沃夫等待。哈娜不懂该怎么去沟通,她一直在拼凑单词,这个语言着实让她崩溃;她永远也学不会。雅各布怎么样了?为什么没有他的消息?莫里夫达去哪儿了?如果他在这儿,她多少能安心些。伙伴们都在哪里?为什么要把她单独找来?她宁愿坐在伊瓦涅臭气熏天的小屋里,也不愿意待在卡塔日娜的庄园。

甜点是奶酪蛋糕配杏仁糖和柠檬榛子馅儿的夹心蛋糕。阿瓦查伸着小手从桌子上多拿了一些糖，把它们塞进白裙子的口袋里，留着夜里她们自己吃。

母女俩依偎着入睡。阿瓦查有时会看见哈娜在哭，这时她就用小手抚摸妈妈的脸庞。哈娜抱着这个大眼睛的孩子，抓着她，像水里的甲虫揪住一片草叶，紧紧地依附着这个小小的身体，一起游过漫漫长夜。她经常从摇篮中抱出伊曼纽尔，喂奶喂到饱，因为她还有奶水，但克萨科夫斯卡却对此指手画脚。她觉得，喂奶是奶妈的活儿。哈娜讨厌城督夫人找来的奶妈，讨厌她的白皮肤、浅色头发和粗壮的大腿。她那对粉红色的大乳房压着伊曼纽尔。她担心，有一天这个乡下女孩会闷死他。

哦，天哪，在浮想联翩的此时此刻，在喜庆的餐桌旁，她的裙子沾上了污渍。哈娜巧妙地用土耳其围巾盖住了它。

阿瓦查和两个娃娃

对小阿瓦查来说，这个夜晚将与以往所有的夜晚都不同，它会将过去的种种淡化得无影无踪，并在时光里拉扯出一道朦朦胧胧的条纹。

晚餐后，克萨科夫斯卡把小阿瓦查领到旁边的房间，让她闭上眼睛，然后拉着她走到一个地方，再让她睁开眼睛。阿瓦查的面前坐着两个漂亮的娃娃，一个是穿着绿松石色裙子的黑发娃娃，另一个是穿着优雅的宝蓝色裙子的金发娃娃。阿瓦查一言不发地盯着它们，脸颊上泛起了红晕。

"选一个你喜欢的，"克萨科夫斯卡对着她的耳朵说，"一个是你的。"

阿瓦查的重心在两腿间交替着，她仔仔细细地看着两个娃娃的衣着细节，但不知道该怎么选。她向妈妈求助，但妈妈只是笑笑，耸了耸肩膀。此时哈娜的精神终于放松下来，因为红酒，还由于她终于能和克萨科夫斯卡抽上一支土耳其烟。

过了好长一会儿，女人们一边鼓励着小女孩，一边咯咯笑起来。这个无法做出选择的、神情严肃的孩子，逗得她们发笑。人们告诉阿瓦查，娃娃的制作工艺是维也纳最好的，它们的身体是山羊皮的，脸是硬纸浆做的，里面填满了锯末。她还是选不出来。

她的眼里流出泪水。她被自己的优柔寡断弄得沮丧极了，扑向妈妈的裙子，号啕大哭。

"怎么了？怎么了？"妈妈用她们自己的土耳其语问她。

"没什么，没什么。"阿瓦查用波兰语回答。

她多想一直躲在软绵绵的裙摆里，蹲着等待最糟糕的时刻过去。世界很大，小艾娃任重道远。以前，她从没有过如此悲伤的感觉。她感到有什么东西正挤压着她的心脏，她哭了，不是那种摔破了膝盖的哭，是发自内心深处的哭。妈妈摸摸她的头，但这个动作并没有起到安抚的作用。阿瓦查觉得，自己离妈妈遥远极了，再也无法像什么都没发生过一样回到她身边了。

现在，她宁愿相信那个在圣诞节的清晨给她带来一条小狗的、长相丑陋又奇怪的男人。小狗长着一身蓬松的红毛，可比维也纳的娃娃漂亮多了。

给萨罗麦·瓦班茨卡的娃娃。
赫米耶洛夫斯基神父关于图书馆和洗礼仪式的故事

圣诞节后，克萨科夫斯卡和丈夫启程去拜访邻居们。此行她还有一个任务，就是把自家农场里挤得满满当当的清教徒们带去沃伊斯瓦维采。这些安置不下的人，都得带到乡下去，交给善良的地主们。阿格涅什卡和她一起出发，拿着一袋酊剂，因为克萨科夫斯基先生不停地抱怨自己骨头疼，她还得拖着两件大大的皮毛外套，以及一个公文箱，里面装着写信用的所有东西。她们在车厢里誊抄信件；阿格涅什卡把信件记在脑子里，等到了歇脚处就赶紧写下来。克萨科夫斯卡在心里把自己庇护的人当成"转化者"，但她尽量不把这个词写在书面上，也不讲出来，因为容易产生不好的联想。最好还是称他们为"清教徒"，这个单词是从法国或者英国传过来的，瓦班茨基先生向她提过，现在大家都在用它。这个单词的联想很好，听上去带着善意，意思是干净的。

她带着一件精美的礼物：娃娃。这个娃娃衣着华贵，仿佛皇宫里的贵妇人。一头浅茶色的卷发上戴着一顶小小的蕾丝发帽。克萨科夫斯卡把它从马车的抽屉里取出来。雪融化了，他们收起了雪橇。她把它像孩子似的抱在膝盖上，和阿格涅什卡叽叽喳喳地说起话来，仿佛成年夫妇依偎着孩子一般。而这一切都让她的丈夫感到不满。他今天有些不高兴，阴沉着脸，因为妻子非拉着他一起去拜访邻居。他说过，他的骨头很疼，因为他长期患有关节炎。他更愿意留在家里，把狗放进房间，而这却是妻子严厉禁止的。去洛哈特恩的路很远，他也不喜欢瓦班茨基，对他来说，瓦班茨基太有才华了，还总是拿腔拿调地装法国佬。所以，城督今天穿上了波兰服饰——冬装、羊毛长袍和皮毛大衣。

瓦班茨基家的小姑娘叫萨罗麦。她沉默不语，尽管有一位波兰家庭教师在一旁帮助她，但她还是不说一句话。她最喜欢坐着绣花。有人已经教过她，长者和她说话的时候，她应该屈膝并垂下眼睛。她穿着玫红色的连衣裙，黑头发上绑着一根枣红色的发带。她又瘦又小。瓦班茨卡夫人说，她不会笑。所以给她娃娃的时候，大家都全神贯注地看着她。她犹豫了一下，大着胆子伸出手把娃娃拉近身前，把脸依偎在它浅茶色的头发里。瓦班茨基好似很满意地盯着她,但没过一会儿,就把她抛诸脑后了。小姑娘带着娃娃一溜烟地消失了。

一桌丰盛的午餐不知不觉地变成了晚餐,其实从早餐开始,菜就已经不少了。代牧赫米耶洛夫斯基神父来了。克萨科夫斯卡真诚地和他打着招呼,但好像并不认识这个可怜人。他多少有些寒心。

"在洛哈特恩的时候,我救过夫人您的命……"神父谦逊地说。但瓦班茨基却嚷嚷着说,他是一位知名作家。

"哦,"城督夫人想起来了,"这位勇敢无畏的神父把我从被围堵的马车上拉下来,带到了你们这个安全的地方!《新雅典》的作者,我每每读这本书都很感动。"她重重地拍了拍神父的后背,让他在自己身边坐下。

神父红着脸推辞着,这个女人身上的男子气概让他害怕。但后来,他慢慢重获了勇气,坐在了她身边,当然也不乏托考伊甜酒的功劳。他的身形消瘦、憔悴,牙齿看上去很脆弱,因为他一直在啃盘子里的鸡肉。他一次次地给自己的盘子里添上煮熟的蔬菜和野味制作的肉酱。他从白面包里挑出软面芯吃,然后把面包皮小心翼翼地堆成一堆,再时不时地喂给藏在桌子下面的瓦班茨基家的毛茸茸的狗。它和它妈妈很像,这唤起了他的回忆。他很高兴,给这条狗找到了这样一户好人家。还有,他甚至觉得,通过这条狗,自己多少和瓦班茨基家沾亲带故了。

"阁下,我听说您从华沙回来。"克萨科夫斯卡搭讪说。

神父的脸微微泛红,显得更加年轻了。

"尊贵的扎乌斯基主教很久前邀请我过去,如果他知道我如今坐在尊贵的夫人身旁,一定会让我从华沙给您捎来问候,因为他夸奖过您。"

"和别人一个样。"瓦班茨基有点儿嘲讽地说。

神父接着说道：

"我对华沙并不感兴趣，我只是想去图书馆。城市不过就是城市，人人知道它的样子。哪儿都一个样，屋顶都一个样，教堂和人也都一样。那里有点儿像利沃夫，只不过广场更空旷，风更凛冽。那里丰富的图书馆藏深深地吸引着我，只是我体格太弱了，身体很差……"神父激动起来，拿过葡萄酒，喝了一大口，"为了他们的图书馆我觉都睡不着，现在我还是睡不着……太宏伟了……几万本书，他们自己都不知道有多少……"

那时，神父住在修道院里，每天都要在寒风中穿过一个街区才能到达图书馆。图书馆允许他在书架上翻找书籍。他本来想做笔记的，因为他自己的作品还没有写完，但泱泱书海让他日渐沮丧。神父在华沙待了差不多一个月，几乎每天都到图书馆报到，并试着找出馆藏的存放规律。但他惶恐地发现，其实那儿根本没有规律可言。

"有些书根据作者来排列，但很快就改为'约定俗成'的字母顺序。接着又出现了很多一次性购买的书，这些书因为尺寸巨大无法放入书架，于是便放在其他的架子上，单独的架子，像病人似的平躺着。"神父愤慨地说，"书应该像士兵一样笔直地站着，一本挨着一本，好像充满智慧的军团。"

"说得好。"瓦班茨基评论道。

贝奈迪克特神父认为，应该让一个团的人负责那里，像管理军队那样对书籍建章立制，设立等级，分门别类，按照价值和稀缺性设置级衔，并进行养护和治疗：对受损的书进行黏合和缝补。这是项伟大的工程，也是重要的事业。没有书我们该怎么办呢？！

但最让神父气愤的是，图书馆应该面向公众，也就是对外开放——这让他无法理解。人人都能来图书馆把书带回家？他认为这是一个疯狂的理念，这个理念来自西方，来自法国，这会给藏书带来更大的破坏而非好处。他观察到，扎乌斯基图书馆里的书以借书单为依据出借，然后，借书单被放进抽屉里，可能会丢失或者找不着了，和一般的小纸片没什么区别。而如果来的是一位高贵的客人，书会按口头约定出借，不敢让他签什么借书单；书被借到了哪里，根本就没有记录。

神父夸张地抓着脑袋。

"尊敬的神父把书看得比人还重要。"克萨科夫斯卡嘴里塞着东西说道。

"请允许我反驳尊敬的夫人的话。完全不是的，在书中我看到了我们的首都和生活在其中的人。"

"什么样的反思？"瓦班茨基礼貌地用法语问道。

这句法语把神父搞糊涂了，他听不懂。阿格涅什卡低声为他翻译，但他的脸还是红了。

"我感到最奇怪的是，人们宁愿挤在狭小的公寓，挤在狭窄的小街，可他们明明可以在乡下享受舒服的生活，自由呼吸新鲜的空气。"

"太有道理了，没什么比乡下更好了。"克萨科夫斯卡叹息道。

这时，神父讲起扎乌斯基主教带着他到萨斯基宫的国王礼拜堂参加最重要的一批转化者的洗礼。

克萨科夫斯卡明显打起精神来：

"天哪！神父您在现场？怎么现在才说？"

"我站在后面，伸长了脖子看的。这个弗兰克第二次受洗了，我知道的，因为第一次洗礼在利沃夫。"

贝奈迪克特神父说，当扎乌斯基主教弯腰朝向受洗者的时候，主教的法冠从头上掉到了地上，教堂的人群中传来窃窃私语，有人认为这是凶兆。

"为什么要有两次洗礼,一次还不够吗?所以法冠才会掉下来。"主人说。

"教母是布吕洛娃,对吗?她看上去怎么样?"克萨科夫斯卡只管问,"她还是那么胖吗?"

神父想了一会儿。

"就是个女人,这么多年没什么变化。我该说什么好呢?我对女人完全没有感觉。"

"她演讲的时候说什么了吗?她穿的什么?波兰式的还是法式的?……类似这种普通的事。"

神父集中精神,转了转眼珠子,好像布吕洛娃的画像就挂在空中似的。

"让我想象一下她的风采,我可实在记不住了。我只记得这位尊贵夫人的朋友索乌迪克主教。在洗礼的时候,他和卢博米尔斯卡公爵夫人一起,陪在弗兰克的两位亲随身边,一个是雅各布夫斯基,另一个是马图舍夫斯基。"

"怎么现在才说!"克萨科夫斯卡搓了搓手。此时此刻,她终于活过来了。她真的说服了索乌迪克主教,让他当了新教徒的教父,还有卢博米尔斯卡公爵夫人,她对这种场合是多么避之不及的啊。这么有地位的人参加洗礼,一定能说服她的丈夫也参与此事。

"我想起来,我们这儿,在波多利亚,也有很多人要受洗。"一直沉默不语的克萨科夫斯基此时终于说了话。

"天哪,我仁慈的主,他们人太多了!那个大个子犹太人是怎么回事?长着一张丑脸的那个,神父您前天给他施洗了吗?"克萨科夫斯卡问,"他是哑巴吗?他的脸怎么回事?"

神父有些惊慌。

"那个人……他们当时请求我,他是整理书卷的。他可能来自瓦拉几亚,是个孤儿,曾在邵尔家当车夫,现在在我那里帮忙……"

"仁慈的神父把他带进教堂的时候,教堂里安静极了,好像他是犹太人用泥巴捏出来的。"

等他们终于从餐桌边站起来,天已经完全黑了。赫米耶洛夫斯基神父这才想起他的车夫罗什科,不禁有些担心,不知道有没有人在厨房里给他吃口热乎的,他可别冻成冰棍了。大家让他安下心,再抽上一斗烟。瓦班茨基总是用最好的烟叶招待客人。他从洛哈特恩的邵尔家买的,邵尔家卖的是全波多利亚最好的东西。已经没人再对克萨科夫斯卡和他们一起抽烟感到大惊小怪了,好像她不是个女人,只是克萨科夫斯卡而已。她想干什么就干什么。

1月18日和19日,经妻子劝服,斯塔尼斯瓦夫·克萨科夫斯基为"清教徒"施洗。第一个成为他教女的是跛脚的安娜·阿达莫夫斯卡,原名奇波拉,也就是来自兹博雷兹的马提斯的妻子。在场的人看见,教父领着教女,两个瘸子一起走向祭坛,一瘸一拐地,人们都在想是谁把他们凑成了一对。跛子领着跛子,怎么会不好笑?也许本该如此,天意使然,残疾人支持残疾人。但看起来,城督本人很不舒服。

第二天他为七岁的女孩安娜,也就是此前接受洗礼的兹维什霍夫斯基夫妇,即原来的萨塔尼夫的莱伊布科·基尔沙和他的妻子哈娃的女儿施洗。小女孩又漂亮又懂礼貌。克萨科夫斯卡为她做了一件白色的连衣裙,简简单单的样式,用的却是好料子,还给了她一双真皮做的奶白色皮鞋。克萨科夫斯基为教育她专门拨出一笔钱。克萨科夫斯基夫妇甚至考虑,如果她的父母同意,就收养她,因为她既聪明又安静。但她的父母礼貌地谢过他们的善意,把孩子带回了家。

此刻，站在教堂里的他们有些害羞，还回想着自己的脑袋刚刚沾着圣水湿漉漉的样子。她的神父可没有迟疑，大声念出了他们响亮的姓名。人们看着克萨科夫斯基领着身穿盛装的小天使。小女孩的父亲，尤瑟夫·巴尔托洛墨斯·兹维什霍夫斯基的名字已经被记录在受洗簿上，他今年三十五岁。他的妻子刚刚二十三岁，如今又怀了孕。小安娜是他们唯一幸存的孩子，别的孩子都死于利沃夫的那场瘟疫。

嘎乌丹·皮库尔斯基神父，伯纳德派修士，聆讯天真者们

他亲自为他们打开门。他们应他的邀请而来。他们先在利沃夫修道院的堂前等了好一会儿；本来刚到的时候他们还有那么一点儿自信，等待已经把剩余的自信都磨掉了。很好，神父可以轻松一些。最近他经常看见他们。他们积极参加利沃夫教堂里的每一场弥撒，热切地祈祷，尽管穿着买来的新衣服，换掉了笨重的外套和紧身裤，但还是引来了大众的注意。如今他们看起来人模人样了，嘎乌丹·皮库尔斯基神父想。他一边礼貌地把他们让到桌子边，一边饶有兴致地盯着施罗莫·邵尔：他剃了胡子，裸露的皮肤光溜溜的，几乎是白的，脸刚好分成了两半，上面晒得黝黑，下面是稚嫩的，或者说，来自地下一般；皮库尔斯基神父的脑子里蹦出了这样的描述。从施罗莫·邵尔体内生出的这个男人，现在名为弗朗西舍克·弗沃夫斯基，他苗条、高大，长着一张讨人喜欢的和蔼脸庞、一双神采奕奕的黑眼睛和一对浓眉。他的长发已经微微带上些灰白颜色，顺着肩膀披下来，与全新的姜黄色长衫和细腰间系着的土耳其式红色腰带形成了有趣的对比。

他们自己找上门来。他从不掩饰他曾鼓励他们这样做，因为一有机会他就会提道，只要他们想告解……于是他叫来两个记录员，他们都已经做好了准备，拿着蘸满墨水的鹅毛笔，就等着他一声令下。

他们先说道，主可能已经到了华沙，并和国王见了面。然后他们看看彼此，那个说"主"的人自己纠正道，雅各布·弗兰克。他们的声音欢天喜地的，仿佛雅各布·弗兰克是一位享受特殊权利的外国大使。皮库尔斯基神父努力表现得和蔼可亲：

"我们听到过很多你们接受基督教的决心和表态，你们还说这是很早以前就做出的决定，你们的热忱满城皆知，利沃夫的民众和我们的贵族已被感动得泪流满面……"

仆人们端着皮库尔斯基神父安排的零食走进来，有糖渍水果、苹果干、梨干、葡萄干和无花果干。这些都算教会的支出。来人不知道该怎么办，看着施罗莫-弗朗西舍克·弗沃夫斯基，后者于是自然而然地伸出手拿了些葡萄干。

"……对你们中的很多人来说，这可是截然不同的人生，此外，那些做生意的人都摇身变成了尊贵的贵族，对吗，弗沃夫斯基先生？"

"是的，"弗朗西舍克一边回答一边吞下点心，"确实是的。"

皮库尔斯基神父想着，最好由他们自己来说。他为他们分发小盘子，鼓动着他们。两位记录员手中的笔已经悬于纸上，就好像蓄势的乌云，马上要降下一场暴雨。

一位老人低垂着眼睛仔细地打量皮库尔斯基神父，仿佛要读懂他的心思。他是萨塔尼夫的尤瑟夫，一双明亮的蓝眼睛深深地嵌在深沉阴郁的脸上。"耶稣基督，请救我免于一切诱惑。"神父在脑子里祈祷道，努力不动双唇，不露出任何痕迹。然后，他对这群人说：

"祝贺你们获得了智慧、勇气和温暖的心灵。上帝欢迎你们，但我们仍然非常好奇,这一切是怎么发生的?你们是如何走向真正的信仰?"

主要是邵尔兄弟俩——洛哈特恩斯基和弗沃夫斯基——讲话,他们的波兰语讲得最好。他们的波兰口音很地道,只是有一点点放不开和语法毛病,不知道是谁教的。其他的四个人偶尔搭搭腔,他们还没有洗礼,所以信心还不足——雅各布·提西梅尼茨基、萨塔尼夫的老头尤瑟夫、雅各布·西蒙诺维奇和莱伊布·拉比诺维奇——依次礼貌地用指尖拿起美味的无花果和枣子,放进了嘴里。

萨塔尼夫的尤瑟夫开口说道:

"任何一个认真研读过《光明篇》的人,都能在其中找到许多关于圣三位一体秘密的警示,并因此苦恼不已。我们之中也曾存在这样的困惑。伟大的真相就在三位一体之中,我们的心和理性完全相信这一点。上帝不是一个人,而是用神圣的、不可思议的方式,以三种形象展现。我们也这样认为,所以三位一体对我们来说不是陌生的理念。"

"与我们非常契合,"施罗莫,也就是弗朗西舍克·弗沃夫斯基接着说下去,"对我们来说不是什么新东西,我们有三次天启、三个国王、三个圣日、三把剑……"

皮库尔斯基期待地望着弗沃夫斯基,希望他再多说一些,但他并不指望能听到他想知道的一切。

这时,仆人们把装着热木炭的土耳其暖炉拿了进来,大家的目光都被安炉子的仆人吸引了过去。

"1755年雅各布·弗兰克到土耳其的时候,他带去了关于三位一体的信息,并把它作为犹太教的秘法传授给别人。当他开始在波多利亚地区游历的时候,我们对他深信不疑。我相信,上帝有三个位格。"弗朗西舍克·弗沃夫斯基一边说,一边用手指指向自己的胸脯。

他们还说，雅各布最开始只告诉了几个人，没有公开宣讲，他说基督教教义对三位一体学说做出了最好的阐释，因此基督教才是真正的宗教。他还对大家悄悄地说过，等他第二次去波兰的时候，所有人就该接受洗礼和基督教教义，但他让大家保密，直到他回来。大家也都保密了，因为对这个计划都非常认可，于是逐步地各自准备起来，学起了语言和宗教规矩。大家都明白，事情不会进行得一帆风顺，拉比们不可能轻而易举地同意，前面还有诸多磨难，也确实发生过很多事情。这些人叹了口气，拿起了枣子。

皮库尔斯基琢磨着，这些人是真的幼稚还是假装幼稚，但他确实摸不透他们的想法。

"你们的领袖雅各布，他是怎样的人？你们为什么这么相信他？"

他们互相看了看，好像能看懂彼此的眼神，问着现在该谁讲话。最后还是弗沃夫斯基准备说话，但帕维乌·洛哈特恩斯基打断他：

"当主……也就是雅各布·弗兰克刚到洛哈特恩的时候，你马上就能看到他头上的光啊。"说完，他看向弗沃夫斯基。后者犹豫着是否应该肯定，但皮库尔斯基还有悬于纸上的记录员的笔不允许帕维乌在这个时候停下来。

"光？"皮库尔斯基用柔和的声音天真地问。

"光。"弗沃夫斯基开了口，"这光芒宛若星辰，明亮清澈，蔓延到胳膊肘的地方，在雅各布身上停留了很久，而我也揉过眼睛，确认自己不是在做梦。"

他停下来，看看说的话有没有产生效果。事实上，一位记录员张大了嘴巴坐在那里，什么都没写下来。皮库尔斯基大声地哼了一下，笔又重新落在纸上。

"但这还不算什么，"兴奋的雅各布·提西梅尼茨基补充道，"有一次雅各布要去蓝茨克鲁尼亚，也就是出事的那个地方，在布热希奇他就告诉我们，在蓝茨克鲁尼亚我们会被审判，他们会把我们驱逐。确确实实就发生了……"

"该怎么理解呢？"神父漠然地问。

但他们却开始用自己的语言聊了起来，到这个时候还没说过话的人也想起来雅各布·弗兰克的奇闻轶事。他们说起了在伊瓦涅他为人治病，说他经常可以回答出兄弟姐妹们最隐秘、最无法说出口的想法和问题。当大家要给予他更大的，比一般人能够得到的还要大的权力时，他婉言谢绝，并说自己是兄弟中最微不足道的一个。雅各布·提西梅尼茨基说到这儿，眼里噙满了泪水，他用袖口擦了擦，这时候，尤瑟夫浅蓝色的目光也柔和下来。

皮库尔斯基意识到，他们爱戴这个雅各布，与这个令人厌恶的转化者之间有着某种神秘的、看不见的联结纽带，这让作为僧侣和神父的他颇为反感。但通常来说，联结越强的地方也就越脆弱，越容易滋生叛乱。突然间，他感觉到空气中就有一丝这样的气息，但他不敢问出来，能怎么问呢？随后，弗朗西舍克·弗沃夫斯基满脸激动地说，雅各布是如何向他们解释皈依基督教的必要性，如何整夜整夜地引用《圣经》，又是如何发现合适的段落让大家学习和背诵。他还说，只有不多的几个人知道这些事，因为他只透露给被选中的人。房间里又安静下来。皮库尔斯基神父闻到空气中有一股男人的汗味，很刺鼻，很臭，他不知道是他自己的，是从在脖子上系紧的神父袍里散发出来的味道，还是他们的。

他很肯定，他抓住他们了，揪住他们了，因为他们不可能愚蠢到不知道自己在做什么。离开之前他们说，世界的末日已经临近，将只有一个教会，一个救世主。所有人都该做好准备。

嘎乌丹·皮库尔斯基写给
乌比恩斯基主教长的信

当天晚上，当所有人都沉沉睡去，波多利亚广阔平原上的利沃夫城静默、死寂。皮库尔斯基封起了谈话记录，完成了自己的信。黎明时分，一名特派信使出发前往华沙。奇怪的是，神父一点儿睡意都没有，就好像他发现了不为人知的能量源，一个夜色正中的火热的小圆点，不断地给予他力量。

我给阁下另外寄了一封昨天我与反塔木德派的谈话记录，我相信，您一定会在其中发现很多有意思的线索，印证我此前给您写的信中所表达的疑虑。

另外，根据其他线索，我也试着尽全力搞清楚我们正在打交道的那群所谓的"反塔木德派"。同时，我和克莱柴夫斯基神父、阿瓦蒂克神父还想过，把来自其他审讯中的各种论点和信息一一对应起来，但这种方式明显行不通。最可能的原因是，这群犹太转化者本质上并非同根同源，他们来自不同派别，他们的不同观点以及相互间时常产生的矛盾可以印证这一点。

最好的办法是询问普通人，也就是未受过教育的人。那时便可以看到，整个体系褪去了诡辩的外表，而不久前获得的基督教信仰不过只是类似于蛋糕上的糖霜一样的薄层。

有的人相信有三个弥赛亚：沙巴泰·泽维、巴鲁赫吉和第三个——弗兰克。他们相信，真正的弥赛亚必须经历每一种宗教。正因为如此，沙巴泰·泽维才戴上了绿色的穆斯林头巾，弗兰克才必须踏进我们神圣的基督教教会。但另一些人对此完全不相信。他们说，站在苏丹面前的沙巴泰·泽维并不是他，而是一具空壳，这个空壳接受了伊斯兰教，他的转化没有任何实质意义，只不过是表象。

很明显，这些受洗者根本不是来自共同阵营，每个人都有不一样的信仰。他们是因为1756年向所有沙巴泰·泽维的追随者们施予的犹太令才聚集到一起，那道令将他们逐出了犹太社区，所以无论他们想或不想，都得成为"反塔木德派"的一员。因此他们中有些人相信，如果想获得真正的救赎，就应该接受基督教；但对另一些人来说，受我们的耶稣基督洗礼和救赎并没有关系，只不过是获得了宗教保护的入场券而已，从此不用再过毫无所依的生活。弗兰克把这些人叫作"简单的皈依者"，他并没有把他们纳入自己的阵营。从这群乌合之众中，他们选出了十三个人，代表大多数人参加了利沃夫大辩论。

在此，我希望强调，新的教徒对他们的领袖无比敬仰。他们把他讲的一切都当成圣谕，毫无保留地接受。如果他们中有人犯了错，而主对他们说，应该对他体罚，他们会步调一致地将这样的惩罚施加到坏蛋身上。

我还从他们那里获悉，他们相信敌基督诞生在土耳其，而弗兰克见过他。敌基督不久就会施下奇迹，迫害天主教。还有，《四福音书》在提到基督作为天上的弥赛亚降临时语焉不详，这是因为，他们说，也许他已经以人身存世。我感觉，尽管他们并不想明说，但他们相信弥赛亚就隐藏在弗兰克的体内。我希望阁下和今后的调查员能够有所注意。

我还了解到，雅各布·弗兰克拜访的莫里夫达先生的那个瓦拉几亚小村子,很可能是鞭身派或菲利普教派①,或者某个诋毁我们神圣信仰的教派。同时,他们关于宗教知识的出处也不尽相同,就和土耳其军队里那些追捧神秘主义的军官普遍相信的拜克塔什派②教义差不多。

对于阁下的疑问,也就是他们是否真如自己所说的有上千人,我谨慎地算了一下,他们在波多利亚的人数应该在五千到一万五之间。但并非所有沙巴泰·泽维的追随者都想接受洗礼,更重要的是,只有少数人会这样做,也就是那些不被接受和再也回不了自己社区的人,或走投无路的人,才会像被赶出庄园的狗一样投奔基督教,借一处屋檐栖身。我并不认为他们中的许多人是真心接受洗礼,并相信只有我们基督耶稣庇护才能得到真正的救赎。

我还想提醒阁下,现如今利沃夫疫情泛滥,人们说,这是对转化者降下的神罚,因此洗礼的热情降低了不少。的确,瘟疫不仅感染了很多没接受过洗礼的转化者,还感染了很多接受过洗礼的人。他们中有些人相信,洗礼能让他们永生,不只是精神上的永生,还有肉体上的永生,就在这片土地上。而这证明了他们对基督教信仰的认识是多么肤浅,他们简直太无知了。

我恳请主教长阁下,请您读一读我们整理的报告,以您的心灵和智慧为我们指明方向,告诉我们该怎么办。还有,部分弗兰克的拥护者,他们自称加夫拉,已经启程前往华沙去追随自己的领袖,可得赶紧对他们防范起来。圣母啊,千万别让他们凭借对基督教的模糊认识、厚颜无耻和毫不悔改的野心,对教会做出什

---

① 俄罗斯东正教旧礼仪派中反教堂派的一支。
② 伊斯兰教的教派。

么不规矩的举动。

皮库尔斯基神父写完了,正准备起草另一封,但他想了想,又展开了信纸,接着写道:

但也许是我狭隘,我竟然认为这种欺骗的伎俩能够损害神圣的教会……

矢车菊蓝的长衫和红色礼袍

莫里夫达在波兰裁缝那儿——如今,人们把缝制波兰服装,而不是制作时髦的法国服装或者德国服装的人称为波兰裁缝——订购了一身丝质长衫和一件内衬软毛的加厚冬季裙摆礼袍。为这件礼袍还得再订一条腰带。腰带可要花上一大笔钱。他已经看过,且看中了几条。华沙的价格比伊斯坦布尔高出三倍。如果他有生意头脑,真该带过来一些。

莫里夫达看着镜子里的自己,厚重的礼袍让他的肚子更突出了。但这很好,看起来像个贵族。他想着,到底乌比恩斯基主教长喜欢他什么呢?他对他如此地厚待,肯定不是因为肚子,不是长相。莫里夫达的头发没了大半,剩下的全是亚麻色的。这几年,他的脸变胖了,眼睛更暗淡了,胡子乱七八糟地长起来,看上去像一捆老稻草。主教长秘书的鼻子下面如此潦草,可真说不过去。那么,打动主教长的,毫无疑问只能是莫里夫达在利沃夫辩论中展现的非凡口才,以及他对转化者的宽厚态度了,还有莫里夫达运用语言的能力。索乌迪克的推荐也是加分项,因为乌比恩斯基并不喜欢克萨科夫斯卡堂嫂。

这天莫里夫达接到两封加急信，讲的是同一件事。两封信让他如临大敌：一封是教会委员会传唤他"参加近期对反塔木德派的聆讯"，第二封是克里萨寄来的。克里萨用土耳其语写道，雅各布像落到水里的石头一样失踪了。他自己乘着马车出去，然后再也没有回来。他们在房子附近找到了马车，但空空如也。没有人看见发生过什么。

莫里夫达请主教长让他去一趟华沙。主教长的事已经堆积如山了，现在还有教会委员会的事。漂亮的英式马车动起来，莫里夫达从整瓶水果酒中倒出一勺，一饮而尽，暖身暖胃，思绪更清朗了，还能缓解不安，因为莫里夫达感觉到有不好的事情要发生，也许还会把他卷进去，他费尽心思抓住的稻草裹挟着他，他不敢肯定自己不会沉入水中。当他不眠不休地到达华沙的时候，他头疼极了，还不得不眯缝起眼睛，因为华沙的阳光太过强烈。寒冷刺骨，但雪很少，泥土冻成了块，表层只裹上了一层薄霜；水洼里的水结上了冰，能在上面打滑溜了。趁着头脑清醒，莫里夫达去见了弗沃夫斯基，从他那里得知雅各布被伯纳德派修士关了起来。

"怎么会'关起来'？"他不可置信地问，"你们胡扯过他的什么事吗？"

弗沃夫斯基无助地耸了耸肩，接着泪水便涌满了他的眼眶。莫里夫达害怕了。

"完了。"他说。他一言不发地走过弗沃夫斯基身旁，留他一个人站在泥泞的街上。他向身前结了冰的水洼迈过去，差点摔倒。弗沃夫斯基仿佛刚刚惊醒，跑到他身后，请他到家里去。

冬天的暮色很快便降下来，让人心情不快。莫里夫达知道，应该先去找扎乌斯基主教，他现在可能就在华沙交际，应该寻求他的支持，而不是跑到犹太新教徒的家里；还应该找找索乌迪克。但现在天色已晚，而他胡子拉碴，旅途疲惫，直勾勾地看着弗沃夫斯基家敞开的大门，温暖和碱水的味道吸引着他。他任由弗朗西舍克抓着他的胳膊肘，把他拖进屋。

这一天是1760年1月27日。

雅各布失踪后，华沙发生了什么

施罗莫，也就是弗朗西舍克·弗沃夫斯基和兄弟们一起，在新城区刚刚开起一家小烟草铺，生意还不错。店铺楼上是一间小公寓，主人一家就住在里面。好在寒冷封住了大地，至少能让人从原本泥泞的、稀烂的、满是水洼的大街上穿行。

他走进前厅，然后走进装饰齐全的客厅，坐在一把崭新的椅子上，盯着放在房间主要位置的嘀嗒作响的大钟看了起来。没一会儿门开了，玛丽安娜·弗沃夫斯卡，也就是小哈雅走进来，她身后跟着三个年纪很小的孩子，都没到上学的年龄。她在深色连衣裙外的围裙上擦了擦手，看起来刚刚应该在干活。她看上去很累，而且忧心忡忡。房子深处传来钢琴的声音。他站起来和玛丽安娜打招呼，她握了握他的手，示意他坐下。莫里夫达有些尴尬，他忘了还有孩子们，哪怕给他们买一袋樱桃蜜饯也好啊。

"一开始只是消失了，"玛丽安娜说，"我们还以为他可能是接受某人的款待，停留的时间长了些，所以最初几天我们并没有担心。之后施罗莫和雅各布夫斯基去找他，找到了雅各布雇来的男仆卡齐米日。卡齐米日绝望地说，有人绑走了雅各布，有人派他们来抓活的。'是谁？'我们问。'带着家伙的人，有好几个。'他回答。于是，施罗莫只好从利沃夫赶到这儿，穿得体体面面的，在城里奔走打听，但我们什么都没打听到。那时候，我们才害怕了，因为自从施罗莫从利沃夫回来后，一切都开始不对头了。"

玛丽安娜把小男孩抱上膝头，然后从袖子里找出一块手帕，擦擦自己的眼睛，再擦擦他的鼻子。弗朗西舍克出去找住在旁边的耶鲁西姆·邓波夫斯基和其他人。

"你叫什么名字？"莫里夫达漫不经心地问小男孩。

"弗兰尼奥。"孩子说。

"爸爸呢？"

"就叫爸爸。"

"都要怪利沃夫的那次聆讯。好在您来了，因为他们最好别再说那蹩脚的波兰语了。"玛丽安娜接着说道。

"玛丽安娜，你的波兰语说得很地道……"

"要是他们能听我们女人的，那就更好了。"她无奈地笑了笑。"哈雅会让他们所有人都为难。她和基尔沙，和鲁德尼茨基，"她纠正着名字，"他们买下了一处房子，在莱什诺，春天就搬过来。"

"哈雅还好吗？"

玛丽安娜惊恐地瞅了瞅他。

"哈雅就是哈雅……最糟糕的是，他们现在对我们单独进行聆讯。他们带走了雅各布夫斯基。"她突然闭上了嘴。

"雅各布夫斯基是个神秘主义者、秘术师……他可是会喋喋不休地说。"

"就是啊，没人知道他在那儿说了什么。施罗莫说过，他们一起作证的时候，这个雅各布夫斯基可害怕了。"

"他们把他关起来了吗？"莫里夫达突然抓住玛丽安娜的胳膊，靠向她，在她的耳边说，"我也害怕。我和你们在一条船上，我看得出来，现在不安全。告诉你丈夫，他是个蠢蛋，你们竟为了蝇头小利彼此算计……你们想把他除掉，所以才那么说的，对吗？"

玛丽安娜挣脱开，脸埋在手帕里哭起来。孩子们惊慌地看着她。她走到门边尖叫道：

"巴霞，把孩子们带走！"

"我们大家都害怕。"玛丽安娜说，"你害怕是因为你了解我们的秘密，这也是你的秘密。"她抬起泪眼婆婆的淡褐色眼睛看着莫里夫达。这一刻，莫里夫达从她的声音里听出了威胁的味道。

杯水车薪

对弗兰克在华沙的追随者们进行的聆讯气氛相当轻松。自信善谈的耶鲁西姆，也就是彦杰伊·邓波夫斯基，和弗沃夫斯基兄弟中的弟弟，也就是扬，作为整个团队的代表发言。两个人都说意第绪语。这一次莫里夫达只是辅助翻译，他坐在桌子边，身旁放着纸和笔。一个叫别勒斯基的人是翻译，完全中立。莫里夫达事前关照过他们，让他们用礼貌且温和的语气说话，讲重点的东西。

但他们越扯越远。等他们开始谈起雅各布在各地施行的神迹时，莫里夫达沉默不语，咬住嘴唇，低头看向那张白纸，借此让自己平静下来。他们为什么要这么做？

莫里夫达觉得，本来友好的法庭气氛起了变化，审判者们的身体渐渐绷紧，一次小小的聊天竟成了一场真正的审讯。他们的声音越来越低，法庭越来越好奇，越发感觉质疑似的提出问题，被告人紧张地面面相觑。莫里夫达惊恐地想到，他们肯定会指定下一次的开庭时间，这件事不会像以前那样，一两次就能了结掉。

他不情愿地把自己的椅子向壁炉方向挪了挪，离他们更远一些，像要置身事外一般。

施罗莫，也就是弗朗西舍克·弗沃夫斯基，这个买卖人原本也许还能充当和事佬，摆平钱财和人情，但这一次在法庭面前突然变得像个小伙子，下嘴唇不住地哆嗦，马上就要哭出来似的。自信的耶鲁西姆表现得像个直来直去的粗人，可莫里夫达知道，他并非如此。他讲了他们平时怎么做祈祷，然后法庭表示，希望他们唱出那首神秘的颂歌，可对歌中的内容他们并不想解释或者解释不出来。他们不安地看着对方，小声嘟囔着。很明显，他们在狡辩着什么，隐藏着什么。这时马图舍夫斯基走出来，他的脸色苍白，好像有人判了他死刑似的。他成了这场合唱的指挥，抬起手。过了一会儿，他们像学生一样，像未成年的小伙子一样，在华沙的宗教审判法庭前低声唱起了《伊加德尔》。忘我的歌声中甚至带有冒犯教会权威的意味。莫里夫达低下眼睛。

这首颂歌他听过很多遍，有时候他也跟着唱，真的唱过。但此时此刻，在暖和的主教法庭里，潮湿的味道与清洁炉膛的碱水气味交织混合，窗户上的寒霜在一夜间便勾勒出一个个由冰树叶和冰树枝构成的俏丽花环，《伊加德尔》的歌词听上去是那么荒谬，驴唇不对马嘴。莫里夫达在沃维奇有一份工作，就在最高教会机构所在地，在波兰立陶宛联邦主教长的眼皮底下。他千辛万苦才回到自己的祖国，人们早就忘记了他曾经犯下的错误，又让他过上了体面的生活，那他还有什么必要在乎这首歌的歌词？他又真的明白这首歌吗？

这群被告出去的时候，被带出来的雅各布正从他们的身旁走过，大家都退到墙根下，面色变得煞白。雅各布衣着整齐，戴着自己的高帽子，穿着带领子的外套，好像他们带出来的是位国王。但他的脸色异常凝重。他盯着哭起来的弗沃夫斯基，用希伯来语说：

"你们这是杯水车薪。"

问题的海洋会吞没最强大的战舰

莫里夫达是翻译。在扎乌斯基主教的保护下，他设法参与进来。此刻，他正盯着系在自己新长衫中间的腰带。他一身新装，但此刻看起来，过于奢华和讲究了。他很沮丧。

由三位神职人员和两位世俗秘书组成的委员会正在等待。在走廊一侧的大门旁边站着全副武装的保安。莫里夫达想，这阵仗真大，让人觉得好像要审讯一位野心极大的篡位者似的。除了将要主持的司铎神父外，还有来自格涅兹诺①的舍姆贝科神父、宗教法院的书记员普鲁赫尼茨基和耶稣会的审判官西里维茨基神父。他们低声耳语，莫里夫达没听见他们在说什么。

最终，门开了，卫兵把雅各布带进来。莫里夫达只看了他一眼便浑身发烫。雅各布看起来有些变化，好像浮肿了，脸色疲惫，面部下垂。他们打他了？莫里夫达的心脏快速地跳动，像飞奔起来似的，他的喉咙发紧，手也在颤抖。雅各布没有看他。所有为掩盖雅各布的错误而事先准备好的表达思路和说辞都忘得一干二净。他小心翼翼地在长衫的两侧擦了擦汗津津的手，他甚至感觉得到腋下的汗珠。是的，他们打了他，一定的。雅各布低着眼睛看了看在场的所有人，眼神非常阴郁。他们的目光终于相遇，莫里夫达打起精神，慢慢地眨了眨眼睛，给他使了个眼色，告诉他会好起来，让他保持冷静。

宣读了官方开场白和审讯目的后，第一轮询问随即开始。莫里夫

---

① 波兰城市，是波兰天主教重镇。

达把问题翻译成土耳其语。他原原本本地译，不多词也不少句。他们问雅各布在哪里出生，在哪里上学，在哪里居住。他们对他妻子和孩子的数量很感兴趣，还有他良好的家业和财产状况。

雅各布不愿意坐下来。他回答的时候一直站着。他的声音低沉，尽管很轻，但土耳其语如歌声般的音调让审讯者们印象深刻。这个人和他们有什么共同点吗？莫里夫达想。他一句接一句地翻译着雅各布的回答。雅各布说，他出生在波多利亚的科罗洛夫卡，然后住在切尔诺夫策，他的父亲在那里当拉比；他们搬过几次家，在布加勒斯特和瓦拉几亚地区的几个城市居住过；他有妻子和孩子。

"你们是通过什么标志判断出那些想要加入基督教信仰的人呢？"

雅各布望着天花板，然后叹出一口气，沉默下来。他请莫里夫达再重复一遍问题，但还是不作回答。最后他转向莫里夫达，好像在对他说话。莫里夫达极力控制住自己脸上的每一下抽动。

"我判断真正信仰者的标志就是，我能否看见他们头上有一道光。不是所有人都有这道光。"

莫里夫达翻译：

"我识别的标志是，根据我主耶稣的应许，那些真诚信奉他的人，我能看见他们的头上有烛光似的光。"

法庭要求他说明，谁有光，谁没有。

雅各布很不情愿地讲出来，一度在讲到名字的时候有些犹豫，但莫里夫达流利地解释道，有一些犹太人费尽心机地让雅各布认可他们的信仰，甚至不惜赠予他大量的钱财，但他都拒绝了，因为他没有在他们的头上看到光。还有，他已经确切地知道谁是真心实意，谁是浑水摸鱼。

然后他们问起他第一次到波兰时的细节。如果他说得太笼统，他们会追问具体地点的名称，还有招待过他的东道主的姓氏。这花了一些时间，他们一直等到秘书们把这些全部记录下来。雅各布被这种官僚作风搞得筋疲力尽，让人给他一把椅子坐了下来。

莫里夫达翻译着一些事件的发生情况，这些事有的他亲身参与过，但现在他可不想承认，而且也没有必要承认，没有人问他。他只是在心里暗暗祈祷，雅各布不要一股脑儿说出来。当谈到尼科波尔和久尔久的时候，他一个字都没提莫里夫达，甚至没有看他一眼。法庭自然而然地会认为他们并不认识，他们只是不久前在利沃夫因为翻译才认识彼此，就像莫里夫达在声明中写到的那样。

现在休息片刻，有人送来了杯子和水。提问人轮换，现在是耶稣会教士。

"被告人相信神是三位一体吗？相信神有三个位格吗？是否相信耶稣基督，相信真神和真人，相信《圣经》中出现的弥赛亚，而且是根据《阿塔纳修信经》①来相信呢？准备好向他们起誓了吗？"

他们交给雅各布一本拉丁文版的《阿塔纳修信经》，雅各布不会念，于是跟着莫里夫达一字一句地读："我相信一个神……"莫里夫达自己加了词："全身心地。"他们让他在写有《阿塔纳修信经》的纸上签上名。

然后又提出下一个问题：

"被告从《圣经》的哪些地方发现过三位一体的奥秘？"

对于这个问题，被审判者和翻译之间有着不为人知的心照不宣。莫里夫达曾经教过他，雅各布都记住了。看起来，教学总算派上了用场。他先提到《创世纪》第一章第二十六节："我们要照着我们的形象，按

---

① 据传是概括了圣阿塔纳修神学思想的著作。圣阿塔纳修是基督教史上的伟人，在基督教中确立了耶稣和天父上帝具有同一本质的思想，为传统基督教教义三位一体的发展奠下历史性基础。

着我们的样式造人。"以及《创世纪》第十八章第三节中,亚伯拉罕就像对着一个人说话那样对三个人讲话,他说:"我主,我若在你眼前蒙恩……"然后他翻到《诗篇》。他指出《诗篇》第一百一十章中有这样一句:"耶和华对我主说:你坐在我的右边。"再后来,他便找不到了,拿着自己的希伯来文《圣经》来回地翻。最后他说他累了,需要一些时间才能找到对应的地方。

于是他们提出接下来的问题:

"《圣经》中哪里写到弥赛亚已经降临,就是童贞玛利亚所生的,并于一千七百二十七年前被钉在十字架上的耶稣?"

雅各布沉默了很长一段时间,直到他们命令他回答。雅各布说,他曾经对此非常肯定,尤其在他教导别人的时候。但在洗礼后,他丧失了清晰的认识,不必再知晓一些显而易见的道理,因为现在有神父来引导他和其他人。

莫里夫达对他的机智反应佩服得五体投地。他的回答面面俱到,神父们相当满意。

"《圣经》中有哪些经文是能够从中知晓弥赛亚,耶稣基督,就是真正的造物主和与天父同质的存在?"

雅各布翻找着自己的经书,但没有找到合适的段落。他用手摩挲着前额,然后说:

"《以赛亚书》。'给他起名叫以马内利。'"

西里维茨基审判官没有轻易改换话题。他仍然纠缠弥赛亚的问题。

"当被告说到基督会再次降临时,他明白其中的意思吗?再次降临会是什么样子?是否意味着降临后将判定活人和死者?被告是否坚持认为,基督已经以某种人形降临于世,会像闪电一样突然出现?"

西里维茨基的声音很平静,就像在谈一件习以为常的俗事,但莫里夫达却觉察出，安静的空气逐渐凝重起来，所有人都竖起耳朵，期待着雅各布要讲出的话。他把耶稣会长老的问题翻译给雅各布，插入了一个小小的单词："小心点儿。"

雅各布听到了这个词，他缓缓地、谨慎地做出回答。莫里夫达翻译的速度也放慢下来，他一边等他讲完整句话，一边把字句在脑子里来回过上几遍。

"我从来不认为，弥赛亚会以人形再次在世间降生，我也从来没有这样教导过别人。我不认为他会像某个富有的国王一样降临，并对人们进行审判，又或者正隐藏在世界的某处。我曾经这样想过，认为他就藏在面包和葡萄酒的外形之下。在波德盖齐的一座教堂里，我自己深深地领悟到这一点。"

莫里夫达松了口气，当然了，没有人注意到。他觉得自己外套下面的那件轻薄优雅的长衫都已经湿透了，包括整个腋下和后背。

这时舍姆贝科神父插话进来：

"被告知道《新约》吗？是否读过《新约》？如果读过，是哪种语言的版本？"

雅各布说，不知道，从来没有读过，只是在利沃夫和华沙这里听到过一些《路加福音》[①]的片段。

舍姆贝科神父对他为什么包裹着头巾而来并对他到过清真寺的事情很感兴趣。为什么他能向新的伊斯兰教徒那样从波尔塔得到允许定居的敕令？他是不是真的皈依了伊斯兰教？

莫里夫达快窒息了，这说明他们掌握了一切信息。他可真蠢，竟

[①] 《路加福音》是《新约》正典中《四福音书》之一，记述了耶稣一生的生活，详细记载了他的降生、工作、受难与复活等相关事迹，并以耶稣升天结束。

然没想到这一点。

雅各布刚明白问题就马上做出回答。他借莫里夫达的嘴说道：

"如果我认为伊斯兰教是最好的宗教，我一定不会转而信天主教。"

莫里夫达接着翻译道，犹太教塔木德派煽动波尔塔反对他，并奉上贿赂，让土耳其人抓住他。

"我走投无路，被逼无奈接受了那个教，但只是表面上的，我的内心里从没有真正认可那个教，一刻都没有。"

"那你为什么要给苏丹写下一封请愿信，信中说自己又穷又被迫害，但你自己也说当时是有钱的，有房有葡萄园还有其他地产？"

从提问者的声音中能听到胜利的气息，仿佛他抓住了被告撒谎的证据，但雅各布却看起来很不以为然。他漫不经心地回答说，是久尔久的总督让他这样做的，土耳其人认为，可以用这个办法争取到钱财。"这有什么不好的呢？"雅各布的语气似乎透露着这样的意思。

舍姆贝科神父翻着一摞文件纸，要在其中找出有意思的事来。他暂时停下提问，耶稣会教士接着问他的问题。

"一个被聆讯过的人，叫什么纳赫曼，现在叫彼得·雅各布夫斯基，他说你们在塞萨洛尼基见过敌基督。你相信这个吗？"

雅各布借莫里夫达的嘴回答：

"不，我从不相信。大家都说那是敌基督，我也这样说过，当个笑话而已。"

耶稣会教士回到正题：

"被告是否讲过很快会发生最后的审判？怎么知道的？"

莫里夫达听到：

"是的，审判将至，该信念就体现在基督教《圣经》里，尽管我们并不知道审判何时会发生，但它已不远。"

他翻译道：

"我引用先知《何西阿①书》中第三节的话以唤醒世人，并传教说，我们犹太人这么多年都没有祭司和祭坛，但如今，我们以色列的子民向上帝祈求，通过信仰寻找大卫的儿子弥赛亚。在接受了基督教之后，我们就有了祭司和祭坛，所以根据预言，现在便是最后的时日。"

"被告是否知道，他的追随者把他看作是弥赛亚？他坐在椅子上，喝着咖啡，抽着烟斗，任由其他人为他哭泣，为他歌唱，对他无比崇拜，这是否属实？为什么被告会允许这些事？为什么他不反对且任由他的追随者称呼他为神圣的父和主？"

西里维茨基神父越发咄咄逼人，尽管他并没有抬高声音，但他问问题的语调仿佛马上就要撕下面纱，把可怕的事实公之于世一般，大厅里的空气越来越紧张了。他又问，为什么雅各布为自己挑选了十二位学徒。雅各布解释说，并不是十二位，而是十四位，有两个人死了。

"为什么他们所有人在受洗的时候都为自己选择了圣徒的名字？是不是把弗兰克当成了我们的主？救世主？"

雅各布否认，完全不是，他们取的是自己想要的名字。除此以外，他们还有人选了弗朗西舍克这个名字。

"上帝保佑。"汗涔涔的莫里夫达翻译道，"因为他们并不了解其他的基督教名字。此外，还有两个人叫弗朗西舍克。"

"被告是否知道，有些学徒在他头上看到了光？他是否知道这件事？"

雅各布说，此事第一次听说，他也不知道是什么意思。

这时，舍姆贝科神父又一次提问：

---

① 何西阿是以色列的先知和祭司。

"被告是否预言过，自己会在蓝茨克鲁尼亚和科佩钦齐入狱，自己的妻子抵达波多利亚的时间，彼得·雅各布夫斯基的孩子将死，还有埃利沙·弗沃夫斯基家族的两个人也会死，甚至包括此时此刻自己被捕？此前的聆讯中有证人能证明。"

莫里夫达脑中闪过一个念头，雅各布正试着把自己变小，好像他突然懂了，如果他的形象太过伟大，那么就太引人注目了。以前他扮演强者，掌控一切，那么现在的做法是，他要扮演新的角色，不知不觉、自然而然地成为一个无足轻重的被告，礼貌，顺从，表现合作，一无所有，没有牙齿，没有爪子，像只小羊羔。他太了解他了。他知道，雅各布比在场的所有人都聪明，哪怕他们都把他当成傻瓜，就像以前犹太人也把他当成傻瓜，但他本人有一种特殊的偏好，他要隐藏在渺小里，隐藏在简单里。他什么时候说过自己几乎不会阅读吗？

莫里夫达原原本本地翻译他的回答：

"是的，我预言过我会在蓝茨克鲁尼亚被捕，但没有预言过在科佩钦齐的事。关于我的妻子，我只是简单地计算了一下我派出的信使到达她那里所需要的时间，再加上打包行李的时间，还有路程。因此我能算出，她会在星期三抵达。雅各布夫斯基的孩子出生的时候就很虚弱，而且生了病。如果我说过洛哈特恩的弗沃夫斯基家族有人要死了，我真不记得了。那是个大家族，总会有一两个人过世。事实上，说真的，我曾经在抚着《圣经》祈祷的时候，突然大声地说了一句，'两周后'。我不知道我为什么那么说，但听到这句话的人立刻将被伯纳德派囚禁的事与此联系起来。我也承认，如果有真心相信基督教的人来到我身边，我的右边鼻孔会痒，但如果此人并非真心，那左边鼻孔便会痒。我以前有这样的感觉。"

这时，尊敬的审判委员会成员们轻蔑地笑起来。舍姆贝科神父、普鲁赫尼茨基神父、秘书，还有司铎神父都笑了。只有耶稣会教士没有笑，但显而易见，莫里夫达想，这些人并没有什么幽默感。

耶稣会教士严肃地提问：

"为什么有病人来找被告的时候，他会对病人施咒，一边用手指触碰病人的前额，一边低声念咒语？咒语该怎么解释？"

委员会的欢快气氛感染了雅各布。莫里夫达因此发现，从这时起，被审讯的这个人将扮演一强一弱两种角色，这样什么都说不清楚，每个人都会认为，他的话互相矛盾且模棱两可。

"我认为，有人起坏心的时候对别人施加的才是咒语。我的咒语是对那些需要它的人说的。"这时候，雅各布提到了一些死去的人的名字，再一次弱化了自己的能力，他说，"我对死在华沙的已经受洗的维尔舍克说过，对在卢布林过世的莫尔德克先生，也就是著名的莫尔代哈伊说过，但并没有帮到他们。"

接着审讯者问到了伊瓦涅，他们对那段时间的事很感兴趣。他们问，在伊瓦涅他禁止任何人拥有私人财物，所有东西都应共同使用，是否属实？还有，如果发生了争执，最后达成了一致意见，那么这个意见是否来自上帝？这些主意怎么产生的？

雅各布很疲惫，一个下午过去了，他只喝了点儿水，在发霉不通风的房间里待着。他说他不知道，他没有头绪。他揉了揉额头。

"这是否属实：你禁止孩子们接受基督教和正宗的天主教教育，并让所有人都待在一起？是否属实？"舍姆贝科神父读着卡片上的内容，看得出来，他们准备了详细的材料。

还有：

"这是否属实，"神父问，"他的学徒们在自己版本的《新约》中将耶稣的名字替换成雅各布？"

雅各布简短地否认了。他低着头站着，失去了自信。

审讯结束后，莫里夫达与出乎意料地冷酷的西里维茨基神父和沉默的舍姆贝科神父道了别。他从雅各布身边走过，看都没看他一眼。

他知道，他们不会再请他参加接下来的审讯，他们不相信他。

他走进华沙冰冷的空气中，真冷，袭人的寒风吹进他的长袍，于是他裹紧自己向长街的方向走去。但突然，他意识到，他害怕去弗沃夫斯基家，所以又折返回来，慢悠悠地向三十字教堂边的关卡方向挪步。就在那里，他生出一股阴森森的内疚感。而当他走进一家小小的犹太酒馆开始喝酒，向女招待炫耀他的希伯来语的时候，什么感觉都抛到九霄云外去了。

早上，他们带给他一封主教长办公室的来信，让他中午时分到那里报到。他朝自己的身上浇了一桶冷水，用掺了醋的水漱了漱口。他面向窗户站着，试着祈祷，但他实在太紧张了，以至于无法找到那种，就像朝天上扔一块鹅卵石一样自然而然能让自己头脑冷静的方法。此时此刻，他清楚地感觉到头上天花板的位置。他知道会发生什么，他甚至在想，他们会不会让他离开。他瞥了一眼自己不大的行李箱。

在主教长宫，一个普通神父接待了莫里夫达，他甚至都没有介绍自己，只是沉默地把他领到一间只放着一张桌子和两把椅子的小厅，墙上挂着一个巨大的十字架，钉着瘦骨嶙峋的基督。神父坐在他面前，两手叠放在一起，温和地说着话。他没有提到任何一个具体的人，只是说，教会非常了解安东尼·克萨科夫斯基，也就是莫里夫达的过去，特别是他在瓦拉几亚异端群体中度过的那些荒唐日子。菲利普教派的活动广为人知，为真正的天主教徒所不齿。联邦可不是庇护邪教的地方，所有的离经叛道者都该另找生存之路。克萨科夫斯基年轻时所犯下的罪过也是清楚的，教会的记忆永存，永远不曾忘记。他说啊说啊，好像在炫耀他的博闻强记。接着他打开抽屉，拿出几张纸和一小瓶墨水。他出去了一会儿，拿来了笔。他用手指检查笔尖是否足够锋利。他还提了一句沃维奇。莫里夫达沮丧极了，不想弄明白这句话的意思。他的脑子里还盘旋着神父的话：魔法、轮回、乱伦、非自然的实践……他觉得，神父给他压上了无比巨大的重担。

然后神父让莫里夫达写。他说，没有时间限制，把他知道的关于雅各布·弗兰克的一切，还有别人可能不知道的事都写下来。莫里夫达开始写起来。

第二十三章

希罗尼·弗洛里安·拉齐维乌家怎么打猎

一直到2月2日,到圣烛节,全国上下都笼罩着节日的气氛。舞会服装、荷叶边裙子的大裙摆、丝质长衫、得体的神父袍在寒风中飘飘扬扬。即使是农民的农舍里也都挂起了节日的装饰,缎带包边,绣工漂亮。仓库里堆放着一罐罐蜂蜜和猪油,黄瓜静悄悄地在黑漆漆的大桶里腌制着,直到有个不消停的手出现,才唤醒它们的活力——那时,滑溜溜的酸黄瓜会掉到地板上滚动起来。柱子中间挂着一圈圈香肠、熏好的火腿和大片的肥板肉;每天都有个小厨娘从上面切下几片来。一个月前还活蹦乱跳地生活在舒适的马厩和谷仓里的动物,并不知道自己等不到圣诞节了。老鼠们在坚果袋子里肆意乱窜;在这个季节,胖乎乎的猫则懒洋洋的,几乎不会发生争斗,老鼠因此更狡猾了。屋子里弥漫着苹果干和李子干的味道。音乐从敞开的大门流淌进寒冷的夜里,就好像人呼出的水蒸气。

乌比恩斯基主教长本质上来说是个又虚荣又幼稚的人。拉齐维乌邀他来打猎,他带上了自己的一个秘书,安东尼·克萨科夫斯基,也就是著名的莫里夫达。他们和他的顾问莫沃加诺夫斯基乘坐一辆马车,因为主教长的工作从来不会停下。莫里夫达并不尊敬这个人,也不喜欢这个人，他在沃维奇的主教宫里已经看过太多的事情。他努力地记着笔记，但马车在结了冰的车辙间颠簸起伏，让他根本干不了这个活。

他们久久沉默，因为主教长正透过车窗观察那辆经过他们的欢快又喧闹的雪橇。最后，还是莫里夫达鼓起了勇气，他说：

"阁下，我能否请求您让我走……"

这时，马车正通过一座小木桥，颠簸得好似地震了一般。

"行啊，我知道你想要什么。"乌比恩斯基主教长提高声音说，过了片刻——莫里夫达却觉得过了一辈子——才接着说道，"你害怕了。我瞧着，你当他们的翻译没什么不好，甚至会更好，因为你知道的就更多。你知道，克萨科夫斯基先生，他们说你很多奇怪的事。你可是不只从一个炉子里吃面包啊。而且你还是异教徒中的重要人物，不是吗？"

"阁下，那都是年少无知惹的祸。我一时头脑发热，但渐渐地我明白了事理。异教徒的故事都是编的。我知道许多别的故事，但关于异教徒的，我真不知道。"

"那你讲讲，正好打发我们旅途的时间。"主教长说完，把头靠在包着软垫的后座上。

有那么一会儿，莫里夫达认为，是时候讲述自己的经历，把长久以来背负的重担全部卸下，在这个寒冷的日子开始新的生活。但他也意识到，是克萨科夫斯卡动用了自己的影响才把他塞进现在的位置，克萨科夫斯卡并不喜欢乌比恩斯基，她认为他与波兰的利益为敌，是个与波兰格格不入的人。在地方上有一个自己信任的人当然好。她承诺过，把像光环一样围绕着莫里夫达的闲言碎语全都平息掉。

不，莫里夫达永远也不会告诉这两个人，是什么驱使他走到今时今刻这一步。于是，他告诉他们，他和同船的乘客遇上了海上风暴，为了不被大浪卷走，不得不把自己绑在桅杆上……大海把他抛上岸，一位漂亮的公主，小岛上国王的女儿发现了他。他被关在山洞里，食物装在篮子里，由一根长棍子送进来，因为岛上的人害怕他的红胡子……显然，主教长从来没见过大海，也没见过沙滩，没见过公主，更没见过山洞，因为他的想象力跟不上故事的进度，他感到无聊，开始打瞌睡。莫里夫达安下心来，但为时过早。

晚上在客栈，他们吃过晚饭后，主教长让他讲讲菲利普教派和鲍格米勒派。莫里夫达蒙在鼓里，不情愿讲，他泛泛地谈了谈。

"人还能证明很多东西啊。我们相信的，只能从异教中证明。"主教长对莫里夫达的讲述做了总结。莫里夫达讲得不错，主教长像孩子一样满意地笑了。

希罗尼·弗洛里安·拉齐维乌为这一天准备了几个月。他让在立陶宛领地的几百个农民抓捕了各种各样的动物：狐狸、野猪、狼、熊、麋鹿和狍子。他们把动物装进一个个大笼子，用雪橇运到华沙。在维斯瓦河畔，他让人种了一大片小圣诞树，用这种方法造出一个有直行道的人工森林。森林正中央盖起一幢优雅的房子，用来招待国王奥古斯特的贵客和朋友：两层小楼，外面包上绿色的幔帐，内里铺着黑狐狸的毛皮，楼后过了花园的地方，搭起了看台。

国王和儿子们带着随从走进这所房子。乌比恩斯基也在随从的行列，够他向其他红衣主教们炫耀了。而贵族和朝臣们在看台上分散开来，这样能得看得更清楚。在寒冷的空气里，大家都很高兴，当然也少不了仆人们慷慨送上的蜂蜜和热红酒的功劳。莫里夫达偷偷地瞄了瞄国王，他第一次见到国王。奥古斯特又高又肥，充满自信，脸被冻得红扑扑的。他那柔软且精心刮过的下巴光滑得像是长在巨婴的脸上。在他面前，他的儿子们都成了侏儒。他喝酒的时候，仰起脖颈一饮而尽，然后再按照波兰的习俗，将最后几滴摇晃到地上。莫里夫达眼睛一眨不眨地盯着他那柔软的、摇摇晃晃的双下巴。

以喇叭声为号，动物们从笼子里被放出来。被冻僵了的动物们已经很久没活动了，尽管勉强还活着，但迷迷糊糊的，就僵在笼子边上，不知道该往哪里跑。猎狗开始追赶它们的时候，惊悚的乱象发生了：狼追着麋鹿，熊追着野猪，而猎狗追着熊，这一切都发生在要射杀它们的国王眼前。

莫里夫达退到后面，他走到放着各种零食的桌子边上要了一杯烈酒。他们给了他一杯，然后第二杯、第三杯。当表演结束的时候，他正好喝多了，话也多起来。大家都说，国王相当满意这场狩猎，拉齐维乌先生显然做出了巨大的贡献。因为他并非华沙的常客，所以大家对他更加推崇。一个胖胖的贵族，戴着一顶插着羽毛的皮帽子，操着东方口音对莫里夫达说，拉齐维乌先生有很多奇思妙想，他经常使用一种特殊的装置，像发射炮弹一样在空中射杀动物，也就是在动物飞起来的时候，他就射击。令人印象深刻的是，在1755年的斯卢茨克，他们冒着极度严寒用这个方法射杀过狐狸。打野猪的时候，他们会开出一条特别的小道，终点是护城河，而后他们把野猪赶到这条小道上，让猎狗朝它们狂吠，等受惊的野猪跑起来，就会直接掉进水里。因为野猪不会游泳，对猎手来说就成了易如反掌的目标。这个人讲的故事令受邀而来的客人们特别兴奋。

下午这里还有另一场活动。所有猎人都已经醉醺醺的了，聚集在一个特殊的斗兽场里。几只小野猪被放进来，它们的背上都捆着一只猫，像个骑手似的。它们的对手是一群猎狗。大家玩得开心极了，在宣告打猎结束的舞会前兴致一直很高。

第二十三章

莫里夫达自己踏上返程。联邦的主教长阁下还留在富豪家里做客。重要的教会事务催促秘书赶紧完成。他一到华沙就开始写要送到沃维奇的信,大概用了三个小时才写完。他甚至都没有注意到首都在这个阴郁冬日里的样子。他根本没去看。好吧,也许他用眼角余光瞥到了宽阔泥泞的马路,注意到马粪在冷风中冒着奇怪的热气。这场景让莫里夫达觉得很陌生,久久地喘不上气来。他觉得自己就在一片冰冷的草原上,寒风凛冽。他意识到,自己正变得越来越渺小,不知道是冬天的缘故,还是因为自己喝多了酒。他大口喘着气,并不是自然呼吸。下午他动身前往沃维奇,骑着马,一刻不停。

华沙城外,灰蒙蒙的天空很低,地平线广阔而平坦,让人觉得仿佛大地已经承受不住天空的重量。在骑马道上,铺着一层湿漉漉的雪,已经结上了霜。接近傍晚,天就要黑了,旅店门前的马匹也越来越多了。马尿味、马粪味、汗味与从旅店的歪烟囱里冒出的味道,特别是从敞开的大门里喷出来的味道混合在一起。两个女人站在门边,她们穿着红色的长裙和白色的节日衬衫,外面套着羊皮短大衣。她们眼巴巴地看着每一位走进来的人。她们一定在找人,其中一个更年轻更矮胖的,避开了一个穿着暗灰褐色外套、已经喝得醉醺醺的男人的纠缠。

这家旅店本身是一个原木搭起来再刷上石灰的低矮建筑,有几个小小的窗户,顶上覆盖着芦苇草。围栏边的长凳上坐着几个女人,百无聊赖地来此看看大千世界。她们围着方格羊毛围巾,鼻头冻得通红,一言不发地坐着,面无表情地仔细看着每一个到来的人,偶尔谈上几句琐碎的事情。突然,穿着羊皮短大衣的女人发现了谁,尖叫起来,与其厮打。也许他是其中一个人的丈夫,喝多了,也可能是逃跑的未婚夫。他想摆脱这些女人,但过了一会儿,他便冷静下来,任凭她们领着走向村子的方向。冰冷的雪被马蹄踏得粉碎。马眼巴巴地看着烟雾缭绕的旅店入口，但那里传来的只有低沉的乐器声。莫里夫达想，这便是世上最忧郁的声音了：远处飘来的音乐，被木墙阻隔得七零八碎，夹杂着嗡嗡的人声和吱嘎作响的冰块声，形成空洞、孤独的鼓点。过了一阵儿，传来远方小镇的钟声，更让周遭的一切陷入无法自拔的绝望。

杂记。关于故事里的三条路 和关于讲故事这件事

纳赫曼，也就是彼得·雅各布夫斯基，已经在自己的小房间里坐着写了好几天了。他和瓦依格薇在索莱茨区[①]租下一间特别冰冷且离哪里都很远的住处。瓦依格薇始终没有从孩子的死中缓过神来，整天都不说话。没有人来看望他们，他们也不和任何人走动。铁锈色的黄昏很快降了下去。雅各布夫斯基拢了拢蜡，将其与剩下的一截蜡烛压在一起做成一根新的小蜡烛。写满字的纸散落在地板上。

……泛滥。每一件事都让我觉得永无穷尽，当我试着将它写下，笔会从我的手中无助地跌下。关于事情的描述永远都结不了尾，又总没写到点子上。当我写作时，每个细节都会让我联想起另一个细节，然后接着再联想到下一个，联想到一个标志或者一个手势。我不得不一直做出选择，是遵循某条线索讲述事情的来龙去脉，还是保持内心的反思，同时也是强大的逻辑，帮助我呈现过去的画面。

于是，我一边写作一边不时地站在分岔路口，就好像童话里愚蠢

---

① 华沙的一个街区名。

的伊万一样。这个童话还是雅各布在伊瓦涅的时候讲给我们听的。我眼前分出三条路,中间一条最简单,是给蠢人的;第二条,右边的,是给那些自以为是的人;第三条则是给勇敢者,甚至是给不要命的人。这条路充满了陷阱、坎坷、黑巫术和致命的偶然。

碰巧,我有时会自然而然地选择简单的路,走中间那条,天真地忘记我所记录的事件本身具有的复杂性,相信所谓的事实、真相就和我笔下的描述一模一样,就好像我的眼睛是唯一能够观察到它的东西,就好像不存在任何犹豫和任何不确定,事情就这样原原本本地发生了(哪怕我们并没有看见,关于这一点,我们在士麦拿时还曾和莫里夫达热烈地讨论过)。当我写下"雅各布曾经说过时",就好像听到这句话的不是我的耳朵,而是上帝的耳朵。那就是雅各布曾经说过的,而且确实如此。当我描述一个地方,就好像它在其他人看来和在我看来都是一个样。我相信我的记忆,通过记忆做记录。我把这个并不牢靠的工具当成了锻造铃铛的锤子。我走在这条路上,相信我所记录的事情都真实地发生了,没有一丝怀疑。我甚至相信,永远都不存在发生过其他情况的可能。

中间这条简单的路是假的。

当我产生这样的困惑时,我选择右边的路。现在一切都反过来了,我自己既是舵也是船,紧紧跟着自己的感觉走,就好像我眼前的世界并不存在,反而世界是由我的感觉形成的。和莫尔德克先生教过我的正好相反,我在为自己胸中的火焰添柴鼓风。我明明应该忘记这团火,应该把它的灰烬抛向风中,但我却把它熊熊点燃。那我还有什么?我,我,我——我深陷困境,仿佛被关进一间镜子小屋,就像吉卜赛人常在收钱后展示的那种装置。这时的我会比雅各布大得多,他的一言一行都得通过我编织的虚无的大网过筛一遍。

踏上右边的路——着实可悲。

因此，在绝望但又怀着希望之下，我走向左边，在路上不断重复着伊万愚蠢的选择，也像他一样由困难和帮助者的声音指引着前行。如果未曾经历，任何人都不会相信外在的声音，都无法忍受左边道路的乱象，立刻就会变成噪音的俘虏。我成了真正的傻伊万，认为自己是一架正在承受无法承受之重的梯子，认为自己是一块被海浪抛上抛下的浮冰（就像那时我们和雅各布一起驶向士麦拿的样子）。我完全放弃了主观意志的想象，任由某人或者某物为我做主。但恰恰是伊万，征服了世上所有的公主和王国，成了大地上最强大的人。

就这样，我被自己的手、自己的头脑指引着，被声音、亡者的灵魂、上帝、伟大的圣母、字母、生命之树指引着。我像走钢丝的盲人一样一句接一句地写下去，不知道结局是什么。我耐心地向前走着，不问代价，更不求回报。我的朋友是这一刻，是将要来临的一小时。当迸发出不可思议的写作灵感的时候，时间于我是那样珍贵，那时一切事物都能够被奇妙地表达出来。这是何等幸福的境界！我安心极了，世界仿佛变成了摇篮。她，舍金纳，把我放在里面，像母亲伏在婴儿身上那样向我弯下腰。

只有理解了莫尔德克先生一再重复的话，才能顺利走完左边的路。他说："世界的故事需要被讲述，只有这样世界才真正存在，才会百花盛放。"而同时，世界的故事也改变了世界。

因此上帝创造出字母表，让我们有可能告诉他，他创造了怎样的世界。对此莫尔德克先生总是会笑出声。"上帝是个瞎子，你不知道吗？"他说，"他创造了我们，让我们当他的向导，当他的五官。"他咯咯地笑了很久，直到被烟呛得咳嗽起来。

1760年2月17日，他们传唤我去审讯，那时我以为，我会像雅各布一样消失。我整晚睡不着，不知道该穿什么衣服参加审讯，因为现在，雅各布离我们而去后，我的身体又被那些旧的犹太衣服带走了。我记得，我穿着犹太式样的旧衣服出了门，然后又从外面转回家，去取一件不起眼的黑色羊毛外套，我们在这里常穿的那种，但既不是我们原本的式样，也不是外来的式样，是短款的。一穿上它，我的小腿就冻僵了。

　　瓦依格薇的眼神仿佛在说，又蠢又老的犹太人还要打扮得这么花哨。她的脸上满是疑惑（甚至可能是不屑），脸颊绯红，靠近了看还能看到上面的青筋。她的嘴唇，曾经是那么丰满迷人，现在却苦兮兮的，僵硬干瘪。瓦依格薇知道，一切的不幸都是因我而起。

　　我和来接我的马图舍夫斯基一起走在路上，边走边想，我以前并没见过像华沙这样的城市，有如此宽阔空旷的大街，但冻结成一块块硬块的泥土却让道路无法通行。想要绕过去的人，都像头被卡在毛领子里的木头人似的，十分笨拙地走着。刷着闪亮的车漆，饰有主人家特有的花纹、族徽、羽饰和圆形浮雕的马车穿行在人群之中。在这片冰雪的世界中充斥着虚无的繁华。我冷得瑟瑟发抖，眼泪顺着眼眶流下来，不知道是因为紧张，还是因为寒冷。

　　时值清晨，装着烧火用的木头的拖斗车被笨重迟缓的马拉着，停在宅院的门房处，裹得严严实实的农民用绳子把木头捆起来，再摞成一堆。一个穿着考究的亚美尼亚人打开一个装着玻璃门的柜子，我在玻璃里看见了自己的样子，被吓了一跳，因为我看上去沮丧极了。我是谁，我怎么了？我要去哪里？我该说什么？他们会问我什么，我该用什么语言回答？

　　我突然发觉，我曾经一度认为是整个世界的外表装潢的东西，是那么颓败和老朽，今天的人根本不会把它们放在眼里。幻觉非常丑陋、残缺，很不完美。我们其实就生活在哈雅的游戏里，就是她用冰冷的手指捏出来的面包娃娃。我们在沙盘里画好的轨道上转着圈，遇见了彼此，但一个人对另一个人来说不过只是任务和挑战罢了。现在我们就要接近终点了，就差掷最后一把骰子，要么赢得一切，要么一无所有。

如果此时让雅各布赢了，他会变成谁？他会变成这个北方城市里在马路上肆意驾车冲撞、自高自大、自以为是的一员。他会和他们一样，空有其表。灵魂羞愧地离开他的身体，和进入时的大张旗鼓完全不同，带着失望的叹息，或者像放屁、像打嗝一样，逃出了他的体外。雅各布，我深爱的雅各布，变成了一个可悲的受洗者，最终让他的孩子们用钱买到了贵族头衔。我们的道路就此失去了意义，陷在了原地，动弹不得。我们把旅途中的某一站错认成伟大的目的地。

怎么说才能什么都不说？保持怎样的戒心才能不被油腔滑调的游戏迷惑？我们都学过，他教过我们。

我都准备好了。我把所有钱都留给了玛丽安娜·弗沃夫斯卡，给儿子留下了一些值钱的东西。我已把书籍整理妥当，用绳子把自己的笔记本捆好。上帝可以为我作证，我并不害怕，我甚至觉得光荣，因为我从一开始，从我设想这个计划的时候便知道，我做得对，我都是为了雅各布，哪怕他诅咒我，再也不让我在他身边出现。

我了解得越清楚，自己越困惑，晚上无法入眠，回忆一遍遍地涌进来，冲刷着我的血液。因为我发现，雅各布突然像变了一个人，面目全非，他更关心服饰和马车，而不再关注要传递给他人的伟大想法。他忙于购物，忙于把自己弄得香气缭绕。他要找基督教的理发师为他刮胡子、修头发。他在脖子上系上一块香水手帕，管它叫围脖领带。晚上女人们用抹了橄榄油的手为他按摩，因为他曾抱怨说只有这样才能避免冻伤。他追逐女性，用我们集体的钱为她们买礼物，从奥斯曼到伊瓦涅我们其实一直对此有些微词。从去过主教那里开始，他渐渐变了，莫里夫达帮他和主教们做交易，和在克拉约瓦的仓库，在士麦拿做的买卖差不多，带着珍珠或者宝石赴约，然后卖掉。我陪他去过几次，所以知道这里的情形和这种买卖几乎没有区别。过去，他坐在桌子旁，从一个丝绸小袋里拿出一件珠宝，把它放在衬布上，或者举到蜡烛边，让光线更好地衬托出商品的美。但现在，在这里，我们自己就是商品。

我一边这样想着，一边穿过冰封的城市，突然回忆起在塞萨洛尼基的那个特殊的晚上。那时雅各布第一次显灵。他满身大汗，双眼因为惊恐而失焦。我们周围的空气异常凝重，我甚至认为，我们的动作和声音都慢了下来，就好像泡在蜂蜜里似的。一切都呈现出真正的面目，如此真实，以至于整个世界都害怕，因为能感觉出，它和上帝是那么不合拍，是那么遥远。

那时那刻，年少懵懂的我们就在原地，上帝跟我们说话。

而此时此刻，一切都变得不真实起来，整座城市就像被画在了一块木板上，就像节日集市上木偶剧场里的背景画一般，仿佛有人对我们施下邪恶的咒语，让我们发生了改变。

我走过大街小巷的时候，感觉到所有人都在看我，我知道，我必须完成我的使命，必须拯救雅各布和我们大家，还有我们的救赎之路。这条路，在这个辽阔平坦的国家，正变得迂回曲折，会令众生误入歧途。

我认为，我们的阵营里还有一个人知道我想要做的事——哈雅·邵尔，现在叫鲁德尼茨卡或者蓝茨克鲁尼亚斯卡，我记不住所有的新姓氏。我曾清楚地感觉到她对我的支持，她远远地跟着我，非常了解我的意图。

刚开始便有人向我们宣读了雅各布的证词，用了很长时间。证词是波兰语的，所以我们没有完全听懂。以政府公文形式书写的雅各布的证言，听上去既虚假又做作。然后，其中一个神父郑重其事地警告我们，让我们不要听信雅各布·弗兰克的"童话"，也不要相信他口中关于先知以利亚的故事，更不要相信别的事。这些事他自己都不想再提，免得引起法官的重视。

六个被告都是成年人，被一个小神父训斥……最后，他在我们头上，在空中，画了一个十字。就在那时，我感觉自己成了犹大，因为我必须得亲手处理一件事，而这件事却是别人所憎恶的。

我第一个进去接受审问。我必须把真相告诉迫害我们的人，我很清楚会发生什么。弥赛亚会被关起来，会被迫害。既然这样说了，就必须发生。弥赛亚应该跌入最低的低谷，最低的低处。

他们先问起士麦拿。我不愿意说，他们就一直催促我，但这也是我计划的一部分。我装作很爱吹牛的样子，他们把我当成了愚蠢且清高的家伙。但我说的都是事实。在这件事上我不会撒谎，在其他事上当然会；谎言在生意场上很有用，但在这里，我可不能撒谎。我尽量少说话，但句句都要给他们留下印象。我不讲太多，是要保护我们自己。我给他们讲了犹太教的圣灵，圣灵降临，讲了我们在雅各布的头上看到了光，讲了死亡的预言，讲了光环，讲了在塞萨洛尼基遇到了敌基督，讲了世界末日即将来临。他们彬彬有礼，甚至不再问问题。我讲的话实事求是，面面俱到，甚至谈到肉体交欢的时候，我都丝毫没有犹豫。我只听到我的声音和笔尖摩擦的沙沙声。

当我结束审问走出大厅的时候，与施罗莫在门口擦肩而过。我们只互相瞥了瞥对方。我感到无比解脱,同时还有莫大的悲伤。我径直坐在街边,在墙根下,呜咽抽泣。直到一个路人往我的腿上扔了一分钱,我才清醒过来。

哈娜,你要在心里思考

哈娜时不时跑去看看有没有信送过来。

没有信。

她对恩主的抵抗根本毫无意义,起不到任何作用。克萨科夫斯卡夫人已经为她准备好了连衣裙和皮鞋,为小阿瓦查也准备了一套。洗礼定在2月15日。

雅各布入狱的消息刚一传来,哈娜就给在久尔久的父亲写了封信。她直白地写道,基于对她丈夫的审问以及——也许是最重要的一点——对他的追随者们的审问,主教法庭认为雅各布犯下了冒充弥赛亚之罪,波兰教会的最高层,也就是主教长,判处他终身监禁在琴斯托霍瓦要塞,任何人不得质疑。

我都要疯了。如果他们认定他是这样大逆不道的异端,为什么还要把他关进最神圣的圣所?就在他们最宏大的神像旁边?我无法理解,也不想理解。父亲,我该怎么办?

两周后,回信到了,是封快得不能再快的信。所以说,信一直都有来,只不过没有雅各布的信。读过信后,等到房间里只剩下她自己时,她对着墙壁大哭起来。信中写道:

哈娜，你要在心里思考，该干什么，不该干什么，否则你会将自己置于危险的境地，会将孩子们置于危险的境地。做一个"我教过你的"最聪明的动物，看得见别人看不见的东西，听得见别人听不见的话。从你还是孩子的时候，你的从容就给所有人留下了深刻的印象。

接着，父亲向她保证，任何时候都对会对她敞开怀抱。
但哈娜只记住了信里的第一句话："哈娜，你要在心里思考。"
她觉得这句话就像压在身体上的重物，压在乳房下面，在左边。

哈娜今年二十二岁，有两个孩子，身材苗条、清瘦，瘦得皮包骨头。她试着通过翻译与克萨科夫斯卡交涉，但看起来，门闩已经落下了。她是自由的，但她觉得自己在坐牢。她望着窗外灰白色的风景，光秃秃的果园，萧瑟荒芜。她想明白了，哪怕她从这里出去了，这座果园、这片土地、这稀稀落落的道路、河两岸的浅滩，甚至天空和大地本身，都是她的监牢。好在身边还有维泰勒·马图舍夫斯卡和佩瑟薇·帕沃夫斯卡。克萨科夫斯卡把她们一个当成秘书，一个当成女仆，和指挥自己仆人一样对她们呼来喝去。

2月19日一大清早，哈娜就穿上了盛装，像要被人扔到恶龙的火焰中那样等待着。这一天是星期二，一个普通日子，又阴又冷。仆人们在屋子里忙碌，女孩们一边点起瓷砖壁炉，一边嬉笑打闹。金属门发出铿锵的响声。寒气又湿又黏，散发着灰尘的臭味。阿瓦查就快哭出来了，也许她在发烧，她感觉到妈妈的不安，尽管她手里摆弄着娃娃，给它穿衣服换衣服，但却一直用眼神追着妈妈的身影。娃娃是圣诞节那天收到的，被放在她的小床上，但她几乎不碰。

哈娜望着窗外，城督的马车已经驶过来了，奶油色的车厢，门上画着波托茨基家的族徽。阿瓦查很喜欢这辆马车，她总是想乘着它到处跑。哈娜转回目光。她揉了揉肩膀。这件克萨科夫斯卡给她洗礼时穿的连衣裙，袖子是薄纱做的。她从箱子里找出一条暖和的深红色土耳其披肩，把自己裹在里面。披肩散发着久尔久家里的味道，那是晒过的干燥木头和葡萄干的味道。泪水马上涌进了哈娜的眼眶。她猛地转身离开女儿身边，这样她就看不到妈妈在哭。这时，几个披着斗篷的女孩进来找她，她得和她们走了。她忙不迭地祈祷起来：巴鲁赫吉，我们的主，光之圣母……她自己都不知道该在祷词里说什么。父亲对她说过什么？她一个接一个地想起了那些听不懂的词。她的心跳开始加快，她知道，她必须马上做点儿什么。

大门一打开，哈娜栽倒在地板上昏了过去，血从她的鼻子里流出来。女孩们尖叫着跑上前，试着让她醒过来。

所以，祈祷被听到了。洗礼不得不推迟。

V. KSIĘGA METALU I SIARKI

第五部 铁与硝之书

第二十四章

弥赛亚的机制是如何运转的

　　好在彦塔这会儿已经知道了弥赛亚的机制是如何运转的。彦塔俯瞰着世界，黑暗之中，只有微小的火花，那是些一处处独自散落的房屋。西方天空上逐渐消散的光芒，有一道红光画出了下面的世界。一条漆黑的道路在蜿蜒着，河流在它旁边闪烁着坚定的亮光。道路之上，一辆车子在行驶着，犹如一滴几乎看不见的小水滴，驶过了一座木桥，然后是磨坊；它沉闷的撞击声从黑暗和稠密的空气中一波波地传出来。弥赛亚的机制就像这座屹立在河畔的水磨坊。暗色的水流不舍昼夜，无论天气如何，都持续、缓慢而平稳地推动着巨大的水轮。磨轮边上的人，动作随机而混乱，似乎已经毫无意义。人挥舞着连枷，机器在运转着。水轮的转动将力量传递到磨坊里碾碎谷物的石磨上。掉落在石磨当中的一切，都被碾为齑粉。

　　同样，要想摆脱囚禁，就得要付出可怕的牺牲。即使是弥赛亚本尊，也必须得要行至最低之处，亲临世上那些最无情的机制。在那里，囚禁着散落于黑暗中的神圣光芒。得要去到黑暗最深重、最广阔之处，去到最屈辱之处。弥赛亚将捡拾那些光芒。于是，无论他经过何处，他都会在身后留下更大的黑暗。上帝差遣他从高处跌落至屈辱之处，跌入世界的深渊。强横的群蛇将嘲弄他，邪恶地问他："你的上帝这时在哪里？他怎么了？他为什么不帮助你呢，可怜虫？"面对这样可恶的嘲讽，弥赛亚必须得充耳不闻，他要踏过群蛇，无所不用其极，忘却自己，做个莽汉和傻瓜，进入所有的伪教，去受洗，去戴上头巾。他必须放弃所有禁忌，解除所有禁令。

彦塔的父亲亲眼见到了第一人，即沙巴泰，他通过言语将弥赛亚带回了他们家里，并将它传给了自己喜欢的女儿。弥赛亚是超越形象和个体之物，是某种活在呼吸中，并流淌于血液中的东西。这是人类最贵重、最有价值的思想：相信有救赎存在。于是要像对待最娇贵的花草一样来养护它，在上面哈气，用眼泪去浇灌，白天摆放在阳光下，夜里藏进暖房中。

雅各布于1760年2月的一个夜晚抵达琴斯托霍瓦

他们驶入了华沙快道。车轮在光滑的鹅卵石上咔咔作响。六名骑马的武士必须得在窄道上奋力向前，以免落入融雪的泥坑。天色开始变暗，残余的颜色逐渐陷于黑夜，白色朦胧成了灰色，灰色成了黑色，黑色又消失进了深渊，深渊在人类的眼前敞开。它无处不在，藏于世间万物的后面。

小镇位于瓦尔塔河左岸，目力可及山上的修道院。小镇由几十座低矮、丑陋、潮湿的房屋组成，以一个矩形的市集广场为中心向外延伸出几条小街道。广场上几乎是空荡荡的，鹅卵石地面起伏不平，已经略微结冰，好似覆盖着一层闪亮的糖霜。昨日的集市过后，留下了马粪、碾碎的干草和尚未打扫的垃圾。多数的房子都有带铁条保护的双层大门，这表示里面可以进行交易，但是很难猜到交易的是什么。

走过了四个女人，包裹着方格子图案的羊毛围巾，围巾下是戴着帽子的脑袋和闪着污渍的套裙。一个醉汉弯着身，身穿农民那种凌乱邋遢的外套，倚靠着空摊位上的横杆。从市场右转，是通往修道院的道路。他们一走到空旷的地方就可以看到它：高耸的塔楼直直插向天空，透着危险。路的两旁种着树，都是椴树，此时还是光秃秃的。它们雄赳赳的，就像高音一样陪伴这片风景，衬托着强劲的低音。

突然间，听到有断断续续、起起伏伏的歌声，这是一群朝圣者正快步走向小镇的方向。起初，这种歌声似乎是一种简单的嗡嗡声，但逐渐地，我们可以分辨出歌词和高昂的女性声音，伴随着两三个男性的杂音："我们跑来保护您，上帝的圣母……"

这些晚来的朝圣者经过了他们，路上又空旷起来。他们离修道院越近，就越清楚地看到：这是座堡垒，牢固地构筑在山上的要塞，矮墩墩的四边形。修道院的后方，靠近地平线的地方，突然展现出一道血红的天空。

之前，雅各布就曾要求警卫们解开他的镣铐，一离开华沙，他们就给他卸下了。因车里，一个长官队长和他并坐，起初咄咄逼人地盯着犯人。雅各布没和他交换任何眼神，而是透过小窗看着外面，可是冷风吹着，后来就不得不关起来。军官试图说点什么，但雅各布并不理会他。终于，为了表示某种善意，他向犯人递上了烟草。很快，两只烟斗冒出了团团烟雾。

武装警卫并不确切地知道这位犯人是谁，于是这些卫兵十分谨慎，以防万一，尽管这个人看上去似乎不想要逃跑。他看上去脸色苍白，大概生着病，双眼之下是大大的黑眼圈，脸上还有伤痕，看着相当虚弱，步履蹒跚，常常咳嗽。到了经停的站点，若他想去如厕，他的厨师必须得帮着他，扶着他的胳膊。他挤坐在车子的一角，身体颤抖着。

那个身兼厨师和用人的卡齐米日，不停地替他调整身上的毛皮大氅。

当他们驶入修道院大院时，天已经黑了，院子空无一人。一名衣衫褴褛的老人打开了大门，随即就消失了。疲惫的马匹已经不再动弹，在蒸腾的汗气中变成了一团团的影子。过了好长一阵，听到了门轴转动的声音，还有人的声音，出现了举着火把的几位修士，他们表情惊讶、困惑，像是做坏事被抓住了一样。他们将雅各布和卡齐米日带到一个空着的等候室，里面有两个木凳，但只有雅各布坐了下来。他们又等了相当长的时间，因为这里正在做礼拜。他们可以听见在高墙后面的某处有唱诗的男声。声音时而显得雄浑强劲，轻易穿透了墙壁；时而又会减弱，突然变为一片沉寂，似乎歌唱者正在悄悄策划着什么阴谋；然后又传来歌声，如此重复了好几次。长官队长打起了哈欠。这里可以闻到潮湿的石头长满苔藓的气味，还有熏香淡淡的香气，这就是修道院的味道。

修道院长对雅各布的状态感到十分惊讶。他的双手在羊毛织成的浅色长僧袍的袖口处握紧，袖边沾满了墨水。这封华沙来的信，院长读了特别长的时间，他显然是在字里行间找寻合适的空间，来思考如何应对这所有一切。他预料到他是一名肆意妄为的异端分子，由于某种原因，不能轻易地被更有效地处理掉，于是他为其准备了一间修道院地牢里的囚室，一个从未被使用过的地方，至少在院长记忆中以前从没用过。然而信中清楚地提到了"拘禁"，而不是"监禁"。此外，这个双手被镣铐束缚的人，根本不像是个恶棍或异端，而他体面的衣着装束更令人想到他可能是个外国人，一个旅行中的东方的亚美尼亚人，或是一位夜里迷路到了这个圣地的瓦拉几亚王公。院长疑惑地看向押送队的长官队长，然后把目光转向吓坏了的卡齐米日。

队长说道："这是他的厨师。"这是这个房间里的第一句话。

院长的名字叫克萨维勒·陆特，刚刚任职了四个月，不知道接下来该怎么做。囚犯脸上的伤痕……难道他们打他了？他想问问。可他们要是那样做了，那一定也是正确的，有时也需要用点手段配合招供，他不想以任何方式去质疑这一点，但这种事实本身令他不快。他厌恶暴力。他试图看清楚那个人的脸，可他的头总是低着。院长叹了口气，下令先把这人简单的行李物品带到这边塔楼的一间不曾有任何人用过的军官房。很快，格瑞哥什修士会拿来床垫和热水，或许还有食物，要是厨房里还有剩下的话。

第二天，院长来看囚犯，但他们之间却无法沟通。厨师试着给他们当翻译，但他自己也讲不好波兰语。就这样，院长不知道这位奇特的犯人是否真的能理解他的善意。这位忧郁的囚犯只回答"是"和"否"，于是院长不再继续打扰他，松了口气，离开了。随后，他回到自己屋里，再次看了一眼摊开在桌上的那封信：

此人，我们将其委托于教会的父神照看，交付于光明山修道院监护。作为一名普通的罪人，该人并不危险，相反，神父您会认为他平和而纯良，尽管他是外国人，并与神父所接触过的人有所不同……虽然他是个出生在波多利亚的犹太人，但却在那些土耳其国家长大，完全接受了外国人的语言和习俗……

接下来是犯人的简要故事，结尾给出了一个颇具威胁的结论，让院长胃里某处产生了不适的抽搐："他当自己是弥赛亚。"然后信件总结说：

由此，我们不建议与他有任何更近的接触。在他拘禁期间，应尽可能将他与世隔绝，并将其视为特殊的入住者，且关押是无限期的，在任何情况下这都不可改变。

这最后一句话激起了院长意外的恐惧。

雅各布的监狱是怎样的

这是一个靠近塔楼的房间，实际上是在防护城墙里面，带有两个狭窄的窗户。修士们在里面铺了床（他们应该也睡这样的床），上面放着一张新填充了干草的床垫，摆了一张小桌子和一条长凳，还有一只瓷的夜壶，上面有个残忍的缺口，可能会伤到人。下午，来了第二张床垫，是给卡齐米日用的。卡齐米日一边讥讽抱怨一边哭泣着，打开了自己的行李和小包裹，他坚决不被允许进入修道院的厨房，他们带他到另一个仆役用的厨房，只有一个火塘，可以在那里做饭。

雅各布发了几天烧，没能从床上起来。于是卡齐米日向隐修士们要来了新鲜的鹅肉，并从厨房借来了个锅，因为他们没有带自己的厨具。他把肉放在简陋的火炉上煮，炖了一整天，然后一小口一小口地喂雅各布肉汤。院长给他们提供了面包和容易弄碎的陈年奶酪，他很关心犯人的健康，还给加了一瓶烈酒，让他兑着热水一起喝，这能让人身体暖和起来。这瓶烈酒后来被卡齐米日喝了，他对自己解释说，自己必须要保持好的状态才能照顾好雅各布，何况雅各布无论如何都不想碰酒，只喝肉汤，这似乎对他有帮助。有一次，卡齐米日在清晨醒来，此时修士们正步履匆匆地前去做晨祷。苍白的曙光穿过小窗落入房间，卡齐米日看见，雅各布没睡，他的眼睛睁着，看着他的厨师，却好像没看见他一样。卡齐米日浑身起了一阵鸡皮疙瘩。

看守们整天盯着卡齐米日的一举一动。很奇怪的一群看守，又老又残废。其中一个没有腿，用一只木拐，但穿着制服，并在肩上挂着火枪。他的举止像是一名真正的战士，胸前系得紧紧的，尽管他制服的纽扣孔已经磨破了，袖口也开了缝，脖子上挂着烟袋。

这是什么军队啊？卡齐米日心想，还厌恶地歪着嘴。可他还是害怕他们。他已经注意到，用烟草可以和他们解决任何事情，于是他心痛地拿出了自己的烟草，用这个方法他得到了锅和燃料。

这些老兵里的一个，几乎没了牙齿，身上工整地穿着破旧的制服。一次，他坐在卡齐米日边上，开始聊了起来。

"你的主人是什么人啊，小伙子？"

卡齐米日不知道该说什么，但是由于这老兵之前给他带来了火炉烤架，他觉得必须得说点什么。

"他是位伟大的主人。"

"我们都看到啦，他伟大，可他为什么在这里坐牢？"

厨师只耸了耸肩。这个连他自己也不知道。所有人都看他，他能感觉到他们的目光。这个没牙又最缺钱的老兵叫罗赫。卡齐米日露天做饭时，他会几个小时地陪着。潮湿的木头冒起浓烟。

"你在那儿煮什么啊，小伙子？这气味让我的肠子都打结啦。"罗赫一边填塞着烟斗，一边说。

卡齐米日回答说，他的主人喜欢土耳其美食和土耳其香料。

"全都很辣。"他展示着手里的小干辣椒。

"你哪儿弄来的土耳其食物啊？"老兵无动于衷地问道。当他得知卡齐米日是吃瓦拉几亚和土耳其美食长大的之后，当天结束时整个兵营就都知道了。每天晚上,那些不用放哨的人全都会去下面的小镇上,喝些稀释的廉价啤酒暖身,一边瞎扯闲聊。有些人在本地有家,但这些人用一只手掌上的手指就能数得过来。剩下的都是孤独年老的男人,战争中的老弱病残,领着微薄的军饷,在隐修士们的锅里蹭饭。有时,当出现某位显赫的贵族大张旗鼓地前来朝圣时,他们并不耻于伸出一只手乞求施舍,而另一只手还拎着枪。

复活节时,经过了多次的请愿和诉求,雅各布终于获得了走出围墙的权利,一个星期一次。从那时起,所有的老兵们都等着他每个周日的散步。哦,他已经在那儿啦。这是犹太先知,弯着腰,身材高大,身影黝黑。他沿着城墙走过去,再走回来,用一个猛然的转身动作,冲向另一面,在那里他仿佛被一堵看不见的墙壁弹开,再次上路。他就像钟摆一样,甚至可以按照他对表。罗赫就是这样做的,他就是这样调准自己从一个暴发户那儿得到的手表。这是他一生中所拥有的最贵重的东西,他还很遗憾直到现在才遇到这位先知。他想象自己要是能在二十年前就有这个……他就会穿上阅兵式才穿的制服,走进某个战友们聚集的酒馆,好好显摆一番。现在他很确定,用这只表,他将能有一个体面的葬礼,能有木头的棺材,还会有鸣枪致敬。

他平静地观察着犯人,没有同情心,他已经习惯了,人的命运安排总是出乎意料。对于罗赫来说,这位先知的命运还算不错。他的信徒,他的追随者们,给他们的主人提供美味的食物,并向修道院里偷运金钱,尽管这是被严格禁止的。很多东西都在修道院里被禁止,即使这样,这些东西还是应有尽有:瓦拉几亚和匈牙利的葡萄酒、伏特加、牛肉。对于烟草,每个人都闭上眼睛视而不见了,于是那些禁令无论如何都是无效的。实际上,它们只是在开始的时候起作用,然后人的天性就开始用其长长的手指在它们上面抠出洞来，先是一个小洞，然后在没有阻碍的情况下越来越大，直到后来，洞变得比任何东西都要大。任何一个禁令都会如此。

例如，院长多次禁止老兵们在教堂门口乞讨。他们确实就停止了乞讨，但是过了几天，尽管没有乞讨，但有一只手在片刻之间伸向了朝圣者们。过了一会儿，别的手就加入了，伸出的手越来越多。又过了一阵子，伸出手的同时又加入了低声的哼唧："请帮帮我吧。"

鞭笞派信徒

几天之内，天气已经变暖，修道院大门口便立刻挤满了来自周边各地的老人。有些人用一条腿跳行，另一条残肢令人不快地挥动着，可耻得像是膨胀的阳具；另一些人则向朝圣者展示他们被哥萨克人挖掉眼睛后留下的空洞眼窝。同时，他们还唱着悠长而忧郁的圣歌，歌词早就在那些无牙的嘴里被恒久地摩擦过，变得面目全非，难以分辨了。他们常年未修剪的长发乱糟糟地缠结着，衣服被扯破了，脚上包裹着满是破洞的灰黑破布。他们伸出骨瘦如柴的手索要施舍。你的口袋里得装满小硬币，才能给他们一个个全都分到。

雅各布面朝太阳坐在小窗边，阳光射入的光斑方方正正，像明亮的手帕一样正好盖在脸上。小窗对面的院墙上坐着罗赫，也在沐浴着早春的阳光，他那儿的阳光比犯人的多。他脱掉了不舒服的鞋子，解掉了包脚布，这会儿，他裸露的白脚丫和污黑的脚指甲正指向明亮的天空。他扯出了烟草，仔细地将其塞入烟斗。

"喂，犹太先知，你还活在那儿吗？"他朝着窗户方向说道。

雅各布惊讶了一下，睁开了眼睛，友善地微笑了一下。

"可是他们说你是个什么异端分子，好像也不是路德宗，而是犹太教的路德，最好和你保持距离。"

雅各布没明白。他看着那人怎样点上烟斗，这让他不安起来，他也想点烟斗抽，而烟草已经没了。罗赫似乎感觉到了他的目光，朝他举起了拿烟斗的手，当然他无法把烟递给他，他们隔着有好几米远。

"人人都想抽烟的。"老兵喃喃自语。

过了一会儿，他给雅各布带过来一个小布袋，里面有烟草和一个烟斗，简简单单的，农民用的那种。他把它放在石阶上，一瘸一拐地走了。

在整个复活节大斋期间，每周五修道院里都会出现鞭笞派信徒，他们在镇上游行。领头的一位扛着一个钉有人形塑像的大十字架，制作得如此逼真，看上去好像血管中还有鲜血在凝结。他们穿着玫瑰色粗麻布编织的袋子，在后背剪开了大洞，为了可以更好地鞭打自己。剪开的口子用垫板覆盖。他们头上套着带角的麻袋，耳朵和眼睛处开有小孔，这使他们看上去更像是某种动物或者魔鬼。每当走在游行队伍前面和最后的那些鞭笞派信徒用黑色藤棍敲击时，其他人就都伏在地上祈祷，然后把背上覆盖的垫子掀起，开始抽打自己。有些人用皮革编成的鞭子打，有的用铁丝拧成的鞭子打，尖头上还有金属做的尖利的星星，可以撕开皮肉。每当这些铁星钩在人皮肤上，都能看到他们的身上喷出一股鲜血。

耶稣受难日，修道院里变成了蜂窝。黎明时，修道院的大门一打开，便拥入一波接着一波深褐色装束的人群，就像是大地刚刚从冬天苏醒过来，灰色的、仍然半冻结的泥土生出了这些像半腐烂的马铃薯般的人。人群里大多是农民，穿着厚毛毡裤子，长褂子的颜色已无法用言语描述，头发蓬乱；他们的妻子穿着厚实的褶皱裙，包着围巾，中间用带子系着。她们在家里肯定还藏着漂亮的盛装，但是在耶稣受难日，在光天化日之下，世上全部的虚无和丑陋都展现了出来，而且实在是太多了。假如没有十字架上那具承担了造物所有痛苦的身体的帮助，人类通常的心脏会无法承受的。

为了证明这是个特殊时刻，在人群中会出现一些邪灵附体的人，他们发出凄厉刺耳的尖叫，还有那些同时喷出好几种语言，令人无法理解的狂人。还可以看到驱魔者，就是那些裹着破烂经卷的前神父，带着满是圣物的口袋，他们把圣物放在被附体者的头上，用来驱离他们身上的魔鬼。

当天，院长允许雅各布在罗赫的监视下走上城墙，观看这场浑浊的人类洪水。他肯定是希望耶稣受难日的游行能给犯人带来深刻的感触，打碎他那不够天主教的灵魂。

过了好一会儿，雅各布的眼睛才习惯外面的光线和春天灿烂的颜色。他们向前走动，饱览各式人流，雅各布觉得，人群似乎发酵起来，像面团一样冒出了泡泡。他的眼睛贪婪地注视着各种细节。过去的几周里，他的双眼仅能看到墙上的石块和从小窗可以看到的小世界。现在，他双目之中是雄然隆起的城墙、修道院的塔顶、巨大的教堂建筑和四周完全围起的城墙。最后，他的目光从朝圣者的头顶走过，走过了修道院的重重屋顶和城墙，欣赏着他看到的第一幅全景画面：略微起伏的地形，灰暗而悲伤，一直延伸到广阔的地平线，零星点缀着的村庄和城镇，其中最大的就是琴斯托霍瓦小镇。罗赫向他解释，连说话带比画，讲这个小镇名字的含义，即位

于其中的圣殿（Często）常常隐匿（Chowa）起来，令罪人们的目光不能及，人们必须要在和缓的山峦中仔细地使劲观察，才能看见。

圣画隐藏着，不被人所发现

那天，雅各布第一次被允许加入了拥挤在画像前的人群当中。他害怕了，害怕的不是画像，而是害怕那群人。那些朝圣者，激动的朝圣者，汗流浃背的朝圣者，那些人刚刚剃过胡子的脸和梳理光滑的头发，那些五颜六色的村妇，那些色彩斑斓的红着脸的城镇女人，还有那些穿上了自己最好的衣服和黄色皮鞋的丈夫。他与他们之间，能有什么共同之处呢？他高高地从众人的头顶上方向下凝视着人群，他觉得自己对他们而言是绝对的外人。

教堂整体粉刷一新，里面摆满了信众们的奉献。他听到解释说，这些还愿的贡品都是奉献给修道院的，其中多数做成了人体器官的形状。这里还有一些被圣母的奇迹疗愈后，特意留在这里的木腿和拐杖，以及成千上万用银、金和铜铸成的心、肝、乳房、腿和手，好似这里的圣画像将要把生灵们的碎片去重新组合和修整一样。

人群中一片寂静，鸦雀无声，偶尔听到的一声咳嗽使教堂更显庄严。人群中一个被附体的人已经忍受不住了，突然发出一声含混的尖叫。

顿时，教堂钟声响起，击鼓声紧随而来，声如雷鸣，以至于雅各布都想用手掌捂住耳朵。人群仿佛遭到突然的重击，人们顿时全都双膝跪地，响起一片跪地时的轰鸣和叹息声；人们从膝盖到脸，全都贴着地。有人能找到空隙趴下，找不到的就只能像土块一样在地面蜷缩。此时，号角开始演奏出恐怖的声音，就像是犹太羊角号一样。空气在颤抖，噪音极可怕。有一种奇怪的东西在空气中凝聚，此时，雅各布的心脏好像因恐惧而越攥越紧,但这不是恐惧,而是某种更重大的事情在雅各布身上发生了。所以,他也把脸贴在了刚刚被农民们的脏靴子踩踏污浊的地上,他伏在了地面。那些喧哗似乎安静了下来,而那几乎在瞬间就要把他心脏掰断的剧烈收缩,也变得容易忍受了。此时,教堂里满满匍匐着的人身之上,必是上帝正在走过。然而,雅各布只是闻到马粪的气味,必定是被那些脏靴子带进来,踩蹭进了地板的缝隙里,再加上这个季节到处弥漫的潮湿气味儿,特别是又与羊毛和人的臭汗味儿掺和在一起,结果尤其让人感到不快。

雅各布抬起双眼,看到画像前面华丽的挡板已经被打开了,他期待着某种光芒将会从里面照耀出来,那种会亮瞎人眼的、令人眼难以忍受的光芒。然而,他在画像银色的背景中,只是看到了两个深色的轮廓。稍过了一会儿,他才发现这是一个女人和一个孩子的面孔,很暗,无法看得很清楚,仿佛是躲在最深的黑暗之中。

卡齐米日点燃了牛油蜡烛,这是他从收到的包裹中储备下来的,要比修士们送的油灯更亮。

雅各布将脸紧紧靠着墙,坐着。卡齐米日在清洗着给雅各布剃须时用过的碗,里面还有刚剃下来的短须。他的须发很乱,无法梳理开来。卡齐米日寻思,要是就这样下去,他的主人看上去就会像那些疯子一样了,须发全都一团团纠结着,乱糟糟的,衣冠不整。雅各布像是在喃喃自语,又像是对着正准备要做晚餐的卡齐米日说话。圣诞节前,卡齐米日已经在屠宰场上买到了一些好肉,节前的屠宰场生意兴隆。主人想要吃猪肉,现在猪肉已经有了。卡齐米日将铁饭盆翻了过来,当作是烤盘。一大早,肉就在盐水里泡着了。雅各布手里正在把玩着一根钉子,还用钉子在墙上刻画着什么。

"卡齐米日，你知道吗？出埃及的救赎，当初并不彻底，因为将人们从那里救出来的那个人虽是个男人，但真正的救赎将会来自圣母。"

"来自什么圣母啊？"卡齐米日心不在焉地问道，一边把肉铺在烤盘上。

"显而易见。很明显，所有那些故事和寓言，那些恶作剧，早就在文字的尘埃中被忽略了。你看到画儿了吗？光明山圣母发光的黑脸，圣殿里的舍金纳啊。"

"黑色的脸怎么会发光？"卡齐米日清醒地断定。

肉已经烤上了，这会儿要小心火，要用火的余烬烤，不能烧出火焰来。

"你要是不知道，那就啥都不知道。"雅各布不耐烦地说，"大卫和沙巴泰其实都是女人，否则就达不成救赎，只能通过女人。我现在知道了，这就是为什么我在这儿。自创世之初，这个圣母就是交给我一个人的，而不是任何别人，这是为了让我守护她。"

卡齐米日不太理解。他轻轻翻动肉块，小心地倒油在上面。可是雅各布对气味没有感觉，接着说道：

"在这儿，人们千方百计地画她，为了不忘记她，当她必须躲在幽暗中时，他们想念她的模样。可是，这并不是真正的面容，因为每个人看到她的样子都不相同，我们的感官并不完美，结果就是这样。但是，她将会日益完美地展示给我们，全部的细节都会向我们呈现。"

雅各布沉默了一会儿，似乎是在考虑是否该说这些。

"圣母有很多形态，展现出来的也可能是母鹿，或是狍子。"

"什么？以动物的形态出现？"卡齐米日很困惑，更专心地烤肉了。

"她被交给了我，当她在这儿流亡时，让我照料她。"

"老爷，肉已经烤好了。"卡齐米日答应着，准备着菜肴，把最好

的一小块肉放在了铁皮碟子上。雅各布伸手接了过来,并不太感兴趣。卡齐米日不太相信地看着肉,说道:

"我可对这头猪不是很信服,它看上去怪怪的,像要散架。"

这时有人敲门。他们两人互相看着,有点不安。

"是谁在那儿?"卡齐米日问。

"是我,罗赫。"

"让他进来。"雅各布说道,嘴里满是食物。

老兵的头出现在门缝里。

"今天是耶稣受难日!你们疯了?你在烤肉?要知道整个修道院都能闻到。哎呀!"

卡齐米日把一块垫子扔在了放着肉的盘子上。

"给他个什么东西,让他走。"雅各布轻声说,转身回头扣墙。

可是卡齐米日吓坏了,解释说:

"我们怎么知道耶稣受难日吃什么?要知道,在新的宗教里,我们从没过过耶稣受难日,谁来给我们指明一下。"

罗赫说:"对啊,这不是你们的错。吃肉要到星期天才可以。明天你要准备好鸡蛋拿去受圣礼。僧侣们可能会邀请你们吃早餐,他们每年都邀请我们。"

当卡齐米日躺下准备睡觉,正要熄灭蜡烛时,他把蜡烛的火苗靠近了墙壁。他看到了奇怪的希伯来语单词,上面写着:瓢虫,摩西拉比的牛。他有点吃惊,然后耸了耸肩,灭了蜡烛。

波兰文的信件

哈娜收到了丈夫的来信,因为是波兰语,她读不懂。纳赫曼,即雅各布夫斯基拿信读了起来，他读着读着就哭了。哈娜和这会儿在场的马图舍夫斯基及其妻子维泰勒吃惊地看着他。雅各布夫斯基哭着读信的样子令他们感到有点厌恶。雅各布夫斯基变老了，雅各布的监禁彻底击垮了他。每个人都认为他是叛徒，尽管每个人都多少参与其中。雅各布夫斯基头顶上的头发最近已经变得稀少，可以看到头发下面满是雀斑的粉红色头皮。他的后背因抽泣而颤抖着。

不必为我担心，我被隐修士们好好照顾着，什么都不缺。但是，假如可以，我想要求些东西：温暖的长袍——雅各布夫斯基正好就在读到长袍时开始哭泣——以及几件保暖的内衣，最好是羊毛的；还有羊毛的罩衫，最好有两件可以替换；可以铺在床上的毛皮；卡齐米日最好能有整套进餐的餐具、煮锅和类似的器具。我还想请求要一本波兰语写的什么书，能让我可以从中学习，还有纸张、墨水和笔……

信上还盖着修道院的印章。

信被读了很多遍，然后他们把它抄写了下来，雅各布夫斯基把它带到了弗沃夫斯基家。最后，华沙的每个人都读到了它，整个亲族，整个团体。这封信还流传到了克萨科夫斯卡夫人宅邸，而且还秘密地由纳赫曼·雅各布夫斯基传递给了莫里夫达，他偷偷读了信，然后烧掉了。就这样，所有的人都清楚明白地知道了"雅各布，主，还活着"这个好消息。他们都知道了，在当下和过去的几个月里，最糟糕的事情并没有发生。他们那时无法确定，悬而未决，那几个月似乎都喘不过气来，一片沉寂。这会儿，一阵新风吹来，由于这一切都发生在复活节前后，于是他们像庆祝复活一样庆祝起来。是的，主复活了，已经从黑暗中出现了,如同一束光,只是潜入了黑暗的水里,但是现在已经升出了水面。

修道院中的拜访

施罗莫·绍尔,现在的弗朗西舍克·乌卡什·弗沃夫斯基,快速动身赶赴琴斯托霍瓦,以便赶在别人前面。这是在五月初。大地在几天之内已经变为绿色,在这些绿色画布之上,洒落着蒲公英花似黄颜料一般的点滴。他骑马前行,只在白天赶路,走主干道。他衣着朴素,正好让人看不出来是基督教徒还是犹太人。他剃光了胡须,但留着长发,现在用发簪紧紧固定着。他穿着荷兰呢料制成的黑色礼服大衣、长及膝盖的裤子和高筒靴。尽管天气晴朗温暖,但他的头仍是无法露出的,于是他戴了一顶羊皮帽子。

就在快到琴斯托霍瓦时,他在路上遇到了熟悉的人:一个年轻小伙子,正沿着路边步行,后背上背着一个不大的包袱,手里拿着枝条,抽打着路边盛开的蒲公英黄色的花;他衣服穿得很随便。施罗莫·弗沃夫斯基惊讶地认出了卡齐米日,雅各布的小厨师。

"你怎么在这儿啊,卡齐米日?你这是要去哪里?你不是应该在主人的餐桌旁吗?现在不是午餐的时间吗?"

小伙子踌躇了片刻。当他认出弗朗西舍克后,便立即向他冲了过去,热情地打招呼。

"我不回去了。"他过了一会儿说道,"那是监狱。"

"你之前不知道你们要进监狱吗?"

"可是我呢?我是因为什么?为什么我要自愿关进监狱,这我不明白。主人心情不好,打了我几次,这次他又扯我头发。有时他什么都不吃，后来又想吃啥特色的菜，然后……"他开始讲了，但又停下了。施罗莫·弗沃夫斯基猜到了发生的事情，没再问。他知道，自己必须要谨慎小心。

他翻身下马，坐在了树下的草地上。树上已经长出了小叶子。他拿出硬奶酪、面包和一瓶红酒。卡齐米日贪婪地看着酒瓶，又渴又饿。吃饭时，他们俩把目光都望向琴斯托霍瓦。在春天温暖的空气里，传来了修道院的钟声。施罗莫·弗沃夫斯基开始耐不住性子了。

"好吧，那里到底怎么样啊？我可以见到他吗？"

"他不可以见任何人。"

"那该怎么贿赂呢？给谁钱呢？"

卡齐米日想了很久，似乎很享受自己拥有如此宝贵的知识。

"所有修士都不会收的……老兵们会收，只不过他们没有那种权力。"

"我就想要通过窗户交谈一下。这能成功吗？修道院里有朝外的窗户吧？"

卡齐米日沉默着，在心里盘算修道院的窗户。

"也许有一个可以，但你还是必须得进到修道院里。"

"我可以像朝圣者那样进修道院。"

"对啊。兄弟，然后你就去找那些老兵。去和罗赫谈，给他买些烟草和伏特加。要是他们把你当成慷慨大方的朋友，就会帮忙的。"

施罗莫·弗沃夫斯基看着卡齐米日的帆布包。

"你那儿带了什么？"

"是主人的信，兄弟。"

"给我看看。"

小伙子听话地掏出了四封信。他看到精心折好的信纸上带有雅各布的印章，是他以前让人在华沙制作的。收信人的名字用优美个性的笔迹书写，字体带有装饰的花样。

"是谁替他写的波兰文？"

"是格瑞哥什修士，年轻一点的那个，教他书写和讲话。"

第一封信是给约瑟法·斯霍拉斯蒂卡·弗兰克的，也就是哈娜；第二封是给耶鲁西姆的，也就是彦杰伊·邓波夫斯基；第三封最厚，是给卡塔日娜·克萨科夫斯卡的；第四封是给安东尼·克萨科夫斯基-莫里夫达的。

"没有给我的。"施罗莫像是在问，又像是在肯定。

再往后，弗沃夫斯基了解到了更多令人不安的事情。整个二月份，雅各布都没从床上起来。每次严寒降临，房间里都无法取暖。他病倒了，发着可怕的高烧，直到有位修士来给他治疗，还给他放了血。卡齐米日有好几次重复同样的话：他害怕主会死，然后他就得独自一人陪伴死者。然后，整个三月，雅各布都很虚弱，卡齐米日只能给他喂些鸡汤。为了买鸡，他被允许去琴斯托霍瓦城里的斯穆尔商店，他为此花光了所有的钱来供养主，还不得不加上自己的钱。那些隐修的僧侣不太关心犯人。其中，只有一个，正给教堂内部做粉刷的马尔钦修士与他交谈，而主还听不太懂他说话。主在教堂里度过了很多时间，当那里没有朝圣者时，他还伸展胳膊，像十字架一样躺在圣像前面，而且都是在晚上，这使得他后面只能在白天睡觉。按照卡齐米日的说法，在那样潮湿而且没有阳光的地方，雅各布坚持不了太长时间。还有别的事情：他变得非常易怒，卡齐米日还听到他在自言自语。

"他能对谁说话呢？肯定不是对你啊。"施罗莫·弗沃夫斯基低声哼道。

弗沃夫斯基努力要见到雅各布。他在小城里从一个基督徒那儿租了个房间,对方怀疑地看着他,可是因为报酬很高,于是没有多问。他每天都去修道院,等着觐见院长。五天之后,他终于等到了,但院长只准许转交包裹,而且要先检查过才行。如果有信件,则只能是用波兰语或拉丁语写的,并且必须先让院长审查。命令就是这些。这次来访无人预料。觐见很快就结束了。

最终,罗赫收了贿赂,在晚上等所有人都睡着了的时候,带领着弗沃夫斯基穿过高墙进到修道院里。他让他站在塔楼下的一扇小窗户下面,里面射出了微弱的光芒。罗赫自己走了进去,过了一会儿,雅各布的头从窗户里伸了出来。弗沃夫斯基看不太清他。

"施罗莫?"主问道。

"是的,是我。"

"你给我带了什么消息吗?我拿到了包裹。"

弗沃夫斯基有太多话要说,不知道从哪里开始。

"我们都去了华沙。你老婆带着孩子,在华沙附近的科贝乌卡,已经受洗礼了。"

"孩子们好吗?"

"都好的,都健康,就是伤心,像我们所有人一样。"

"为什么你们把我弄到这里?"

"你在说什么呀?"

"为什么我老婆不给我写信?"

"他们不能把一切都写给你……那些信在路上都会被拆阅,在这里,在华沙。更别说现在耶鲁西姆·邓波夫斯基想充当我们的领袖了,还有他的兄弟扬,他们想要统领,想要下令。"

"那克里萨呢?他很强的。"

"克里萨在您入狱后根本就不认我们了。他每次看到我们,都会走到马路的对面去。他已经迷失了……"

"我写在信里了，告诉你们该怎么办……"

"可是这还不够，您必须替自己指定一个人……"

"但是我就在这里，我能自己对你们说……"

"这样不管用的，必须得有一个人……"

"谁拿着钱？"雅各布问道。

"奥斯曼·切尔尼亚夫斯基。有一部分储备，一部分在我的兄弟扬那里。"

"让马图舍夫斯基加入他吧，让他们一起统管。"

"你任命我吧。你很了解我，你知道我有力量，也有头脑。"

雅各布沉默着。过了一会儿，他问道：

"是谁背叛了我？"

"我们落入了自己的愚蠢当中，但我们都很想为你好。我没有说过一句反对你的话。"

"你是个胆小鬼。我该吐你唾沫。"

"吐吧。"施罗莫轻声说道，"是纳赫曼·雅各布夫斯基供认得最多。他背叛了您，而您与他最亲近。而且，您本就知道他很脆弱，他也许擅长于辩论，但在这些事情上却很弱。他背叛了。他是个胆小鬼。"

"胆小鬼都是聪明的动物，尤其是当他们知道自己要做什么时。告诉他，再也别让我见到他。"

施罗莫·弗沃夫斯基把话题拉回自己：

"给我写封信吧，说我将代表你，在你出来之前。我会用铁腕管理好他们。我们此刻正要聚往耶鲁西姆那儿。他做着生意，要雇用我们的人。在科贝乌卡有很多我们的人，在扎乌斯基主教的庄园安顿下来了，但我们都很穷，且被抛弃。我们每天都为您哭泣，雅各布。"

"你们哭吧。通过莫里夫达，去向国王靠拢。"

"他在沃维奇，在主教长那儿……"

"那你们就在主教长那儿努力吧！"

"他，莫里夫达，已经不再和我们一起了。他已经害怕了。他什么都没有留下。"

雅各布沉默了很长一会儿。

"你在哪里？"

"我在华沙，生意很顺。谁都想去华沙，孩子们可以在那儿受到教育。您的爱女阿瓦查就有两名来自克萨科夫斯卡家的教师。她正在学习法语……我们想带她回家，我和玛丽安娜。"

在相邻庭院里的某处，有盏灯亮了，罗赫出现在了楼下，他抓着弗沃夫斯基的黑色礼服外套，将他推到门口。

"已经结束了。结束了。"

"我会等到明天晚上，给大家写封信吧，我直接带回去，其他任何东西都不要了，让罗赫交给我。用我们的文字去写，指定我做你的代理。你是信任我的。"

"我现在已经不再信任任何人。"雅各布说着，缩回了头。

就这样，施罗莫·弗沃夫斯基看望了雅各布。第二天，他去看圣母画像。早晨六点，太阳正在升起，天气将会很晴朗，天空是美丽的粉红色，银色的雾气在田野上空升起，潮气和菖蒲的气味涌入了修道院。他站在昏昏欲睡的人群当中。当号角声响起，人们膝盖落地，脸贴在冰冷的地上。弗沃夫斯基也一样，他的前额也感到冰冷。随着号角声，画像的银罩板缓缓升起。施罗莫从远处看到一个小方块，上面画着几乎看不见的黑脸的轮廓。在他附近的一个女人开始抽泣，哭声传递到的每一个人都几乎哭了起来。弗沃夫斯基在人群中被同样的情绪所掌控，五月鲜花的气味，人汗、破布和尘土的气味使人麻醉，更加剧了那种情绪。整个早晨他都在说服卡齐米日，让他继续服侍主，直到有人来替换他。下午，罗赫塞给他一封用希伯来语写的信，厚厚地包着，像一包烟丝一样。午后，施罗莫·弗朗西舍克·弗沃夫斯基离开了修道院，给卡齐米日留下了钱，并交给院长一大笔捐款。

戴胜鸟在鸣叫

几天后，一只给雅各布的装满物品的箱子到了修道院，他甚至不知道是谁带来的。箱子先是一直摆在院长的屋里，他们在那儿仔细地进行了检查。修士们查看衣服、土耳其披肩、皮毛里子的皮靴、细薄亚麻的内衣、无花果干、枣、羊毛的小地毯、覆盖着黄色锦缎的羽绒枕头，还有书写纸和笔，品质之好，是院长一生从未见过的。他对这些物品考虑了很长一段时间，不知道是否应该同意把这些精美的物品给犯人。虽说这不是一个普通的囚犯，但修道士生活如此简朴的修道院里，如此的奢侈品，岂不是有点夸张？这就是为什么院长时不时地就要走近箱子。在他手中摊开的薄薄的羊毛披肩，的确不带有装饰，但如此精致，让人想到丝绸。而这些无花果干，当他独自一人时，他告诉自己只是检查一下，便把其中一粒放进嘴里，久久不咽，直到涌出的很多唾液带着无花果的味道，流入他的胃中，使他浑身充满了愉悦；这是因为甜品在这里是从不被允许的。这些无花果真好吃啊，闻起来有阳光的气息，一点都不硬，不像修道院最近从郊区犹太商人香料店少量收购的那种无花果。

院长还发现有两本书，他警惕地拿了起来，似乎嗅到了某种异端的味道，心想自己永远不会给这些书放行。可是，当他把书拿在手里时，他惊讶地发现第一本书是波兰语的,并且是由一位神父所著。他没听说过这个神父的名字:贝奈迪克特·赫米耶洛夫斯基。这可以理解,他没有时间去阅读世俗的读物,这书是给大众的,既不是教堂的书,也不是祈祷书。第二本书带有精美的插图,是夸美纽斯所著的《世界图绘》,其中每个单词都使用了四种语言,便于学习。由于想到囚犯本人曾向他提出学习波兰语,并且相似的建议也被信使们提过——用波兰语教育犯人——那就让他向夸美纽斯学习吧,再学学《新雅典》。而他自己,翻阅着第一本书,在随机打开的页面上饶有兴致地读着。

真有意思,院长寻思。这对于生活可能有效。这类的信息,在他修道的著作中找不到。他还不知道,戴胜鸟会叫。

	Cornix f. 3. cornicatur, Wrona kracze,	á á
	Ovis f. 3. balat, Baran beczy,	b é é
	Cicada f. 1. stridet, Konik ćwierka,	ei ci
	Upupa f. 1. dicit, Dudek duda,	du du
	Infans c. 3. ejulat, Dziecię się kwili,	é é é
	Ventus m. 2. flat, Wiatr wieie (dmie)	fi fi
	Anser m. 3. gingrit, Gęś gęga.	ga ga
	Os, oris n. 3. halat, Ustachuhaią. (poziewaią)	há há
	Mus, muris, m. 3. mintrat, (mintri) Mysz pisżczy,	í í í
	Anas f. 3. tetrinnit, Kaczka kwaka.	kha kha
	Lupus m. 2. ululat, Wilk wyie.	lu ulu
	Ursus, m. 2. múrmurat, Niedźwiedź mamrże, mruczy,	mum mum

雅各布如何学习阅读
和波兰人来自何处

遵照院长的愿望,警卫队的队长指定了一个房间作教室,搬来了桌子和两个凳子，还有一个装着水的玻璃水瓶和两个士兵用的杯子，以及一张狭窄的床和一条长凳。在石头墙上有挂衣服的挂钩。两个小窗户透进来的光线不多，房间里总是很冷。人们每隔一个小时必须要到外面院子里，晒太阳热热身。

教师是格瑞哥什修士，一个温和的中年隐修士，富有耐心，性格开朗。雅各布每次出现大的错误，像是读音错乱，都让他自己脸颊泛红，或许是由于压抑的愤慨，或许是不好意思。课程从用波兰语说"上帝保佑"开始——既难发音，又难书写。然后是抄写《主祷文》，直到能进行简单的对话。因为修道院里缺少波兰语书籍，而拉丁文对他们而言又毫无用处，于是雅各布给格瑞哥什修士带来了自己的书，就是他们交付给他的那部贝奈迪克特·赫米耶洛夫斯基所著的《新雅典》。格瑞哥什修士成了这本书真正的崇拜者，并且从那时起，他就向雅各布偷偷借阅这本书，或许因为有罪过的感觉，还用了"拿去为共同阅读的文章进行备课"的借口。

学习在每天的晨祷之后进行，晨祷雅各布也可以参加。格瑞哥什修士把熏香和馊油带进了塔楼里，熏香用来散味，去除塔里的潮气所散发的恶臭；馊油是调颜料用的。格瑞哥什修士的手指经常被颜料沾污，因为教堂里开始了大规模的彩绘，而他负责帮忙调和颜料。

"阁下您可安好？"他总是用相同的话开始上课，同时在凳子上坐下，在面前打开书本。

"很不差的。"雅各布回答，"我都等不及啦，格瑞哥什修士。"

这个名字的发音对他而言不太容易，但是雅各布到了五月之后就做得几乎完美了。

"是'格瑞哥什修士'。"修士纠正他说。

他们从第十章开始，"关于波兰王国"。

在萨尔马提亚，波兰王国就像贵重的珍珠，在斯拉夫各个民族之中最为著名。波兰这个名字来源于土地（Pola），即波兰人喜欢在此生活和死亡的地方；又或是来自北极星（Polo Arctico），即北方的星辰，波兰王国所对应的地方，正如西班牙的名字来自西方星辰赫斯珀洛斯（Hesperus）。另外一个说法是，波兰人的土地是以波美拉尼亚边境的波兰奥林城堡来命名的。这也是作者的观点，认为波兰人是莱赫的后代，所以应该这样命名。帕普罗茨奇巧妙地提出，在波兰大公梅什科一世时代，当波兰人接受了神圣信仰和神圣洗礼时，受邀而来的捷克神父问道：你们受洗了吗？（你们是波兰人吗？）这时，那些已经受洗的人回答说：我们是波兰人，所以这里是波兰。就是说，波兰归属了名称荣耀的波兰人。

雅各布花了很长时间结结巴巴地啃读这篇文章，总是卡在里面的拉丁词语上，他索性都写在了边上，再进一步学习。

"我是波兰人。"学生从书中抬起头，对格瑞哥什修士说道。

扬·弗沃夫斯基和马泰乌什·马图舍夫斯基如何在1760年11月，接着来到琴斯托霍瓦

他们俩看起来都像贵族，特别是扬·弗沃夫斯基，他是弗沃夫斯基兄弟中蓄着最多胡须的那个，这使他现在看上去更为严肃。他们俩都穿着有毛皮衬里的冬袍，戴着温暖的裘皮帽，显得自信而富有。老兵们满是敬意地看着他们。他们在下面镇里距离修道院不远的地方租

了房间。他们从窗户就可以看到陡峭的加固城墙。经过两天的等待、交涉和贿赂，他们终于被允许来到了雅各布面前。当他看到他们时，放声笑了起来。

他俩呆若木鸡。这是他们预想之外的。

雅各布止住笑，转身离开了他们。他们连忙跑到他面前，跪在他脚下。弗沃夫斯基原本准备好了完整的话语，但现在他却无法发出声音。马泰乌什只能断断续续地叫着雅各布的名字。

"雅各布……"

最终，雅各布向他们伸出了手。他们亲吻着他的双手。他把他们从地上拉起来。他们温热的泪水打湿了脸颊，三个男人都哭了，以纯粹的哭泣庆贺着，这比任何问候的话语都更好。雅各布把他们揽入怀中。他们相互紧密地拥抱，揽着头，打闹，拍着脖颈子，就像是几个小伙子。他们装饰着羽毛的裘皮帽掉在地上，这两个使者变成了两个汗流浃背的孩子，兴高采烈得像是找到了回家的路。

来访持续了三天。他们一直待在雅各布塔楼的房间里，除了因体能的需要必须返城过夜之外，都没有离开过。他们带来了行李箱和包裹，里面有红酒、美味干果、山珍海味。看守的军官亲自做了细致的检视，但他已经被妥善地贿赂好了，没有扣留任何礼物，毕竟圣诞节临近，这是对犯人们仁慈的时期。在一个大大的鼓鼓囊囊的包里，有给雅各布的羽绒被和羊毛围巾，还有在凉地面上用的皮革拖鞋，甚至还有地毯；还有几双袜子、绣着"雅各布·弗兰克"简写字母的内衣（全都是弗沃夫斯基家的女眷们绣的），以及书写纸和书籍……满当当放了一桌子，后来没有地方就直接堆放在地上。雅各布最感兴趣的是放在几口锅里的东西，有黄油、鹅油和蜂蜜。在帆布袋里的是罂粟籽面包、甜点饼干。

蜡烛的光在夜里一直摇曳了很久，这让罗赫感到不安，他忍不住找各种借口过来看看。例如，他从门缝里探出头来，问他们是否需要热水或是带着余烬的火炉，看看原来的炉子是不是熄灭了？是的，他们要水。但是当他给他们拿来装满水的锅时，他们却忘记了，水又凉了。他们最后整晚都待在塔楼下的房间里，清晨时还能听到他们高亢的声音，像是在唱歌，然后一切又寂静无声。早上，三个人都出席了弥撒。

弗沃夫斯基和马图舍夫斯基在11月16日离开琴斯托霍瓦，一个美丽、阳光明媚和温暖的日子。他们携带了一整箱的信件和订单。他们给老兵们留下了一桶在镇上买来的啤酒，给军官送了些土耳其烟斗和最好的烟草，还不算一开始就送给了他们的黄金。实际上，这些礼物给他们留下了最好的印象。

就在这同一个月，弗沃夫斯基和马图舍夫斯基还将前往卢布林附近，去看看那边的沃伊斯瓦维采小镇，克萨科夫斯卡正给他们着手准备一个站点。但是在他们启程之前，他们整个队伍的所有人，都必须先转移到扎莫希奇——靠近沃伊斯瓦维采的小城——在长老的照看下等待。

德鲁日巴茨卡致信洛哈特恩代牧
贝奈迪克特·赫米耶洛夫斯基神父
塔尔诺夫，1760年圣诞节

鉴于近日我的手已不再拒绝握笔，我谨祝贺阁下您来年将获得咏祷司铎职衔。正值我主诞辰1760周年之际，我谨祝您得享主所有的祝福，日日感受他的恩典。

亲爱的朋友，我想尽快向您告知，以免就一件痛苦的事情过度地伤痛和揪心。上个月，我的女儿玛丽安娜死于一场来自东方瘟疫的感染。在这之前，这场瘟疫已将我的六个孙女一个接一个地从这个世界带走。由此，我陷入了可怕的境地：父母被迫经历自己孩子的去世，祖母被迫经历自己孙女们的去世，尽管这看上去与整个大自然和天道理性的秩序背道而驰。我自己的死亡，一度还躲闪隐匿在某处遥远的舞台之后，乔装打扮；而现在，它已经脱去了舞会晚服，在我面前，让我看到了全部的模样。死不会吓到我或是伤害到我。我只是觉得，年岁在倒流。为什么要允许老者延续，而嫩芽却遭摧残呢？我害怕牢骚还有痛哭，我没有胆量和勇气，我是造物，怎敢与造物之主就此辩论，那是他已设限的地方；而我，如一棵剥光了皮的树一样站着，已无感觉。我应该离开这个地方，不要让任何人因这些而悲痛或绝望。语言已经无法表达，我的思维已被撕碎……

艾尔日别塔·德鲁日巴茨卡将沉重的金质心脏奉献于黑脸圣母

她在一片纸上写道："如果您仁慈，请使她们复活。"然后用吸墨沙覆盖上，等墨水变干后，她把纸片紧紧卷成了一个小卷。她手里拿着这个小纸卷，走进了教堂。现在是冬天，朝圣者不是太多，于是她走在中线，尽可能向前靠近，紧挨着遮挡的围栏。左边是位没有腿的士兵，又长又乱的头发像是一捆麻绳；他甚至无法下跪，他的制服已破烂不堪，纽扣早被替换了很多次，前襟上的横扣带已被撕落，肯定是用在别处了。在他后面，是一个裹着围巾的老奶奶，领着一个脸上因紫色肿瘤毁容的小女孩,肿瘤下面的一只眼睛几乎已经看不出形状了。德鲁日巴茨卡跪了在士兵旁边,朝向盖着的画像祈祷。

她命人把自己所有的珠宝都熔化掉,铸成了一颗大大的心,她不知道如何能有别的方法去表达自己的痛苦。因为此时,她的胸口里有个空洞。她必须记着,因为这个位置很疼,紧紧地压迫着她。于是,她铸下了金质的假体,心形的块垒。此时,她在修道院发愿奉献,隐修士们将其和其他的心挂在了一起。不知为何,看着那颗心与其他那些大大小小的心脏在一起,德鲁日巴茨卡感受到了极大的安慰,远远超过了祈祷,超过了注视圣母那黑色且朦胧的脸孔所带来的感受。这里见证了太多的痛苦,德鲁日巴茨卡的痛苦变成了洪流般淹没了此处的泪水海洋的一部分。一滴人类的眼泪,涓涓细流般流进一条小溪,然后小河汇入大江,如此往后,最终滚滚波涛归于大海,消逝在了地平线。在圣母周围挂着的那些心当中,德鲁日巴茨卡看到了那些已经失去、正在失去和将要失去她们子女和孙子孙女的女人。在某种意义上,生命就是这样一种持续的失去。我们最大的错觉就是认为物质的不断累积充裕会让人变得富有。实际上,刚出生的时候,我们才是最富有的,往后就只剩下失去。这就是圣母所要开示的:初始的完整性,即我们、世界和上帝的神圣统一,是必须失去的。其后所剩的是平面的图像,脸上模糊的暗影,幻觉,假象。而生命的标志是十字架,是痛苦,仅此而已。她就这样自己解释。

晚上,她在朝圣地租的小房间里无法入睡。她已经两个月没睡觉了,只是在片刻之间打打盹。一次打盹时,她梦到了母亲,很奇怪,因为她已经二十年都没有梦到过母亲了。于是,德鲁日巴茨卡将那个梦理解为自己死亡的预兆。梦里她坐在母亲膝上,看不到她的脸,所见的只是她衣服上一个像是迷宫一样复杂的图案。

第二天早晨，天还没亮，她又去了教堂，她的目光被一个高大、英俊、身着土耳其服装的男子所吸引。他穿着深色的紧身上衣，扣子系到颈部，没戴帽子，留着浓密的黑胡子，长发中夹杂着灰白色。

他先是全神贯注地跪着祈祷，嘴唇无声地念诵着，眼皮紧闭着，长长的睫毛颤抖着；然后他伸开双臂躺在教堂正中冰冷的地上，正好就在护着圣像的围栏前面。

德鲁日巴茨卡在教堂中部靠墙的位置艰难地跪下，膝盖上的阵痛穿过了她瘦小年老的身体。在几乎空旷的教堂里，每一次移动的呻吟，每一声叹息，都会增强放大，变成噪音呼啸而过，回荡在天花板上，直到被唱诗班隐修士们唱出的不规律的曲调所淹没：

万福，天上母后

万福，天使之主母

万福，根源，万福，门扉

世上光芒由之降生

德鲁日巴茨卡试图在墙壁上找到些什么痕迹，在贴砌墙面的大理石板之间，是否有什么缝隙，可以把小纸卷插进去。这个小纸卷若不通过圣堂石板之口，怎么才能到达上帝？大理石十分光滑，接缝之处无情地紧贴着。最后，小纸片终于可以挤进一个很浅的小缝，然而德鲁日巴茨卡清楚，它不会在那里留存太久，必定很快就会掉下来，被朝圣的人群踩踏。

当天下午，她再次遇到了那个面容粗糙的高个子男人，此时她已经知道他是谁了。她上前抓住了那人的袖子，对方吃惊地看着她，目光中显出柔软和温和。

"先生您就是那位被囚禁的犹太先知吗？"她问得很不客气，朝上看着他，因为她的身高还不到对方的胸口。

他明白了，点了点头。他的脸色没有变化，阴沉而难看。

"我听说您创造了奇迹，治愈了别人。"

雅各布甚至连眼睛都没眨一下。

"我的女儿和六个孙女死了。"德鲁日巴茨卡在他面前伸出手指，数着，"一，二，三，四，五，六……先生您听说过死人可以被复活吗？这显然是可以的。先知们就可以做到。您是否成功过，哪怕是条小流浪狗？"

第二十五章

彦塔睡在鹳的翅膀下

佩瑟薇已经受洗，嫁给了一个相同姓氏的堂兄，现在的名字叫作玛丽安娜·帕沃夫斯卡。婚礼于1760年秋天在华沙举办，那是一个悲伤的时刻，当时正值主被囚禁在琴斯托霍瓦，整个团体面临不确定性，充满恐惧，似乎低落到了极点。她的父亲以色列——现名巴维尔，同样姓帕沃夫斯基——却认为生活必须要继续，要结婚，要生孩子，认为这是无法回避的。生命是一种力量，就像洪水，像水的洪流，是无法与之对抗的。他这么说着，用有限的资源，开设了一个马具工坊，打算用土耳其皮革缝制漂亮的皮包和皮带。

这场简朴的婚礼是清晨时分在莱什诺的教堂里办的。神父事先就整个过程做了长时间的指导，但佩瑟薇和她的未婚夫，她母亲索布拉（现名叫海伦娜）父亲巴维尔·帕沃夫斯基，以及所有见证者和来宾都感觉不太确定，好像他们还没完全学会舞步，这会儿就得出场跳舞一样。

佩瑟薇的眼睛里紧张得满是眼泪，神父以为这是新娘太过感动的缘由，对她微笑着，像是对孩子们一样，要是符合仪礼，他准会抚摸一下新娘的头。

房间里摆放了几张餐桌,别的家具都从屋里搬了出去。美食已就位,疲倦的宾客们刚结束了冰冷教堂里漫长的弥撒,都很想要热热身子。在他们就餐时,巴维尔·帕沃夫斯基将伏特加倒入了他们的玻璃杯,既可暖身,又可以加油鼓劲,因为每一位坐在这个桌边的人,最终都要面对陌生的、迄今为止并不令人愉快的新事物;这是头一回,但所有人都明白,从此开始,一切将会不断重复。他们仿佛围坐在一个庞大的空无的边缘,用勺子一勺勺地吃着这种空无,似乎铺着白色桌布的餐桌也都是纯粹的空虚,他们大家正在庆贺其寒冷的苍白。这种奇怪的感觉贯穿前两道菜和头几杯伏特加때。后来,窗户上的窗帘被拉紧,桌子被移到墙边,弗朗西舍克·弗沃夫斯基和新娘的父亲开始主持第二个婚礼,他们自己的、自家的婚礼。一双手伸向另一双手,人人的神经都平静了下来。当他们手拉手站着围成一圈时,莱什诺这栋房子的屋顶下,祈祷之声悄然升起,那是佩瑟薇和她的年轻丈夫都听不懂的语言。

佩瑟薇-玛丽安娜像其他人一样低着头,她的思绪飞向了很远的地方,到了留在科罗洛夫卡岩洞里的彦塔那里。她无法停止去想她。他们当初是否做对了呢?把那个小小的身体,送去了岩道的深处,如入时间的激流,冲至岩石般的、黑暗的起点。他们能有什么别的选择呢?离开前,她给彦塔送去了一些坚果和鲜花,用她自己刺绣的、本来是为结婚用的罩单,盖上了彦塔。而佩瑟薇想着,既然彦塔只能待在那儿,经由那块罩单,她也能参加自己的婚礼了。那块罩单是玫红色锦缎的,上面用白色丝线刺绣,还带着白色的流苏。玛丽安娜在上面绣了一只鸟,一只喙上叼着条蛇的鹳鸟;它一条腿站立着,就像那些飞来科罗洛夫卡湿地边缘,在草地上威严地跨着步子的那些鹳鸟一样。她亲吻了太奶奶一如既往凉爽清新的脸颊,告别说:"主将用他的羽毛遮盖着你，彦塔，在他的羽翅下，你会很安全，就像《诗篇》第九十一章里写的那样。"佩瑟薇非常了解，彦塔会喜欢叼着蛇的鹳鸟，它有着坚韧的大翅膀、红色的双腿、蓬松的翎毛、极其高贵的步态。

此时，第二场婚礼正在持续，有着两个名字的佩瑟薇-玛丽安娜还想到了只有单个名字的妹妹福莱伊娜，她是兄弟姐妹当中自己最爱的一个，她和丈夫、孩子们一起留在了科罗洛夫卡。她暗自保证，将在春天去看望妹妹，并且每年都要这样做，她用自己的坟墓发誓。

彦塔从鹳翅下看见了，从天上，像以往一样，已经知道这誓言不可能实现了。

彦塔是如何测量坟墓的

彦塔的目光同样盘旋在琴斯托霍瓦上空。在圣母主宰之下，小镇紧紧依傍着丘陵高地。而彦塔只看着那些屋顶，其中有覆盖着光明山修道院的新房顶，往下是由木瓦屋顶覆盖的平民房屋和住宅。

九月的天空，清冷而悠远，阳光正慢慢变为橙色。路上，从琴斯托霍瓦出来的犹太妇女们相约着前去犹太墓地，她们正往下走着。穿着厚裙的老妇低声细语地说话，等待着彼此。

在犹太新年和赎罪日之间的可怕日子里，还有测量坟墓日。妇女们用一根线绳测量坟墓，然后将线绳缠绕在线轴上，日后制成灯芯使用，也有些人用它来占卜。她们各个低声嘟哝着祈祷，看起来像是一群身穿宽大折边裙子的女巫，身上粘着黑莓的刺毛，在干枯的黄叶子中沙沙作响。

彦塔自己也曾测量过坟墓，她相信这是每个女人的责任，要量一量，在迎来新生之前，还有多大地方给死人，是否还留有空间。这是某种由女人们主管的簿记，说来她们总是在账目方面做得更好。

可为什么要测量坟墓和墓地呢？毕竟，死者并不在墓里，彦塔现在才知道。可是在更早之前，她已经在蜡烛里浸没过数千个灯芯了。坟墓对我们来说完全是无用的，因为死者根本无视它们，只是满世界悠游，无处不在。彦塔一直可以看到他们，就像是隔着玻璃，虽然她很渴望，却无法让自己加入进去。这是哪儿？很难说清楚。他们看着外面的世界，仿佛是在玻璃后面一样，对着世界打量着，总是想从这个世界要些什么东西。彦塔试图理解那些表情和动作的含义，最终知道了：死者想要被提及。没被提起就会挨饿，这就是他们的食物。他们想要活人的关注。

彦塔还看出了另一件事，就是这种关注的分配不公。对其中的某一些人，活人的话就很多，关于他们的话题有无数的谈论；而另外一些，则根本没人提及，没任何话，半句都没有。后者最终就只能熄灭了，从玻璃后面退离，消失在背景里的某处。他们的数量非常多，有好几百万，已经被完全忘记了，没有人知道他们曾经生活在地球上。他们什么也没有留下，于是，就很快地分解并离去了。或许这样也很好。彦塔若是可以，也会宁愿离去，假如没有那些仍然在牵制着她的、被她吞下的强有力的咒语。没有什么小纸片，也没有线绳的痕迹，一切都消散了，最小的光粒子都会湮没于物质之中。留下的只是岩石般的词汇，鲁莽的埃利沙·邵尔用它绑定了她。

老邵尔本人最近也去世了，彦塔看见他从自己身边一闪而过。这是位大智者，是五个儿子和一个女儿的父亲，还是很多孙子孙女的祖父，这会儿变作了一个模糊的光斑。她还看到了一个小孩，一样很快地闪了过去。那是小伊曼纽尔，雅各布和哈娜的儿子，还不到一岁。

卡齐米日偷偷把写着这个消息的信件交给了雅各布。信是哈娜用土耳其语写的，很简略，好像是天大的秘密，也有可能是出于困窘。这种事情怎么会发生在他们的身上？毕竟，他们不应该死。雅各布读了好几遍，每次读后，他都起身在房间里来回踱步。从信里掉出了一张小纸片，裁剪得有点歪斜，上面用红色的颜料画着某种动物，像是一只毛茸茸的小狗。纸片底下写着：小鲁特。他猜到，这是女儿画的。就在这时，好似有东西掐着他的喉咙，他眼里满是泪水。但是他没有哭出来。

纳赫曼·雅各布夫斯基致信
在琴斯托霍瓦的主

接下来的一封信才真正打破了雅各布的平衡。来信一开头的语气就刺激了他。他听到了纳赫曼的声音，哀怨，可悲，像是狗的呜咽。假如纳赫曼在这儿，雅各布会痛打他的脸，看着他鼻子怎么流血。幸好，他没有让那个叛徒来的时候出现在自己窗前。

……雅各布，我现在名叫彼得·雅各布夫斯基，这个名字表明我是多么服属于您。我的心都要碎了，当我站在这儿，离您那么近，却看不见您，也听不到您的声音。我一定会牢记那无比慰藉的时刻，我走近那面将您的监狱与城镇分隔的高墙的时刻，距离您如此之近，我们都呼吸着相同的空气。对我而言那是面真正的哭墙。得知您患上了严重的疾病，我很难过，我想象得到您在这里所必须忍受的孤独，您是多么不习惯人们不在您的周围啊。

您知道我始终不渝地爱您，并随时准备为您奉献一切。如若我说了什么针对您的，那不是出于我的恶意，而是出于对您使命意义的深切感受，出于我们使命的召唤，这些都牢牢控制了我的头脑。我同样也承认，是恐惧使我这个胆小鬼被惧怕的力量彻底打倒在地。您知道我是多么可悲，但您不是因为我的弱点而让我成为您的左右手，是因为我敢于提醒您的美德，要不是因为这样，我早就必须离开您了。

雅各布气得扔下信，吐了唾沫。纳赫曼的声音在他脑海里安静了下去，不过没多久，雅各布又捡起这封信，继续读道：

正像我们中的许多人一样，我们现在已经在首都躲藏起来，在有势力者的庇护下，正尝试活下去，用自己的双手坚持着，深信您即将归来，天天等待着您的归来……

您自己曾经在伊瓦涅与我们谈论过两种人。您提到了其中一种是黑暗的人，他们相信这个世界的本性是恶的，是不公平的，您说必须要能够适应它，接受挑战，变得像这个世界一样。至于另一种，您说过，他们是光明的人，他们相信，世界虽是邪恶和可怕的，但你总可以改变它，而不是让自己变得像这个世界；要成为其中的异类，并令它向我们屈服，使之变得更好。当我站在那堵高墙之下，我正想到了这一点。雅各布，也可能我属于前者。没有您在我边上的时候，我失去了生活的意志。我还认为，许多人对您的失踪都和我的反应相似。直到现在，我们才看到，您不在场是多么痛苦。就让上帝审判我们吧，我们曾以为我们杀死了您。

我是直接从华沙来的，在那里，我们当中的很多人绝望呆滞地居住下来，不知道您发生了什么事。起初有许多人，其中包括我，都跟随着您的哈娜到了华沙附近的科贝乌卡；那个村子是扎乌斯基主教的产业，是受克萨科夫斯卡夫人委托为我们准备的。但是，那里很狭小，很阴暗，主教的房子荒废着，而主教的仆从也不情愿服务我们。于是慢慢地，因为距离华沙很近，有些人就开始靠自己在那儿寻找关系，以免碌碌无为地等靠主教的施舍，不再漂泊在外人的房子里，不再徘徊。那些想重返波多利亚的人，就像是鲁德尼茨基一家，很快就醒悟了。基尔沙，就是鲁德尼茨基，前去查看这是否有可能。但他很快意识到——我们也赞同——那里已经没有任何东西在等待我们，我们已经再也回不去我们的村庄和房屋了。一切都没有了。你是对的，我们接受洗礼就是在跨进深渊。而我们去做了，现在就像是悬在坠落的半空，不知道我们会坠落到哪里，不知道什么时候坠落结束，不知道如何才能结束坠落。我们是会摔得粉碎，还是能够幸存下来？我们能否全身而退，还是只能粉身碎骨？

　　开始的第一件事就是责备，谁什么时候说了什么。我们的话被用来对付你，但我们也不是无辜的。我们许多人在洗礼之后去拥抱新生活，就像抓住了什么珍宝一样。我们更换了衣冠，把我们的习俗藏进了衣柜深处，就为了装成什么人，可我们根本不是那样的人。克里萨就那样做了。克里辛斯基入赘了一个基督教家庭，甚至不再与我们保持生意上的往来。我们又变成了外人，即使我们穿上最好的衣服，胸口也有十字架，胡须剃得干干净净，谦恭有礼，但只要张开嘴，我们的语言就会立刻让我们被认出来。于是，我们逃离了疏离、鄙视和嘲笑，现在的我们开始变得与人间的傀儡无异。

我们逐渐变得自私和冷漠，尽管依然团结在一起，然而最重要的事情已经变为：如何生存，如何应对这场战争，如何给孩子们提供食物和住所。我们中的许多人想要去抓住一些工作机会，但是没有办法，因为我们不知道是否还能留在这里，而大恩人克萨科夫斯卡夫人为我们决定的事情，我们也不知是否值得与她保持一致。那些有金子的人还能自己维持，像是弗沃夫斯基一家，他们已经在华沙投资了，但是其他人，您曾在伊瓦涅下令与之分享的那些穷人，现在已经必须要恳求援助了。如果这种情形再持续更长的时间，我们就会崩溃，就像谁手掌里吹散了的沙子一样。

我们的处境无疑要比我们曾经也是的普通犹太人好。弗沃夫斯基一家和其他尊贵的人状况最好，但许多人买不起头衔。弗朗西舍克和他兄弟在莱什诺有一家酿酒厂，现在由于有了更多的顾客购买，正为他们带来更多的收入。努森的儿子克里萨，克里辛斯基，刚开了一家皮具店，他们从土耳其进货，我本人也见过有一些漂亮的女士从他那里买了手套。他们自己都有办法。还有他们的那些近亲也是，例如鲁德尼茨基家族，或是叫兰克隆斯基家族，我不知道他们的确切名字。哈雅的丈夫基尔沙已经老了，还生了病。哈雅是一位了不起的女士，我们在这里尝试照顾她，她已经不适合这种漂泊，她能有睿智而能干的女儿们真是太好了。

弗沃夫斯基家的孩子们直接进了修道院的学校，他们想教育孩子们不要成为商人，而是要成为军官和律师。他们试图说服其他人也这样做，但不是每人都能负担得起那样的费用。如您所命令的，我们要让孩子们在自己人之间婚娶，因此弗朗西舍克·弗沃夫斯基已将他儿子彦杰伊与他自己兄弟扬的女儿婚配，我不记得那个女孩的名字了。可是，这场婚礼暂时还只是我们自己的，因为按照波兰法律，他们是未成年人，还不能结婚。

哈娜一直在不停地努力，争取与您见面的权利。您收到了她的来信，知道这事了。给她最大帮助的是克萨科夫斯卡夫人，她答应设法去觐见国王本人，去那里获取同情，而国王什么时候去华沙，我们并不知道。

伊曼纽尔死后，我尝试安慰哈娜，但她不待见我。她总与兹维什霍夫斯基他们在一起，他们非常关心阿瓦查。克萨科夫斯卡夫人像对待女儿一样照顾哈娜，她打算把哈娜安顿在自己庄园里，给她住处，提供支持，并给阿瓦查良好的教育。小女孩想要什么，都能从她那儿得到。您不必操心阿瓦查，她是个聪明的女孩，而且既然上帝带走了您的独子，她就必须要抚慰您。她现在有一位老师，在教她弹钢琴。

既然有可能转交给您信件，我将会每十天从华沙派出一名信使。我相信，所有的伤害都将从您的内心消失，伤口会得到治愈，因为所有我们这些贫穷而愚蠢的人，都被抛进了某种我们无法理解的事物当中，只有您，是唯一能理解的人。

最后，我要对您说，我明白发生了什么事情，就是：您必须入狱，全部的预言才能实现，弥赛亚必须得尽可能地坠落到最低之处。而当我看到您鼻青脸肿地被带出来，当您对我们说"你们这是杯水车薪"时，我明白了，正是应该这个样子，救世的机制跨入了正确的模式，就像是一只度量万年的时钟——您必须得摔倒，而我必须得推倒您。

在琴斯托霍瓦堡垒塔楼底部的一个小房间里，雅各布仰卧着躺在小床铺上，之前手里的信掉在了地上。通过更适于射击而不是观看的小小窗子，他看见了星星。如同身处在一口深井里面，从这里看到的星星，比在外面看到的更清楚，因为井的作用就像望远镜一样，可以将天体拉近，并使它们看起来好像伸手可及。

彦塔在那里看着雅各布。

塔楼耸立在堡垒里面，周围环绕着高墙，而这座堡垒则坐落在一座小山上，山脚下是黑暗中几乎看不见的、灯光昏暗的小城镇。所有这一切都置于起起伏伏、长满茂密森林的大地上。再远处，绵延着欧洲中部广阔的低地，周围荡漾着大海和大洋的水。最终，从彦塔所在的高度看去，欧洲本身变成了硬币大小，黑暗中浮现出雄伟的行星曲线，就像一颗刚去壳的新鲜豌豆。

来自巴谢托的奉献

纳赫曼，即彼得·雅各布夫斯基，最近很少离开办公室，他正嚼着儿子阿荣带来给他的新鲜豌豆荚。他从皱巴巴的口袋里把弄破的豆荚掏出来，仍然香脆可口。阿荣上前与父亲告别，要回布斯克去，在那儿他要像他父亲曾经那样，加入前往土耳其的大车队，购买烟草和宝石。雅各布夫斯基很少见到他，离婚后，小伙子与他母亲和祖父母留在了布斯克。但他为儿子感到骄傲。十三岁的阿荣像他母亲，矮矮胖胖，皮肤黝黑，像个土耳其人。他已经学会了土耳其语，还会德语，因为他曾经和奥斯曼·切尔尼亚夫斯基一起去了弗罗茨瓦夫和德累斯顿。

纳赫曼刚写完一封信，这会儿正很仔细地折叠起来。阿荣看了一眼上面土耳其文的字迹，肯定猜出了他父亲的信写给谁。

他们父子拥抱并亲嘴。在门口，阿荣扭头看着矮小而消瘦的父亲，他的头发蓬乱，长袍撕破了。然后，阿荣就消失在门外了。

1760这一年，巴尔·谢姆·托夫逝世了，但雅各布夫斯基在给雅各布的信里没有写这个消息。雅各布并不尊重哈西迪派，说他们是白痴，可他大概是怕巴谢托的。每次有巴谢托那边的人来找他，他都毫不掩饰自己的满足之意，而且这样的次数还是很多的。

现在他们说巴谢托死了，死因是数百名犹太人受洗的消息使他心碎。而且他的心碎还因为雅各布·弗兰克。可是，雅各布夫斯基并不确定，这个消息能让弗兰克高兴吗？也许该写信告诉他？

雅各布夫斯基受雇于施罗莫，也就是弗朗西舍克·弗沃夫斯基，他在办公室里清点啤酒桶。啤酒厂才刚刚起步，这里没有很多的活儿。雅各布夫斯基负责计数，清点满桶和空桶的运输量，向整个城市和郊区小酒馆发货。起初，弗沃夫斯基将他派到华沙附近，在那里去找买家，后来他放弃了。纳赫曼，或称为彼得·雅各布夫斯基，即使穿上礼服，看上去样子也有些迟钝，不太令人信服。犹太人不愿意从受过洗的人那里买啤酒，而非犹太人则心存疑虑地看着他，像是看着一个有着花哨母鸡般美貌的红发女郎。这就是弗朗西舍克对他的评价：纳赫曼长得像鸡。雅各布夫斯基听到过一次，感觉十分抱歉。他对自己的想法不同，由于自己的红头发和机灵劲儿，他宁愿像狐狸。

实际上，他对自己、对团体感到不舒服已经有一段时间了。他最近开始考虑放弃这样在华沙焦虑不安地等待某种奇迹，想要向东出发，去梅德日比日。可是后来，小伊曼纽尔死了，纳赫曼头脑中首先想到的念头，是巴谢托带着那个小家伙一起走了，这似乎能说得通。在夜里，巴谢托把小家伙抱在怀里，把他带去了哪里，离开了他们，保护他免受他们的伤害。纳赫曼-雅各布夫斯基就是这样想的，他心脏颤抖着，在自己书的边缘空白处把它写了下来。

据说不久前在华沙，在之前的某个时间，巴尔·谢姆·托夫在病中预见到自己会死，他命令自己的所有学生聚在一起，并把自己一直使用的物品分送给他们。其中一个他给了鼻烟壶，另一个给了祈祷围巾，还有一个给了自己所爱的《圣咏经》，但是对于他最喜爱的学生，他已经没有剩余的东西了。这时，巴谢托说，他要把自己的故事给他："你将环游世界，让人们能够听到这些故事。"说实话，那个学生对这项遗产不是很满意，因为他很穷，宁愿得到某种物质的东西。

但后来他忘记了这件事，一直过着一个送奶工的生活。直到有一天，有个消息传到他的村庄，在远方有一个有钱人，将会为听到的任何有关巴谢托的故事而支付丰厚的报酬。此时，送奶工的邻居们提醒他，让他想起了所继承的遗产，并送他上了路。到了那里，他发现，原来渴望故事的正是那个小镇的镇长本人，他是个富人，但是很悲伤。

他举行了一个小型盛宴，邀请了显赫的客人出席，将送奶工请上了主位。在丰盛的招待之后，当大家安静下来，他被请求开始讲述。他张开嘴，深吸了一口气，然后，什么也没有，他忘记了一切。他坐了下来，感到困惑，客人们没有掩饰他们的失望。第二天晚上也是一样。接下来还是。看起来，送奶工似乎丧失了语言功能。因此，他感到非常惭愧，悄悄地准备离开。当他坐上马车时，突然他感到身体里有什么东西破碎了，至今为止他装满故事的全部记忆，为他涌现出了一段小小的回忆。他抓住了这件小事，让马停了下来。他跳下马车，对正在与他冷淡地告别的主人说："我想起了什么，一件小事，没什么大不了的……"

然后他就开始说了:

"有一次,巴尔·谢姆·托夫在晚上把我从梦中叫醒,让我备马,然后和他一起去一个遥远的小城镇。在那儿,他在教堂边上某个富人的宅前下了马,豪宅里的灯还亮着,他在里面消失了半个小时。他出来时,看着有些恼怒,命令我返回。"

那个送奶工再次卡住了,沉默了下来。"然后呢?接下来发生了什么?"其他人问他。但令所有人惊讶的是,小镇镇长突然大哭起来,大声地抽泣,无法控制自己。过了一会儿,他平静了下来,说道:"我就是巴尔·谢姆·托夫探访的那个人。"所有的人一头雾水,都用目光期待着解释。

于是,小镇的镇长继续说道:"那时,我还是一名基督徒,是一名重要的官员。我的职责中包括组织安排强制性的信仰转换。那天晚上,当巴尔·谢姆·托夫闯进来时,我从签署法令的桌子前立起了身,惊讶地看着这位蓄须的哈西迪,他开始用波兰语对着我大声喊叫:'还要多久?!这还要持续多久?!您还要让自己的兄弟们遭受多少痛苦?'我诧异地看着他,想着这位老人发疯了,误以为我是别的什么人。而他并没有停止叫喊:'你不知道吗?你是一个被拯救的犹太孩子,是被一个波兰家庭收留并抚养长大的,他们一直隐瞒着你的真实出身!'在那位圣者离开之前,就像他进来时那样突然,我陷入了极大的困惑,还有遗憾和负罪感。'是否还有可能,宽恕我对我自己兄弟们所做的一切?'我声音颤抖地问道。这时巴尔·谢姆·托夫回答说:'当有一天,有一个人前来给你讲述这个故事的时候,你就会知道,你被宽恕了。'"

雅各布夫斯基同样也希望能有什么人带着故事来找他,这样他也就会被宽恕了。

沃伊斯瓦维采的落叶松庄园
和兹维什霍夫斯基的牙齿

夏天，庄园进行了重建，有了新的屋顶、新的桁架和落叶松木木瓦；重新粉刷了房间，清理了炉子，其中一个壁炉彻底换了新的，换成了用远从桑多梅日运来的、美丽的白色瓷砖制作的壁炉。这里共有六个房间，其中两个指定在了哈娜和她的小女儿名下，其他房间供陪伴哈娜、为她服务的女人们住。其中一间居住着兹维什霍夫斯基一家。没有游戏室，人们在大厨房这个最温暖的房间里见面。团体中的其他人都住到了农场里，条件很恶劣，那些朽坏的房屋都很潮湿。

最糟糕的是，从一开始他们就害怕到小城镇去。那儿的人都对他们低眼相看，包括犹太人，他们占据着整个市场并经营着买卖，而非犹太的外邦人也对他们怀有敌意。从一开始就有人把庄园里他们住宅的门涂上了黑色十字架，不知道是谁做的，也不知道是什么含义。用刷子画出的交叉的十字，给人留下阴森不祥的印象。

有天晚上，有人纵火烧棚子，幸好开始下雪，火被熄灭了。

兹维什霍夫斯基和彼得洛夫斯基前去克萨科夫斯卡夫人那里；此时她正在表亲波托茨基坐落于克拉斯内斯塔夫的宫殿里看着他们，并抱怨他们的无所作为。

"我们必须来克拉斯内斯塔夫，甚至到扎莫希奇去做买卖，因为他们不让我们做生意。我们曾在集市上有个摊位，被人堆满了雪，许多商品被盗窃和损毁了。"彼得洛夫斯基说着，目光跟随着那位在房间里来回走动的老太太。

"大车也被拆毁了,现在我们都没有车可跑了。"稍后,彼得洛夫斯基又补充道。

"女主害怕出门。"兹维什霍夫斯基说,"我们不得不在庄园里安排我们自己的卫士。但那是什么卫士啊,几乎都是妇女、儿童和老人。"

他们离开后,克萨科夫斯卡向她的表妹玛丽安娜·波托茨卡叹了口气:

"他们总是不停地提出要求。这不够好,那也不行。我真是自寻烦恼。一个壁炉就花了我一大笔钱。"

克萨科夫斯卡正在为她在圣诞节时去世的丈夫服丧。她丈夫的死很突然,而且是可以避免的(他在去狗舍看自己喜欢的母狗生产时,患上了感冒)。这使她陷入一种奇怪的状态,就像是身陷于一罐子猪油膏当中一样:无论她试图抓住些什么,都会在她手里融化跑掉;每迈出一步,都陷入困境。她对阿格涅什卡谈到这种"跛足"状态,她现在感到彻底的无能为力。葬礼是在卡缅涅茨举行的,她从那儿来了克拉斯内斯塔夫。她知道自己再也不会回卡缅涅茨了。

"我不能够再帮助他们了。"克萨科夫斯卡夫人向玛丽安娜解释说。对此,波托茨卡这位非常虔诚的老妇人说道:

"我还可以为他们做些什么呢?洗礼我已经举办了许多场,庄园我们也一起预备了……"

"这已经不再是捐赠的问题。"克萨科夫斯卡夫人说。"据我从华沙得到的消息,他们有很强大的敌人,敌方拥有庞大的资源供给,那可不仅仅是满口袋花不完的金子。您会吃惊的,"她停了片刻,然后大声喊了出来,"是在布吕尔部长那儿!众所周知,他与犹太人相处得很好,还把国家的钱存在他们那里。而我,小小的克萨科夫斯卡,能有什么办法?连索乌迪克主教都不知道该怎么做!"克萨科夫斯卡揉着起了皱纹的额头:"这里,需要有个有智慧的……"

"给他们写信。"玛丽安娜·波托茨卡对卡塔日娜说道,"他们需要保持安静并耐心等待。他们要为其他那些犯有罪孽的、错误的、不信教的犹太人树立好榜样。"

这发生在1762年的春天。早春里,潮湿稠密的风吹着,地窖里的洋葱开始腐烂,面粉里长出了蘑菇。各处的门上再次出现了黑十字,像是某种怪诞植物早期的形态。当某个克萨科夫斯卡夫人所庇护的人去到集市广场,那些犹太人便吐口水在他脸上,朝他关闭商店大门。那些非犹太的外邦人在他们后面指指点点,叫着"流浪汉"。男人们总是在打架。最近,小城里的单身汉袭击了兹维什霍夫斯基和他十来岁的女儿,当时他们刚从卢布林坐车回来,女孩被他们强奸,父亲被他们打落了牙齿。兹维什霍夫斯卡太太后来从泥里捡起了牙齿带回庄园,张开手向所有的人展示——三颗牙齿,这是厄运的预兆。

事发几天后,女孩上吊了,父母悲痛欲绝。

惩罚和诅咒

解决方法很简单,就像是悬在空中那样显而易见,且如此理所应当,以至于很难找到这个想法的提出者。情况如下:

在复活节前夕,某个犹太装束的女人,戴着头巾,穿着皱巴巴的裙子,肩膀上围着披肩,走到一个当地神父面前,介绍自己是沃伊斯瓦维采拉比的妻子。她没说太多话,只说自己是无意中偷听到的,好像是丈夫和别人一起杀死了一个孩子,为了得到基督徒的血,说逾越节快到了,做逾越节无酵饼需要用到鲜血。神父惊呆了。这女人太激动,行为怪异,不直视神父的眼睛,神经质地走来走去,脸被遮挡着。

神父不相信她，带她到了门口，让她自己冷静下来。

第二天，这位神父被自己不安的感觉触动，前往克拉斯内斯塔夫拜访了玛丽安娜·特蕾莎·波托茨卡夫人和她的近亲卡塔日娜·克萨科夫斯卡夫人，并且就在同一天，三个人一起向法庭上报了这个不寻常的案件。调查开始了。调查人员毫不费力地找到了尸体，他被藏在拉比家附近的树枝下面。小孩的皮肤被刺伤，但没有瘀青。深色头发、全身赤裸、也许只有三岁的尼古拉，他小小的伤口看起来不真实，平平的伤口很浅，似乎不曾流过血。当晚，他们逮捕了两名来自沃伊斯瓦维采的拉比，申德尔·兹斯凯鲁克和亨利克·约瑟夫维茨，以及前者的妻子，还有来自沃伊斯瓦维采乡的另外十几个人。神父还在寻找第二位拉比的神秘妻子，希望获取她的证词，但他没有找到；第二位拉比是个鳏夫。所有被逮捕的人都立即被施以酷刑。他们供认了十几起谋杀案，供认了抢劫教堂和亵渎神灵。很快，他们就发现，沃伊斯瓦维采小镇上的整个犹太社区共有八十人，全都是杀人犯。两位拉比，以及勒伊布·莫什考维奇·谢尼茨基和约萨·席穆沃维奇受酷刑后，都一口承认说是自己杀了那个孩子，把他的血抽干后，把尸体扔了喂狗吃。

所有这一切都得到了新的受访者确认：兹维什霍夫斯卡、彼得洛夫斯基夫妇、帕沃夫斯基和弗沃夫斯基，他们均提及了利沃夫辩论中的"第七项论题"。犯罪证据在法庭上给人留下了深刻的印象，差不多第二天就要执行绞刑了。克萨科夫斯卡夫人强烈要求请索乌迪克前来，他最终以这种问题的专家身份出现。他指导两位妇女——克萨科夫斯卡夫人和波托茨卡夫人应该如何对待这些事情。克萨科夫斯卡作为最后做证的证人之一，谈到了房门上的黑十字架和对外来者的迫害。这个过程持续了很长时间，因为每个人都想尽可能多地了解犹太人的不公行径，因此一些有关的书籍被拿出来朗读，主要是塞拉菲诺维奇的，他本人曾经是犹太人，后来改变了信仰，多年之后，他承认了许多犹太人的罪行；还有皮库尔斯基神父和阿瓦蒂克神父的小书。事件看似显而易见、理所应当，所以毫不奇怪，所有被告都被判决死刑，以大卸八块的肢解方式处死。只有那些决定转变信仰接受洗礼的人，才会被仁慈地减轻惩罚，处以斩首。于是，四名决定受洗的人被斩首之前在教堂里隆重地受洗，然后，人们在基督教公墓为他们举办了极为盛大的葬礼。申德尔·兹斯凯鲁克将自己吊死在了牢房里，鉴于他逃脱了真正的惩罚，他的尸体被拖着在克拉斯内斯塔夫小城的街道上游街，然后在集市广场上焚毁。别无选择，剩下的犹太人都被驱离城市。拉比兹斯凯鲁克在上吊自杀之前，诅咒了整个城镇。

夏季，沃伊斯瓦维采街区和庄园里的孩子开始生病，只有新来者和农民的孩子没受此灾。死了好几个孩子。先是帕沃夫斯基家的一个女孩，只有几个月大，然后是沃伊图希·马耶夫斯基，接着是他七岁的妹妹。到八月份，当天气最热的时候，几乎没有一个家庭不曾遭受过这种孩子死亡的痛苦。克萨科夫斯卡夫人向扎莫希奇来的医生求助，但他也帮不了忙。他命令给病人背部和胸部热敷。可他只成功挽救了小佐霞·西曼诺夫斯卡，方法是在她开始窒息时，用刀在她的喉咙上扎了个洞。这个病从一个孩子传播到另一个孩子，先是咳嗽，然后发烧，再因咳嗽而窒息。克萨科夫斯卡前去参加他们简朴的小葬礼。人们在沃伊斯瓦维采的天主教公墓中挖开小小的墓穴，离其他坟墓稍远些，显示其与其他的不一样。在八月底，几乎每天都有葬礼。玛丽安娜·波托茨卡无比恐惧，以至于她下令在该城的五个角落上都修建了小教堂来守卫他们，抵御邪恶的力量：圣白芭蕾抵抗暴风雨和火灾，内波穆克的圣约翰抵抗洪水，圣弗洛里安抵抗烈火，圣泰克拉抵抗所有瘟疫。

第五座小教堂奉献给天使长米迦勒，他将保护小城免遭一切邪恶、魔魅和诅咒。

瓦班茨基家的大儿子摩西也死了，留下了已经在怀孕晚期的年轻妻子特蕾莎。据说当有人死亡时，一只黑色的大乌鸦就会落在他家的房顶上。没有人怀疑，这就是诅咒的结果，而且是个强大且险恶的诅咒。知道怎样解除犹太诅咒，还能将其返还源头的摩西·瓦班茨基死后，人人都感到失去了防护。他们认为，现在他们所有人都要死了。于是，他们想起了哈雅·基尔沙，现在的兰克隆斯卡，或女预言家鲁德尼茨卡。女主哈娜亲自写了一封信给她，强烈请求她占卜，看接下来会发生什么。哈娜派出两个使者，分别去琴斯托霍瓦和华沙，带着给雅各布的信件，以及给团体和哈雅的信件，但没有任何答复。信使们似乎消失无踪了。

哈雅如何占卜

用别人的声音说话时，哈雅面前总有一张画在板上的地图，上面有各种各样神秘的标志，还有生命之树，出现了四次，看起来像一个装饰得超级复杂的十字架，还像是自然界中并不存在的四尖形的雪花。她在上面撒上面包做成的粘着羽毛、纽扣和种子的小棋子，每一个看上去都极其怪异，似小小的人体，但又有点恶心、不雅。哈雅有两个骰子，一个带有数字，另一个带有字母。木板上还画着些相当潦草的区域，它们之间的界线很模糊，不清不楚；到处散落着字母、标记，角落里可以看见动物、太阳和月亮；有只狗和一条大鱼，像是条鲤鱼。板子想必是很旧了，因为在某些地方颜料已完全剥落，已经不能知道那里原来是什么。

哈雅此时正在鼓捣那些骨头骰子，把它们放在手掌中摇动，久久地盯着木板看着，你永远不知道要持续多久。后来，她的眼皮在某个时段快速地眨着并且抽动，接着骰子滚动，显示出答案；哈雅按照预言，将那些小人偶摆放在板上，喃喃自语，再推开它们。她变换布局，将一部分放在一边，再拿出些别的更为古怪的人偶。在旁边的人很难跟得上这种奇怪的游戏，因为它在不断重置变化。在做这些奇怪的事情时，哈雅说话了，关于孩子们，关于这一年果酱收成的质量，并询问家庭成员的健康状况。接着她突然用和谈论果酱时相同的声调，说国王将死，将迎来没有国王的状态。妇女们呆住了，手里还做着面条；围着桌子追逐打闹的孩子们停住了。哈雅盯着她的小人偶，又说道：

"新国王将是波兰最后的国王。三大洋将淹没这个国家。华沙将成为一个岛屿。年轻的瓦班茨卡太太将在葬礼后生下一个女孩，她长大后将成为一位伟大的公主。雅各布将被他最大的敌人释放，他将不得不与最亲近的人们一起逃往南方。所有在这个房间里的人，都将会住在宽阔河边的一座宏伟的城堡中，会穿上华丽的服装，并且会忘记自己的语言。"

哈雅大概是被自己所说的话惊到了，她的脸上露出滑稽的表情，像是在抑制着笑，又像是在试图止住从她嘴里逃逸出来的言语。她一脸怪相。

玛丽安娜·弗沃夫斯卡把一个鸡蛋放进了篮子里，说道：

"我告诉过你们，那条河就是德涅斯特河。我们将全都回到伊瓦涅，并在那里建造宫殿。那条大河就是德涅斯特河。"

以东摇摆不定

1763 年 10 月，韦廷王朝的奥古斯特三世去世后，钟声一整天响着。

僧侣们轮流拉动钟绳；一年中的这个时候不太能见到朝圣的人群，但由于国内突发的混乱所引发的巨大恐惧，人们都来到这里张开双臂躺在地上，直到其他人无法从庭院走进教堂。

雅各布是从罗赫那里了解到这个消息的。罗赫第一时间冒了出来，满意地说：

"会发生战争。这是肯定的，他们会再次带走所有的人，因为已经没人守卫这个天主教国家了，只有异教徒和异议人士为联邦伸出援手。"

雅各布为这位老人感到难过，并给了他几分钱，让他像往常一样把一些信件绕过修道院的审查，带到小城里去交给什梅尔。就他自己而言，他会希望有战争发生。然后他去找院长，打算抱怨小修士们克扣从镇上给他送来的食物和别的东西，包括烟叶。他知道院长什么都不会去做，但还是每个星期四都去这样抱怨。然而院长没有接待他。雅各布冻得发抖，等了很久，一直到天黑。后来院长去做晚间弥撒，一言不发地走过去了。雅各布身材高大而消瘦，裹在毯子里，浑身冻僵地回到了塔楼下的房间。

到了晚上，他像往常一样大方地给看守们付了钱，然后偷偷溜到了马图舍夫斯基那里，一起写了一封信。马图舍夫斯基的手冻得直哆嗦，在纸张顶部写下"维斯康蒂教廷大使"。再纷纷写下其他他知道的名字时，他的手冻得颤抖。这封信必须现在就写，因为国王的去世使得旧秩序消亡，新的事物产生。现在，在老国王死后，一切都颠倒了，翻天覆地，左成了右，反之亦然。趁着新秩序尚未建立，新的机制部门尚未开始运转，看起来僵硬的法律还没像干面包入水一样软化，所有到目前为止高高在上的人，还都在紧张地四处观察、寻找可与之结盟的人，以及确定该与何人终止交流；正是现在这个时机，让这封信产生效果。雅各布要求释放。如果教廷大使认为释放太早，则请至少进行干预，因为他在监狱里遭受局促和贫困之苦。僧侣们禁止他得到家人和朋友的任何帮助，不许他呼吸新鲜空气，并让他在塔楼底部冰冷的房间里待了两年多，这损害了他的健康。而他是一名虔诚的天主教徒，全身心地投入了信仰，与最神圣圣母的亲密关系使他的信仰始终坚强，而法律带给了他更大的力量。

当他们写完了信的这一部分，还有一部分最为重要的事情，只是他们不太知道该怎么写。他们整个晚上都困苦其中，烧完了好几支蜡烛。凌晨的时候，最重要的部分完成了。内容是这样：

> 圣教会已经提请注意关于犹太人使用基督徒鲜血的虚假指控。虽然我们已经背负了许多已然遭逢的不幸，但又一个不幸降临到了我们身上。整个事件都发生在沃伊斯瓦维采，尽管这不是出于我们的原因，但我们成了外人手中的工具。
>
> 我们永远感激我们伟大的保护者，卡耶坦·索乌迪克主教和约瑟夫·安杰伊·扎乌斯基，他们愿意在自己的庄园中接纳我们，还有我们的大恩人卡塔日娜·克萨科夫斯卡。面对一切的怀疑，我们必须为自己辩护，以免说是我们发起了针对沃伊斯瓦维采犹太人使基督教徒流血的指控，以及可怕的谋杀，这与神圣教会的教义背道而驰。此事没有我们的主动参与，我们已经是好的天主教徒。

在无国王的过渡期如何推动
克拉科夫前街上的车辆运行

显然，华沙缺少一个指挥中心，因而克拉科夫前街上的交通开始变得混乱。每个有钱的人都乘自家马车出行,于是路上立即出现了阻塞和人群拥堵。

阿格涅什卡学会了为自己的女主人放血,可是最近却没有什么疗效。白天,克萨科夫斯卡夫人的状况还能保持良好,可到了晚上却无法入睡,会出现发热和心悸的症状。医生已经被招来过三遍了。或许她应该待在自己家里,住在布斯克或克里斯替诺伯尔?可是,卡塔日娜·克萨科夫斯卡夫人的家到底在哪里呢?

国王刚刚去世,她便赶往首都,并立即与索乌迪克联手,支持弗雷德里克·克里斯蒂安王子出任新的统治者。主教正打算前往海特曼·布拉尼茨基那里进行政治磋商,但他的马车却困在了克拉科夫前街圣十字教堂处。克萨科夫斯卡夫人坐在矮胖、出着汗的索乌迪克对面,用自己低沉的、男性化的声音说道:

"看着那些掌握着我们命运的,我们所爱的丈夫、兄弟和父亲,怎么能不让人怀疑这个国家的秩序?阁下,尊敬的主教,您只须就近去仔细看看他们:一个在从事着时髦的炼金术,找寻着贤者之石;另一个被绘画吸引;第三个在首都整夜玩耍,挥霍着他在波多利亚的家产;还有一个,您看看他吧!一个骑马的,把巨额的款项花在阿拉伯小马驹上。我还忘了那些写诗的家伙,至少他们应该处理好自己的账单吧。啊,还有那些只忙着给假发抹头油,哪管军刀已生锈的人……"

主教好像没在听她的话。他透过窗户的缝隙看着,他们在圣十字教堂边上。主教还担心着,因为自己又欠下了债。看起来,这就是主教生活中不断重复的事情,痛苦的现实是债务。

"我们经常以为,我们就是波兰,"克萨科夫斯卡固执地继续说着,"可是,他们也是波兰。尽管那个农夫——刚被鞭子教训过的那个——根本不知道,他是属于联邦的;尽管那个犹太人——为你经营着生意——也不知道，甚至也许都不愿承认这一点……但毕竟，我们坐在同一辆车上走着，我们应该相互关心，而不是像些敌对的狗一样，从彼此的嘴里抢夺剩饭，就像现在。难道我们想让俄罗斯的大使们统治我们这里吗？让他们强加个国王给我们？"

克萨科夫斯卡夫人不停地说着，一直说到了缪多瓦大街，索乌迪克对她有用不完的能量而感到惊讶，但主教不知道阿格涅什卡所了解的事情：克萨科夫斯卡夫人自从沃伊斯瓦维采的诅咒发生以来，一直无法入睡，并且每天晚上都要鞭打自己的身体。假如索乌迪克主教能有什么神力，可以解开她的蕾丝上衣，拉开亚麻内衣并露出背部，他将会看到那种失眠的后果——杂乱分布的一道道血痕，像是未完成的铭文。

平卡斯编写《犹太文献》

拉帕波特拉比身材强壮，英俊高大，灰白的胡子分为两绺，在胸前飘动，像是两条冰锥。他说话声音很低很静，他就用这种简单的方式征服人们，因为他们必须努力去理解他的话，这迫使他们专注于他。他无论出现在哪里，总会引起人们的敬意。正如今日，利沃夫的首席拉比哈伊姆·科恩·拉帕波特即将到来；他悄然而至，无声无息进了门，即便如此，桌前所有人的目光都转向了他，人们安静了下来。这时，平卡斯向他展示了一本已经折叠和装订好的小册子，书页裁切齐整。平卡斯虽然要比拉帕波特年龄稍大，但常常给人的印象是，后者是他父亲，甚至是祖父。事实上，那些圣人没有年龄，生来即老。对平卡斯来说，拉帕波特的赞美的意义超过了金锭。他牢记下拉比的每一句话，在脑海中反复重温受赞美时的场景。拉比从不责备人。当他保持着沉默不赞美时,他的沉默就像石头一样沉重。

拉比的房子现在就像是一个巨大的办公厅,摆放好了各种桌子、案几和办公台面,他们在这里复写着当前最重要的文件。他的文字已经送到印刷厂,并且已经有了第一批印刷好的散页。有些人在进行裁切,另一些人将纸页折叠成一本本小册子,然后再粘贴上硬的厚纸板封面。上面的书名又长又复杂,超过了半页:《关于波兰犹太人的文件,引自〈度量法令〉,忠实地誊写并交付》。

这当中有平卡斯本人的贡献,是他在组织着整个办公体系,同时还因为他能讲能读波兰语,于是他也帮助进行翻译。他为一位叫泽里克的先生的事做出了很大贡献;那人曾经从日托米尔屠杀中逃脱,然后步行去向教皇要求伸张正义。现在,罗马教廷需要将泽里克先生设法获得的材料翻译成波兰文和希伯来文,并将王室档案中关于1592年的文献记录翻译成拉丁文和希伯来文,以及翻译一封神圣教廷代表泽里克致华沙教廷大使的信件。信中明确写道,神圣教廷在详细分析了有关在日托米尔使用基督徒血液事件的指控和所谓的仪式性谋杀之后,确定这些指控完全没有根据,而且任何此类的指控都应被驳回,因为在犹太宗教和传统当中,采放基督教徒的血液是完全没有任何根据的。最后,拉帕波特通过他自己的关系,成功获得了教廷大使维斯康蒂致布吕尔部长的信。教廷大使在信中确认,犹太人已经向教会最高领袖,即向教皇请求了帮助,而教皇已对那些可怕的指控做了辩护。

这几乎与平卡斯先前设想的完全一样,尽管这很少发生,即设想能够与现实如此完美地匹配。(平卡斯的年龄够大,足以理解世界的运作方式:上帝只会给我们提供我们自身不可能想出来的那种情形。)

拉帕波特走了进来,平卡斯给他递上了做好的小册子。拉比的脸上露出了笑意,可是平卡斯没有料到,拉比习惯性地从另一面打开这本书，像犹太人通常做的那样，于是他没看到书名页，而是结尾：

> 罗马教廷近期对所有可及的证据深思熟虑，即指控犹太人用人类的血液来制作他们所谓的无酵面包，并为此杀害儿童的那些证据。我们坚决声明，这种指控毫无根据。如果这类指控再次出现，判决则不能仅凭证人的口头证词做出，而是要依据令人信服的犯罪证据。

拉比的目光扫过这些词汇，但是没有理解他所读的东西。平卡斯等了片刻，走近他，向他倾斜着，以轻微、柔和而带有胜利喜悦的声音进行了解释。

在利沃夫的市场，平卡斯见了谁

在利沃夫的一个市场上，平卡斯观察着某人。他一身基督徒装束，齐肩的头发细腻柔软；颈下扣着白领，老去的脸剃得干净；两条竖着的皱纹穿过他仍然显得年轻的额头。他已经知道自己正在被观察着，因此他放弃了正要购买的羊毛袜，并试图消失在人群里。然而，平卡斯跟上了他，在买卖人当中穿行着。最终，他撞翻了一个提着一篮坚果的女孩，抓住了那人外套的下摆。

"杨凯尔，是你吗？"

那人无奈地转过身，从头到脚打量着平卡斯。

"杨凯尔？"平卡斯问道，声音里带着更大的疑问，放开了他的外套。

"是我啊，平卡斯叔叔。"那人小声地说。

平卡斯语塞，用手捂住了眼睛。

"你怎么了？你不再是格林诺村的拉比了吗？你怎么是这个样子？"

那位似乎做出了决定：

"我不能和叔叔说话，我得走了……"

"什么叫不能和我说话？"

来自格林诺村的前拉比转过身去，想要离开，但路被赶着牛的农民挡住了。平卡斯说：

"我不会放你走的。你必须向我解释一切。"

"没任何可解释的。不要碰我，叔叔，我跟你已经没任何关系了。"

突然，平卡斯明白了，感到恐惧："你知道吗？你让自己永远陷入了困境！你还和他们在一起吗？你已经受洗礼了？还是在排队等着？要是你妈妈还活着的话，她的心都会碎的。"

平卡斯突然在广场的中央开始哭了起来，嘴咧成了马蹄形，瘦小的身体在抽泣声中颤抖着，眼泪从他的眼中喷涌而出，完全淹没了他那张皱巴巴的小脸。人们好奇地看着，他们可能以为这可怜的人被抢了，正在为失去的小钱流泪。格林诺村的前拉比，现在叫雅各布·戈林斯基，心神不定地环视自己周围，明显为他的亲戚感到难过。他走了过去，轻轻地拉着他的手臂。

"我知道你不会理解我。我不是坏人。"

"撒旦占据了你，你比撒旦本人还坏。还从来没有过这种事情……你已经不是犹太人了！"

"叔叔，我们去城门那边……"

"你知道吗？因为你，我失去了吉特拉，我唯一的女儿！你知道吗？"

"我从来没在那儿见过她。"

"已经没了。她走了。在哪儿你都见不到她了。"

然后,突然之间,他满脸痛苦地用尽了全力,捶在了戈林斯基的胸膛上。戈林斯基尽管又高大又强壮,在击打之下仍不由得踉踉跄跄站不稳脚下。

平卡斯伸出手掌,呼的一声直接扇在他的脸上:

"杨凯尔,今天你一刀捅在了我心上,可你还是要回到我们当中。"

然后,他转身,快速地消失在摊位之间。

镜子和普通玻璃

克萨科夫斯卡夫人设法获得许可,让雅各布夫妻二人在琴斯托霍瓦会面。所有人都忙于政治,忙于选举下一任国王。修道院院长同意了软化监禁。在初秋时节,哈娜和阿瓦查以及一大批正统派犹太人终于可以如释重负,抛弃让人憎恨的沃伊斯瓦维采,动身前往琴斯托霍瓦。玛丽安娜·波托茨卡对他们和卡塔日娜感到很生气,不仅是因为这个小城失去了那些犹太人,更是因为他们要离开,要放弃落叶松庄园。他们走后,留下了敞开的门和满地的垃圾。在他们装车的地方,还扔着被践踏的肮脏抹布。他们存在过的痕迹,也许只能通过那些坟墓来证明了;在城市边缘的地方,在大榆树下,有一堆潦草的桦木十字架和一些石堆。只有来自波德盖齐的那位伟大的卡巴拉学家、功能强大的护身符的制作者莫舍拉比坟墓上的白色鹅卵石与众不同,那是他妻子放上去的。

1762年9月8日,他们到达了琴斯托霍瓦。他们隆重地进入修道院,穿戴着精美的服饰,手捧着黄色和紫色的花束。城堡里的员工和修士们惊讶地看着他们,因为他们看起来一点都不像是疲惫的朝圣者,而像是一支婚礼的游行队伍。紧接着，在9月10日，已经将近两年没有见到过丈夫的哈娜与丈夫第一次交合，就在大白天，所有游行前来的人都知道；一切就在军官房里发生，小窗户被精心遮蔽了起来，为了不让任何外人参与这场犹太轮回，这一修复世界的壮举。所有此事的见证者的内心都充满了希望，即最坏的时代已经过去，时间从现在开始继续向前。一个月后，马图舍夫斯基在一本混乱的记事簿里写道：10月8日（主最终下令放弃了犹太历），哈娜和雅各布怀上了一个儿子。他是从主的话中知道的。

团体在维伦斯基前街上租了两栋房子，其余的人在车站苦熬，但他们都相互联结在一起。在修道院的北侧，出现了小的聚落，是由正统派信徒组成的。于是雅各布每天都有了新鲜的蔬菜、水果，在不斋戒的时候还有鸡蛋和肉类。

这座小镇的房屋几乎紧靠修道院的墙。有些机灵的年轻人，像是扬·弗沃夫斯基，就可以爬上这墙，递东西给里面的囚犯。尤其是先前他们已经时不时地给老兵们手里塞了不少东西，因而老兵们会靠在架子上装睡，或索性埋怨天冷，消失在屋檐下去玩骰子。他们甚至还成功地在夜幕的掩护下，往墙上固定了个圆环，用来穿上绳子把装着物品的麻袋拉上去；不过需要小心，不能让修士们注意到在墙上固定着的东西。主最近要洋葱，这是因为他受关押而变得很虚弱，牙龈出血，牙痛也在困扰他。他还说耳朵痛，并且抱怨头晕。经修道院同意，哈娜有权每天探访丈夫一次，但经常因为探访时间延得过长，她就留下来过夜。别的人也来。他们现在已经可以向主进行小型朝圣了。人人都穿着整洁，穿上了基督徒的衣服，一副城里人的打扮；妇女们看上去完全不同于琴斯托霍瓦本地服装艳丽、头裹大围巾的犹太妇女。正统派的女人们戴着波兰市民的那种小帽子，尽管有些人的鞋子穿破了，亚麻小帽的灰色蕾丝下还藏着干枯的发辫，但她们全都昂首挺胸。

由于禁令放松，主向华沙发了信息，要求把当初没有参加背叛活动的妇女们给他派遣过来，从今以后，她们将成为他的守护者。而且，他需要女人，处女、小女孩给自己的小阿瓦查做侍女和教师，他也需要女人来照顾自己。他需要女人，很多女人，需要处处是女人，好像她们的温柔、她们充满活力的身姿，能够扭转琴斯托霍瓦的黑暗时光。

她们来了。先是维泰勒·马图舍夫斯卡，她是第一位。后面是亨利科娃·弗沃夫斯卡，年轻，但是端正，身材似乎有点偏胖；脸蛋很漂亮，却有点宽，说话声音安静，语调像唱歌；她美丽的棕色头发亮闪闪的，发丝从紧紧固定好的发髻中散落出来。还有艾娃·耶杰任斯卡，身材娇小，脖子上有一块长着毛的胎记，对此她很不好意思，总是拿着手帕；但是她的脸很漂亮，面庞像小黄鼠狼，一双黝黑的、天鹅绒般的眼睛，美丽的肤色，瀑布般的头发用缎带扎紧。还有弗朗西舍克科瓦·弗沃夫斯卡，她是其中年龄最大的，美丽而端庄，声音清晰，富有音乐才华。还有些当初在伊瓦涅时主所喜欢的女人：帕沃夫斯卡、邓波夫斯卡，还有他妹妹切尔尼亚夫斯卡。到来的女人还有：莱文斯卡、米哈沃瓦·弗沃夫斯卡，以及克拉拉·兰克隆斯卡，哈雅的女儿，身材丰满，眼睛会微笑。她们全部从华沙来，没有丈夫，乘坐两辆大车。她们将关照主。

雅各布让她们在他面前站成一排，先严肃地看着她们（彼得洛夫斯基后来说："像狼一样。"），没有笑容。他来回看着她们，她们是如此美丽。他在她们面前来回踱步，好像她们是士兵一样，他亲吻了她们每个人的脸颊。然后他命令惊讶不已的哈娜加入她们的行列。

他在看着她们的时候，说了曾在伊瓦涅说过的同样的话，他让她们推选其中的一个人，要意见一致，且没有争吵；选出的那个人将会在他身边待一段时间,而他将会与她在夜里做七次,在白天做六次。这个女人会生一个女儿,且她一旦怀孕,所有人都会知道,因为她身后会拖着一条红线似的东西。

女人们的脸颊上出现了红晕。年龄大些的弗沃夫斯卡穿着考究,有一对一岁大的双胞胎女儿,她把她们留在了华沙,让姐姐照顾着;她希望很快能回去。她后退了一步,有些迷茫。那些处女的脸上红得最厉害。

"我将成为和你在一起的女人。"哈娜突然说道。

显然,这激怒了雅各布。他叹了口气,低下了头,她们全都吓得闭上了嘴。但是主什么都没说,无视妻子的申请;很明显,哈娜怀孕了。此外,她还是他的妻子。面对这突如其来的拒绝,哈娜的眼睛里充满了眼泪,和其他人一起离开。年龄较大的弗沃夫斯卡抱着她,但什么也没说。

兹维什霍夫斯卡不参与这个选择,她每天都与主在一起,好像是自然而然的。当女人们一起从修道院山上下来去往小镇时,一群朝圣者正巧经过。兹维什霍夫斯卡大声说,首先有必要确定谁是自己愿意的。这时,除了两位弗沃夫斯卡之外,差不多所有的人都志愿报名。一阵吵闹。当女人们变得激动起来时,她们改成了说犹太语,这会儿小声地各自表达自己的意思。

"我要去。"艾娃·耶杰任斯卡说道,"我爱他胜过我的生命。"

可别的女人都爆发了。

"我也很乐意去。"玛丽安娜·彼得洛夫斯卡声明说,"你们知道我没有孩子。也许我会从他那儿得到的。"

"我也可以去。在伊瓦涅的时候,我就和他在一起。他是我的姐夫。"帕沃夫斯卡说,"事实上,我和他有一个女儿。这是大家都知道的。"

兹维什霍夫斯卡让她们都闭嘴，因为那些迟到的虔诚朝圣者正在看着这帮狂热的妇女。

"我们在家里商议。"她要求道。

主每天都在问她们是否已经取得一致，会是哪个女人，可是她们还是无法谈拢。最后，她们决定抽签，结果亨利科娃·弗沃夫斯卡中签。她可爱、稳重，而且漂亮。她惊呆了，这会儿低着头，红着脸站着。但艾娃·耶杰任斯卡不同意这个选择，坚持必须是一致同意。

"要么是我，要么全都不是。"她说。

因此，雅各布特别喜欢的莱文斯卡——他尤其喜欢她的镇定和审慎——径直来到修道院，请求与雅各布见面。她求他自己选择，因为她们无法做出选择。主非常生气，以至于整整一个月，他都不想接受她们中的任何一个。最后，哈娜参与了这一切，巧妙地问雅各布，他自己觉得谁最合适。他指了克拉拉·兰克隆斯卡。

几天后，当他们在军官房里一起坐下来吃饭时，心满意足的雅各布让克拉拉·兰克隆斯卡先把汤匙放进汤里。克拉拉低着头，她淡粉色的脸颊上泛出了深红色。所有人都手拿汤匙等着。

"克拉拉，你先开始。"主说道。可她不肯，仿佛他在劝说她去犯最大的罪行。

后来，雅各布扔下汤匙，从桌旁站起来：

"这样的琐事你们都不愿听我的话，要是我命令你们做更大的事情那该怎么办！我能指望你们吗？你们非要像那些绵羊和兔子一样吗？"

她们都低下了头，不说话。

"我待你们，就像把你们当镜子一样摆放起来。你们是透明的镜子，而我是透明镜子里的背板，就是反射光线的金属膜。因为我，镜子才是镜子，而你们才能在里面看到自己。可是，我现在不得不拿掉这层膜，只在你们面前留下简单的玻璃板。"

晚上，他对她们又有了个新的想法。他叫来了维泰勒·马图舍夫斯卡，在舍弃了雅各布夫斯基以后，她就是他的左右手。

"我希望我们的兄弟，如果有外教的妻子，就抛弃她们，并从我们的姐妹之中娶妻。我希望那些女人，那些嫁给了外教人的女人，再嫁我们教内的兄弟。我还希望这一切都公开进行。要是有人问你为什么这样做，你就说是我命令这样的。"

"雅各布，这是不可能的。"维泰勒·马图舍夫斯卡惊讶地说道，"这一对一对的夫妻是永久的。他们可以为您做很多事情，但您不能让妻子和丈夫互相抛弃。"

"你已经忘记了一切。"雅各布说，一拳头砸在墙上，"你们已经不再是正统派了。你们都太顺利了。"他的指关节上流出了血：'我说的事情一定要实现。维泰勒，你听到了吗？"

正如雅各布所预言的，1763年7月，在维伦斯基前街的一所房屋里，他的一个儿子出生了，得名雅各布。一个月后，哈娜走出产房，在光明山修道院的军官房里，在所有成员的见证下，进行了夫妻的结合仪式。

1764年9月，第二个儿子罗赫出生时，有无数雅各布的追随者来到了琴斯托霍瓦。正统派信徒从各个分散的地方回归——那些在沃伊斯瓦维采、洛哈特恩、布斯克和利沃夫的人，都在考虑定居到离雅各布最近的地方，不如就到琴斯托霍瓦城吧。来自土耳其和瓦拉几亚的朋友们也前来拜访，他们已经确信，雅各布恰恰就被囚禁在以东最神圣之地。毫无疑问，这是预言实现了。

之前，在1763年8月，弗兰克派人到华沙去找雅各布夫斯基，对方立即就出现了。他弓着腰走向了主，好像是预料到要挨打一样，似乎正准备承受痛苦。可是突然，主本人在他面前跪下了。顿时鸦雀无声。

后来，人们在角落里偷偷地谈论，主这样做是不是在开玩笑？还是真的出于对彼得·雅各布夫斯基的关切？这位曾经被称为纳赫曼的来自布斯克的先生。

监狱中的日常生活和将孩子放进盒子里

瓦依格薇·纳赫曼诺娃，现在名叫索菲亚·雅各布夫斯卡，经常去城外，到森林里找寻足够粗的椴树树枝，且必须是新鲜的、仍然水分充足的树枝。她为什么要挑这样的一根树枝，而不是另外的，这只有她知道。她将树枝带回在维伦斯基前街的家，雅各布夫斯基夫妇在那里租了一个房间。她带着树枝坐在房后，没人能看见她。她拿出一把锋利的小刀，开始用这把刀在木头上刻一个人形。当刻到已经看得出手、脖子和头部时，瓦依格薇忍不住哭了起来，像是抽筋一样呜咽着，又像是有痰要啐出来似的。她一边哭着，一边画出眼睛，那总是闭着的眼睛，又画出小小的嘴唇，再给小木偶穿上死去的孩子的小衣服，然后把它藏在板凳底下。她时时来这个地方，玩这个小木偶娃娃，就像个小女孩一样。她抱着它，将它放在胸前，小声对它说话，这游戏最后使她平静了下来。这是个标志，表明上帝可怜她，从她身上带走了痛苦。然后，她将玩偶放在一个专门的盒子里，藏在了阁楼上；其他的小木偶也放在那里。木偶已经有了四个；有的大些，有的小些。

其中有两个孩子，纳赫曼甚至都不知道他们曾经被孕育过。他们出来得过早，太小了，是在他赶路的时候。她什么也没说。她用亚麻布把他们包裹起来，然后把他们埋在了森林里。

当他们上床睡觉时，她在枕头上轻声哭泣。她转过身面对着纳赫曼，将他的手放在自己赤裸的胸膛上。

"和我一起睡。"

纳赫曼咕哝着，抚摸她的头发：

"不要害怕。他会给你力量和健康，让你的身体能够受孕。"

"我怕他。"

"你在说什么啊？难道你没看到，我们全都沐浴在阳光下，难道你看不到，我们所有人的脸都变了，已经变得更加美了吗？还有雅各布身上的光，你看不见吗？绿色的光晕。我们现在是上帝的选民。上帝在我们之中。谁体内有上帝，他就不是一般法律能管的。"

"蘑菇在晚上就会那样发光。"瓦依格薇说，"蘑菇上的光来自水分，来自阴暗……"

"你在说什么啊，瓦依格薇？"

瓦依格薇在哭。纳赫曼-雅各布夫斯基抚摸着她的后背。直到某一天，瓦依格薇同意了。

雅各布命令她留下来。他自己僵硬地伏在瓦依格薇身上，呻吟着，自己做着，根本就不看她。结束的时候，瓦依格薇深深叹了一口气。

每天晚上他们都聚集在军官房里，雅各布有他的演讲，就像在伊瓦涅一样。他经常指向团体里的某一个人，由他的故事起头，开始他自己的叙述。今晚是瓦依格薇，纳赫曼的妻子。他让她坐在自己旁边，把手放在她的肩膀上。瓦依格薇苍白而瘦弱。

"孩子的死，是没有一个好上帝的证据，"雅各布说，"因为怎么可以去毁灭最珍贵的东西：一个人的生命。杀了我们，他，这位上帝，为什么要这样做？是他怕我们吗？"

他对这件事情的这种态度使大家深受感染。人们彼此耳语。

"在那里，我们要去的地方，将没有法律，因为法律是从死亡中诞生的，而我们，是与生命紧密相连的。创造了宇宙的邪恶力量，只能由圣母净化。女人能够战胜这种力量，因为她拥有力量。"

突然，瓦依格薇再次开始哭泣。稍后，比她大的帕沃夫斯卡也哭起来，其他人也都抽泣起来。男人的眼睛泛起了光。雅各布这时改变了他的声调：

"但是，好的上帝创造的世界是存在的，只不过在人们面前是隐藏起来的。只有正统派的信徒才可以找到通往它的道路，因为它离他们并不远，只需要知道怎样去到那里。我来告诉你们，通往那里的道路要经过琴斯托霍瓦附近的奥尔什丁岩洞,那里有入口,那就是马克佩拉洞,那里就是世界的中心。"

他在他们面前展现了一个伟大的愿景,那就是世上所有的山洞都是相通的,而在相连的地方,时间的流逝并不相同。因此,要是有人在这样的山洞中入睡,就只是睡一小会儿,然后走回自己的村子,他立刻就会发现他的父母已经去世了,他的妻子已是一个白发苍苍的老妇,孩子也都成年了。

人们纷纷点头,他们知道这故事。

"是的,这个洞穴靠近琴斯托霍瓦,与科罗洛夫卡岩洞紧紧相连,而且与亚伯拉罕以及最初的父母①长眠的洞穴相连。"

听到有叹息之声。于是,就这样,一切都连接了起来,紧密地相互联系。

"有人知道那些洞穴的布局吗?"玛丽安娜·帕沃夫斯卡充满希望地问道。

很显然,雅各布知道。雅各布知道在什么地点和什么时候转弯,才能到达科罗洛夫卡,或是到达另一个世界,那里有一切的财富,那些装满了黄金的马车等待着所有想要拿走它们的人。

他详细地描述那些财富,这为他们带来了快乐:金子砌的墙,绣着金银的贵重帘幕,摆满金盘子的桌子,上面放的不是水果,而是苹果和李子那样大的宝石——红宝石、蓝宝石,绣有银线的锦缎桌布,全由水晶制成的灯。

瓦依格薇,也就是索菲亚·雅各布夫斯卡,还不知道自己已经

---

① 指亚当和夏娃。

怀孕，她想象着自己并不需要全部的珍宝，她只需要一个苹果大小的红宝石……她不再接着听，而是开始计划拿这宝石怎么办。好吧，瓦依格薇-索菲亚·雅各布夫斯卡会让人把它切成小块，那样就没人会怀疑这个奇迹宝石是她偷来的了。拥有一块大宝石也是危险的，会引来恶棍和强盗。因此，她将秘密地切割这块宝石（但是谁来做呢？），然后一点一点地在不同的城市慢慢卖掉这些小块宝石，这样会更安全。她就能靠这活下来了。她会给自己买一间小商店，然后在边上再多买间小房子，要漂亮、明亮、干燥；还要有漂亮的白色亚麻内衣和丝袜，要买半打，存着备用。她当然还要订购新的裙子，颜色浅些的，羊毛的，过冬用。

当所有人都已经散去，悄悄从修道院溜回小镇时，纳赫曼·雅各布夫斯基留下了。当他们单独相对时，纳赫曼跪在地上，抱住了雅各布的腿。

"我出卖您是为了救您。"他在地上某处用低沉的声音说道，"这您是知道的，是您想要的。"

通往深渊的洞口
及托瓦和他儿子哈伊姆·土尔克
在1765年的来访

新晋国王上位后采取的第一个措施，是取缔了修士们对光明山修道院的管理权，因此他在修道院不受欢迎，因为这大大减少了修道院的资金来源，可以说，现在修道院收入菲薄。修道院的院长一年或两年就更换，没人能找到解决办法，因为修士们对运营这样的生意并不熟悉。修道院也是生意。

同样地，没人能够应付这名麻烦的囚犯，他已经接管了整个军官塔楼，并且老兵们都在为他服役，因为很难拒绝他为自由而给出的慷慨捐赠。修道院院长来看他，他和常来的访客们一起在教堂里坐了好几个小时，凝视着圣像，而他们虔诚的祈祷和整日以十字状躺地的景象，给院长留下了很深的印象。他们总是乐于帮忙，看着很温和，他们已经接受了对于主的惩罚。有时，在塔楼里会出现争吵和叫喊，还有几次听到了他们的歌声，院长坚决禁止他们唱歌，除非是唱天主教的歌曲。

修道院院长马泰乌什·文卡夫斯基，与其继任者穆宁斯基相比，对他们不太有好感。文卡夫斯基被告知，说他们在军官房里犯下猥亵罪行，而修道院院长不喜欢在修道院神圣的领地里有家庭生活的俗事，他对周围有许多妇女转来转去感到很恼火。而他的继任者对此并不介意。穆宁斯基关注教堂的绘画，为屋顶的恶劣状况感到悲伤，并对收入的每一分钱都感到高兴，而这些收入正是这些新皈依者大量提供给教堂的。他喜欢看女人，她们让他感到十分喜欢。

此时，他看到两名妇女跟着雅各布·弗兰克走向大门。其中一个抱着婴儿，另一个领着一个小女孩。雅各布走在前面，高兴地问候着朝圣者们，而那些人则对他高高的土耳其帽和土耳其外衣感到很惊讶，都停了下来，在后面看他。在大门口，雅各布迎接了两个土耳其打扮的男人，从他们的举动看，他们好像是很久没见面了。带婴儿的女人跪在了那个老男人面前，亲吻他的手。院长猜测，那是她的父亲。他批准了这名囚犯可以离开修道院，但要在夜晚前回来。他看到，他们都往镇上走了。

是的，这正是哈娜·雅各布夫斯卡的父亲耶乎达·托瓦·莱维，他没有变老太多。他肤色黝黑，身材肥胖，浓密的胡须仍然是黑色的，没有发灰的迹象，一直覆盖到了他的胸前。他五官柔和，唇带微笑。哈娜从他身上继承了美丽的大眼睛和橄榄色的皮肤，你从她脸上永远看不出泛红。他们到了女儿租的住处，托瓦坐在了椅子上。他在这里坐得不太舒服，他更喜欢坐在土耳其式的靠垫上。他的手放在大肚子上，看上去像哲人的手一样柔软细腻。

他的儿子，哈娜的双胞胎弟弟哈伊姆，已经长成了英俊的男人，尽管不像父亲那样健硕。他的圆脸庞像托瓦一样轮廓分明；两条深色、浓密的眉毛几乎连在一起，将他的脸水平划分。哈伊姆一身土耳其装束，友善而热情，脸上一直挂着微笑，仿佛要用笑容征服所有人。看得出，他是在爱中被培养长大的，很自信，但不骄矜。老托瓦将阿瓦查抱在膝上，她现在瘦得像只小鹿。外祖父递给她无花果干和土耳其糖果。哈娜怀里抱着小雅各布坐在她父亲边上，孩子的小手玩着围巾上的流苏，那是父亲带给哈娜的礼物。哈娜在父亲和弟弟到来后，变得非常活跃，她确信将会发生重大的变化，尽管她不知道那是什么。当他们说话时，哈娜探询的目光从丈夫转向父亲和弟弟，她知道自己依赖这些男人和他们的决定。这一整晚她都是这样，直到她入梦。

雅各布夜里很晚才回到监狱。第二天，罗赫因此得到了优质的土耳其烟草和几个烟斗。他还收到了叮当作响的钱币，被他迅速藏进裤子磨损了的口袋里。他们给修道院的除了慷慨的捐款，还有一大篮子的美味。有人曾说，修道士们因为许多生活的乐趣不能获得，所以特别贪恋甜品。

雅各布说话时，托瓦时常看上去像是没在听的样子，他总是环顾着屋子四周，看着自己的手指，时不时不耐烦地叹气，变换着自己不舒服的姿势。但是，事实并非如此，托瓦在仔细听着。也许，他对雅各布所说的话真的很心烦意乱；毕竟五年的隔离独处，给了雅各布很多时间幻想。其中一些托瓦认为是不现实的，另外一些则是有害的，有几个倒是很有意思，有一个则很可怕。

托瓦不想再听有关于修道院的画像里藏有舍金纳的话了，他开始用手指不停地敲击。雅各布再一次强调——就像谈话中反复回到同一个话题能使它变得更为现实——他再一次重复了《光明篇》里的话：

"救赎总是存在于最坏的地方。"

然后他停住了声音，等待这话的效果。接着他突然向上举起手指，这是他的习惯，戏剧化地问道：

"那我们当初在哪里？"

他变化很大，剃光胡子的脸变黑了，眼睛变暗了。他的动作姿态有棱有角，像是在抑制愤怒。这突变使他人感到恐惧，因此没有人敢做出回答。雅各布站了起来，在屋里走来走去，身体前倾，保持着手指向上，指向木头天花板。

"这是'nikwe detom rabe'，通往深渊的道路，是琴斯托霍瓦，是光明山。这是罗马之门，在它旁边，按照《光明篇》所说，坐着弥赛亚，枷锁解开又捆绑……这是个黑暗的地方，通向深渊的门廊，我们必须走入，去解放被囚禁于此的舍金纳。接下来，就像过去那样，为走到更高处，必须尽可能降到最低点。现在越黑暗，就会变得越光明；越是差，才会好。"

"我过去没有马上知道，为什么把我放在这里。"雅各布说。他很紧张，很兴奋。他的公公谨慎地看向女儿，她凝视着地板，心不在焉。"我当时只是感觉，不该去反对那个判决。但是现在，我已经知道了。我之所以得来这里，是因为舍金纳被囚禁于此。在这新的锡安山上，藏在一个彩绘板的画面下的，是圣女。那些人是看不到的，他们围着崇拜的这个形象只是舍金纳的反照，是她让人的目光可以达到的版本。"

对于托瓦而言，雅各布所说的这些话令人震惊，看来雅各布的情况与他寄来的那些信中所表现出来的情况相比更糟糕了。可是，托瓦也看到，在琴斯托霍瓦的团体自然而然地接受了雅各布的这些话。雅各布说，舍金纳被以扫囚禁，因而必须在囚禁中陪伴她，就像他本人所做的一样。于是他成了光明山画中舍金纳的看守。他说，波兰是监禁舍金纳的国度，是神圣上帝在世界上的所在，舍金纳将在此地出狱，以解救整个世界。波兰是地球上最特殊之地，既是最坏，同时又是最好的地方。必须将舍金纳从灰烬中唤醒，并拯救世界。沙巴泰尝试过，巴鲁赫吉尝试过，但只有雅各布会成功，因为他找到了正确的地方！

"父亲，看看世界的规矩。"托瓦心爱的女儿哈娜说道，她好像突然醒了，"在以实玛利那里，不可以追寻舍金纳，因为舍金纳是在一个女人身体里面，而对于他们，对那些以实玛利而言，女人什么都不是，只是奴隶，没人尊重她。舍金纳只会在一个对女性致敬的国家里找到。波兰就是这样的，人们不仅会在女性面前脱帽，去赞美她们，还在她们面前表现得像仆人一样。此外，在琴斯托霍瓦这里，人们向这位带孩子的圣女致以了最高的敬意。这是圣女之国。我们也应该去躲在她的翅膀之下。"

她握住丈夫的手，举起来放在嘴上：

"主将使我们成为这位圣女的骑士，我们所有人都将会是弥赛亚的战士。"

哈娜父亲的头脑中冒出了一个他无法摆脱的想法：将她与孩子们一起带走。可以向雅各布解释，这是为了他们的健康；或者干脆绑走他们，或是雇用几个暴徒？这里太黑暗，太潮湿。堡垒高墙里的生活会使他们变得像蘑菇一样。哈娜骨头痛，脚踝肿胀，她的脸浮肿了，变丑了。孩子们都很柔弱，并且胆小。漂亮的阿瓦查被从华沙拉来，变得害羞而且不爱说话，她应该受到更好的照顾。雅各布在这里没有教她什么好东西，小女孩在驻军周围乱跑，与士兵们聊天，追逐那些朝圣者。孩子们太缺少阳光。至于食物，即使是从本地最好的摊位买来的，或是从远方带来的，都很不新鲜，而且质量很差。

雅各布说着话，同时还打着手势，而他们都挤在军官房里，坐在草垫或地板上听着他说。

"可爱的小鹿，母鹿。去那个地方。我要去的地方《圣经》里的雅各之前已经去了。然后是第一个雅各，沙巴泰·泽维。而现在，我要去了，真正的雅各。"当他说到"我"时，他捶打着宽阔的胸膛，使之咚咚地响，"去那个地方，摩西、亚伦、大卫、所罗门这些族长已经敲响了大门，还有这世界上所有的巨擘。但是，他们都没能打开它。那个地方，我们将去的地方，没有死亡。那里面住着圣女，就是无眼处女，就是母鹿，那是真正的弥赛亚。"

这时，雅各布安静下来，向一边跨了两步，又向另一边跨了两步。他等了等，直到他的话产生效果。现场笼罩着绝对的寂静。在这背景下，托瓦的咕哝声听起来像是雷鸣一般。雅各布转向他，继续说：

"这一切都已经写下来了，你知道的。圣女是在彩绘板中隐藏的神圣智慧，就像在高塔上的公主一样，没人能够得到她。为了她，必须做出'外邦之行'，这个行为会把世界颠倒过来。你们还记得天堂里的那条蛇吗？蛇劝导自由。谁拔除智慧之树，就能到达生命之树，并与圣女联合,就会拥有救赎的知识,这就是隐藏的达阿特①。"

人人都重复着这个词——"达阿特",到处都是达阿特。托瓦对女婿身上发生的变化感到诧异。在他到达这里之前,他曾听到谣言说雅各布死了,有一个新的人代替了他。实际上,这确实是一个新的人,和那个在婚礼帐篷下与他低声耳语的人没多少共同之处。

托瓦和哈伊姆睡在一个主人已经搬走的、破烂肮脏的小屋里。托瓦讨厌碰这里的任何东西。屋外的厕所发出的臭气让他感到头晕,钉子固定的屋顶用肮脏的抹布盖着,边上是一堆堆的粪便。他去这个厕所必须由他儿子带着。老托瓦得把长外套提起一点,以防自己让屎弄脏。

他每天都向自己保证,去和哈娜谈,可没有一天他敢直接问她:"你愿意和我一起回家吗?"

可能是因为他知道她会怎么回答。

托瓦还看见,在来访的这两周里,雅各布还控制了哈伊姆。他们之间形成了某种密切关系,一种有点奇怪的、意义双关的关系,彼此之间满是奉献。哈伊姆开始频频重复雅各布说过的话,谈话也用他的语句。

雅各布·弗兰克于是成了偷走托瓦孩子的人,成了非常坏的人。托瓦用尽了自己的护身符,对着护身符祈祷,并将它们挂在女儿和孙女的脖子上。

显然,托瓦信心不足。在某个晚上他们终于发生了争执,托瓦称雅各布是叛徒和骗子,而后者打了他的脸。黎明时分,托瓦带着沮丧

---

① 卡巴拉生命之树中十个质点合而为一的神秘状态。

的哈伊姆上路回家，甚至都没有与女儿和孙女道别。一路上他都带着恼怒的情绪。他已经在心理撰写了一封信，要寄给欧洲所有正统派社区。他要寄往摩拉维亚和阿尔托纳，寄往布拉格和弗罗茨瓦夫，寄往塞萨洛尼基和伊斯坦布尔。他要奋起反对雅各布。

然而，在有些事情上，岳父和女婿之间是一致的：必须看向东面，看向俄罗斯。在波兰这里，他们的保护者正在慢慢失去影响。托瓦和雅各布都认为，必须始终与更强者保持关系。

托瓦突然走后不久，使节就准备出发前往莫斯科进行谈判。雅各布夫斯基将领导此事，他很高兴又重获了恩宠。出发前的晚上，他们在塔楼举办了共同的晚餐。雅各布亲自为使者们倒酒。

"我们应该感谢第一人，他在土耳其宗教中迈出了新的一步。同样要感谢第二人，他在以东的宗教中发现了洗礼。现在，我要送你们前往莫斯科，那里必须要成为那第三个、更高贵的国度。"

当说这些话时，他站起身在房间里来回走，高帽子卡在了天花板的横梁上。在使者们出行前的那天晚上，弗沃夫斯基、雅各布夫斯基和帕沃夫斯基与哈娜发生了关系。以这种方式，他们成了雅各布的兄弟，比以往更亲密。

艾尔日别塔·德鲁日巴茨卡
从塔尔诺夫的贝尔纳迪内克修道院
致菲尔莱尤夫的贝奈迪克特·赫米耶洛夫斯基神父的
最后一封信

……我亲爱的朋友，好心的神父，我已经几乎完全看不到外面的世界了，只能透过我小室里的小窗看到一点点，故而我看到的世界，只是修道院的院子。禁闭给我带来极大的宽慰；较小的世界可以使灵魂平静。同样地，周围我所拥有的东西不多，而且它们也不会令我挂心，完全不同于我曾如大力神阿特拉斯一般背负过的整个家庭宇宙。自从我的女儿们和孙女们离去后，一切对于我都已经结束了，尽管您警告过我说，这样说是一种罪过，但我已经不在意了。从我们出生起，所有的一切，教堂、家庭、教育、习俗和爱，都令我们对生命产生依恋。但是没有人对我们说过，我们对它越是执着，当我们得到最终的认知时，遭受的痛苦就越大。

我的朋友，我不会再给您写信了，您用您的故事抚慰了、甜蜜了我过去的岁月，并在我遭逢不幸时，给予了支持和帮助。我祝您健康长寿。愿您在菲尔莱尤夫的精美花园可以永存，就像您的图书馆和所有书籍一样，愿它们可以为人们服务……

艾尔日别塔·德鲁日巴茨卡夫人完成了这封信，放下了笔。她把跪垫向后推了推，面对着悬挂在墙上的基督。基督接受每个痛苦的人，这是她牢记在心的。她躺在了地板上标记好的位置上，用鼻子吸了吸她习惯穿的棕色羊毛裙子的气味，把双手摆放在胸口，像是在棺材里那样，目光凝视着悬在空中的空无。她就这样躺着，甚至已经不再尝试祈祷，祷告词令她感到折磨，让她觉得仿佛空虚从空虚之中倾泻而来，一次次地碾磨着相同的谷物，里面充满了有毒的麦角菌。过了好一会儿，她达到了某种特别的状态，一直待在这种状态里，直到用餐的铃声响起。很难去描述那种状态：德鲁日巴茨卡试图让自己消失。

永远在场的彦塔，不再看德鲁日巴茨卡夫人。彦塔消失得很快，就像是一个念头，迅速去往了桌上那封信上写着的收信人那里，看见他正把双脚浸在桶里泡着。他弯着腰坐着，或许已经睡着了，头耷拉在胸前，似乎在打呼噜。哦，彦塔知道，泡脚不会有任何帮助的。

赫米耶洛夫斯基神父现在的状态，显然已经无法去读最后一封信了，这封信好几个礼拜前就放在桌子上了，混在其他文件中间，没有被启封。贝奈迪克特·赫米耶洛夫斯基神父，洛哈特恩的咏祷司铎，就快要死于肺炎，因为他在太阳刚一出来时，就草率而急不可耐地起身去了花园。罗什科的继任者伊齐多尔是个年轻而愚钝的小伙子，他和女管家克塞尼亚因道路湿滑且不易通行，拖延到第二天才招来医生。他平静地去世了。临终前，他的高烧退了很多，他做了忏悔，并接受了最后的油膏涂抹。桌上那本打开的书后来还摆了很久，他在翻译一幅吓人的图画底下的几行诗，以他特有的笔迹书写。

贝奈迪克特神父的继任者接管了菲尔莱尤夫的神父住所，花了整个晚上翻检前任的文件，准备将其送至教廷。他还打开了德鲁日巴茨卡的来信，但他不知道这女人是谁。然而，让他吃惊的是，神父曾与女人通信；他发现了一整盒的信件，仔细地按照日期整齐排列，里面摆放着干花，可能是为了防止飞蛾钻入信纸。他不知道该拿这些东西怎么办，因为他不太敢将它们归到书籍当中，他受命把这些书籍打包，寄到利沃夫主教处。他把盒子在床边放了一段时间，自己愉快地读了这些信，然后就忘记了它们。盒子滑落到了床下，留在了那里，在神父住所潮湿的卧室里，这些信慢慢烂掉，变成了鼠窝。

在德鲁日巴茨卡的最后一封信中，她还写道，最糟糕的是两个问题："因为什么"和"为了什么"。

Septima etas mūdi CCLXIIII
Imago mortis

Morte nihil melius, vita nil peius iniqua
O pia mors hoim, reges eterna laborū
Tu senile iugum domino volente relaxas
Vinctorūq; graues adimis ceruice cathenas
Exiliumq; leuas, τ carceris hostia frangis
Eripis indignis, iusti bona ptibus equans
Atq; immota manes, nulla exorabilis arte
A primo prefixa die, tu cuncta quieto
Ferre iubes animo, promisso fine laborum
Te sine supplicium, vita est carcer perennis

可是因为我无法控制住自己不提这些问题，于是我告诉自己，上帝要我们这些被创造的、有罪的人成为被创造之物，正是为了用创造来惩罚我们。而他自己洗净双手，为了在我们眼中维持自己的良善。他寻找自然的方法来间接地迷惑我们，借助某种自然的手段，让打击显得轻一些；因为若是自己出手，我们就会不能理解。

毕竟，上帝本可以用一句话治愈患了麻风病的元帅乃缦，却命令他去约旦河沐浴；他本可以用自己的大爱治愈盲人，却让他们用唾液混合烂泥，放在瞎眼上；他本可以立刻治愈任何人，却创建了药房、药品和草药。他的世界真是一朵伟大的奇葩。

莫里夫达的再生

莫里夫达变瘦了，几乎完全看不出他几年前的样子了。他胡子刮得很整洁，虽然没有像许多僧侣那样剃光头顶，但他的头发很短，紧贴着头皮。他看上去更年轻了。他的哥哥是个退伍的军人，对于这个修道院感觉有些尴尬。他不太明白这些年安东尼发生了什么。在华沙，他们说他曾爱过一位已婚妇女，他不求回报，只是单方面向已婚女人示好；那女的允许他追求，与他建立了一种错误的、虚假的亲密关系。于是，莫里夫达就这样自己爱上了，但那女的很快抛弃了他。他的哥哥不理解，也不愿意相信这种故事。假如是关于荣誉，关于背叛，而不是为了这种爱情，那他会理解的。他怀疑地看着弟弟，也许还有别的事情吧？或许是有人对他施了法术，因为他与大主教如此交好。

"我已经感觉很好了，哥哥请你别那样看着我。"莫里夫达回应着，将外衣拉到头顶。

修道院前有辆马车等着,坐在里面的安东尼·克萨科夫斯基——也被称为莫里夫达——身穿家常的衣服:长裤、衬衫、带袖波兰长袍和朴素的深色外袍,上面系着深色的腰带,毫不炫耀。他用金子为修道院院长提供了支持,但是院长大概还是有些失望。莫里夫达-克萨科夫斯基看来真的很圣洁,他整日整夜地祈祷,在教堂里躺成十字架,总是不离开世界女王圣母的画像,那是他所喜欢的。他很少与哥哥说话,也不想参与修道院的工作,很难与修道院的秩序相适应。这时,他走到了上校哥哥前面,紧贴墙壁,手掌摸着墙砖。他赤脚穿着凉鞋,这让哥哥恼火,脚上应该穿鞋,最好是高筒靴、军靴;光脚,那是农民,是犹太人。

"我已竭尽了自己所有的影响力,让你进入了王室办公厅。你得到了大主教本人的支持,这足够了。他们不会记得你任何别的事情。安东尼,你真幸运。你掌握多种语言,他们非常重视……我不想要你任何的感激之情,我这样做是为了我们母亲灵魂的安宁。"

马车启程的时候,安东尼突然亲吻了哥哥的手,开始抽泣起来。上校尴尬地咕哝了几句。他想要安东尼返程时能像个男子汉,有尊严,像个贵族。在他心中,弟弟是个失败者。当国内发生着如此之多的恶行时,是什么指引他去了修道院?当国家正被一个年轻、不负责任、越来越依赖沙皇的国王所统治时,他那些忧郁的情绪是哪里来的?

"你什么都不知道,弟弟,因为你躲在修道院的高墙后面,在国家需要你的时候。"他责备地说道,厌恶地转过头,看向马车的窗外。

然后他好像不是对着他的弟弟,而是对窗外的风景说道:

"在议会上,四名联邦的代表像小鸡一样,被女皇大使的随从从座椅上拖了下来,像是对乡巴佬似的……这是为什么,我的先生?因为他们反对俄国想用武力强制进行的对宗教异见人士的改革。"

神圣的愤怒又回来了,当这个野蛮行为的消息第一次传到他这里时他感觉到的愤怒又一次出现了。他再次转向他那正在用袖子擦泪的弟弟:

"他们拒绝了,并且大喊大叫,直到变成了骚动,因为有些议员试图要站在他们一边,然后……"

"这些勇敢的成员都是谁,认识他们吗?"莫里夫达打断了他,他好像已经有点恢复了。

上校显然很高兴,他说的话被弟弟听进去了。他活跃地回答:

"是的,扎乌斯基、索乌迪克和两位瑞乌斯基先生。其他人看到俄国正规军已准备好开枪时,才大喊起来:'耻辱,耻辱,圣洁的议会被侵犯啦!'对此,莫斯科人并不在意,把他们四位拖出了会场。肥胖的索乌迪克满脸通红,快要中风了,他试图抵抗他们,最后抓住了一件家具,但还是他们得了手。你能想象吗?这一切都发生在其他人的允许之下。让他们都倒大霉吧,这些胆小鬼!"

"他们把那些议员怎么样了?投入监狱?"莫里夫达问道。

"怎么会只入狱!"上校大声喊着,他现在完全面向着弟弟,"他们被直接从议会流放至西伯利亚,而国王连手指都没动一下!"

他们两人都沉默了片刻。马车驶进某个小城镇,车轮开始在鹅卵石上嘎嘎作响。

"为什么他们如此坚持,不给任何宗教异见者任何权利?"莫里夫达问着,此时车轮回到了柔软的泥泞土地上。

"什么为什么?"莫里夫达的哥哥大概没理解这个问题。毕竟,毫无疑问,只有通过最神圣的罗马教廷才能获得救赎。想要谅解路德派教徒、犹太教徒或是阿里乌派教徒,这一般都是魔鬼的行径。况且,为什么俄罗斯要干涉我们的事务?"你在说什么啊?"他已经词穷了。

"无论在世界上的任何地方，我都有自己的立场。"莫里夫达说道，"我可以看到，或许上帝只有一个，但是信仰他的方法有很多，数量是无限的……可以穿着各种各样的鞋子走向上帝……"

"你该对此保持沉默。"哥哥责备道，"这是你荣誉上的一大污点。好吧，你不光彩的过去已经几乎被忘记了。"他噘起嘴，像要吐口水。

到华沙前，他们之间不再说话。

哥哥把莫里夫达安顿在家里，在索莱茨区一个凌乱的老旧单身公寓里，并告诉他要振作起来，以便能尽快开始新的工作。

莫里夫达从刮胡子开始过新的生活。磨快剃刀时，他看到窗外不安的人群聚集在街上。人们群情激奋，极度愤慨，动作夸张起来，声调高高飘扬：上帝、共和国、牺牲、死亡、荣誉、心脏……他们声嘶力竭地表达着。夜里，他听到街上传来重复的祈祷，诵读声有疲倦的，有满腔决绝的，有大声欢呼的。

莫里夫达开始撰写和翻译国王发往整个欧洲的外交信件。他不假思索地撰写、复写和翻译。他把这种世界的骚动看作是木偶剧，一场关于买卖、关于世界市场的木偶艺术。人们投资商品，投资各种类型及其变种的物质，也投资权利——这能回报利益，能给予自信，使身心愉悦；投资贵重的物品——这些东西除去本身的珍贵外毫无用途；投资食物和饮料，投资交际。换句话说，投资一切，就是普通人生活所需的所有事物。从农民到国王，人人都是如此。在这一切撕破长袍和自投罗网的行径的背后，有一个温暖的房间和一张布置丰盛的桌子。在莫里夫达看来，索乌迪克主教已经被誉为最伟大的英雄，如同著名的黑若斯达特斯，那个为出名而放火的年轻人，他所谓的英勇行为没有为任何人带来好处，没有为共同事业带来任何贡献。对莫里夫达而言，主教对于俄国对待异见人士与事物的态度的狂热反对，他是无法理解的。叶卡捷琳娜女皇所说的一切都被预设为是对联邦的攻击，但无须太多的细想就能知道，那样做是时代的精神；关于其他宗教的法律，既是黑白分明的，也有灰色的部分，而且这部分是最多的。在王室办公厅，有许多人像他一样思考。

回家时，他看到那些妓女，即使在这个动荡的时刻，也没有放弃在杜加街上班。他思考着，这种生活究竟是什么样的。

尽管她们无法回答他的问题，但他还是经常利用她们的服务，因为自从离开修道院以来，他很害怕自己一个人待着。

会移动的山洞

出了城向东南方走，首先会穿过茂密的森林，当中除了树木，还生长着白色的石头。它们长势缓慢，但随着时间的流逝，当地球变老，它们就会完全露出地面，那时就不再需要土壤了，因为不再有人，只有白色的岩石会保留下来，那时就能看出，它们是大地的骨头。

可以看到，一出城外，地貌立刻就变了。土地是暗灰色的、粗糙的，而且是由微小而轻质的石屑构成，就好像在磨坊磨过一样。干草在脚下嘎吱作响。这里生长着松树和高大的毛蕊花，农妇们用其煮水洗头，头发会更亮。

过了森林，就是布满白色岩石的山丘，城堡的废墟就耸立在那里。当他们第一次看到它时，都认为这城堡不可能是由人类的手建造的，而是由创造世界的力量，由那相同的一双手建造成的。这座建筑的结构像巴瓦卡本的堡垒，就是智者们在圣书中提到过的那些跛脚的、生活在地下的富人，是的，这一定是他们的财产。整个琴斯托霍瓦周围的区域，环境奇异，怪石嶙峋，到处都是神秘的通道和藏身之处。

与雅各布他们交好的、来自琴斯托霍瓦的犹太人埃兹德拉为他们提供食品，并把最大的启示留到了最后——这里，一个洞穴。

"你们觉得怎么样？"埃兹德拉兴高采烈地问，微笑着，露出了被烟草熏成褐色的牙齿。

洞穴的入口隐藏在山坡上生长着的灌木丛中。埃兹德拉请他们进到里面，就好像是他自己的住宅一样，但是对他们来说，把头伸到入口处就足够了，反正什么也看不见。埃兹德拉从什么地方拿出了火炬和打火石并点燃。往里走了几步之后，后面的入口消失了，火炬的光照亮了里面：潮湿的墙壁，稀奇，美丽，闪着光泽，像是用人类所不知道的金属矿石做的；光滑的矿物凝结成了水滴和冰柱的形状；美妙的岩石呈现着美丽的微红色，穿插着不同颜色的线条，白色和灰色。而且他们越往深处走，洞穴内部就显得越有活力，就好像他们进入了别人的腹部，好像他们在肠子、胃和肾脏里游荡。他们脚步声的回音在墙壁上反弹，放大成雷声一般，最后变得支离破碎。突然，一阵风不知从哪里出现，吹灭了那微弱的火炬，黑暗笼罩了他们。

"万能的主啊。"雅各布夫斯基突然低语。

他们一动不动，这时可以听到他们急促不定的轻声呼吸，听到他们静脉中鲜血的涌动，听到他们的心跳；可以听到纳赫曼·雅各布夫斯基肚子里演奏的进行曲，还可以听到埃兹德拉如何吞咽唾液。寂静是如此浓密，他们能在皮肤上感觉到它冰冷、滑滑的触感。是的，上帝绝对是在这里。

兹维什霍夫斯卡自然而然地掌管了分散在琴斯托霍瓦各处房屋的整个团体，她正在为修道院院长准备一份慷慨的礼物——银烛台和水晶吊灯。所有这些礼物的价值，将令院长无法拒绝请求。毕竟，他们整个团体的人已经在修道院散步了，再往前进一步，又能有什么伤害呢？院长犹豫不决，但银子的光亮和水晶的闪耀说服了他。他给予同意。修道院有财务上的麻烦。他们必须悄悄地，且只能有雅各布和两个同伴；哈娜和孩子们被留下看管。

这个时刻到了，1768年10月27日，即雅各布的儿子约瑟夫出生的第二天，主第一次走出小城的城墙。他穿着切尔尼亚夫斯基的长外套，拉低帽子遮住了眼睛。角落里，一辆马车和一个雇来的农民在等着，然后他们默默走上崎岖不平的沙子路。

雅各布独自进入山洞，让他们等着。切尔尼亚夫斯基和雅各布夫斯基在山洞入口处搭起了一个小营地，但篝火几乎燃不起来。这天下着雨，很湿。他们站在细雨中，弄湿了帽衫。雅各布直到晚上才回来。串在树枝上的苹果，在微弱的火中爆裂。

当天已经很暗时，他出现在了洞口。他们看不清他的脸。他下令他们快走，于是他们就走，不时被突出的石头和自己的脚绊倒。他们的眼睛已经习惯了黑暗，而夜是明亮的——是湿雾将星光和月光散射，还是此处土地的颜色里包含了干枯骨头的亮光？驾车的农民在路边等着他们，浑身湿透又气愤不已。他要求他们付更多的钱，他不知道要持续这么长的时间。

雅各布一路上一句话也没说。直到回到塔楼房间里他才说话,一边脱下了湿外套:

"这就是那个山洞,就是西蒙·巴尔·约哈依和他的儿子躲避罗马人的那个山洞,上帝奇迹般地给他们提供食物,并使他们的衣服永远不坏。"他说道,"这是西蒙·巴尔·约哈依撰写《光明篇》的地方。这个山洞是从希伯仑来到这里接我们的,你们没有看到吗?那里的深处,在最底下,是亚当和夏娃的墓。"

寂静笼罩下来,雅各布的话在其中占据了一个位置。可以说,世界上所有的地图都在他之上来回移动,沙沙作响,旋转着,相互匹配着。沉默持续了较长一段时间,然后人们开始发出哼哈声,有人叹了口气。看起来,他已经掌控了秩序。雅各布说:"我们唱歌。"他们就唱歌,像往常一样,就像在伊瓦涅的时候一样一起唱歌。

晚上,两个女人留下来在他这里过夜,而其余的人住在小城。他下令让两位马图舍夫斯基与帕沃夫斯基和亨利科娃·弗沃夫斯卡结合。同样,第二天晚上索菲亚·雅各布夫斯卡与他人结合;她已经不再需要用母乳喂她的女儿了。要行房的是:帕沃夫斯基、两位弗沃夫斯基和雅斯基尔。

遣使失利
和围攻修道院院墙的故事

纳赫曼,即彼得·雅各布夫斯基的接连好运没有持续太久。精心准备的赴莫斯科使团以彻底的惨败告终。雅各布夫斯基和弗沃夫斯基两位使节被当作罪犯、杀人犯和异教徒对待,因为先期莫斯科已经收到了来自波兰的消息,是关于囚禁在琴斯托霍瓦的堕落的弥赛亚的。他们没能见到任何人,慷慨分送的礼品也无济于事。最终,他们像间谍一样被赶走了。他们身无分文,两手空空地回来了。雅各布惩罚了他们。他命令他们赤足站在团体面前,只穿衬衫,然后跪在地上,为自己的无能向所有人道歉。雅各布夫斯基对这些的承受力要比弗朗西舍克·弗沃夫斯基好些。玛丽安娜·弗沃夫斯卡后来告诉别的女人,说她的丈夫在夜里因为羞愧和屈辱而哭泣。当然使者们对此没有任何过错。他们感到,整个欧洲、整个世界都在密谋与他们作对。如今,在纳赫曼·雅各布夫斯基看来,琴斯托霍瓦的监禁在这所有事情之后,显得亲切而舒适,尤其是主可以不受限制地出入小城,甚至可以长时间去洞穴散步,而且整个团体都可以自由地进出。

现在,在白天,塔楼下的房间变成了公署。雅各布口述着给波多利亚、摩拉维亚和德国等地正统派信徒的信件,告诉他们关于隐藏在光明山画像中的舍金纳的信息,并呼吁推行大规模的洗礼。这些信件的语气变得越来越像是《启示录》。有时,抄写员雅各布夫斯基或切尔尼亚夫斯基甚至会写到手抖。到了晚上,公署又变成了活动大堂,像是以前在伊瓦涅一样,大家学习完后,只有被选中的留下,开始"熄灭蜡烛"。1768年秋季的一天,仪式正在进行的时候,修道院的苦行修士们猛撞房门,最终把门打破了,但在黑暗中他们看不到太多。然而,他们所看到的对他们来说已经足够了,因为次日,院长叫来雅各布,将其交管看押,并禁止他在自己房间接待除至亲家人外的任何人。

"修道院里不能有任何女人,不能有任何青年男孩。"院长说着,双手捂住了脸。

去小城的禁令同样也被恢复了。可是正如所有禁令必将面对的情形那样,这条禁令也将随着时间的流逝而渐渐崩溃,特别是在极度慷慨的馈赠之下。随着时局变得愈发不太平，院长下令在夜里彻底关闭修道院，只是哈娜的病打动了他的心，他允许她和孩子全天留在军官房里。

关于在与土耳其接壤的波多利亚发生的事情，他们是从帕沃夫斯基的姐夫雅斯基尔·科罗莱夫斯基那里知道的，他在波多利亚传送信件，消息灵通。首先是件奇怪的事情，他的父亲在科罗洛夫卡制作帐篷，他从波兰的高官们那里接到了帐篷的大订单，这必定是军队在准备着什么行动。雅斯基尔是正确的，很快罗赫就告诉他们，在小城巴尔已经建立了一个联盟，反对与俄罗斯勾结的国王。罗赫非常激动，说到了联盟的旗帜：上面有琴斯托霍瓦的圣母，一模一样，脸色黝黑，怀抱小孩；盟军穿着带十字架的大衣，上面写着黑字，"为了信仰和自由"。据说，派去对抗联盟军队的国王部队，不是因对方的宗教狂热而四散逃跑，就是追随了对方的阵营。罗赫像修道院里的所有老兵一样，缝上了破烂的旧制服上脱落的纽扣，擦亮了步枪。他们把石头搬到院墙下垒起，并修复了已经长满灌木的射击孔。

而到目前为止还昏昏欲睡的琴斯托霍瓦小城，正慢慢地挤满了来自波多利亚的犹太难民，因为那里发生了海达马克起义，开始了大屠杀。于是，难民们纷纷拥向神圣的基督教圣殿，相信这里绝对不会有针对他们的暴力发生。此外，所谓的犹太弥赛亚也囚禁在此，他们可以聚集在他的羽翼下求得佑护。他们带来了可怕的故事，说海达马克的暴民无法无天，不让任何人通行；夜空变成了红色，到处是燃烧的村庄。当修道院院长的管制稍有放松时，雅各布每天都去探望他们，将双手放在他们的头上；传言已经广泛散布，说他可以疗愈伤痛。

整个维伦斯基前街现在都变成了营地，人们在街道上、在长方形的小广场上露营。苦行修士们从修道院送来新鲜的水，因为据说水井已经被污染了,人人都怕染上瘟疫。每天早晨,修士们给他们分发修道院面包房烤制的热面包和果园里的苹果,今年苹果的长势极佳。

纳赫曼·雅各布夫斯基在这营地遇到了一些哈西迪派的犹太朋友。这些巴谢托的孤儿对雅各布的人很不信任,侧目而视。他们自己团结在一起,但最终开始与正统派展开了辩论,出现了争吵和暴力纠纷。辩论中充满了《以赛亚书》和《光明篇》的名言,声音越过了重重高墙,在雅各布所在的塔楼里都能听到。

在小约瑟夫受洗之际,雅各布在小城举办了盛大的宴会,让无论是受过洗还是没有受洗的人随意吃喝。同样盛大的还有雅各布·戈林斯基的婚礼。他是优良的正统派信徒,主为他指定了年龄比他小一半的玛格达·耶杰任斯卡为妻。婚礼在修道院里的见习教堂中举行,是修道院院长特地慷慨地供他们使用的,事前还重新进行了粉刷。庆祝仪式很是美妙,听不到大炮的轰鸣;炮声正在无情地靠近琴斯托霍瓦,而现场听到的是苦行修士们庄严的赞美诗,他们为修道院获得了如此丰厚的捐赠而高兴。

接下来,很快传来消息,说俄罗斯插手了波兰内部的纷争,俄罗斯军队由东而来。这就是战争了。然后,消息一天比一天更糟糕。有越来越多的人来到光明山的圣母跟前,他们相信,有圣母在,任何不好的事情都不会发生在他们身上。教堂已经满了,人们在冰冷的地上躺成十字,空气因祈祷而厚重。当

祷歌停止，从远处，从地平线外，传来低沉、不祥的炮声。

被这一切吓坏的雅各布命令扬·弗沃夫斯基去华沙接阿瓦查，她在弗沃夫斯基家上学。后来他又对这一决定十分后悔。他为她的相貌感到惊讶。走的时候她是一个瘦瘦的、头发扎成小辫子的女孩，指甲被啃坏，双手因为爬墙而变得粗糙。而这时回来的，是一位礼貌而美丽的小姐。她现在梳着高高的发髻，穿的是色彩鲜艳的低领口连衣裙（虽然用手帕盖着胸口）。每当她走出来，沿着围墙进行每日短暂的散步，就会吸引修道院里所有人的目光。她不受修士们的待见，围绕她的闲话太多了。于是，父亲让她待在军官房里，最后不再允许她出门了，除非是在天黑以后，而且得在别人的监视下。

在她到来两周后，由普瓦斯基率领的盟军到了修道院。他们在某个下午占据了光明山堡垒，像是在客栈的院子里一样，把他们的马匹、车子和大炮放得到处都是，这给苦行修士们带来了极大的恐惧。军人们轰走了朝圣者，实行他们的军事管制。随即，堡垒被关闭了，人们不能再探访雅各布，他也不被允许进城。只有哈娜、阿瓦查和小男孩们和他在一起，还有两位兹维什霍夫斯基、两位马图舍夫斯基和纳赫曼·雅各布夫斯基作为使者。僧侣们必须腾出修道院的一个侧翼，让盟军改为兵营。朝圣先是停了下来，然后又悄悄地开始。但在大门处，重新焕发了青春、充满了活力的老兵们，检查着每一个人，看是否有俄罗斯的间谍。罗赫现在是大门卫队的指挥官，不再有时间与雅各布谈话了。他现在心里有别的事情，他负责看管每天晚上运送来的给士兵们的啤酒和葡萄酒。小城也变得鲜活起来，因为士兵们需要吃饭、穿衣，以及娱乐。

卡齐米日·普瓦斯基看上去很年轻，像个刚刚长出胡子的小伙子，很难相信他是一位经验丰富的指挥官。他可能自己也知道，于是穿着重重的军大衣，修长的身材变得魁梧起来，看起来很威严。

他没有太多战斗的机会。俄罗斯军队在堡垒周围逡巡，像一只狐狸在鸡舍周围转来转去。军人们来来去去。人们相信，城墙上挂着的旗帜上面的圣母会吓跑他们的。

无所事事地待在封闭的修道院里，普瓦斯基已经觉得无聊了。很少走出塔楼、戴着高顶帽的男人和他那已经在驻军中成为传奇的、美丽而神秘的女儿吸引着他。他并不在乎教会的事情，也不太关心宗教的异端。他只是听说，那个男人是非正统的异教徒领袖，修道院的居民，而且也是善良的天主教徒，修道院院长是这样向他保证的。他每天都能在早晨的弥撒上见到他。他诚挚而真心地投入宗教礼拜，在唱主祷文《我们的天父》时，他的声音很有力度，这激起了普瓦斯基的钦佩和好感。普瓦斯基邀请他们来吃晚饭，但只有雅各布自己来了；他身材高大，温雅有礼。他微微带有一点外国口音，说话不多，但深思熟虑。他们谈论了可能发生的事情，谈了俄罗斯，谈了国王的政策。普瓦斯基明白，对待这位国王的囚犯必须小心，他试着改变话题，因为话题不合适。当被问及女儿时，雅各布·弗兰克回答说，女儿必须与患病的母亲待在一起。普瓦斯基看着似乎很失望。但是第二次雅各布带上了女儿，她的出现使夜晚变得非常愉快。受邀的其他军官对如此美丽的年轻女子（尽管她害羞、沉默）的出现都有些兴奋，炫耀着他们的幽默和智慧。葡萄酒味道很好，瘦鸡的口感像野味。

卢博米尔斯基亲王与他的队伍来到琴斯托霍瓦时，正好美妙的社交之夜正要结束。这个人，正如小城里人们所说，甚至比俄罗斯人还坏。他无情地掠夺周围的村庄，他的士兵们毫不犹豫地进行强奸，农民们称他为土匪。卢博米尔斯基的部队周旋在广阔的领土上，虽然他们驱逐了俄国人，但几乎不服从盟军总指挥部的命令，渐渐变成了一帮强盗。

当他出现在修道院时，雅各布把阿瓦查藏在修士那里，不准她出来，直到那些强盗离开。卢博米尔斯基在驻军中组织酒局豪饮，对普瓦斯基的士兵们造成了很坏的影响。只有那些老兵羡慕地看着这位年轻的亲王。

"我们需要这样的首领。"罗赫说着，向雅各布递上从亲王那儿得来的烟草，"我们会像癞皮狗一样追俄国人。"

雅各布捏出一点儿，沉默着。一天晚上，喝醉酒的亲王来到雅各布的塔楼，雅各布不得不接待他。他像询问父亲似的，询问雅各布有关女人的问题。他的眼神紧张地在房间里转来转去，大概是在找寻这里每个人都在谈论的那个女人。

在城堡里有盟军俘虏的国王军士兵，其中许多人并不愿服役。其中一个是米洛夫斯基警卫队的队长，莫斯科人已经杀害了这支部队的三名军官，他曾来向雅各布寻求建议。这引发了新的时尚，从那时起，许多人开始向雅各布这位犹太智者——他并非完全的犹太人，而是无法被定义的先知——进行咨询。他被囚禁在这样一个奇怪的地方，这更增加了他的神秘感。那位队长身材小巧，浅色头发，彬彬有礼，带着对雅各布的巨大信任，问他该怎么办；他年轻，怕死。在塔楼北侧，在士兵们通常撒尿的墙边，他们坐在石头上，身子微微地向对方倾斜着。

"请您告诉我，先生，我是否应该逃去华沙，我来自那里。我该做一名逃兵和懦夫，还是应该为祖国而战，并为她牺牲？"

雅各布的建议非常具体。他让这位军官去琴斯托霍瓦的市场买些贵重的小物品，手表、戒指之类的。既然目前有战争，他可以很便宜地买走这些东西，保存起来作为保险，以防坏事发生。

"战争是集市和噩梦的混合体。"雅各布·弗兰克对他说，"扔掉那些花花绿绿的幻想，买下最一流的东西，多花钱，让自己吃好，尊重自己，这样你就从死亡那里赎回自己了。被杀绝不是什么英雄行为。"

他拍了拍年轻军官的后背，对方伏在雅各布的衣领上，很快地拥抱了他。

"先生，我好害怕。"

女主哈娜在1770年2月的离世
和她的永久安息之地

"我认为这是一种怪癖。"院长说道，"我不会就这个问题进行反对，这名囚犯不是我们的，是神圣教廷的。这个女人受过洗，我想努力给她在城市公墓里提供一个地方，因为我们不会在这里埋葬世俗的人。"

院长望着窗外，看到在教堂前，年迈的盟军士兵在举着军刀训练。修道院现在更像是兵营。雅各布夫斯基在桌子上放下一个醒目的钱袋，像往常一样。

这是哈娜躺在塔楼军官房里的第二天。所有人都觉得已经过了很久。这两天来，没人能够平静，他们知道，大地还没有接纳她。雅各布夫斯基又一次去向院长请求许可，希望能将死者安葬在洞穴里，就像以前那样，就像他们做过很多次的那样，就像上次小雅各布去世时那样。但哈娜不是小孩子，也不是普通的新入教者。这可是雅各布·弗兰克的妻子。

哈娜因悲伤而死。去年，她生了一个女儿，取名为约瑟法·弗朗齐斯卡。孩子刚受洗就死了。一开始，哈娜先是在最后一次分娩后，出现了长期不明原因的出血，导致身体无力，然后是发烧和痛苦的骨头肿胀。负责照料她的兹维什霍夫斯卡说，这是石头中透出的凉气导致的，从华沙弄来的羽绒寝具也对付不了这种冷。这里的湿气无所不在。哈娜关节肿胀到最终无法动弹。然后小雅各布死了。孩子们被偷偷地安葬在山洞里，没有神父在场。这两个孩子死后，哈娜就再也没能起身。雅各布命令弗沃夫斯基把阿瓦查带去华沙，又把生病的哈娜抬到琴斯托霍瓦的阳光之下。在那儿他们才看到，她是多么苍白和病弱。她原来总是呈现淡淡的橄榄色的皮肤，现在变成了灰色，看上去好像是覆盖了一层灰烬。有一段时间，柳树皮汁还有些帮助。于是女孩子们就去附近的田野里采，柳树在地里一行行整齐地生长着。浅色的柳条从茂密、粗大的树干上长出来。哈娜说："这柳树是多么丑陋的树啊，四面张扬，不修边幅，就像是衰老残废的女人。"然而这种丑陋的植物帮助她维持了一段时间。女人们剪下柳枝，剥下树皮，在家里把树皮放在水里煮沸，煎成药汤让病人服用。那些修士中的一位尝试过给哈娜治疗，用了伏特加调和蜂蜜来擦身，但是他的治疗也没有帮助。

现在天气又冷又湿。地面闻起来令人不安，像是坟墓。在琴斯托霍瓦小城下方的田野上，可以看到遥远的地平线，像一根孤零零悬挂在天地之间的绳子，风在其上不断弹拨出重复、单调、阴郁的声音。

没有人敢见雅各布。他们拥挤着站在楼梯上，脸色苍白，嘴巴像条深色的道子；因为一直醒着，眼睛下都围上了黑眼圈。自昨天以来没有人吃过任何东西，锅都冷着，甚至孩子们也沉默了下来。雅各布夫斯基将脸颊贴在塔楼该死的墙上。有个妇女用胳膊肘戳到了他，他于是把手放在额头上,开始了祈祷,然后其他人都加入了他。他心想,哪怕天堂的穹顶也是用这样粗糙而潮湿的石头建成的,他的祈祷仍然能够一字一句地穿透过去。他们先念诵《我们的天父》,然后唱《伊加德尔》。

所有的目光都在注视着他,注视着纳赫曼-彼得·雅各布夫斯基,他们知道,主只会允许他进去。于是,雅各布夫斯基推开了沉重的、挂在破烂铰链上的门。他感到其他人都压在他的肩上,想看里面发生了什么。他们一定都在期待着一个奇迹:主身穿白色长袍,飘浮在地面之上,光芒四射的女主生机盎然地靠在主的怀抱之中。雅各布夫斯基强忍着几欲落泪的叹息,他知道,必须控制自己,因为无论他现在做什么,那些人都会跟着做。他挤进狭小的半开的门,然后立即在身后把门关上。只燃着一支蜡烛,其他的早已熄灭。女主就像去世前那样躺在那里,她没有复活,一切都没有改变,只是现在她已经毫无疑问是一具尸体;下巴耷拉着,张着嘴,眼睑半闭,烛光在眼睛光滑的表面上闪烁。女主的肤色是灰暗的。

她的身边,躺着雅各布。他赤裸着,消瘦憔悴,棱角分明,黝黑,尽管他身上的毛发现在已经完全灰白,像狗一样乱蓬蓬的;他的双眼凹陷。他枯瘦的臀部触碰着哈娜的身体,手放在她的胸口,好像在拥抱她。雅各布夫斯基头脑中想到,他,雅各布也死了。他突然感觉浑身发烫,双膝跪在床前,感觉不到自己撞在了石头地板上,他再也无法忍住抽泣。

"你真的相信我们不会死吗?"雅各布问他,从他妻子的身体上抬起了头。他看着纳赫曼,黑眼睛里没有烛光的反射,像山洞的入口。雅各布夫斯基没有回答问题,这个问题听上去讽刺而尖锐。雅各布夫斯基控制住了自己,从衣箱里拿出一件新衬衫和一件土耳其羊毛上衣,开始给雅各布穿上。

第二天黎明之前,送葬的队伍已走过了城墙;中午时分,到达了马克佩拉洞穴。两位弗沃夫斯基、帕沃夫斯基和马图舍夫斯基艰难地将棺材搬进洞穴。

杂记。围城状态

我将书写死亡。

最先死的是长子,七岁的小雅各布,他父亲的爱子,准备要做继任者的。那是在十一月底,那时已经下雪。在已经变成堡垒的修道院里,贫寒交迫。这时候,堡垒的新任指挥官是卡齐米日·普瓦斯基,他与雅各布关系融洽,经常交谈,他同意了在山洞里举行葬礼。我们已经在山洞里有了一个小墓地,远离外人的墓地,每个人都被埋在那里,我们不打算泄露出去。我们要把这个洞穴留给我们自己,我们是从蝙蝠和盲眼蜥蜴那里得到它的,而且这洞穴是从以色列之地走来归于我们,并由雅各布所发现的;亚当和夏娃、亚伯拉罕和撒拉,以及先祖们都在其中安息。我们已经开始,还要继续将我们的人葬在里面。最早是我们的财务主管艾拉先生,然后是雅各布的孩子们,最后是亲爱的哈娜。如果说我们在波兰曾经有过什么有价值的东西,那就是这个洞穴,我们将所有的宝藏放在了里面,因为它曾是也一直是通向更好的世界的大门,那个世界一直在等待着我们。

那些都是糟糕的日子,那些日子无法向上帝解释。1769年秋天,普瓦斯基的盟军们纷纷开始追求阿瓦查。即使指挥官本人曾宣布说她是犹太术士的女儿,最好别去管她,也都无济于事。她的美丽激起了广泛的好奇。有一次,一些高级军官看到了她,请求雅各布让他们与他女儿见面。其中一个后来说,她的美貌足以让她成为圣母,这让雅各布非常高兴。但一般情况下,雅各布都把她藏在塔楼里,每当士兵喝酒时,他就禁止她出来,即使是在她需要出去的时候。但是,邪灵进入了这些盟军士兵,这些乌合之众。他们常常无聊地坐在堡垒中,或是从小城偷偷弄些酒来这里。只要阿瓦查一出来,她的路立即就被他们封堵,他们和她搭讪,局面有时会变得很不愉快,这么多男人围着一个年轻美丽的女人。她自己也对自己激发的这些关注感到惊讶,这种混合着迷恋和敌意的欲望。有几次都不仅限于吹口哨和搭话了,似乎整个驻军除了追逐她以外,别的任何事情都顾不上了。普瓦斯基先生严令禁止接触阿瓦查,即艾娃·弗兰克,但他本人如何调解也无济于事。这些士兵被剥夺了他们所应做的事情,总是在期待和不确定中,不知将要发生什么,于是变得愚蠢且无法控制。我宁愿不写也不谈论这些,但是出于记录事实的责任,我只想记下:最终当事情真的发生时,雅各布将她和我,以及弗沃夫斯基送到了华沙。在母亲去世后,她才从那里回来,直到最后都和父亲在一起。在遭遇暴行的那天晚上,她做了一个梦,梦到一位穿着白衣的德国人从塔楼上救了她。在梦中她被告知,那是皇帝。

那几年的围困对我和我们所有人来说都很艰难。我要感谢命运,作为一个使者,我经常在首都和琴斯托霍瓦之间往返旅行,这使我不像雅各布那样受苦,他在修道院经历了多年的相对自由后,现在因为监禁而备受煎熬。当知道这里将会被围困,我们几乎所有人都匆忙离开了住处,回到了华沙。维伦斯基前街空了。只有扬·弗沃夫斯基和马泰乌什·马图舍夫斯基留下来陪在主身边。

哈娜死后，雅各布身体不济了。坦白地说，我曾想过，这已经结束了。我当时想了很多，为什么约伯曾说"我必在肉体之外得见神"，而《以赛亚书》中的经文让我久久无法平静。因为如果人的身体既不持久，也不完美，那么创造它的人，本身必是软弱和可怜的。这就是约伯的意思。我当时就是这样想的，并且在接下来的时间里确定了我是对的。

我们于是协商一致，派出了弗沃夫斯基和马图舍夫斯基去华沙接玛丽安娜，然后是伊格纳措娃，以便雅各布可以吮吸她们的乳房。这对他总是很有帮助。于是我眼前总是看到那样的画面：在俄国人围困期间，当大炮摧毁堡垒，围墙坍塌，当地面震动摇晃，人们像苍蝇一样落地，主在监狱塔楼的军官房里，吮吸女人的乳房，用这种方式修复空洞的、可怜的世界。

1772年夏天，已经没有什么要保卫的了。琴斯托霍瓦被洗劫一空，人们筋疲力尽，饥肠辘辘，修道院几乎要断气了，缺少水和食物。我们的指挥官普瓦斯基被指控密谋反对国王，不得不将堡垒交给俄罗斯军队。8月15日波兰圣母升天日那天的祈祷没有帮助。修士们以十字状躺在肮脏的地板上，等待奇迹。晚间弥撒之后，院墙上挂上了白旗。我们帮助修士们藏起了珍贵的绘画和祭品，在最神圣的画像位置，我们挂上了副本代替。几天后，俄国人攻入，将修士锁在食堂里。好几天来，他们的祈祷声和歌声不断从那里传出。修道院院长绝望了，这是修道院整个历史上第一次落入外国人手里，这绝对是世界的末日。

俄国人在修道院院子里燃起了大篝火，喝了弥撒上用的酒，没喝完的都倒在了石头上，直到石头变成红色，像鲜血一样的颜色。他们抢劫了图书馆和宝藏室，摧毁了火药库和许多武器。他们炸毁了大门，在修道院的围墙上可以看到浓烟，那是从被他们烧毁的周围村庄中飘起的。

但是让我惊讶的是，雅各布完全没有为这情形而沮丧。相反，混乱给了他力量，战争的动荡使他激动。他出来与俄国人谈，而他们却怕他，因为哈娜的死改变了他很多；他现在很瘦，眼睛周围是一圈黑眼圈，脸部线条鲜明锐利，头发完全变灰了。谁要是久未见他，很可能会说这根本就是别人。他也许疯了？是闹鬼吗？实际上，他出来见俄国人是为那些修士，为了让他们从食堂的监禁中释放出来。

几天后，比比科夫将军出现在修道院里。他骑着马进来，来到教堂门口，坐在马上向院长保证说，在俄罗斯的管理下他们不会有任何事的。就在那天晚上，我和雅各布一起去请求俄罗斯将军，让雅各布从监狱中破例释放。我还以为需要我做俄语翻译，但是他们用德语谈。比比科夫一开始就很有礼貌，仅在两天后，雅各布就得到了正式的许可，离开了修道院。

雅各布，我们的主，说道：

"任何寻求救赎的人都必须做三件事：改变住所，改变名字，改变行为。"

我们就是这样做的。我们变成了不同的人，离开了琴斯托霍瓦，这最光明同时也最黑暗的地方。

VI. KSIĘGA DALEKIEGO KRAJU

第六部 远国之书

第二十六章

彦塔看到了护照

过边境时,彦塔看到了出示的护照。一位戴手套的军官小心地把它们拿了去,让旅客们留在车上,自己在警卫室里安静地查验。旅行者们都沉默着。这位查验护照时戴手套的军官此时轻声读道:

卡洛尔·艾莫雷克·冯·莱维斯尼男爵,罗马教皇陛下在德国、匈牙利和捷克的内臣,真正的使节,波兰王室委任的部长,特此通知:本持证人约瑟夫·弗兰克先生,商人,与随同侍者十八人,乘车两辆,为其私人事宜,由此地前往摩拉维亚布尔诺市。因此,对于上述之约瑟夫·弗兰克先生及十八名侍者,赋予其可拥有的一切权利,过境不受阻碍,并在必要时提供相应的协助。1773年3月5日于华沙颁发。

除这本奥地利护照之外,还有一本普鲁士护照,彦塔很仔细地看着。护照上的字体精美,盖着大印章:

本持证者,商人约瑟夫·弗兰克先生,由琴斯托霍瓦到达此地,在华沙停留八日,与侍者十八名,乘车两辆,为其私人事宜,经琴斯托霍瓦前往摩拉维亚。因为这里的空气洁净，有益于健康，感谢上帝让这里没有感染疾病的迹象……

彦塔仔细地查看了这句德语的表述："感谢上帝让这里没有感染疾病的迹象……"

……因此，特别要求所有军事和民事当局，让上述商人及其人员和车辆，在没有任何阻碍的情况下穿过边境，按照先前已有之查验，不受任何限制地继续其旅程。贝努瓦将军，陛下常驻波兰立陶宛联邦的使节，1773年3月1日于华沙。

彦塔很清楚，护照的背后隐藏着国家机关的大宇宙，其中包括了太阳系、轨道、行星、彗星现象和牛顿不久前所描述的那种神秘引力。这同时还是一个敏感而细致的系统，后面有成百上千官僚机构的办公桌和成堆文件的支持。这些文件在鹅毛笔尖的滑动之下大批繁殖，从一双手到另一双手，从一张桌案到另一张桌案，来回传递着。纸张掀动而起的微弱气流，或许不为秋风所留意，但在世界范围却意义重大。在遥远的地方，非洲或是阿拉斯加，它可能会引起飓风。国家是完美的僭权者，刚愎自用，是一个不可谈判的统治者；秩序一旦建立则一劳永逸（直到下一场战争将其扫除）。是谁在这些风暴的旋涡当中划定疆界？是谁在禁止人们通行？这位戴着手套、疑神疑鬼的军官是凭着谁的权柄行事呢？这种怀疑是从何而来呢？那些运送的邮车在各个驿站换马，邮差和信使所携带的文件，其目的何在呢？

雅各布的队伍里都是年轻人，没有老的。老人们留在华沙等待，管理着刚刚启动的生意。更年轻的孩子们被送到皮亚尔会教士那里，住在华沙新城区里，每个礼拜天都去教堂。还有别的一些人剃掉了大胡子，融入了首都泥泞的街头，有时还能听到他们轻微的犹太口音，但是这种口音，也像雪一样很快消失了。

雅各布坐在第一辆盖着毛皮的马车上，身旁是阿瓦查，这个名字父亲不再提了，现在说艾娃。她的脸冻得发红，父亲不时为她拉一拉毛皮毯子。女孩膝上趴着老狗鲁特卡，时不时发出几声悲鸣。人们没能说服她把狗留在华沙。对面坐着彦杰伊·耶鲁西姆·邓波夫斯基，他现在已经成为主的秘书，因为雅各布夫斯基（和他的妻子）在华沙管着主的儿子们。邓波夫斯基旁边是马泰乌什·马图舍夫斯基。军官收护照时，他们都沉默着。厨师卡齐米日骑马，带着两个助手，约瑟夫·纳库尔尼茨基和弗朗西舍克·博多夫斯基。另外还有伊格纳齐·塞西拉斯基，他是雅各布在琴斯托霍瓦时特别喜欢的助手。

第二辆车上挤着女人们：玛格达·戈林斯卡，过去曾叫耶杰任斯卡，是艾娃·弗兰克的朋友，比阿瓦查大几岁，身材高大，自信，像一位予人关爱和奉献自我的母亲；她此行的护照上写着，她是一名女佣。阿努霞·帕沃夫斯卡也是作为女佣，她是帕维乌·帕沃夫斯基——曾经在布斯克的哈伊姆，纳赫曼·雅各布夫斯基的弟弟——的女儿；阿努霞出落成了一个美丽的女孩。罗莎·米哈沃夫斯卡和瓦班茨基的遗孀特蕾莎两人是作为洗衣妇。与她们在一起的还有扬、亚内克、伊格纳茨和雅各布，他们还没有获得姓氏，因此那位谨慎的官员在相应的表格里填写了"福里希氏"和"福尔曼氏"。雅各布总是把他们的名字弄错，当他记不住的时候，叫每个小伙子都是"赫尔舍维"。

过了俄斯特拉发，就能看到已经是不同的国家，这里整洁而且干净。坚硬的路面尽管泥泞，但易于驾驶。大路边的酒馆完全不是犹太式的，他们在穿越波兰时就尽量避开犹太旅店了。可是摩拉维亚是正统派信徒的国家，每个小城镇里都有教派的信徒，尽管他们与众不同；这些人比较自我封闭，想着自己的事情，外表看上去就像真正的基督徒。耶鲁西姆·邓波夫斯基——雅各布现在戏称其为"小彦杰伊"——好奇地看着窗外，他引用了某位犹太卡巴拉学者的话，说《诗篇》第十四章第三节——"他们都偏离正路，一同变为污秽；并没有行善的，连一个也没有"的数值与摩拉维亚的希伯来语名"Mehrin"的相同。

他提醒说："我们要小心那些德国人。"

艾娃很失望，她非常想让两个弟弟和他们一起走。他们两个，又小孩子气又害羞，像是地下室里长大的嫩芽一样娇弱，怕他们的父亲，而父亲对他们也是严厉多于疼爱，似乎他俩总是不停地惹恼他。他俩的确是丑丑怪怪的，缺乏自信。罗赫姜黄色的皮肤上有很多雀斑，一被责骂就抹眼睛，然后水汪汪的绿眼睛就涌出泪水，连眼泪都是池塘水的颜色。约瑟夫文静而内向，明显有小鸟一样的特征，有一双美丽的黑眼睛，总是玩自己收集到的小棍子、石头、断了的丝带、线头，做着各种喜鹊般不可思议的事情；艾娃像爱自己的孩子一样爱这个弟弟。

军官终于把护照还给了他们，当马车开动时，艾娃向后靠，看着身后的路，明白自己将永远离开波兰了，永远不会再回到这里。对她而言，波兰将永远是光明山上的监狱。在八岁时，她第一次看到的波兰，就是永远寒冷且暖和不起来的军官房。关于波兰，她还记得华沙，弗沃夫斯基家；她在那里急匆匆地学会了弹奏钢琴，老师用一把木尺子打她的手。她还记得母亲的意外去世，就像胸口重重的一击。她知道自己再也不会走上这条回去的路了。在三月曚昽变化的阳光下，茂密的白杨树覆盖着的乡村大路，留在了记忆里。

"艾娃小姐是在悼念那间军官房，还想念着罗赫吧。"马图舍夫斯基看到她忧伤的表情，取笑她说。

车厢里每个人都傻笑起来，除了她的父亲。从他脸上的表情看不出他的想法。他用胳膊揽过她，像藏小狗一样把她的头藏在了自己大衣下面，艾娃这才能掩饰住自己止不住的泪水。

1773年3月23日晚上，他们到了布尔诺，在蓝狮客栈租了房间，但只有两间房可用，所以很挤。"福里希氏"和"福尔曼氏"一行人并排睡在谷仓铺了干草的地上。邓波夫斯基头下枕着装着钱和文件的小箱子。但第二天，他们了解到，要想在城里待更长时间，还需要特别的许可证。因此雅各布和艾娃吩咐驾车去普罗斯捷约夫，去找他们的表亲多布鲁什卡。

普罗斯捷约夫的多布鲁什卡一家

艾娃睁大眼睛看着这里妇女的衣服、狗和车子，看着每年这个时候都能看到的一排排整齐的、光秃秃的葡萄园，还有为复活节打扫干净的那些院子。路人纷纷驻足，看着他们的马车、她父亲的高帽子和她那钉着狼皮的轿厢。艾娃父亲一只精瘦而有力的手紧紧地握住了她的手腕，拽着她山羊羔皮的新手套。艾娃被握得很痛，但没抱怨。她能忍受很多。

城里每个人都很清楚多布鲁什卡家的房子在哪儿，人人都给他们指路。房子坐落在市场边上，是两层楼，楼下有个带大窗户的商店。外墙是刚翻新过的，正有些人在房前铺装路石。马车停了下来，无法再靠近了，车夫跑过去通报来人。过了一会儿，楼下窗户的窗帘拉开了，家里老人和年轻人的眼睛都好奇地看着客人。

他们出来迎接客人们。艾娃在舍音戴尔姑姑面前屈膝行礼。姑姑激动地拥抱她。艾娃闻着她的裙子，有淡淡的花香，像是香粉和香子兰。所罗门，即扎尔曼，眼里含着泪水。他变得很老了，几乎走不动路。他用长胳膊搂住雅各布，拍着他的后背。哦，是的，扎尔曼虚弱了，病了，瘦了。他曾经的大肚子小了下去，脸上沟壑纵横。二十一年前，在洛哈特恩的婚礼上，他看起来是现在的两倍大。而他的妻子舍音戴尔，像春天的苹果树一样绽放着。谁能想到她已经生了十二个孩子？她的身材仍然很好，丰满，圆润。她只是头发有些灰白，浓密的头发用黑色蕾丝扣针向上紧紧梳着，上面顶着个小帽子。

舍音戴尔虽然热诚地看着表弟，可她听了很多关于他的事情，不知道该如何看他。她本来就不会把人想得太好，很多时候她都觉得，他们显得愚昧而虚妄。她拥抱阿瓦查的动作有点戏剧性，有点太用力——面对女人，她总是有权力的一方；她夸奖她梳的波兰辫子。舍音戴尔是一个美丽的女人，穿着得体，充满了对自己和自己所散发的魅力的自信。很快，整个房子就只能听到她一个人的声音了。

她不拘小节地挽着表弟的手，把他带进了客厅。客厅里面的富丽堂皇吓到了客人，因为十三年来，如此美丽而奢华的东西，他们只有在教堂里见到过。这里铺着抛光拼花的木地板，上面是土耳其地毯，墙面上绘着色彩淡雅的花纹，还有一台带键盘的白色钢琴，旁边是一个装饰精美的动物形三足小桌台。窗户前的垂帘下，是一台花哨的带抽屉的缝纫机。客人们来时，她正和女儿们做缝纫，因此椅子上还扔着刺绣绷子。她有四个女儿，这会儿正并肩站着，个个面带微笑，对自己很满意的样子。大女儿布鲁梅薇，美丽，娇小，快乐。然后是萨拉、吉特拉和头发卷曲的小埃丝特拉；她洁白的脸上泛着微红，像有人涂上去似的。她们都穿着精致的带有花朵图案的裙子，每个人的颜色都不同。此时,艾娃也很想有件这样的裙子,还有她们头发上的丝带；在华沙不扎这样的丝带。她觉得自己已经爱上了这些裙子和颜色淡雅的丝带，在波兰只有俗气的红色和马兰草那样偏紫的红色，还有土耳其蓝色。这里却不一样，所有的颜色都淡化了，就像世上的不同颜色都溶在了牛奶里，好像没有词语可以形容丝带上的那种粉红色。舍音戴尔姑姑介绍了她的孩子们。她的犹太语和波兰的有点不一样。女孩子们之后是男孩们。

先是摩西,他听说著名的雅各布舅舅来访,专门从维也纳赶来。他比阿瓦查大了不到两岁,现年二十岁,脸瘦瘦的,十分好动,牙齿不太整齐,已经在用德语和希伯来语撰写学术论文了。他很喜欢诗歌、文学和各种哲学新思潮。他看起来有点太勇敢，太健谈，又或许是太自信了,像他妈妈一样。有一种人，你开始的时候会觉得有点麻烦,可你又太受他们所吸引，没来由地就会喜欢他们,因为你心里确信这只是个游戏和表面的假象。摩西就是这样。当他看着艾娃时，艾娃转过了目光,脸红了,这让她觉得更加羞愧。当打招呼行礼时，她很别扭，也不想和他握手。舍音戴尔此时看着这一切，又意味深长地看向丈夫，做出一个所有人都能明白的表情，表示这个女孩没有良好的教养。之后，艾娃就再也记不住后面多布鲁什卡家其他儿子的名字了。

舍音戴尔·基尔沙出生于弗罗茨瓦夫，但她的家族来自热舒夫，就像雅各布的家族一样；雅各布的母亲和舍音戴尔的父亲是亲兄妹。她现在三十七岁,她的脸看上去仍然鲜活年轻。黑色的大眼睛像水井,不知道它们底下是什么，看起来敏锐、多疑、谨慎，是那种令人感觉很难从身上摆脱掉的目光。艾娃转过目光，想着舍音戴尔姑姑和自己的母亲是多么不同。她的母亲对人充满信任，性格直爽，因此常常显得脆弱和无助。她记得母亲是这样的：好像她身上所有的力气都会慢慢离开自己身体，而每天早上，她都要像摘浆果一样，把自己的气力慢慢地、耐心地收集回来。而姑姑很强壮，可以一边和表妹说话，一边摆桌子。女仆拿了一篮子热热的小面包进来，是直接从面包房拿过来的，配有蜂蜜和可以用镊子夹进咖啡里的深色糖块。

一开始的交谈是为了看得仔细些；多布鲁什卡家的孩子们从房子各处聚集过来，充满了好奇和快乐，看着艾娃·弗兰克，这个不认识的表姐妹，和那个面色黝黑、瘦骨嶙峋的奇怪舅舅。艾娃的裙子还是在华沙买的，那种不太优美的"旅行裙装"，烟草色的。她穿的系带鞋子裂了，她正试图用另一只鞋的鞋尖遮挡住。她满脸的羞红一直消不下去。她的帽子底下跑出了一绺头发，在华沙时她还觉得这样很时髦。

从一开始，雅各布就表现得很大嗓门，而且说话直截了当，好像他下了马车后，人就变了；他在沮丧而疲惫的脸上，戴上了一张快活的面具。他的抑郁逐渐消失，被喝下的几口鹅肉浓汤冲走了，舍音戴尔富有感染力的笑声温暖了他，樱桃酒溶解了他的沮丧。最后，他说到了那个满是异国情调的词：琴斯托霍瓦。雅各布开始了讲述，不停地比画着手势，变换着表情。他用波兰语咒骂，用希伯来语咒骂。孩子们开始局促不安，但母亲的目光让他们平静下来，舍音戴尔微微闭上眼睛，仿佛在说：他这样是可以的。

他们一起围着小圆桌坐着，用精致的杯子喝着咖啡。艾娃没有听她父亲的讲述。

她伸手去取糖，这会儿配咖啡的是水晶瓶装的雪白糖块，她在瓶上看到一个港口城市的图案，上面有专门卸货的吊车。杯子的里面洁白光滑，沿口装饰着精致的金边。当嘴触碰到时，艾娃觉得金边尝起来像香草的味道。

时钟嘀嗒响着,这种新的声音把时间分割成了小块,似乎把一切都放在格子里校准了。一切都干净、整洁,充满意义。

午餐后,父亲留下来和扎尔曼姑父以及舍音戴尔姑姑在一起,艾娃被告知去女孩们的屋子。在最小的吉特拉和埃丝特拉的房间,她们给她看纪念册,所有到家里来的访客都在上面签了名。她也要签名。她被吓着了。

"能用波兰文吗?"她问。

她看着纪念册,发现所有的文字都是德语的,她对德语掌握不多。最后还是玛格达·戈林斯卡替她写的,用非常美丽的字体写的波兰文。艾娃接着画上了一枝带刺的玫瑰,就像她们以前在琴斯托霍瓦一起做的那样。这是艾娃唯一会画的花。

在客厅里,大人们大声地说着话,不时可以听到他们爆发的笑声和惊叹的叫声。然后,他们又降低音量悄悄说着。仆人不时地送上咖啡和水果。房子深处的某个地方飘来煎肉的气味。彦杰伊·邓波夫斯基在整个房子里走来走去,查看着各个角落。他朝女孩们的房间里看去,将身上浓烈苦涩的烟草味带了进去。

"姑娘们藏在这里……"说着话,他那一股烟草味儿的身影就消失了。

艾娃坐在一把深色的椅子上,玩着窗帘上的穗子。客厅里父亲的声音传了过来,他正在绘声绘色地讲述自己是如何被俄国人释放的。她听着他是如何添油加醋,甚至撒谎的。在他的叙述里,一切看起来都很戏剧化,而他自己却成了英雄——进攻、枪战、老兵们的死亡、鲜血、被碎石埋没的修士们。实际上,这一切并没有那么戏剧性。父亲自己说过,驻军未经战斗就投降了,在城墙上挂起了白旗,武器堆了一大堆。当时下着雨，枪支、刀剑和火炮堆成的小山丘看着像一个大柴堆。盟军士兵们排成四列，都被带走了。俄国人进行了一番有计划的劫掠。

弗沃夫斯基和雅各布夫斯基代表雅各布，去与比比科夫将军进行了交谈。在与一名军官短暂协商后，他下令为雅各布出具文件，说他是自由人了。

当所有人坐着租来的车去华沙时，他们被各种巡逻队检查了好几次，有盟军的残兵，也有俄罗斯的部队。他们查看文件，怀疑地看着一个美丽的女孩挤在奇怪的男人中间。有一次他们被一些衣衫褴褛的强盗截住，这时扬·弗沃夫斯基对空开了枪，吓跑了他们。在华沙附近，他们拐出了大路，给修道院里的修女们支付了丰厚的报酬，把艾娃留在了那里，因为不想再让她冒险一起穿越这个突然变得野蛮的国家。她要在那里等父亲回来。与她分别时，父亲亲吻了她的嘴唇，说她是自己所拥有的所有事物中最重要的一个。

这时父亲说到了办护照的事情。她立刻听到了舍音戴尔姑姑的声音，她不太相信地喊道：

"你那会儿想去土耳其?!"

艾娃没听到父亲是怎么回答的。姑姑又说：

"要知道，土耳其现在可是波兰、奥地利和俄罗斯的敌人。那里会发生战争的。"

艾娃在椅子上睡着了。

在布尔诺的新生活和嘀嗒作响的钟表

几天后，他们在布尔诺郊区，从伊格纳齐·皮耶奇律师手里租了一栋房子。雅各布·弗兰克必须向他出示护照,并向政府提交证明文件,说他出生于士麦拿,从波兰旅行至此,厌倦了做贸易,想与女儿艾娃一起在布尔诺永久定居。他还必须证明自己具备定居的财力。

当他们花了几个星期的时间整理自己的行李物品,当他们铺好了床铺,把内衣放在了衣柜里的架子上时,沙沙作响的一页页纸张、来来往往的文件和报告、飞翔的密信开始在他们头顶上旋转缠绕。普罗斯捷约夫县的县长,一个名叫冯·佐勒恩的人,以书面的形式对允许这群人在布尔诺定居之事提出质疑。正如他所听说的,他怀疑这个新信徒是否真的能负担得起这么多的用人,而且用人们也是由新信徒组成的。虽然皇帝陛下强调要宽容,但冯·佐勒恩害怕承担责任,更想让他们移居到别的地方,直到皇家行省管理局做出最终裁定。

他们对此答复称,鉴于波兰的战争状态,侨居者事宜应由军事当局裁决。根据1772年7月26日法令,未经军事当局许可,来自波兰的人员不得在国内逗留。而这时军事总部发文答复说,他们不归属于军事司法权管辖范围,而是受民事司法权管辖,故应由民政当局就此事做出决定更为适当。对此,民政当局向县长提出请求,要求获取有关资料——约瑟夫·弗兰克的个人信息、旅行目的、谋生手段以及他据称所进行的贸易详情。

经官方和非官方调查人员的努力,县长报告:

> ……该弗兰克供述,在波兰王国中距离切尔诺夫策三十英里处(现在是俄罗斯帝国人民迁居之地),他拥有自己的长角牛资产,并进行着广泛的贸易。但由于目前的时局和波兰的战乱,他担心自己和家人的生命安全,打算摆脱这种状况。此外,在士麦拿他也拥有产业,每三年可取得收益。因此,他不打算在摩拉维亚的

218. Dom. Paduani
219. Lu. Hoherische Er.
220. Vinc. Köstlerin
221. Joh. Kruwanek
222. Wen. Eitelberger
223. Ludgar. Piltnerin
224. Jos. Wolf
225. Elis. Schwaiger
226. Joh. Arzebiczeck
227. Chri. Beerische Er.
228. Vikl. Hentschlin
229. Jos. Prager
230. Fra. Swoboda
231. Ant. Sreder
232. Joh. Haugwitz
233. Joh. Jomann
234. Ant. Wosjauch
235. Franz. Götz
236. Johan. Bauman
237. Stät. Brauhaus
238. Alo. Artus
239. Jos. Bauhlau
240. Jos. Richter
241. Jos. Demuth
242. Kat. Hamischain
243. Sta. Salmsches Hau.
244. C. von Welzenstein
245. Jos. Frauns
246. Ana. Pomerin
247. Johan. Stanzel
248. Johan. Sabl
249. Ros. Bartuschin
250. Stadt. Guar. Amtshaus
251. Chri. Weidner
252. Fra. Mildin
253. Fra. Selétner
254. Jos. Schrimpf
255. Jos. Konal
256. Ign. v. Abel
257. Ant. Scholz
258. Vinc. Gottlieb
259. Frei. v. Schoden
260. Frh. v. Dubssky
261. Rosa. Schardtin
262. K. K. Gosthaus
263. Tho. Astin
264. Joh. Kuczuczka
265. Elis. Ortvanin
266. Jos. Radl
267. Augu. Schiler
268. Fra. Miksiczek
269. Stad. Malzhaus
270. Fra. Rayer
271. Schneiderherberg
272. Ign. Fitz
273. Ann. Petterin
274. Fra. Madron
275. Jos. Schrötter
276. Ant. Frank
277. Wolf. Pupil.haus
278. And. Schweigel
279. Mari. Sixtin
280. Jos. Poiger
281. Jewe. Klost.Fisch.
282. Ther. Festlin
283. Graf. Metrowsky
284. B. v. Frogenfels
285. Graf. Stotschamr
286. Graf. Skribenski
287. Jos. Stumer
288. Ana Pöttinger
289. Jos. Kniebädel
290. Jose. Knauinger
291. Graf. Sorent
292. Jak. Korabeck
293. Fra. Lachnit
294. Fra. Poleß
295. Jos. Systl

Maasstab von 200 Wienner

315 F. v. Lerchen..
316 Ema. Sedl..
317 Graf v. Blüweg
318 B. Mundy
319 Ana v. Sesstler
320 Joh. Postelba..
321 Kar. Schiebn..
322 Fra. Pachner
323 Chri. Stadeus
324 Grä. Waffenbe..
325 Jos. Denner
326 Dani. Hülseb..
327 Eli. Heinzin
328 Val. Gerstba..
329 Ba. V. Forgal..
330 Fraj. Heisste..
331 Vrh. Muller
332 Graf Trinsk..
333 Hev. Horni..
334 Joh. Reindlb..
335 Alex. Kaulsch..
336 Jos. Schönberg
337 Jac. Andres.
338 Konst. Sensz
339 Joh. Mayer
340 And. Obernay..
341 Apo. Loiblin
342 Jos. Rottenber..
343 Jos. Perjscher..
344 Joh. Edler
345 Jos. Baur
346 Joh. Stracka
347 Bur. Tuchm..
348 Woll. Rosnl
349 Joh. Wensla
350 Jos. Sern
351 Aria. Bergery..
352 Joh. Schubert
353 Fervier O. M..
354 Fra. Poschl
355 Joh. Wimula
356 Zib. Martini
357 Jos. Filler
358 Georg. Binde
359 Ant. Sopetsch..
360 Els. Donzili
361 Kleme. Stoche..
362 Jos. Pissel.
363 Jos. Nikerme..
364 Mich. Wilder
365 Fra. Lenz
366 Fra. Bayer..
367 Jos. Mayerin
368 Doro. Freyner..
369 Jos. Moser.
370 Fra. Leixne..
371 Wer. Grimmn..
372 Jos. Gauglitz
373 Mat. Fiur..
374 Ant. Froszl
375 Joh. Elbel
376 Joh. Koch
377 Mich. Lander
378 Magd. Porzer
379 Fra. Reynisc..
380 Leop. Rome..
381 Jos. Busterho..
382
383 Militär. Kaserne
384 Adel. Styft.
385 Schul
386 Rosa. Scholk..
387 Jak. Straszm..
388 N. Selig. G..
389 Graf Cörnbry
390 Ed. V. Valenze..
391 Fra. Stodas..
392 Joh. Gottsdan..
393 Apo. Stankin..

布尔诺进行贸易，他将完全依靠上述收入生活。关于该弗兰克的行为、品行、性格和生活关系，经过最严格的审查，以及县政府方面进行的大量谨慎和费力的调查显示：没有发现任何可能损害此人声誉的情况。这位弗兰克行为端正，靠自己的收入和现金生活，无任何债务。

起初，如此前所说，他们住在郊区，位于葡萄园镇附近满是花园的美丽山丘上。一年后，他们搬到了小纽加斯大街，然后又搬到了彼得堡大街。在扎尔曼·多布鲁什卡和其他人的帮助下，他们租下了这条街上四号的那栋房子，租期十二年。

这栋房子是从城里的一个市议员那里租来的，位于大教堂旁边的小山上，从这里你可以看到整个布尔诺城。庭院不大，无人照管，长满了牛蒡草。

艾娃得到了最漂亮的房间，有四扇窗户，非常明亮，墙上挂着许多画，描绘着牧羊的场景。带幕帘的床有点高，不太舒服。她把裙子挂在衣橱里。玛格达·戈林斯卡每天晚上都躺在艾娃房间的地板上，她无论如何都不想再回到丈夫身边，直到后来他们终于给她买了一张床。这其实没有必要，因为天冷时，她们会抱着睡在一起，当然只是在父亲看不见的时候，或是他已经睡着，鼾声穿过房间传过来的时候。

可雅各布却抱怨，说他睡不着觉。

"快把那个嘀嗒的东西弄走！"他叫喊着，命令把钟搬出去，搬到楼下去。最初，那是让他着迷的东西。钟是从德国什么地方来的，全木制，有只小鸟每到整点就跳出来，叫声像是有一个炮弹在边上炸开了似的，仿佛他们还在琴斯托霍瓦被围攻一样。另外这只鸟很丑，更像一只老鼠。雅各布半夜醒来，就在房子里走来走去。他有时也会来到阿瓦查的房间,要是看到玛格达和她躺在一起,他就会更加生气和烦躁。最后,他们把那座钟作为礼物送给了什么人。

夏天,艾娃去舍音戴尔姑姑那里学习礼仪,学习弹奏时髦的钢琴曲;琴是扎尔曼从维也纳带来的。她还学习法语,由于她聪明伶俐,很快就能与人很好地交流。她和自己人说波兰语,因为父亲禁止所有犹太的事情。但是和表兄弟们说话,她必须说德语。她在姑姑家有一位老师,就是教那几个年轻女孩的老师。艾娃羞于和那些小家伙坐在一起上课。她努力学习,即使这样也赶不上多布鲁什卡家的那些年幼的小孩。有时她也会参加拉比的家教课,课程内容是教授孩子们希伯来语,男孩女孩都有。老师是一位老人,名叫所罗门·格尔斯特,是乔纳森·埃伯舒兹拉比的亲戚;埃伯舒兹就出生在普罗斯捷约夫,他的家庭成员仍然住在这里。他主要管教两个男孩,伊曼纽尔和大卫,他们已经举行过成人礼仪式,现在开始正式学习正统派的圣典。

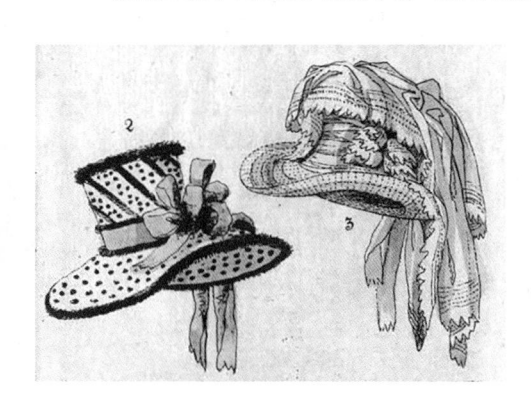

裁缝每月来一次家里。姑姑为阿瓦查定制了整套的新衣——色彩低调的浅色夏装,低领口的短大衣,饰有丝带和花朵的帽子,让人想到玩偶娃娃。她还在裁缝店里订购了丝绸材质的鞋子,非常柔软,以至于艾娃都害怕走上布尔诺满是尘土的街道。穿上这些新衣服,艾娃变成了一个尘世中的女性。父亲看着她时,满意地眯起了眼睛。父亲让她讲讲德语,无论讲什么。艾娃背诵了德语诗歌,他满意地直咂舌。

"这就是我想要的孩子,一个这样的女儿,一位女王。"

艾娃喜欢取悦她的父亲，只有这样她才会喜欢自己。但她不喜欢父亲碰她。她会假装好像很忙，躲开父亲的手溜走，但又总是害怕父亲叫住她，那样她就不得不掉头再回来。她宁愿在普罗斯捷约夫的姑姑家。在那里，她和阿努霞·帕沃夫斯卡一起，做着和她的表姐妹们一样的事情：学着做淑女。

在多布鲁什卡家的花园里，苹果树已经结出了小苹果，茂盛的青草间铺着小径。不久前刚下过雨，这会儿空气清洁，果子呈深绿色，散发着香味。雨在小径上画出了细线，水滴落在木凳上，那是舍音戴尔摆放在那里的，她经常在那儿看书。夏天，艾娃也会坐在这张长凳上，试着读法国浪漫小说；这类的小说姑姑有整整一书柜，上着锁。

扎尔曼·多布鲁什卡坐在账本前时，就透过开着的窗户看着女儿们。他最近没有去他的烟草工厂。夏天的空气让他哮喘病发作。他呼吸困难，必须要小心。他知道自己活不长久了。他决定把生意交给他的大儿子卡尔。多布鲁什卡家里总是在争论洗礼的事情。扎尔曼和几个儿子反对这个想法，但舍音戴尔支持那些决定要走这一步的孩子。卡尔不久前与妻子和小婴儿一起受了洗。烟草贸易成了基督教的贸易。烟草成了基督教的东西。

摩西·多布鲁什卡和利维坦盛宴

摩西二十年前就已经出席了在洛哈特恩的婚礼，当然他当时并不知道。彦塔抚摸着那时还很年轻的舍音戴尔的肚子时触碰过他，舍音戴尔当时很讨厌院子里的马粪。彦塔常常会去普罗斯捷约夫的多布鲁什卡家的花园，还认出了摩西。是的，就是他，就是那个不确定的、半生不灭的存在，一个潜力无边的凝胶状球体，一个同时既是又不是

的存在,还没有任何语言被发明出来可以描述它,也没有任何一个像牛顿的人曾试图创造关于它的理论。而彦塔从其所在的地方,看见了他是如何开始,如何结束的。知道得太多其实不好。

　　与此同时,在华沙莱什诺大街的那间厨房里,哈雅,现在叫玛丽安娜·兰克隆斯卡,正在用瘦骨嶙峋的手指,将面包做成一个他的人形塑像。这要花很长时间,因为面包团会破碎,会折断,人偶会变成奇怪的形状并解体。到后来会发现,它和其他所有的都完全不同。

　　摩西学的是法律,可他对戏剧和文学更有兴趣。他对母亲说,维也纳的酒庄绝对是学习和生活更好的地方。他不敢告诉他正在生病的父亲。母亲爱他胜过一切,认为他是真正的天才。在充满母爱的目光里,他是个极度英俊的小青年。是的,没有人能够否认二十五岁以下的人是漂亮的,就像摩西一样,他相当健壮,同时又很修长。当他从维也纳回来时,会脱掉法学生扑粉的假发,光着脑袋到处走,把飘逸的波浪长发绑成男式发辫。他实际上长得很像母亲,有着她那样的高高的额头和丰满的嘴巴,也像她一样,声音洪亮,很健谈。他的装束很考究、高级,完全是维也纳的时尚。他走在路上,脚上高高的鞋子是用薄薄的皮革制成的,装着银色的搭扣,衬托出了他那瘦长的小腿。

　　艾娃得知,摩西在维也纳有个未婚妻,名叫艾尔克,是富有的实业家、受封的新贵约阿希姆·冯·波普尔的继女。是的，是的，他在计划举行婚礼。他父亲很希望摩西快点完婚，这样他就可以静下心来，和他的兄弟们一起延续他认为是最好的生意——烟草贸易。但是，摩西此时刚刚认识了这个世界的另一只口袋，一个又深又神奇的口袋，可以不断地从里面拿出钱来——证券交易所。他知道，这是比烟草贸易更重要的事情，他母亲也这么认为。

摩西会把他的朋友们，那些来自富裕家庭的年轻人带回家。这时，母亲就会打开面向花园的窗户，清洗好花园里的家具，把古老的钢琴移到房间当中，让整个房子和花园都能听到琴声。姐妹们都会穿上最好的裙子。这些年轻的朋友、诗人、哲学家，还有些上帝才知道的什么人（扎尔曼说他们是灵魂轻飘飘的人），他们是开放的，是现代的。他们没人在乎扎尔曼的大胡子和他的外国口音。他们似乎总是处在兴奋中，在轻微的狂喜中。他们喜欢自己，喜爱自己的诗歌，这些诗句很抽象，充满了寓意。

当母亲叫他们吃饭时，摩西站在客厅中间。

"你们听到了吗？我们去吃利维坦！"他尖叫着说。小年轻们从座位上起身，滑过光溜溜的地板，跑去占领餐桌最好的座位。

摩西喊道：

"在弥赛亚的宴会上，以色列人要吃掉利维坦！实际上迈蒙尼德已经用哲学不容分说地解释了这一点，而我们为什么要鄙视凡人的信仰，那些一辈子挨饿的人？"

摩西占了长桌正中间的位置，并没有停止演说：

"是的，以色列的人民要吃掉利维坦！巨大的、庞大的怪物会变得香嫩美味，就像……"

"就像处女鹌鹑的肉。"某个同学抛出这么一句。

"或是透明的飞鱼。"摩西接着说,"人民将长久地吃着利维坦,直至填饱他们数百年的饥饿。这将是伟大的饕餮大餐、难忘的盛宴。风将扬起洁白的桌布,骨头我们扔给桌下的狗,让它们也能乘机得救……"

响起的掌声稀稀落落,因为人们的手已经忙着向自己的盘子里盛菜。多布鲁什卡家中传出的音乐和欢笑声响至深夜。这些年轻人乐此不疲地玩起了时髦的法国社交游戏。舍音戴尔抱着双臂,倚靠着门框,骄傲地看着儿子。她有理由为他感到骄傲。是的,在1773年,儿子已经发表了三篇论文,两篇用德语,一篇用希伯来语,都是关于文学的。

扎尔曼的葬礼是在1774年4月初举行的,在葬礼之后,摩西请求与舅舅雅各布·弗兰克谈话。他们坐在玻璃门廊上,这里是舍音戴尔冬天放花的地方,现在这里仍然有高大的无花果树、棕榈树和夹竹桃。

摩西似乎很钦佩雅各布,但同时又不喜欢他;他常常这样对待别人:既极端又矛盾。他低眼看着舅舅,他乡巴佬一样的举止让他感到恼火,而那正是舅舅所炫耀的;舅舅一身色彩亮丽且戏剧化的土耳其装束也刺激着他。他又很钦佩他,他那无法解释、不可动摇的自信,是他在任何别的人身上从未见过的。也许这就是他亲近舅舅的原因。

"我想让你在婚礼上做我的见证人,舅舅。我还想你陪我去受洗。"

"你在守灵时邀请我参加婚礼,我喜欢。"雅各布说。

"我父亲也会喜欢的,他从来都赞成直奔目标而行。"

透过玻璃,如客人们所见,他们的样子看起来像是在抽烟,像是在谈论着死去的扎尔曼。他们的身体很放松,雅各布向前伸展双腿,在沉思中喷吐出烟圈。

"万物归一。"摩西·多布鲁什卡说,"先知摩西和他的十诫都是骗人的。他自己知道真相，但是在他的人民面前隐瞒了真相。为什么？必定是因为他要保持对他们的权力。他编造了巨大的谎言，以至于看起来像是真相。数百万人相信了这个谎言，他们援引这个谎言，并按照它生活。"摩西更像是在演讲，而不是说话，他完全不看他的舅舅："要是你意识到自己曾经生活在彻底的幻觉里，那会怎样？就像是有人告诉孩子说，红色是绿色，黄色是粉色，把树说成是郁金香……"

多布鲁什卡忘我地继续列举这些比较，用手比画了个圆的形状，接着说：

"所以这个世界是骗人的谎言，是上演的戏剧。而先知摩西占有最大的机会，他本可以带领一个被流放的民族，一个在沙漠中迷失的民族，走向真正的光明，但他宁愿欺骗他的民族，并将他自己想出来的命令和法律说成是神圣的天命。他深藏了这个秘密，而我们花了几个世纪才认识到真相。"

摩西突然从椅子上滑下来，跪在雅各布面前，把头放在了他的膝盖上。

"您，雅各布，是您让我们坚定地意识到这一点。您自己承担起了这项任务，我因此敬佩您。"

雅各布并不感到惊讶，双手抱住了小多布鲁什卡的头，此时无论是谁透过玻璃看到他们，都会以为这是舅舅在安慰父亲去世的儿子，这是多么令人感动的景象。

"你知道，舅舅，先知摩西犯下了可怕的罪，让我们犹太人——且不仅仅是我们——去遭受数不清的不幸，遭受失败、瘟疫和苦难，然后他抛弃了他的人民……"

"他转向了另外的宗教……"雅各布插了一句。多布鲁什卡坐回了椅子上，他拉着椅子靠近舅舅，近到两人的脸之间仅隔一掌。

"告诉我,我说得对吗?耶稣曾试图拯救我们,而且他几乎就要成功了,但他的思想遭到了扭曲,就像穆罕默德的思想一样。"

雅各布说:

"先知摩西的律法对人民来说是重负和谋杀,但神的教义是完美的。没有任何人或任何造物能够有幸听到这些,但我们相信,我们能够听到。你知道的,对吗?"

摩西·多布鲁什卡使劲地点头。

"全部的真理在哲学和启蒙之中,在我们可以认识到的知识之中,真理将解救我们于此苦难……"

舍音戴尔对透过玻璃门廊所见的场景感到不安,她犹豫了片刻,然后坚决地敲了敲门并打开,告诉他们说,已备好了简单的餐食。

大教堂旁边的房子和少女们的到来

从第一年起,就有客人们不断来到雅各布在彼得堡大街的家,整栋房子变得嘈杂起来。书房兼办公室变得一片繁忙,而那些住不进来的人则租住在市民们的房子里。新的力量加入了布尔诺这座昏昏欲睡的城市,因为几乎所有的来访者都是年轻人。由于讲课学习都是在早上,一天里剩下的时间都无事可做,所以主,雅各布,开始主持起了操练。从此,来自波兰、土耳其、捷克和摩拉维亚的小伙子们——雅各布称之为"德国小子们"——一起进行操练,院子里充满了多种语言的喧哗。布尔诺的这座宫堡花费很高的费用,给所有人定制了制服。后来,当他们每个人都穿上制服后,主又向自己的这支小军队授予了旗帜。桌子上到处是军服、旗帜和部队部署方案的草图。每天清晨,主都以这样的方式开始他的一天——他走到阳台上,双臂撑在石头栏杆上，对那些在练习的人说：

"谁要是不打算听我的话，就绝不可以在我的宫堡里留着。谁要是敢在这里赌咒，就会被立即从一切事务中清除出去。如果有人说我所追求的东西是恶的，是不必要的，这样的人同样也会被清除在外。"

有时，稍微安静下来一点，他还会补充说：

"我曾经试图去冲破，去连根拔起，而现在我要种植，要建设。我想教你们列王之道，因为你们的头是为戴上王冠而生的。"

他每月都要在宫堡中接待好几十名朝圣者。有些人是来探望雅各布的，其他一些是年轻人，会停留更长时间；花一年时间在这里为主服务，对少女和单身小伙儿来说是一种荣幸。他们随身带着钱来，会立即交给总务。

彼得堡大街的房子十分坚固，有三层楼。沉重的大木门把守内院的入口，这里有马厩、马车房、木材仓库和厨房。彼得堡大街通向圣彼得和圣保罗大教堂。房子临街一侧的房间是最漂亮的，尽管是在教堂庞大建筑的阴影下。楼上的房间是给主和女主艾娃的，罗赫和约瑟夫从华沙来这里时也住在楼上。楼上还有一些房间用来接待更重要的客人、重要的兄弟姐妹。当弗沃夫斯基一家、雅各布夫斯基一家、邓波夫斯基一家或瓦班茨基一家的长老们在布尔诺做客时，就会在这里的楼上过夜。二楼左侧的尽头，主有一间专门用于接待自己客人的书房。楼下接待的是外人，就在庭院边上。那里还有一个大厅，之前的房东曾在里面举办舞会，而现在是聚会和学习的地方。在院子那边还有个幼儿园，最小的孩子们在里面学习。主不喜欢周围有婴儿，因此每个生完孩子的女人都会离开宫堡一段时间，回到波兰，回归家庭，除非主有另外的决定，因为主喜欢在有些女人身上吮吸乳汁。

在三楼，临街一侧和靠近院子一侧都有男士房间、女士房间和客房。房间很多,但仍然无法容纳所有前来的人。主不允许夫妻住在一起。他来安排决定谁和谁在一起,并且实际上从来没有因此而导致不和。

可以理解,在这种氛围中,爱情和浪漫的事情蓬勃发展。有时候,已经受主的恩惠被指派了的某人,会请求是否可以去接近另外的女人或男人。这时,主或是允许,或是不允许。最近,耶杰任斯基的女儿玛格达·戈林斯卡就是这样,她有点羞愧地恳求主允诺她去和雅各布·席曼诺夫斯基在一起,他是主的贴身护卫队的成员;尽管她已经嫁给了雅各布·戈林斯基,而他留在了波兰,因为要在那里做生意。主在很长一段时间里都没有予以同意,但有一次,主被精彩的检阅式和席曼诺夫斯基的外貌所打动,最终做了让步。可是后来他发现这不是一个好决定。

在房子和马厩后面的斜坡上,有一个小花园,里面种满了药草和欧芹。其中有一棵梨树,结出的果实特别甜,吸引来了整个布尔诺的蜜蜂。在这棵梨树下,在温暖的夜晚,宫堡里所有的年轻人都会前来聚会,包括住在城市四处的年轻人。这是真正的生活。年轻人有时会带上乐器,然后弹唱。言语相融,旋律重叠。音乐不停地演奏着,直到最终某个老人将他们撵走。然后,经过允许,他们就去大教堂前的广场。

马不能一直关在马厩里,除非是每天要拉小车的那一对马。其余的马都在城郊的马厩里,都是美丽的骏马,每一对都不一样。主需要出门的时候,就派一个人骑马去奥布罗维茨,把挂着车的马带来。

主用不着骑马去大教堂,教堂离这儿就两步远。从窗户就可以看到它宏伟的石墙,尖塔高高地耸立在整个城市之上。当钟声敲响时,所有的人都穿着隆重的服装,聚集在内院里,排成一个队列。主和艾娃走在前面,后面是长者,然后是青年;青年人以雅各布的儿子们为首,他们不久前与父亲和姐姐会合了。大门开启，众人缓步走向大教堂。路很短，于是他们似乎每走一步都要庆祝，这样旁观的人就有足够的时间注视他们。布尔诺的居民已经提前在这段路上占好了位置，观看他们的游行。主总是给人们留下最深刻的印象，因为他生来就是个国王；他很高，肩膀很宽，几乎从不摘下的土耳其毯帽更增加了他的身高，还有带貂皮领的宽大外套，也完全是国王式的。人们还观察他鞋头上翘的土耳其鞋。同样，艾娃也很吸引人，她穿着最时髦的衣服，高昂着头；身着青瓷灰绿或蔷薇淡紫的衣服的她，在父亲身边像云一样飘动。人群的目光滑落在她身上，仿佛她是由高贵的物质所造的存在，不可触碰。

1774年初春，雅各布再次身体不适，这次是因为消化不良。他下令将卡齐米日·时蒙·瓦班茨基的妻子从华沙带来，就是曾经在琴斯托霍瓦用自己的乳汁喂他的那个女人。既然他当时能够康复，那现在他又想这样治疗。西蒙诺娃·乌茨雅没有废话，收拾行装，带着她的孩子和妹妹响应了召唤。她喂了雅各布六个月，然后被送回。自那时起，他留在维也纳的时间越来越多。

夏天，有一整队的少女到来了，加入了艾娃的随从队伍。她们中有八个人来自华沙：两名弗沃夫斯卡家的年轻少女，兰克隆斯卡、席曼诺夫斯卡和帕沃夫斯卡家各有一个，以及泰克拉·瓦班茨卡、考特

拉若夫娜和格拉波夫斯卡。她们乘坐两辆马车,并由她们的兄弟或堂兄弟护送着前来。经过两周的旅程,这支快乐的队伍抵达了布尔诺。少女们聪慧、漂亮、絮聒。当她们下车时,雅各布从窗户里看着她们,她们整理起皱巴巴的裙子,下巴下面系着帽子的缎带;这幅画面让人想到一窝小鸡。她们从马车上拉出篮子和小行李箱,偶尔经过的路人停下脚步,意外地看着这密集的艳丽。雅各布的目光观察着她们。弗沃夫斯卡家的小姐妹总是最漂亮的,这要归功于某种傲慢的洛哈特恩的魅力,这对她们来说是很自然的,弗沃夫斯基家族的孩子没有一个是丑的。然而,这种絮聒显然激怒了雅各布,他转身离开了窗户,很生气。他命令她们在晚饭后穿着隆重的衣服来长厅,他在那儿和几个年龄较大的哥哥姐姐一起。他坐在椅子上——这把椅子是按照琴斯托霍瓦那把红色椅子的样子做的,只是装饰更多——兄弟姐妹们坐在他们靠墙的固定位置上。女孩们站在中间,有点害怕,互相用波兰语窃窃私语着什么。席曼诺夫斯基站在雅各布身边,手里握着一支既不像长矛,也不像长戟的武器,他严峻的表情让她们安静了下来。他命令她们一个个轮流走近主,亲吻他的手。姑娘们顺从地走了过来,只有一个紧张得开始傻笑。然后雅各布默默地走近她们每个人,眼睛打量着她们。他在那个絮聒的黑发黑眼睛的女孩面前停了最长时间。

"你看着像你妈妈。"他说。

"先生,你怎么知道我的妈妈是谁?"

房间里可以听到笑声。

"你是弗朗西舍克最小的孩子,是吗?"

"是的,但不是最小的,我还有两个弟弟。"

"你叫什么名字?"

"阿加莎。阿加莎·弗沃夫斯卡。"

他还和另一个女孩谈话，泰克拉·瓦班茨卡，这女孩虽然不到十二岁，可那绽放盛开的美貌十分抢眼。

"你会说德语吗？"

"不，讲法语。"

"那用法语怎么说'我像鹅一样愚蠢'？"

女孩的嘴唇开始颤抖，低下了头。

"怎么样？你应该懂法语的。"

泰克拉轻声说着：

"我、我……"

现场安静了下来，好像他播下了罂粟种子一样，没有人笑了。

"……这个我不能说。"

"为什么？"

"我只说实话。"

雅各布最近一直没有放下过他的蛇头手杖。现在，他用这根手杖点在女孩们的肩膀和领口，扯着她们紧身胸衣的扣子，划过她们的脖子。

"请脱掉这些多余的衣服。脱到一半。"

姑娘们没明白。耶鲁西姆·邓波夫斯基也没明白，脸色微微发白，用眼神与席曼诺夫斯基交流。

"主啊……"席曼诺夫斯基刚要开口。

"脱衣服。"主轻声说。女孩们开始脱衣服，没有一个抗议的。席曼诺夫斯基点点头，好像是想让她们放心，并确认在这个宫堡里，公开脱衣服和展示乳房是完全自然的事情。女孩们开始解紧身胸衣上的扣子。其中一个抽泣起来。最后，她们半裸地站在房间中央。女人们担心地移开了视线。雅各布甚至都没有看她们，扔下自己的手杖，走了出去。

"你为什么要下令那样羞辱她们？"后来，弗朗西舍克·席曼诺夫斯基带着极大的怨气对他说。他当时也一起走了出去。他穿着打扮像个波兰人，留着黑黑的、又长又尖的小胡子："那些无辜的小女孩对你做了什么？那是欢迎仪式吗？"

雅各布转身向着他，得意扬扬地微笑着。

"你知道，我不会无缘无故做任何事情。我命令她们面对所有人羞辱自己，是因为当我的时代到来时，我会提拔她们，并让她们高于一切。你去替我这样告诉她们，要让她们知道。"

杂记。如何在浑水中钓鱼

书上说，有三样东西，只有在你不去想它们的时候才会到来：先知弥赛亚、失物和蝎子。我想加上第四样：出发的召唤。对雅各布而言，总是这样的，必须为任何事情做好准备。我才在华沙安顿下来，而我的妻子瓦依格薇——索菲亚，正打算把我们在杜加大街的公寓墙壁用印花布覆盖，就来了一封发自布尔诺的信。在雅各布写的这封信里，他要求我带钱过去，因为他们那里缺钱了。我为瓦依格薇，也就是索菲亚，感到遗憾，我不得不把她独自留下，而她最近刚生下了我们的第二个女儿安娜。我收集到了适当数目的资金，放进木桶里，就像我们曾在琴斯托霍瓦做的那样，假装我们是啤酒商人，然后上路出发了。同行的还有路德维克·弗沃夫斯基和纳坦，也就是米哈乌的儿子们。过了一周后，我们到达了那里。

他以他自己的方式迎接我们，大声地，喧哗地；我们刚一下车，就受到了国王般的欢迎。整个下午都在分发信件，讲述家长里短：出生了多少个孩子，谁死了。而他们招待我们的摩拉维亚葡萄酒，品质很好，很快就让我们头晕目眩，所以直到第二天早上，我才慢慢开始意识到自己身在何处。

事实是，我从来无法欣赏这个布尔诺，因为这里过的是一种主的生活，而不是那种应该有的生活。雅各布必定会很失望，因为我对这栋房子的规模和奢华并没有很兴奋，而他自豪地带我参观了他在大教堂对面的新庄园。我们和整个官堡的人一起去做了弥撒，在教堂里面有我们自己专门的长椅，像是真正的贵族一样。我想起了他曾经的那些房子：一个在塞萨洛尼基租来的房子，那是个低矮的洞穴，没有窗户，只有当门打开时，光线才会照进来；还有在久尔久的一个木房，屋顶是块石板，用泥土修补的墙壁上仁慈地盖着葡萄藤；还有在伊瓦涅的那个他要的小屋，一个外面是打谷场，里面装着胡乱弄上的邋遢炉子的单间；而在琴斯托霍瓦的房子，是个石头牢房，窗户只有擦鼻涕的手帕大小，总是又冷又湿。我在布尔诺感觉不自在，开始慢慢意识到自己老了，所有这些新事物都不再吸引我，我在布斯克的贫困中长大，永远不会习惯财富。还有这座教堂，高大、纤细，像是枯槁了一般，让我觉得自己在里面格格不入。在这种地方很难祷告；绘画和雕塑即使很美，也很遥远，无法让人平静地、慢慢地观看。神父的声音分散在墙壁上发出阵阵回音，我永远也听不明白。同时，这里有跪拜的顺序，这我已经很好地掌握了。

雅各布总是坐在前排，在我前面，穿着富贵的大衣。在他旁边的是阿瓦查，漂亮得像是带糖霜的蛋糕，那种蛋糕他们放在玻璃柜里像珠宝一样卖；她的头发仔细地塞在帽子下面，我的注意力全部集中到了它的细节上。艾娃边上是兹维什霍夫斯卡，她在这里代替虚弱的维泰勒当管家，还有两个女孩。我想把我的大女儿巴霞送来这里的官堡，让她可以接触大世界,因为在华沙她学不到太多,也不会穿着打扮,可是她还太小了。

看着这一切,在这个异国他乡,全新的世界向雅各布开放,我心想:这还是那个雅各布吗?毕竟,我的姓是从他那里取的——雅各布夫斯基——就仿佛我是他所拥有的什么东西,就像他的女人一样,但是现在我已经不像曾经那样抓得住他了。他有点胖了,头发已经全白了,这是琴斯托霍瓦留给他的。

他在自己土耳其式的房间里接待我们,和弗沃夫斯基一起,我们都坐在里面的地板上。他抱怨说他不能再喝太多的咖啡了,咖啡让他的胃发干。他特别关照自己的健康,这让我很惊讶,因为他以前的态度是那种就好像完全没有拥有身体一样。

就这样,我们最初的几天用在了参观周边、参加弥撒和谈话上,但这些都好像有点空虚。我觉得不舒服。我努力地看着他,试图想象那个我们在士麦拿遇到的年轻人。我提醒过他,说他的皮肤是如何整个脱落,我们是如何在海上航行,那时他又是如何把我从恐惧中拯救出来。"这就是你吗,雅各布?"有一次我假装喝多了问他,其实我很清醒,看他会怎样回答我。他很困惑。但后来我想,我真是个蠢货,谁能期望人一直和他以前一模一样呢?我们把自己当作一个不变的整体,就好像我们永远是同一个人,这是一种傲慢,因为我们并不是这样的。

当我离开华沙时,在正统派之间开始流传出一些谣言,说真正的雅各布死在了琴斯托霍瓦,而这个坐在我面前的人取代了他。有许多人相信了这个谣言,因为这些谣言后来愈演愈烈。我毫不怀疑,在我们到达后不久,路德维克·弗沃夫斯基和雅各布的妻弟——年轻的卡普林斯基(可见谣言也传到了瓦拉几亚地区)就来调查此事,以安抚我们在华沙和世界各地的人。

我们坐在桌边。我看到在昏暗的烛光下,每个人都专注而仔细地看着雅各布,观察着他的每一条皱纹。路德维克·弗沃夫斯基也盯着他看,他已经很久没有见到他了,可能是对他的变化感到惊讶。突然,雅各布向他伸出了舌头。路德维克的脸烧得通红,然后整个晚上都闷闷不乐地坐着。在我们彻底讨论完后,我在晚餐时问雅各布:"你现在怎么打算的?就坐在这里?那我们大家呢?"

他回答说:"我最大的希望是有更多的犹太人来到我这里,因为他们带来的力量不计其数。每一列的人数不会少于一万……"他还说了有关旗帜和制服的事,说他想在这里有他自己的卫队。他喝的葡萄酒越多,他的计划就越广泛。他说,我们必须为战争做准备,时局是不平静的。土耳其变弱了,俄罗斯则越来越强大。"战争对我们是好事,在浑水中可以为自己钓上什么东西。"他越来越愤怒,"奥地利与土耳其必有一战,这可以肯定。在战争的混乱之中,要是我们能为自己争取到一块我们渴望的土地呢?这需要大量的黄金和大量的工作。如果我们可以自费召集三万人,并与土耳其约定好在战争中支持他们,作为回报,我们在瓦拉几亚某处拿到一块土地建立一个小王国怎么样呢?"

弗沃夫斯基补充说,华沙的哈雅连续好几次做出了预言,说世界将发生剧变,将有烈火和火灾。

"在波兰,国王软弱,周围一片混乱……"小路德维克说道。

"我与波兰已经结束了。"雅各布说。

他说这话时带有苦涩,咄咄逼人,就像曾经的那种好斗,像他当年叫我去打架的样子。然后人人都在谈论属于我们的土地,一个接一个,他们都被这个想法点燃了。还有两位帕沃夫斯基,都带着妻子来到了这里。甚至还有卡普林斯基,雅各布的妻弟,我一直以为他是个非常谨慎的人。他们都开始支持这个不切实际的想法。他们已经没有什么要做的了，只有政治。

"对于拥有一片自己的土地，我已经失去了希望！"我对着这些争论不休的、醉酒的人喊着，但没有人听。

令我惊讶的是，雅各布命令我和耶鲁西姆·邓波夫斯基把他夜晚的谈话写下来。先是艾娃在这里做的梦被记录了下来，那是来自瓦拉几亚、原来在伊瓦涅管钱的切尔尼亚夫斯基夫妇的儿子安东尼·切尔尼亚夫斯基做的。一本漂亮的小书由此诞生。这命令让我非常惊讶，因为我不止一次地认真请求过雅各布，请求他同意记录，可他从来没同意过。

他肯定是因为在这里感觉安全，或许他还受到了经常来访的年轻人摩西·多布鲁什卡的影响。摩西说服雅各布，这样的文字中不必包含那些不适合给别人看的东西，而随着他的追随者越来越多，他们需要深入了解他的想法和叙述。摩西说，写这样一本书将是一件在各方面都很高尚的事情，是为了后人的记忆。

开始是耶鲁西姆，也就是彦杰伊·邓波夫斯基先写，然后是我。如果我们都不在，替代我们的是切尔尼亚夫斯基家的儿子安东尼，他是一个非常聪明的小伙子，对雅各布非常忠诚。他应该是用波兰语写，因为很久以前我们就丢弃了我们的古老语言。雅各布自己随心所欲地说话，用波兰语和德语，有时是整句的土耳其语，还插入很多希伯来语。我必须重写一遍，因为没人能看懂我的那些笔记。

那时我想起来了，早年我想和雅各布在一起，就像加沙的拿单和沙巴泰·泽维在一起一样，前者使后者变崇高，并让后者知道他就是弥赛亚本人，因为他并不知道自己是谁。当灵魂进入一个人时，其发生的过程就像一场暴力，这就像是空气要进入最坚硬的石头一样；灵魂所进入的身体和思想，并不能完全意识到所发生的事情。所以，必须存在某个人把这一切说出来，并为之命名。这就是我与我们神圣的莫尔德克在士麦拿所做的事情：我们目睹了灵魂在雅各布身上降临，并将这一切转变为讲述的话语。

但在我第一次访问布尔诺之后，在我和雅各布之间仿佛长出了一道无形的墙，遮挡着我们，好像有人挂了一张薄薄的薄纱床单。

主的话语

"我前面隐藏了三个，而第四个，你们都不知道。"雅各布的这话是什么意思？他的意思是，有三位非常强大的神，他们用强硬的手腕管理着整个世界。主这样说，我就这样替他写下来。其中一位神是赋予每个人生命的，因此他是好的；另一位神是赐予财富的，不是给每一个人，而是只给他愿意给的人；第三位神是马格利希·哈默斯，死亡之主，他是最强大的；而那第四位，我们对其一无所知，他就是好的上帝本身。不先经历前三位，就无法走向好的上帝。

雅各布一边说着，我们一边写下来：所有这一切，所罗门并不知道，他直迈向了最高的那位，可他无法成功。他不得不离开世界，他无法将永生带给这个世界。然后他们在天上呼喊："那是谁？是谁想要获得永生？"

拿撒勒人耶稣回答说："我去。"但他也毫无作为，虽然他很聪明，很有学问，而且他的力量很大。那时，他去找领导世界的那三位，用他从好上帝那里得到的力量开始行医。但是那三位看到了，担心他会获得统治世界的权力,因为他们从预言中知晓,弥赛亚将要来临,死亡将被永远吞噬。于是,拿撒勒人耶稣来到三位神中的第一位那里时,这位让他去找第二位,第二位又让他去找第三位。而这第三位,也就是死亡之主,拉着他的手问道:"你要去哪里?"耶稣说:"我要去第四位那里,他是上帝之上的上帝。"对此,死亡之主大怒,说道:"我才是世界之主。留在我这里,你会坐在我的右侧,你将是上帝的儿子。"这时,耶稣明白了,他身上并不具有好上帝的力量,他就像一个无助的孩子。这时,耶稣对死亡之主说:"就这样吧,如你所愿。"但他回答说:"我的儿子,你必须为我献上你的身体和血液。"耶稣回答说:"我被告知要将永生带到这个世界,我怎么能给你我的身体呢?"死亡之主告诉他说:"世上没有死亡是不可以的。"耶稣回答说:"但我已经告诉我的门徒,我会带来……"死亡之主打断了他,说:"告诉你的门徒,那个永生不会是在这个世界的,而是在另一个世界,正如人们祷告的那样:'死后就是永恒的生命,阿门。'"因此耶稣留在了死亡之主那里,并把比摩西还要强大的死亡力量带给世界。众多犹太人不情愿死亡,对此没有渴望,并且不知道死后去向哪里。而基督徒们带着快乐死去,因为他们说,每个人都会在天上,在坐于天父右侧的耶稣那里,有一块自己的位置。于是耶稣就这样离开了这个世界。很多个世纪之后,呼喊声再次响起:"谁想要去?"

沙巴泰·泽维回答说:"我要去。"他像个孩子似的去了,什么都没实现,什么都没解决。

"这就是我被派去追随他的原因。"雅各布说。一片沉默,仿佛雅各布播下了罂粟种子,就像是雅各布对他们讲了一个他梦见的童话,像对孩子一样。他接着说:"派了我,是要我把永生带来这个世界。我已经被赋予这种力量,但我是个笨蛋,我不会一个人去。耶稣是位伟大的学者，而我是个笨蛋。去三位神那里，必须要静悄悄地走，路途蜿蜒曲折，他们甚至能从我们的嘴上读出我们要说的话语。不必叫喊，而是要在沉默中安静地移动。但在我的话应验之前，我不会动。"

只有少部分人在这个童话里认出了我们的圣约，圣约只有如此简约和破碎，才能够传达给人民。

当他结束之后，他们请他继续再讲点别的。于是他开始了新的故事。

有一位国王，他建了座宏大的教堂。地基是由某位师傅打下的，他打了一肘深的地基，有一人深。而就在师傅要继续建造的时候，他突然消失了十三年。当他回来时，他才开始着手建墙。国王问他，为何什么都不说就离开，扔下自己的工作？

那人回答："我的国王，这栋建筑非常宏大，我要是把它直接建成，地基就会承受不住墙的重量。因此，我故意离去，好让地基稳定下来。现在我将再次开始建造这座建筑，它将是永恒的，永远不会倒塌。"

我很快就集起了几十张写有类似故事的卡片，耶鲁西姆·邓波夫斯基也是一样。

一只从鼻烟壶里蹦出来的小鸟

当摩西出现在布尔诺宫堡时，他带来了一些说着德语并带着奇怪口音的工匠。

首先，他向雅各布和艾娃展示了些图纸。

他详细解释了这项发明的所有好处，尽管雅各布看起来并不明白它是如何运作的。据说同样的情形也发生在沙皇宫廷，摩西在里头有很多熟人和朋友。他不时去到那里，希望很快也能带雅各布和他美丽的女儿在那里出现。他现在更喜欢被称作托马斯。

原理其实很简单,他们几周后就知道这是如何运作的了。它是一个石盆,放在最高处的房间里,抛光得很漂亮,中间是一根管子,向上穿过屋顶,就像个烟囱,伸到外面。他们需要取掉几片瓦,再建个木框架来支撑它,但这已经可以用了。

"暗箱。"摩西-托马斯自豪地说道,就像剧院里的艺人。女人们纷纷鼓掌。托马斯灵活的双手忙碌着,在空中转着圈,他袖口上的花边飞来飞去。刮得干干净净净的、漂亮的脸,波浪形的头发,灿烂的笑容,稍歪的牙齿——谁会抗拒这样一个年轻人?他瞬间能有一百个想法,而且工作起来比任何人都快,艾娃这样想着。他们轮流走向盆前,看到了什么?不可思议。探身到抛光的内侧,他们在里面看到了整个布尔诺城:屋顶、教堂的尖塔、上上下下的狭窄街道、树梢、摆满摊位的集市市场。而且这不是静止的画面,一切都在移动。啊,一辆四驾马车正在通过老施米德大街。在这边,修女们正领着孤儿;在那边,工人们在铺设石头路面。有人伸出手指去触碰这幅画,随即惊讶地缩回;城市的景象不是实体的,指尖只能感觉到抛光石面的凉意。

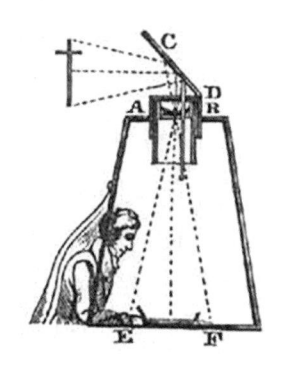

"主啊,你可以看守整座城市了。这是伟大的发明,尽管里面并没有魔法或卡巴拉。这是人思维的产物。"

摩西很放肆。他大胆地把雅各布往盆那儿推,雅各布毫不介意地听从了。

"能看见,但自己却不被看见,这可是真正的神的特权。"摩西奉承道。

摩西-托马斯用这个发明赢得了年轻人的钦佩。他们看到主对他有好感，于是开始像对待主的儿子一样对待他了，尤其是因为他们中的多数都不认识主真正的儿子们。主的儿子们又回到了华沙，主把他们送了回去。能回波兰，他们俩都松了口气。雅各布夫斯基和弗沃夫斯基将在那里照顾他们。

雅各布从窗户里看着摩西，非常仔细地观察他。只见那人敞开着法国夹克的前襟，穿着长筒白丝袜的双腿张着，用根棍子在地上给围在身边的那些年轻人画着什么。他弯着腰，可以看到他的头顶。这样漂亮的卷发在假发下只能是受苦。他的脸上几乎看不见胡子，光滑的皮肤呈橄榄色，没有瑕疵。他妈妈太宠他了。舍音戴尔溺爱她的孩子们，让他们像王子一样成长；自信、聪明、漂亮、放肆。生活会要他们付出代价的。

稍向前倾身，他看到阿瓦查，她也正从自己的窗户观看着这个画面和这个时髦小子。她身上总有一种顺从，不似女王那样端庄，虽然他教过她很多次——脊背挺直，昂起头，稍高了点也比低着好，毕竟她有漂亮的脖子和丝绸一样的皮肤。可他白天教她的东西和晚上的就不一样了。夜晚有时也会在白天出现，这时她的顺从就吸引着他。她的眼皮微微颤抖着，她那双美丽的、漆黑的眼睛黑到反光时，看起来就好像是覆上了闪亮的糖霜。

突然，托马斯好像很清楚地知道自己被观察着似的，猛地抬起了头，雅各布来不及后撤。他们的目光相遇了片刻。

托马斯没有注意到，在另一个窗户里，艾娃·弗兰克也在看着他。

晚上，主已经休息了，年轻人又坐在了托马斯·多布鲁什卡身边。有艾娃、阿努霞·帕沃夫斯卡和阿加莎·弗沃夫斯卡，还有年轻的弗朗西舍克·弗沃夫斯基基。这一次,托马斯向他们展示了一个鼻烟壶,像是要请他们吸鼻烟似的。弗朗西舍克伸手触碰到盖子时,鼻烟壶突然开了,一只鸟从里面跳出来,拍打着翅膀,啾啾地叫起来。弗朗西舍克吓得缩回了手,伙伴们爆发出了止不住的笑声。后来弗朗西舍克自己也笑了。过了一会儿,兹维什霍夫斯卡走进房间来查看,她通常按自己的习惯巡查整栋房子,并下令熄灭蜡烛。他们把她叫了过来,都兴致盎然的。

"快点,快让她看看。"年轻人们都鼓励托马斯。

"阿姨,来尝尝鼻烟吧。"他们叫她。

托马斯递给她一个长方形的小物件,上面装饰得很漂亮。她犹豫了一下,被哄得很高兴,预感到会有什么把戏。兹维什霍夫斯卡伸出手去拿鼻烟壶。

"请阿姨按这里。"托马斯开始用德语说话,但被阿姨的眼神斥责,于是就用口音滑稽的波兰语说,"请阿姨按一下这里。"

她拿起鼻烟壶,小鸟出来专门给她跳了一段机械的舞蹈。兹维什霍夫斯卡完全失去了所有的严肃,像个小女孩一样不停地尖叫着。

无尽的赞美,
关于摩西·多布鲁什卡
即托马斯·冯·舍恩菲尔德的婚礼

摩西·多布鲁什卡和艾尔克·冯·波普尔的婚礼,于1775年5月在维也纳举行。这时所罗门的哀悼期已经过去。为了婚礼,他们在离普拉特不远处租了花园。新郎的父亲已经去世,引领他的将是他们的朋友,翻译家迈克尔·丹尼斯,著名诗人詹姆斯·麦克弗森的《奥西恩诗集》的译者,还有专为这场婚礼从布拉格赶来的出版商阿道夫·费迪南德·冯·舍恩菲尔德。在新郎出现在教堂之前,有一个小小的共济会仪式,证人席的兄弟们全都一身黑衣,郑重地将他带进人生的新阶段。冯·舍恩菲尔德将摩西视为儿子,他正在尝试办理复杂烦琐的手续,接纳托马斯成为舍恩菲尔德家族的一员。摩西将变成托马斯·冯·舍恩菲尔德。

此时,这里正在举行一场宴会。除了摆着食物和巨大五月花束的华丽桌子外,展厅也非常吸引人,展示着非常了不起的蝴蝶收藏。这是新郎的雇主迈克尔·丹尼斯主要策划负责的。表兄弟姐妹们带了艾娃来,她正靠在展柜边上,欣赏着这些钉在丝绸衬底上的已经死去的奇妙生物。

"你真是一只美丽的蝴蝶。"多布鲁什卡家兄妹里最小的埃丝特拉对艾娃说道。艾娃把这个赞美放进了记忆中,她想了很久。蝴蝶来自蛹,来自丑陋的蠕虫,肥胖而畸形的虫子,这个过程也被记录在其中一个展柜中。艾娃·弗兰克想起了自己在埃丝特拉这个年纪——十五岁——时,还穿着深色的裙子;父亲命令她穿上的,当时在琴斯托霍瓦,要避免引起士兵们的注意。她记起了石头塔楼里的寒冷和母亲扭曲的关节。她顿时淹没在了无法诉说的悲伤和对母亲的怀念当中。她不愿去想这些,要学着忘记,她做得很好。

傍晚,当花园里的灯笼亮起时,她略微陶醉于红酒,站在一群人旁边听着冯·舍恩菲尔德伯爵说话。他穿着深绿色的长夹克,举起一杯葡萄酒,对着不太漂亮但很有智慧的新娘说:

"新郎的整个家庭都品格高尚,你找不到比他们更好的。他们勤奋工作,彼此相爱,并诚实地获得了财富。"

客人们纷纷点头,表示赞同。

"此外,他们还具有许多特质和才能,最重要的是,他们雄心勃勃。"伯爵继续说道,"这非常好。他们与我们没有任何不同,我们的祖先曾在古老的野蛮时代用剑支持国王,掠夺周围的农民并占领他们的土地。你们很清楚,并不是每一个'冯'都等同于灵魂和心灵的伟大品质……我们需要强有力的人来共享和获得生命中最有价值的东西。拥有了关系和权力,就可以预先运作更多的事情。那些我们认为理所当然的,构成这个世界大厦的整个结构的东西,如我们所知,已经脆弱不堪并摇摇欲坠了。这个大厦应该重建了,我们就是那些手里握着修理它的抹泥刀的人。"

掌声响起,客人的嘴里品着摩拉维亚最好的葡萄酒。随后音乐开始演奏,必定还会有舞蹈。各种好奇的目光朝着艾娃·弗兰克飞来,很快汉斯·海因里希·冯·埃克尔,即埃克霍芬伯爵就出现在她身边。艾娃微笑着把手给他,就像她姑姑教她的那样,但是她立即就用目光寻找着她的父亲。在的,他坐在阴影里,周围被女人围着,正从远处直视着她。她感觉到了与父亲目光的触碰,其中有与这位风度翩翩的年轻贵族共舞的许可;他看着就像一匹野马,艾娃甚至都记不住他的名字。可后来,当来自布拉格的传奇富商赫斯菲尔德走近她时,父亲几不可见地微微摇了摇头。艾娃犹豫了一下,拒绝了他,解释说自己头疼。

当天晚上,她听到了无尽的赞美。当她终于穿着裙子倒在床上时,她已经头晕目眩,肚子里有太多和埃丝特拉一起偷偷喝下的摩拉维亚红酒,这时她感到恶心了起来。

皇帝和来自四面八方又不知从何而来的人们

这位与母亲共同进行统治的明智的皇帝,是一位三十几岁的英俊男人，已经当过两次鳏夫。据说他发誓不会再结第三次婚，这使得许多出生于最好家庭的少女们陷入了抑郁。他很拘谨，这是身边认识他的那些人说的，说他羞怯。皇帝还害羞！他总是轻微地上挑眉毛，给自己增添勇气，这样他就会以为自己是居高临下看着所有人的。他的情妇们说，他在床上就像不存在似的，而且很快就结束。他读书很多。他与普鲁士的弗雷德里克通信，那是他暗中钦佩的人。他模仿他，有时会化装成一名普通士兵，隐姓埋名地走进城市，这样他就可以亲眼看到他的臣民们如何生活。当然，他身边也会有换装的保镖们小心地陪伴着。

他似乎有忧郁的倾向，因为他对人的身体及其秘密很感兴趣，包括所有那些骨骼、遗骸、人的头骨，也爱把时间花在动物标本和稀有的怪物上面。他建立了一个精彩的奇异馆，带客人们进去时，他开心地看着他们受惊时的幼稚反应；客人们的厌恶中夹杂着迷恋。每当这种时刻，他都会仔细地注视着客人们的脸。是的，那种人们在与皇帝交往时脸上所带的礼貌微笑，那种讨好的嘴脸，都从他们身上消失了。这时，他就可以看见他们真正的样子了。

他想尽快把这个奇异馆改造成规整而系统的收藏室，按照级别和品种分门别类摆放，这样他的个人收藏就会变为一个博物馆。这将是划时代的转变——奇异馆是混乱的、难以理解的、充满了异常的旧世界；而博物馆是新世界，闪烁着理性的光芒，符合逻辑，分类明晰，陈设有序。这座博物馆的成立，将是进一步改革，即重建这个国家的第一步。例如，他梦想着彻底改革过度扩张和过度官僚化的行政机构，它吞噬着大量的国库资金。其中最重要的是，他想废除农民的农奴制。这类想法不被他母亲玛利亚·特蕾莎女皇喜欢，她认为这些都是新流行起来的"怪胎"。在这些问题上他们的意见完全不一致。

而犹太人的问题是他们俩都关心的。这位年轻的皇帝为自己设定的任务是，将犹太人从中世纪的迷信中解放出来。当前犹太人民天生的、毫无疑问的才能，正被用于各种阴谋、可疑的投机和无效的猜疑。假如他们能够与他人一样平等地受教育，他们将给帝国带来更多的好处。皇帝的母亲则只是想将他们引向合法的信仰之中，而且她听说，很多人都是可以成功做到的。于是，在皇帝的命名日这天，当请求觐见皇帝的名单上出现了雅各布·弗兰克的名字时，约瑟夫二世和他的母亲都极为满意并且很是好奇，因为人人都在谈论弗兰克和他的女儿。

推荐雅各布的是内部的同僚们，于是皇帝邀请了这对奇怪的父女，心甘情愿且充满好奇，这段觐见时间原来是预留给艺术家们的。他把他们带到了奇异馆。此时，他正带着他们穿梭于展柜之间，他收集了据说是曾经生活在地球上的远古动物和巨人的骨骼。他与弗兰克通过翻译交谈，跟他女儿则说法语，这造成了某种不适。所以他首先将注意力集中在父亲身上，而只是用眼角看着这个有趣的女人，看到她很害羞、不太自信的样子。有关她美貌的传言，在他看来有些夸大其词。她很漂亮，但不是那种耀眼的美。他认识很多美丽的女人。他通常都对她们有点怀疑和不信任，在她们之中有一些扭曲的东西，一种总是想要得到些什么的功利心。但是眼前这个女孩看起来直率而且胆小，既不引诱也不假装。她不大，在未来，她会像所有的东方女人一样，变得丰满起来；现在的她已经达到了完全盛开的状态。她有点苍白，肤色是仿佛微微泛出光泽的海蓝宝石的颜色，没有红晕，眼睛极大，秀发高高梳起，前额和颈项垂落着性感的卷发。她娇小的手和脚看起来几乎是小孩子的。她身上没有她父亲那样的庄严；他父亲高大、健美、丑陋而自信。皇帝很愉快地发现，艾娃尽管受到威吓，却仍可以很机智有趣。他做了个小测试。他把他们带到了一个展架前，上面是一些大玻璃罐子，里面混浊的液体中漂浮着一些人的胚胎，其中大多数是怪异的标本，有的是双头的，有的有多个躯干，还有的只有单独的一只大眼睛，像是独眼巨人。父亲和女儿毫不厌恶地看着，饶有兴致。他们得到一分了。然后他们走到一个加长的展柜前，展柜与一个人一般大小，里面躺着的是希比拉——如他们所想的，一个女巫，一个女人的蜡像——她有着一张狂喜的脸和敞开的肚子，里面可以看到肠子、胃、子宫和膀胱的布局。通常，在这件展品边上，女人们会晕倒或至少感觉不舒服。他很好奇艾娃·弗兰克的反应。艾娃俯身在展柜上，饶有兴致地看着腹部里面。然后她抬起头，带着疑问看着皇帝。

"原来的模特是谁？"

皇帝开心地大笑起来，然后耐心地解释了这个极其精细的蜡像是如何制作的。

当他们从奇异馆返回时，雅各布通过翻译冗长地讲述了他在华沙的熟人，不时插入一个又一个名字，希望能让皇帝说些什么。但很可惜，他没说。雅各布两次提到克萨科夫斯卡。他知道皇帝的秘书一定会记住所有这些危险的名字，并会仔细进行调查。皇帝第一次和像他们这样的人谈话，也就是犹太人，已经不再是犹太人的犹太人。有一个顽固的想法让他无法平静，那就是他们的犹太特性是通过什么区分的？因为无论是从外表上还是举止上其实都看不出来。艾娃或可被以为是意大利人或西班牙人，但对她父亲而言，没有哪个民族可以将他算在里面。他是独特的。当皇帝问他某个直接的问题时，甚至感觉像是撞上了他意志的坚硬铁壁，感受到了这个人的"我"所拥有的不可思议的强大边界。这是一些来自四面八方又不知从何而来的人。人类的未来。

觐见持续了不到一个小时。同一天里，皇帝邀请弗兰克到他在美泉宫的夏宫。他的母亲在头五分钟见了他们（她不喜欢去奇异馆，说看后会做噩梦）。她和儿子有相同的好感，说国家需要这样的人。只是天主教徒是不够的，如她看到的报告中写的那样，他们甚至每天花费一千达克特来维持布尔诺的宫堡。

"如果我们能够邀请这样的人来到我们的帝国，我们就会比弗雷德里克的普鲁士发展得更繁荣。"她总结道。这让他儿子微微有些不快。

阿瓦查·弗兰克梦到的熊

艾娃做了梦，切尔尼亚夫斯基细心地写道，一只大棕熊向她走来。她不敢动，吓得呆若木鸡地站着。这只熊开始舔她的手和脚。没有人能把她从这可怕的困境中拯救出来。随后有个男人走了过来，坐在一把椅子上，红色的椅子，就是父亲在琴斯托霍瓦曾经用的那种椅子。艾娃还以为是父亲来了，但这是另一个男人，更年轻，非常英俊。他有点皇帝的影子，可也让人想到弗朗西舍克·弗沃夫斯基，还有点像是托马斯·多布鲁什卡，还像一个拿着白手杖的魔术师,他们在美泉宫里见过的那个;那时他把一块手帕撕成四块,放在一顶黑色的帽子里,然后在上面挥动手杖,最后从帽子里拿出了完整的手帕。艾娃当时因为父亲感到很尴尬,因为他走近魔术师,提出要解下自己脖子上系着的手帕让魔术师再试试。但那人拒绝了,说只有自己撕开的时候,才知道如何折叠,这让所有的人都开怀大笑。在这个梦里,她的救星有这么多人的特征。大棕熊离开了,而艾娃飞升到了空中。

艾娃做了这么奇怪而又这么真实的梦,于是她一直随身带着一本波兰解梦书,这是玛丽安娜·弗沃夫斯卡从华沙直接送来给她的。

为美泉宫之行,父亲给她买了四件在维也纳能找到的最漂亮的裙子。为能更合身,他们不得不把袖子修短一点。这些连衣裙带有结实的束身胸衣,很新潮,长度甚至不及脚踝。他们整天在时尚的店里买帽子。那些帽子如此漂亮,艾娃都无法决定要买哪些。最后,不耐烦的父亲把它们都买了。

她还需要拖鞋和长袜。父亲看着她试穿,然后他命令玛格达和阿努霞离开,并让艾娃脱光衣服。这一次,他没有碰她。他只是看着,让她先平趴着,然后再躺着。她做了所有他想要的姿势。他用挑剔的眼光注视着她,什么也没说。然后阿努霞为她剪了脚指甲,用油为她抹脚。然后,

艾娃按照土耳其的习俗，在香水中洗了澡，两个女伴用咖啡渣和蜂蜜擦拭她的身体，使皮肤更光滑。

　　艾娃与皇帝及其母亲一起游览了塞克豪斯庄园和花园。她和他走着，别的人落在了后面。她感觉自己后背上有好几十道目光，仿佛背负着什么重物，但当皇帝似乎假装无意地碰到她的手时，那重物便从她的肩上落下了。她知道，这会来到的，只是不知何时。她很高兴知道这就是它的全部意义，再没别的了。

　　这发生在一场有趣的表演后，他们是在美泉宫的宫殿露台上观看的。她不记得喜剧的内容，她一点都没理解其中古怪的德语。这出戏逗乐了皇帝，他心情很好。他碰了好几次她的手。当天晚上，一位宫中女侍臣，叫斯塔姆夫人什么的，前来接她，让她穿上最好的内衣。

　　阿努霞·帕沃夫斯卡接过活儿，一边打包着东西一边说：

　　"这真是太好了，你的经期已经结束了。"

　　她发了脾气，但这是对的，她很幸运，她的月经期已经结束了。

身居高位的生活

　　雅各布·弗兰克在彦杰伊·邓波夫斯基的帮助下，在格拉本广场租下一套公寓，租了整个季度。同时，他派马泰乌什·马图舍夫斯基去华沙要钱，附上了一封写给所有华沙正统派信徒的信，给整个团体成员，信中告诉他们说，他正在与皇帝谈判。马泰乌什得到的任务是依次讲述一切，并描述布尔诺和他们新宫堡的每一个细节，还有艾娃觐见皇帝之行，以及雅各布与皇帝的亲密关系。

　　信中说：

请你们注意，在我来到波兰之前，所有的先生们都只是安静地坐等，国王也和他们在一起；当我来到琴斯托霍瓦的时候，我预感到波兰将被分割。而现在也是如此，你们可知道国王和皇帝之间发生了什么？他们之间相处得怎么样？我知道！你们自己看得到，我和你们在一起已经快三十年了，可你们之中还是没有人知道我要去哪里，我将转身去哪里。当我坐在琴斯托霍瓦堡垒的小牢房里时，你们曾以为，一切都失去了。但是上帝选了我，因为我是个笨蛋，不去追求荣誉。假如你们当初坚定地跟着我，假如你们没有抛弃我，就像当初在华沙时那样，那么，我们现在会在哪里呢？

马泰乌什三周后带着钱回来了。收到的钱数比主想的还多，这是因为有消息流传说，在摩拉维亚发现了什么古代的手稿，里面白纸黑字写着，神圣罗马帝国将在最后的末日落入某个外人的手中。据说里面清楚地写明，那人将是一个穿着土耳其式装束的人，但他头上没有头巾，只戴着一顶用窄条羊皮包边的红色高帽子。这个人会把统治者从宝座上扔下来。

需要买的新东西非常多。

首先是一套咖啡用具，迈森瓷的，金叶纹饰，带有用细笔绘制的图画，描绘着牧羊的场景，类似于艾娃在普罗斯捷约夫看到的那种。现在她将拥有自己的瓷器了，更加显赫的瓷器。

其次是沐浴用具，这些必须从最时尚的零售商处购买。专门的服装、毛巾、折叠躺椅、内衬软亚麻布的罩衫。雅各布·弗兰克和米哈乌·弗沃夫斯基去多瑙河边洗澡时，周围是一群维也纳的围观者。雅各布是名游泳好手，于是在水里炫耀自己像年轻人一样的精壮活力。市民们尖叫起来，为这个已不年轻却十分敏捷的英俊男人而激动。有些人还把花扔向水里。每次洗完这样的澡后，雅各布的心情总是很好，一直持续到晚上。

同样还必须花钱为艾娃买一匹马，从英国引进的那种，马腿要特别纤长。马是全白的，在阳光下会变为闪闪发光的银色。可是艾娃害怕这匹马，因为它会因马车的经过、闪烁的灯光和乱跑的小狗而惊吓地直立站起来。买马花掉了一大笔钱。

还需要赶紧定制四打缎子鞋。穿着缎子鞋走在街上的时间一长，鞋子就会受损，所以一双鞋实际上只够散一次步。然后艾娃就会把它送给阿努霞，因为玛格达的脚太大了。

此外，还要有糖罐和瓷盘、银餐具和银餐盘；艾娃觉得黄金太浮夸了。需要一名新的、更好的厨师和一名帮厨。有必要再多两名做清洁的女孩，这比专业服务花钱少，但也相当多了。那只叫鲁特卡的波兰小狗死后，艾娃订购了两只灵缇犬作为安慰，同样是从英国专门送来的。

"假如我这样挠你，你把外面的东西脱掉，那下面会是什么？"约瑟夫问，他是受上帝恩典的神圣罗马帝国皇帝、德意志国王、匈牙利国王、波希米亚国王、达尔马提亚国王、克罗地亚-斯拉沃尼亚国王、加利西亚及洛多梅里亚国王、奥地利大公、勃艮第和洛林公爵等。

"会是什么？会是艾娃。"艾娃回答。

"她是谁，这个艾娃？"

"是服从最光明者的、天主教的女人。"

"还有什么？"

"约瑟夫·雅各布与约瑟法·斯霍拉斯蒂卡的女儿。"

"你家里说的是什么语言?"

"土耳其语和波兰语。"

艾娃不知道她回答得好不好。

"那种犹太人说的语言,你会吗?"

"我稍微会一点。"

"你妈妈是怎么对你说话的,我的女士?"

艾娃不知道该说什么。情人帮助她:

"你用那种语言说点什么,女士。"

艾娃想了想,用意第绪语说:

"要有天赋,这似乎显而易见。"

"这是什么意思?"

"陛下不要问太多。我真的不记得了。"艾娃撒谎说。

"你在撒谎,女士。"

艾娃笑了笑,转过身趴着。

"你父亲是位伟大的卡巴拉学者,真的吗?"

"真的,他是个伟大的人。"

"所以他把铅变成黄金,才有了那么多钱?"他戏弄情人道。

"也许是的。"

"而你,我的女士,显然也是个卡巴拉学者。看,你在对我做什么。"皇帝指着自己抬起的阳具。

"是的,这是我的魔法。"

天气好的时候,他们会去普拉特散步,这个广场最近刚由皇帝向公众开放。敞篷的马车像个巧克力盒子,载着维也纳的甜心们,戴着漂亮帽子的优雅女士们,旁边是骑着马的爵士们,他们会在经过认识

的人时鞠躬示意。散步者们探着头,尽可能慢地走着。这里能看到系着丝带的狗、系着链子的猴子、关在镀银笼子里的可爱鹦鹉。雅各布为女儿订购了一辆特别的英国小马车,专门为了这种散步的场合。玛格达和阿努霞经常和艾娃一起坐在这辆可爱的马车上,有时只有玛格达。有传言说她也是雅各布的女儿,但是是私生子。仔细看时,她的确和弗兰克很像,高个子、长脸、白牙,甚至比艾娃还要出众,于是不明白的人常常会把她当成是艾娃·弗兰克。人们还说,他们全都彼此相像,就像那些有时被皇帝作为活怪物进行展览的黑人部落的成员。

会下棋的机器

某位肯佩伦先生,为了娱乐自己制作了一台机器。这机器看上去是一个身着华丽东方服装的土耳其人，长着一张黝黑、光滑但非常令人愉快的脸。人形机器能坐在桌边下棋，而且下得如此完美，以至于还没有人能赢过它。这机器似乎还会在比赛中思考，并给对手留出思考的时间。机器形的人右手扶着桌子，左手移动棋子。而每当对手犯错，或是违反规则时，它就会点点头，一直等着，直到对方自己发现错误并做出改正。这机器能够自己完成所有这些动作，并没有任何外部力量参与其中。

皇帝对这台机器极其着迷，并且已经多次输给了机器。可是据说在法国已经找到了一个能下赢机器的人。这是否可能呢？

"如果机器能够去做人做的事情，甚至还超越了人，那么他们之间谁是人呢？"

他坐在花园里与女士们一起喝下午茶时，向大家提出了这个问题。可是没人敢回答他。她们都等着，看他自己怎么说。他有意想要说什么话时，常常是先提出一个问句，过一会儿又自己做出回答。现在也是，他说到了生命完全是一个自然和化学的过程，尽管其由一种更高的力量所引发。但他说的句子不是以句号结束，而是悬置了起来，就像烟斗的烟一样在空气中飘散。只有到他下令时，他的句子才以句号来结束。这让所有人都松了一口气，至少她们可以知道，结论是有关什么的。艾娃光是想到自己要在这种场合发言，她的脸就红了，必须赶紧用扇子给自己降降温。

皇帝仍然对解剖学所取得的成就很感兴趣。他买了一个没有皮肤的人体蜡像给希比拉做伴。蜡像身体里有明显的血液循环系统。当你观看时，会发现人体就像一台机器，能看到所有的肌腱、肌肉、静脉和动脉的管线，让人联想到被母亲用作刺绣的线轴，那些关节的连接部分，就类似于杠杆。他自豪地向艾娃·弗兰克展示着最新的收获，一个女人的身体，这次是剥了皮的，肌肉上扭曲着静脉血管。

"难道这一切不能表现在一个男人身上吗？"艾娃问。

皇帝哈哈大笑。他们在蜡制的人体前一起弯下身，两人的头几乎碰在一起。艾娃清晰地闻到了他嘴里的苹果味，一定是苹果酒。皇帝明亮而光滑的脸顿时红了起来。

"也许人们没有了皮肤看起来就是这样，但我肯定不是。"艾娃随意并挑衅地说道。

皇帝再次哈哈大笑起来。

某日，艾娃从他那儿得到一件礼物，一只在笼子里的机械鸟。只要用曲柄给它上发条，鸟就会开始摆动它闪闪发光的锡铁翅膀，喉咙里发出啁啾的叫声。艾娃把它带到了布尔诺，笼子里的鸟成了整个宫堡的新奇热点。艾娃亲自给它上发条，总是以最严肃的态度。

他们的惯例是，当皇帝要与美丽的艾娃相见时，就派一辆没有纹章和装饰的朴素马车接她，为了掩人耳目。不过，艾娃宁愿乘坐皇家马车去见他。有一次，皇家马车来到格拉本，停在了那处租来的多室公寓前，来接她和她的父亲。女皇喜欢雅各布·弗兰克，允许他来她的私人房间，与他在一起度过不少时间。据说两人甚至还在一起祈祷。可实际上，女皇是喜欢听他讲述故事，他是个充满异国情调、和善的、具有东方风度的人，一个不生气的人，没有任何怒火的人。这个雅各布向她坦白了最大的秘密，即他们是如何在波兰受洗，多年来一直信奉着真正的信仰。他还向她讲述了有关克萨科夫斯卡的事，说女皇与其有着很多共同之处，说这位好女人是如何帮助他们进入教会的怀抱，以及她如何全力照顾他已故的妻子……这些事让女皇很喜欢，她询问了关于克萨科夫斯卡的情况。他们也经常谈论非常严肃的话题。例如，自从波兰被瓜分以来，女皇获得了整个加利西亚土地和波多利亚的一部分土地，她梦想着建立一个从黑海到希腊群岛的伟大帝国。弗兰克对土耳其人的了解，远远多于她最好的部长们，于是她问他有关土耳其的全部事情：关于甜品，关于食物，关于衣服，关于女人是否穿内衣以及穿什么样子的内衣，关于每个家庭平均有几个孩子，关于后宫的生活是什么样的，女人们是否互相嫉妒；问土耳其的集市在圣诞节是否关闭，问土耳其人对欧洲居民的看法，问伊斯坦布尔的气候是否比维也纳好，以及为什么他们更喜欢猫而不是狗。她亲自从壶里给他倒咖啡，并说服他往里加牛奶——这是最新的时尚。

雅各布从她那里回来后，向兄弟姐妹们讲述了那些会面，他们兴奋地想象他和艾娃一起作为瓦拉几亚总督的样子。与这样的景象相比，他们在不久前还梦想着的回到波多利亚那几个不幸村庄的愿景，现在看起来已经显得可笑又幼稚了。雅各布带着礼物去见女皇。每一次他来访，玛利亚·特蕾莎都会得到各种礼物，例如羊绒披肩，手绘真丝头巾，用最好的土耳其皮革制成的、带绿松石镶边的鞋子。她把它们放在一边，看似不在意这些奢侈品，但实际上，这些礼物使她高兴，就像弗兰克的来访一样。雅各布意识到，一定有很多人恨他。他天性大方，有一种让她特别喜欢的讽刺性的幽默感。她对这个男人的好感必定会引起很多人的焦虑。在女皇的办公桌上，不断有各种告发和检举的密报出现。第一份是来自边境的情报：

……那些收入的来源是非常可疑的。他的收入非常可观，过去在华沙生活奢侈。例如，据说这个雅各布·弗兰克拥有自己的邮政，人员驻扎在波兰边境，他通过那里传递自己的信件。运钱的包裹总是装在桶里，在他自己的警卫护送下，送到他手里。

"那又怎么样？"女皇都是这样回答他儿子的所有疑问的，"将黄金运过我们的边境并就地消费只会让我们变得富有。落在我们这里，总比落到俄罗斯更好。"

还有人指控说，弗兰克为自己组织私人警卫，人数越来越多。

"让他武装起来，照顾好自己的安全。"女皇说，"我们在加利西亚的贵族难道没有自己的军队吗？或许他成为一名首领会更好吧。"

她低声对儿子说："我对他有我的计划。"

约瑟夫以为她又转头继续阅读了，但他的母亲补充说：

"但你对她可不要有任何计划。"

年轻的皇帝没有回答任何话，离开了。母亲经常让他难堪。他深信，这是因为她固执的农民天主教信仰。

第二十七章

纳赫曼·彼得·雅各布夫斯基
如何成了大使

布尔诺的宫堡并不仅仅是一个空虚的娱乐场所和各种虚荣心的集市。楼上的办公室里,工作一直在继续。雅各布一大早就来到这里口述信件,然后复写并分发。在隔壁的房间里,在兹维什霍夫斯卡的指导下,宫堡的全部财政事务都在正常运转着。在第三个办公室里,切尔尼亚夫斯基夫妇,主的姐姐和她的丈夫,管理着招募青年的事务,负责回复信件,与送到主的宫堡来的年轻人的父母沟通协商。第二个办公室处理宫堡本身的事务,第一个办公室是一个小型外交部,而第三个办公室是经济贸易部。

1774年12月,雅各布派出了优秀的使者从维也纳出发前往伊斯坦布尔,他们是帕维乌·帕沃夫斯基、扬·弗沃夫斯基和雅各布的妻弟雅各布·卡普林斯基,即哈伊姆,他在托瓦死后,带着全家来到了布尔诺。行前举行了隆重的仪式,雅各布做了演讲。他称使者们是无任何宗教的弥赛亚战士,这话他们已经听到过很多次了。他们所唯一拥有的,就只是使命,而这个使命是秘密的——他们必须赢得苏丹的好感,向他们以前的支持者提供服务。夜里,在他们出发前,他们一起祈祷了很长时间,在最后的祈祷和唱歌的时候,大家围成了一圈。所有人都参加了这些仪式,包括客人。但当后来只剩下兄弟姐妹时,盛宴开始了,宴席上有大量的摩拉维亚葡萄酒,他们都很喜欢这款酒的口味。他们就像以前一样,像在伊瓦涅的时候,但现在"外邦之行"已经变成了一种象征,成了固定的仪式。他们相互之间仍然如此亲近,可以通过气味和触碰认出彼此,一切都会激发情感;扬·弗沃夫斯基新刮过胡子的长脸,帕沃夫斯卡娇小的双肩和个头,耶鲁西姆·彦杰伊·邓波夫斯基浓密的白发,跛足的兹维什霍夫斯卡。他们都老了,孩子都成年了,有些甚至已经成为祖父母,还有的已经安葬了妻子或丈夫,并结成了新的婚姻。他们都曾经历过巨大的悲痛和灾难——孩子去世、疾病。例如,亨利克·弗沃夫斯基最近患了中风,导致他右侧身体麻痹,自此以后他说话含混不清,但他的生命力还像过去一样保持不变。最近,在他女儿的支持下,他亲自操练了一支色彩绚丽的年轻卫队。

　　黎明时分,当使者们出发时,宫堡里还是静悄悄的。昨天,女人们已经为旅途准备好了装满食物的篮子。马匹似乎也有些睡眼惺忪的。雅各布穿着红色的丝绸长袍走进院子,给每个使者一枚金币和祝福。他对他们说,正统派的未来就取决于这项使命。马车沿着布尔诺的石头路驶到广场,从那里离开了城市,向东南方向行驶。

　　他们几个月后回来了,一无所获。这些经验丰富的大使,在经历了几个星期的痛苦奔波之后,甚至都没有见到苏丹的面。1775年春天,当时雅各布认为自己是皇帝最好的朋友,他向伊斯坦布尔派遣了第二个使团。这次是彼得·雅各布夫斯基和扬·弗沃夫斯基的儿子路德维克·弗沃夫斯基前往。六个月后,他们在秋天从土耳其返回,他们的使命也没有成功。他们不仅没有见到苏丹,还发生了更糟糕的事情:在伊斯坦布尔的犹太人的煽动下,他们被指控为异端。他们在伊斯坦布尔的监狱度过了三个月,雅各布夫斯基因此患上了肺病。此外,苏丹的那些官员没收了他们所有的钱,那是要在觐见时作为礼物送给苏丹的,一笔不小的数目。他们从监狱里发出了绝望的信件,但雅各布无视那些信。他也许是生病了,也许是忙于在皇宫里逗留,但他也可能是没有收到任何来自土耳其的消息——这是雅各布夫斯基所坚持的看法。他们此行的使命是一样的,就是获得苏丹的好感,向苏丹承诺忠诚的服务,说明雅各布如此接近皇帝的好处,商谈可能获得的回报……雅各布夫斯基知道该如何去做,他最懂土耳其的事情,他知道该如何去向苏丹宣传使命所蕴含的愿景。

他们消瘦而疲倦地回来了。为了获得返程的盘缠,他们不得不在伊斯坦布尔借贷。雅各布夫斯基像麻袋一样枯槁,不停地咳嗽着。弗沃夫斯基的脸上阴云密布。

主甚至都没有问候他们。到了晚上,按照一种古老的仪式,他下令因丢钱而责打雅各布夫斯基。

"你一点儿用都没有,雅各布夫斯基,你是头顽固的老驴。"他说,"你只适合写字,干不了人的工作。"

雅各布夫斯基试着为自己辩解,看上去像个十岁的小孩。

"那干吗还派我去?你不是比我年轻,土耳其语说得比我好吗?"

惩罚是这样进行的:被判刑的人被放倒在桌子上,只穿衬衣,在场的每一个正统派兄弟姐妹都必须用枝条抽打这人的后背。主先开始,像平常一样毫不怜悯地抽打了他。男人们跟在后面,但打得就有点轻了。女人们一般都闭着眼睛,就像拿着棕榈树叶一样,轻轻拍打躺在桌上的人(除非某位妇女有自己另外的理由打他)。雅各布夫斯基就是这样的情况。当然,肯定有几下会很痛,但不会伤到他。一切结束后,他从桌子上爬起来离开了。他没有理会雅各布让他留下来的召唤。他的衬衫几乎垂到膝盖,前面的扣子都没有扣上。他面无表情。人们都说,雅各布夫斯基在晚年变得很古怪。现在，他头也不回地走了。

他走后，大家都静默着，都低着头。这一刻持续得稍有些长了。主开始说话了，说个不停，语速很快，很难来得及写下来，独自一人记录的邓波夫斯基到最后放下了笔。他说，这个世界对他们来说永远都是危险的，因此他们必须团结在一起，互相支持。他们必须抛弃对所有事物旧的理解，因为那个旧世界已经结束了。新世界已经来了，而且比过去的更加无情和充满敌意。这是特殊的时期，他们必须置身事外。他们必须生活在一起，彼此亲近，他们必须彼此联结，而不是与外人结成纽带，这样才能建立起一个大家庭。这个家庭中的一些人要成为中流砥柱，其他一些人将会轻松一些。财产应被当成大家所共有的，由单独的个人管理，谁要是拥有的多些，要与缺少它的人分享。在伊瓦涅的时候就是这样的，在这儿也必须如此。要永远这样。只要他们分享所拥有的，只要他们作为一个机制和团体继续存在着，对外人而言这些就永远是秘密。必须不惜一切代价保守这个秘密。外人对他们知道得越少越好，外人会编造关于他们的虚假故事。是的，好吧，让他们去编吧。但是永远不能给外人理由，不能在法律和外人的习俗上越界。

雅各布命令他们站成一圈，互相把手搭在彼此的肩膀上，头微微向中心低下，目光聚集在圆圈中心的一个点上。

"我们有两个目标。"雅各布说，"其中第一个就是通向'隐秘的联结'达阿特，即知识，由此我们将获得永生，并从世界之狱中脱身。我们可以用更加脚踏实地的方式做到这一点：在这个地球上有一个我们自己的位置，一个我们可以制定自己法律的国家。因为世界正在准备战争，正在加紧武装，旧的秩序已经崩溃，而我们必须加入这种混乱，以便为自己获取一些东西。因此，你们不要用怀疑的目光看着我的骑兵队和我的旗帜。谁拥有旗帜和军队，哪怕是最小的，在这个世界上，他就会被认为是真正的统治者。"

然后,他们一起唱了《伊加德尔》,曾在伊瓦涅唱过的同一首歌。最后,当他们准备离开时,雅各布还告诉了他们自己昨晚做的一个梦:他梦到了斯坦尼斯瓦夫·波尼亚托夫斯基国王。国王追着他和阿瓦查,想打架。他在那个梦里还看到,他,雅各布,被带到了教堂,但教堂的里面已经被彻底烧毁了。

索乌迪克主教的回归

1773年冬天,市民和主教们由华沙城蜿蜒来到河边,穿过结实的冰层,到了河流中间的一个小岛,他们在那里等待索乌迪克主教,就像在等待一位圣洁的殉难者。在严寒中,教会的旗帜都变得硬邦邦的。唱着教堂歌曲的人们的嘴里冒出了缕缕的蒸汽。华沙市民们戴着毛皮帽子,披着衬有毛皮的斗篷,还裹着羊毛的披肩。人们身上的外衣都拖到地面。车夫、小贩、工匠、厨师和贵族,都一样冻得发紧。

终于,一辆马车出现了,还有骑兵卫队。人人都好奇地往车里面看,但车上的窗帘紧闭着。当马车停下后,人们便跪了下来,就在河中间的雪地里面。

主教只出现了一小会儿,被人搀扶着,裹着一件紫色长斗篷,内衬浅色的毛皮,一定是某种来自西伯利亚的动物。他看起来很高大,好像变胖了。他对着信徒们的头上画了一个十字,冰冷的空气之中迸发出了带有哭腔的歌声。歌词很难听明白,因为人群唱出的节奏不同,有的慢一些,有的快一些,所以旋律相互重叠着,淹没成了一片。

只是在很短的片刻之间,可以看到主教的脸——已经完全改变了,现在是奇怪的灰色。人群中随即小声传说他在那里饱受苦难折磨,因此他看起来才是这个样子。随后他的身影消失在马车里,马车驶过冰层,朝着古城的方向而去。

谣言随即传遍了整个华沙,说索乌迪克主教在极远、极北的西伯利亚科雷马河,在那严寒的地狱里,丧失了理智,他的神志只在偶尔的时候恢复清醒。有些早先就认识他的人一口咬定,说当初俄罗斯人抓他的时候,他的头脑就不太健康。他们说,有一种人,他们对自身的评价太高了,完全蒙蔽了眼睛,在周围的一切中只能看到自己,对自身重要性的信念剥夺了他们的理性和判断力。毫无疑问,索乌迪克主教就属于这样的人,他有没有失去理智已经不重要了。

在华沙的主的团体发生了什么

在布尔诺停留时,使节必须在主的团体面前汇报出使情况,即使是不成功的出使也一样。在华沙,现在一切的运作都在弗朗西舍克·弗沃夫斯基的房子周围进行。团体在他莱什诺的家里(他拥有的最大的房子)与他进行了一次会面,另一次是在他女儿家里;是他后一个女儿,嫁给了哈雅的儿子兰克隆斯基。这是艰难的时期,政治上的动荡尚在酝酿,某种焦虑的气氛笼罩一切,因此有关布尔诺的消息,在这里听起来都不太真实。

雅各布夫斯基在首都见到了雅各布·戈林斯基,最后一次见到他大概还是在琴斯托霍瓦。他对他总有某种特别的柔软;戈林斯基承载着雅各布夫斯基在梅德日比日与巴谢托一

起的那段时光的记忆，而这份记忆总是在感动着他。他俩拥抱，一动不动地站了一会儿。透过厚外套，雅各布夫斯基感觉对方变瘦了，好像还变小了。

"你还好吗？"他不安地问道。

"我等会儿告诉你。"戈林斯基低声说，因为他听到了老波多尔斯基的声音。那是个干巴巴的小个子，穿着扣到脖颈的琥珀色紧身夹克。他的手沾满了墨水，他在弗沃夫斯基啤酒厂记账。

"我就敢说。"老波多尔斯基用波兰语说，带着有力的、唱腔般的犹太口音，"我老了，我已经什么都不怕了。特别是在我看来，你们也有同样的想法，只是你们没有勇气大声地说出口来。那就我来说。"

他的声音停顿了一会儿，然后再次说道：

"这已经结束了，当他……"

"他什么？"有人在墙根下生气地说。

"……当我们的主，雅各布，离开了这里。对于他，我们已经没什么可以等待的了。我们要自己管好自己，活出榜样，团结在一起，不责备我们的行为，而是根据相应的条件适应……"

"就像那些被恐惧困在地里的老鼠一样……"那个相同的声音又响起。

"老鼠？"波多尔斯基转向那个声音，"老鼠是聪明的造物，它们可以经历一切生存的考验。你已经失去了理智，孩子。我们有好的工作，有饭吃，有房住，哪来什么老鼠？"

"我们不是为此而受洗的。"刚才那同一个声音说。他是一个叫塔塔尔凯维奇的人，他的父亲来自切尔诺夫策。他是个邮局官员，穿着制服前来。

"你还年轻，而且易怒，你头脑发热。而我老了，只善于计数。

我计算了我们团体的开支,知道我们往摩拉维亚运送了多少黄金,而且知道在波兰汇集到这些钱有多困难。用这些笔钱,你们都可以让你们的孩子上大学了。"

房间里传来窃窃私语。

"我们送了多少?"玛丽安娜·弗沃夫斯卡平静地问道。

波多尔斯基老头从衣服里掏出一沓纸,展开在桌上。这时人人都向他挤了过来,但是没人能看清楚那些写满数字的表格。

"我送了两千达克特金币[①],几乎所有的钱。"雅各布·戈林斯基对坐到了他身边的彼得·雅各布夫斯基说。两人都坐在了墙边的椅子上,心里知道,只要一开始谈钱,立即就会引起一场纠纷。"那个波多尔斯基说得对。"

果然桌子周围的人开始吵了起来,老弗朗西舍克·弗沃夫斯基试图控制场面,让他们安静,并解释说外面路上的人会听见他们的喧哗,说他们正在把他家变成一个土耳其集市,他们——穿着体面、彬彬有礼的官员和市民们——会突然发现自己跟一群布斯克乡下的街头小贩差不多。

"讲点廉耻吧!"他呼唤他们安静下来。

突然,彼得·雅各布夫斯基像是鬼上身了一样,他跳上了桌子,把桌上乱扔的纸压在身下。

"你们这是怎么了?你们难道是要和雅各布算账,像个什么小商贩那样?你们已经不记得了吗?来这儿以前,你们是什么样子?要不是他,你们会是什么人啊!小商贩,肉铺里卖肉的,胡子拖到裤带,几分钱都要缝进裤袋里头。你们已经都忘记了吗?"

---

① 约等于 7120 克黄金。

马耶夫斯基——以前的希莱尔，已经搬去了立陶宛，很少能在华沙见到——站出来叫喊说：

"可我们还是原来那个样子！"

弗朗西舍克·弗沃夫斯基安慰雅各布夫斯基说：

"彼得兄弟，你不要心怀不满。我们都坚定不移地为信仰贡献了很多自己的金钱，还有我们一直辛勤地工作。"

"他因为我们坐了十三年的监狱，当初我们背叛了他。"雅各布夫斯基说。

"没有人背叛。"年轻的兰克隆斯基回应道，"你自己说过，当初必须如此。你当时说，我们整个主的团体，经过那十三年，已经坚强了起来，我们经过了考验，没有脱离我们的道路。"

有人从墙脚那边出声，大概又是那个塔塔尔凯维奇，说：

"我们都不知道，那究竟还是不是他。他们说，他被换了。"

"你住嘴。"雅各布夫斯基叫喊道。但让他意外的是，戈林斯基站出来抨击道：

"我们是谁？现在我是谁？我原来是布斯克的拉比，那时活得很滋润，现在已经回不去了，我已经破产了。"

雅各布夫斯基气得发疯，冲向他的朋友，抓住了他的衣领。桌上的纸张飘落一地。

"你们都是些卑微刻薄的小人。你们已经忘却了一切。你们都该在洛哈特恩、波德盖齐、卡缅涅茨的狗屎堆里待着。"

"还有布斯克的狗屎。"那个来自立陶宛的马耶夫斯基恶毒地丢过来一句。

雅各布·戈林斯基孤独地一路步行回到了家，心中焦虑不安。妻子很早就去了布尔诺,待在女主身边,已经好几个月没有音讯。本来他还希望雅各布夫斯基会捎来妻子的信,结果却没有。他的心思稍微转移了一会儿,随后就被刚才那场争吵冲昏了头,之后就再也无法恢复平静了。

他在波多尔斯基的账目中看到的数字,让他思绪万千。他的心中有自己的盘算,他原来是王室的布料供应商,那时生意已经做得很大了,但现在都结束了。他剩下了大捆大捆的料子,昂贵而奢华的料子,如今已经没有人来找他购买了。他信了自己的好运势,将自己的所有积蓄投入了布尔诺的事业,相信那里的事业能很好地供养自己和家庭。然而现在突然间,他看待此事的视角完全不同了,仿佛鳞片从双目脱落般恍然大悟。为什么他的玛格达没音信了?迄今为止他一直都不想思考这件事情,因为忙。然而现在,在他脑子的最深处,他生起了怀疑,几乎是确定,就像恶性肿瘤一样,像是脑子里的肉正在腐烂——她肯定是跟了别人。

戈林斯基一夜没睡,一直翻来覆去,脑海里回放着那场激烈的讨论,又看到雅各布夫斯基躲闪的目光,这让他燥热起来。他已经感觉到了,他知道了,哪怕他的脑袋根本不想往这方面想。在再次计算了一遍债务后,他在半梦半醒中看到了老鼠,正在啃食他存放着的深红色锦缎和白色的绫子。

第二天,他没吃早饭就步行去了杜加大街上雅各布夫斯基的家。睡眼惺忪的主人还穿着衬衣和睡袜,模样憔悴而疲倦,穿着脏袜子的脚互相蹭着。瓦依格薇穿着衬衣,胡乱挂着件羊毛围巾,一声不吭地进厨房点起了灶火。过了一会儿雅各布夫斯基两个困倦的小女儿迎了过来,名叫芭芭拉和阿努霞。雅各布夫斯基一直看着他,过了好一会儿才问道：

"戈林斯基，你想从我这儿要什么呢？"雅各布夫斯基一边问着，一边做了个动作示意妻子把孩子们领走。

"你告诉我，那里发生了什么。我的玛格达怎么了？"

雅各布夫斯基的目光从自己袜子上移开。

"进来。"

纳赫曼-彼得·雅各布夫斯基的小房子乱糟糟的。一些地方堆放着篮筐和箱子。屋里闻得到煮卷心菜的气味。他们靠桌坐下，雅各布夫斯基把上面的纸张收拾了起来，并仔细地把鹅毛笔擦净，收在了盒子里。高脚酒杯底部残留着一点葡萄酒。

"你说！她怎么了？"

"她能怎么样啊？我怎么会知道？我一直在旅途中，你不知道吗？我不和女人们坐一起聊天的。"

"可你去了布尔诺。"

一阵寒风撞击着窗户，窗户吓人地抖动起来。雅各布夫斯基起身关上了窗板。房间里变得很暗。

"你记得吗？我们以前在巴谢托那里睡在一张床上。"戈林斯基说着，像是在抱怨。

雅各布夫斯基叹了口气。

"你知道那里的情况，你自己见过的。你在琴斯托霍瓦，在伊瓦涅都见过。在那儿没人替你看管妻子，她是个自由的女人。"

"我从来没靠得那么近过，我不是你们那些'兄弟'中的一员。"

"可你看见过的。"雅各布夫斯基说得好像是绝望的戈林斯基要为一切负责似的，"是她自己要求的。现在她和主的护卫在一起了，那个席曼诺夫斯基。他骑着马儿可真像个哥萨克人……"

"哥萨克。"戈林斯基不由自主地重复一遍,彻底崩溃了。

"我跟你说这个,戈林斯基,是因为我们是朋友,看在我儿子死后你对我的帮助,看在我们以前曾在巴谢托那里睡同一张床……"

"我知道。"

"假如我在你的位置,我就不会担心,你还能指望什么呢?他们都是为了我们所有人的利益……在世界上最伟大的主身边,伟大的宫堡……你想让她回来,就让她回来好了。"

戈林斯基站起身来,在屋里来回走,往一边走两步,再往另一边走两步。然后他停了下来,深吸一口气,哭了起来。

"她自己没要求的,我知道这是肯定的……肯定是他们强迫了她。"

纳赫曼伸手从橱柜拿出另一个酒杯,倒上了葡萄酒。

"你可以把你所有的货拿到布尔诺卖掉。虽然这样肯定会有一点损失,锦缎在那儿已经不像曾经那样好卖了,但你总可以得到一部分钱。"

戈林斯基在一个小时内就打好了包,用汇票借了钱上路。几天后他到了布尔诺,肮脏而疲惫。他把货放进仓库,立即去了彼得堡大街。在大教堂边的房子那里,他用帽檐遮着额头,向几个人问路。每个人都给他指了路。他想敲门进去,像正常人那样让人通报。但是突然,他心中生出了一种巨大的疑虑,他感觉自己仿佛正在走向战场,于是在大门口的街对面驻足。此时天色尚早,大街上是晨光投下的长长的阴影。他站着,把帽子再压低了一点,等待着。

起先,大门开启,一辆手推车从里面出来,带走了垃圾和废弃物,随后走出了几个妇女。戈林斯基不认识她们,她们带着柳条编的篮子往山坡上走,可能是去市场。然后,一辆拉着蔬菜的货车停了过来,后面是一个骑马的人。后来，不知从哪里来的一辆马车驶进了里面，快到中午才离开，而这时大门口突然出现了动静。戈林斯基好像看到了两个女人，其中一个是兹维什霍夫斯卡，她把什么东西交给了一名信使或邮差，另外一个是年老的切尔尼亚夫斯卡。里面二楼的一个窗户的窗帘拉开了，闪过了一张脸，戈林斯基不知道是谁。他的胃因饥饿而有点绞痛，但他不敢离开，怕错过什么特别重要的事情。就在中午时分，大门再次开了，街上出现了一个小小的行进队伍，多数是年轻人，他们要去大教堂做弥撒，但他还是没能认出任何一个人。直到最后，他看到了自己认识的邓波夫斯基，他穿着波兰式的衣服，和他妻子一起。他们默默地走着，消失在大教堂里。戈林斯基明白了，弗兰克和阿瓦查都不在这里。他上前抓住了一个迟到的年轻人的袖子，问道：

"主在哪里？"

"在维也纳，和皇帝在一起。"那人善意地回答他。

戈林斯基当晚在一家客栈过的夜，那里干净而时髦，并且一点都不贵。他在里面洗了澡，好好地睡了一夜。他睡得像块石头。第二天早上他赶往维也纳，依然被同样的不安驱使着。

他花了一整天的时间到达了格拉本，主现在住在这儿。大门的入口处守着卫兵，怪模怪样的、穿着亮闪闪的、红红绿绿的制服，帽子上插满了羽毛，手持长矛。他们毫不通融，不让他进去，要求先向里面通报，可直到晚上都没有回音。晚上的时候，一辆富丽堂皇的马车驶来，旁边是几名骑着马的侍卫。

当他正要上前时，侍卫很粗鲁地拦住了他。

"我是雅各布·戈林斯基。主认识我，我必须要与他见面。"

侍卫们命令他明天早上先递上一封信。

"主在下午才会接见来客。"一名穿着怪异制服的侍卫很礼貌地对他说。

公告，即一封告发信

玛利亚·特蕾莎·哈布斯堡，天恩浩荡的神圣罗马帝国女皇，德国、匈牙利、捷克、加利西亚及洛多梅里亚的女王，奥地利大公夫人，勃艮第、施蒂利亚、卡林西亚、卡尼奥拉、特兰西瓦尼亚的女公爵：

作为女皇陛下的臣民，我出生在距离利沃夫四英里的格林诺，并在那里长大，我曾是那个城市的拉比。事情是这样的。在1759年，那里出现了一个叫雅各布·弗兰克的人，据说是新信徒，目前居住在布尔诺。他是一名犹太学者的儿子。他的父亲被怀疑信奉沙巴泰邪教教派，被乡镇驱逐，后来定居在摩尔多瓦地界的切尔诺夫策。那个雅各布·弗兰克虽然出生在科罗洛夫卡，但却在世界各地周游，并结了婚，有了一个女儿。后来他接受了穆罕默德的信仰，被沙巴泰信徒们奉为哈哈姆。

我很惭愧地承认，我自己也属于这个邪教，也是崇拜他的信徒之一。在自己的愚蠢之下，我不仅把他认作一个伟大的哲人智者，而且当他是沙巴泰的精神化身，以及创造奇迹的人。

1757年初，这个弗兰克来到波兰，召集起所有的信徒，一起前往伊瓦涅；那是卡缅涅茨教区主教的产业，他们都搬迁了过去。他在那里宣布伟大的主和王沙巴泰·泽维必须要皈依伊斯玛仪派，宣称神巴鲁赫吉也必须经过这样的信仰转变，转信东正教。而他，雅各布，也必须要皈依拿撒勒人的信仰，因为拿撒勒人耶稣只是果子的表皮，他的到来是为了给真正的弥赛亚铺平道路。这就是为什么我们全体都必须在形式上接受这种信仰，并且还要在基督徒的眼中做到比基督徒更用心地尊崇这个信仰。我们必须虔诚地活着，但唯独不能与任何一个基督信仰的女人结婚，尽管神圣的主，也就是巴鲁赫吉曾经说过："受到神祝福的，是允许一切被禁之事的人。"他也说过，外来神的女儿是被禁止的。因此，我们不得以任何方式去和外族结合，只能在心灵的深处忠于我们与三王——沙巴泰·泽维、巴鲁赫吉和雅各布·弗兰克——的联结。

在经受了犹太人对我们的许多迫害之后，1759年秋天，在卡缅涅茨教区和利沃夫教区主教们的庇护下，我们接受了洗礼。

弗兰克，来自土耳其的穷人，很快得到了很多钱，其中也有我的付出；一开始我就给了他二百八十达克特金币。

随后，这位弗兰克去了华沙，在那里他向所有的人宣布，他是生与死的主宰，那些全心全意相信他的人，将永远不会死去。

然而，当一些他最亲密和最伟大的支持者去世之后，他被要求做出解释。他说，他看到他们并不是真诚地信仰他。

他周围的一些人想要对他进行测试，就向教会当局报告了这一切……

"当初是这样吗？"戈林斯基问那个向他口述的人，他把对方的话用自己优美的字体写下来，只是偶尔在用德语表达长句时有点磕磕绊绊。但对方不作回答，于是戈林斯基继续写道：

……该案被提交到由王室办公厅、座堂公会和主教所组成的法庭上。这些团体中的大多数人公开承认了错误，承诺将放弃此类活动，并从今开始按照基督教的方式生活。该弗兰克被判处无期徒刑，囚禁于琴斯托霍瓦的修道院中。可惜的是，已被撒旦附体的人，很是知道如何将人们吸引到他的身边。

人们纷纷前去他的监狱探望，并给他丰厚的献礼，他们中的很多人一直陪伴着他。他懂得如何对他们进行说教，说他的被囚是必要的。我不得不再次羞愧地承认，我也去了那里，在他的牢狱中陪伴他，直到他的妻子去世，并参加她的葬礼。

他妻子的去世给很多人留下了深刻的印象，就像是弗兰克的教义一样，他赞扬那些冒犯自然和人们习俗的行为。就在这一时期，我离开了他，变成了他的敌人。我在抛弃了琴斯托霍瓦之后就回到了华沙，与我的妻儿们住在一起。我的这位妻子在布尔诺弗兰克的宫堡里住了四年，不久前还与某个伴侣一起生活……

戈林斯基的手在"伴侣"这个词上停了下来。

"这你也知道？"他问道。

那人不予回答，于是戈林斯基停顿片刻后继续写道：

……她曾与弗兰克还有他的女儿住在维也纳，现在回到了布尔诺再次与我相见，并重新感受到了对我的某种天然的柔情。她告诉我说，神圣的主——信徒们都这样称呼弗兰克——还在琴斯托霍瓦时，曾下令将我和其他反对他的人在睡梦中杀死。

"这可不是事实。这是从来没有过的事情。"戈林斯基吃惊地说，但还是写道：

她得知了此事，因为她在那里是被完全信任的，她是弗兰克身边一名最忠诚信徒的女儿。她警告了我，想让我得救，想让我马上离开。因此，我向王室当局提起了控告，并且开始进行侦查，预先将我的证词在一份备忘录里记录了下来，现存于华沙备查。

当华沙爆发了骚乱，弗兰克找到了办法，在俄罗斯军队的帮助下，从狱中获得了自由。然后他就去了布尔诺，在这里不受惩罚地传播他自己的魔鬼信仰。

他的那些车夫、侍从、帮手、骠骑兵和枪骑兵，总之他身边所有的人，全都是接受了基督教洗礼的犹太人。每隔十四天，来自波兰、摩拉维亚，甚至是汉堡的丈夫们、妻子们、儿子们和女儿们，都来到他这里，带着丰厚的献礼，还有马匹；他们都是来自相同邪教的改信了基督的人。这个邪教，看得出来，已经遍布全世界了。他们亲吻他的脚，在那里逗留几天后才离开。他们走后又有其他的人来接替，这一类的害虫日日都在繁衍。

我非常清楚地知道，我的这些话并不是什么证据，而我也做好了自己会入狱的准备，直到皇帝陛下的侦查证实这些有史以来闻所未闻的事情，以及我所做出的指控……

戈林斯基思索了片刻措辞，接着写道：

……将在所有的方面都得到证实。

因此，我谨向皇帝暨使徒王陛下致以最谦卑的恳求。考虑到此案的重要性，可以让我与雅各布·弗兰克在维也纳当面进行对质，揭露弗兰克的全部罪行，并帮助我收回他从我这里拿去的一千达克特金币。同时，由于我迄今为止所犯的那些错误，我希望能通过这份公开的认罪来偿清,我期望能得到宽恕。

尊敬的皇帝暨使徒王陛下最谦卑的仆人

雅各布·戈林斯基

咖啡加牛奶,饮用的后果

咖啡加牛奶,将这两种饮品混合饮用的新时尚,很可能给雅各布带来了伤害。开始是轻微的消化不良,但很快消化功能似乎完全停止了,身体立刻虚弱下来;这种状态似乎只能让人想到当时他在琴斯托霍瓦所遭遇的,他被下毒时所陷入的那种虚弱。此外,那些债主也使他陷入困境,他没有什么可以偿还给他们的,因为大量的资金已经流入了维也纳,还有在一次次派出使节的过程中损失掉了。此时,他还在等着卡普林斯基、帕沃夫斯基和弗沃夫斯基带着华沙的钱过来。他下令降低所有食品的档次,并将一些增加宫堡供给负担的客人送回家。他的身体已经如此虚弱和疲惫,甚至连坐都坐不起来。他只能口述发往华沙的团体的指令,给他所钟爱的伙伴们。他提醒他们,要像树一样坚强,尽管它的枝叶被风吹动,但总是能够孤独地挺立;他要求他们要有一颗坚强的心,保持勇敢。他在信的结尾写道:"没有什么可怕的。"

这封信耗尽了他的体力,当晚他就沉沉地睡了过去。

这场身体危机持续了好几天,当主在睡梦中昏沉的时候,只有护理人员在一旁用海绵润湿他的嘴,并更换床单。窗户都遮上了,集体用餐也都取消了,现在只提供简单的食物:面包和粥,再加一点油脂。二楼,主的房间所在的地方,完全不让人进入。值班表由兹维什霍夫斯卡来确定,她又高又瘦,弓着腰,在走廊里来回巡查,系在胯上的钥匙串叮当作响。在某天清晨,她睡眼蒙眬地去开厨房的门时,猛地看到,主身上只穿着衬衣,光着脚站在门前,双腿摇晃。警卫们早已沉沉睡去。而他,痊愈了。兹维什霍夫斯卡唤醒了整个宫堡,人们全都脚下生风地开始炖煮鸡汤。而他,却根本碰都不想碰一下。从此开始,他只吃烤鸡蛋为生,不再吃面包,不再吃肉了。他只吃那种鸡蛋。而奇怪的是,他的身体竟然迅速地康复了。他又开始了独自的散步,远离城市。兹维什霍夫斯卡小心地派人跟着他,以防万一。

一个月后,他彻底恢复了。他隆重地前去普罗斯捷约夫拜访多布鲁什卡一家,那里有一个每年一次的聚会,欧洲各地正统派信徒主持的聚会,就在多布鲁什卡的家里。他们对外假装这是家庭的年度节庆,于是外面无人知晓这是怎样的聚会,是些什么人的聚会。类似于伊扎克·邵尔的婚礼,这回是亨利克·弗沃夫斯基的,如同二十七年前一样,来的还是相同的一些人。雅各布·弗兰克乘坐着华丽的马车抵达,周围簇拥着一支他自己的骑兵队,其中有一名受了轻伤;布尔诺城外的犹太人攻击了他们,但对方的装备太差了,总是手持子弹上膛的枪支的席曼诺夫斯基开了几枪后,他们就纷纷逃走了。

这一切都被彦塔看在眼里,因为出现的这一切是如此似曾相识,这引起了她的注意。这一刻的发生在时间上都十分相似。时间的线索有着自己丝丝入扣的结点,事物每隔一段时间就会发生对称的情况,每到一个时间点就会重复发生些什么,就好像一切都由副歌和主题支配着,这看起来有些尴尬。这种秩序对头脑来说是种麻烦,不知道该如何应对。混沌总是让人看起来更加自在和安全,就像是自己抽屉里的乱象。而现在,在普罗斯捷约夫,就像二十七年前在洛哈特恩,当时,彦塔在那个可供纪念的日子里并没有完全死去。

马车在泥泞中行驶着，车上的人们身上穿的外套都已经湿漉漉的。低矮的房间里闪烁着昏黄的油灯，胡须浓密的男人们和裙子厚重的女人们散发着无所不在的烟味、湿木头的气味和煎洋葱的味道。这会儿，沿着摩拉维亚的大道，车厢下装着弹簧的马车正在前进着，座位上铺着软垫。马车一直行驶到了多布鲁什卡家的大宅前。人们整洁干净，营养充足，穿着漂亮，彬彬有礼，神情专注。他们在院子里欢迎来客，从他们身上能够看到，他们把整个世界都当成是自己舒适的家。他们彼此之间友好亲切，表明这是一个大家庭的相聚。事实就是如此。两家客栈向他们出租客房。小城的居民好奇地观看着这些像唱歌一样讲着德语的来客，然后很快就散去了。也许这是多布鲁什卡家的美好纪念日吧，他们是犹太人，这人人都知道，这里有很多的犹太人。他们诚实生活，辛勤工作。他们和别的犹太人有些不一样，可谁都不太关心是哪里有所不同。

这时，女人们与男人们小心地分开，并将这样在团体里度过整整三天时间，详细地聊聊关于谁、什么时候、与什么人、如何、因为什么以及在哪里等问题。这些交谈日后将会比制定教义产生更多的益处。她们提出对婚姻的想法，为尚未出生的孩子确定时尚的名字，讨论治疗风湿病的好地方，并将正在寻找好工作的人与需要员工的人联系起来。早晨，她们诵读神圣的经文，并进行讨论。午后，她们给自己安排音乐课程，舍音戴尔和她的女儿们都很有才华，有相当多的乐谱。当姑娘们演奏时，舍音戴尔等年长的女士们会端起一杯樱桃酒，开始自己的讨论，一场不输于隔壁男人们的有趣讨论。

多布鲁什卡家的一个女儿布鲁梅薇，才华出众。她用钢琴伴奏，演唱了一首译为德文的正统派古老歌曲：

在铁打的藏身之地，来自空中的气球，
我的灵魂之船正要启航，
勿要困锁在巴比伦的心脏里
也不能在任何人造的城墙中。
没有什么会关心人的名誉，

如同宴会上所请宾客的建议，
温柔，有礼，富有含义的情绪。
灵魂超越了防线，
你的秩序，卫士们毫无作用，
秩序的话语已经遗失
或是有什么话语已经无法理解。

不知什么是快乐，什么是夜晚的恐惧，
而你的美，如同一个穷亲戚，
送进森林，丢去沙地。
上帝，依然持续，在天际，
赐予我你的话语，让我能承接起，
那时，我才能赶上你的真理。

　　她纯净的嗓音传达得如此清晰，一些原本站在他们门口的男士，一边听着讨论，一边小心地退出，蹑手蹑脚地转移到了女士这边。
　　托马斯为此次重大的聚会特意从维也纳赶来。他一开始就理所当然地先到了女士们这边，他想在严肃的交谈之前，先能轻松地聊聊。他从维也纳带来了一种新的社交游戏，要用手势表达一句话的内容，然后让别人去猜。姿势和表情是最民主的语言，不会有任何他们这里所讲的奇异口音的障碍。他承诺要在晚上有空娱乐的时候玩这个游戏。他先把自己朋友翻译的《奥西恩诗集》留给了她们。晚上，他去看那些读诗的女士。艾娃无法理解那种伴随阅读而来的兴奋，也没感受到让女孩们落泪的那种情感。

在男人们中间，托马斯谈论了共济会的思想。这个话题在外省年老的兄弟们中间早就激起了好奇，而他身为舍音戴尔的儿子，又属于共济会，于是他给他们做了一个小型的讲座，随后开始了热烈的讨论。令兄弟们记忆最深的是其中的一段，托马斯讲道，在这个由不同群体派系所建构的分裂的世界中，各派的态度不同，而共济会是唯一一处心灵纯粹者、抛弃迷信者和开放者们能够相聚和行动的地方。

"你们指给我看看，还有什么别的地方是犹太人和基督徒可以一起交谈、一起讨论并共同付诸行动的，而且还不受那些将人区分为好坏的教堂、礼拜堂、政权系统和等级体系的耳目的监视？"他对着那些人的头顶上方呼喊，白色的丝绸领结都松开了，先前长而卷曲的整齐头发，此时也一片散乱。托马斯好似有了灵感，他说道："这两种敌对的体系不停地相互挤压，不停地相互猜疑，彼此认定对方行为不端、思想谬误。我们好像自出生起就被卷入了这场冲突，一些人生来就像是其中的一类，另一些人像另外一类。至于我们到底想要怎样生活，已经无所谓了……"

后面有些人提出抗议。一场激烈的论战开始了，这使得托马斯无法再继续完成他的演说。如果不是因为他是东道主，而且晚上的会议往往不太正式，否则他们早就把他轰下来了。很显然，扎尔曼的儿子头脑太热了。

雅各布在当天的最后发言，他大刀阔斧，大张旗鼓。他的讲话中没有任何之前那些发言者（除了托马斯之外）的无聊枯燥——那些人各显神通地提出了姓氏埃伯舒兹的各种变体。雅各布的讲话中，丝毫没有关于他自身和关于圣母的内容；他年轻的外甥此前特别提醒了他，他听从了。相反，他讲述了皈依"以东的宗教"早已成为一种绝对必要，且没有其他的可能性。人们需要为自己找寻到一个可以尽可能保持独立，并按照自己的律法去过平安生活的地方。

当听到在角落里传来某些愤怒的叫喊时，雅各布转过身来，说：

"你们都知道我是谁，我究竟是如何成为我的。我的祖辈，莫伊热什·迈伊尔·卡门凯尔，在我出生的前一年被抓，因为他从波兰往汉堡偷运正统派的书籍，并因此进了监狱。我知道我在说什么，而且我不会有错。我不能犯错。"

"那你为何不会犯错，雅各布？"房间里有人问道。

"因为在我之中有上帝。"雅各布答道，脸上带着美好的微笑，露出他仍然洁白而健康的牙齿。

现场变成了乱糟糟的一片，有人吹响了口哨，想让所有人安静下来。

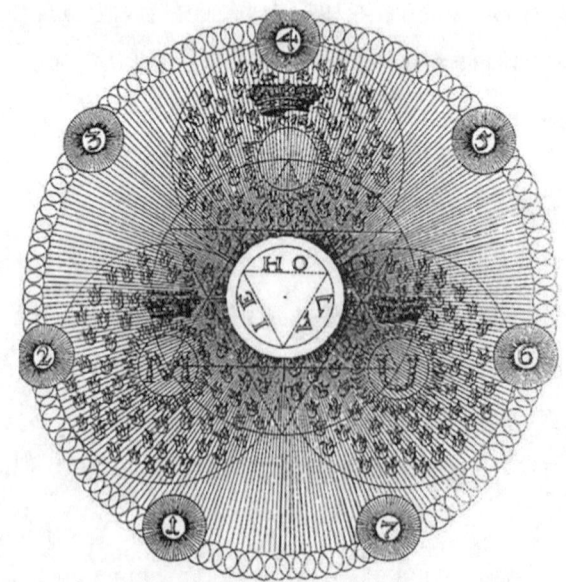

深夜，女士们和年轻人们还在玩着多布鲁什卡的新游戏。窗户里不断爆发出笑声。游戏的绝对赢家是阿尔托纳的拉比的年轻妻子凡妮，她是最激烈地反对托马斯的人。

主的疝气和主的语录

布尔诺的宫堡现在已经不像曾经那样拥挤，但仍然还有罗斯、波多利亚和华沙的正统派信徒们前来。这些是比较贫穷的客人，他们应该受到接待。由于长途跋涉的脏乱，有些看上去就像是野人，正如这位头发脏乱的妇女，她不敢修剪头发，害怕剪掉头发的同时会丢掉性命。主安排在她睡着的时候给她剪去那些脏发，然后为其祈祷，再庄重地将其烧掉。朝圣者躺卧在房子里的各个地方，还躺在庭院的厨房里；那里分隔出很多间给朝圣者的屋子，但也根本不够。于是他们在整个周边地区租房子。白天的时候，他们还是要来到主的面前。主只需看一眼，就已经能够判断出这些是怎样的人，并按照对他们的不同看法，对这个人讲些童话、传说和轶事，对另一个人解释学术书籍中艰深复杂的语句。

在光明节时，主亲自点上蜡烛，但他禁止做犹太教的祈祷。而在赎罪日时，他下令举行歌咏和跳舞活动，就像之前在伊瓦涅和更早的时候一样。

主邀请维泰勒·马图舍夫斯卡来自己这里过夜，她刚从华沙过来，原来在华沙跟孩子们在一起。主很高兴她的到来，他让她刮掉体毛，剪好头发，修剪脚上的指甲。维泰勒进了门，跑着来到他的面前，向他跪下，弯下身子，但主把她扶了起来，拥抱着她。维泰勒的脸红得像牡丹花一样。主同样热情地迎接了她的丈夫马泰乌什。

当艾娃·兹维什霍夫斯卡生病后，维泰勒承接了她的职责，并开始进行强力的管理。她驱使年轻的、闲散的、懒惰的男人们去园子里干活儿，清除遍布石头之间的杂草，即时清扫招引来成群苍蝇的马粪。她还安排车子运来更多的水，组织大家在大木桶里腌制酸黄瓜。主只允许维泰勒一人可以对自己稍有抱怨。她甚至还可以冒犯主，就比如她责怪主——已经有一些女人向她抱怨了——总是指定更适合丈夫而不是妻子的性交活动。

"要是你，你会怎么做呢？"雅各布问，"那是上帝告诉我的。"

"你必须敏锐地观察，谁和谁彼此亲近，谁喜欢谁，谁不喜欢谁。要是你指定的一对儿，他们相互讨厌，这只会带来耻辱和痛苦。"

"这样做不是为了让他们从中享乐。"主向她解释说，"重点是他们必须相互分开，并相互接近。这是为了使他们变得完整。"

"'相互分开'——用你的说法——这对丈夫比对妻子而言更容易。可女人们事后的感觉非常糟糕。"

主认真地看着她，对她所说的事情感到惊讶。

"让女人们有权利说'不'吧。"维泰勒说道。

雅各布回答说：

"这你可不能大声说出来，因为这样的话她们的丈夫就会命令她们说'不'的。"

维泰勒过了一会儿说：

"她们不会那么傻的。女人们很乐意与别的男人们在一起……很多只是在等待着准许，即使没有得到准许，她们也会去做的。她们过去一向是这样，将来也会是这样的。"

从普罗斯捷约夫回到布尔诺后，雅各布又病了。维泰勒·马图舍

夫斯卡认定，他的病是由于过量食用了当地食物中的赫尔梅林奶酪，主把这些东西加热后吃了太多。没有谁的胃可以消化这些，这会把胃灼伤的。而这次，痛苦的疝气又复发了。他的下腹部，差不多腹股沟的位置，出现了鼓包，在肚子上突了起来。这在伊瓦涅的时候就发生过。维泰勒和那些日夜服侍主的女人兴奋地告诉人们，说主有了两个阳具。大家在厨房里讨论，说一旦有什么重要的事情将要发生，主的第二个阳具就会出来。女人们咯咯地笑着，脸颊变成了粉红色。

疝气，据说是无药可治——也许这实际上是一种看得见的来自上帝的祝福——但主治愈了自己。在布尔诺郊外，主最喜欢的森林里有片橡树林，主在那儿挑选了一棵年幼的橡树，让人竖着劈成两半，然后点起火堆，再把烧焦的灰烬和石头一起放在了患处，用枝条将其包裹起来，并命令所有人离开。主这样弄了几次后，疝气就消退了。

与此同时，他派人去维也纳接艾娃，并带来一位专门绘制微型肖像的艺术家。他下令绘制三幅。艾娃很不满意，因为她被带离了皇宫，而皇帝会随时召她回去。微型肖像被送往汉堡和阿尔托纳的正统派弟兄们那里，并以此请求他们对宫堡和女主提供经济支持；女主在同皇帝交往，主下令反复强调这一点。

在每次都要持续到深夜的晚间授课中，雅各布先是讲述童话故事和寓言传说，然后开始更严肃的讨论。听众坐满了所有可以坐得下的地方：年长者们坐在椅子、沙发和为此从餐厅搬来的长凳上；年轻人坐在地板上随处放着的土耳其坐垫上。那些不听夜课的人，脑子里思考着自己的事情，时不时被某人相当不明智的问题或不时爆发的笑声打断了思绪。

"你们记着，我们将采取三个步骤。"主开始了演讲。

三个步骤：第一步是洗礼，第二步是通往达阿特的入口，第三步是以东王国。

近来，主最乐意谈到达阿特，它在希伯来语中的意思是知识，最伟大的知识，与上帝所拥有的知识相同。而这种知识或许对人类而言也是可及的。它也是生命之树中的第十一个质点，就位于生命之树的里面，而且自始至终都无人认得出来。那些与雅各布同行的人，会直接进入达阿特。当他们到达之时，一切都将被废除，包括死亡。这将会是解脱。

彦杰伊·邓波夫斯基在授课中分发印制好的卡片，上面就有生命之树的形象。他不久前刚刚想出了这个主意，很高兴他们用上了现代的、开明的学习方法。以这种方式，听众能够很形象地掌握在创世的整个计划中救赎所在的位置。

对物质进行神秘实验的诱惑力

托马斯·冯·舍恩菲尔德在父亲死后，与哥哥和弟弟们投资海外贸易，此时已经获得了第一笔利润。他每年前往阿姆斯特丹和汉堡几次，同时也去莱比锡，并从那儿带回利润可观的合同。他的弟弟在维也纳开设了一家小银行，放贷收取利息。托马斯还为皇帝做着一些有关土耳其的调查工作，详细情况不得而知。在调查过程中，他十分高兴能向与那边联系密切的舅舅雅各布·弗兰克寻求帮助。

雅各布常常给他写信，通过他从维也纳的一些银行借钱；托马斯随身携带银行汇票。他劝说雅各布将来自波兰的金钱以放贷的方式收取利息，或者进行适当的投资，而不是像掌管宫堡财务的切尔尼亚夫斯卡和她丈夫想的那样，放在地下室的木桶里。

但在这段特殊的亲密关系持续期间，最重要的事件是托马斯所说的那些"兄弟"奇怪的来访，例如埃弗莱姆·约瑟夫·赫希菲尔德和内森·阿恩斯坦，来自维也纳的两位富有的工业家；伯纳德·埃斯克勒斯，对金钱毫无兴趣的银行家；或是托马斯·冯·舍恩菲尔德的那位教父，身为伯爵的出版商。这位伯爵很快将要为他的教子申请一个贵族头衔。

目前，托马斯用"冯"这个称呼还没有法律依据，尤其是去德国和法国的时候。他同时也开始了为弗兰克获取男爵头衔的各种努力，往来通讯，组织材料。在布尔诺这里，使用多布鲁什基这个姓氏是更加合理的，因为雅各布与普罗斯捷约夫的多布鲁什卡家族有亲缘关系。因此，约瑟夫·多布鲁什基伯爵，成为雅各布在身穿紫色大氅的特殊场合时的庄重称呼。

早在玛利亚·特蕾莎于1780年去世之前，她儿子的书桌上就有过一份请求函，要求给予雅各布·弗兰克一项奥地利贵族的称号，因为他已经有了波兰的头衔。这是托马斯·冯·舍恩菲尔德以法律文件的体例、优美的措辞和令人信赖的文风所书写的。第二份文书是由一位谨慎而忠实的秘书所附上的，这封信以一种典型的密信方式书写：客观、不容置疑，同时又像是一种嘱托。

……应该认识到，这在过去就已经存在，如今依然不可避免地存在着：一门未被广泛接受的科学，与那些看似是自然却往往被理解为超自然的东西有关，以及一种传统，即借助对周期的信仰，来检视我们星球上所发生的一切事物。这一传统勇敢地掌管了我们这些敬畏上帝的天主教徒所不敢涉及的事情，即思考神性本质的问题。据说，这种学问包含在被称为《光明篇》的迦勒底人的智慧经籍之中。这些智慧在其中以一种不清晰的，甚至是故意的象征性的方式表达，为的是让那些不会使用数秘术和希伯来象征符号的外人无法理解。这同样也适用于犹太人——他们之中只有极少的人能够理解其中所写的内容。那些能够做到的人当中，就包括居住在布尔诺的、服从于陛下的弗兰克。这类人的知识足以让他们对物质进行神秘的实验，足以让那些不懂的人感到惊奇。这纯粹是魔术，却能够在这些人的周围创造出不寻常的气氛，让人们对他们的事情构建出一些错误的推论。然而，有人说，在第二圣殿被毁之后，这一知识的残余散布于整个东方世界，主要在阿拉伯国家，而阿拉伯人将其转交给了圣殿骑士团。

皇帝此时深深地吸了一口气，要不是认出了信上一个熟悉的名字，他就会停下来了。于是他接着读道：

……人们将其带回欧洲，催生出了众多邪教教派。这样的知识或是某些片段，成了共济会信仰及其中心活动必不可少的基石。然而并不是所有的人都是这样，只是那些最重要的成员，其中之一就是托马斯·冯·舍恩菲尔德，别名摩西·多布鲁什卡……

"女士，你父亲能做出金子来吗？"皇帝问艾娃，这是在几天之后，当她出现在美泉宫卧室的时候。他称艾娃为"我的小鸟儿"。

"当然啦。"艾娃回答说，"我们在布尔诺的房子下面，有条通向秘密金矿的通道，一直通向西里西亚呢。"

"我是认真地问你。"皇帝说着，皱了皱眉，一条垂直的竖纹出现在他干净无瑕的额头上，"有人跟我说，这是可能的。"

莫扎特的歌剧《费加罗的婚礼》在维也纳首演。在该剧于法国首演之前，应皇帝的要求，一位优雅、高大健壮，但并不年轻的男士走近艾娃。他白色的假发无可挑剔，精致的装束与维也纳人的穿着迥异。毫无疑问，他是直接从巴黎来的。

"女士，我知道你是谁。"他斜视着艾娃，用法语说道。

这是对艾娃的奉承，因为他在众多著名的女士之中认出了她。她想就此结束这次交谈，但这位时髦人士接着说道：

"女士，你和我一样，对这场演出并不熟悉，对吗？"

艾娃有点害怕。她想,这是个无礼的人。她想离开,不由得在人群中找寻起她父亲。

"看得出来,女士,你的高贵和美貌有着更为深刻的本质。说句我纯洁的心里话,女士,你就像是这平凡屋顶之下的一颗迷失的星星,就像是最纯净的彗星上遗落的火花……"陌生人还在继续说着。他虽然不是初出茅庐的小生,可仍然还很英俊。他扑了粉的脸,让艾娃觉得看不透。她眼角的余光看到了其他女人饶有趣味的目光。

因为当天晚上皇帝的兴趣不在她身上,很快就和他觉得更为新鲜的那位情妇消失了,所以艾娃与这位陌生人消磨着时间。他太老了,她无法像对待男人那样对待他;他太柔软,太过健谈了,从根本上说,艾娃完全没有拿他当男性看待。他们去了吸烟室,同伴敬上了优质的香烟。他还给她拿来了香槟酒。奇怪的是,两人聊起了狗。艾娃抱怨说,她养的那些灵缇犬太过娇贵,让她觉得傻傻的。她想念自己小时候养的狗。这个男人表现出了对狗的习性及养育秘诀方面的丰富知识。

"大型犬容易生病,而且寿命较短,灵缇犬就是个例子,因为它们近亲交配,最终会彻底退化,就像人类。"这位老时髦加了这么一句。他认为适合艾娃的是小型犬,很勇敢的那种,小狮子一样的狗。人们在西藏养这种犬,据说是一种神犬。

谈话不知如何也不知何时涉及了"杰作"[①]。这个题目令所有人着迷,虽然没几个人真正深入过,多数人只追求金子。要知道,炼金术是通向智慧的捷径。而且,贾科莫·卡萨诺瓦向艾娃·弗兰克错综复杂地解释了"杰作"每一个阶段的含义。此时,他们正谈到炼金术四

---

① 在炼金术中,"杰作"(Magnum Opus)是一个术语,指将原始物质炼成贤者之石的过程,共为四个阶段:腐烂黑化(Nigredo)、洁净白化(Albedo)、光芒黄化(Citrinitas)、最终红化(Rubedo)。

个阶段中的第一阶段"黑化"。

艾娃按了按肚子。她已经辞退了玛格达·戈林斯卡那个长舌妇。玛格达回布尔诺去了，嫁给了让她拒绝了戈林斯基的席曼诺夫斯基。只有阿努霞·帕沃夫斯卡知晓一切，却绝不乱说。她帮艾娃束紧腰身和臀部，做的时候显得十分自然。她很娇柔，却十分坚定。艾娃的父亲曾经来过，那时她已经上床躺下。父亲坚决的手掌伸进了被子下面。他那些粗糙、瘦骨嶙峋的手指摩挲着惹出麻烦的、圆鼓鼓的部位。艾娃咬紧了双唇。父亲躺在了她的身边，抚摸着她的头，但接着就将手指伸进了她的头发里，顺着头发把她的头向后拉。他久久地盯着她的眼睛，可是仿佛却没有在看她一样，好像在看着接下来会发生的什么事情。艾娃吓得魂飞魄散。最坏的事情发生了，父亲很生气。艾娃怕极了他的愤怒。后来，他就不再出现，而艾娃也装病，不再出来了。

最终，维泰勒·马图舍夫斯卡出现了，她给艾娃喝了很多盐水，里面混有什么又苦又恐怖的东西。第二天她又来了，揉艾娃的肚子，直到晚上有血从艾娃的身体里流出来。婴儿很小，黄瓜那么大，长长的，瘦瘦的，已经死了。马图舍夫斯卡和阿努霞一起将其用破布包裹了起来，拿去了什么地方。意外地，那个教艾娃的法国女人进房间看了一下。当天，她就被辞退了。

灰烬的所有变种，
即怎样用家常的方法制造金子

当托马斯讲出"炼金术"这个词的时候，好似从他的嘴里滑溜出来一个小圆面包，还是热乎乎的。

在走廊的尽头有一间屋子，紧挨着雅各布的房间，被指定为工作室。雅各布特意通过在皇宫认识的巴尔维奇尼将军从意大利订购了专门的仪器。这个设备是由很多的实验烧瓶、燃烧器、玻璃管和罐子组成，仔细地安放在了专门为此制作的案台和架子上，以便他们能在圣诞节那天，用光明节的第一支蜡烛点燃烧瓶下方的火，让设备开始运转。托马斯·冯·舍恩菲尔德此时已是三个孩子的父亲，总是戴着雪白的假发，穿着一身优雅的衣装。每次回国，他都会为每个兄弟姐妹带来很多很多的礼物。

在这种时候，他和雅各布两人就待在工作室里，几乎是足不出户，且不允许任何人进来，只有两个人除外——马图舍夫斯基和托马斯的一个朋友，那位曾与艾娃一起在皇宫中翩翩起舞的埃克尔，也就是埃克霍芬伯爵；现在众所周知，他对女人没有兴趣，可这并不妨碍他去了解"杰作"。然而，直到三月份，他们都没能成功获得哪怕一小块的金子或是银子。在无数的容器和烧瓶之中，只是偶尔会出现发臭的液体和各种可能的灰烬。

雅各布梦到，在宫里认识并对他特别好的萨尔玛夫人建议他用"摩拉维亚疗法"治疗近来实在困扰他的颈椎痛。这一定是预示着解决问题的金子很快就要出现了，这正是求之不得的事情；因为尽管有托马斯的投资收入，可宫堡已经是负债累累了。甚至也有可能这就是问题的缘由：托马斯说服了雅各布，特别是说服了兹维什霍夫斯基夫妇和切尔尼亚夫斯基夫妇，去投资证券交易所。如果一开始就用赚到的足够的钱来偿还债务就好了，可后来好运气转变了风向。炼金术的想法就是这个时候产生的。这时，托马斯又想出了一个更超前的概念，他们开始将一种透明的、香气四溢的金色液体灌进瓶子里。这是某种弱酸性的衍生物，经过了仔细的稀释，不会伤及皮肤。托马斯保证说，将一滴这种液体与一杯水一起喝下，可以包治百病。雅各布在自己的身上做了试验，他患有直肠出血，这个夏天真的就完全康复了。

第一批装有一瓶瓶这种神奇液体的箱子，送到了普罗斯捷约夫的正统派的村镇，并在那里引发了狂热。弗沃夫斯基将其带到了华沙。这个夏天，他们在另一间屋子里建起了一个小车间，妇女们在那里给小瓶子贴上漂亮的小标签，然后放进箱子里。箱子被运往阿尔托纳。遗憾的是，哪怕是这些被称作"金滴"的东西的收益，也无法覆盖所有的债务。

主的梦是如何看待世界的

1785年到1786年的冬天，没有发生任何的好事。位于彼得堡大街的宫堡里寒冷刺骨，而主也是不断地患病，阴沉沮丧，家眷们也完全不出房门。突然，就像一把刀划过，维也纳之行结束了。一辆车已经被卖掉了，另一辆精致小巧的马车还放在车房里，以防皇帝改变主意，想要召唤艾娃·弗兰克回到自己身边。为了偿还供应商的债务，值钱的东西都必须变卖。巴尔维奇尼将军以非常随意的价格买下了那辆马车。许多人都被遣送回家，宫里变得安静了，只有卧室和有壁炉的大厅还会烧柴火取暖。因此，多数日子里那些在宫堡里的人都待在大厅。

清晨，早餐之前，信徒们都会下来到大厅里听主的梦。人都到齐了主才会出来。重要的是看他穿的衣服。女人们已经注意到，当他穿一件白衬衣时，他就是生气的，不止一人会被他训斥；如果他穿一件红色长袍，那就意味着他心情很好。

主会讲述他的梦，这个梦会被年轻的切尔尼亚夫斯基或马图舍夫斯基记录下来；当雅各布夫斯基在布尔诺时，他也会进行记录。然后，由艾娃讲述自己的梦，同样也由他们记录下来。随后，这些梦就会被人们广泛讨论和评议。后来还形成了这样的惯例：其他的人也可以讲述他们自己的梦，并且以这种方式来评论主和女主的梦。结果是，这形成了某种非同寻常的情形，大家一整天都会不约而同地讨论这些事。梦的讲述有时会持续到中午，于是兹维什霍夫斯卡做了安排，在讲述梦境的同时共进简单的早餐。

走廊和楼梯间里寒冷刺骨，窗玻璃上有冰雪刮过的痕迹，烟囱里寒风呼啸。在布尔诺的这座房子里，几乎所有人都能感觉到，似乎有一个另外的世界在挤压着这里。在这里，没有人是原来的自己，人们成了完全不同的人；原以为是恒定和确凿的事物，都失去了原来的轮廓和自身存在的所有确定性。

主与普鲁士国王弗雷德里克在宫殿里，他给国王品尝最好的葡萄酒。可在斟酒的时候，他把沙子撒进酒杯里，把红酒和沙子混合。国王很乐意地喝起了这杯酒。然后，主又把同样的酒斟给了在场的王子们和国王们。

很奇怪，这样的梦在光天化日之下传扬开了。后来，每个人的眼前都有了这个装着沙子和葡萄酒的酒杯的画面，甚至当他们吃晚饭时，正喝着葡萄酒，这个掺沙子的场景又回来了。他们当中的一些人，特别是女人们——因为她们似乎梦更多，至少是记得更清楚——都说自己第二天晚上也喝到了沙子，或是给别人喝了沙子。于是，就出现了这种转化的可能性，且这种转化将一直伴随着他们：把沙子变成葡萄酒，把葡萄酒变成沙子。

在主的梦里出现了西蒙拉比，雅各布·席曼诺夫斯基的父亲。他对主说，在沃伊斯瓦维采有位女继承人在等着他。他看到的这位女继承人是个美丽、白皙而年轻的女人。主对西蒙说："但她又老又丑，总是穿黑色的衣服。"西蒙对主说："不要介意，这只是影子。她有很多的财富，想要全都交给你。"主在这个梦里还是年轻而丰满的样子。梦里，沃伊斯瓦维采的女继承人爱抚他，在他面前袒露胸脯，想与他性交。但主不愿意，拒绝了。

听完这个梦后，所有人都赞同这预示着财务上的麻烦就要结束了。

主看到成千上万的骑兵在旷野里，他们都是正统派的信徒，他的两个儿子罗赫和约瑟夫率领着他们。主在演讲中说："我将离开布尔诺。我最终将坐在我自己的位置上，然后将有很多的贵族和犹太人来我这里，接受洗礼。"

主看到维塞尔伯爵。他向对方租用在比利卡的宫殿，然后他就坐在了自己马车里的小凳子上。主在演讲中说："援助的金子将会到来，伯爵的请求得到了满足，因为他请求将自己的女儿带到艾娃的身边。"

主看到一位美丽的少女坐在山顶，周围是新鲜茂密的香草和青草。在她的两腿之间，喷涌出一股纯净、甘甜的冷泉。成千上万的人在此驻足，饮用此泉。他也喝了这里的泉水，但谨慎地在暗中喝，不让别人注意到。他是在艾娃的卧室中讲述的这个梦，艾娃近来十分沮丧。此梦的含义必定只能有一个，就是她终于要嫁人了。

艾娃在等待皇帝的讯息，但一直等不到。自从皇帝母亲的葬礼之后，她就一直没有他的消息；她被遗弃了。她瘦了。她不愿意去维也纳，那里有她太多的回忆。尽管她的好朋友维塞尔伯爵夫人试图向她解释，作为皇帝曾经的情人，她现在可以拥有任何人，拥有所有的一切。

她后来只是去参加了女皇的葬礼，可人实在是太多了，她一身簇新的衣裙和帽子淹没在了人群之中，她美丽的双眼和东方特质的魅力也迷失了。

女皇穿着精美地入棺，庞大的身体淹没在花边的泡沫之中。艾娃·弗兰克站得够近，能够看到她交叉放在胸前的苍白的手指尖。艾娃自此以后每天都担惊受怕地看自己的手指，生怕出现那种死亡的征兆。在葬礼上，人们小声地说着这位玛利亚·特蕾莎是怎么死的。女皇应该是瘫倒在了椅子上，然后窒息而死。一名宫女做戏般地窃窃私语，说年轻的皇帝像平常一样冷血，当时还提醒母后，让她注意自己的姿势，说"陛下的姿势不雅观"。"好到足够去死了"，据说皇后这样回答，然后就真的死了。

艾娃向自己做了保证，自己的死一定要有尊严。她说："最好年轻时死。"这话惹怒了父亲。雅各布一口咬定，这会儿约瑟夫成了唯一的统治者，终于可以做他想做的事了，他相信他会迎娶艾娃的。

他让艾娃准备好衣服，因为很快就要回宫里去了。但是艾娃知道，她不会再回去了。她不敢把这告诉父亲，于是就每天晚上和阿努霞·帕沃夫斯卡一起缝补、修整撕破的花边，并用阿努霞从波兰带来的数秘术算命。

这段时间以来，艾娃总是咬指甲。她的指甲常常伤得厉害，她只能戴着手套隐藏起来。

弗朗西舍克·弗沃夫斯基的求爱故事

弗朗西舍克·弗沃夫斯基是施罗莫的长子,即乌卡什·弗朗西舍克·弗沃夫斯基。他是一个性格安静、身材高大、相貌英俊的年轻人,比艾娃大一岁,讲起话来慢条斯理,平衡而审慎。他上了波兰的学校,梦想能读大学,但没能实现。他于是自己读了很多书,知道很多的事情。他会讲希伯来语、意第绪语、波兰语和德语。他讲这些语言的时候都很有自己的特点,因为他有轻微的发音缺陷。他不想和父亲一起待在华沙从事啤酒的酿造生意。他最终获得了贵族称号。他想要去做伟大和重要的事情,虽然还不知道具体是什么。当他来到布尔诺时,已经是在应该结婚的年龄。他作为兄弟中的长兄和最重要的儿子,有着自己的特权:他和表弟一起住在一个双人房间。后者小他几岁,毕业于公共学院,这让弗朗西舍克很是嫉妒。

弗朗西舍克的父亲施罗莫·弗沃夫斯基,为儿子的婚事已经写信给雅各布·弗兰克。他或许没有说得特别直截了当,但是信里的言语非常暖人,不乏过去的回忆,提及了对埃利沙·邵尔的怀念,并强调了对兄弟之爱的忠诚。这已经可以表明,弗沃夫斯基一家是在指望着什么能够巩固强化华沙团体与布尔诺宫堡的联系的事情。这个想法显而易见，这样的婚姻当初在伊瓦涅就提到过多次了，但那时孩子们都还小。这当中有着不同寻常的内容，弗朗西舍克这次前来是来向艾娃求婚的吗？

弗朗西舍克安静地等着，等待晚上被他们邀请到房间去。终于，他穿着齐整的衣服，热情地与主和艾娃见面。然后，经过一段相当困难的交谈（他从来不知道如何去自由自在地聊天），在艾娃演奏新买的钢琴时，他被允许帮着翻乐谱。很快，弗朗西舍克就像他父母希望的那样坠入了爱河，尽管可以肯定地说，艾娃大概都没注意到这位翻乐谱的人在场。

"你不在乎她曾在维也纳有过鱼水之欢吗？"经过一整天的骑兵操练，他和表弟已经累得在床上躺下了，这时他的表弟这样问他。弗朗西舍克对军训还完全不适应。

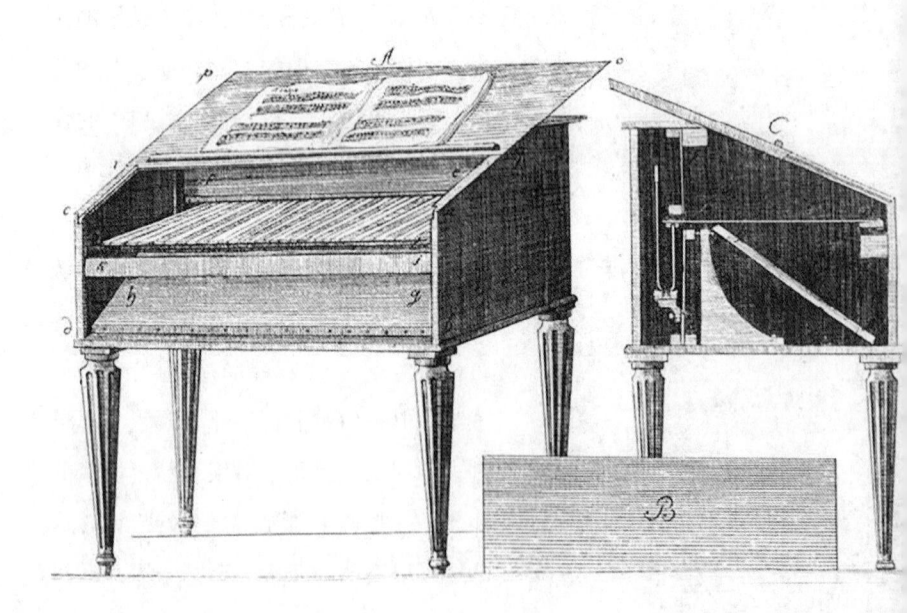

"她是和皇帝有过鱼水之欢。再说,跟皇帝是不说'鱼水之欢'的,皇帝是调情。皇帝有的是恋情……"弗朗西舍克聪明地回答说。

"那你想娶她为妻吗?"

"是呀。她注定是我的。要知道在教内兄弟们当中,我父亲是主最亲近的正统派信徒,是资格最老的。"

"我的父亲也一样,没准还更近些呢。在琴斯托霍瓦他就和主一起,后来女主哈娜去世时,他才翻城墙逃走的。"

"他为什么逃走了?"

"他就说是从城墙上跳了下去,因为他吓坏了。"

小弗朗西舍克·弗沃夫斯基对此平静地答道:

"咱们的父亲他们相信,和主在一起之后,死亡就与他们无缘了。这在今天已经很难理解了。"

"他们相信自己是永生不死的?"表弟提高了声音,表示完全不信。

"你奇怪什么呀?你一样也是相信的啊。"

"是啊,可不是在地上人间,是在天国。"

"那是在哪里?"

"我不知道,死后吧。你是怎么认为的?"

塞缪尔·阿舍尔巴赫,吉特拉和阿舍尔的儿子

无所不在的彦塔此时在看着塞缪尔,他是吉特拉与阿舍尔,也就是盖尔特鲁达与鲁道夫·阿舍尔巴赫夫妇的儿子。他们在维也纳的阿尔特施密特大街经营一家光学眼镜店。这位年轻人身材消瘦,长着青春痘,是一名法学院的大学生,正和同学们一起站着,观看一辆正在驶过的豪华敞篷马车。车上坐着一位戴着高筒礼帽的男人,他身边是

一位美丽的年轻女子，她有着橄榄色的皮肤和大大的黑眼睛。女子一袭浅绿色的衣服，连帽子上的羽毛都是相同的浅绿色系。看起来，她的身上似乎散发着那种水下折射的光芒。她身材娇小，但体型完美，腰臀纤细浑圆。她宽大的领口上有一条雪白的蕾丝手帕盖着。马车停了下来，侍者们帮着这两人下车。

小青年们好奇地看着。从路人兴奋的小声低语中，塞缪尔得知这是某位波兰先知，带着女儿。他们消失在了路旁一家昂贵的糖果店里。之后，小青年们就各自奔忙他们自己的事情去了。

塞缪尔有时行事鲁莽，但在他的年龄，有些事还是可以原谅的。

"我会把她堵在小路上，那位美丽的波兰女子。"他说。

他的伙伴们都哄笑起来。

"香肠可不是给狗吃的，阿舍尔巴赫，那位女士可是个大人物。"

浅绿色的美女给塞缪尔留下了深刻的印象。晚上，当他自慰的时候，想象的就是这位美女。她那饱满、幼嫩的乳房，从开领中弹出。在波浪式的衬裙当中，塞缪尔找到了温暖、湿润的那一点。它吸收了他，欣喜如洪水而来。

第二十八章

阿舍尔在维也纳咖啡馆
及何谓启蒙？1784年

中国的茶、土耳其的咖啡、美洲的巧克力,在这里,他们什么都有。亭亭玉立的单腿圆桌,摆放得很紧密,桌边是用弯曲的木料打制的精致椅子,看起来变化多端。阿舍尔与吉特拉-盖尔特鲁达一起来到这儿,点了附带小甜蛋糕的咖啡,用小小的勺子吃着小甜品,慢慢品尝着每一口。巧克力在口中融化,爆发出真正令人愉悦的快感,以至于视野中的街景都变得模糊了,而咖啡又将视线拉了回来。他们在沉默中结束了这场味觉元素的争战,坐着观看在圣斯蒂芬大教堂外,那些五颜六色、流转移动的人群。

在这里,入口处的架子上有各种报纸。这是新的时尚,好像是直接从德国和英国送到这里来的。拿起一份报纸,坐在最好是靠近窗户的小桌旁,这里的光线最是清晰,不然就得靠着蜡烛阅读了,那会让人视力疲劳。墙上挂着许多画作,但是在幽暗中难以辨别,即使是在白天也一样。客人们常常举着烛台照着,凑近画面,在摇曳不定的微光下,对着那些风景画和肖像画发出惊叹。

除此之外,还有阅读的快乐。起初,他只读报纸,从一版读到另一版。他渴求各类出版物。现在,他已经知道从哪里可以找到各种有趣的东西。他很后悔自己不懂法语，于是他下决心一定要改变这一点，因为这里也引进了一些法文的报刊。他快要六十岁了，但是大脑依然健全敏捷。

"有无数的观点和角度可以用于表达物质的世界和思想的世界，而那些可以传达人类知识的各种体系的数量和这些观点、角度的数量是一样多的。"这是某位叫狄德罗的人的说法，被译成了德语。他最近刚刚欣喜若狂地读完了他写的《百科全书》。

阿舍尔·卢斌的运气很好。他们离开利沃夫后，来到了维也纳。阿舍尔命人在官方的登记册里写入了他的姓氏：阿舍尔巴赫。至于名字，他取了鲁道夫·约瑟夫这个名字，这想法必定是从年轻的皇帝那里来的；年轻皇帝对知识的渴求给他留下了深刻的印象，让他十分钦佩。而吉特拉，也成了盖尔特鲁达·安娜。阿舍尔巴赫一家现在住在阿尔特施密特大街上一栋相当体面的石筑大楼里。阿舍尔巴赫是一位眼科医生。一开始，他只是治疗本地的犹太人，但他的客户群很快就扩大了。他擅于治疗白内障，还能配制眼镜。他们拥有了一家眼镜店，很小，由吉特拉-盖尔特鲁达经营。女孩子们在家里接受教育，有家庭教师；塞缪尔正在学习法律。而阿舍尔还收藏书籍，这是他的主要爱好，他希望有一天他的收藏能被塞缪尔继承接受。

阿舍尔-阿舍尔巴赫的第一批购藏，是约翰·海因里希·泽德勒六十八册的《通用百科词典》，他为此着实地花出去了一笔钱。然而他很快就赚回来补上了。他的病人一个接一个地出现——病人相互推荐而来。

吉特拉一开始还讥讽他的此次购藏。但有一天，当他从医院回来时，看见她俯身在那套藏书中的一册书上，正读着其中的某一页，那时她正在研究各种贝壳的形态。盖尔特鲁达戴着眼镜,那是她自己磨制成的一副眼镜。镜片很复杂,可以让她看到远处,也可以让她阅读。

他们还租了一个大平层,里面的办公室带有一个车间。鲁道夫·阿舍尔巴赫在里面雇了一位年老的、几乎失明的磨镜师。老先生按照阿舍尔巴赫的方法制作光学玻璃。盖尔特鲁达每次来都会坐在车间里,仔细看着老人精准地加工镜片。她甚至都没有注意到,不知从何时起,她自己也能上手做同一件事了。她坐在桌前,把裙子拉到膝盖以上,这样她就可以舒服地脚踩踏板,驱动起研磨装置。而此时,她已经是能够正式制作眼镜的人了。

他们两人经常争吵,也经常彼此和解。盖尔特鲁达曾经向他扔过一颗卷心菜。现在她很少再进入厨房了,他们有一个厨师和一个负责烧炉子和打扫的女孩。洗衣服的妇人每周都会来一次,女裁缝是每个月来一次。

那套巨著的最后一卷是在1754年出版的。由于阿舍尔巴赫的书架并不是按照系列、书名或作者姓名的顺序排列摆放的,而是按照书籍出版的日期摆放,于是这本书就立在了他们从波多利亚带来的《新雅典》的旁边。吉特拉就是用这本书学会了阅读波兰文。这其实是个徒劳的努力,他们再也不需要这门语言了。阿舍尔时常会把这本书拿在手里翻阅,尽管他的波兰语水平已经越来越差。这时,他就总是想起洛哈特恩,并在脑海中产生这样的印象:那就像是一个久远而遥不可及的梦境,而他自己在这个梦里,根本就不像是他自己,而是一个又老又苦的人,仿佛时间对他来说是反向的。

阿舍尔巴赫家按照他们每周的惯例,要在周日的下午去咖啡馆。《柏林月刊》是他们固定阅读的杂志,他们最近决定要加入这本杂志上已经持续了一段时间的一场论战。这是盖尔特鲁达想出的主意，她说他们应该尝试一下，于是她就立即着手，开始了自己的写作。可是，阿舍尔巴赫认为她的写作风格不对，有太多的装饰词，于是想要纠正她。就这样，他们两人各自开始了写作。杂志上的讨论是关于如何定义那个时髦的概念：启蒙。这个词正越来越频繁地出现在人们的日常谈话中。人人都在尽可能频繁地用这个词，但每个人对它的理解都略有不同。事情是从某位名叫约翰·弗里德里希·佐尔纳的先生开始的，他在自己一篇专为教会婚姻制度辩护的文章中提到了这个概念，甚至还不是在正文当中，只是在一个注释里提出了这个问题："何谓启蒙？"出乎意料地，这激起了读者们热烈的讨论，其中还包括一些知名的人士。第一个对此做出反应的是摩西·门德尔松，后来是来自柯尼斯堡的著名哲学家伊曼努尔·康德，他也在这本杂志上就"启蒙"这一课题专门发表了文章。

阿舍尔巴赫一家人被一项特殊的挑战所吸引：磨炼自己的语言表述，让人能够通过精准的语言清晰地看透问题。盖尔特鲁达常常在咖啡馆里抽起烟斗，为此，她在呆板的维也纳市民之中引起了相当大的轰动。她先写出了第一篇文章。他们两人唯一的共识是：理性是至高无上的。他们用了整个晚上，推敲玩味均匀而平和地照亮一切的理性之光的比喻。盖尔特鲁达立刻聪明地意识到，只要是有光照到的地方，就会出现阴影，就会有黑暗；光越强，阴影就越深，越浓烈。是的，这个想法实在是令人不安，他们俩顿时都沉默了下来。

此外，既然人类应该善用其最珍视的能力，即他自己的理性，那么，他的肤色、家庭出身、所信奉的宗教，甚至是他的性别，就都不再是重要的了。

阿舍尔巴赫还引用了他最近热衷于阅读的门德尔松的一段论述

（他桌上就放着其作品《斐多，或论灵魂不死》，标题还是用红色字体印刷的），以表达启蒙对于文化的意义，恰如理论之于实践。启蒙与科学、抽象有着更多的共同之处，而文化则是通过文字、文学、图像、美术等手段去完善人类的互动交往。他俩都赞同这种观点。当阿舍尔巴赫阅读门德尔松时，他平生第一次对自己是犹太人而感到满意。

吉特拉-盖尔特鲁达已经四十四岁了，头发变得灰白，身体也胖了，但她仍然是个漂亮的女人。此时，在睡觉前，她把头发编成辫子，藏在睡帽下面。他们睡在一起，但比以前更少地接触对方，尽管阿舍尔看着她，看着她隆起来的饱满的肩膀，看着她的轮廓，仍然感觉到有欲望。他想，全世界没有人能像她那样与他亲近，孩子们中没有任何一个能这样，没别人了。他的人生就是从那个时刻开始的，那是在利沃夫，当那个怀孕的女孩来找他的时候。当时她浑身都冻僵了，饥肠辘辘，粗鲁无礼地站在他的门口。现在，阿舍尔巴赫过上了新的生活，已经与波多利亚和洛哈特恩集市广场上那片低矮的星空毫无关系了。如果不是因为某一天，他早就已经把这一切全都忘记了。那天他遇到了一个熟悉的面孔，就在他喜欢的咖啡馆前的街上。那是个衣着朴素的年轻人，正迈着大步走着，胳膊下夹着一些乐谱。阿舍尔巴赫就那样紧盯着他，那人放慢了脚步。他们彼此经过，似乎在相互对抗着，还彼此凝视着。后来，他们都停下了脚步，转身走向对方。对于这个令人意想不到的偶遇，两人感到的更多的是惊讶而不是高兴。阿舍尔认出了这个年轻人，但他不太能够将记忆中的名字与时间对上号，也不太能将时间与他所联想到的地点对上号。

"你是施罗莫·邵尔？"他用德语问道。

年轻人的脸上闪过一道阴影，做了个动作，似乎是想要离开。阿舍尔巴赫马上就明白了，自己恐怕搞错了。他摘下帽子向对方致意，心中感到一阵困惑。

"不，我叫弗沃夫斯基，弗朗西舍克。先生，您把我与我父亲搞混了……"年轻人带着波兰口音回答道。

阿舍尔巴赫赶紧表达了歉意，瞬间明白了自己的疑惑。

"我是那个洛哈特恩的医生，阿舍尔·卢斌。"

他已经很多年没有念出过自己的老名字了，他现在想用这个名字给这个男孩壮壮胆。他对此感到很不自在，就像把脚伸进了一双陈旧的、被践踏过的鞋子里。

年轻人沉默了片刻，脸上没有流露出任何情绪。直到现在，阿舍尔才清楚地看出了他与他父亲之间的区别，他父亲可是有着非常生动的面部表情。

"我记得您，阿舍尔先生。"过了一会儿，他用波兰语说道，"您给哈雅姑妈治好了病，对吧？您曾经来过我们家。您还从我脚后跟上拔出过一根钉子，到现在还有疤痕的。"

"你不会记得我的，孩子。你当时年龄太小了。"阿舍尔巴赫说着，突然情绪激动了起来，不知道是因为他还被人记着，还是因为都讲起了波兰语。

"我记得的。我记得非常多的事情。"

他们两人都微笑了起来，不仅是对自己，也是对过去的那个时代。

"是的……"阿舍尔巴赫叹了口气说。

于是他们都朝着同一个方向走了一会儿。

"你在这里做什么？"阿舍尔最后问道。

"我和我的家人住在一起，正是要结婚的时候了。"乌卡什·弗朗西舍克平静地答道。

阿舍尔巴赫不知道自己接下来该问些什么，得避免提到什么敏感的话题，他感觉其中有很多敏感的事情。

"你已经有未婚妻了？"

"在我的脑子里。我想自己选择。"

这个回答不知道为什么让阿舍尔巴赫很高兴。

"是的，这非常重要。祝愿你能选得好。"

他们又交换了一些无关紧要的讯息，从中什么也得不到。然后，他们各自走向各自的方向。阿舍尔巴赫递给小伙子一张名片，上面写有地址。小伙子对着名片注视良久。

阿舍尔没有告诉吉特拉-盖尔特鲁达这次意外会面的情况。但到了晚上，当他们忙着为《柏林月刊》撰写那篇文章时，他的脑海中又浮现了在洛哈特恩的那个夜晚。当时他在黑暗中穿过集市广场，前去邵尔家。微弱的星光，向世间承诺着另一种现实，甚至都没能够照亮道路。集市广场上有腐烂叶子的气味，猪圈里有动物的气味。严寒穿透了身体直入骨髓。满世界的陌生和冷漠，与那些俯向地面的低矮小屋、在矮篱笆上缠绕生长的铁线莲花串、窗户里的灯光所意味着的巨大信任，形成了鲜明对比。一切的弱小和渺茫，都与这个悲惨世界的秩序相契合。起码在当时，阿舍尔所看到的就是这样。他已经很久没有想过这些了，可现在，他却无法停止去想。于是，吉特拉对他的分心感到失望，只好自己独立写作了。在这个过程中，整个客厅里全是无情的气氛。

那天晚上，阿舍尔完全被那种多愁善感的忧郁情绪所征服。他很烦躁，强迫自己泡了一些柠檬香蜂草水。他突然觉得，除了所有那些印在《柏林月刊》上的崇高论述，在光明和理性之外，在人类的力量和自由之外，还有着一些非常重要的东西，还有着一些黏稠的、黑暗的、像糊状蛋糕一般的领域；所有的文字和概念，都像熔入柏油一样落入其中，失去了形状和意义。报刊上的高谈阔论，听起来像是由腹语者说出来的，是那样模糊和怪诞。似乎有某种痴笑声，从四面八方传来。也许，过去的阿舍尔会认为那是魔鬼，如今，他已经不相信有任何魔鬼了。这让他想起了吉特拉所说的阴影，被光亮照得充足的事物会投下阴影。这就是这个新概念令人不安的地方。启蒙，开始于人们对世界的善良和秩序丧失信心的时刻。启蒙，是不信任的表达。

健康方面的预言

有时候，阿舍尔也会在晚上被他们叫去做别的事情。大概是有人推荐了他，因为当地的那些犹太人，特别是那些暗中倾向于同化的犹太人——他们中的许多人都来自波兰，来自波多利亚——已经不再称呼他为眼科医生，而是称他为能够明智地应付各种尴尬处境和各种奇异事务的聪明大夫。

曾经发生过这样的事情：在他们那些宽敞的大宅里，有古老的魔鬼的声音，就出现在那些明亮的房间里，好像是从旧衣服的接缝里溢出来的一样，就像是从留作纪念的老祖父的华贵礼服当中，从曾祖母编织的红线、绣过的天鹅绒领口里溢出的线头一样。而这些大宅通常是富商和他们家族众多家庭聚居的住所。这些犹太富商都已经被同化得很到位了，甚至要比维也纳人更像维也纳人。他们很富有，自我满足，但是这些都只是表面上的，因为实际上，他们却是迷茫不定的。

阿舍尔拉动门上的把手，听到大门另一侧响起了悦耳的铃声。

沉默之中，那个女孩忧虑的父亲握了握他的手；女孩的母亲是摩拉维亚犹太人赛德尔的女儿，是洛哈特恩的邵尔家的表亲。他们径直把他带到了病人身边。

这种疾病的性质很奇怪，而且令人不快。最好用尽各种方法去隐瞒，才不至于伤害那些习惯于注视漂亮而沉重的窗帘，或是时下流行的图案经典的壁纸，或是优雅弯曲的咖啡桌桌腿和土耳其地毯的双眼。可事实是，这些家庭的领头人们都感染了梅毒，并传染给了自己的妻子，也让孩子们患上了疥疮。那些受人尊敬的叔叔和大公司的所有者，常常会醉到不省人事。他们漂亮的女儿们也会发生怀孕的事情。这种时候，鲁道夫·阿舍尔巴赫就会被召唤过来，再次变成当年洛哈特恩的阿舍尔。

这一家人也是如此。商人鲁德尼茨基一家是从一个生产纽扣的小作坊发家的，如今在维也纳近郊拥有了一家专为军队生产制服的工厂。他年轻的妻子得了病，他当年是作为一名鳏夫娶到她的。

女病人声称自己已经失明了，把自己关在房间里，两天来一直躺在黑暗中，惧怕移动身体，以免自己体内的所有血液随着月经一起流光。她自己认为，所有的出血症状都是由体热导致的，所以她不让在壁炉里生火，只用薄被单捂着自己。因此，她又患上了感冒。她在床的周围点上了蜡烛，以此确认血液不会从身体里流出来。她也不回答别人的问话。昨天，她从床单上撕下块布，给自己做了一个卫生棉条放进两腿之间，希望这样能够阻断出血的可能。她很害怕，担心自己的粪便同样也会引起出血。于是，她不吃任何东西，以免排便。她还用自己的手指堵着肛门。

各种相互矛盾的感觉同时打击着鲁德尼茨基这位商人，他怕妻子会死于焦虑，同时也为年轻妻子的疾病感到羞耻。她的疯狂举动令他感到害怕和羞愧。假如这些事情被曝光，他受人尊敬的声誉就会损失殆尽。

阿舍尔巴赫医生在她躺着的沙发边缘坐了下来，握住了她的手。他非常温和地开始与她说话。他不急于求成，允许病人有长时间的沉默，这样可以舒缓她的神经。此时，他忍受着整个房间里压抑的闷热、阴暗的气氛和冰冷的沉默。他下意识地开始慢慢抚摸病人的手。他心里还在想着别的事情。他想象着，人类碎片状的知识变得像链条上的环节一样环环相扣，不可分割。相信很快，所有的疾病就都有可能治愈，同样也包括像眼前她的这种疾病。可在此时，他感到无能为力，他不理解她的痛苦，不知道这痛苦的背后是什么。眼下唯一能给予这位可怜的、瘦弱的、不快乐的女孩的东西，就是他自己温暖的存在。

"你怎么了，孩子？"他问道，抚摸着她的头发。女病人看向他。

"我可以拉开窗帘吗？"他轻轻地问道。

他听到一声坚决的回答。

"不。"

在夜里很晚的时候，他经过仍然喧闹嘈杂的维也纳街道往回走，回想起了行走在洛哈特恩，前去哈雅·邵尔家的情景。当时哈雅在预言，匍匐在地板上，身体紧绷着，汗水湿透了全身。

如今阿舍尔在维也纳所想到的洛哈特恩，感觉像是一个在黑暗的、烟雾笼罩的房间里，在羽绒被之下梦到的一个梦。如今他所有的女病人，都已经不再同住一个房间，头上也不再裹着大围巾，不再穿波兰式的紧身上衣。这里已经没有人再承受头发脏乱之苦。这里房子高大、雄伟，有厚厚的石墙，散发出石灰和制作楼梯的新鲜木材的气味。大多数新房子都已经装配有管道系统。街道上燃烧着煤气路灯，道路都是宽阔而敞亮的。透过干净的玻璃窗，可以看到天空中烟囱里飘出的烟雾。

然而，今天阿舍尔在这个女病人身上看到了洛哈特恩的哈雅·邵尔。当年的那个年轻女人要是还活着，现在应该已经有六十多岁了。也许，施法、预言会给鲁德尼茨基夫人带来解脱，让她在理智的暗处，在理性的阴影和迷雾中灵活地行动起来。也许，那里也是一个生活的好地方。或许他应该建议她的丈夫说："鲁德尼茨基先生，请让您的妻子开始占卜预言吧，这会对她有所帮助。"

用面包做的人偶

哈雅，也就是玛丽安娜，此时正在小睡。她的头低垂在胸前，双手无力地耷拉着，放在膝上的账本好像就要滑落下来。哈雅的账本都是放在她儿子那里的。她一整天主要是坐在商店后面的账房办公室里，统计着一串串的数字。这是一家布料商店。她的儿子，如同她所有的儿子和女儿一样，取了兰克隆斯基的姓氏，而哈雅本人已经是一个寡妇了。儿子曾经和戈林斯基一起去给店里批发布料，但戈林斯基经营的批发业务损失惨重。兰克隆斯基则坚持做零售，赚得更多。这家店位于华沙新城，由他们尽心尽力地经营着，是一家非常漂亮的商店。华沙的市民们都喜欢来这里购买布料，因为价格合理，而且还可以得到折扣。店里有很多简朴的印花布，还有从东方进口的、如今在全世界畅销的、价钱更便宜的棉布；女仆和厨娘们用它来做连衣裙。富裕的城镇居民会购买更好的面料，还有丝带、羽饰、缎带、挂钩和纽扣。此外，兰克隆斯基还从英国进口帽子，这是他店里的新业务。他想在克拉科夫前街开一家只卖英国帽子的小店。他还在考虑进行生产，因为在波兰还没有人能够制造出像样的呢料帽子。这是为什么？大概只有上帝知道。

哈雅依旧还在账房里打瞌睡。她变得很胖，不想动，她的腿很疼，关节变得粗大，而且还痛得嘎吱作响。由于这种肥胖，哈雅的脸也变得有些肿胀，很难再在其中找到过去的线条。事实上，过去的哈雅已经消失了，融化掉了。这个新的玛丽安娜总是仿佛昏昏欲睡的样子，好像总是处于占卜时的那种游离状态。尽管如此，每当有人来向她征询建议时，她还是会展开卜卦盘。当她把盘面摊开在桌上，从一个木盒里掏出对应的人偶时，她的眼皮就开始颤抖，目光游移向上，直到瞳孔消失不见。哈雅就用这种方法去看。摆放在平面上的人形态万千，有的漂亮，有的丑陋，有的让人牙痛。哈雅-玛丽安娜在她的盘面上摆放那些人偶，有些"更远"，有些"更接近"。无论是在时间还是在空间上，她都可以从人偶的位置上指出其中的关联关系，或是相反的排斥关系。她能够明显地看到其中的矛盾和共性。

从洛哈特恩时期以来，小人偶的数量就在不断增多，已经有很多了，而其中最新的那些都是最小型的，只用了面包来制作，而不再是泥土。只一眼，哈雅就可以理解布局的含义，并看出它正在向什么方向发展。

由此产生了某些模型。这些模型通过桥梁或架板相互连接，它们之间还有一些地道和堤坝、楔子和钉子、连接头、环箍，将边缘处相互挤紧，犹如木桶上的板条。还有些线路，看上去像是一段段蚂蚁的小路，像是老旧、枯萎植物上的曲线，不知道是被谁走出来的，不知道为什么线路会是这样，而不是别的样子。有各种循环和旋涡状的部分，以及看起来很危险的螺旋，它们缓慢的运动将哈雅的目光吸引到底部，到更深处，到达那一切事物的深处。

哈雅在她的账房里，俯身在盘面上，像是在玩她小孙子的玩具，这让她儿子的一些客户认为，这个奇怪的女人似乎变得很幼稚。她有时会察觉到彦塔：她感觉到了她的存在，带着一丝好奇心，但很平静。哈雅认出了她，知道那就是彦塔，显然她没有彻底死去，这并没有让她觉得奇怪。让她惊讶的却是另外一件事，一个性质完全不同的人也在场。那是一个温柔地注视着他们的人，注视着她本人和她的账房，注视着所有散落在世界各地的兄弟姐妹，以及在大街上的人们。这人喜欢探查细节，就比如此时他想要查看占卜的盘面和小人偶。哈雅猜到了他想要什么，于是就把他当成一个有点会惹麻烦的朋友。她抬起紧闭着的眼睛，试图看清楚这个人的脸，但她并不知道这是否能起作用。

年轻的弗朗西舍克·弗沃夫斯基
求婚被拒

年轻的弗朗西舍克·弗沃夫斯基想要得到艾娃。这不是因为他爱她，或是渴望她，而是因为无法得到她。越是得不到，弗朗西舍克想要与艾娃·弗兰克结婚的意愿就越强烈。就因为这个，他患上了相思病。他的父亲也是他患病的重要原因，因为他总是对他说，艾娃将会是他的，两个家庭将会以这样的方式结合起来，而弗朗西舍克也将成为雅各布的接班人。雅各布自己也倾向于这样去做，但是后来，当艾娃开始和皇帝在一起之后，所有的希望就都烟消云散了。她越来越高，弗朗西舍克已经再也抓不住她了。艾娃本人也变得不再是以前那样，她很少再露面，穿着闪亮的丝绸，变得像鱼一样滑溜溜的，不可能抓得住。

弗朗西舍克正式向她求了婚，这是在他父亲毫不知情的情况下做出的。他的父亲在华沙看管自己的啤酒厂。他的求婚得到的回应是沉默，仿佛弗朗西舍克犯下了一个根本不应该被提及的可耻之罪。这件事在布尔诺宫堡里被人们悄悄地议论了好几个星期。最终他还是没有得到任何答复,他慢慢意识到,自己出了个大丑。他给父亲写了一封痛苦的信,要求父亲把他召回华沙。在等待回信的那段时间,他不再来参加集体祈祷和雅各布的演讲了。当初他刚刚来到这里时,曾经觉得这里充满了吸引力。彼得堡大街的宫堡里的那些人,那些新的面孔,那种集体社区的感觉,让他觉得就像是融入了一个庞大的家庭。那些相互之间的调情、闲聊、不间断的玩笑和游戏,然后还有祈祷和歌唱……如今所有这些,都让他感到恶心了。也许他最讨厌的还得是操练,他的叔叔扬·弗沃夫斯基——因为穿的那身衣服而被戏称为哥萨克——在这里一直组织着年轻人和男孩们进行操练。他把几个男孩训练成了一支哥萨克小队,但是没有足够的马匹,男孩们不得不交换着骑,因为只有四匹备鞍的马。他的第二位堂兄,弗朗西舍克·席曼诺夫斯基,被主赋予了组建军团的使命。这个新词改变了所有的一切:军团的制服、军团的旗帜、军团的操练、军团的队歌……施罗莫的儿子弗朗西舍克耳朵里不停地听着这些,这些与制服和舞刀弄剑相关的事情,让他深深地感觉到了自己内心的不情愿,甚至还略带有一点轻蔑的色彩。

于是,他往维也纳跑,在大街上闲逛着。在那种尴尬的情形下,他在音乐会中发现了安慰。这在维也纳并不难找到,到处都有音乐会。在听一场海顿的音乐会时,他被深深地感动了,音乐让他觉得如此亲近和美好。他偷偷哭了,双眼湿润了起来,他把那些泪水吞了下去,泪水流进了体内,洗净了他的心。他原来觉得,没有艾娃自己将无法忍受,他必须要不停地追求她才行,没有她,世界就会变得空虚。而当乐团演奏完毕,掌声响起时,他发现,在一场他几乎负担不起的音乐会之后,有一种东西能够给他带来充分的幸福。如若一直生活在匮乏之中,则完全有可能对此一无所知。他要给姐妹们买些礼物,她们本来想要的是花边和丝扣，想要帽子和绸带，但弗朗西舍克决定给她们带乐谱回去。

他没能进室内去听那位年轻的莫扎特的音乐会，但他在歌剧院外的窗下找到了一个地方，可以像在里面一样听到音乐。他感觉，仿佛整个歌剧院倾覆在了他的身上，大教堂也落在了他的身上，他感觉，似乎整个维也纳都掉落在了他的头上，把他震晕了。那音乐就像艾娃一样不可触及，是无法实现的一场大梦，是在华沙无法成真的。他就是华沙，而她却是维也纳。

终于，期待已久的信到了，他的父亲让他回去。父亲在这封信中还提到了他叔叔米哈乌的女儿玛丽安娜·弗沃夫斯卡，弗朗西舍克与她从小就认识。信中并没有提及婚姻的内容，但他明白，他与她已经是注定了。他的心碎了，在这种状态下，他启程去华沙。

告别时，雅各布像是对儿子一样拥抱了他，所有人都看在眼里。而且，真的，弗朗西舍克感觉自己就像是雅各布的儿子一样。他觉得自己被赋予了某种使命，尽管不是他所期望的那种。显然，雅各布从他的角度看到的，与弗朗西舍克看到的完全不同。他动情地与朋友们告别，他们仍将陪着主一起在那宫堡里。最终，他还是买下了一些乐谱，后来在马车上一路翻阅，试着用手指放在膝盖上无声地弹奏。实际上，他感觉到的最大的欣慰是他就要回华沙了，从现在起，那将是他的归宿。他将会指挥某个其他的军团，在华沙的要塞里，忠诚于雅各布。

一越过边境，维也纳就褪色了，只剩下一幅黑白的图片，而弗朗西舍克现在所有的想法，都转向了从莱什诺通往华沙的路途，转向了那位玛丽安娜。他开始认真地想她，回忆她的长相，因为他以前从未仔细地看过她。当中途在克拉科夫停留时，他给她买了一对看起来天真无邪的、小小的红珊瑚耳环，它们看起来就像是什么人把他们兄妹共同的血滴缀在了秀丽的金丝上。

最后一次觐见皇帝

兹维什霍夫斯卡已经学会了给主放血，现在做起来已经非常熟练。血会流进一个小碗里，很多的血。做完这个治疗后，主虚弱了下来，双腿打晃，脸色变得苍白。这很好。他看起来已经足够虚弱了。

马车已经在等着了，不像以前他们驶往美泉宫的马车那样富丽堂皇。这是一辆普通的马车，套着两匹马，朴素且不显眼。他们三个人上了车，雅各布、艾娃和陪伴艾娃的阿努霞·帕沃夫斯卡，她看起来很体面，法语也讲得很好。

皇帝约瑟夫在拉克森堡，正与他那些须臾不可分离的、以美貌和聪慧著称的贵妇一起消夏。她们漂亮的帽子像水母一样悬浮在空气中，伴着他，随时保护他不被打扰。帽子下面是列支敦士登姐妹俩，莱奥波尔丁娜·考尼茨伯爵夫人和金斯基公爵夫人，据说他与后者有外遇。

艾娃不想去，是父亲强迫她的。她现在坐在那里，闷闷不乐地看着窗外。这是1786年的五月，满世界都盛开着鲜花，布尔诺城四周的山丘被嫩绿衬托得柔软多汁。这年的春天来得早，所以丁香花早就开了，茉莉花和笨重的牡丹花现在也都盛开了，到处都是甜甜的、快乐的花香。雅各布叹息着，放血真的使他衰弱了不少。他脸上的线条锐化了，像是遭遇了大出血的样子。他看起来不太好。

开始时，他们被要求等待了很长时间，这是过去从未有过的事情。透过窗户，他们看到花园里有一小群人在散着步，女士们的小阳伞上闪着一块块的光斑，修剪过的草地青翠欲滴。他们接着等了快两个小时，彼此无话，完全沉默着。只有一次，侍者走过来给他们送了些水。

然后，他们就听到一串快乐的声音和快速的脚步声。突然间门开了，皇帝走了进来。他穿着轻薄的夏装，完全不是法国式的，倒有些像是农民的装束。他衬衫上部的扣子解开着，露出了一截瘦削的脖子，突出的下颌强调着哈布斯堡家族的特征。他没戴假发，稀疏的头发蓬乱着，看起来人更年轻了。在他身后有两位女士进来，她们笑着，如同优雅的小牧羊女，正讲着最后的笑话。

客人们都站了起来。雅各布脚下摇摇晃晃，阿努霞迎向他，把他扶住。艾娃像是被催眠了一样站着，眼睛看着皇帝。

两个都被女人簇拥着的男人，用目光彼此打量了一会儿。雅各布弯下腰鞠躬。艾娃和阿努霞屈膝行礼，衣裙皱缩着。

"我的眼睛这是看到了谁呀？"皇帝说着，径自坐了下来，长腿伸在自己面前。

"皇帝陛下……"雅各布开始低声说道。

"我知道你的事情。"皇帝答说。这时，他的秘书拿着一些文件走了进来，递给了他一张纸，指点着上面的相关位置。皇帝只是扫了一眼，说："合法且有效的债务必须要偿还。对于其中大部分债务，我们无能为力，别的您可以延长期限。我们对您的帮助在于，我们列出了清单，逐项标明了哪些债务是合法的，哪些不是。这些部分都是您所欠下的，而那些部分是您不应该支付的，因为它们是不合理的账款。这就是我们能为您做的一切。我建议您更好地关注自己的利益。解散宫堡，偿还债务，这就是我的建议。"

"陛下……"雅各布开始说，但又沉默了，过了一会儿补充道，"也许我们可以单独谈谈？"

皇帝做了一个不耐烦的动作，于是所有女人都出去了。当她们在隔壁房间一张精美的桌边坐下时，金斯基公爵夫人命人送上了甜杏仁露。在送达之前，她们就已经听到了门后皇帝提高的音调。

艾娃鼓起勇气，眼睛盯着地板，声音颤抖，语速很快，以似乎在压制愠怒的声音说道：

"我们寻求帮助，并不仅是为了我们自己，也是为了整个城市。布尔诺如果没有我们，就会变成空城。自从我们必须将我们事业的部分收入上交以后，布尔诺的商人们已经在抱怨收入菲薄。"

"我同情那些布尔诺人，因为他们将失去像你们这样的客户。"金斯基公爵夫人对此礼貌地回答道。她很漂亮，她的美很像艾娃，她身材娇小，有着一双大大的黑眼睛和一头茂密的黑发。

"如果公爵夫人肯屈尊为我们站出来说情……"艾娃开口说道，她的话音都几乎没能够穿过紧咬着的嘴唇。

"女士，您高估了我对皇帝的影响力。我们在一起只是为了一些愉快、浮夸的事情。"

场面陷入了沉默，充满敌意，令人不快。艾娃感觉到，自己浑身已经湿透了。她腋下的丝绸部位出现了汗渍，这摧毁了她剩余的自信。她想哭。突然，门开了，女人们站了起来。皇帝率先出来走掉了，甚至都不看女士们一眼，身后跟着秘书。

"对不起。"金斯基公爵夫人说着，跟在了皇帝的身后。当他们消失时，艾娃长长地吐了一口气，突然间感觉自己的身体轻得就像一张纸。

托马斯·冯·舍恩菲尔德和他的游戏

他们在沉默中返回，整个路上没说一句话。晚上，雅各布压根就没有到楼下的公共大厅去。兹维什霍夫斯卡像往常一样和他在一起。晚餐时，雅各布只是让人给自己送了两个煮熟的鸡蛋，没再要别的。

第二天，他开始遣送那些年轻人回家去。他设法卖掉了手上的时髦马车和瓷器。其他的小东西，则被一位来自法兰克福的商人批量买走了。艾娃躲着，不到城里去，感到羞耻，因为在每一个地方，她都欠着别人什么东西。

在觐见皇帝后一个月，托马斯·冯·舍恩菲尔德出现在布尔诺。他是从国外回来的，给艾娃小姐带了一盒巧克力。她之前给他写了几封绝望的信，请求他的帮助，每一封信里都提到了自己可能会因为债务而被投入监狱的事情。

"麻烦就是生活的一部分，就像灰尘是散步的一部分一样。"当他们三人出城，走在雅各布最喜欢的那条林间小路上时，托马斯这样说道。这是一个美好的夏日晴天。早晨还很清凉，再晚一些肯定会炎热起来。在天气将要热起来的时候，感受一些凉爽是有益健康的。

"我就是这样的人。这大概是我们家族的天性，我们总是试图看到生活带给我们的美好的一面。"托马斯继续说着，"的确，有些事情我们没有做成，但我们做成了别的事情。那些疗愈的药水获得了相当大的成功，甚至是在维也纳这里。我尽可能谨慎地发货，只限定在朋友和可靠的人群当中。"

他的喋喋不休激怒了艾娃。

"是的。"她插话说，"但我们都知道，它带来的收入不足以保障哪怕是一小部分我们惯常的生活，更不用说支撑整个宫堡了。"

托马斯走在艾娃身后，离着一步的距离，用手里尖头的小竹棍拨开荨麻草上有刺的部分。

"这就是我为什么坦率地说这些，"他转向雅各布，"我感到轻松了，

"当我听到说,主,你最近已经下令让兄弟姐妹和那些寄生虫都回家去。这是个好兆头。"

"我们也放弃了很大一部分的动产……"艾娃补充道。

父亲沉默着。

"这非常好,这能让人振作起来,迈出下一步。舅舅,我强烈建议你这么做。"

直到此时,雅各布终于开口说话。他的声音很轻,你必须努力去听,才听得到他的话。他生气时通常会这样做,这是某种初始的暴力,迫使对话者去努力地听他讲话。

"我们把从兄弟姐妹那里收来的钱,都交给了你。你说过,你会在股票市场上使其增值翻倍。你说过这是借的钱,是带利息的。那些钱在哪里?"

"它会的!这显而易见。"托马斯开始发烧似的说起了胡话,"将会发生战争,这是肯定的。皇帝必须遵守他对叶卡捷琳娜所承诺的责任,她要求对土耳其开战。我得到了为军队提供大批补给物资的特许执照,你知道我认识每一个人,欧洲所有的重要人物。"

"你曾经已经这样说过了,是在我们把那些瓶子和蒸馏器带到这里来的时候。"

托马斯做作地爆发出一阵笑声。

"嗯,是的,我错了。所有人都会犯错。据我所知,没有人能够成功地做出黄金来,虽然有一些相关的传言。然而,有一些是更确定的东西,相比在蒸馏器里进行几百次实验和所有那些外国产的黢黑的连接器,这种新的炼金术是明智的投资。大胆地投资,坚信自己内心的声音,就像是在炼金术士的工作室里一样,要进行尝试和冒险……"

"我们已经在这上面犯过一次错误了。"雅各布在一根倒下的树干上坐下，用手杖末端毁掉了几只流浪蚂蚁的道路。他提高了声音："你必须帮助我们。"

托马斯站在坐着的雅各布面前。他穿着丝绸长袜，墨绿色的紧身长裤勾勒出了他瘦窄的臀部。

"我有件事要告诉你，舅舅。"他过了一会儿说，"你这位人物引起了我的伙伴们的兴趣。你已经不会再得到皇帝的任何支持，支持反而会是来自他们的。你在这里的使命已经结束了。皇帝的一些顾问对你没有好感，这很清楚。我自己也曾听到，他们谈论起你，似乎说你是一名江湖郎中，这是多么不公正，竟然把你与那些在各家王宫巡回的、比比皆是的骗子相提并论。你在维也纳的信用已经没有了，而我目前暂时也不能够给你任何的支持，因为我自己正在计划一些宏大的生意，我宁愿我们之间没有联系。"

雅各布站了起来，将自己的脸几乎贴到托马斯的脸上。他的眼睛慢慢变黑。

"你现在因我而感到羞耻了。"

雅各布快步往回走，托马斯困惑地跟在他后面，为自己解释：

"我从来没有为你而感到羞耻，将来也不会。我们之间存在着代沟，假如我出生在你出生的年代，也许我会渴望把自己变成你现在的样子。但是现在，有了不同的律法在统治着。你所说的事情，我也会想要去做。你在等待神秘的奇迹，等待某些灵媒的计谋，而我觉得，解救一个人更简单的方式是在地面上，而不是在那些神秘的领域。"

艾娃恐惧地看着她的父亲，她确信，托马斯的无礼会激起父亲心中的怒火。但是，雅各布很平静，走路时身体向前倾着，看着脚下。托马斯跟在他身后。

"应该让人认识到，他在自己的生活里，在整个世界上都有着自己的发言权。他如果一跺脚,王位就会颤抖。而你说,法律要在暗处去违背,要在自家的壁龛里去破坏;在外面,要假装成对法律是遵守的,而要在卧室和闺房里犯法!"托马斯觉得他对舅舅的批评有点太过火,降低了一些语气,"我反过来说,如果法律是不公正的,给人们带来了不幸,那就必须进行改变,要公开地、大胆地、毫不妥协地采取行动。"

"人们往往都不知道他们是不幸的。"雅各布平静地对着他的靴子说道。

他的冷静显然使托马斯更加大胆,因为他跑到了雅各布的面前,向后倒着走,继续争论着。

"必须使人意识到这一点,并唤起他去行动,而不是围着圈子跳舞、唱歌、舞动双手。"

艾娃确信,这时托马斯·冯·舍恩菲尔德的脸上将会挨一巴掌。但是,雅各布甚至都没有停下自己的脚步。

"你认为自己可以重新开始建造起什么吗?"雅各布问他,继续看着自己的脚下。

托马斯停了下来,颤抖着,提高了声音:

"要知道,这些都是你的话语,是你的教诲!"

当冯·舍恩菲尔德晚上回到维也纳时,雅各布把他拉过来,拥抱了他,在他耳边说了些什么。托马斯的脸变得明亮了起来,然后号叫了一声。艾娃站在她父亲身边,不确定是否正确地听清了他说的话。她觉得,他似乎说的是:"我完全信任你。"还说出了"儿子"这个词。

几个月后,一个包裹从维也纳寄了过来,是一个身穿黑衣的信使带来的,是一些旅途上能用得上的推荐信,其中还有托马斯的信:

……我的那些兄弟，他们的影响力很大。他们已经找到了某位天使般善良的人，一个独立小国的王子，他及其整个王室都愿意接纳您。他在美因河畔有一座宏伟的城堡，离法兰克福不远，如果您不介意屈就的话，城堡已受命由您去支配。这将是个好的转变方向：向西，远离战争。这是一场皇帝并不情愿，但还是会对土耳其宣布的战争。卷起您的帐篷，搬到那个新地方，这对您更好些。请考虑我在此确信无疑地写给您的内容。

您最忠实的托马斯·冯·舍恩菲尔德

艾娃看着父亲交给她的这封信，震惊地说：

"他这是如何做到的？"

尽管壁炉里散发着热量，她的父亲却还是将纽扣一直紧扣到脖颈，闭着眼睛坐着。艾娃注意到，他该理发了。他光脚搭在一个加了软垫的凳子上，艾娃看到上面凸起来的血管把皮肤变成了蓝色。她突然感到极度疲惫，一切随缘，不再关心他们将会遇到什么。

"我已经厌恶这个城市了。"她抱怨道。她透过窗户看着外面荒废的院子，院子的地面刚从肮脏的雪下艰难挣脱出来，显露出了地上的垃圾。艾娃看到一只什么人遗弃在雪地上的孤零零的手套，说道："我就是厌恶它。我已经不能再看着这一切了。"

"闭嘴。"父亲说道。

在离开布尔诺的前一天晚上，布尔诺的一群市民代表来到弗兰克空荡荡的宫堡。因为已经没有了家具，所以他们是站着被接待的。雅各布由年轻的切尔尼亚夫斯基搀扶着，向他们走去，艾娃站立在他身旁。市民们带来了告别礼物，送给"男爵大人"一箱最好的摩拉维亚葡萄酒，还有一个银盘，上面刻着城市风光和铭文："再见，布尔诺的朋友——市民们。"

雅各布看上去很受感动，所有的人都被感动了。在市民中间也另外产生了某种负罪感，因为人们现在才知道，即将离去的人还留下了一笔可观的款项，用于给予市议员们作好处费。

雅各布·弗兰克头上戴着自己的土耳其高帽，身穿水貂领的大衣，站在一个不高的台阶上，以他那粗犷但标准的德语说道：

"有一次，我走了一段很长的旅程，非常累，于是就找某个地方休息。在那里，我发现了一棵树，它给了我大片的阴凉。它的果实从很远处就传来了阵阵清香，树旁边是一处最纯净的泉水。于是，我躺在树下，吃了树上的果子，喝了泉水，睡了个好觉。大树啊，我怎样才能回报你呢？我问道。我该用什么来祝福你呢？是不是要祝愿你将会有很多的枝叶？这你已经有了。我说那祝愿你的果实甜美，你的果香远播？这你也都有了。我说那祝愿你的周围有清甜的泉水？这也已经赐予你了。除了让所有善良的过路人在你的下面休息，并将荣耀归于创造了你的神之外，我没有别的什么可以祝福你的了。而这棵树，就是布尔诺。"

这是在1786年2月10日，天上又开始下雪了。

杂记。雅各布·弗兰克的儿子们，以及莫里夫达

我从来都是全心全意地去完成自己的使命，因为我知道，雅各布会因此使我与众不同。如果不是我，还会是谁？那时，我的土耳其语很流利，对那里的风俗习惯了如指掌。然而，近来的挫折致使雅各布

将我从他的身边调离。他现在倒是与更年轻、更机灵的扬·弗沃夫斯基在一起。那人打扮成哥萨克人的形象,黝黑的脸上覆盖着浓密的波兰连鬓胡子,一直伴随着他。他身边的另一个伴随者,是他的小外甥安东尼·切尔尼亚夫斯基。他们像苍蝇一样,围在他的周围。马图舍夫斯基和维泰勒也是如此。最主要的是艾娃,她保护着他,慢慢地从他的女儿变成了他的母亲。

耶鲁西姆与我有很多的共同之处。与他在一起,当年轻人开始投身于他们所谓的喧嚣生活时,我们更情愿去谈论旧事。那些事情现在这里已经没有人记得,也没人看重。要知道,我们从一开始就在做我们的事情,而且从我们的宏大机制当中,我们看到的东西比任何人都多。起码,足以让我自豪的是,我是唯一一个从一开始就和雅各布在一起的人;因为毕竟,无论是莫尔德克先生,还是伊索哈尔,甚至是波德盖齐的莫舍,还有他那已经被埋葬在琴斯托霍瓦山洞里的父亲,他们都已经不在世了。尽管我总是不认为他们已经去世,我想他们只是离开了这里,正在某个地方等待着我们所有这些人。他们正坐在一张大木桌前,而通向他们房间的门就在这里,就在这座大城堡里面。死亡,不就是一个普通的伪装吗?就像世界上许多伪装的表象一样,而我们竟然就像小孩子一样相信了?

那时,我对死亡进行了很多的思考。因为在我有一次离开华沙的时候,我的瓦侬格薇死了。她生下了一个女孩,我给她取名为罗扎利亚,我非常爱她,她是我的第三个女儿。她是个过早出生的孩子,身体很虚弱。她的母亲已经不再那么年轻,没能承受得住分娩的困难。她安静地离开了人世,就在我们位于杜加大街的公寓里,她两个姐妹也在场。当我从布尔诺回来时,她们向我报告了这个可怕的消息。我相信,这是上帝想要告诉我一些事情,在我疑虑和不幸的时刻,给予我这个从来没有与家人亲近过的人一个粉碎性的打击。那时，我与我的妻子已经很少进行肉体上的交流，而且很长的一段时间里，我们对生儿育女不再有什么希望。上帝给了我罗扎利亚，是想告诉我什么？我想，他是想让我再次成为父亲，提醒我这个被我遗忘的角色，让我承担起去照顾雅各布的儿子们的责任。

因此我很乐意地回到了华沙，在那里继续自己的生意，以及担负起对我们大家庭的责任。但最重要的是，我在雅各布的两个儿子——约瑟夫和罗赫——身边照顾他们，我暂时把罗扎利亚留给她的姨妈们。我对他们的关注超过了对我自己。他们被安置在学校里，接受成为预备军官的教育。雅各布当初很清楚他在做什么，他把孩子们交给我悉心监护。我很努力使他们不要熔化在华沙的热锅里。我对他们有一种特别的情感，特别是对两兄弟中的大儿子罗赫，我的心与他很亲近。我多少次掰着手指，计算他出生时在琴斯托霍瓦的那些黑暗的岁月，回顾着我被雅各布提拔，以及当我的错误行为得到了他宽宏大量的原谅时的情景。但是罗赫却尽可能地避开我，甚至还对我特别苛刻无礼。我感觉得到，他是以我为耻的，他认为我对他来说不够波兰；我太像犹太人了，我哼唱的犹太歌曲刺激了他，对他来说我是无法忍受的。当走近我时，他总是把鼻子皱起来，说："我闻到这里有洋葱味。"这让我非常伤心。而他的弟弟约瑟夫，被罗赫控制着，对我也很粗鲁，但偶尔也很温柔。我想，除了我之外，他们两个再没有更亲密的人了。而这两个男孩自己的生活也并不容易，总是寄住在外人的家里，然后又是寄宿在骑士学校的宿舍里。虽然似乎被平安所包围，但他们却总是被当作怪人对待。他们变得自作主张，只和彼此生活在一起，好像世界的其余部分与他们都是敌对的。他们小心翼翼地掩饰着自己的犹太血统，总是比他们的波兰同学表现得更加波兰。

在更小的时候，他们曾经寄宿在修士会里。一开始是小罗赫先去的，我问过他那里是什么样的。他哭着抱怨说，他必须在早上六点起床，然后马上就去做弥撒，弥撒过后，会有一块涂着黄油的面包，而想要咖啡的话，就必须得付钱了。上午八点，就得回到教室，一直上课到中午。然后，谁要是轮到值班，就得去巡逻值守，然后是吃午饭。到下午两点前，他们才有片刻的时间在大楼后面的花园里玩耍。从两点开始又要上课，一直到下午五点。到晚上八点之前，他们要复习和做作业。而在这一切过后，从八点到九点，只剩下一个小时供他们玩耍。九点半他们就得上床睡觉。一直就这样循环往复。这能是一个幸福孩子的生活吗？

他们在那里被灌输的观念是：出身于贵族家庭只是一种偶然和盲目的运气，真正的高贵在于美德，要有追求美德的动力；因为如果没有美德，只有能力和良好的贵族礼仪的话，就只有虚荣和空虚。在所有的学科中，他们被认真地教授了拉丁语，以便他们以后能够学习其他学科，包括数学、外语、通史和波兰历史、地理和现代哲学。阅读其他语言的报纸是强制性的要求。他们还学习了一些我无法理解的东西，例如带实验课的"实验物理学"。这让我有点想起了——用约瑟夫的话说——炼金术的实践。

后来，到了军官学校，他们两个已经是作为被册封的弗兰克男爵入学的。他们被教导要对自己的事情保持严格的沉默，不要过多地谈论自己，不要与任何人交往过密。罗赫身材矮小，脸色泛红，神情紧张，他用令人难以置信的夸张来增强自己的勇气，后来，他用的是酒。而约瑟夫，有着细腻的皮肤，更像是个女孩子。有时看着他，我的感觉是，军官学校的学生制服把他固定得很好，因为一旦脱掉，约瑟夫·弗兰克就会像乳酪一样溢出来。约瑟夫的身高超过罗赫，身材更好，有着一双和他姐姐一样的大眼睛，嘴唇饱满，总是留着短发。约瑟夫安静而随和，在这一点上有点像弗朗西舍克·弗沃夫斯基。

在节假日，他们要么和我住在一起，要么和弗沃夫斯基家的孩子弗朗西舍克在一起。我试着努力把知识和正统派信仰传给他们，尽管他们对此非常抵触。他们假装听从了我的教诲，但看起来就像是完全不在场似的，就像是当初他们的父亲对他们的每一次违规行为进行惩罚时一样，态度上完全是心不在焉的。而雅各布认为，对男孩子们要用强硬的手段来进行控制。早先在琴斯托霍瓦的时候，我常常为他们感到遗憾，特别是罗赫。因为在哈娜去世之前，他的童年时光都是在监狱里度过的，他的整个世界就是军官房和塔楼前的一个小院子，而陪伴他的玩伴，则是那些老兵，有时是一些见习修道团的僧侣们。在我看来，他就像生长在地窖里的植物，在潮湿的地方长大，也许这就是为什么他那么弱小，那么微弱，那么不可思议。这样的造物怎么能成为雅各布的继承人呢？雅各布不喜欢他，也不尊重他。也许，每次看到儿子们，他都会感到愤怒。因此，我就承担起了这项任务。然而，为这两个迷失的灵魂做父亲，对我来说完全是不成功的。

我还要在适当的时候去扮演一个媒人的角色，类似于很久之前，我和莫尔德克先生在我们的旅行中所扮演的那种媒人角色。起初，雅各布指派他们从贵族中娶妻，因为他当时指挥大家都要向外发展，与外人结婚。可是，这并没有持续很久。

我始终认为，我们必须团结在一起，否则我们将无法存续下去。我自己的儿子阿荣是莱娅唯一的孩子，与莫舍克·考特拉什的孙女玛丽安娜·彼得洛夫斯卡结了婚。我的孙子们在华沙长大，我们所有的努力都是为了保障他们能受到教育。我的大女儿已经订婚,要嫁给亨利克·弗沃夫斯基的小儿子。我们当初不想让她太早嫁人,所以我们一直等着,直到她长大成人。

我曾经在华沙的一条街道上遇到过莫里夫达。我当时很惊讶,因为他一点都没变,也许只是瘦了一些。只有当他摘下帽子时,我才看到,他已经秃顶了。可是他的脸和他所特有的步态,以及他的一切,看上去似乎都没有改变。只不过,他所穿的衣服现在已经完全不同了,都是外国的,也许曾经很时髦很优雅,但现在已经显得有些寒酸。他没有立即认出我来。他先是在路上走过了我,但后来他转过了身。我当时不知道该怎么做,于是我就站着,让他有权先说话。他很惊讶地说:"纳赫曼,是你吗?"

"就是我,只不过我叫彼得·雅各布夫斯基。你不记得了吗?"我回答道。

"你怎么看起来这样?我记得你不是这样的。"

"而我也可以告诉你,我的脑子里也有个不一样的你。"

他拍了拍我的后背,就像他以前在士麦拿曾经做的那样,他拉着我的手,我们从街上走进了院子里。我们两个人都有些不知所措,但是都很高兴。我顿时感慨万千,泪水涌出了眼眶。"我以为,你会与我擦肩而过……"我说道。

当时,就在那个院子里。他做了一件令人吃惊的事。他搂着我的脖子,把脸贴在我的衣领上号啕大哭,而我也感觉想哭,尽管没有哭的理由。

从那时起,我又见过他几次。我们总是会一起去市场后面的小酒馆,那里有匈牙利葡萄酒,就是当初我们一起喝过的那种。莫里夫达最后总是喝醉，说实话，我也一样。

他现在是王室办公厅的一名高官，在最好的部门间流转，还为报纸写文章，他给我带来了他写的印好了的小册子。我想，这就是他把我拉到这家酒馆的原因，因为它在一个地窖里，很阴暗，即使有人进去，也不会认出任何人的脸。"你为什么不结婚？"我每次都问他，无法理解他宁愿一个人生活。他让外面的女人替他洗衣服，与外面的女人上床。即使对女人没有愿望，与某个女人在一起生活也仍然是有益的。

他叹了口气，讲起了他的故事。正如他习惯的那样，他每次讲的故事都有些不同，他在细节上纠缠不清。但我只是理解地点头，因为我了解他的讲述方式。

"纳赫曼，我缺少灵魂上的宁静。"他说着，身子靠在他的酒杯上。

我们的谈话最后总是转到对士麦拿和久尔久的回忆上，好像我们的奇遇就到此为止了，没有别的。他不想听琴斯托霍瓦的事情，他已经开始发晕了，看起来好像雅各布被监禁后所发生的事情，对他来说都已经不重要了。我还给他写下了弗沃夫斯基家和哈雅·兰克隆斯卡家的地址，可据我所知，他都没有去过。可是，有一次他来了我这里，当时我应该是正要出发去布尔诺。他已经有点醉醺醺了，我们又一起去了格瑞博夫斯卡大街喝酒。他给我讲了关于国王的事情，说国王邀请他吃午餐，对他写的诗歌做出了好评。当时他又喝醉了，在桌子上给我画出了他在什么地方接受了什么样的女人。

就在不久前，我得知他推举了米哈乌·弗沃夫斯基的儿子，一位年轻的律师，进入王室办公厅工作，并且还照顾着他。那个小伙子很有天赋。

关于莫里夫达的事情就是这些了。当主召唤我们在1786年圣诞节后的最后几天去布尔诺时，就在我出发之前，我得知，莫里夫达去世了。

在布尔诺的最后日子

当我们接到召唤,赶到布尔诺时,彼得堡大街边上的那栋房子差不多已经是空的了。在最后的几个月里,雅各布召唤来到他自己身边的,都是我们这些经历了伊瓦涅犹太复兴运动后到现在还活着的人,是最年长的兄弟姐妹们:艾娃·耶杰任斯卡、克拉拉·兰克隆斯卡、弗沃夫斯基兄弟和我。年轻些的兄弟有雷德斯基和布拉茨瓦夫斯基。当时在现场的,还有老帕沃夫斯基、耶鲁西姆·邓波夫斯基和其他人。

我们发现他总是独自待在他自己的房间里。他已经命令艾娃和阿努霞·帕沃夫斯卡搬到大楼的另一边,而这在我看来是相当轻率的决定,要知道他最近刚刚经历了大出血和中风。他脾气暴躁,下令让雷德斯基照管他。他现在活着的状态,让我清楚地想起了那位死在卢布林的不幸的赫尔舍维。雅各布变得更瘦,更枯萎了。他好几天都没剃过的胡须,现在已经完全灰白了。同样,他的头发也变白了,尽管仍然浓密、卷曲,呈波浪形。他走路时,得用手杖支撑着自己。我不敢相信,我看到的竟是这样的他,而这一切真的就只是在这一年中发生的。因为,我的记忆里所保留的依然是当初那个来自士麦拿、来自伊瓦涅的雅各布,那个自信、粗鲁、说话声音很大、行动迅捷,甚至相当粗暴的雅各布。

"雅各布夫斯基,你怎么这样看着我?"他与我打招呼说,"你变老了,你看起来就像个吓唬麻雀的稻草人一样了。"

很明显,我一样也被时间的牙齿啃咬过了,可是我自己没有感觉到,因为我完全是无病无灾的。但他真没必要在大庭广众之下把我比作一个稻草人。

"你也一样，雅各布。"我回答说，而他甚至都没有对我的这种无礼做出反应。其他人都哈哈大笑了起来。

每天早上，我们都会动身去布尔诺的各个地方找债权人，要不就是去维也纳，在那里，已故的所罗门的几个儿子已经有了相当高的地位，他们给我们提供建议，告诉我们如何能够偿还宫堡所欠的高额债务。

这时节的夜晚很漫长，当天黑了的时候，我们就像过去一样，坐在大厅休息室里。雅各布敦促我们用我们自己的语言祈祷，但已经是很简短的祷告了，只是为了不忘记而已。白天，我们进行打包，卖掉还能够卖掉的东西。晚上，雅各布变得很渴望讲述，我想他大概很高兴，看到有我们这么多人在场。那些唠唠叨叨的讲述，有不少都由我和我的同伴们在别的地方写了下来。

"有一个地方，我要领你们前往。"他说道。这一段讲述，我可以无休止地听下去，它能使我平静下来。若是在临终前的床上，我想要听点什么的话，那我想要的就是这一段了。"虽然你们现在身处贫困，但是，假如你们知道了那个地方，你们就不会再想要世界上的任何珍宝。那是那位老大哥的地方，是好上帝的地方，他对人仁慈，给予人兄弟般的情谊，他就像我一样。他身边有一个随行的队伍，就如同我们这里一样，有十二个兄弟和十四个姐妹。姐妹们和兄弟们都是床伴，也像我们这里一样。所有这些姐妹都是王，因为那里是由女人统治的，而不是男人。你们可能会觉得奇怪，这些兄弟姐妹的姓氏完全相同，正如你们在希伯来语中的姓氏。而他们的形象也与你们相似，但却全都是年轻的形象，正如你们当时在伊瓦涅的时候。而我们，正是要去他们那里。最终，当我们与他们相会时，你们将迎娶那里的姐妹，嫁给那里的兄弟。"

我以前就知道这个故事，他们也全都知道。我们过去总是动情地听着它，但是这一次，在这个空荡荡的房子里，我当时的印象是，所有人都对其充耳不闻。它似乎已经不再如过去那样，不再意味着过去的含义，而仅仅只是一个美丽的寓言。

我们大家都很清楚，现在对于雅各布而言最重要的人是摩西·多布鲁什卡，那个人在这里被称为托马斯·冯·舍恩菲尔德。在维也纳，雅各布天天都在等待着他，每天都要问有没有他的邮件。但唯一来拜访过他的人，是财务主管韦塞尔，他是多布鲁什卡的熟人，与他有着某些业务上的联系，但他却没有告诉我们任何相关的事情。而我呢，任务是写信，主要是写信给那些债权人，一些彬彬有礼的、安抚的信，还有写给在阿尔托纳和普罗斯捷约夫的兄弟们的信。

雅各布甚至开始说起要回波兰，他向我询问起有关华沙的情况，问那里怎么样了。我觉得，他很想念华沙，或者是他已经太虚弱了，已经无法在国外重新开始任何新的生活。每天晚上，他都在一点点地回忆，于是我拿起纸张把这些写了下来。当我手痛时，就由阿努霞·帕沃夫斯卡来写。然后，在第二天，由安东尼·切尔尼亚夫斯基进行修订，再誊写出来。

他说："你看，当我在波兰时，国家是和平而繁荣的。当我一被囚禁，国王就死了，国家就开始动荡不安。而当我离开了波兰后，王国就被彻底破碎了。"

对此，很难不承认，他是对的。

他还说，这就是为什么他总是一身土耳其式的装束，因为在波兰有一个古老的说法，就是谁若是外族出身，有外国的母亲，就有机会修复现在这个国家，使它从所有的压迫中解放出来。

他不断警告我们，让我们不要回归到以前的犹太信仰。但是在这一年的冬天，他突然在犹太教的光明节上点燃了第一支蜡烛，并命令我们烹制犹太餐食，大家都吃得津津有味。大家饱餐了一顿。然后，我们又一起用古老的语言唱起了那首古老的歌，那还是伊索哈尔教给我们的：

人是什么？是火花。

人的生命是什么？是瞬间。

什么是现在的未来？

是火花。那时间飞逝的过程是什么？是瞬间。

人是由什么而成？

是火花。那死亡是什么？是瞬间。

他是谁，当世界包含了他时？

是火花。当世界再被吞噬时，会是什么？是瞬间。

寻找自己生活方式的莫里夫达

酒必定要最好的，要那种在第二天不会让他头痛的酒。然而酒后，他无法入睡，而早上醒来的时候是一天之中最糟糕的时刻：此时，所有的一切似乎都成了问题，都变成了糟糕的误解。当他在床上辗转反侧的时候，旧时的记忆又都回来了，非常清晰，包含了所有的细节。他的脑海中，越来越频繁地出现了一个顽固的想法：那一定是在他中年的时候发生过了，到底是哪一天呢？在他一生的经历当中，达到了最高顶点的那个时刻，达到了

正午的时分,且从那个时间点开始——虽然他并不知道是怎样的时分——他的人生终于开始向西倾斜。这是个特别令人好奇的问题。因为,假如人们能够知道那是哪一天——那天将是他们生命正中的一个点——他们也许会更早地对生命,对发生在其中的事件赋予某种意义。躺在床上,失眠的时候,他在心里数着日子,组合着各种数字,就像是雅各布夫斯基对卡巴拉的痴迷。这是1786年,深秋时节。他出生于1718年的夏天,现在已经六十八岁了。假如他死于此时,那就意味着他一生的中点是1752年。他试着去回顾那一年,在脑海中翻阅他内心并不太精确的那些卡片,最终发现,假如他现在死了,那个点或许正是他来到克拉约瓦的时候。很奇怪的是,对此,他记得非常清楚。他甚至还记得,当时他穿着白色亚麻布的圣徒衬衫。那天天气很热,熟透了的李子掉落在干燥的路上,随即被车辖辘碾碎。肥壮的马蜂,颇像是大黄蜂,正吸食着果园里梨子的甜汁。人们身穿白衣,围成一圈跳舞。莫里夫达站在他们当中,感到了快乐。但那快乐,是那种必须得强迫自己去感受,然后才会绽放出来的快乐。

　　他在王室办公厅的工作不算是最辛苦的,作为一名高级官员,他只是进行监管,并不用自己去书写。他负责与奥斯曼帝国政府的联络,因为他会那些语言。实际上,在他这个年龄,已经可以是假装在工作了,莫里夫达就是这样做的。

　　国王喜欢伶俐风趣的莫里夫达,喜欢他那略带沙哑的声音,还有他说的那些小故事。他们经常会交流几句,通常是好玩的事情,结束时两人总是哈哈大笑。于是，莫里夫达受到了大家的尊重。当斯坦尼斯瓦夫·奥古斯特走进办公厅时，每个人都会立即起身鞠躬，只有莫里夫达要花不少时间来艰难地起身，这都是因为他的大肚子。由于国王不喜欢夸张，莫里夫达的鞠躬只限于低一低头。

如今，莫里夫达认为自己是属于智者的一类人物，尽管也有些小小的危机，但他的自我感觉良好。事实上，他并不觉得自己受了什么生活的委屈。他试图像一位学者那样生活，很少有什么事情能够影响到他。他有一支锋利的笔，常常提笔上阵。最近，一位名叫安东尼·费利西安·纳格沃夫斯基的人写了本《华沙指南》，其中介绍了首都那些美丽且重要的地点。莫里夫达对他进行了嘲讽，因为那种乖巧的首都景象只适合于寄宿学校的女学生们。此时，他决定写一写有关华沙妓女的文字。他这几年一直在深入地研究她们的生活习惯，就像是那些研究遥远岛屿上野蛮人的生活的学者一样。他这部作品名为《另一位作者关于〈指南〉的附录》，在1779年出版后迅速销售一空，并且还使华沙的一些妓女变成了名人。而莫里夫达则因此大大提升了自己在社交圈里的地位。虽然出版物转瞬即逝，而且是匿名出版的，但是人人都知道，那本《华沙指南》的"附录"就是莫里夫达写的。

多年来，他一直与一群狐朋狗友聚会，其中的一些人来自办公厅，但也有一些记者和剧作家。那是个快乐的群体，并不局限于智识类的话题。这些先生都是在每周三聚会，品尝着葡萄酒，抽着烟斗，然后不约而同地，带着酒后微醺的快乐起身，在华沙城里四处寻找新的地方——某处比他们一周前发现的还要更好的地方。比如，在克罗赫马尔纳大街的莉莎·辛德勒餐厅，那里既便宜又舒适，那里的女服务生们穿的是小衬衫，而不是像大多数店里那样的打工服和皱巴巴的长裙。莫里夫达不喜欢那些与女人纠缠的做法。有时，他们会去特伦贝茨卡大街，那里每栋房子的底层都是爱的天堂，女人们坐在窗户里吸引着顾客。他现在已经很少去购买她们的服务了，因为他自己的男性能力已经不再能支持他对那些身穿小衬衫的女士的热情。那种衣服只勉强遮住臀部，他们一伙人开着玩笑，恶意地称她们为"半臀"。女人们仍然会吸引他，但他已经很少能够进行正常的性交，这让他往往处在别人半笑不笑的神情和暧昧的目光之中。从某一个时段开始，他甚至都不再去尝试了。

正因如此，女人们吸引着他，但也令他越来越厌恶。在他自己的印象中，直到此时，他才终于挣脱出了内心里那种在生活中建立起来的有关于女人——关于女人的无助，关于女人所谓的神圣性和纯洁性——的整个意识结构。在此之前，因为女人，他总是让自己身处痛苦之中，不停地去恋爱，而且大多数还是单相思的爱情。他还曾向她们祈祷……可是现在，在大多数情况下，他认为女人不过只是非常简单的生物而已，不过是些狡黠的妓女，空虚而苛刻。她们用自己的身体做着神圣的生意，售卖洞口，一个接着一个，仿佛她们是永恒的，而她们的青春似乎也如花岗岩一般。他认识她们中的很多人。他带着满意的心情，看着她们一个个坠落。她们中的一些人能够用自己的性器赚到相当不错的财富，就像马切耶夫斯卡，所有的军官都去找她，一个接着一个。由此，她在新城建起了一栋小楼。但后来，找她的只有士兵了，而她并没有降低她自己的姿态。他最后一次见到她时，她身体很好，成了一位贵妇和居家女人。莫里夫达的这种蔑视，延伸到了所有女人身上，甚至是那些高贵的女人（他认为，她们不过是假装的），那些骄傲地炫耀自己出身的女人，但这些女人对于自己的出身没有任何影响力。而且，她们往往也是很冷漠的，成为外人贞洁的守护者。

他的同伴们似乎也和他一样，从这种老套的厌女症中获取乐趣，然后他们就讨论起那些女人的情况，列举把玩她们的案例记录，设置标准，建立排名。莫里夫达在晚年意识到了他自己对女人的厌恶，还不仅仅是名单上的女人，而是所有的女人。他意识到自己从一开始就是这样的，意识到自己一直以来的感觉也是这样的。这就是他一直以来被教育成的样子。他大脑的运作方式就是这样的。而他在青春期时的纯洁爱情，只是自我应对那种黑暗感觉——蔑视感——的尝试。那其实是一场天真的洗心革面。但是，这种使自己变得更纯洁，抛弃任何邪念的尝试，最终并没有获得成功。

当他因为取得了成绩而能够去休假的时候，他离开了工作岗位，他的那些酒肉朋友为他定制了一幅画像，请了一位画家，将莫里夫达对他们描述过的全部冒险经历都画下来，包括海上的奇遇、与那些海盗的奇遇、他曾当上国王的那座岛屿、与那些异国情调的恋人之间的经历、犹太教神秘主义的经历、在阿索斯圣山修道院的经历、转信异教的经历……当然，这当中的大部分，不过是胡说八道的瞎扯。这是为他一生的瞎扯树起的一座纪念碑。

有时，他会迷失在华沙的街上，浑身是泥，外套上满是破洞。某次，他出现在了偏僻的采格尔纳大街，那里居住着许多王室的工匠，弗沃夫斯基家族在那里也有生意。施罗莫·弗沃夫斯基在那里建起了他的房子，是一座尚未完工的两层大楼，底层是商店，院子里还有一些建筑，是啤酒厂。那里到处弥漫着令人作呕的麦芽味，又激发着人的饥饿感。

他看到一个年轻女人，大胆地问她有关纳赫曼·雅各布夫斯基的情况。

那个女人很不友好地看了他一眼，回答说：

"大概是彼得吧。我不认识什么纳赫曼。"

莫里夫达急切地确认，补充道：

"我们年轻时就认识的。"他想让这女人平静下来。

于是她从口袋里拿出一张纸,在上面写下了雅各布夫斯基的地址。他决定找过去。

在他家,他找到了他,看到他已经收拾好了出远门的行李。纳赫曼见到他,明显不是很高兴。他把一个小男孩,大概是他的孙子,从腿上放了下来,站起身与莫里夫达打招呼。他身材细瘦,没刮胡子。

"你要去什么地方吗?"莫里夫达问他,不等他回答,就在一张空椅子上坐了下来。

"什么?你看不出来吗?我是个信使。"雅各布夫斯基笑着说,露出了他那被烟草熏黑的牙齿。

莫里夫达也笑了,看着这个有趣的小老头,他不久前还给自己讲过有关人类身体发光的事情。"信使"这个词,与眼前这个瘦弱如小女子般的人物联系起来,也显得很滑稽。雅各布夫斯基有点局促不安,因为让莫里夫达发现了他现在的尴尬窘态:孩子们正围着桌子来回乱窜;他的儿媳妇一脸威胁的表情冲了进来,吓了一跳,赶紧又退了出去。稍过了一会儿,她带着一大壶果汁和一篮子小甜面包出来招待。可是,莫里夫达不会喝她的果汁。他们去了一家酒馆，莫里夫达点了一整壶葡萄酒。纳赫曼·雅各布夫斯基没有抱怨，尽管他知道第二天自己的胃将会灼痛。

安东尼·克萨科夫斯基，亦名莫里夫达，故事的续集

"我曾经有过一个来自你们那里的妻子，和她有过一个孩子。"他开始说了，"我逃离了家，与她举行了一场基督教的婚礼。"

雅各布夫斯基惊讶地看着他，用手摸了摸胡子，胡茬已经长了好几天了。他知道，自己必须得把整个故事听完。莫里夫达接着说：

"可我抛弃了他们。"

磨坊主贝莱克·科泽维奇将自己的女儿马尔卡和年轻的克萨科夫斯基送去了立陶宛。他们住在马尔卡的堂哥那里，他是一座大桥的收税员，一个维持着大家庭的忙碌男人。他们马上就明白了，这里只能是暂时的过渡。他们在牛棚的边上得到了一个自己的空间，只能靠一群牛的身体来取暖。整个大家庭，包括那些最小的孩子，视线里也总是留意着克萨科夫斯基，仿佛他是大自然的某种奇异的创造。这实在是令人无法忍受。安东尼会帮助糊里糊涂的堂哥处理各种各样的证书和文件。他穿着犹太式的衣服，与过桥的一群小年轻中的一个，争论收过路费的问题。他不光总是在桥上，有时还会去村里。但是，他很担心自己的口音会暴露自己，于是他故意在说话时掺杂各种方言和口音来混淆视听，掺入立陶宛语、俄语和犹太语等等不同语言的词汇。当他回来时，看到了马尔卡的样子，他的心都紧紧地揪了起来，马尔卡已经变得呆滞、惊恐，对自己的状态感到讶异，变得像个孩子。他应该怎么做？守桥人总是带着酒意，让他反复读同样的东西，用他长

着黑指甲的手指,给安东尼指经文中他还不熟悉的那部分。最后,是马尔卡告诉他,关于利亚和雅各的女儿的故事。当初底拿不顾各种告诫,出门离家太远,被一个名叫示剑的陌生人强奸了。

"而你就是那个示剑。"她补充说。

当桥上的某个农民小子用手指戳着他的胸口,问他是谁,是犹太小子还是波兰小子时,他开始感到害怕了,就像他在河里游泳,脚下却没有了蹬得住的河底,仿佛河水正裹挟着他,而无处求助的他正被冲向未知之地。他变得越来越焦虑,然后他惊慌失措地陷入了恐惧,或许是已经预感到了将会发生什么。此时,他想起了立陶宛的特拉凯,他母亲家在那边还有门亲戚,是卡明斯基家族的几个亲族。他脑子里想着,他要去找他们,去寻求帮助。

他说到做到,一月份就起身上路了。他把自己身上的衣服从犹太式的换成了波兰贵族式的。三天后,他到了特拉凯,但没有发现有什么姓卡明斯基的人。他的那位姨妈在几年前就去世了,姨妈的女儿们都已经随着丈夫们四散离去,其中一个还在波兰的什么地方,另一个则去了俄罗斯的腹地。他偶然得知,有一位特拉凯的商人在普斯科夫有着自己的生意,正在为他住在普斯科夫的孩子们找一名波兰的家庭教师。

安东尼于是把自己身上所有的钱都寄给了那个守桥人,还附了一封长信给他(另有一封信单独寄给妻子)。在信中,他承诺只要自己赚到一点钱,就还会再寄钱给他。他敦促那个陌生人,照顾好马尔卡和孩子,直到他回来。到那时一切就都会好起来的,他会让孩子不再是一个私生子,而是婚生的孩子,让基督教的婚姻得到尊重。

在一个灰蒙蒙的冬日,当他刚要启程前往俄罗斯时,有一封信寄来了,他当时提供了自己在特拉凯的地址。守桥人用他笨拙的字迹在信中写道,马尔卡在分娩时死了,孩子也死了。守桥人衷心地希望母子两人的形象能在安东尼的余生中永远伴随他，希望安东尼永远无法摆脱对母子之死负责的想法，希望没有任何东西能让安东尼为自己的错误寻得宽恕。他在冰冷寥廓的天空之下读着这封信。在一辆马车上，他茫然地挤在其他乘客中间。他感到绝望的同时，也感到了解脱，就像一个被河水激流所裹挟着的游泳的人。他感到恐惧，直到他内心接受了自己的渺小和无助，直到自己也变成一块碎木头，对一切都无所依靠，然后才会平静下来。

前往普斯科夫的旅途持续了一个月的时间。大多数情况下，他都是靠步行，偶尔能坐上马车。夜里他就睡在马厩里。有几次，他觉得，在自己的大脑里已经形成了一个痛苦的溃疡，只要不去触动它，他就可以带着这个溃疡活下去。这的确是有可能的，只是除了在某一些时刻，没有任何先兆，那些痛苦会不请自来。此时的疼痛似乎潜逃出了魔法划定的界限，痛苦震耳欲聋。有那么几次，他和一些俄罗斯农夫一起乘坐雪橇，又冷又脏的他哭了一路。最后，一个穿着羊皮大衣的大个子马车夫停下了马，走到他身边，拥抱着他，来回摇晃，安抚他。在白茫茫的荒原上，他们就这样交缠着站立在一起。在严寒中，马匹身上冒着蒸汽，那边挤在一起的农夫们都耐心地等着。甚至，马车夫都没有问他为什么哭。

当他到了普斯科夫，他知道他来晚了，一位比他更有经验的家庭教师已经在那儿了。

经过了漫长的旅程，他到了彼得堡，他意识到，自己可以就这样继续活下去：不停地前行，在车上，在马背上，每天和别人一起。他善良、聪明、健谈，人们立即就会喜欢上他，都觉得他好像比外表上看着要年轻一些，于是都照顾他。他利用了这一点，并且从未越界。如果你认真地看待这一切，说实话，一个人生活所需的东西其实很少，吃饭穿衣而已。睡，可以在任何地方。此外，他总是被一些商人收留。他为这些人做翻译或会计的工作，或讲些搞笑的故事。那些普通的农民也帮助他。在他们面前，他扮演一名陷入困境的神秘贵族，他总是以尊重的态度对待那些农民，就像对方也一样是有贵族头衔的人。同样，他也不回避犹太人和希腊人，他学习他们的语言，并自愿当他们的翻译。有时他会用自己母亲的姓氏卡明斯基，有时又说自己的姓氏是日穆津斯基，或者，他会为自己随意编造一个姓氏，用上个一两天。由于他谈吐得体、彬彬有礼，在路上遇到的那些商人都向他们自己的朋友推荐他。于是，他随着各路商队，走遍了土耳其地区。他被反复发作的忧郁症所困扰着，最终加入了黑海舰队。作为一名水手，他在近三年的时间里航行，走访了许多港口城市。在爱琴海的一次海难中，他幸存了下来，被送进了希腊北部塞萨洛尼基的土耳其监狱。显而易见，他是含冤入狱的。获释之后，他上路前往阿索斯圣山，他相信在那里能找到慰藉。但是，他并有没得到灵魂的平静。之后，他在士麦拿当了一名翻译。最终，他留在了克拉约瓦的鲍格米勒派的修士们当中，打算在那里度过余生。

"直到雅各布出现在那里，直到你们找到我。"此时，莫里夫达正说着。他们已经喝光了两壶酒，莫里夫达感到非常疲惫。纳赫曼沉默良久，然后站了起来，拥抱了莫里夫达，就像冬天旷野里的那个农民所做的那样。

"你怎么看，雅各布夫斯基，我过的一生还好吗？"莫里夫达对着纳赫曼的衣领喃喃自语道。

当他脚步跌跌撞撞地回到家时，他看到起火了。他站着，长久地看着燃烧中的那座房子，那是一家乐器厂，高温使吉他的琴弦爆裂，使绷紧的牛皮鼓面炸响。大火演奏着地狱般的音乐，路人都在听着，直到消防队带着大水泵赶来。

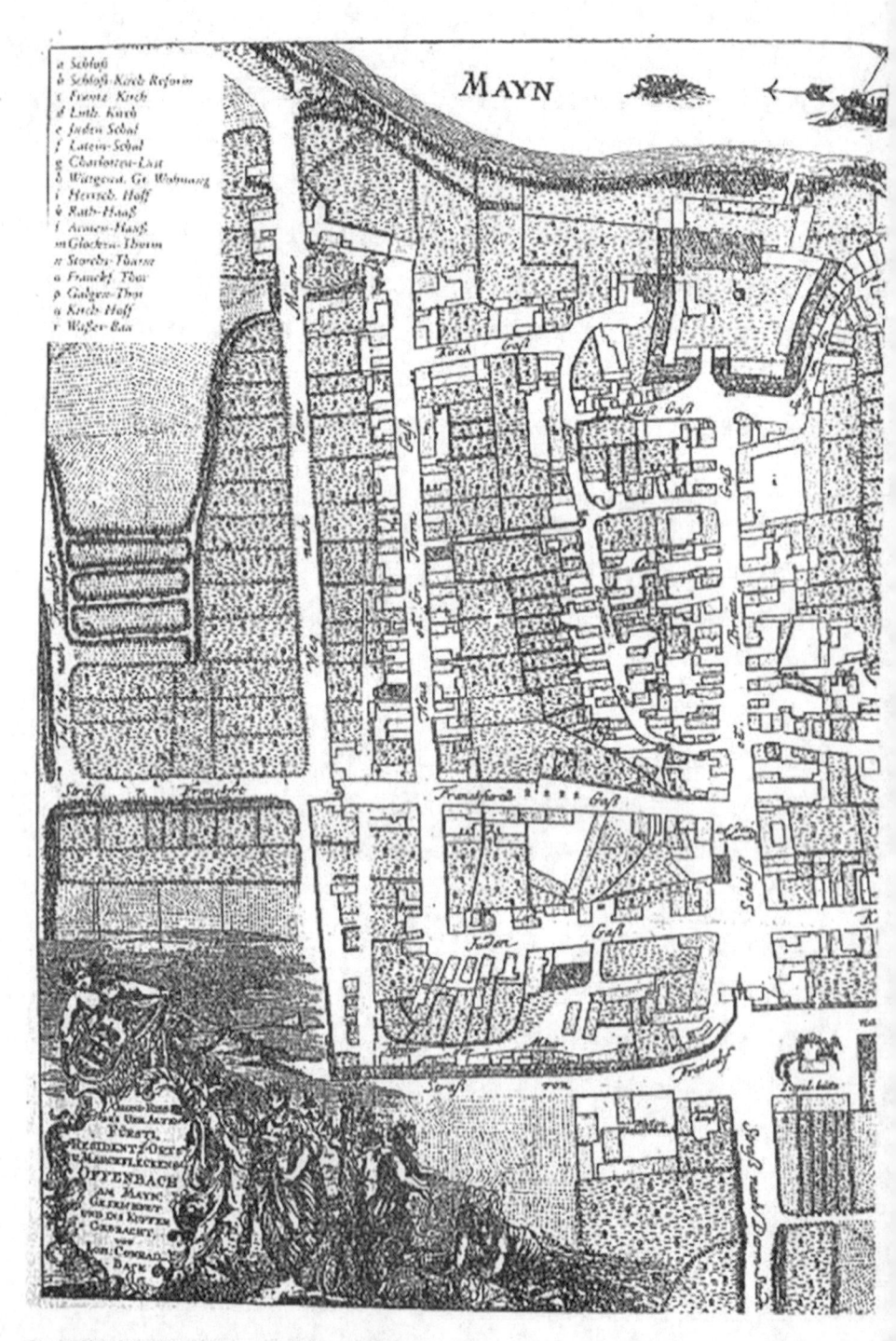

PLAN VON OFFENBACH 1750 (Joh. Conrad Bock)

FL.

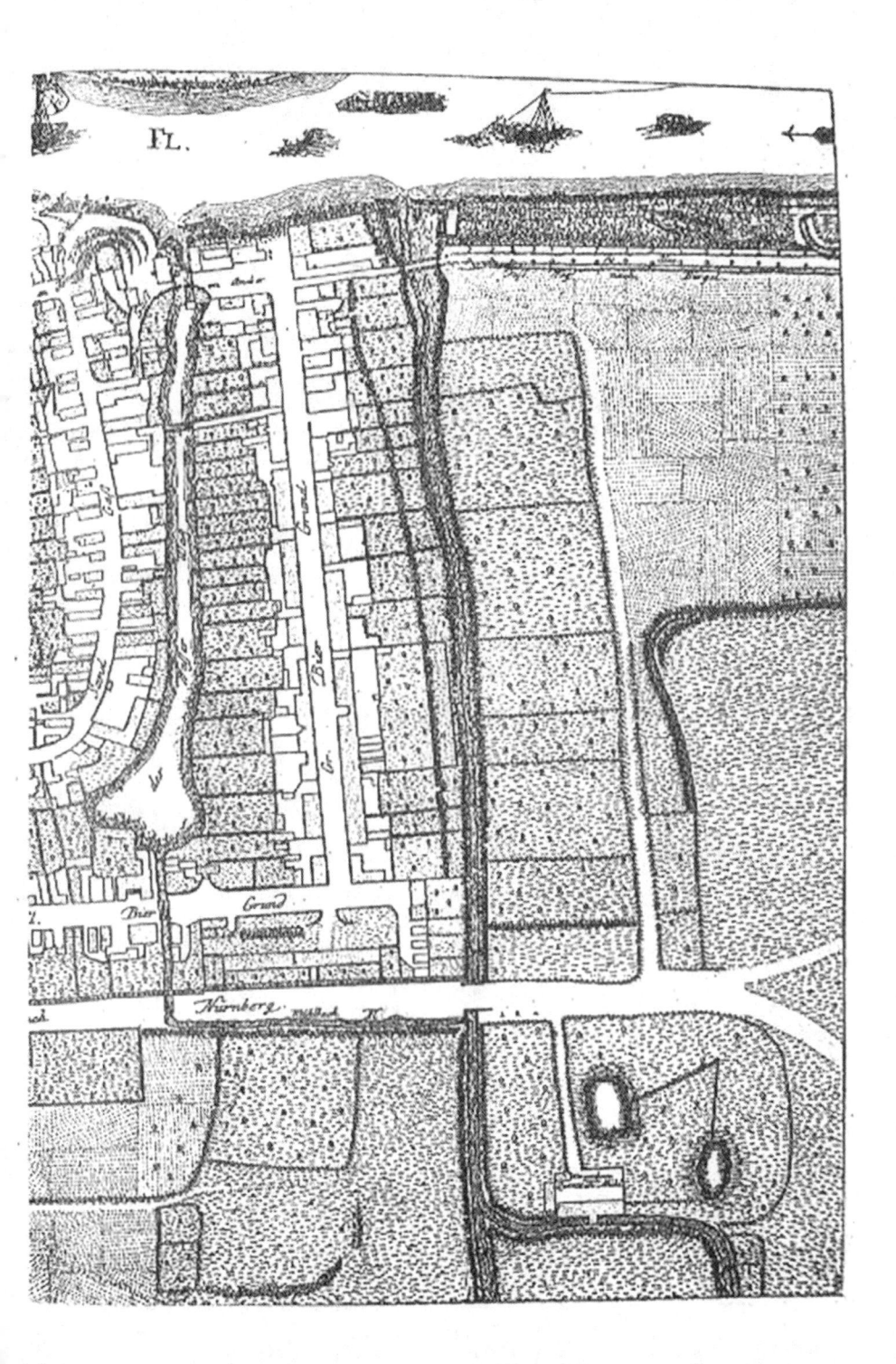

第二十九章

关于定居在美因河畔奥芬巴赫的
像昆虫一般的人

  这个场面着实令人震惊,以至于本地的马车都自动地靠路边停了下来,腾出道路让这支由怪异的马队和车队组成的队伍通过。打头的是六名手持长矛、衣着艳丽的骑兵组成的骑兵队。他们留着浓密的小胡子,虽然面容严肃,甚至看上去气势汹汹,但他们却像是某个马戏团即将到来时用于招徕观众的前导表演。他们由一名全副武装,胡须像高音谱号一样上卷的领头人率领着。这支先头部队的后面是一辆富丽堂皇的马车,车门上有花哨到让人记不住的纹章,其后是十几辆由东方重型马牵引着的多人马车。再后面跟着的是满载货物的马车,上面用防水布仔细地覆盖着。在这些的后面,又是一列马队,上面是一些年轻英俊的男子。这支队伍是从法兰克福出发的,穿过了美因河上的大桥,将前往奥芬巴赫的城郊奥伯拉德。

  冯·拉罗什夫人正在奥芬巴赫探望亲戚。她几乎就要下定决心,在这个异常安静的温泉小镇定居了。此时,她也让车夫把车在路边停了下来。她好奇地看着,想知道是什么样奇怪的人物才会在大路上这样招摇。卫士们穿着五颜六色的制服,骑兵们也一样,颜色以绿色和金色为主,上面装饰着很多饰绳和铜扣。他们的高帽子上插着孔雀羽毛作装饰。这些男人都非常年轻，几乎都是少年，这让索菲亚·冯·拉罗什联想到了长着长长的腿、会弹跳起来的昆虫。她很想看一眼那辆最华丽的马车的内部，但车窗上的帘幕遮得严严实实。而后面车辆里的人就很容易看得到，上面主要是女人和孩子，全都穿戴整齐，色彩鲜艳，面带微笑，好像因他们引起的好奇而感到有点尴尬。

"那是谁？"冯·拉罗什夫人好奇地问一位盯着车队傻看的小镇居民。

"据说是某位波兰男爵与他的女儿和儿子们。"

车队不紧不慢地穿过小镇郊区，招摇地蔓延着驶过狭窄的鹅卵石街道。骑手们用某种外语叫喊着，口哨声传出很远。冯·拉罗什夫人觉得，好似在观赏一出歌剧表演。

后来，当索菲亚与她同样个性张扬的表妹相见时，索菲亚在柏林的停留很快就淡忘在了人们的脑海中。人人都在谈论着那位波兰男爵和他神秘而美丽的女儿，他是应亲王的邀请来到这里的，并从他那里租了一座城堡；这些新来的人要先在那里暂住。

她的表妹专门租了一辆马车去了奥伯拉德。她在车上看到了他们整个的下车仪式。这会儿，她用一种激动的声音讲述着：

"那两位儿子领着一位一身红衣、头戴土耳其帽子的高大老人走出来，下了马车。他的胸前别着一颗钻石星。后面是他的女儿，从第二辆马车上下来，穿得像位公主。我看到她的头发上装饰着钻石。你无法想象，他们看起来就像是一对皇家夫妇。她搬进城堡后，你们可就会是邻居了。"

从1786年3月开始,整个奥芬巴赫都处于一种轻微的歇斯底里的状态中。城堡里,一些泥瓦匠在工作着,从窗户里向外飞出了阵阵灰尘。城堡订购了大批的墙布、地毯、护墙板材、家具和床上用品,以及所有让这位波兰男爵的住所变得舒适而尊贵的东西。

索菲亚·冯·拉罗什是个作家,写作是她的习惯爱好。在日记里,她一丝不苟地记录下了自己所看到的一切。她写道:

> 我特别感兴趣,我们那些亲爱的奥芬巴赫的居民是如何看待关于那些波兰人一知半解且漏洞百出的信息的。人们的头脑无法忍受任何的不确定性和轻描淡写,于是,立即就有人开始编造,关于那些像昆虫一般的人所有可能的故事。谣传说,那位身穿土耳其服装的老人是一位炼金术士和卡巴拉学者,就像是传奇故事里的圣日耳曼伯爵那一类人物,他的财富全归功于他在自己作坊里生产出来的黄金。这一点已经得到了工人们的证实,他们往城堡里搬进去了一些装满玻璃器皿、罐子和瓶子的神秘箱子。我们亲爱的伯纳德夫人告诉我说,那位弗兰克·多布鲁什基男爵不是别人,正是奇迹般死里逃生的沙皇彼得三世本人。这就解释了为什么整桶整桶的黄金从东方流入这里,用于维持他作为巴比伦王尼布甲尼撒的宫廷。我冒昧地亲身参与了这场游戏。我对她说,她错了,那位所谓的女儿和她的两个弟弟,是沙皇伊丽莎白和她的情人拉祖莫夫斯基的孩子,而男爵只是他们的监护人。于是,她点了点头。就在同一天晚上,这个传言又经由来给我抽血的医生之口,传回到了我的耳朵里,而且没有任何的添油加醋。

伊森布尔斯基城堡
和里面冻得发抖的居民们

　　这座城堡就矗立在水面上，并且曾不止一次被洪水冲垮过。在两个位置上，你可以看到洪水来临时的准确的水位标记。最高的那个是两年前的。城堡墙壁上也有因受潮而长出的苔藓为证。艾娃花了很长时间在城堡里挑选自己的房间，思考自己是否更喜欢能看到河流的屋子，这样，她就选有一个阳台的房间；另外还有一个房间，带有可以俯瞰整个小城的大窗户。最后，她决定了要带阳台的河边的房间。

　　这里的河水有着很多的颜色，柔软而温和，它叫作美因河，但父亲顽固地称它为普鲁特河。驳船和双帆船漂浮在河面上的景象，使艾娃平静下来。她可以一直坐在阳台上观看。她感觉这是一种爱抚；河流平缓地流动着，帆船滑行着。这一切，不知不觉地触及了她的身体，在皮肤上留下了愉快的痕迹。她已经订购了家具，一张书桌和两个衣柜，还有浅色布料面的沙发和一张咖啡桌。父亲占用了两间正对着美因河景色的房间。艾娃专门去了一趟法兰克福，为他订购了地毯，因为他不再用椅子或扶手椅了。她决定把城堡里最漂亮的房间，那个里面有一排彩色玻璃窗的大厅定为礼拜堂。这里将是兄弟姐妹们聚会的地方。

　　这座城堡很宏伟，是该地区规模最大的建筑，比这里的任何一座教堂都更加令人印象深刻。一条引人注目的道路连

接着平坦的河岸和城堡，工人们每年都要运很多石头来加固这条通道。城堡还有一个渡船码头，可以横穿到河的对岸。渡口附近有一家酒馆和一个铁匠铺子。在一些用木板搭起来的案子上，有人售卖着河里捕获的鱼，主要是梭鱼和鲈鱼。他们，也就是镇上人们所说的波兰佬，会在这里购买整筐整筐的鱼。

城堡共有五层。艾娃和马图舍夫斯基两人一起，大致描绘并最终明确了每一处的用途。一层将是仪式大厅，二层则是她与父亲以及最年长的兄弟姐妹们居住的地方。更高的一层，将是厨房和女人们的空间，而最上面两层，将是年轻人的住处。在城堡旁边的另一处建筑里，将会有一个厨房和一个洗衣房。艾娃仔细观察过维也纳的皇宫，因此对城堡的布局有着自己的设想。她雇用了一位法兰克福的建筑师来领导修建工程。有时，很难向他解释明白他们的要求：用于聚会的仪式大厅不设家具，里面只放地毯和坐垫；家庭小教堂里不设祭坛，只用在正中间做出一个台子。很多事情都让这个建筑师无法理解。接下来整个夏天的时间，都用在了刷墙和更换腐烂了的地板上。情况最糟的是一楼，两年前这里还积过水，于是所有的窗户都必须重新安装玻璃。他们已经在法兰克福购买了大量的地毯和盖毯，因为城堡里面很冷，即使是在夏天。买家心甘情愿地痛快付款，不带任何犹豫。法兰克福的银行家们立即就来与他们接触，提出要给他们提供信贷服务。

迁入城堡时，他们不再举行任何仪式，也没有确定一定要在某一天里进行。他们搬进城堡的同时，孀居的索菲亚·冯·拉罗什夫人也在奥芬巴赫永久地定居了下来，在1788年的冬天。

城堡内有两个楼梯间，楼梯很陡，这会给行走不便的雅各布·弗兰克带来一些困难。此前，穿越寒冷的德国来到奥芬巴赫的漫长旅途，使他患上了感冒。经过迈森的时候，他们停留了几天。他发了烧，神志不清，再次一口咬定他们想要用圣餐毒死他。在他参观了迈森那家著名的工厂，饱览了各种瓷器产品之后，他的身体才稍有恢复。

如今，他并不关心城堡装修的事情，对地毯和室内装饰也没有兴趣，他只是一天到晚地口述着信件，让信使们发往波兰、摩拉维亚、布加勒斯特，以及其他所有居住着正统派信徒的地方。他还召唤所有年老的兄弟们前来。最早来到的，是在夏天的时候就已经在这里的雅各布夫斯基和扬·弗沃夫斯基，紧随其后的是瓦班茨基家和兰克隆斯基家的孩子们，还有被称为"土耳其女孩们"的来自瓦拉几亚的正统派信徒。在奥伯拉德村，他们一开始住过的房子已经不再住得下。于是，在城堡的修缮工程完成之前，他们不得不在奥芬巴赫城里租房子住。他们租下了一些整洁而舒适的、外面装饰着石板墙的房子。

托马斯的每次来访，明显都会让雅各布变得活跃起来。托马斯经常到法兰克福去处理生意，会在途经奥芬巴赫的时候出现在城堡里。曾有两次，他们一起去了河的对岸，托马斯在那儿把他的舅舅介绍给了银行家们，以便帮他获得后续的贷款。

而在通常的情况下，他们两人会坐在一起交谈。此时，雅各布便命人把咖啡送到城堡的回廊上来，在这里他们可以沐浴在温暖的阳光下。大概，雅各布是想让托马斯看到，有一名身穿优雅的白色制服的英俊男子，正在城堡的大院里带领着那些年轻人操练。

"这是卢博米尔斯基亲王。"雅各布带着小孩子般的骄傲说道。

托马斯顿时惊讶到没能说出话来,或者,他只是不太敢相信他舅舅的话。

"这位,这是从哪里来的?真的是位亲王?"

雅各布很高兴地品着咖啡,愉快地讲这个故事。咖啡是从土耳其进口的,在奥芬巴赫小城里引发了狂热。有位正统派信徒已经在这座小城里开了一家小咖啡馆;光顾这家咖啡馆立即成为奥芬巴赫市民们的一种时尚。

雅各布说道,卢博米尔斯基实际上已经破产了,为了避免因欠债入狱,不得不逃离波兰。而还在华沙时,卢博米尔斯基就认识了可爱的泰克拉·瓦班茨卡,她是摩西·瓦班茨基和特蕾莎的遗腹女。卢博米尔斯基爱上了她,于是一直跟着她来到了这里。雅各布给了他工作机会,卢博米尔斯基亲王被任命为近卫队将军。他甚至还帮助设计了近卫队的制服,在这上面运用了他的渊博知识。

托马斯笑了起来。

"那么,这五颜六色的制服原来是卢博米尔斯基的主意?"

雅各布对这个猜测感到愤怒。卫队制服的想法是雅各布自己提出来的,洋红色的马裤和带金色搭襻的蓝色上装,而持戟的卫队的制服,则一侧是天蓝色,另一侧是深红色的。

煮熟的鸡蛋和卢博米尔斯基亲王

城堡里已经多年没有过供暖,冬天这里结满了冰冻的菌丝和各种寒气凝成的霜冻,墙壁也是阴冷潮湿的。那些壁炉和铁炉里虽然点着了火,但燃烧起来也都显得懒洋洋的。它们的加热效果的确很好,可一旦最后一根木头烧完,壁炉就会立即冷却下来。因此,每个人的身材都变成了圆滚滚的,他们身上都穿了好几层衣服,一层套一层。而这里的寒冷还与别处不同,是一种陌生的寒冷,会粘在皮肤上,让人总是束手束脚的,连针都很难扎进刺绣绷子里,连读书都很难翻页。于是,冬天里大家都聚集在了底层最大的房间里。在这间大厅里,角落里的壁炉还燃烧着余烬,大家分头围坐在壁炉和土耳其炉子边上。由于这些炉具,大家的衣服上都浸透了老家的那种湿烟味。主在进来这里的时候说,这气味就好像是在伊瓦涅的时候。这里也是他们每天吃饭的地方。大家都坐在一张尽可能靠近壁炉的长桌边上。在漂亮的餐具上盛放着的几乎都是煮熟的鸡蛋。

当大家都在吃早餐时,雅各布突然对他的女儿说:"你已经变成个老女人了。甚至连那个卢博米尔斯基都不想要你,尽管你邀请了他去你那儿喝茶。"

通常,他的坏情绪都是这样开头的,必须得要攻击什么人。

艾娃脸变红了。马图舍夫斯基、她的两个弟弟、阿努霞·帕沃夫斯卡、艾娃·耶杰任斯卡,他们都听到了,还有托马斯,这真是太糟糕了。艾娃放下餐具,走了出去。

"他来这儿是为了追求泰克拉·瓦班茨卡的。"艾娃·耶杰任斯卡开口调解说,还呛了雅各布一句,"他是一条爱追女人的大公狗,必须要小心他。泰克拉抗拒他,这使卢博米尔斯基更加被她吸引。"

"她不会抗拒太久的。"马图舍夫斯基一边吃着东西一边说着,很满意自己成功地转变了话题。

雅各布沉默了片刻。最近,他只吃煮熟的或是烤熟的鸡蛋。他宣称自己的胃无法消化任何别的东西。

"这可是位波兰亲王……"雅各布说。

"或许他是个亲王，但是在财务和名誉方面，他已经完蛋了。"切尔尼亚夫斯基小声说道，"他没钱，也丝毫不受人尊重。他不得不逃离波兰，来躲避他的债权人。他要是做一名王室的侍从，倒是还可以……"

"他可是近卫队的将军。"马图舍夫斯基纠正他说。

"他可是位亲王。"雅各布恼怒地说着，转向兹维什霍夫斯卡，"去把她找回来。"

兹维什霍夫斯卡甚至都不打算起身。

"她不会来的。你冒犯了她。"稍过了一会儿，她又加上了称呼，"主。"

餐桌上陷入了一片寂静。雅各布无法抑制他的愤怒，他的下嘴唇在颤抖着。此时才可以清楚地看出，他的左脸在最近的一次中风之后，已经变得有些干瘪，还略有点向下歪斜。

"我，我所有的病痛，都是为了你们而承受的。"过了一会儿，他小声地开始说，然后嗓音越来越大，"你们看看，你们都是谁，你们根本没有听从我的话，完全拿我的话不当回事。是我把你们带来了这里，而假如你们从一开始就听从我的话，你们会走得更远，远到甚至你们自己都无法想象。你们会睡在天鹅羽绒的被子里，会睡在装满了黄金的箱子上，会睡在各处的宫殿里。你们当中，究竟有谁真正地相信过我？你们全部都是傻瓜，我白白地为你们遭受了那么多的苦难。你们什么都没有学到，你们只会看着我，谁都没有去想过我的感受，我经受了怎样的痛苦。"

他突然把盘子推开。一些剥了壳的鸡蛋掉落在了地上。

"你们都走吧。你，艾娃，留下来。"他转过脸，面对着耶杰任斯卡。

当他们都离开后，她靠在了他的身上，伸手为他整理毛线织的薄衬领。

"挠痛我了。"雅各布抱怨道。

"必须得挠,这样会暖和点。"

"你是对我最好的人,仅次于我的哈娜。"

耶杰任斯卡试着挣脱,可雅各布抓住她的手臂,将她拉近到身边。

"拉上窗帘。"他说。

女人顺从地拉上了厚厚的帘布,屋子里变得几乎漆黑一片,他们现在就像是隐藏在一个盒子里。雅各布带着哭腔,忧伤地说道:

"我的思想,没有成为你们的思想。我是如此孤独。你们这些人,应该都是美好而善良的,但你们也是头脑简单、缺乏理智的。对你们,就得像是对孩子一样。我得向你们讲述简单的事情,还得要用简单的比喻。智慧可以潜藏在愚蠢中。这你是知道的,因为你是聪明人。"雅各布说着,把他的头放在她的腿上。艾娃·耶杰任斯卡小心翼翼地从他的头上褪下他那顶不爱摘下的帽子,用手指去分开主那油腻的灰色头发。

雅各布老了。艾娃·耶杰任斯卡每星期为他洗澡,对他的身体非常了解。他的皮肤已经变得又干又薄,但像羊皮纸一样光滑。他脸上的伤疤甚至也都已经被抚平了,或许只是隐藏在了更深的皱纹之下。艾娃知道,人可以被分为额头上有横皱纹和有竖皱纹的两类。前一类人开朗而友好,这是她自己对这类人的看法,她本身就是属于这一类的,可是,这一类人很少能够实现他们自己的愿望。而后一类,那些鼻子上方有道竖沟的人,易怒而冲动,但是他们能够得到他们想要的东西。雅各布就是后一类里的一个。在他年轻的时候,那些代表着愤怒的皱纹曾经更为明显,但现在,它们似乎也已经被抚平了。也许是目标已经实现,竖皱纹已经没有什么理由存在了。这个额头上几乎已经没有什么痕迹留下了；每一天，那些痕迹都在太阳的光芒中被一点点冲刷和洗去。

雅各布的皮肤变成了棕褐色，过去浓密而漆黑的胸毛变得灰白稀疏。腿上也是如此，现在已经几乎是光溜溜的了。而雅各布的阴茎也发生了变化。曾经经常与它打交道的耶杰任斯卡可以说出更多的情况，因为她过去常常接纳它。艾娃·耶杰任斯卡已经很久没有看到过它以英勇的姿态出现了。现在，这具凸出来的疝气般的物体，就像一块不成型的遮阴布，在他两腿之间叮当晃动。在他的小腿和大腿上，已经出现了静脉曲张的网络，细细小小的，颜色各异。雅各布的体重也下降了，尽管他的肚子因为消化不良而变得臃肿。

当她用一块细软的海绵清洗他的私处时，他得体地把头转向了窗户。她得小心翼翼地准备好水，以免水太冷或太热，因为那样的话，雅各布就会使劲地尖叫起来，好像她是在谋杀他。而她可是从来都不会对他造成丝毫伤害；这可是她所知道的最珍贵的人体。

她还想出来一个办法。她派人去到农村，到农民那里找来专门用于修剪牲口蹄子的刀，只有用那种刀才能剪得动雅各布的脚指甲。

"艾娃，你去给我找年轻女人，替我挑三个，你知道我喜欢什么样的。告诉她们，准备好白色的衣服，预备好，我很快就会召唤她们。"

艾娃·耶杰任斯卡夸张地叹了口气，假装怒气冲冲地说：

"对你来说，你是不是既不会生病，也不会变老？雅各布……你该感到羞愧。"

看得出，这句奉承话让他很受用，他对自己笑了笑，搂住了她胖乎乎的腰。

兹维什霍夫斯卡像母狼一样
把持着城堡的秩序

一切还都得再从头开始。兹维什霍夫斯卡是这个宫殿里最劳碌的主管,腰带上挂满了各种钥匙。她不得不花很多时间去熟悉了解这些钥匙。

兹维什霍夫斯卡总是在需要她的地方出现,总是能经营起一个业务,并开始进行管理。她就像一只母狼,照顾着她的族群,喂养并保护着他们。她知道如何省钱,她知道如何经营一个大家庭,她在伊瓦涅的时候就已经学会了这些。后来,在他们定居过的所有地方,无论是在沃伊斯瓦维采、科贝乌卡、扎莫希奇等地,还是在那些他们曾被准许居留一隅的小庄园和小村庄,她都在不断进行学习。她知道,曾经有十四个人因她而死,那是一场因她而引发的犯罪行为。她在良心上一直记着他们,甚至在多年以后的今天,她还记得当初自己伪装成沃伊斯瓦维采的兹斯凯鲁克拉比夫人时的情景。她装得并不像,大家其实都应该能识别出她是装的。当时她安慰自己说,在战争中,她不得不如此作为,因为战时的法律与和平时期不一样。那时,她为自己因强暴而上吊自杀的女儿复了仇。她那时有权利复仇。而现在,她丈夫反复地说,她不该那样责备自己,因为所有的人都参与其中,他们就像是狂暴的野兽一样撕咬。现在看起来,好像没人像她那样在意发生过的事情。雅各布当时曾向她承诺,当最后审判的日子到来,要去见圣母时,他将会携着她的手。这个承诺给了她很大的帮助,让她有了希望,相信自己不会被任何诅咒缠上,也不会遭到任何报应。毕竟,她当初是为了保卫自己人而战。

现在，她已经患上了双腿肿胀的毛病，年轻的儿媳妇埃莉奥诺拉来给她当帮手，她是耶杰任斯卡家的女儿。兹维什霍夫斯卡行走迟缓，常常由埃莉奥诺拉搀扶着。这时候，大家就说，她们看起来就好像是露丝搀扶着拿俄米一起去伯利恒的样子。

艾娃·耶杰任斯卡是兹维什霍夫斯卡儿媳妇的母亲，当她不在华沙而是和雅各布在一起的时候，她就会负责关照年轻人，关照他们的住宿，关照那些女士，关照他们的工作和娱乐。她还保持着对外的通信联络，计划并安排教里的兄弟们前来奥芬巴赫的时间和住宿，就如同经营着一家兴旺的旅社。当她回华沙时，她的职责便由邓波夫斯基的女婿，年轻的雅各布·扎莱夫斯基接管。切尔尼亚夫斯基夫妇负责管理财务，他们的儿子安东尼是主的秘书；耶鲁西姆·邓波夫斯基也是，主现在总是希望他留在自己身边。他们在主的屋子旁边有一整间很大的办公室，甚至比在布尔诺时的还要大。当需要向正统派信徒们发送信件时，几个年轻人便会在这里抄写那些信件。在楼上顶层的一个小房间里，听得到屋顶上不停地有鸽群用爪子哗啦哗啦地抓挠的声音。耶鲁西姆的妻子邓波夫斯卡在那里售卖金滴。小屋里面就像是个邮政点，一列一列地摆放着很多木箱，地上有成摞的盒子需要她进行装货和处理。那些珍贵的货物摆放在货架上，那是数百个已经装好了金滴的小瓶子，上面的标签是她的女儿写的。厨房是由一位马图舍夫斯基兄弟家的、嫁给了米哈乌·弗沃夫斯基儿子的女人管理。她是个专横而自信的女人，她的身材和气质与这个厨房的氛围很匹配，因为里面没有普通的锅，但却有一些大釜和巨大的平底煎锅，还有他们买来的烤盘，能够装得下最肥的鹅。镇上的几个女孩子被雇来这里做最差的活计，但是在厨房帮忙也是每个来到此地的女人的职责。

当初在布尔诺负责卫队和操演并有着绝对权力的弗朗西舍克·席

曼诺夫斯基，后来不得不与卢博米尔斯基亲王分享职权。他很乐意这样做，甚至是郑重其事地去做，他把摆放在软枕垫上的权杖正式移交给了对方，这还是在布尔诺时定制的。他已经对不断增长的"军团"感到厌倦了。他只给自己留下了唯一一项权威职能，就是在每个礼拜日，作为领队，率领大家沿着河边的小路前去教堂。每当此时，沿途的居民都从家里出来观看。席曼诺夫斯基率领着整个骑兵队，他骄傲地在马背上坐得笔直，嘴唇上总是保持着某种微笑，既好似深思熟虑，又好似有些许的讥讽。他的目光扫过周边的人们，好似扫过一片枯燥单调的草坪。与此同时，卢博米尔斯基亲王总是骑行在雅各布和艾娃乘坐的马车旁边。每一次行进的队伍总是如此准时地出现，以至于奥芬巴赫的乡亲们都可以根据它来调校他们的钟表，那正好是早上喝咖啡的时间！那时波兰男爵正前往比格尔，前往该地唯一的天主教堂，他的整个队伍看起来就像是牧神出行。

这场弥撒是专门为他们举行的，还有其他一些波兰人，当地人称

Le Baron de Franck allant se promener en Voiture

之为波拉人，他们正好能把小教堂塞得满满的。他们默默地祈祷，用波兰语唱颂歌。雅各布的习惯，是像十字架一样躺在教堂祭坛前的地上。这种行为在比格尔村为数不多的天主教徒中引起了震动，他们不了解这种浮夸的东方式的虔诚。但是，这获得了教区神父的称赞，表扬他们树立了好的榜样。自从他们来到这里，教堂就再也不缺香火和蜡烛。最近，艾娃还赞助了全新的神父法袍和一具镶嵌了最珍贵宝石的美丽的金质圣体；神父看到的时候几乎要晕倒在地，现在他每天晚上都在担心这个珍贵的宝物是否会招来小偷。

镶嵌着绿松石的刀

当耶日·马尔钦·卢博米尔斯基亲王在奥芬巴赫出现时，他已经完全是一贫如洗了。他曾拥有过巨大的财富，是当年波兰规模最大的财富之一，可如今什么也没有留下。近些年来，他倾尽了全力为国王工作，国王也十分欣赏他广博的知识，那都是些关于女演员的知识，还有关于舞台幕后发生的事情。卢博米尔斯基亲王在华沙办起了皇家剧院。不幸的是，他身背不好的名声——叛徒和招惹麻烦的人。起先，他作为卡缅涅茨要塞的指挥官，未经自己父母和对方父母同意，就与一个女人结了婚，玷污了自己的高贵身份。那段婚姻是短暂的、不愉快的。离婚后，他又再一次结婚，但即使是这段新的婚姻也没能持续多久。他还与男人们发生过关系。他曾赠送给某位情人一座城镇和几个村庄。这样看来，也许他并不适合做一位丈夫。他总认为自己是一名军人。他很有战术天分，这显然被普鲁士国王腓特烈本人注意到了，他让他在西里西亚战争中当上了将军。在对普鲁士战争方式某种难以解释的厌倦情绪的驱使下，亲王离开了普鲁士军队，并建立了自己的队伍。亲王用这支军队攻击了他之前的那些战友。他在两条战线上采取行动，同时也与波兰军队交战，并沉迷于在所到之处进行奸淫掠夺。边境地区常常是令人愉快的无政府状态，所有的人权和神权都在此中止。他的军队经过之后，到处是被烧毁的村庄和遍布尸体的战场，他甚至杀死四处躲藏的穷人来进一步掠夺。到处充满了令人作呕的血腥味，与消化后的酒精的酸臭味混在一起。这就是耶日·马尔钦亲王的王国。最终，他被波兰人擒获，以叛国罪和强盗罪被判处死刑。后来，他的家族为他出面，将他的死刑改判为长期监禁。然而，当1768年反俄护国的波兰贵族军事同盟，即"巴尔联盟"成立以后，他的军事领导才能又被人们想起，于是，他得到了改过自新的机会。他为驻扎在琴斯托霍瓦光明山城堡的普瓦斯基联军的部队提供补给，自己也时常驻留在那里。

卢博米尔斯基依然清楚地记得，在琴斯托霍瓦的某个晚上，那位弗兰克的妻子去世了。他看着那些新改宗的教徒组成了一个小小的送葬队伍，在得到堡垒指挥官的允许后，到城墙外的某个山洞里埋葬尸体。他的一生当中，大概从未见过比这些人更为悲哀困苦的群体。他们贫穷、衣衫褴褛、灰暗，有的人穿着像是土耳其人的衣服，另一些穿得像是哥萨克人；他们中的女人们穿着廉价、花哨的衣服，完全不适合葬礼。他当时曾为这些人感到难过。谁会想到，他现在竟会成为他们中的一员呢？

当时在混乱的围攻战役中，尽管与囚禁者接触是被明令禁止的，但他也知道，那些士兵会去找这位弗兰克，就像去找某位神父一样，他会把他的手放在他们的头顶上。士兵们相信，他的触摸能帮助他们抵御敌人的打击和子弹。他还记得那个女孩，弗兰克的女儿，年幼而胆小，她的父亲不让她走出塔楼，想必是担心她的贞洁。她有时会偷偷地戴上帽子，遮挡住漂亮的脑袋，从镇上溜到修道院去。

那时，亲王在琴斯托霍瓦陷入了某种阴郁的情绪。他不会祈祷，还有些质疑日常的祷告，对于将还愿的祭品挂在墙上也感到不舒服。要是这样的不幸发生在他身上怎么办？要是他失去一条腿，或者在爆炸中毁容了呢？但有一点他是确信的，那就是圣母青睐像他这样的人，对他已经优待过很多次了。对他来说，圣母就像他的亲戚，一个好阿姨，会帮助他解决任何的麻烦。

他厌倦了被围困在修道院里的无所事事，每天晚上都会喝得烂醉，他放任手下的军士们去招惹那位囚犯的年轻女儿。有一次，他酒后慷慨解囊，出于对那个地方的厌倦——他觉得那地方对自己而言也是一座监狱，他比那位古怪的犹太人还更像是囚犯——他慷慨地把一篮子从城里好不容易弄来的食物和一桶修道士们存下的不怎么好的酒送给了那些新改宗的教徒。弗兰克很礼貌地向他转达了谢意，回赠了他一把漂亮的土耳其刀，刀柄是银的，上面镶嵌着绿松石。这份礼物的价值远远超过了那篮子食物和那桶酸酒。但是后来，卢博米尔斯基将这把刀遗失在了什么地方。再之后，当他身处维也纳，遇到了麻烦时，他突然又想起了那把刀。

光明山修道院城堡陷落后，他回到了华沙。据说，在第一次瓜分波兰的华沙议会上，就是他将阻止瓜分祖国的雷伊坦议员从通道上拖走。他后来甚至还划定了被分割掉和变残缺了的波兰王国的新边界。因此，在华沙，所有认识他的人在看见他时，都会径直走到马路的对面去，绕开他。在混乱不堪的华沙，他过起了荒唐的生活，挥霍掉了他剩余的财产，还欠下了巨额的债务。他喝酒、赌牌，他在那里被称为"自由浪荡人士"——这是当时流行的名词——尽管他也尽可能坚持与极端天主教人士为伍。当他的负债清单在1781年被公布时，上面有着一百多个债权人的名字。他们仔细地算出了一个天文数字：2 699 299兹罗提。他已经是个彻底的破产者，或许也是欧洲最大的破产者。几年后，他从他的一位老朋友克萨科夫斯卡女士那里得知，雅各布·弗兰克的宫堡已经搬到了奥芬巴赫。

突然间，那把已经丢失的，或是被送给了某个妓女的镶嵌绿松石的刀，从亲王混乱的思绪中切割出了一件惊人的事情，那就是：他一定是和那些人有着某种共同的东西——他人生的每一步，每隔几年，就会以某种方式遇到他们。第一次，他在卡缅涅茨看到他们时，他们还是犹太人，他们的脸都藏在大胡子里。后来，他们已经接受了洗礼；那时的整个冬天，他应克萨科夫斯卡的要求，同意让他们住进他的庄园里。必然是有着某种看不见的力量，联结着人们的命运，否则如何解释这样的巧合：再一次，他在琴斯托霍瓦又见到了他们。现在，卢博米尔斯基实际上已经是无处可去，他更愿意去相信无形的命运之线，但他首先还是相信了他自己。他确信不疑，自己的人生道路就像用马刀在粮垛上划出的刀痕一样笔直、始终如一。他唯一感到遗憾的是，他当时没在琴斯托霍瓦与雅各布说过一句话。而现在，当初那个琴斯托霍瓦脸色黝黑的囚犯有了自己的城堡和庄园，那他当然是为了来拯救卢博米尔斯基亲王的。亲王必须要从华沙消失了。

只有大胆的、不寻常的、怪诞的想法，才有机会获得成功，这是他在自己整个动荡的一生中学到的。因为直到目前为止，卢博米尔斯基亲王的整个人生都是由这种不同寻常的决定所组成的，这些决定没有任何平民可以理解。

而这一次的情况也很类似。他给普鲁士时代的老朋友弗雷德里克·卡洛尔·利希诺夫斯基亲王写了一封信，请求能在弗兰克那里得到庇护，既然人家已经上升到了那样的高度。他请自己的亲王朋友只用提及他们的旧识，不必具体说明是为什么事，只用简单地提及他微妙而困难的处境。很快，他就收到了朋友的来信，字迹看起来写得很快，洋溢着热情。信中说，那位弗兰克·多布鲁什基男爵将很荣幸地向卢博米尔斯基亲王殿下提供近卫队指挥官的职位，并期待通过这种方式来提升其宫堡的荣光。弗兰克还为亲王提供了一套位于城市最好地段的公寓、一辆马车和一名具有上校军衔的副官。

这一切的安排都是再好不过了。由于亲王甚至都没有去奥芬巴赫的盘缠，于是他不得不在每个驿站里为了马匹与那些人吵架，以便能借到免费的马匹。

玩偶小屋

"我亲爱的朋友，我想，我可以这样来称呼你。"索菲亚·冯·拉罗什说着，用一种为本地人所熟悉的、不会让人感到惊讶的直截了当的态度，用胳膊肘挽着正觉得困惑的艾娃，把她带到了其他人已经围坐着的桌前。这些人主要是奥芬巴赫城里优裕的市民和企业家，比如安德烈夫妇和伯纳德夫妇，他们是胡格诺教派的后人；他们是在一个多世纪以前，被伊森布尔公爵的一位祖先收留在此的，就像公爵现在收留了弗兰克和他的宫室一样。

一些人在客厅里踱着步，通过打开着的另一个房间的门，你可以看到有几个人正在给乐器调音。艾娃·弗兰克和阿努霞·帕沃夫斯卡坐了下来。艾娃就像往常一样，当感觉不太确定，但又希望表现出自信甚至一点粗鲁时，就会微微地抿起嘴唇。

"您看，我们这里总是乱糟糟的。怎么可以在这里做事呢？可是昨天，我们的朋友安德烈先生从维也纳给我们带来了最时髦的乐谱，我们打算练习练习。您两位都会演奏什么乐器吗？我们正需要一位单簧管。"

艾娃说："我没有什么音乐方面的天赋。父亲非常重视音乐教育，可是……或许我可以用钢琴来伴奏一下？"

他们于是问起了她的父亲。

"父亲请求大家原谅，他很少离开家。他正处在病痛当中。"

索菲亚·冯·拉罗什递给了他们几杯巧克力，不安地问道：

"需要医生吗？在法兰克福有一位最好的医生，我可以马上写个便条给他。"

"不，不需要，我们有自己的医生。"

人们沉默了片刻，似乎是每人都必须要静静地思考艾娃·弗兰克话中的意思，即"我们"和"我们的医生"究竟意味着什么。感谢上帝，此时乐曲的第一小节开始从隔壁房间传了过来。艾娃吐出了肺里的一口气，把嘴唇噘了起来。乐谱平放在桌上，可以看得出是直接从印刷厂送来的，书页的毛边还没裁去。艾娃伸手拿了过来，读道：《为两把小提琴、一把中提琴、两支小号和一把低音提琴所作》，沃尔夫冈·阿玛迪乌斯·莫扎特，作于维也纳。"

大家正在用圆鼓鼓的玻璃杯喝茶，这茶味道极佳。艾娃并不太着迷于这种饮料。索菲亚·冯·拉罗什在自己的脑子里认真地记下了这一点。毕竟，所有的俄罗斯人都是喝茶的。

艾娃好奇而谨慎地看着索菲亚。她五十岁上下，但她的脸出奇地鲜嫩和年轻，她的眼睛像是少女一般。她穿得端庄朴素，不像是一个贵族，更像是一个小资市民。她的头发灰白，整齐地向上梳着，用一顶仔细做出褶皱的精致帽子固定着。她看起来很整洁，直到人们看到她的那双手，那上面沾着些墨水，就好像是个正在学习写字的孩子的手。

当小乐队终于开始演奏时，艾娃趁着不用再跟人说话的间隙，在客厅里四处张望。她看到了一样东西，吸引了她好一会儿的注意。她无法集中自己的注意力去听音乐，想要在休息时就去问问女主人。但乐迷们又回到了桌前，又开始碰杯。男人们在开着玩笑，女主人在一片嘈杂声中，胡乱地介绍着新到来的客人。艾娃在自己过去的社交圈里还从来没见过这样直接而有趣的人。在维也纳，人人都很僵硬死板，并且都相互保持着足够疏远的距离。突然间，她自己都不知道是怎么回事——也许是因为阿努霞，她已经认可了这些，她的脸颊上带着红晕，赞美着艾娃，而索菲亚一双善良、睿智的眼睛，似乎也在护佑着她——艾娃已经坐在了冯·拉罗什夫人的钢琴前。她的心怦怦直跳，而她也知道自己最擅长的技艺并不是弹琴，而是控制住自己的感受："口不会骗心，身体也不可暴露内心的感受。"这是老一辈人教育的结果。她考虑自己该弹奏什么作品。他们将乐谱给她推了过来，但她平静地把这些都推到了一边，然后，指间流淌出了一首直白流畅的乡村风格的抒情曲。这是她父亲被关在琴斯托霍瓦的时候，她自己在华沙学会的。

当艾娃和阿努霞要离开时，她们经过了玩偶室，索菲亚·冯·拉罗什叫住了艾娃，她说：

"我注意到了，您对这个感兴趣，这是我为我的孙女们准备的。她们很快就会来这儿了。这是一位来自比格尔的工匠制作的，这些神奇的微缩奇迹。您请看，他最近又新做出了个最难的。"

艾娃靠了过来，离得更近一些，这样就可以看清楚最精致的细节。她眼前的是一个微缩的单抽屉柜，一个用木头螺丝安装起来的小小的内衣柜，上面还盖着一块白色的亚麻布。

当晚在入睡时，艾娃还在回想那个迷你小房子的所有细节。小房子底层有一间缝纫室，还有一间洗衣房，里面放满了水壶和盆子；另有烘烤房和炊具间，以及一个编织工坊和制桶间。房子里甚至还有一个小小的鸡舍，精心地涂成了白色，配着家禽上下所需的小梯子；四周还有不少的家禽，木制的微型鸭子和鸡。二楼是女人的房间，墙壁上贴着壁纸，有一张四柱床，桌子上摆着一套漂亮的奶油色咖啡器具，墙边是一张围着镂花帘子的、可爱的婴儿床。三楼是主人的书房，里面有一位衣冠楚楚的先生，他的书桌上摆放着他的书写工具和一沓比拇指指甲大不了多少的纸张。在这间小屋子的顶上，悬挂着一盏水晶吊灯，墙上还挂着一面水晶镜子。房子的顶层是厨房，里面摆满了锅、筛子、盘子和顶针大小的碗，地板上甚至还有一个带木曲柄的锡制黄油搅拌器，就像他们在布尔诺时用的那种式样，女人们更喜欢用它来自己做黄油。

"请您拿近些看看。"女主人说着，递上了那个小小的黄油搅拌器。艾娃用两根手指捏着那个东西，靠近自己的眼睛。然后，她又小心翼翼地把它放下。

晚上，艾娃无法入睡。阿努霞听到她在小声地哭。于是她光着脚走过冰冷的地板，来到女主人的床上，从背后抱住了抽泣的她。

覆盆子和豆蔻的危险气味

晚上，雅各布夫斯基把主的梦境按照自己记录的笔记，干净整洁地誊写了出来。主梦到：

我看到一个很老的波兰人，他的白发已经长到了胸口。我是和阿瓦查一起去的，去找那个人的房子。他的房子单独矗立在一座高山脚下的平地上。我们走近那房子，脚下是冰，冰上长着美丽的草药。这座房子如同宫殿，全部都在地下，有六百个房间。每一个房间都饰着红布。往前，在其中的很多房间里，都坐着波兰的大人物，像是那些拉齐维乌家族、卢博米尔斯基家族和波托茨基家族的人。可是，他们的身上都没有系那种贵重的腰带。他们的穿着打扮看起来年轻而朴素，都留着黑色和红色的胡子，正做着裁缝的工作。这个场景让我感到非常惊讶。然后，那位老人指给我们看墙上的管子，那是用来酿造饮料的。我和阿瓦查一起，我们喝了这种奇妙的饮料，味道好得难以形容，似乎是覆盆子或豆蔻的味道，即使在我醒来之后，还能闻到它。

现在是十二月的深夜，炉子里的火刚刚熄灭，雅各布夫斯基正打算上床睡觉。突然，他听到楼下传来一声巨响，好像有什么金属的东西掉落在了地板上，紧接着，是女人的尖叫声和脚步声。他胡乱穿上外套，小心翼翼地沿着弯曲回转的楼梯往下走。在二楼，有烛光在闪烁着。兹维什霍夫斯卡急匆匆地经过他的身边向前冲去：

"主昏迷过去了！"

雅各布夫斯基挤进房间，里面差不多所有人都已经到了（他们住的楼层低，或是走下那些可怕楼梯的速度更快）。雅各布夫斯基挤到前面，开始大声地祈祷："我的巴鲁赫吉……"但有人让他保持安静。

"我们都听不到他的呼吸。医生马上就要到了。"

雅各布正面朝上躺着，像是睡着了，身体在微微地颤抖着。艾娃跪在父亲身边，无声地哭着。

在医生到来前，兹维什霍夫斯卡把所有人从雅各布的房间里推了出去。他们都站在走廊里,外面的风在呼啸着,寒冷刺骨。雅各布夫斯基用粗糙的手指捂紧自己的大衣,默默祈祷着,身体前后摇摆着。那几个去奥芬巴赫把医生带来的人,好像带着恶意似的将雅各布夫斯基推到一边。他和其他人就一起站在那里,一直到天亮。黎明前,有人想到,可以把土耳其火炉搬来走廊这里。

第二天的早晨感觉很奇怪,好像这一天根本就没有开始似的。厨房不再工作,没有早餐。原本每天早上都要聚在一起上课的年轻人,已被告知课程取消了。镇上的人也来到了城堡前,询问男爵的健康状况。

有意思的是,每个人都在说,主已经知道了将会发生的事情,所以他最近给华沙寄了信,他在信里下令所有的正统派信徒前来奥芬巴赫。都有谁听从了他呢?

他自己的两个儿子,罗赫和约瑟夫已经回来住下了,带着他们的那些行李箱和仆人。如果他们抱有任何期望,觉得他们会在父亲身边获得什么生而带来的权力,那他们就大错特错了。他们得到了漂亮的房间,但要想花钱,必须像其他人一样,得去向切尔尼亚夫斯基请示。感谢上帝,他对主的孩子们还是很慷慨的。彼得·雅各布夫斯基也带着他的两个女儿,安娜和罗扎利亚(大女儿留在了华沙)来到了奥芬巴赫。他在妻子去世后,认为自己在华沙已经无事可做了,于是就前来投靠主。他现在住在顶楼的一个小房间里,斜墙上有扇小窗户,他在那里按照切尔尼亚夫斯基的要求,专心编辑主的发言,并继续他自己的神秘学研究。当他不在的时候,切尔尼亚夫斯基造访了这个小洞穴,发现桌子上有一沓文件,于是就恬不知耻地翻阅。上面是雅各布夫斯基用希伯来文写下的算式、图画和草稿,他一点都不懂。相反,他在里面发现了一些用颤抖的笔迹书写的奇怪的预言,还有一本年鉴,记录了过去很久远以前发生的事件,以及一摞手工装订的卡片,第一页上写着一个标题:杂记。切尔尼亚夫斯基好奇地翻看着这些东西,不明白究竟是什么的杂记,也不知道这些原来是做什么用的。

安东尼·切尔尼亚夫斯基是定居在切尔诺夫策的以色列·奥斯曼的儿子,他是那位带领弗兰克一行人穿越德涅斯特河的土耳其犹太人。他一点也不像他父亲。他父亲脸色黝黑,身材消瘦,性格暴躁。而他本人却有点肥胖,非常冷静,小心谨慎。他是个矮小、沉默寡言的人,神情非常专注,额头上刻满了忧虑的褶皱,这使他显得很老。他年纪轻轻就长出了大肚子,显得他是个大块头。他有一头纯黑而且浓密的齐肩头发,还有常常修剪的络腮胡须。主并不在意他是奥芬巴赫城堡里唯一的络腮胡子。主对他有着无限的信任,还委任他监督财务。这可不容易,收入虽然很多,但却很不规律,而支出可也不小,更不幸的是,支出是固定的。他还兼任着秘书的角色,并习惯于在自己高兴的时候,既不敲门也不通报就进入任何一个房间。他那双深棕色的眼

睛探究着每一处细节。他说话简短而具体。有时，他也会微微一笑，而这往往也只是通过他的那双眼睛表现——这时，他的眼睛会眯成一条缝。

正是他，切尔尼亚夫斯基，证明了自己能够配得上迎娶主最小的妹妹鲁塔。对此，他自己也认为，自己获得了一个宝藏。鲁塔，即安娜·切尔尼亚夫斯卡，是一个聪明而谨慎的女人。切尔尼亚夫斯基的妹妹艾娃·耶杰任斯卡曾与雅各布关系亲密，这使他在某种意义上觉得自己和主是彼此的妹夫（艾娃·耶杰任斯卡早年丧夫，后来成了似乎是雅各布妻子一样的角色）。而这些都意味着，他们就像兄弟一样。现在，雅各布生病了，安东尼·切尔尼亚夫斯基就是这样看待他的：他就像是一位正在失去气力的兄长。安东尼本人丝毫没有任何想要接替统治的意愿。他更愿意来维持秩序，负责组织管理。唯一能够让他有时候失控的就是美食。他每个礼拜一次，派车去比格尔和萨克森豪森购买鸡蛋、家禽，特别是他最喜欢的珍珠鸡。他在镇上的奶酪商库格尔家也拥有极大的信誉，切尔尼亚夫斯基无法抗拒他家的奶酪。他还成桶地购买周边地区的葡萄酒。当他漫步在城堡安静的走廊里时，他脑子里的想法就是一桶桶的葡萄酒和成堆的鸡蛋。

切尔尼亚夫斯基意识到，迄今为止，在世界上发生的所有故事中，最独一无二的就是在雅各布领导下的，关于他们团体及其事业的故事。他通常都用复数进行思考，"我们"让人联想到某种金字塔结构，雅各布是它的顶点，它的底座就是在奥芬巴赫的这些人，他们在游廊上闲逛，因为无聊而练习检阅式的正步。同样，他们的团体和事业在城堡之外也是如此：在华沙，在整个摩拉维亚，在阿尔托纳和德国，在捷克的布拉格（尽管那里是"我们"的一些边缘分支）。而当他翻看雅各布夫斯基写的年鉴时（应该要求他更细致地去完成该项事业，并与其他各位长老共同核定某些史实。比如，同样也来到了奥芬巴赫的扬·弗沃夫斯基和一开始就在这里的耶鲁西姆·邓波夫斯基这些人），他意识到，这个"我们"的历史确实是不同寻常。他心中确信，主在每天晚上开讲自己的梦境，而耶鲁西姆和雅各布夫斯基负责把它们记录下来，最终，雅各布的人生将从这些故事中浮现出来——那同时也是"我们"的人生。此时，切尔尼亚夫斯基就已经开始为那些后生者感到无比惋惜了，他们出生得太晚，不能够陪伴主一起去经历主所经历的那些危险的旅程，不能与他一起睡在沙漠里，不能与他一起去经历那些海上的冒险。有一个故事是人人都最喜欢的，在那个故事中，主传神地模仿了雅各布夫斯基，模仿他的尖叫声，于是雅各布夫斯基就成了那场海上风暴里公认的臭名昭著的角色。

"他做出了承诺，放肆地尖叫着保证，说他再也不会把哪怕一滴酒喝进嘴里。"主讲到这里，笑了起来，他们也跟着他笑了起来，甚至雅各布夫斯基自己也傻笑起来，"然后，他承诺说要变成扬·弗沃夫斯基，他们称他为哥萨克。那位扬先生，如今已经是一位年迈的、留着八字胡子的老人。曾经的他非常了解如何进入苏丹宫殿里偷窃，还很擅长用酒桶装满钱，偷偷走私运过边境。"

切尔尼亚夫斯基非常严肃认真地对待自己在主身边做的服侍，这是让他的情感持续激动的源泉。在这喋喋不休、无意识的人群中，大概没有人能像他那样深刻地理解，在1757年他的父母来到波多利亚加入雅各布的团体时，究竟发生了一些什么。看吧，现在已经再也没有人会称呼他们是"异教猪崽""叛教徒"了。可是在那之前，他所感觉到的是无所不在的轻蔑。那种感觉，后来就像是人人都在呼吸的空气一样，没有留下任何踪迹。每个礼拜日，他都自豪地看着"我们"去比格尔教堂的队伍，看着主由他们牵引着，由他们扶着手臂走出来。

还有艾娃，他认为所有的荣耀绝对都应该赋予艾娃，尽管在他看来，艾娃自己并不多说什么。他知道，主的儿子们讨厌他，但他相信，这种厌恶其实来源于纯粹的误解，将会随着时间的推移而烟消云散。他很关心他们，关心这两个没有任何工作能力，只知索取又不快乐的大龄单身汉。罗赫是个酒鬼，而约瑟夫是个沉默寡言的怪胎。

切尔尼亚夫斯基下令，在觐见主时，人们必须先将脸贴到地上，等待主的话语。他照看主的饮食。他为主定制长袍。雅各布的身体越是衰弱，切尔尼亚夫斯基越是自信，但他不是为了任何自己的利益，他不想在灵魂上去进行统治。主不能没有他，为了每一件小事，主都会不厌其烦地召唤他，这就够了。切尔尼亚夫斯基了解主的所有需要，从不评判，从不忤逆。

他就住在主房间的边上，任何想要与主说话的人，现在都必须先向他报备。他用铁腕维持着秩序。他亲自为主选择医生，亲自管理着艾娃的通信。主只会派他一个人带着信件，去华沙送交王子，或是由他带着特使一同前往。而正是由于他的游说，他们才筹集到了一部分资金，能够用于搬迁来奥芬巴赫。

此时，他真的感觉自己就像是一条牧羊犬，就像是瓦拉几亚放牧的农民一样，要不停地把所有的羊都赶成一群，确保它们不会四散。

主的状况明显有了好转，尽管他的左臂和左脸仍然麻痹着。这让他的脸上新添了某种悲伤和惊讶的表情。妇女们来回奔忙，拿来肉汤和好吃的东西。主想吃鲶鱼，他们就飞奔到河边的渔夫那里去找。艾娃，主的爱女阿瓦查，整天陪坐在他身边。但他并没有要自己的儿子们过来，尽管他们从昨天就开始一直在等待机会觐见这位病人。

一个礼拜后，他感觉已经足够好了，他让人把自己送到了比格尔的教堂，后来又沿着河边，在阳光下散了步。当天晚上，他发表了病后的第一次讲话。他说，他是在前往卡巴拉主义神秘的达阿特的路上，承受了这样的痛苦。达阿特是圣知，是通向救赎的唯一途径。进入它的人，将摆脱所有的痛苦，消除所有的瘟疫。

托马斯·冯·舍恩菲尔德的伟大计划

雅各布的房间是在二楼，可以从回廊的入口直接进来，房间里巨大的窗户上镶嵌着彩色玻璃。室内铺满了他所喜欢的地毯。按照土耳其的习惯，主宾都是坐在垫子上的。床铺用厚厚的毛毯盖着。因为这些房间都有些潮湿，于是，艾娃每天都会记得来熏香。香线能一直燃到中午。在城堡里，人人都有义务每天清晨来到主的这间"圣殿"，大家都称其为雅各布的检阅室。大家在这里祈祷，向隐藏在深处的主敬拜。艾娃非常清楚都有谁来过了，有谁没有前来尽到他们的责任；来过的人的衣服上应该会弥漫着线香的气味，闻一闻衣服就够了。

兹维什霍夫斯卡有权在一天中的任意时间进入主的房间，她给他带女孩子来，为他暖床。主越是年长，越是喜欢那种年轻的女孩。他让她们脱掉衣服，上床躺在他边上，一次两个。通常，她们一开始都会感到害怕，但很快就会习惯，并在被单下面咯咯笑着。有时，主会与她们开开玩笑。这些年轻女孩的身体就像欧芹的根茎，既纤长又精致。兹维什霍夫斯卡并不担心她们的贞洁。主只是在口头上逞强。至于她们的贞操，必然还会有别的人去受煎熬。在这里，她们只是为了给主取暖。

兹维什霍夫斯卡敲了下门，甚至不等听到"请进"就进来了。

"小年轻多布鲁什卡来了。"

雅各布哼唧着站起身,让人给他穿上衣服,好迎接客人。城堡里慢慢点亮了灯光,尽管此时还是深夜。

托马斯·冯·舍恩菲尔德张开双臂,向他舅舅跑了过来。他身后是他的弟弟大卫-伊曼纽尔。

他们差不多在一起坐到了天亮。雅各布回到了床上,托马斯在床脚昏昏欲睡,年轻的伊曼纽尔早已在地毯上睡着了。托马斯向雅各布展示了一些收据和绘图,为此,雅各布下令去叫醒切尔尼亚夫斯基。后者穿着一件长衬衫睡衣走了进来。一般召唤切尔尼亚夫斯基,都是有关钱的事情。

切尔尼亚夫斯基走近门前时,听到了托马斯·冯·舍恩菲尔德的声音:

"……我要和我老婆离婚,然后,我要和艾娃结婚。你已经很虚弱了,你无法承受这一切,你需要安静。那些有钱人在你这个年龄都去了南方,那里的空气更好。在意大利,空气可以治愈最严重的疾病。你看,你几乎都不能走路了,舅舅。"

切尔尼亚夫斯基敲了敲门,走了进来,耳朵里还回响着刚才听到的最后一句话。

"可是我知道,我是最靠近你的人,没有人能够像我这样完美地理解你的意思……"

切尔尼亚夫斯基进屋后,他们一起就事论事地讨论了投资的事情:放在证券交易所的资金暂时不能动,但很快就会有新的机会——投资美国的债券。托马斯对美国债券非常了解。而切尔尼亚夫斯基考虑的是,那些黄金之类的应该存在箱子里,他不相信任何债券,那只不过就是些纸片而已。

托马斯整天坐在雅各布的身边，让人给他送吃的。他给他读所有的来信，并写下他口述的信件。托马斯也试图与切尔尼亚夫斯基达成和解，但对方完全不为所动；他很有礼貌，很顺从，但在必要时却非常坚决。托马斯也尝试着通过那些所谓的长老做工作，像是邓波夫斯基和雅各布夫斯基，但他们都保持了沉默，好像完全不明所以似的盯着他。当扬·弗沃夫斯基到来时，托马斯还试图找他做自己的盟友，尽管他的期望值很高，但也失败了。波兰人在这个宫堡里仍然是最强大的，他们的铁腕在这里牢牢地掌控一切。"小德国崽子们"没有多少发言权，尽管他们的数量一直在增加。

此时，城堡里住着一位叫赫斯菲尔德的人。他是一位富有而博学的城里人，也是一位离经叛道的犹太人，但从未去受洗改变信仰，他与雅各布夫斯基很谈得来。就是他，在雅各布夫斯基的怂恿下，去找了主，并提醒主要小心托马斯·冯·舍恩菲尔德。

"毫无疑问，他是个出色的天才，"他说道，"但他也是一个不负责任的自由主义者。他被亚洲兄弟会开除了，那还是他自己建立的，并为其写了华丽而庄严的宪章。在维也纳，他打着主您的旗号，以您和艾娃小姐的亲戚自居，以便自己能更顺利地接近皇室和宫廷。他因为女人和自己的放荡而负债累累。这样说他，我很抱歉，因为我曾经与他的关系很好。"这位赫斯菲尔德非常懊悔地说："主啊，但我必须对您忠诚地做出提醒：他是个麻烦制造者和失败者。"

雅各布面无表情地听着。自从遭遇了疾病的打击后，他只有一只眼睛能眨眼。另一只眼睛是不能动的，看上去像是蒙着一层泪水。但他那只健康的眼睛，现在能够呈现出一种金属的光泽。

"他无法再回到维也纳了，这就是为什么他会出现在这里。"赫斯菲尔德补充说。

然后，切尔尼亚夫斯基又揭发出来一件真正可耻的事情：托马斯到处给正统派信徒们所在的村镇和地区写信，主要是德国和摩拉维亚。他在信里说他是雅各布的得力助手。他还在信中非常明显地暗示，用尽了狡辩的口才，表示他将会在主死后成为主的继承人。切尔尼亚夫斯基把这些信拿了出来，展示给主看，主立即下令召见托马斯·冯·舍恩菲尔德。

雅各布此时紧绷着脸，向他倾过身。他的脚还在摇晃着，但慢慢恢复了平衡。然后，离他最近的耶杰任斯卡看到，同时也有其他的目击者看到：主猛地扇了托马斯的脸。那人被远远地打翻在地，长袍上白色的蕾丝边上立即出现了血渍。他试图站起来，躲在椅子后面，但雅各布那只强壮的、瘦骨嶙峋的手抓住了他的胳膊，把他拉了过来。然后，听到第二声猛击，他的脸又被全力击中。他再次倒下了，惊讶地发现自己的嘴唇上出现了血迹。他没有自卫，而是对这个半瘫痪的老人能有如此之大的力量感到惊讶。雅各布用手揪着他的头发，把他从地板上拎了起来，打算再给他一击。托马斯开始喊：

"别打我！"

但他的脸再一次被击中，耶杰任斯卡对此无法再继续容忍下去了，于是她抓住了雅各布的胳膊，向前站在了两个男人之间。她试图吸引雅各布的目光，但他躲开了她。他的眼睛里布满血丝，下巴松弛，流着口水，看上去像是喝醉了一样。

托马斯躺在地板上，哭得像个婴儿一样，血、唾液和鼻涕混在一起。他捂着自己的头，对着地板大喊：

"你已经没有力气了，你已经变了。已经没人再相信你了，已经没有人愿意追随你了。你很快就要死了。"

"闭嘴！"雅各布夫斯基惊恐地对他喊道，"你闭嘴！"

"你已经从一个受害者和牺牲品变成了一个暴君，在上帝的恩典下你成了一个君王，你已经变成了你原来反抗的那种人。那些你抛弃的律法，被你用自己更加愚蠢的律法所替代。你很可悲，就像是喜剧里的人物……"

"把他关起来。"雅各布用嘶哑的声音说道。

当主已不再是他自己时，主是谁？

纳赫曼·雅各布夫斯基从顶楼的小窝里走了下来。与他的房间相邻的是帕维乌·帕沃夫斯基的房间，他是他的兄弟，同样也已经在这里居住了好多年了。石头的楼梯曲折而狭窄，要走到楼下，雅各布夫斯基得耗费不少的时间。他紧紧抓着铁栏杆，慢慢地挪动步子，每走几步就得停下来，然后用安东尼·切尔尼亚夫斯基听不懂的语言对自己说上几句。切尔尼亚夫斯基已经在楼下等着雅各布夫斯基了。他在想，这个身材瘦小、双手扭曲的老人还能活多少年。这位雅各布夫斯基兄弟，当主和他在一起时，主总是称呼他为"纳赫曼"。而现在，切尔尼亚夫斯基经常也以同样的方式想着他：纳赫曼。

"一切都将按其所应该的方式发生。"纳赫曼·雅各布夫斯基这样告诉切尔尼亚夫斯基。后者向他伸出手来，帮他走下最后一个台阶。"一开始是需要我们改名字，那时我们必须要改我们的名字，即'什努伊哈希姆变革运动'（Shinui Hashem）。这些事情，你们年轻人已经不想要去了解了。后来，就是地点的改变，我们从波兰出发到了布尔诺，在那里开始了'什努伊哈玛孔姆变革运动'（Shinui HaMakom）。而现在，正在发生的是'什努伊玛阿塞变革运动'（Shinui Maase），即教条上的改变。主将疾病承担在了自己的身上，是为了解除我们的负担。正如《以赛亚书》上所说的那样，他承担了世界上所有的苦难。"

"阿门。"切尔尼亚夫斯基想要回答，但却沉默了。老人已经到了楼下，突然间快速且灵活地沿着走廊往前走着。

"我必须见到他。"他说道。

这些关于苦难和救赎的谈话，让一些人感到了安心，但切尔尼亚夫斯基没有。他的想法很具体，他根本不信这些犹太教卡巴拉主义，并且对这些一窍不通。他只是相信，上帝会看顾他们，而那些他自己不懂的事情，都应该留给专家。现在更应该关注的是，大批的信徒听说主生了病，都纷纷开始向奥芬巴赫蜂拥而来，必须得在城里安顿他们，并且还要在宫堡里接待他们。觐见的机会每天只有一次，而且是在晚上，持续的时间很短。人们拖儿带女前来，祈求祝福。主将他的手掌放在孕妇的肚子上，放在病患的头上。"哦，"切尔尼亚夫斯基突然想到，"需要从印刷工坊定制一些印有犹太生命之树的印刷品，分发给这里的那些熟手。"于是切尔尼亚夫斯基离开了在他面前叽叽喳喳的雅各布夫斯基。让别人去操心他吧。他自己转身去了公署，在那里他看到两个年轻人，大概是从摩拉维亚来的，正准备要去加入信徒们的行列。他们手里拿着家里提供给他们的一大笔很体面的钱财，正要奉献给主的宫堡。切尔尼亚夫斯基进来时，他的两个秘书扎莱斯基和琴斯基都毕恭毕敬地站了起来。扎莱斯基的父母都死在了奥芬巴赫，他是和父母一起来到这里的，来尽朝圣主的义务。父母死后，他把自己封闭了起来，再回到华沙也没有了意义。团体处理好了继承的事宜。扎莱斯基卖掉了他家在首都的小商店，并把钱送来了奥芬巴赫。像扎莱斯基这样的住户，这里并不多。来这里的大多是老人，那些老兄弟，比如带着盲女的马图舍夫斯基夫妇，他们的女儿能非常优美地弹奏大提琴，于是，她成了宫堡里的演奏老师。到来的还有帕维乌·帕沃夫斯基，他是雅各布夫斯基的兄弟，不久前还是主的使者。到来的还有寡妇耶杰任斯卡，以及埃利沙·邵尔的两个有名的儿子。到来的还有沃尔夫和他的妻子，他们被称为威尔科夫斯基夫妇，以及最近丧偶的哥萨克——扬。因为丧偶，他富有感染力的幽默感消失了一段时间，但眼下他似乎正在恢复，有人看到，他迷上了某个年轻女孩。约瑟夫·彼得洛夫斯基和主所信任的耶鲁西姆·邓波夫斯基也来了，后者被主亲切地称为"彦德鲁希"。在这些到达的长老中，还必须算上弗朗西舍克·席曼诺夫斯基，他离了好几次婚，在这里代替那位已经搬进了城里、不经常露面的卢博米尔斯基指挥主的卫队。

在一个秋天的夜里，主下令叫醒了所有的兄弟姐妹。于是在一片黑暗里，楼梯上传来蜂拥的脚步声，一支支烛火被点燃。人们昏昏欲睡，彼此无话，来到最大的那间屋子里就座。

"我，不是那个我所是的人。"主沉默良久后说道。在寂静的夜晚中，传出几声咳嗽。

"我在你们的面前，隐藏在雅各布·弗兰克这个名字之后，但这不是我的真名。我的国，距此地很遥远，距离欧洲都需要七年的海上航程。我的父亲叫提格尔，我母亲的纹章上是一匹狼，她是国王的女儿……"

当主这样说着的时候，切尔尼亚夫斯基环顾了一圈聚在一起的人们的脸。长老们都认真地听着，一边点着头，好像他们早就已经知道了，而此时他们只是得到了确认一样。他们已经习惯了这样，无论雅各布说什么，都是真实的。而真实，就像是一个波兰树塔蛋糕，由许多层叠成，相互围绕，彼此旋转，并反复地彼此包含。真实，是可以用许多故事来表达的，因为它就如那些智者所进入的花园一样：每个人都看到了不同的东西。

但那些年轻一些的人，只在开始的时候听得入味，然后这个故事像冗长复杂的东方童话一样，使他们感到厌倦。他们来回扭着身体，彼此窃窃私语。他们听不进去太多，因为雅各布讲话很轻，很艰难，而且故事本身也很古怪。他们已经不能理解讲的到底是谁。那是关于雅各布的故事，说他有王室血统，后来被交给了犹太人布赫宾戴尔抚养，他将他与自己的儿子，也就是雅各布调换了。那位布赫宾戴尔教他犹太语，是为了显示什么，还是为了迷惑人们的眼睛？难道这就是为什么他的女儿艾娃，也就是阿瓦查——祝愿她健康——必须只能够嫁给王室成员的原因吗？

这些年轻人更感兴趣的，似乎是那些来自法国的新闻，那些报纸上的新闻报道写得越来越令人不安。有些新闻的内容与雅各布引用的《以赛亚书》产生了奇怪的共鸣——当所有犹太人接受洗礼的时刻到来，先知们的教诲将会应验："他将伟大的人与渺小的人等同，将拉比、圣贤和大师与低贱者、文盲等同。人人都将统一他们的衣着。"这给年轻人留下了深刻的印象。但是，当话题再次转到那颗指明了通往拥有巨大宝藏的波兰之路的星辰——沙巴泰时，他们又失去了兴趣。

主以下面这段话结束了这次奇怪的演说：

"当他们问到你们，问你们是从哪里来，将要到哪里去时，你们要装聋作哑，让人感觉到你们听不懂他们的话。就让他们这样说你们吧，这些人很美丽很善良，但他们都是傻瓜，没有什么理性。你们要赞同这一点。"

大家又冷又累地回到了自己的床上。女人们还在窃窃私语，小声地评论主的这次冗长而意外的独白。但随着太阳升起,它就这样不知不觉地消逝了,像黑夜一样融化了。

第二天是小卡普林斯基接受洗礼的仪式,为此,卡普林斯基家族所有的人,在听说主身体病弱后,全都从瓦拉几亚赶了过来。看到他们,雅各布恢复了活力,激动地哭了起来,切尔尼亚夫斯基和所有的老兄弟也都哭了。此时,大家都感觉到了哈娜,通过她的哥哥,她也微妙地存在于现场。让他们大家都觉得惭愧的是,时间对他们所有的人都是毫不宽恕的。哈伊姆,也就是现在的雅各布·卡普林斯基已经是老态龙钟了。他步履蹒跚,但脸庞依然漂亮,他的脸与哈娜的脸庞是如此相似,这让在场的大家都起了一身的鸡皮疙瘩。

主把小男孩抱在怀里,手浸入从教堂取来的圣水。他先是擦洗了小孩的头,然后在他头上放了一个经卷,这是土耳其式的宗教纪念物。他还在小男孩的脖子上系了一条丝质的手帕,作为洗礼地点的标志,用以表示他们此时所在的地方。仪式的整个过程中,泪水一直在顺着他那憔悴、痛苦的脸慢慢地流淌着,他的脸几乎是一动不动的。他所说的话大家都很明白:正统派的信徒们,当前在三条船上航行。雅各布自己所乘的那条船,正向前航行着,将会给他的同行者们带来最大的福祉;第二条船也不错,因为它将航行到不远处,上面是瓦拉几亚和土耳其的教内兄弟们;第三条船将会航行到世界上很远很远的地方,船上那些人将会溶化在遥远世界的水里。

罗赫·弗兰克的罪孽

某一日,雅各布还在病中,整个城堡里都严令保持安静。尽管城堡的周围到处都有警卫,但楼下却突然发生了一阵骚动。城堡正门口进来了一个女人,尖叫着冲进了回廊。切尔尼亚夫斯基跑下楼,在下面遇到了自己的妻子,她正在试图安抚那个不停尖叫的人。那是个很年轻的女人,一头浅色的头发乱蓬蓬地披散在后背。她从胸前解下来一个开口的小毛毯包袱,放在了地板上。切尔尼亚夫斯基惊恐地看到那个包袱在动,于是他命令周围那些警卫和偶然经过的旁观者都离开,就剩下他们三个人。

"是哪位先生?"安娜·切尔尼亚夫斯卡清醒地问道。

她扶住那女孩的胳膊,小心翼翼地把她带到了餐厅。她让丈夫给女孩拿些暖和的衣物过来,因为外面的天气已经变冷了,那女孩正在瑟瑟发抖。

"是罗赫先生。"女孩哭着说。

"不要害怕,会好的。"

"他说过的,他会和我结婚!"

"你会得到补偿的。"

"补偿是什么?"

"会好的。把孩子留给我们。"

"孩子,孩子……"女孩正要开始说话,但切尔尼亚夫斯卡打开了破包袱,并亲眼看见了,这是个有病的孩子,一定是这女孩自己从肚子里拽出来的。所以孩子现在才会如此平静,他耷拉着脑袋,眼睛怪异地来回转动着。

切尔尼亚夫斯基给她送来了食物,女孩胃口大开地吃了起来。夫妇两人商量了片刻。然后,切尔尼亚夫斯卡做出了决定。她丈夫把几个金币放在了木桌上,于是女孩就消失了。同一天,切尔尼亚夫斯基夫妇去了乡下,他们在那里给一个农民留下了丰厚的酬金,把孩子交给了他,并与他签订了一份长期合同。

罗赫的这些小恋情很费钱。这已经是第二次了。

艾娃·弗兰克听了切尔尼亚夫斯基夫妇的通报后，下令把罗赫叫来自己身边，她要对弟弟进行惩戒。她的裙子在弟弟面前来回扫动着，带起了地上的碎布片，那是刚给艾娃定做衣服的裁缝留下的。艾娃的嗓音低沉而紧张，震慑住了罗赫。

"什么事情你都不能专心地做下去，什么有用的事情你都做不了，什么事情你都不感兴趣。你就像个屁股上的溃疡，只能姑息纵容。父亲给了你机会，你却什么也没去做，只知道酒和女人。"

她与切尔尼亚夫斯卡交换了一下眼神，后者正与丈夫坐在墙边。

"给你的酒要限量了。这是父亲的命令。"

罗赫靠在扶手椅上，眼都不抬一下，似乎正在对着自己的鞋子微笑，几束浅红色的头发从没戴好的假发套下探了出来。

"父亲生病了，活不了多久了。不要对我提他，我感到恶心。"

艾娃再也无法控制住自己，她俯身对着弟弟吼叫起来。

"闭嘴，你这个愚蠢的小人。"

罗赫双手捂住了脸。艾娃突然转身，她那件奢华的裙子再次扫起了地上的碎布片，散得房间里到处都是。艾娃离开了。

切尔尼亚夫斯基很尴尬地看到罗赫正在抽泣：

"我是最不幸的人。"

吻，上帝的吻

主又梦到了那个奇异的气味，那是天神的仙馔蜜酒的气味。几小时后，主又发病了。多亏冯·拉罗什夫人，她为雅各布·弗兰克请来了法兰克福最好的医生。这位医生召集了奥芬巴赫当地的医生同僚一起进行了会诊。他们商议了很久,提出各种建议,但很明显,他们对雅各布的病情无能为力。他已经完全失去了知觉。

"什么时候?"当医生们走出雅各布的房间时,艾娃·弗兰克向他们问道。

"这无法答复。病人的身体机能超乎寻常地强大,他的生存意志非常强烈。但是,还没有人能够在经历了如此严重的中风后幸存下来。"

"什么时候?"切尔尼亚夫斯基又重复问道。

"这只有上帝知道。"

然而,主活了下来。在某个片刻,他恢复了意识。当时有人送来了礼物,是一只会说话的鹦鹉,这只小动物取悦到了他。大家读报纸给他听,可是并不清楚报纸上越来越多的关于世界末日的消息,在多大程度上进入了他的头脑。晚上的时候,他命令女人们也要开始进行骑马训练,她们也要成为勇士。他下令卖掉所有贵重的毯子和长袍,以便购买更多的武器。他招来切尔尼亚夫斯基,向他口述信件。切尔尼亚夫斯基记下了雅各布所说的每一句话,甚至连眼皮都没眨一下,那会暴露出他自己的想法。

主还下令派信使去俄罗斯,并催促他们尽快出发。而在大部分的时间里,他都是躺在那里,陷入沉思。他的思绪似乎已经飘去了某个遥远的地方。他癫痫发作,神志不清。他在癫痫时,同样的话不断地重复出现。"按我的命令,你们快去做!"某个晚上,这句话他喊了整整一夜。

"大人物们要发抖了。"他这样说着,预言那些城市的街道上将会发生暴乱和流血事件。要不,他就用古老的语言祈祷并歌唱。他的声音断断续续,后来变成了低声细语:"Achapro ponow baminho。"这句拉丁语的意思是,"我要带着礼物,当面请求宽恕"。他还说:"想要获得死亡,我必须变得特别虚弱才行……放弃自己的力量,那才会使我重生……一切都将获得重生。"

忧伤的雅各布夫斯基在他的床边睡着了。然而在那之后,他声称自己写下了雅各布的遗言,他是这样写的:"基督说,他的到来是为了将世界从魔鬼撒旦的手中解救出来。而我的到来,是要将它从迄今为止所有存在过的律法和条规中解脱出来。这一切都必须被摧毁,然后好的上帝才会显现。"

但是,实际上,在最后那一刻,雅各布夫斯基根本没有在主的身边。他当时在走廊里睡着了,睡姿还很不舒服。那时是女人们在房间里替代了他,后来再也没有让任何人进去。艾娃与阿努霞、老马图舍夫斯卡、兹维什霍夫斯卡、切尔尼亚夫斯卡和艾娃·耶杰任斯卡,她们一起摆上了蜡烛,铺上了鲜花。最后一个与他谈话的人——要是还可以称之为交谈的话——是艾娃·耶杰任斯卡。前一夜,她整个晚上一直坐在床边,但天快亮时,她去打了个盹儿。那时,主让人去找她,只说了一句:"艾娃。"有些人认为他是在叫女主,可是他并没有说"女主",而说的是"艾娃",而且他在叫女儿时,总是叫"阿瓦查"或者"阿瓦楚尼娅"。于是,老耶杰任斯卡来了,而不是雅各布夫斯基和艾娃。她在床边坐了下来,立即就猜到了他的意思。她把他的头放在自己膝上,他的嘴唇动着,像是要亲吻,但由于他的半边脸是瘫痪动不了的,结果没能做出什么样的效果。她拉出了一侧已经松弛的大乳房,压在主的嘴唇上。他吮吸着,尽管乳房是空的。然后,他就筋疲力尽了,停止了呼吸,什么也没说出来。

耶杰任斯卡惊呆了,赶紧离开了房间。到了门外,她才大声哭了起来。清晨的时候,安东尼·切尔尼亚夫斯基向焦急的人们宣布了这

个消息,这时尸体已经被洗净,并换好了衣服,摆放在了停尸台上。他说:

"我们的主已经离世。他死于一个吻,上帝的吻。上帝在夜里来到他身边,像摩西那样,用自己的嘴唇触碰了他的嘴。全能的上帝,在自己的居所里接待了他。"

一片巨大的抽泣声响起,消息冲过回廊,飞出城堡,像旋风一样穿过了奥芬巴赫狭窄、清净的街道。片刻之后,城里所有的教堂,不分教派,全都敲响了钟声。

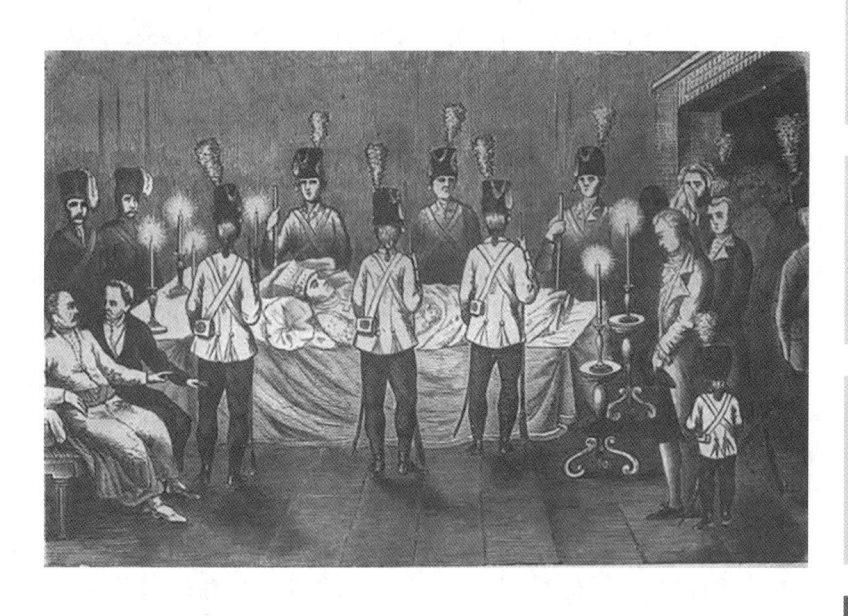

切尔尼亚夫斯基注意到,所有的长老都已经下楼来了,只有整晚都坐在主门口的雅各布夫斯基不在场。他突然开始担心了,是不是他也出了什么事情。他快步爬楼梯上了顶楼,心中想着,将老人家安排在这么高的地方,真不是个好主意,需要做出改变。

雅各布夫斯基正背对着门坐在那里,周围都是他的文件。他身体瘦削，驼着背，灰色的头发剪得很短，头上戴着一顶羊毛帽，显得他的头就像个孩子那样小。

"彼得兄弟。"切尔尼亚夫斯基对着他叫道，但纳赫曼却没有任何反应。

"彼得兄弟，他走了。"

又是片刻的沉默，切尔尼亚夫斯基明白，还是应该让这位老人家自己在这儿待着。

"死亡并不是坏事。"突然，雅各布夫斯基说了这么一句，并没有转过身来，"而且，事实上，欺骗自己并没有什么意义。他属于善良的上帝，上帝就是这样的，仁慈地将我们从生命中拯救出来。"

"兄弟，你要下楼吗？"

"没有必要了。"

父亲去世后的那个晚上，艾娃做了一个梦。这个梦中发生了一些事情，她的身体肿胀了起来，有什么东西在她身上移动，压在她的身上。她知道那是什么，但她却看不到。最糟糕的是（同时也是最好的），她感到肚子里有一股推力，有东西被推进了她的子宫，推到了她两腿之间的那个地方，她甚至都不想说出那个位置的名称。它就在那里，它在身体里移动着，持续的时间很短，因为这一切都被一种突然的快感打断了，一种突然的爆发，紧接着就是一阵虚脱。这是一个奇异时刻，令人感觉羞耻而又困惑的时刻。别的那些都已经不再重要了：未付清的账单、市长先生的目光、风流情种贾科莫·卡萨诺瓦先生的来信、罗赫暗地里的交易，以及白桌布上的银锭，获胜的证物，在这短暂的一刻，所有这一切都失效了。在梦中，艾娃想要忘记一切，将一切永远地抹去，包括那种快乐和那种羞耻。在梦里，她还命令自己不要记住任何东西,并且永远也不再回头,就像是对待其他身体的秘密一样,就像对待经期、皮疹、潮热、轻微心悸那样。

正因如此,她醒来时,自己已经是完全清白的了。她睁开眼睛,看着自己的房间,明亮的、奶油色的房间。梳妆台上摆放着瓷壶和瓷盆,还有一个在比格尔特别定制的玩偶小屋。她眨了眨眼睛,在床上趴着的时候,仍然还是可以进入梦乡的,可以进入那种不可思议的快感;可当她转过身来躺着,扶正了她睡觉时戴着的、避免弄乱她精心打理的发型的睡帽时,睡意就过去了。她的身体蜷缩了起来,干涸了。她头脑中冒出的第一个念头就是,她的父亲死了。不清楚为什么,这个念头唤起了她两种完全自相矛盾的感觉:无法忍受的绝望和奇怪的、摇摆不定的快活。

谣言、信函、告发,
出版、报道

以下是奥芬巴赫《福斯日报》对雅各布·弗兰克葬礼的评论:

弗兰克男爵的遗体于1791年12月12日在奥芬巴赫庄严地安葬。

他是波兰一个宗教教派的教长,这个教派跟随他来到德国,他极其辉煌地统领着这个教派。该教派几乎把他当作二世达赖喇嘛来崇拜。送葬队伍的开头是大约两百名身穿白衣的妇女和儿童,手中的蜡烛闪闪发光。其后是一队肩上戴着丝带,身穿五颜六色波兰服装的男士。接着是一支路演的管乐队,其后是用阅兵架抬着的死者遗体。在灵柩两侧,右边走着的是死者的孩子们,他唯一的女儿和两个儿子；左边是马尔钦·卢博米尔斯基亲王，他是一位波兰大亨，脖子上挂着圣安娜勋章，他的身后还走着许多政要人物。死者身穿东方式的服装，一身全红色的衣服，身上盖着貂皮。他的脸转向左侧，仿佛是睡着了。围绕在他棺椁四周的，是一支由轻骑兵、骠骑兵和其他身着华丽服装的波兰人组成的卫队。死者生前曾下过命令，不得进行哭丧或举办悼念仪式。

整个奥芬巴赫和半个法兰克福的人都参加了葬礼。葬礼结束后，主的团队还在索菲亚·冯·拉罗什的家中进行了停留，表达谢意。消息一向灵通的伯纳德先生最先对整个事件进行了评论：

"据说，这些新受洗的教徒正试图在犹太人中建立某种联盟。他们打出的旗帜是反对犹太经典《塔木德》，他们破坏权威，转而服从于某些土耳其的律法和教规。"

雅各布·弗兰克生病时，曾经在患者身边的赖歇尔特医生说："我认为，他们整个弥赛亚运动是某种广泛传播的、复杂的模式，是为了从天真的犹太人身上榨取金钱的活动。"

然后，这家人的朋友冯·阿尔布雷希特也有话说，他对东方事务非常了解，曾是住在华沙的普鲁士居民。

"亲爱的女士们和先生们，我对你们感到惊讶，你们对此表现得如此天真。我一直警告你们，这个新的教派企图侵占和控制波兰所有的犹太会堂，因此它的活动应该受到严密的监视，我们应将事态的发展通报给陛下的王室办公厅。这是我多年前就看到的，那时他们才刚刚起步。而现在，在他们的宫堡里显然已经发现了数量空前的武器。此外，他们还定期在里面组织青年男子进行阅兵和军事训练……"

冯·拉罗什夫人惊呼道："显然，也有女性参与了！"

那位曾经的华沙居民继续说道："所有这些都让人怀疑，这些新受洗的信徒已经在为主要是针对普鲁士的波兰起义进行准备。因此，我对你们的亲王感到惊讶，他如此慷慨地同意在这里接待他们。在这里，这个教派已经成功地创造出了某种国中之国，用自己的法律进行管辖，拥有自己的卫队，其大部分往来账户都放在银行的系统之外。"

索菲亚·冯·拉罗什试图为那些"像昆虫一般的人"进行辩护："他们一直和平而诚实地生活着……"

医生打断了她的话："他们的负债已经多到令人难以想象……"

索菲亚·冯·拉罗什反问他："亲爱的医生，如今谁没有些债务？我更愿意相信艾娃小姐和她的弟弟们是伊丽莎白皇后和拉祖莫夫斯基亲王的私生子。这是我们这里对他们的看法。这是很浪漫的事情。"

那些人都礼貌地笑笑，然后转变了话题。

"你们都是些疑神疑鬼的人。"冯·拉罗什夫人用一种似乎被冒犯了的语气说道。

然而，雅各布和他那些追随者的事情并没有平息。现在欧洲各地疯传着相关的造谣信和告发信，并激起了新一轮的恐惧和进一步的猜测。

此类信件正向犹太社区和其他的社区频繁派送，信中呼吁所有的犹太人和基督徒团结在名为"以东"的教派旗帜下。该教派的目的在于建立超越这两个宗教之间差异的某种所谓兄弟关系……

我们不知详情，不知道该教派的活动究竟想要达到什么目的。但可以肯定的是，其个别成员与那些共济会信徒、光明会信徒、玫瑰十字会信徒和雅各宾派人士有着密切联系，然而我们无法从其通信或通过其他手段证明这一点……

腓特烈·威廉国王的旨意则清楚地表明：

……这个人，雅各布·弗兰克，是该教派的领袖，同时也是某个隐藏势力的秘密代理人。最近曝光的一些信件显示，他呼吁各犹太会堂统一到他的教派旗下。从今天开始，在主持者不明的情况下成立的所有秘密社团及与之相关的一切，每一种政治上的热衷，都要给予特别的关注；因为秘密社团都是在静默和黑暗中活动，并运用雅各宾式的宣传去实现其可怕的犯罪意图……

时间具有一种强大的能力，可以抹去所有不确定之处，可以修补所有的漏洞。随着时间的推移，人们一致认为：

按照已经记录在案的情况来看，目前被称为以东教派的弗兰克之流的教派，在不久前还被我们的许多贵族认作是某种异国情调的珍奇。然而现在，在法国革命及与之相关的雅各宾主义的那些可怕经历之后，我们应该改变自己的观点，要将神秘仪式看作是政治活动和革命意图的掩护。

第三十章

一位波兰公主之死,按着时间的顺序

事物的演进都是按其自身的规律去发展的。当你站在某个历史事件正在发生的同一个舞台上看时,你可就很难体会到这一点。你在这事件中什么都看不到;有太多的场景,它们相互覆盖,给你留下一片混乱的印象。而在这片迷乱中,还有一个重要的事件正在消失,关于吉特拉·盖尔特鲁达·阿舍尔巴赫,她与主在同一天去世。就这样,这个从波多利亚某地肇始的进程,在这严寒的冬季结束了。她如暴风雪般的伟大爱情,结出了塞缪尔这颗爱的果实;它短暂得如此不公平,在广阔的场景中,只可算是一眨眼的工夫。

然而,彦塔看到了这个秩序,她的身体已经在科罗洛夫卡的山洞中慢慢变为了水晶。现在,洞口几乎长满了黑丁香树,茂盛的花蕊上结满了成熟的浆果,一簇簇落在了地上,留给鸟儿们啄食;而此时,它们已经结冻成冰了。彦塔看见了雅各布的死,但她并没有因之耽搁,因为她被另一个人的死亡所吸引,那是在维也纳。

阿舍尔,也就是鲁道夫·阿舍尔巴赫,自从他的妻子盖尔特鲁达,也就是吉特拉病倒后,一直坐在她身边。作为一名医生,当他在两三个月前看到妻子乳房上的肿块时,心里就已经明白了一切。他觉得,似乎在更早之前他就已经明白了这一点，那时吉特拉有点奇怪地、风风火火地、神经质地想要努力试着管好这个家。比如那时，她为他们过冬的洋葱急得发疯，因为那些订购来的洋葱装在厚亚麻袋里，洋葱的心都已经烂了，无法再存放到春天；比如那时，她说洗衣女工把他们的衣袖弄坏了；比如那时，她说冰店里买来的冰块闻起来有怪味，就像是曾经在布斯克闻到的一样，有一股死水的味道；比如那时，她在读报纸的时候会诅咒起那些政治家所做的蠢事；比如那时，她长着灰白色头发的脑袋，已经完全淹没在了土耳其烟斗的烟雾里，那时，她变得一定要将一斗烟一直抽到最后。

现在，她大多躺在沙发上，不愿上床睡觉。阿舍尔测算着她不断增加的鸦片酊的服用剂量，并仔细、认真地检查着一切。他密切地观察着，保持着冷静和淡定，这能给他带来些许的解脱，让他免于陷入彻底的绝望。比如，在吉特拉去世前的几天，她的皮肤变得致密、僵硬、暗淡，在日光下的反射也变得不同了。这牵连到了她面部的特征，她的模样变得锐利了起来。她鼻子的末端出现了一条蔓延的纹路。这是阿舍尔在礼拜一的晚上看到的，就在烛光下，当时吉特拉虽然非常虚弱，但还是坐了起来，整理着文件。她从抽屉里拿出了她所有的东西，所有她写的东西，所有那些用希伯来文写给她在利沃夫的父亲的信，以及所有那些文章、绘图和方案。她把这些分成了几堆，并把它们分别放在用软纸做的文件夹里。她时不时地问起阿舍尔一些事情，可是阿舍尔无法集中自己的注意力。他看到了那条皱纹，那种恐惧瞬间就完全笼罩了他。吉特拉知道自己将死，想着就很害怕，她知道自己的病已经不治，已经无力回天。但她并没有期望死亡的降临，那完全是另一件事。对此，在理智上，她自己是知道的，并且她可以用语言将其表达出来，写出来。但是，她自己的身体，她的生物体本身，对于死亡却根本不相信。

在这个意义上，死亡实际上并不存在。阿舍尔想到，从来没有人描述过死亡的经验。它总是别人的。对此没什么好害怕的，因为我们所害怕的，其实都是别人的经验，而不是它自身的真实。我们害怕的，是别人的某些死亡（或是死神），那是想象中的，是我们思维的产物，其中混杂着各种思想、故事和仪式礼仪。那是一种约定俗成的悲伤，一种既定的戛然而止，是为人类的生命所引入的秩序。

因此，当阿舍尔看到她鼻子上那条独特的皱纹和她皮肤上那种奇怪的颜色时，他就已经知道，时候到了。礼拜二早上，吉特拉请他帮自己穿衣服。这次，她请的是他，而不是他们的帮佣索菲亚。阿舍尔给她系上裙子。吉特拉坐在了桌边，但没吃饭，然后又回到了床上，阿舍尔又把她的那条裙子解了下来。他费劲地把系带从那些挂钩中扯出来，因为他的那双手很粗糙，动作也不确定。他感觉自己就像是在拆开一件珍贵而脆弱的物品，一只中国的花瓶、一个精致的水晶杯、一尊瓷像；好像是要将它放回原处，然后就再也不会用了。吉特拉耐心地忍受着这些，她用微弱的声音说要给塞缪尔写一封短信。她让人给自己拿来纸，可她没有力气去写，于是她只是口述了几个词。然后，在服用了鸦片酊后，她又小睡了过去。当阿舍尔停下书写时，她没有做出反应。她允许别人喂自己（但只能是由阿舍尔喂）汤羹，鸡汤，但实际上只是吃进几勺。阿舍尔把她放在便盆上，但吉特拉只排了几滴尿。阿舍尔觉得，她的身体就像是一个复杂的小装置一样，好像是哪里卡住了。这一直持续到了晚上。夜里，吉特拉醒来，问他各种事情，例如某家书商的账是不是已经付清了，还提醒他要把花放在窗台上过冬。她请他从女裁缝那里取回衣料，因为已经不再需要做衣服了；女孩子们一定不会喜欢的，她们那么时尚，尽管那些衣料的质量很好。或许可以把它们送给索菲亚，索菲亚会很高兴的。然后，她又开始回忆。吉特拉谈起了那个冬天，当她到了利沃夫，站在阿舍尔家门口时的情景，谈起了雪橇、雪景和节日的弥赛亚游行。

礼拜三早上，她似乎感觉好一些了，但在中午时分，她的视力变得模糊。她看着远方的某处，目光仿佛穿透了这个位于维也纳的公寓的墙壁，凝视着空中的某个地方，在那些房屋的上方。她的双手也不安分起来，在床单上来回摸索，她的手指在绸缎被上弄出很多褶皱，然后又仔细地将它们抚平。

"把我的枕头调整一下。"她对阿德莱德说。这是她的朋友，阿舍尔已经通知了她，她从城的另一头赶到了这里。但调整好的枕头并没有维持很长的时间，很明显，她还是不舒服。鲁道夫·阿舍尔巴赫让人去叫了女儿们，但不知她们什么时候会到；她们一个住在魏玛，一个住在弗罗茨瓦夫。

吉特拉的话音变慢了，失去了所有的旋律；音调变得单一，像金属声，让人不舒服。阿舍尔巴赫把这些都记录了下来。她的话已经很难让人理解了，她问了好几次，现在是礼拜几。礼拜三。礼拜三。礼拜三。阿舍尔用手势来回答她这个简单的问题。

"我要死了吗？"

他默默地点点头，但马上做了纠正，用嘶哑的声音说：

"是的。"

而她，吉特拉，正如一直以来的那样，已经确信了这一点，将自己全身收紧。有人会说，她将整个死亡掌握在了自己的手里——这个充满了疑问的、不可逆的过程——就像是要完成下一个任务。当阿舍尔看着她瘦弱的、因疾病而憔悴的小身体时，他的泪水夺眶而出。这是他很长时间以来第一次哭，甚至可能是波兰公主在他们家安息那天以来的第一次——当时大家都拿着抹布，争相收集打破的酒桶里洒出的伏特加。

夜里，阿德莱德和楼下的邻居巴赫曼夫人两人照看着她。阿舍尔问妻子：

"你想要一个神父吗？"

迟疑片刻后，他又加了一句：

"拉比？"

她吃惊地看着他，似乎是没有明白。阿舍尔必须得问她。但是，不会有任何神父或拉比。他如果对她这样做了，吉特拉就会受到致命的冒犯。礼拜四的黎明时分，垂危的时刻开始了。女人们叫醒了正把头靠在桌上打瞌睡的阿舍尔。她们沿着床的周边点燃了蜡烛。阿德莱德开始祈祷，但声音很低，仿佛是自言自语。阿舍尔看到吉特拉的指甲已经变白了，然后不可逆转地变成紫色。当他握住她的手时，手已经完全冷了。吉特拉的呼吸变成了艰难的尖声喘息，每一下都要费很大劲。一个小时后，呼吸变成了呻吟声，听得人难以忍受；阿德莱德和巴赫曼夫人都哭了起来。但那呼吸变得越来越弱了，也或许是耳朵已经习惯了这种喘息声？吉特拉变得更平静了些，慢慢地离去了。阿舍尔见证了那一刻，它在心脏停止和呼吸停止之前长长的一刻内发生了；吉特拉消失去了什么地方，已经不再存在于那个喘息的身体里。她走了，她消失了。有什么东西占据了她，转换了她的注意力。她甚至都没有回头看一看。

礼拜四，十三点二十分，吉特拉的心脏停止了跳动。吉特拉咽下了最后一口气。这口气留在了她的身体里面，充满了她的胸膛。

阿舍尔越想越生气：没有了最后的呼气，没有任何灵魂从这具身体里逃脱。相反，这具身体将灵魂吸进其中，要将它带到坟墓里。这场景，他曾经见过很多次，但直到现在他才完全明白。就是这样，没有任何最后的气息，没有任何灵魂。

华沙的桌子，可坐三十人

雅各布·弗兰克的死讯传到华沙时已经很晚了。那是在一月初，全城因严寒和霜冻而突然间变得空荡荡，似乎整个世界都被粗重的麻绳绑着，向内收缩于自身。

在瓦利楚夫大街的弗沃夫斯基家里，摆上了一张可容纳三十人的大桌子，上面仔细地铺上了白色的桌布，并摆上了瓷餐具。每个盘子旁边都放着一个小面包。窗户用窗帘紧紧遮着。弗沃夫斯基家的孩子们，亚历山大和玛丽妮亚，彬彬有礼地迎接着客人，并从他们那里接受小礼物：水果和糖果。漂亮可爱的玛丽妮亚，有着一头漆黑的秀发，行着屈膝礼，重复说着："谢谢叔叔，谢谢阿姨。"然后孩子们就消失了。几座七枝的蜡烛台，间隔相等地摆放着，照亮了客人。他们都穿着资产阶级式的齐整的黑色正装。年长的弗朗西舍克·弗沃夫斯基坐在桌前主位上，旁边是他的妹妹玛丽安娜·兰克隆斯卡及其儿子，年轻的弗朗西舍克和他的妻子芭芭拉。然后是弗沃夫斯基兄弟的其他成年子女，及其丈夫和妻子；还有兰克隆斯基的孩子们和耶杰任斯基夫妇的两个儿子，多米尼克和伊格纳齐，以及奥努弗里·马图舍夫斯基和他娶的瓦班茨基家的妻子；还有来自立陶宛的马耶夫斯基兄弟，以及雅各布·席曼诺夫斯基与他娶的鲁德尼茨基家的新婚妻子。弗朗西舍克帮着他父亲站了起来，他久久地看着大家，然后向站在他两边的人伸出双手，大家也都照着样子做。儿子以为，父亲会起调吟唱某一首必须轻声低唱，几乎得是小声耳语的歌。但父亲只是说道：

"让我们感谢我们全能的上帝和他的荣耀——光明山的圣母，我们已经坚持了下来。让我们感谢我们的主，他把我们带到了这里，让我们每个人都以他的方式，带着最大的爱为他祈祷。"

此时大家都低下头，默默地祈祷着，直到老弗朗西舍克·弗沃夫斯基用他仍然有力的声音开口说道：

"什么将会预示新时代的到来？以赛亚是怎么说的？"

坐在他左边的最老的瓦班茨基本能而机械地答道：

"终止《妥拉》的律法，让王国沦为异端。这是自古以来的教诲，是我们恒久的期待。"

弗沃夫斯基欲言又止，深吸了一口气。

"我们的祖先对此的理解，是以他们所知道的方式。祖先们认为，这一预言是与基督徒统治世界相关的。但是，现在我们已经知道，实际上这与此无关。所有的犹太人都必须经历以东王国，才能实现这个预言！雅各布，我们的主，是雅各的化身，他最先去了以东；因为圣经中雅各的故事，实际上也是在讲述我们的故事。正如《光明篇》所说：我们的父亲雅各并没有死。他在地上的遗产，是由艾娃接管的，她是雅各的拉结①。"

"事实是，雅各布没有死。"他们齐声地回答他。

"阿门。"施罗莫·弗朗西舍克·弗沃夫斯基回应了他们全体，然后在餐桌前坐下，将一个面包掰成两半，开始吃。

---

① 在《希伯来圣经》中，拉结是以色列人的祖先雅各的第二任妻子。

日常的生活

平时，弗沃夫斯基家总是向一位特别爱管闲事的承包商收购啤酒花。那人将双手插在衣服口袋里，看着年轻的弗朗西舍克给那些麻袋称重，最后问道：

"你告诉我，弗沃夫斯基，你为什么要去那个弗兰克那儿？为什么把自己的孩子送到他那里？你毕竟是在我们教堂里受洗的啊。他们都说，你们把他当作是什么族长，并给他交份子钱，还说你们不愿意与天主教徒结婚。"

弗沃夫斯基试图对他真诚，于是拍了拍他的后背，像是对自己的人一样：

"人们都在夸大其词。我们的确是在自己人当中结婚，可这种情况到处都是。我们自己人之间更互相了解，甚至我们的女人煮出来的饭和我们母亲做的是一样的。我们有相同的习惯。这是很自然的。"弗朗西舍克将麻袋放在秤上，挑选着瓷砝码，接着说道，"比如说，我妻子做的小面包完全和我母亲做的一样，如果不是出生于波多利亚和犹太家庭，没有人能够做到这一点。我就是为了那些小面包娶了她。那位弗兰克在我们需要的时候向我们伸出了援手，所以现在我们用感激之情报答他。毕竟，这是美德，而不是罪恶。"

弗沃夫斯基翻找着砝码，他要用到最小的砝码，以便将干啤酒花称到最接近的重量。

"你是对的。"批发商说道，"我结婚是为了卷心菜炖豌豆。我妻子炖的这个菜，美味到吃起来要舔手指。但他们也说，你们一个挨着一个定居下来，只要是主的宫堡设立的地方，你们就会到那里。有的人带着火腿，有的人运来了货物，你们甚至还成立了乐队……"

"那又有什么错呢？"弗沃夫斯基愉快地回答着，同时在登记表里写下了重量，"这就是交易的意义。必须要找到一个人们会购买你东西的地方。你自己都在这样做，却不让我也这样做？"

批发商递给他另一个更大的麻袋，秤都快要放不下了。

"孩子们呢？他们都说，你们花了大钱，让弗兰克的儿子们接受教育。你们还称他们是'男爵'。他们在华沙，人们经常看到他们去化装舞会、舞厅和剧院里玩，坐在富丽堂皇的马车上乱撞……"

"你难道不认识这类去化装舞会和舞厅的天主教徒吗？你难道没见过波托茨基家族的马车吗？"

"你啊，弗沃夫斯基，别去和那些大人物相比。"

"我不是和他们比。我们当中也是既有穷人也有富人。有人用脚走路，也有人拥有豪华马车。那又怎样呢？"

弗沃夫斯基已经受够了这个死缠烂打的骚扰者。这家伙似乎是在检查干啤酒花，把它拿起来嗅着，揉搓着检查软硬程度，但实际上是在四处窥探着院子里的情况。而他的话音中，似乎一直压抑着怒气。年轻的弗朗西舍克·弗沃夫斯基收起了秤杆，往外走去。讨厌的家伙只好很不情愿地跟着他往外走。

"我还想到了一件事情。你们真的在搞秘密聚会吗？遮上窗户，怪怪的那种？"那人不怀好意地问道，"他们都说是的。"

弗朗西舍克警惕起来。他权衡了片刻，好像是找到了正确的砝码。

"我们这些新受洗的信徒，特别注重去爱我们的邻居。这不是所有基督徒的基本戒律吗？"他反问道。那人点点头。"是的，这是事实。我们聚在一起讨论，就像昨天在我家里，我们商量了该给什么人帮助，给什么样的帮助，投资什么。我们互相询问参加婚礼和洗礼的情况。

我们谈到了孩子们，谈及他们的学校。我们团结在一起，这根本就不是什么坏事，而且实际上这是一种给其他基督徒们树立的榜样。"

"愿你们日子过得好，一切顺利，弗沃夫斯基大人，就咱俩的事情也是。"这讨厌的人最后说着，似乎有点失望。于是两人坐下来结算啤酒花的账目。当最后终于摆脱了这人时，弗朗西舍克松了一口气。但接下来他又恢复了警觉的状态，这是一种持续不断而且令人疲惫的状态。

在华沙，他们周围的气氛并不太好。于是，有的人离开去了维尔纽斯，就像是卡普林斯基家和马耶夫斯基家的年轻人一样。或者像马图舍夫斯基一家那样，有些人回去了利沃夫，但那里的情况也并不容易。而在华沙，情况大概是最糟糕的。人人盯着他们，在背后对他们窃窃私语。弗沃夫斯基的妻子芭芭拉说弗朗西舍克做得太多了，这让他很是引人注目。他参加了黑色游行[①]，为市民争取权利。同时，他还活跃于商人工会中。他拥有一家蒸蒸日上的啤酒厂，有自己的房产，从不欠别人的钱。他的名号加上他儿子们和侄甥们的名号，显得格外显眼。就如昨天，芭芭拉发现了一张贴在门上的纸，那是一种带着污渍的粗糙印刷品，上面写的是：

弗兰克给他们灌输迷信，那是奇异的祝福，

[①] 1789年12月2日，受法国大革命影响，波兰141个效忠波兰国王的城市代表身穿黑衣在华沙国王广场举行大会并组织游行，向国王提出了赋予平民与贵族相同的地权等平民权利诉求。"黑色游行"直接推动了1791年波兰《五三宪法》的成型，该宪法凝聚了法国和美国的民主共和思想并适合波兰的国情，被普遍认为是世界第二部、欧洲第一部成文国家宪法。

为此每个波兰人都给他留下金币。

这人在他们当中，如上帝般被崇拜，荣耀加身，

这人被判囚禁于光明山修道院要塞，

来自波兰的人们，借着伏特加和啤酒，向他支付，

他们带走了数百万钱财。这是不是不公平

的事情，快去阻止那种愚蠢和神秘的机密，

当他们接受了洗礼，愿他们的生活就像平常人。

通往奥芬巴赫的圣路

上帝真正的家是在奥芬巴赫。当约瑟夫·冯·舍恩菲尔德十几岁，正准备出发上路的时候，有人告诉了他这句话。约瑟夫是布拉格的托马斯·舍恩菲尔德的侄子。除了每一位正统派信徒都必须要走的那条神圣道路之外，人们不得不承认，还有某些很实际的问题驱使着人上路，比如逃避兵役；正统派作为基督徒，是有义务去参军服役的。现在这条路途经德累斯顿，在那里无须进行任何特别的解释，小伙子们将会收到埃伯舒兹男爵的推荐信，尽管约瑟夫已经有了冯·舍恩菲尔德这个名号——就像他母亲说的那样——其实并不需要这些推荐信。与他同行的还有另外两个小伙子，也是和他一样面临类似的情况。

1796年6月，他们终于到达了奥芬巴赫。他们花了一整天的时间等待觐见女主，周围都是身穿五颜六色服装的各种民族的年轻人。其中，有些人已经穿上了怪异的制服，正在操练，还有些人只是在院子里闲逛。下雨时，他们被允许躲到回廊的屋顶下。约瑟夫饶有兴味地看着回廊里那些柱子上的雕塑，每个雕塑都表现了特定的人物。这位聪明的小伙子能够轻易地辨认出那些都是神话里的人物。其中也有他

讨厌的，比如象征火星的战神玛尔斯，被固定地表现为一位手持长戟的盔甲骑士；在他的脚下，站立着一只羔羊，这是白羊座，是被火星所主宰的星座。但是约瑟夫觉得，这个白羊座似乎更像是那些如同绵羊一样被将军统治并成为炮灰的人的象征。柱子上更对他胃口的，绝对是那位线条圆润、身材匀称、象征着金星的维纳斯。对于她的造型，他与伙伴们做了一番评论。

直到晚上，他们才被那位女主接见。

这是一位大约五十岁的女人，她的衣着非常有品位，精心护理的双手洁白无瑕，一头浓密的黑发束成了高高的发髻。在她翻阅推荐信的时候，约瑟夫赞叹地看着她的狗——一只又高又瘦，更像是一只蚱蜢的魔怪，双眼正紧紧地盯着这些小伙子。终于，这位女士说道：

"你们被接纳了，亲爱的孩子们。你们要服从这里的各项规则。严格地遵守这些规则，这将会给你们带来真正的幸福。这里有真正的救赎。"

她讲的德语带有浓重的东方口音。她命令约瑟夫在别的小伙子们离开后留下来。然后，她站了起来，走到了他身边，把手伸给他亲吻。

"你是托马斯的侄子吗？"

他确认了。

"他真的死了吗？"

约瑟夫低下了头。他叔叔的死，涉及一个家庭内部尴尬的、可耻的秘密，这个秘密从来没有对他透露过。约瑟夫不知道这是否是因为托马斯出于某种未知的原因而选择了自杀，还是因为别的什么他未被告知的内情。

"您认识他，对吗？"约瑟夫问道，以避免自己被继续问下去。

"你看起来与他有点像。"美丽的女主接着说道，"如果你想和我谈谈，或者你如果在这里缺少什么，我很乐意随时接待你。"

有那么一阵子，约瑟夫觉得这位女士看着他的目光很温柔。这鼓励了他。他想说些什么，他突然之间对这个悲伤的女人产生了爱和感激，她与那个红砂岩的维纳斯雕塑之间，似乎有着某种神秘的联系，但他脑袋里并没能想出什么东西，于是他大胆地蹦出了一句：

"谢谢您能让我来这里。我将会成为一个好学生的。"

女主听到这话，微微笑了。约瑟夫觉得她很娇媚，就像个年轻的女人。

第二天，小伙子们被要求上到顶楼，到那些所谓的长老居住的小房子里。

"你们已经去过长老们那儿了吗？"此前，每个人都这样问他们，于是约瑟夫很想知道那些长老都是谁。他一直都有一种感觉，好像他此时正身处于妈妈曾经给他讲过的那些童话故事里，这里满是国王、美丽的公主、各种海外探险和守护宝藏的无腿的智者。

可是看起来，这里的智者们都是有腿的。他们坐在两张大桌子边上，桌面铺满了展开的书籍、成卷的纸和各种卷轴。显而易见，这里正在进行某项工作。这些人看起来都像是犹太人，就像是在布拉格常常可以看到的犹太学者。他们有着长长的胡须，但穿着是波兰式的；那些衣服曾经五颜六色，而现在那些对襟外衣已经褪色了。他们袖子上戴着袖套，免得沾上墨水。这时，有一位长老站了起来，看都没看他们一眼，交给了他们一张纸，上面印有一幅奇怪的绘图，满是相连的圆圈。然后，他用与美丽的女主相同的口音说道：

"我的孩子们，舍金纳正被囚禁，被囚禁在以东和以实玛利的监狱里。我们的任务是将她从牢狱中解放出来。当三个生命之树合为一体时，这个时刻就会到来，同时，救赎也将随之而来。"长老说着，用他瘦骨嶙峋的手指点画着纸上的那些圆圈。

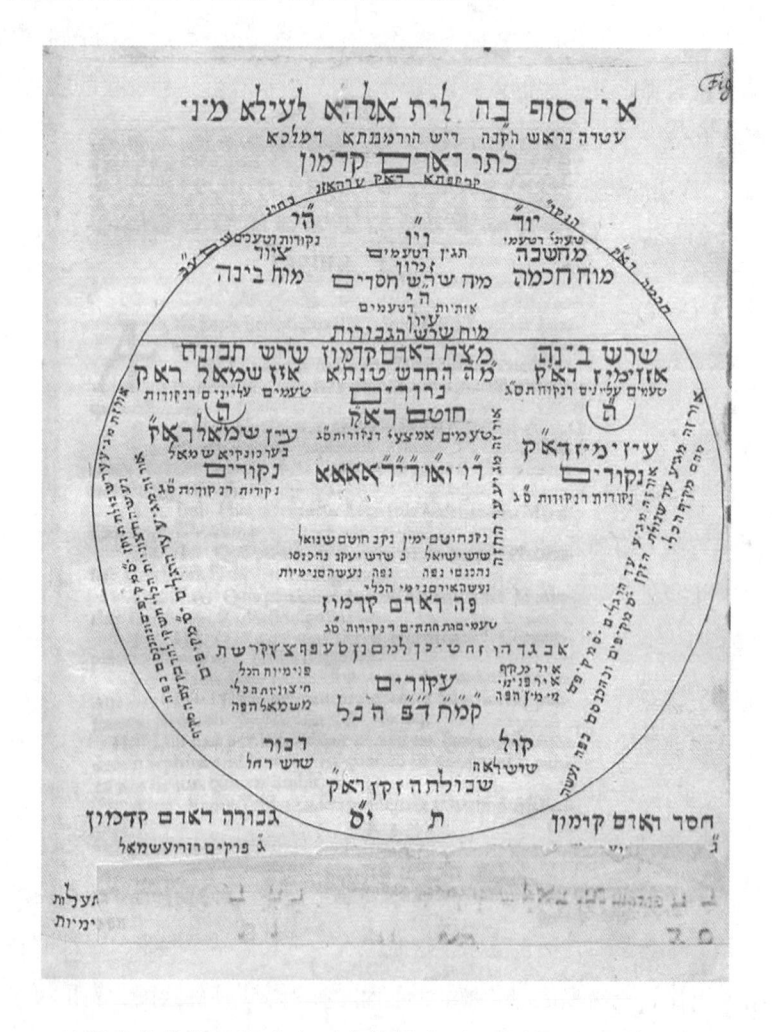

约瑟夫的伙伴从眼皮底下向他投去了一个好玩的眼神，看得出，他正使劲忍着不笑出来。约瑟夫环顾了一下房间，看到了一种奇异的混杂：主位上挂着一个十字架，旁边是天主教圣母玛利亚的画像；可

当你更仔细地去看，就会发现那其实是那位美丽女主的画像，被装饰得就像是教堂和小礼拜堂里的圣母一样。往下，可以看到一排人物画像和人物立像，上面都带有希伯来字母。他完全不明白这些文字的含义。他只能认出其中一块纪念名牌上的名字，并不知道其深层的含义：凯特尔、霍赫马、比纳、格杜拉、格乌拉、替弗雷特、奈查赫、霍德、耶索德、马尔库特。这些名字之间用破折号连着，合成为一个概念：无穷。

长老说道：

"已经有两个生命之树曾以人的形象出现过了。现在我们必须期待最后一个的到来，赞美那位将被选中成为它的人，他将与替弗雷特①——美——相融合。由此，将出现一位救世主。因此，你们要勤奋，要细心地聆听一切，以便你们也能够属于那些被选中的人。"

老人在讲这些话时，就仿佛是在背诵一些大家都知道的事情，就像是他已经重复说过了无数次。他转过身，一言不发地走了。他个头矮小，身体干瘪，走路时迈着小碎步。

门外，两个小伙子爆发出了笑声。

他们一从长老们那里回来，就被召入了近卫队，交出了从家里带来的钱，得到了滑稽的、色彩斑斓的制服。他们现在每天都要参加操演，学习射击和格斗课程。他们唯一的职责就是服从命令，服从那个负责指挥操演的、留着波兰小胡子的人的命令。然后，他们还要在那个制服上有将军衔章的老人面前紧张地操练，那人时不时地出现在宫堡里检阅部队。厨房每天提供三顿丰盛的饭菜。而在晚上，那些不做服务

---

① 卡巴拉生命之树中的第六个质点，具有灵性、平衡、整合、美、奇迹、同情心等意义。

的人就去大厅里跟着长老们学习。参加课程的既有小伙子,也有姑娘,因此可以理解,他们更多的时间是忙于将自己的目光向四周扫射。约瑟夫在课堂上只能听懂个别的句子,他觉得整个课程的内容都很怪异,他不具备可以对付那些内容的头脑。他不明白,他们在这里说的那些内容,应该是按照字面的意思去理解,还是其实只是某种比喻。

那些课程里反复引用先知以赛亚的话,以及"Malkut"这个词,意思是"王国"。当约瑟夫被选定为每周日前往比格尔教堂队伍的荣誉护卫时——这可能是美丽的女主的安排,她有时会邀请他喝咖啡——他开始理解了,这意味着他们用封闭马车拉着前往镇上的是同一位主。主由几只高大健壮的驴子驮着,头上罩着帽兜,艰难地进入教堂,并独自在里面停留很长时间。此时,约瑟夫猜测,这位主与那位最近逝世的主是同一个人,事实上,他并没有死。所有的卫兵都穿着五颜六色的制服。约瑟夫觉得,穿着这种制服的自己就像是马戏团的演员。他们必须背过身去,这样眼前才可以出现静静流淌着的美因河和脆弱得像是蜻蜓一样的船帆。

有时卫兵们会有空闲时间。这时,约瑟夫就和他的朋友们进城,他们在那里加入那些五颜六色、百无聊赖的年轻人,那些人已经站满了小镇的所有公园和广场。他们不是与什么人调情,就是演奏起亮闪闪的、充满异国情调的乐器,嘴里说着各种语言。在这里,你可以听到来自汉堡的德国北方方言、捷克南部摩拉维亚的方言,还有捷克语。很少能听到什么东方的语言,那是约瑟夫分辨不出的。然而这里最常见的是波兰语,这他已经学会了,能够理解。要是年轻人之间遇上讲不通的语言时,他们就尝试讲犹太语,或者法语。浪漫之花四处绽放,他亲眼见到一个漂亮的年轻人,弹着他的吉他,在他所爱的人的窗下唱着一曲相思的歌。

约瑟夫很快就与一个来自布拉格的小伙子建立了友谊,这小伙儿和他一样,从玛尔斯战神的严苛中逃离到了这里。他名叫摩西,但却让人叫他利奥波德。他没有接受过洗礼,并且在一开始做犹太教的祷告,但最终他抛弃了那种习俗。约瑟夫大部分时间都是和他在一起的。这样很好,他有了一个可以对其倾诉的对象,关于这个城市、这个国家、那条大河,他越来越强烈地产生了某种不真实感,越来越以一种无所谓的目光看待这些,看待他们懒散的生活。

然而,约瑟夫的地位特殊,他猜想这不仅是因为自己是美丽女主的远亲,同样也得归功于他的叔叔。有几次,他被邀请与女主和她的弟弟们在同一餐桌吃饭。他们问他的家庭情况,女主很了解他的姑姑们。她问起了那座在他祖母客厅里的立钟,问它是否还在走着。这让餐桌边上的约瑟夫壮起了胆子。他讲述了关于布尔诺的轶事,回忆了那些商人、那里的葡萄酒厂和糕点店,但事实上他的这些记忆很少,他很少去看他的祖母。女主的眼睛里一度出现了泪水,并让他把手帕递给她。她的狗极其冷静地看着他,那种态度非人类可及,带着些许怀疑。当他与她单独相处时,他又顿时失去了全部的自信。他觉得,这个女人身上传来一种特殊的善意,掺杂着某种说不清道不明的忧伤。他从她那里回来时,大脑里满是迷乱,没有任何抵抗力。

摩西-利奥波德更多的是批评。

"这一切都是装出来的幌子。"他说着,"你看吧,这里没有任何东西是真的,就像是演出的一场戏。"

他们低着头,看着正准备出发的马车。马的头上饰有巨大的羽毛。马车的两边,身穿斑驳制服的小伙子们排着队,他们将会跑在马车的边上。摩西是对的。

"而那些老人,毕竟,他们都是很可笑的,一直在重复做着同样的事情。而当你真的想要了解什么东西时,他们就躲在后面,用什么秘密当作挡箭牌。这就是他们那种所谓睿智的表情……"

摩西模仿着他们的表情和姿势。他闭上眼睛,抬起头,背诵起一些毫无意义的词组。约瑟夫哈哈大笑。在他心里,怀疑开始越来越强烈地生根发芽了。他怀疑他们正置身于一个覆盖了整个城市的庞大的剧场里,人人都在扮演着被指定的角色,既不知道他们所演的戏剧的剧本,也不知道它的意义和结局。操练,变得枯燥乏味,让人疲倦煎熬,如同在练习集体舞蹈:他们排成两行,然后进行队列的组合和分列,像是在跳舞一样。他有着摩西所没有的幸运,他被将军选中去学习骑马。而这就是他在奥芬巴赫所学到的唯一具体而有用的东西。

泡脚的女人

艾娃早在很久以前就已经同意让阿努霞·帕沃夫斯卡嫁出去。而阿努霞,尽管她在华沙有了丈夫和孩子,但仍然每年都要来奥芬巴赫。她没有远嫁,而是与自己的表弟帕沃夫斯基结了婚,因此,她甚至都不用去改变自己的姓氏。她丈夫是一名军官,经常不在家。此时阿努霞·帕沃夫斯卡又带着她的女儿宝林卡来了,她将陪伴女主在奥芬巴赫度过一个冬天。幸运的是,她们已经不必再住在城堡里了。那座城堡没能保住。她们将会住在位于主街上的一处坚固的大宅里。切尔尼亚夫斯基夫妇用他们的名字买下了它，用这种方式来帮助艾娃逃避那些债权人。

宝林卡和她的女仆一起进了城，而老妇人们则安排了泡脚。艾娃脚趾附近的骨头肿了一圈，非常疼。当阿努霞脱下白色长袜时，艾娃看到她也患有相同的毛病。她把治疗用的盐溶在温水里，将裙子拉起来，露出双腿。艾娃的腿上已经红了，那是静脉的微细血管破裂的缘故。在旁边的小桌上，女士们放了一壶咖啡和一个装有小华夫饼的盘子；艾娃最喜欢将饼和开心果酱一起吃。她们谈论起了雅各布究竟可能有多少个孩子，以及都有谁应该算在他的孩子中。这时，艾娃甚至开始为自己能有那么多兄弟姐妹而高兴起来。这起码意味着，她在华沙、摩拉维亚和瓦拉几亚等地方，有许多位自己的侄甥。也许卡普林斯基家的那些小孩子中就有一位？那些小孩都是雅各布在死前不久，怀着极其激动的心情施过洗礼的。你还记得吗？还记得吗？玛格达·耶杰任斯卡呢？你还记得吗？那么，路德维克·弗沃斯基呢？他看起来如此相像。那么，巴霞·席曼诺夫斯卡呢？雅内克·兹维什霍夫斯基难道不是吗？巴霞·雅各布夫斯卡肯定是的，她完全就像是雅各布身上剥下来的皮。

阿努霞突然问道：

"我呢？"

艾娃盯着她，亲切地看着，然后突然摸着她的头发，仿佛是在安慰她。

"或许你也一样是的。我不知道。"

"反正，我们都是姐妹。"

她们在水盆的上方拥抱在一起。然后艾娃问道：

"你的母亲呢？她是什么样的？"

阿努霞认真想了想，把双手放下。

"她很善良，很机灵，对做生意很有一套。她好像四处都有插手，无处不在，一直到最后。父亲要是没有她，就会死掉的。她是怎样维持着店铺，怎样培养了我的兄弟们啊。"

"她名叫佩瑟薇，对吗？父亲当初习惯叫她佩瑟薇。"

"是的，我知道。"

"你的婚姻情况怎么样啊，帕沃夫斯卡夫人？"后来，当她们用软毛巾擦脚的时候，艾娃问她。

"很好。我嫁人太晚了。我对你太有感情，离不开你。"

"你丢下了我。"艾娃说道，像是在调侃。

"可是，女人要是嫁得不好，还能做什么呢？"

艾娃想了想。然后她弯下腰，按摩她脚部骨头肿胀的部位。

"那她可以成为圣人。你当初本可以和我在一起的。"

"我是和你在一起啊。"

艾娃向后靠了靠，把头搁在椅背上，闭上了眼睛。

"但你还会走的。"她说着，费劲地俯身去拉起她的长袜，"我会被单独留在这里，与一个酒鬼弟弟和一个放荡的弟弟一起。"

"等一等，我来帮你。"阿努霞说着，弯下腰帮艾娃弄丝袜。

"到处都是欠债，他们不允许我出城。切尔尼亚夫斯基夫妇已经抛下了一切，逃到了什么布加勒斯特或是布达城。他们留下了我独自一人去应付那些债务。现在，我周围的所有人对我来说完全都是陌生的。"

阿努霞过来将艾娃腿上的丝袜拉好。她知道艾娃在说什么。她看到了悬挂在奥芬巴赫各个街头的布告，上面宣告着弗兰克姐弟承诺偿还所有欠下的工匠们和商人们的债务。为此，小弗兰克男爵将前往圣彼得堡筹钱。

"为什么要去圣彼得堡?"阿努霞问道。

"这是扎莱斯基想出的主意。人们都认为我们是俄罗斯人,并且来自沙皇的家族。但罗赫将会去华沙。"

"那里没什么可找的,那里只有贫穷。你想喝点伏特加吗?"阿努霞问着,起身赤脚走到橱柜前,从里面拿出一个瓶子和两个酒杯,然后过来将金色的饮品倒进了杯子里。

"蜂蜜伏特加。"

她们在沉默中品尝着伏特加。有那么一会儿,正在西沉的冬日太阳发出了耀眼的红光,穿过了窗户,使房间真正成了一个非常舒适的、女性化的闺房;一张柔软的床,几张条纹饰面的扶手椅围绕着小咖啡桌,一张经典的"罗马式"的书桌,上面是成堆的账单和一封没有写完的信,鹅毛笔尖已经干了。随后,太阳消失了,房间开始沉入越来越浓重的黑暗中。阿努霞站起身,要去点上蜡烛。

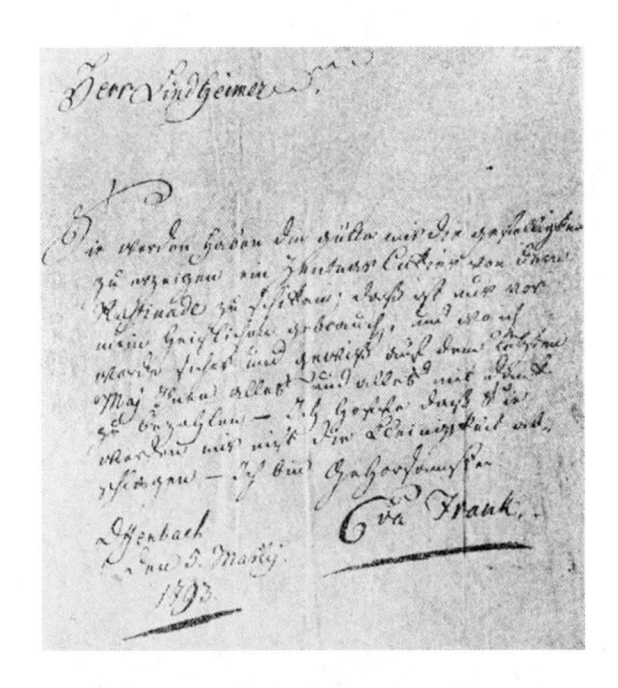

"不要点灯。"艾娃说,"你还记不记得,你曾经告诉过我,在你母亲的村庄里曾有一个女人没有彻底死掉。"

"是的,那是真的。我妈妈说,她还一直在呼吸着,只是变得越来越小。那是我们家的某位曾曾祖母。最终,她变得像个孩子那样小,就像是一个布娃娃。他们把她放在了山洞里。"

艾娃不安地动了动身体。

"这怎么可能呢?"

"我不知道啊。"阿努霞回答说,又倒了一杯酒,接着说,"你不会知道了。"

杂记。关于光

纳赫曼现在已经很老了,干瘪得不成样子,背也驼了。他坐在一扇小窗前,没有太多的亮光能进到屋里。顺着厚厚的墙体,流淌下来一股股寒气。他的手握着笔,明显在颤抖着。立在墨水瓶边上的小沙漏里,最后一粒沙子正在落下,过一会儿它就得被翻转过来。纳赫曼写道:

我们的祖先们曾经说过,正如《逾越节》第三章所记载的那样,有四种钱永远不会给人带来幸福:作家的报酬、翻译家的报酬、孤儿的津贴和来自海外国家的钱。

我认为《塔木德》的智慧是伟大的,因为那一直是我生活中主要的收益来源,因此我的一生没能获得巨大幸福这件事亦是可以理解的。然而,我确实也达到了满足,那是一种可以被称之为小幸福的人性化的幸福,开始于我在此地落脚,居留于奥芬巴赫的时候;当时我就明白,自己将会在这里死去。就在那时,我最大的弱点,也是我的罪过,突然离开了我，那就是没有耐心。没有耐心是什么意思呢？

没有耐心意味着你从未真正地生活过，总是存在于未来，在未来将会发生的事情中。但是，那毕竟是现在还没有的事情。那些没有耐心的人，是不是就好像鬼魂一样，从来没有出现在这里，在这个地方，在当下，在眼前的这个时刻，而是将脑袋伸到生活之外，就像那些旅行者。据说，当他们发现自己已经在世界的尽头时，又都探头看向了地平线。他们在那里望到了什么？没有耐心的人可以看见什么？

昨天我想起了这个问题。当时我像往常一样，与耶鲁西姆·邓波夫斯基一起，我们争论到很晚。有人说，在世界之外的那个地方，就如同某个集市小剧场的幕后，到处是乱七八糟的绳索、旧的装饰物、戏服、面具和各种各样的道具，那些创造幻觉所需要用到的所有机关。据说，那个地方看上去就是这个样子的。"Achaia Ajnajim"，在古老语言中意为幻觉、幻术。

这就是我现在从我的小屋里看到的景象，一个幻象，一场表演。当初我还能走楼梯的时候，我们每天早上还会给年轻人授课。每一年，我都感到，他们慢慢变得比原来更不清晰，直到我脑海中的他们完全融合成了一张脸，一张不停变幻着、漂游着的脸。实际上，我在其中已经发现不了任何有意思的东西了。我对他们说的，他们已经不理解了，就像我们这个世界上的树一样，枝条会在完全不同的方向上长出来。但是这些事情，我已经不会再操心了。

雅各布死后，我有了一段异常平静的时间。我的主要事务在于研究"梅尔卡瓦"[①]，其缘由还是我与耶鲁西姆·邓波夫斯基之间的谈话，

[①] 意为"战车"，早期犹太教神秘主义的一个学派，以《以西结书》第一章所描述的异象为中心教义。

要知道那时我们是住在同一个房间里,因此我们之间的关系变得非常密切。我告诉了他,那个耶鲁西姆,关于哈雅·邵尔的事,那是我唯一能够去爱的女人。从我得到她的那个美好夜晚起,我就一直爱着她。当时,正是我带着关于雅各布的消息来到洛哈特恩的时候。但首先是,那时我爱雅各布。

而现在,在奥芬巴赫这个安静且令人昏昏欲睡的小镇,我们整天什么事情都不做,就只是研究希伯来词语。我们对其中的字母进行排列,计算出其中所容纳的含义,从中产生出新的意义,并由此获得新的可能的世界。耶鲁西姆,当他获得成功时,就会傻笑起来。而在我看来,当上帝创造出我们所有人时,上帝也是一样那样傻笑。

有时候,我们会聚在一起回忆往事。这时我就会问他:"你还记得,你是邓波夫斯基主教最喜欢的犹太人吗?还记得他是如何赞美你的吗?"那是因为反向的记忆回溯吸引着我。对我来说,过去的事情是活生生的,当下的事情几乎已不再有呼吸,而未来,就躺在我的面前,无异于一具冰冷的尸体。

我们俩总是在等待着我们的孩子和孙辈。耶鲁西姆的儿子们——扬和约阿希姆——说是会到奥芬巴赫来看望他。他常常谈论他们,描述他们的细节,以至于不久后,他们的探访本身已经变得没有必要了。每个人都记住了他们,从他们的童年和青年时期开始;那时他们有些骄傲,因为他们跟随那些圣奥古斯丁修道士接受教育,腰板挺得笔直,自负而骄傲。两人都很高大,很英俊。老耶鲁西姆说:"他们来时,一个会穿银色长袍,另一个会穿着波兰制服。"但是,他们从来都没有出现过。

而我,则是在我的孙女们那里找到了极大的安慰。她们来这里看

אדם קדמון שני

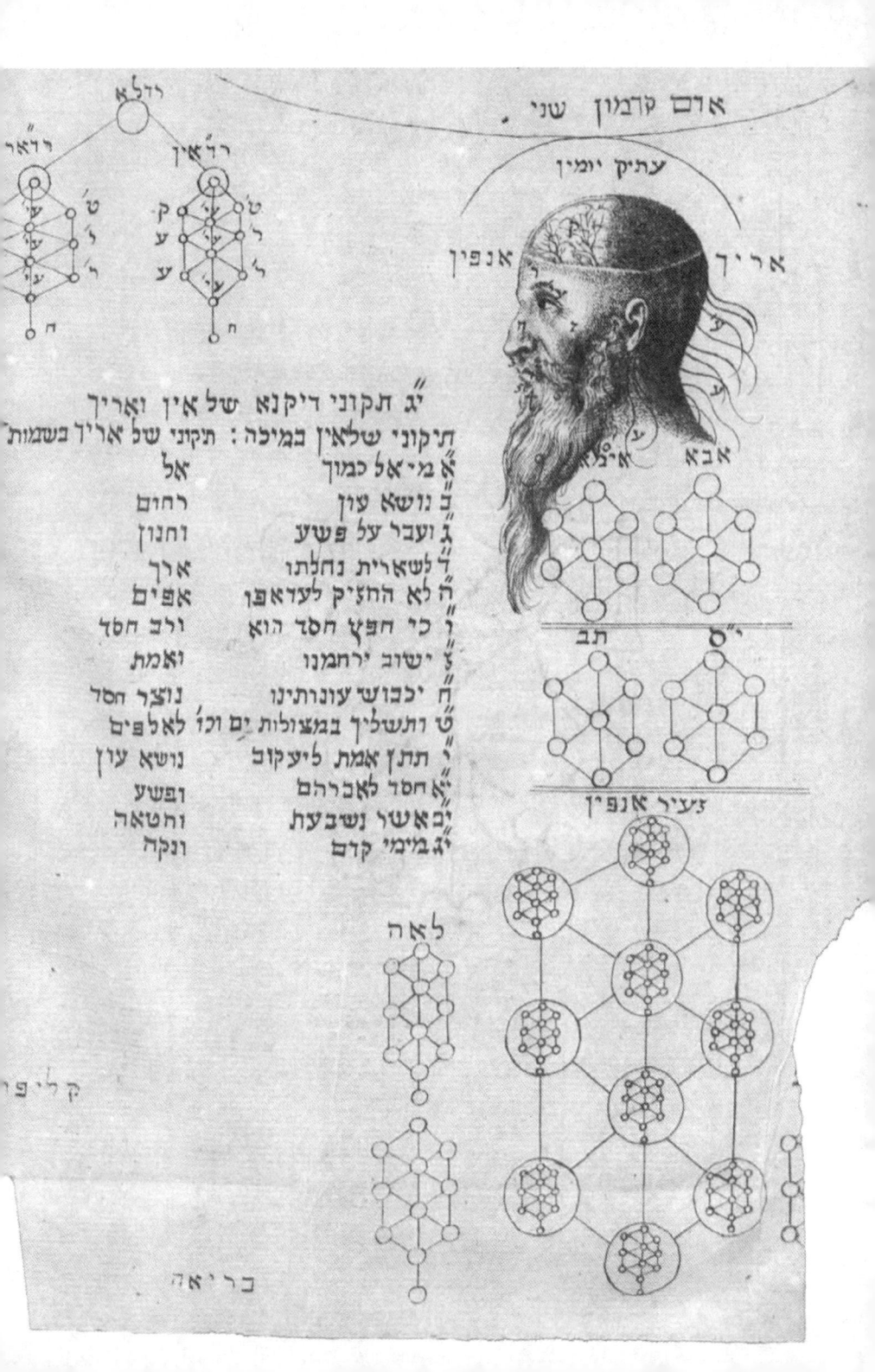

עתיק יומין

אריך אנפין

אבא אמא

ר"דאי רדל"א
רד"אין

י"ג תקוני דיקנא של א"א ואריך
תיקוני של"אין במילה: תיקוני של אריך בשמות

אל	א׳ מי־אל כמוך
רחום	ב׳ נושא עון
וחנון	ג׳ ועבר על פשע
ארך	ד׳ לשארית נחלתו
אפים	ה׳ לא החזיק לעדאפן
ורב חסד	ו׳ כי חפץ חסד הוא
ואמת	ז׳ ישוב ירחמנו
נוצר חסד	ח׳ יכבוש עונותינו
	ט׳ ותשליך במצולות ים וכו׳ לאלפים
נושא עון	י׳ תתן אמת ליעקב
ופשע	י"א חסד לאברהם
וחטאה	י"ב אשר נשבעת
ונקה	י"ג מימי קדם

י"ס תב

זעיר אנפין

לאה

קליפ'

בריאה

望我们的女主，其中一个甚至嫁到了奥芬巴赫，嫁给了彼得洛夫斯基。孙辈们只是在某段时间里让我们高兴，然后，我们变得对世上的事情更加敏感，以至于开始把自己孙辈们的名字弄混。

没人愿意听我们说话，每个人都只顾着自己。艾娃，女主，在她忠诚的秘书扎莱斯基和年轻的琴斯基的帮助下，把这个庄园经营得像一个招待所。人们在这里来来往往，但他们中的很大一部分人已经住在镇上了。庄园的楼下常常演奏音乐会，我和耶鲁西姆从未下去听过，我们更喜欢我们用希伯来字母代码和派生词做的练习。去年，弗沃夫斯基兄弟来到了这里，他们整个夏天都与耶鲁西姆一起努力给世界各地所有的犹太社区写信。他们用红墨水一遍又一遍地写了好几百封信，也许有几千封。这些信是对所有人的警告，如果他们不接受以东的信仰，等待他们的将是巨大的灾难，因为那是逃避这种毁灭的唯一途径。在这些信上，他们都用自己的犹太名字进行署名：弗朗西舍克·弗沃夫斯基，即施罗莫·本·埃利沙·邵尔；米哈乌·弗沃夫斯基，即纳坦·本·埃利沙·邵尔；彦杰伊·邓波夫斯基，即来自乔尔诺科津齐的耶鲁西姆·本·哈纳尼亚赫·利普曼。而我，并没想在这些信上签名。我不相信未来的灾难。我只相信那些我们已经成功避免了的灾难。

《摩西五经》的《民数记》中说，上帝命令摩西记录下民族迁徙的旅程。在我看来，上帝也命令了我去这样做。虽然我不认为我做成功了，因为我那时做得太快，而且太没有耐心，或者说是太懒了，无法抓得住全部内容。我试图努力提醒正统派的信徒们，他们是谁，以及我们的路是从什么地方走过来的。因为我们的故事，不就是由别人讲给我们的吗？关于我们是谁，以及我们为何如此努力地成为谁，别人告诉我们多少，我们对自己的了解就是多少。假如不是因为我的母亲，我对自己的童年还能有什么印象呢？假如我不是在雅各布的眼里

第三十章

看到了自己反射出的影子，我怎么会认识我自己呢？于是，我坐在了他们的身边，提醒他们我们一起经历过的事情；因为，对未来灾难的预期，迷雾般地蒙蔽了他们的头脑。"去吧，纳赫曼，去把你的工作继续做起来。我们已经受够你了。"开始的时候他们还赶我走。但是我很固执，我提醒他们，我们是如何开始的。我那时回想起了士麦拿和塞萨洛尼基的街道，多瑙河的蜿蜒曲折，以及波兰冬季的严酷。那时我们冒着冰冷的寒风，在雪橇的刺耳声中跟随着雅各布。还有雅各布的裸体，当时我们见证了他与灵魂的合体。哈雅的脸。老邵尔的经书。法官们的严厉面孔。我问道：你们是否还记得琴斯托霍瓦的黑暗时刻？

他们漫不经心地听我说着，就像人常常会在走路时忘记自己的脚步。他以为，他是独自在走，随心所欲地走着，而不是由上帝引导着他。

是否有可能达到那种知识呢？达到神圣的达阿特，就像雅各布向我们所承诺的那样。

我对他们说：这里有两种类型的不可认知。第一种情况是，某人甚至没有尝试去提问和调查，就认为反正最终他也不会完全地知道些什么；而第二种情况是，他在进行了调查和搜寻之后得出结论，自己不可能会知道。在这里，我引用了一个例子，来使我的兄弟们能够更好地理解这种差异的重要性。我说道，这就好像两个人想要认识国王一样。其中一个想：既然不可以认识国王，为什么还要进入他的宫殿，徘徊在他房间周围？另一个人的想法则不同，他看了国王的房间，欣赏了王室的宝库，惊叹于精美的地毯。当他得知自己不可以认识国王时，他至少还了解了他的房间。

他们听着我讲，并不真正知道我所要表达的意思。

因此，我想提醒他们从头开始，于是讲了一件事：事实上，我们一直追求的是光。我们一直赞叹着存在于世间的一切光，我们跟着光的踪迹，走在波多利亚的狭窄小路上，穿过德涅斯特河的岔道，越过多瑙河，穿过那些守卫最严密的边界。光召唤着我们，让我们跟着它潜入琴斯托霍瓦最广阔的黑暗。光带着我们，从一个地方到另一个地方，从一座房子到另一座房子。

我提醒了他们一些事情：在古语中，"光"这个词和"无穷"这个词，不是有着同样的数值吗？"光"的拼法是：Alef-Vav-Resh，数值是：1+6+200=207。而"无穷"拼写出来是：Alef-Yod-Nun-Samekh-Vav-Peh，数值是：1+10+50+60+6+80=207。而"神秘"这个词，其数值也是207。

我对他们说，你们看吧，我们学习的所有经典都是有关于光明的。就像《光明之书》是光明经，《光之门》是光的门，《眼目之光》是眼睛的光，最后，《光明篇》是光辉之书。我们没有做任何其他的事情，我们只是在午夜醒来，在最黑暗之中，在低矮、昏暗的小屋里，在寒冷中，研学了光。

就是光，为我们揭示了物质的庞大体量及其规律并非真实，并不是物质与精神之间的联系（meciut），且其所有的形状和表象，无限的形式、规则和习惯，也是如此。世界的真理不是物质，而是光点的振动。这种持续的闪烁在所有的事物中都可以找到。

我告诉他们说，你们要记住我们所遵循的事情。所有的宗教、法律、经典和旧的风俗都已经过去了，都已经风化了。读这些古书的人，遵守这些法律和习俗的人，看起来似乎他的头总是向后看，但又必须向前走着。因此，他将跌跌撞撞，最终跌倒。因为曾经过去的一切，都来自死的那一方。于是，明智的人会透过死亡向前看，看向未来，仿佛只隔着一块薄薄的纱幕，站在生命的这一边。

这就是我所认同的。我，来自布斯克的纳赫曼·萨穆埃尔·本·莱维，也即，彼得·雅各布夫斯基。

VII. KSIĘGA IMION

第七部　名之书

第三十一章

雅各布夫斯基与死亡之书

主死后不久,雅各布夫斯基就去世了,只比他多活了一年。彦塔,她无处不在的目光看到,在奥芬巴赫小城,有一名职员在他的《死亡和殡葬集录》中写上了他的名字,登记的日期为1792年10月19日,并给出了死因:恶性肿瘤[①],即溃疡。没有人真正知道雅各布夫斯基有多大年纪,在大家看来,似乎从某个神话般的时代开始,他就已经存在了。其中一个年轻人说,他已经很老了。于是,簿籍上填写了九十五岁,这是玛土撒拉的年纪,不愧为长老人物。但实际上,雅各布夫斯基出生于1721年,他死时应该是七十一岁,他是因疾病而变得憔悴,看起来垂垂老矣。他去世后一个月,他的一个女儿罗扎利亚也在奥芬巴赫去世了,死于分娩时的大出血。

彦杰伊·耶鲁西姆·邓波夫斯基收集了他的论文。数量不多,最终所有的东西都装进了一个箱子里。雅各布夫斯基终其一生都在撰写《沙巴泰·泽维的生平》,迷失在了各种卡巴拉学说的题外话里,最终成果实际上就是一捆厚厚的文稿,当中满是图表、绘图、几何计算和奇怪的地图。而其中的"各类注释",都是对从未创作过的雅各布传

[①] 原文为德语。

记的注释。

在他去世一年后，扬·弗沃夫斯基去世，别称哥萨克。而在这之后不久，约瑟夫·彼得洛夫斯基也离世了，也就是人所共知的莫舍克·考特拉什。他是被送来这里安度晚年的，老后变得幼稚而任性，但在这里得到了很好的照顾。

1795年9月，马泰乌什·马图舍夫斯基去世了。不到一个月后，他的妻子维泰勒，大家所称的安娜也去世了。她在丈夫死后，陷入了一种奇怪的麻木状态，再也没能恢复过来。有时会发生这样的情况：夫妻双方谁都不能离开对方，宁愿一个跟着另一个死去。

席曼诺夫斯基兄弟两人，埃利亚斯和雅各布也相继老死了。他们死后，席曼诺夫斯基家族的其他人都回到了华沙。

居住在奥芬巴赫庄园的最后一位长老帕维乌·帕沃夫斯基——原先来自布斯克的哈伊姆，雅各布夫斯基的兄弟——去世之后，庄园慢慢变得冷清了，虽然仍然有主要来自摩拉维亚和德国的各种正统派信徒们还住在镇上，但他们与庄园的联系已经越来越松散。1807年，弗兰克两兄弟中的弟弟约瑟夫，在经历了一场漫长而严重消耗身心的疾病后去世了。悉心照料他的艾娃·弗兰克成功地躲过了债主的监视，逃到了威尼斯。但在听说罗赫得病的消息后，她又牵挂着要回来。罗赫·弗兰克于1813年11月15日，在自己的房间里孤独地死去。人们必须得把房间的门拆除，才能从中搬出并埋葬这位不幸的人庞大的、被酒精浸泡多年的遗体。

艾娃·弗兰克拯救了奥芬巴赫
免遭拿破仑的掠夺

1813年3月，在沙皇亚历山大将要到艾娃·弗兰克位于卡纳尔街和尤登街拐角处的家中拜访她时，大家试图要给已经病入膏肓的罗赫脸上扑扑粉。此次访问的消息本应该是保密的，但它迅速传遍了整个城市。沙皇想要了解这个著名的犹太基督教徒聚居地的情况，他在欧洲各地旅行时曾在各种场合听说过这个聚居地。作为一名开明而进步的统治者，他想过在他庞大的领土上创建一个小国，犹太人可以在里面和平地生活并保持他们自己的传统。

沙皇的访问助长了奥芬巴赫多年以来的传言，即艾娃·弗兰克与俄国皇室关系密切，这使她可以将许多债务的偿还推迟一段时间。沙皇非常喜欢他在这里所看到的。几年后，他通过法令成立了一个关照犹太基督徒，即以色列基督徒的委员会，打算让其在克里米亚开始工作。这个委员会的主要任务是让犹太人皈依基督教。

十几年之前，也就是1800年7月，艾娃和她仍然还健康的弟弟罗赫成了奥芬巴赫的英雄。那是一场席卷了这座一向平静的城市的战争风暴。

法军的左翼，其中包括在克尼亚泽维奇领导下作战的多瑙河军团，缴获了奥地利人的大炮，并在当晚攻占了奥芬巴赫。法军暴徒们，渴望掠夺的士兵们，冲向了这个上帝眼里无辜的小城。挺身而出的艾娃和她的弟弟态度坚决，使奥芬巴赫免于强暴和劫掠。她以极大的好客精神，打开了自己的家门，盛情欢迎她的同胞们。她不顾自己的危险和巨额的开支，丰盛地招待他们。就这样，她以好客和良言，安抚了那些战胜者的欲望。

对她的这种做法，奥芬巴赫的居民们记忆深刻。妇女们的贞洁、商店的橱窗，还有仓库里的货物，都逃脱了战争的魔掌。邻近的那些城镇惨遭蹂躏，而负债累累的艾娃得到了更多的贷款。

不幸的是，最后几年她被软禁在家，与她的侍女宝林卡·帕沃夫斯卡、她的秘书扎莱斯基一起。秘书负责他们的伙食供应。当她于1816年9月7日去世后，这所房子被封存了，那些失望的债主没能在里面发现任何有价值的东西，除了女爵的一些个人物品，那是些个人的纪念物品。事实上，他们通过售卖变现了的只有一个梦幻般的玩偶小屋，有四层楼高，有许多房间，客厅，浴室，配有水晶吊灯、整套的银餐具，最好的衣柜。这个玩偶小屋里的每一件家具都被单独拍卖了，这也就是为什么拍卖达到了一个相当可观的金额。某位来自法兰克福的银行家买下了它。

宝林卡·帕沃夫斯卡嫁给了当地的一位议员，在很长一段时间里还一直以与艾娃小姐有关的那些奇怪故事来取悦丈夫的客人们，还有有关维也纳的宫廷，有关一只弯角的神奇山羊的那些故事。角羊的故事激发了当地一位艺术家的灵感，他为其制作了雕塑，放在奥芬巴赫一个老宅的大门上方。

弗朗西舍克·维克多·扎莱斯基被他们称为"绿色先生"，因为他与已故的女主人一样，都穿着绿色的衣服。他一直在奥芬巴赫平静地生活到十九世纪中期。他让人在自己死后切断自己的一条动脉，因为他对死后的昏睡感到极度的恐惧。

骷髅

所有奥芬巴赫的这些改变了宗教信仰的人，死后都被葬在镇公墓里。多年后，公墓逐渐影响到了城镇的扩张计划，于是在1866年被清理了。那里的遗骨被收集了起来，并郑重地埋在其他地方。雅各布·弗兰克的头骨被从坟墓中取了出来，并被认真地描述为"一个犹太族长的头骨"，落入了某个奥芬巴赫的历史学家手里。许多年后，在不为人知的情形下，它被送到了柏林，在那里被详细地测量和研究，被认作是一个犹太种族劣根性的案例。战后，那个骷髅消失得无影无踪，或许是被战争所摧毁，碎成了尘埃，又或许是依然躺在某个博物馆的地下仓库里。

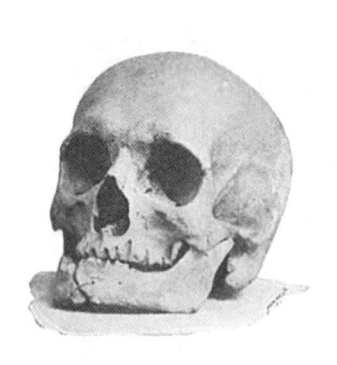

在维也纳的会面

卡塔日娜·克萨科夫斯卡某次最遥远的旅行,是在1777年去了维也纳。她去那里是为了接受玛利亚·特蕾莎皇后授予她的伯爵头衔和星十字勋章。陪同她的是她的侄子伊格纳齐·波托茨基,她像爱儿子一样爱他。据说她的直率令皇后十分满意,皇后甚至称她是"亲爱的朋友"。

在为致敬受勋者而举行的舞会上,极度高兴的伊格纳齐给了她一个惊喜。

"请姑姑猜猜,我给您带了谁来。"他兴奋地说。

克萨科夫斯卡看到了一位身穿碧绿色礼服、美丽而精致的女士。她脸上带着红晕,站在她面前,微笑着,非常恭敬地鞠躬行礼。克萨科夫斯卡感到非常尴尬,瞪了一眼她那粗心的侄子,是他把自己置于这样尴尬的境地。这时,那位女士用波兰语礼貌地说道:

"我愿提示阁下。我是艾娃·弗兰克。"

可是,她们没有多少时间进行交谈。伊格纳齐只是对着姑姑的耳边说,宫廷里有传言说艾娃·弗兰克是皇帝的情妇。这令克萨科夫斯卡目瞪口呆,这勾起了她纷繁的回忆,以至于当他们从舞会往回走时,她在马车里哭了。

伊格纳齐把这当成了老太太因为那天获得的那些荣誉而产生的激动情绪的自然流露,所以他甚至对这突如其来的哭泣并不感到惊讶。他只是顺带提到,当地的共济会兄弟们对这位艾娃·弗兰克的父亲说了很多好话。年轻的波托茨基与这些共济会兄弟们保持着密切联系。

年事已高的卡塔日娜后来在自己位于克里斯替诺伯尔的庄园里去

世，生前一直是由阿格涅什卡温柔地照顾着。

塞缪尔·阿舍尔巴赫和他的姐妹们

鲁道夫和盖尔特鲁达·阿舍尔巴赫的儿子塞缪尔·阿舍尔巴赫，在学习期间就陷入了糟糕的交友关系中，尽管有些困难，但还是愉快地完成了学业。他在维也纳的一家律师事务所里做过短暂的学徒，并不成功。他与上司之间发生了冲突，于是放弃了一切，在积累了不少负债之后，在父母不知情的情况下去了汉堡。在那里，他先是在一个船东那里找到了一份法律助理的工作，然后，作为一名有才华、有前途的律师，通过成功地为客户收回了巨额的保险金，自己也赚到了钱。因为某些不完全清楚的原因（据说是欺诈），在事业蒸蒸日上的一年后，他消失了。最终，他的父母收到了他从美国寄来的信。两人仔细地查看了这封漂洋过海而来的信，信是从宾夕法尼亚州寄出的，签名用的名字是塞缪尔·乌谢尔。他们从信中得知，他已经娶了州长的女儿，并成了一名受人尊敬的律师。在那些没有机会被放到盖尔特鲁达和鲁道夫·阿舍尔巴赫常去的维也纳咖啡馆中的海外报纸上，人们可以了解到，显然他的妻子对他产生了很好的影响，他成了最高法院的法官，那是他事业达到的顶峰。他有七个孩子。他于1842年去世。

他的双胞胎姐妹在魏玛和布雷斯劳定居，她们在那里嫁给了受人尊敬的犹太市民。克里斯蒂娜的丈夫洛韦博士是一名医生，在布雷斯劳，他是一个进步的犹太人组织第一兄弟会的活跃成员。夫妻二人都为弗罗茨瓦夫地区著名的白鹳犹太会堂的建立做出了贡献。卡塔琳娜，很不幸的是，她在第一次生孩子时就死了，没有留下任何音讯。

扎乌斯基兄弟图书馆
和咏祷司铎贝奈迪克特·赫米耶洛夫斯基

这批藏品是两位主教兄弟耗费巨资精心收集的，赫米耶洛夫斯基神父非常担忧藏品的状况。随着时间的推移，这些藏品达到了前所未有的规模：约四十万卷书籍、两万多册手稿，这还不包括成千上万的版画和绘图。1774年，国家教育委员会接管了这些藏品。1795年，在波兰最后一次被瓜分后，按照叶卡捷琳娜二世的命令，这些藏品被陆续用马车和货车运往圣彼得堡，一直不停地运了好几个月，在那里一直留到第一次世界大战。在重获独立的波兰，这些藏品中的一部分回到了国内，但在华沙起义期间被烧毁。

好在赫米耶洛夫斯基神父不必看到这种景象：大火吞噬文字，小纸片漫天飞舞。

假如人们知道如何保存自己关于世界的知识，假如他们能够把这些知识刻在岩石、水晶和钻石上，并以这种方式传给他们的后人，那或许这世界看上去就会完全不一样。我们能拿像纸张这样脆弱的材料怎样呢？我们写书又能怎样呢？！

但在赫米耶洛夫斯基神父的个案中，更加实在的材料——像是石头和砖块——也像纸张一样失败了。他的神父住宅，甚至花园和石雕廊里都没有任何东西留下来。残破的石碑上已经长满了草，根茎蔓延其上。现在，那些刻在上面的字母被土地掌管着。那些瞎眼的鼹鼠和蚯蚓每天巡游在它们歪歪扭扭的通道中，从这里经过，无所谓单词"找"中的一个字母"N"是反着写的。

尤尼乌斯·弗雷的殉难

主死后，作为主的"外甥"，托马斯·冯·舍恩菲尔德被艾娃召到奥芬巴赫。奇怪的是，那些年轻人，特别是来自摩拉维亚和德国的正统派信徒们，把他当作主的继承人来欢迎他。有些波兰人也加入了他们，例如瓦班茨基兄弟和扬·弗沃夫斯基家的孩子们。据说在一天晚上，他们发生了很大的争执。之后，托马斯收拾了行李，并在第二天离开了。

在同一个月的晚些时候，他以尤尼乌斯·布鲁图斯·弗雷的身份，与他的妹妹利奥波丁和弟弟伊曼纽尔一起，来到了革命的法国。他们随身带着各种推荐信，因此，他们立即就发现自己已经处于事件的中心。

1792年8月10日，尤尼乌斯·弗雷和他的弟弟伊曼纽尔参加了攻打杜伊勒里宫的行动，他们因此还获得了勋章。一个月后，为庆祝共和国成立，尤尼乌斯·弗雷收养了一名孤儿男孩，还收容了一名失明的寡妇终身供养，并开始向一位体弱的老人支付年金。

1793年夏天，尤尼乌斯·弗雷出版了一部作品，题为《由法兰西共和国的一位公民献给法国人民的社会哲学》。在这部作品中，弗雷，亦名托马斯·冯·舍恩菲尔德，或摩西·多布鲁什卡认为：每一种政治制度，就像宗教一样，都有自己的神学，应该要研究民主的神学基础。他用整整一章的篇幅，对摩西律法进行了毁灭性的抨击，指出摩西欺骗了他的人民，把他自己编造的律法说成是神圣的，而那些法律只是为了压制人民，剥夺他们的自由。因此，他给犹太人和世界上其他民族带来的苦难和瘟疫、暴力和战争的数量是惊人的。他指出,耶稣做得要更好、更高尚,因为他将自己的体系建立在了理性的基础上。但不幸的是,他的思想被扭曲了,就像穆罕默德的思想一样。而摩西成功地掩盖了真相,通过追踪看似不相干的领域——精确科学与艺术、炼金术与卡巴拉主义——之间的联系,就可以发现这一点,因为它们都是相互补充和互为表里的。该书以神化伟大的康德作结尾,因为康德惧怕黑暗政权,不得不将自己的真实想法隐藏在形而上学的幌子下,而这种形而上学为他提供了一个"对抗毒药和十字架的护身符"。

在巴黎,尤尼乌斯·弗雷过着异常丰富和挥霍的生活。他和娶了利奥波丁的沙博都以挥霍无度而闻名,并且有着很多的敌人。托马斯(别名尤尼乌斯)有着大量的钱财可供支配,他被怀疑是奥地利的间谍。多亏了沙博,他成了清算印度公司资产和负债委员会的成员,其中涉及难以想象的财富。不久后,由于被怀疑涉嫌伪造文件,沙博将托马斯也拖下了水。

经过短暂的审判,1794年4月5日,尤尼乌斯·弗雷和他的弟弟伊曼纽尔,以及丹东、沙博、德穆兰等人被判处了死刑。

此次处决的高潮是斩首丹东,群众急切地等待的也正是他的头。口哨声和掌声此起彼伏,但随着每一个犯人的出现而减弱。当轮到排在最后的尤尼乌斯·弗雷,别名托马斯·冯·舍恩菲尔德,或摩西·多布鲁什卡时,人群已经开始散去了。

尤尼乌斯看到所有那些被砍下的头颅都落入了放在断头台下的篮子里,他努力控制着那种使自己完全瘫痪的、动物性的阵阵恐惧。他开始激烈地思考,他终于有机会弄清楚,一颗被砍下的头颅能够活多久;自从断头台取得了如此令人眼花缭乱的成就之后,人们对这个问题进行了大量的讨论。他还想到,在他重生之前,他将尝试带着这些知识穿越空旷的死亡之地。

他曾经给法国人写道:"在你们中间,我是个外人,我故乡的天空很遥远,但我的心被'自由'这个词燃烧着,这是我们这个世纪最美的词。就是这个词,指导了我所有的行动,我将我的嘴唇贴在自由的乳头上。我以自由的乳汁为食。我的祖国是世界,我的职业是行善,我的使命是感动有情的灵魂。"

在很长一段时间里,巴黎的大街小巷都传唱着一首歌,其来源从来都没有人查到过。我们可以肯定的是,它是尤尼乌斯·弗雷对一首诗歌进行的法语版简译,是《纳赫曼祈祷文》德文版的法译本。它是这样写的:

  我的灵魂今已消逝,
  那些折磨你和感动你的东西:
  宝座、徽章、权杖、冠冕,
  她无忧无虑,自由自在。

  我的灵魂今天在舞蹈着,
  在自己的舞台上表演:
  善、恶、礼、美,
  她是磨坊,而这是水。

  透过墙壁、边界,
  她以嘲笑的口吻在台上徘徊,

吹去谷物和糠秕,
将珍珠扔到猪圈。

告诉我,天上的主,
永恒的公民,
当灵魂的舞蹈结束,
是否还有很多人像你?

因为你若是唯一,
给我恰当的话语,
我的孙儿们,
都仍然有人要爱。

孩子们

只有彦塔能够从上面看到并跟踪所有这些忙碌生物的足迹。

于是,她看见老耶鲁西姆·彦杰伊·邓波夫斯基说起的,儿子们来看望他时的打扮是对的。也不奇怪,为什么他们最终没有来看望他。扬·邓波夫斯基成了伊格纳齐·波托茨基的秘书,约阿希姆则是国王的侄子约瑟夫·波尼亚托夫斯基亲王的副官。后来,扬作为上尉军官,参加了柯斯丘什科起义,据说当时他是密谋起义的人中最忙碌的一个。后来,人们看到他领导着老百姓,绞死了那些叛徒。起义失败后,像其他许多人一样,他加入了军团,在意大利作战。在1813年的战争中,他与奥地利人对垒,并一度担任了费拉拉的总督。他与维斯康蒂小姐结婚,并定居在了意大利。

他的弟弟约阿希姆在亲王的身边战斗到了最后，并与亲王一样遭遇了悲惨的命运。

约瑟夫·博纳文图拉·瓦班茨基与莫舍克·考特拉什的女儿芭芭拉·彼得洛夫斯卡婚后唯一的儿子，也就是来自波德盖齐的莫舍的孙子，安东尼，从圣母修道院寄宿学校毕业后，十五岁就开始在四年议会的办公厅工作，年纪轻轻就已经发表了几篇为计划中的改革进行辩护的小文章。在波兰会议王国时期，他作为一名律师非常活跃，常常为少数派挺身辩护。他的辩护风格很出名：先是紧紧地靠在栏杆上，仿佛在说悄悄话，降低了声音，以便在他认为特别重要的地方，突然大吼一声，声音洪亮，同时用拳头击打栏杆的边缘。这样，正感觉枯燥乏味的法官们就会被瞬间打动，在自己的椅子上紧张地颤抖起来。当他看到他的论点没有起到效果，快要输掉的时候，他就将双手举在空中，握紧拳头，整个身体挣扎着，从胸口发出绝望的音调，呼唤法官们的救援。

他与艾娃·弗沃夫斯卡结了婚，有四个孩子，其中表现特别出众的是长子希罗尼姆，他是国会采矿事务的组织者，也是历史学家。

哈伊姆·雅各布·卡普林斯基的子女们分散在欧洲各地。其中一些人留在了乌克兰尼科波尔和久尔久，另一些人则去了立陶宛，他们在那里获得了贵族身份，能够拥有自己的土地。

彦塔还看到一件奇怪而有意义的事情：家庭的两个分支，在完全失去了他们曾经共同存在的记忆之后，不约而同地诞生了诗人。其中一支的最年轻的后裔是位匈牙利诗人，并在最近获得了一个著名的国家级奖项；另一支的那位已经成为某个波罗的海国家的著名吟游诗人。

萨罗麦·瓦班茨卡是马约尔科维奇两个幸存的女儿之一，被瓦班茨基夫妇收养，嫁给了本家庄园的经理，成了八个孩子的母亲和三十四个孙子的祖母。她的一个孙子是战时波兰著名的民族主义者和激烈的反犹太主义政治家。

她父亲的弟弟法尔克·马约尔科维奇，即接受了洗礼的瓦伦丁·克瑞扎诺夫斯基，与全家人一起搬到了华沙。他的一个儿子维克多·克瑞扎诺夫斯基，加入了巴西利亚教团。他的第二个儿子，是十一月起义期间的起义军官。为了保护犹太人的小商店免遭暴徒的掠夺，他挺身而出，和其他军官们一起，试图驱散四处破坏的暴徒们。他的这些故事由莫瑞希·莫赫那茨基进行了优美的传颂。

赫雷奇科，亦名哈伊姆·洛哈特恩斯基，留在了利沃夫。在他妻子家人的影响下，他放弃了异端，成了一个经营伏特加酒的普通犹太人。他的一个孙女成为受人尊敬的意第绪语文学翻译家。与此同时，离家出走的来自奥克诺的扬重新受洗，并在利沃夫成了一名煤矿工人。一年后，他与一名寡妇结婚，并与她生了一个孩子。

可以讲得最多的是弗沃夫斯基这个家族，最值得一提的是，它扩展了庞大的规模。这个家族几乎所有的分支都被册封了贵族头衔，有些是巴乌贵族纹章，有些是纳卡斯卡赫贵族纹章。毋庸置疑，伊扎克·弗沃夫斯基——也就是被赫米耶洛夫斯基神父称为耶利米的那个人——的儿子弗朗西舍克，成就了一番不俗的事业。他于1786年出生于布尔诺，在奥芬巴赫长大，后来成为当时最优秀的律师和法律专家之一。有趣的是，当国会收到给予犹太人波兰公民身份的提案时，作为国会议员的弗朗西舍克在其振奋人心的演讲中提出，现在还不是采取这种措施的时候。首先，波兰民族必须赢得自己的独立，然后，这种社会改革的时机才会到来。

弗沃夫斯基家某个儿子的另一位孙子路德维克，在十一月起义失败后去了法国，并在那里作为一名出色的法律专家而闻名，并因此获得了荣誉军团勋章。

演奏单簧管的漂亮小姑娘

在华沙，在格瑞波夫斯卡大街与瓦利楚夫大街的拐角处，弗朗西舍克和芭芭拉·弗沃夫斯基常常在他们最近建起的大宅子里举行音乐会。这家的朋友们经常会落脚在这座大宅的客房里。弗朗西舍克镇定自若地在他们惯常演奏的客厅里接待着客人，安排好座位。今天，单簧管的演奏是在另外一个小一些的房间，因为这位小艺术家非常紧张，不能在太多的观众面前演奏。从她的手指下流淌出来的音乐，通过打开的门，传到客厅。这音乐真是太美了，客厅里的听众们静静地坐着，甚至不敢深呼吸。这是海顿。乐谱是从奥芬巴赫带来的，来自安德烈先生的商店。小玛丽亚在这次演出前整整练习了一个月。她的演奏老师，一个性格略显狂热的中年男人，和这位小演奏家同样紧张。音乐会前，这位老师说自己已经无法再教她什么了。在场的有席曼诺夫斯基、马耶夫斯基、邓波夫斯基和瓦班茨基等家族，还有一位也教过小女孩演奏的埃斯内尔先生，另外还有一位来自法国的客人，费迪南多·帕尔[①]，他敦促小女孩的父母仔细打磨这个非凡的天才。在一个角

[①] 意大利古典主义作曲家，主要创作歌剧，曾教过李斯特作曲。

落里，坐着一位身着黑衣的老太太，由她的孙女们照顾着，这是玛丽安娜·兰克隆斯卡，或许她姓鲁德尼茨卡，她在这家宅子里被称为哈雅姨妈。玛丽安娜这个名字不知道为什么总是无法与她沾上边。她已经很老了，而且多数人不知道她已经耳聋了，因此她听不到从小玛丽亚·弗沃夫斯卡的手指下流淌出的声音。过了一会儿，她的头耷拉到胸前，睡着了。

一份手稿

关于他们穿越时间、地点、语言和边界的旅行的第一本书，是在1825年完成的。该书由一个叫亚历山大·布洛尼可夫斯基的人，用了尤朱利安·布林肯这个笔名写的。这份书稿被作为酬金，支付给了律师扬·康迪·弗沃夫斯基。正如该书序言所述，这位律师代理并打赢了布洛尼可夫斯卡夫人的遗产诉讼案。

扬·康迪是耶乎达·邵尔的后人，即"哥萨克"扬·弗沃夫斯基的后人。他是一位杰出的律师，是一位学问渊博、无可挑剔的诚实的人，他的盛名广为人知。多年来，他一直担任大学系主任和检察院办公室主任。他被人们记住的原因是，担任法律和行政系主任期间，他从来没有拿过工资，而是将其完全用于为六个贫困学生提供奖学金。俄罗斯政府向他提供了部长的职位，但被他拒绝了。他总是强调自己犹太人和弗兰克信徒的出身背景，于是当他的客户明显没有钱支付诉讼费用的时候，他就要求客户以小说的形式支付酬金。

"就是要那种每个人都能读懂的，描述事物真实情况的小说。"他这样说着。

布林肯回答他说：

"这么多年过去了，他们的状况不知道怎么样了，现在还会有人关心吗？"

弗沃夫斯基邀请他走进了自己的书房。在里面，喝上一杯利口酒后，弗沃夫斯基向他讲述了自己家的故事，那是一个纠结而破碎的家庭，而他所知道的也不是很多。

"您是作家，可以猜想、补充那些缺少的部分。"他对布林肯说着，与他告了别。

那晚之后，作家走过华沙的街道回家，被过甜的利口酒弄得晕头转向，而一部小说已经在他的脑海里浮现。

"这些都是真的吗？"几年后，他在德国遇到了美丽且才华横溢的钢琴家——娘家姓为弗沃夫斯卡的玛丽亚·席曼诺夫斯卡，对方这样问他。

这时，尤朱利安·布林肯已经老了，是一位作家和官员，他先是为普鲁士，然后是为拿破仑，最后是为波兰王国服务。他耸了耸肩。

"这是一本小说，亲爱的女士，是文学。"

"那这意味着什么呢？"钢琴家继续问，"是真的还是假的？"

"我向您提出一个要求，作为一名女性艺术家，不要去用那种适合于简单之人的方式来思考。文学是一种特殊的知识，它是……"他在寻找着合适的词语，突然嘴里冒出了一句现成的短语，"……是形式上不精确的完美。"

席曼诺夫斯卡感到很困惑，于是沉默下来。

第二天，她邀请他到客厅，她在那里为聚集而来的客人进行了演奏。当所有客人都离开后，她请他留了下来。这时，她要说服他不要出版这部小说，整个过程一直持续到早上。

"我的表弟扬·康迪，在那样一个总是持续混乱和无序的国家里，自我感觉太好了。指责别人是很容易的……"她犹豫了一下，过了一会儿才接着说，"……指责一切，然后诋毁。您知道，我晚上睡不着觉，总是担心会发生什么可怕的事情……当前，这样的知识对我们有什么用途？"

布林肯从她那里离开时，还陶醉于她的魅力和那几瓶好酒。只是到了早上，他才感到怨恨和愤慨。她怎么敢这样？他当然要在华沙出版这本书，他已经有了一家出版商。

但很快，有非常多的事情发生了，以至于他不再有精力去管那些书稿了。他开始组织起对来自东方的那些波兰起义难民的帮助，而在1834年冬天，他得了感冒，突然去世。那部从未出版的书稿，就躺在了国家图书馆庞大的库房里。

《新雅典》的流转

洛哈特恩的那本《新雅典》，最后也落在了那个库房。那是当初雅各布·弗兰克用来学习波兰语的书。这书先是到了奥芬巴赫，在宫堡被解散后，由弗朗西舍克·弗沃夫斯基带回了波兰，回到了华沙。这本书在他的图书室里放了很久，被他的孙女们阅读过。

在华沙起义期间，由作者赠送给邓波夫斯基主教的那本《新雅典》，在华沙霍扎大街的一座大型私人图书馆里几乎被完全烧毁了。原来那位优秀的利沃夫书籍装订工将书页压得很紧，使这本书在大火中能够抵御住一段时间。这就是《新雅典》为什么没有燃烧到最后，而这本书中间的书页还保存完整，被风翻阅了很久。

赠送给艾尔日别塔·德鲁日巴茨卡作礼物的《新雅典》被她留在了家里，并传给了她的孙女。后来，这本书由德鲁日巴茨卡的曾孙弗雷德罗伯爵读过。战后，这本书和大多数利沃夫的藏书一样，藏于弗罗茨瓦夫的奥索林斯基图书馆。如今，人们仍然可以在那里读到这本书。

彦塔

在彦塔进行观看的地方，是没有任何日期的，所以没有什么可庆祝的日子，也没有什么可在意的。时间的唯一迹象，就是那些闪过的条纹，很不清楚，简化成了几个特征，令人难以捉摸，话语也被剥夺，但是有的是耐心。那些都是逝者。彦塔慢慢养成了数亡灵的习惯。

当人们甚至已经完全感觉不到他们存在的时候，当他们已经不再有任何迹象的时候，逝者仍然穿行在他们记忆的炼狱之中。他们被剥夺了人事，没有自己的地方，也没有任何的牵挂。即使是吝啬鬼也会照顾生者，而对于逝者，即便是最慷慨的人亦无关注。当她卡在这阴阳的边界时，他们像阵阵细小的暖风一样拂过她的身体，彦塔对他们有一种温柔的感觉。她允许他们两边有一瞬间的交流，她对那些曾出现在她生活中的人予以关注。此时，他们被死亡推到幕后，被人遗忘，就像那些来自琴斯托霍瓦的老兵一样，早已被国王和军队遗忘了。此时，他们正在乞求些微的关注。

因此，如果说彦塔曾经信奉过某种宗教的话，那么现在，经过了她的祖先及她同时代的人在她脑海中建起的所有架构之后，那些逝者和他们未能完成的、不够完美的、流产或夭折了的修复这个世界的努力，已经成了她的宗教。

在这个故事的最后，当她的身体变成了纯粹的水晶时，彦塔发现了一种全新的能力：她不再仅仅是一个目击者，她穿梭于空间和时间的眼睛，同样也能在人体中流动——女人、男人和孩子——这时，时间会加速，一切都发生得非常快，就在一个瞬间。

而且，很清楚的是，那些身体就像叶子，一个季节里有几个月，光会居住在里面。然后，它们就会落下来死掉，变得干枯，黑暗将会把它们磨为灰尘。彦塔想要用眼睛抓住从一种转化成另一种的动态，但不耐烦的、急于转世的那些灵魂催促着，即使对她而言，这也已是不可理解的了。

佩瑟薇的妹妹福莱伊娜，即后来的阿努霞·帕沃夫斯卡，后来在她自己出生的地方，科罗洛夫卡，一直幸福地生活到了古稀之年，并被葬在了那个美丽的犹太公墓里，那个公墓沿着斜坡一直向下延伸到河边。她一直忙于养育她的十二个孩子，再也没有与姐姐有过联系，忘记了她。此外，她的丈夫，作为一名好犹太人，把自己的妻子有着异端信仰亲属的事情，当作是一个极大的秘密，严格地保守着。

她的曾孙们，甚至在第二次世界大战爆发时，还住在科罗洛夫卡。有关于字母Alef形状的山洞和老奶奶的记忆保存了下来，特别是在那些妇女和老妇当中。在她们记得的事情中，那些看起来不必要的、奇妙的东西，是既不能用来做面包，又不能拿来建房子的。

福莱伊娜的曾孙女，被称为查尔娜，是家中长女，她不遵从德国人的命令，坚持着绝不去巴尔什措瓦登记。她说，永远不要相信任何权威。因此，当其他科罗洛夫卡的犹太人带着他们的包袱，走向通往城市的斜坡路时，他们在夜里悄悄地拉着装有他们物品的马车，进入了森林。

1942年10月12日，来自科罗洛夫卡的五个家庭，共三十八人——其中最小的孩子只有五个月大，最年长的人已经有七十九岁——抛弃了村子里的家，在黎明之前，从森林的一侧进入了山洞，进入地下巨大的字母形结构的右上角一线。

山洞中的一部分空间里，满是从洞壁和洞顶长出的水晶。人们说，这些是凝固了的光滴，一直深陷在地下，已经不再闪闪发光；只要蜡烛的火焰接触到它们，它们就会燃烧起来，照亮水晶永恒的、沉默的内部。

在洞中的一个空间里，彦塔仍然躺在那里。长年累月的潮气沉淀在她的皮肤上，已经完全附着在了骨头上，变成了结晶，闪烁着，发出亮光。光泽深入了她的身体，使其几乎透明。彦塔已经慢慢变成了水晶，在几百万年以后，将会变成钻石。这块嵌在岩石上的、长长的粉红色晶体，在精心安放的橄榄油灯的照耀下，瞬间亮了起来，显示出了朦朦胧胧、模糊不清的内部。已经习惯了山洞里生活的孩子们，知道如何冒险进入山洞的深处，他们一口咬定，这块岩石是活的，要是他们试着用什么照亮里面，就会看到里面有一张人的脸。当然，没有人认真对待这件事情，尤其是在黑暗中度过了将近一年半的时间后，他们的视力已经持续性地减弱了。

成年人会不时地出去获取食物，但他们从不超过村庄周围，到外面的地方冒险。农民们把他们当作是鬼魂，似乎是偶然地，会在谷仓后面为他们留下一袋袋的面粉或卷心菜。

1944年4月，有人向通往山洞的一个口子扔进一个瓶子，里面有一张纸条，很笨拙地写着："德国人已经走了。"

他们出来时都蒙着眼睛，遮挡着光线。

他们全都活了下来，在战后的动荡中，他们中的大多数人都设法移民到了加拿大。在那里他们讲述了自己的故事，如此不可思议，几乎没有人相信他们。

彦塔看见被森林覆盖的、一丛丛的黑浆果，看见洞口幼小的橡树上的明亮树叶，然后看见整座的大山和村庄，还有道路，有车辆在快速行驶着通过。她看见德涅斯特河水面上的闪光，就像刀刃上的闪光一样；还有其他的河流，把水带往大海，海面承载着那些运送货物的大船。她看到海上的灯塔，在用光的碎片进行着交流。她的目光在巡视中向上停顿了一会儿，因为她觉得，好像有人在呼唤着她。还有谁会知道她的名字呢？她注意到，在下面有一个坐着的身影，脸被白色的光芒照亮了，她看见那人有着独特的发型、奇异的装束。但很久以来，彦塔已经不再为任何事情感到惊讶了，她已经失去了这种能力。她只是看着，那人手指的活动姿势，如何使一些字母凭空地出现在一片明亮、平坦的光芒中，整齐地排列成行。彦塔只是联想到了雪地上的痕迹，因为，似乎逝者会失去阅读能力，这是死亡最令人不快的后果之一⋯⋯因此，可怜的彦塔现在无法认出她自己的名字，那个正反复在画面上展示的词。于是，她失去了兴趣，消失在了山上的某处。

在这里，在我们所在的地方，传来了某种杂音，一种物质的忧郁声音。世界暗了下来，地球熄灭了。毫无疑问，世界是由黑暗建成的。现在我们就处于黑暗的那一边。

然而，记载上说，为弥赛亚的事情劳苦的人，即使是那些不成功的人，只要有人讲述他们的故事，也将会被视为研究光之永恒奥秘的人。

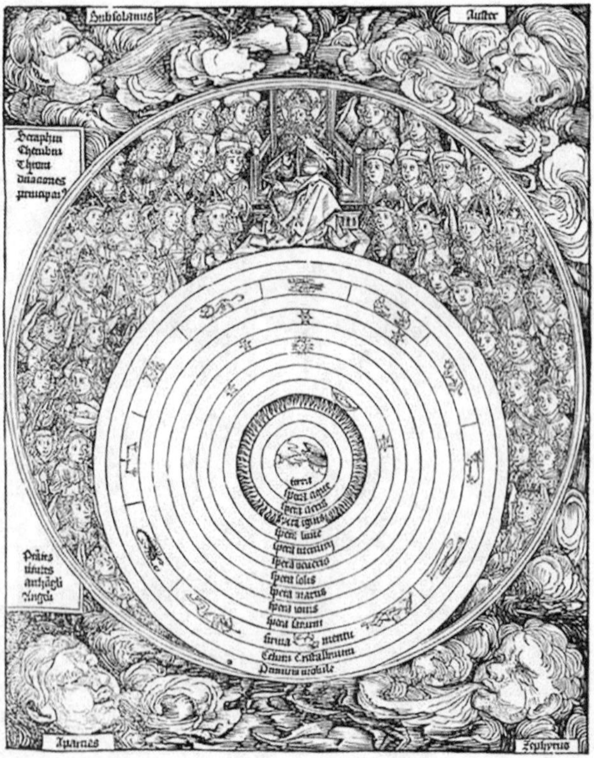
Subsolanus
Auster
Seraphin
Cherubin
Throni
terra
spera solis
spera martis
spera iouis
Celum Cristallinum
Zephyrus

书目说明

好在小说在传统上被视为虚构，因此不需要作者说清其书的语境。特别是在当下这种情况，那将无谓地占用很多空间。

所有对本书中所讲述的故事感兴趣的人，首先应该去阅读亚历山大·克劳沙尔（Aleksander Kraushar）1895年出版的作品《弗兰克和波兰的弗兰克信徒们（1726—1816）：历史专著》，以及弗兰克本人的"讲话"记录，即《主的语录书：雅各布·弗兰克的奥秘讲座》，由扬·道克图尔（Jan Doktór）在1997年编辑出版。

有助于理解波兰弗兰克信仰运动最广阔的历史和政治背景的，是由巴维尔·马切伊科（Paweł Maciejko）所著的《混杂的群体：雅各布·弗兰克与弗兰克信徒运动，1755—1816》。该书由宾夕法尼亚大学出版社于2011年出版，当时我已经在写我的书了。同一位作者所写的一篇关于沙巴泰·泽维教义的论文使我明白，弗兰克主义最深层的本质是什么。对于纳赫曼所讨论的沙巴泰神学视角下的三个悖论（见本书第十一章"是什么促使人们聚集在一起，并对灵魂之旅的话题达成了一些共识"一节），借鉴了巴维尔·马切伊科先驱性的作品——《〈我如今来到源头〉中的交媾中断》，收录于《乔纳森·埃伯舒兹及〈我如今来到源头〉》一书。该书也是由巴维尔·马切伊科编纂的，由洛杉矶且如出版社（Cherub press）于2014年出版。感谢作者善意地将材料提供给我。

串联起其他所有关于犹太教主题的基础性读物,当然是哥舒姆·肖勒姆(Gershom Scholem)的《犹太神秘主义主流》,该书的波兰文版于1997年出版。

我在卡齐米日·鲁德尼茨基(Kazimierz Rudnicki)的《卡耶坦·索乌迪克主教,1715—1788》一书中,找到了关于1752年在马尔科瓦-沃利查地区发生的仪式性谋杀案件的详细描述,以及关于此案件的大量文献。该书于1906年在克拉科夫作为《现代史专刊》的第五卷出版,由西蒙·阿什肯纳吉(Szymon Askenazy)编辑。关于利沃夫争端期间的叙述,我是基于高登提乌斯·皮库尔斯基(Gaudentius Pikulski)1906年出版的第四版《1759年利沃夫大教堂的犹太法庭》一书对其进行了整理。

卡塔日娜·克萨科夫斯卡的心理肖像,其灵感来源于她短暂地出现在约瑟夫·伊格纳齐·克拉谢夫斯基(Józef Ignacy Kraszewski)的《继母》一书中的角色形象,以及克萨科夫斯卡本人留存下的丰富的真实书信。莫里夫达的形象,必然是要归功于安杰伊·祖瓦夫斯基(Andrzej Żuławski)和他出版于1994年的小说《莫里夫达》。许多关于托马斯·冯·舍恩菲尔德的信息,是我从克日什托夫·鲁特科夫斯基(Krzysztof Rutkowski)2001年出版的《圣罗赫教堂:预言》一书中汲取的。

对贝奈迪克特·赫米耶洛夫斯基神父的人物塑造,让我获得了很多的乐趣。他是洛哈特恩的代牧,后来是基辅的咏祷司铎,是波兰第一位百科全书式的学者。所有对此有兴趣的读者,我推荐阅读《新雅典或充满了广博科学知识的学院》,该书的精选本由玛丽亚和扬·约瑟夫·利普斯基(Maria and Jan Józef Lipscy)于1968年出版。说实话,这本精彩的书还应该再版。赫米耶洛夫斯基神父与艾尔日别塔·德鲁日巴茨卡这位优秀但如今鲜为人知的巴洛克女诗人的会面,在任何地方都没有记录。但按照常理，按照合理推论的原则，他们的见面是有可能的。他们的活动轨迹，在时间和地点上都相互接近。

我在美因河畔的奥芬巴赫市档案馆里，找到了死亡、婚姻和出生登记册，这使我能够重建陪同雅各布·弗兰克流亡在外直至最后一刻的随行人员的构成，并追踪到了其后返回波兰的那些弗兰克家族成员的命运。

这可以成为另一本书的主题。

本书的插图多数来自弗罗茨瓦夫的奥索林斯基图书馆的收藏。

本书独特的页码排序方式，是向以希伯来文撰写的书籍致敬，同时也是想提醒：任何的秩序都只是习惯上的问题。

我确信，假如赫米耶洛夫斯基神父知道，他关于任何人在任何时候都能获取知识的想法，在他去世两百五十年后可以得到实现，他一定会感到非常满足。要知道，在很大程度上这要归功于互联网，感谢这一发明，让我偶然开始追踪科罗洛夫卡山洞的"奇迹"：几十个人面对大屠杀时自我拯救的非凡故事。这个线索让我看到：首先，许多事情依然是微妙地相互关联的；其次，历史就是不断尝试去理解已经发生的事情和可能发生的事情。

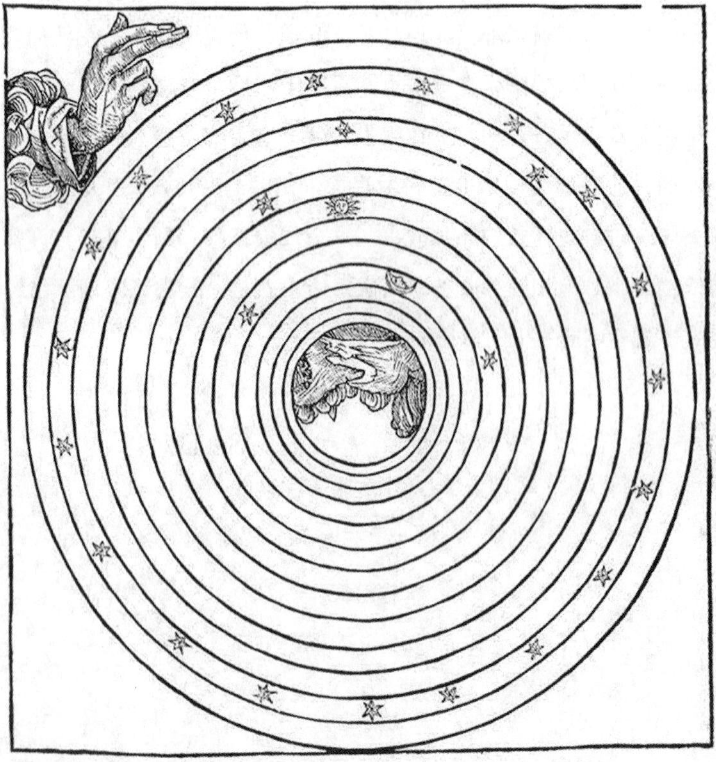

鸣　谢

本书如果没有许多人的帮助，绝不会以这种模样出现。我要感谢数年来所有那些被我用有关弗兰克信徒们的故事折磨过的人。要求做出解释的他们，同时也提出了正确的问题，从而帮助我理解了这个故事复杂而多层次的意义。

我要感谢出版商的耐心，感谢瓦尔德马尔·波佩克（Waldemar Popek）细心和深入探究式的审读；感谢沃伊切赫·亚当斯基（Wojciech Adamski），他检查出了许多不合时宜的地方，并对许许多多的小细节进行了核对，没有这些细节，小说总是看上去不够完善。我要感谢亨利克·萨拉瓦（Henryka Salawa）所做出的本笃会式的编辑工作，感谢阿尔克·拉多姆斯基（Alek Radomski），他赋予了《雅各布之书》独特的装帧设计。

我要特别感谢巴维尔·马切伊科，他就犹太教问题和关于雅各布·弗兰克学说的问题提出了宝贵意见。

我要感谢卡洛尔·马利谢夫斯基（Karol Maliszewski），感谢他用诗歌的方式让"纳赫曼祷告"穿越时空。感谢金加·杜宁（Kinga Dunin），他像往常一样，对本书进行了首读。

感谢安杰伊·林克-林措夫斯基（Andrzej Link-Lenczowski）先生所提供的极具见地的历史咨询。

本书中的插图，是由弗罗茨瓦夫的奥索林斯基图书馆馆长阿道夫·尤兹文科（Adolf Juzwenko）为我提供的藏品，而多洛塔·西多洛维奇-穆拉克（Dorota Sidorowicz-Mulak）则帮助我在浩瀚的藏品中找寻到了方向。我对他们二位都非常感谢！

我的母亲是一个非常好奇的人，在阅读该书的第一个版本时，她的提醒使我注意到了一些微小但却重要的社会细节，对此我非常感激。

最重要的是，我很感谢格瑞哥什（Grzegorz）在追踪，甚至是侦探方面的天分，他那种在最不可能的地方挖掘到信息源泉的能力，给我提供了很多想法和不同的角度。他的耐心和坚强，给了我持续的力量和希望，使我能够将这本书彻底完成。

一本书打开一个世界

欢迎订购、合作

订购电话：0571-85153371

服务热线：0571-85152727

KEY-可以文化　　浙江文艺出版社　　京东自营店

关注 KEY-可以文化、浙江文艺出版社公众号，及浙江文艺出版社京东自营店，随时获取最新图书资讯，享受最优购书福利以及意想不到的作家惊喜